國家社科基金
GUOJIA SHEKE JIJIN HOUQI ZIZHU XIANGMU
後期資助項目

高麗朝鮮時代
杜甫評論資料彙編 上

A Compilation of Reviews of Du Fu's Poems
in Goryeo and Joseon Era

左 江 輯校

上海古籍出版社

2016年度國家社科基金後期資助項目（16FZW061）

國家社科基金後期資助項目
出版説明

　　後期資助項目是國家社科基金設立的一類重要項目,旨在鼓勵廣大社科研究者潛心治學,支持基礎研究多出優秀成果。它是經過嚴格評審,從接近完成的科研成果中遴選立項的。爲擴大後期資助項目的影響,更好地推動學術發展,促進成果轉化,全國哲學社會科學工作辦公室按照"統一設計、統一標識、統一版式、形成系列"的總體要求,組織出版國家社科基金後期資助項目成果。

全國哲學社會科學工作辦公室

目 次

朝鮮時代杜詩評論的特點(代序)

引　言

　　杜甫(712—770)是在朝鮮半島最受尊崇的中國詩人①,其詩作傳入東國的具體時間已不可考,比較早的確切記載來自《增補文獻備考·藝文考》,高麗宣宗二年(1085),宋哲宗即位,向高麗賜《文苑英華》一書,而《文苑英華》收録杜詩兩百餘首,可視爲杜詩傳入朝鮮半島的確證。此後,文人即在詩文中化用杜詩或以杜甫自比,林椿(高麗毅宗、明宗年間人)更盛贊"詩妙誰如杜,書奇又止顔"②,將杜詩與顔真卿書法並稱,置於很高的地位。

　　到高麗朝(918—1392)中後期,杜甫詩集已廣泛流傳,崔滋(1188—1260)《補閑集》卷中引俞升旦(1168—1232)之言云:"凡爲國朝製作引用古事,於文則六經、三史,詩則《文選》、李、杜、韓、柳,此外諸家文集不宜據引爲用。"③《高麗史》卷七十一《樂志》云:"翰林別曲:'元淳文、仁老詩……韓柳文集、李杜集……'此曲,高宗(1214—1259 在位)時翰林諸儒所作。"④都明確提到杜甫詩集被徵引的情形。

　　杜甫詩集的流行,推動了杜詩的傳播,使杜詩在高麗文人中的影響更爲普遍。李奎報(1168—1241)有次杜詩 3 題 16 首⑤,他認爲:"至如李、杜,則其詩如熊膰豹胎,無有不適於人口者,其名固已若雷霆星斗,世無不仰其光、駭其響者,非必待昌黎詩之一句然後益顯者也。"⑥李白、杜甫詩如日月星辰,世

---

①　這裏沿用"朝鮮半島"這一地理名稱,有時亦用"東國"一詞來指代。
②　林椿《西河集》卷三,《韓國文集叢刊》第 1 册,漢城:民族文化推進會,1990 年,頁 237。
③　趙鍾業編《韓國詩話叢編》第 1 册,漢城:太學社,1996 年,頁 107。以下凡引用《韓國詩話叢編》本,都出自此版本,不一一注明。
④　《高麗史》卷七十一《樂二》,北京:人民出版社,重慶:西南師範大學出版社,2014 年,頁 2248。
⑤　關於李奎報接受杜詩的情況,參見鄭墡謨《高麗朝における杜詩受容:李奎報を中心として》,載《中國文學報》第 69 册,京都:京都大學,2005 年。
⑥　李奎報《東國李相國集》卷二十二《唐書杜甫傳史臣贊議》,《韓國文集叢刊》第 1 册,漢城:民族文化推進會,1990 年,頁 518。

人有目共睹,不必憑借韓愈"李杜文章在,光焰萬丈長"的贊譽得以彰顯。

李奎報之後,在現存高麗文人文集中,次杜、論杜已很普通,他們都給予杜甫及杜詩以極高評價,李穡(1328—1396)《前篇意在興吾道大也不可必也,至於詩家亦有正宗,故以少陵終焉,幸無忽》云"以詩爲史繼三百,再拜杜鵑少陵翁",强調了杜詩的"詩史"特點,並認爲杜詩上承《詩經》,爲詩之正宗,所以"學詩必也學斯人"①。

杜詩在高麗朝的影響,除了表現在文人詩文作品中,也體現在詩話中。東國第一部詩話——李仁老(1152—1220)的《破閑集》論杜甫及杜詩者有四條,至崔滋的《補閑集》已增至11條,涉及杜甫的人生、人品以及杜詩主題、藝術特色等,内容很豐富,但由李穡"遺芳賸馥大雅堂"②、李仁老以杜甫之偉大"在一飯未嘗忘君"③之忠義、崔滋"言詩不及杜,如言儒不及夫子"④等論述,可看出高麗文人對杜甫及杜詩的評價明顯受到蘇軾(1037—1101)、黄庭堅(1045—1105)及宋人詩話的影響⑤,較少自己的創見。

雖然杜詩在高麗朝的傳播越來越廣泛,也越來越受到文人的重視,漸漸成爲學習的典範與衡量詩歌創作水準的尺度,但高麗文壇的總體傾向更崇尚蘇軾詩文⑥。進入朝鮮朝(1392—1910)後,隨著杜詩的刊行、注釋、翻譯、評點、編選等有組織有規模的活動,對杜甫及杜詩的評價更爲豐富,接受也更爲全面,就筆者收集的相關資料來看,其中次杜、擬杜、集杜之作達到五六十萬字,論杜之言約有一百多萬字。如此多的資料,可對杜甫、杜詩在東國的傳播與影響進行更爲細致深入的研究,在此,筆者僅選擇朝鮮文人對杜甫的形象塑造、性理學家眼中的杜甫、用以考據的杜詩三個方面進行考察,以見不同時期,朝鮮文壇對杜甫接受及評論重心的轉移,以及種種變化與中國文壇、思想界風尚的内在聯繫。從中可以看到,在朝鮮士人筆下,杜甫的形

---

① 李穡《牧隱稿》詩稿卷二十一,《韓國文集叢刊》第4册,漢城:民族文化推進會,1990年,頁285。學詩必學杜詩,是李穡特别强調的觀點,鄭樞《韓山君寄詩,有爲詩必學少陵之意》(鄭樞《圓齋稿》卷中,《韓國文集叢刊》第5册,漢城:民族文化推進會,1990年,頁204)一詩也體現了這一點,"韓山君"即李穡。

② 李穡《牧隱稿》詩稿卷二十一《前篇意在興吾道大也不可必也,至於詩家亦有正宗,故以少陵終焉,幸無忽》,《韓國文集叢刊》第4册,頁285。

③ 李仁老《破閑集》卷上,《韓國詩話叢編》第1册,頁52。

④ 崔滋《補閑集》卷下,《韓國詩話叢編》第1册,頁111。

⑤ 參見張師伯偉《作爲經典的東亞文學史上的杜詩》(收入彭小妍主編《跨文化實踐——現代華文文學文化》,臺北:聯經出版事業股份有限公司,2013年,頁180)及鄭墡謨《高麗朝における杜詩受容:李奎報を中心として》二文。

⑥ 參見張師伯偉在《韓國古代詩學總論》(載張師伯偉著《中國詩學研究》,瀋陽:遼海出版社,2000年)一文中的論述。

象在轉變,他不衹是窮愁瘦弱,也有明朗快樂的一面;他也不再是一介普通文人,作爲"詩聖"、"詩中夫子",他需要接受理學家的道德審視,他的文字也要經得起考證學者的推敲與檢驗。

一　朝鮮文人眼中的杜甫

朝鮮文學史上比較早地頻繁提及杜甫的人首推徐居正(1420—1488),據統計,其《四佳集》中近二百次提到杜甫,還有 15 次左右"李杜"、"甫白"並稱,其中明確將自己與杜甫相比,甚至以自己爲杜甫在後世之輪回的表述就有十多次,如"前身我是杜陵老"、"子美乾坤一腐儒,四佳迂闊似耶無"①。正因爲徐居正對杜甫極其欽慕嚮往,也就能對杜甫及杜詩有更深刻的理解與體認,最終在其筆下完成了朝鮮文人對杜甫的形象塑造,此可以《建除體,和洪日休》來概括,詩云:

> 建章門前朝罷回,走馬長安花滿開。除罷萬事無過酒,瓮裏澄澄初發醅。滿酌一倒雙耳熱,拔劍起舞歌激烈。平生酷似杜陵老,許身妄擬稷與契。定知儒冠多誤身,蹭蹬聲名三十春。執心一飯不忘君,區區忠義雙鬢新。破帽塞驢何所之,殘杯冷炙潛酸悲。危言駭俗徒取謗,苦吟大(太)瘦誰能知。成都奇勝天下先,浣花草堂真可憐。收芋拾栗未全貧,風流亦足爲儒仙。開卷完讀三四章,殘膏賸馥流芳香。閉戶長吟我何者,若比杜老狂更狂。②

詩中涉及杜甫的儒家信仰、性格特點、人生經歷、漂泊西南、詩作成就等幾個方面,忠義、苦吟、酸悲、草堂、風流、瘦、貧、狂、謗等也成爲解讀杜甫其人其詩的關鍵詞。我們可從以下幾點來分析徐居正對杜甫形象的塑造與完善:

(一)徐居正延續了高麗文人對杜甫忠君愛國的頌揚③。其《東人詩話》卷上云:"古人稱杜甫非特聖於詩,詩皆出於憂國憂民、一飯不忘君之心。"④在其詩文中,徐居正更是多次表達了對杜甫竊比稷契、致君堯舜的感

---

① 二詩分別見徐居正《四佳集》詩集卷五《再和六首》之二、詩集卷二十九《無題》,《韓國文集叢刊》第 10 册,漢城:民族文化推進會,1988 年,頁 314、489。
② 《四佳集》詩集卷九《建除體,和洪日休》,《韓國文集叢刊》第 10 册,頁 345。
③ 張師伯偉在《作爲經典的東亞文學史上的杜詩》中説道:"高麗文人有愛杜詩者,但他們對杜詩的認識,很大程度上也受到蘇軾的影響,重視其憂國愛民、一飯不忘君的思想。"(載《跨文化實踐——現代華文文學文化》,頁 181)
④ 徐居正《東人詩話》,《韓國詩話叢編》第 1 册,頁 89。

佩,如"杜甫一生希稷卨"①、"杜陵一飯戀君心"②,甚至認爲"少陵忠義可無
詩"③,即使杜甫没有詩作,其忠君愛國之赤誠也足以光耀世間流芳百世。

（二）抒寫杜甫窮愁老病困頓窘迫之人生。雖然早在高麗朝,林椿就已
將"飢"、"窮"二字與杜甫相聯④,但如徐居正般頻繁地談及杜甫之窮愁,在
東國文學史上還是第一次,"窮杜甫"、"少陵窮"、"杜陵窮"、"杜陵愁"、"窮
愁杜甫"、"窮愁子美"、"杜陵窮老"的表述不斷出現他的文字中,並且化用
杜甫的三首詩將其窮愁形象具體化:一是《奉贈韋左丞丈二十二韻》中的
"騎驢十三載,旅食京華春。朝扣富兒門,暮隨肥馬塵。殘杯與冷炙,到處潛
悲辛"⑤,拎出"子美杯"一詞概括其中的酸楚、屈辱;二是《茅屋爲秋風所破
歌》所云"牀頭屋漏無乾處,雨脚如麻未斷絶"⑥,用"茅穿"、"屋漏"形容其
人生之窘迫無依;三是《空囊》中的"囊空恐羞澀,留得一錢看"⑦,提煉出
"杜陵錢"一詞,表現其苦中作樂的自嘲與自我寬解。

（三）突出杜甫個性中豪與狂的一面。由杜甫的"囊空恐羞澀,留得一
錢看",我們已看到杜甫的灑脱豁達,徐居正也注意到此點,數次在詩句中化
用杜甫"典衣沽酒"的典故,以見窮帶來的不祇是愁,也可以是"豪"。"典衣
沽酒"出自杜甫《曲江二首》"朝回日日典春衣,每日江頭盡醉歸"⑧,詩作寫
於乾元元年(758)暮春,時仍在安史亂中,杜甫任左拾遺一職。作者賞花玩
景,借酒消解對時局的擔憂以及自己鬱鬱不得志的苦悶。徐居正一方面沿
用了此意,將杜甫的"江頭醉"與屈原的"澤畔醒"相對,表現杜甫逃避於酒
以拉開與現實生活的距離,進行自我寬慰。另一方面,作者又以"杜甫典衣

---

① 《四佳集》詩集卷五《又用前韻四首》其一,《韓國文集叢刊》第 10 册,頁 302。《四佳集》中
還有幾處相似的表述,詩集卷八《村居》云:"杜老不妨希稷卨。"(同上,頁 333)詩集卷九
《金頤叟借〈北征〉日課,久不還;又期以枉臨,不至,肆述卑悰,録以四首》其四:"杜老何妨
希稷卨。"(同上,頁 351)

② 《四佳集》詩集補遺卷二《次晚登蕭寧館韻》,《韓國文集叢刊》第 11 册,漢城:民族文化推
進會,1988 年,頁 158。其他相似的表述還有詩集卷五十《在村家,晚聞盧宣城思慎拜右議
政,不勝欣抃,吟成數絶録奉三首》其三:"杜陵一飯不忘君。"(同上,頁 88)詩集卷五十《讀
草堂詩》:"平生忠義熱中腸。"(同上,頁 84)詩集卷三《偶題》:"題詩子美不忘君。"(《韓國
文集叢刊》第 10 册,頁 270)詩集卷七《用蕭進士山海登樓詩韻》其三:"杜老題詩常戀主。"
(同上,頁 321)

③ 《四佳集》詩集卷五《三和五首》其三,《韓國文集叢刊》第 10 册,頁 303。

④ 林椿《書懷》云:"詩人自古以詩窮,顧我爲詩亦未工。何事年來窮到骨,長飢却似杜陵翁。"
(《西河集》卷二,《韓國文集叢刊》第 1 册,頁 221)

⑤ 杜甫著,仇兆鰲注《杜詩詳注》卷一,北京:中華書局,1995 年,頁 73。

⑥ 《杜詩詳注》卷十,頁 831。

⑦ 《杜詩詳注》卷八,頁 620。

⑧ 《杜詩詳注》卷六,頁 446。

貧亦樂"、"工部詩豪欲典衫"①突出"典衣沽酒"中的豪邁爽朗之氣。由此引申而來的是杜甫的狂，將杜甫《狂夫》一詩中"自笑狂夫老更狂"②加以放大與强化，《訪金將軍林亭》云"把筆題詩老杜狂"，《小院》云"李白風流杜甫狂"，《病中述懷》云"耽詩狂子美"，《一庵專上人房醉歸，明日吟成數絶録奉》云"杜老詩狂老更狂"③。當他將自己與杜甫相比時，著眼點之一也是"狂"，《建除體，和洪日休》云"若比杜老狂更狂"，《贈寫真裴護軍》云"狂老全勝杜拾遺"④，由窮愁老病到豪狂使杜甫的形象更爲豐富立體。

（四）肯定杜甫"詩聖"的文學史地位。如此表述亦很多，如"盛唐人物總能詩，詩聖皆推杜拾遺"⑤。杜甫之所以被稱爲"詩聖"，是因爲他上承風騷，下啓後人，且能超越群倫，如"杜陵名續風騷後"、"杜拾遺爲絶世英"、"能詩子美將誰敵"⑥，杜詩之"真"、"妙"亦爲徐居正所稱道⑦。詩史上能與杜甫並駕齊驅者祇有李白，所以他十多次將"李杜"、"甫白"並稱，認爲"李杜生前當並駕"⑧。李杜之所以爲李杜，是因爲他們有自己的詩歌風格、藝術特色，不抄襲模擬，不人云亦云，正因爲"李杜自李杜"⑨，他們纔能成爲詩壇之典範，能如他們作品之"雄深"者很少⑩。

徐居正精熟杜詩，當有人説"少陵，詩聖也，平生未嘗通押"時，他立即予以反駁："子於杜詩未熟。"⑪因此他能在自己的詩作中熟練地化用杜詩或以杜詩爲典，除上言"杜陵錢"、"子美杯"等，還有"青精飯"、"少陵宅"、"杜甫示兒"、"雨過蘇端"、"勳業頻看鏡"、"行藏獨倚樓"、"詩神瘥可痊"等。另一與杜甫關係密切的是出自李白的"吟詩瘦"，徐居正約化用十次，已全無嘲

---

① 二詩分别見於《四佳集》詩集卷十二《春日病起，抒懷寄子休五首》其三（《韓國文集叢刊》第10册，頁385）、詩集卷十四《三月三日題示金子固》（同上，頁427）。

② 《杜詩詳注》卷九，頁743。

③ 四首詩分别出自《四佳集》詩集卷三（《韓國文集叢刊》第10册，頁273）、詩集卷五十一（《韓國文集叢刊》第11册，頁103）、詩集卷三十（同上，頁14）、詩集卷三十一（同上，頁19）。

④ 《四佳集》詩集卷二十，《韓國文集叢刊》第10册，頁431。

⑤ 《四佳集》詩集卷五十二《讀岑嘉州集二首》其一，《韓國文集叢刊》第11册，頁137。

⑥ 三句詩分别出自《四佳集》詩集卷五十二《書拙稿後》（《韓國文集叢刊》第11册，頁135）、詩集卷四十五《鄭正言次拙韻且寄花箋，依韻奉酬，兼呈朴大諫先生二首》其一（同上，頁57）、詩集卷五十一《送柳正郎陽春還鄉六首》其三（同上，頁107）。

⑦ 《四佳集》詩集卷三十《臘日》云："詩似杜陵真。"（《韓國文集叢刊》第11册，頁16）詩集卷四十四《三月三日》云："詩憐工部妙。"（同上，頁41）

⑧ 《四佳集》詩集卷十二《三和前韻寄淡叟，兼簡洪吏部》《韓國文集叢刊》第10册，頁379。

⑨ 《四佳集》文集卷四《觀光録序》，《韓國文集叢刊》第11册，頁239。

⑩ 《四佳集》詩集卷五十二《閑久稿》云："李杜雄深希者少，島郊寒瘦奈吾何。"《韓國文集叢刊》第11册，頁123。

⑪ 《東人詩話》卷上，《韓國詩話叢編》第1册，頁446。

諷之意,而是表現杜甫以及自己對詩作之沉潛。"杜陵宿",約出現七次,借杜甫《宿贊公房》,描寫與僧人之交往,表達自己對佛教義理的理解。又約四次化用杜甫《春日憶李白》,如"北樹東雲李杜情"、"杜甫論文思渭北"、"杜甫題詩同渭北"、"杜老尋常憶李白,一樽何日細論文"①,既抒寫李、杜二人惺惺相惜之情誼,亦可見作者對高居詩壇巔峰的二人切磋詩藝之嚮往。

以上三例,是徐居正沿用、轉化杜詩或與杜甫相關典故的情形,他另有反用杜詩之意者,這就使對杜詩的閱讀與理解呈現多樣化態勢。其用"麗人行"約五次,如:

> 三日曲江多麗人,紛紅香麝綺羅春。風流杜老人休問,背後遥看發興新。(《讀杜甫麗人行》)

> 浮世而今五旬二,風光正屬三月三。荼藦酒熟白新潑,躑躅花開紅正酣。俯仰蘭亭已陳跡,風流工部留勝談。我詩欲就復誰和,郊野踏青窮遠探。(《三月三日》)②

杜甫《麗人行》本爲諷刺楊氏兄妹而作,徐居正却更關注詩中的熱鬧華奢③,頗爲艷羨作者見證並記錄了當時的場景,稱其爲杜甫之風流。

(五)對杜甫成都草堂及漂泊西南特別是夔州詩的評價,此點尤爲重要。杜甫在成都前前後後共逗留了四年的時間,於百花潭也即浣花溪邊、萬里橋西建 草堂,一家人終於有了安居樂業之所。高麗文人已在詩文中提到杜甫草堂,如李奎報《白雲居士語錄》云:"李叟異於是,萍蓬四方,居無所定,寥乎無一物可蓄,缺然無所得之實,三者皆不及古人,其於自號也,何如而可乎?或目以爲'草堂先生',予以子美之故讓而不受。況予之草堂,暫寓也,非居也,隨所寓而號之,其號不亦多乎?"④他因杜甫之故不敢用"草堂"

---

① 四首詩分別見於《四佳集》詩集卷五十《三用前韻三首》其一(《韓國文集叢刊》第11册,頁97)、詩集卷三《憶應之、平仲》(《韓國文集叢刊》第10册,頁272)、詩集卷九《五月十五日……轉示諸公》(同上,頁349)、詩集卷四十六《次韻靈武見寄三首》其三(《韓國文集叢刊》第11册,頁63)。

② 二詩分別見《四佳集》詩集卷五十二(《韓國文集叢刊》第11册,頁128)、詩集補遺二(同上,頁175)。

③ 由"背後遥看發興新"來看,這些詩作似乎沿襲了蘇軾《續麗人行》的思路進展,《續麗人行》中的數句云:"隔花臨水時一見,只許腰肢背後看。心醉歸來茅屋底,方信人間有西子。"已消解了杜甫《麗人行》中的嘲諷批判之意,更强調詩人對繁華美景之沉醉,對美麗女性之仰慕。但《續麗人行》是"周昉畫背面欠伸内人"的題畫之作,這就與徐居正讀杜甫《麗人行》有意選擇"風流杜老"、"風流工部"的感發有明顯差異。

④ 李奎報《東國李相國集》卷二十,《韓國文集叢刊》第1册,頁502。

自號，更因自己是"暫寓"而非"定居"不配擁有"草堂"之號，言下之意其漂泊無依之狀更勝杜甫。鄭道傳（1342—1398）於消災洞構屋兩間，扁曰"草舍"，感慨云："噫，杜子美在成都構草堂以居，僅閱歲而已，而草堂之名傳千載。予之居草舍幾時？予去之後，草舍爲風雨所漂壞而已耶？野火所延蓺朽爲土壤而已耶？抑有聞於後歟？無歟？皆未之知也。"①他由草舍聯想到杜甫草堂，推及自己的身後名、身後事，是對杜甫的贊美，也是對自己終將泯滅於塵的傷感。李齊賢（1287—1367）作《洞仙歌·杜子美草堂》云：

> 百花潭上，但荒烟秋草，猶想君家屋烏好。記當年、遠道華髮歸來，妻子冷、短褐天吳顛倒。　　卜居少塵事，留得囊錢，買酒尋花被春惱。造物亦何心，枉了賢才，長羈旅、浪生虛老。却不解消磨盡詩名，百代下令人，暗傷懷抱。②

感慨杜甫生活困頓、漂泊異鄉，更多的是對其有才無處施展、祇能將一腔才情消磨在詩歌創作上的的同情。詞中也提到百花潭，却是一派蕭索荒凉的景象。權近（1352—1409）《草屋歌》云："杜陵大雅軼騷些，成都之堂名與劍閣争嵯峨。"③此與鄭道傳的意思相近，堂以人名，因爲草堂爲杜甫所居，纔能名傳後世，與劍閣争輝，爲世人景仰。

　　與以上高麗朝文人不同，徐居正提到杜甫草堂時更關注杜甫在此度過的相對輕鬆閑適的時光，浣花溪、百花潭、錦里就成爲自由快樂的象徵，足以讓人忘記杜甫的窮愁老瘦，如《次逍遥亭權兄見寄詩韻》所云："浣花溪上草堂詩，正是逍遥得意時。"④因此他塑造了一些杜甫"逍遥得意"的畫面，《杜甫醉馱》云："草堂幽處浣花溪，馱醉歸來山日西。遮莫傍人笑拍手，熊兒捉轡驥兒携。"⑤此應是受到了黄庭堅與陳師道（1053—1102）的影響，黄庭堅《老杜浣花溪圖引》云："宗文守家宗武扶，落日寒驢馱醉起。"⑥陳師道《和饒節詠周昉畫李白真》云："君不見浣花老翁醉騎驢，熊兒捉轡驥子扶。"⑦黄、陳

① 鄭道傳《三峰集》卷四《消災洞記》，《韓國文集叢刊》第5冊，漢城：民族文化推進會，1990年，頁346。
② 李齊賢《益齋亂稿》卷十，《韓國文集叢刊》第2冊，漢城：民族文化推進會，1990年，頁607。
③ 權近《陽村集》卷四，《韓國文集叢刊》第7冊，漢城：民族文化推進會，1990年，頁43。
④ 《四佳集》詩集卷五十，《韓國文集叢刊》第11冊，頁98。
⑤ 《四佳集》詩集卷四十五《題雙林心上人所藏十畫》，《韓國文集叢刊》第11冊，頁50。
⑥ 黄庭堅著，任淵等注，劉尚榮校點《黄庭堅詩集注》之《山谷外集詩注》卷十六，北京：中華書局，2003年，頁1342。
⑦ 陳師道著，任淵注，冒廣生補箋，冒懷辛整理《後山詩注補箋》卷十二，北京：中華書局，1995年，頁430。

之作都爲題畫詩,由於中國詩與中國畫的不同傳統,畫家會從詩歌中汲取更多的抒情因素,如由《麗人行》見帝都遊春之盛,由《醉爲馬墜諸公攜酒相看》見俊快奔突之狀,這是畫家眼中的詩,已將詩中的政治性滌蕩殆盡①。黄、陳之作與畫意相應,都表現了杜甫飲酒自放的一面。雖然詩畫有别,但當詩人將畫作中的意境重新引入詩中,賦予人物以新的生命時,這些特點也會參與到人物形象的塑造中來,使人物更爲立體。徐居正的《杜甫醉馱》可能也是題畫詩,同樣勾勒出一家人其樂融融的景象,抒發了杜甫輕松愉悦的心情。

"醉馱"畫面是如此鮮明生動,徐居正忍不住再次提起:"熊兒捉彎驥兒扶,千古浣花傳新圖。"②這樣的"逍遥得意"也就構成了真正的杜甫風流,如以下數句所云:

> 五柳陶潜宅,百花杜甫潭。風流同晚節,衰病愧朝簪。
>
> 浣花行樂杜工部,赤壁風流蘇雪堂。
>
> 錦里風流杜工部,輞川行樂王右丞。③

分别將杜甫與陶潜、蘇軾、王維并舉,與四人相聯的是"風流"與"行樂",没有懷才不遇,也没有落魄困頓,雖有"衰病"之嘆,也是自我選擇,而非被迫放棄。

徐居正用自己的想象將百花潭、浣花溪塑造成杜甫的世外桃源,杜甫纔是這桃源的主人,"錦里已歸杜工部"、"杜甫殘年愛浣花"④,這樣的杜甫,徐居正稱之爲"儒仙",其忠君愛國的人生理想與超凡脱俗的精神世界得以融合,成就了杜甫的新形象。而"儒仙"生活的世外之地也成爲徐居正魂牽夢繞的地方:生活中,"尋常自擬浣花村";讀書時,"吟憶百花杜甫潭";睡夢中,"夢尋杜甫百花潭"⑤。以杜甫草堂爲參照,徐居正也構建了自己的世外桃源,《夢村》云:

---

① 參見張師伯偉《東亞文化意象的形成與變遷》一文的第五部分《中國詩與畫的不同傳統》,載《域外漢籍研究集刊》第六輯,北京:中華書局,2010年。

② 《四佳集》詩集卷二十八《題無盡亭》,《韓國文集叢刊》第10册,頁483。

③ 以上三句分别出自《四佳集》詩集卷五十《自顧》(《韓國文集叢刊》第11册,頁84)、詩集卷五十《懷古》(同上,頁99)、詩集補遺一《道中望村墅》(同上,頁155)。

④ 此兩句分别出自《四佳集》詩集卷四十四《題李參議積城别墅》(《韓國文集叢刊》第11册,頁36)、詩集卷八《再和》(《韓國文集叢刊》第10册,頁340)。

⑤ 此三句分别出自《四佳集》詩集卷五十《閑園》(《韓國文集叢刊》第11册,頁84)、詩集補遺一《老矣》(同上,頁155)、詩集卷五十《夢百花潭》(同上,頁79)。

夢村無奈浣花村,生事雖微樂事繁。橘柚是奴魚是婢,篔簹生子竹生孫。黄虀已熟分磁碗,緑酒新篘滿瓦樽。且喜朝昏滋味足,一瓢五鼎不須論。①

雖然生活仍然拮据,但更多的還是賞心樂事。大自然一派生機勃勃的景象,爲自己提供了充足的食材,每日兩餐菜品豐富,讓人心情愉悦。夢村的幸福生活正是作者心目中的杜甫浣花草堂的日常。

由杜甫成都草堂的生活,自然會涉及對其西南時期詩作的評價。杜甫漂泊西南特別是夔州詩作,中國文學史上的評價分爲兩極,最早看重杜甫夔州詩的當推黄庭堅,他在《與王觀復書三首》之一中説:"(詩文)但當以理爲主,理得而辭順,文章自然出群拔萃,觀杜子美到夔州後詩,韓退之自潮州還朝後文章,皆不煩繩削而自合矣。"②以杜甫夔州詩是近乎完美的作品。另一方面,朱熹(1130—1200)則對杜甫夔州詩持否定態度,認爲:"杜甫夔州以前詩佳;夔州以後自出規模,不可學。""杜詩初年甚精細,晚年横逆不可當,只意到處便押一個韻。如自秦州入蜀諸詩,分明如畫,乃其少作也。""人多説杜子美夔州詩好,此不可曉。夔州詩却説得鄭重煩絮,不如他中前有一節詩好。"③徐居正接受的是黄庭堅一脉的影響,其《東人詩話》云:"古人謂子美夔州以後詩尤好,蓋愈老愈奇也。"④他還在詩文中多次夸贊夔州詩,《豐川八景詩》序云:

古人云:人傑地靈。蓋地靈則人必傑,人傑則地尤靈。莘於尹,渭於吕,隆於孔明,瀨於嚴光,昌黎之於退之,夔州之於子美,眉之於蘇,涪之於黄,滁之於歐,皆以人而地尤靈。然其傑,未必非地之靈也。⑤

此是以人與地相得益彰,杜甫到夔州,得江山之助,詩作更佳;而夔州,又因得杜詩傳揚,更增其靈氣。由"愈老愈奇"與"人傑地靈"一起引申出對西南時期詩作包括湖南一地之作的喜愛,《潼關》一詩概括云:"子美湖南詩最勝。"⑥

---

① 《四佳集》詩集卷五十《夢村》,《韓國文集叢刊》第11册,頁87。
② 黄庭堅《豫章黄先生文集》卷十九,《四部叢刊初編(縮本)》第212册,頁201。
③ 黎靖德編,王星賢點校《朱子語類》卷一百四十《論文下》,北京:中華書局,1986年,頁3324、3326。
④ 《東人詩話》卷下,《韓國詩話叢編》第1册,頁492。
⑤ 《四佳集》詩集補遺三,《韓國文集叢刊》第11册,頁187。
⑥ 《四佳集》詩集卷七,《韓國文集叢刊》第10册,頁320。

　　就以上五點來看，徐居正不但頌揚了杜甫忠君愛國的熱忱，肯定其詩聖
的地位，還在自己詩文中大量化用杜甫詩句或以杜詩爲典，塑造杜甫窮愁老
病與風流自放的兩面，使杜甫的形象更爲豐滿立體，同時又簡單討論了杜甫
漂泊西南時的詩作，肯定了夔州、湖南詩作的價值。雖然徐居正對杜甫、杜
詩的評價，較多受到蘇軾、黃庭堅的影響，但在詩文中如此集中地、頻繁地評
論杜甫、化用杜詩，在朝鮮文學史上還是第一人，基本完成了杜甫的形象塑
造以及對杜詩的討論。此後，朝鮮文人多以杜詩爲正宗、大家，杜詩全方位
地融入文人生活，用杜甫作比、自嘲，用杜詩爲書齋及亭臺樓閣命名，其他如
君國之思、仕途困頓、風流自賞、家人親情、友朋交往，乃至生活中的一飯一
蔬、路上的一草一木、園中禽水中魚，都能從杜詩中找到養料資源，出現在朝
鮮文人的筆下。

　　杜詩作爲經典在中國及朝鮮文壇確定下來，這一“經典是由諸多因素構
成的綜合體，包括‘詩聖’、‘集大成’、‘詩史’、‘點鐵成金’等”①，杜詩用典
精切，相關歷史事件歷史人物豐富，所以杜詩并不易讀，但由於“子美詩中
聖”②的號召力，朝鮮文壇似乎人人都在學杜詩，張維（1587—1638）云：“詩
有未可廢者，則杜詩何可不讀？”③在學杜崇杜風尚的影響下，有些人讀杜詩
甚至多達千遍萬遍，如“盧蘇齋（守慎）《論語》、杜詩二千回。……李東岳
（安訥）杜詩數千周”④。李獻慶（1719—1791）：“唐以下最嗜杜詩韓文，多
至千讀。時時自嘆曰：吾無由捨此二人軌轍別成一體，世代之局耶？才調
之不及耶？是可嘆恨。”⑤他在《題杜子美工宰畫山水圖歌後》更宣稱：“个如
拓筆取杜讀，讀至千千萬復億。”⑥杜詩成爲文人的必修課程，讀杜、擬杜、次
杜、集杜的風氣也頗爲盛行。

---

① 張師伯偉《作爲經典的東亞文學史上的杜詩》，載《跨文化實踐：現代華文文學文化》，
　　頁 162。
② 周世鵬《武陵雜稿》卷一《讀東坡詩，與眉叟同賦》，《韓國文集叢刊》第 27 冊，漢城：民族文
　　化推進會，1988 年，頁 77。
③ 張維《谿谷集》卷六《重刻〈杜詩諺解〉序》，《韓國文集叢刊》第 92 冊，漢城：民族文化推進
　　會，1992 年，頁 114。
④ 金得臣《柏谷集》附錄《終南叢志》，《韓國文集叢刊》第 104 冊，漢城：民族文化推進會，
　　1993 年，頁 239。李安訥讀杜律次數還更多，有“萬三千遍”之説，李植撰《禮曹判書贈左
　　贊成東岳李公行狀》中記載：“讀書必以千百番爲數。嘗聞金慕齋言：‘書必萬讀，文方
　　入神。我朝惟容齋公萬讀，故其詩亦入神。’公心服其説，及謫居無事，重讀杜律，有
　　至萬三千遍者。”（李植《澤堂集》別集卷九，《韓國文集叢刊》第 88 冊，漢城：民族文
　　化推進會，1992 年，頁 568）
⑤ 李獻慶《艮齋集》附錄李升鎮撰《家庭聞見録》，《韓國文集叢刊》第 234 冊，漢城：民族文化
　　推進會，1999 年，頁 430。
⑥ 李獻慶《艮齋集》卷九，《韓國文集叢刊》第 234 冊，頁 185。

　　雖然杜詩是正宗是大家,如鄭經世(1563—1633)云"宇宙詩宗杜少
陵"①,丁若鏞(1762—1836)云"後世詩律,當以杜工部爲孔子"②,但杜詩並
非毫無瑕疵,在中國批評杜甫的聲音可謂不絕如縷,唐代即有人"謗傷",宋
初有人貶杜爲"村夫子",蘇軾也有專揭"子美陋句"者。明復古派同樣對杜
詩有較多指瑕之論,胡應麟(1551—1602)稱其"利鈍雜陳,巨細咸畜"③,王
世懋(1536—1588)所論更詳:

　　　　少陵故多變態,其詩有深句,有雄句,有老句,有秀句,有麗句,有險
　　句,有拙句,有累句。後世別爲大家,特高於盛唐者,以其有深句、雄句、
　　老句也;而終不失爲盛唐者,以其有秀句、麗句也。輕淺子弟,往往有薄
　　之者,則以其有險句、拙句、累句也。不知其愈險愈老,正是此老獨得
　　處,故不足難之;獨拙、累之句,我不能爲掩瑕。④

明復古派詩論也影響到朝鮮中後期文人對杜詩的看法,他們的詩論也開始
有批評杜詩之語,其中又以李睟光(1563—1628)爲代表,其《芝峰類說》"文
章部"卷八至卷十四共收錄詩話約1 300多條,與杜詩相關者約135條⑤,對
杜詩字詞、用韻、用典等的指摘都不少,與明復古詩論的承繼關係也很清晰,
如下面兩條:

　　　　王世貞曰:"七言排律創自老杜,然亦不得佳。蓋七字爲句,束以聲
　　偶,氣力已盡矣。又衍之使長,調高則難續而傷篇,調卑則易冗而傷
　　句。"信哉斯言也。

　　　　杜詩:"戰連脣齒國,軍急羽毛書。"注:有急則插羽於檄,謂之羽檄。
　　今加一"毛"字,則剩語。⑥

第一條全引王世貞(1526—1590)語,表示贊同;第二條"剩語",則是王世懋

---

①　鄭經世《愚伏集》卷一《招杜術士思忠》,《韓國文集叢刊》第68冊,漢城:民族文化推進會,
　　1991年,頁25。
②　丁若鏞《與猶堂全書》第一集詩文集卷二十一《寄淵兒》,《韓國文集叢刊》第281冊,漢城:
　　民族文化推進會,2002年,頁453。
③　胡應麟《詩藪》內編《近體上·七言》,臺北:廣文書局,1973年,頁222。
④　王世懋《藝圃擷餘》,何文煥編《歷代詩話》(下),北京:中華書局,1981年,頁777。
⑤　全英蘭《由〈芝峰類說〉看李睟光的杜甫詩論研究》,收入鄭判龍主編《韓國詩話研究》,延
　　吉:延邊大學出版社,1997年,頁239。
⑥　兩條分別出自《芝峰類說》卷九(《韓國詩話叢編》第2冊,頁287)、卷十一(同上,頁325)。

所言“拙、累之句,我不能爲掩瑕”的反映。

　　與李睟光同時的申欽(1566—1628),以及後來的金萬重(1637—1692)、李瀷(1681—1763)等也多角度批評了杜詩。詩聖並非完美,指摘杜詩中的不完美處也就提供了更多學習的角度與提升的空間,這也是詩論發展的必然,以杜詩爲典範與對杜詩的批評並不矛盾。

二　性理學影響下的杜詩論

　　在朝鮮文人筆下,杜甫有一形象塑造與完備的過程,杜詩也有一典範與批評並存的過程。當朱熹的論杜之語傳入朝鮮後,也給朝鮮文壇帶來衝擊,其中影響最大的是論夔州詩與論“同谷七歌”。

　　我們先來看看朱熹論夔州詩之語,如上文所引,他認爲“杜詩初年甚精細,晚年横逆不可當”,“夔州以後自出規模,不可學”,“夔州詩却説得鄭重煩絮,不如他中前有一節詩好”。朱熹對杜甫夔州詩持否定態度,是其重法、重古、重正文學觀的反映。他有言:

　　　　頃年學道未能專一之時,亦嘗間考詩之原委,因知古今之詩凡有三變。蓋自《書》《傳》所記,虞、夏以來,下及魏晉,自爲一等。自晉宋間顔、謝以後下及唐初自爲一等。自沈、宋以後,定著律詩,下及今日,又爲一等。然自唐初以前,其爲詩者固有高下,而法猶未變。至律詩出而後詩之與法始皆大變。以至今日,益巧益密,而無復古人之風矣。以曾妄欲抄取經史諸書所載韻語,下及《文選》、漢魏古詞,以盡乎郭景純、陶淵明之所作,自爲一編,而附於《三百篇》《楚辭》之後,以爲詩之根本準則。又於其下二等之中,擇其近於古者各爲一編,以爲之羽翼輿衛。且以李、杜言之,則如李之《古風五十首》,杜之秦蜀紀行、《遣興》《潼關》《石壕》《夏日》《夏夜》諸篇。律詩則如王維、韋應物輩,亦自有蕭散之趣,未至如今日之細碎卑冗,無餘味也。其不合者,則悉去之,不使其接於吾之耳目而入於吾之胸次,要使方寸之中,無一字世俗言語意思,則其爲詩,不期於高遠而自高遠矣。①

朱熹將詩分三期,至律詩出,詩與法皆大變,愈演愈下,無復古人風。編詩擇近古者,李、杜也祇有寥寥數篇。他尚有重法輕變之言:

---

　　①　《朱文公文集》卷六十四《與鞏仲至諸書》,《四部叢刊初編(縮本)》第 231 册,頁 1177。

余嘗以爲天下萬事,皆有一定之法。學之者須循序而漸進。如學詩,則且當以此等爲法,庶幾不失古人本分體制。向後若能成就變化,固未易量,然變亦大是難事。果然變而不失其正,則縱橫妙用何所不可。不幸一失其正,却似反不若守古本舊法以終其身之爲穩也。李、杜、韓、柳,初亦皆學《選》詩者。然杜、韓變多,而柳、李變少。變不可學,而不變可學。故自其變者而學之,不若自其不變者而學之。……學者其毋惑於不煩繩削之説而輕爲放肆以自欺也哉。①

李太白終始學《選》詩,所以好。杜子美詩好者亦多是效《選》體。漸放手,夔州諸詩則不然也。②

學詩當循法度,求變不如求穩。

朱熹之論首先得到朝鮮性理學家的響應,退溪李滉(1501—1570)《答鄭子中講目》云:

朱子論詩取西晉以前,論杜詩取夔州以前。自今觀之,江左諸人詩固不如西晉以前,夔州以後詩亦太橫肆郎當,大概則然矣。然如建安諸子詩,好者極好,而不好者亦多。子美晚年詩,橫者太橫,亦間有整帖平穩者。而朱子云然,此等處吾輩見未到,不可以臆斷,且守見定言語,俟吾義理熟、眼目高,然後徐議之耳。③

退溪袛是部分同意朱熹的意見,説"夔州以後詩亦太橫肆郎當",此是大略之言,杜甫晚年"整帖平穩"之作也不少。但他並不敢反對朱熹之論,而是認爲朱子所論自有道理,自己因爲見識短淺還不能完全領略朱子深意,先堅守朱子之論,等"義理熟、眼目高"之後再回頭慢慢體味。可惜現在未能見到退溪其他關於夔州詩的見解,不知他最終是否平衡了"太橫肆"與"整帖平穩"之間的矛盾。

宋時烈(1607—1689)是朝鮮歷史上唯一被稱爲"子"的大家,亦是著名的性理學者,他同樣對朱熹之論作出了回應,《竹陰集序》云:

蓋聞評人易,評詩難。蓋人有君子小人之分,爲君子所與者爲善

① 《朱文公文集》卷八十四《跋病翁先生詩》,《四部叢刊初編(縮本)》第233册,頁1520。
② 《朱子語類》卷一百四十《論文下》,頁3326。
③ 李滉《退溪集》卷二十五,《韓國文集叢刊》第30册,漢城:民族文化推進會,1989年,頁94。

流,爲小人所好者爲不善之流,此所以評人易也。至於詩也,其格律之高下,音韻之清濁,既有不齊,而又有正變異體,《三百篇》以後,以至蘇、黃、二陳,其變無窮。而一人之作,亦有先後之異,故晦翁以杜子之夔州以後又爲一變,則詩豈可易評哉!惟聖人則無所不知,故不期於評詩,而一經品題即爲百世之定論,要是至公而明也。①

他肯定了朱熹以夔州詩爲杜詩之變的説法,巧妙地迴避了對其優劣及風格等的評價,衹是抓住一“變”字,認爲朱熹是“無所不知”的聖人,他關於詩的品評也就成爲百世定論。杜甫夔州詩作發生了很大變化,此是公論,並不待朱熹定評,有爭論的是夔州詩的風格,及能不能學的問題,宋子之論對此並無發明。

朱熹之論也深刻影響到崇奉朱子學的朝鮮文人。李植(1584—1647),字汝固,號澤堂,精研《性理大全》、李滉《退溪集》、朱熹《資治通鑑綱目》及濂、洛諸書,曾注解杜詩,著有《纂注杜詩澤風堂批解》。其在《學詩準的》中論律詩云:

> 唐以下律詩百家浩汗,必須精選熟讀。……所當專精師法者,無過於杜爲先,熟讀吟諷,然其橫逸艱晦之作不可學,專取其精細高邁者以爲準的。②

杜律是學習的典範,但有一部分作品不可學,那就是“橫逸艱晦”之作。此段中的“精細高邁”、“橫逸”、“艱晦”,與朱子所言“精細”、“橫逆不可當”、“分明如畫”或相同或相近或相反,完全可以爲朱子之言作一注脚,由此可見,澤堂論杜也深受朱子詩學觀的影響③。

再看看朱子論“同谷七歌”之言。據蔡正孫《詩林廣記》記載,杜甫《乾元中寓居同谷县作歌七首》卒章後有朱子跋語:“杜陵此章,豪宕奇崛,詩流

---

① 宋時烈《宋子大全》卷一百三十九,《韓國文集叢刊》第 112 册,漢城:民族文化推進會,1994 年,頁 573。

② 李植《澤堂集》別集卷十四《學詩準的》,《韓國文集叢刊》第 88 册,漢城:民族文化推進會,1992 年,頁 517。

③ 《學詩準的》是李植爲教育子弟後學而作,所以説杜甫夔州以後詩作“不可學”。從詩歌創作及品鑑的角度而言,他對夔州以後詩作亦很欣賞,其評論李好閔詩作云:“其詩絶去常調,尤忌死語,奇峭挺拔,得老杜夔峽之音,而復出筆墨蹊徑之外。”(《澤堂集》卷九《五峰李相國遺稿後題》,《韓國文集叢刊》第 88 册,頁 159)以杜甫夔峽之作“奇峭挺拔”,亦多贊譽之意。

少及之者。至其卒章,嘆老嗟卑,則志亦陋矣。人可以不聞道哉?"①"同谷七歌"卒章爲:"男兒生不成名身已老,三年饑走荒山道。長安卿相多少年,富貴應須致身早。山中儒生舊相識,但話宿昔傷懷抱。嗚呼七歌兮悄終曲,仰視皇天白日速。"②"同谷七歌"寫於杜甫"一年四行役"的唐肅宗乾元二年(759),第一首從自身作客的窘困説起,第二首寫全家因饑餓而病倒的慘況,第三首懷念兄弟,第四首懷念寡妹,第五首又回到自身,第六首由一身一家説到國家大局。最後一首集中抒發作者的身世飄零之感,突出表現作者對名望、富貴的渴望,這種過於熱切近乎眼饞的直露表述,與儒家提倡的安貧樂道相去甚遠,宋文欽(1710—1752)將其概括爲"干禄希利,所志之陋"③,這也許正是朱子説杜甫"嘆老嗟卑"、"志亦陋"、"不聞道"的原因。

蔡正孫《詩林廣記》很早就傳入朝鮮,世宗二十六年(1444)集賢殿群臣完成的《纂注分類杜詩》已引用了《詩林廣記》中的内容④,則朱子對杜甫"不聞道"的批評也應早就爲朝鮮文人所熟知,但直到朴長遠(1612—1671)我們纔第一次看到對朱子之論的反饋,他在《惜餘春辭》中云:"彼嘆老兮嗟卑,哂七歌兮同谷。"⑤贊同朱子的"嘆老嗟卑"之論,並由卒章變成對全部七歌的批評。

有贊成就有反對,首先提出不同看法的是尹推(1632—1707),他在詩題中就態度鮮明地表明了自己的觀點:"適披覽杜詩,有《同谷七歌》,朱子跋之曰:'豪宕奇崛,詩流少及之者,至其卒章嘆老嗟卑,則志亦陋矣,人不可不知道乎?'噫!子美乃詩人也,只可觀其豪宕奇崛,又何論其嘆老嗟卑也?"在卒章中再次爲杜甫申辯:"杜陵同谷七歌極豪逸,文公跋語稱奇崛。從古文人未聞道,嗟老嘆卑何足恤。可笑荒山飢走日,縱有高思從何出。……欲效同谷作七歌,譏爲杜陵訴晦翁。嗚呼七章兮更怊悵,極目遠望天無窮。"⑥尹

---

① 蔡正孫撰,常振國、降雲點校《詩林廣記》卷二,北京:中華書局,1982 年,頁 20。
② 《杜詩詳注》卷八,頁 699。
③ 宋文欽《閒静堂集》卷一《冬,羈宦京城,伏蒙伯氏寄氏和同谷七歌之作,三復詠嘆,感慨交切,輒敢依韻叙懷,却以奉獻。其詞致之卑拙,固非可與論於古人,而至其干禄希利,所志之陋,則誠有愧於朱子不聞道之戒,重爲悼邑云》,《韓國文集叢刊》第 225 册,漢城:民族文化推進會,1999 年,頁 304。
④ 參見左江《〈纂注分類杜詩〉研究》,見《李植杜詩批解研究》附録三,北京:中華書局,2007 年。
⑤ 朴長遠《久堂集》卷一,《韓國文集叢刊》第 121 册,漢城:民族文化推進會,1994 年,頁 7。在此之前,林億齡(1496—1568)在《龍山脱帽》一詩中云:"杜甫亦何人,屑屑悲衰老。區區强正冠,未必通大道。"(《石川詩集》卷一,《韓國文集叢刊》第 27 册,漢城:民族文化推進會,1988 年,頁 336)也曾因杜甫的"悲衰老"之言,有對其未得道的批評,但不是對朱子"嘆老嗟卑"之論的回應。
⑥ 尹推《農隱遺稿》卷二,《韓國文集叢刊》第 143 册,漢城:民族文化推進會,1995 年,頁 228。

推提出了幾點看法：第一，"同谷七歌"首先是文學作品，應關注其"豪宕奇崛"之處；第二，杜甫首先是文人，不必苛求他聞道；第三，在杜甫"一年四行役"人生最艱難的時候，又如何要求他有"高思"？

圍繞"同谷七歌"是贊成還是反對朱子之論，其出發點其實是對杜甫身份的認識：他祇是一個文人，或應是一得道的儒者？金鎮圭（1658—1716）《盤谷九歌》云："昔杜子美流落秦隴，作《同谷七歌》，以叙身世之艱難，弟妹之分離，其辭悲苦，有足感人。"①是從文學的角度評價這組詩，強調其感動人心的力量。但就整個朝鮮漢文學史來看，支持朱子之論者是大多數，對杜甫有更多超越文人的期許。略舉數例如下：

李萬敷（1664—1732）《在陳録》先引用朱子之言，接著感慨云："凡詩人例多怨尤感憤之辭，故杜陵亦不免穎濱所謂'唐人工於爲詩，而陋於聞道者'是也。"②

李獻慶（1719—1791）《答鄭司諫書》先肯定了七歌的文學價值，又以朱子之意對鄭司諫提出了批評，云："杜子美《同谷七歌》有風雅遺意，而朱夫子以嘆老嗟卑致惜於卒章。老兄何不以'老當益壯，窮且益堅'一語時自警省，而遽有此摧頽放倒之語耶？"③

成海應（1760—1839）在《南村六老酬倡詩小序》將六老之詩與"同谷七歌"相比，云："今六老之詩，皆寫其歡欣之情，發其紆餘之音，間以諧謔，絶無嘆老嗟卑之語，可謂之化國之人，而亦可由是而進於道矣。"④

由以上數例來看，支持朱子之論的朝鮮文人在承認"同谷七歌"的藝術成就、文學價值之時，都從"得道"的角度對杜甫提出了更高的要求。爲什麼"得道"如此重要？成大中（1732—1809）進一步説明："吾輩但能除却嘆老嗟卑、憂飢怕貧之念，然後方可做究竟工夫。然陶淵明、杜子美之所不能免者，豈易言除却哉？惟消得閒氣，安得常分，以至安於義命，則貧賤衰老不足動我心矣。"⑤因爲祇有消除了嘆老嗟卑、憂飢怕貧的想法，纔能"做究竟工夫"；又祇有"做究竟工夫"，纔能安於義命，二者相輔相成，否則很容易爲名

---

① 金鎮圭《竹泉集》卷二，《韓國文集叢刊》第 174 册，漢城：民族文化推進會，1996 年，頁 20。

② 李萬敷《息山集》別集卷二，《韓國文集叢刊》第 179 册，漢城：民族文化推進會，1996 年，頁 31。

③ 李獻慶《艮齋集》卷十三，《韓國文集叢刊》第 234 册，漢城：民族文化推進會，1999 年，頁 276。

④ 成海應《研經齋全集》續集册十一，《韓國文集叢刊》第 279 册，漢城：民族文化推進會，2001 年，頁 213。

⑤ 成大中《青城集》卷五《與元才子書》，《韓國文集叢刊》第 248 册，漢城：民族文化推進會，2000 年，頁 425。

利富貴干擾,爲老病窮愁憂慮,難免有"摧頽放倒"之言。

　　與"同谷七歌"相類的還有對"安得廣厦千萬間,大庇天下寒士俱歡顏"①的評價,此句出自杜甫的《茅屋爲秋風所破歌》,一般認爲這是杜甫憂國憂民的表現,朝鮮文人也大多延續了這一認識,如金德五(1680—1748)云:"廣厦千間欲庇寒,杜陵非嘆屋難完。男兒志願當如是,容膝當求處土安。"②金鍾正(1722—1787)云:"杜陵老布衣,破屋風雨呼。廣厦千萬間,猶思庇寒儒。安得起此人,共講憂民謨。"③二人或贊杜甫男兒當如是,或以杜甫在憂民生上爲異代知音。朴宗興(1766—1815)更用四六文改寫《茅屋爲秋風所破歌》,盛贊杜甫"聽屋漏床床之聲,深念天下寒士之無數"的情懷④。李恒老(1792—1868)則結合朱子批評王通"雜霸鐖基"之語⑤,稱贊《茅屋爲秋風所破歌》"此詩甚好",因爲"志士仁人,能爲國家殺身,此非爲功名也,爲君也,爲民也。……若爲我者安肯如此?"⑥與王通的"爲我"、"爲功名"不同,杜甫是"爲君爲民"。

　　在對《茅屋爲秋風所破歌》的贊譽聲中,我們還是聽到了幾種不同的聲音,李象靖(1711—1781)也是朝鮮著名性理學家,他在《漏窩記》中稱:"杜工部因牀牀屋漏而思庇天下之寒士,志亦大矣。然'廣厦千萬間'之句,亦近於詩人之滑稽而不適於實用,又烏足尚哉?"認爲杜甫"大庇天下寒士俱歡顏"的願望祇是詩人信口開河的誇大之言,並不適用於現實生活,根本不值得推崇。重要的是"戒懼於睹聞之前,省慎於隱微之際。察理明而無滲漏之失,責己周而絶罅漏之隙"⑦,也就是要防微杜漸、未雨綢繆,而不是架漏度時地亡羊補牢。這也是對杜甫有著過高期許,站在性理學的角度,提出了修養性情、提升人格的要求。李仁行(1758—1833)《願豐庵記》云:"昔杜少陵蕭然破屋,風雨不能除,身世可謂拙矣。嘗有詩曰:'願得廣厦千萬間大庇天

---

①　《杜詩詳注》卷十《茅屋爲秋風所破歌》,頁831。

②　金德五《癡軒集》卷一《次權用卿萬斗知足堂韻》,《韓國文集叢刊》第193册,漢城:民族文化推進會,1997年,頁23。

③　金鍾正《雲溪漫稿》卷二《臘月夜大風雪,以"窗外正風雪,擁爐開酒缸"爲韻賦詩》其七,《韓國文集叢刊續》第86册,首爾:韓國古典翻譯院,2009年,頁48。

④　朴宗興《冷泉遺稿》卷四《廣厦千萬間上梁文》,《韓國文集叢刊續》第109册,首爾:韓國古典翻譯院,2010年,頁409。

⑤　《朱子語類》卷一百三十七《戰國漢唐諸子》:"(文中子)說'安我所以安天下,存我所以厚蒼生',都是爲自張本,做雜霸鐖基。"(頁3267)

⑥　李恒老《華西集》附錄卷二《金平默録二》,《韓國文集叢刊》第305册,漢城:民族文化推進會,2003年,頁358。

⑦　李象靖《大山集》卷四十四,《韓國文集叢刊》第227册,漢城:民族文化推進會,1999年,頁350。

下寒士.'正其所謂'許身太愚'者也。豈獨自謂愚,人之不笑其迂者蓋鮮矣。"①同樣以其所言是大而無當的迂腐之論。李震相(1818—1886)在《大庇洞山亭記》一文中也與李象靖有著相似的評價,他説:"昔杜子美欲得千萬間廣廈大庇天下寒士,而不能固灢西一小屋以庇其身,此空言也。"仍以杜甫之論爲"空言",自己無一栖身之地,又如何能大庇天下寒士? 但他又借朱子"稷契輩口中語"誇讚了杜甫,因爲他"雖處窮陋之中,而不忘經濟之念"②。對《茅屋爲秋風所破歌》褒與貶的兩面在此得以結合,而朱子之論起到了重要作用。

　　張師伯偉云:"就杜詩經典的'源點'來説,其核心所指是雙向的,即道德和審美。由於這兩者是融合爲一的,無論是'詩聖'、'集大成'、'詩史',還是'點鐵成金',都包孕了道德和藝術兩者,我們也可以説,杜詩經典是一個方向上的兩種意涵。"③杜詩的道德意涵尤爲性理學家所關注,當理學與文學混在一起時,朝鮮文人對杜甫的要求就非常嚴苛,不但杜詩是完美的,杜甫在人格上也必須是完美的。趙絅(1586—1669)《答道春書》云:"詩道實難,詩出性情,故《三百篇》無非性情也。下而魏晉氏諸作,袪性情而入於浮,唐以下則愈浮而愈去性情矣。惟李、杜氏振累代之浮,間出性情語,然豈有如程伯子、朱晦庵之理到之一語乎?"所以他更欣賞程顥的"不須愁日暮,天際是輕陰"、"傍人不識余心樂,將謂偷閑學少年"以及晦庵"今朝試揭孤篷看,依舊青山緑樹多"這樣的詩句,每每吟誦起來"不覺手舞而足蹈也"④。他將得道、性理作爲品鑒詩作的第一標準,所以雖然李白、杜甫振興詩壇,亦有性情之作,他却與理學家缺乏詩意的作品契會於心。權星翕(1771—1814)《書君實所錄東國詩後》云:"唐之諸君子激頹而起,雄偉如杜工部者可謂得中興之運,而獨慨夫未入周、孔之室,其見博洽而未純,其志嘐嘐而不掩。雖未及於清廟文王之盛,而其宏深鉅麗則有非諸子所及者矣。"⑤雖然肯定了杜甫在詩學上的貢獻以及地位,仍認爲他未得道,未能入"周、孔之室"。

　　如此,當朝鮮文人將文人詩作與理學家作品進行比較時,就有貶抑文人

①　李仁行《新野集》卷六,《韓國文集叢刊續》第104册,首爾:韓國古典翻譯院,2010年,頁532。
②　李震相《寒洲集》卷二十九,《韓國文集叢刊》第318册,漢城:民族文化推進會,2003年,頁105。
③　《作爲經典的東亞文學史上的杜詩》,頁192。
④　趙絅《龍洲遺稿》卷二十三,《韓國文集叢刊》第90册,漢城:民族文化推進會,1992年,頁414。
⑤　朴星翕《蘆庵文集》卷一,《韓國歷代文集叢書》第1274册,漢城:韓國文集編纂委員會、景仁文化社,2002年,頁366。

之作的傾向，李、杜亦成爲批評的對象。有人問金在洛（1798—1860）濂、洛與李、杜的差別，他回答説："風雅之爲體，淡平沖和，該括體用；李、杜鎗韻，點聲轉換，全事富麗。尤翁曰'作詩可也，不作詩亦可也'，惟是之謂也。今日作詩者，帶性命兼體用，然後斯得風雅之旨，庶幾哉？"①他認爲李、杜之作突出的祇是韻律的使用及詞藻的富麗，如宋時烈所言，這樣的詩歌不寫也罷。祇有以理學入詩，"帶性命兼體用"，纔可謂上承風雅。這是違背詩歌特點的偏頗之論，由此可見理學家的作品及創作觀在朝鮮文壇是如何深入人心、影響巨大。在這樣的觀念體認中，人生唯一要務就是修養心性，則杜甫在浣花溪邊難得的輕松休閒時光也成爲他們批評的對象："子美卜浣溪而漫詠敲針之嬉，彼皆騷人寓情之辭，豈若君子養正之教？"②杜甫《江村》云："老妻畫紙爲棋局，稚子敲針作釣鈎。"③這是杜詩中少見的輕快之作④，但在理學家眼中，這"寓情之辭"是無法與"君子養正之教"相比的，所謂"養正"，不外乎儒家修身、齊家、治國、平天下的宏大願望吧？

　　性理學家影響下的朝鮮詩壇不但對杜甫提出了更高的道德、精神境界，還從引詩論理的角度賦予杜詩所沒有的含義，此點亦受到朱熹的影響。朱子曾引用杜詩"仰面貪看鳥，回頭錯認人"講解《大學》"正心"章⑤，孝宗戊戌（1658）十二月二十七日、顯宗己酉（1669）正月十七日，宋時烈在經筵中兩次爲君主講《大學》，都提到朱子引用"仰面貪看鳥，回頭錯認人"來講"正心"，是善喻⑥。宋時烈解釋這兩句是"心往於鳥而不在於人也"，過於簡單，其後的學者意猶未盡，多有申論。申暻（1696—1766）《答湖嶺儒林》云："杜詩恰好取譬，'仰面貪看鳥'，是心在於鳥，故'回頭錯應人'，爲心不在人也。

① 金在洛《養蒙齋集》卷二《三休堂詩序》，《韓國歷代文集叢書》第 1639 册，漢城：韓國文集編纂委員會、景仁文化社，2002 年，頁 93。
② 鄭元容《經山集》卷十一《山下出泉齋上梁文》，《韓國文集叢刊》第 300 册，漢城：民族文化推進會，2002 年，頁 246。
③ 《杜詩詳注》卷九，頁 746。
④ 關於杜甫《江村》一詩歷代有多種解讀，張師伯偉曾對前人之論進行辨析，認爲："這種混雜著自憐自愛又自怨自艾的複雜心情，就構成了杜甫寫作此詩的心理背景。因此，那種認爲《江村》是杜甫'自道其退休之樂'、'亦安分以終餘年而已'的看法，祇能是片面而膚淺之見。在杜甫的心境中，'事事幽'祇能益見其無聊，所以，他是有著深重的感嘆寄寓在字裏行間的。"（見《抒情詩詮釋的多元性問題——以杜甫〈江村〉的歷代詮釋爲例》，載《政大中文學報》第十期，2008 年 12 月）但因爲朝鮮文人對《江村》一詩的理解多取"自樂"之説，所以本文亦在此論的基礎上展開論述。
⑤ 朱熹《大學或問》："心在於此，而心馳於彼，血肉之軀，無所管攝，其不爲'仰面貪看鳥，回頭錯應人'者幾希矣。"見胡廣等纂修，周群、王玉琴校注《四書大全校注》，武漢：武漢大學出版社，2015 年，頁 120。
⑥ 宋時烈《宋子大全》拾遺卷九《經筵講義》，《韓國文集叢刊》第 116 册，漢城：民族文化推進會，1993 年，頁 180、196。

心既如此,則何以收束檢制而修其身乎? 此所以既誠意,又正心;既正心,又修身。功之不可闕,序之不可亂,有如是夫。"①將討論回到了"正心"的主題,以見收束心性的重要性。此後金榦(1646—1732)、金昌協(1651—1708)、韓元震(1682—1751)等人也同樣從理的角度分析這兩句詩②,遠離了對杜詩文學文本的解讀,而這正是朝鮮文人解讀杜詩的一個特點,由最簡單的詩句,引申出心性的培養、完美人格的追求。

杜甫《吾宗》有"在家常早起"一句③,這是最平常的詩句,也是最普通的生活記載,杜甫大概並沒有什麼深文大義蘊含其中,安鼎福(1710—1783)仍可以將其上升到"治心"的高度,其《書贈鄭君顯》云:"杜詩'居家常早起',治家不早起,事務叢脞,治心而怠惰其身,使曉朝清明之氣爲睡魔所困,何哉?"④杜甫《野人送朱櫻》云:"萬顆勻圓訝許同。"⑤形容滿籃櫻桃似乎一樣大小圓潤,表達其驚訝愉悦及對鄰人的感激佩服之情。金砥行(1716—1774)却能從中看到與修身正心的關係,其《講說問對》云:"杜子美《櫻桃》詩曰'萬顆均(引者按:當作勻)圓訝許同',古人固訝一物之許同也。此其以形色而言,猶謂之許同,況人心之虛靈而有主宰者乎? 心若通始終朱子曰:'心是通貫始終之物,仁是心體本來之妙。'而言,則固不可謂無不同,而但其本體則未嘗不同也。"⑥以此論人若虛靈不昧則人心並無不同。

朱子引杜詩論心性之學起到了示範作用,也爲朝鮮性理學者引杜論理提供了方便之門,這種種跡象都讓我們研究杜詩在朝鮮半島的傳播與影響以及分析朝鮮文人對杜甫、杜詩的評論時,不得不特別關注理學家的話語。雖然這與從文學文本的角度論杜詩之藝術、風格、寫作技巧等相去甚遠,但由此亦可見朝鮮文人對杜詩之精熟,以及對杜詩之尊崇,而這樣的尊崇在引杜詩考據的過程中被進一步放大了。

三　用於考證的杜詩

杜詩素有"千家注杜"之説,那麼朝鮮文人在詩論、詩話及注解杜詩的

---

① 申暻《直庵集》卷九,《韓國文集叢刊》第 216 册,漢城:民族文化推進會,1998 年,頁 279。
② 見金榦《厚齋集》卷二十三《傳七章》(《韓國文集叢刊》第 155 册,漢城:民族文化推進會,1995 年,頁 410)、金昌協《農巖集》卷十六《與洪錫輔》(《韓國文集叢刊》第 162 册,漢城:民族文化推進會,1996 年,頁 42)、韓元震《南塘集》卷二十三《心經附注答疑》(《韓國文集叢刊》第 201 册,漢城:民族文化推進會,1998 年,頁 538)。
③ 《杜詩詳注》卷十九,頁 1683。
④ 安鼎福《順庵集》卷六,《韓國文集叢刊》第 229 册,漢城:民族文化推進會,1999 年,頁 469。
⑤ 《杜詩詳注》卷十一,頁 902。
⑥ 金砥行《密庵集》卷九,《韓國文集叢刊續》第 83 册,首爾:韓國古典翻譯院,2009 年,頁 376。

過程中討論字詞來源、分析詞義、辯駁前人之説就是題中應有之義了。杜詩《和裴迪登蜀州東亭送客逢早梅相憶見寄》有“江邊一樹垂垂發”之句①，中國諸家注對“垂垂發”的討論主要有兩種意見，一是如楊慎所云：“梅花皆下垂放，故云垂垂。”認爲“垂垂”是梅花綻放時的普遍形態。另一種觀點認爲“垂垂”是“將及”的意思，“垂垂發”指即將開放②。李植在《纂注杜詩澤風堂批解》中即取“將及”之意，認爲“‘垂垂發’猶言垂垂老也”，並批駁了第一種看法：“且‘垂垂’字非所以狀梅之全體，若謂是倒開梅，則又晦而未著，首尾皆無據也。”③但就整體來看，朝鮮文壇由“垂垂發”三字來考證梅花之品種者不乏其人，比較早的是李滉，其《再訪陶山梅十絶》第八首云：“一花纔背尚堪猜，胡奈垂垂盡倒開。賴是我從花下看，昂頭一一見心來。”下有自注：

> 第八首“一花”云云，誠齋《梅花》詩：“一花無賴背人開。”余得此重葉梅于南州親舊，其著花一皆倒垂向地。從傍看，望不見花心，必從樹下仰面而看，乃得一一見心，團團可愛。杜詩所謂“江邊一樹垂垂發”者，疑指此一種梅也。④

根據自己親眼所見，認爲杜詩所言梅花爲重葉梅，“垂垂發”是梅花綻放的樣子，但非花之共性，而是一特定品種的梅花。金永爵（1802—1868）亦云：“城中評梅者必先數靖陵齋署之植，蓋三百有餘年于玆。花蒂倒垂，瓣大香郁，與凡梅迥不侔，世稱‘羅浮種’。考《石湖梅譜》，九十餘種，無與此類，獨老杜‘江邊一樹垂垂發’者差近之，洞梅中希珍之品也。”⑤羅浮梅“花蒂倒垂”，與其他九十多種梅花並不相類，唯與杜詩所言梅花相近，進一步説明“垂垂發”並非梅花的普通形態。如此雖不能確指杜甫所見梅花的品種，亦可見杜甫描摹景物之細膩，所以申緯（1769—1847）盛贊此句“不甚刻畫，而活現梅花身分，洞古今絶唱也”⑥，評價極高。

---

① 《杜詩詳注》卷九，頁 763。
② 參見蕭滌非主編《杜甫全集校注》卷八，北京：人民文學出版社，2014 年，頁 2085—2086。
③ 李植《纂注杜詩澤風堂批解》卷九，收入黃永武編《杜詩叢刊》，臺北：大通書局，1974 年，頁 687。
④ 李滉《退溪集》卷四，《韓國文集叢刊》第 29 冊，漢城：民族文化推進會，1989 年，頁 140。
⑤ 金永爵《邵亭稿》文稿卷二《古梅山館記》，《韓國文集叢刊續》第 126 冊，首爾：韓國古典翻譯院，2011 年，頁 370。
⑥ 申緯《警修堂全稿》冊二十三《南鄰鄭夢坡茂宰世翼病中，寄以梅花二詩，且乞寫墨竹，將爲揭梅龕也，次韻爲四首答之》，《韓國文集叢刊》第 291 冊，漢城：民族文化推進會，2002 年，頁 500。

　　此類闡釋杜詩的評論甚多,有些與中國之論相同,有些則可爲中國杜詩論之補充。又如《自京赴奉先縣詠懷五百字》中的"顧惟螻蟻輩,但自求其穴。胡爲慕大鯨,輒擬偃溟渤"①四句,在中國的杜詩闡釋系統裏,關於"螻蟻"有很明確的兩種意見,一是杜甫自喻,二是喻庸臣、居廊廟者。關於"大鯨"的解釋則有三種:一種是與螻蟻相對,比喻志向遠大之人,此是正面的理解;一種是與"螻蟻"順承,如仇兆鰲所云:"居廊廟者,如螻蟻擬鯨。"此是貶義;第三種將螻蟻比作自求温飽者,大鯨比作竊取名位者,亦是貶義②。第一種大鯨用作褒義時,將"螻蟻"視作杜甫自喻,則"大鯨"非指作者本人。宋時烈解釋云:"杜詩《詠懷》'螻蟻'、'大鯨',愚意'螻蟻'指時人,大鯨是自喻矣。注説似未安。"③這裏的注應指蔡夢弼注,蔡注云:"螻蟻,物之微者,甫自喻。"宋時烈批駁了蔡氏之説,又提出了新的見解,認爲"大鯨"纔是杜甫自喻。就四句來看,作者一面鄙薄苟且偷安的螻蟻之輩,一面嚮往縱横於大海之上的長鯨,以"大鯨"爲杜甫自喻有其合理性。

　　在詩話中較早又較多闡釋杜詩的是李睟光,略舉兩例:

　　　　梁簡文帝《雨》詩云:"漬花枝覺重,濕鳥羽飛遲。"杜詩"花重錦官城",又"冥冥鳥去遲",此也。梁聞人舊詩云:"林有驚心鳥,園多奪目花。"杜詩"恨别鳥驚心",此也。

　　　　古詩云:"三五明月滿,四五蟾兔闕。"杜詩曰:"闕月未生天。"按《禮運》曰:"月三五而盈,二五而闕。"注:"望而盈,晦而死也。"然則闕月晦時也。白樂天詩:"微月初三夜。"微月,乃指初月爾。④

第一例是説明杜詩字詞之出處,以及化用前人詩作與前代詩作之承繼關係,第二例借古詩及《禮運》來解釋"闕月",並區分與"微月"之别。這兩例都是對中國注解杜詩的沿襲,並無新穎之處,但將相關的内容集中在一起,也的確方便了杜詩的學習理解。

　　但是,杜詩文本在傳播的過程中,已經超越了文學文本的内涵,由性理學家解杜詩,我們可以看到他們對杜甫遠超文人的期許,杜詩也成爲檢驗人的品行、道德的標准之一。"詩聖"、"詩中天子"的贊譽代表著博學、準確、

---

① 《杜詩詳注》卷四,頁266。
② 參見《杜甫全集校注》卷三,頁688—689。
③ 宋時烈《宋子大全》卷七十三《與金永叔》,《韓國文集叢刊》第110册,漢城:民族文化推進會,1993年,頁446。
④ 李睟光《芝峰類説》卷十,《韓國詩話叢編》第2册,頁305、312。

完美，因此，杜詩闡釋在朝鮮文壇的另一表現就成爲考證的依據，滲透到地理、禮儀、服制考據的方方面面。

　　杜甫《奉贈太常張卿垍二十韻》首句云：“方丈三韓外，崑崙萬國西。”方丈爲三神山之一，《十洲記》云：“方丈洲，在東海中央，東西南北岸，相去正等。方丈，方五千里。”《魏志》云：“韓在帶方之南，東西以海爲限，南爲倭接，方可四千里。有三種，一曰馬韓，二曰辰韓，三曰弁韓。”①這引發了朝鮮文人極大的興趣，據不完全統計，約有四五十人在自己的詩文中引用“方丈三韓外”五字。最早出現在金訢（1448—1492）《己亥四月十八日到咸陽，留別克己丈，兼柬館中諸友》一詩中，詩云：“浮查方丈三韓外，繫馬扶桑太古枝。”②這裏祇是説坐船出行，“方丈”仍是遥遠神秘之地的象徵比擬，此後的文人則開始將“方丈”與朝鮮的名山相聯繫，考察其真實所在，這一過程不是運用史書、地志，而是依據杜甫詩句。

　　方丈又名智異、頭流，成汝信（1546—1532）《遊頭流山詩》云：“兹山得名有三稱，頭流智異方丈載古籍。頭流山迥暮雲低，李仁老詩尋青鶴。智異山高萬丈青，圃隱先生贈雲枘。方丈山在帶方南，杜草堂詩中説。兹山神異自古傳，知是千秋名不滅。”③將杜甫詩句與李仁老、鄭夢周（1337—1392）之語並提，作爲此山得名的依據。任弘亮（1634—1707）在《關東記行》中云：“吾東方頭流稱以方丈，耽羅稱以瀛洲，金剛稱以蓬萊，故世傳三神山在海東。老杜詩曰‘方丈三韓外’，即此而明知方丈之在我東。”④因杜詩之言，確信方丈在朝鮮。

　　有些人也對方丈山是否在朝鮮提出了疑問，但因杜甫的“方丈三韓外”之語，也疑慮盡消了。如朴汝梁（1554—1611）剛開始認爲杜詩此句“未信”，但結合對“方丈”的注解，以及國家祭祀智異的行爲，反而以爲：“工部之詩信不虛矣，而古人博物之該亦可見矣。”⑤不但以杜詩確實可信，還因此認爲杜甫學識淵博。尹東野（1757—1827）《方丈記行序》云：“我鮮國於東海，其言國之名山者，以金剛爲蓬萊，頭流爲方丈，漢挐爲瀛洲，未知是真個三神歟？抑好事者傅會之歟？若以老杜‘方丈三韓外’之句觀之，我鮮之有方丈其信矣乎？”⑥金基洙（1818—1873）《德川遊録》云：“史稱三神山在渤

①　《杜詩詳注》卷三，頁 220。

②　金訢《顏樂堂集》卷一，《韓國文集叢刊》第 15 册，漢城：民族文化推進會，1988 年，頁 228。

③　成汝信《浮查集》卷二，《韓國文集叢刊》第 56 册，漢城：民族文化推進會，1990 年，頁 87。

④　任弘亮《敝帚遺稿》卷三，《韓國文集叢刊續》第 40 册，首爾：民族文化推進會，2007 年，頁 585。

⑤　朴汝梁《感樹齋集》卷六《頭流山日録》，《韓國文集叢刊續》第 8 册，首爾：民族文化推進會，2005 年，頁 478。

⑥　尹東野《弦窩集》卷五，《韓國文集叢刊續》第 105 册，首爾：韓國古典翻譯院，2010 年，頁 84。

海中,說者以我國之金剛蓬萊、頭流方丈及漢挐瀛洲當之,似涉傅會。然嘗觀少陵詩云'方丈三韓外,崑崙萬國西',據此則方丈之在東瞰較然明甚。"①尹東野與金基洙都以金剛爲蓬萊、頭流爲方丈、漢挐爲瀛洲有傅會之嫌,但由杜甫的"方丈三韓外",又覺得方丈在朝鮮可確信無疑。

蔡之洪(1683—1741)的態度最爲糾結,一方面覺得杜甫所言"必有所據",一方面又覺得:"方丈之稱尤未可信,若使三山果在於三韓之地,則以秦皇之威靈,何必遠求於東海之東哉?"②由蔡氏的糾結,正可見杜詩的魔力,簡單的五個字,讓人不敢懷疑不敢辯駁,祇能相信,祇能引爲證據,這大概正是"詩聖"的力量。李滉在《題黃仲舉方丈山遊録》中明確說到:"方丈仙山非世間,漢皇徒慕漢空憐。"③以方丈爲傳説中的仙山,非人世間所有,柳道源(1721—1791)在進行考證時仍以"方丈三韓外"爲據,認爲:"方丈山即智異山,在全羅道南原府東六十里,山勢高大,雄據數百里。白頭山脉流至于此,故又名頭流。"④詩聖似比理學家更有感召力,性理學家的權威受到了來自杜詩的挑戰。

杜甫《詠懷古跡》五首之四云:"武侯祠屋長鄰近,一體君臣祭祀同。"⑤這兩句祇是説先主廟與武侯祠位置相鄰,君臣二人都享受著來自民間的自發的祭祀與供奉。但到了朝鮮士人眼中,"一體君臣祭祀同"則成爲臣子配享君王的最好證據。朝鮮肅宗朝(1675—1720)爲感激明神宗在壬辰倭亂中傾一國之力幫助朝鮮抗擊日本,要建大報壇,在討論哪些人配祀明神宗時,李瀷云:

> 當時東征之功宜以石星爲主,將士則宜以李如松爲元功,此則余別有所論,不可不祭。……按《通考》,先代帝王之廟自伏羲至隋文凡二十廟,各有配食,今既祭之,何可以無配乎?杜甫詩云"一體君臣祭祀同",此即村間之私祭而亦並祀君臣,古已有此例矣。⑥

---

① 金基洙《柏後集》卷六,《韓國文集叢刊續》第132冊,首爾:韓國古典翻譯院,2012年,頁652。

② 蔡之洪《鳳巖集》卷十三《東征記》,《韓國文集叢刊》第205冊,漢城:民族文化推進會,1998年,頁450。

③ 李滉《退溪集》文集卷一,《韓國文集叢刊》第29冊,漢城:民族文化推進會,1989年,頁64。

④ 柳道源《退溪集》考證卷一,《韓國文集叢刊》第31冊,漢城:民族文化推進會,1989年,頁279。

⑤ 《杜詩詳注》卷十七,頁1505。

⑥ 李瀷《星湖僿説》卷十一《人事門》"大報壇配祭",韓國國立中央圖書館藏英祖三十六年(1760)印本,頁16a。

無視先主廟與諸葛祠並非在同一建築空間裏的實際情況,反以其爲君臣同祭的例證。鄭澔(1648—1736)在論宋時烈應配享孝宗(1650—1659在位)時云:“君臣契合,魚水密勿,前則昭烈之於諸葛,後則孝廟之於時烈。實是異世而同符,表章崇報之典宜無古今之殊。‘一體君臣,同薦祭祀’,杜甫詩語,可以徵信也。”①同樣引杜詩爲證,並將宋時烈與孝宗的親厚關係與諸葛亮、劉備作比。

　　無論是對“方丈”的考察,還是對“君臣同祀”的運用,都應該從地志、歷史、儀禮、制度等方面尋找證據,而不是以詩人之説爲唯一依據,但朝鮮文人都引杜詩爲證,甚至曲解杜詩爲己用,並強調其“可徵信”、“信不虛”,杜甫也被譽爲“博物”,對杜甫及杜詩之尊崇可見一斑。

　　到朝鮮後期,受清乾嘉學派考據之風的影響,朝鮮文人在文集及詩話中考證杜詩或以杜詩爲考證之例越發豐富。丁若鏞(1762—1836)有《雅言覺非》三卷,其《自叙》云:“流俗相傳,語言失實,承訛襲謬,習焉弗察。偶覺一非,遂起群疑,正誤反真,於斯爲資。”②因爲察覺語言中有不少錯繆之處,他欲加以糾正,其中就較多引用杜詩爲例證。如“金吾者,巡徼之司也”,隨後引用《漢書·百官公卿表》《後漢書·百官志》進行解釋,再引杜詩“醉歸應犯夜,可怕李金吾”,以見金吾巡行視察的職能,從而感慨“今邦人忽以義禁府爲金吾,莫知所由”③。其他如輪菌、角、公然、范雎、松笋、跰、彈棋、蒲鴿、賒等詞語,丁若鏞亦用杜詩來求證意思。如“角”,丁若鏞甚至根據杜詩的表述來推導其材質:

　　　　杜詩云“永夜角聲悲自語”,今螺角、木角軍書名之曰哱囉,聲音奉濁,無悲切如訴之音,故邦人每聞號笛,誤認爲角吟。想杜詩嘆其善形,其實杜之所聽不是此聲。……按《舊唐書·音樂志》云“西戎有吹金者,銅角是也,長二尺,形如牛角貝蠡也”,司空曙詩云“雙龍金角曉天悲”,杜之所聽應亦金角,故悲切乃爾。④

此條内容較多,丁若鏞由東國角聲無悲切之聲,即斷定杜甫所聽非螺角、木

---

①　鄭澔《丈巖集》卷六《辭副提學疏》,《韓國文集叢刊》第157册,漢城:民族文化推進會,1995年,頁132。
②　丁若鏞《與猶堂全書》第一集雜纂集卷二十四《雅言覺非》“自叙”,《韓國文集叢刊》第281册,漢城:民族文化推進會,2002年,頁510。
③　《與猶堂全書》第一集雜纂集卷二十四《雅言覺非》卷一,頁511。
④　《與猶堂全書》第一集雜纂集卷二十四《雅言覺非》卷二,頁520。

角之聲,唯一的理由就是杜詩善形容,再由《舊唐書》的記載及司空曙的詩作來論證杜甫聽到的是金角聲。祇能説丁若鏞也非常迷信杜詩。

在詩話中以考據之法論杜詩者首推南羲采。南羲采,約英祖(1725—1776 在位)時期的文人,其《龜磵詩話》是高麗朝鮮詩話中規模最宏大者,彙輯中國數百種典籍中的文化掌故,分門別類進行編排,多論中國詩人詩作,或與朝鮮漢詩比較,間附個人評論。如下面兩條:

> 《摭言》:"東晉李鄂,立春以蘆菔、芹芽爲菜盤相饋。"《四時寶鏡》:唐立春,薦春餅生菜,號春盤,取迎新之意,自齊人始。杜詩"盤出高門行白玉,菜傳纖手送青絲"。

> 杜詩:"陰房鬼火青。"按《淮南子》:"人血爲燐。"許慎注:"兵死之血爲燐。燐,鬼火之名。"施肩吾《夜行》詩:"夜行無月時,古路多荒榛。山鬼遥把火,自照不照人。"①

第一條是引杜詩來考證唐代"春盤",第二首是引《淮南子》、施肩吾作品來考證杜詩中的"鬼火"二字。此類論杜詩條目缺乏創見,貴在資料豐富,通過字詞源流、史書、詩句等的引用,可以更好地理解杜詩,既見杜甫用典之繁富,亦可見杜詩用於考證之價值。

結　語

杜詩最遲在十一世紀八十年代傳入東國,逐漸成爲文人學詩的指南,並最終成爲詩壇最高典範。朝鮮文人學杜、論杜的資料非常豐富,從中可明顯看到中國詩壇風氣及學術界風尚的影響。在朝鮮文人論杜詩的過程中,很難説他們有什麽獨特的創見,但由於性理學的强力介入,理學家對道德境界、完美人格的追求,還是令朝鮮時代對杜甫及杜詩的評論烙下了鮮明的印記,形成了自己的特色。

首先,朝鮮文壇對杜詩的評價與中國息息相關,北宋文人對杜甫的推崇刺激了杜詩在高麗的傳播與接受。朝鮮王朝建立後,以儒家思想爲立國之根本,杜詩也被視爲有利教化之經典,政府以國家之力推動杜詩在東國的翻刻、注解、編選,大大加快了杜詩在東國的典範化過程,使杜詩成爲無可超越、不可撼動的經典。

---

① 分別見南羲采《龜磵詩話》卷二,《韓國詩話叢編》第 7 册,頁 75;《龜磵詩話》卷十七,《韓國詩話叢編》第 8 册,頁 161。

　　其次,在杜甫形象塑造的過程中,徐居正起到了重要作用,他在自己的詩文中近 200 次提及杜甫及杜詩,並大量化用杜詩或以杜詩爲典,其所論涉及杜甫忠君愛國的儒家信仰、人生之困頓窮愁、個性之豪狂自放,肯定了杜甫"詩聖"的地位,其中尤爲突出的是他對杜甫成都草堂世外桃源的刻畫以及杜甫西南詩作特別是夔州、湖南之作的贊譽。其所論已涉及杜甫及杜詩的方方面面,杜甫的形象也更爲豐滿立體。其後文人論杜甫很難超越徐居正建構的框架,祇是隨著明復古派詩論的影響,在贊譽杜詩的同時,在文人詩論及詩話中開始出現對杜詩累句拙句等的批評。贊譽與批評並存應是更爲健康的詩論模式,也是文學批評發展的必然。

　　再次,朝鮮文人對杜甫及杜詩的評論中,性理學家的身影非常突出,他們的聲音也異常洪亮,影響深遠,而他們評論的方式與内容都受到朱熹的影響。朱熹對杜甫的評價集中在以下幾點:一是對杜甫夔州詩的否定,二是借"同谷七歌"卒章批評杜甫"嘆老嗟卑"、"志亦陋"、"不聞道",三是引杜詩論儒家的修身正心立志。以上三點都爲朝鮮性理學家以及受性理學影響的文人所吸收,在李滉、宋時烈、李植等人的作品中,都看到對以上内容的回應,甚至他們對杜甫的要求更爲嚴苛,對杜甫完美人格的要求已遠遠超出對於普通文人的期許,而引杜詩論理學更遠離了文學文本的闡釋傳統。

　　最後,因爲杜甫"詩聖"、"詩中夫子"的稱號,強化了杜詩的道德内涵,杜詩也就越發被認爲是完美的,具有了不可超越、不容置疑的魔力,甚至被朝鮮文人用於地理、禮制的考證,如對方丈山位置的討論、對"君臣同祀"的建議,都引杜詩爲據,並將其視爲唯一憑證。隨著清乾嘉學派考據之風的東傳與影響,朝鮮後期詩話中對杜詩字詞進行考證,以及以杜詩作爲考證依據的現象越來越突出,丁若鏞、南羲采所論尤爲豐富,對杜詩之迷信也隨處可見。

　　以上略及朝鮮文人及學界評論杜甫的三個階段及幾個特點,是較爲簡單直觀的叙述,幾個階段是如何變化的,幾個特點又是如何交融的,杜詩在朝鮮的傳播與影響又是如何發展的,都還有待更爲深入細致的研究,這也是筆者未來努力的方向。

2020 年 12 月初稿
2021 年 8 月定稿於三一齋

凡　　例

一、本書彙編朝鮮半島自高麗(918—1392)至朝鮮(1392—1910)時代約 4 000 種文獻中有關杜甫及杜詩的評論資料,凡作者出生於朝鮮國王退位(1910 年)之前,其著作時間在大韓民國和朝鮮民主主義人民共和國成立(1948 年)之前的文獻,皆在本書輯錄範圍之内。

二、全書分兩類,一爲"評述類",舉凡文人文集中所涉杜甫及杜詩評論資料屬之,有關杜詩著作之序跋資料亦涵括其中;二爲"詩話類",統録詩話、筆記之評論資料。

三、輯録資料主要來源爲以下數種叢書:民族文化推進會、韓國古典翻譯院編輯發行的《韓國文集叢刊》(350 冊)及《韓國文集叢刊續》(150 冊);韓國文集編纂委員會蒐集整理、景仁文化社出版的《韓國歷代文集叢書》(4 000 冊);趙鍾業先生所編、太學社出版的《修正增補韓國詩話叢編》(17 冊)。以上叢書中所收文集、詩話大多有詳細的底本説明,本書不再贅述,但收録的每條資料均注出處及頁碼,以便讀者核對查考。

四、編排方式先以類分,每一類再以作者生年先後爲序,其生年不詳者,以卒年先後或其他相關資料爲依據。作者第一次出現時,下附小傳,交待作者生平仕履、著述情況,是否出使過中國,在東國文學史、思想史上的地位等。

五、高麗時期留存文集有限,則借助《東文選》(太學社,1975 年),收集資料求全求備,只要提及杜甫或杜詩者一併收入,以見東國對杜甫及杜詩接受的源頭概貌。朝鮮時期的資料求精求妙,内容相同的資料,取其最早或最完備者以避免重複。

六、輯録内容重在東國對杜甫及杜詩的評論,也重在杜詩對東國詩文壇以及文人生活的影響,所以以下内容將選擇精要者録入:雖僅泛論杜甫及杜詩,但涉及對中國或東國詩歌史的評價,以及中國詩文與東國詩文關係的内容;以杜詩爲考證依據,或以杜詩爲書法作品、繪畫題材的内容。

七、以下幾種資料則不收録:僅是次杜、和杜、以杜詩分韻賦詩者,如不涉及對杜甫或杜詩的評論，一概不收録；僅以杜詩爲典者不收録；泛泛稱頌杜甫、杜詩者不收録；説學杜、像杜而無甚見解者、無具體説明者不收録；將他人或詩作與杜甫、杜詩相比贊譽者不收録。

八、朝鮮半島文獻引用杜詩，有與中國傳本文字不同者，爲存其真，儘量不作改動。如係文字顯誤，則依據仇兆鰲《杜詩詳注》予以改正，并出校記。

九、本書資料來源多樣，原文多有異體字（包括朝鮮半島古籍俗字），今據上下文意並參考金榮華編《韓國俗字譜》（亞細亞文化社，1986 年）等酌改爲正體字，不一一出注。

一　評　述　類

林宗庇

林宗庇,生卒年不詳,爲權適(1094—1147)門人,林椿伯父。有詩文數篇保存於《東文選》中。

《上座主權學士謝及第啓》(節錄):(上略)如某者廢蒙倒置之士,嶔崎可笑之人,智不足以及潯江之九肋龜,識不足以知絳老之六首豕。北遊至白水,庶乎狂屈之欲忘;南望遺玄珠,憒若離朱之未索。傷矣陰陽之寇,迷於道義之鄉。以謂襲蟬聯之慶若日磾者,可謂貴矣,愚則冷裔寒孫;奮虎癡之勇若許褚者,可謂壯矣,愚則危根弱植。茲二者非予之分,無一焉可賴而行。若不業文,難於涉世。況未達古今之體,其何異馬牛而襟;而不知天地之全,豈得發醯雞之覆。學之不可已也如此,吾何爲而獨不然乎?苟或明經,取青紫如拾地芥;舉茲已往,收科第若摘頷髭。由是留心雪螢,服勞翰墨。跂董遇學,不廢冬餘歲餘雨餘;灰子縶心,側聞天籟地籟人籟。書欲破杜陵之萬卷,衣不解王通之六年。晝誦夜談,不着華胥之夢;脣腐齒落,嘗窮禹穴之書。(下略)(《東文選》第2冊卷四十五,頁258)

林　椿

林椿,生卒年不詳,高麗毅宗、明宗年間人,字大年、耆之,號西河,醴泉人,謚號節義。與李仁老、吳世才等交游,並稱"海東七賢"。有《西河集》傳世。

《謝人見訪》:長安霖雨後,思我遠相過。寂寞蝸牛舍,徘徊駟馬車。恒飢窮子美,非病老維摩。莫署吾門去,聲名恐更多。(《西河集》卷一,《韓國文集叢刊》第1冊,頁209)

《次韻李相國知命見贈長句二首》其一:周詩古有三百篇,風亡雅缺誰復補由庚。後來作者競馳騖,爭欲牢籠撐抉乾坤精。紛紛徐庾誇浮艷,真同僧父賦出可以覆醬罌。皇天不欲喪斯文,乃出賢公爲國楨。揮毫鼓吻取富貴,清朝高選先登瀛。獨鍾絕藝冠今古,文止退之書止顏真卿。優入風騷閫域中,沈謝曹劉應減名。摩詰中朝一詞客,從來宿習由多生。當使君苗焚筆硯,豈有陸子投箱篇。才多學富賈長頭,紙爲田地舌爲耕。和音逸響忽交發,有如丹山鸑鷟翔翔來集朝陽鳴。長驅遠騁勢益壯,又似東溟巨鼇屭屭振搖三山傾。傳門學業自名家,白眉最良諸弟兄。風流不減謫仙人,飲盡千鍾頰未頳。一朝承恩入翰林,制作自與鬼神爭。若非錦繡爲五藏,又安得名章俊語開口俱天成。杜陵野叟稱老手，往往氣屈屢乞盟。玉皇召見賜顏色，清泉灑面解宿醒。虎殿龍樓侍歡宴，君臣賡載歌芣苢。沈香亭上敕進清平新樣調，管弦交奏和春喤。興酣十幅筆一息，飄飄俊思博且宏。苑中桃杏齊開拆，不待羯鼓催打如春霆。語道格峭異衆家，譏評不問癡鍾嶸。已抱文章動聖人，譽滿天下何闐轟。高懷磊落狹區宇，醉墨狂吟賦大鵬。直教名價凌三都，光焰萬丈凝餘晶。朝天儤直入鑾坡，風搖鈴索傳玎玎。千門上鑰黃昏靜，紫微花落如摧瓊。朱衣雙引遙傳呼，履聲響廊踏彭鏗。問神宣室夜漏盡，侍講經筵春晝晴。試草絲綸五色書，解呵凍筆宮娃媵。簪紳缺望無出右，當時閑步青雲程。丈夫仕官真罕比，食列五鼎家千兵。中使來宣上樽酒，禁林屢賜金盤橙。宸心愛養日益重，親將御手時調羹。致君堯舜自有術，功成可使陳六詼。雖懷勇退急流中，身與一世爲重輕。心中獨有羲皇地，不將塵事都經營。超然自放繩墨外，芥視祿位輕三旌。仙風道骨真有餘，久欲飛昇朝玉京。紱冕無異居雲山，紛紛世故未肯嬰。五湖何必逐鷗夷，胸中自有汪汪萬頃碧水泓。要將陶冶及生人，慎勿學淵明歸去田園坐種秔。黃扉當作黑頭公，兩鬢今無雪一莖。願公努力重築太平基，不負孤忠報國誠。襄陽布衣窮且老，早思附驥爲飛虻。欲作曲江亭上春風燒尾宴，尊前解唱喜遷鶯。禮闈見擯誠我分，戰藝無奈無先聲。却拋文卷將向江東去，俳徊來謁朱門呈。爲詩贈我亦目寫，落花飛雪滿紙多廻縈。與人不肯趁姿媚，自誇老硬天骨清。辭工墨妙兼得詩鳴與草聖，旋令觀者空嗟驚。興來長讀卷還舒，但覺奇彩爛爛奪目睛。已勝明珠三十個，何患空囊錢不盈。汝南他日論人物，許預品題月旦更。綠綺塵埃可揮拂，爲公更鼓一再行。（《西河集》卷二，《韓國文集叢刊》第 1 冊，頁 218）

《書懷》：詩人自古以詩窮，顧我爲詩亦未工。何事年來窮到骨，長飢却似杜陵翁。（《西河集》卷二，《韓國文集叢刊》第 1 冊，頁 221）

《賀皇甫沆及第二首》其一：卜居同里閈，嘗詣子之室。一見便嗟奇，再語稍款密。旦夕且相就，文稿數容乞。時時又唱酬，窘束怯嚴律。方論古今事，對坐頻捫蝨。弟兄俱孜孜，所業在學術。雖於危難中，手不釋卷帙。樂哉家有師，常無遠離膝。階庭生蘭玉，不減謝安侄。自古賢士輩，其才有得失。揚劉博見聞，李杜工綴述。唯子兼衆美，曾不愧其一。所見過所聞，未信名與實。我與當時人，文章少所屈。至於見子作，輒欲焚其筆。瞠若在乎後，夫子固超逸。後生誠可畏，自笑衰墮質。別子來江南，孤陋居蓬蓽。獨言誰爲應，默默口如吃。雖有老大平，居諸念相迭。於焉得養志，自謂私願畢。去年聞子捷，愁情慰一鬱。今朝人又至，言子取甲乙。先知夢魂王，果得語音吉。有司鑒裁精，而子才可必。然疑傳者誤，逢人輒重詰。寄書欲

賀,久無郵傳疾。因風叙所懷,毫秃未能悉。(《西河集》卷二,《韓國文集叢刊》第 1 冊,頁 224)

《訪興嚴寺堂頭兼簡金秀才二首》其二:醉裏閑行獨倚筇,共吟詩意盡西峰。羨君年少才無敵,嗟我身窮世不容。已作寧原三友約,羞言李杜二人踪。從横潑墨華箋上,筆法應傳王與鍾。(《西河集》卷三,《韓國文集叢刊》第 1 冊,頁 231)

《奉寄天院洪校書》:東野居貧家具少,自笑借車無可載。杜陵身窮更遭亂,未免負薪常自採。我今無田食破硯,平生唯以筆爲耒。自古吾曹例困厄,天公此意真難會。五鼎一簞未足校,富死窮生何者快。作書乞飯維摩詰,不厭空門清净債。先生有意能活我,千金何必監河貸。(《西河集》卷三,《韓國文集叢刊》第 1 冊,頁 236)

《次前韻奉答二首》其二:紫氣浮函谷,吾知正度關。世嗟才久屈,道直詔徵還。詩妙誰如杜,書奇又止顔。他年同報國,事業笑何攀。(《西河集》卷三,《韓國文集叢刊》第 1 冊,頁 237)

《與趙亦樂書》(節録):(上略)嗟乎! 自古賢人才士例多窮厄矣,而無有如僕者。子美之流落,韓愈之幼孤,摯虞之飢困,馮唐之無時,羅隱之不第,長卿之多病,古人特犯其一,而亦已爲不幸人。僕今皆犯之,豈不悲哉? 夫達人以窮達爲寒暑,未嘗不任真推分,怡然自愛,僕學此久矣,故不欲以憂患細故介吾胸次,且一涉世故,懲而不再者智士也。僕既屢困場屋,將自誓不復求之,所願者,時時從足下問《易》大旨,以不忘吾聖人道耳。(《西河集》卷四,《韓國文集叢刊》第 1 冊,頁 246)

《謝金少卿啓》(節録):(上略)此蓋閣下世襲日磾七葉,家傳韋氏一經。廉如鮑,捷如慶,勇如賁,器宏而博;書止顔,文止韓,詩止杜,學無不窺。其威名之所及也,隱隱轟轟,匪雷匪霆;其節義之彌堅也,玲玲瓏瓏,如珠如玉。其特立有如此者,顧當今捨我而誰? 果承北闕之絲綸,曾作東宫之羽翼。頃舉英雄之輩,將聯侍從之徒。乃以至公,及於無狀。某敢不奮發綿力,激昂素懷,增益其不能,敬修其可願。生成厚意,而今而後知之;感慨此心,未死未可量也。(《西河集》卷六,《韓國文集叢刊》第 1 冊,頁 263)

《上按部學士啓代人作〇闕聯》(節録):(上略)文以氣爲主,動於中而形於言,非抽黄對白以相誇,必含英咀華而後妙。歷觀前輩,能有幾人? 子厚雄深,雖韓愈尚難爲敵;少陵高峭,使李白莫窺其藩。聖俞身窮而詩始工,潘閬髮白而吟益苦。賈島之病在於瘦,孟郊之語出於貧。至如以李賀孤峰絶岸之奇,施於廊廟則駭矣;雖張公輕縑素練之美,猶得江山之助焉。才難不其然乎? 賢者足以與此。(下略)(《西河集》卷六,《韓國文集叢刊》第 1 冊,頁 268)

李仁老

李仁老(1152—1220),初名得玉,字眉叟,號雙明齋,慶源人。高麗明宗十年(1180)進士科狀元及第,歷任禮部員外郎、秘書監右諫議等職。高麗朝著名學者、文人,與林椿、吳世才等並稱"海東七賢",著有《銀台集》《破閑集》等。現流傳下來的只有《破閑集》及收在《東文選》中的部分漢詩文。

《飲中八仙歌》:長齋蘇晉愛逃禪,脫帽張顛草聖傳。賀老眼花眠水底,宗之玉樹倚風前。汝陽日飲須三斗,左相晨興費萬錢。太白千篇焦遂辯,八人真個飲中仙。(《東文選》第 1 冊卷十三,頁 267)

《題東皋子真》:貌古形枯鬢亦霜,此生端合水雲鄉。若無子美編詩史,千古誰知黃四娘。(《東文選》第 1 冊卷二十,頁 347)

李奎報

李奎報(1168—1241),原名仁底,字春卿,號白雲居士、止軒、三酷好先生,驪州人,謚號文順。高麗明宗二十年(1190)禮部試及第,歷任門下侍郎平章事等職。著述豐富,有《東國李相國集》;另有《白雲小説》,主論高麗朝漢詩。

《晚望》:李杜嘲啾後,乾坤寂寞中。江山自閑眼,片月掛長空。(《東國李相國集》卷一,《韓國文集叢刊》第 1 冊,頁 301)

《呈崔秘監誂》:閱世渾如夢,勞生亦劇擔。形慚南郭木,身仿少陵楠。一舉非雄鵠,三眠已老蠶。薄遊甘得得,高視謾耽耽。馬種徒空北,鵬圖敢跂南。家思靈運佛,生樂啓期男。酒味愁偏識,人情老漸諳。今朝逢舊友,終日倚高酣。鳳穴毛新好嗣子宗梓訪予,故云,蝸廬訪可慚。醉看紅蜃筆,出逐紫鸞驂時崔君作詩後,勸予往其宅。破袖懷毛紙,高門殿玉簪。蘭誇庭下秀,珠媚掌中貪指言崔家諸子,杜詩云:"掌中看一珠新。"兼倚憐他玉,青深愧我藍。執驚王粲至,空與阿戎談。酒席初廻燭,霜盤細剖柑。貧雖冰子冷,言作蜜翁甘。説古誠無惡,論今亦頗參。談天終八八,入道後三三。漸及觚籌簇,還忙席丈函。遲明如一謁,文字更相耽。(《東國李相國集》卷三,《韓國文集叢刊》第 1 冊,頁 322)

《呈內省諸郎并叙,戊午年》之《上右諫議李世長》:本生紈綺貴,猶事槧鉛勞。星魄從天降,花妖入壁逃。已傳張相印,合佩呂虔刀。筆洗西臺肉,詩霑老杜膏。謀宜前箸畫,官忽後薪高公躐遷,故云。粉省登清地,冰銜落彩毫。早知春有腳，何恨紙生毛。獸困甘搖尾，鷹飢望解絛。賢侯同姓李，郎子一門桃與賢嗣同榜。亦是平生幸，寧教失意號。（《東國李相國集》卷八，《韓國文集叢刊》第 1 冊，頁 376）

《陳君復和，又次韻贈之》其一：朝退時時愛訪僧，又逢閑客共棋燈。尋山雨帽低沉角，趁闕風縿堅作層。湘淥飲傾杯面玉，蜀箋吟染案頭冰。九原可作如相較，李杜於君定執勝。（《東國李相國集》卷十一，《韓國文集叢刊》第 1 冊，頁 404）

《陳君見和，復次韻答之》：陳郎年少氣尤雄，指麾電母鞭雷公。斗膽可吸江湖空，有如跨天萬里飲海之長虹。金鍾行酒日日醉，吟詩作賦渾閑事。袖攜聯珠數百字，扣門爲訪狂居士。居士老矣霜欺眉，造物以我將安爲。一生獨把窮途悲，他人腳底大行巫峽猶平夷。煉石五色空自苦，天固不缺何所補。子亦於吾何異笑百步，雖側金門滿腹琅玕猶未吐。相逢共幕劉伶天，醉倒況有支頭磚。是時白雪舞檐前，輕薄柳絮飛狂顛。個中風流不落李杜後，洒翰飛文皆老手。莫辭[一]促席留連久，此會人間信難有。諸公舉酒屬先生，共道先生胸中何物以爲精。自君之生，天不聖地不靈，山失其秀水失清。宦路高高千萬層，期君穩穩上頭登，蒼生重望非子復誰勝。（《東國李相國集》卷十一，《韓國文集叢刊》第 1 冊，頁 406）

[一] 辭，原作“詞”，據陳澕《梅湖遺稿》附錄《陳君見和，復次韻答之》（《韓國文集叢刊》第 2 冊，頁 287）改。

《復答崔大博》：遺形方愁君胡眩，有舌不談吾欲卷。爲唱陶潛歸去來，怡顏正好庭柯昈。衣雖如華食如蟻，何似李杜死飽醉。先生聞此即折鋒，欲教麋鹿還馳媚。一言佩服重於玉，已喜室蘭餘臭撲。況是豪篇洗我酸，盈囊溢篋皆結綠。唱酬真似方矢寅，肝膽堪爲一劍古。魚目換珠雖足誇，鹿皮薦璧祇自污。一生便足把蟹了，千金且買揚蛾笑。與君好作忘懷遊，任聽群蜩相詆誚。窮常俯頸達亢眉，得失亦等乾沒貌。吾儕屬意安用此，且屛萬事深論詩。天公餉君亦豈薄，富貴付爾令自酌。餘膏殘瀝欲及我，此意良深何以酢。梁公興逸詩酒裏君同寮梁公老亦欲和此詩，故云，徐老神清惰者起。涼秋何處會三仙，楓正染紅蘭被翠。（《東國李相國集》卷十二，《韓國文集叢刊》第 1 冊，頁 419）

《醉後亂道大言，示文長老》：詩方不作我何寄，海波深處六鰲頂上三山翠。佛法未興予何居，須彌山高五色彩雲裏。李白杜甫似蟬噪，我下視之拍手戲。達磨惠可如蟻行，師之笑聲殷天地。嘲弄萬物好綺語，杜子窮終白醉死。無心可傳枉傳心，二祖坐此隻履徒還或斷臂。我今與子同下人間世，紅塵陌上相彈指。法到無心詩反素，我始與師唱作大道始。咄哉聖人非異物，

使人重見釋迦與孔子。(《東國李相國集》卷十四,《韓國文集叢刊》第 1 冊,頁 435)

《驅詩魔文效退之送窮文》(節錄):(上略)負此五罪,胡憑人爲。憑於陳思,凌兄以馳,豆泣釜中,果困于箕。憑於李白,簸作顛狂,捉月而去,江水茫茫。憑於杜甫,狼狽行藏,羈離幽抑,客死耒陽。憑於李賀,誕幻怪奇,才不偶世,夭死其宜。憑於夢得,譏詆權近,偃蹇落拓,卒躓不振。憑於子厚,鼓動禍機,謫柳不返,誰其爲悲。嗟乎爾魔,爾形何乎,歷誤幾人,又鍾於吾。(下略)(《東國李相國集》卷二十,《韓國文集叢刊》第 1 冊,頁 498)

《土靈問》:劉夢得曰:"天獨陽,不可問,問於大鈞。"然則配天尊者后皇,后皇不可問,問於后皇所統五土之靈曰:"汝特天地間塊然一物也,非特埋金玉石鐵瓦礫朽帑無情之物,亦能埋人矣。聖若孔丘,賢若顏氏,清如伯夷,孝如曾子,剛腸者子儀,烈膽者李愬,文之雄者韓、柳,詩之豪者李、杜,其鴻識巨量、英精逸狀與天角壯,汝忍埋之乎? 佞若江充,惡如梁冀,罔君者斯、高,盜國者安、史,其奸腥毒臭似不堪受,汝亦容埋乎?"對曰:"甚矣,子之誤也! 萬物歸根於土,自然之數也,何擇而不埋乎? 我本爲天所命,爲地所尸,物無巨細善惡皆得埋之。雖然,於其人也,有埋骨埋精魄者,有埋骨不能埋精魄者。汝得聞乎? 若聖若賢,若廉孝忠烈,若才之豪逸者,其精也歸天。否則復生於人間,或爲順子純臣,或爲烈士英人,故其骨可埋,其精魄不可埋也。若佞若賊若欺罔回慝者,則吾能錮其精囚其魄,以我之坎陷之,以我之厚掩之。猶以爲慊,以吾所藏巨石以檻之,以吾所出涌水以墊之,故非特埋其骨,亦能埋其精魄矣。"予曰:"善乎!"遂書其對。(《東國李相國集》卷二十,《韓國文集叢刊》第 1 冊,頁 501)

《白雲居士語錄》:李叟欲晦名,思有以代其名者,曰:古之人以號代名者多矣,有就其所居而號之者,有因其所蓄,或以其所得之實而號之者,若王績之東皋子,杜子美之草堂先生,賀知章之四明狂客,白樂天之香山居士,是則就其所居而號之也。其或陶潛之五柳先生,鄭薰之七松處士,歐陽子之六一居士,皆因其所蓄也。張志和之玄真子,元結之漫浪叟,則所得之實也。李叟異於是,萍蓬四方,居無所定,寥乎無一物可蓄,缺然無所得之實,三者皆不及古人,其於自號也,何如而可乎? 或目以爲"草堂先生",予以子美之故讓而不受。況予之草堂,暫寓也,非居也,隨所寓而號之,其號不亦多乎? 平生唯酷好琴、酒、詩三物,故始自號"三酷好先生"。然鼓琴未精、作詩未工、飲酒未多而享此號,則世之聞者,其不爲噱然大笑耶? 翻然改曰"白雲居士"。或曰:"子將入青山臥白雲耶? 何自號如是?"曰:非也。白雲,吾所慕也,慕而學之,則雖不得其實,亦庶幾矣。夫雲之爲物也,溶溶焉,泄泄焉。不滯於山,不繫於天,飄飄乎東西,形迹無所拘也。變化於頃刻,端倪莫可涯也。油然而舒,君子之出也。斂然而卷,高人之隱也。作雨而蘇旱,仁也。來無所著,去無所戀,通也。色之青黃赤黑,非雲之正也。惟白無華,雲之常也。德既如彼,色又如此,若慕而學之,出則澤物,入則虛心,守其白,處其常,希希夷夷,入於無何有之鄉,不知雲爲我耶?我爲雲耶?若是則其不幾於古人所得之實耶?或曰:"居士之稱何哉?"曰:或居山或居家,惟能樂道者而後號之也。予則居家而樂道者也。或曰:"審如是,子之言達也,宜可錄。"故書之。(《東國李相國集》卷二十,《韓國文集叢刊》第 1 册,頁 502)

《唐書杜甫傳史臣贊議》:予讀《唐書·杜子美傳》,史臣作贊,美其詩之汪涵萬狀,固悉矣。其末繼之曰:"韓愈於文章慎許可,至歌詩獨推曰:'李杜文章在,光焰萬丈長。'"予以爲此則褒之不若不褒也。何則?士有潛德内朗,不大震耀於世者,史臣於直筆之際,力欲揚暉發華,以信於後世,而猶恐人之有以爲譽之過當,則引名賢之辭憑以爲固可也。至如李、杜,則其詩如熊膰豹胎,無有不適於人口者,其名固已若雷霆星斗,世無不仰其光、駭其響者,非必待昌黎詩之一句,然後益顯者也。宋公何苦憑證其句,自示史筆之弱耶?引其詩或可,其曰"慎許可",甚矣。凡言某人慎許可人,而獨許可某人者,猶有慊之之意也。愈若不許可,而無此一句,則史臣其不贊之耶?嗚呼!史臣之言弱也。此贊亦引元稹所謂"自詩人已來,未有如子美者",此則微之所以直當杜甫切評,而論之者雖引之或可矣。若退之之一句,則將贈友人而偶發於章句者,而非特地論杜公者也。然韓愈,大儒也,雖一句非妄發者,引之或可也,如不言"慎許可",則宋公之言免於弱也。(《東國李相國集》卷二十二,《韓國文集叢刊》第 1 册,頁 518)

《答全履之論文書》:月日,某頓首,履之足下:間闊未覿,方深渴仰,忽蒙辱損手教累幅,奉玩在手,尚未釋去,不惟文彩之曄然,其論文利病,可謂精簡激切,直觸時病,扶文之將墮者已,甚善甚善!但書中譽僕過當,至況以李、杜,僕安敢受之?足下以爲,世之紛紛效東坡而未至者,已不足道也。雖詩鳴如某某輩數四君者,皆未免效東坡,非特盜其語,兼攘取其意,以自爲工。獨吾子不襲蹈古人,其造語皆出新意,足以驚人耳目,非今世人比。以此見褒,抗僕於九霄之上,茲非過當之譽耶?獨其中所謂之創造語意者,信然矣。然此非欲自異於古人而爲之者也,勢有不得已而然耳。何則?凡效古人之體者,必先習讀其詩,然後效而能至也,否則剽掠猶難。譬之盜者,先窺諜富人之家,習熟其門户墻籬,然後善入其室,奪人所有爲己之有,而使人不知也。不爾,未及探囊胠篋,必見捕捉矣,財可奪乎?僕自少放浪無檢,讀書不甚精，雖六經子史之文，涉獵而已，不至窮源，況諸家章句之文哉？既不熟其文，其可效其體盜其語乎？是新語所不得已而作也。且世之學者，初習場屋科舉之文，不暇事風月。及得科第，然後方學爲詩，則尤嗜讀東坡詩，故每歲榜出之後，人人以爲今年又三十東坡出矣。足下所謂世之紛紛者是已。其若數四君者，效而能至者也，然則是亦東坡也，如見東坡而敬之可也，何必非哉？東坡，近世以來，富贍豪邁，詩之雄者也。其文如富者之家，金玉錢貝盈帑溢藏，無有紀極。雖爲寇盜者所嘗攘取而有之，終不至於貧也，盜之何傷耶？且孟子不及孔子，荀、楊不及孟子。然孔子之後，無大類孔子者，而獨孟子效之而庶幾矣。孟子之後，無類孟子者，而荀、楊近之，故後世或稱孔、孟，或稱軻、雄、荀、孟者，以效之而庶幾故也。向之數四輩，雖不得大類東坡，亦效之而庶幾者也，焉知後世不與東坡同稱，而吾子何拒之甚耶？然吾子之言，亦豈無所蓄而輕及哉？姑藉譽僕，將有激於今之人耳。昔李翱曰：六經之詞，創意造言，皆不相師。故其讀《春秋》也，如未嘗有《詩》；其讀《詩》也，如未嘗有《易》；其讀《易》也，如未嘗有《書》。若山有恒、華，瀆有淮、濟。夫六經者，非欲夸衒詞華，要其歸，率皆談王霸、論道德，與夫政教風俗興亡理亂之源者也。其辭意宜若有相襲，而其不同如此。所謂今人之詩，雖源出於《毛詩》，漸復有聲病、儷偶、依韻、次韻、雙韻之制，務爲雕刻穿鑿，令人局束不得肆意，故作之愈難矣。就此繩檢中，莫不欲創新意臻妙極，而若攘取古人已道之語，則有許底功夫耶？請以聲律以來近古詩人言之，有若唐之陳子昂、李白、杜甫、李翰、李邕、楊、王、盧、駱之輩，莫不汪洋閎肆，傾河淮倒瀛海，騁其豪猛者也，未聞有一人效前輩某人之體，刲剝其骨髓者。其後又有韓愈、皇甫湜、李翱、李觀、呂溫、盧仝、張籍、孟郊、劉、柳、元、白之輩，聯鑣並轡，馳驟一時，高視千古，亦未聞效陳子昂若李、杜、楊、王而屠割其膚肉者。至宋又有王安石、司馬光、歐陽脩、蘇子美、梅聖俞、黃魯直、蘇子瞻[一]兄弟之輩，亦無不撑雷裂月，震耀一代。其效韓氏、皇甫氏乎？效劉、柳、元、白乎？吾未見其刲剝屠割之迹也。然各成一家，梨橘異味，無有不可於口者。夫編集之漸增，蓋欲有補於後學，若皆相襲，是沓本也，徒耗費楮墨爲耳。吾子所以貴新意者蓋此也。然古之詩人，雖造意特新也，其語未不圓熟者，蓋力讀經史百家古聖賢之說，未嘗不熏煉於心，熟習於口。及賦詠之際，參會商酌，左抽右取，以相資用，故詩與文雖不同，其屬辭使字一也，語豈不至圓熟耶？僕則異於是，既不熟於古聖賢之說，又恥效古詩人之體，如有不得已及倉卒臨賦詠之際，顧乾涸無可以費用，則必特造新語，故語多生澀可笑。古之詩人造意不造語，僕則兼造語意無愧矣。由是，世之詩人橫目而排之者眾矣，何吾子獨過美若是之勤勤耶？嗚呼！今世之人，眩惑滋甚，雖盜者之物,有可以悦目,則第貪玩耳,孰認而詰其所由來哉?至百世之下,若有人如足下者,判別其真贋,則雖善盜者,必被擒捕。而僕之生澀之語,反見褒美,類足下今日之譽,亦所未知也。吾子之言,久當驗焉。不宣,某再拜。(《東國李相國集》卷二十六,《韓國文集叢刊》第1冊,頁557)

　　[一]瞻,原作"贍"。

　　《吳先生德全哀詞并序》(節錄):濮陽先生吳世才,字德全,中古名學士諱學麟之孫也。(中略)爲詩文得韓、杜體,雖牛童走卒,無有不知名者。少疏雋少檢,晚節登科第,始折節刻勵,恂恂然禮法君子也。尚不容於世,塞躓不振,嘗以書干趙、柳兩公,其辭哀切悲壯,抑揚婉轉,真有古人風,讀之不覺涕下,然而猶不得被薦,則甚矣,世之迫隘之如此也。先生度終不爲世用,於是有長往之志。東京,外祖所出也,意欲歸老。以路遠難於徒步,遂求爲祭告使祝史,乘驛而往,因留之,不復京師。東都亦無有力護者,卒以窮困死。前死日,有友人夢見公乘白鶴盤旋者,明日謁之,先生已化矣。嗚呼!昔屈原、賈誼雖被疏斥,其始莫不被君寵遇,頗伸蘊蓄,李太白亦爾。杜甫雖窮,亦得爲員郎。公獨卒不霑一命而死,天耶?命耶?果天也,其忍使才賢薄命如此,是何理耶?(下略)(《東國李相國集》卷三十七,《韓國文集叢刊》第2冊,頁83)

　　《論詩》:作詩尤所難,語意得雙美。含蓄意苟深,咀嚼味愈粹。意立語不圓,澀莫行其意。就中所可後,雕刻華艷耳。華艷豈必排,頗亦費精思。攬華遺其實,所以失詩旨。邇來作者輩,不思風雅義。外飾假丹青,求中一時嗜。意本得於天,難可率爾致。自揣得之難,因之事綺靡。以此眩諸人,欲掩意所匱。此俗寖已成,斯文垂墮地。李杜不復生,誰與辨真僞。我欲築頹基,無人助一簣。誦詩三百篇,何處補諷刺。自行亦云可,孤唱人必戲。(《東國李相國集》後集卷一,《韓國文集叢刊》第2冊,頁135)

　　《白酒詩一首并序》:予昔少壯時喜飲白酒,以其罕遇清者而常飲濁故也。及歷顯位,所飲常清,則又不喜飲濁矣,豈以所習之然耶?近因致仕禄減,往往有清之不繼者,不得已而飲白酒,則輒滯在胸鬲間,不快也。昔杜子美詩云"濁醪有妙理",何也?予昔常飲時,慣飲而已,實未知妙處,況今乎?蓋甫本窮者也,亦豈其以習而言之耶?遂作《白酒詩》云:　　我昔浪遊時,所飲惟賢耳。時或值聖者,無奈易昏醉。及涉地位高,飲濁無是理。今者作退翁,俸少家屢匱。綠醅斷復連,籌飲亦多矣。滯在胸膈間,始覺督郵鄙。濁醪稱有妙,未會杜公意。乃知人之性,與習自漸漬。飲食地使然,何有嗜不嗜。爲報中饋人,有人慎輕費。無使樽中酒,不作澄清水。(《東國李相國集》後集卷三,《韓國文集叢刊》第2冊,頁162)

《斷牛肉并序》：予往者方斷五辛,因作一詩。其時并斷牛肉,然心斷而已,適無眼見其肉而口能即斷,故於其詩不得并著。今見其肉,斥去不吃,然後以詩述之云：　牛能於甫田,耕出多少穀。無穀人何生,人命所自屬。又能駄重物,以代人力蹙。雖然名是牛,不可視賤畜。何忍食其肉,要滿椰子腹。可笑杜陵翁,死日飽牛肉。(《東國李相國集》後集卷六,《韓國文集叢刊》第 2 冊,頁 193)

《鬱懷有作雙韻》：矮屋身隈隱,一個霜鬚翁。有時一滴酒霑吻,猶未寫千愁萬慮填胸中。安得與太白、子美對醉橫筆陣,吐出鬱氣和長虹。(《東國李相國集》後集卷九,《韓國文集叢刊》第 2 冊,頁 231)

吴廷碩

吴廷碩,生平不詳,崔滋《補閑集》有“河直講千旦誦白雲子吴廷碩《遊八巔山》詩”條,則吴廷碩約與河千旦(? —1259)同時或稍前,亦為高麗高宗時人,號白雲子,《東文選》收錄其七律兩首、七絕一首。

《山村海棠》：誰適爲容飾好妝,村夫未解賞孤芳。可堪工部終無詠,不是昌州獨有香。陳后幽悲離館寂,王嬙遠嫁塞天長。愁烟慘霧多嬌態,空使行人幾斷腸。(《東文選》第 1 冊卷十三,頁 265)

李藏用

李藏用(1201—1272),初名仁祺,字顯甫,號樂軒,仁州人,謚號文真。歷任樞密院副使、門下侍郎同中書門下平章事、太子太師等職,封慶源郡開國伯,精通經史、陰陽、醫藥、律曆、佛書等,有“海東賢人”之稱。

《遊禪月寺》：山寺春遊一杖輕,道情詩思覺雙清。桃花休道未徹在,飯顆從教太瘦生。今日鬢絲憐節物,他年汗竹笑功名。悠悠世上無窮事,付與閑窗睡到明。(《東文選》第 1 冊卷十四,頁 278)

偰遜

偰遜(? —1360),初名百遼遜,回鶻人,以世居偰輦河,因以偰爲氏。元順帝時進士及第,任翰林應奉文字、宣政院斷事官等職。恭愍王七年

(1358)，因紅巾軍之亂入高麗避難。恭愍王待之甚厚，封高昌伯，又改封富原侯，賜田富原。著有《近思齋逸稿》。

《將赴春官途中自嘲》其一：蕭條霜雪滿脩途，惝恍風雲屬老儒。杜甫常懷憂國志，賈生重上治安書。（《東文選》第 1 冊卷二十一，頁 372）

李齊賢

李齊賢（1287—1367），原名之公，字仲思，號益齋、實齋、櫟翁，慶州人，謚號文忠。高麗忠烈王二十七年（1301）文科及第，歷任門下侍中、右政丞等職。曾隨忠宣王入元，與當時著名文人姚燧、閻復、趙孟頫等交遊。累遷至成均祭酒，出使西蜀；又曾陪忠宣王遊歷江南地區。著述豐富，有《益齋亂稿》《櫟翁稗説》等。

《吳江，又陪一齋，用東坡韻作》：十年俯首塵土窟，夢想滄洲欲愁絕。吳江清勝天下稀，我初聞之趙松雪。滿船載酒携佳人，巧笑清歌玉齒頰。垂虹橋下白鷗飛，白波接天天四垂。停杯更待江月上，信棹自喜風帆遲。却憶岑參與杜甫，渼陂之樂真兒嬉。（《益齋亂稿》卷一，《韓國文集叢刊》第 2 冊，頁 511）

《趙三藏李稼亭神馬歌次韻馬，西極拂郎國所獻》：拂郎神馬來皇都，矯矯軒軒何所似。長風破浪雲雷奔，海底烏龍欻飛起。龍耶馬耶不可知，骨法誰問寒風子。世無玉山采，肯爲一飢垂兩耳。蹴裂交河冰，肯爲一困甘遭箠。九重況得蒙主恩，三倍何論曾利市。照夜白，師子花，故應齷齪難與比。腐儒並世空聞名，自恨年來返田里。寫真儻有曹將軍，作贊那無杜子美。願觀弄影玉輅前，安得親奉明堂祀。（《益齋亂稿》卷四，《韓國文集叢刊》第 2 冊，頁 531）

《洞仙歌·杜子美草堂》：百花潭上，但荒烟秋草。猶想君家屋烏好。記當年、遠道華髮歸來，妻子冷，短褐天吳顛倒。　　卜居少塵事，留得囊錢，買酒尋花被春惱。造物亦何心，枉了賢才，長羈旅、浪生虛老。却不解消磨盡詩名，百代下令人，暗傷懷抱。（《益齋亂稿》卷十，《韓國文集叢刊》第 2 冊，頁 607）

崔　瀣

崔瀣（1287—1340），字彥明、壽翁，號拙翁、猊山農隱，慶州人，謚號文正。高麗忠肅王八年（1321）在元朝科舉及第，任判官一職，五個月後因病歸，歷任成均大司成等職。選新羅及高麗人四六作品，編撰成《東人之文》二十五卷。另有《拙稿千百》傳世。

《李益齋〈後西征錄〉序》：益齋先生在延祐初，奉使降香峨眉山，有《西征錄》，楚僧可茅屋序矣。至至治末，又迎大尉王，行過臨洮，至河州，有《後西征錄》，出示予，俾序焉。予惟不行萬里地，不讀萬卷書，不可看杜詩。以予寡淺，寓目盛編，尚懼其僭，題辭之命，所不敢當。然伏讀數過，詞義沉玩，本乎忠義充中，遇物而發，故勢有不得不然者。其媱言嫚語蓋無一句，至其懷古感事，意又造微，爬著前輩癢處多矣。晦庵夫子嘗稱歐公一聯云："以詩言之，是第一等詩；以議論言之，是第一等議論。"予於此亦有所感，姑書以廣命云。（《拙稿千百》卷一，《韓國文集叢刊》第 3 冊，頁 6）

許 伯

許伯（？—1357），孔巖人，謚號文正。高麗忠肅王四年（1317）別科及第，歷任判田民都監事、同知密直司事、中書侍郎同平章事等職，封陽川君。

《丁卯重陽》：秋晚長風萬里來，登高極止思難裁。莫辭白酒殷勤飲，可惜黃花爛熳開。懷土士衡猶得信，登臺子美不勝哀。舊時高契今餘幾，感嘆諸公骨已苔。（《東文選》第 1 冊卷十五，頁 289）

閔思平

閔思平（1295—1359），字坦夫，號及庵，驪興人，謚號文溫，與崔瀣等交遊。高麗忠肅王二年（1315）文科及第，歷任藝文館提學、都僉議贊成事等職。有《及庵詩集》。

《酬許丹溪次韻四首》其三：道既不行今老矣，據鞍何須矍鑠哉。下惠之志在三黜，杜陵之心在八哀。（《及庵詩集》卷一，《韓國文集叢刊》第 3 冊，頁 56）

李 穀

李穀（1298—1351），原名芸白，字中父，號稼亭，韓山人，謚號文孝，李齊賢門人。高麗忠肅王復位二年（1333）在元朝科舉及第，歸國後歷任都僉議贊成事等職。其《稼亭集》卷末之《雜録》重現了作者與元朝文人雅士詩文交流的盛况。

《仲孚見和,復作六首》其三:家童曉起報天晴,欲訪南鄰還未行。伏雨紛紛愁子美,停雲靄靄憶淵明。計疏不去真無賴,交淡相逢只此情。也識尚書妙曳履,履聲便是舊家聲。(《稼亭集》卷十七,《韓國文集叢刊》第3册,頁205)

李　穡

李穡(1328—1396),字頴叔,號牧隱,韓山人,謚號文靖,封韓山府院君,李穀之子,李齊賢門人。高麗恭愍王三年(1354)在元朝科舉及第,歷任高麗門下侍中等職。高麗辛禑十四年(1388),曾以賀正使出使明朝。著有《牧隱稿》。

《夜坐有感七首》其一:草堂燈火絶煩囂,入夜都忘涉獵勞。忽得唐詩參李杜,更將秦史斬斯高。(《牧隱稿》詩稿卷二,《韓國文集叢刊》第3册,頁531)

《天河歌》:安得壯士挽天河,净洗甲兵長不用。杜陵老翁兩眼暗,天地冥冥塵霧擁。當時張膽吐此句,白日赫然明宇宙。至今識者爲歇歠,夜夜素波横碧虚。北門學士亦高才,語意纖巧胡爲哉。江漢水多濯可潔,舊染風俗何曾回。高者自高卑自卑,參三爲一知爲誰。(《牧隱稿》詩稿卷三,《韓國文集叢刊》第3册,頁551)

《送南巽亭存撫江陵次韻》其二:士也平生自負奇,幸哉逢此太平時。星分列座元相應,雲卷重霄不用披。杞國憂天牧隱策,杜陵叙事巽亭詩。江陵絶景牢籠盡,快意長吟肯皺眉。(《牧隱稿》詩稿卷四,《韓國文集叢刊》第3册,頁567)

《次金同年前後所寄詩韻》其五:風騷蕩盡寂無聲,沈宋浮華鮑謝清。今古詩家誰健步,且教李杜獨齊名。(《牧隱稿》詩稿卷五,《韓國文集叢刊》第4册,頁4)

《即事》其二:天挺人豪李翰林,當時工部是知音。共推樊溜難多作,又得郊寒可一吟。樓下長天雲浩浩,燈前細雨夜沉沉。此時不向詩關透,村學堂中教子衿。(《牧隱稿》詩稿卷五,《韓國文集叢刊》第4册,頁7)

《有感三首》其二:少年狂走太平時,豈意危途更老衰。激烈中腸徒似鐵,蕭疏雙鬢已成絲。孔明事業三分國,子美平生再拜詩。甚欲發狂開尺喙,

却成緘默謾沉思。(《牧隱稿》詩稿卷六,《韓國文集叢刊》第 4 冊,頁 18)

《自詠三首》其一:立朝非貪榮,去國非潔己。三宿乃出畫,浩然有歸志。回首終南山,蒼茫杜陵意。悠悠千載下,氣合無少異。一飯不忘君,誰憐吾老矣。(《牧隱稿》詩稿卷六,《韓國文集叢刊》第 4 冊,頁 19)

《舊游歌》:大芚之山淨水樓,夢中明明記舊游。白面久矣玉樹悲,朱髯年來音信稀。當時放浪蓋今古,末路分離多是非。真情劫火燒不灰,只今鏡面無塵埃。明知九原不可作,會得萬里能相陪。子期亦厭聽流水,生前子美宜銜杯。大芚淨水咫尺耳,而此夢想何爲哉。安得一跨垂天翼,飄然瞬息游八極。俯視當年讀書處,拍手長謠慰深憶。君不見滄海頭,烽火甲刃無時休。空使老翁思舊游,石田茅屋蓬蒿秋。(《牧隱稿》詩稿卷六,《韓國文集叢刊》第 4 冊,頁 27)

《遣懷二首》其二:嶧陽三尺五弦琴,舊曲新聲意自深。最是高山與流水,直從往古亘來今。沙塵漠漠吹雙鬢,天地茫茫共一心。獨愛杜陵詩語好,草堂纖月落風林。(《牧隱稿》詩稿卷七,《韓國文集叢刊》第 4 冊,頁 35)

《用前韻自詠》其二:萬化皆從方寸心,便知耀古更光今。森嚴武庫連工部,浩蕩詞源倒翰林。和氏不逢三獻玉,鍾期既遇一彈琴。年來已罷紛華戰,弊席門前雪更深。(《牧隱稿》詩稿卷七,《韓國文集叢刊》第 4 冊,頁 38)

《憶梅花》其一:門前已絕足音跫,白髮髼鬙 牧翁。富貴少年真苦遍,文章多病恨難工。程朱道學窮天命,李杜才名騁國風。記得梅花今政好,花園春色窨中紅。(《牧隱稿》詩稿卷八,《韓國文集叢刊》第 4 冊,頁 50)

《述古》:賡歌一去亦悠哉,世變風移今幾廻。捨命吟詩無好句,逢場作戲是通才。調高李杜奇仍法,材大曾蘇斐不裁。月露風花俱掃盡,思無邪處獨登臺。(《牧隱稿》詩稿卷八,《韓國文集叢刊》第 4 冊,頁 52)

《東山》:東山高頂立移時,思入鴻濛自不知。飛鳥片雲俱縹渺,連岡斷壟自逶迤。秋風杜老破茅屋,落日山公倒接籬[一]。畎畝忘君非我志,更將餘力念安危。(《牧隱稿》詩稿卷八,《韓國文集叢刊》第 4 冊,頁 56)

[一] 籬,原作"羅",據《東文選》第 2 冊卷十六《東山》(頁 304)改。

《讀杜詩》:錦里先生豈是貧,桑麻杜曲又回春。鈎簾丸藥身無病,畫紙敲針意更真。偶值亂離增節義,肯因衰老損精神。古今絕唱誰能繼,膾馥殘膏丐後人。(《牧隱稿》詩稿卷八,《韓國文集叢刊》第 4 冊,頁 62)

《讀杜詩》:操心如孟子,紀事如馬遷。文章振厥聲,惻怛全爾天。法服坐廊廟,禮樂趨群賢。門墻高數仞,後來徒比肩。何曾望堂奧,矯首時茫然。

（《牧隱稿》詩稿卷八，《韓國文集叢刊》第 4 册，頁 63）

《即事》：有時乘興訪漁磯，又欲尋仙入翠微。煉紫金丹寧却老，憑烏皮几苦思歸。書床自整風前秩，門巷誰敲月下扉。更借南鄰工部集，擬從騷雅透玄機。（《牧隱稿》詩稿卷九，《韓國文集叢刊》第 4 册，頁 64）

《即事三首》其三：絕意右軍筆，留心工部詩。字形從古變，句法逐時移。直欲反源本，何曾尋派枝。一身雙美少，知止捨吾誰。（《牧隱稿》詩稿卷九，《韓國文集叢刊》第 4 册，頁 70）

《晏起行二首》其一：炊烟繞檐碧如紗，日色照窗窗影斜。主人晏起搔蓬頭，有客敲門驚雀羅。衣巾不整步又蹇，時復垢面頻摩挲。目擊還如吐肺肉，深嫌辯舌懸長河。舊醅杜老不全貧，清心七碗盧全茶。有時病作但長揖，爲恐辭謝聲音訛。雲烟終日自媚嫵，水木幽境仍清華。風塵漠漠是何處，揮汗如雨爭鳴珂。丈夫出處豈偶爾，天下只今爲兩家。書生迂闊被人笑，悠悠歲月如流波。（《牧隱稿》詩稿卷九，《韓國文集叢刊》第 4 册，頁 72）

《即事》：青山捫虱坐，黃鳥枕書眠。膾炙荆公句，規模杜老聯。肇明編不及，天啓誦來傳。白髮吟長苦，鸞膠續斷弦。（《牧隱稿》詩稿卷九，《韓國文集叢刊》第 4 册，頁 76）

《偶題》：李杜文章繼者稀，鳳凰何日更雙飛。功名滿世今難致，道德離倫古亦希。陶寫性情堪自養，敷陳政化有誰非。病餘咀嚼詩中味，遇興時時筆一揮。（《牧隱稿》詩稿卷九，《韓國文集叢刊》第 4 册，頁 78）

《即事》其一：回首茫茫萬丈塵，一區林壑足安身。野僧每向求詩熟，山鳥應緣得食馴。彭澤琴書曾寄傲，少陵芋栗豈全貧。他年甚欲焚遺草，肯向平時賦大人。（《牧隱稿》詩稿卷十，《韓國文集叢刊》第 4 册，頁 80）

《感懷》其二：存趙一心終不移，廟堂黑髮忝論思。文章陋體無多子，山野孤踪更有誰。張膽曾陳洛陽策，苦心方學杜陵詩。蒼梧烟日溟濛處，欲寫哀情筆力衰。（《牧隱稿》詩稿卷十，《韓國文集叢刊》第 4 册，頁 90）

《謝見訪》：牧隱生來自寡儔，只知天命信悠悠。醉狂自喜春浮頰，衰病難禁雪滿頭。市遠少陵殊草率，地偏彭澤却優游。賴因門下多佳士，携酒時時洗我愁。（《牧隱稿》詩稿卷十一，《韓國文集叢刊》第 4 册，頁 96）

《雨中有作》其一：幽情欲寫自無邪，門巷人稀碧樹斜。口詠一雲工部句，身居四壁長卿家。閑中興味挑新菜，静裏功夫數落花。稽首君恩深到骨，香烟蠹蠹散餘霞。（《牧隱稿》詩稿卷十一，《韓國文集叢刊》第 4 册，頁 98）

《即事》：世事多乖刺，吾生信謬悠。愁看工部鏡，夢倚仲宣樓。夜月工當面，秋霜自上頭。鳥啼烟樹遠，人少石泉流。山翠朝來濕，花紅露欲收。清閑須信命，煥赫或招尤。刭是兵方起，終知勢未休。深崖緣有路，滄海去無舟。失計應難悔，安心且勿憂。好風時自至，寂寂動簾鉤。（《牧隱稿》詩稿卷十一，《韓國文集叢刊》第 4 冊，頁 101）

《有感》其二：化育流行有彼蒼，浮漚身世轉堪傷。亂餘自驗晴時少，病後始知冬夜長。欲向昌黎尋墜緒，更從工部丐遺芳。壯心未許消磨盡，會見摳衣躡孔堂。（《牧隱稿》詩稿卷十二，《韓國文集叢刊》第 4 冊，頁 115）

《柳開城珣送牛蒡、葱、蘿葡并沉菜醬》：天生衆味益吾人，浹骨淪肌養粹真。製造巧來尤有力，吟哦飽後動如神。春風下種形初苗，秋露收根體自津。工部一聯時三復，回頭錦里不全貧。（《牧隱稿》詩稿卷十三，《韓國文集叢刊》第 4 冊，頁 128）

《書樵隱銘後》：京山樵隱登仙去，獨鶴渺渺空中舉。光巖雲烟慘無色，遼野何人更聞語。當年隨後一童子，多病多憂今老矣。强拈敗筆銘幽堂，祗爲他年有良史。斯翁直欲追古風，遠跨千載文章宗。當時碑誌一二篇，字古義邃摹鼎鐘。祗是愛惜自秘多，深嗔兩手徒摩挲。人間到處有具眼，應須吐出如懸河。或是才高氣力短，心煩往往膚流汗。或是避却讒夫口，恐有譏評出狂竪。平生眼前無一人，李杜韓柳爲比鄰。誰知牧隱幸又幸，參掌國典陪文茵。如今前輩盡凋落，白首孤吟向寂寞。知公九原應大笑，久矣吾曹束高閣。（《牧隱稿》詩稿卷十四，《韓國文集叢刊》第 4 冊，頁 149）

《古風》其二：淵明千載人，達道諒無匹。奈何苦心思，醜拙寄於筆。所以杜陵翁，一語敢相詰。詩人恨枯槁，今古用一律。樂天是真情，我膝當爲屈。（《牧隱稿》詩稿卷十四，《韓國文集叢刊》第 4 冊，頁 151）

《有感》：人間貧富總相煎，今古亡羊一斷然。肥馬公西仍益粟，寒驢子美敢朝天。積讒自是能銷骨，謟笑由來更聳肩。點檢此身終腐爛，心如金石要當堅。（《牧隱稿》詩稿卷十四，《韓國文集叢刊》第 4 冊，頁 153）

《聞大風作短歌》：嘻嘻雄哉誰使鳴，大風動地終夜聲，漢祖政欲謀持盈。安得壯士守四方，吐出肺腑扶明堂。病翁瘦骨强支持，興來把筆題歌詩。春寒日日多大風，震蕩草木驚昆蟲。山田雪消土脉融，草廬欹側蓬蒿中。上章乞退非不能，回首渭濱思杜陵。明明我王日初昇，聞風作歌將飛騰。（《牧隱稿》詩稿卷十五，《韓國文集叢刊》第 4 冊，頁 159）

《風雨行》其一：東風浩蕩春陰濃，春雨滿庭來濛濛。幽人病餘深閉戶，清香盡日圖書中。登樓起興發長嘯，時哉南畝宜明農。況今敕賜驪江田，春已過半胡遷延。吾師工部一語好，自斷此生休問天。煎熬中夜坐待旦，跂予南望心茫然。致君堯舜竟迂闊，詩書道缺紛相詆。當春發生時好節，豈獨有妨吾計活。畦聯羅紱壟飯餌,酣歌成功對秋月。匹夫匹婦亦辦此,況我乞身退田里。華封三祝終吾身,地下感銘當不已。回頭雲巖烟霧昏,仿佛松聲入吾耳。(《牧隱稿》詩稿卷十五,《韓國文集叢刊》第 4 冊,頁 165)

《紀事》其三:工部桑麻斷此生,我今田舍傍灘聲。遲留不去殊亡謂,野興悠悠雜世情。(《牧隱稿》詩稿卷十五,《韓國文集叢刊》第 4 冊,頁 170)

《三月三日》:病中又見今年春,三月三日天氣新。長安樂事久牢落,賴是少陵初寫真。當時豪麗宛如昨,至今可想椒房親。東韓岧嶢扶疏山,山下碧潤聲潺潺。宣仁一帶沙川碧,可濯可沿清且閑。芊綿芳草城東南,急管長瓶春夢間。君門九重天地隔,墳墓蒼茫鎮江曲。寒食清明幾虛負,梨花寂寞莓苔綠。重房雲集奉恩庭,對越聖祖歆威靈。醮餘飲福尚逮下,肯念老牧方伶仃。肯念老牧方伶仃,韓山山下雲冥冥。宣尼當日不稅冕,東周一語誰其聆。(《牧隱稿》詩稿卷十五,《韓國文集叢刊》第 4 冊,頁 171)

《即事》其一:少年詩句學樊川,襟袖好風吹颯然。老境身閑心自快,長篇氣弱語難全。晴雲弄日明還晦,芳草和烟斷復連。未必粗才似工部,倒冠落佩有誰憐。(《牧隱稿》詩稿卷十六,《韓國文集叢刊》第 4 冊,頁 187)

《即事》其一:薄雲均布蔽青天,深樹鳩鳴鎖碧烟。榻上幾年親藥物,宮中數日輟書筵。已從工部初移菊,欲向濂溪共愛蓮。净植寒香吾懶拙,評論付與後來賢。(《牧隱稿》詩稿卷十七,《韓國文集叢刊》第 4 冊,頁 207)

《紀事》其一:叠紙編詩作日程,忽聞黃鳥兩三聲。枕書丸藥應閑適,那似吟哦頌太平。 其二:門外莓苔得意青,雨中終日倚風櫺。心焦物燥吟詩苦,寫出欣然體自寧。 其三:遇興吟詩筆自隨,聲音格律兩委蛇。一星雅俗高低處,稱物持平果是誰。 其四:評詩自古舞文多,白俗元輕被大訶。欲學杜陵廊廟器,只愁身世老奔波。 其五:清苦浮華是兩家,風花冰蘗似恒沙。欲趨平淡成枯槁,坐到晨鐘又暮鴉。(《牧隱稿》詩稿卷十七,《韓國文集叢刊》第 4 冊,頁 213)

《有感》其一:紛紛寵辱幾時休,又況浮生少白頭。霜雪自然逢皎日,塵泥或者污清流。楊雄寂寞終投閣,杜甫行藏獨倚樓。畢竟祗論忠義耳,由來物議甚悠悠。(《牧隱稿》詩稿卷十八,《韓國文集叢刊》第 4 冊,頁 223)

《即事》其三:世有仲連能解紛,寂寥今日更何云。高深寧及心山海,翻覆端如手雨雲。三峽星河工部句,中州布粟子長文。劉賁已愧少年事,漸似負山將責蚊。(《牧隱稿》詩稿卷十八,《韓國文集叢刊》第 4 冊,頁 225)

《懶殘子携崔拙翁選東人詩質問所疑,穡喜其志學也不衰,吟成一首》:教海禪林萬卷書,旁通李杜與韓蘇。更從雞國文章始,欲究猊山紀纂餘。用事紆情多典雅,模形煉句少荒虛。浮屠善幻真閑暇,每把遺編顧草廬。(《牧

隱稿》詩稿卷二十一,《韓國文集叢刊》第 4 冊, 頁 284)

《前篇意在興吾道大也不可必也,至於詩家亦有正宗,故以少陵終焉,幸無忽》:詩章權輿舜南風,史法隸括太史公。以詩爲史繼三百,再拜杜鵑少陵翁。遺芳膾馥大雅堂,如聞異味不得嘗。如知其味欲取譬,青天白眼宗之觴。律呂之生始於黍,舍黍議律皆虛語。食芹而美是野老,盛饌那知王一舉。爲詩必也學斯人,地位懸隔山難因。圓璺肯我一句語,只學少陵無取新。(《牧隱稿》詩稿卷二十一,《韓國文集叢刊》第 4 冊, 頁 285)

《敬童索飯》:索飯啼門意甚真,杜陵詩句爲傳神。□童□□還如昔,白髮衰翁一笑新。(《牧隱稿》詩稿卷二十二,《韓國文集叢刊》第 4 冊, 頁 296)

《讀歸去來辭》:樂夫天命復奚疑,此老悠然歸去時。一點何曾恨枯槁,我今三嘆杜陵詩。乾坤蕩蕩山河改,門巷寥寥日月遲。長嘯白頭吾已矣,閉門空讀去來辭。(《牧隱稿》詩稿卷二十四,《韓國文集叢刊》第 4 冊, 頁 336)

《前月立秋,故七月初一日稍凉甚》其一:七月初頭雨滿堂,立秋前月倍生凉。故知氣候無盈縮,況是朝昏有短長。稽首乾坤蘇病骨,甘心魚稻補衰腸。高尋白帝真乘興,工部文章萬丈光。(《牧隱稿》詩稿卷二十四,《韓國文集叢刊》第 4 冊, 頁 336)

《昨與柳巷孟雲先生,陪曲城府院君、吉昌君詣大内。(中略)政堂安先生邀僕及孟雲先生至其第,坐林亭,具酒食,笑語竟日。於是主人請名其亭,予不敢辭,遂取杜工部"心跡雙清"之句以塞其請。明日,既作雙清亭詩,又用其韻,追記前日之事》:吾生如夢自驚疑,分外追攀又此時。二老能形太平出,諸君誰踵吉昌隨。新宮拔地青天近,廣陌無塵白日遲。晚向竹溪情興發,雙清亭上好吟詩。(《牧隱稿》詩稿卷二十五,《韓國文集叢刊》第 4 冊, 頁 344)

《喜晴》:向午雲飛快放晴,四山秋氣十分清。寒蟬短景聲初澀,霜雁遥空影又橫。青蕊昔曾吟子美,白衣今欲舞淵明。登高能賦吾家事,已有新詩眼底生。(《牧隱稿》詩稿卷二十五,《韓國文集叢刊》第 4 冊, 頁 354)

《乞茅將蓋屋,發書之際,吟成一首》:子美秋風破屋歌,牧翁今日更吟哦。書茅未識誰指路,雨傘預憂如執柯。江上葺時皆用竹,山中補處或牽蘿。鳳城萬瓦參差碧,自笑窮廬兩鬢皤。(《牧隱稿》詩稿卷二十八,《韓國文集叢刊》第 4 冊, 頁 397)

《即事三首》其二:春陰垂野鳥呼風,散步東山白髮翁。世事紛紛當自任,詩情浩浩有誰窮。狂追李杜文章妙,妄擬蕭曹功業豐。今古一身雙美

少,却憐臨老似童蒙。(《牧隱稿》詩稿卷二十八,《韓國文集叢刊》第 4 册,頁 399)

《有感》:古人不可作,千載揖清芬。工部詩爲史,昌黎韻亦文。天才何卓卓,物議亦紛紛。誰識韓山子,羹墻對放勳。(《牧隱稿》詩稿卷二十八,《韓國文集叢刊》第 4 册,頁 402)

《雨》:小雨濛濛止又來,群花爛熳錦成堆。欲登高閣將游目,便得新詩已奪胎。春色滿天收不盡,年光逐水挽難回。曉看紅濕思工部,賸馥遺芳遍八垓。(《牧隱稿》詩稿卷三十一,《韓國文集叢刊》第 4 册,頁 452)

《家貧》:家貧我當樂,所保唯青氈。苟其度朝夕,安焉無變遷。子美恐羞澀,囊中番一錢。亦是戲語耳,但求忠義全。百年一瞬息,紛紛愚與賢。相繼以漸盡,有幾能名傳。名傳非貧富,只在全吾天。(《牧隱稿》詩稿卷三十二,《韓國文集叢刊》第 4 册,頁 461)

《吟嘯》:天然入妙我心降,筆力從他鼎可扛。所欲霑芳杜工部,何妨學瘦賈長江。渾身雨露花如海,對面江山酒滿缸。得意太平吟嘯處,不論華麗與凉厖。(《牧隱稿》詩稿卷三十五,《韓國文集叢刊》第 4 册,頁 510)

《石犀亭記》(節録):(上略)予曰:大禹理水,見於《禹貢》一篇,大抵順其勢而導之耳。秦孝文王用李冰守蜀,冰作石犀壓水災。及酈道元撰《水經》,石犀已非冰舊。然後之言水利害者,必稱冰云,因以求冰之心可見已。是以杜工部作歌行,乃曰:"但見元氣常調和,自免波濤恣雕瘵,安得壯士提天綱,再平水土犀奔茫。"蓋調元氣、平水土,二帝三王之事。而二帝三王之心之政,後世之所固有,而未嘗頃刻之亡也。然必求詭怪不經之説,以爲經濟久遠之策,則工部之心又可見已。(中略)故以石犀名其亭,而取工部《石犀行》爲之本,又以《抱朴子》爲之證,而斷之以《春秋》之法,俾後之人知亭之作,禦水灾也,奠民居也,非徒爲游觀設也。登是亭者,考名思義,其必起敬於金侯矣。侯名賞,知印宰府,掌令憲司,爲政有廉能名。(《牧隱稿》文稿卷五,《韓國文集叢刊》第 5 册,頁 37)

《及庵詩集序》:六義既廢,聲律對偶又作,詩變極矣。古詩之變,纖弱於齊、梁;律詩之變,破碎於晚唐。獨杜工部兼衆體而時出之,高風絶塵,横蓋古今。其間超然妙悟,不陷流俗,如陶淵明、孟浩然輩,代豈乏人哉?然編集罕傳,可惜也。今陶、孟二集,僅存若干篇,令人有不滿之嘆。然因是以知其人於千載之下,不使老杜專美天壤間,是則編集之傳其功可小哉?又況唐之韓子,宋之曾、蘇,天下之名能文辭者也,而於詩道有慊,識者恨之,則詩之爲詩,又豈可以巧拙多寡論哉?予之誦此言久矣。及讀及庵先生之詩,益信先生詩似淡而非淺,似麗而非靡,措意良遠,愈讀愈有味,其亦超然妙悟之流歟？其傳也必矣。先生之外孫齊閔、齊顏，皆以文行名于時，去歲倉卒之行，能不失墜，又來求序，其志可尚已，予故題其卷首如此。（《牧隱稿》文稿卷九，《韓國文集叢刊》第 5 冊，頁 68）

元天錫

元天錫（1330—？），字子正，號耘谷，原州人。高麗恭愍王十一年（1362）進士試及第，"杜門洞七十二賢" 之一。有《耘谷行錄》傳世。

《讀杜集》：杜陵野老不庸流，自是無營地轉幽。翻覆直嗟雲雨手，往來嘗嘆雪霜頭。一時才藻元無比，千古聲華尚未收。耘谷鄙夫還獨笑，荒唐嘯詠不能休。（《耘谷行錄》卷五，《韓國文集叢刊》第 6 冊，頁 202）

《復用晨興詩韻》其三：秋霖不止百愁新，默禱風神與雨神。土潤不芟門巷草，泥深已絕路歧塵。日昇東嶺沉西嶺，雨過南鄰去北鄰。欲待晚晴書一賦，倒冠嘗效杜陵人。（《耘谷行錄》卷五，《韓國文集叢刊》第 6 冊，頁 217）

鄭　樞

鄭樞（1333—1382），原名衍，字公權，號圓齋、無形子，清州人，謚號文簡，李齊賢門人，與李穡等交遊。高麗恭愍王二年（1353）文科及第，歷任政堂文學等職。有《圓齋集》。

《聞倭賊破江華郡，達朝不寐，作蛙夜鳴以叙懷庚子五月作》：檐溜潺潺雨乍晴，篝燈熒熒翳復明。舍南舍北蛙閣閣，公乎私耶專夜鳴。我夢將成爾强聒，我機欲息爾紛爭。聽之悚然爲有氣越王出見怒蛙，乃爲之式曰："爲其有氣也。"出《韓非子》，翻然起我憂世情。兒童吟哦杜陵句，豈意耳邊聞戰聲。自從西極天柱折，十載九作兵車行。去歲紅軍猝入阻至正己亥臘月晦，毛居敬陷平壤城，河冰野雪屍縱橫。雲屯館穀西京市，四方繹騷如沸羹。逢人欲説去年事，毛骨颯爽先魂驚。至今遼海上，千里無人耕。如何寇至不旋踵，倭檣又集花山城。金銀佛刹香火冷，勞民像設空崢嶸謂禪源、龍藏二寺。王師血濺水草腥，王怒豈不如雷霆。終軍弱冠請長纓，班超投筆流芳名。腐儒空有淚，無力能經營。自昔安危廟堂在，江湖何必憂蒼生。文恬武熙莫爲慮，我心焉得不惸惸。城中萬家盡坐甲，海上千村生杞荆。君不見聖神天子至元間，海水不波河水清。安得有手斡天運，坐使群龍洗甲兵。（《圓齋集》卷

上,《韓國文集叢刊》第 5 册,頁 186)

《寄呈韓簽書脩》:壯節爲人忌,平生與俗疏。高吟終鵬鳥,逸興在鱸魚。翻覆杜陵句,行藏尼父書。君恩重山岳,驅馬莫虚塗。(《圓齋集》卷中,《韓國文集叢刊》第 5 册,頁 200)

《牧隱寄詩云"驪興樓上好吟詩,南望年來費我思。敕賜鑑湖歸計决,月中垂釣伴漁師",和其意寄呈》其三:遲日江山杜老詩,幼翁堂上寂無思。聯鞍擬踏城西路,奚獨廬山有遠師。(《圓齋集》卷中,《韓國文集叢刊》第 5 册,頁 202)

《韓山君寄詩,有爲詩必學少陵之意。詩,酒敵也,公既以詩誨僕,僕敢不對之以酒,故用來韻答之》:予生素慕伯倫風,醒狂又不讓次公。醉中往往揮秃筆,詞鋒屢挑儒仙翁。公雖誨予學草堂,恰似異味夢中嘗。縱使厭飫竟未飽,不如倒我公榮觴。醉鄉目不分稷黍,有耳不聞如雷語。縱然有過如曠調,不怕揚觶連杜舉。惺惺戒飲亦何人,願香擬結來生因。我願一醉動千日,不聞世事朝暮新。(《圓齋集》卷中,《韓國文集叢刊》第 5 册,頁 204)

《病中次韻酬韓山君》其二:最好清明節,乾坤一病翁。閉門春寂寂,何處鼓逢逢。嘉景尊無緑,斜霏壁退紅。沉吟杜陵句,未送退之窮。(《圓齋集》卷中,《韓國文集叢刊》第 5 册,頁 205)

韓　脩

韓脩(1333—1384),字孟雲,號柳巷,清州人,謚號文敬。高麗忠穆王三年(1347)十五歲文科及第,歷任密直提學、同知密直等職。善草隸,有《柳巷詩集》。

《次韻奉呈牧隱先生》:或爲平淡或雄深,朝作千篇暮又吟。人見賦詩如子美,自知進德似文潛。(《柳巷詩集》,《韓國文集叢刊》第 5 册,頁 264)

金九容

金九容(1338—1384),初名齊閔,字敬之,號惕若齋、六友堂,安東人。高麗恭愍王四年(1355)文科及第,歷任成均大司成、典校寺判事等職。高麗辛禑十年(1384),以行禮使出使遼東,因與明總兵潘敬、葉旺等有私交被罪,流放雲南大理,行至瀘州永寧縣病卒。有《惕若齋學吟集》傳世。

《遁村寄詩累篇,次韻錄呈》其六：觸熱常嫌畏日遲,秋來病骨尚支離。
睡餘懶向南窗下,讀破韓文與杜詩。(《惕若齋學吟集》卷下,《韓國文集叢刊》第 6 冊,頁 30)

成石璘

成石璘(1338—1423),字自脩,號獨谷,昌寧人,謚號文景。高麗恭愍王六年(1357)文科及第,歷任高麗朝門下府評理、朝鮮朝領議政等職。有《獨谷集》。

《李見和即次》：七十古來少,痛飲是良圖。堪笑杜陵老,一錢不如無。(《獨谷集》卷下,《韓國文集叢刊》第 6 冊,頁 94)

《次薛稱詩卷韻》其一：莫道功名晚未成,司成已不負生平。廣文獨冷非吾冷,工部終身太瘦生。(《獨谷集》卷下,《韓國文集叢刊》第 6 冊,頁 113)

鄭道傳

鄭道傳(1342—1398),字宗之,號三峰,奉化人,謚號文憲,李穡門人。高麗恭愍王十二年(1362)文科及第,任成均館博士、太常博士等職。高麗辛禑十年(1384)、恭讓王二年(1390)兩次出使明。1392 年擁立李成桂爲王,建李氏朝鮮,爲朝鮮朝開國功臣,歷任成均提調、判三司事等職。朝鮮太祖七年(1398),因參與宮廷內部鬥爭,被李成桂第五子李芳遠所殺。鄭道傳長於詩文,著有《三峰集》,另主持編纂《朝鮮經國典》,成爲朝鮮朝法典《經國大典》的基礎。

《若齋遺稿序甲子後》(節錄)：(上略)詩道之難言久矣,自雅頌廢,騷人之怨誹興。昭明之《選》行,而其弊失於纖弱。至唐聲律聲律,舊本作律聲作,詩體遂大變。李太白、杜子美尤所謂卓然者也。宋興,真儒輩出,其經學道德追復三代。至於聲詩,唐律是襲,則不可以近體而忽之也。然世之言詩者,或得其聲而遺其味,或有其意而無其辭,果能發於性情,興物比類,不戾詩人之旨者幾希。在中國且然,況在邊遠乎？(下略)(《三峰集》卷三,《韓國文集叢刊》第 5 冊,頁 339)

《消災洞記》(節錄)：道傳賃居消災洞黃延家,洞即羅屬部曲。居平之地,有寺曰消灾,故以爲名。(中略)予寒一裘暑一葛,早寢晏起,興居無拘,飲食惟意。與二三學者講論之餘,寅緣溪磵,登降巖谷,倦則休,樂則行。其遇佳處,徘徊瞻眺,嘯詠忘歸。或逢田父野老,班荆而坐,相勞問如故。一日登後岡以望,愛其西偏稍平夷,下臨廣野,遂命僕剗去榴翳,構屋二間。不翦茅,不削木,築土爲階,編荻爲籬,事簡而功約。而—本無“而”字洞人皆來助之,不數日告成,扁曰“草舍”,因居之。噫,杜子美在成都構草堂以居,僅閱歲而已,而草堂之名傳千載。予之居草舍幾時? 予去之後,草舍爲風雨所漂壞而已耶? 野火所延爇朽爲土壤而已耶? 抑有聞於後歟? 無歟? 皆未之知也。但予以狂疏戇直見棄於時,放謫在遠,洞人遇我甚厚如此,豈哀其窮而收之歟? 抑長生遠地,不聞時議,不知予之有罪歟? 要皆厚之至也,予且愧且感,因記其本末以致意焉。(《三峰集》卷四,《韓國文集叢刊》第 5 册,頁 346)

《讀東亭陶詩後序錦南雜題》:自晉至今千有餘年,世喜稱淵明爲人,予以爲論其世誦其詩,則其人可知。當南北分裂之際,干戈相尋,民無寧日,内亂將作,王室將傾,此義人志士有爲之時,而淵明則歸去田園而已。及觀其詩《乞食》《貧士》《怨詩》《飲酒》等篇,但不勝其憔悴無聊,姑托酒以遣耳,得稱於後世者如此,何歟? 杜子美曰:“陶潛避世翁,未必能達道。觀其著詩集,頗亦恨枯槁。”韓退之讀《醉鄉記》,以爲阮籍、陶潛猶未能平其心,或爲事物是非相感發,於是有所托而逃焉者也。二子爲世名儒,善論人物,而其言如彼,則予之惑滋甚。今得東亭先生《陶詩後序》,曰:“憔悴於飢寒之苦,而有悠然之樂;沉冥於麴蘗之昏,而有超然之節。”伏以讀之,不覺嘆息曰:“噫! 此所以爲淵明也。雖去千載之遠,如聞其聲欬而接見其容儀也。且其憔悴於飢寒之苦,沉冥於麴蘗之昏者,跡也,外也。有悠然之樂、超然之節者,心也,内也。在外者易見,在内者難知,宜後學未能窺其藩籬也。向者韓、杜之言,特托而言之耳。”先生曰:“不然也。淵明生於衰叔之世,知其時之不可爲,高蹈遠引,養真衡茅之下,塵視軒冕,銖看萬鍾,雖衣食不給,而悠然樂以忘其憂。及乎宗國既滅,世代遷易,一時之輩相招仕進,若吾淵明則不然。拳拳本朝之心如青天白日,不事二姓,隱於詩酒之中。其高風峻節,凛乎秋霜之烈,不足比也。至於其詩,當憂則憂,當喜則喜,當飲酒則飲酒。其曰‘夏日長抱飢,寒夜無被眠’,則其飢寒之苦爲如何哉? ‘笑傲東軒下,聊復得此生’,則其悠然之樂又如何也? 其曰‘春秫作美酒,酒熟吾自斟’,又曰‘朝與仁義生,夕死復何求’,豈非於沉冥之中而有超然之節乎? 蓋淵明之樂不出飢寒之外,而其節亦在沉冥之中也。何也? 知淵明不義萬鍾之禄,甘於畎畝之中,則飢寒乃所以爲樂也。托於麴蘗,終守其志,則沉冥乃所以

爲節也,不可以内外異觀也。"道傳曰:"命之矣。"退而書之。(《三峰集》卷四,《韓國文集叢刊》第 5 册,頁 356)

李　詹

李詹(1345—1405),字中叔,號雙梅堂,洪州人,謚號文安,李穡門人。高麗恭愍王十七年(1368)文科及第,任禮曹判書等職。禑王年間因彈劾權臣李仁任、池奫等被貶流放十年,入朝鮮朝後任史曹典書、藝文館大提學等職,定宗二年(1400)以啓禀使出使中國,太宗二年(1402)又以登極使副使出使明朝。有《雙梅堂箧藏集》傳世。

《童子忌日水陸齋疏》(節録):所觸皆形,佛鑑是臺中之鏡;暫生即滅,人生如水上之漚。悉衒罔極之懷,爰設無遮之會。仰伸弘願,俯罄一哀。伏念童子年才五周,長未二尺,父罹大謗,嘗左宦於南陬;母失所依,托汝生於外祖。三年遇革,千里生還,但喜侯門以歡迎,敢拒牽衣而問事。嘆太伯東魯之隔,如在眼前;同子美羌村之歸,不離膝上。燕安極矣,疾病乘之。(下略)(《雙梅堂箧藏集》卷二十五,《韓國文集叢刊》第 6 册,頁 395)

《謫仙吟,與李教授别》:太白飄然謫夜郎,長安故人消息絶。梨園不奏清平詞,沉香百花香色歇。知音獨有杜草堂,夢中見之夢中别。風吹羽翼天網恢,錦袍坐弄水底月。醉中俯仰度春秋,萱花柳絮白如雪。濯纓才罷好歸來,江湖風波不堪説。(《東文選》第 1 册卷七,頁 209)

《題宣孝院樓》:勞生孰與道塗長,雲際東流各杳茫。事往江山皆寂寞,秋晴雲物已凄涼。劉公此日髀生肉,杜子今年鬢帶霜。畢竟功名惟兩字,登樓獨眺久彷徨。(《東文選》第 1 册卷十七,頁 313)

《聞秭歸》:瘴海山前雲月凝,秭歸哀怨聽來增。夜深休向西川哭,再拜今無杜少陵。(《東文選》第 1 册卷二十二,頁 382)

李崇仁

李崇仁(1347—1392),字蒙哥、子安,號陶隱,星州人,謚號文忠,與牧隱李穡、圃隱鄭夢周並稱"三隱"。高麗恭愍王十一年(1362)文科及第,歷任藝文館提學、知密直司事等職。辛禑十二年(1386),曾以賀正使出使明。1392 年,因坐鄭夢周黨被流放嶺南,尋被鄭道傳黨羽孫興宗、黄居正杖殺。著有《陶隱集》。

《題齋居壁上》：高齋無一事，觀物日何長。庭草春交翠，岩泉夜送凉。詩情如有助，世味未曾嘗。舊習消磨盡，唯餘老杜狂。（《陶隱集》卷二，《韓國文集叢刊》第6册，頁544）

《十八日到大丘，翼日，安集携酒見訪》：數年南望想音徽，何幸今朝半面知。案上杯盤多異味，門前草木亦清輝。黄雞白日玲瓏唱，蒼狗浮雲子美詩。更與使君聯袂坐，笑談方穩不須歸。（《陶隱集》卷二，《韓國文集叢刊》第6册，頁561）

權　近

權近（1352—1409），原名晉，字可遠、思叔，號陽村，安東人，謚號文忠。高麗恭愍王十八年（1369）文科及第，歷任藝文館應教、禮儀判書等職，與鄭夢周、鄭道傳等主張親明政策。入朝鮮朝後，歷任大司成、議政府贊成事等職；恭讓王元年（1389）曾出使明，寫有《奉使録》。著名性理學者，著述有《陽村集》《五經淺見録》《四書五經品訣》等。

《草屋歌并序》：草屋歌，爲童頭子作也。予嘗著《草屋童頭説》，草屋又請歌詩，余以拙辭者屢矣。草屋與予同日拜司議，先除判事，今乃投閑，益能自樂於草屋，又來請之，故不辭而賦之云。金震陽　京都繁庶十萬家，朱欄碧瓦競紛奢。就中草屋小如蝸，上雨旁風猶得遮。晨昏自安亦足誇，燥濕有備夫何嗟。門掩寒天雀可羅，檐虚永日宜烏紗。窗前夜凉延月華，屋頭春暖開梨花。中有碩人寬且薖，上窺姚姒窮無涯。茅茨土階聖德蔑以加，周基陶復如縣瓜。豊中臥龍今已遐，風雲欻起清塵沙。杜陵大雅軼騷些，成都之堂名與劍閣争嵯峨。榱題數仞非所嘉，峻宇雕墙顛覆多。蓽門圭竇養天和，肯羨邵夫安樂窩。客來隔屋酒可賒，醉中脱帽相吟哦。任看白日疾如梭，予髮種種顔常酡。涪湛信命於我何，先生此道無疵瑕。早年賓興捷大科，聚陞清要紆青綳。曾從西海療民瘥，至今猶唱甘棠歌。我昔同日拜宣麻，朝趨諫苑肩相磨。知公才是馬中驒，異産固應生渥窪。長途逸足正奔波，駑駘在後空唅呀。偶因一蹶放山阿，驤首更得鳴玉珂。駿骨不宜駕鼓車，終當繙雲飲天河。（《陽村集》卷四，《韓國文集叢刊》第7册，頁43）

《奉使録》之《次舡板上詩韻》：自注：予自遼東至北平，歷馬馹凡二十六。自通州至臨清，水馹一十一。見廳壁船板，題詩多矣，音律或多不叶。至書古人詩，亦或錯誤失意，如書老杜句，作“江碧鳥逾白”，此類甚多。吾東方馹館寺樓所題，亦多類此。予嘗愧中國之來觀者，中國乃反如是耶？予在北平時,周參政倬之胃曰瑀,克肖者也,來與予語,壁上有自謂謫仙後之人之作,亦此類也。瑀笑曰:"題壁者豈有知詩者哉? 徒取笑外國耳。"吾東人之諺有曰:"教子能不題壁足矣。"周氏之言與此相契,意必中國亦有此等語也。至此駬,船板有書一絕曰:"湖海遨遊二十年,今朝又上御河船。秋風好送征帆去,晝夜何勞百丈牽。"只此一首爲勝,故錄之,因次其韻:　　萬里遊觀及壯年,怱怱馳傳又乘船。西河過了東河去,高枕閑看綵纜牽。(《陽村集》卷六,《韓國文集叢刊》第 7 冊,頁 65)

《雞雛》:愛養雞雛謹護藏,知仁遺訓要無忘。憐渠不廢晨昏職,在我當除日月攘。夢白直須安賦命,舐丹難與學仙方。古來得失何時了,遭縛宜令老杜傷。(《陽村集》卷十,《韓國文集叢刊》第 7 冊,頁 116)

《謝領議政河公枉駕問病》:領府崇班絕百寮,晉山勳望泰山高。守持剛正堅如鉄,剖析精微細入毫。浩浩詞源追李杜,巍巍相業鄙蕭曹。哀矜老病仁心切,來問窮廬不憚勞。(《陽村集》卷十,《韓國文集叢刊》第 7 冊,頁 120)

鄭 摠

鄭摠(1358—1397),字曼碩,號復齋,清州人,諡號文愍,鄭樞之子。高麗辛禑二年(1376)文科及第,歷任吏曹判書、政堂文學等職。朝鮮太祖五年(1396),朝鮮使臣出使明朝,明帝以鄭摠撰寫的表辭"不遜"將其流放大理衛,1397 年 2 月,鄭摠卒於流放途中。著有《復齋集》。

《重九》:與客携壺句,高吟杜子詩。家貧無竹葉,奈此菊花枝。(《復齋集》卷上,《韓國文集叢刊》第 7 冊,頁 471)

《次金狀元子粹詩韻二首》其一:我乏鴟夷智,如瓶在井眉。嗅花無與語,彈鋏有時噫。復志韓公賦,傷春杜子詩。只慚無道氣,夢不到靈芝。(《復齋集》卷上,《韓國文集叢刊》第 7 冊,頁 472)

李 稷

李稷(1362—1431),字虞廷,號亨齋,星州人,諡號文景。高麗辛禑三年(1377)文科及第,任藝文館提學等職,入朝鮮後歷任吏曹判書、領議政等職。朝鮮太宗元年(1401),曾以謝恩使出使明朝;太宗三年(1403),受王命成立鑄字所,主持鑄造銅活字,是爲"癸未字"。著有《亨齋詩集》。

《自遣》：循環氣數有乘除，否泰昭然大易圖。止棘青蠅何足疾，觸羅黃口只緣愚。北窗靖節開三徑，短棹鴟夷泛五湖。回首渭濱人不識，也宜工部混泥塗。（《亨齋詩集》卷三，《韓國文集叢刊》第 7 冊，頁 547）

李　原

李原（1368—1429），字次山，號容軒，固城人，謚號襄憲，權近、鄭夢周門人。高麗辛禑十一年（1385）文科及第，在高麗朝任司僕寺丞、兵曹正郎等職。入朝鮮後，任持平、左承旨等職。朝鮮定宗二年（1400）因支持李芳遠的王位之爭，於次年被封定社功臣、鐵城君等，後官至左議政。太宗三年（1403）以謝恩使出使明，帶回《通鑒綱目》《十九史略》；世宗元年（1419）、世宗七年（1425）又分別以謝恩使、陳賀使出使明。著有《容軒集》。

《雨中，寄卞春亭季良》：數間破屋雨聲酸，杜老床床總未乾。想得藏身曾不出，何人特地訪蘇端。（《容軒集》卷一，《韓國文集叢刊》第 7 冊，頁 576）

《次古人欲歸詩韻》：茅茨依綠野，門巷隔紅塵。盤谷居民少，杜陵鄰舍淳。漁磯堪屈膝，禪榻可容身。未作歸來賦，多慚千載人。（《容軒集》卷二，《韓國文集叢刊》第 7 冊，頁 579）

卞季良

卞季良（1369—1430），字巨卿，號春亭，密陽人，謚號文肅，李穡、權近門人。高麗辛禑十一年（1385）文科及第，入朝鮮朝歷任禮曹右參議、大提學等職。以文學著稱，參與《太祖實錄》《國朝寶鑒》的編纂以及《高麗史》的修訂。著有《春亭集》，另有景幾體歌《華山別曲》，《青丘永言》收入其時調二首。

《宿金神寺》：金神洞府深復深，時有老僧邀獨尋。鹿麋穩眠草如織，蝙蝠亂飛山正陰。石根崖泉碎玉斗，風吹蘿月散黃金。曉來欲覺聞鍾坐，當日少陵知此心。（《春亭集》詩集卷二，《韓國文集叢刊》第 8 冊，頁 35）

《次頤齋及金代言詩韻七首》其七：吾生幸沐睿恩寬，愧乏微涓得助瀾。山甫早能陪袞職，少陵何必嘆儒冠。鋤禾竟是盤中粒，瓶凍可知天下寒。參贊會須登至治，女多餘布士餘餐。（《春亭集》詩集卷三，《韓國文集叢刊》第 8 冊，頁 45）

《次廣州牧使安魯生詩韻》其二：詩家李杜獨爲雙，公入藩籬見牖窗。應笑春亭病提學，苦吟徒自損心腔。右謝詩（《春亭集》詩集卷三，《韓國文集叢刊》第 8 册，頁 51）

《次崔典書詩韻三首》其三：里仁方覺土堪懷，一日相過可一回。梨栗滿園收拾好，湖山四面畫圖開。齒高政合班三老，才薄無心賦八哀。步屧不須煩僕馬，何妨酒熟問能來。　　後聯前一句詠公，後一句自詠。曹子建[一]賦《七哀》，杜子美賦《八哀》，皆名儒也。子美蓋有志乎經濟之事而不可得，故思古之八哀者而賦之云。（《春亭集》詩集卷四，《韓國文集叢刊》第 8 册，頁 66）

[一] 建，原作"立"。

尹　祥

尹祥（1373—1455），原名哲，字實夫，號別洞，醴泉人，諡號文貞。太祖五年（1396）文科及第，歷任藝文館提學、同知中樞府事等職。太宗十五年（1415），以正朝使書狀官出使中國。著有《別洞集》。

《刻杜律跋》：周詩三百篇，變而爲律詩，歷代以來，作者頗多，然得其性情之正，而中於聲律者蓋寡矣。惟子美詩，上薄風雅，下該聲律，而其愛君憂國之念，忠憤激厲之詞，未嘗不本於性情，中於音節，而關於世教也。所謂詩史者，殆非虛語，而奚徒以詞章視之哉？方今聖明在上，右文興化，經史諸書靡不刊行，而獨此篇尚有闕焉，豈非盛時興教之所虧歟？歲庚戌冬，總制曹公致受觀風之任于是道，慨然有興詩教之志，旁求杜詩善本，得《會箋》一部於星州教授韓卷，欲繡梓而廣其傳。越明年秋，聚材鳩工，囑于密陽府使柳君之禮監督。自八月始事，至十一月而斷手焉。噫，曹相之翼遵文教、輔導承學者，其功不既多乎哉！是用書其始末，以傳諸後云。時宣德六年辛亥仲冬有日，中直大夫知大丘郡事醴泉尹祥跋。（《別洞集》卷二《拾遺》，《韓國文集叢刊》第 8 册，頁 286）

柳方善

柳方善（1388—1443），字子繼，號泰齋，瑞山人，權近、卞季良門人。太宗五年（1405）司馬試合格，後因己丑（1409）之禍，被遠貶異地十九年，至世宗九年（1427）才被放歸故里。方善精熟杜詩，鄉居期間以教育子弟爲業，其子侄如柳允謙、柳休復皆從其學。其後，柳休復曾參加注解杜詩的工作，柳允謙則組織領導了杜詩的諺解。著有《泰齋集》。

《八日歌，奉舅氏》：去年八日走京洛，今年八日在流落。去年八日醉團圝，今年八日苦寂寞。百年八日能幾何，愁裏光陰都忘却。腦中但有狂氣餘，題詠何曾拘美惡。感舊作歌獻舅尊，倘留清覽聞吾言。曩在甲申夏八日，負笈始謁陽村門。摳衣講劘侍函丈，沉潛不知經晨昏。文章直慕李杜風，道學竊效程朱論。平生自幸抱大志，堯舜君民心未已。居然一朝竟遭罹，怊悵此願無由試。固知己罪當貫盈，得保首領真不意。皇天誕施育物仁，致令微軀免誅死。遂向永城寄殘生，欲將耕鑿報君賜。山深地僻草滿扉，邑中相識無一二。晝長客窗復奚爲，只管儷六與騈四。忽聞閭巷爭明燈，見之却憶當年事。每遇良辰易慘悽，賦詩聊以慰羈思。（《泰齋集》卷一，《韓國文集叢刊》第 8 冊，頁 583）

《感興五首》其二：何用浮名絆此身，少陵胸次自無塵。怪來尚有南山戀，白首猶回渭水濱。（《泰齋集》卷二，《韓國文集叢刊》第 8 冊，頁 603）

《寄月窗上人》：十年南北苦相思，有底浮生久別離。何日更參方丈去，焚香細讀杜陵詩。（《泰齋集》卷二，《韓國文集叢刊》第 8 冊，頁 613）

《述懷，錄呈趙壯元瑞老》：地偏東郭自清幽，獨倚晴窗興轉悠。三月過中花欲盡，百年當半歲如流。唯思杜甫江頭醉，莫學靈均澤畔遊。富貴不應僥倖得，樂天知命復何求。（《泰齋集》卷三，《韓國文集叢刊》第 8 冊，頁 629）

《移居》：數頃城東土可菑，卜居今復結茅茨。南山豆學淵明種，細雨橙從子美移。敢把安危憂世道，且將窮達任生涯。午窗偃臥政無事，林鳥一聲春晝遲。（《泰齋集》卷三，《韓國文集叢刊》第 8 冊，頁 647）

《送裴生歸覲序》（節錄）：丙辰夏，成均長官李君叔華走書於余曰："有太學生裴絢氏，余之族黨也。其爲人年芳而學碩，心清氣粹，端介不苟者也，願受業於先生，幸先生有以見教。"居數日，裴絢氏攜草堂詩敲門内謁，斂袵相對，目其貌聆其音，穆然如清風，余竊奇之。自是日造弊廬，吟詠從容，不煩指授，而老杜之三尺已了然於胸中。學詩至此，無以復加矣。（下略）（《泰齋集》卷四，《韓國文集叢刊》第 8 冊，頁 653）

柳義孫

柳義孫（1398—1450），字孝叔，號檜軒、聱巖，全州人。世宗八年（1416）式年試及第，世宗十八年（1436）文科重試及第，歷任都承旨、集賢殿副提學、禮曹參判等職。有《檜軒先生逸稿》傳世。

《和匪懈堂安平大君瀟湘八景詩壬戌》：瀟湘縹緲天南極，只有詩畫傳四域。玉翰照曜丹青間，八景森然綃一幅。筆鋒研取處州地，墨池寫出洞庭湖。遠遊何必疊壯觀，萬里須臾致座隅。晴嶂嶙峋嵐翠重，非烟非霧淡且濃。暝色入烟烟際寺，仿佛猶聞雲外鍾。峰頭日落孤村暮，傍水漁舟傍岸家。一輪秋月聳銀漢，想像萬頃琉璃波。浦口孤帆望若遠，茫茫宛在蒼波中。雁雁雙雙下汀渚，半在平沙半在空。江雲黑暗如有雨，灑竹寒聲何處聽。林巒依俙如有雪，騎驢逸興尋無形。試問誰將顧陸手，掃却蛾溪尺素紈。貴人高潔厭紛華，故令此物爲清歡。君不見摩詰之畫天下奇，畫中亦有詩中意。又不見李杜之詩獨神妙，詩中詠盡畫中事。有詩無畫詩偏淡，有畫無詩亦孤嗟。余愧□無李杜句，肉眼聊看摩詰圖。（《檜軒先生逸稿》，《韓國歷代文集叢書》第 103 册，頁 135）

李石亨

李石亨（1415—1477），字伯玉，號樗軒，延安人，謚號文康，封延城府院君。世宗二十三年（1441）式年文科狀元，歷任户曹參判、判中樞府事等職。著述有《樗軒集》《大學衍義輯略》等。

《咸興東軒韻》其一：日日閑吟數百篇，客中蟣蝨已生氈。蕭張佐漢難尋躅，李杜鳴唐孰比肩。不分雨雲還可愛，無情萍水更何憐。一身好逐關山老，此去焉知賦獨賢。（《樗軒集》卷上，《韓國文集叢刊》第 9 册，頁 413）

朴彭年

朴彭年（1417—1456），字仁叟，號醉琴軒，順天人，謚號忠正。世宗十四年（1434）謁聖科及第，歷任集賢殿學士、中樞院副使等職，曾與成三問等一起協助創製《訓民正音》。1455 年世祖繼位，與成三問、河緯地、李塏、柳誠源等圖謀端宗復位，事發被殺，爲"死六臣"之一。有《朴先生遺稿》。

《八家詩選序見〈東文選〉》：夫天地之間，一氣而已。人得是氣，發而爲言辭；詩者，又言之精華也。是故，觀人詩歌可以審天地氣運之盛衰，余持此論久矣。匪懈堂與諸儒士選李、杜、韋、柳、歐、王、蘇、黃八家之詩凡幾首，釐爲幾卷。僕竊得而觀之，以爲詩自風騷以後唯唐宋爲盛，唐宋間之所謂八家爲尤傑然,宜匪懈堂之勤之也。然天地之氣難盛而易衰,文章世道亦與之升降。宋不唐,唐不漢魏,漢魏不風騒雅頌,如老者之不復少,唯豪傑之士乃能出類拔萃,不爲時氣所變化。齊梁之末,詩道幾弊,得唐李、杜氏而復振,韋、柳從而和之。至五代又弊,得宋歐、王氏復興,蘇、黄又從而繼之。今讀其詩想其人,千載之下使人起敬,吁其盛哉!然詩家獨推李、杜爲稱首,韋、柳以下評論紛紛,是亦不可以不知也。噫,觀是選者,苟能磨勵洗濯,以變習俗之氣,溯黄、蘇之流,登李、杜之壇,以入於雅頌之堂,則庶不負今日編集之意矣,尚勉旃。(《朴先生遺稿》,《韓國文集叢刊》第9册,頁461)

《三絶詩序》:承政院左承旨晉陽姜公,累葉簪履,致位内相,而蕭然有林壑之趣。博究墳典,而尤邃詩學,其著述真得杜甫之三尺,聲名擅於當時。正統八年夏四月,上命會粹子美詩注。于時,鷲山辛公以下凡六人爲屬官,匪懈堂實總裁焉。一日,匪懈堂命畫師安堅畫李司馬山水圖,手書其詩於左方,以賜承旨公。公寶愛之甚,將歌詩以侈之,委余叙其端。余觀此圖,真古之所謂三絶也。鄭虔善畫山水,嘗自寫其詩并畫以獻玄宗,玄宗署其尾曰:“鄭虔三絶。”今是圖也,堅也畫之,子美詩之,匪懈堂又書之。夫子美,詩中天子,其詩無與擬倫。匪懈之書,得王右軍筆法,如龍跳天門,虎臥鳳閣,羊、蕭以下不足置齒牙間也。堅也,亦時之妙於畫者,其高浪崩崖之狀,烟雲浩杳之態,可謂入神矣。設使明皇而觀此,吾知三絶之稱,有不在彼而在此矣。且不知李司馬之圖,其初孰畫之,其爲品未可知也。子美雖能詩,於書未聞焉,其書此詩定不能如今也。然則此圖集衆美而一之,合今古而妙絶者也,公之寶愛也宜矣。雖然,山水之趣,乃騒人隱士不遇於時者之所好也,若大丈夫遇知於其君,見用於當世,則有不屑焉者也。今公位乎銀臺,爲喉舌重臣,清要并融,魚水之歡方洽。而自視欿然,若介書生然,每公退之暇,必焚香幽廬,左圖右書而中處焉。扁舟蠟屐之興自不能勝,冰壺雅量無一點塵,世上紛華未嘗接乎耳目,非出於至性,其能然乎?傳曰:“仁者樂山,智者樂水。”公之德與其所好,可謂協矣。況公之詩律如唐,字法如晉,畫亦入於高妙,三絶之名,夫豈多讓乎虔哉?然則公之得此圖,亦有由也。工乎詩者,歌以係之。余幸忝讎校之列,得見盛美,且被重命,義不敢辭,姑書此以爲序。(《朴先生遺稿》,《韓國文集叢刊》第9册,頁464)

《三笑圖序》:晉時,遠法師居廬山,送客過虎溪,輒鳴號。送陶淵明、陸脩静,與語道合,不覺過溪,因大笑。世傳其圖,吾欲見之而不得久矣。一日,匪懈堂謂吾曰:“余得三笑圖,乃龍眠居士筆也。本松雪公得於江左,愛惜之,手書以誌。余今幸見,令崔思清模其畫,集賢修撰李錫類搨其書,而欲使後之人知此圖所自也,子宜叙其卷端。”余辭不獲。因謂之曰:浮屠如孤雲野鶴,東西南北惟意所在。遠師所以不過虎溪者,何意耶?至道本非言語所及,其所與語者,何道耶?無亦一般説話,玄之又玄,淪於清虛無用之地也耶?然其心融神會、握手譚論之餘,自不知過於所不過之地,所以自得於其心者,吾不知何如耶?惟淵明,節義凜然,激千載之清風,是固可賞已。況龍眠筆法神妙,古人贊之曰:"得杜甫作詩體移之於畫。"今觀此圖,益信其言之不誣也,是宜松雪公手書以誌也,亦宜匪懈堂倦倦模寫以傳之也。然之三人者,一儒冠,一道服,一緇流,志雖同,道固不同,相倚而立,若荆棘之間於芝蘭然。觀此圖者,不可無藻鑑於其間也。(《朴先生遺稿》,《韓國文集叢刊》第9冊,頁471)

徐居正

　　徐居正(1420—1488),初字子元,後字剛中,號四佳亭、亭亭亭,達城人,諡號文忠。世宗二十六年(1444)文科及第,歷任集賢殿博士、副修撰、左贊成等職,是朝鮮朝兼任兩館(弘文館、藝文館)大提學的第一人。世祖六年(1460)以謝恩副使出使明朝,亦曾多次在國內接待明朝使臣。其著述豐富,參與編撰的有《三國史節要》《東國通鑒》《東國輿地勝覽》《東文選》《經國大典》《聯珠詩格言解》等,個人著述有《四佳集》《太平閒話滑稽傳》《筆苑雜記》《東人詩話》等。

　　《寄成和仲》:君不見青衫白首杜拾遺,許身稷卨人更嗤。又不見痛飲狂歌李翰林,托意喬松遺世心。兩賢窮達不足議,萬古高名臨天地。人生於世縛軒冕,此物倘來何足戀。遇則伊周不鄒魯,胸中浩氣塞今古。萬事紛紛翻覆手,陶鑄乾坤一杯酒。我家春瓮初發醅,思君一夜梅花開。(《四佳集》詩集卷二,《韓國文集叢刊》第10冊,頁258)

　　《偶題》其二:床頭書冊白紛紛,紅葉秋庭擾似雲。愛酒淵明非傲世,題詩子美不忘君。(《四佳集》詩集卷三,《韓國文集叢刊》第10冊,頁270)

　　《麗人圖》:曲江春日麗人行,睡破梳妝照晚晴。只許暫時腰後見,杜陵飢客眼空明。(《四佳集》詩集卷四,《韓國文集叢刊》第10冊,頁281)

　　《詠物四十三首》其七《海棠》:一夜光風嫋海棠,花開脉脉倚宮墻。日烘氣力饒春睡,雨借精神起晚妝。濃艷關心都是味,風流適意不須香。杜陵可是無情思,留與蘇仙爲發揚。(《四佳集》詩集卷四,《韓國文集叢刊》第10冊,頁283)

　　《次韻方斯文見寄二首》其一:怪君青衫雙鬢雪,宣室承恩又前席。紛紛今古利名窟,一榮一辱迥相隔。君昔早賦長揚獵,腳底青雲萬里跡。江山何處非菀裘,帝一屈君深奇遊。或從李廣射猛虎,或從上蔡逐狡兔。蘭舟泛泛橫中坻,醉則陶劉醒隨夷。一朝徵鶴侍君面,晚歲功名疾飛箭。君不見杜陵杯炙潛悲酸,十年馬骨高於山。當時蹭蹬何足論,萬古功名不可刪。(《四佳集》詩集卷五,《韓國文集叢刊》第 10 冊,頁 305)

《病中述懷,寄任子深六首》其二:白髮青衫杜拾遺,生平苦乏諫諍姿。堪笑徒然希稷卨,區區忠義許誰知。(《四佳集》詩集卷五,《韓國文集叢刊》第 10 冊,頁 309)

《潼關》:萬里空携一影歸,異言無處話心思。鏡中容貌昂藏極,醉後談論淡蕩焉。子美湖南詩最勝,東坡嶺外語尤奇。平生不要驚人句,信口吟成課日時。(《四佳集》詩集卷七,《韓國文集叢刊》第 10 冊,頁 320)

《子固家大醉而還二首》其一:功名十載走長安,瘦馬凌兢骨似山。破帽短靴何處客,又乘微雨過蘇端。 其二:家在南塘第五橋,名園今復見榮招。前身杜甫人休笑,點筆題詩酒半豪。(《四佳集》詩集卷八,《韓國文集叢刊》第 10 冊,頁 337)

《建除體,和洪日休》:建章門前朝罷回,走馬長安花滿開。除罷萬事無過酒,瓮裏澄澄初發醅。滿酌一倒雙耳熱,拔劍起舞歌激烈。平生酷似杜陵老,許身妄擬稷與契。定知儒冠多誤身,蹭蹬聲名三十春。執心一飯不忘君,區區忠義雙鬢新。破帽塞驢何所之,殘杯冷炙潛酸悲。危言駭俗徒取謗,苦吟太瘦誰能知。成都奇勝天下先,浣花草堂真可憐。收芋拾栗未全貧,風流亦足爲儒仙。開卷完讀三四章,殘膏賸馥流芳香。閉戶長吟我何者,若比杜老狂更狂。(《四佳集》詩集卷九,《韓國文集叢刊》第 10 冊,頁 345)

《李之安見和,即次韻》其四:我笑杜陵定後身,蹇驢烏帽白頭新。曲江三日空腸斷,背立東風是麗人。(《四佳集》詩集卷十,《韓國文集叢刊》第 10 冊,頁 359)

《題無盡亭》:無盡亭下屋如斗,無盡亭前江似酒。落日欲没西山西,廣陵歸客行路迷。蹇驢孤影雙童隨,兩腳鼓鐙鞭倒垂。君不見杜陵晚節多風流,瀼東瀼西復夔州。熊兒捉彎驥兒扶,千古浣花傳新圖。四佳老人應前身,仰天一笑山月新。(《四佳集》詩集卷二十八,《韓國文集叢刊》第 10 冊,頁 483)

《題申大諫同年自繩漢江別墅十首》:昔,杜少陵遊何將軍林亭,留五言律詩十首;再遊,又題五首,極盡景物登覽之勝。今讀其詩,可想二老風流氣象。吾同年申大諫別墅在於漢江濱,其形勝甲於東方。居正杖屨相從已逾十稔,才拙一不題詠。今申侯索予一言,謹賦近體十首錄奉。非敢妄擬老杜,但記別墅之勝,賢主人高懷雅想伯仲於將軍者耳。居正攀附交遊於其間,又豈非幸歟?（詩略）(《四佳集》詩集卷二十九,《韓國文集叢刊》第10冊,頁494)

《題雙林心上人所藏十畫》其四《杜甫醉馱》:草堂幽處浣花溪,駄醉歸來山日西。遮莫傍人笑拍手,熊兒捉轡驥兒携。(《四佳集》詩集卷四十五,《韓國文集叢刊》第11冊,頁50)

《夢百花潭》:夢尋杜甫百花潭,覺後猶知雅興酣。不似去年鄉國去,白鷗春水滿江南。(《四佳集》詩集卷五十,《韓國文集叢刊》第11冊,頁79)

《讀草堂詩》:百花潭北碧雞坊,萬首新詩一草堂。伯仲風騷渾細事,平生忠義熱中腸。(《四佳集》詩集卷五十,《韓國文集叢刊》第11冊,頁84)

《大歲日》:嘗讀杜工部《大歲日》詩,注云"大曆三年歲次戊申正月丙午朔",則初三日爲大歲戊申日也。今年適戊申,而十三日亦戊申,故效杜甫有作。　　戊申大歲日,忽憶杜陵詩。謀拙仍多病,才疏豈合時。年光何荏苒,心事轉參差。爲作新年慶,香醪醉不辭。(《四佳集》詩集卷五十,《韓國文集叢刊》第11冊,頁94)

《懷古三首》其二:浣花行樂杜工部,赤壁風流蘇雪堂。千古文章有正印,無人襲馥仍傳芳。(《四佳集》詩集卷五十,《韓國文集叢刊》第11冊,頁99)

《閱久稿》:天教老子好吟哦,詩律慚非作大家。李杜雄深希者少,島郊寒瘦奈吾何。病餘自笑焚書稿,老去都無夢筆花。且可牛前聊遣興,他時瓿醬不須嗟。(《四佳集》詩集卷五十二,《韓國文集叢刊》第11冊,頁123)

《讀杜甫麗人行》:三日曲江多麗人,紛紜香麝綺羅春。風流杜老人休問,背後遥看發興新。(《四佳集》詩集卷五十二,《韓國文集叢刊》第11冊,頁128)

《書文翰類選後》:雅頌遺音久矣亡,中間荒怪笑蒙莊。賈生對策鳴隆漢,韓子文章擅盛唐。詩道中興推李杜,詞場獨步數歐黃。餘芳騰馥今猶在,誰繼前賢更發揚。(《四佳集》詩集卷五十二,《韓國文集叢刊》第11冊,頁131)

《草書行贈金子固》:二張已逝右軍非,章草稱聖天下稀。中間作者多似雨,家雞野鶩不須數。君從何處得草訣,筆畫超詣頗奇絕。如今爲我書數張,風雨颯爽生中堂。鸞翔鳳翥蛟龍躍,玉樹交柯纏鐵索。一肥一瘦骨肉均,飛動變化驚鬼神。不必學顛長史濡頭醉狂突,不必見公孫娘拔劍舞混脱。下視崔杜爲僕奴,直與衛素爭並驅。四佳老人非具眼,得之朝夕作珍玩。君不見李太白草書行,一爲懷素揚名聲。又不見杜子美草書詩,更爲張旭能發揮。我欲鋪張爲君歌。才非李杜知奈何，才非李杜知奈何。(《四佳集》詩集卷五十二，《韓國文集叢刊》第 11 冊，頁 134)

《書拙稿後》：僕少有詩癖，凡歡娛悲慽寓目屬耳，一於詩發之。有書于稿者，有不書者不知其幾。今搜閱舊稿，已萬有千首，猶不廢日課。誰知不切於時，無益於後，亦不自已。癖之甚一至於此，嗚呼悲哉。　删後無詩繼亦難，何人今古擅詞壇。杜陵名續風騷後，李白才高天壤間。陸海潘江皆婢膝，郊寒島瘦亦兒顏。我今萬首將何用，畢竟誰家羃醬看。(《四佳集》詩集卷五十二，《韓國文集叢刊》第 11 冊，頁 135)

《讀岑嘉州集二首》其一：盛唐人物總能詩，詩聖皆推杜拾遺。時復唱酬岑與賈杜甫、岑參、賈至有大明宮唱酬詩，才名藉甚足攀追。(《四佳集》詩集卷五十二，《韓國文集叢刊》第 11 冊，頁 137)

《豐川八景詩并序》：豐之山水之勝爲關西之最，西河君任公元濬以府八詠索居正詩。余惟古人云"人傑地靈"，蓋地靈則人必傑，人傑則地尤靈。莘於尹，渭於呂，隆於孔明，瀨於嚴光，昌黎之於退之，夔州之於子美，眉之於蘇，涪之於黃，滁之於歐，皆以人而地尤靈。然其傑，未必非地之靈也。任氏自高麗侍中子松大振家聲，世濟其美。今西河擢大魁，圖麟閣，登巖廊，有子若孫俱顯當世，其以地而人亦傑可知。不揆鄙拙，書八絕，爲題詠張本云。(中略)其六：寺在寒山第幾層，鍾聲和月曉風澄。聞來自可發深省，詩有何人似少陵。右清涼曉鍾(《四佳集》詩集補遺三，《韓國文集叢刊》第 11 冊，頁 187)

《觀光錄序》：予嘗見古人評司馬子長者曰："子長以疏宕之氣極天下之大觀，故文章變化無窮。觀長淮大江驚濤駭浪，則其詞奔放浩漫；觀洞庭彭蠡涵混呼吸，則其詞停滀淵深。之齊魯鄒嶧而溫重典雅，之三閭沅湘而悲憤傷激。其壯勇也，得之劉、項之戰場；其峭拔也，得之巴蜀之劍閣。"予竊自疑曰："文章者，氣也，時運也。氣稟於天，有清濁粹駁之殊，故發於詞者有工拙高下之異。如李、杜自李、杜，韓、柳自韓、柳；王、韋止於平淡，郊、島[一]局於寒瘦；元、白之不可爲劉、許，梅、黃之不可爲歐、蘇，安能因所睹覽而遽變其氣乎？況文章關乎時運之盛衰，如元不宋，宋不唐，唐不晉魏，晉魏不漢秦，安能因所睹覽而猝變時習乎？其論子長者，特壯其遊，奇其氣，形容文章之發越耳，非子長之文奇於遊，不奇於不遊也。頃年，居正奉使朝京，道遼雷，由閭碣，歷幽薊，直造乎燕都。睹夫山河土宇之縣曠也，城郭宮室之壯麗也，禮樂典章之明備也，衣裳舟車之會同也，所見無非瑰偉絕特。而居正之形于詩歌者，不失之纖弱，則失之澀僻；不失之萎薾，則失之粗厲，何嘗因所睹覽而少有變化者乎？益信文章之氣之習之未易猝變也。"予持此論久矣。今見三君子《觀光錄》，自漢都暨燕山，往還八九千里。觸於目、感於心者，一皆發於詩。其老健也，如幽燕宿將，氣雄勢壯；其快迅也，如漁陽突騎，風飈電閃。或縱橫榸桲，如蘇、張辨士；或從容法律，如漢庭老吏。其清圓也，如銅丸走坂；其美藻也，如芙蓉出水。其洞盪倏翕，則如鯨波蜃市，魚龍遊戲；其豪爽道峻，則如危巖絕壁，鷹隼飛鶱。備全衆體，愈出愈奇。然後知古人論子長者不誣，而居正之所見者非也。嗚呼！以一子長，萬里獨遊，文章變化如是其無窮。況今豪峻如崔侯，溫醇如李侯，清新如成侯，皆一代巨擘也，政當聖天子混一函夏、文物全盛之時，並駕齊驅於中原，所見益富，所聞益高。塤箎迭奏，宮商自協，其跌宕之氣誠不讓於子長矣。而奉使觀光，朋友相長，又非子長之所能及也。居正亦有《北征稿》三百篇，當其時，雖欲靚縷，如雕脂刻冰，無所施巧，邊幅自窘矣。其視《觀光錄》，真所謂"珠玉在傍，覺我形穢"者矣。予壯三君子之遊之氣之文，書此弁其首，蒼龍丙申。（《四佳集》文集卷四，《韓國文集叢刊》第 11 册，頁 239）

　　［一］島，原作"鳥"。

　　《鐵城聯芳集序》（節錄）：《鐵城聯芳集》者，平齋李文敬公、容軒李相國所著也。平齋事高麗恭愍王，大被眷遇，官至密直副使。公有經濟器，王欲大用，不幸早逝，不大厥施。舊例，樞密無諡，恭愍悼念，特贈文敬。容軒事太祖、太宗、世宗三朝，歷判諸曹，三長憲司，進宅百揆，爲時賢相。二公功名事業之盛，文章特餘事耳。今嗣孫丁曹參議陸，集二詩編爲一帙，示居正。居正外舅陽村權文忠公，平齋之壻，是鐵城於居正爲外家。居正內兄吉昌權翼平公，容軒之壻，翼平嘗語居正曰："平齋、容軒詩法，出於杏村李文貞公。容軒又早孤，鞠於陽村，得師友淵源之正。詩至於平齋、容軒二老，亦足不朽矣。今觀平齋之平淡溫醇，容軒之清新雅麗，正有家法，足以傳後。"翼平之言，蓋有所見矣。予嘗見古之人以文章名家者，必有家法焉，又必有師友淵源之資焉。杜陵之詩，祖於審言；東坡之文，宗於老泉。涪翁以文章鳴世，未必不資於蘇家。今杏村即平齋之審言，平齋即容軒之老泉。陽村之於容軒，即涪翁之東坡也。嗚呼！文章箕裘，豈不難哉？求之於古，僅得蘇、杜二家。今吾鐵城父子，襲美傳芳，續杏村之遺馥，亦何多讓於古人哉？（下略）（《四佳集》文集卷五，《韓國文集叢刊》第 11 册，頁 255）

　　《騎牛先生贈玩易齋詩序》（節錄）：（上略）居正嘗讀《春秋傳》，列國大夫其於交際相與之間，皆賦詩以見其意，如角弓、嘉樹之傳是已。朋友相贈，起於漢之蘇、李，盛於魏晉，極於唐宋，然皆出於親戚故舊邂逅酬酢之間，能知音相得、感會神交者百無一二。後之論者,以“江東”、“渭北”之句爲李、杜神交,以蚷蟁之篇、雲龍之詩爲韓、孟知音。歐陽公贈梅都官詩曰“梅窮獨我知,古貨今難賣”,則謂之知音亦可也。今以文節、戴敏交際之厚,贈遺之勤,而益有感於李、杜諸公神交知音者非偶然也,予豈可以他求吾兩先生哉?景醇氏詩禮傳家,雖殘稿膌馥,殷勤護惜至此,豈非可喜也哉?丁酉。(《四佳集》文集卷六,《韓國文集叢刊》第11冊,頁270)

《牧隱詩精選序》:光岳之氣,鍾於人而爲文章。文章者,間世而或作,作則魁然傑然,卓爾不群矣。漢之文,盛於賈、董、馬、班;唐之文,極於李、杜、韓、柳。宋有歐、蘇、黃、王,元有楊、虞、揭、范,此皆魁然傑然、間世而卓立者也。吾東方古稱詩書之國,以文章鳴世者代不乏人。乙文德鳴於高勾麗,薛聰、崔致遠鳴於新羅。高麗氏開國,文治大興,金文烈富軾、鄭諫議知常唱之於前,陳補闕澕、李大諫仁老、李學士奎報、金員外克己、林上舍椿,齊名一時,一詩道之中興也。益齋李文忠公復起而振之,稼亭李文孝公繼之。先生,稼亭之子,益老之門弟,其文章有家法淵源之正,早擢元朝制科,周旋翰院,所得益深。斂而東還,敷爲文章,措諸事業,譽望蔚然。元學士歐陽文忠公嘗一見先生,深加器重,有“海外傳鉢”之句,先生之名隱然聞於天下。蓋先生之文,本之以六經,參之以史漢,潤色之以諸子,鼓舞動蕩,滃然而爲雲雷,爛然而爲星斗,霈然而爲江河,躍然而爲龍虎。變態無窮,如晴躋終南,衆皺前陳,不暇應接者矣。一時文人才士洽然宗之,薰然浸郁,雄峻如鄭圃隱,簡潔如李陶隱,豪邁如鄭三峰,典雅如權陽村,皆不出先生範圍之內。豈非魁然傑然、間世而卓立者乎?況先生功名道德之盛冠冕一時,獨文章乎哉?先生遺稿總若干卷,冢孫文烈公諱季甸,採五七言古律詩,分門類聚,爲《精選》六卷。曾孫府尹諱封,將繡于梓,屬居正序。竊嘗以謂先生之於詩,不凝滯於一,衆體皆備,有雄渾者,有麗藻者,有沖澹者,有峻潔者,有豪以瞻者,有嚴以重者,有奧而深者,有典而雅者,當合全集而觀之,可以想富哉之氣象,復何事於《精選》哉?然先生之詩,雖本經史,法度森嚴,而亦復縱橫出入於蒙莊佛老之書,以至稗官小說,博採不遺,是以末學謏聞開卷茫然,有望洋之嘆,此《精選》之不得不編也。自有詩家以來,推杜甫爲首,騷人雅士皆祖而尚之,惟其詞深意奧,病於難讀,不得無待於鄭羋、虞律之精選也。今先生之詩,深奧亦至,文烈之勤於《精選》者,得非鄭羋、虞律之遺意耶?嗚呼,先生詩書之澤流及者遠,文烈以文章事業鳴國家之盛,府尹早擢黃甲,遍歷臺閣,將有斯文之責之重,能不墮乃家箕裘之業,傳文章之正印也必矣。噫!盛矣哉。(載李穡《牧隱集》附錄,《韓國文集叢刊》第5冊,頁178)

李承召

　　李承召（1422—1484），字胤保，號三灘，陽城人，謚號文簡。世宗二十九年（1447）以館試、覆試、殿試三場狀元及第，歷任集賢殿副修撰、藝文館提學等職。世祖五年（1459）、成宗十一年（1480），兩次出使明朝。曾參編《國朝五禮儀》，有《三灘集》傳世。

　　《韓山》：牧老聲名始此鄉，青年北學利觀光。簪纓赫世詩書在，竹帛流輝事業詳。工部雄詞喧宇宙，謝家芳草滿池塘。鎮江烟雨尋遺跡，唯有漁舟古渡傍。（《三灘集》卷四，《韓國文集叢刊》第 11 冊，頁 408）

　　《送權應教健如京師》其三：征衫如鐵北風寒，迢遞山河道路難。駟騎躞冰經鶴野，貂裘衝雪過榆關。杜陵詩律驚人久，司馬胸襟特地寬。無數珠璣生咳唾，隨風散落滿人間。（《三灘集》卷七，《韓國文集叢刊》第 11 冊，頁 448）

　　《領議政朴文憲公行狀》（節錄）：公諱元亨，字之衢，號晚節堂。（中略）世宗十四年壬子春，中司馬試，遊學於成均館。時權採以名儒爲大司成，見公甚器之，贈《綱目》《通鑒》《宋元播芳》、杜詩，館中諸生榮之，自是聲華大振。（下略）（《三灘集》卷十四，《韓國文集叢刊》第 11 冊，頁 518）

孫舜孝

　　孫舜孝（1427—1497），字敬甫，號勿齋、七休居士，平海人，謚號文貞。端宗元年（1453）增廣文科及第，歷任都承旨、議政府左贊成等職。成宗十一年（1480），以賀正使出使明朝。曾參編《世祖實錄》，著有《勿齋集》。

　　《月山大君詩集序》（節錄）：混沌才死，光岳氣分，本乎上者親上，本乎下者親下，上下流通，二五妙合，渾淪磅礴，動蕩發越，得其清粹者爲聖，得其濁駁者爲愚爲不肖。其有仁義根於心，英華發於外，發爲文章以賁餙一代之理者，代豈乏人哉？自《賡歌》而權興，至於《三百篇》而足，善者感發人之善心，惡者懲創人之逸志，其用皆歸於使人得其性情之正而已。雅頌以後，正聲寢微，齊梁之間衆作啁啾。至唐有《三百篇》之餘韻，然浮靡相矜，各爭所長。豪逸者欠高妙，冲澹者少峻潔，獨子美兼衆家而集大成，詩豈易言哉？（中略）嗚呼！子美終身流落，而一飯未嘗忘君，此所以兼衆家而集大成者也。況公奉聖母以孝，事聖主以忠，接百僚以恭，則數百篇中爛然可珍者，皆發於性而止於忠孝恭謹而已，是乃道德之精華而光焰萬丈長者也。使其天

假之年,則可以登杜子之壇,而繼遺響於大雅矣,惜哉!(《勿齋集》卷一,《韓國文集叢刊續》第 1 冊,頁 226)

金宗直

金宗直(1431—1492),字季盟、孝盥,號佔畢齋,善山人,諡號文忠。世祖五年(1459)文科及第,歷任工曹參判、知中樞府事等職。學問淵博,爲嶺南學派宗師。著述豐富,增修《東國輿地勝覽》,編撰《東文粹》《青丘風雅》《一善志》等,著有《佔畢齋集》。

《長峴下人家,在蔚山西三十餘里》:籬外紅桃竹數斜,雯雯雨脚間飛花。老翁荷耒兒騎犢,子美詩中西崦家。(《佔畢齋集》卷三,《韓國文集叢刊》第 12 冊,頁 227)

《呈藏義寺讀書諸公》其六:詞賦紛紛各鬥雄,古來只有杜陵翁。憑君三復無邪頌,月露風花眼底空。(《佔畢齋集》卷十二,《韓國文集叢刊》第 12 冊,頁 299)

《古意五韻五篇》其五:前修事業有竹帛,大雅風俗誰能識,杜陵八哀堪太息。我生生長析木津,云誰之思西方人。(《佔畢齋集》卷十四,《韓國文集叢刊》第 12 冊,頁 318)

金時習

金時習(1435—1493),字悦卿,號梅月堂、東峰、清寒子,法號雪岑,江陵人,諡號清簡。幼有神童之稱,世祖篡位後,他削髮爲僧,法號雪岑,不再應試。1465 年至 1471 年居住慶州金鰲山,在此期間創作短篇小說集《金鰲新話》。另有詩文集《梅月堂集》。

《漫成二首》其一:窮山歲暮坐題詩,冰合松煤染硯肌。飢鶻下巖多壯氣,凍鴟蹲樹有奇姿。陶潛傲世那無醉,杜甫思君不廢詩。自有胸吞雲夢趣,丈夫老去即豪時。(《梅月堂集》詩集卷一,《韓國文集叢刊》第 13 冊,頁 100)

《九日》:九日獨何日,怡然愜我情。行看籬下菊,緬懷陶淵明。笑撚茱萸枝,遥憶杜子美。落帽龍山頂,千載風流士。展才滕王閣,萬古腹稿子。斯人邈以遠,此日年年有。登高且遠矚,酩酊白衣酒。慷慨且狂歌,爲樂當

如何。徘徊望不盡,長空一雁過。(《梅月堂集》詩集卷三,《韓國文集叢刊》第 13 册,頁 141)

《和秋江四首》:(詩略)先生近讀少陵詩矣,瓊玖有杜癖。僕藏内景不還者,非久假不歸乎遲先生耳。先生於前歲饋信中所道墨跡,歷歷在巾笥中矣,余何忘乎? 易歲易月,交譴雷同,俟促膝大噱。(《梅月堂集》詩集卷六,《韓國文集叢刊》第 13 册,頁 189)

《詠岷山花叢二十首》其七:風飄萬點政愁人,莫厭傷多酒入唇。我罵少陵無好語,不曾相對曲江春。(《梅月堂集》詩集卷十五,《韓國文集叢刊》第 13 册,頁 325)

《上柳自漢書》其四:前日落魄失禮,令寬不嘖,聽鄰李清哀乞,感謝感謝。又專使金世俊招余,益感益感。明府豈不見陳壽《三國志》曹操、黃祖之待禰衡? 宋祁《唐書》嚴武之待杜甫乎? 是皆貽笑萬古。僕投隱西峰,喜值令公謙恭自牧,尊賢容衆,但恨僕不及如宋纖、袁安爲漢晉高士耳。呵呵。近夕屢晴霽,蠟屐崎嶇,身疲又病,待瘳,明日進謁,冀下榻許座。(《梅月堂集》文集卷二十一,《韓國文集叢刊》第 13 册,頁 402)

金孟性

金孟性(1437—1487),字善源,號止止堂,海平人。成宗七年(1476)别試文科及第,歷任司諫院正言、吏曹正郎等職。曾與成伣、蔡壽等修正《東國輿地勝覽》,著有《止止堂詩集》。

《次韵》:杜陵清趣得天真,信手成章妙入神。已見文光長萬丈,誰知筆力斡千鈞。聲名猶在謫仙右,才思猶堪子建[一]親。獨恨青衫空白首,儒冠政坐誤人身。(《止止堂詩集》,《韓國文集叢刊續》第 1 册,頁 280)

　　[一] 建,原作“健”。

洪貴達

洪貴達(1438—1504),字兼善,號虛白亭、涵虛亭,缶溪人,謚號文匡。世祖七年(1461)别試親策科及第,歷任工曹判書、左参贊等職。成宗七年(1476),以遠接使從事官接待明使臣祁順等人;成宗十二年(1481)以千秋使出使明朝。参編《世祖實録》《成宗實録》《續國朝寶鑒》等,著有《虛白亭集》。

《送李評事長坤赴節鎮詩序》（節錄）：古之名將，總大兵于外者，必有高文大手爲之佐，以掌書記，任軍政。凡號令于三軍，奏達于九重，其文辭一出於其手，不既重乎？漢唐以來，職此者可數也。其最著者曰：班固之於竇憲，杜甫之於嚴武，退之之於張建封，牧之之於牛僧孺[一]是已。新羅崔致遠，亦入唐爲高駢幕客。五君子者，其文章固皆高出一時，垂範後世，然此皆專乎文者也。孰有一身文武，國士無雙，如吾李氏子者乎？（下略）（《虛白亭集》卷二，《韓國文集叢刊》第 14 册，頁 72）

　　[一] 孺，原作“儒”。

《題成仲淹氏詩卷後》（節錄）：天之賦於物，率不全其能，是故，與之角者弱其齒，傅之翼者兩其足，馬之走者劣於步，儒能文者短於詩。如有角而又齒，翼而又足，走又能步，詩又能文者，則是人物中之特異者，而吾又未之見。（中略）嗚呼！文章才子莫盛於唐宋，而李、杜以詩名，韓、柳以文稱；司馬光自謂不能爲四六，曾子固時稱不能詩。世果有全才，則宜數君子當之，而其長止如此，才難不其然乎？（下略）（《虛白亭集》卷三，《韓國文集叢刊》第 14 册，頁 120）

成 俔

成俔（1439—1504），字磬叔，號慵齋、浮休子、虛白堂、菊塢，昌寧人，謚號文戴。世宗八年（1462）文科及第，歷任工曹判書、兩館大提學等職。成俔於 1472 年、1475 年、1487 年三次出使明朝；成宗十九年（1488），曾在國內接待過董越、王敞使行。著述豐富，有《虛白堂集》《風騷軌範》《樂學軌範》《慵齋叢話》等。

《二月十日雨》：此生心事老猶癡，憔悴東窗睡起遲。天晚薄雲披素帽，夜深飛雨散銀絲。文君愁對相如壁，驥子新編杜甫詩。洛水行船通古道，春來一室免啼飢。（《虛白堂集》詩集卷二，《韓國文集叢刊》第 14 册，頁 248）

《喜鄉人載米來到》：樂天知命常戰兢，浮雲富貴安足稱。曾參歌聲出金石，顔子簞瓢欣曲肱。古人賢達類如此，況我樸樕材無能。乃今得此數鍾粟，又顧園中有新蒸。猶勝偪側少陵叟，往抱衾裯換斗升。室婦怡顔赤脚笑，就掃廩斛洗釜甑。咫尺千里未易到，馬瘏僕痡逾丘陵。近來風雪塞長途，手足皸瘃髭垂冰。急瀹罟醪慰寒苦，更問鄉里張明燈。（《虛白堂集》詩集卷八，《韓國文集叢刊》第 14 册，頁 296）

《題豐原所藏雪中騎驢圖》：江天漠漠陰雲凝，峰巒積雪堆層層。倚巖

老樹凍欲折,小橋流水皆明冰。短帽聳肩驢耳堅,倦僕痛矣行正苦。若非襄
陽孟浩然,即是飯顆飢工部。當時寒氣猶可掬,滿堂凜凜風生壁。(《虛白堂
集》補集卷五,《韓國文集叢刊》第 14 冊,頁 385)

《杜鵑行》:花開萬樹紅高低,花落滿地綠葉齊。春風毛羽穿芳蹊,日日
弄影空悲啼。蜀中繁華塵一聚,飄零不恨離舊土。分形散飛無東西,欲訴未
訴思轉苦。思轉苦,尚怨誰,年年血染花間枝。君臣古義不可忘,君不見杜
甫再拜詩。(《虛白堂集》風雅録卷一,《韓國文集叢刊》第 14 冊,頁 389)

《六老辭》其三:天門高兮洞開,青雲擁兮芳塵。朱紫雜遝而後先兮,爛
誇詡乎要津。路傍拜揖之紛紜兮,賓從翼乎朱輪。人皆競進而求索兮,名聲
著而日新。何余生之菲薄兮,遭時命之孔屯。黃楊厄閏而漸退兮,涸鮒守轍
而摧鱗。昔簡兮之仕伶兮,思西方之美人。馮唐老於郎署兮,窮白首而傷
神。汲長孺之忠讜兮,猶感嘆乎積薪。杜少陵之俊才兮,猶徒步而艱辛。先
哲尚或如此兮,況我坎壈之纏身。進呼籲而欲白兮,上嘿嘿而莫余親。功名
不侔乎柄鑿兮,君門邈阻乎越秦。百所思而不遂兮,誰記余之忠純。孤草托
根乎窮崖兮,使終不得見乎陽春。右老宦(《虛白堂集》文集卷二,《韓國文集
叢刊》第 14 冊,頁 430)

《跋畫馬帖》(節録):古人畫馬者非一,而善畫者難得。非筋骨之難畫
也,意氣神駿之難畫也。嘗讀少陵詩「神妙獨數江都王」,至曹將軍霸,有
「下筆親之」之語,則其與江都有間而非其倫。東城贊韓幹之才,亦云「幹惟
畫肉不畫骨」,是知非徒相馬者之無其人,而善傳神者蓋鮮也。如晦送家藏
畫馬數幅,乃士人金瑞所畫,校諸魯偃之詩則剩一,比韓幹所畫則剩三,驪黃
毫毛,步驟蹏嚙千萬狀,筆之所到,精神自動,非老於畫者不能也。(下略)
(《虛白堂集》文集卷九,《韓國文集叢刊》第 14 冊,頁 486)

《菊翁説》(節録):大抵君子之於物,必有愜於性而後取之。苟有以取
之,莫不取以爲名。如以松名徑,以竹名軒,以槐名堂,以葵名齋,其他雜卉
微木亦多有酷好者。而況幽雅澹泊,粲然獨秀,靈均之所飡,彭澤之所採,
少陵之所嗅,蘇子瞻、張欽夫之所賦,劉蒙、范至能之所譜者乎?宜乎遺世獨
立者之探玩而不能已。此德叟之所以自號之也。(下略)(《虛白堂集》文集
卷十二,《韓國文集叢刊》第 14 冊,頁 505)

《真逸先生傳》(節録):真逸先生者,余之仲兄氏也。(中略)年十五赴
司馬試,人皆操筆苦吟,先生不措一辭,只畫冠蓋人物於砌間而已。旁有老
儒嘲曰:「何許小兒,不吮母乳而浪遊如是?」先生答曰:「此吾遊街像也。」日
夕,持紙兩端,筆下如雨,竟擢其試。放榜之日,人有譏之者曰:「此兒乃借手
也。」先生發憤,讀杜詩千遍,豁然大悟。凡書之文理聱牙未曉之處,潛心究

得,迎刃而解,由是六經子史無不通熟。常夜以繼日,不弛衣帶,脇不寢席者十餘載,性度虚明,聰又過人,一覽輒記,凡幽經僻籍無不探討。(下略)(《虚白堂集》文集卷十三,《韓國文集叢刊》第14册,頁524)

《文變》:文不可變乎?可變則斯爲變矣。其變而就卑在人,變卑而還淳亦在人耳。自典謨賡載之文作,而爲文之權輿。虞變而夏,夏變而殷,至于成周,其文大備,彬彬郁郁。言宣于口,無非文也;事載于册,無非文也。如君臣戒訓,列國辭命,兵師誓告,祭祀祝嘏,閭巷歌謡,非文無以發,故人雖欲不文,而不得不爲文也。天生宣尼,振木鐸之教,以天縱之聖,删定贊修六經之語,其道德文章足以經世垂範。於是,三千之徒霧滃而集,七十二子升堂入室,高矣美矣,非後世之所可幾及也。逮道下衰,莊、列之教虚無,楊、墨之言滅裂,申、韓主刑名之學,屈、宋肇悲怨之詞,魏牟、公孫龍作堅白同異之説,各售其技,斫喪道真。然其文辭則縱横捭闔,皆有可觀。漢承周文,其文最盛,賈誼、董仲舒、司馬遷、劉向、揚雄尤傑然者也。其他文名之士,拔茅彙征,波瀾所暨,演迤放肆,後之爲文者咸宗之。下逮建安、黄初間,文體漸變,浮艷脆弱,至魏、晉、齊、梁極矣。唐興,陳、蘇啓其始,燕、許闖其門,李、杜擅其宗,韋、柳、元、白承其流,而革累代對偶之病,爲一世風雅之正者,獨昌黎一人而已。晚唐五季之陋,頹圮墊溺。宋初,楊文公、王黄州雖名爲文,而猶襲其蹟。廬陵倡爲古文,三蘇踵而隨之。其針文之病,救世之功,與昌黎無以異也。元雖胡種,培養文脉,百年之間文物極盛,多士皆懷瑾握瑜之人,其文盛而至於華,其華勝而至於侈,其侈極而至於亡,亦其勢之必然也。以我朝之事觀之,檀、箕之世,鴻荒朴略無所考。羅季,崔孤雲入唐登第,文名大著。麗初,崔承老上書陳弊,其文可觀。至于中葉,鄭知常、金克己、李奎報、李仁老、林椿、陳澕、洪侃之徒,皆以富麗爲工,文雅莫盛於斯。其後益齋、稼亭、牧隱、陶隱、三峰、陽村諸先生,斸崖岸而改爲之,專務篤實,不爲虚美之辭。可以笙鏞世道,而麗朝不用,遽終其運,以啓我聖代文明之治。三峰、陽村掌文衡,春亭繼其踪。春亭以後,斯文大廢,久而不舉。世宗設集賢殿,貯養文士,一時儕輩轢駕麗代而能之者非一。成宗體世宗之志,力於爲學,專以成就人材爲急務。内則弘文館,外則成均四學,誘掖多方而隆眷匪常,又多裒書籍,印頒而廣布之。由是,業文者皆探古文根本之文,盡擺俗儒胡盧之習,文體大變,趨於正閫,非若曩時之碌碌猥瑣也。騷賦當主華贍,而不知者以爲當平淡也。論策當主雄渾,而不知者以爲當端正也。記事者當典實,而不知者以爲當併儷也。平淡非文病也,其弊至於委靡。端正非文病也,其弊至於疏散。併儷非文病也,其弊至於鄙俚。譬如庭樹,枝柯花葉紛鬱,然後得庇本根,而樹必碩茂。調飲食者當審五味滫瀡之宜,然後乃得其和。今者削枝葉而望樹之茂,擯五味而得食之和,寧有是理?孟子[一]曰:"博學而詳說之,將以反說約也。"博學則無所不知,詳說則無所不通。無不知無不通,然後能辨是非而去就之。今不博學詳說,欲先反約,未知所存者幾何?所約者何事?今之學詩者必曰:謫仙太蕩,少陵太審,雪堂太雄,劍南太豪,所可法者涪翁也、后山也。刊落肌肉,獨存骸骨,未至兩人之域而氣象蔚然,不聱牙奇僻,則頑庸駑劣,有不足觀者。學文者亦如是,以莊騷爲詭,以兩漢爲奧,以韓柳爲放,以蘇文爲騖,樂取柔軟之辭以爲剞劂,無惑乎文學之日卑也。大抵詩文華麗則取華麗,清淡則取清淡,簡古則取簡古,雄放則取雄放,各成一體而自底於法。豈有愛梅竹而欲盡廢群卉,好竽瑟而欲盡停衆樂乎?此嵩善子膠柱固執之見也。嵩善雖死而譊讀者猶未已,故作《文變》,以曉世之學爲文者。(《虛白堂集》文集卷十三,《韓國文集叢刊》第 14 冊,頁 531)

[一] 孟子,原作"孔子"。

金 訢

金訢(1448—1492),字君節,號顏樂堂,延安人,謚號文匡,金宗直門人。睿宗二年(1471)文科及第,歷任忠武衛護軍、工曹參議等職。成宗十年(1479),以書狀官出使日本;次年(1480),又以質正官出使明。著有《顏樂堂集》。

《翻譯杜詩序》:惟上之十二年月日,召侍臣,若曰:"詩發於性情,關於風教,其善與惡皆足以勸懲人。大哉,詩之教也。三百以降,惟唐最盛,而杜子美之作爲首,上薄風雅,下該沈、宋,集諸家之所長而大成焉。詩至於子美,可謂至矣,而詞嚴義密,世之學者患不能通。夫不能通其辭,而能通其訣者,未之有也。其譯以諺語,開發蘊奧,使人得而知之。"於是,臣某等受命,分門類聚,一依舊本,雜采先儒之語,逐句略疏,間亦附以己意。又以諺字譯其辭,俚語解其義。向之疑者釋,窒者通,子美之詩至是無餘蘊矣。凡閱幾月,第一卷先成,繕寫投進,以禀睿裁。上賜覽曰:"可令卒事。"仍命臣序之。臣於子美之詩,鹵莽矣,滅裂矣,何能措一辭於其間哉?然待罪詞林,不敢以不能爲解,則謹拜手稽首,颺言曰:臣竊觀子美博極群書,馳騁古今,以倜儻之才,懷匡濟之志,而值干戈亂離之際,漂泊秦隴夔峽之間,羈旅艱難,忠憤激烈。山川之流峙,草木之榮悴,禽鳥之飛躍,千彙萬狀,可喜可愕。凡接於耳而寓於目者,雜然有動於心,一於詩焉發之。上自朝廷治亂之跡,下至閭巷細碎之故,咸包括而無遺。觀《麗人行》,則知寵嬖之盛,而明皇之侈心蠱惑於内。讀《兵車行》,則知防戍之久,而明皇之驕兵窮黷於外。《北征》書一代之事業,而與雅頌相表裏。《八哀》紀諸賢之出處,而與傳表相上下。謂之詩史,不亦可乎? 而其愛君憂國之誠充積於中,而發見於詠嘆之餘者自不容掩,使後之人有以感發而興起焉。此所以羽翼乎《三百篇》,而爲萬代之宗師也。然一語而破無盡之書,一字而含無涯之味,雖老師宿儒,有不能得其門而入,況室家之好耶? 觀於《八陣圖》一詩,待子瞻之夢而後定,則其他蓋可知也。恭惟主上殿下潛心聖學,日御經筵,六經諸史靡不畢究,又能留意於詩道有關世教,而特命詞臣首譯子美之集,而千載不傳之秘,一朝瞭然如指諸掌,使人人皆得造其堂而嚌其胾也。噫,子美之詩晦而不明者,歷千有餘年而後大顯於今,豈非是詩之顯晦與世道升降,而殿下所以復掩前古,卓冠百王,振起詩道,挽回世教之幾,亦可因是以仰窺萬一也。學者於是乎章句以綱之,注解以紀之,諷詠以挹其膏馥,涵濡以探其閫奧,而必以稷契許其身,而以一飯不忘君爲其心,則子美庶幾可學。而辭語之妙,聲律之工,特其緒餘爾。將見賡載之歌,大雅之作,黼黻王道,賁飾太平,而大鳴國家之盛者,于于焉輩出矣,何其盛也! 若夫馳騖于風雲月露之狀,而求工於片言隻字之間而已,則其學子美亦淺矣,豈聖上所以開示學者之意耶? (《顏樂堂集》卷二,《韓國文集叢刊》第 15 册,頁 241)

蔡 壽

蔡壽(1449—1515),字者之,號懶齋,仁川人,謚號襄靖。睿宗元年(1469)文科狀元,歷任戶曹參判、同知中樞府事等職。成宗十九年(1488),以聖節使出使明朝。著有《懶齋集》。

《浣花溪》:錦官城外浣花溪,杜老林塘傍碧鷄。萬里橋邊烟漠漠,百花潭上草萋萋。異鄉萍轉開新宅,古國桃陰想舊蹊。滿目干戈悲劍閣,長安歸路恐長迷。(《懶齋集》卷二,《韓國文集叢刊》第 15 册,頁 398)

曹 偉

曹偉(1454—1503),字太虛,號梅溪,昌寧人,謚號文莊,金宗直門人。成宗五年(1474)文科及第,歷任成均館大司成、戶曹參判等職。燕山君四年(1498),以聖節使出使明;亦曾在國內接待過明朝使臣。著有《梅溪集》。

《杜詩序》:詩自風騷而下,盛稱李、杜,然其元氣渾茫,辭語艱澀,故箋注雖多,而人愈病其難曉。成化辛丑秋,上命弘文館典翰臣柳允謙等,若曰:"杜詩,諸家之注詳矣,然《會箋》繁而失之謬,須溪簡而失之略。衆説紛紜,互相牴牾,不可不研覈而一,爾其纂之。"於是,廣摭諸注,芟繁釐枉,地里人物字義之難解者,逐節略疏,以便考閲。又以諺語譯其意旨,向之所謂艱涉者一覽瞭然。書成,繕寫以進,命臣序。臣竊惟詩道之關於世教也大矣。上而郊廟之作,歌詠盛德,下而民俗之謡,美刺時政者,皆足以感發懲創人之善惡,此孔子所以删定《三百篇》,有無邪之訓也。詩至六朝極爲浮靡,《三百篇》之音墜地。子美生於盛唐,能抉剔障塞,振起頹風,沉鬱頓挫,力去淫艷華靡之習。至於亂離奔竄之際,傷時愛君之言,出於至誠,忠憤激烈,足以聳動百世。其所以感發懲創人者,實與《三百篇》相爲表裏,而指事陳實,號稱詩史,則豈後世朝風詠月、刻削性情者之所可擬議耶?然則聖上之留意是詩者,亦孔子删定《三百篇》之意,其嘉惠來學,挽回詩道也至矣。噫,《三百篇》一删於孔子,而大明於朱氏之輯注;今是詩也,又因聖上而發揮焉。學詩者,苟能模範乎此,臻無邪之域,以抵《三百篇》之藩垣,則豈徒制作之妙高出百代而已耶?我聖上溫柔敦厚之教亦將陶冶一世,其有補於風化也爲如何哉?成化十七年十二月上澣,承訓郎弘文館修撰知製教兼經筵檢討官春秋館記事官承文院校檢臣曹偉謹序。(《梅溪集》卷四,《韓國文集叢刊》第 16 册,頁 338)

崔 溥

崔溥(1454—1504),字淵淵,號錦南,耽津人,金宗直門人。成宗十三年(1482)謁聖文科及第,歷任司諫院司諫、禮賓寺正等職。成宗十九年(1488)一月遭遇風浪,漂流至中國台州,同年六月返回,此行著有《漂海録》三卷,收入文集《錦南集》中。

《東國通鑑論》"忠穆王欲觀李、杜詩,韓宗愈不進"條:詩之道大矣,孔子編詩,取三頌、二雅、十五國風。雖鄭衛之淫、檜曹之微,皆存而不削。蓋詩有邪正之異、正變之殊,使讀者懲創感發,得其無邪之旨。漢魏以降,百家並興,皆以織組雕鏤之文,駢儷浮薄之辭,各自名家,能得《三百篇》之遺旨者蓋寡。然其間豈無一二豪傑之士,因事撰述,有陳戒規箴之風,歌詠頌禱之詞,以續風雅者乎?不可以後世之作一一盡廢之也。世之尚論者曰:"人君不讀非聖之書,當究心精一執中之學,不可讀百家諸子以累正學。揚雄亦言詩賦小技,比之雕蟲篆刻,壯夫恥之,況於人主乎?歷觀後世人主,有或一向好著,嗜文藻,悦浮誇,溺意詞章,如陳後主、隋煬帝,怠於國政,日事嘯詠,探奇摘勝，與臣下爭能，酣歌宴樂，卒召覆亡之禍，詩之能誤人國家亦如此。"或者之論，其有見於此乎？忠穆幼沖嗣服，天之命哲命吉凶尚未敢知。況時方向學，學無定力，先詞章，後聖學，此一念乃聖狂之機，治忽所繫，可畏之甚也。宗愈爲首相，輔幼主，開諭善導，納之無過之地，乃其職也。其不進李、杜詩者，夫豈無深意哉？宗愈歷事四朝，當烈、宣、肅、惠多事之時，事不辭難，精忠大節，有大過人者。今輔幼主，亦得大臣體，其賢矣哉！（《錦南集》卷二，《韓國文集叢刊》第 16 册，頁 413）

丁壽崗

丁壽崗（1454—1527），字不崩，號月軒，押海人。成宗八年（1477）文科及第，歷任司憲府大司憲、同知中樞府事等職。成宗十二年（1481），以正朝使書狀官出使明朝。著有《月軒集》。

《浣花醉歸圖》：清溪一曲轉西東，草屋三間不蔽風。緑酒相邀何處客，紅顔更發此間翁。橫斜驢帽殘陽外，指點林塘醉眼中。宛宛丹青真面目，方知畫手是良工。（《月軒集》卷三，《韓國文集叢刊》第 16 册，頁 230）

《浣花醉歸圖》：此身閑卜浣溪幽，菡萏香中點白鷗。出郭已知塵事少，濯纓深喜世緣休。長衫短帽斜陽裏，醉眼騫驢曲岸頭。千首文章傳萬古，更留圖畫想風流。岸一作[一]水。（《月軒集》卷三，《韓國文集叢刊》第 16 册，頁 230）

[一] 作，原作"乍"。

李 穆

李穆（1471—1498），字仲雍，號寒齋，全州人，謚號貞簡，金宗直門人。燕山君元年（1495）文科狀元及第，歷任成均館典籍、永安南道評事等職。燕山君四年（1498），因"戊午史禍"牽連被處斬刑。有《李評事集》。

《弘文館賦并序，成均館課試》（節録）：序曰：弘文館者，古集賢殿也，猶漢之有天禄、石渠，唐之崇文、丕顯，宋之翰林、金鑾也。三代以上，聖人之道行，至春秋寖衰。吾夫子懼其失也，書之六藝，以垂于後。後之瞽者因得以有目，其聾者因得以有聞。不爲異端所害者，猶綿綿數千載間，爲之君君臣臣父父子子。因書以得其言，因言以求其實，其爲修身齊家治國平天下之道。雖不及聖人，然聖人亦人也，人與聖人初未嘗有異，故因其所爲而求之不已，則亦庶幾焉，此典籍之官所由設也。昔楊雄、司馬相如善於賦，然未聞有天禄、石渠之作以贊揚斯文，而徒務爲《長楊》《上林》荒亂之詞，以眩惑其君。李白、杜甫雖不追二子，然亦唐之作者也，未聞有崇文、丕顯之述以羽翼當時之世教，而虛誇明堂、郊廟之文，其爲詞靡而不正。宋以賦取士，然以拙俗爲程文，該博爲支離，雖有作者，奚足玩焉？且賦者，古詩之流也，諷之者含意，言之者無罪，所以揄揚德業、褒贊成功也。穆以海外固陋，何敢竊喻於揚、馬諸君子哉？若言順而義切，避邪而慕德，則亦所不讓，乃作《弘文館賦》。（賦略）（《李評事集》卷一，《韓國文集叢刊》第 18 册，頁 153）

朴　祥

朴祥（1474—1530），字昌世，號訥齋，忠州人，諡號文簡。燕山君七年（1501）文科及第，歷任兵曹佐郎、羅州牧使等職。中宗十六年（1521），因文望參與接待明使臣唐皋、史道。與成俔、申光漢、黄廷彧並稱"文章四家"，曾修撰《東國史略》，著有《訥齋集》。

《秋病嘆》：天不畀我以一能，獨予多愁兼衆疾。世上才藝掉臂步，冷笑謳吟老蝸室。雖然名也集猜謗，二者於身誰送嫉。訒裏紫金餌入神，何況樽盂望芬苾。甲第紛紛茅蓋頭，俯仰且度百年日。君不見杜陵拾遺翁，詩書滿腹總飢跌。（《訥齋集》卷二，《韓國文集叢刊》第 18 册，頁 474）

《次韻，酬友生見贈之作》其一：挐山之下海長翻，魑魅同遊可忍言。寄食蜒翁分麥飯，通神橘叟餉龍根。杜陵梁月翰林面，宋玉江楓騷客魂。消息往來傳亦失，故人情緒繞雲鶱。（《訥齋集》續集卷一，《韓國文集叢刊》第 19 册，頁 6）

《述懷》：手拙真疏制錦才，湖霜點鬢歲頻催。無華客過評枯木，有病巫來見濕灰。王粲長吟懷土賦，杜陵時上望鄉臺。羈愁最苦逢秋雨，却捲朱簾倒數杯。（《訥齋集》續集卷二，《韓國文集叢刊》第 19 册，頁 43）

《秋雨嘆，次稚圭韻》其一：四海同雲不解屯，秋天淫溢抵兼旬。決明三嗅臨風泣，老杜千年有幾人。（《訥齋集》續集卷二，《韓國文集叢刊》第 19 册，頁 52）

《聞杜鵑》：紙窗夜奢，月影斜斜。松濤刁調，我思無邪。對篝燈之爍爍，聽石溜之泠泠。齋表叢林，謝豹一聲。其鳴也哀，通夕不停。恍如蒼梧春晚，漢山秋晴。帝子掩面兮，灑楚雨於翠竹。明妃拊膺兮，泣青血於白日。

嗟爾之音,感人則倍。劍閣千里兮,起草堂老杜之拜。天津短橋兮,引河南逸邵之憂。况乎芳閨挑征婦之恨,逆旅打倦客之愁。吳儂浪士,丹臺裔學。誤黄庭之隻字,謫塵方之一阨。生涯囊卷,窄窄布衣。恫壯臂之未展兮,扴牙琴而待期。笑十指之頗冷兮,嫌夢熟之已遲。胡爲蜀魄,重激羈心。迸出掬泪,摽擗難禁。乃爲之告曰:高岡有桐,彩鳳噰噰。鴻漸于陸,僊僊順風。啄琅玕兮厭稻粱,何飛止之得得。渠獨異矣,困於枳棘。苦叫永宵,訴怨罔極。桂枝葱蒨,盎盎長春。閉口疾逝,可以安汝之身。(《訥齋集》別集卷一,《韓國文集叢刊》第19册,頁82)

金克成

金克成(1474—1540),字成之,號憂亭、青蘿、蘿軒,光山人,謚號忠貞。燕山君四年(1498)文科及第,歷任成均館典籍、右議政等職。燕山君六年(1500),以聖節使書狀官出使明;中宗十六年(1521),以正朝使出使中國。著有《憂亭集》。

《皇祖詩篇後識》:暇日,侍家君于書齋。家君追念先祖遺德,因記皇祖所賦詩若干篇,命余記之。其《良才驛詠柳》詩曰:"濃低如醉復如眠,更教罵兒就舞筵。知汝未醒彭澤酒,只今垂手戲風前。"其《利涉樓》詩者,南海縣令時作。樓在露梁東南海邊,水急難,舟渡極艱險,詩曰:"頭流南極碧波頭,臣是懷忠子是愁。坐愛清香江上月,含毫朗詠不知留。"其《齋宿彌勒庵》詩者,世宗昇遐及祔廟,文宗大漸,令各道守令祈禱于靈山,皇祖承命來此寺,作詩曰:"松韻江聲共蕭瑟,僧雲分得一間閒。通宵杜宇難堪聽,只在嵩呼萬世安。"其《贈崔耆卿》詩者,新監司李崇之關招,延命于晉州,歷入昆陽。太守崔性老脫驂勸晉,欲遊東川,皇祖以監司近在境邑辭,崔曰:"君推此意,爲詩贈我即送。"皇祖爲賦此詩贈之。崔不得留,南還。詩曰:"雨晴南浦氣微凉,景物繁華日正長。每憶西湖遊勝概,恐他罵舌漏甘棠。"其《寄耆卿》者,昆陽守以詩寄來曰:"屢逢天禍問何緣,哭望雲衢鎖碧烟。寄語花田金太守,蝶稀殘夢泪潸然。"皇祖次韻答之,詩曰:"天佐東方未幾緣,金門空鎖絶祥烟。當時事業惟周頌,孰賦豳詩遂□然。"　詩言志,陶潛志於歸田,而其詩大率皆田園事;杜甫志於愛君,而其詩大率皆憂世語,志之形於詩者如此。余觀皇祖詩數絶,非惟文章可觀,其忠君勤國之志著於言語者皆可法也。觀《利涉樓》一絶,則志在於頃刻不能忘君。觀贈昆陽崔性老一絶,則不忠者可以寒膽。言之形於詠歌者雖甚略,而志之關於世教者爲甚大。後世子孫,有志當世,修其身,孝於親,忠於君者,不法皇祖,則可以繼志述事云乎哉? 弘治丁巳陽月十五日誌。(《憂亭集》卷四,《韓國文集叢刊》第 18 冊,頁 430)

沈 義

沈義(1475—?),字義之,號大觀齋、大觀子,豐山人,姜渾、申用漑門人。中宗二年(1507)增廣文科及第,歷任驪州教授、工曹佐郎等職。著有《大觀齋亂稿》,其《記夢》是夢遊小說的代表作之一。

《贈別英之文瑞弘治己丑,初到嶺南,還洛》其一: 詩成窮五字,名到謝宣城。向學燃燈記,無心使鬼兄。文章推老杜,時論在袁宏。晚歲思鄉夢,霜添鬢數莖。(《大觀齋亂稿》卷二,《韓國文集叢刊》第 19 冊,頁 144)

《寄宜仲》其二: 文章自古多推重,畢竟君知底所爲。李杜程朱誰取舍,深思應有豁然時。(《大觀齋亂稿》卷三,《韓國文集叢刊》第 19 冊,頁 163)

《記夢歷評我朝文章等第,言世上浮榮皆夢中一事,而終歸之虛妄云》(節錄):(前略)中朝才士,時相往來,共會讌遊。一日,天子朝罷,忽見二仙女驂鸞駕鶴,自云曹文姬、謝自然,直至帝所曰:"大唐天子杜工部,拉友人李白,會於詞壇。"遙聞笙簫來自塔上,我天子出自九重,從容詣壇。拱手闊步,飛上如雲。三公及臣數人纔至中層,股慄懾伏。無一人侍從,俯昂一吷以文詞作俳優戲語,蹇裳強蹠,未及初層,墮地折脚,觀者拊抃。就問之,乃李斯文叔珹也。天子留數日極歡,降玉趾曰:"朕見李賀,使誦《玉樓記》,倩王羲之手筆懸于壁間。"因噓噫太息曰:"杜天子文章有《三百篇》遺音,從臣才子韓、柳、蘇、黃輩雄放峻潔,朕猶不敢當。況朕群臣一人有如此才者乎?"(下略)(《大觀齋亂稿》卷四,《韓國文集叢刊》第 19 冊,頁 186)

《輕薄解》: 自古詩人,例多輕薄。以杜子之詩聖,有《三百篇》之遺音,而未免輕薄之名。況批風抹月、雌黃藝苑者,無怪乎有此名也。余少年學詩,以至老大,無詩不探,無奇不摭。其於五法四品三工二概之義,得於心而泄於性情,未知伎倆之爲輕薄。自大雅以降,詩道幾廢,及唐而復興。大曆以下,才士競以工拙相傾,枚舉古今詩人,目爲輕薄,不亦甚哉? 到今年來,更事既多,潛窺聖賢用心地,期不墜孔聖無聞之誠,精劘學術,游心道闊,而吟詠技癢,自不能止,思欲蔽李、杜、掩黃、蘇,痛斷病根乃已。及見先儒朱、程輩,有懷即占,發諸詩句,光風霽月,膾炙人口,然後知所以稱輕薄者,當觀其人品之如何,不可以學詩者一一指爲輕薄也。余平日該博經史,尚友前修,蠖蠓乎薄俗,泥塗其軒冕,不與世俗推移,施措吾事業,非學之輕薄爲崇也。穢行懷德,挫廉逃名,緣督爲經,與物無競,不以禮法檢持,爲士林之領袖,非心之輕薄所使也。嘗讀《機右銘》曰:"小學錮,吾道塵。莽卓燼,漢業薪。"《機左銘》曰:"精衛怨兮海難期,操蛇溯兮天亦疑。芒倚伏兮互參差,招詹尹兮問玄黿。"心學之非爲輕薄,發於言語如是,其與"詩三百篇,一言以蔽之,曰思無邪"互相發也。余之用功至於思無邪,曾於雅頌盡之,况於輕薄何有? 謹以"思無邪"三字,解吾輕薄之名。(《大觀齋亂稿》卷二,《韓國文集叢刊》第 19 册,頁 189)

洪彦弼

洪彦弼(1476—1549),字子美,號默齋,南陽人,謚號文僖。中宗二年(1507)文科及第,歷任户曹判書、領議政等職。中宗二十一年(1526),以聖節使出使明朝。著有《默齋集》。

《瀟湘八景》其三: 天水相涵夜氣寒,窟蟾騰彩駭波殘。楚天萬里無纖翳,吴客三秋倚畫欄。工部清詩驚海内,洞賓雲御冠仙班。數聲橫吹添悲壯,身在洪濛未判間。右洞庭秋月(《默齋集》卷一,《韓國文集叢刊》第 19 册,頁 216)

《曉吟示邐》: 平生貪誦杜陵詩,有味難名祇自知。轉作長歌多委曲,吟成短調更舒遲。吾家事業爲常簡,人世機關蹈自危。何日故山扶策去,爲傳猿鶴盡余思。(《默齋集》卷一,《韓國文集叢刊》第 19 册,頁 227)

《直宿總府偶吟》其一: 禁直經三夜,蕭然看杜詩。細吟知有味,衰鬢撚多隳。卷裏人今遠,燈前意自遲。吾師後無繼,捨此更何之。(《默齋集》卷二,《韓國文集叢刊》第 19 册,頁 244)

《次華使贈湖陰韻二首》其一: 詩緣情性正非奇,亂派餘波更尚詞。千古杜陵剞劂在,江西由此亦能詩。(《默齋集》卷四,《韓國文集叢刊》第 19 册,頁 262)

《今年秋,判官林君士遂告别於僕,僕約以寄詩,今因府伯柳公之行,書以送之。吾於君也,投詩難矣,其敢也,用以踐吾前言耳》: 蒜山小隱堪爲樂,早與坡仙契分深。大宋昔年稱李杜,我東今日更蘇林。皇華戰藝齊磨壘,蓮幕籌邊獨曳襟。兩地風懷知不阻,臭如蘭馥利如金。(載林亨秀《錦湖遺稿》附録,《韓國文集叢刊》第 32 册,頁 247)

李荇

李荇(1478—1534)，字擇之，號容齋、滄澤漁叟、青鶴道人，德水人，謚號文正，改謚文憲。燕山君元年(1495)文科及第，歷任弘文館大提學、左議政等職。燕山君六年(1500)，以質正官出使明朝，寫有《朝天錄》；中宗十六年(1521)，以遠接使接待明使臣唐皋、史道。曾參修《新增東國輿地勝覽》，著有《容齋集》。

《劍閣》：蜀道古稱險，劍閣最無讓。一夫荷戟守，萬兵氣自喪。蠶叢世已遠，躍馬互爭長。區區井底蛙，可笑不知量。畢境安足恃，惟德可以王。杜子一何隘，意欲鏟疊嶂。仁義苟能施，何地不平蕩。吾詩告後人，庶用戒既往。(《容齋集》卷三，《韓國文集叢刊》第 20 冊，頁 398)

《鳴蛙》：雨霽陂水滿，蝦蟆縱跳梁。皤腹睅其目，厥聲何堂堂。意氣千乘軾，鼓吹兩部當。或濁若瓦革，或清如絲篁。或無首無尾，或若有若亡。或如喜相語，或如怒爭強。嗷嗷不能已，一機誰主張。宇宙囿萬類，大小難比方。乘時競自多，運去漠然藏。楊墨語仁義，李杜工文章。懷沙赴湘流，采薇餓首陽。至人視此輩，九[一]牛一毫芒。吾聞至人道，合喙鳴甚長。何爲且膠擾，與彼相顛狂。(《容齋集》卷五，《韓國文集叢刊》第 20 冊，頁 434)

[一]九，原作"丸"。

《進續東文選箋》(節錄)：德莫與競，蕩蕩焉無能名。文不在茲，郁郁乎可以述。惟德作其根本，而义發爲精英，相須乃成，固難可闕。此所以《文選》之續撰，又在乎聖運之重熙。竊惟一氣盡而有天經地緯之分，結繩罷而爲河圖洛書之始。叙事之體，寔造端乎典謨；叶韻之流，乃發源於廣載。雖其派各成一曲，要諸歸不出二塗。《詩》既亡於《王風》，《書》亦訖於《秦誓》。左氏之傳尚未免於浮誇，柏梁之篇祇自啓其麗靡。厥後述者非一，何遽數之能終。彼魏晉固不足觀，在唐宋亦有可尚。然稟氣之有塞，竟具體之未聞。杜陵之詩，深得比興之宗，無韻者殆不可讀；涑水之學，獨究聖賢之旨，對偶則猶謂未能。至於其他，難以悉舉，豈但述作之不易，且患取舍之未精。故歷代各有撰次之編，於後來不無詳略之議。(下略)(《容齋集》卷九，《韓國文集叢刊》第 20 冊，頁 515)

朴誾

朴誾(1479—1504)，字仲說，號挹翠軒，高靈人。燕山君二年(1496)式

年文科及第，歷任承文院正字、弘文館修撰等職，燕山君十年（1504）死於
"甲子士禍"。朴誾長於詩作，是"海東江西詩派"代表詩人之一，有《挹翠軒
遺稿》存世。

《霖雨十日，門無來客，悄悄有感於懷，取"舊雨來今雨不來"爲韻，投擇
之乞和示》其一：杜子老羈旅，糊口彌宇宙。平生飢寒迫，未見溝壑救。窮
秋長安城，霖雨愁屋漏。公侯門雜沓，車馬所輻輳。故人尚不來，信覺吾居
陋。踽踽子魏子，是我十年舊。不憚窮巷泥，載酒或相就。庶可解幽憂，餘
子安足詬。（《挹翠軒遺稿》卷一，《韓國文集叢刊》第 21 冊，頁 19）

金安老

金安老（1481—1537），字頤叔，號希樂堂、龍泉、退齋，延安人。燕山君
十二年（1506）別試文科狀元，歷任大司憲、大提學、左議政等職。著有《希
樂堂稿》《龍泉談寂記》等。

《閉門》：杜陵得意魚鳥間，浣花花柳馱小塞驢也。黃州倜儻山水窟，赤
壁風月弄秋晚。乾坤有物困嘲繪，衣被草木逾華衰。炎荒斥落未爲隘，四海
且入吾息偃。予胡爲哉此偏迫，病鶴在樊獸在圈。德水德水，即謫居縣名雖云
風土惡，幽處亦可容高遁。長天巨浸駭浪入，遠屏邐迤回叠巘。風檣隱隱出
海來，快若駿馬馳長坂。此間嘯詠豈無地，奈此嘗詆苦相挽時眺覽嘯詠亦指爲
重愆。瓦礫爭侮怯彈鳥，蹄涔久困銜鈎鯤。頗憶副署容疏放，有興亦足走青
幰東坡爲黃州團練[一]副使，坡詩："皂蓋蒙珠幰。"青袍漫散復何有，自在端如牛脫
挽杜詩："青袍朝士最困者。"○上句屬蘇，下句屬杜，言兩君雖流離困阨，亦放浪自適。
軒冕鼎來推不去，易足悔不如飲罷。吾今身上亦何物，趙孟之貴浮雲反。夢
覺安得如槐安，了無一事爲益損。虛名不隨事俱往，爛熟北齊王晞曰："非不愛
作熱官，思之爛熟尔。"餘臭尚未遠。此身雖空罪丘山身上之名已去，而罪尚山積，
泣血無路叩天閽。簞食斗屋已爲寬，掃跡柴門謝往返。二公謂杜、蘇也天上
永相望，抄方還檢陸氏本陸宣公謫忠州，塞門端坐，惟抄方書。○高位熱官，尤重其
禍；浮名雖奪，餘稱尚尊；厄塞局縮，所往皆礙。不如杜、蘇官卑跡放，肆討山水間，惟效
陸贄閉門抄方而已。（《希樂堂稿》卷四，《韓國文集叢刊》第 21 冊，頁 341）

[一] 練，原作"煉"。

《用山谷"盛時衆吹噓，謫去衆毀辱。不爲公存亡，幽蘭春自綠"之句分
爲韻二十首》其十八：陶令恨枯槁，杜陵常笑嗔杜詩："陶潛避俗翁，未必能達道。
觀其著詩集，頗亦恨枯槁。"頗亦嘆窮餓，譏還來後人子美困於三蜀，嗟窮嘆餓者屢

矣。**憲蓬實非病**端木賜相衛,結駟連連騎過原憲。憲居蓬蒿中,併日而食,敝衣冠見之。子貢曰:"子病乎?"憲曰:"無財者謂之貧,學道不能行謂之病。若憲,貧也,非病也。"端木賜慚而去。**顔瓢常含春**簞食瓢飲,樂在其中。○所謂其歌也有思,豈嘆老嗟卑之云乎? 匪兕匪虎,窮然後見君子。七十子之有得於斯,概可知矣。(《希樂堂稿》卷四,《韓國文集叢刊》第 21 册,頁 360)

申光漢

申光漢(1484—1555),字漢之、時晦,號企齋、駱峰、石仙齋、青城洞主,高靈人,謚號文簡。中宗五年(1510)文科及第,歷任大提學、左贊成等職。曾在國內三次參與接待明朝使臣,著有《企齋集》。

《次省洞先生登大嶺韻,書關東錄後》(節錄):(上略)省洞先生是我丈人行,零落幾時能相逢。流傳一軸關東錄,筆端變化其猶龍。廬山高,蜀道難,未如登大嶺使人對此愁忱忱。能使窮山潤色傳萬古,金泥玉檢後世恐有來登封。誰知此老胸中收拾子長奇,數間茅屋今明農。山高海闊分諷詠長短句,牙頰欲起洪濤風。北征雅麗杜工部,南山刻鏤韓文公。登臨佳處我亦領其要,欲和二子難爲工。(《企齋集》卷三,《韓國文集叢刊》第 22 册,頁 258)

《寄月峰寺六融禪師》:山僧曾見世宗時,篋裏今藏老杜詩。乞與騷人須普施,欲同衣缽更傳誰。僧藏世宗朝印本杜詩。(《企齋集》卷五,《韓國文集叢刊》第 22 册,頁 292)

《余在昔年頗有杜老之癖,凡遇可喜之物便生詩思,必欲致工而乃已。邇來衰病日深,舉目園中稍無吟思,慨然强賦一律以示諸子弟》:工部平生只愛奇,爲貪佳句鬢成絲。秋來始得休心法,老去都無謾興詩。庭菊想應開口笑,岩楓寧有皺顏悲。從今駱洞園中物,如在軒轅夢裏時。(《企齋集》別集卷一,《韓國文集叢刊》第 22 册,頁 401)

《次烏竹軒韻》:竹軒主人,弈妙於秋,飲過於伶,全二人之樂於一身,而又能愛此君。視世之齪齪者遠矣。嘗有四韻詩,求和甚勤,戲書以還。噫,竹有香,而世俗莫識。老杜獨有"風吹細細香"之句,於六及之,主人其亦有得於茲乎? 　辦得江湖未死身,一軒烏竹萬夫鄰。家徒此物貧爲寶,識止於君懶是珍。棋局穩隨清影轉,酒樽和送細香新。韓公錯有昏冥論,同被蘇仙俗了人。(《企齋集》別集卷二,《韓國文集叢刊》第 22 册,頁 412)

金正國

　　金正國(1485—1541)，字國弼，號思齋、八餘居士，義城人，謚號文穆。中宗四年(1509)別試文科狀元，歷任禮曹參判、同知中樞府事等職。著述豐富，有《思齋集》《警民編》《村家救急方》《文範》等。

　　《三桑堂記》(節録)：松石先生以"三桑"扁堂，使其從弟崔措大善昌來屬余請記。(中略)余受其言而略叙其實，又從而語之曰：公何取於桑而愛之至此耶？若有取於四時變現之賞，則庭邊之秀無非植物，何獨於桑取之？昔陶元亮著五柳之傳，杜少陵有四松之詠，陶、杜之風懷，不必偏系於柳與松一物而止耳，特以寓意而自適也。公之有取於桑，何異二子之意？然其重衣裳之本，美功用之大，其意未嘗不寓乎其中也。(下略)(《思齋集》卷三，《韓國文集叢刊》第23冊，頁48)

金　淨

　　金淨(1486—1521)，字元沖，號沖庵、孤峰，慶州人，謚號文簡。中宗二年(1507)，增廣文科狀元，歷任弘文館副提學、刑曹判書等職。中宗十四年(1519)，"己卯士禍"起，被杖配，移置濟州，中宗十六年(1521)被賜死。著述有《沖庵集》《濟州風土録》等。

　　《顔樂堂詩集跋》^{癸酉}：詩者，性情也。性情發而爲聲，烏取華采藻繪之足言也。自道德喪而性情離，文辭勝而正聲微，靡然趨降，淫泆繁亂，愈奇愈新而大樸殘矣。嗚呼！斯可以觀世矣。上世人服教化，心德不爽。其詩初不爲詩，發之咨嗟詠嘆之餘者，有自然之至音，悠長簡遠，一唱三嘆，可以被之金石，登薦郊廟，感動幽明。故詩之道可以興人，可以諷人，可以刺人，可以頌人。夫功出於内者，不精而精，不深而深，不暇爲力焉者也。及至上失其教，人失本性，學務爲人，内治功慶，見乎外者不得不隨之浮華。世言詩人類多輕薄，直古今詩有異。非詩能爲輕薄，性情之變然耳。故刪後詩亡，騷人變於怨哀，魏晉變於清虚，齊梁陳隋變於纖艷綺靡。李唐詩道大盛，李、杜得比興之體，然要其歸，諸人所變特在於風花雪月之間，復古則未聞也。然而隨其所變，皆流出性情，往往殆亦精深悠遠之可言，而猶有《三百篇》之遺音遺意焉。自宋黄、蘇^[一]以來，始並與其所變性情者而遺之，一歸之於才學文字以爲之。得一字以爲巧，使一事以爲能，直欲躐躒古人，學之者尤乖僻凡鄙，此變中之變。而東方又變變之變，學者率不求之於性情之本，而反尋之於文字之上；不涵詠於自得之妙，而反掇拾於糟粕之餘；不以蕭散静妙爲趣，而以憑陵掩襲自衒，爲力益費而爲道益遠。間有英豪超拔之才，奮迅踔厲，終未至古人，患未學尚外而其於論世益愧矣。有能志於精深，雖學有未至，是吾師也，矧學之至者乎？近世有陶隱以平淡鳴，世未之尚也，逮佔畢齋以精深之學振起，偉然爲一家，學者始有知慕之者。顔樂公早升堂於佔畢，得其淵源。今觀其詩，簡正古雅，削其世俗華艷，一主於精深，如冠冕佩玉，聲容節度可敬而儀也。余謂公之詩，非東方之詩也。觀其所用力，真欲寫出性情之藴，遠追古人意趣，所謂夐越常情、卓然有見者也。公之平生道德行事，余固不贅。後之欲知公者即公之詩，而以簡正古雅者求公之性情風標，斯不遠耳，而又必有得於吾言之外者。正德癸酉七月既望。（《沖庵集》卷四，《韓國文集叢刊》第 23 册，頁 183）

　　［一］黄蘇，原作“黄巢”。

趙宗敬

　　趙宗敬（1495—1535），字子慎、孝伯，號獨庵，豐壤人。中宗十五年（1520）別試文科及第，歷任司憲府掌令、弘文館典翰等職。著有《獨庵遺稿》。

　　《書懷》：可堪無寐聽鷄聲，白髮蕭蕭太半生。書劍十年空壯氣，詩鋒今日獨長情。少陵至死憂唐室，陶令雖生廢宋正。志士由來多定力，泰山誠重一毫輕。（《獨庵遺稿》，《韓國文集叢刊續》第 2 册，頁 179）

　　《可笑》：一月工夫百首詩，徒多陳腐未能奇。少陵句句憂君意，太白篇篇遺世思。而我何曾窺管底，祇予聊爾遣閑時。況逢花柳春深處，把酒微吟豈可辭。（《獨庵遺稿》，《韓國文集叢刊續》第 2 册，頁 180）

周世鵬

　　周世鵬（1495—1554），字景遊，號慎齋、南皋、武陵道人、巽翁，尚州人，謚號文敏。中宗十七年（1522）文科及第，歷任成均館大司成、户曹參判等職。仁宗元年（1545），以製述官參與接待中國使臣。著述有《武陵雜稿》《竹溪誌》《海東名臣言行録》等。

　　《讀東坡詩，與眉叟同賦》：大雅一寥落，乾坤久昧没。西京綴五字，譬如學語齕。漂流逮魏晉，委靡亦可咄。淵明詩中天，自然萬卉發。子美詩中

聖,叩其端而竭。太白詩中仙,飄飄謝銜橛。退之詩中海,大風駕溟渤。東
野詩中山,千峿競硉矹。樂天詩中路,萬里無艖䑫。柳州剛而健,去肉只留
骨。樊川崛以奇,大洋豎孤碣。吾觀八子詩,萬古信超越。然而嘗擬議,其
名猶可揭。及讀子瞻詩,慺難窺其閟。白路騁逸驥,韓海馳大筏。槌碎東野
山,簸弄太白月。嘯傲元亮天,因入拾遺闕。子厚牧之輩,駊汗堪結襪。當
時歐陽子,詩壘亦突兀。一見避一頭,終爲迫逐歿。黃陳望倒影,走僵徒病
喝。搏虎誠已難,捕龍嗟手滑。萬變難名言,到此吾欲訥。(《武陵雜稿》別
集卷一,《韓國文集叢刊》第 27 冊,頁 77)

《浣花醉歸圖》:萬里孤臣老劍村,百花潭水抱荒園。田翁溪友競邀飲,
稚子老妻相候門。落日塞驢方倒馱,回頭故國正銷魂。一生忠憤太生瘦,醉
面依然帶泪痕。(《武陵雜稿》別集卷五,《韓國文集叢刊》第 27 冊,頁 137)

《竹西樓,次鄭公樞韻》:一倚危欄俯碧流,恍然身入五城樓。尋仙不必
三山去,看竹要須十日留。弔古城邊悲老鶴,忘機水上狎輕鷗。只慚未有驚
人語,空似杜陵在劍州。山水頗類巴峽,子美亦爲幕客,故云。(《武陵雜稿》別集
卷五,《韓國文集叢刊》第 27 冊,頁 138)

《故舍人魚公墓誌銘并序》(節錄):(前略)銘曰:道足以顯,而位不過
三品。仁足以壽,而年僅至四十七。將贏于賢子,孰艾其福。曾參未嘗爲親
刲股,而孝莫與競。杜甫未嘗爲國殺身,而忠不可及。先生之墓,前有三叉
海門,後有神魚石岳。海可涸爲田,石可爛爲谷,而先生之名則不可滅。
(《武陵雜稿》別集卷七,《韓國文集叢刊》第 27 冊,頁 175)

林億齡

林億齡(1496—1568),字大樹,號石川、荷衣,善山人,朴祥門人。中宗
二十年(1525)文科及第,歷任錦山郡守、潭陽府使等職。有《石川詩集》。

《龍山落帽》:嘉也古酒仙,獨立萬物表。荒山高宴開,正值黃花笑。揮
杯勸孤芳,頓覺天地小。一斗遂忘吾,況乎身外帽。長風起崑崙,萬里吹嫋
嫋。紗巾與木葉,片片空中倒。快似千里馬,永脫機銜繞。又如尸解翁,冠
屨委寒草。桓公一老賊,焉知高士抱。顧謂左右曰,酒中有何好。悠然笑不
答,滿座蚈蛉眇。身雖露溘然,名與山未了。杜甫亦何人,屑屑悲衰老。區區
強正冠,未必通大道。(《石川詩集》卷一,《韓國文集叢刊》第 27 冊,頁 336)

《吾邑之西地盡之頭,有亭名碧波,臨巨海之洶涌,實海山奇絕處也。少
時數登覽,無一語,豈非爲山海之羞,慨然追吟》其二:工部東南句,仲淹廊

廟心。古人俱寂寞，今我獨登臨。地與中原隔，波連大海深。蓬瀛不可問，衰白涕沾襟。(《石川詩集》卷三，《韓國文集叢刊》第 27 册，頁 377)

趙　昱

趙昱(1498—1557)，字景陽，號愚庵、葆真庵、龍門、洗心堂，平壤人，諡號文康，趙光祖門人。中宗十四年(1519)，"己卯士禍"起，不再應試。明宗七年(1552)下求賢之旨，與成守琛、曹植、李希顏、成悌元等以遺逸入選。著述有《龍門集》《寧城錄》等。

《錦江詠懷》：東越山川似蜀中，錦江還憶杜陵翁。意專憂國身常困，愁極吟詩語太工。泪洒清秋仍悵望，夢驚寒月更誰從。白頭未覺滄洲遠，歸去聊乘萬里風。(《龍門集》卷四，《韓國文集叢刊》第 28 册，頁 219)

李　滉

李滉(1501—1570)，字景浩，號退溪、陶山，真寶人，諡號文純，配享文廟及宣祖廟庭。中宗二十九年(1534)文科及第，歷任大提學、判中樞府事等職。朝鮮著名理學家，著有《朱子書節要》《啓蒙傳疑》《自省錄》《宋季元明理學通錄》《近思錄講義》《易學啓蒙講義》《心經講義》《聖學十圖》等，另有詩文集《退溪集》。

《再訪陶山梅，十絶》其八：一花纔背尚堪猜，胡奈垂垂盡倒開。賴是我從花下看，昂頭一一見心來。　　第八首"一花"云云，誠齋《梅花》詩："一花無賴背人開。"余得此重葉梅於南州親舊，其著花一皆倒垂向地。從傍看，望不見花心，必從樹下仰面而看，乃得一一見心，團團可愛。杜詩所謂"江邊一樹垂垂發"者，疑指此一種梅也。(《退溪集》卷四，《韓國文集叢刊》第 29 册，頁 140)

《與李大成暨諸昆季乙卯》：滉昨來温溪行祠祭，今宿孤山齋舍。明日入于清凉山，要就寂寥爲養病計。不謂諸幼少輩多欲追入，勢難禁絶，反致撓鬧，貽山僧之憂，奈何？朱書寫至幾何？前因大成臨語，知僉意頗誚滉惑於語錄等無味之書，要抄要謄，致煩僉左右爲病云云。滉殊爲悚汗悚汗。滉向謂以僉資近道，惟未曾看此書，故不屑於此。若今因此事看此書，久久駸駸，必皆不知不覺而得此嗜矣。今歷數月，而大成左右則全不顧，而要討杜詩看。公幹左右則已生厭，而要付大用左右，爲曹司之厄，無乃與滉前日之所圖異乎？陳簡齋詩云："莫嫌啗蔗佳境遠,橄欖甜苦亦相并。"此本言涉世之味,而爲學亦猶是也。初間須是耐煩忍苦,咀嚼玩味,不以不可口而厭棄之。至於積功之多,漸覺苦中生甜。歲月既深,則蔗境之佳當自漸入。滉固不知蔗境,惟甜多而苦少,故力病而未忘也。今不待甜至,而欲議橄欖之苦,且訾滉嗜甜之惑,殆非所望於僉侍輔仁之意也。(《退溪集》卷十五,《韓國文集叢刊》第 29 册,頁 388)

《答李大成戊午》(節錄)：入京後,連有歸便累附信札,想已領采,惟不得惠音爲慊[一]。數日前,豐基貢吏費到九月廿四日書并古詩一篇,乃大得所望。非但痛叙別懷,所以策勵駑懦者甚切。至讀味累日,令人增氣,感幸感幸。僕慮事不周,自納身於不可如何之地,瑣力當重負,筋骸不支,顛踣後已,他尚何言哉？才既不能有爲於世,區區素志又不能守,而淪汩至此,其於故人責望厚意,何以當之？杜陵所謂"取笑同學翁,浩歌彌激烈"者,與吾今日之事事異而辭同,益可嘆愧。欲效蠻酬意,勞慁心熱,怯用精力,只以途中兩律代呈,亦可粗見其懷抱也。(下略)(《退溪集》卷十五,《韓國文集叢刊》第 29 册,頁 389)

[一]慊,原作"嫌"。

《答鄭子中講目》(節錄)：朱子論詩取西晉以前,論杜詩取夔州以前。自今觀之,江左諸人詩固不如西晉以前,夔州以後詩亦太橫肆郎當,大概則然矣。然如建安諸子詩,好者極好,而不好者亦多。子美晚年詩,橫者太橫,亦間有整帖平穩者。而朱子云然,此等處吾輩見未到,不可以臆斷,且守見定言語,俟吾義理熟、眼目高,然後徐議之耳。(《退溪集》卷二十五,《韓國文集叢刊》第 30 册,頁 94)

《寄題金綏之濯清亭二首》其二：堪笑乾坤一草亭,杜陵詩句我平生。種來湖橘應成長,留得囊錢任倒傾。夢裏每尋溪友約,席間行見野人爭。何當結屋清泉上,不使君家獨占清。(《退溪集》外集卷一,《韓國文集叢刊》第 31 册,頁 56)

《題靈川畫竹八絶申公潛自號靈川,善梅竹》其六：嘗笑老杜錯,竹多安有惡。滿地盡風霜,看看久愈樂。(《退溪集》外集卷一,《韓國文集叢刊》第 31 册,頁 62)

洪　暹

洪暹(1504—1585),字退之,號忍齋、訥庵,南陽人,謚號景憲,趙光祖門人。中宗二十六年(1531)文科及第,歷任右贊成、領議政等職。著述有《忍齋集》《讀禮類編》等。

《讀杜詩》：慷慨杜陵老,孤忠誰復知。函秦避賊日,巴蜀臥吟時。壯志丹墀隔,滄江皓髮垂。平生經濟手,付與百篇詩。(《忍齋集》卷一,《韓國文集叢刊》第 32 冊,頁 273)

《杜甫》：先生天賦一何窮,獨向詩壇早策功。翰墨縱橫風雅後,形容飄泊峽山中。仲宣避亂辭多苦,庾信思鄉意自同。白首青衫詩史在,草堂寧忍老孤忠。(《忍齋集》卷一,《韓國文集叢刊》第 32 冊,頁 302)

《望洞庭》：一眼欲窮全楚勝,巴丘高處望蒼茫。湖吞巨野雄諸瀆,波浸長天隘八荒。杜子乾坤輸好句,范公憂樂屬寒眶。秋風日暮濤聲壯,隔岸如聞帝樂張。(《忍齋集》卷一,《韓國文集叢刊》第 32 冊,頁 304)

宋麒秀

宋麒秀(1507—1581),字台叟,號秋坡、訥翁,恩津人。中宗二十九年(1534)文科及第,歷任大司憲、禮曹判書等職。明宗十二年(1557),曾以聖節使出使明朝。著有《秋坡集》。

《科策》：問：詩自《三百篇》之後,歷代名家者無慮千百。其發於性情忠愛而不失其宗者,於晉得陶淵明,於唐得杜子美。其出處心事似異,而同謂之忠愛,何歟? 論者云：詩家視陶潛,猶孔門之視伯夷,然則其集大成者誰歟? 論杜詩者曰：詩史也,詩中六經也,而置嚴武於《八哀》之中出於私情,其說得乎? 論唐詩之弊者曰：尚《文選》太過,至有家不蓄者,而杜不唯主之,亦教其子弟。至宋黃、蘇、兩陳皆主於杜,而獨歐陽公主韓而不主杜,曰"有俗氣",何所見而云爾歟? 其有取舍是非之可言歟? 士生千載之下,尚友千載之上,敢問諸生之所友而主者何人耶? 願聞其說。　　對：愚聞,心之所之謂之志,言之成章謂之詩。心有所感,因言而宣,則古今言詩者,豈在是心之外哉? 蓋自大雅之不作,詩之性情不講於世久矣。今執事先生特舉詩學,以古今名家者爲問,而欲聞取舍是非之說,是誠作新詩教之盛心乎? 愚雖不敏,請陳其略。竊謂詩者,人聲之成文而見於外者也。蓋自天之降命,而有好惡是非之理。人之稟性,而有喜怒哀樂之情。觸物而動,各有所思。思之所蘊,必有自然之聲音節奏生於日用言語之間,故其中之所存者既有中正和平之實,則發言亦有忠厚懇惻之意,而諷[一]誦詠玩之際可以興起善端,感動心氣。而在父子則盡其恩,在君臣則盡其義。而施之於風教,可以興化勵俗。而事父事君,遠邇無不宜矣。然而詩言志也,人惟性情之正,故其言也正。其言也正，故其處己行事無一不出於正。然則欲觀古人之性情者，當觀其詩之若何，而欲知其詩之美惡者，當論其所存之邪正得失矣。是故，孔子曰："詩三百，一言以蔽之，曰思無邪。"則後之論詩者，豈越於性情乎？嗚呼！詩有古今之殊，而心無彼此之分，則忠厚溫雅之作豈難於後世乎？彼辭華取舍之不一，非論詩之本，則烏足爲執事道也。而執事教以無隱，則不可不致其詳焉。愚請條陳之。蓋自周詩見删於聖人，風雅之體轉而爲歌吟之屬，爭奇競巧，各自成家。詞人才子名溢於縹囊，飛文染翰則卷盈乎箱籍，而求其仿佛三百之遺意者則蓋無幾矣。而獨晉之陶潛，沖淡爲詩，蕭然有出塵之趣，而其心中微旨，則又有孤竹首陽之操。唐之杜甫，謹密爲工，凛乎有師律之嚴，而憂傷感慨之辭，皆出於忠君愛國之誠。則其遭時殊勢，互有隱顯之跡，而一生向上之心未始少弛，則其發於言者，無非性情之正而忠愛之實，信乎俱有發於《三百篇》之宗旨矣。然而淵明之詩，譬猶大羹玄酒，高則高矣，而詞乏謹嚴，氣尚虛静，則其亦詩之清而未至於聖人之全者歟？嗟夫！秋水芙蓉之句，自然則自然，而或傷於放逸。空林談玄之詩，幽雅則幽雅，而未聞風雅之度，豈足以爲詩家之宗匠乎？然則其惟杜子美乎？譬之人事，則其惟周公制作，百體俱備者乎？詞源到海，句律精嚴，其詩中之大成者乎？蒼皇北征之際，不忘愛君之念，詠物遣懷之作，俱含諷刺之意，其詩與唐史互見，而其跡則非特爲詩中之史也，實爲詩中之六經也。至如《八哀》之作，傷時思賢，而刻迫之嚴武亦參其間。論者以甫遊蜀，謂有私情。然不以人廢功，君子取人之量。武之在蜀，實有捍禦之功，杜子之於此必有見矣。至如唐之文士，承六朝浮靡之後，技辭害正，浮言惑人。楊、王之輕薄，見賤於人；温、李之淫艷，不合於正。所尚之失，至使人輕鄙而不收，則所尚不可不慎也。而子美不惟身自主之，而又使兒子課誦《文選》，則似亦不免當時之習。然而先儒之論杜者，皆曰：取材六朝，而以雅頌爲之肺腑，則彼之浮靡自不得害吾之性情，而無當時浮艷之失矣。惟其如是，故有宋黄、蘇、兩陳皆以杜爲之主。黄有靈丹點鐵之喻，蘇有集大成之説，無己之三昧，去非之簡古，皆於杜依歸。惟歐陽公力主平夷以矯時弊，故論議之間無非貶退之説，而心之服仰則固見於一字之艱難矣。不然，《北征》憂君豈退之《南山》徒務富麗之比？句律清新，豈以文爲詩之比歟？嗚呼！詩之爲道難矣哉。不惟作者之難，而尚論之爲尤難，故古人曰："評詩難於作詩。"然愚聞天下有可廢之人，無可廢之言，愚請言之。所貴乎詩者，以其有關於世教也。詩而不足關世教，則是爲空言而已。《三百篇》之中，無非當時公卿大夫褒美贊頌之辭，而俚巷謳謡之辭反列於雅頌之間者，豈非彼雖辭華之美，而於性情之真有不若委巷之言出於自然，而可以感發人之善心、懲創人之逸志乎？是故,淵明之詩所以見稱於人者,以其有忠君愛國之念,而清風北窗長在晉家之日月,而性情之發於詩詞者,又皆有雍容和平之態而已。不然,則雖曰"絳雲在霄,卷舒自然",而徒爲浮辭矣。子美之詩所以見稱於人者,以其有[二]憂時傷世之念,而間關道路長懸魏闕之情,而文章之見於詩辭者,又皆有懇惻不已之言而已。不然,則雖曰"詩壇大成",而徒爲謹密之辭矣,與夫尚浮辭而欠性情者奚擇哉?惟其忠愛之誠,自有感發人之心志者,故後之主之者,詠歌不足而形於贊美,千載之下猶可以樹名教勵風俗。雖有所尚之不同,而終不敢顯斥也。嗚呼,至矣!執事之問,愚既略陳於前矣,於篇終又有獻焉。人之處於世也,有感必有言,有言必有所尚。既有所尚,則固當尚友千百載之上以爲之主,使吾言語之發皆合乎古人之道,然後始可與言詩也已矣。然則愚當何主?淵明處君臣之變,自鳴其不平,則士之所處不可以自比。而子美值時運之倉卒,羈旅困窮之餘發爲詩歌,則雖性情之正,辭華之雄,而亦不足尚者也。愚聞,皋陶賡載之歌爲《三百篇》之始祖,吉甫清風之頌爲成周之盛樂,是皆遇君臣亨嘉之會,得其性情之正,以發其和平之音。士君子自擬其身,當以數子自許,要以鳴國家之盛,豈與夫韋布困窮之士爭片言之巧以爲工哉?謹對。(《秋坡集》卷二,《韓國文集叢刊》第 32 冊,頁 456)

　　[一] 諷,原作"渢"。

　　[二] 其有,原作"有其",據上文"以其有忠君愛國之念"改。

嚴昕

　　嚴昕(1508—1543),字啓昭,號十省堂,寧越人。中宗二十三年(1528)文科及第,歷任弘文館典翰、承文院參校等職。中宗三十四年(1539),以遠接使從事官接待明使臣,參與校正《皇華集》。著有《十省堂集》,另有時調《歌曲源流》一首。

　　《浣花醉歸圖》:騎驢酩酊過溪頭,白髮蕭條映綠洲。病眼感時空灑泪,衰容憂國謾含愁。胡戈滿地江邊老,鳥道橫天劍外遊。莫謂寬心須酒力,醉來心思轉悠悠。(《十省堂集》卷下,《韓國文集叢刊》第 32 冊,頁 514)

金麟厚

　　金麟厚(1510—1560),字厚之,號河西、湛齋,蔚山人,謚號文正,金安國門人。中宗三十五年(1540)別試文科及第,歷任弘文館副修撰、成均館直講等職。著述有《河西全集》《周易觀象篇》《西銘事天圖》《百聯抄解》等。

《杜子美醉後宗文捉䚀圖》：風吹天上白衣雲，遠山依微暮靄蒼。平原十里草萋萋，落日未落天蒼茫。君獨騎驢向何處，眼花落井生微狂。乾坤九州幾萬國，一夕轉盡歸醉鄉。浣花溪頭幽絕處，依然數間開草堂。生平與世味相疏，時時得酒傾千觴。微吟舉首向青天，太山一點秋毫芒。人人擬看紫霞客，流落人間經幾霜。接䍦半倒誰整之，一子扶傾一執韁。紛紛珠玉咳唾餘，堆積不盡如山岡。眼中神鬼怕嘲詠，尋幽走遠皆潛藏。山前斷橋臥溪曲，團團翠壁松低昂。衡門老妻倚日暮，前階下驢欣扶將。回頭未解百年憂，一聲蜀魄驚藜床。夜深月白起再拜，遙望美人天一方。病鶴悲鳴愁萬里，伏櫪老驥空騰驤。百花潭頭萬里橋，終年天地長徊徨。世上空知詩興豪，誰看赫赫忠肝腸。寓情詩酒只餘跡，遠志渺與雲相羊。請君將我好東絹，特寫葵心傾太陽。孤臣百世老蓬蓽，耿耿一飯思難忘。天閽迢遞叫不聞，曲江春風淚淋浪。豈容區區摸外事，但令俗士耽餘光。高堂掛壁手摩挲，半窗花影春晝長。(《河西全集》卷四，《韓國文集叢刊》第33冊，頁78)

丁 熿

丁熿(1512—1560)，字季晦，號游軒，昌原人，謚號忠簡，趙光祖門人。中宗三十一年(1536)謁聖文科及第，歷任兵曹正郎、司憲府持平等職。著述有《游軒集》《負暄錄》《壯行通考》等。

《金粟堆詩丁未》：龍蟠鳳翥萬古堆，鬱鬱松檜含遺哀。東西相望二聖宮，冥閟日日應往來。貞觀後復建開元，中興盛業何偉哉。功隆即祚慰興情，共國又得姚宋才。年登穀賤幾紅陳，民不知兵天無災。周家禮樂縱有歉，卯金刑措曾見回。富矣庶矣兩紀中，謂我后壽南山嵬。終遭天意背難還，有識暗恨成禍胎。羯奴作兒是堪言，非我族類猶未猜。漁陽戎馬嘶兩京，蜀山萬叠羈心灰。靈武舉事幸清塵，南來幾許愁徘徊。幽情自然損天和，一朝晏駕杞民摧。當年遺旨泣萬民，羽衛爲向橋陵開。生前未洽百年歡，身後擬作窮天陪。杜陵孤臣吟鳥風，旁人但解悲龍媒。猶同葵藿苦傾陽，憶曾三賦獻蓬萊。聲名一日何輝光，殊恩枉辱樗櫟材。時違事去可奈何，此生坎軻隨風埃。天長地久恨與同，風慘日悽思難裁。眼前前事儘成空，蒼梧惟見土一抔。(《游軒集》卷一，《韓國文集叢刊》第34冊，頁23)

《和靈川尉申濟叟犧韻》：非我無端喜負期，故人相好異初時。謫中肥大豈爲訝，瘦臥炎床吟杜詩。(《游軒集》卷二，《韓國文集叢刊》第34冊，頁33)

李洪男

李洪男(1515—1572)，字士重，號汲古子、袞蘽，廣州人。中宗三十三年(1538)謁聖文科及第，歷任禮曹正郎、工曹參議等職。中宗三十八年(1543)、明宗二十一年(1566)，分別以書狀官、管押使出使中國。有《汲古遺稿》。

《憶埈村草亭》：相如四壁秪圖書，瀟灑真同隱者居。望遠長天窮去鳥，坐臨流水數游魚。尋花問柳今誰到，語燕飛烏不我疏。生事尚留皮几在，荒亭草色莫須鋤。右次杜律《奉酬嚴公寄題野亭之作》韻，自"尋花問柳"以下，皆用杜成都草堂事。(《汲古遺稿》卷上，《韓國文集叢刊續》第 2 冊，頁 412)

《夢見林石川，與之論詩，宛若平生》：九重泉路已茫茫，生死交情夢一場。忽覺形開燈下坐，少陵遺律在書床。(《汲古遺稿》卷上，《韓國文集叢刊續》第 2 冊，頁 413)

黃俊良

黃俊良(1517—1563)，字仲舉，號錦溪，平海人，李滉門人。中宗三十五年(1540)文科及第，歷任丹陽郡守、星州牧使等職，曾參與《中宗實錄》《仁宗實錄》的編撰。著有《錦溪集》。

《戲與周城主景遊仕復走筆》其一：五雲回首熱中腸，有似莪葵向大陽。虛負半生稽古力，白雲深處坐穿床。　其二：崎嶇世路似羊腸，吏隱年來太白陽。收盡乾坤湖海氣，喚回先聖坐聯床。　其三：一片忠誠老杜腸，汲公寧意薄淮陽。鈴閑東閣清關閉，一任光風拂古床。　其四：欲搜文字只枯腸，井底蛙天愧子陽。恰得明珠光滿目，醉人何必飲糟床。　其五：霽月光風自滿腸，醉翁亭上臥歐陽。欲知此老遊心地，點露研朱易一床。(《錦溪集》外集卷三，《韓國文集叢刊》第 37 冊，頁 94)

《屏畫八帖偶題》其一：玉露輕和古墨香，杜陵詩諱亦何妨。酒痕半著楊妃睡，殊異人間富貴妝。海棠(《錦溪集》外集卷四，《韓國文集叢刊》第 37 冊，頁 112)

《次登岳陽樓》：巴陵新霽露芳洲，晚倚危欄豁遠眸。全楚烟霞輸地勝，三江風浪拍天流。名高子美乾坤句，價重希文進退憂。日暮君山來鐵笛，回仙飛過洞庭秋。(《錦溪集》外集卷六，《韓國文集叢刊》第 37 冊，頁 142)

《雜著·策問》(節錄)：問：尚論人物而較其短長，亦窮理之一事，必以身處其地,而審其所遇所處之何如。若泛觀一時之成敗而斷之,則非所謂善論英雄者矣。(中略)陶元亮解綬歸田,耻事二姓,高致可尚,而結友緇流,與相往來,何歟?宗國淪亡,無意討賊,而吟托楚些,昏冥麴糵,終是沖澹底人,而本無扶危之志歟?詩家視之猶孔門之伯夷,其以詩歟?其以節歟?杜子美崎嶇夔壠,忠愛藹然,而不能周旋於李、郭之間以贊中興之業,何歟?使其得君行道,則才過姚、宋,而能做稷、契事業歟?作者以詩史比諸六經,亦何所取歟?(中略)此六君子皆三代以後名世之賢,論其人品則似難上下,而考其事業則各有成敗。其才智之高下,時義之可否,亦有可得而言者歟?若使當子房之時,則何以報仇存韓,而無近譎之跡。當孔明之時,則何以滅魏殲吳,而恢高、光之緒歟?爲子美而效許身之忠,爲元亮而致報讎之節,用何道而可歟?全身於武穆立功之會,圖存於文山顛沛之日,其亦有策歟?(下略)(《錦溪集》外集卷八,《韓國文集叢刊》第37冊,頁186)

楊士彦

楊士彦(1517—1584),字應聘,號蓬萊、海客、完邱、滄海,清州人。明宗元年(1546)文科及第,歷任平昌郡守、江陵府使等職。長於詩文,與兄楊士俊、弟楊士奇被比於"三蘇",有《蓬萊詩集》傳世,歌辭《美人別曲》《南征曲》廣爲流傳。善楷書、草書,與安平大君、金絿、韓濩並稱朝鮮四大書藝家。

《謝惠草堂杜詩》:我愛杜工部,文章天下先。珠璣生筆翰,造化謝機權。不見迨三載,相思抵百年。今年開碧眼,草罷太玄篇。(《蓬萊詩集》卷二,《韓國文集叢刊》第36冊,頁424)

梁應鼎

梁應鼎(1519—1581),字公燮,號松川,濟州人。明宗七年(1552)文科及第,歷任成均館大司成、禮曹參議等職。宣祖十年(1577),曾以聖節使出使中國。有《松川遺集》。

《隴俗輕鸚鵡》:隴山鎮西極,自古多毛羽。綠衣兼翠襟,異鳥稱鸚鵡。和鳴巧言語,警賞均寰宇。奈何此邦人,等作凡鳥睹。古來賤土物,常情安足數。輕之者輕耳,彼焉能汝侮。因此以反隅,可哀工部杜。飄零天一涯,豺虎經患苦。文章不自謀,忠義將何怙。久客絕知音,戲辱隨處取。假物托遠思,憤辭聊自吐。至今讀瓊琚，傷悼愁難愈。濡滯孟出晝，遲遲孔去魯。當時縱見輕，萬世風聲樹。(《松川遺集》卷二，《韓國文集叢刊》第 37 冊，頁 522)

《仰次》其二：湖南雄荊揚，實唯人才窟。鳳凰銜圖來，麒麟應時出。屈指三四公，令公居其一。少小翰墨場，逍遙不曾跌。果然飛天響，異乎林間唧。諫院夕焚草，玉堂晨理櫛。文章實致身，青雲邁白日。棟梁即松楠，琴瑟乃梓漆。章服歲中新，病憶樵山鉎。歸來四壁空，詩書尚積室。李杜以爲主，黃陳以爲弼。擘海登驪龍，燒野搜瑟瑟。牢籠無遺算，萬象誰逃逸。一吟南岳舞，昂頭且蹲膝。再吟雷車轟，五丁逐神物。我願公勿狙，來生坐此吃。何如失沉痾，天門再曳緩。國家樹根牢，賢聖數不七。肯置霖雨手，政待丹青筆。連茹看彙征，民望解久鬱。熙熙春臺天，吾其旬日必。(《松川遺集》卷二，《韓國文集叢刊》第 37 冊，頁 530)

《策》(節錄)：問：有志者事竟成，古之君子，幼而學之，壯而不行，終至於賫志而沒，起後人扼腕者多矣。唐、虞已降，治效之隆，最稱三代，其時爲士者亦有有志不成、伏恨而死者歟？屈三閭志高行潔，憂讒畏譏，自赴湘水，若不遇懷王之暗而展布其志，則可能救宗國之亡，而熊繹之祀不至於絕歟？董仲舒學究天人，老死江都，若遇知於時君展布其志，則可能行正誼明道之學，而漢家之治及於隆古歟？汲長孺[一]常思補闕拾遺，而卒於淮陽，若時君寵遇而得行其志，則可無愧於古者社稷之臣，而效唐、虞之治歟？諸葛亮出師未捷，營星遽殞，若天假之年而得行其志，則可無忝於王佐之稱，而漢室不亡歟？陶淵明棄官歸來，改字元亮，其志將欲何爲？而若行其志，則能遂荷鋤埋械之願，而司馬之祀可得長延歟？杜子美流落劍南，血泣悲吟，其志將欲何爲？而若行其志，則可無愧於稷、契之自許，而都俞之風可復見歟？韓退之忠犯主怒，遠謫潮陽，若安於朝廷之上而得行其志，則果無負於周、孔之學，而坐令四海如唐、虞者歟？岳武穆志存復讐，身死權奸，若無班師之詔而得行其志，則中原可復，而雪二帝北狩之恥歟？濂、洛、關、閩諸賢心存經濟，有志未就，若遇可爲之機而得行其志，則果皆挽回太平之治，而國家不至於危亂歟？夫學莫先於立志，諸君子尚友千古，平日講究師友，必有負抱者，將學何人之所學，志何人之所志歟？其各悉著于篇，欲觀諸生所學之何如。出《震英粹語》　對：愚也栖身山海，每念古人賫志而沒者，未嘗不慷慨太息。今執事先生又問及乎此，則其可不罄竭素蘊，以陳夫平昔之憤惋也哉？竊謂志者，萬事之根柢也，是以君子之學立志爲先。此志既立，則無事不成，無業不就。扶持危亡者在是，撥亂反正者在是。可以挽回世道，可以經濟天下。大哉志乎！無此志，則吾不見其有所爲也。雖然，學之不能無淺深高下，故措之事業者亦不能皆如其志。嗚呼！無此志則已矣。苟有此志，則其可不學而充之乎？志已立矣，學已充矣，而又必有亨嘉之會，然後乃有所爲，則是知時者又志與學之所需也。大抵士君子一身皆所以寄天地生民之望，則天之生大賢君子非偶然者，而三代以後有志有學者一不得伸設者，果何然耶？將其志過高而然耶？其學不充而然耶？志既大，學既充，而時不遇而然耶？想其人，觀其迹，則其學雖有充不充，而其志既大，則措之事業者豈曰少補之哉？而時乎不遇，誰使尼之哉？此執事之所以慟惜，而愚生之所以慷慨太息者也。請因明問而論之。在昔野無遺賢、王多吉士之日，雖有菅蒯之才，率皆明揚庶位，則有志不售者，吾未知其人也。三閭大夫枘鑿不合，獨醒無悔，則其志高矣。江都老相正誼明道，學究天人，則其志大矣。淮陽太守思欲補闕，誠心戀主，則其志切矣。南陽武侯鞠躬盡瘁，死而後已，則其志決矣。彭澤先生作賦歸來，改字元亮，則其志顯矣。草堂老人再拜杜鵑，血泣悲吟，則其志懇矣。昌黎侍郎佛骨陳表，遠謫潮陽，則其志烈矣。廬陽武穆背涅四字，期復中原，則其志斷矣。至若濂、洛、關、閩諸君子則繼往開來，經濟自任，卓爾其志也。嗟呼！以如是之志而遇不幸之時，其賷志而没也，宜乎使人於邑而不能自已也。設使其時遇其君行其志，則斯人者果能盡副其志乎？愚請以學之充不充斷之，曰：屈原，狷介人也。其爲學雖不充，而其忠義足以扶宗國之亡，則失志沉湘，讒者之效也。仲舒，醇正人也。然其爲學或流於灾異謬妄，則得其時興聖治，固未可必也。長孺[二]，戇直人也。學未知方，縱使得志，豈能效唐、虞之治乎？然其忠義大節則庶無愧於社稷之臣矣。孔明，臥龍人也。三聘待勤，暗合莘野之學，使之天假之年，則殲漢賊興漢室，庶無忝於王佐之稱矣。淵明，處士人也。不屑屑於學，而高風峻節，足以提挈人紀，則使其得志，必遂荷鋤理穢之志，而存晉祀矣。子美，忠憤人也。一飯之際尚不忘君，然其未學，則使其得志，恐不能副稷、契之志矣。退之，正直人也。爲一世儒宗，然其爲學不能無雜，則使其得志，果能追武周孔、措世唐虞乎？鵬舉，純忠人也。事君竭力，學則在是，使其得志，則中原可復，二帝可還，而中道罷讒，冤死大理，高宗不足深責，恨不得秦檜擢髮而誅之也。嗚呼，兹前八君子者，或有罷讒被禍，或有時與命乖，雖其學亦或有未盡者，而衰世之下，有志特立，則誠可尚已。（下略）（《松川遺集》卷三，《韓國文集叢刊》第37册，頁537）

[一][二]孺，原作"儒"。

李後白

李後白（1520—1578），字季真，號青蓮、松巢、荷衣居士，延安人，封延陽君,謚號文清。明宗十年(1555)文科及第,歷任禮曹正郎、戶曹參判等職。宣祖即位年(1567),以遠接使從事官接待明朝使臣;宣祖六年(1573),以宗系辨誣奏請使出使明朝。著有《青蓮集》。

《文章憎命達》:長嘯激昂眄宇宙,胸中五岳高崚嶒。堪嗟古來翰墨徒,崎嶇嶒嶝紛相承。草堂杜老豈虛語,有命似被文章憎。士生天地異凡庸,才氣落落雲霄凌。螢窗遊藝不暫停,盈床典墳神所憑。心期直擬燠皇猷,豈欲媚世求譽稱。詞源倒流三峽水,文彩萬丈神光騰。天孫雲錦脫塵機,綠池波净披荷菱。英名共許華國手,金馬玉堂身宜登。如何不遇揚得意,飛詔永斷天門徵。一官未授顏已衰,垂簪白髮空鬅鬙。飢寒困苦何足道,人間禍患紛相承。平生所負反爲祟,悲吟到處愁難勝。萍蓬飄泊[一]竟莫補,後來祇得騷人矜。奇才豈是害身物,古來窮阨何相仍。治安賈生落長沙,春秋董子江都丞。柳江又見子厚老,昌黎揭揚罹炎蒸。寒郊貧島未須言,吟哦有似蚊與蠅。獨憐謫仙李翰林,風儀軒豁南溟鴻。調羹御床未爲貴,夜即萬里山千層。知音杜陵有布衣,一生自許金蘭朋。應憐坎軻寄幽憤,詩詞苦楚非寬弘。流傳千載指爲例,騷林遺誦悲填膺。窮鄉今日一書生,十年映雪鄰山僧。高風縱未涉古人,奏技豈讓時輩能。胡爲奔走困風塵,名參薦書猶未曾。長吟聊復訴不平,搦毫盡日心兢兢。(《青蓮集》卷一,《韓國文集叢刊續》第 3 冊,頁 73)

　　　　[一] 泊,原作"迫"。

權 擘

權擘(1520—1593),字大手,號安排堂、習齋,安東人。中宗三十八年(1543)文科及第,歷任原州牧使、禮曹參議等職。四次參與接待明朝使臣,兩次出使明朝,兩次以宣慰使接待日本使僧,曾參與編撰《中宗實録》《仁宗實録》《明宗實録》,著有《習齋集》。

《庭草不除,有感而作》:君不見濂溪庭下草不删,帶雨和烟隨意閑。理氣洋洋具太極,自家意思同一般。又不見杜老堂前多草莽,芟夷始覺藩籬曠。頑根滋蔓蔓難圖,疾惡如讎真可尚。吾觀古昔賢哲人,格物窮理心惟均。在於草也何厚薄,固知好惡都是仁。芝蘭宜護棘宜剪,惡惡之心内善善。如何庭砌任荒蕪,坐使薰蕕終莫辨。達士弘量自坦夷,紛紛瑣瑣安足治。盤根錯節當奮袂,游刃恢恢吾不辭。(《習齋集》卷三,《韓國文集叢刊》第 38 冊,頁 52)

具鳳齡

具鳳齡(1526—1586)，字景瑞，號圭峰、栢潭，綾城人，謚號文端，李滉門人。明宗十五年(1560)別試文科及第，歷任大司成、藝文館提學等職。著有《栢潭集》。

《賓日軒十詠次韻》其七：地靈人傑濟南多，文彩聲華軼古過。老杜詩名留秀句，風流千載較如何。右濟南亭(《栢潭集》續集卷二，《韓國文集叢刊》第 39 冊，頁 184)

《權章仲在清涼山，再用前韻以寄，因和之》其二：能吟鏡象未離銓，老杜清詩巧奪天。塵累何時永蟬蛻，白雲丹壑去飄然。(《栢潭集》續集卷二，《韓國文集叢刊》第 39 冊，頁 201)

奇大升

奇大升(1527—1572)，字明彥，號高峰、存齋，幸州人，謚號文憲。明宗十三年(1558)文科及第，歷任大司成、副提學等職。明宗二十二年(1567)，以遠接使從事官接待明朝使臣。朝鮮時代著名理學家，著有《論思錄》《往復書》《理氣往復書》《朱子文錄》等，另有《高峰集》。

《安危大臣在》：茫茫宇宙渺無垠，立君制治天其仁。君難獨理萬機繁，引賢作相任經綸。調元撫世百責萃，安危之機繫一身。忠邪正偽各類應，扢捏榮懷咸有因。杜陵野老述短章，感時慕古頗嚘呻。當時天下似潰瓜，誰爲稷契能亨屯。間關梓闇泪不收，悵望息兵情酸辛。寓縣風塵須未開，巖廊坐籌知何人。歸來後世只一轍，漆室豈免憂遭迍。擇人毋使棟幹撓，只在宗子心精純。小臣惟欲贊皇猷，委任賢哲風俗淳。千秋永昌宏達業，熙熙壽域開陽春。(《高峰集》文集卷一，《韓國文集叢刊》第 40 冊，頁 40)

《擬李太白與杜子美書》：白頓首，子美足下：長嘯宇宙，往事萬古，撫劍慷慨，胸膺生土，又安得不揚眉吐氣，開心暢懷，快討而極論之哉？白謾學書劍，薄游城市，顧世一慟，矯首青山，獨自馳騁今古，拓落經傳，會二帝三王之心，作十載萬里之行，將以攬湖山之清爽，挹聖賢之軌跡，滌紛囂之塵累，養浩然之正氣耳。何嘗登山以撫其嵯峨，泛水以弄其潺湲而已哉？於是，東窮滄海，上會稽，窺禹穴，翱翔岱宗之下。北歷幽冀，西屆秦蜀，南出乎江漢之間，濯足洞庭，振衣登岳陽樓。攬虹霓以爲竿，搭日月以爲鈎，掣六鰲以爲

膾炙,挽五湖以爲酒。哦詩一篇,彈琴一曲,思逸雲際,志妙天外,頹然而醉,
悠然而醒,不知天地果何如,萬物果何如,吾身果何如,又安知人間世爲公爲
侯有榮有辱哉? 言歸故山,麋鹿與群,激清礵以爲池,撫盤松以爲屋。竊自
懷念,神農、虞、夏忽焉已没,士之蒙璵被璞,彎龍虎之文者,枯死空山幾許人
哉? 悲夫! 淳風一死,世僞滋生,去就之義亦何所依? 抗顏世務,營名殉利,
往不知返,竟何爲哉? 百年易滿,羲御超忽,霜撲玄鬢,塵生清顏,獨立乾坤,
顧影徘徊,蓬萊何處,弱水萬里,只有清風明月與之日夕周旋耳。悲歌掩涕,
泪落奔川,謀托金丹,吾將與老,語曰:農不如工,工不如商,刺繡文不如倚
市門。昧精紅塵,甘心黃馘,孰與釋紛解累,謝世從仙,以極吾盤桓之樂哉?
子果能從我遊乎? 緤馬層城,遨遊玄圃,玉芝爲羞,白水爲漿,裁青雲以爲
衣,戴北斗以爲冠,爲三十六帝之臣,不亦樂乎? 白狂疏自在,不事畦徑,四
海知己惟吾子美,安得握手以罄此抱。浮沈無計,聚散有期,兩地相望,落落
如晨星,臨風暢息,又可奈何,而況脩短隨化,竟歸一途,學仙輕舉,必不可
能,庶幾各抛世憂,死生一訪,對酒萬事,形跡兩忘,不必慕仙,不必厭世,縱
浪大化,以□吾真是望,惟足下裁之。酒仙李白,頓書。(《高峰集》續集卷
二,《韓國文集叢刊》第 40 册,頁 261)

具思孟

貝思孟(1531—1604),字景時,號八谷,綾城人,謚號文懿,柳希春、李滉
門人。明宗十三年(1558)文科及第,歷任吏曹判書、左贊成等職。明宗十八
年(1563)、宣祖九年(1576),分别以謝恩使書狀官、冬至使出使明。著有
《八谷集》。

《錦江亭》:西蜀有錦江,錦江在此邊。名號偶相同,景物誰當先。孤亭
枕水頭,四顧富林泉。莫説杜陵翁,拜鵑心愴然。未聞望帝亡,祀典講自天。
宇宙何茫茫,翻覆幾百千。臨流發長嘯,悲風生我前。(《八谷集》卷二,《韓
國文集叢刊》第 40 册,頁 491)

《守庵朴枝華君實,嘗爲吏文學官,旋棄之。有學力,以禮律身,博極群書,
所見精確。避亂春川地,聞賊迫近,書老杜“京洛雲山外,音書静不來。神交作賦
客,力盡望鄉臺。衰疾江邊臥,親朋日暮廻。白鷗元水宿,何事有餘哀”一律于巖
石,遂投水而死》:平生學識最精明,亂後應無污令名。心與杜陵詩已
契,孤魂還逐白鷗鳴。(《八谷雜稿·避亂》,《韓國文集叢刊》第 40
册,頁 545)

權好文

權好文(1532—1587)，字章仲，號松巖、青城山人，安東人，李滉門人。曾任集賢殿參奉、内侍教官等職。著有《松巖集》，收入景幾體歌的變體《獨樂八曲》《閒居十八曲》。

《自宣城還巖記事二絶壬子》其二：茅檐高著碧山隅，十丈巖頭一點孤。可笑三重風捲盡，杜陵千載又寒儒。（《松巖集》文集卷一，《韓國文集叢刊》第 41 册，頁 110）

《讀杜詩》：草堂身世尚清高，憂國傷時雪鬢毛。落魄浣花何事業，千秋空作一詩豪。（《松巖集》文集卷一，《韓國文集叢刊》第 41 册，頁 113）

《次呼韻》：絶境多佳致，騷情出繭絲。談清燈盡曉，夢破月殘時。壑籟醒心早，庵僧報漏遲。令人發深省，三復杜陵詩。（《松巖集》續集卷三，《韓國文集叢刊》第 41 册，頁 234）

成　渾

成渾(1535—1598)，字浩原，號牛溪、默庵，昌寧人，謚號文簡。以遺逸薦舉入仕，歷任吏曹參判、左參贊等職。朝鮮時代著名理學家，著有《牛溪集》。

《書先考書帖後》：先君子書杜律五言百首，贈白雲居士曹丈雲伯。曹丈平生寶玩之未嘗釋手，携入五冠山中，結茅終老。甲申仲冬，曹丈考終。其妾李遣女奴來曰：“曹先生有一兒，今三歲矣。願托是帖於吾君，待吾兒長而後授之。”渾不敢辭，謹受而閲之，感念今昔，爲之潸然。雖然，渾亦病人也，未期久遠，吾若危殆，即當奉還其兒所在，庶不負重托也。乙酉六月，渾書。（《牛溪集》續集卷六，《韓國文集叢刊》第 43 册，頁 238）

李　珥

李珥(1536—1584)，字叔獻，號栗谷、石潭、愚齋，德水人，謚號文成，配享文廟。明宗十九年(1564)生員進士試、文科覆試、殿試都爲狀元，有“九度狀元公”之稱，歷任兩館大提學、吏曹判書等職。宣祖元年(1568)，以書狀官赴明；宣祖十五年(1582)，以遠接使接待明使。朝鮮時代著名理學家，著有《栗谷全書》。

《余之遊楓嶽也，懶不作詩。登覽既畢，乃撫所聞所見成三千言。非敢

爲詩,只録所經歷者耳。言或俚野,韻或再押,觀者勿嗤》(節録):(上略)
物生天宇間,因人名乃休。廬山無李白,誰能詠其瀑。蘭亭無逸少,誰能壽
其迹。子美題洞庭,東坡賦赤壁。咸因大手筆,令名垂不滅。君今遊我山,
風景皆收拾。胡爲不吟詩,反作緘口默。請君揮巨杠,庶使山增色。我言子
過矣,子言非我擬。我無錦繡腸,安能追數子。滿腔惟一拙,吐出人不喜。
子欲得瓊琚,往求無價手[一]。山靈色不悦,側立久凝視。咄咄指我言,惡賓
無汝似。我知不能辭,遂許撰荒鄙。形開如酒醒,所聽皆慌爾。有約不可
負,聊以記終始。(《栗谷全書》拾遺卷一,《韓國文集叢刊》第 45 册,
頁 471)

　　[一] 手,原注“恐誤”。

　　《仁物世稿序癸丑○仁物,即豊德府德水縣舊名》(節録):人之生於世也,頎
然其形貌,累然其動止,而有不得已而後有聲。聲也者,綱紀乎一身,而出入
乎萬事者也。聲之精者,莫大乎言。而言之精而焕然軒然不野不俗者,莫大
乎文辭也。詩者,文辭之詠嘆淫洪而最秀者也。嗚呼! 言者,聲之精者也;
文辭者,言之精者也;詩者,文辭之秀者也,則詩之所以重於世者,斯可見矣。
是故,聖人之述經也,詩居其一,而于以見世道之盛衰,國運之治亂,而正雅
變雅正風變風之所以作也,則詩之可以感乎人者可知也。且子美之句能去
瘧疾,蘇州之絶能止江波,則詩之可以感乎鬼神者亦可知也。秀乎文辭,而
感乎人鬼,則詩可易言哉? (下略)(《栗谷全書》拾遺卷三,《韓國文集叢刊》
第 45 册,頁 519)

鄭　澈

　　鄭澈(1536—1593),字季涵,號松江,延日人,封寅城府院君,謚號文清。
明宗十七年(1562)別試文科及第,歷任司憲府大司憲、左議政等職。宣祖二
十六年(1593),曾以使節赴明請援。鄭澈長於歌辭,除《松江集》外,另有
《松江歌辭》傳世。

　　《讀老杜杜鵑詩》:清晨詠罷杜鵑詩,白髮三千丈更垂。涪萬雲安一天下,
有無何事苦參差。(《松江集》原集卷一,《韓國文集叢刊》第 46 册,頁 146)

洪聖民

　　洪聖民(1536—1594),字時可,號拙翁,南陽人,謚號文貞,徐敬德、李滉

門人。明宗十九年（1564）明經科及第，歷任大司憲、大提學等職。宣祖五年（1572）、宣祖八年（1575）分別以陳慰使書狀官及謝恩使出使中國。著有《拙翁集》。

《密陽樓船韻》：擊罷空明信所如，玲瓏小閣合仙居。茜裙影亂穿霞鶩，簫鼓聲驚蟄浪魚。坡老海中誇亦得，杜陵天上語非虛。較來蓮葉差誰勝，閑臥宜觀玉字書。（《拙翁集》卷二，《韓國文集叢刊》第 46 冊，頁 456）

《見家書》：家札看來喜若驚，平安兩字眼先明。一封遠過黃金萬，杜子當年語太輕。（《拙翁集》卷五，《韓國文集叢刊》第 46 冊，頁 494）

丁希孟

丁希孟（1536—1596），初名夢芝、夢鶴，字浩然，號善養亭、孤山、龍山居士、龍巖居士，成守琛門人。壬辰（1592）倭亂爆發，將二子丁鍵、丁鏡送去參軍勤王，自己與高敬命、郭再祐等組織義兵保護家園。著述有《善養亭集》。

《次汝澈韻，因記事》：着鞭常恐祖生先，恢復當期掃廓然。西征已賦東征續，子美忠誠貫北天。（《善養亭集》卷一，《韓國文集叢刊續》第 4 冊，頁 382）

《日記》（節錄）：（壬辰）五月初一日，聞賊越鳥嶺，入清洪道，漸迫京城云。本道巡察使李洸將起大軍西上，而鏡兒以校生今學生被抄而去，痛哭不忍言，遂慰諭之曰：“普天之下莫非王土，率土之濱莫非王臣。汝雖無似，亦先王之遺民也，當此板蕩之日，何可保躬逃命，忘我宗社乎？且疾風之草，此時可知，汝勿以父母爲念。苟免爲幸，視死如歸，立大節於邦家，則此臣子之道也。”即聞村村曲曲哭聲騰天，此杜工部所謂“爺娘妻子走相送，哭聲直上干雲霄”也。（《善養亭集》卷三，《韓國文集叢刊續》第 4 冊，頁 406）

李海壽

李海壽（1536—1599），字大中，號藥圃、敬齋，全義人。明宗十八年（1563）謁聖試及第，歷任藝文館檢閱、大司憲、兵曹參議等職。宣祖元年（1568），以遠接使從事官參與接待明使；宣祖十五年（1582），以聖節使出使明朝。著有《藥圃遺稿》。

《醉草》：莫思身外無窮事，且盡生前有限杯。杜子此言真有味，況携佳

客上春臺。(《藥圃遺稿》卷一,《韓國文集叢刊》第 46 册,頁 28)

《嘲崔立之學后山失真》:李杜誰軒輊,騷壇兩聖人。庭堅偷氣力,無己學精神。終然歸一段,誰是得宗真。傳道顏曾在,堂堂難與仁。(《藥圃遺稿》卷四,《韓國文集叢刊》第 46 册,頁 66)

尹根壽

尹根壽(1537—1616),字子固,號月汀,海平人,封海平府院君,謚號文貞,李滉門人。明宗十三年(1558)文科及第,歷任大司成、禮曹判書等職。尹根壽精通漢語,明宗二十一年(1566)、宣祖六年(1573)、宣祖二十年(1589)、宣祖二十七年(1594),分別以書狀官、奏請副使、聖節使、奏請使四次出使明朝;壬辰倭亂期間曾教授朝鮮文官漢語。著述有《月汀集》《月汀漫筆》《四書吐釋》等。

《題贊上人軸》:工部詩中見,贊公名擅場。後身師振錫,禪榻雨侵墙。定罷茶烟細,春還野卉香。何緣攀石磴,一宿上人房。(《月汀集》卷一,《韓國文集叢刊》第 47 册,頁 181)

《次贈法輪上人》:詩派江西祖少陵,禪門宗旨説南能。相逢未有驚人句,更問渠家幾葉燈。(《月汀集》卷二,《韓國文集叢刊》第 47 册,頁 193)

《崆峒詩跋》:右崆峒七言古詩八十一首,律詩一百五十首。余之居守松都,用活字印之。印且訖,或有言之:"唐宋來,以詩名家不下數百,莫不盡發精華,垂耀終古,而子獨印崆峒詩,何意?"余應之曰:詩至於杜,集厥大成,非古人語乎?夫以有唐詩道之盛,仿佛夫杜者蓋鮮。迨義山始造其藩籬,而半山老人爲之嘆賞不置。黃、陳各得其一體,而已冠於宗派。然此則全集具在,夫人而能見之百代之後,而宛得遺韻,俯視諸家,卓然獨契如崆峒子者,世尚有斯人乎?且又王、楊數子,老杜之所許也,今觀集中唐初體者,方駕並驅,功與之齊,才全能鉅,信此之云。後來操觚者,爭自濯磨競慕,無不曰"崆峒子,崆峒子",固已大行於中土,而在吾東得見者寡矣,不亦可羞乎?而余不此之印以蘄其傳,而尚誰印乎?夫以先生之才之文如鳳瑞世,而顧乃巫罷顛躓,未究諸用,遺文散落,耿光宇宙,良可悲矣。然則先生所謂名高毀人者,無亦其所自狀乎?先生所著詩若文甚富,斯特其概焉耳。先生姓李諱夢陽,字獻吉,弘治六年進士,崆峒其自號云。萬曆八年臘月下浣謹書。(《月汀集》卷四,《韓國文集叢刊》第 47 册,頁 239)

李誠中

李誠中(1539—1593),字公著,號坡谷,全州人,謚號忠簡,李滉門人。宣祖三年(1570)文科及第,歷任大司憲、户曹判書等職。壬辰倭亂中,任統禦使徵兵諸道,又以管糧使隨行李如松部隊,不幸病卒。有《坡谷遺稿》。

《弘峻詩軸》:一麾江海老遨頭,衙鼓聲中歲四周。叔夜不堪供吏事,少陵猶未熟歸謀。松檐亂颭晴如雨,竹簟新鋪夏亦秋。爲謝鄰僧休乞句,使君方着睡鄉遊。(《坡谷遺稿》,《韓國文集叢刊》第49册,頁145)

《沙苑行》:左輔西,白水東,繚以周墻百里遠。豐草青青寒不死,少陵詩中識沙苑。騙驪一骨歸至尊,駃騠三千羞少塞。雄姿逸態何嶙崒,電行山立氣深穩。浮深角壯不作難,千里還應不夕返。招撢往往騁汀沙,奔突時時決關楗。望之爛若雲錦屯,疾如金丸走長坂。何年天子射鶴歸,蜀棧青驟行色晚。龍媒去盡鳥呼風,古基荒凉餘叠巘。宴安誰知是鴆毒,滿足從來或招損。君不見駉駉牡馬四章詩,無邪一語爲之本。(《坡谷遺稿》,《韓國文集叢刊》第49册,頁161)

李山海

李山海(1539—1609),字汝受,號鵝溪、終南睡翁、竹皮翁、柿村居士,韓山人,封鵝城府院君,謚號文忠。明宗十六年(1561)文科及第,歷任大提學、領議政等職,大北黨人領袖。明宗二十二年(1567)、宣祖元年(1568),兩次以遠接使從事官接待明朝使臣。與崔岦、崔慶昌、宋翼弼、李純仁、河應臨、白光勳、尹卓然並稱宣祖朝"八文章",著有《鵝溪遺稿》。

《流落》:流落湘潭白髮長,敢將窮阨怨蒼蒼。杜陵不是緣詩瘦,阮籍元非借酒狂。水岸漁村楊柳暗,驛亭沙路海棠香。短衣羸馬時來往,誰識終南舊政堂。緣當作吟,借當作嗜。(《鵝溪遺稿》卷一,《韓國文集叢刊》第47册,頁452)

《越松主家》:寂寞松亭畔,荒凉破屋斜。亂中初作客,秋後又移家。幾日干戈定,如今老病加。傷心杜陵子,詩句送生涯。(《鵝溪遺稿》卷一,《韓國文集叢刊》第47册,頁455)

《答湖叟見寄》:昨夢逢湖叟,琅然笑語親。高年尚康健,尺牘更精神。對月應思我,吟詩却怕人。從今學聾啞,筆硯已生塵。解道杜陵句,他鄉勝故鄉。風亭初散暑,雨屋足移床。蘿蔔連畦綠,秫粳遍野黄。酬恩似無路,朝夕祝陵岡。(《鵝溪遺稿》卷四,《韓國文集叢刊》第47册,頁526)

崔 岦

崔岦(1539—1612)，字立之，號東皋、簡易堂，通川人。明宗十六年(1561)文科狀元及第，歷任全州府尹、承文院提調等職。宣祖十年(1577)、二十七年(1594)，分別以質正官、奏請副使出使明朝，其文章大爲中國人推崇。與李山海、崔慶昌、宋翼弼、李純仁、河應臨、白光勳、尹卓然並稱宣祖朝"八文章"，其文與車天輅詩、韓漢字並稱"松都三絕"。著有《簡易集》。

《十家近體詩跋李杜韓柳孟韋小杜黄兩陳》：余素不事詩律，晚乃喜古人所爲，則衰退甚矣。不能多記集若選，洎來守劇地，尤不暇焉。因試新刻活字，將十家近體印出若干帙，以自便披吟，且與同衰同喜者共焉。五七言不必兼焉者，特魚熊掌之取舍也，於所取則以全焉者，非有瓦礫之可後也。唯李杜必兼且全焉者，加尊重之意也。十家之外，似可恨少者，李商隱、蘇東坡二家，余亦未嘗不喜，然或不善學焉，則其流得無失之艱與傷於易者乎？此余過爲慮，未必通論也。后山有云："晚覺書畫真有益，却恨歲月來無多。"余之於詩律，毋亦類此乎？念之，是令人嗟惋。(《簡易集》卷三，《韓國文集叢刊》第 49 册，頁 304)

李德弘

李德弘(1541—1596)，字宏仲，號艮齋，永川人，李滉門人。歷任永春縣監、翊衛司右副率等職。著述有《艮齋集》。

《答權定甫》(節錄)：(上略)擇善明善，或問其先後於朱子。答曰：須擇此是善此是惡方分明。又曰：格致，乃明善之要。按：彼既問其先後，故如是答之。然其本意則擇，即所謂即物窮理，而擇其善惡也。蓋善惡在彼，非我即而窮之，其何以擇是善是惡乎？故曰外也。明者，即所謂心體之明也。善在物，我既擇之，而後吾之知識始得分明，非謂善惡自在分明云也。若然，則善者在物之理也，不待我之擇，而自已分明。特吾心之靈尚昏於善惡之間，故須先揀是善是惡方分明云也。然則"方分明"三字，即所謂物格知至之謂也。知在心，非内邪；格在物，非外邪。杜詩曰："獨樹花發自分明。"觀此則知花之分明，不待人之擇而後始分明也。待擇其某花某色，而後方分明云者，正爲看花者說，豈花之本性哉？此擇明之所以有内外之謂也。然則擇必是格物工夫，明只是致知之說無疑矣。(下略)(《艮齋集》卷四，《韓國文

集叢刊》第 51 册,頁 70)

《溪山記善録下》(節録):先生辛酉三月晦,步出溪齋南,率李福弘_{第三}兄,字成仲,號蘆雲、德弘等往陶山,憩家頂松下一餉間。時山花灼灼,烟林靄靄,先生詠杜詩"盤渦鷺浴底心性,獨樹花發自分明"之句。德弘問:"此意如何?"先生曰:"爲己,君子無所爲而然者,暗合於此意思。"問:"鷺浴爲誰潔己? 花發自在而明,自在而香,曾爲誰而然也?"先生曰:"此無所爲而然者之一證耳。學者須當體驗,正其誼不謀其利,明其道不計其功,則與花、鷺無異矣。若小有一毫爲之之心,則非學也。"(下略)(《艮齋集》卷六,《韓國文集叢刊》第 51 册,頁 91)

李廷馣

李廷馣(1541—1600),字仲薰,號四留齋、退憂堂,慶州人,封月川府院君,謚號忠穆,李廷馨之兄。明宗十六年(1561)文科及第,歷任司諫院大司諫、兵曹參判等職。著有《四留齋集》。

《讀杜詩,至"時危思報主,衰謝不能休"之句,有感於懷,因以其字作十絶》其一:異世同懷抱,平生杜老詩。更吟詩一句,恨未得同時。其二:丹心餘一寸,白髮亂千絲。身遠江湖外,何方濟世危。 其三:伏櫪悲騏驥,傾陽泣露葵。三巴消息阻,靡日不相思。 其四:一飯不能忘,形容任枯槁。可憐寸草心,何以三春報。 其五:松篁困風霜,桃李滋雨露。何曾怨彼蒼,只欲扶吾主。 其六:老謀與壯事,二者俱無施。顧惟螻蟻誠,到死不能衰。 其七:隨世任行藏,一心老耕稼。人事有盛衰,天時相代謝。 其八:羲皇世已遥,禍亂何時畢。司空願三休,叔夜知七不。 其九:遠岫晴雲斂,前湖霽景澄。朋來共藉草,泥醉是吾能。 其十:逝水何曾返,歸雲不可留。只緣筋力盡,非爲好休休。(《四留齋集》卷一,《韓國文集叢刊》第 51 册,頁 252)

《夏日即事》:深巷無人睡起遲,海棠花落麥風吹。直將何物消長日,左氏春秋子美詩。(《四留齋集》卷二,《韓國文集叢刊》第 51 册,頁 270)

《讀簡齋遠軒詩有感,次其韻,三首》其一:常思杜子美,生世何偏側。去非亦何人,一簡千念息。吾生後二賢,憂患苦相迫。言詩敢升堂,處世吾差厄。虛名四十年,江上家徒壁。空餘五株柳,門巷依依碧。悠然會心地,野老來争席。蕭蕭臥北窗,兀兀忘巾幘。雲歸遠岫暝,鳥返空村夕。蕭蘭共雨露,大哉乾坤澤。從來争奪場,士患懷其璧。惟應寂寞濱,著此忘機客。
(《四留齋集》卷五,《韓國文集叢刊》第 51 册,頁 296)

洪可臣

洪可臣(1541—1615),字興道,號晚全堂、艮齋,南陽人,封寧原君,謚號
文莊,許曄、閔純門人。歷任水原府使、開城留守等職。著有《晚全集》。

《書用拙齋記後》:或問晚翁曰:"拙可用乎?"翁曰:"拙不可用,用拙
則非拙也。"曰:"然則杜子美何以曰'用拙存吾道'也?"翁曰:"此詩人之
詞也,不可以深求者也。"用有二義,一淺一深,一虚一實,只作"以"字意
看,輕輕地説過則無弊也。若認爲"作用"底意思看,撓害拙多矣,非先王
許公拙之意也。崔公之文善矣,其不及此,何也? 竊嘗思之:先王之教,
真聖人之言也,直是加一字不得,叔正其審之。叔正示余崔之文求余言,
敬書其後而歸之。叔正以爲如何也? (《晚全集》卷二,《韓國文集叢刊》第
51 册,頁 456)

裴應褧

裴應褧(1544—1602),字汝顯、晦甫,號安村,星州人。宣祖九年
(1576)文科及第,歷任羅州牧使、大丘府使等職。著有《安村集》。

《直關中寄蘭兒》:膝下生育汝,而今二十年。日夜之所望,冀汝學術
專。學術本多歧,趨向必正焉。舉世尚文華,風雲月露邊。甚者索隱怪,妙
妙玄玄天。許多聖人道,載在經書編。菽粟布帛文,金精玉美然。明窗净几
上,一爐薰香烟。静坐洗心讀,對越古聖賢。沈潛義理趣,泉達若火燃。欲
得入學門,先看小學篇。收斂向裏去,勿使從物遷。大本既已立,作室基乃
堅。聖人君子成,外累無相牽。胸中洞豁然,萬理窮貫穿。文章日進步,浩
浩觀洪漣。餘事科舉業,自然稱麄拳。聞汝讀東坡,古稱詩中仙。風雅一糟
粕,華焰徒芳妍。較諸杜少陵,坡也應推先。聞汝宿公衙,主倅交情偏。一
者可往見,不宜頻留連。末世況多言,積疑懷詐權。恐有猜汝者,捏造虚言
傳。真偽是非間,不瑕爲身愆。余言止於此,汝其怕慎旃。(《安村集》卷
二,《韓國文集叢刊續》第 5 册,頁 358)

黄 暹

黄暹(1544—1616),字景明,號息庵、遯庵、玉泉居士,昌原人,謚號貞翼。宣祖三年(1570)文科及第,歷任吏曹參議、户曹參判等職。著有《息庵集》。

《書杜律後》:昔在戊子夏,作銀臺代言,偶於公餘披閱工部詩集,時録册子,以便袖中之藏。壬辰西崆倉黄間,獨持此册,中路亦不能保持,投諸路上巖穴,及寇退覓之,只黄衣腐破,卷中則依舊,不勝喜幸,乃改纘珍愛,期以編絶而看之無斁。嗚呼,物之與人有緣者,雖在顛沛抛擲中而不相失,風磨雨洗之餘復與舊主遇,爲其主者不亦感乎? 既感則宜志之,乙未初秋書。(《息庵集》卷四,《韓國文集叢刊續》第 5 册,頁 471)

曹好益

曹好益(1545—1609),字士友,號芝山,昌寧人,曾從退溪李滉問《大學》。明宗十五年(1560)文科及第,歷任成川府使、刑曹正郎等職。著有《芝山集》《家禮考證》《大學童子問答》等,有"關西夫子"之稱。

《野菊》:秋容元不管重陽,自好何曾願擷芳。堪恨少陵無老眼,野姿真是得天香。老夫閑中讀杜甫詩,有"籬邊野外多衆芳,採擷細瑣升中堂"之句,此指野菊之類。余構小屋於溪邊,見野菊方開,正色天香,亦甚可愛,因作一絶以解嘲云云。(《芝山集》卷一,《韓國文集叢刊》第 55 册,頁 455)

《戲題》:且聞敲玉枕邊長,未信瑶姬淡掃妝。江漢文章詩史筆,莫論梨雪竹風香。李白詩"梨花白雪香",杜甫詩"風吹細細香",梨本無香,竹亦無香,故後人譏其失實,兹作一絶解嘲云。(《芝山集》卷一,《韓國文集叢刊》第 55 册,頁 458)

《與金伯厚》:一自三登相見後,千里夢想茫然。去年春得君手書,始知君於喪患孤苦之餘獨能保完,爲之驚喜悲嘆,繼之以泪也,不知今復何如。好益摧頹已甚,杜門養疾,今已有年矣。相望落落,此生會合無期,思之悵望,無以爲懷。白筆二柄,至今留之几案,以爲念君之資。衰病之餘,百事俱廢,而平生所學惟佔傳一技。親舊凋零,無復相訪,閑中獨與竹素相對。吾南經亂之後,書策一切掃盡,無從借得處。前日所假杜詩,幸搜付何如? 老境吟詠,足以消遣底滯。此中無復得處,兹不得已敢此。(《芝山集》卷二,《韓國文集叢刊》第 55 册,頁 479)

《與尹眉叟》:即今未想尊履何如,頃者,中路一奉,迫切依悵。古人謂

“相見又無事，不來還憶君”，人能會於世情之外者，可與論此句之意矣。且念吾君每呼我以“我先生”，好益聞，未嘗不愧汗沾衣也。古人於朋友，亦或有以“先生”稱之者，而必如鄭虔之於杜甫，退之之於盧仝，其文章德業足以致敬者。好益一空疏老夫，而與吾君月日則後於巡，而平生踪跡有可愧嘆者多矣，尚何一毫可敬之有哉？千萬勿爲此稱，使相對之際得以自安也，至望至望。（《芝山集》卷三，《韓國文集叢刊》第 55 冊，頁 490）

張經世

張經世（1547—1615），字兼善，號沙村，興德人。宣祖二十二年（1589）增廣文科及第，歷任全羅都事、金溝縣令等職。著有《沙村集》。

《杜草堂》：百花潭上日清遊，蕭瑟秋風茗一甌。海內兵戈諸弟遠，天涯流落此身浮。三更杜宇千行泪，隔歲君親萬里愁。半夜抬頭瞻北極，不堪長劍上危樓。（《沙村集》卷二，《韓國文集叢刊續》第 6 冊，頁 23）

郭　説

郭説（1548—1630），字夢得，號西浦、浦翁，清州人。宣祖二十二年（1589）增廣文科及第，歷任嘉平郡守、刑曹正郎等職。有《西浦集》。

《謾興二首》其二：老去寬懷不自由，謾將詩句遣閒愁。杜陵詞伯何多癖，語不驚人死不休。（《西浦集》卷四，《韓國文集叢刊續》第 6 冊，頁 112）

《古阜客舍詠懷》：孤城吹角到殘更，獨宿天涯客夢驚。風撼幽篁終夜響，月穿疏林滿窗明。杜陵憂國悲忠憤，王粲登樓賦遠征。莫對秋光寫懷抱，黃花赤葉動傷情。（《西浦集》卷五，《韓國文集叢刊續》第 6 冊，頁 126）

《偶閱杜詩，戲改數聯述懷》：柴門寂寂帶溪流，心遠方知境最幽。不棄貧家唯海燕，想忘物外是江鷗。老妻畫紙爲棋局，穉子敲針作釣鈎。可笑杜老先獲我，微軀此外亦何求。（《西浦集》卷五，《韓國文集叢刊續》第 6 冊，頁 129）

《八莒途中，次善繼韻二首○咸安，以試官同往》其二：客興悠悠爛不收，他鄉風物入搔頭。孤城寂寞門空掩，衰草荒凉水自流。斷梗飄飄關嶺外，長途杳杳海天陬。杜陵詩老真堪笑，語不驚人死不休。（《西浦集》卷五，《韓國文集叢刊續》第 6 冊，頁 135）

柳　根

柳根(1549—1627)，字晦夫，號西坰、孤山，晉州人，封晉原府院君，諡號
文靖，黄廷彧門人。宣祖五年(1572)文科別試狀元，歷任大提學、右贊成等
職。宣祖三十四年(1601)，以陳奏使出使明朝；宣祖三十九年(1606)，以遠
接使接待明使臣朱之蕃、梁有年。曾編選《東人詩文》，著有《西坰集》。

《又賦九絶，謾興》其五：李杜詩聲冠百家，蜉蝣撼樹一何多。鯨魚掣海
神飛動，天馬行空跡滅磨。(《西坰集》卷二，《韓國文集叢刊》第 57 册，
頁 445)

《玉峰詩集序》：玉峰白公爲詩善學唐，一時詞客咸以爲莫能及。余自
少時已知有玉峰，一再從之遊，悼其早世。歲丙午，余忝擯相朱、梁二詔使。
公之胤上舍振南能繼家聲，余請於朝，偕往來西路，每語及其先人詩，灰燼之
餘收拾無多，余甚惜之。今年秋，乃將印本一卷來示余，要余爲一言。詩凡
若干首，噫，玉峰詩，真能學唐而有得焉者也。蓋聞凡爲詩，以氣爲主。東方
人生於偏壤，其氣弱。若欲效唐詩音調，其詩繭然不可觀。《三百篇》之後，
詩莫盛于唐，學之而不類焉，則反歸於淺近衰颯，終不若從事蘇、黄、兩陳之
爲愈。此説之行久矣，宜學唐者之鮮，而學之而仿佛焉者爲尤鮮也。玉峰乃
能奮于百載之下，追踪乎古人，振響於絶代。一字一句，有不稱於意，不欲出
以示人。平生咳唾流落人間者，人重之如瓊琚，公於聲韻殆天得也。公既以
詩鳴，筆法遒勁，逼于鍾、王，世稱爲二絶。爲人清苦，不屑舉子業。壬申韓、
陳詔使之來，館伴穌齋盧先生請于朝，以白衣爲製述官，公之詩名重於世如
此。世之論詩者，以公爲學唐而得其正派，盛矣哉！仍竊思之，余偶閲牧隱
先生詩，有曰："唐詩氣頗短，稍平惟蘇州。"蘇州詩學陶詩，非不冲澹高古，牧
隱猶謂之稍平，豈牧老所願學者，李、杜詩萬丈光焰也耶？後之人欲學唐者，
以李、杜爲軌，則亦未免落於蘇、黄格律也耶？余未及以此説質之玉峰，九原
難作，爲之三嘆，遂併書所感于懷者爲之序。(載白光勳《玉峰集》，《韓國文
集叢刊》第 47 册，頁 89)

許　箈

許箈(1551—1588)，字美叔，號荷谷，陽川人，許曄之子，柳希春門人。
宣祖五年(1572)文科及第，歷任應教等職。宣祖七年(1574)，以書狀官出
使中國，有《朝天記》；宣祖十五年(1582)，以遠接使李珥從事官接待明使臣
黄洪憲、王敬民。著有《荷谷集》。

《題杜律卷後，奉呈妹氏蘭雪軒》：杜律一册，邵文端公寶所鈔，比虞注尤簡明可讀。萬曆甲戌，余奉命賀節，旅泊通州，遇陝西舉人王君之符，接話盡日。臨分，贈余是書。余寶藏巾箱有年，今輒奉玉汝一覽，其無負余勤厚之意，俾少陵希聲復發於班氏之手可矣。萬曆壬午春，荷谷子識。（《荷谷集》雜著補遺，《韓國文集叢刊》第58册，頁393）

《朝天記上》：（萬曆二年甲戌五月）十六日己丑，晴。平明發雲居，指興義驛。山高谷邃，雜樹掩翳，一水回復而涉者十餘曲，信乎子美所謂"山行一溪水，曲折方屢渡"者也。　　（萬曆二年甲戌六月）十九日壬戌，晴。（中略）夜，唐人李聰妹居于近地三里許，聞聰來，持酒肉以慰。就余所寓之側談話，與聰別去。不知存没者，今已十八年云。子美曰"夜闌更秉燭，相對如夢寐"，正與此合。（《荷谷集》，《韓國文集叢刊》第58册，頁403、415）

《朝天記中》：（萬曆二年甲戌八月）初三日甲辰，朝陰，晝大雷雨，夕晴而猶陰。朝，王之符送禮物于余與汝式，《杜律鈔》一部，皮金三張。余等報之以笠帽二事，油扇十把，筆二管，墨二丁。（《荷谷集》，《韓國文集叢刊》第58册，頁446）

宋象賢

宋象賢（1551—1592），字德求，號泉谷、寒泉、礪山人，謚號忠烈。宣祖九年（1576）文科及第，歷任鏡城判官、東萊府使等職。宣祖十七年（1584）、十八年（1585）兩次以質正官出使中國。壬辰倭亂爆發，殉職於東萊府使任上。著有《泉谷集》。

《絕口不飲酒陞補壯元》：岳武穆，真丈夫，血一斗，膽一斗。有手欲挽天上河，有口不飲杯中酒。是時宗社如綴旒，南渡乾坤風雨後。青城忍看帝衣青，玉手殊非行酒手。爲人臣子共戴天，飲器方期金主首。名姝已却玉帳下，麴蘖安能近我口。誰言憂國只細傾，杜子之詩吾不取。平河北，定兩京，復梓宮，然後痛飲三百杯，拜獻南山壽。（《泉谷集》卷一，《韓國文集叢刊》第58册，頁331）

黄　赫

黄赫（1551—1612），字晦之，號獨石，長水人。黄廷彧之子，奇大升門人。宣祖十三年（1580）別試文科狀元，歷任禮曹佐郎、高陽郡守等職。曾因建儲問題被流配,最終因卷入王位之爭死於獄中。有《獨石集》傳世。

《先府君行狀》(節錄):先君諱廷彧,字景文,別號芝川子。(中略)先君生於皇明嘉靖十一年壬辰四月二十六日戌時,幼與群兒嬉戲,自立一隊,不相混雜。曾祖贈贊成公,嘗奇愛之,曰:"此兒氣度非凡,他日必名世。"乃手抄杜詩五七言律若干首口授云。及長,聰明絕人,沉潛讀書,泛濫子史,尤邃經學,不事口耳,涵泳於本源之地居多。且善屬文,雖一時應舉作,諸士子必相標録爲私集,模仿而取則焉。(中略)先君天分甚高,器局峻整,望之嚴毅,若不可犯;而即之温然,人莫不愛慕。加以學術深奧,而透悟於章句之外;禮學精密,而不拘拘於俗儒儀章度數之末。文章,詩規老杜而自立門户,尤以警拔神解爲主,有如水落而石出,源委極其深長。爲文本諸六經,而出入諸書,骨氣雄峻,機軸自別,不爲蹈襲故常,常曰:"士不學詩,鄙俗矣,是乃餘事。"不甚喜賦詩。居家不爲嶄絶崖異之行,不事交遊。無他嗜好,常以書史自娱。(《獨石集》,《韓國文集叢刊續》第 7 册,頁 220)

河受一

河受一(1553—1612),字太易,號松亭,晉州人,曹植門人。宣祖二十四年(1591)文科及第,歷任刑曹正郎、吏曹正郎等職。著有《松亭集》。

《李杜韓柳詩文評》:松亭子嘗愛李杜詩、韓柳文,爲之評曰:李白之詩,公子王孫弄仙娥於樓臺之上;杜子之詩,忠臣孝子救君父於水火之中。孰爲優也? 孰爲劣也? 仙娥不可捨也,君父不可遺也,吾將後仙娥而急君父也。韓子之文,乘快馬臨周道,其行如飛,其氣如仙,彼款段駑駘躊躇皁櫪。柳子之文,衣繡裳坐華筵,其香芬鬱,其光粲爛,彼緼袍百結屏跡泥塵。孰爲勝也? 孰爲負也? 繡裳不可廢也,快馬不可棄也,吾將衣繡裳而乘快馬也。(《松亭集》卷三,《韓國文集叢刊》第 61 册,頁 103)

權克中

權克中(1554—1608),字擇甫,號楓潭,安東人,成渾門人。宣祖二十一年(1588)司馬試及第,曾任遺逸洗馬。有《楓潭遺稿》。

《次陸放翁韻》其四:人生無食又無衣,杜老途窮計拙時。國破家亡吁已矣,天翻地覆尚何之。身同涸鮒空跳轍,心似驚禽不定枝。落日蒼茫烟樹

裹,含愁政詠北征詩。(《楓潭遺稿》卷二,《韓國歷代文集叢書》第 1781 冊,頁 146)

《閒居雜詠次陸放翁韻》其一:君不見杜陵老病一孤舟,白首萬里江邊遊。許身空比稷與契,北辰回望憑危樓。又不見李白羈遊巴陵間,獨對蛾眉山月秋。浮雲蔽日長安遠,鳳凰臺上令人愁。我生落魄東海州,十年弊盡一狐裘。黃昏已失美人期,龍津江上倒騎牛。騷人自古皆如此,一棹且復尋滄洲。(《楓潭遺稿》卷三,《韓國歷代文集叢書》第 1781 冊,頁 236)

韓應寅

韓應寅(1554—1614),字春卿,號百拙齋、柳村,清州人,謚號忠靖。宣祖十年(1577)謁聖試及第,歷任吏曹判書、右議政等職,與申欽、朴東亮、徐渻、韓俊謙、柳永慶、許筬同爲“遺教七臣”。宣祖十七年(1584)、二十四年(1591)、二十八年(1595)、三十二年(1599)四次出使中國。有《百拙齋遺稿》。

《三年不下樓》:燕山重兮故國遙,霜雪稠兮邊草白。哀濱死之宋臣,絆孤形於異域。臥三年之小樓,仗不降之高節。念邦家之欲訖,痛胡羯之構禍。罪已浮於問鼎,患豈止於猾夏。悲版圖之日蹙,慘社稷之將覆。慨列郡之賣降,疇共事而勠力。指白日而誓心,仰倉大而飲血。握勤王之尺劍,矢效死於一隅。逮五坡之就擒,奈兵殘而力孤。屈舉義之壯志,作亡國之賤俘。縱剚舌而罵賊,肯屈膝於强胡。紛鼎鑊之示威,謂我節之可屈。然所操之益堅,詎威武之能奪。持蘇卿之漢節,願邦乂之趙鬼。瞻茲樓之特立,可陟彼而舍止。挈去國之殘骸,悵獨托於一宇。庶無怍於俯仰,乃不愧於屋漏。非銷憂之仲宣,豈憑危之陳子。矢坐臥之於斯,樂一生之有地。天既憤乎共戴,地何忍乎同履。矧天下莫非虜有,顧下此而安適。送三霜於一樓,爲處仁之安宅。眼長瞻於宋日,足不履乎異土。搔短髮兮憑軒,激幽慟兮倚柱。開襟懷兮北風凄,訴哀冤兮霜日苦。崖山杳兮海雲長,望美人兮天一方。痛亂離之瘼矣,空仰屋而潛傷。昔杜陵之遷南,尚訴誠於望北。況國敗而家亡,滯孤囚於殊俗。憑日暮之危欄,發劍歌而自悲。歌曰:“瞻彼日月,悠悠我思。矯首問天,天卒無語。載起載興,莫或遑處。萬里燕雲,唯憂用老。靜言思之,窳擗有摽。成仁取義,孔孟所曰。之死靡他,庶幾磨涅。”(《百拙齋遺稿》卷一,《韓國文集叢刊》第 60 冊,頁 512)

裴龍吉

裴龍吉(1556—1609),字明瑞,號琴易堂、藏六堂,興海人,金誠一、柳成龍門人。宣祖三十五年(1602)文科及第,歷任司憲府監察、忠清道都事等職。有《琴易堂集》。

《潛溪求鍼録跋》:余自蚤歲,不喜詞藻,非爲其不切於心身而然也,性不近也。近得白氏集讀之,頗有會心處,始知詩之蹊徑,而竊有志焉。間有一二同志,相從於寂寞之濱,因與之講論而樂之,顧其感物而形諸言也。無忠厚惻怛之心與勸善懲惡之意,而反有摹仿外馳之雜,其爲病也大矣,是不可不知治之之術,而求鍼之録所以作也。客咎之曰:"坡翁稱白爲俗,而詞壇之宗有李、有杜、有蘇、有黄,子何不慎所取舍,而惑之甚耶?"余應之曰:是則然矣。凡人之爲學,不得其道者,由無入處。其無入處,由無所解悟也。余之有悟於詩而得其入處,實此集爲之本也。況其爲詩也,雖無飄然灑然可驚可喜之句,而亦有深得古人諷刺之體者。至其沖閒淡泊,無外求之味,時有甚逼陶翁處。余之求爲白氏之俗久,其敢有歎於心耶?且由此而溯洄李、杜之源,蘇、黄之流,執兩端而用之,亦無不可。客曰:"謫仙心肝五臟皆錦繡,故開口成文章。工部亦曰:'讀書破萬卷,下筆如有神。'朱晦翁曰:'爲詩,不使今世葷膻之氣一入於肺肝。'子之爲人,性凡而質魯,無李之才、杜之功,而年且遲暮,盍慎所擇,以絶人誚?"應之曰:詩序不云乎?"詩者,心之所之,在心爲志,發言爲詩。"先王之所以經夫婦成孝敬,美教化移風俗,動天地感鬼神,莫非詩道之用,則余之有志於詩者,本求其陶性情、寓勸懲而已,豈獨止於雕蟲篆刻、儷黄媲白之云乎?且余學者也,言出而病從,病播而藥聞,此吾之所以求其鍼灸於勝己者,以正其身心而已,其所得不既多乎?何暇念年齒之衰暮乎?客唯唯而退。因次其語,叙于編尾,以諗同志。辛卯清明節,潛夫志。(《琴易堂集》卷五,《韓國文集叢刊》第62册,頁103)

車天輅

車天輅(1556—1615),字復元,號五山、橘園、清妙居士,延安人,徐敬德門人。宣祖十年(1577)謁聖文科及第,歷任通津縣監、奉常寺正等職。宣祖二十二年(1589),曾隨通信使黄允吉前往日本。長於詩文,文名遠播明朝,有"東方文士"之稱,多次參與接待明朝使臣,與韓濩、權韠並稱"書檄詞翰"。其詩又與韓濩字、崔岦文並稱"松都三絶"。著述有《五山集》《五山説林》等。

《醉贈趙怡叔》：多君獨臥練光亭，地得清高骨氣醒。城接大荒遥海碧，窗臨平野亂峰青。崔郎語妙宜黄鶴，杜子詩豪合洞庭。莫笑江淹才已盡，筆鋒猶可掣奔霆。（《五山集》卷三，《韓國文集叢刊》第 61 册，頁 394）

《次藥圃韻，反解嘲，示東皐》：必欲學李杜，萬古無詩人。百篇難幻骨，一字或通神。桂作山河影，梅傳冰雪真。後生猶可畏，何敢讓當仁。（《五山集》續集卷一，《韓國文集叢刊》第 61 册，頁 472）

柳夢寅

柳夢寅（1559—1623），字應文，號於于堂、艮齋、默好子，興陽人，謚號義貞，成渾門人。宣祖二十二年（1589）增廣文科及第，歷任都承旨、吏曹參判等職。宣祖二十九年（1596）、光海君元年（1609），兩次出使明朝。1623 年，仁祖反正，因柳應洞誣告他參與謀劃光海君復位而被處死刑。著述有《於于集》《於于野談》等。

《擬李白古詩五十九首》其一：虞庭賡歌作，雅曲此權輿。五子繼諧韻，二南能起予。清音動萬國，正律天雲舒。宣尼采周藻，三百編璠璵。山東箭成雨，函谷灰飛書。楚哀已悲古，晉麗徒燁如。王風暮烟喪，聖路荒誰鉏。李杜事雕琢，一代揚虛譽。蘭苕謾翡翠，清水空芙蕖。香花洗奎彩，儒彦何紆餘。撥拾箋注間，群編勤獵漁。皇明掃壇俗，四表同華胥。一介東海士，遐志在太初。頹波將更挽，殘燼期重噓。不恨人不知，高唱續關雎。（《於于集》卷二，《韓國文集叢刊》第 63 册，頁 333）

《送崔簡易之杆城郡詩序》（節錄）：古之能工文章，以炫耀天下萬世者，無畏夫一世人不知之。是以刻金石書竹帛，學者傳讀之，至百不曉，至千始粗解，至萬方融通貫釋。而當世人一見之，便非笑之不暇，何者？耳目口鼻手足猶夫人，其視之率與渠齒，誰肯傳讀其書至百千萬乎？然則簡易翁不爲世人知，年至七十，作郡嶺表，固也，將焉悲？雖然，天下事無不對。自古文章冠一世者，世一出而亦無不對焉。有司馬遷而司馬相如對，有杜甫而李白對，有韓愈而柳宗元對，有歐陽脩而蘇軾對。余觀今之世有簡易翁，未知復有何許人能對之，抑未知彼對此乎？此對彼乎？或者其窮而與翁同乎？惟其人知其人，幸的指之，無我欺也。翁將行，邀余言序而詩。（詩略）（《於于集》卷三，《韓國文集叢刊》第 63 册，頁 358）

《題天柱山人鍾英詩軸序》（節錄）：天啓元年季夏，霖潦已兩月矣。余處西湖僑舍，天柱山沙彌印堅，引其師鍾英冒雨來，袖抽數軸詩投余曰：“天杜山與閣下加平新卜山壟鄰,貧道有沙彌,既得閣下詩數百言,願以沙彌爲紹介,乘閣下閑,乞一辭。"余曰:爾以余處江湖爲閑乎?未也。余年七十少七歲,處世能幾何?寒燠不及,我無公事,日修其業,後乎千百歲,孰知今之世有余,其卒暨流俗同歸泯泯。夫是故,余之汲汲於斯文,猶舉子忙於槐黃,窘者忙於趨勢,渴馬忙於飲川,飢僧忙於飯鐘。余之擯於朝適四載,初年讀左氏,次年讀杜詩、著杜評,次年誦杜詩,抵今年不替。其隙則閱諸子氏,又述酬應自遣長篇短韻并三百數十篇,序記辭説碑碣文長言大策四十餘篇,小説百許編。未遑盤桓臨眺歌酒於暇日,誠以此身已老,詩書中享至樂餘日無多,欲迨未及。於加平新壟,修余業倍之。嘗觀爾等絕粒茹松,向壁自勉於今生,只望他生升天堂免地牢之報耳。是爾所未睹於目前,又未必有於他日,而猶若是。今余之孜孜浪勤,無乃類是乎?無福利於身後,而愁腎肝於生前,竊自笑也。雖然,昔有尹潔者,詩人也。年少無疾,每恨詩中無一病字。一日患痁甚,擁衾寒戰曰:"自今吾詩中得病字,幸矣。"今余雖得罪清朝,長餓於澤畔乎?只愛詩中新得江湖字而已,其實未之閑也。子去,毋數來,余誦詩著書未了,方厭客矣。仍次軸中兩四韻,以謝師冒雨遠辱之勤。(詩略)(《於于集》卷四,《韓國文集叢刊》第63册,頁380)

《贈金剛山三藏庵小沙彌慈仲序》(節錄):古之人周觀博遊,耻跑繫一隅,故夫子轍環天下,一則登泰山小天下,一則欲乘桴浮海,一則欲居九夷,是則求行其道,不泥於安土也。司馬遷生長河山,足跡遍梁、宋、齊、魯,而又泛江淮、過洞庭、使巴蜀,是以遂其文章也。李太白生巴蜀,鍾山川之秀,又因謫,遊吳會楚越之郊。杜子美遭難流徙,避地於錦里,又轉而遊巫峽,遍蒼梧、瀟湘之間。此皆因播越增益其詩才也。韓退之不謫潮陽,柳子厚不遷百粵,其文章豈臻其閫奥?蘇東坡竄惠州,而後文益高。邵康節歷覽無際,而後道成於洛下。今余雖老,其志隘九州,而肩跟俱局於彈丸之域已過六十載。曾觀中國之北平盧龍,去燕京千里之遠,而猶爲右輔畿甸之地。東國以金剛遠王都五百里猶視之邈焉,士之豹隱蘊道者罕有居之。余窃小之,故今年扶老而來,則人皆笑之曰:"老人所安者枕席,所親者几案唾壺,所倚者藜杖,而所須者酒肉、粥食、藥餌,猶患其難支。今子之往也,勤劬於鞍馬輿杖,遊山海凌絕險,尚可堪乎?設不幸或愆攝或不諱,將何以周其藥物、反之松楸?"余呀呀然晒曰:介之推死於焚,陳無己死於凍,寒熱雖殊,而死則同也。伯夷死於薇蕨,杜甫死於酒肉,飢飽雖殊,而死則同也。顏回三十而夭,張蒼百歲而歿,脩短雖殊,而死則同也。故伯倫之荷锸[一]隨身,比之蒙莊之天地棺槨,不已奢乎?綺里之採芝而食,比之秦公子之賜錢而葬,不猶愈乎?況余儻來之寄,粗享於既往,而始蹇終泰,亦不可豫料。伊尹已老而耕於有莘,太公白首而釣於渭濱,今吾之年貌比兩公尚少年也。青山綠水苟有繼其饘粥,更何規規於小人之懷土乎?(下略)(《於于集》卷四,《韓國文集叢刊》第63冊,頁381)

　　[一]錘,原作"鐘"。

　　《寒碧堂記》:寒者何? 竹也。碧者何? 沙也。堂之名寒碧何? 以其地有竹沙也。竹沙之稱寒碧何? 取杜子"竹寒沙碧浣花溪"者詩也。孰居之? 鄭措大時也。措大,京師人,其先君詩名高一世,嘗隱於會稽山不售,自號會稽山人。措大自幼稚富氣概,值時之難,亦隱於錦城山。山有萬竿寒竹、一帶碧沙,可挹於一堂,堂之名於是乎得之矣。夫寒者非一,有風也月也水也石也,千百其名,而必曰竹;碧者非一,有天也雲也山也海也,千百其名,而必曰沙者何? 措大與杜子出處相近,居同於避寓,而地同於錦城,而堂同於浣花之草堂,而詩同於旅遊之遣懷,宜夫取興之似之也。然而措大有"搗玉揚珠千百斛",是士之不寒者,而猶愛其寒;有"粉黛緋紫數十行",是其色不止於碧,而猶愛其碧。是措大有杜子之所有,而又有杜子之所未有也。吁! 人徒知寒者寒、碧者碧,而不知"寒"、"碧"二字之出於詩,不足以識其趣也。人徒知詩之趣在竹、沙二物,而不知其趣之不於氣不於色,不足以識其趣之所自來也。其趣之來不竹不沙不詩,而其不自吾方寸間乎? 於是,君子歌之曰:"亭亭萬竹,氣侵書帙。綿綿平沙,色連溪月。孰營是堂,堂以詩名。世隱於詩,允繼家聲。錦城嵯嵯,錦水深深,寒耶碧耶,主人之襟。"有聽其歌而愛其名者,不入其堂,不見其物,而文以記之。記之者何人,高興柳夢寅也。(《於于集》卷四,《韓國文集叢刊》第63冊,頁391)

　　《答崔評事有海書》(節錄):(上略)僕性嗜古文,謬意今古一體,學經則經,學傳則傳,聖賢非有定位,我不必讓於古。每讀五經四書不讀箋注,惡其文不古也。余於文章,知有古而不知有今,未嘗掛眼於唐以下之文。當世言文章者多稱崔東皋立之,東皋偏好歐陽文,謂勝於韓文。余樂之,力求諸中朝,得本集熟觀之,其文弛緩無深味,一讀之便令人厭。每見其書,輒伸欠而思睡矣。世稱歐陽文高於東坡文,余以爲大不然。坡文非古文也,初非有心於文字者,自立論議,見古人所未見,隨口快辨之,等閒之説皆人所不及,如雲烟出山,隨風卷舒,不可以手攬之,攬之則爲空虛。未有其才而欲學其文,文體卑弱而止。王弇州晚好其文,盡棄其學而學焉,自是文體趨下,殊不及舊作,是不過陳相之學墨,可哀也。僕少時卑蘇文,不曾一覬,及得觀之,始知朱子之文論辨義理,平坦明白,與坡文相似,支離亦似之。始疑朱子力排蘇學,何嘗效其文哉? 蓋生近代氣味相類故也。大明文士有徵於宋文之弛

縵,空同先倡於《左》《國》,弇州繼武於兩漢,意欲一振宋元之頹瀾,惟其長
於文短於理,果如足下之所云也。僕卑宋文而傲歐文甚,遂揚言於廣衆之中
曰:"歐文不如吾文。"聞者大駭,獨雙泉成汝學曰:"昔吾友崔仁範常曰'歐
文不如吾文',子又如之。"崔子文與詩俱古,不幸早世。彼崔子猶輕之,況非
崔子者乎?以此倡言於酒席,五峰李好閔怫然大怒。人固自信,豈以一時非
笑沮吾獨見乎?權谷齋翰世業斯文,頗有邃觀,聞之大咍。及見僕詩文全
集,而後始言"文過歐陽,詩軼李奎報",僕猶不信其言。申玄翁欽自謫新還,
嘗余賞音交也,盡示以全稿,申曰:"東方無可方此集,獨李相國詩稍可相上
下。"僕未曾見其詩,亦不以爲然。而但東方諸作,不欲論彼強此弱,第未知
與古誰氏相甲乙乎?未可知也。今之學者,喜作小詩而不事文。文者,文章
之首,而吾道之翼也,而世人皆忽之,獨足下奮然當之,僕甚多之。吁!世衰
矣,文字之誤人多矣。昔者作百一詩,獲罪當世者有之;詠檜賦鹽,以招時謗
者有之。況今詩案被譴,前後不甚鮮,可不懼哉?近代鄭判書宗榮不誨子弟
以詩,閔右相夢龍亦以詩爲禍階,平生不作一句詩。是雖似近俗,而亦處世
之良籌也,足下何以曰"不拘時畏謗,得古道甚"耶?然而近讀李、杜詩,杜詩
語多觸諱,直斥李林甫曰"陰謀秉鈞",程元振曰"嬖孼全生",而終不貽累於
世。李詩遊心物表,放情酒月,脫然若遊仙之語,而前後殃其身,皆坐詩爲
也。文章之與仇謀憎命達,自古皆是,其免者幸耳。曾見相書:"鼻梁低,鼻
如竈門者,才智超群,而命道艱屯。"蓋人之賦形,亦才與命不兩全必矣。天
道使之也,豈容人力爲哉?一生榮落固不足言,而獨恨我國輕斯文乏財力,
鳴世諸作泯没不傳者滔滔,每嘆平生所著述將與草木同腐。今者雖使馬遷
治史,復有楊惲之孫珍篇寶牒,不過爲鼠壤之物。言念及此,徒拊卷而長吁,
幸願足下毋虛勞。死後文章,曾不若生前杯酒。(《於于集》後集卷四,《韓
國文集叢刊》第63册,頁554)

《遊頭流山録》(節録):(上略)余意龍城距高興無百里,於歸路暫卸行
裝不妨焉。二月初,來赴任所。龍城,巨府也,倥傯簿領,非慵散人可堪,心
忽忽不寧。是時節近寒食,昇州使君柳公詢之省先墓于龍城之木洞。詢之
於余,先進也,謂不肖爲邑主,禮貌余頗恰。木洞有水舂巖,水石佳勝,進士
金澕居之,號在澗堂,堂在頭流山西,烟巒三四鬟,正與軒欄相對。頭流一名
方丈,杜詩有"方丈三韓外"之句,注曰"在帶方國之南"。今按龍城古號帶
方,則頭流乃三神山之一。(中略)及今登天王第一峰,而後其知雄偉傑特,
爲東方衆嶽之祖。其多肉少骨,乃所以益其高大。比之文章,屈原哀,李斯
壯,賈誼明,相如富,子雲玄,而司馬遷兼之。浩然高,應物雅,摩詰工,賈島
清,日休險,商隱奇,而杜子美統之。今以多肉少骨少頭流,則是劉師服以糞

壤讖韓退之也，是可謂知山也哉？（下略）（《於于集》後集卷六，《韓國文集叢刊》第 63 册，頁 588）

任　鋘

任鋘（1559—1611），字寬甫，號鳴皋，豐川人，成渾門人。曾以博學能文任遠接使柳根的製述官。有《鳴皋集》。

《述懷》：楊墨亂仁義，蘇黃亂風雅。我之闢蘇黃，不在楊墨下。舉世聞此言，喧喧怒且罵。詩騷久不作，源流知者寡。我志何嘐嘐，文章騁逸駕。朝遊屈宋壇，暮宿李杜舍。個中得至樂，亹亹如啖蔗。倏然逢佳境，欲罷不能捨。出入通古今，縱橫辨真假。具此正法眼，乃知天所借。奮筆制頹波，願爲子昂亞。大鳴國家盛，斯文期變化。詩宗自傳脉，以待後學者。倘有楊子雲，謂我有得也。（《鳴皋集》卷六，《韓國文集叢刊續》第 11 册，頁 410）

成文濬

成文濬（1559—1626），字仲深，號滄浪，昌寧人，成渾之子。曾仟永同縣監等職，著有《滄浪集》。

《書杜律虞注後》：余於前歲之夏，得此本於逆旅主人，其説甚新，昔所未睹。雖未必盡得作者之意，而時有説得痛快處，以爲讀杜者之不可不知也。因錄一本，以畀兒曹。既又聞人有新刊唐本虞注，因借而觀之，則卷末有跋，舊本所無，乃嘉靖年間太原守濟南黃臣與山西監察御史浮山穆相重刊此書，而黃又自爲之跋者也。其略云：予讀《麓堂詩話》，西涯論虞注必非伯生之作，後遊都下，偶獲刻本，名《杜工部律詩演義》，實與虞注同，而序稱元季京口進士張性伯成者，博學早亡，鄉人悼之，得此遺稿，因相與合力刊行。余得之喜甚，欲以其書告西涯，會其卒而不果云。然則所謂虞注者果非出於伯生，而戊丁之評，信知言矣。然以二楊、胡、黃之詞學擅聲，而乃不悟虞注之爲贋，至爲之序引而傳之，何也？豈兵火之餘，真本散亡，獨此殘編，偶落書辭，而未傳於世，故四公只見贋本而考之有未詳也耶？噫，四公之所不得見，而黃公猶幸得而傳之，遂破數百年詿亂之惑，茲又非數耶？抑戊丁之書中國所未見，而獨出於吾東邦，又何也？豈亦草野沉淪如張伯成之流者，所以隱而不見也耶？試諗于中朝學士文章鉅公，其必有識之者矣，姑識于此以俟云。萬曆甲寅新秋上澣，昌寧成文濬書。（《滄浪集》卷四，《韓國文集叢刊》第 64 冊，頁 58）

金止男

金止男（1559—1631），字子定，號龍溪，光山人。宣祖二十四年（1591）別試文科及第，歷任兵曹參判、禮曹參議等職。宣祖三十五年（1602），曾以謝恩使書狀官出使中國。有《龍溪遺稿》。

《壬戌七月既望，集東坡赤壁賦字作》其二十：天地相如賦，江山子美詩。千秋空絕響，舉世少人知。（《龍溪遺稿》卷三，《韓國文集叢刊續》第 11 冊，頁 75）

李 埈

李埈（1560—1635），字叔平，號蒼石、酉溪，興陽人，謚號文簡，柳成龍門人。宣祖二十四年（1591）別試文科及第，歷任刑曹正郎、承政院右承旨等職。宣祖三十七年（1604），以奏請使書狀官出使明。著有《蒼石集》。

《寓直玉堂，騎省吳君求見杜詩，以詩答之》：月露風雲世共吟，清新務欲逼何陰。聖經誰肯尋真訣，俗樂終難叶正音。須信小詩妨學道，由來大業在求心。石渠千卷程朱語，試向明窗著意深。（《蒼石集》卷二，《韓國文集叢刊》第 64 冊，頁 238）

李德馨

李德馨（1561—1613），字明甫，號漢陰、雙松、抱甕山人，廣州人，封漢原府院君，謚號文翼。宣祖十三年（1580）文科及第，歷任大提學、領議政等職。曾多次在國內接待明朝及日本使臣，1608 年光海君即位，以陳奏使出使明。光海君五年（1613），因反對對永昌大君處刑及廢母論被罷官流配，卒於龍津。著有《漢陰文稿》。

《送慶尚監司尹昉》其一：京輔聲名掩古人，忽驚恩命出楓宸。火維經亂憂方重，金篆增光寵益新。自是澄清優報國，且須征繕在安民。平均潔白詩中語,取次離筵不盡陳。杜甫送人詩"眾僚宜潔白,萬役但平均",真亂後格言,末尾茲以及之。(《漢陰文稿》卷二,《韓國文集叢刊》第 65 冊,頁 299)

《呈李提督》:兩府雄關一戰收,旌旗隨處擁吟謳。山川不改人民盡,城郭猶存草木愁。喪亂真成少陵句,中和誰夢曲江遊。東韓未報將軍惠,一月臨戎已白頭。(《漢陰文稿》卷二,《韓國文集叢刊》第 65 冊,頁 301)

申之悌

申之悌(1562—1624),字順夫,號梧峰、龜老,鵝洲人。宣祖二十二年(1589)增廣文科及第,歷任成均館直講、昌原府使等職。著有《梧峰集》。

《聞洞內後生招要舍弟豚兒為踏青會,適於杜詩有〈和江陵宋大少府〉詩,有"老夫今始知"之句,老境事古今一也,感而書之》:聞設踏青佳節會,不教垂白老夫知。和風颺柳輕輕線,暖日燃花閃閃輝。沂上浴歸今日是,山陰修禊古人為。空吟老杜江陵句,衰境從來樂事稀。(《梧峰集》卷五,《韓國文集叢刊續》第 12 冊,頁 481)

《書杜詩抄選卷後》:余少時遊學於佳野,時先師案上有杜詩全帙,取而見之,乃友人金君光門氏家藏也。壬辰來守宣城,值兵禍,亂中心事有與子美同者,思見其詩。光門氏,宣人也,於是借覽之,就其中抄其適於己好者,分為五卷。但手品拙澀,作字甚不正,可恨。俟善字者改書,思與友生及後生子弟共之也。(《梧峰集》別集,《韓國文集叢刊續》第 12 冊,頁 547)

李德溫

李德溫(1562—1635),字士和,號龜村,全州人。宣祖二十四年(1591)文科及第,歷任成均館學諭、東萊府使等職。光海君即位後,因不與大北黨人合作,被削奪官職,隱居鄉間。仁祖反正後亦未出仕,專心學問。著有《龜村集》。

《詠史》其二十二:聞道詩中有聖人,百篇珠玉鬥清新。欲知子美思君處,看取危樓望北辰。右杜甫。(《龜村集》卷一,《韓國歷代文集叢書》第 3209 冊,頁 143)

金德誠

金德誠(1562—1636),字景和,號醒翁,尚州人,謚號忠貞。宣祖二十二年(1589)增廣文科及第,歷任工曹左郎、户曹正郎等職。有《醒翁遺稿》。

《誦詩愈瘧鬼説課製》:文章之辟陰邪尚矣,蓋日月星辰,天之文章也,故三光明則鬼魅戢其凶。雷電霹靂,氣之文章也,故百里震則妖祲消其毒。詞賦者,人之文章也,故工於詞賦者,立意清新,修詞嚴正。光如炎火,森如斧鉞,凛如霜雪,則吟之而心魂壯,聽之而肝膽破,亂臣賊子猶知懼,況邪鬼乎?檄草而痛頭者瘥,是風淫散於誅奸之筆也;詩成而鬼神泣,是陰癘悸於换骨之文也。夫瘧乃水帝之不肖子,故一陰邪也。杜甫,詩中之聖人也,以詩聖之筆,寓詩聖之法,善則褒如衮,惡則誅如鉞,猶秋霜之殺萬物,則區區陰邪豈能敵其嚴且正乎?綿州副使僭着柘黄,而成都猛將一劍乃馘,子美作詩曰:“子璋髑髏血模糊,手提擲還崔大夫。”斯一句元惡顯戮之嚴,壯士快斬之狀,模寫撰出,聳驚耳目。令人口誦,精神脱然,魂氣灑落,在傍之神皆可辟易。如鬼魅之見日月星辰,妖祲之遇雷電霹靂,毒可散而凶可馘,則彼翁嫗所罵譏之鬼,豈能遁情於播詠之間,而乘秋作寒熱猶自若耶?然則醫師、詛師、符師之口牙,不换十四字之森嚴矣。不修其操行者,覥然不知歸也,無其理,故跋杜句,而著是説焉。(《醒翁遺稿》卷二,《韓國文集叢刊續》第 12 册,頁 336)

李睟光

李睟光(1563—1628),字潤卿,號芝峰,全州人,謚號文簡。宣祖十八年(1585)別試文科及第,歷任司憲府大司憲、吏曹判書等職。宣祖二十三年(1590),以聖節使書狀官出使明;宣祖三十年(1597),以陳慰使出使明,在北京與安南、琉球、暹羅使臣筆談,著有《安南使臣唱和録》《朝天録》;光海君三年(1611),以奏請使副使第三次出使明,著《琉球使臣贈答録》《續朝天録》。其著述另有《芝峰集》《芝峰類説》《昇平志》等。

《題五山詩卷後》:掃盡齊梁復始唐,獨鳴騷壘擅文章。雄鋒露處精神健,綵筆揮時物象忙。工部詩名千古重,溧陽身計一生凉。遺編慎莫輕投暗,今世無人識夜光。(《芝峰集》卷四,《韓國文集叢刊》第 66 册,頁 68)

《安興村舍》:孤城日午掩重茅,曲岸東頭二水交。江國病餘無客到,野扉春後有僧敲。杜陵詩句多因興,楊子文章未解嘲。懶向芳園尋物色,嫩紅

偷着小桃梢。(《芝峰集》卷十一,《韓國文集叢刊》第 66 冊,頁 104)

《寒踪》:寒踪本出涸陰鄉,潦倒猶無得熱方。人世塞翁曾失馬,路岐鄰客幾亡羊。原思志業貧非病,杜甫平生老更狂。須識自家清意味,蕭然高臥北窗涼。(《芝峰集》卷十一,《韓國文集叢刊》第 66 冊,頁 104)

《杜工部詩贊》:浩浩溟海,龍挐鯨駭。雄跨百代,與李作配。(《芝峰集》卷二十一,《韓國文集叢刊》第 66 冊,頁 198)

鄭經世

鄭經世(1563—1633),字景任,號河渠、愚伏、乘成子等,晉州人,初謚文肅,改謚文莊,柳成龍門人。宣祖十九年(1586)謁聖文科及第,歷任大提學、吏曹判書等職。曾參編《光海君日記》,通曉性理學,著述有《愚伏集》《朱文酌海》等。

《杜子美〈寄題草堂〉詩曰"經營上元始,斷手寶應年",蓋識其歲月也。近閱子美年譜,肅宗乾元二年己亥十二月,公自同谷赴劍南。翌年庚子,即上元元年也,裴冕公冕鎮成都,爲公築草堂於浣花溪。越二年壬寅,即代宗寶應元年,則首尾三載,而草堂成。干戈羈旅之中餔糒不給,雖蒙賢主人之助,得一屋以居,亦甚艱矣。余於庚子春始得地于愚山之北澗,拮据營構,至壬寅而堂室粗完。其間勤苦蓋不啻於子美,而歲月久近恰與相同,干支之號又同。此雖出於適然,而猶不能無感於懷也。嗚呼!余之同於子美者,豈止此一事而已耶?貧寒一同也,羸瘦二同也,遭亂困頓三同也,輕於言事、卒之取困四同也,自許太過爲人所笑五同也,至於戀君憂國一飯不忘之忠,則雖不敢自謂同,而亦不敢自謂不同也。所不同者,惟文章照千古、光焰萬丈長耳,同其所不幸而不能同其所長,是亦命物者之爲耶?余於此不惟有所感而又爲之自悲焉,因次〈寄題草堂〉詩韻以見意》:拙性乖俗好,潛伏理宜然。考槃此僻境,洗心聆風泉。烟雲互明媚,琴書亦靜便。夙願幸無違,頹齡聊可延。憶昨誤塵網,一去經十年。豈無榮達念,幽盟奈彌堅。矧茲屬艱危,宏材須濟川。安能鶺在梁,坐使羽沉船。遂將魚鳥性,歸共麏鹿眠。數椽足容膝,萬事當聽天。但恐終老志,或爲柔道牽。福兮禍所伏,名者謗之先。何況不義貴,於我如飛烟。明珠當十襲,出懷即難全。長松倚雪壑,不受藤蔓纏。苦懷誰復賞,悲吟徒自憐。(《愚伏集》文集卷一,《韓國文集叢刊》第 68 冊,頁 22)

《招杜術士思忠》:術士中朝人,隨兵到嶺外,流落不能歸,以風水及相術名,自言子美之後。時在李養久帳下,以詩邀之。　　宇宙詩宗杜少陵,風流千載有雲仍。城南閥閱諸親隔,海外聲名走卒稱。莫把奇談調蔡澤,好乘幽興訪孫登。人生契合無燕越,石榻何妨一笑凭。(《愚伏集》文集卷一,《韓國文集叢刊》第68冊,頁25)

《答宋敬甫丁卯》:多亂中,累次專人相問訊,不勝欣慰。生間關下嶺,僅免道斃,只是召募之事茫無頭緒,恐無以仰副朝廷任使之意。日夜憂憫,仰屋而已,避亂向茂朱,甚爲得地。然若至於胡馬渡漢,則不當爲一家私憂,天若助順,豈至於此?人事無一可恃,但恃彼蒼,痛苦如何,所祝隨地珍愛,慰此相愛之情。每讀老杜、簡齋詩,一家漂泊之狀令人隕淚,豈料今日親見此境界耶?兒子幸已入土,此後無復憂慮,已忘之矣。(《愚伏集》文集卷十三,《韓國文集叢刊》第68冊,頁236)

玄德升

玄德升(1564—1627),字聞遠、達夫,號希庵、希窩、就陰亭,星州人。宣祖二十三年(1590)增廣文科及第,歷任蔚山判官、持平等職。著有《希庵遺稿》。

《城闕秋生畫角哀》:秋凉動庭梧,草堂門半開。前江碧玉流,遠帆斜陽催。兵塵尚未息,畫角聲何哀。憶昔開元太平日,玉燭天地無塵埃。野鹿含花入宮禁,六龍西行雲棧廻。孤跡又逐落葉飄,轉蓬東西頭盡皚。逢春五見楚戶花,冒雪三看鞏嶺梅。家在杜陵無歸日,結茅錦江江水隈。鄉心寸寸阻劍閣,寒雲片片迷琴臺。西風乍起旅鬢霜,落雁江天秋又回。漁人唱又晚,病起愁徘徊。東關戰未已,暮角聲如雷。月捷尚未報,羽書西南來。浣花溪近成都闕,海鯨一聲腸欲摧。逢秋難禁客裏懷,況此悲角何如哉。西方又阻美人顏,蜀峰回首高崔巍。江潭秋景興可助,念切思君愁未裁。風光還想故園同,樹老荒庭紅葉堆。休兵何日鼓角閒,北歸醉把秋江杯。(《希庵遺稿》卷四,《韓國文集叢刊續》第13冊,頁371)

李光胤

李光胤(1564—1637),字克休,號瀼西,慶州人,趙穆門人。宣祖二十七年(1594)文科及第,歷任禮曹正郎、弘文館副提學等職,多次在國內參與接待明朝使臣。著有《瀼西集》。

《瀼西先生歇馬庄雜詠題目》（節錄）：敝庄，在聞慶任縣加恩西面，而別無村名，余創名以瀼西者，以蜀之瀼西乃杜甫避亂羈寓之地。所謂瀼字，即澗水橫通山谷之義也。是庄距西原、醴泉各百里，兩地往來，彼此道里皆均，設庄中間，非徒愛其山水，聊以爲晚年兄弟相從之計爾。（詩略）（《瀼西集》卷一，《韓國文集叢刊續》第 13 冊，頁 208）

《避亂書懷》：慘目山河殺氣森，焚林難見擇栖禽。一身奔走愁纏臆，萬事艱關淚灑襟。西塞有雲空入望，南天無雁可傳音。當年老杜夔州抱，試向今朝孰淺深。（《瀼西集》卷一，《韓國文集叢刊續》第 13 冊，頁 223）

姜 籲

姜籲（1566—1650），字師古，號采真子、竹窗，晉州人。宣祖二十九年（1596）文科及第，歷任禮曹佐郎、尚衣院正等職。宣祖三十三年（1600），以奏請使書狀官出使明。著有《竹窗集》。

《春》其一：紫陌花如錦，青門道少人。三春感時泪，老杜此傳神。（《竹窗集》卷一，《韓國文集叢刊續》第 14 冊，頁 7）

《送黃監司謹中按節湖南》：大杜詩中清切地，家家梅好竹猗猗。從來盡付風流伯，此去偏承聖主知。雲擁錦江迎玉節，日烘麟岳照金羈。天涯倘憶西郊老，折寄郵亭帶雪枝。（《竹窗集》卷二，《韓國文集叢刊續》第 14 冊，頁 32）

《戲贈次兒》：白也十五觀奇書，心肝五臟皆錦繡。子美九齡咏鳳凰，大名藉藉垂宇宙。如以李杜才之美，總爲苦吟生太瘦。我家童烏年二六，天上麒麟骨清秀。謂言書足記姓名，涉獵黃彌不深究。蜿蜿大字滿窗壁，往往便腹瞑清晝。老父鍾愛撫不得，鵠卵固非越雞伏。兒乎去縱青冥靶，莫學二郎空白首。（《竹窗集》卷七，《韓國文集叢刊續》第 14 冊，頁 71）

《論文章説》（節錄）：夫煌煌燁燁，死且不朽，聲施千秋，與日月争光者，昔之爲文章驚海内者是已。夫以姚姒之文，渾渾無涯；周誥殷盤，佶屈聱牙。奇而法，《易》也；正而葩，《詩》也。下至蒙莊之瓌瑋淑詭，弘大深閎，無端崖之辭。若漢之班固俊拔，太史公之雄偉淵光，杜甫之如周公制作，李白之心肝錦繡，語輒驚人。若至唐之諸子，遺響正聲，遊戲翰墨，龍蛇起陸，盜狐白裘大手筆，都是眼空四海，獨高天下。獨與天地精神往來，而不遨倪於萬物，掀天動地，月上霞摧，芒乎昧乎，未之盡者。其爲文之簡古奇壯，宜何可勝道也？自趙宋以下，所爲之文萎弱妍紆，亦何足掛人眼耶？世逾降，文逾躓，逾

往逾甚,況其下者乎?(下略)(《竹窗集》卷八,《韓國文集叢刊續》第 14 册,頁 79)

趙緯韓

趙緯韓(1567—1649),字持世,號素翁、玄谷,漢陽人,成渾門人。光海君元年(1609)增廣文科及第,歷任承政院左副承旨、禮曹參判等職。光海君二年(1610),以書狀官出使明;仁祖四年(1626),以製述官參與接待明使臣。著有《玄谷集》。

《哭任寬甫》:我愛鳴皋子,賦命一何奇。小少學文章,傳神漢魏詩。高評少陵疵,況論蘇黄卑。世無賀季真,誰貴謫仙姿。閉門南郭外,颯然雙鬢衰。功名日以疏,貧病轉支離。卒歲無完褐,終朝或不炊。怡然不改樂,我道至於斯。彼頑貴而富,壽亦到期頤。今子賢且才,年位胡不貲。報施竟參差,此理難可知。自古皆如此,吾何爲子悲。(《玄谷集》卷二,《韓國文集叢刊》第 73 册,頁 192)

《復用前韻答張持國》:杜老文章伯,爲詩若個豪。能令繼雅頌,非但冠風騷。糟粕傳來世,伊吾走俊髦。映窗憑夜雪,開卷賞秋濤。爽氣生雙頰,藜羹當七牢。沈潛覺玄妙,鑽仰益堅高。宇帖流孤月,溟跳沸萬艘。虞衡物無累,禹鼎鬼何逃。餘子徒吹劍,蘇仙欲掣鰲。真同朝暮遇,不啻語言褒。健筆追□蜀,華篇邁朔皋。如開文錦肆,似聽鬱輪袍。光焰推先輩,嘲評屬我曹。依歸得諸子,投老庶同遨。逸韻安能和,疲神但覺勞。窮厖收藿節,怯括倒旌旄。巧拙何須説,妍媸各有遭。自慚空守井,倘許共遊濠。寂莫無佳句,艱難醉白醪。誰憐張仲蔚,頭白隱蓬蒿。(《玄谷集》卷四,《韓國文集叢刊》第 73 册,頁 212)

《建除體,贈晦庵》:建安既已遠,誰復繼諸公。除却齊梁習,咸稱李杜功。滿海鯨鵬鬭,專場角距雄。平生仰末照,抵死服餘風。定力雖云固,爲文愧未工。執書徒吃吃,濡翰更蒙蒙。破釜趨秦壘,專心得楚弓。危途難闊展,末路未興隆。成毀從昭氏,存亡聽塞翁。收功慚兔窟,多技致鼯窮。開豁逢君後,騰凌見馬空。閉門三日汗,無路拔心蓬。(《玄谷集》卷十,《韓國文集叢刊》第 73 册,頁 268)

《策題》:問:山水鍾精,異人間出,地靈人傑之説果不誣矣。維嶽降申,尼丘誕聖,卓乎不可尚已。至於後世禀山川清淑之氣,而爲一世豪傑之才者,代不乏人,其可歷數而言歟?山西出將,山東出相,將相之才固無間於東西,而亦有此理,何歟?全蜀多名士,眉山草木枯,則信乎江山之毓秀委精者,若是其章章明矣,而亦或有不然者,何歟?惟我朝鮮,號稱山水之邦,而江原一道爲一國之奇絕。山則金剛而華人願見,水則東溟而日月所出,此天下最勝之壯觀,而其餘寒溪、雪岳、清平、五臺之勝,亦不與凡山介丘比並。而三島、十洲,古人皆以爲此山爲是;而彼五岳、九疑,不啻若鼠壤與蟻垤。宜其釀靈降精,孕出豪英瑰偉之才,豈獨産出金銀錫碧梗楠豫章而止哉?自羅及麗,寥寥乎數千載,絕不聞雄傑之奇才,卓犖之文章。而人才之盛,返有愧於嶺之南湖之右,則惡貴乎名山勝地扶興磅礴之氣而間出異人之語,將無所取信歟?司馬子長,遍游名山而文章奇壯;三閭大夫,放逐湘潭而辭語悲楚。張説嶺外之詩,別有江山之助;杜甫夔州之後,尤見詩律之細。子厚山水之記、昌黎潮州之作,皆出於歷覽幽絕之處而文章入妙云,則是何一番游賞,便得神助?而此土之人,生於斯,長於斯,終老於斯,慣踏萬二千峰無竭之所住,飽觀鯨鵬之游戲、日月之升出,而生不得禀受其靈,長不得神助之力,驚天動地之文章有不暇論矣,尋章摘句之儒亦不得多見。則雖或有鍾精孕秀之才,而自不拔於俗尚之萎薾、氣數之污下歟?蓋有之矣,未之見耶?抑韜光鏟彩,晦迹於巖藪嵌竇之中,而不爲用於當世耶?如欲使一道之人才彬彬輩出,文教大興,家家有淵、雲之才,户户出燕、許之手,而不但全責於江山之助,其道何由?願與諸生辨之。(《玄谷集》卷十二,《韓國文集叢刊》第73冊,頁286)

李 燉

李燉(1568—1624),初名李煒,字光仲,號壺峰,真寶人,鄭逑門人。宣祖三十四年(1601)明經科及第,歷任刑曹正郎、司憲府持平等職。著有《壺峰集》。

《李杜》:波寒夜郎天,明月空千秋。猿啼巫峽雨,草堂暮溪頭。文章憎命達,二子令我愁。爲君問奎星,奎星更知不。欲開文明運,須起李杜儔。更使騷壇伯,揚名上龍樓。(《壺峰集》卷二,《韓國文集叢刊續》第16冊,頁30)

許 筠

許筠(1569—1618),字端甫,號蛟山、鶴山、惺所、白月居士,陽川人。宣祖二十七年（1594）庭試文科及第，歷任黃海都事、公州牧使、左參贊等職。宣祖三十年（1597）及光海君六年（1614）、七年（1615），曾三次出使明朝。他還四次在國內參與接待明朝使臣。光海君十年（1618），因謀逆之罪被殺。著有《惺所覆瓿稿》《鶴山樵談》，編有《國朝詩刪》《唐絕選刪》《荊公二體詩鈔》《閒情錄》等，另著有諺文小說《洪吉童傳》。

《明四家詩選序》：明人作詩者，輒曰：吾盛唐也，吾李、杜也，吾六朝也，吾漢魏也。自相標榜，皆以爲可主文盟。以余觀之，或剽其語，或襲其意，俱不免屋下架屋，而誇以自大，其不幾於夜郎王耶？弘、正之間，光嶽氣全，俊民蔚興，時則北地李夢陽立幟，信陽何景明嗣筏，鏗鏘炳烺，殆與李唐之盛爭其銖累，詎不韙哉？流風相尚，天下靡然，遂有體無完膚之誚，是模擬者之過也，奚病於作者？歷下生李攀龍以卓犖踔厲之才，鵲起而振之；吳郡王世貞遂繼以代興，岳峙中原，傲倪千古，直與漢兩司馬爭衡於百代之下。吁亦異哉！之四鉅公，實天界之以才，使鳴我明之盛。其所制作具參造化，足以耀後來而軼前人，夫豈與標榜竊襲者并指而枚屈哉？仲默何之詩暢而麗，雖病於蹈擬，而出入六朝、李、杜，藻葩可愛。獻吉李雄力捭闔，雖專出少陵，而滔滔莽莽，氣自昌大。二君在唐，其亦開、天間名家哉？于鱗峭拔清壯，論者以岷峨積雪方之，殆足當矣。古樂府不免臨摹，而數千年來人無敢效者，于鱗獨肖之，即其所言擬議以成變化者，爲非誣矣。五言破的，真沈、宋之清勁者也。至於元美，大海汪洋，蘊蓄至鉅，雖間或格墜近世，而包含萬代，囊括百氏，俯取三家，以鞭弭驅役之，比之武事，其霸王之戰鉅鹿也歟？即此四家而觀之，則明之詩可以盡之。余所取四家詩凡千三百篇，卷凡二十四。其昌穀徐禎卿、庭實邊貢、明卿吳國倫、子與徐中行諸人之作，亦可備藥籠之收，卒卒無暇，請俟異日。（《惺所覆瓿稿》卷四，《韓國文集叢刊》第74冊，頁176）

《題四體盛唐序》：是編成，客問於余曰："何謂四體?"余曰："七言、歌行及五七言律至盛唐大備，故余所取止是。"曰："何只取盛唐?"曰："詩學之盛，莫唐若也，而尤盛於景龍、開元之際，大曆以下固不足論已。"曰："奚不取五言古詩爲?"曰："譬如談禪，漢魏爲最上乘，潘、陸已落第二義，鮑、謝曹洞下也，而唐則直聲聞耳。"曰："有唐三百年，絕句最多名家，胡不取?"曰："否否。余所取只盛唐，而絕句則毋論季葉，人人皆當行，不可以盛晚爲斷，矧余別有選矣。"曰："李、杜亦可遺否?"曰："茲二家如睹大礐稽天，寧可以斗斛耶？況梅氏鈔亦足以盡之矣。"客唯而退，余劄以弁之。（《惺所覆瓿稿》卷五，《韓國文集叢刊》第74冊，頁185）

《蓀谷集序》：恭惟我國家，文運休明，學士大夫以詩鳴者殆數十百家，

咸自謂人握靈蛇之寶,林然盛哉。概而揆之,則途有三焉。其和平淡雅,圓
適均稱,渾然成一家言者,推容齋相,而駱峰及永嘉父子擅其華。其次則昌
大莽莽,富蓄博材,爲一代大方家者,如四佳、佔畢、虛白輩騁其雄。又其次
則嶔崟峻峭,締思緻巧,以瓌瑋險絕爲貴者,如訥齋、湖陰、蘇相、芝川諸鉅公
衙其杰。玆俱觳矣。然其優游敦厚,響正格高,定軌於開、天、大曆者,世鮮
其人,識者猶有所憾云。往在弘、正間,忘軒李冑之始學唐詩,沈著奇麗,而
冲庵金文簡公繼起爲韋、錢之音,二公足稱一班,而惜也年命恨之。逮在隆、
萬間,思庵相知尊盛李,所詠頗清邵,模楷雖不足,而鼓舞攸賴。晚得崔、白,
遂張大楚,所謂夥涉之啓劉、項者非耶? 同時有蓀谷翁者,初學杜、蘇於湖
陰,其吟諷者既鴻纚純熟矣。及交崔、白,悟而汗下,盡棄其所學而學焉。其
詩本源供奉,而出入乎右丞、隨州,氣溫趣逸,芒麗語澹。其艷也,若南威、西
子袨服而明妝;其和也,若春陽之被百卉;其清也,若霜流之洗巨壑;其響亮
也,若九霄笙鶴仿像乎五雲之表。引之霞綺風淪,鋪之璧坐璣馳。鏗而厲
之,則瑟悲而球戛;抑而按之,則驥頓龍蟄。徐行其所無事,則平波滔滔,然
千里朝宗,而泰山之雲觸石爲白衣蒼狗。置在開、天、大曆間,瑕不厠王、岑
之列,而較諸國朝諸名家,其亦睯乎退三舍矣。翁地微,人多不貴重之,所著
述累千篇,皆散失無存。不佞少日以仲兄命,問詩於翁,賴識塗向。及其死
也,惜其遺文泯没不傳,爲哀平日所臆記者,詩二百餘首,謀欲灾木。又從洪
上舍有炯許,續得百三十餘首,令李君再榮合而彙數,類之爲六卷云。夫翁
之詩,度越國家諸名家,豈待鄙文爲不朽哉? 雖然,掇拾遺詩,期以傳千載
者,不佞心也,其可避污佛首之誚乎? 至於上下數百年評隲諸老以及乎翁
者,極知僭越而馘一時之人,要之久則論定也,夫豈無一人知言哉? 遂書此
弁之。翁姓李,名達,字益之,雙梅堂之庶裔孫,蓀谷其自號也。(載李達《蓀
谷集》,《韓國文集叢刊》第 61 冊,頁 3)

權　韠

　　權韠(1569—1612),字汝章,號石洲,安東人,鄭澈門人。文才出衆,兩
次以製述官參與接待明朝使臣。光海君四年(1612),因以《宮柳詩》諷刺任
叔英削科事,被流配,卒於流放途中。著有《石洲集》及諺文小説《周生傳》。

　　《詩酒歌》:杜子耽佳句,岑生嗜醇酎。而我何如者,愛詩兼愛酒。舉世
盡趦趄,二老可尚友。人生快意貴目前,何用浮名萬歲後。我筆不去手,我
杯不離口。岑生在吾左,杜子在吾右。一生如此又如此,詩凡幾首酒幾斗。

不管人間寒暑換，不問天上日月走。不是堯與舜，不非桀與紂。不悲貧賤夭，不喜富貴壽。或登山臨水，或訪花隨柳。有興輒醉醉即吟，萬物於我知何有。(《石洲集》卷二，《韓國文集叢刊》第75冊，頁20)

《讀杜詩偶題》：杜甫文章世所宗，一回披讀一開胸。神飆習習生陰壑，天樂嘈嘈發古鐘。雲盡碧空橫快鶻，月明滄海戲群龍。依然步入仙山路，領略千峰更萬峰。(《石洲集》卷四，《韓國文集叢刊》第75冊，頁47)

《題畫六絕，爲韓宜仲作》其六：怪此蒼髯老，長身醉不扶。唯知直幹好，杜子一何愚。右倒松(《石洲集》卷六，《韓國文集叢刊》第75冊，頁58)

鄭　蘊

鄭蘊(1569—1641)，字輝遠，號桐溪、鼓鼓子，草溪人，趙穆、鄭逑門人。光海君二年(1610)別試文科及第，歷任吏曹參判、大司憲等職。著有《桐溪集》。

《雨中有懷》：宋史曾看賣國人，不圖今日姓皆秦。朝廷自謂奇謀足，司直空勞短劄陳。風雨小庭搔客鬢，夢魂中夜繞萱春。可憐杜甫誠愚矣，稷契初年誤許身。(《桐溪集》卷一，《韓國文集叢刊》第75冊，頁165)

《寄昌詩九月十日》(節錄)：(上略)汝今爲罪人之子，對人言笑亦不可如平常。勿妄出入，杜門枯居，教誨二弟，不至荒墜。汝亦勿廢書册，通達古今，不失其所以爲人之理，則雖不侍我猶侍我也，此亦杜甫所謂"熟精文選理，休覓綵衣輕"之句也。(下略)(《桐溪集》續集卷一，《韓國文集叢刊》第75冊，頁308)

李民宬

李民宬(1570—1629)，字寬甫，號敬亭，永川人，金誠一、鄭逑、張顯光門人。宣祖三十年(1597)庭試文科及第，歷任成均館司成、左承旨等職。宣祖三十五年(1602)、仁祖元年(1623)，兩次以書狀官出使北京。著有《敬亭集》。

《叢石臺》：巴陵城西岳陽樓，下瞰曾瀾七百里。杜陵昌黎真狹士，張皇翰墨徒爾耳。君不見金懶郡北叢石臺，巉嶸俯臨滄溟水。天如車蓋地方輿，中涵鉅細皆載之。烏飛兔走恐沃殺，日夜出没無休時。吾聞三十六百軸，地維賴以不傾敧。又聞三山如漂萍，鰲頂萬古終不墜。海面叢石屹離立，今之所睹無乃是。我欲指彈擲天外，不令世人生是非。不若因是又因非，付諸莊生之滑疑。同遊二三子，足以起予詩。筆力遠伏弇山翁，天下皆知石峰韓阿戎。暫辭供奉班，風骨凛凛鶴天寒。老子胸中本不羈，逍遙九萬風斯下。嘲弄杜韓如拊背，餘子細耳無識者。振衣千仞一長嘯，斯人千載可同調。俯視蹄涔龍伯國，一鈎六鰲安足釣。醉睨不知天地大，蓬萊清淺波聲少。王弇山盛稱韓石峰之筆。“振衣千仞岡”，左太沖詩語。（《敬亭集》卷一，《韓國文集叢刊》第 76 册，頁 216）

《贈送李立之赴長興》（節録）：東方能詩有幾家，正聲微茫雅頌廢。牧隱晚出益齋門，制作汪涵宗一代。詞林根柢有所恃，遂回狂瀾障横潰。京山陶公又挺出，亦與老牧相追配。中間遼闊繼者誰，後生骨氣萬不逮。今之司藝李先生，早有詩名近前輩。清新殊不减唐人，下視蘇門觀[一]與未。生雖孤陋無所知，亦嘗追隨承謦欬。稱人之美求悦己，洵亦不能爲此態。請言詩義所權輿，備述作者分向背。人之生也情亦具，發於外者由感内。心之所志有正邪，爲文不能無醇纇。四言之作起何代，皋陶與帝歌賡載。仲尼編詩首關雎，列國之風始鄘邶。終然一言蔽三百，曰思無邪垂聖誨。騷人哀怨詩亡後，古風已矣今難再。建安諸子去未遠，文質勝弊非一概。自從沈謝主音韻，綺靡錯綜如藻繢。宮羽相宣浮又切，節奏煩促何瑣碎。淵明沖澹獨可宗，一點靈丹起痿癟。梁陳淫艷不足道，抽黄媲白貪偶對。聲音自是與政通，文運否塞盲而晦。唐興李杜首一變，黄鍾大鏞鳴時乂。連峰斷嶺勢縣亘，培塿不階瞻嵩岱。退之才雄效衆體，郊也劇曰島神賽。黄陳並肩蘇長公，璀璨組織盈幾輩。長楸落日試天步，始信過都始歷塊。文章之變止於此，歷溯源流終感慨。往往述作充棟宇，小者不下盈篋袋。優曇一出豈無人，升堂大雅知誰在。秋霄沆瀣竦金莖，玉露無聲浮沆瀣加，殘膏賸馥霑假貸，清濁短長無可愛，譬諸古器猶彝鼐公，癡兒説夢徒憒憒脱，爛熳娥眉施粉黛珠，點染骨角混瑉瑎巧，若論天趣殊昧昧才，自然錦繡具肝肺人，傾城獨立延年妹端，鄙各未溜波汪濊。後人方圓不敢晚唐湊砌格甚鋪陳簡邃有法諸家與奪未爲東人習氣最難紛紛偷取口中雖然組織奪天看君麗藻出天後復追今應叵耐筆端精寫各有態宛轉閨情與邊塞不假鉛朱已動省僚喜得何水曹力爲騷壇薙蕪穢邇來風雨厄蘇玉堂金馬更待誰，一麾出作冠山倅。（下略）（《敬亭集》卷一，《韓國文集叢刊》第 76 册，頁 217）

　　[一]觀，原作“覿”。

《輞川》：千峰環擁是藍田，萬壑濚流會一川。工部詩篇從古絶，右丞圖畫至今傳。桃花隨水迷村塢，竹樹攢雲隱洞天。況復商顔饒紫草，世人空説武陵仙。（《敬亭集》卷五，《韓國文集叢刊》第 76 册，頁 283）

《歷下亭,憶李北海、杜少陵》:自古濟南韻士多,何年歷下散鳴珂。泰山或陊長淮竭,李杜雄名定不磨。(《敬亭集》卷六《燕槎唱酬集》上,《韓國文集叢刊》第76冊,頁295)

《望日軒記》(節錄):(上略)望日之扁,不其端的矣乎?余於是知公之賢於人矣。早以儒雅致身宰列,出而建節雄藩,可謂榮耀矣。方且斥絕紛華,翛然一室。與騷人韻士共其澹泊之趣,其發於宴居注目之際,藹然有不可掩者,賢於人不亦遠乎?古人稱杜少陵一飯不忘君,蓋其身之所處,目之所觸,無一時一念之不在於君者,此公名軒之義也。公嘗觴余于此矣,凭軒凝睇,情境悠爾,蒼然暮色,自遠而近,喟然有使人愁之嘆,名以"望日"者,牢不可移也。(《敬亭集》卷十三,《韓國文集叢刊》第76冊,頁381)

《送金正字景徽省謁西京序》:詩三百十一篇,其言有善有惡,未必皆正,而夫子斷以"思無邪"之一言,何也?夫詩以言志,其善者足以感發其善心,惡者足以懲創其逸志,要不失性情之正。是三字者,實《三百篇》之大指也。當時列國有採詩之官,而大師氏職之,於以考風俗之美惡、政治之得失焉。其所採之多,宜倍蓰於此。又逸詩之雜出於傳記者不爲不多,而刪而不錄,則聖人之去取可謂嚴矣。苟其合於勸戒,則不以鄭衛之靡、曹鄶之細而略之也,故邵子云"刪後無詩"。而"唐後無詩"之說,又出於後賢。然執三字而考其嚮倍,則瑜瑕自難掩矣。至王介甫之評次,以杜甫爲第一,李白居第四。元稹亦謂李不能窺杜藩籬,惟韓子則不然,卓然以李、杜爲首。今讀其詩而究其趣,則非直宏其辭、范其句、馳騁乎藝圃也。惟以損益文質,折衷刪述,羽翼乎斯道爾。以此而求諸唐宋之名家者,所造雖不同,各以其才之相近者而自成一家,譬諸櫨梨橘柚,甜酸雖殊,而皆可於口也,余持此論久矣。往在都下,聞某工唐體,某善選體,就扣其有則魯莽矣。其質而不俚、華而不浮者,百無一焉,況論其性情之正哉?姑聽其所談,則橫駕李、杜之上,而蘇、黃以下輒羞稱之,可謂高矣。然世以爲知言,余不能無惑焉。退而取古人之作而讀之,以質諸《三百篇》之歸,則班班有不可誣者,余默而識之矣。去年冬,適忝玉堂,始與先輩同直,嘗夜談詩,其見與吾合,余躍然不覺膝之屢前也。仍誦其所作,清新圓熟,正所謂不俚不浮者也,駸駸乎古人之步驟者也,況其進而未已者邪?余於是益信吾見之不謬,而恨其相偶之晚也。自是往來綢繆,唱酬之篇盈什,而止韻以"磋"字者,取《衛風》"切磋"之義也。夫既切而復磋之,益致其精,則學問之能事,而希聖希賢之功豈在於是,詩不足言矣。吾子宜息乎其已能,而益求其未至也。歲二月初吉將往西都,省大夫人起居于令伯任所,請贐于余。余謂:詩之本義在於厚人倫。今子之行也,詠南陔之蘭,賦北堂之設。棠陰棣鄂,輝映春城;君寵母恩,并深江海。

戲以綵雛,其樂愉愉;吹以壎箎,其樂怡怡。和平之發於聲音者,尤得其性情之正,歸必傾囊見屬焉。余之躍然者,將屢再而不一也,抑念觀察公深於雅者,而採謠其職也,幸以鄙言質而辱教之。(《敬亭集》卷十三,《韓國文集叢刊》第 76 冊,頁 388)

《題于氏重校杜草堂集後》:偶檢草堂集于氏校本也,劃削諸家注,附以鐫誤,比他本稍善。然亦有未盡善者,如《房相公歸葬東都》曰:"一德興王後,孤魂久客間。"批云:"豈玄齡後者?"誤矣。琯乃則天時宰相,房融之子,世系表可考。琯扈幸成都,拜相奉册璽於靈武,仍相肅宗,以天下爲己任,故有"一德興王"之語。若云玄齡之裔,則只錄其世閥,而遺其出處大節,遽言客羈而死,語意淺促,竊恐其未然也。蓋悼相業未究而終於擯斥,俯仰痛惜之意略悉於此,須溪其未之思乎?又《後出塞》云"借問大將誰,恐是霍嫖姚"者,諷刺之詞也,《去病傳》"車有粱肉而士有飢色",蓋憂其不恤飢渴,如去病者爲其大將也。合前後諸作而觀之,其意顯矣,注不及焉。記於此,候考他本。(《敬亭集》續集卷四,《韓國文集叢刊》第 76 冊,頁 524)

李安訥

李安訥(1571—1637),字子敏,號東岳、東谷、東廣,德水人,謚號文惠。宣祖三十二年(1599)文科及第,歷任禮曹判書、弘文館提學等職。宣祖二十四年(1601),以書狀官出使明;仁祖十年(1632),又以奏請副使由海路入明;並曾多次在國內參與接待明使臣。著有《東岳集》。

《七月二十九日辛巳》:杜陵身自許何愚,雅志曾嫌子夏儒。每讀詩書凌屈宋,欲回天地入唐虞。畢郎晚歲空持蟹,張掾秋風正憶鱸。時命即今成大謬,鬼門關外泣窮途。(《東岳集》卷十五,《韓國文集叢刊》第 78 冊,頁 244)

《冬至》其一:塞草連雲海店孤,峽深崖石擁危途。二鄉羈束三冬至,百疾侵凌一野夫。白屋枕書驚晝寢,紫宸鳴玉憶晨趨。杜陵此日心偏折,只向天涯作老儒。(《東岳集》卷十七,《韓國文集叢刊》第 78 冊,頁 295)

《次韻奉酬李判官汝涵》:司馬爲文本類俳,濟時誰許孔明才。空瞻紫陌朝天去,每憶紅旗破賊來。持竿叔起氣方銳,上樹少陵心尚孩。耄矣一身江漢外,百年人事日悠哉。(《東岳集》卷十八,《韓國文集叢刊》第 78 冊,頁 314)

《釋王寺,贈慧熙長老,謹用帖中故聽天沈相國韻》其一:禪翁釋王寺,古帖聽天堂。忽喜尋真界,偏忘駐異鄉。詩中工部聖,酒後翰林狂。一笑平生事,臨溪了夕陽。(《東岳集》卷十九,《韓國文集叢刊》第78冊,頁359)

金奉祖

　　金奉祖(1572—1630),字孝伯,號鶴湖,豐山人,柳成龍門人。光海君五年(1613)文科及第,歷任成均館直講、司憲府持平等職。著有《鶴湖集》。

　　《寄子時宗戊辰》:書到,知汝及兒輩皆好保眠食,慰慰。但聞汝頗欲讀書,豈不是好消息?但恐傷眼力,且費心神,汝何不念老父之意,而役心勞神於此耶?飽食逸居,無事度日,亦甚不可。須取陶柳五言、李杜長篇及濂洛諸子詩,勿爲趁限貪多,日誦數篇,時時吟詠玩味,則可以陶瀉性靈,發舒精神,豈不爲治眼之一助耶?(《鶴湖集》卷三,《韓國文集叢刊》第80冊,頁52)

趙纘韓

　　趙纘韓(1572—1631),字善述,號玄洲,漢陽人。宣祖三十八年(1605)文科及第,歷任禮曹參議、右承旨等職。仁祖三年(1626),參與接待明詔使姜曰廣、王夢尹,寫有《儐接録》。著有《玄洲集》。

　　《次宋子深和蘇仙詠杜詩詩韻二十韻》:天縱詩中聖,非唯筆勢豪。大聲歸典雅,高調合風騷。五鬼迎窮士,三辰薄俊髦。愁垂千里翮,怒卷九秋濤。蟄蚓欺溟灝,飛仙笑圈牢。終歸齊士遁,誰瞰魯墻高。一月飛三捷,從風火萬艘。持衡物自準,窺鼎鬼難逃。一洗空凡馬,千秋釣巨鰲。坡仙久乃和,贊曰未爲褒。跡撫龍歸海,聲尋鶴唳皋。文章驚紫極,黃卷誤青袍。發語推先輩,餘瀾屬我曹。新聲張宋鄭,亢藝喜遊邀。鬥富精神王,爭工胃腎勞。當場誇觜距,堅壁盛旗旄。杜甫雖難仰,蘇翁慨未遭。無論失馬塞,有意樂魚濠。老氏唯清凈,吾年任濁醪。金聲□玉振,長短較松蒿。(《玄洲集》卷七,《韓國文集叢刊》第79冊,頁293)

金友伋

　　金友伋(1574—1643),字士益,號秋潭、秋潭居士,光山人。光海君四年(1612)式年進士科及第,光海君十年(1618)因反對"廢母論"被削去儒籍。

著有《秋潭集》。

《欲斷詩》：杜詩韓筆篇雖少，千載流傳簡亦奇。堪笑老夫吟詠久，以多
爲務欲何爲。（《秋潭集》卷五，《韓國文集叢刊續》第 18 册，頁 100）

裴尚龍

裴尚龍（1574—1655），字子章，號藤庵、崇禎處士，星州人，鄭逑、張顯光
門人。著有《藤庵集》。

《祭黃昌原敬中文》：嗚呼！公少日嘗作《哭嚴僕射歸櫬》詩，以叙老杜
爲時之慟、哭私之情，一時人藉藉傳誦，以爲曲盡詩史所未盡之蘊。龍輙此
日歸自海府，吾敢以哭僕射者哭公，公其以叙老杜者叙我也耶？嗚呼！蒼生
繫望之重，白首托契之密，殆有古今輕重之別。千載之下，倘復有能詩者，安
知不爲歷指而嗟惜也，吾何必縷縷乎？嗚呼！雪山未平，巴流咽冤，宇宙歸
來，此恨復幾，一聲長慟，唯公我悲，嗚呼哀哉！（《藤庵集》卷三，《韓國文集
叢刊續》第 17 册，頁 491）

鄭　悦

鄭悦（1575—1629），字懼甫，號慕齋，河東人。宣祖三十九年（1606）增
廣試生員，著有《慕齋集》。

《泮宮仲庚日休暇以杜詩叙暢》：中庚日，館生一齊退休泮廳，以杜詩叙
暢，唱至“遺恨失吞吳”句，柳上舍子粹曰：“余嘗聞子美文章以世人誤解，夢
現于蘇東坡曰：我詩之本意以不當伐而伐之爲恨，世人誤解以欲克伐而不
克伐爲恨，此不知孔明之度量，亦不得詩人之志。汝須發明於世云。東坡未
嘗悦乎子美之志節，而豈爲夢現乎？仲尼悦周公之道而夢現，正相左，恐是
爲假托否。”悦答曰：“事或是然矣，而或有不然者。子美之後，文章氣局未有
若東坡者在，故不發及于當日，抑未知實爲夢囑矣。”舉座唯唯然之。（《慕
齋集》卷二，《韓國歷代文集叢書》第 3385 册，頁 346）

申敏一

申敏一（1576—1650），字功甫，號化堂，平山人，成渾門人。光海君七年

（1615）文科及第，歷任禮曹參議、成均館大司成等職。著有《化堂集》。

《外舅縣監成公墓誌銘并序》（節錄）：公姓成，諱文濬，字仲深，昌寧人。（中略）別自號滄浪，潛心經籍，手不釋卷，至得意處輒怡然忘食。晚年喜讀《洪範》，溫故知新，自以其意敷演爲注解。雖不盡合先儒之傳，而亦有前賢所未發者。有《評杜律虞注》及《哀江南賦添注》，並刊行於世。爲文章不事緣飾，而典雅淳古，一時詞伯見之，無不稱賞。書法亦老硬，不失一家之體，其詩文多散失，收拾傳誦者僅存一卷焉。（下略）（《化堂集》卷四，《韓國文集叢刊》第84冊，頁84）

沈光世

沈光世（1577—1624），字德顯，號休翁、湖濱居士，青松人。宣祖三十四年（1601）式年明經及第，歷任司憲府持平、弘文館校理等職。著有《休翁集》，編有《海東樂府》。

《笑兼堂記》（節錄）：（上略）堂成，當有名，余以“笑兼”爲扁者。余惟受性懶，無求於世；處事迂，不諧於俗，雅求一區菀裘以爲終老之計。黽勉一官，雖緣爲養，久於此，非余志也。昔，梅福隱於吏，古人以是自況者多矣。與其不能投紱而徑歸，盍亦取此名而兼之乎？但杜工部之居浣花也，卜林塘而築草堂，似乎成真隱矣。而一入成都幕府，溪花尚且饒笑，不信其兼。況余來非避世，跡處官府，強欲兼而有之，於余心猶未免自笑，其不爲植物之所笑也幾希矣。非獨植物者笑之，抑亦造物者笑之於冥冥之中矣。雖然，前頭事未可料，早晚角巾西還，便作湖山主人，耕雲釣月，優遊餘生。今日笑其兼者，他日未必不信其真矣，吾何嫌乎哉！於是乎書。萬曆戊申杪秋，湖濱居士記。（《休翁集》卷五，《韓國文集叢刊》第84冊，頁394）

羅茂松

羅茂松（1577—1653），字秀夫，號滄浪、滄洲、晚翠，羅州人。光海君七年（1615）謁聖試及第，歷任都事等職。著有《滄洲集》。

《唐拾遺杜甫請得壯士挽天河以洗甲兵》：拔劍擊大荒，期雪蒙塵之耻；洗兵須壯士，敢露挽河之忱。天寶廿年，臣甫再拜，欽功冠仙李，計切苞桑。春四海之秋，重光五葉；雨七月之旱，其蘇萬民。士卒多執冰之間，昊天有積露之鰲。頃緣白烏啼於門上，因致青螺倦於蜀中。淒涼漢苑之春，深鎖曲江之宮殿；寂寞雲臺之仗，久斷夾城之雷霆。兩京丘墟，忍見銅駝之獨立；三更風雨，澒洞鐵騎之驚塵。畫角萬國城頭，關月三年笛裏。麻鞋跋涉，苦東西南北之人；萍踪亂離，誠危急存亡之日。孤負崆峒之倚劍，許歸蓬蓽之恩綸；方際二聖之艱虞，遽見一旅之興夏。百年城闕，洞洗蠻海之腥膻；萬里君王，初旋蠶叢之駕馭。咸陽春樹，已見日月之低；禁城烟花，復隨冠冕之人。春生秋盡，洛陽殿獨存；附鳳攀龍，朔方功無限。十一征無敵天下，雖治湯武之太平；八九年長在兵間，詎堪漢光之苦積。爰念先庚之策，莫如洗甲之謨。孰敢侮予，縱見陰雨之備；兵者兇器，忍看殷血之班。邊封脫兜鍪，積如丘岳；壯士要膂力，挽洗天河。紅波汪洋，電影斜於武庫；赤暈爓爍，霜鋒倒於漢津。銀浦流雲，高擎虹蜺之素彩；金鱗向月，半雜蟾兔之寒光。況今日之良籌，實當世之禁務，軍旅非吾所學也，儒術[一]於我何有哉？縱未投筆請纓，但願修文偃武；欲得五丁之力，擬洗八甲之塵。洗劍條支波，太宗啓萬世之業；放牛桃林野，周武致一怒之安。今豈不然？古有行者，望甲兵已足戒，以自焚干戈，省躬職以猶失，則翼亮貞文德，遵帝道而闊違；朝廷足武臣，屈人兵於不戰。當竊比稷契，緬懷唐虞。傾東海洗乾坤，誓雪馬嵬之憤；將北征問家室，期報鳳翔之恩。（《滄洲集》續集卷二，《韓國歷代文集叢書》第1728 冊，頁 402）

　　[一] 術，原作"述"。

金 堉

　　金堉（1580—1658），字伯厚，號潛谷、晦靜堂，清風人，謚號文貞，成渾門人。仁祖二年（1624）文科及第，歷任司憲府大司憲、領議政等職。仁祖十四年（1636），以聖節千秋使出使明，此爲朝鮮派往明朝的最後一次使團；仁祖二十四年（1646），又以謝恩副使出使清。著有《潛谷遺稿》，編撰《皇明紀略》《類苑叢寶》《三大家詩集》等。

　　《集杜》跋：集句之體始於宋初，盛於王介甫、石曼卿等，我國梅月堂所集亦奇絕。徐四佳嘗問泰齋集句難易，泰齋柳方善曰："難而易，易而難。"曰："何謂也？"曰："集句，荆公所難。近世林祭酒惟正、崔先生執鈞皆能之。觀其所集，似是平日依韻摭詩，諸子百家靡不蒐獵，區分類別，以待其用耳。我國文籍鮮少，百家諸子之行有數，而林、崔所集多有不見不聞之人，此甚可疑。且林、崔既能集句，何無自作一篇流傳於世、膾炙人口乎？是又可疑。

此不亦難而易、易而難乎云?"頃者,有文士全克恒,嶺南人也,亦能集句,而
多不見不聞之人,此亦林、崔之類也。丙子歲,余奉使北京,臥病經冬,見文
山集杜二百首,皆奇絕襯著,若子美爲文山而作也,余亦試爲之。不雜他詩,
專集杜爲絕句,謂之"文山體"。前後并二百餘首,長篇短律間或爲之。雖未
知襯著與否,而可免人之致疑如林、崔、全也。(《潛谷遺稿》卷三,《韓國文
集叢刊》第 86 册,頁 65)

　　《三大家詩全集序》:吾人之生也,稟天地之秀氣,得五行之精華,發於
心爲志,言其志爲詩。詩者,與人俱生,其來也遠矣。三皇以前吾不得以知
也,堯舜之世已有詩。下有康衢耕鑿之歌,上有南風廣載之歌,皆自性情中
流出者也。夏有五子之歌,商有麥秀、採薇,周有雅、頌、國風,詩之作極盛於
三代,至春秋作而詩亡。蓋詩有四成者:"立我蒸民",四言之始;"南風之薰
兮",五言之始;"帝力何有於我哉",七言之始。謂五言出於蘇、李,七言起
於柏梁者,因流波之瀰漫而別其派也。逮至六朝,衆作啁啾,比興體制傷於
沿襲,大雅不作,日就凋耗。李、杜勃興,韓子大振,此爲唐世詩家之宗匠。
比之於兵:子美,孫武之兵,堂堂之陣,井井之旗,奇正循環,不戰而屈人兵
者也。太白,飛將之兵,勇如快鶻,精貫金石,人莫能測,飄然而無與敵者也。
退之,淮陰之兵,將將自遜,多多益善,從風而靡,一勝而定天下者也。古人
論詩者,或擬之於聖,或稱之以仙,吾未知果得情境之真。而小子之欲學夫
詩者,捨三家無可與計者。韓取其力量,杜取其規模,李取其氣魄。熟讀精
思,融會貫通,則可以窺闚其閫閾,而駸駸乎餘韻矣。雖然,所貴乎詩者,陶
冶性靈,得其心聲之正,賦之而舒其意,聞之而知所賦者,此詩也,豈吟風詠
月之云乎?劌目鉥心之云乎?孔子曰:"詩三百,一言以蔽之,曰思無邪。"讀
三家詩者,苟於其愛君憂國之誠,脫俗遺世之志,抑邪扶正之意,一於心而無
他思,流出而爲歌詠太平之樂章,則興於詩者固在此,而其亦不失乎"可與言
詩"之聖訓也。惟我青丘之詩,實出於九疇、八條之遺化,《皇極篇》中之韻
語,即商頌之正音。三國以來,作者輩出,無異於中華,不幸金革,書籍散
失,囊螢映月之徒,莫或盡其才。余爲之慼然,往年印經書,今又印此而布
之。洛下諸生之詠詩者,誠不棄老夫之心,則豈但剷人壘而短其墻而已哉?
將瞻仰數仞高而得其門,必不至正墻面以立也,諸生勉之哉。著雍閹茂太簇
上元,潛谷七十九歲老人叙。(《潛谷遺稿》卷九,《韓國文集叢刊》第 86 册,
頁 172)

　　《題宋進士弊帚傳家卷尾》:善乎,宋生之詩畫也。古之所謂詩中有畫、
畫中有詩者,未聞其工於書,則宋生加於此一等矣。"三絕"之稱,豈獨在於
鄭虔哉?觀生之才,則當世之騷人墨客莫能或之先也,而居然濩落,虛老江

湖者,亦獨何哉? 噫嘻! 悲哉,我知之矣。古人之以詩窮者,杜甫也;以畫窮者,曹霸也;以書窮者,張旭也。有一於此足以窮人,況兼三者而並有之乎?鄭虔之窮,其亦"三絶"祟之歟? 雖然,窮於一時,而達於萬世者,吾不謂之窮。太上立德,其次立言,其次立事,其次立名。其品雖殊,其不爲湮滅而不稱則一也。杜甫之詩,曹霸之畫,張旭之書,其窮也甚矣,而身死名存,至今不泯者,不可謂不達。詩能達人,未見其窮也者,豈不信哉? 子有過人之才,艶稱於一時,流美於千古,則"弊帚傳家"特自謙之辭也,宋生勉乎哉! 抑吾於此有所慨焉,以子之才,用力於實地,依仁據德,繪事後素,則雖未及立德立言,而際乎風雲之會,舒翹揚英,展其所蘊,必將以事功顯。其所以動盪一時,垂耀後世者,豈與夫名一藝者同條而共貫哉? 宋生勉乎哉! 余既奇宋生之才,而又惜其身之不遇,於是乎言。(《潛谷遺稿》卷九,《韓國文集叢刊》第 86 冊,頁 179)

鄭弘溟

　　鄭弘溟(1582—1650),字子容,號畸庵、三癡,延日人,謚號文貞,鄭澈之子,金長生門人。光海君八年(1616)文科及第,歷任大提學、大司憲等職。仁祖四年(1626)、六年(1628),兩次以從事官接待明詔使,寫有《東槎録》;亦曾以宣慰使接待日本使節。著有《畸庵集》《畸翁漫筆》。

　　《醉時歌》:君不見開天以來盛文章,李杜崛起龍鳳翔。欲振頹風繼騷雅,再闢草昧開鴻荒。網羅百家窮搜索,嘷唶萬類誰争敵。青天爲紙五老筆,寫出胸中珠萬斛。自從二子朝玉京,宇宙至今空寥廓。遺文散落留人間,爇天光焰彌區寰。千秋誰復知得失,使我一讀空三嘆。興來把酒歌嗚嗚,擊節不覺碎玉壺。一欲乘雲恣追逐,傍人笑我爲狂奴。醉題新詩滿粉壁,後來視今猶視昔。(《畸庵集》卷二,《韓國文集叢刊》第 87 冊,頁 24)

　　《野望堂記》(節録):高山大麓之善於人,廣廈深檐之適於身,此固常情之所願,而有不可以力致,不可以求得。不如即其所居,因其所見,以寓幽貞之趣耳。吾表侄柳君善余,少長鄉間,不治舉子業,亦不以種樹爲務,乃於屋傍立小堂,題以"野望",其亦有取乎老杜詩意焉耳。(中略)杜工部平生以稷契自待,一心王室,晚值風塵之際,栖遑道路,有率野之嘆,此志士之所慨也。今君年力尚強,何事不爲,而乃欲終老田野之間,豈非大可惜乎? 君有令子,亦足以承家修業,教誨式穀,以至成立,爲表望於世,則雖欲終於田野,其可得乎? 若余簪纓家世,幸竊科第,立朝陳力,無絲毫裨益。今而老廢田里,居閑無事,有時杖策一出,尋訪崖澨,不知日之夕而月將昇也。待吾病懦少振,尋君野堂,相與把酒嘯詠,得意而歸,姑以此應君索焉。(《畸庵集》續錄卷十一,《韓國文集叢刊》第 87 册,頁 175)

李　植

李植(1584—1647),字汝固,號澤堂,德水人,謚號文靖。光海君二年(1610)別試文科及第,歷任大提學、吏曹判書等職,與申欽、李廷龜、張維並稱朝鮮中期"文章四大家"。著有《澤堂集》,另有《初學字訓增輯》《野史初本》《纂注杜詩澤風堂批解》《儷文程選》等。

《述病篇八首》其五:長卿臥茂陵,白頭抱消渴。杜老餐巴水,畫省阻朝謁。文章自娛戲,聲價共碑兀。我讀北征篇,孤忠耿日月。如何東封作,千載困斧鉞。(《澤堂集》卷一,《韓國文集叢刊》第 88 册,頁 14)

《五峰李相國遺稿後題》(節録):(上略)且惟古人所謂文章乃經世大業者,非止謂賦騷詠歌,凡禮樂制度訓謨辭令之著於文者皆是也。相公當穆陵西幸之後,處宣公内相之任,自奏請天朝、訓諭國人,以至東征文武衙門往復書檄皆出公手。所以導揚明旨,鼓動群情,以毗佐開濟之功甚鉅。而其文多倚馬立草,旋皆散失,甚可惜也。植又嘗與聞相公之學本諸《論語》,博采《禮記》《左氏》、班史之長,故其文有質有華,雖不囿於格,而意明理暢,自不墮陳言臼臬中。其詩絶去常調,尤忌死語,奇峭挺拔,得老杜夔峽之音,而復出筆墨蹊徑之外,宜乎世之取青媲白以爲工者之見之也,或不省爲何等語也。要之後來當有隻眼之評論,則植豈敢識焉而已矣。(《澤堂集》卷九,《韓國文集叢刊》第 88 册,頁 159)

李敬輿

李敬輿(1585—1657),字直夫,號白江、鳳巖,全州人,謚號文貞。光海君元年(1609)增廣文科及第,歷任司憲府大司憲、領議政等職。仁祖二十年(1642)十二月,與申翊聖、李明漢等被羈押瀋陽,次年三月回國;仁祖二十二年(1644)二月再次被扣押瀋陽,與同在瀋陽的金尚憲、崔鳴吉多唱和之作,次年三月回國。著有《白江集》。

《次杜甫秋興八首》其一:少陵光焰映詞林,矛戟霜看武庫森。千載名高文苑傳,百年身老楚江陰。荆巫幾灑思鄉淚,霄漢長懸捧日心。歸計祇憑中夜夢,古人先解怨秋砧。　　其二:萬里岷江繞蜀斜,滔滔出峽拆中華。橫分巴徼通吴楫,遠接河源泛漢槎。何事少陵來白帝,當年萬國盡金筇。一般今古傷時恨,淚眼誰堪對菊花。　　其三:孤城何事怨殘暉,曾道成都有少微。非爲浣花生事拙,却因營幕戰塵飛。遷居楚塞身如寄,歸去秦川計又違。舟子莫愁如馬險,淚添秋浪一篙肥。　　其四:帝里神州若置棋,秦川翻覆最堪悲。傷心天寶亂離日,莫問西京全盛時。灰燼忍言三月後,經營便覺百年遲。當年已入騷人恨,何况如今海外思。　　其五:中州三十六名山,萬國星羅繡錯間。隨地自成襟帶勢,唯天特設劍門關。胡爲工部此投跡,幾處畏途多苦顔。却向夔城存晚計,何時青瑣更趨班。　　其六:岷峨勢盡楚江頭,井絡風烟白帝秋。月峽波濤終古險,陽臺雲雨至今愁。臥龍壁壘空沙磧,躍馬興亡問海鷗。只是少陵名不泯,暮年詞賦數夔州。　　其七:北伐曾誇萬里功,滇池更入上林中。玉鱗飛動鯨邊月,銀闕參差鶴背風。金馬有人知土黑,宮妝無面讓蓮紅。白雲黄葉初萌悔,何待西巡已老翁。　　其八:終南北走勢逶迤,環抱中開萬頃陂。浩渺杯看太液水,蒼茫月轉扶桑枝。金支翠蓋雲間出,畫舸樓舡鏡裏移。假使當年歸杜曲,歡娱無那髻絲垂。(《白江集》卷四,《韓國文集叢刊》第 87 冊,頁 277)

《次遲川韻四首》其三:白雪陽春和郢音,細論仍許日相臨。無端紫塞聯奎璧,却勝朱門醉瑟琴。黄鶴再回芳草色,蒼鷹一繫碧霄心。少陵夔後篇章富,總是當年費越吟。(《白江集》卷四,《韓國文集叢刊》第 87 冊,頁 281)

金延祖

金延祖(1586—1613),字孝錫,號廣麓,豐山人。光海君四年(1612)文科及第,任承正院正字等職。著有《廣麓文集》。

《次葛峰金丈義精得研韻》:工部文章妙百篇,謫仙一飲空千斗。二公詩酒真一樂,寧怕窮愁欺白首。後來逸軌誰能追,風雅不繼今已久。有美金子騷壇豪,古人典刑今丁寧。飲中清謔露天真,筆下文藻敷春榮。潘陸詩文困陵暴,蘇黄愧死目不瞑。近來俗曹輕家雞,嗟子奈被椰榆何。今年一戰却退奔,有酒不飲還高歌。丈夫所樂不在外,豈以得失爲少多。病來江上故人疏,門掩窮村霜雪早。昨來寄我一篇詩,尚有風流凌賀老。嗟余跛躄類病鷗,不向胡床看揮掃。珍辭還恐鬼神奪,雷電下取難呵禁。江天夜夜夢相尋,援琴欲奏相思吟。何當一赴煮茗期,同君細話今古心。(《廣麓文集》卷

一,《韓國歷代文集叢書》第 1572 册,頁 323)

《書李達詩卷後》:余少時聞李氏子達有能詩名,海内名家者鮮有其比,常恨生各異方,不得叩其音玩其辭也。庚戌夏,友人權君尚忠手攜一卷詩示余,乃達之私稿也。爲詩雜五七言長篇,律詩凡若干首。音義清朗,句法妍好,春花秋錦,燦爛有光,可愛也已。恨其詩專於聲律,而無士君子憂君憂民發於至情之言,豈其爲人生於窮賤,不得與士大夫齒,平生用力惟在章句間,未嘗有君民大志,故其出於中者若是歟?抑嘗聞之詩以言旨趣爲先,故列於《三百篇》者,治世爲雅頌,亂世則皆忠臣孝子,憂愁怨恨不平之言尚何以空言爲哉?後世爲詩家所宗者,皆非先有意於文辭者,觀於韓、杜二大家可見矣。惜乎,達也不聞是乎?(《廣麓文集》卷三,《韓國歷代文集叢書》第 1572 册,頁 404)

崔鳴吉

崔鳴吉(1586—1647),字子謙,號滄浪、遲川,全州人,封完城府院君,諡號文忠。宣祖三十八年(1605)文科及第,歷任吏曹判書、領議政等職,“丙子胡亂”時屬主和派。仁祖二十年(1642)被羈押瀋陽,至仁祖二十三年(1645)二月方回國。著有《遲川集》。

《次鄭醫韻》其三:新詩未許舊愁空,春色還驚入眼中。無限塞雲遮北極,幾群征雁帶東風。山河一擲棋翻局,日月雙跳鳥在籠。工部平生忍羈旅,浣花村酒憶郵筒。(《遲川集》卷四,《韓國文集叢刊》第 89 册,頁 314)

《次鄭太醫韻》其一:遠客西河歲月遲,故人千里幾相思。每因素札驚深眷,不分清樽對舊姿。世路已曾三折股,春風還復一題詩。少陵白首交遊冷,尚有忘形老畫師。　其二:相看鬢髮屬衰遲,幾向關雲惱夢思。日暮不收憐驥病,歲寒無改見松姿。花溪合列儒醫傳,燕獄曾編老杜詩。休怪旅窗甘寂寞,手中黃卷是吾師。(《遲川集》卷四,《韓國文集叢刊》第 89 册,頁 315)

《次韻》其二:渤海連天闊,遼山入望尖。胡笳數聲發,客泪幾行沾。舊國頻歸枕,高秋獨下簾。平生杜工部,三載蜀中淹。(《遲川集》卷五,《韓國文集叢刊》第 89 册,頁 339)

《有感》其一:九月風高天雨霜,一年佳節臨重陽。應知此夜髩添白,借問誰家菊有香。客子未歸歲時晚,舊遊如夢江山長。少陵枉作登高恨,鄜縣涪江猶我鄉。(《遲川集》卷五,《韓國文集叢刊》第 89 册,頁 345)

趙 絅

　　趙絅(1586—1669)，字日章，號龍洲、柱峰、鬐翁，漢陽人，謚號文簡。仁祖四年(1626)庭試文科狀元，歷任大提學、右參贊等職。仁祖二十一年(1643)，曾以通信副使出使日本，有《東槎録》。著有《龍洲遺稿》。

　　《讀韓集》：仙李文明數百春，潘江陸海躍群鱗。試看韓子矯高舉，有若鯤魚變化神。直挈鯨鯢追李杜，戲争鞭弭出周秦。笑他四傑當時體，秖有浮誇混世塵。(《龍洲遺稿》卷二，《韓國文集叢刊》第 90 册，頁 19)

　　《讀杜集》：杜甫文章百代高，唐家四海獨揮毫。分功造化天應怒，送老風塵氣益豪。千里劍南愁客鬢，幾年瞿峽望秋濤。一生屈厄何須恨，列鼎鳴鍾笑爾曹。(《龍洲遺稿》卷二，《韓國文集叢刊》第 90 册，頁 19)

　　《答道春書》：得足下二度詩若叙，審知足下學道而脩辭，詩句特其緒餘游戲耳。不佞生長東華，業操觚遊友朋間，今髮種種，得此於人蓋寡，不意遇足下於窮海之外也，何幸何幸。抑足下所謂詩病沈痼者，果何謂也？沈休文之減帶，李伯喈之淫書，郊島寒瘦，皆古人沈痼之病也。足下於斯術，果有是病否乎？如不佞實未嘗折肱於斯術者，安有肘後之方可以醫人之病乎？然囪聞古人之語矣。養由基善射，百步穿楊葉，傍有一人曰：“子善射，可教射也。”由基怒曰：“善射而曰可教射何？”其人曰：“子雖善射，不以善息，前功棄矣。”由基稱謝。吾亦欲以是規足下詩，足下以爲何如？詩道實難，詩出性情，故《三百篇》無非性情也。下而魏晉氏諸作，祛性情而入於浮，唐以下則愈浮而愈去性情矣。惟李、杜氏振累代之浮，間出性情語，然豈有如程伯子、朱晦庵之理到之一語乎？不佞每吟伯子“不須愁日暮，天際是輕陰”、“傍人不識余心樂，將謂偷閑學少年”，晦庵“今朝試揭孤篷看，依舊青山緑樹多”之句，不覺手舞而足蹈也，不知足下其亦有意於是耶？賢胤二妙，誠千里駒也，此邦雖比之蘇氏父子，不爲過言。然老泉、子瞻、子由，孰與太公、兩程乎？願足下毋淫於捭闔縱横之術，鑽仰兩程，使日域蛾子有所矜式，幸甚。昨因行役之勞，頹塌終日，今始據梧，信筆以復，勿以爲過。(《龍洲遺稿》卷二十三，《韓國文集叢刊》第 90 册，頁 414)

崔奇男

　　崔奇男(1586—?)，字英淑，號龜谷、默軒、拙翁，川寧人。仁祖二十一年(1643)，曾跟隨通信正使尹順之前往日本。著有《龜谷詩稿》。

《夜坐憶亡友子和秀夫》：杜甫窮交鄭與蘇，八哀詩裏意偏殊。試吟牢落吾安放，可見斯文語不誣。中夜悲歌雙涕隕，二君淪喪一年俱。雪風吹急添蕭瑟，古壁寒燈照影孤。（《龜谷詩稿》卷一下，《韓國文集叢刊續》第 22 册，頁 340）

《詠躑躅杖》：誰將躑躅杖爲名，愛爾長身瘦且貞。拄過溪橋憐影直，携廻石徑訝音鏗。幽人濟勝添蕭灑，晚境襟期托死生。桃竹不知何似物，少陵詞賦謾縱橫。（《龜谷詩稿》卷一下，《韓國文集叢刊續》第 22 册，頁 343）

《秋懷》其七：少陵詞賦恣洸洋，方駕曹劉冠盛唐。宜頌太平歌聖德，忽逢離亂落蠻鄉。龍池遠憶秦城月，黄屋深憂劍閣霜。想見風神詠秋興，暮天雲日動蒼茫。（《龜谷詩稿》卷一下，《韓國文集叢刊續》第 22 册，頁 347）

張　維

張維（1587—1638），字持國，號谿谷、默所，德水人，封新豐府院君，諡號文忠。光海君元年（1609）別試文科及第，歷任大提學、吏曹判書等職。與李廷龜、申欽、李植並稱朝鮮中期“文章四大家”，著有《谿谷集》《谿谷漫筆》《陰符經注解》等。

《詩史序課作》：自書契之作也，著述寖廣，體裁區别。紀載世變、昭示失得者，謂之史；陶冶性情、叶之管弦者，謂之詩。此二者，不可混，亦不能兼也。就其著于經者，左史紀言，右史紀動。虞夏商周之典謨訓誥，春秋之編年，皆史也，而未嘗近乎詩。列國之所陳，太史之所采，自里巷歌謠，以至乎郊廟弦歌，經之以風雅頌，緯之以賦比興者，皆詩也，而未嘗近乎史。降自秦漢，遷、固、曄、壽之稱良史也，而求之諷詠麗則之義則闕焉。曹、劉、鮑、謝之稱能詩也，而求之筆削詳核之實則遠矣。蓋人才有偏至，作述無兼長，歷數終古，究觀藝林，兼斯二美，一舉而兩至者，其惟唐杜甫氏詩史乎？杜甫氏學識淵懿，才華鉅麗，獨立一世，高視千秋，而時命大謬，不爲君相所知。有名山石室之志，而不能紬金匱玉版之秘，以成一代之典，以垂不朽之業。有黼黻河漢之手，而不能入金馬白虎之署，以藻飾皇猷，鼓吹風雅。重遭喪亂，顛沛流離，寄命於逆旅，餬口於四方。上而感時事之艱危，下而傷身世之阨窮，俯仰得失，悲歡豐約，天時人事，小大遠邇，凡觸於目而感於心者，一皆發之於詩。其言切，其志深，其事核而備，其風刺婉而不隱。至於邪正之辨，治忽之幾，尤娓娓致意焉。格律精嚴，文質得中，温柔敦厚之中，自有袞鉞凡例之則。即使董狐、南史之徒，簪筆執簡，隨事而記之，疇能加諸此乎？嗚呼！詩而經者,非《三百篇》乎? 史而經者,非《書》與《春秋》乎? 詩而史,史而詩,不經而得經之旨,持一藝而兼作者之長者,非吾杜甫氏詩史乎? 嗚呼至矣,不可以加矣。(《谿谷集》卷五,《韓國文集叢刊》第92冊,頁89)

《重刻杜詩諺解序》:詩須心會,何事箋解? 解猶無所事,況譯之以方言乎? 自達識論之,是固然矣。爲學者謀之,心有所未會,烏可無解,解有所未暢,譯亦何可已也,此《杜詩諺解》之所以有功於詩家也。詩至杜少陵,古今之能事畢矣。厖材也極其博,用意也極其深,造語也極其變,古人謂胸中無國子監不可看杜詩,詎不信歟? 注解者稱千家,謂其多也,至其密義奧[一]語,鮮有發明,讀者病之久矣。成化年間,成廟命玉堂詞臣參訂諸注,以諺語譯其義,凡舊説之所未達,一覽曉然。梅溪曹學士偉奉教序之,然其印本之行於世者甚鮮。記余少時,嘗從人一倩讀之,既而欲再觀,而終不可得,常以爲恨。今年天坡吳公翻按節嶺南,購得一本,繕寫校定,分刊於列邑,而大丘府使金侯尚宓實相其役。既成,走書屬序于余。嗚呼,比興之義,謂無與於斯文,詩直可廢也。詩有未可廢者,則杜詩何可不讀? 讀杜而有諺解,其不猶迷途之指南乎? 況是編也,成廟所嘗留神,以嘉惠後學者也。重刊而廣布,使學詩者户藏而人誦之,以裨聖朝温柔敦厚之教,此誠觀民風者所宜先也。吳公嗜學工文詞,又敏於吏職,乃能於蕃宣鞅掌之餘加意斯文,百年垂廢之書焕然復新,甚盛舉也。余既重吳公之請,又自喜及其未老將復睹舊所欲觀而未得者,遂不辭爲之序。(《谿谷集》卷六,《韓國文集叢刊》第92冊,頁113)

　　[一]奧,原作"粵"。

崔有淵

崔有淵(1587—1656),字止叔、聖止、聖之,號玄巖、玄石、方丈山人,海州人。光海君十三年(1621)別試甲科狀元,但被罷榜;仁祖元年(1623)改試,以甲科第二名及第,歷任兵曹佐郎、忠原縣監等職。著有《玄巖遺稿》。

《子美》:忠義堂堂蓬蓽底,秋天爭似北征篇。空將稷契平生計,明月空山拜杜鵑。(《玄巖遺稿》卷一,《韓國文集叢刊續》第22冊,頁518)

《感遇七首》其一:群仙尚李杜,請學石川子。二子在世間,遑遑不得志。滄海遺龍珠,朝廷盡魚目。誰知兩部詩,能動天上客。(《玄巖遺稿》卷二,《韓國文集叢刊續》第22冊,頁525)

《八哀并序》（節録）：夫義士之論，人不離於忠臣烈士，而流俗之論人，必求於無毀無譽而全軀而保妻子者，余窃惑焉。古者慷慨之士，則屈原、魯連、樂毅、賈誼之徒；伏節之臣，則紀信、巡遠、真卿、文山之流。視功名富貴於草芥浮雲，廉頑立懦，垂名萬古，庸衆人之議論安敢到乎？昔子美著《八哀》，玉佩騷壇，藻繪詞垣，而汝陽、鄭虔、嚴武何敢參是列？似乎雜而不純。噫！壬辰以來，中朝東征將士，與本國忠臣孝子烈婦舍生取義，其麗不億，信乎流風遺俗能超漢唐而軼三代也。余自髫孩，飽聞其精忠無愧於古之人矣，遂作八首詩以哀之。吁！仲尼曰：“伯夷、叔齊，求仁得仁，又何怨乎？”如使九原有知，彼人者既已全節而死義，又何怨焉？抑其中或有憤悱激烈，發爲詩史，枉罹世禍者，不能無慨焉，今并列焉。壬申之秋七月念五日。（詩略）（《玄巖遺稿》卷二，《韓國文集叢刊續》第22冊，頁526）

吴　竣

吴竣（1587—1666），字汝完，號竹南，同福人，崔岦門人，韓濩弟子。光海君十年（1618）增廣文科及第，歷任大司憲、刑曹判書等職。仁祖十七年（1639）、二十一年（1643），分別以奏請副使、登極副使出使瀋陽；仁祖二十六年（1648），又以冬至兼正朝聖節使出使北京。著名書法家，多碑銘等書法作品，著有《竹南堂稿》。

《贈僧》：葉階匡坐數花鬚，得酒衰顔暫借朱。物外遊心無復礙，閑來癡業未全孤。即看白足尋窮巷，多喜玄談起老夫。問法看詩俱不惡，從知杜子一何愚。（《竹南堂稿》卷四下，《韓國文集叢刊》第90冊，頁493）

尹善道

尹善道（1587—1671），字約而，號孤山、海翁，海南人，謚號忠憲。仁祖十一年（1633）文科及第，歷任禮曹參議、承政院同副承旨等職。與鄭澈、朴仁老並稱朝鮮“三大歌人”，著有《孤山遺稿》。

《答鄭進士吉甫書壬寅二月》（節録）：（上略）論詩之意，深喜相規無隱，但不能無復相確者也。蓋詩者敷陳物態，古人稱老杜爲詩史者，以其能得《三百篇》之義也。後人之作，惟恐其不逼真者以是也。且君子於物之不平者，安之若命，無入不得，可也。寒者不言其寒，熱者不言其熱，險者不言其險,則是不過無識無別,失其本心之人也,容有此理乎?立言必信之義如此乎?絕句中無一毫怨尤鬱悒之言,近體中有遊戲物外之意,是果憂鬱窘迫之態乎?"銀海黃庭俱凍合,靈臺何事獨安恬"、"二年冰蘗盈肝肺,不記烹煎擾擾時"等語,無乃偶爾不深玩而詳味之耶?《論語》末章末句曰"不知言,無以知人",知言之爲重於吾道,於此可想。不知言則其流之弊甚廣,願於學問上著力不已,毋負平生。此爲吾道,而深有望於君者也。如何如何,憊極倩筆,不宣。(《孤山遺稿》卷四,《韓國文集叢刊》第91冊,頁419)

《夢天謠三章》(節錄):魏詩曰:"園有桃,其實之殽。心之憂矣,我歌且謠。不知我者,謂我士也驕。彼人是哉,子曰何其。心之憂矣,其誰知之。其誰知之,蓋亦勿思。"杜子美詩曰:"非無江海志,瀟灑送日月。生逢堯舜君,不忍便永訣。取笑同學翁,浩歌彌激烈。"夫我咨嗟詠嘆之餘,不覺其發於聲而長言之,豈無同學咥咥之譏、"子曰何其"之誚也?然而自不能已者,是誠所謂"我思古人,實獲我心"者也。壬辰五月初十日,芙蓉釣叟病滯孤山識。(《孤山遺稿》卷六下別集,《韓國文集叢刊》第91冊,頁507)

李敏求

李敏求(1589—1670),字子時,號東州、觀海,全州人,李睟光之子。光海君四年(1612)增廣文科狀元,歷任吏曹參判、成均館大司成等職。著有《東州集》《讀史隨筆》《諫言龜鑑》,選編《唐律廣選》。

《讀蘇長公汝州謝上表并序》(節錄):嘗讀杜甫詩"千秋萬世名,寂莫身後事",竊傷其言之不可,奈何於身後欲釋之以萬世之名也。及觀蘇長公謝上表"疾病連年,人皆相傳其已死;饑寒併日,臣亦自厭其餘生",則輒掩抑廢卷,甚悲其不以性命自惜也。夫古今人奇窮蹇薄,挫閼於世,擯斥以終其身者何限。既受性於天,立命以爲人,而至欲泯然自喪,此與湛淵棄軀者曷異焉?以余所聞,君子固窮,不充屈於富貴,不隕穫於貧賤,此道非耶?守之而不可長有,捨之而不可遽遺,若何以百年之重,殉一朝之決哉?人之有苦樂,猶夢之有吉凶,其凶其吉,不足爲覺後之忻戚,則窮達之來,當一聽主宰而已。夫我何思何慮,故作是詩以廣其意。(詩略)(《東州集》詩集卷十,《韓國文集叢刊》第94冊,頁173)

《書籍舡運臭載,案上唯對馬史、杜集》:縹帙千編畫舸隨,歸途忽被海

神欺。晴窗長物無多在,腐令書兼野老詩。(《東州集》詩集卷十二《西湖録一》,《韓國文集叢刊》第94册,頁181)

朴　瀰

朴瀰(1592—1645),字仲淵,號汾西、睟翁,潘南人,謚號文貞,李恒福、申欽門人。宣祖三十六年(1603),尚貞安翁主,封錦陽尉,後改封錦陽君,曾任惠民署提調。仁祖十六年(1638),以冬至聖節使出使瀋陽。著有《汾西集》。

《九月十九日,爲季弟瀪初度日,與哭别海中,今已四歲,世亂未夷,未易合併,雪涕以書。時仲氏已挈庶母庶弟及其家小,用今月七日歸峽中矣》:三人各瘦果誰强,最是憐渠少甘霜。此日正逢初度日,他鄉能似舊居鄉。余衰去死應無幾,仲病携家且自藏。曾怪杜陵多苦語,那知老我便身當。(《汾西集》卷六,《韓國文集叢刊續》第25册,頁57)

《手編序》:夫論詩者,孰不以《三百篇》爲祖?此則夫人能言之,夫人能知之。蓋自西京體制迭變,其間作者數君子遞見其長,以救其失。開元以前存而不論,唐人之詩大都發之應制,雖氣格有餘,而微傷縟麗,遜拓擴廣大之功。而少陵氏始以俊才,博極群書,出而爲之,亘絶古今,體無不備,意無不到。大而天地山川,細而蟲魚草木,靡不包括其源,剔抉其情。宏肆大篇,寂寥數語,各適其當,而後人推爲周公制作禮樂,其誰曰不然?猶然律以唐人正音,亦不合作此,自少陵不復竊竊求合故爾。當時諸君子愛慕尊信、形諸文字者不爲不多,未見有一切步驟遵其繩尺者,豈不以時好未盡合而然歟?逮晚李,而詩道益敝矣。孟、賈諸人屏澤去飾,剜肌見骨以矯之,而益不厭人心。有宋諸君子,思以典則蒼古矯之,唐人之氣格色澤於是乎盡矣。矧乎能者寡,而不能者衆,必然之理也。嚆矢先鳴,蹊徑既異,則蹩蹩踵後者,何怪乎惡道之坌出也?明人之訾薄宋諸家者,辭或過當,其於與古爲徒之志,啓發後人之效,未始無助也。今之論者猥云,敷陳直言,《三百篇》亦有之,必托少陵氏之短,以爲藏拙之端。即《三百篇》、少陵氏成籍具在,要以《三百篇》之所謂賦者,果有如今木强膚立者乎?必也直指斥言,如下瀨之水,一瞬寫盡;九秋之木,生意頓謝。則朱夫子之序《詩》,何以謂"詩者,人心之感於物而形於言之餘",而又何能以"發於咨嗟咏嘆之餘"也?"餘"之一字寓意也深矣。借令少陵氏間有一二語涉於稺鈍,而亦不足學也較然著矣。試取《三百篇》中數語言之,"蒹葭蒼蒼,白露爲霜。所謂伊人,在水一方","昔我往矣,楊柳依依。今我來思,雨雪霏霏",“蟋蟀在堂,歲聿其暮。今我不樂,日月其除"者,此非所謂賦者而何?嘗不宛篤工至而極其致也,必欲揞摘,其大無信也,不知命也,載猲猲驕者籍爲口實。吁!亦必無幸,而余亦不知所以爲説矣。余少而攻詩,長實迷途,時讀盛李詩,心雖欣然慕之,輒用世代自畫。晚取明人子集讀之,有味其言,始知古人氣格猶可自力企及,庶附於刻鵠類鶩之義,毋論材力綿淺,素乏風韻。顧余年年鞍馬,失身杯酒,無以染指,爲平生恨矣。數年前,又得胡元瑞所論撰《詩藪》者,轉覺其言之有當也。余爲手抄其要語,雖不能十之一,第藏之篋箱,以當濁水一顆摩尼珠矣。仍念歲不我與,駸駸垂四十矣,髮且種種,毋能爲矣。中心慨然,躬實自悼,乃於子舍餘暇,録唐人盛李以上七言歌行、七言律、五七言絶、五言排律、五言律各數十首,或百餘首。而五言律亦頗闌入中李,五言排律並取楊景山一篇,七言排律獨取王仲初一篇,四言五言古全取《選》詩,而四言上及二韋,皆手自繕寫,冠以元瑞要語,目以指南。爲卷者堇堇上下,以取便於置橐中,故所録絶鮮。雖謂之烹鼎一臠,烏足以邑實究詣也。合而命之曰《手編》者,以見夫馬上枕上皆可手以讀之,而造次必於是也。客有詰余者曰:“當世重倚韻投贈酬和,率用此爲務,而古人則毋是也。吾子煉格志則似也,其無乃果於獨行而失於‘可以群’之訓歟?"余曰:“唯唯,否否。余焚棄筆硯業已久矣,猶不能恝然於舊業。從竇户中一再尋遂初,而旋亦自驚沮矣。取法欲古者結習所不免,寧詎望旗鼓壇坫、方駕諸彦也?脱或禮無不答,則興寄之發,毋所事格。此自見吾志,聊以妄言之耳,其實則余何敢。"(《汾西集》卷九,《韓國文集叢刊續》第25冊,頁88)

河弘度

河弘度(1593—1666),字重遠,號謙齋,晉州人。“仁祖反正"後以遺逸屢被徵召,均不受。著有《謙齋集》。

《聯句續選序》:今之教小兒百聯抄,未知其出於誰手。愚嘗病其雖便於教兒,不足掛諸詩人眼,其間亦有文理未就者。又其規模狹隘,不盡古今所稱道佳句也。蓋嘗聞先正南冥先生別有是選,如“湘潭雲盡暮山出,巴蜀雪消春水來"等句與焉,而不傳,不得見,惜也。愚僭不自揣,肆於百聯中,略加去就而改次其第,且續其選。自李、杜、韓以下百家,繼以我東,終之以伊洛道體之吟,使學詩者不止詞章而有所歸宿,乃《真寶》文所選之律令也。其例則有八:一曰公,以其無所偏倚,可於新學,故弁之。二曰天時,三曰地理,四曰人名,五曰物名,六曰記事,七曰詠物,八曰兼體也。物名,有鳥獸草木之別。兼體又不止一,則自八而九而十,蓋取諸八卦、九章、天有十日之義也。噫! 幽未足感神動天,明未足興禮達政,此正刪後無詩也。然文有古今,而出於性情之邪正者無古今之異,故詩變而騷,騷變而五七言,至於排比者又變之極也。學者誠能有見於邪正而洞於道體,由極變而漸古,循序以進,極之《三百篇》,譬如溯流以窮源,自近以行遠,得其性情之正而思無邪焉,不但畫脂鏤冰而已,則其亦庶乎善學者也。雖然,此亦不過教家庭小兒云爾,非敢邊以及他人也,覽者幸恕其狂僭焉。崇禎庚辰陽月日序。(《謙齋集》卷九,《韓國文集叢刊》第 97 冊,頁 156)

洪宇定

洪宇定(1595—1656),字靜而,號杜谷畸人、桂谷,南陽人,謚號介節。"丙子胡亂"後隱居杜谷里,人稱"崇禎處士"。著有《杜谷集》。

《詩律》: 詩律非關事,雕蟲不足稱。自然心可愛,時復興堪乘。馬上句多得,枕邊吟每能。寥寥杜陵後,千載更誰承。(《杜谷集》卷二,《韓國文集叢刊續》第 26 冊,頁 371)

《志士二首》其二: 白也仙曹謫,昏昏麴蘗沈。地平呼作席,天闊命爲衾。未識一身小,誰知千恨深。平生杜陵老,飄泊每孤吟。(《杜谷集》卷三,《韓國文集叢刊續》第 26 冊,頁 379)

李景奭

李景奭(1595—1671),字尚輔,號白軒、雙溪,全州人,謚號文忠,趙纘韓門人。仁祖元年(1623)文科及第,歷任吏曹判書、領議政等職。仁祖十九年(1641),以世子貳師前往瀋陽;仁祖二十四年(1646),以謝恩使出使北京。著有《白軒集》。

《酬許秀才格見寄長律》其一: 不向蓬萊羨列仙,羨君身世自超然。偶經紅軟何曾染,移住丹丘亦宿緣。杜子尤工夔峽語,陶公只識義熙年。憐吾枉被浮名誤,白首空思范蠡船。(《白軒集》卷六,《韓國文集叢刊》第 95 冊,頁 458)

《禮曹判書贈左贊成東岳李公謚狀》(節錄): 公於爲詩,必沉潛反覆,畜意窮思,如泉之源源,然後乃發之。而已就之後,亦必遍示知友,得其厭服,始錄於卷。稍不可意,棄而不收。未有一句一字不從古詩文來,首首章章,皆經煉琢,雄而清雅,健而精緻。談者以爲公之詩,如節制之師,難與爲敵。蓋公常謂:"讀書不過千萬遍,難以入神。"嘗示余以杜律讀數之錄,幾盡萬遍,而餘亦不下五六千,此豈人人所可及哉?世之人又稱公見人之所述作,則能知其人後當窮達,如龜卜然,不知其他,而於身驗之者有三焉。(下略)(《白軒集》卷四十《韓國文集叢刊》第 96 冊,頁 380)

李明漢

李明漢(1595—1645),字天章,號白洲,延安人,謚號文靖,李廷龜之子。光海君八年(1616)增廣文科及第,歷任大提學、吏曹判書等職。仁祖二十年(1642),以謝恩兼陳奏副使至瀋陽。著有《白洲集》。

《讀杜》:山岳精應盡,風雲氣不驕。古今無此老,人世太寥寥。(《白洲集》卷一,《韓國文集叢刊》第 97 冊,頁 223)

《問對》:問:逝而必返者年,明而必晦者夜也,而於歲除之夜必爲之守夜,何歟?椒盤頌花,爆竹走鬼者,皆有關於守歲之意歟?火山設於何時,大儺昉於何代?咸陽客舍,博塞者誰歟?旅館寒燈,不眠者何歟?嘆從古得新,王介甫之詩也;悲屠蘇後飲,蘇子瞻之詠也,皆可得聞其詳歟?人於童稚之時,爭喜歲時之來;及其遲暮之年,舉有悽感之心,何歟?願聞諸生嘆逝之説。　　對:明從何去,暗從何來,半覺年光催,老於此中者,此非韋刺史之語乎?噫!浮主若是其易老歟?日猶老人,矧伊年乎?悲駟隙之流光,怨牛山之落暉,久矣。今承執事之問,於余心有慽慽焉。竊謂一年之將盡爲除日,一日之將盡爲除夕。蓋四時相代,光景去來,而吾生有涯,老不更少,金丹誤矣,石火忙矣。百歲之後非吾日月,則屈指人間,此日可惜也。是以終宵不寐,非爲無眠;杯酒團欒,不是乘興。戀舊歲之餘輝,而坐而達朝;愴明日之加老,而醉欲忘憂。雖弦歌聒耳,博奕分曹,而神枯意索,強歡而已。銀河欲落,則看北斗之杓;蠟燭將燒,則試東窗之色。喜鷄聲之不早,畏瓊籤之報曙者,何莫非永今夕而守舊歲也?嗚呼!三萬六千,無非可惜之日,而獨於歲除之日始有愴感之心者,豈不以一日之間歲換新舊,而人之稱老計年不計日也?然則其所以惜日者,乃所以惜年;而其所以惜年者,只所以惜老也。請就明問條列焉。椒盤頌花,報一春之消息;爆竹揚聲,傾百鬼之巢穴。或出於秦漢之餘風,或出於荆楚之遺俗,則迎新送舊,禳災祈福者,若此類何

限,而非今日所必道也。沉香造山,火焰數丈,則隋家陋制,言則長也。黃門
倀子,皂衣驅儺,則東京故事,何待言知。至若咸陽客舍,歲云徂矣,更長燭
明,博塞爲娛者,吾知杜拾遺也。青燈逆旅,故鄉千里,鏡裏流光,霜雪滿鬈
者,豈非高達夫也?才名四海,萬事黃髮,則京華旅食,暮景多感,而青雲未
附,蓬累而行,則傷老傷時,自不能寐矣。從古得新,介甫之詩也;後飲屠蘇,
子瞻之詠也。夫物以終始,人以古新,則所感者新也;屠蘇之飲,必先於少,
則後飲者老也。大抵人生壑蛇,百歲跳丸,而去日苦多,來日無幾,則發爲文
字者儘爲不平之鳴耳。嗚呼!人無老少,同有是心;歲無今古,同有是日。
而髫年弱歲,竹馬行樂,則驅儺爆竹,最是佳節,而反畏除日之不早來也。及
其年齡遲暮,志氣低垂,則長繩難繫,白駒難縶,日暮道遠,稅駕無所,事不如
意者十常八九。身逢運去者有之,有才無命者有之,羈臣易怨,志士多感,清
秋落木尚且憀[一]慄,則守歲之感當倍於人矣。然則人能傷歲,歲不傷人,而
古今傷歲者皆是不幸徒耳。噫,文章憎命,白鷗身世,則拾遺之感豈專在老
也?陽春寡和,竽瑟異好,則達夫之感何待歲盡?金陵曲學,擅國恣睢,誤
天下蒼生,則愚未知何所感於其心。而眉山學士,妙年題柱,才足駕一世,
志不滿千古,而南州賜環,北來白首,則蘇氏之感慨可想矣。嗚呼,古之人
守歲之感,愚既揣陳之矣,愚之所感顧有所異於是者。大禹惜寸陰,所感
何也?周公夜以繼日,所感何也?德不修學未達,爲吾之所當感,則未死
之前無日不感,而歲除之感特爲感中之感耳。愚將因是而自警於心曰:逝
者如斯,而不吾與也,沒世不稱,聖人疾焉。生無可觀,死無可傳,則何異
於草木腐也?誠能提撕罔間,力踐精詣,焚膏繼晷,兀兀窮年,則沉潛反
覆,自不知老之將至。而時來順去,庶無所憾於心矣,二三子不平之感非
所論也。執事以爲如何?謹對。(《白洲集》卷二十,《韓國文集叢刊》第
97 冊,頁 533)

　　[一]憀,原作"撩"。

　　《問江山養豪傑策》(節錄):(上略)至於文章以氣爲主,而氣之清婉悲
壯,必資於江山勝概洗滌心胸,故張道濟嶺外之詩,亦以清婉悲壯稱之。江
山有助於文章,若此類多矣。杜陵遠客,避兵荆南,三霜楚户,十暑岷山,觀
覽既審,則語亦驚人。眉山學士,受珙南州,左右溪山,應接不暇,則發於文
字者便覺奇絶。龍門太史,弱冠遠游,南探禹穴,北涉汶泗,悲歌燕趙之間,
講業齊魯之墟,網羅天下放失舊聞,鼓舞千古,震盪六合,烟波萬里,莫窺崖
岸。則三子文章,同可謂得江山助。而鯨鯢碧海之稱,只爲詩句之聖;貧兒
慕富之說,亦爲太史而發。則三墳五典以來,太史一人而已。文章雖曰小
技,亦係世道之升降,烏可盡委於江山哉?大抵江山養興之物,豪傑拔萃之

稱,而養興非一端也,拔萃非一揆也。(下略)(《白洲集》別稿卷五,《韓國文集叢刊》第 97 冊,頁 564)

許 穆

許穆(1595—1682),字文父、和父,號眉叟、台嶺老人,陽川人,謚號文正,鄭逑門人。歷任吏曹判書、右議政等職。著有《記言》。

《書成按使杜詩卷後》:吾既作成按使墓銘,其庶長男後龍,叩余,泣謝而言曰:子銘吾先人之葬,吾願畢矣,死不恨。龍有杜甫詩鄉本十卷,爲先人舊物。先人好讀杜甫詩,壬辰之亂,遁逃山中,此書得全。今經亂已七十年,先人歿又三十年,手澤猶在。龍敬守之,朝夕勉戒弟若子,令毋失先人之遺。願得夫子一言,以示世世子孫云。感其言,識。(《記言》別集卷十,《韓國文集叢刊》第 99 冊,頁 102)

金 烋

金烋(1597—1638),字子美、謙可,號敬窩,義城人,張顯光門人。仁祖五年(1627)司馬試合格,曾任江陵參奉。精於書誌學,著有《敬窩集》《海東文獻總錄》。

《進酒詞·滿庭芳》:冢臥麒麟,堂巢翡翠,杜陵詩句堪驚。如知物理,有酒莫辭傾。每遇良辰美景,思白也、牛宰羊烹。吾何用,獨醒無醉,華髮鏡中生。　天倫俱會處,肆筵設席,稱壽飛觥。引香風趙舞,明月秦箏。但願及時湛樂,安足道、富貴功名?君須念,空山暮雨,腸斷白楊聲。(《敬窩集》卷四,《韓國文集叢刊》第 100 冊,頁 318)

李時省

李時省(1598—1668),字子三,號騏峰,慶州人,李恒福門人。孝宗元年(1650)增廣文科及第,歷任淮陽府使、簽知中樞府事等職。著有《騏峰集》。

《絕句》:李杜吟哦後,惟稱柳與韓。蘇黃又仙去,秋草滿騷壇。(《騏峰集》卷一,《韓國文集叢刊續》第 27 冊,頁 523)

《海棠》:後於桃李映疏籬,最是妖妍絕世姿。却坐天香人所慕,當年不

入杜陵詩。(《騂峰集》卷一,《韓國文集叢刊續》第 27 冊,頁 527)

《杜集八哀》:將相侯王事業完,文詞技藝總才難。倘非老杜回瀾筆,後學那能仔細看。(《騂峰集》卷一,《韓國文集叢刊續》第 27 冊,頁 528)

柳元之

柳元之(1598—1674),初名景顯,字長卿,號拙齋,豐山人,柳成龍之孫。丙子之亂時與義兵將領李弘祚活躍於安東地區,精通性理學,著有《拙齋集》。

《讀杜》:平生杜少陵,愛君心如丹。珠璣千萬篇,散落天地間。(《拙齋集》卷一,《韓國文集叢刊續》第 28 冊,頁 20)

《恭書丁酉備忘記後》:“恭聞罪己日,霑灑望青霄”,此杜少陵語。拜伏莊誦,爲之感涕。昔祥桑穀共生于朝,一日暮大拱,伊陟進戒,以“妖不勝德”,“君其修德”。太戊修先王之政,明日祥桑枯死,殷道復興,號稱中宗。然則苟修其德,妖不得爲灾,歷年永久。欲求弭灾之道,莫如修先王之政,未知今日之爲伊陟者誰歟?王言一發,喜雨隨洽,亦可見天人之無間,嗚呼休哉!(《拙齋集》卷十三,《韓國文集叢刊續》第 28 冊,頁 198)

安獻徵

安獻徵(1600—1674),字聖觀,號鷗浦,廣州人。光海君十三年(1621)文科及第,歷任承旨、江原監司等職。著有《鷗浦集》。

《擬唐肅宗拜杜甫爲左拾遺制》:君臣主義,貴險阻之相從;國家建官,有勤勞則必報。肆頒紫綬,式獎丹忱。惟爾志篤忠貞,性資樸直。早從事乎文雅,氣吞曹劉;欲致君於唐虞,身許稷契。昔獻三賦於天寶,終下一第於考功。方上皇之渴賢,運遭坎壈;及中原之多難,迹有羈栖。魂隨日下之鳳翔,望絕天邊之驛使。曲江蒲柳,徒懷感物之心;秦城鼓鼙,獨洒哀時之泪。由其忠愛之至,發於諷詠之間。念茲蒼黃,辱在草莽。謳歌南鄭,率多漢士之亡;顧瞻中州,自傷楚丘之寓。啜泣何及,嗚呼曷歸。殆同五馬之渡江,幸有一蛇之從野。魏子牟之戀主,不遑謀身;晉狐偃之勤王,但知報國。間關道路,足穿犬羊之群;跋涉山川,膽消豺虎之窟。惟躬是瘁,有一介斷斷無他;自我致戎,瞻四方蠢蠢靡騁。式微何多日也,遠來寧欲仕乎?痛官守之徘徊,鮮或奔問;顧草野之疏賤,積有辛勤。雖爲臣赴難之誠,不求宦達;在有邦賞從之典，允合寵褒。然惟板蕩之時，尤重諫諍之任。提綱振紀，孰有辛毗之牽裾；糾謬繩愆，少似朱雲之折檻。故待謇謇昌言之士，幸得蹇蹇匪躬之臣。披荊棘而立朝，誰補朕失；若葵藿之傾日，莫如汝心。丁寧式出於肺肝，委任實司乎耳目。於戲！國危如此，奈無興撥之期；君違不忘，庶賴匡救之力。勉思乃祖，卒相朕躬。（《鷗浦集》卷四，《韓國文集叢刊續》第 28 册，頁 519）

鄭時修

　　鄭時修（1601—1647），字敬叟，號琴川，東萊人。仁祖十一年（1633）司馬試合格，丙子胡亂時曾參加義兵，後隱遁鄉居，著有《琴川集》。

　　《問詩窮》：對：烏乎！賡載之風邈矣，歌頌之世遠矣，三代以下德又下衰。自漢而唐，自唐而宋，流傳十九代，上下數千載間，許多騷人墨客，與時命相刃相靡，生死於榮辱之蹊徑，汩沒於飢寒之道路，其百般憂愁困窮之狀，必以詩發之，則一部中長篇短什，可以得其世矣。遂爲之說曰：詩本爲性情發也。生於心之所之，而作於意之所會，則詩可易言乎哉？可以感發人之善心，懲創人之逸志，則彼《三百篇》之作也。雖出於窮閭陋巷之間，皆能寬平忠厚，聲色氣像雖不足以言語形容，而無不得其汪洋浩大之意，涵泳歆動之心矣。逮及後世，一變而爲騷也，已不得中正之發矣，況又一變而爲衰世之音乎？詩亡於世，世亡於詩，世與詩交相亡而後詩窮之說出焉。烏乎！此皆詩道之喪而又變也。其所謂作者，其音響節奏已不及於古人，而沉鬱幽數、顛沛艱苦之態，各隨其所遇而無不形於歌詩，則非詩之能窮乎人也，人窮而後詩以之著其窮。非人之自窮於詩也，世所以窮以之寓於詩也。愚故曰：非詩之窮人也，世道窮於詩也。邵堯夫“更無詩”之說豈不爲世發也？然則豈可以後世危苦之辭有疑於聖人之道首爲詩也？今欲得和平正雅之作，大鳴國家之盛，而使不至於哀病者，豈無其本乎？請舉古人之陳跡以論其平生也。噫！後之人哇詩窮者，蓋由於不得其時。賡歌之世，風雅之際，寧有窮者之可言歟？降而後也，一何窮者之多也。惟彼浮華輕艷，已失作者之體段，則其窮也固宜。至如近體之音，尚理之辭，亦不免羈窮於一世，則時使之然也。詞賦始於楚，五言昉於漢，而江潭之詠、河梁之作，亦無非不平之鳴，則是豈志滿氣得者之所爲耶？魏晉之綺麗，齊梁之纖巧，前輩之所不道也，而亦有一時之所推許者，所謂曹劉之墻、鮑謝之壘是也。若又就善鳴者言之，則靖節先生特立寄奴之天地，獨守典午之日月，衿懷灑落，酣觴自娛，則古人所謂"大羹玄酒,淡乎無味,一唱三嘆,邈乎希聲"者此也。且其傳曰"不戚戚於貧賤,不汲汲於富貴",是果累於窮者哉?但恨其不幸生於三代之下,不得與雅頌之音進退於管弦之間也。彼哉開府,清新平生,雖云蕭瑟,何足並舉而嘆息也哉!至於唐也,詩道於斯爲大,其高出晉魏,不懈而及於古,其他倍於《三百》,其功過於古人。而盛中晚三百年間,各建旗鼓,雄視詞壇,奇正相承,出没無常,長短疏數之形,風雲月露之態,無所不有於其間,而不以窮焉者亦寡焉。其所謂婉媚也,靡麗也,雅正也,高古也,俱是陳子之長,而不得其長死者何也?時然乎哉?命然乎哉?抑有造物者戲劇於其間耶?若夫四傑俱不百齡,則裴行儉之説驗矣;三賢同歸一水,則古今之所同非也。若就其能處窮,而有關於世教者言之,則杜工部愛君憂國之誠,雖在於流離顛沛之中,未嘗不形於吟嘯,則所謂詩中之亦難也。孤吟絶調,無頓落拓,則劉希夷[一]也;奇才不羈,僅至於昔緩,則李縣尉也。床下一吟,竟誤其平生,則孟浩然也;朝中白首,寂寞於身後,則張承吉也。鄆城縣裏,組履以爲生,則王季友也;洛陽城中,破屋只數間,則玉川子也。與世抹撠,酸寒溧陽尉,則孟東野也;飄泊長江,爲官不救飢,則賈浪仙也。夫何二三子之窮至此其甚也?以世之庸夫陋人尚能富貴而終身,此以高才絶藝竟未免窮餓其身,思愁其志,使後人起嘆於陳篇斷簡,信乎"文章憎命達"也。且如王元之文名動天下,而身不到鳳池;李鵠才調邁等倫,而流落竟不遇。劉禹錫之詩豪,抱閒曠而偃蹇寡所合,則所謂龜觀之什、雲山之詠、看花之作,皆能自道其平生矣。至於閉門而覓句者,陳后山耐貧忍寒也;二百年無所作者,所謂梅[二]也老郎官也。海千里而山萬重,賦松醪而咏雲濤者,寇、蘇之前定,所以見於詩也。烏乎!天之生才者不偶,才之生世者亦不偶,而或厄窮而終身,或羈紲而隕命,或坎壈而幽閒,或擯棄而斥逐。内有憂思悲憤之鬱積,外有觸物傷懷之交感,或能自遣於嘯咏,自達於譏刺,愁肝腎摧腸胃,含毫弄墨,苦心靡情,極道其孤寒酸苦之狀,悲涼凄切之語。其細盡其錙銖,其巧極其虫篆,其發也可泣鬼神,其成也可鏰金石,則信乎人窮而詩乃窮也。然則若人之窮於詩、工於詩者,是孰使之然哉?雖然窮閻諸子之所存,類皆浮躁輕賤,虚誕放縱,務外而不踐實,役物而不反性,顛冥於勢利之途,奔走於爵禄之場,所事者只在葩藻粉餙之間。故其所以立命也,不能無鹵莽滅裂之報焉。小則小狼狽,大則大狼狽[三],豈可全諉於時君之過也?其中陶彭澤之高節,杜工部之孤忠,寇萊公之貞諒,蘇學士之勁直,則俱可以鳴大雅於邦家,而亦未免同歸於窮者,則豈非可哀之甚也?烏乎!蓋自《三百篇》之衰也,以詩而窮者,如彼其衆也,而遂使後人讀其詩而嘆息曰:甚也在,甚之朝;甚也在,甚之世。以其人之賢否,論其君之好惡,則其得失治亂自不逃於指點之中矣。今生於古人之後,不戒乎古人之迹,又使今世之人未免今世之窮,則其何能免後人之又如此指點也。蓋若明治道於風化之原,致至理於和平,既盡其敷求之誠,又擴其博采之途,無一人不得其所,則其操觚弄墨之士,吟風詠月之輩,咸能自奮拔以見世。比如草木生於氣和之中,吐英華以爲天地之藻餙,春禽感於時令之至,出好音以增園林之勝概,則自然愁思淒凉之語皆能有和悦歡愉之音,儷美於《三百篇》之列矣。篇已就而又有獻焉,曰:古人云:"金屑雖貴,着眼成病;文章雖貴,於性情有害。"且程伊川以詩爲玩物喪志。然則詩雖出於言志,亦非古人所汲汲也。今世則不然,竟一韻之奇,爭一字之巧,以爲生平大事業,以爲拔身一楷梯。負才挾奇,傲慢一世,謂青紫可以力致,幸不得於君,則其戲欷感憤,嘆羡詆毀,無所不至,故其音多苦瘁怨誹之語,少寬平正大之意。此所以詩家多枯槁之色,騷人有噍悴之容也。然則所謂洗滌盡腸胃間夙生葷血,以發其蕭散冲澹之趣者,其惟涵泳德性、沉潜義理云乎? 昔趙昌父之説曰:"古人以學爲詩,今人以詩爲學。"然則以學爲詩者,其惟《三百》乎? 以詩爲學者,豈非漢、唐、宋乎? 宜乎窮士之多於詩也。謹對。(《琴川集》卷二,《韓國文集叢刊續》第29册,頁35)

　　〔一〕夷,原作"事"。
　　〔二〕梅,原作"樓"。
　　〔三〕狽,原作"貝"。

李起浡

李起浡(1602—1662),字沛然,號西歸、無心子,韓山人。仁祖五年(1627)文科及第,歷任禮曹正郎、南原府使等職。著有《西歸遺稿》。

《與柳博士并序》(節録):(上略)李太白、杜子美,盛唐之宗也,而其爲詩皆太失風雅遺旨。太白尚豪放,子美尚嚴莊。太白之詩曰"長風幾萬里,吹度玉門關",子美之詩曰"朝看紅濕處,花重錦江城",是固豪則豪矣,莊則莊矣。是果與於性情,而果於感發人懲創人,考政治得失、風俗美惡,亦有萬一之助乎? 二子尚如此,其他則又何説。(《西歸遺稿》卷一,《韓國文集叢刊續》第29册,頁300)

姜柏年

姜柏年(1603—1681),字叔久,號閒溪、聽月軒、雪峰,晉州人,謚號文貞。仁祖五年（1627）文科及第，歷任禮曹判書、左參贊等職。顯宗元年（1660），以冬至副使出使清。著有《雪峰遺稿》《閒溪漫筆》等。

《讀李杜》：黃間筆力有誰強，李杜當年獨擅場。短律長詩留膾炙，晝思宵夢總微茫。千秋赤焰連天爇，萬丈晴虹接海長。病客向來詩思渴，一篇纔誦氣揚揚。（《雪峰遺稿》卷一，《韓國文集叢刊》第 103 冊，頁 8）

黃　床

黃床（1604—1656），字子由，號漫浪，昌原人。仁祖二年（1624）增廣文科及第，歷任成均館大司成、司諫院大司諫等職。仁祖十四年（1636），以通信使從事官出使日本；孝宗二年（1651），以謝恩副使出使清。著有《漫浪集》。

《擬唐肅宗拜杜甫爲左拾遺制課作》：朕聞離外患者須得賢士，遇亂世而乃識忠臣。嘗誦斯言，適當此日。今爾顛沛而無點染之累，奔問而有重繭之勞。天意殆授以賢良，朕方思格君之弼；人心皆失於去就，爾獨效覲王之誠。矧爾多材，久矣蜚譽。許身而比稷契，豈是小儒所期；獻賦而似相如，曾受上皇之獎。宜置左右，用補闕遺。茲用爾爲左拾遺，昔稱侍中，今聯諫省，斯汲黯所願留者，自開元尤重選焉。與沛公而會留，庶贊謨畫；若鄧禹之及鄴，毋替始終。（《漫浪集》卷六，《韓國文集叢刊》第 103 冊，頁 470）

朴應衡

朴應衡（1605—1658），生平事蹟不詳，著有《南皋文集》。

《次杜草堂立春并小序》（節錄）：余嘗愛杜詩，蓋余與杜其客寓漂泊之狀、風塵憂愁之態古今同調。然余則漂泊之中又遭喪禍，風塵之餘竟自翻覆，余之所遭有甚於杜也。丙戌立春日，偶閱杜詩，得《立春》詩及《人日》兩篇詩，其憂世悼身之意自有嘿合於吾心者，無聊中戲次其韻。（詩略）（《南皋文集》卷一，《韓國歷代文集叢書》第 863 冊，頁 202）

《次杜老七歌》其一：有客有客滯九美，幕上尖峰如馬耳。悠悠歲月石火忙，白雲黃梅愁夢裏。二年偷生苦未歸，想應親舊還疑死。嗚乎一歌兮歌已哀，山鳥無心飛去來。　　其二：有劍有劍木爲柄，我生賴汝全身命。林下猛虎夜夜吼，巖邊毒蛇大如脛。時來出門霜刃寒，諸怪潛藏山自静。嗚乎二歌兮歌始放,撫爾四顧心惆悵。　　其三:有弟有弟去何方,弟今死矣兄安强。夜臺茫茫未相見,此恨無窮天地長。時時眉宇入我夢,覺來悲呼如在傍。嗚乎三歌兮歌三發,不知何時葬汝骨。　　其四:有侄有侄久相離,慈父已没尚孤癡。吾家繼世惟汝在,願見成人未死時。枯形欲往疫癘遍,政似關河阻旌旗。嗚乎四歌兮歌四奏,忍聞杜鵑啼白晝。　　其五:有妻有妻送我急,當時別泪單衫濕。那知隔年相離家,夜夜見月良宵立。山天寂寞洞門深,百感如雲峰上集。嗚乎五歌兮歌正長,短梗何日歸吾鄉。　　其六:有女有女蓮擢湫,三人相如枝相樛。一能持針一能語,一纔轉身床上遊。我知汝衆莫如一,時或思之心不休。嗚乎六歌兮歌思遲,他日應留前日姿。其七:有詩有詩杜陵老,如何從我窮山道。幸茲今日會相逢,漂泊還嗟比君早。貞忠詩史衆所仰,此篇亦能傷客抱。嗚乎七歌兮悄終曲,恍如千秋相與速。(《南皋文集》卷四,《韓國歷代文集叢書》第863册,頁341)

《七歌詩序》:余於山幕之中無以遣懷,愁睡之餘,時讀杜陵詩,至《寓同谷七歌》之作,未嘗不掩卷而嘆也,何其旨深而語苦乎? 余亦寓於窮谷者也,古今之所遇雖或不同,漂泊東西、避地而偷生則一也,可謂感余於千載之後也。是以忘我拙陋,妄效其體,列次其韻,而自"嗚乎"八字則全用本句矣。然有妻、有侄、有女非杜子之所言,而余因其有客、有弟、有妹列次換題者,豈非所遇所思之不同乎? 且至於宋末,文山文公亦有六歌,豈其效此也哉? 但文公則先言妻子,而余則先言弟侄者,抑何意也? 嗚乎! 先言妻子,次及弟侄者,乃人之情也。而生人之思不如死人之思,生人之子亦不如死人之子,而况我三女不如死弟之一子乎? 義之所重,情必自至,則先言弟侄而列次其韻者,烏得無意? 第七歌則爲作歌之人起感而次韻,故云爾。(《南皋文集》卷五,《韓國歷代文集叢書》第863册,頁420)

洪宇遠

洪宇遠(1605—1687),字君徵,號南坡,南陽人,謚號文簡。仁祖二十三年(1645)別試文科及第,歷任吏曹判書、左參贊等職。著有《南坡集》。

《次和李丈四首》其三:癡癖平生衹在詩,窮探欲襲古人奇。清新俊逸青蓮子,渾厚雄深杜拾遺。逐日狂夫誠可笑,移山愚叟會應疲。沉吟忽起飛騰意,欲上層空跨虎螭。(《南坡集》卷二,《韓國文集叢刊》第106册,頁48)

《贈李順應求寫杜草堂短律》:丁寧煩寫草堂詩,可但憐君筆勢奇。千載此翁真起我,九原如作捨斯誰。篇篇總是哀時恨,句句無非戀主辭。堪笑

右軍書絕妙,黃庭謾博白鵝爲。(《南坡集》卷二,《韓國文集叢刊》第 106
册,頁 50)

洪柱元

洪柱元(1606—1672),字建中,號無何堂、無何翁,豐山人,謐號文懿,李
廷龜、金鎏門人。仁祖元年(1623)尚貞明公主,歷任成禄大夫、祔廟都監提
調等職。仁祖二十五年(1647)、二十七年(1649)、顯宗二年(1661),三次出
使清朝。著有《無何堂遺稿》。

《廣寒樓,洪使君有書相問,率吟一律答之》:既違降仙樓,旋赴廣寒樓。
知君多道氣,作吏盡清遊。地勢連湖嶺,天文近斗牛。杜陵詩有助,奇健自
夔州。(《無何堂遺稿》册一,《韓國文集叢刊續》第 30 册,頁 335)

《次咸卿端陽十絕寄子和之作》其五:楚臣前歲賜環榮,萬死生還夢亦
驚。湖嶺轉蓬今莫恨,少陵夔後長詩名。(《無何堂遺稿》册四,《韓國文集
叢刊續》第 30 册,頁 427)

俞 榮

俞榮(1607—1664),字武仲,號市南,杞溪人,謐號文忠,金長生門人。
仁祖十一年(1633)文科及第,歷任承政院都承旨、吏曹參判等職。著有《市
南集》《家禮源流》《麗史提綱》等。

《唐詩類選序》:删後之詩,至唐大盛,以名家鳴者無慮數十百家。自敦
詩之士,病莫能遍究;搜英擷芳,鈔録者代作。惟楊氏士弘所選稱《唐音》者
最精粹,以世而盛、中、晚分焉,以音而始、正、遺彙焉。然其該取各體,故所
選不得偏夥,譬之玉敦金碗,奇珍異品,備之爲儀,少之爲貴,適口則有之,果
腹則未也。國家用詩取士,惟古詩、七言於今科式最近,學者從事恒於斯。
將由楊氏之選乎?則全鼎之味,染指即休;將領諸家之全乎?則建章千門,
闥閶莫尋。此閔侯《類選》之所以編歟?是編也,出入百氏上下數百年間,凡
得四百有餘篇,純取七言者,以近時式也。時代不分、音節不辨者,義主類編
也。李、杜只載一篇者,以著全集之不可闕而無事於選也。昌黎、温、李之流
亦有全集,而間有所取者,視李、杜而差之也。取諸平淡,而奇逸並收;求之
典雅,而雄健靡遺。滄珠畢採,野艷咸摘,鬱然爲七言林藪,信乎有功於詩學

也。閔侯於唐詩,有王、杜《左》、馬癖,沈浸咀嚼垂半世,蓋其心口之所諷喻,手指之所枰停,必有三昧法諦,有非別人所能覬到者。編成不欲自私,今復割俸而剞劂之,以公諸人,其着力之深,用意之勤,尤可賞已。蒙莊氏有言曰:"惟其好之也,欲以明之。"閔侯之於是編也,亦殆昭曠之琴策哉?閔侯名晉亮,驪興人。(《市南集》卷十八,《韓國文集叢刊》第 117 冊,頁 289)

宋時烈

宋時烈(1607—1689),初名聖賚,字英甫,號尤庵、尤齋,恩津人,諡號文正。仁祖十一年(1633)生員試狀元,歷任世子侍講院進善、右議政、左議政等職,是西人老論領袖。朝鮮時代著名理學家,著述豐富,皆輯入《宋子大全》。

《答李季周丁巳十一月十八日》(節錄):(上略)《杜詩批解》,極荷投示,於此益見先輩用意誠實、能勤小物之一端也。然非氣厚力完、識高見明,何以及此?誠不勝欽仰也。其引重於朱先生,亦非常情所及,而於今世邪説侮聖之弊大有距放之助矣,所托敢不唯命。(下略)(《宋子大全》卷四十九,《韓國文集叢刊》第 109 冊,頁 485)

《與金永叔庚戌六月二十四日》:暑雨,侍餘仕況偕勝,此尚免餓死,逾分多矣。他不敢問,欲知愁絶字,此是愁緒緬盡之意耶?抑極其之意耶?古今詩家用各不同,幸考示如何?杜詩《詠懷》"螻蟻"、"大鯨",愚意"螻蟻"指時人,"大鯨"是自喻矣,注説似未安,未知高意如何?此等雖一日十反,無害於義,故漫及之耳。(《宋子大全》卷七十三,《韓國文集叢刊》第 110 冊,頁 446)

《竹陰集序》(節錄):蓋聞評人易,評詩難。蓋人有君子小人之分,爲君子所與者爲善流,爲小人所好者爲不善之流,此所以評人易也。至於詩也,其格律之高下,音韻之清濁,既有不齊,而又有正變異體,《三百篇》以後,以至蘇、黃、二陳,其變無窮。而一人之作,亦有先後之異,故晦翁以杜子之夔州以後又爲一變,則詩豈可易評哉!惟聖人則無所不知,故不期於評詩,而一經品題,即爲百世之定論,要是至公而明也。(下略)(《宋子大全》卷一百三十九,《韓國文集叢刊》第 112 冊,頁 573)

《詠柏堂記》:黃驪閔泰重士昂居于常山屈村,以名其堂曰"詠柏"。余問其義,曰:"余家無長物,惟一株柏在庭前,昔朱先生嘗詠子美《廟柏行》,又寫出以贈求書者。夫子美詩可愛者多,而先生必取於此,必有深意,故敢以是名吾堂耳。”余曰:“先生生乎南渡之後,慨然有恢復中原之志,而及其老而無復望焉,則有感於此詩之深也。今子以眇然鰈域之書生,潛身蓬蓽,性命虆虆。雖有孔明之忠謀智略,何暇有中原之志哉?”士昂曰:“志大才疏,力小任重,是先賢之所戒,然則堂名可改已乎?”余曰:“事無大小遠近,其理則無二也。況亦有近小者尤難,而遠大者還易焉。故朱先生嘗論天下事而曰:‘不世之大功易立,而至微之本心難保;中原之戎虜易逐,而一己之私意難除。’至哉言乎! 誠能用力於克己復禮,一息尚存,不容少懈,如孔明之鞠躬盡瘁死而後已,則其遠者大者,亦將見其無所難矣。故孔明嘗曰:‘才須學也,學須靜也。’願士昂姑從事於此,以爲之本,而以待後日之期會,則安知終不爲大廈之棟梁乎。然後歸臥清陰之下,翻賡子美之詠,而以弔孔明、晦翁之靈,則司馬仲達、慶元群小之死鬼,亦必悔罪而愧謝矣。”(《宋子大全》卷一百四十四,《韓國文集叢刊》第 113 册,頁 105)

《秦篆帖跋》:自古論嶧碑者多,而愚竊以爲當以老杜所謂“野火燒”、“傳刻肥”者爲正案矣。歐公所論則始謂較泰山碑差大,而後又謂其差小,則豈愈傳其刻而愈失其真也? 今觀金延之摹刻之本,其瘦勁精彩真可以通神,此豈未燒前傳本耶? 嘗記秦時度量上銘文,亦刻于秦鐵,稱及銅版及他器物者頗多,蓋爲必傳之圖,而例廣其所托者,秦俗然也,無亦斯之爲此碑也亦如是。故嶧碑雖亡,而別有真跡傍傳耶? 不然,何其超越千古,絶無漢晉以後意態耶? 或者謂此雖曰瘦勁,安知猶是老杜所謂“肥”者,而其真本瘦勁有加於此耶? 曰:是亦有此理。然人有昔瘦而今肥者,其骨格精神則未嘗變也。今此篆上下千餘載,未嘗有毫髮近似者,則可信其初實出於斯也。如必謂非斯所作,則其作者是亦真斯也,何害於有前後斯也,但無焚書之禍則可也。因竊[一]爲朱夫子嘗好曹操書,其斯與非斯,姑置勿論,而只玩其古雅斯可矣。況所謂久而必有相得者物之常理,則斯之此碑,得延之於數千載之下,遍爲文儒雅士之珍藏者,其亦榮於得秦之祖龍乎。崇禎壬子至月日,恩津宋時烈跋。(《宋子大全》卷一百四十七,《韓國文集叢刊》第 113 册,頁 160)

[一]原注:“竊”下恐脱“以”字。

《杜詩點注跋》:澤堂公議論,無論細大淺深,一依於朱夫子,觀乎杜詩點抹之序可見矣。其視今之揚眉瞬目,訾議夫子,而其言行施措乃反悖理滅倫者,何如哉? 戊午九月日,恩津宋時烈書。(《宋子大全》卷一百四十八,《韓國文集叢刊》第 113 册,頁 182)

《滄浪成公墓碣銘并序》(節錄):昌寧成氏,爲國朝名族。一本此下有“世稱多君子”五字。然以聽松爲祖,以牛溪爲父,又未若滄浪公之盛也。公諱文潚,字仲深,公行義文藝,亦出等夷,宜若益大以光。(中略)公學於家庭,及事聽松先生。年十餘,栗谷見其詩,以爲有文章才,牛溪亦作詩以志喜。後以劬書致疾,然亦未嘗暫廢,遂淹貫百家。車五山天輅自負該洽,注《哀江南》,公訂其訛誤。又有《杜律注評》。後國中書籍遭亂焚失,有以故事問者,公應口對,時人取決如東晉之刁、賀也。(《宋子大全》卷一百七十四,《韓國文集叢刊》第 114 冊,頁 37)

　　《經筵講義》:(孝宗戊戌十二月)二十七日召對,自"牛山之木"止"人之疾痛"也。(中略)上曰:范淳夫何時人耶? 對曰:范淳夫乃宋儒而程子門人也。孟子論心曰:"出入無時,莫知其向。"淳夫之女聞之,曰:"孟子不識心,心豈有出入?"程子謂淳夫之女雖不識孟子,而可謂識心。蓋是女雖不識孟子言心之本意,而以心爲無出入者,其於操存之要不無所見而然也。此心是活物,以神明不測而言也。若不是活物,則猶枯木死灰,何以爲心也。且儒者之操心,與釋氏之操心有異。釋氏所謂念珠者,欲其心之不散也。面壁參禪,而不用耳目,且不用心,故不得應事接物,而付之一石則亂,此皆不以活物看心也。杜詩有"仰面耽看鳥,回頭錯應人"之句,此善喻也。上曰:鳥何與於心耶? 對曰:此言心往於鳥而不在於人也。朱子在同安時,年二十餘矣,聞鍾聲而驗存心與否,則鍾聲未了而心已散矣。大賢如此,況學者乎? 溫公一時大儒,而每以存心爲難,嘗語人曰:"不待朝晝之梏,而夜氣清明之際,心亦不存矣。"朱子以此非之矣。　　(顯宗己酉正月)十七日召對,自"所謂修身"止"不亂之謂"。(中略)上曰:應不如我國懸吐之通暢也。對曰:中原言語便是文字。大明時我國使臣入往,宿於一士人家,則其家小兒問於其父曰:朝鮮之人亦解書乎? 其父曰書同文云,則其兒解聽矣。上曰:以此章"心不在"等語見之,聖人之言可謂至矣。對曰:"仰面貪看鳥,回頭錯應人"者,即杜甫詩,而朱子嘗引之以明此章之義,聖人之言真可體而行之也。孟子《弈秋》章之言亦同此云耳。上曰:古人之言,簡約明白如是。而後世之文則與此懸殊,文體漸變而然耶? 對曰:文體與時高下,經傳之文則後世固莫之及,而自戰國以下文章漸下,東漢之文已趨於浮華,及至五代則委靡極矣。韓退之雖變爲古文,而已非聖賢之言語,況其下者乎? (《宋子大全》拾遺卷九,《韓國文集叢刊》第 116 冊,頁 180、195)

申　濡

申濡(1610—1665),字君澤,號竹堂、泥翁、玉川山人,高靈人。仁祖十四年(1636)文科狀元及第,歷任兵曹參判、禮曹參判等職。仁祖十七年(1639),隨世子入瀋陽;仁祖二十一年(1643),以通信使從事官出使日本;孝宗三年(1652),以謝恩副使出使清。著有《竹堂集》。

《濁酒》:淵明好濁酒,頭上脫下巾。子美有妙理,墻頭乞諸鄰。夫豈惡清聖,顧唯家苦貧。伊我何爲者,此物常隨身。取足不擇味,酸甘從入脣。乃知二子性,亦與吾等倫。公輩已朽骨,我酒方通神。濟世負當日,垂文俟後人。詩篇天壤在,磊落映千春。古今固一體,賢愚同作塵。念此但飲之,悲哉勿重陳。菊花有數個,且復斟一巡。(《竹堂集》卷八,《韓國文集叢刊續》第 31 冊,頁 488)

朴長遠

朴長遠(1612—1671),字仲久,號久堂、隰川,高靈人,謚號文孝。仁祖十四年(1636)文科及第,歷任大司憲、吏曹判書等職。著有《久堂集》,曾參編《宣祖修正實錄》。

《惜餘春辭用佔畢齋集韻》:嶺之南兮海之郡,惟我東兮一青徐。城俯江兮江連海,鮫室鄰兮民廬;藐孤影兮誰與儔,配茲土兮名除。嗟朝寒而夕攬,欻秋菊兮春蔬。淡韶光兮佳可遊,奈螺蚌之與曹。傍楚江兮青楓,想蓬海兮蟠桃。樂莫樂兮新知,聊以遊兮以遨。酒漉巾兮蛆浮,膾飛盤兮魚肥。月幾掛兮沙村,暮相送兮柴扉。皆兄弟兮四海,矧烏川兮我族。纔開花兮杜鵑,又薔薇兮躑躅。赤煒代兮春辭木,澹容與兮曲江曲。瞻紫極兮望白雲,增雙熒兮泪目。彼嘆老兮嗟卑,哂七歌兮同谷。(《久堂集》卷一,《韓國文集叢刊》第 121 冊,頁 7)

《四十明朝是三絶句》(節錄):(詩略)"四十明朝是",乃杜拾遺《守歲》之作也。"行年三十九,歲暮日斜時。孟子心不動,吾心亦庶幾",乃白香山絶句也。杜子志在飛騰而嘆其老也,白傅之能不動心,未知果庶幾於鄒孟否耶?如吾疲劣,既未能讀破萬卷下筆如神,闢堂奧而建旗鼓,如杜老之爲。而又於白傅之蚤退急流以全晚節,亦余竊庶幾焉而未能者也,況敢望孟子之不動心乎?然亦以是自畫,則烏在其能塞受中以生之責乎?聊拈六絶,以抒余懷,非敢謂追踪古人之徒,亦記余之犬馬之齒適與相符而已。然杜子美之詩,古人已謂如聖人制作,殆不及矣。白傅之香山石樓、八節灘,亦豈吾所能辦乎?孟子之不動心,真不可及矣,然亦從孟子斡轉處看,而有得焉則幾矣。(《久堂集》卷三,《韓國文集叢刊》第 121 冊,頁 74)

柳東淵

柳東淵(1613—1681),字靜叔,號南磵,本貫文化,居住南原。孝宗元年(1650),增廣司馬試合格。著有《南磵集》。

《論杜詩》:房公疏闊許經濟,嚴武兇殘稱老成。是非顛倒乃如此,詩史千秋浪得名。(《南磵集》卷一,《韓國歷代文集叢書》第593冊,頁87)

吳以翼

吳以翼(1618—1666),字子舒,號石門居士,羅州人。孝宗三年(1652)增廣文科及第,歷任禮曹佐郎、咸平縣監等職。著有《石門集》。

《旅寓記》(節錄):支離子居於錦,而往來鳴陽,率一歲而在錦者,僅三之一焉。所居之屋,上雨旁風,塵埃滿室,蓬藋漸階,氣像凄凉,有若逆旅焉,遂以扁其顏。客有過而詰之者曰:昔杜工部當唐室之亂,崎嶇巴蜀,殆不能自存,而其於浣花草堂曰"吾亦愛吾廬",曰"幽居不用名"。蘇長公之謫於儋也,曰"海南萬里真吾鄉",曰"此心安處便吾家"。夫二子遷次客寄,所謂失其處者,而安於所遇,能若是達矣。今子非主人歟?以主人居其室,而乃取於旅,何歟?且也言以明志,名以定言。言之出,不可苟也,吾子其有說歟?願聞其凡。支離子即謬對曰:何爲其不可也?自天生於子,地闢於丑,以至今日,不知幾千萬年,而天地常不變。惟人也上壽百歲,中壽八十,下壽六十,不能六十則爲夭爲殤。忽焉而生,倏然而死,若蟪蛄螟蛉之起滅於其間,是則天地無涯而人生有涯。操有涯之具,而托於無涯之間,前乎無盡,後乎無窮,其小無倫,其迅無比。騄駬駃騠,不足以喻其馳也;野馬塵埃,不足以言其微也。前者去而後者繼,若羈旅之相尋於逆旅,是則旅也,吾安得忌旅之名而諱旅之實乎?(下略)(《石門集》卷四,《韓國文集叢刊續》第33冊,頁596)

李徽逸

李徽逸(1619—1672),字翼文,號存齋、冥栖、楮谷,載寧人。棄舉業,專注於性理學,著有《存齋集》《求仁略》《洪範衍義》等。

《次杜工部夔府詠懷一首》:杜陵詞客驚時變,浪跡瞿塘巫峽間。每倚危樓瞻斗極,剩將詩筆畫江山。行尋古跡偏多感,飽閱艱難獨未還。身世應

同庚開府,一心長是念鄉關。(《存齋集》卷七《拾遺》,《韓國文集叢刊》第124 册,頁 79)

洪汝河

洪汝河(1620—1674),字百源、應圖,號山澤齋、木齋、大朴山人,缶溪人。孝宗五年(1654)文科及第,歷任司憲府監察、司諫院正言等職。著述有《木齋集》《彙纂麗史》《東史提綱》《海東姓苑》《經書解義》等。

《答朴定卿鎮圭》:過去人傳致兄手書及令伯臨發時答書,因得到在萬里外安信,披瀉慰倒可勝慨[一]耶?曾勸令伯看《心經》及韓碑,《心經》則知已賣去,可喜。然無釋義則不可讀,兄須覓送釋義爲佳。西山《心經贊》章法最好看,首章押平,次章押上去,第三章又押平。迭押高低,井然不紊。晦庵諸箴亦然,須看得不放過,儘有意味也。讀韓碑法,則體制大概有三,墓誌小文字,雖不出數十行,首尾關鍵必有相應處,如云“俱爲縣令南方”、“嬰兒汴也”、“鄷、郢皆在江南”之類。且如盧東美志文,關鍵詳密重複,字字相應,故不復爲銘也。如《平淮西》《徐偃王》等大文字,序末不必相應,何者?將就銘文中重鋪叙,一一與序文相應關鎖故也。又勿論篇大小,銘文起頭字,輒取序文起頭爲之,故孔戡序首稱“孔君”,故銘首曰“允義孔君”。張徹則首稱其名,故銘曰“嗚呼徹也”。子厚首稱“子厚”,故銘曰“是惟子厚之室”。《孟貞曜》《平淮西》《徐偃王》碑皆然。熟看此法透得,則可以曉四書注門户矣。又如看杜詩法,以四韻分爲二章,則其意自躍如矣。《岳陽樓》四韻,精神意趣都在“今上岳陽樓”五字上,蓋吴楚之坼、乾坤之浮,今始因上此樓而後覺得故也。“親朋”、“老病”之句别爲一段,與“戎馬關山”之句相應。他篇及百韻皆用此法。鏡府冬間簿領不甚惱人,想留意文字間,漫録以上,此紙因送鏡城如何。紙盡,不得别狀,臨風黯黯。(《木齋集》卷四,《韓國文集叢刊》第124 册,頁 390)

> [一] 慨,原作“既”。

《題〈麗人行〉後》:喈喈黄鳥集于灌木,而岐周興;英英白雲露彼菅茅,而驪山弑。馬氏好讀《楚辭》,長孫密著《内範》,漢唐之所以治也。白花之歌作而元魏亡,明河之篇賦而唐室亂。楊氏謂孔子序《墙茨》等篇於《定之方中》之前,以見衛爲狄所滅之因。余讀杜草堂詩,見“楊花雪落覆白蘋,青鳥飛去銜紅巾”,豈非“犬戎直來坐御牀”之兆也?此草堂之所以爲詩史也。(《木齋集》卷六,《韓國文集叢刊》第124 册,頁 442)

金萬英

金萬英(1624—1671),字英叔、群實,號南圃,棠岳人。著有《南圃集》。

《詩學發揮》:余嘗妄自評論古之所謂吟詠大家,以爲青蓮詩,若昆山彩鳳飛弄流霞,太華高峰玉綻芙蓉,只見天然之態,未有斧鑿之痕,可與造化相表裏左右手矣。草堂詩,瘦若飛鶴,清若沆瀣,健若五百義士,苦若三冬雪竹,其刳心剖膽處可以泣鬼神而激志士矣。昌黎詩,混混如元氣,流行如河海,卓立者與五岳比高,淵深者與四瀆并沉,余嘗以爲詩中之聖經也。若楊士弘所編唐詩三等音律,譬若華佗、扁鵲,輸天下四海之奇材異料合爲一劑名藥,參术、昌陽、玉札、丹砂,辛者補之以甘,凉者濟之以温,高者抑之,下者揚之,令人一服藥可以打叠了百骸疴痒矣。余故道[一]上品之才當以李、杜、韓三家,若自中下以後當以三唐爲準云。(《南圃集》卷十一,《韓國文集叢刊續》第 36 册,頁 402)

[一]道,原作“導”。

李端夏

李端夏(1625—1689),字季周,號畏齋、松磵,德水人,謚號文忠,李植之子,宋時烈門人。仁祖二十二年(1644),曾以質子羈押瀋陽。顯宗三年(1662)文科及第,歷任吏曹判書、左議政等職。著有《畏齋集》,編撰《北關志》。

《上尤齋》:先人嘗批解杜詩大全,此蓋遵朱夫子欲注之意,其用力亦深矣。古今注解諸家不爲不多,而多失其旨。先人學務窮格,必覈其真妄是非,此解若傳,諸家贗説亂注皆可廢也。向爲文集事未了,未免束置,今還鄉曲之初,始令兒輩分寫。而政虞邊警,只爲佩持於亂離中,爲此苟簡規模。如欲刊行,則於古注中當盡書其點取者,不書其削去者,補以自解之説,而加堂號以表之。侍生精力恐不能及此,奉化地有伯舅庶子能詩閑住者,欲屬此人爲之。又欲先禀於先生前,得一題叙之語,而書役纔了,有未遑矣。今聞四哥孫郎之言,先生有聞要一覽,故敢此拜呈,而深愧不敏呈禀之不早也。文集序文改處,別紙有更禀語,此則速賜回教如何。(《畏齋集》卷六,《韓國文集叢刊》第 125 册,頁 379)

金如萬

金如萬(1625—1711),字會一,號秋潭、箕山,順天人,與李惟樟被鄉人尊稱爲“山南二大老”,著有《秋潭集》。

《秉節校尉世子翊衛司翊贊李公行狀》(節録):公諱惟樟,字夏卿,姓李氏。(中略)於藝無所不通,如陰陽、卜筮、算數、兵陣之術,皆能領略,而亦不留意。雅好杜詩,手書長短律近千篇,淫泆詠嘆曰:“草堂心事,可以想像。”常以詩爲玩物喪志,不喜吟詠。或因意會而得之,閒雅典重,無藻繪之態。爲文亦簡易明暢,而不事華飾。(下略)(《秋潭集》卷五,《韓國文集叢刊續》第 37 册,頁 203、206)

蘇斗山

蘇斗山(1627—1693),字望如,號月洲,晉州人。顯宗元年(1660)文科及第,歷任羅州牧使、江陵府使等職。著有《月洲集》。

《憶杜拾遺》:緬憶杜陵老,長歌鳴不平。題詩多感慨,憂國見精誠。逆旅長行役,干戈半死生。窮愁留與我,千古一般情。(《月洲集》卷一,《韓國文集叢刊》第 127 册,頁 235)

姜錫圭

姜錫圭(1628—1695),字禹寶,號聲齘齋,晉州人。顯宗元年(1660)增廣文科及第,歷任禮曹佐郎、通川郡守等職。著有《聲齘齋集》。

《每夜誦杜詩數百篇,故次叔九韻以詠》:誦詩日有程,晨坐到雞鳴。一洗齊梁習,獨振正始聲。細看知妙韻,熟讀見真情。忠義争秋色,千秋仰北征。(《聲齘齋集》卷二,《韓國文集叢刊續》第 38 册,頁 47)

《李公直作不讀書嘆,拈一書字爲韻,演爲長篇寄示。余反其意而和之,准其句數,奉呈博粲》(節録):(上略)吾觀自古文章士,窮餓挫搤皆由書。子長空被蠶室刑,謾勞龍門誦古書。子雲竟投天禄閣,徒爾閉關識奇書。太白溺死采石江,浪讀匡山十年書。子美餓死耒陽縣,枉殺讀破萬卷書。孝標之窮淫於書,張籍之盲癖於書。囊螢映雪渾無賴,島瘦郊寒皆坐書。古來文士例寒餓,柗腹徒然浪讀書。(下略)(《聲齘齋集》卷五,《韓國文集叢刊續》第 38 册,頁 104)

《杜詩糊補修正序》:家君少受業於滄浪先生,先生即牛溪先生之子也。滄浪之學得之家庭,隱德不仕,有古君子之風焉。又工於文詞,最喜少陵詩,手自批評,注釋頗詳悉。家君仍得之於其門下,酷愛之,平居未嘗頃刻離乎手,又手自净寫一帙而藏之。余小子即嘗受讀者數年,而又迭歸於群從之手,字畫[一]多就污滅,至不堪讀,余甚瞿然。及夫北來之時,攜至橐中,朝夕奉玩,圖所以久遠之計。遂糊以他紙,又補其缺畫,裝成一新卷。噫,自小子離膝下,今至六七年矣。家君倚閭之望,小子陟岵之情,何忍言哉? 每一開卷,恍然承顏於咫尺,定省於晨昏,警欬之音如在耳邊,猶可以少寬於懷。而瞻望思慕,不覺失聲而長吁也。他日南歸,以是卷跪進於家君,則家君亦必有愴然於斯矣。夫家君之傳是詩,不忘乎其師也;小子之妝是卷,不負乎其親也。豈皆偶然者乎? 後之爲吾子孫者,其有能不負余今日之志與? 雖然,不有以告之,其何能知之,亦何以感發其良心,以責其不負乎? 是不可以無序。遂略記此事,以示後昆。歲在丁未孟春下澣,不肖子錫圭再拜謹書。(《聲齗齋集》卷八,《韓國文集叢刊續》第 38 冊,頁 152)

[一] 畫,原作"畫"。

朴世堂

朴世堂(1629—1703),字季肯,號潛叟、西溪樵叟、西溪,潘南人,謚號文節。顯宗元年(1660)增廣試狀元,歷任奉常寺正、吏曹佐郎等職。顯宗九年(1668),以書狀官出使清。著有《西溪集》《思辨錄》等。

《舍東溪南石上有偃松,樹大合抱,枝交葉密,特異衆松。每暑月休憩其下,炎景流鑠,清陰不移。壬子春大雪,山木盡倒,此松亦被摧壓。昔讀杜工部楠樹歌,讀時尚未深了,古人於一木惜之如此,意不徒然。爲賦一律,以識深感》:倚巖覆水百圍松,赤甲蒼髯對遠峰。流月頻聞警露鶴,奔雷瞥見拔潭龍。陰凉合被幽人息,靈怪難爲造物容。顛倒古今同一恨,草堂詩老血垂胸。(《西溪集》卷二,《韓國文集叢刊》第 134 冊,頁 26)

《與族侄監司泰淳》(節錄):(上略)《杜律解》,當初略閱。但以性不喜排律,以爲古人何事於此乎,故於今注解亦謂費心於無用,不復致細。前後勤勤如此,當一爲究討,有可以可否者,亦當盡管見也。人又傳有意解商隱詩,果有此否? 此詩難曉,苟鈎深摘隱,令讀者豁然,其功當不止向所爲者,深望深望。癸酉十二月(《西溪集》卷十九,《韓國文集叢刊》第 134 冊,頁 400)

閔維重

閔維重(1630—1687),字持叔,號屯村,驪興人,封驪興府院君,謚號文貞，宋時烈、宋浚吉門人。孝宗元年（1650）文科及第，歷任大司諫、戶曹判書等職。有《文貞公遺稿》。

《擬唐拾遺杜甫謝詔許尋問家室表》：艱危衰職陪，幸忝法從之列；妻子隔絕久，特荷尋問之恩。今當遠離，未忍永訣。伏念臣亂世餘喘，窮途腐儒。方鐵騎之北來，恥主辱而未死；及玉輅之西幸，失王處而何歸。身脱賊壘之鋒，足繭荒山之路。艱難赴行在，重瞻冕旒之光；朝廷愍生還，復隨衣冠之後。青袍如草，顧榮名之何心；翠華蒙塵，念國事而流涕。雖幸一身之有托，可憐百口之無依。寄書三川，消息不至；飄蓬萬里，生死難知。兵戈縱橫，政旅客思鄉之日；風塵澒洞，豈臣子言家之時。徒深步月之懷，不耐看雲之悵。何圖丹宸之聖眷，遽降墨制之寵章。扈仙仗於草萊，未效補闕之責；指歸路於蓬蓽，及紆問舍之恩。青春好還，離帝座於日下；白頭徒步，望鄉邑於天涯。怵惕拜辭，蒼茫行色。爾家安在，縱念妻孥之私；王室多艱，可堪君父之戀。奔波學士，未脱執羈之勞；拾遺老夫，獨被就第之命。誰期此日，知我惟天。兹蓋伏遇皇帝陛下即位鳳翔，承謀燕翼。間途傳玉册，丕紹唐堯之禪；神謨靖金甌，克復商宗之業。乃推洪渥，亦及微踪，臣敢不頂踵歸恩，骨肉含感。犬馬之性愛主，益殫補裨；夫婦之愚與知，惟思隕結。（《文貞公遺稿》卷五，《韓國文集叢刊》第 137 册，頁 139）

《答兒鎮厚》：唐律通貫看閱，間或誦吟，逐日次韻，以至百篇可也，即今已得幾篇耶？過百後當讀杜律矣。丙辰元月二日。　　　楊子《法言》，吾欲一覽，暫借以送。汝來此後，謄書爲宜。唐律通徹熟看，連日構思，待手段不澀，然後讀杜律爲宜。（《文貞公遺稿》卷九，《韓國文集叢刊》第 137 册，頁 264）

崔承太

崔承太（生卒年不詳），字子紹，號雪蕉，川寧人。肅宗八年（1682），曾隨謝恩使團至北京。朝鮮時代著名閭巷詩人，有《雪蕉遺稿》。

《贈庾述夫、李子春，兼示外甥金富賢》：一自詩亡王德衰，千秋正聲何微茫。尚看蘇李綴微響，建安黃初復紫黃。紛紛百家迭酬唱，分錦裂繡成文章。獨有徵君抱玄真，天然古色無雕妝。餘波涓流氣已細，齊梁玉臺徒芬芳。雲龍風虎起隴西，復令才傑盛於唐。歌行浹浹律法正，體格森嚴諧羽商。王楊盧駱始草創，中間李杜乃闡揚。一唱驅除六朝艷，雲流嶽立天開張。廬山天姥吐崢嶸，吳蜀風烟果肚腸。上窺風雅下追騷，曹劉咨嗟鮑謝忙。後來蘇黃尋墜緒，吟成只見餘糟糠。遺篇須獲六丁餘，又恐風雨隨電光。披玩不覺誦萬過，口角流沫眵生眶。吾友鄭子愛入髓，往往佳句窺其堂。即今零落嘆山阿，無奈餘生叫寒螿。論詩賴有庾與李，猶是雲間雙鳳凰。晚有吾甥亦好詩，庾李壇上來翱翔。數子清論薄層霄，未知我言太疏狂。（《雪蕉遺稿》，《韓國文集叢刊續》第 40 冊，頁 346）

尹　推

尹推（1632—1707），字子恕，號農隱、農窩、聾窩、青松齋，坡平人，俞棨門人。曾任青松府使、金堤郡守等職。有《農隱遺稿》。

《病憂中無聊，披閱篇集偶題》：閑中何事度晨昏，篇集時將和睡翻。歐厭杜詩應有見，蘇評韓格亦知言。香山細細人情說，康節常常物理論。我國文章非不好，要看斧鑿自多痕。（《農隱遺稿》卷二，《韓國文集叢刊》第 143 冊，頁 225）

《適披覽杜詩，有同谷七歌，朱子跋之曰：豪宕奇崛，詩流少及之者，至其卒章嘆老嗟卑，則志亦陋矣，人不可不知道乎？噫！子美乃詩人也，只可觀其豪宕奇崛，又何論其嘆老嗟卑也？茲效其體作七章，甚拙俗可笑》（節錄）：（上略）杜陵同谷七歌極豪逸，文公跋語稱奇崛。從古文人未聞道，嗟老嘆卑何足恤。可笑荒山飢走日，縱有高思從何出。余亦平生志甚陋，常怪伯氏噍小器。小器大用豈有理，至今白首空永棄。黃河未清人壽幾，遺經獨抱窮谷裏。欲效同谷作七歌，謾爲杜陵訴晦翁。嗚呼七章兮更怊悵，極目遠望天無窮。（《農隱遺稿》卷二，《韓國文集叢刊》第 143 冊，頁 228）

李瑞雨

李瑞雨（1633—1709），字潤甫，號松谷、松坡、癱溪，羽溪人。顯宗元年（1660）文科及第，歷任義州府尹、都承旨等職。肅宗二年（1676），以書狀官出使清，有《丙辰燕行錄》。另著有《松坡集》。

《次東人讀杜韻》：萬寶胸藏爾不貧，詩名獨壽億千春。儀文大備姬公聖，風雅中興嫡統真。滄海雲雷龍氣勢，碧天霜露月精神。依然又似蓬瀛上，金闕銀臺見羽人。（《松坡集》卷八，《韓國文集叢刊續》第 41 冊，頁 146）

《思杜亭》：子美南征到，蠻人眼共青。衡猶憚勃敵，斗亦避文星。白酒

塵容醉,清都謫夢醒。居民盡思杜,無異浣花亭。(《松坡集》卷九,《韓國文集叢刊續》第41冊,頁180)

《讀杜詩,用權石洲韻》其一:詩家須以杜爲宗,錦作其心繡作胸。殷廟千官隨玉輅,虞庭六律動金鐘。清於秋月春霜兔,壯似春雷蹴海龍。餘子嵬然非不夥,更誰平揖日觀峰。　其二:審言言我是詩宗,孫子還吞九夢胸。鼓吹六經操化柄,乾坤萬物候豐鐘。偶然撥刺迦提象,忽復响濡累擾龍。莫怪後人攀不得,崑崙頂上又□峰。(《松坡集》卷十,《韓國文集叢刊續》第41冊,頁195)

趙顯期

趙顯期(1634—1685),字揚卿,號一峰,林川人。曾任冰庫別檢、尚衣院主簿等職。著有《一峰集》。

《余檢行李,只有古劍一把,香柚一枚,杜律一卷,仍成一絕》:江山到處鎮相隨,遊子襟期一劍知。更愛柚香偏入鼻,袖中況有少陵詩。(《一峰集》卷一,《韓國文集叢刊續》第42冊,頁22)

任弘亮

任弘亮(1634—1707),字汝寅,號敝帚,豐川人。顯宗三年(1662)增廣文科及第,歷任晉州牧使、驪州牧使等職。有《敝帚遺稿》。

《鄰友家使小兒呼强韻三首》其三:杜陵身世托長鑱,詩酒平生幾嗜饞。花泪感時憂社稷,葵忱向日憤搶攘。孤忠自許回天步,褊性何嫌被世讒。萬丈文光長不朽,千秋直與蜀山巉。(《敝帚遺稿》卷二,《韓國文集叢刊續》第40冊,頁579)

張　瑱

張瑱(1635—1707),字君玉,號茅庵,仁同人。顯宗六年(1665)別試文科及第,歷任蔚山府使、永川郡守等職。著有《茅庵集》。

《次古詩韻二十三首》其一:杜工部《曲江對飲》韻　影滯他鄉未肯歸,江頭飲罷夕陽微。平生憂國誠彌切,半夜思家夢欲飛。歲月幾隨丹荚換,功名

已與素心違。桃花流水休言好,醉裏難堪涕滿衣。(《茅庵集》卷一,《韓國文集叢刊續》第 41 冊,頁 505)

申厚載

申厚載(1636—1699),字德夫,號葵亭、恕庵,平山人。顯宗元年(1660)文科及第,歷任禮曹參判、漢城府判尹等職。肅宗十五年(1689),以謝恩兼陳奏奏請副使出使清。著有《葵亭集》。

《杜宇行》:吾聞杜宇古帝魂,啼血千秋怨不滅。杜陵老子客三巴,許國初心猶稷契。草堂清夜拜僕僕,戀主衰鬢渾如雪。精忠至今見詩史,絑纑當年嗟未徹。東韓去蜀數萬里,地闊天長區宇別。爾獨胡爲遠途來,客窗終夜增愁絶。(《葵亭集》卷四,《韓國文集叢刊續》第 42 冊,頁 307)

《詩史》:轉蓬巴峽路,篋裏富新詩。感慨論治亂,飄零記歲時。依然當世事,留與後人知。良史波濤筆,騷壇孰等夷。(《葵亭集》卷五,《韓國文集叢刊續》第 42 冊,頁 335)

李 沃

李沃(1641—1698),字文若,號北厓、博泉,延安人。顯宗元年(1660)增廣文科及第,歷任京畿道觀察使、高陽郡守等職。著有《博泉集》《歷代修省便覽》等。

《古意三首》其一:粤在姬周盛,飅飅正雅發。列邦各有謠,天子在治忽。用之鄉與國,被聲叶簇節。至聖不得位,戰國王澤渴。舊聲定舛訛,空言當賞罰。離騷祖詩賦,南汜稱宋屈。靡靡及江左,徵士最高潔。李杜盛仙李,卓犖相頏頡。俱是能言士,要之杜近律。宋教闡河洛,考亭晚更出。五言薄風雅,字字原惻怛。歷代論詩法,上下此軌轍。大東千載後,我生天地末。直欲挽近世,上與幽鎬列。願以關雎始,復以鹿鳴闋。扛鼎力既弱,移山計且闊。瓌奇世無知,耿耿緘髓骨。幽懷寄賦興,聊可自怡悦。(《博泉集》詩集卷一,《韓國文集叢刊續》第 44 冊,頁 116)

《和杜篇并序》(節錄):粤自風雅之亡,後世爲詩者率繢繪肝腎、吟弄風月而止爾,曷足與論於性情之正哉?唯唐杜甫氏爲詩家正宗,韻致沖澹,誠意惻怛,蓋不相背於賦興之遺旨,千載之下,想見其爲人。況余近日所處,有同於子美夔蜀間身世,則其感發余懷者又何如也。如《北征》諸篇,忠君愛國之意溢於辭表,後世稱之,列之於左徒《離騷》、諸葛武侯《出師表》者,良有以也。余因日夕所遇,輒和其韻,名之曰《和杜篇》,凡若干首,不但諷誦謳吟以伸幽菀之思而已。古之人亦有曠百代相感而朝暮遇者,盍於蘇長公和陶詩觀焉?(詩略)(《博泉集》詩集卷九《田居錄》,《韓國文集叢刊續》第44冊,頁152)

《茅屋》:茅屋三間背郭成,閉門春日自陰晴。階邊細草看新態,床上陳編寄古情。已覺盈虛存化柄,寧將厚薄怨吾生。少陵爽語還悲意,強擬千秋萬歲名。(《博泉集》詩集卷十一,《韓國文集叢刊續》第44冊,頁172)

《又東南原使君五絕句》其三:浣花溪舍接成都,杜子來依嚴大夫。札牘三旬凡數束,交情千載見窮途。(《博泉集》詩集卷十三,《韓國文集叢刊續》第44冊,頁186)

《讀韓文公、杜拾遺二先生書説》:余幼而好讀書,紬繹千古。夫六經載道之器,經世之典,尚矣,曷不深敬而篤信之乎?後世子集,亦不一其家,最好韓文公、杜拾遺之書,未嘗一日去手也。人有規余者曰:"足下生於百代之後,懷經蓄籍,發憤於古人不朽之業,而其所準的,何其卑且偏也。自秦漢迄唐宋,文章代各有人,如左、馬之史,莊、列之辯,屈、宋之騷,鮑、謝、歐、蘇之詩文,皆可師而法也,何必二公之書爲哉?"余曰:唯唯,否否。稻粱膾炙,人賴以生,無不嗜之,性所同也。至如奇羞異饌,各有所嗜,性所偏也。夫六經譬則粱肉也,二公之書譬則異饌也,適近吾性情愉快而已,非欲專乎此而廢乎彼也。自夫聖人遠而道術裂,王澤熄而風雅亡,東京以還文日益敝,干戈于二國,腥膻于六夷,當時海内操觚之士績綵相尚,委靡成習,引繩於上世軌轍,直洪河之支流、強弩之末勢耳。於是韓、杜二公,挺生唐家百年之後,皆志氣盈宇宙,精魄貫日星。融會而精通,多積而博發,開道而明理,記言而摭實,寓諷而陳誠,托物而致志,而率不越乎修齊之法、比興之旨。其衛聖道、闢異端、闡風雅、正淫哇之功烈風韻,固將指南昏衢,砥柱狂瀾,合衆體之美,成一家之盛,稱之爲萬代詩文之宗,則余之偏好於二公者,不亦可乎?世之談藝者,尺寸摹度,口吻雌黄,文非先秦不文也,詩非晉魏不詩也,拘於夏虫而語乎冰,局於坐井而觀乎天,多見其不自量也。嗚呼!之二公之書,余烏得不悦哉!平而讀之則氣益以泰,困而讀之則志益以固,怒而讀之則山岳低昂,喜而讀之則風月光明。豈二公平生所處所遭,亦有以激余懷者耶?曷使余嗜尚之至斯也?誠使二公進執洪樞,夾贊皇化,則庶將黼黻王猷,笙鏞治道者,尤大彰明較著,而豈獨爲黜佛骨開雲化鱷之用、跋履山川感嘆時物之具而已哉?余獲戾于時,五載四遷,流離顛躓,寒不得衣,飢不得食,衣食猶可無也,不可無二公之書也。坐與吾坐,臥與吾臥,行與吾行,自西塞而北漠而又窮髮之北,而經歷險阻數千里,與余相終始如此。吾亦知吾癖已痼,癖者病也,誰得醫吾病哉? 或者曰:"千載神交,朝暮相遇,即九原有作,二公寧不謝知己感于足下者哉?"余曰:"未敢當,未敢當。"遂并識其言而爲之說。(《博泉集》文集卷五,《韓國文集叢刊續》第44冊,頁264)

《眉山酬唱録序》:昔蘇氏生于眉山,三父子以文名一世,其諸孫邁、過俱有才,稱之爲小坡。父子兄弟之間,酬酢蓋多,考之三蘇集可見也。余散官于朝,寓居于坡,坡既兩都間名府,而其東之一山,秀而拔者曰"峨眉"。坡既長公之號,而山又蜀山之名,則百代奇遇之感又何如也? 余業詩書,童習而白紛,固無可稱,而未嘗有外淫他技。四子雖無教,亦能從事文業。日夕講讀之暇,輒有賦詠,篇什自多,遂名其録曰《眉山酬唱》,以寓嘐嘐之意。蓋欲以自娱,不願乎人知也。前余於壬戌之七月既望,謫過青海,實和赤壁二賦。今來于坡,又録眉山,余之感於坡翁者何如是殷也? 昔陶徵士慕孔明而命其字,韓魏公慕樂天而名其堂,長公亦有和陶集。余之命録,蓋是意也。嗟乎,吾與坡翁,千秋間矣,萬里遠矣。而聞其地號,想見其爲人,況親與之折旋於丈席之間,其歡快當如何也? 此子美先生感發於不同時者也。余之仲弟涬、二子萬敷,亦頗能詩,而適迸散湖嶺,他日合集,可使之續篇,聊以識之。戊寅首春,博泉子書于坡州之眉山僑舍。(《博泉集》補遺卷一,《韓國文集叢刊續》第44冊,頁307)

金聲久

金聲久(1641—1707),字德休,號八吾軒、海村道人,義城人。顯宗十年(1669)文科及第,歷任工曹參議、户曹參議等職,著有《八吾軒集》。

《老杜詩云"四更山吐月,殘夜水明樓",此殆古今絶唱。東坡因其句作五首,仍以"殘夜水明樓"爲韻,戲效之》(節録):一更山吐月,遠客獨憑欄。萬里今宵色,三年絶海看。桂花秋不落,玉兔夜應寒。欲做三人會,其如隻影殘。(下略)(《八吾軒集》卷二,《韓國文集叢刊續》第43冊,頁451)

李世龜

李世龜(1646—1700),字壽翁,號養窩、屯齋,慶州人。顯宗十三年(1672)進士試及第,歷任尚衣院僉正、洪州牧使等職。著有《養窩集》,收入次杜詩兩百多首。

《三疊,寄贈汝和學士》:汝和崔學士,少日舊遊也,十年以來各經憂戚。
重之以淪落東峽,離索久矣。前月途由京洛,訪我寓舍,兩夜連枕,共説曩日
過從之樂,且示以玉堂諸什。臨別因語及向上文字,余勉以讀古書必點檢身
心,勿使有書自書之病。和首肯之,約以書尺討論經義,耿耿不能忘也,遂叙
舊寄贈。　　憶曾春酒勸深鍾,日暖高軒花滿塘。擊鋏論懷偏俊逸,披襟握
手兩丰茸。中經憂戚歡容變,晚喜詩書筆札憛。愛子清篇猶不老,居然鳳沼
出芙蓉。　　歲在戊午,曾步杜七律韻,自下而溯上,以爲日課,未畢而輟。
連經草土,不觀韻語近六七年矣。今上春仍舊序而續步,僅一月,因病中止,
兹又續成。哦詩固末業,君子所不屑,而以其未究而簀虧也。乙丑四月。
(《養窩集》冊三,《韓國文集叢刊續》第48冊,頁72)

《倦遊八月九日○以下西行録》將遊楓嶽,治任束裝,忽回轡向鴻阡。途中
感懷,漫步老杜五律。余抛鉛槧久矣,不復細檢聲律,聊以寄興云爾。
不成登岳麓,且復向湖州。工部仍衰疾,長卿故倦遊。雙堤吟舞鳳,叢石想
輕鷗。和夢忽傾耳,玲琮萬瀑流。(《養窩集》冊三,《韓國文集叢刊續》第48
冊,頁85)

崔錫鼎

崔錫鼎(1646—1715),初名錫萬,字汝和,號存窩、存所子、明谷,謚號文
貞,全州人。顯宗十二年(1671)文科及第,歷任大提學、領議政等職。肅宗
十二年(1686)、二十三年(1697),分別以陳奏副使、奏請使出使清。著有
《明谷集》,編有《禮記類編》《典録通考》等。

《又次近體之字韻三首》其三:王風久被鄭聲欺,綺麗從而破壞之。李杜
勃興恢大雅,韓歐繼霸起中衰。其間作者寥千載,我輩居然並一時。君且前
行吾請後,斯文丕責倘相期。(《明谷集》卷一,《韓國文集叢刊》第153冊,
頁432)

《賦得詩得江山助三首》其一:冥探絶巘溯澄瀾,勝概逢人地不慳。胸裏
横吞九雲夢,筆端還有一江山。神功正在雕鏤外,奇氣全輸放浪間。老杜夔
州差仿佛,紛紛餘子莫能攀。(《明谷集》卷一,《韓國文集叢刊》第153冊,
頁434)

《鳴皋集序》:詩者,文之精華也。太上格調,其次聲韻,其次體裁,其次
思致。格調、聲韻,得之於天。體裁、思致,可以人巧造極。自古以詩名家者

多矣,得其體裁思致者十之六七,若晚李、趙宋名家是已。得其聲韻者菫二三,若中唐諸家是已。至如得其格調者,盛唐數家之外,蓋寥寥無聞。詩豈可易言乎哉?詩道莫盛於李唐,譚詩者以太白爲詩仙,子美爲詩聖。豈不以宗廟百官,制作具備,故謂之聖;水月空花,色相超絶,故謂之仙耶?高氏廷禮深於知詩,其編《品彙》也,以子美爲大家,太白及王、孟爲正宗。其意蓋曰得之天者爲上,亦禮樂從先進之義也。本朝之詩,中葉以前皆效宋人,概不出蘇、陳範圍。穆陵之世,文士鬱興,稍稍步驟於三唐,操觚講藝者舉能羞道宋元,而猶未能盡洗習氣。獨蓀谷、石洲號爲近唐,實有倡導正始之功。以余觀於鳴皋任公之詩,可與權、李鼎峙參盟,其於格調聲韻殆庶幾焉。公之爲詩,直探風騷之源,務求本來面目,不涉理路,不落言筌,絶不爲元和以後口氣。沖雅孤高,自有天然之色。高者往往出入王、孟,下者亦不失錢、劉門徑。其於世之粗豪以爲大,叫噪以爲雄,拗險以爲奇者,非唯不屑爲,抑亦深病而力紬,故其詩嘗曰"楊墨亂仁義,蘇黃亂風雅",即其所自標置者然也。蓋公人品清高脱俗,不規規於繩尺,絶類金粟後身。雖勉就禄仕,栖栖薄宦,而不染世之滋垢,飄然有遺世羽化之意,故其所嚀哢,不作喧卑烟火人語,清文絶藝,夫豈無本而然耶?同時權、李諸公,固皆交驩無間,誦稱之不厭。後輩若豀谷、澤堂及吾先祖遲川,亦皆長事之,屢形於詠歌。雖其年位不稱其才,文苑聲價未始不在盧前,則斯文豈可終於埋没無傳哉?顧後承旁落不振,遺稿久未刊行,朴君衡聖爲按使嶺南,慨然捐俸,遂付剞劂。有才而無命者,自此而庶可勸矣。公孫進士世鼎兄弟請余爲序引,噫,公之詩奚待余一言而不朽?爲其先契有素,且得與聞鈔定之役,略志于卷端。(《明谷集》卷八,《韓國文集叢刊》第 153 册,頁 581)

金 榦

金榦(1646—1732),字直卿,號厚齋,清風人,謚號文敬,宋時烈、朴世采門人。歷任工曹判書、右參贊等職。朝鮮時代性理學家,著有《厚齋集》,編撰《東儒禮説》《思齊録》等。

《傳七章》(節録):"心不在焉"止"食而不知其味":按:此承上段有所喜怒有所恐懼而説,蓋人心既有有所而係着於物,則此心便在彼,而不在此矣。是以:雖視,而心不在,視故不見也;雖聽,而心不在,聽故不聞也;雖食,而心不在,食故不知味也。上段有所,是有心之病也;此段不在,是無心之病也。(中略)杜工部詩曰:"仰面貪看鳥,回頭錯應人。"此言心在於鳥而不在於人也。蓋此心在鳥,則爲有所,而於人則爲不在也。心既如此,則何以收斂檢飭,以脩其身耶? 是以君子必察於此,既誠意而又正心,既正心而又脩身,使内外交脩,身心俱正也。(《厚齋集》卷二十三《劄記·大學》,《韓國文集叢刊》第 155 册,頁 412)

李玄錫

李玄錫(1647—1703),字夏瑞,號游齋,全州人,謚號文敏。肅宗元年(1675)增廣文科及第,歷任右參贊、刑曹判書等職,著有《明史綱目》《易義窺斑》《游齋集》等。

《讀書雜録》:("游齋六家"之)文章家,《左傳》《國語》《莊子》、遷、固史爲一科,韓文公、柳柳州、歐陽公、蘇東坡全秩、八大家、《文章正宗》《古文真寶》《百選軌範》爲一科,《唐詩品彙》、李、杜全秩、《楚辭》、選賦、儷文爲一科。雜選其可誦者,無時輪誦,不至遺忘。雖啜飯之頃,登厕之時,對客應事之際,亦必内記而心誦。筆法則以《蘭亭》《方朔傳》《樂毅論》《洛神賦》爲一家。朝食後必習數百字,一日毋闕。(《游齋集》卷二十二,《韓國文集叢刊》第 156 册,頁 597)

金昌集

金昌集(1648—1722),字汝成,號夢窩,安東人,謚號忠獻。肅宗十年(1684)文科及第,歷任左議政、領議政等職。肅宗三十八年(1712),以謝恩兼冬至使出使清。景宗二年(1722)被賜死,是死於"壬寅獄事"的老論四大臣之一。著有《夢窩集》《國朝自警編》等。

《杜詩集句》(節録):余有事雲庄,來住送老庵者殆半月餘矣。春深晝永,山扃静寂,鳥啼花落,悄然送暑。適案上見留少陵詩一部,其句語往往有仿像於今日之情景與物態者,余遂就五言詩中掇取而集成之,爲短律凡得數十篇。余自禍釁以來,固已絶意鉛槧,而昔宋文文山在燕獄,目見天地之翻覆,身罹犬羊之僇辱,旃雪充其中,刀鑊森其側,其危迫痛懣人理之所難堪,而方且日哦其間,以泄其忠憤不平之氣,至於集少陵詩句者,又不翅百餘篇之多焉。近吾伯父谷雲先生,遁迹華陰深谷中,閉關塞兑,萬事灰心,而亦於其間集少陵七言,爲古詩數十首,此亦文山遺意也。今余之仿效爲此,蓋亦

古今一致,而恐或無害於義,姑存其稿云。時癸酉暮春下澣也。(詩略)
(《夢窩集》卷四,《韓國文集叢刊》第 158 冊,頁 89)

鄭 澔

鄭澔(1648—1736),字仲淳,號丈巖,延日人,謚號文敬,宋時烈門人。
肅宗十年(1684)文科及第,歷任吏曹判書、領議政等職。著有《丈巖集》。

《鳴皋詩集序》(節錄):自古詩人,不遇於時,終窮以死,若郊、島、儲、王
之倫不可勝數。想其搯胃擢腎,劌目鉥心,争鳴於一時,薪知於百世者,果何
如也? 而卒之如鳥獸好音之過耳,其不與草木歸於同腐者幾希矣。獨惟杜
陵氏之作,傳之愈久,而愛之罙深,後賢之稱述引重靡有餘蘊,至於擬諸聖而
號爲史,豈不以其所學者稷契,所志者君民,而白首徒步,揮涕行在,忠義之
氣秋色争高故歟? 海東千載亦有聞其風而興焉者,鳴皋任公諱銶是已。蓋
公生禀絶異之姿,早遊成文簡之門,得聞道義之説;又嘗景慕栗谷李先生暨
吾祖松江公,終始不替;所與遊則清陰金文正公尚憲、玄軒申公欽、楸灘吳公
允謙、石洲權公韠諸名賢也。其師友淵源固自可見,而平日所以濡染切磨、
成就其德者,夫豈偶然哉? 逮至龍蛇之歲,島夷構亂,乘興播遷,兩京丘墟,
當時食君衣君之輩望風鼠竄、草間求活滔滔者是,而公獨以眇然寒士投袂而
起,灑血忼慨,裹足奔問,仍又往來於天兵義旅之間,發謀出慮,期以滅賊,雖
其時命不偶,功業未就,立意皎然可貫金石。苟非所學之正,所志之大,孰能
與於此哉? 試讀其詩,憂時愛君,忠懇惻惻,綽有變後遺音。公於少陵翁,真
可謂朝暮遇者。惟彼郊、島之寒瘦固不足論,而其視儲、王之壞名喪節,又奚
翅壞蟲之於黃鵠耶? (下略)(《丈巖集》卷二十三,《韓國文集叢刊》第 157
冊,頁 523)

鄭齊斗

鄭齊斗(1649—1736),字士仰,號霞谷,延日人,謚號文康。曾任右贊成、
世子貳師等職,朝鮮著名陽明學者,"江華學派"創始人。著有《霞谷集》。

《答橫溪宗人書再答》:從前鄙意只以古人以鄉名代姓字,如杜詩稱鄭虔
語是也,故李仁老以此語代鄭字,如杜詩云爾,曷嘗謂鄭虔非滎陽也? 彼以
文字代用耳,於吾鄭何與焉? 不過以鄭字偶同,而無與於吾鄭,則所求于杜

注者何事耶？至於彼仁老妄襲杜語，敢用變文法，如其林椿、李湛之流，固其門下流輩，其奔走服役，所謂籍、湜輩是也，奴隸之，指使之，無所不至，彼固心甘者也。至於我先祖則於仁老世等絕然，是爲先朝大臣，德業名節非仁老所可指擬者也。彼乃去其姓也，呼其名也，狎侮蔑辱，如呼小兒。此其爲人，輕佻浮薄，無義無行，不知有尊賢尚老，禮法之有可畏者也，誠不足以人事責之。而吾輩爲子孫者，所當明辨而痛斥之者也，今反欲引據而爲其實，誠是義不敢出也。其人本指如此，後又加之以“公鄭”二字以爲掩護地，改易爲文，無乃左耶？至若因以轉輾，又用以爲先祖號，則其誣又如何？其下一節有曰“江南措大鄭某”，其直書其鄉者，亦實以吾先祖爲我國之江南人，而彼有終不能遁其辭者也。除了千百說，史傳與家譜昭昭若日星，而反求於妄錯無根之說，豈不可慨也耶？此不可不力辨，故力疾縷縷耳。（《霞谷集》卷三，《韓國文集叢刊》第 160 冊，頁 98）

崔奎瑞

崔奎瑞（1650—1735），字文叔，號艮齋、少陵、巴陵、蠶窩，海州人，謐號忠貞。肅宗六年（1680）別試文科及第，歷任藝文館提學、左議政等職。肅宗二十三年（1697），以世子冊封奏請副使出使清。著有《艮齋集》。

《處士孤松齋沈公墓碣銘》（節錄）：爲詩文，或陶寫性情，或直書事實，皆贍暢可觀。於《心》《近》諸書，掇其開警語，爲詩累十篇。集杜律句，成律絕凡百篇。所著述凡五編藏于家，善草隸、工八分，墓刻堂扁，多傳於世者。（《艮齋集》卷十，《韓國文集叢刊》第 161 冊，頁 190）

金昌協

金昌協（1651—1708），字仲和，號洞陰居士、農巖、三洲，安東人，謐號文簡。肅宗八年（1682）增廣文科狀元，歷任禮曹參議、大司憲等職。著述有《農巖集》《朱子大全劄疑問目》《五子粹言》《二家詩選》等。

《悲松樹賦并序》（節錄）：余所居農巖宅前，有大松樹，甚奇壯，幹直而柯偃，望之若青幢翠蓋然。今年，余置草堂其側，專爲此耳。堂既成，而松顧益勝，俯仰蔭映，令人意遠，暑月尤爽然也。方將築其下爲壇，穿池引流以周之，池甫穿而壇未築，乃季秋二十有一日，大雷電以風，風自西南來，轟轟動地,揚砂走石,凡繞宅之松被折拔者四樹,而是松不免焉。（中略）余嘗讀子美《楠樹》篇,每嘆其悲壯感激,善模寫物象人情,乃今益信其然。嗚呼! 子美千載人也,何其能預道吾意中事若是之深切哉? 余既久廢爲詩,且令勉而爲之,亦未有出於子美之外者,故輒爲騷賦一篇,以寄吾悲,亦猶子美之遺意云。（賦略）（《農巖集》卷一,《韓國文集叢刊》第 161 册,頁 311）

《舟遷》:倦馬秼復征,秋雨亦已晴。方欣江色來,忽驚棧道橫。一線袅縈盤,千仞危峥嶸。迅湍下鬪石,數里先聞聲。長林賴蔽虧,不爾更怔營。平生慕杜老,有詩能紀行。至今川蜀間,險絶如寫生。恨我無此筆,奇處語還平。（《農巖集》卷四,《韓國文集叢刊》第 161 册,頁 383）

《與洪錫輔壬午》（節錄）:前示金公文字,病裏看玩,極慰孤陋。但其所論《大學》"正心"之義,在於愚見,殊多可疑。（中略）且其所引杜詩二句,"仰面貪看鳥",四有之譬也;"回頭錯應人",三不之譬也。貪看於彼,故心有不存而錯應於此,此取譬之意也。蓋"有所"與"不在",相因而非二事,故只如此取譬,語意已足。若其各爲一事,則且道此兩句内,何者專爲"不在"之譬耶?（《農巖集》卷十六,《韓國文集叢刊》第 162 册,頁 42）

《答金叔厚卿別紙庚辰》（節錄）:所論先集修改一事,於鄙意終覺未安。《谿谷漫筆》所病《灌纓集》疏謬處,正欲後人删而去之耳,豈修改之謂哉?至於《韓集考異》,以其有諸本可據,故朱先生得於其中有所取捨。雖其所取者或未必盡契于本文,而要之無專輒修改之嫌,則固自不妨矣。況孟子排淮泗之誤,杜詩"夏殷衰"之差,明知其一時失點檢,而後人曾莫敢改動,只云某字當作某,此正可謂慎改之證。而盛論却並引此爲説,尤所未喻。（下略）（《農巖集》卷十七,《韓國文集叢刊》第 162 册,頁 67）

朴泰淳

朴泰淳（1653—1704）,字汝厚,號東溪、東溪居士,潘南人。肅宗十二年（1686）別試文科及第,歷任延安府使、長湍府使等。著有《東溪集》,曾刊印許筠《國朝詩删》。

《杜詩排律集解序》:箋注杜詩號稱千家,可謂盛矣。若歌行諸篇,爲鄉塾諸生所誦習,殆與四子書等,各自有傳授。而其四韻律,尤爲詞翰家準的。故虞邵庵注七言,趙東山注五言。近又有合注五七言,稱辟疆[一]園注者,並行於世。而獨於排律,無别爲表章之者,何哉? 四韻律盛於開、天間,而至子美能事畢矣。然其淋漓縱橫,如長江洪河之奔放原陸,浩汗不竭;深山喬嶽之吞吐雲霞,變化無窮。又其憂時憫世,反覆致意,使讀之者增欷累欷不能自己者,則是寂寥短篇之所未暇有焉耳,烏可以俗士末學之所不恒習而有所忽略哉?余爲是病久矣。歲己巳,罷官閒居,乃取排律類合五七言,凡得若干首。取諸家注解,刪其繁複,正其訛謬。亦頗參考前代書籍,兼採先輩劄記,添補闕略,遂釐爲四冊,藏諸巾衍,以俟世同好之士。仍念子美以雄博之學,負經綸之志,適當玄、肅之時,內而艷妻煽處,外而彊藩稱兵,圮亂極矣。當是時,紆青拖紫、列鼎鳴鍾之輩,非出於奴虜,即闒茸奸壬之徒耳。顧乃流離秦隴,展轉庸蜀,遂至遠播江湘之外,採枏於荒山,乞絲於窮閻。自古君子之窮,未有若公之甚者矣。憂愁疾病一寓諸篇章,自悼其身命,而絕無憤怨誹謗之詞,猶惓惓有望於宗國者,惟在收賢俊、止戈鋌、復貞觀之舊而已。“復見唐虞理,甘爲汗漫遊”一聯,可想其情懇矣。嗚呼,此真可謂百世人臣之師表矣。然則讀此集者,苟或不驗以性情之正,而只以其聲華之美,取其格律之工,以是求公詩者,即所謂耳食耳,尚何能以意逆志,不失其製作之旨哉?嗚呼,是可以易言哉?庚午仲秋書于延昌軒。(《東溪集》卷六,《韓國文集叢刊續》第 51 冊,頁 204)

[一] 疆,原作“彊”。

金昌翕

金昌翕(1653—1722),字子益,號三淵、洛誦子,安東人,謚號文康,李端相、趙聖期門人。朝鮮時代著名文人、學者,著有《三淵集》。

《送朴士賓泰觀遊湖南》:詩在名山與大川,無人搜抉只風烟。灤湖迥接珊瑚海,月嶽高摩翠鶻天。秦蜀紀行須子美,巴陵物色待青蓮。向來崔白推敲地,何限驪珠棄道邊。(《三淵集》卷十,《韓國文集叢刊》第 165 冊,頁 203)

《答士敬別紙》:古詩二十首與杜老,其地位如堯、舜、孔子,而子建則湯、武之下規模,故變化靈異大有不及。苟能詳味而細較之,則了然可辨。《白馬篇》在子建詩中,古詩最緣情流出,故亦少模擬之跡,自不易得,而比諸《北征》,則神化猶似不及矣。子建詩,如“人生不滿百,戚戚少歡娛”,□□可笑。由其役志於模擬前人,故神化不足。杜老絕意蹈襲,所以爲高也。豪傑之士,雖無文王亦興,豈規規於模擬哉?　　子美之詩,形神俱妙者也,李白只神行者也,所以子美牢籠萬象,形形色色無所逃形,故摘其警句亦不可勝數。李白詩妙處多在光景玲瓏,實無警句可掇取者。以岑、高、王、孟善寫物態者較諸李白,則李白固高一層矣,然形神俱妙終愧子美則均焉。杜老自有渠學問才識，非可以詩學目之也。能爲孔明知己，至比於伊、呂、程、朱以前未有此識。如東溟輩，只摘取古人詩句綴緝爲詩，奚其詩？奚其詩？

李白識見大不及子美，有易見者，如曰"魏武營八極，蟻視一禰衡"。使子美賦禰衡，當曰"禰衡氣蓋世，蟻視一曹瞞"。其識見殆天壤不侔矣。　　寫真貴得其神情，只以形骨而已，則便非其人。作詩亦然，與其模形而遺神，不若略其玄黃而得其神駿也。　　張、王樂府最宜諷誦。中唐律，郎士元、皇甫冉之類，氣骨雖遜於高、岑、王、孟，而用意精深，妙在酬酢人事而不失雅度，却勝於直學高、岑、王、孟。蓋高、岑、王、孟渾厚和平，故學之却泛而不切，反墮於東調。如中唐諸人之詩，洗削多巧變，故可以复出凡套。張、王樂府亦妙，在俚俗之中不失雅度，欲脫東態須以此爲矩度。錢、劉七古，有全類律詩者，不必法。岑參詩最爲平渾，可亞李、杜，而惟其一味平渾，學之易墮凡調，如"故人適戰勝"之類易欺人。　　杜詩送別概多草率，蘭谷嘗發問，余答以"臨別潦草，未暇作沉著廣博，亦是一格"。然東方詩全體草率，今托于老杜送別調而略不留神，則恐至狼狽矣。《送雲卿》"不畏天河落，惟聽酒盞空。明朝牽世務，揮涕各西東"，如此類者甚多。"野潤烟光薄，沙暄日色遲"，"江山如有待，花柳更無私"，以此比《送雲卿》之類，疏密懸絕，淺深各當情，便是大家，而送別詩草率居多。　　杜五律無拗體，七言拗體居半，此最不可曉。以法言之，五律初入律者，如做古詩樣，間雜拗體也無妨，而七律則宜整齊諧叶。而杜氏反之，所未曉者此也。孟浩然五言頷聯多不對，常建"曲徑通幽處，禪房花木深"，亦頷聯也。杜詩絕少。（《三淵集》卷十九，《韓國文集叢刊》第 165 册，頁 392）

《答時敏》（節錄）：（上略）向呈文字，雖償宿債，竟無大發揮，知不中用矣。承示有留神之諭，其亦幸矣。至於"未快"二字，恐未悉述者用意與文字體面而然也。昔歐陽公贊尹師魯文章曰"簡而有法"，厥家亦未快，則歐公奮然曰："簡而有法，非《春秋》莫可當。"余亦謂"工煉"二字，推極言之，惟少陵可當之也。況本是簡短文字，不合細評其詩格，而猶欲著自此獎賞之實，特爲提掇，已爲多矣，有何歉乎哉？幸廣亮之爲望。（《三淵集》卷十九，《韓國文集叢刊》第 165 册，頁 405）

《答大有甲午》（節錄）：（上略）投來《秋興》詩，良喜，酬唱圓成，而所排各項俱有情致，殊可諷。但起三首似只個中境狹語演，欠歷落。或特起一題，如"赤城"、"栗北"等地，排景抒感，以成第三首，而破此二三首合爲一篇，要令峻潔不瑣絮，如何如何？曾閱前人集，爲此體者則多就窄境小題中趁韻牽押，故不堪著眼。今此只掇一字，而所排情境亦不窘窄，則頗自謂肆筆，而持較於老杜，則巨麗磊落若是懸絕，豈所謂如天之不可梯者耶？好笑好笑。來詩中一二疵欠未暇點出，只可自加磨礱，一以聲韻包廣爲主，如何？楓溪詩稍似縱弛不嚴整，頸聯改本則頗似皎厲，而蒼老或不如初矣。（《三淵集》拾遺卷十四，《韓國文集叢刊》第 166 冊，頁 479）

《答大有》（節録）：（上略）得書及詩録，源源作喜。聞方入城，撼動殊關念也。俺氣味依昨，與兩佺對研經典，静院明窗，助發以風灘霜葉，意況頗蕭散。況其所扣質，往往抓着痒處，足令蕪工剔發，非小適也。《秋興》改本，較初未知其頓勝，恐或仍舊爲可。白雲鹿門，亦犯後條，始意別排一境者亦有妨礙，尤覺轉動爲難矣。來韻六篇和去，更綴以偶吟一首矣。（《三淵集》拾遺卷十四，《韓國文集叢刊》第 166 冊，頁 480）

《與拙修齋趙公》聖期○甲子（節録）：（上略）詩之爲體，蓋亦屢嬗矣。然而隨時善鳴，羽翼大雅之輩，亦且代有其人。若漢之枚、李、張、蔡，魏晉之曹、劉、阮、陸，唐之李、杜，繩繩乎斐然可述。此其人雖循性任氣，各極其鼓舞縱横之變，而終不敢離而遁之於温柔敦厚之大法，若遊騎之顧大軍焉者。此所謂百慮殊塗，會其有極。而宋人求之不以法，則緣木求魚之類也；明人矯而失其真，則激水過山之類也。若在我朝詩道之統，蓋難言哉。雖然上下數百年，亦豈無聰明才慧近於本色者，而道之不行，常由於不明故跡。（中略）詩人之名立已久矣，詩人之任歸乎專矣，辨等分品，才量具見於是。取其裒多翕受者謂之大成，而偏工單詣者爲其所并焉。且如少陵之室，其包綜之該，于何不有乎？納其葳蕤之園，而沈、宋色瘁；略其幽朔之野，而高、岑骨驚；引其清泠之源，而王、孟神喪；籠其蕭散之原，而韋、柳趣盡；窮其玄峭之窟，而王、常意索。合而言之則一家之範圍也，浸假而分之，雖至於鼠肝虫臂之微，皆足以成一圈局。擅美而行遠，此之謂大家身分。（《三淵集》拾遺卷十五，《韓國文集叢刊》第 166 冊，頁 501）

《與拙修齋趙公》（節録）：（上略）及得來教，則諭藉非不綢繆，責勉非不隆重，而獨始問所蘊東岳、五山，未見其下落。反復披閲者終日，而後得其所謂要旨三條：一則曰不佞之文荒醜不典，一則曰李、杜之詩不如《三百篇》，一則曰擊壤之詩真率可學。據是三者，而不佞之惑終有所滋甚。夫足下既掎摭不佞書辭之不芟，以斷其詩之不能脱塵以追古，誠亦然矣。而獨不以其詩之不能追古，以斷其不足以入道，抑又何哉？一人之身，而精神心術之運，其或有別發而殊切者耶？且固玩而戲之者耶？愚未知足下抑揚之微意。而然此只評斷不佞一身耳，非東岳、五山之殿最也，蓋非始問所及也。至若李、杜之詩不如《三百篇》，則雖此固陋，已於來教之前聞之者十餘年。故前書自删後以還，概斷以流連光景，辭雖未煥，意則可見矣。今且達而論之曰"删後無詩可矣"，喻之自湯、文以後無一人行仁政，固論之至也。然齊桓、晉文之徒,有以異乎陳靈、齊莊;陳靈、齊莊之大爲桓、文罪人,亦不可漫而不別,是又一論也。今有人焉,贊美陳靈、齊莊如不容口,及既問其可美之實,則越而語他曰:"汝何以齊桓、晉文班於湯、文乎?"則其果當理乎? 今之問答正類是矣。合上二條,而東岳、五山之實,足下好惡之在,竟不得其要領。無已而擬乎末條,曰:"東岳、五山之詩,果有得於擊壤風味。"而足下之融契,其亦以兹乎? 其然豈其然乎? 終之未可曉也。(中略)詩之所以爲詩也,而既有承來格法,則雖朱子未免擬議禀古,其見於鞏仲之答者詳矣。如以爲一發於情,無所事於設排承襲乎,則雖擊壤之詩,似不必規規依樣。天下之事,一泥其跡,而效顰之累何往而不在乎。如高咏中"自尋梅竹"等語,律之以邵家字字真句句的之法致,則似未免模影而失形,襲寸而謬尺,持以正之於堯夫,未必蒙其印可。而雖斷髭攪腸如李、杜者,抑或笑其假設矣。(下略)(《三淵集》拾遺卷十五,《韓國文集叢刊》第 166 冊,頁 505)

《答宋相維》:惠牘忽墜,有擲地聲,瓊律入手矣。陳義申祝,愧非所堪,而愛玩詞格之美,不欲釋手。且酬唱一路,自此大暢,老杜所謂"佳句莫頻頻",吾不從"莫"字者,以其有猜意也。精工如此,作得二三百首,足淩鮑、謝,強勉毋怠,如何?(《三淵集》拾遺卷十八,《韓國文集叢刊》第 167 冊,頁 14)

洪世泰

洪世泰(1653—1725),字道長,號滄浪、柳下居士,南陽人。肅宗元年(1675)式年雜科及第,任漢學官,曾任義盈庫主簿等職。肅宗八年(1682),曾跟隨通信使出使日本。爲閭巷詩人,著有《柳下集》,編選《海東遺珠》。

《遣興》:偶作屯田長,初非荷篠翁。悲歌臨海水,短髮送秋風。遲暮何才力,蕭條此事功。杜陵多直筆,詩史亦孤忠。(《柳下集》卷四,《韓國文集叢刊》第 167 冊,頁 372)

李衡祥

李衡祥(1653—1733),字仲玉,號瓶窩、順翁,全州人。肅宗七年(1681)別試文科及第,歷任濟州牧使、慶州府尹等職。著有《瓶窩集》《樂學便考》等。

《答李仲舒》(節錄)：郊祀房中鐃歌，其以爲真有所感發懲創者乎？惟意所欲，不拘聲律，不求題意之合，亦或有不押韻。概不如是，雖李、杜亦無以肆其力矣。(下略)　　歌行，本於疏暢，杜陵之不作樂府而獨偏於此者，與樂府不同故也。既以豪放爲主，則或古或絶，或長短或排律，本無定體。青蓮集可考也。(《瓶窩集》卷七，《韓國文集叢刊》第 164 册，頁 304)

《答鄭皆春》(節錄)：(上略)前詩所詠"心志殆同宋百牢，暮年何望祝頭糕。古人已有探閑詠，萬事如棋不着高"云者，非有深意。《左傳》：吳人曰："宋百牢我，魯不可以後宋。"杜少陵詠之曰："險過百牢關。"《荆楚歲時記》曰："九日，以片糕搭少兒頭上，祝之曰：'百事皆高。'"兄詩既有"立幟高"三字，僕以拙意和之曰："心地被寇，殆同於宋百之牢我；暮年前程，無望於祝頭之搭糕。"工部詩曰"萬事如棋不着高"[一]，引分守拙，豈非僕今日事乎？(《瓶窩集》卷八，《韓國文集叢刊》第 164 册，頁 324)

[一]　"萬事如棋不着高"出自戴復古《飲中達觀》，非杜甫詩句。

權斗經

權斗經(1654—1725)，字天章，號蒼雪齋，安東人。肅宗三十六年(1710)文科及第，歷任刑曹正郎、國子直講等職。著有《蒼雪齋集》，編有《退溪先生言行録》《陶山及門諸賢録》等。

《風雅行》：俯仰宇宙内，浩蕩歌陽春。千秋大雅群，磊落幾何人。王風陵遲隨蔓草，楚國離騷頗自好。炎劉文士超前古，蘇李河梁奮雄藻。唐山枚蔡各臻極，大冶鑪鎔奪天造。建安曹侯才八斗，步驟駸駸十九首。正始以還氣漸薄，作者雖多亦何有。阮左淵明稍近古，蕭條六代荆榛久。唐興學士蔚雲興，拾遺古風回玄酒。開元李杜擅大家，驅使造化開天葩。光焰直可參象緯，氣岸列嶽齊嵯峨。高岑王孟亦超詣，落筆森然玉山桂。宋代蘇黃推絶到，古意寥寥迹已掃。三百年餘文運回，弘治之中詩更好。北地健筆薄前人，信陽何生更絶倫。元美于鱗繼復作，波瀾浩浩無涯津。伯仲之間視李杜，篇章往往如有神。惜哉數子矜小知，言語雖巧將奚爲。空將文字稱復古，自托大道寧非癡。此道原天未墜地，外物文章不與之。海東陶山飲酒詩，理到詞高風雅師。(《蒼雪齋集》卷一，《韓國文集叢刊》第 169 册，頁 11)

《次秋興八首，代杜子美自述課製》其一：西風落葉撼疏林，幕府高秋畫戟森。楚塞寒聲催斷雁，江城暝色動層陰。殘年去國千行泪，遠客登樓萬里心。弊盡黑貂身事薄，誰家此夜搗清砧。　　其二：星斗疏明燭影斜，遠遊何事鬢成華。地維枉絆追風足，天路難窺貫月槎。關樹秋聲驚客夢，戍樓鄉淚墮胡笳。濁醪解使千憂散，準擬重陽醉菊花。　　其三：夔府秋風又夕暉，倦遊深覺壯心微。殊方客裏黃花發，古戍兵前白雁飛。故國招魂時自往，窮途落魄事多違。天邊獨鶴歸何處，菽粟空教鳥雀肥。　　其四：世事真成幾局棋，盛衰翻覆使人悲。黃旗紫蓋還千古，白馬青袍又一時。灩澦關心歸路險，崆峒回首凱歌遲。皇輿極北今安否，萬里秦中入夢思。　　其五：翠華西極拂岷山，東望長安天地間。事去但聞呼贊普，胡來誰解扼潼關。神州舊物歸銅輦，古驛荒坡掩玉顏。尚憶蓬萊獻三賦，向時文彩動鵷班。　　其六：玉壘行宮錦水頭，成都不似斗城秋。車塵萬里橋邊夢，關月三年篋裏愁。杳杳江山稀驛騎，飄飄天地有沙鷗。時危身老行藏誤，獨倚高樓夔子州。　　其七：登壇諸將數論功，東北兵塵澒洞中。猿鶴精魂淒向月，麒麟圖畫凜生風。江雲瘴盡浮新白，楚樹霜凋發晚紅。歲物蕭條雙鬢改，天涯何地著衰翁。　　其八：秦川楚水迥透迤，巫峽空思皇子陂。露冷青荷波上葉，香飄丹桂月中枝。風烟九日觥籌進，霄漢三更斗柄移。志士悲秋催白髮，從他衣領雪莖垂。（《蒼雪齋集》卷四，《韓國文集叢刊》第 169 冊，頁 79）

李頤命

李頤命（1658—1722），字智仁、養叔，號疏齋，全州人，謚號忠文。肅宗六年（1680）別試文科及第，歷任禮曹判書、左議政等職。肅宗二十年（1720），曾以告訃使出使北京；景宗二年（1722），作爲“老論四大臣”之一，被賜死。著有《疏齋集》。

《次李同甫遊鳳凰臺詩軸韻并序〇辛丑》：砥平處亂峽奔流間，獨縣東十里有梁氏鳳凰臺者，奇巖特立，松檜鬱然，前臨平野，下繞澄潭，然臺上未曾有一茅棟。盛時百家村今餘數屋，若置之鄭杜間必不然矣。其所以得名者或曾有其實歟？抑地勢有似金陵者歟？雖不可知，而大抵極蕭灑矣。芝翁昨歲攜冠童來遊而甚樂之，諸梁但許其借居。翁之一家諸少年各賦詩與文，共成一軸。今歲，翁聞余東入，要余勸諸梁築精舍其上，約以暮年攜手同遊，蓋久不能忘也，且使余記其遊而和其詩。余惟鳳聲久悠悠矣，藹藹吉士今不可見，但願翁觀山泉之象，養諸少以聖功，使之一一含瑞圖，如子美之詩，豈不有光於家國哉，若“三山”、“二水”之句不足多也。以此和軸中之韻，深祝翁門云。

金陵詩句擅才雄,但道高臺鳳去空。豈若紫芝商嶺老,還思春服舞雩風。周王吉士誰歌詠,工部深衷庶感通。鳴鳥不聞嗟已矣,山泉只合養群蒙。杜《鳳凰臺》詩有"深衷正爲此"之語。(《疏齋集》卷二,《韓國文集叢刊》第 172 册,頁 81)

李 栽

李栽(1657—1730),字幼材,號密庵、錦水病叟,載寧人,李玄逸之子。著述有《密庵集》《朱書講録刊補》《顏曾全書》《朱語要略》等。

《離秋寓日,偶讀老杜紀行諸篇,發同谷縣一首恰似余近日情境,信乎人情無古今異,悵然嗚呃久之。遂就其中稍變其異而同之,每句不過易三兩字,其亦古人集杜詩之意乎? 因留别諸友求和戊子》:墨翟不黔突,孔聖不暖席。況我畸窮人,焉能久安宅。偶來兹里中,俗厚而境僻。奈何迫世故,一歲再遷役。悄悄去樂土,忽忽將安適。傷心錦里墟,揮涕雲巖石。臨分别數子,握手泪再滴。交情有舊深,垂老多慘慽。少小習懶拙,仍成栖遁跡。胡爲長汨没,仰羨雲間翮。(《密庵集》卷一,《韓國文集叢刊》第 173 册,頁 38)

《答金彦兼己丑》(節録):(上略)惟是苦旱之餘,甘雨適下,孤坐杏巢下,誦老杜"四鄰未耜出,何必吾家操"之句,深覺其言之有味,而依俙得見古人用心處。今承諭似若不能忘情於灌溉高燥之間,而歉然有此疆伊界之意,何示人不廣邪? 爲老兄平日喜聞狂言,信筆及此,想又發一笑也。僻静處一會,固是宿願,若聞藍昇一出,栽何敢後。相對時將一册子講論一過,庶幾不成閑追逐,如何如何,但恐人多不如意也。(《密庵集》卷三,《韓國文集叢刊》第 173 册,頁 76)

《答權天章辛丑》(節録):"抃得旬月工夫"注:"抃音般。"按:杜詩"縱飲久抃人共棄",又"久抃野鶴如霜鬖",詩家使"抃"字,似有自分自斷之意。"抃得旬月工夫"云者,似謂判斷得旬月工夫。講録"委棄"之解,恐亦記誤。(《密庵集》卷四,《韓國文集叢刊》第 173 册,頁 92)

《錦水記聞》(節録):寒岡《家禮集覽》云:"李舟,未詳出處。"今按:李舟,字公度,唐隴西人,父岑嘗爲水部郎官。杜工部《送李校書》詩所謂"李舟名父子"是也,柳宗元《先友記》"舟有文學,俊辯高志氣"云云。(《密庵集》卷十一,《韓國文集叢刊》第 173 册,頁 234)

金鎮圭

金鎮圭(1658—1716)，字達甫，號竹泉，光山人，諡號文清。肅宗十二年（1686）文科及第，歷任大提學、禮曹參判等職。著有《竹泉集》，編有《儷文集成》。

《盤谷九歌》（節錄）：昔杜子美流落秦隴，作《同谷七歌》，以敘身世之艱難、弟妹之分離，其辭悲苦，有足感人。今余早孤，外除屬耳，而兄弟俱承譴海島。兄所謫水路千里，余稍近而瘴癘最南徼，有一叔父先已謫海島。母氏衰病，王母篤老，而只有少弟將奉移家遷次，未奠攸居，未知弱妻稚子又何如也。彼子美不過避地就食，身無責罰，地少瘴癘，而有妻子相隨，此非真悲苦。豈若余一家三人同時遠謫，骨肉親眷擧皆暌違隔絶者哉？使子美當此，其歌之悲苦想不止此，故於病間輒衍其曲爲《盤谷九歌》，非敢擬其言語之玅，蓋欲藉以紓悲苦之思也。盤谷，裳郡村名，而即余所寓云。（詩略）（《竹泉集》卷二，《韓國文集叢刊》第 174 冊，頁 20）

《七夕，讀子美牽牛織女詩，惜其義之太偏，仍用其韻而廣之本詩重押中字，今其一代以衷》：兩星間一水，脉脉各西東。佳期在七夕，隔歲一會同。片雨灑凄清，微月映朦朧。寒芒若接連，靈氣怳流通。紛紛下土人，拭目瞻遥空。千秋傳異事，豈獨喧巴童。最有棄妾恨，此時閉深宮。離懷感神儷，夜色透疏櫳。詞人爲相憐，詠歌繼國風。呡俗詎所取，蓋爲寓深衷。君臣與夫婦，大義共始終。仳離類放逐，佗儕同憂忡。冥昏雖越禮，亦載離騷中。始知民彝重，比興自有功。豈以慕靈會，遂忘戒苟容。諒悲別離苦，非昧禮法恭。我欲持此義，搔首問杜公。徘徊獨吟處，檐鵲雌隨雄。（《竹泉集》卷五，《韓國文集叢刊》第 174 冊，頁 68）

李海朝

李海朝(1660—1711)，字子東，號鳴巖，延安人。肅宗二十八年（1702）謁聖文科及第，歷任掌樂院正、全羅道觀察使等職。著有《鳴巖集》。

《毅仲每以嗜藥沉湎譏余，而余以癖詩寒瘦嘲毅仲。謫仙飯顆一絶，深嘲少陵苦澀窮瘦之態，而少陵不但不能解嘲，八仙之歌欽慕飲中豪像。詩窮、酒德，此亦可以判別矣。戲推此意，又叠前韻》：枚馬區區較速淹，不言真訣是伽曇。推敲君已吟髭斷，傲兀吾方醉夢酣。五鬼難從窮處送，八仙惟許飲中參。騎鯨千載猶豪氣，飯顆詩傳作笑談。（《鳴巖集》卷二，《韓國文

集叢刊》第 175 冊,頁 472)

《答賦往字,贈徵兒》:淵明責諸子,蓋欲警怠蕩。少陵敢嘲評,嗟哉何其妄。賢愚不掛懷,戲耳非真狀。想亦憨其子,解嘲聊自廣。子瞻洗兒祝,愚魯到卿相。聰明渠自誤,宜不爲子望。愚魯而高顯,寧不速官謗。退之城南詩,勸戒何激仰。龍猪貴賤分,在學與肆放。何足富貴誘,但宜馬牛況。余願異於是,願汝慎趨向。貴非可力致,賢或在勉強。只當修吾天,不用庸何妨。前路政悠遠,宜爾迅邁往。老大嘆何益,努力及少壯。嗟吾已莫逮,勉汝慎勿忘。服膺庶有益,斯言非余創。(《鳴巖集》卷三,《韓國文集叢刊》第 175 冊,頁 508)

鄭碩達

鄭碩達(1660—1720),字可行,號涵溪,迎日人,李玄逸門人。著述有《涵溪集》《家禮或問》《永洛風雅》等。

《答駒城諸宗人》(節錄):(上略)吾始祖滎陽公之號無所考。滎陽是地名,則謂之謚固無據。若疑其封爵,則麗史本傳亦無是封。想吾鄭出於滎陽,故後人推以爲號邪?蓋鄭姓之出本於鄭國,而滎陽乃鄭地,故中國之鄭皆貫滎陽,安知我國之鄭亦非滎陽邪?李仁老識見淺深雖不可考,而其去古未遠,想必有明據也。此間有一二族人,偶然發疑,今承回諭別紙,大以爲訛謬,至欲釐改於譜錄中,抑或有信筆可據者否?吾鄭之不本於滎陽,若已明知則已,若不能明知則決不可率易下手,未知如何?來諭云:古人目鄭氏稱以滎陽,如杜詩中稱鄭虔等語,其類非一云云。蓋鄭虔本滎陽人,故杜詩以滎陽稱之,《破閑集》亦從此例,則不可以滎陽爲假稱也明矣。來諭云"因此疑吾始祖之先來自中國則非也,我國嶺南之鄭,其得姓之初,蓋羅初八部大人之一是也"云云。蓋羅初有六部大人,而未聞有八部,第未知其中何大人爲鄭邪?且未知是語出於何書邪?(下略)(《涵溪集》卷四,《韓國文集叢刊續》第 53 冊,頁 285)

李松年

李松年(1660—?),字允叔,號養竹軒,廣州人。肅宗九年(1683)增廣文科及第,曾任教誨等職。有《養竹軒遺稿》。

《杜詩》：老杜文章壓百家，參天藻思少浮華。忠義爭如秋色烈，可追周頌繼無邪。（《養竹軒遺稿》，《韓國歷代文集叢書》第687冊，頁402）

金柱臣

金柱臣（1661—1721），字厦卿，號壽谷、洗心齋，慶州人，封慶恩府院君，謚號孝簡，朴世堂門人。曾任順安縣令、五衛都總管等職。著有《壽谷集》。

《與金參判仲和_{昌協}書_{庚辰}》（節錄）：曾見張文忠公《漫筆》，以《濯纓集》中疏謬處不能删定，謂之編斯集者當分其責云。以此觀之，則當時偶失於照檢者，不妨後人之修改，已有前輩定論。而如《昌黎集考異》中，閣本、方本、蜀本、杭本之異，並逐句添注，而朱子以其意斷之曰"某本亦通，而某本似近，故今從之"云。以此推之，則朱子所取舍，亦安保其一一契於文公手草乎？若然，則其非文公手草，而因諸本竄改而違於本稿者，不翅累百累千言矣。聖於文如孟子，而有"排淮泗注江"之誤；工於詩如杜甫，而有"不聞夏殷衰"之謬。則當時副急文字之偶失於照檢者，依前輩定論，删定於壽傳之時，恐無害義，未知如何？今所還呈七卷中，妄意以爲不可不更考修正處，輒抄錄付籤以上。竊想草稿必有累件異本，須更可考較修正，亦須以此稟議于僉伯氏，如何？區區之意，欲使周瑚荊璞，斬無絲毫瑕纇，而僭率至此，悚懼無已。（《壽谷集》卷二，《韓國文集叢刊》第176冊，頁138）

《居家記聞》（節錄）：六世祖直提學公年二十一中進士狀元，所製《三都賦》膾炙人口。而嘗見《思齋摭言》金參判正國著曰："金直學千齡，爲己酉進士，試《三都賦》居首，信佳作。但叙高句麗國系云'朱蒙啓其赫業，東明承其祖武'，朱蒙蓋高句麗始祖，而子琉璃王追號朱蒙爲東明聖王，是一人，而用事謬誤至此。當時試官不察而不抹，士林傳誦而不知，我國人不詳於本國事跡如此，可笑云。"然余竊觀自古傳記及文章大家，偶失於照檢而誤用事者不可殫記。如汝泗二水入淮，淮自入海，唯漢水入江，而孟子曰"決汝漢，排淮泗，而注之江"，是則以汝、泗、淮三水謂之入于江也。褒姒實幽王之嬖妾，而杜甫詩曰"不聞夏殷衰，中自誅褒妲"，是誤以褒姒謂之夏女也。攬轡澄清，乃范孟博事，而王勃《益州碑》文曰"仲舉澄清之譽"，是誤以范滂謂陳蕃也。《禮記·射義》"序點"即人名，而東坡《南安軍學記》曰"使子弟揚觶而叙黜者三，則僅有存者"，是誤以人名解作"叙"，其當黜也。夫聖於文如孟子,工於詩如杜甫及老於詞學者,猶不免此失,況當時先祖年纔弱冠,而場屋文字類多迫於晷限,倉卒立就,則前朝世次王號之不暇考證而錯引,恐不必深論也。思齋以高句麗謂之本國亦誤,如杜甫誤以褒姒謂夏女,亦當謂之不詳於本國事耶?高句麗只是東方之國,故今通謂之本國,思齋猶不免東俗狹陋之失。(《壽谷集》卷九,《韓國文集叢刊》第 176 冊,頁 260)

丁思慎

丁思慎(1662—1722),字聖功,號畸叟,羅州人。肅宗十七年(1691)增廣文科及第,歷任兵曹正郎、户曹參議等職。

《博泉集跋》(節錄):昔我先人與博泉公,弱冠先後登第,並武藝苑,迭唱塤篪,莫逆也。未幾,先人早世,公操文致酹,有絶弦之嘆。歲辛未,不佞始釋褐,謁公於城西里第。公以故人之子,遇之甚厚,攜入書室,出所著草稿數冊,詔不佞評隲。不佞雖不敢與聞斯事,而竊覬公詩與文,衆體兼備,不偏一長,而自闢堂奥,蔚爲名家,不佞固已懣然心服。其年冬,公以小司馬,不佞以堂后,入參親政於熙政堂。法醞瀲灩,君臣同樂,公於酒後進伏榻下,勉以聖學,而揚搉古今,根據經義,亹亹然可聽。不佞側耳而竊艷之,又有以知公之文之有所本也。屬時事嬗變,落葉分飛,公迸江郊,不佞蟄鄉廬。戊寅春,公盡室入商顏,溯過原江,不佞佩費往扒於舡上。公握手歡迎,命和群公贐章。仍視公沿路雜詠,淵乎其趣也,瀏乎其響也。蒼如奥如,有若老杜夔州後詩格。不佞伏而讀之,跪而請教。公即拈行橐中杜詩全集而言曰:"更無可删,讀此一帙足矣。"不佞拜受教。歸來而病懶相仍,無以業操觚。雖欲追公於商山洛水之間以畢餘誨,而公遽下世矣。(下略)(載李沃《博泉集》,《韓國文集叢刊續》第 44 冊,頁 293)

李　溆

李溆(1662—1723),字澄之,號玉洞、玉琴散人、清浦,驪州人,私謚弘道。有《弘道遺稿》。

《詠李杜》:盛唐文彩號彬彬,特立其中孰出群。白首拾遺杜陵老,青蓮居士謫仙人。藻思浩汗能驅海,律法森嚴可泣神。真意縱謙風雅頌,得之餘韻亦清新。(《弘道遺稿》卷三,《韓國文集叢刊續》第 54 冊,頁 85)

趙裕壽

趙裕壽(1663—1741)，字毅仲，號后溪，豐壤人。曾任禧陵參奉、掌樂院正等職，著有《后溪集》。

《子東但耽一時之適，不慕千秋之業，有才不用，而昏冥之逃。此余所以累嘆深惜，而欲拯之於拍拍波中也。彼方高述酒德，妄詆詩聖，至謂子美不敢與八仙作對。定是醉中囈語，可笑可笑。當時若無子美一篇，則八仙酣態安能至今如生，此一籌自合輸與詩人。噫！文章真味，比米汁果何如耶？子東試嚼之。余之不瓠肥，正坐腹無詩耳，緣詩而瘦，余未信也。酒之生禍，恐不止於瘦而已，東乎戒之哉》：莫怪吾詩出吻淹，奇胎元自久蒲曇。隻聯得意令心醉，百盞收功僅面酣。陶謝門中唯我入，阮嵇林裏任君參。飲徒正得文章力，解道張顛與遂談。(《后溪集》卷一，《韓國文集叢刊續》第55冊，頁23)

孫命來

孫命來(1664—1722)，字顯承，號昌舍，密陽人，李玄逸門人，曾任參禮察訪等職。著有《昌舍集》。

《課製七律五首》其四：仙李春風夢一場，後來誇說近成康。猶然仁義終歸假，何況閨門未正綱。節鉞[一]河湟夷用夏，淵源房魏僭為王。詩家獨能追三百，李杜文芒萬丈長。右唐(《昌舍集》卷一，《韓國文集叢刊續》第54冊，頁477)

[一] 鉞，原作"越"。

《論申周伯文章說》(節錄)：余於丁亥春，與申君周伯同為觀國賓，從遊最久。(中略)世之疵申君之文者曰："是何不為歐、蘇之切實委曲，而故為是戛乎其難讀者乎？"詆申君之詩者曰："是何不為三唐之嫩婉情致，而故為是淡然而無味者乎？"嗚呼！此人不知世變，又惡知文體哉？文章與世而乘除，故六經不說，馬遷比左氏略輸矣，班掾視西京微遜矣。韓、柳之於班、馬，李、杜之於陶、謝，又不趐三舍退矣。然而此非其才之爾殊也，即世運驅之耳。使供奉埒馳於建安，則五七律絕不至為步兵、記室；使吏部并驅於西京，則《順宗實錄》豈讓於太史《本紀》？而子長承左氏之浮誇，不得不以風神矯；孟堅踵太史之汗漫，不得不以矩矱勝。必欲使班、馬擬武於《左》《國》，李、杜附響於六朝，則夫人而能為之矣，尚奚待於若爾人哉？歐、蘇信切實矣,信委曲矣,而自其時論之,則胡不爲山斗之障瀾反注,而樂爲此坦率而粗俗乎? 三唐信嫩婉矣,信情致矣,而以其時觀之,則胡不爲陶令之天然去餙,而甘爲此聲律之局促乎? 歐、蘇非企山斗而末由也,亦非故反之也;三唐非卑陶、謝而不爲也,亦非強矯之也。文人意匠,必別立門庭,必自出機軸者,乃大同之情也,當然之理也,何獨至申君而疑之乎? 申君生乎瀛海之東,立乎百世之下,而不顧時好,蜕盡陳言,儼然成一家數,而猶恐人之視之爲宋也,猶恐人之視之爲唐也。方且直轡高駕,幽尋獨詣之未已,而世反以是而少之,豈不遠哉? 況申君之文若詩,難讀之處一節進一節,無味之中愈咀而愈雋,未始不切實,亦未嘗不情致,而但不若古人之信筆寫去、吟過目前耳,兹豈足爲申君之病哉? 且申君之才,有大過人者。自古文人以兼長爲難,以太史公千秋軼才尚短於詞賦,《士不遇賦》一篇絶不成文理。山斗有起衰八代之力,而其詩樸直無華,"破屋數間"一句至今爲詩家之嚆矢。至藝不兩能,誠若人言。而申君則不然,能於文又能於詩辭,簸弄蹈厲,若無谿徑,而不違循吏之三尺;流宕豪佚,不受羈束,而動合桑林之八音,是則具鎔曲成古今之高手,而晁、董、玉、差合而爲一人也。世之欲議申君之文者,何曾夢見其脚板耶? (下略)(《昌舍集》卷五,《韓國文集叢刊續》第 54 册,頁 563)

李萬敷

　　李萬敷(1664—1732),字仲舒,號息山,延安人。廢舉業,專注於程朱之學,著述有《息山集》《易統》《四書講目》《道東編》等。

　　《答權台仲》(節録):長第二書,豁開蠁積,此非金陵時所能得。并鄉無異故鄉,同人豈止似人。杜工部以四松無恙誇詡吟賞,豈不淺而外乎? 且"悉蒸暑侍彩均勝",於本分吃緊處,亦有罷不能底味,尤可欣慰。(下略)(《息山集》卷八,《韓國文集叢刊》第 178 册,頁 210)

　　《答河淵淵大淵》(節録):(上略)君既有願學古人之志,古人所可願者誰最大者,濂溪先生曰"士希賢,賢希聖,聖希天",然則所可學莫如聖賢。聖賢之在遠,即孔、曾、思、孟;在近,即周、程、張、朱,凡此九聖賢之書君皆讀之,其學之之方俱在焉。無奇特高遠不可及之事,不過服其訓,務效其所爲而已,須常自激厲省察。凡心之所思,身之所踐,不可放過。雖淺近而未必不合於道,雖高遠而未必不倍於理。合則不厭,倍則不惑,如此用力,日積月累,則意思漸覺安静,見識漸覺明瑩。小而大存焉,近而遠在焉,不出常行之外,而光明正大之實始得呈露,豈不可喜? 如此而成,則爲聖賢之徒。設不

得大成,猶可爲謹飭之士,不失於令名,其視飽暖無教之人相去遠矣。若所
學之或出於吾儒之法門,則雖成得巢、許之高,老、莊之虛,太史、班固之文,
李白、杜甫之詩<small>此皆君所曾願,故云</small>,猶不免異端雜學之累,況以今人才力亦無
可及之理,其終也當作何狀人乎? 古人鵠、虎之諭,正爲此也。(下略)(《息
山集》卷九,《韓國文集叢刊》第 178 冊,頁 219)

《露陰山房録》(節録):(上略)成仲擧曰:"先人嘗言,公非斥萬東祠,
爲之慨嘆。萬東祠果無義乎?"曰:"老杜《南池》詩曰:'南有漢王祠,終朝走
巫祝。歌舞散靈衣,荒哉舊風俗。高皇亦明王,魂魄猶正直。不應空坡上,
縹緲親酒食。'漢王,即漢高也。南池,在閬州,屬漢中,故池上有漢高廟。漢
高曾爲漢中王,祀其土無異,而工部譏之。今萬東祠設於海外萬里,吾恐神
皇在天之靈不肯親酒食也。"(《息山集》卷十二,《韓國文集叢刊》第 178 冊,
頁 281)

《敬書王考筆帖匣》:王考致政公,每公退,却埽蕭然,與物無競。間以
翰墨自娛,至易簣之日,筆力不衰也。孫萬敷侍側,收片紙隻字,皆襲而藏
之。丙子夏,始拔而粘裝,分爲十有二帖。敬守帖一,不肖冠首,用《易》之
《大畜》以戒者。先訓敬守帖一,先祖盆峰公遺訓四十八條,書以戒之,使遵
守者。又敬守帖二,書朱先生《感興》詩二十首。家藏寶蹟帖一,金字寫黑
絹,工部《秋興》八律。寶墨帖一,寫濂洛諸先生詩。又一帖,寫康節先生雜
詩。又一帖,寫王右軍《蘭亭叙》。寶墨拾遺帖一,鳩輯汗漫筆札之餘以成一
帖。庭下徽音帖二,離庭時所承書牘。總貯于一匣,爲傳家久遠計。噫,人家
子孫微弱,或不保家世舊籍,不肖甚懼焉,遂歷書匣裏,使來者考而守之云。不
肖孫萬敷謹識。(《息山集》卷十八,《韓國文集叢刊》第 178 冊,頁 396)

《書蘇齋先生手書杜詩後》:盧穌齋先生流海島十有九年,成文章,手自
寫老杜詩,五七長短雜體無不該載,凡爲二冊,一藏於子孫,一遺不尋餘三世
矣。丙戌,先生曾孫上舍公有行,邂逅合浦鄉士,自言家畜寫杜詩小冊子,審
印章爲先生,則護之惟謹已。公遂索取來,即非他,乃先生手筆逸去之半者
也。公驚喜上手,以先生遺集印本謝之,奉而歸。於是,先生所致功者復完,
而并藏於盧氏。一日,上舍公進萬敷而曰:"子其識之。此希有於世,不可令
後人無徵也。"俄又遣小郎,袖其卷而申命焉。萬敷敬受而撫玩,爲之嗟嘆不
已也。夫自先生之世,祗今百餘年,世故多端,累經兵燹,凡舊家文籍鮮克傳
於其子孫。惟是卷也,即離析遺落,而保於路人,而歸完於後裔,可見大君子
遺馥必有所陰護者也。然其引致巧遇者,無亦殆上舍公之誠,有以格之也
乎? 且世之借人物者,親相授受,而污壞闕失之患常有之,然則合浦士亦可
謂慎善知所尊者也。然卷第一紙多缺裂不可尋字,而獨印章處完,故令合浦

士考徵焉,則又莫非天也。天者,何也?凡先生早自騫騰,明良相遇;中值否運,幽囚滄海之上,而琢磨古人文字,大放厥辭;晚復起廢,秉匀軸而致力於時者,皆是也。是卷之離合隱見,又豈獨徒然而已乎?上舍公之命,既不敢終孤,遂書所感者以復焉。延城李萬敷謹識。(《息山集》卷十八,《韓國文集叢刊》第 178 冊,頁 404)

《在陳錄》(節錄):朱子跋《同谷七歌》曰:"杜陵此歌豪宕奇崛,詩流少及之者。至其卒章,嘆老嗟卑,則志亦陋矣。人可以不聞道哉!"凡詩人例多怨尤感憤之辭,故杜陵亦不免潁濱所謂"唐人工於爲詩,而陋於聞道"者是也。靖節《詠貧士》詩曰:"榮叟老帶索,欣然不彈琴。原生納決履,清歌暢高吟。斂袂方掩肘,藜羹乏恒斟。豈忘襲輕裘,苟得非所欽。"此則差強。至於胡石塘《送蔡如愚歸東陽》詩曰:"薄糜不繼襖不暖,謳吟猶是鐘球鳴。"因指以語蔡曰:"此余秘密藏中休糧方也。"可謂都無事矣。(《息山集》別集卷二,《韓國文集叢刊》第 179 冊,頁 31)

權以鎮

權以鎮(1668—1734),字子定,號有懷堂、收漫軒、求是齋、不欺齋,安東人,謚號恭敏,尹拯門人。肅宗二十年(1694)別試文科及第,歷任刑曹參判、戶曹判書等職。景宗四年(1724),以進賀兼謝恩行副使出使清,寫有《燕行日記》。另著有《有懷堂集》。

《擬古》(節錄):自杜少陵有《秋興八首》,後人多效之,均出於羈旅感慨不遇悲傷之懷。余年四十有三,忝叨邊寄,作旅南陲,固不可謂位望之通顯,而撫躬揣分,斯亦足矣。少承家庭之訓:"願汝做好人,不願汝做貴人。"泣受炯戒,今三十年。持心臨事,雖不敢全然遺忘,汩沒利欲不能自脱,將不得終做好人。放翁所謂"生逢聖世雖虛過,死見先親幸有辭"者,余實愧焉。客裏逢秋,先忌又迫,俯仰今昔,悲愧交駢,非特古人感慨羈旅之悲而已,略效前人之作,以紓今日之懷。(詩略)(《有懷堂集》卷一,《韓國文集叢刊續》第 56 冊,頁 159)

《次陶靖節雜詩十二首○并序》(節錄):自宋以來,閒適者和陶,忠憤者和杜。然陶抱終古之氣,盤桓十畝,痛心山河之改,懷悲日月,志不獲騁,終曉不静,則忠憤莫泉明若也。杜罷三賦之獻,終坐一疏之直,巫峽白江,寧行乞以餬口,不肯干長安一貴人,閒適亦子美最也。千古詩人,只有二公忠義潔净,釀出無限好詩來,宜二公之心事無不全也。家有陶詩一篇,每一吟賞,清風生牙頰,偶步其韵,以寫我憂。非有所寄托仿像,而物欲俗態異學之妨吾事者,靡不説起。蓋以自警,且以示兒輩。(詩略)(《有懷堂集》卷一,《韓國文集叢刊續》第 56 册,頁 162)

洪重聖

洪重聖(1668—1735),字君則,號芸窩、玄冥,豐山人,金昌翕門人。曾任金化縣監、丹陽郡守等職,著有《芸窩集》。

《題李德謙詩稿》:世之譚詩者曰格調也、風韻也,而吾則曰氣勢、力量兩道而已。何者?所貴乎漢魏詩,以其古質,古質故有氣力耳。降及晉、六朝,靡靡然日趨乎衰薾纖弱。此無他,無氣力耳。至盛李陳、杜、沈、宋之起,而後一振衰弱之風。李、杜兩大家出,益沉雄豪逸,汪洋恣肆,氣勢、力量之大,方駕乎漢魏。詩至於此,真聖與仙矣。中晚以來,作者如雲,清篇麗藻,非不接踵。而總以言之,衰弱無氣力。其風聲氣習,與世級相升降矣。然其中有豪傑之士,如韓昌黎、柳河東,不獨奇于文,詩亦雅健昌大有氣力,此所謂無文王而興者也。我東挹翠詩,非漢魏,非李、杜,不過步驟蘇、黃之囿,責以詩道之清麗,末矣;而莽莽滔滔,橫絶今古,雖非詩之至,而天禀則絶高矣。崔簡易詩,律之以正宗,歉然矣;而以其有沉健之力、雄悍之氣,蔚然爲大家。如石洲、蓀谷,調雅格清而坐於弱,故技止此耳。與其爲石、蓀之清,寧爲挹翠、簡易之力。繇是觀之,詩無氣力,而曰"清麗也"、"古雅也",吾不信也。足下年少,學殖不富,惡可以氣力遽責備,而大較受病坐於一弱字。氣象衰颯,根基淺薄,間有娟條冶葉之態,非所以導性情也。如欲革此病,不於詩而用力於文,取先秦古文、《左》《國》、班、馬,與夫韓、柳、歐、蘇之文而熟讀焉,則文氣日昌,筆力日贍,詩亦不期工而自工。夫然後上溯漢魏,下沿盛李,以歸宿於老杜,則將見足下之詩沉鬱老健,自闢堂奧,雖欲不爲大家數不得,又奚區區一弱字之足憂哉?足下其勉之。(《芸窩集》卷五,《韓國文集叢刊續》第 57 册,頁 97)

《與洪道長書》:新凉乍生,不審數日調攝復若何?盛稿抄選之役,今已斷手,兹以末梢所送者還完,而便作閑中勞攘事,可笑也。噫,詩豈易言哉!宋明以前毋論已,姑以我東先輩作者言之。挹翠天才縱逸,譬之陣馬風檣,奔放馳驟,氣勢有不可犯者,而惜乎只取法於蘇、黃,去唐杜天淵,此千古志士之惋惜也。沿而至於蘇齋也、芝川也、訥齋也、東皋也,以其受才雄鷙,殖學宏博,脱於口者勁健遒壯。而品格或卑,神韻或乖,大非詩家清麗本色,均未足爲詩之至也。獨石洲、蓀谷數子,始倡唐調,品格雅,才調澹,一洗我明、宣以上逐臭宋腐之陋,此華使之所嘆賞也。東溟、觀海則尤有大焉,而或病於粗粗,或短於剸劂,自檜以下無譏焉。噫,詩豈易言哉!足下生晚海東,崛起閭巷之間,操數寸之管,而與先輩作者相頡頏,源頭深博,則雖遜乎蘇、芝輩。而其門路之正,法度之雅,地步之曠逸,品格之高華,有非蘇、芝輩所仿佛,而掉鞅揚鑣,欲高出於石、蓀兩公之上,何者? 石、蓀則不過乎晚唐,而足下則法初盛;石、蓀則一味乎輕清,而足下則尚雄渾,然則雖謂之過石、蓀可矣。足下苟欲聞吾輩置足下於國朝何公間,則將置於蘇、芝之間耶? 抑置於石、蓀之間耶? 必有具眼者辨之矣。試取足下全集而詳覈,則大抵中年以前則學陳、杜、沈、宋,以高華秀麗爲主;中年以後則以陳、宋之調,行老杜之格,欲行其所無事,此大略也。然古人不云乎:愛而知其惡,惡而知其美。僕請正言而責備,可乎? 足下之詩,有大病五。蓋辭理則達,而根基不厚,圓滿充足之力少,浮躁餒乏之氣多,間有欲揜而不得者,病一也。步趣欲其恢曠,氣象欲其超逸,雖在斗屋之內每作神遊八極語,而泛而不切,疏而不密,輕揚過而沉重乏者十八九,病二也。興寄外似清泠,而情境內乏濃郁,未見有景中含情、情外帶景之妙,故凡於相綈之詞,贐行之什,悠忽輕掉,不曾致力於工緊,且結束多散漫而少味,病三也。調或近俗,意不帶新,由其率爾唱出,故稍欠精深,覓得其發人所未發者絕無而廑有,病四也。出塞篇什宜乎悲壯,故易入於粗豪,唐杜則無此失,而雪樓諸子輩所受病處也。集中邊塞之曲此病居多,燕南俠氣,擊築悲歌,繁弦促節之太多,緩歌慢舞之絕無,病五也。此五病似爲後來譏評,未知足下當局者迷而不省歟? 抑知而不改歟? 自非然者,世無具隻眼者鍼砭,以玉吾君于成也。總以論之,五律勝於七律,五古勝於七古,而五絕則反遜於七絕。蓋五字絕字少而句短,故難工也。第三、四卷則尤多浮揚膚率之累,第五卷則是《蔚山錄》也,斤兩稍重,結構稍密,視前有元氣,豈於寂寞之濱多讀書歟? 不然,夔後作得江山助也。三復詠嘆,敬服不已,是以抄點視他卷倍夥,足下會此意否? 大凡抄選務精不務多,況盛稿篇什極浩穰,宜乎十分删汰,要爲壽傳於世,無一毫疵議於其間者,即僕之意。而足下硃選已滿紙矣,不得不就其中强黜己見,廣加掄揀,非僕之本意也。不宣。甲辰七月三日,芸窩拜。(《芸窩集》卷五,《韓國文集叢刊續》第 57 册,頁 100)

蔡彭胤

蔡彭胤(1669—1731),字仲耆,號希庵、恩窩,平康人。肅宗十五年(1689)增廣文科及第,歷任茂朱府使、副提學等職。著有《希庵集》,編有《昭代風謠》。

《五月二十四日仝兒生日》(節錄):爾生已八年,於我始今日。饗晬追故俗,爲具慶渾室。念爾初來時,不及知操筆。手指屏上字,一日課六七。數月值立春,滿門書大吉。點畫亂欹倒,棱角相鬱嵂。邇來替短牘,頗能酌疏密。小詩首李杜,旁抄三唐畢。授音不授義,背誦無所失。往往納自牖,欣然若領悉。追隨諸學兒,踊躍願有述。三五七言間,偶然或中律。摩頂聽呻唔,聲若金石出。(下略)(《希庵集》卷九,《韓國文集叢刊》第 182 冊,頁 181)

《留別基孫》:老夫依汝汝依吾,吾有吾兒賴不孤。屈指王程非遠適,轉頭人事動長吁。園柯獵獵風鳴帾,嶺路冥冥雪滿弧。留與素編教下筆,可能書盡杜陵無。(《希庵集》卷十一,《韓國文集叢刊》第 182 冊,頁 214)

《從祖祖父湖洲先生集序》(節錄):自西河序《詩》以來,凡文之布於天下者,必求諸能言者爲之先。古人謂玄晏之言遂重《三都》,乃今觀之,《三都》自千古,序實附驥爾。雖然,世日以運,其人與跡逾遠而莫之徵,則又惡可無假途乎哉?詩家之類而目之,斯凡例之遺意也,於少陵先紀行,供奉首樂府,非擇而取之,各從其有也。即無論目之有異同,序之有先後,皆所以羅絡包幷而無乎去取之也。(下略)(《希庵集》卷二十二,《韓國文集叢刊》第 182 冊,頁 412)

《從祖祖父湖洲先生集後遺事》(節錄):公好讀《論語》,手書老杜長篇五七言律詩,喜觀蘇、黃、兩陳詩,左右置紫陽《綱目》。(《希庵集》卷二十九,《韓國文集叢刊》第 182 冊,頁 515)

崔昌大

崔昌大(1669—1720),字孝伯,號昆侖、蒼槐,全州人。肅宗二十年(1694)別試文科及第,歷任工曹參議、成均館大司成等職。著有《昆侖集》。

《答李益之》:雲雪滿山,閉門孤城,正有天涯之思。今日撥使至,忽得至日書,審來在親庭眠食安穩,慰此切切,何可言?何可言?前惠數書,並皆有答,何得云中散之懶耶?必信使稽滯也。“霜”下字,乃“動”字也。昔蘇、黃諸公,並觀杜律傳寫本,至“身輕一鳥過,槍急萬人呼”之句,“過”字偶落,諸公欲以意安下。或曰“疾”字,或曰“下”字,或曰“去”字,終不能下得“過”字。僕詩豈敢論於老杜,而賢者之明見,與滄浪可謂一時詩豪,而何乃欲下一字而不得耶?此間僅遣如舊,間有痞證,不能自力於誦讀,爲可悶。而學子數人鎮日相守,得與談討文史,足以聊遣短暑耳。此生生活只把黃卷作茶飯,誠味乎此,則何往而不得所樂?惟恐世間兒輩之覺此也,多少不究。(《昆侖集》卷十二,《韓國文集叢刊》第 183 册,頁 223)

《遲川公遺事》(節錄):(上略)壬午間,公幽囚北館,與清陰、白江同處一館,倡酬無虛日。公次杜少陵《秋興八首》,其一聯曰:"一棹東歸他日計,中原北望老臣心。"清陰嘆曰"真得老杜心事,子美再生,不覺墮泪"云。(《昆侖集》卷二十,《韓國文集叢刊》第 183 册,頁 371)

金春澤

金春澤(1670—1717),字伯雨,號北軒,光山人,謚號忠文。因黨爭影響,一生大部分時光在牢獄或流配中度過。著有《北軒集》。

《士復能步險韻,而其詩比前愈健,且詳詩意,有未易以言語文字答之者。其詩曰"小詩亦有道",余姑以詩爲言乎,和韻却寄》:詩隨世漸降,勢如瓶水覆。入門須問禁,東人是鳩毒。蕩蕩數千年,詩人亦多族。漢唐於風雅,零金或碎玉。大成有杜陵,乾坤極涵育。而余不自量,學之少頗篤。庶幾桑榆景,青靈生自竹。區區晚唐輩,李密羞光祿。薄觀宋之盛,老坡勝山谷。雖非杜陵純,或追淵明獨。明人自天堂,不覺墮鬼獄。誰能飢走山,食粟處廈屋。譬如聖賢工,至誠與致曲。高爲夔後奇,下乃海南熟。奈何今世人,手卑獨高目。寄語平生友,此事毋求速。(《北軒集》卷六,《韓國文集叢刊》第 185 册,頁 82)

《士復以前韻二詩寄來,而皆答吾前詩論杜、蘇詩之意,余無用更和。抑余於東詩,獨甚喜士復先公科體詩,兹又以詩論詩,奉示士復,用前韻》:東詩不足論,姑就名家覆。譬如滿盤羞,無甘更無毒。自從性情看,路人非親族。或勦漢唐語,沾沾瓦中玉。剪綵豈春花,偶像誰生育。李公有科體,始見真且篤。精神作風雨,振動千畝竹。黃金結平勃,霜鉞誅產祿。忽變爲悽愴,庾信竄荒谷。人力豈能然,天機良是獨。豪追子長遊,幽入鄒陽獄。蓋自杜韓蘇,時或近場屋。公乎時專門,楚調雜塞曲。惜不兼衆體,博大而醲熟。哀哉龍蛇事,我泪尚盈目。但爲詩道亡,亦恨天奪速。(《北軒集》卷六,《韓國文集叢刊》第 185 册,頁 82)

《東文問答》(節錄):客有問於主人曰:"今清人之求我東文字,其事何如?且我宜何以應之?"主人答曰:"是非吾之所可言,無已,則竊有愚見焉。蓋彼方自謂尚文,而以我東本習於文字,既送其所著書,又求見我之所有。夫夷虜尚文,其將衰之驗也。此姑無論,惟求見文字,在我既非難從之請,只當擇其可送者送之而已。"（中略）客曰："詩文可送者幾何？"主人曰：愚於詩文，請亦先言中國之事也。明之詩文，莫盛於弇州、滄溟，亦莫弊於弇州、滄溟，其禍如洪水滔天，殆甚於陸學之彌滿。而然既有厭之者，又遂能矯之矣。今只詳文事，而詩亦可知。蓋文始有潛溪、遜志，而矯之則為弇州、滄溟。百年之間，雖有荊川、遵巖、震川輩，而無以救焉。晚而矯之，則為牧齋。牧齋之文固非至者，而其勝於王、李則遠甚。且其論詩亦有實見，而于鱗之奸情醜態悉發無餘矣。抑嘗見楊大鶴《劍南詩序》，其文即甲子年間所作，其人今或尚在矣。觀其所論'胸中李杜，紙上李杜'之語，亦豈不為矯王、李之弊者耶？竊意方今彼中為文章者多是牧齋之餘，而其以詩之出於胸中為貴，又必如大鶴之論矣。我東之人，愚未知誰果為胸中之詩，其文又豈能有當於如牧齋者？而然孤竹、許氏之詩及簡易呈文、月沙奏文，既鋟行於彼，則他詩文亦豈無可送者？惟在選擇之如何耳。蓋麗代諸詩，惟李奎報外，大抵多可取。我朝則翠軒至矣，當取其百累十篇或幾乎全帙，而然有粗率之病。且東人未有能作七言長篇者，而翠軒獨能焉，此又可賞。而如所謂"四海文章蘇子瞻"則涉科體，恐累他作矣。如容齋之五古，蘇齋之五律，芝川、五峰之七律，孤竹、蓀谷之律絕，亦宜各存其所長。簡易律格優於諸子，不可不多取。吾家西浦翁五古與律有佳者，金三淵各體擇其偶近宋調者當有數十篇矣。此外固非無矣，而愚不暇悉言。其或粗豪以自大，雕飾以為工而已，而為世俗之所稱者，皆可略也。東溟可謂出流輩，而必見譏以紙上于鱗矣。文則當以牧隱置諸編首，而文本不多，又宜精擇。佔畢當次之。翠軒之《亡室行狀》好矣。冲庵《請復慎妃疏》不為人所知，而愚獨以為如淮南王《諫伐閩越書》。文則然矣，但恐不可送，送之亦或無傷。簡易各體宜擇其不艱澀有理致者，如《國舅家宴序》及《梧陰碑》文好矣。谿谷惟《辨張紳詐死》及《辭起復》諸疏好矣，而此當議其可送與否耳。金農巖《甲戌初辭職疏》可取而亦不可送。此外又豈無之，而不暇悉言。惟我東有一文脉，以淺陋之本資，而稍用明人糟粕飾其字句，以自命為古文者，必為華人所笑。其自謂理勝而荒蕪拙弱者，又無足觀矣。（《北軒集》卷十八，《韓國文集叢刊》第 185 冊，頁 246）

洪泰猷

洪泰猷（1672—1715），字伯亨，號耐齋，南陽人。著有《耐齋集》。

《與申明瑞書》（節錄）：滯洛日，已聞兄携笈上楊郡後庵，而取路適水北，意將歷扣禪扉，成一宿穩語而罷。時值雪，難以入山徑，又有他伴不肯，以終負始意爲恨,至今不審靜學愈味否。澤之出示余送兄序,列其所携書而曰:班史一部,少陵詩一册,東策一册。吾誠訝之,夫班史之高,雖子長不多讓。少陵雅健,又爲詩中聖人,則將以是用力於三餘,見兄好古而自期者遠也。若又以東策并隨,則兄之志何下而卑也。或又云兄書做應舉文字,夜讀班氏書,審果然乎?世之錮人於科臼者,實自李唐以來,法遠弊深,不可猝革,雖以韓昌黎之文辭好古,猶屈意學時文,至謂"顏恧怩"而猶且不免。則僕之望兄,雖自不卑,又豈以科文爲不屑爲乎?只以秉意不高,則開眼不爽,而功用亦淺。雖如科舉時文委靡泪泪不離套中,無能醒掌試者之眼,世自謂科場熟手,而至白首無所成名者,孰非坐於是乎?(下略)(《耐齋集》卷三,《韓國文集叢刊》第 187 册,頁 44)

《答任弟道彦書》(節錄):(上略)來詩,左右雖使我强評其得失,祇見其格力俱到,不讓爲草堂之高弟,而又何評?詩之病,質勝則近野,華勝則近浮,華質兼然後方可謂得詩之道矣。此在唐,唯開元、大曆間諸君子能之,下此而至於元和以後,則其爲詩愈奇,而愈離道矣。詩莫盛於唐,而末季猶然。今人出於唐千百年之後,欲學詩而得正道,不落於華質之病,豈不難乎?吾嘗論吾詩病質,君詩病華。使華者務質,質者尚華,則庶各救其病。今吾詩之質猶舊,而君詩日駸駸藏其華而歸於質,信夫敏鈍之殊而所就之懸也。然吾自今得君爲標的矣,將力洗其舊染,刻意咀嚼,唯古人程度是法,則吾雖晚矣,亦安知不與君左牽右挈而入杜陵之室乎?吾詩之受病於陳、黃,則不待君言,而吾亦悔之,所謂力洗舊染者正在於此。近吾所爲詩,雖不敢謂遽得其道,而其用意處視前頗不類,左右試觀之,或不爲壽陵之步乎?來書所論詩道,已極造乎杜陵之三昧矣。雖使古人之深於詩道者論之,恐無以相難矣。然吾亦有淺見,欲助左右之詩學耳。夫學詩者,欲效杜陵,則必期於似杜陵。似杜陵,豈有他道?當學杜陵之所學。今左右自謂學杜陵,而不離於杜陵之門墻,手執之而日孜孜者,唯一部杜陵詩而已。學其人之所學,尚難似也,況學其人之詩而望其似,豈不爲尤難矣乎?方陳、黃之學杜陵,其所自期亦豈不如左右?其所期也祇是杜陵而已,故亦不過爲陳、黃而止已。左右欲學陳、黃則已,若不爲陳、黃而欲學杜陵,則必先習漢魏選詩而後能矣。且爲詩,先學古體,然後沖澹渾厚,格力天成。雖爲近體,無拙澀冗碎之陋,不期工而工矣。詩道本末如此,而左右先匍匐於律法儷偶之間,不幾於傷元氣而損天真乎?唐之諸名家,固不若杜陵之集衆美矣,然王、孟之高秀,高、岑之豪健,錢、劉之清新,韋、柳之古雅,皆不可廢者。而李義山之七律,賈島之五律,句幽意澹,號爲唐人中仿佛杜旨。欲學杜者,亦宜一究其苦心矣。大凡爲大家數者,勿論詩文,必先博觀而廣搜,使古人長短美惡森布於胸中,而後能知其取舍而歸趣自定矣。左右詩法，雖以杜陵爲歸，時復上下漢魏，出入唐宋，以求其長，則殘膏賸馥未必不爲助也。吾見左右於詩開眼高而自期遠，殊非流俗妝撰爲詩者比，將必不至於名一世而已。獨其病信杜太過，遺棄諸勝，終恐局而不博，貽譏於大方家，故縱論至此。非謂左右之不能，亦唯左右而後能聞此論也，左右以爲如何？不宣。壬辰六月。（《耐齋集》卷三，《韓國文集叢刊》第187册，頁51）

《答任弟道彦書》（節録）：（上略）評來詩軸，要多過語。然謂長謂短，一與吾見相符，是可喜也。送北關五篇律，自謂近作中得意詩，而亦不能自信。其中"胡皇"句，尤見貶於衆人，而今君可之，自今吾信之無疑矣。絶句之無所本，君見亦是，但所謂"一刻意王、李，而後始畫葫"云者，恐不然。左右平生自謂學杜，而絶句獨欲學王、李，何也？雖真學王、李，杜與王、李合爲一體，豈不駁雜乎？勿論古律絶，皆歸一體，然後方爲成家之語，故古人皆如此。杜之律絶，杜之律絶；王、李之律絶，王、李之律絶；未嘗相駁，未嘗相學。不然，杜豈不能爲王、李之絶，而爲自家之絶耶？設不能爲也。杜之不能而左右獨能之，吾又未信也。故吾雖不能用力於一家語，有擇不精之患，若用工，則勿論古律絶，必欲歸宿於一家耳，左右以爲如何？頃來詩五篇皆佳，而寄此兩作尤典則可重，多見其深於杜學。原書中所謂藏華歸質者，正指此等作也。示德休三作亦多佳句，其中"天時長暑雨，節物忽清蟬"之類，猶不免前日習氣。蓋此病在於下"長"字、"忽"字，而欠典則耳。欲細評以送，而來紙不可還，便遽不可改書，姑俟後日耳。承又有近所得他詩，若並録以送，則當評示淺見耳。今去詩，亦略論其利病爲佳。此間兩家侍奉，皆無恙，甚幸。暑昏中呼倩，不宣。壬辰七月。（《耐齋集》卷三，《韓國文集叢刊》第187册，頁53）

魚有鳳

魚有鳳（1672—1744），字輝伯、舜瑞，號杞園，咸從人，金昌協門人。曾任司僕寺正、户曹參議等職。著述有《杞園集》《論語詳説》《朱子語類要略》《風雅闈誦》等。

《雜説》：余於暇日，嘗論及古今詩曰："詩固未易知，若唐宋之分，杜陵之卓爾諸家，則可以立下而無一失焉。"弟志遠試取杜詩中一僻句問焉，曰："是杜乎？"余率口對曰："雖杜子家奴亦不爲此語矣。"聞者莫不大噱，曰："是所謂無一失者耶？"仍遍舉唐宋詩以問之，或中或否，而其中者亦偶合而已，余遂慚而止。夫識不到而輕自信，又易言以自必，固取困之道也。然余於此,豈敢苟爲大談以夸人哉?亦於影響仿佛之際,有見乎高下粹駁之不同,蓋自謂灼然無疑矣。及夫臨之以是非,亂之以疑似,溷漾眩轉,初若無所見者焉,是則亦未嘗真知而已矣。今夫人之於道也,平居無事,揣摩想像,亦自以爲目中無全牛。一朝出而斷天下之理,措天下之事,其不茫然自失、爲天下人所笑者幾希。嗚呼!此雖小事,可以志吾過,亦可以知所勉矣。(《杞園集》卷二十二,《韓國文集叢刊》第 184 册,頁 249)

李德壽

李德壽(1673—1744),字仁老,號西堂、蘗溪,全義人,謚號文貞,朴世堂門人。肅宗三十九年(1713)增廣文科及第,歷任大提學、左參贊等職。著有《西堂私載》。

《耐齋集序》(節錄):近世之文奚病哉?以詩爲文者,纖碎卑弱,而氣不能貫于一篇。以文爲詩者,全乏風韵,不生硬則冗靡而止。二者既然矣,就其專門之業而論之,詩失於尖巧淺露,而文病乎俚俗浮曼。嗚呼,詩文之亡也久矣!非有天分之高,學解之精,其孰能掩濁世而孤邁,一反乎古之道哉?耐齋洪公,少喜爲詩,晚更喜爲文,其詩以少陵爲師,而文則取法韓、柳。凡師少陵者,師其語而不得其意,故少陵步亦步,少陵驟亦驟,而及其奔逸絕塵,則瞠然不知所以措意,於是不中途而躓者鮮矣。公能默契其精神之所注,直探未形紙墨前用意處,而其天才學力又足以行其辭。故每一篇出,讀者雖不能盡會其意,而望其蒼然之色,已知其非今人語。今試取諸體,而求其片語之涉於尖巧淺露,果有乎哉?其取法韓、柳,亦能不爲法所縛,氣勁而力完,絕無俚俗浮曼之病。其抵不佞書及叙社稷等文,雖使歐、蘇操觚,吾知其必將變色。公之於斯藝,其可謂精能天得,而非偏枯古全者所敢幾也。(下略)(《西堂私載》卷三,《韓國文集叢刊》第 186 册,頁 217)

尹東洙

尹東洙(1674—1739),字大源、士達,號敬庵,坡平人。歷任丹陽郡守、司憲府持平等職,有《敬庵遺稿》。

《上叔舅》(節錄):(上略)且竊覬執事燕居之時罕近書册,而以琴歌自娱,此亦非小病也。從古多少豪俊,何曾有不讀書而能立大事業者哉?吕子明,吳下一阿蒙,而略爲就學,能使魯肅刮目。執事平日自視何若,而乃復放倒若是耶？盧蘇齋少時聲望甚盛，廿載流謫，惟事一部杜律，故學術不長。及至再還，一無可稱，前輩多譏之。況琴歌豈能益人才識，而乃爲廢却其不當廢，偏好其不當好者耶？（《敬庵遺稿》卷四，《韓國文集叢刊》第 188 册，頁 335）

金夏九

金夏九（1676—1762），字鼎甫，號槎庵，遂安人。肅宗四十五年（1719）增廣文科及第，歷任兵曹佐郎、海南縣監等職。著有《槎庵集》。

《古今所推詩聖惟少陵一人，錢牧齋云"胸无國子監不能讀杜詩"，又云"不讀萬卷書，不行萬里道，不能解杜詩"，昌黎云"李杜文章在，光焰萬丈長"，趙清獻詩云"天地不能籠大句，鬼神無處避幽吟"，我朝石洲詩云"神飆習習生陰壑，天樂嘈嘈發古鍾。雲捲碧空横快鶻，月明滄海戲群龍。依然步入仙山路，領略千峰更萬峰"，其餘不止一二。閑居時閲全稿，不覺神王，聊此構拙，何傷乎各言其志》：手握神機闢渾元，詩家夫子審言孫。鵬程溟海恢搏擊，龍腹風雲壯吐吞。萬里榆花横北斗，千堆蟻冢出崑崙。高歌興與精靈聚，秋色崢嶸宇宙喧。（《槎庵集》卷二，《韓國文集叢刊續》第 61 册，頁 42）

《書白太傅詩後》："須勤念黎庶，莫苦憶交親"，此香山居士《送楊八給事赴常州》詩也。噫，孰知此十個字，實坯子得節用而愛民一句語意。使天下士大夫待朋友皆如此，民何患不見德。老杜一生忠義底人，然《贈段功曹之任廣州》，尚覓交之丹砂、韶之白葛，遂爲後世乞子口實，其視此詩何翅天淵？不佞掌馬於湖南路之青巖，其職冷、其民瘼矣。不知交親之望不佞者，殆黎庶乎？抑砂、葛乎？聊書數語詩尾，以示同志。（《槎庵集》卷五，《韓國文集叢刊續》第 61 册，頁 101）

李夏坤

李夏坤（1677—1724），字載大，號澹軒、小金山樵、無憂子，慶州人，金昌協門人。著有《頭陀草》。

《戲題詩稿》：杜陵老子是吾師，未學精神只學皮。不效宋人詩一句，詩成全似宋人詩。一句一作體格（《頭陀草》册四，《韓國文集叢刊》第 191 册，頁 254）

《櫟迁》：杜老昔入蜀，乃有記行詩。筆力敵造化，欲與闘險奇。今我所經者,無減蜀道巇。雲棧架空虛,鳥道縈細絲。大江劈崖根,怒石如崩攲。寄身喬木杪,膽慄不敢窺。獨無杜老筆,未能模寫爲。平居慕古人,妄欲争驅馳。及夫蹈險危,暗默如嬰兒。豈意古今人,優劣乃若斯。以此感我心,駐馬久怊悢。(《頭陀草》册五,《韓國文集叢刊》第 191 册,頁 267)

《題君山手書同苦録後》:卷首三人姓名,亡友金君山筆也。君山死時年十九,文章妙絶驚人,其書法又端秀遒勁。嗚呼,生才既如此,復嗇其年,天果何意邪! 君山眉眼如畫,好飲酒,善談論,終日娓娓,令人忘倦。去歲七月,與余會于石室書院。夜深人静,月出江涌,君山引領高聲誦杜子美《同谷七歌》《秋興》諸篇,音調凄壯,若叩金石,令余和之,顧謂曰:"百年之内,此樂能有幾乎?"嗚呼,今則已矣! 何時復見此風流人乎? 撫卷不覺涕下。庚辰十二月二十四日朝,無憂子書于樂勤齋中。(《頭陀草》册十二,《韓國文集叢刊》第 191 册,頁 421)

《書洪君則重聖楓岳録後》:爲詩之道,莫難於善變,故杜子美號爲古今詩聖,而晦翁評其夔州以後詩曰"鄭重煩絮不可學"。以晦翁此語觀之,雖子美未可謂之善變也,況下於子美者乎? 君則平日之詩皆温雅和平,無一點浮氣,無一句拗語,最可喜。今讀《楓岳録》諸詩,又欲脱却本來面目,一意雄峭,余未知君則之文章長得一格價而然歟? 抑亦海岳崇深之氣有以助發其才思而然歟? 其何以如此也? 雖然,世或有具眼者評君則詩,如晦翁之評子美焉,則君則其可謂善變耶? 不善變耶?(《頭陀草》册十八,《韓國文集叢刊》第 191 册,頁 559)

朴泰茂

朴泰茂(1677—1756),字春卿,號西溪、西嶽、石門老人,泰安人。著述有《西溪集》《小學撮要》《東儒謏聞録》《遺珠録》等。

《憶古人》:浣溪水竹草堂幽,抱膝窮吟白盡頭。迢遞西方消息斷,干戈極目美人愁。 右杜拾遺(《西溪集》卷一,《韓國文集叢刊續》第 59 册,頁 229)

權相一

權相一(1679—1759),字台仲,號清臺,安東人,謐號僖靖。肅宗三十六年(1710)增廣東堂試及第,歷任弘文館副提學、大司諫等職。著述有《清臺集》《初學指南》《鶴城誌》等。

《次杜工部卜居韻簡呈浣溪翁并小序〇李如晟》(節錄):浣溪新堂成,主人次杜工部《卜居》詩,要諸友共和。蓋其流落困窮一樣,而地名亦偶合,此所以堂成而次其詩以寓其懷也。雖然,觀杜翁詩,優遊閒暇無毫髮憂愁之意。主人倘得於此,則庶幾無愧於杜翁矣。(詩略)(《清臺集》卷二,《韓國文集叢刊續》第 61 冊,頁 244)

《負暄堂金公墓碣銘並叙》(節錄):丙申冬十月己卯,負暄金公壽八十有四,考終於正寢。(中略)家甚貧,疏食或不給,而看讀書史以自娛。庚子,中生員一等,爲兩親榮,其後累造公車而竟不第,命也。嘗讀《易》探索奧旨,作啓蒙覆繹,多發前儒之所未發。晚注杜詩,至八耋,猶自抄自寫,證正古注之誤。爲文有變化有精彩,詩格老來尤古健。嶺中士論之發,多用公文,以故見疾於人,而名益著。中歲移家於尚州之大道村,癸酉遭孝慽,又移於近岩,結小屋,揭"負暄堂"三字,以寓野人愛君之誠。(下略)。(《清臺集》卷十二,《韓國文集叢刊續》第 61 冊,頁 439)

趙文命

趙文命(1680—1732),字叔章,號鶴巖,豐壤人,封豐陵府院君,諡號文忠。肅宗三十七年(1711)成均館柑試居首,賜及第,歷任大提學、左議政等職。英祖元年(1725),以謝恩兼陳奏奏請行書狀官出使北京,有《燕行日記》。著有《鶴巖集》。

《次杜甫秋興八首月課代人作》其一:清霜一夜脫千林,哀壑槎牙老木森。峽口山川方暮色,塞天雲日易秋陰。凄凄已屆金神節,渺渺徒懸玉宇心。淪落江湖淹歲月,百憂愁絕集寒砧。　　其二:西風立數雁行斜,絕塞蕭條感物華。浪跡即同長泛梗,病形真似已枯槎。天涯客緒愁看月,亂後邊聲厭聽笳。遙想平時鄉國事,每從今日泛黃花。　　其三:愁倚江樓送落暉,塞天霜露夕微微。魚鳧國遠人烟杳,鳥鼠山寒木葉飛。海內滄茫家室隔,天涯淪落弟兄違。諸公坐失安邊策,徒爾當年食肉肥。　　其四:年來國事劇危棋,兵後瘡痍滿目悲。誠似魏牟長懸闕,志同袁子謾傷時。崎嶇峽路黃牛險,斷續鄉書白雁遲。清渭終南俱杳杳,不堪秋日轉愁思。　　其五:清秋臥病楚人山,斷送流光道路間。幾日皇威清海岱,暮年詞賦動江關。巴猿似哭工催淚,蜀酒如酥豈破顏。猶有夜來青鎖夢,五更依舊趁鵷班。　　其六:少時磊落尚奇功,書劍居然老蜀中。未著青袍朝北極,又當烏帽落西風。憂時短髮全催白,帶酒衰顏暫借紅。已判此身今已矣,百年蕭瑟一詩翁。　　其七:客中羈思雪渾頭,況是蕭條落木秋。憂國傷時唯感涕,登山臨水總歸愁。才名昔日吟丹鳳,身勢殘年傍白鷗。聞道天驕猶洛北,幾時氛祲霽神州。　　其八:長安城闕勢逶迤,第五橋連皇子陂。太液露荷應萬朵,禁園霜菊幾多枝。自憐湖海飄零久,頻覺光陰荏苒移。京國浮雲時北望,客懷搖落泪雙垂。(《鶴巖集》冊一,《韓國文集叢刊》第 192冊,頁 389)

朴龍相

朴龍相(1680—1738),字見卿,號畸軒,務安人。事舉業,不第而終,著有《畸軒集》。

《答金振伯》:泮中親友別後無聞,令人紆鬱,得領一甫問書,何慰如之。且其見規語實爲我發藥,而兄之所以贊嘆此義敷衍爲説者,尤令人感發興起,荷幸荷幸。彼時與兄略論《詩藪》,有不究竟公案,故今漫別紙録去,一笑。在京時略述所聞所見,得三四篇近體,而以纔遭重制,不欲向人説道,今始脱稿,早晚相對,可以浼聞耳。　　(別紙)近閱《詩藪》,其評論古今詩家誠有卓識,然直掃韓、柳以下,至歐、王、蘇、黄不曾比數,推許明律軼過盛唐,不幾於工詞古人、誇張自家之病乎?且斥詩中議論理事以爲詩家一大病忌,此亦偏枯之論也。雖曰詩主風神興象,但詠雪月風花而已,則如此亦可;至於酬贈、詠史、挽詩,皆可只取風神而全没議論理事乎?此公不過博取古今詩話,掇出其新奇句語以文其辭,而至其所自爲説者,時有不滿人意處。只以前日舉似者言之,其曰"論詩最忌穿鑿,'朝廷燒棧北,鼓角滿天東','燒'與'滿'氣勢相應,而元晦以爲'漏天'。朱非不知詩者,偶爾忘失"云者,正所謂小兒强解事也。此句蓋老杜《陪章留侯宴梓州城樓》詩,其曰"朝廷燒棧北"者,自梓州而望長安,則朝廷在燒棧三秦之北也;"鼓角漏天東"者,蜀之雅州有漏天,而在梓州之西,故云留侯鼓角之聲在漏天之東也,其用事題意躍如矣。乃曰"燒與滿氣勢相應",蜀州既非天東,而朝廷燒於棧北者,有何義歟?意謂宫室殘破則可矣,不可以此謂朝廷燒也。以此見解敢誣大賢,其謬甚矣。而老兄不以爲然,豈非愛之過而不暇省之致乎?若曰空青丹砂、金膏水碧,雖無適用之實,而自是世外奇珍,亦可寶玩云爾,則弟不敢多辯也。(《畸軒集》卷三,《韓國歷代文集叢書》第 3045 冊,頁 178)

朴弼周

朴弼周（1680—1748），字尚甫，號黎湖、竹軒，潘南人，諡號文敬。曾任吏曹判書、右贊成等職。著述有《黎湖集》《朱子往復彙編》《春秋類例》等。

《再辭進善，仍請册禮時不進之罪疏丙辰三月》（節録）：（上略）周詩有之曰："心乎愛矣，遐不謂矣。"遐之爲言，猶曰胡乃如此也。蓋若設爲問答，以跌出其所以不謂之故。即下文所云"中心藏之"者是已。夫既愛之乎則宜若有謂，以見夫中心之愛也。而然而不謂者，豈非以其藏在中心故耶？是則雖默默無所謂，而其愛之藏諸中者，則固無日而可忘也。詩之云云，不知其所指，固未必爲以臣目君之辭，而其理則可通。後來唐人杜甫詩所謂"四鄰耒耜出，何必吾家操"者，其言有味，亦不可謂不合於此詩之旨矣。是以朱子深取之，以爲不報之報。苟認是意，則人臣所以報國，雖有進退隱顯輕重大小之不同，而未始爲無所報也。（下略）（《黎湖集》卷四，《韓國文集叢刊》第196 册，頁 83）

《答金彝叔問目》（節録）：總論"點化出些精采"。點化句意，形説甚難。點有點檢之義，而化是變化之云耶？　　點如杜甫詩"點注桃花舒小紅"之點，若爲點檢之點則似重。化如"不日而化"之化，亦當輕輕看。但"不日而化"，是自然之化，而此化字則涉於用力，爲有異耳。（下略）（《黎湖集》卷十六，《韓國文集叢刊》第 196 册，頁 363）

《三得録》（節録）：久處江楔，有時晨起，曙色微茫，風氣疏涼。每思唐人"山月曉仍在，林風涼不絶"之句，輒費一吟。唐人此語，善説得曉景，可謂入神。其次則杜工部《曉發公安》等作，亦自如畫。（《黎湖集》卷三十二，《韓國文集叢刊》第 197 册，頁 164）

申靖夏

申靖夏（1681—1716），字正甫，號恕庵，平山人，金昌協門人。肅宗三十一年（1705）增廣文科及第，歷任北道兵馬評事、副校理等職。著有《恕庵集》。

《古體詩頌家伯》其一：杜子憩息地，必種一竿竹。今君偃卧處，亦栽數叢菊。　　其二：草堂矯俗翁，和庵避世士。偶與千載下，氣味乃相似。（《恕庵集》卷一，《韓國文集叢刊》第 197 册，頁 183）

《與金道以時佐》：雨冷，伏惟兹者履用增佳否，傾向之至。寵貺詩什，謹此卒業奉還。蓋執事之詩，眼目開處，見識先到，纖悉之態，沉鬱之氣，要不爲囂浮之作。而特以材具未足,工夫未到,故往往落於膚淺,而有排沙簡金之嘆。然執事何嘗以詩自期,靖夏亦不欲以此末技小道望我執事,但以求之既勤,終不敢自外也。卷中固多佳作,而古詩中如《雷雨》篇,近體中如"灾祥默數漢唐來"等作最可喜。杜子美雖在流離困窮之中,一飲一飯未嘗忘君,詩人以來一人而已。今見執事詩,若非勉戒子侄之語,即是憂國愛君之辭,甚得詩人之體,讀來不覺感嘆起敬也。文篇到來未久,姑未及經目,然此則要不可草草看過,惟少寬假焉。《石湖三十詠》,其已抽思否? 所寫詩箋如見乏,當以數本寄上。士修若一向推托,亦宜勸作也。(《恕庵集》卷八,《韓國文集叢刊》第 197 册,頁 321)

《放翁律鈔跋》:余嘗謂古今詩人,杜子美以後,惟陸務觀一人。蓋詩至子美而極其變,而子美之所不言,而務觀言之。詩至務觀,亦可以止矣。余自小酷嗜其詩,至忘寢飯。蓋非特爲其詩之工而已,愛其言之切於我也。余之在湖舍,每遇春秋勝節,無日不出遊,遊亦無日不作詩。至其意與景會,往往有佳語,謂可以無負湖山風物,而及歸讀務觀詩,不覺恍然自失,蓋於余之所欲言,而務觀已先言之,其余又奚詩哉? 今以其詩考之,務觀之迹多在於山陰、禹穴、太湖、笠澤之間,而好與漁人樵父遊,故其詩之得於漁歌菱唱者爲多。而余又水居,故其言之種種着題如此。余於是既喜務觀之作早多爲余準備,而又喜吾居之勝,其去吳越山水不遠也。昔蘇子瞻寓居惠之行館,稱劉夢得《楚望賦》而曰"句句是也";其居白鶴觀也,極賞柳宗元《鈷鉧潭記》,以爲只此便是東坡新文。今務觀之詩,一聯一字,無非湖舍之實景,而余之所作,終未有以出務觀之外,則今以此百十篇取爲余新作,如坡翁之故事,其誰曰不可? 而其使務觀有知於九原之下,亦必莞爾而許之矣。癸巳十一月辛亥,反觀居士書于苕川漁舍。(《恕庵集》卷十二,《韓國文集叢刊》第 197 册,頁 390)

李喜之

李喜之(1681—1722),字士復、陽伯,號凝齋,全州人。著有《凝齋集》。

《讀杜詩》:大曆開元一局棋,干戈歌舞幾多時。白頭短褐風霜裹,成就先生萬古詩。(《凝齋集》卷一,《韓國文集叢刊續》第 62 册,頁 508)

《與李兄載大書》(節錄):(上略)秋冬從遊近年所無,一日不見如有所失,相對促膝至忘寢食,及其別而思之,中間幾許日。其所款款,亦曰:孫一元勝李攀龍,"人烟草屋深",真五言近體本色而已矣。若此不已,又從而勤攻之,計其末梢,不過與鄉所謂"道死話底人"一流而傳之耳,未知臘月三十日歸見閻羅老子作何面目。靜言思之,能不愧嘆?竊意吾輩且將此等文字束之高閣,從五經四書中尋取安身立命處以爲田地根本。欛柄在手,殺活從心,然後徐看此等無妨弛張。吾輩於此等已成技癢,苟能斷置,亦當爲克己之一端,但恐暮歸見獵,伯子亦不免動心。此則一部老杜足可以承當,不必太博,枉費心力耳。晦翁《大全》《語類》在案頭否?以此代彼當有大益,亦足以寬遣悲痛。弟不自早覺,今欲改轍,既庸自戒,又以相告,一以塞吾兄之悲,一以誓吾之始。(《凝齋集》卷二,《韓國文集叢刊續》第 62 册,頁 521)

申維翰

申維翰(1681—1752),字周伯,號青泉、伽倻樵叟,寧海人。肅宗三十九年(1713)增廣文科狀元,歷任平海郡守、奉常寺僉正等職。肅宗四十五年(1719),曾跟隨洪致中出使日本,寫下《海槎東遊録》《海遊見聞録》,皆收入其文集《青泉集》。

《雜説》:余自童年不識書畫方技,以至奕棋、六博、飲酒、琴歌一無所解。獨嗜古文,韻語則《離騷》,文章則賈傅《治安策》,讀過千遍,寢飯具忘。輒自謂《離騷》如鈞天帝庭,百樂鏐鏘;賈策如禹鑿龍門,洚水奔崩。雖八珍方丈不足喻其味,奈何仰之彌高,鑽之彌堅,卒不得一步邯鄲。而中罹險艱,晚嬰世故,遂至廢業。然每於懶倦欲睡時、枯槁索居處,聽人讀《離騷》,或自閲《治安策》,便覺興集神來,肘股如舞。始信吾生命分來,只有此兩端因緣,苦未磨矣。雖然,我東狹矣,藉令屈、賈復生,得一黃甲題名外,無所爲矣,令人於邑。余於古文不喜讀諸子,於唐不喜昌黎,於宋不喜南豐,此皆古今人學文章者取以爲宗師,膾炙之所同嗜,而余獨不然。蓋由於性本局滯,才乏通方,且以生長遐荒,起自末耜,遊藝之路未廣,而守株之癖未化故也。嘗自謂有文字以來,《尚書》爲鼻祖,《春秋》魯國史也,《論語》闕里史也,左丘、公、穀、馬遷、班固皆可稱素王家臣。此外古文之變正,如墨絲揚歧,人皆攘臂曰:"文在是矣,乃余師。"心之好,白首不移,甘受人嗤罵,曩與任和仲論文書略論之矣。世爲李、杜以詩齊名,五七言長篇互有輕重,而杜之律、李之絶固是連城雙璧。至論它文,則子美賦,揚雄文學,《漢書》觀其疏奏與墓誌,簡潔有力。余每讀《公孫弟子劍舞》詩序末引張旭草書事,而曰"即公孫可知矣",筆力雄厚,便見文章手段,是不獨詩之爲貴。李則賦與文皆輕率無法,《大鵬賦》及所上荊州書亦無風骨可觀,往往見笑於大方之家。十年匡廬,所

得於磨杵之嫗者,只發於詩而他無所長耶? 一笑。(《青泉集》續集卷二,《韓國文集叢刊》第 200 册,頁 411)

李 瀷

李瀷(1681—1763),字子新,號星湖,驪州人。著名哲學家,實學派代表人物,著有《星湖先生全集》《星湖僿説》《藿憂録》《四七新編》等。

《手傘行》:柳右相寬,字敬父,號夏亭。清儉自守,數間茅屋,處之怡如。嘗霖雨經月,屋漏如麻。公手傘庇雨,顧夫人曰:"無傘之家,何以能堪?"夫人曰:"無傘者必有備。" 大相手中一小傘,棟宇未足防雨漏。雨漏淋淋無乾處,有傘猶可頭上覆。因思蔀屋多辛苦,一念恒存濟黔首。夫人慎莫笑我愚,此物未必家家有。身居具瞻乏謀猷,此生何以答吾君。橡題數尺世自多,分外一毫皆浮雲。傳家清白是青氈,四壁把作幰幪看。杜甫詩中好思量,恨不大庇天下寒。生無逸樂死後名,一脉清風不盡吹。寄語高明室中兒,試向東門覓遺基。(《星湖先生全集》卷八,《韓國文集叢刊》第 198 册,頁 186)

《石隱集序》(節録):詩者,教也,務在達意,惟簡乃成。後變爲五七字長短篇,則與教何干? 況加之聲病對配之律,日漸背于本旨,意益巧而教益渝矣。然千百載大同成習,無貴賤賢愚率不脱浸染,生乎其間,無怪其勉循爲之。有能傑然者,思其所以然而不忘觀風之本,即有功於教者也。不爾,八轉九輾,尤之效而過之肖,古道湮埋盡矣。就中彼善則有之,惟杜甫氏其意約,其言實,猶不失三二分田地材具,俾有可以反乎真,爲障川之一楔也。此非詞藻家工與拙之評,即有望于來許也。(下略)。(《星湖先生全集》卷五十,《韓國文集叢刊》第 199 册,頁 422)

《安樂齋序》(節録):天下無全樂之地,有可樂之要。此有人裋褐空匱,屋廬荒頓,徒行而力作,至不堪憂也。一見貴遊華盛,億而曰:此殆可樂。然彼有宫室,則有潤屋之憂;有車馬,則有藏修之憂。凡有服飾傔御珍奇器玩,莫不帶與憂隨,朝晝而未休,顧安在乎其樂? 昔者,榮啟期號善自寬,帶索鼓瑟,樂亦無不在,而聖人許之。夫以榮啟期所處所行,上艷於勝吾者,固爲無上辛苦。若使斡回一綽,下比諸不及吾,豈非快樂之反甚也? 彼爲女爲夭爲禽獸,天下何限,吾能免此,安知不有數者之望乎我,不如向之望貴遊華盛也乎? 故炎曦逼乎膚則陶穴敵清涼,菜餗發於色則美味於糟糠,君子知其然也。視天下之莫非我外物,而身可措於安矣,斯義也杜工部得之,爲詠懷之亂,每諷誦上下,不覺煩惱之去體。彼孜孜於雞鳴、不遑寧居者,抑獨何哉?(下略)。(《星湖先生全集》卷五十二,《韓國文集叢刊》第 199 冊,頁 449)

《書遜齋集後》(節錄):余於詩律家藪多不曉,非人之短余,余實自道。非但自道,恐古今人未必盡曉,何也?如指山而問,則高下不可易;指水而問,則清濁不可易也。後世之詩則不然,其是與非,未可知也。詩莫尚于李、杜,當時韓退之之仰望而不可企及,至歐陽永叔却云韓勝於杜。若李者,永叔猶不敢云爾,王介甫不獨進韓於李,又進歐於韓。以李、杜、韓之地位,歐、王之鑑裁乖反至此。若是者,果可謂有定論乎?(下略)(《星湖先生全集》卷五十五,《韓國文集叢刊》第 199 冊,頁 519)

《書東坡軟竹帖》:杜甫善言畫,有"尤工遠勢,咫尺而萬里"之語,文與可得之,爲《篔簹偃竹圖》寄與東坡曰:"此竹數尺而有萬尺之勢。"乃東坡善取人者也,兔起鶻落,心論其意。故此帖幅才滿尺,幹必盈把,柔條嫩葉之間時露數節,蜩腹蛇蚹莫不有劍拔十尋之氣,直是取材於篔簹,奪胎於與可也。昔先君子得於燕市,兼有南宮跋筆,可爲雙絶。恭齋尹孝彥見之曰:"此軟竹圖也,非坡不能。"其言殆可信。(《星湖全集》卷五十六,《韓國文集叢刊》第 199 冊,頁 543)

林昌澤

林昌澤(1682—1723),字大潤,號崧岳,谷城人。有《崧岳集》。

《憶三淵》:我思古人,杜甫李白骨已仙。地相去千餘里,歲相後千餘年。恨不得同登黃鶴樓,酒酣倒却鸚鵡洲。又不得西上太白南浮白帝城,三峽劍門窮壯遊。擊劍讀其詩,中原但回頭。忽見甫白之後身,生此天地東。地既與之同,世又與之同。扶桑大海蒼茫月,萬瀑神山霹靂風。焉得一相逢,斗酒笑相屬。奏我高山之流水,聽君鈞[一]天之廣樂。鸞鶴交飛下赤霄,空山百獸蹌蹌跳。可相見,不相見,望美人兮海天遙。(《崧岳集》卷一,《韓國文集叢刊》第 202 冊,頁 500)

[一] 鈞,原作"勻"。

《李白論》:論白者,以白論白而已,不必以名教論白。白特脫俗仙骨虛浪詩人耳,不以仙骨詩人論白,輒以忠義暴白,欲掩其過,愈益彰白之罪,非所以愛白也。蕭士贇暴白之忠,猶恐不盡。曾子固序白集:"白臥廬山,永王璘迫致之。"以《舊史》"白謁見,璘辟爲從事"爲誤。鹿門以爲蓋如此,然後白夜郎之流、潯陽之獄，釋然無愧矣。其然耶？白自云“徒賜五百金”，其非檄價耶？郭汾陽以官贖白，所贖者何物耶？汾陽之力，能於贖白之刑，而不能於直白之冤耶？少陵之愛白，非比後世之愛白，然未嘗言白無罪，只曰“吾意獨憐才”。白既不死於璘，安有附叛草檄，而有凋顔眷眷之誠耶？白雖不謁璘，爲璘所脅，可以此釋白之愧耶？故曰：欲愛白者，以白論白可也。（《崧岳集》卷四，《韓國文集叢刊》第 202 册，頁 538）

韓元震

韓元震（1682—1751），初名鼎震，字德昭，號南塘、暘谷，清州人，謚號文純，權尚夏門人。“江門八學士”之一，“湖洛論爭”中主張湖論的“人物性異論”。著述有《南塘集》《經義記聞録》《朱子言論同異考》等。

《曉聞子規》：有禽春號萬山中，云是冤魂出帝宫。清夜叫時寒月皎，深林飛處落花紅。聲哀只爲愁人聽，天大寧教一物窮。詩圃古今添異料，好奇元自少陵翁。（《南塘集》卷一，《韓國文集叢刊》第 201 册，頁 19）

《答宋士能相別紙壬子五月》（節録）：甲申春，皇帝廟成，既行享事，又奉老先生真像安於舊室，而用一籩一豆之禮薦之。爲文以告其由，而引杜工部詩“一體同祀”之語以質之。其時書院在萬頃臺，而皇帝廟傍不可無尊奉老先生之舉，故奉以真像，薦以籩豆。（《南塘集》卷十九，《韓國文集叢刊》第 201 册，頁 439）

《心經附注劄疑》（節録）：因何止頭來，釋疑謂：才質之美如此，而守禮法無少貶，不肯回頭以從俗，此爲未盡善云耳。　按：以文勢推之，蓋明道與一朝士相識者遇於會班中，不肯回頭接話，故其人不説，以爲：“以伯淳如許聰明，豈不知吾在此？而過了許多時終不肯回頭來者，因何事故耶？”云云。故明道答之云：“蓋恐回頭錯耳。”回頭錯，蓋因杜詩“回頭錯應人”之語也。此事正與孟子於公行子之有喪，不與右師言相類，而孟子費辭辨之，明道却只云“回頭錯”。聖賢氣像，又見其有不同矣。釋疑云云，恐説得太深。（《南塘集》卷二十三，《韓國文集叢刊》第 201 册，頁 538）

林象德

林象德（1683—1719），字潤甫、彝好，號老村，羅州人，尹拯門人。肅宗三十一年（1705）增廣文科及第，歷任吏曹正郎、綾州牧使等職。著述有《老村集》《東史會綱》等。

《杜子美詩云"四更山吐月,殘夜水明樓",蘇子瞻絶愛之,爲古今絶唱,嘗夜起登合樓,因其句作五首。余嘗愛其詞清妍,亦若子瞻之愛子美也。六月既望之夕,在息營堂,已而月上飛來之東峰,悠然發興,腰小壺,乘葉舟,放之飛來斗壁下。月輪漸高,江面一色,回崖仄谷,水樹葱籠,奇彩萬狀。遂援筆漬墨,以"山吐月"爲題,酌一觴,侑一句,酒盡而詩亦就矣。書罷,快讀數次,顧左右無示者。江山極好,恨少好人同此幽賞耳》:一更山吐月,皎然窺我闥。良宵不可孤,短壺仍自挈。二更月上牛女間,皓如玉繩橫江干。花藏浦下泛舟入,舟行疑在銀漢端。三更月與江吞吐,潮頭拍峽方入浦。馮夷望舒顚倒戲,我醉追之赤手捕。四更月垂西南谷,谷間烏鵲驚諛諛,蒼龍之尾澹指北。五更月斜酒瓶空,夢中回棹蘆葦叢。(《老村集》卷一,《韓國文集叢刊》第 206 册,頁 9)

《文論》:嗚呼,文章之弊久矣!伏羲始造書,越乎邈哉,其文不可得而言也。太史公曰:詩書雖缺,虞夏之文可知。虞夏以前,雖有書而無所載,故不知。不知者,亦不得以言也。自堯、舜迄于今,上下四千有餘年,文章之變一何多也,又何愈變而愈弊也。書之爲體六:曰典曰謨曰誥曰命曰訓曰誓。其變也,典謨變而爲史記,誥命變而爲册書詔制,訓變而爲封事狀疏,誓變而爲軍書檄移,其他諸子百氏各立門塗,並有傳述。變之又變,而種、略、子、集、傳、注、義、疏之文,其類不可悉數,通謂之書流。詩之爲體三:曰風曰雅曰頌。其變也,風雅變而爲騷,會稽鄒嶧之銘,頌之小變者也,其後五言自蘇、李,七言始柏梁。變之又變,而歌、行、謠、引、詞、曲、古意、近體之作,繽然而起,其類亦不可悉數,通謂之詩流。此文章體法之變化源流之大略也。書渾於虞,灝於商,噩於周。戰國之縱橫,秦漢之雄肆逶迤,至乎齊、梁、陳、隋之浮靡而弊矣。詩溫於風,正於頌,敦於雅。騷之怨而不誹,漢之醇泊亦逶迤,至于齊、梁、陳、隋而弊矣。唐承之百餘年,開元、元和之文章始號近古,而猶之不能合典謨之簡嚴,復風雅之正始。宋之典實,明之奇雋,各自謂矯其弊而變乎古,而愈變而愈弊。此文章氣格之變化升降之大略也。請詳之。蓋古初之始造書也,象物取類,制爲文字,所以記言而書事也。上古之書,二典三謨爲之首,其書首述帝德,次述奉天授人時,命四岳,分庶職,及其臣下辭讓應對之語,及其巡守柴望朝覲之禮,及其音樂律度考課刑征之事。又有帝及其臣相悅相戒之詩,是皆不過記言書事而已。其文簡而明,其事略而備。降及中古,朝廷之事有誥命,軍旅之事有誓,臣之告於其上者有訓。窮閭俚巷風俗之謠爲風,郊廟祭祀上歌下舞之詩爲頌。蒐狩燕饗征伐吉凶之事莫不有詩,是爲雅;或賢人淪士憂時刺世之作,亦謂之雅。是亦皆所以記言書事,而其言其事漸多,而其言漸繁,猶不若上古之簡略而明備也。歷此以降,愈繁而愈不純,由春秋而接秦漢,七八百年,作者益衆,莊周、墨翟、荀卿、鄒衍、慎到、田駢,秦之李斯,漢之賈誼、董仲舒、司馬遷、楊雄、劉向、班固之徒,各以其術鼓其縱橫奔放之言以爲之文。其間又有如宋玉、唐勒、景差、司馬相如者,以詞賦雄辯相誇,皆祖於屈原之騷,此特其大者也。今以古今藝文志考之,其人名字姓氏亦不可勝紀,紛紛穰穰,盈溢乎天壤之間者無非書也。嗚呼,何其盛也!然其言夸而不信,其文華而寡實,雖閎博衍肆,闔闢舒慘,各極其變化,而向所謂記言書事簡而明略而備者日蕩然矣。於是綺麗浮淫之文作,江左數十百年,文章幾乎息矣。唐興,王、楊、盧、駱號稱四傑,而皆有江左之餘風,子昂出而詩正,退之生而文變。子昂之後,有李白、杜甫者,並以其詩大唱而肆,而甫詩尤以忠義敦厚爲主。世言《三百篇》之後,杜甫之詩最得其宗,非虛言也。凡此數子者之文章,方之盛古,雖不及乎盡純,其於記言書事之體,蓋乎仿佛矣。後世之文,若無取焉則已,若其取之,吾其舍數子乎?自此數百年,宋有歐陽脩、蘇軾、黃庭堅。又數百年,明有方孝孺、王守仁、王世貞,其後遂無聞焉。嗚呼,歷代文章既已言之詳矣。傳注義疏之書繁,而經籍裂矣;設問夸誕之體盛,而騷賦滅矣。聲律起而歌詩崩,儷偶作而表誥亡矣。大率言之,愈降而愈繁,愈繁故愈弊也。嗚呼,文章者,得乎天地之氣者也。天地之氣與時而相降,時降則氣降,氣降則文章亦不得不降。夫其不得不降者,顧亦無如之何也。嗚呼,天地無終而無盡者也。自堯舜迄于今,僅四千有餘年,夫以無終而無盡,觀四千有餘年,蓋倏忽間耳。然而文章凡幾變而幾弊也,若使又四千餘年,不知又幾變而又幾弊也。推以至於無終而無盡者,蓋不可知也。夫無如之何者與不可知者,聖人亦不論也。傳曰"六經之道尊,故文簡",又曰"華言少實,不足以行遠",學者但能尊經而信道,寡言而務實,其亦庶幾乎哉。(《老村集》卷三,《韓國文集叢刊》第 206 册,頁 65)

蔡之洪

蔡之洪(1683—1741),字君範,號鳳巖、鳳溪、三患齋、舍藏窩,仁川人,權尚夏門人。"江門八學士"之一,著述有《鳳巖集》《性理管窺》等。

《題朴應教泰輔書帖後》:昔東坡言顏魯[一]公書正如杜子美詩,余於近故朴學士書亦云爾。何者?學士之植綱常、死節義,其精神氣象略可見於縱横趨勒之間,即工部詩寫出他平生憂愛眷眷之心者也。夫文藝特末也,善觀者尚識其在內之本一定不渝,余於此益信其誠於中者必形諸外也。明道云:"某寫字時甚敬,非要字好,此亦是學然哉。"今之稱善書者,必巧意妝綴,務爲詔笑色態者,真可謂如見肺肝也。顧余愛此書甚,非謂其字好突出漢晉諸子上,蓋以其貞正謹愨,仿佛乎顔公筆法,而樹立之卓卓殆無愧焉,實出愛烏之誠云爾。(《鳳巖集》卷十三,《韓國文集叢刊》第 205 冊,頁 452)

　　[一]魯,原作"潞"。

安重觀

　　安重觀(1683—1752),字國賓,號悔窩、密窩、可洲、可湖,順興人。曾任工曹佐郎、堤川縣監等職,著有《悔窩集》。

　　《秋興八首與槎翁共次,日得一篇,八日而止》其八:虛心老杜與逶迤,詩道方知正不陂。周雅楚騷唯的派,晉風唐格是橫枝。日光玉潔誰將繼,聖伏神徂世謾移。秋興八章聊續尾,真同拙斫慕般垂。(《悔窩集》卷二,《韓國文集叢刊續》第 65 冊,頁 279)

　　《東避録序》:古之人于喪亂漂流之際皆有所敘述,以識其身心之所困迫、時變之所極摯。若周人之賦《兔爰》、杜甫之作《北征》、李忠定之撰《傳信録》之類是已。此豈惟自道其不幸而已,抑以寫夫憂君與國、感憤悲恫之不能已者,蓋亦忠臣孝子之志也歟?余以丁未秋去官鄉居,及是年季春之末,違清州狂寇之難,挈家屬過江,逾月阿嶺,僑處于堤之陶村。于時莽戎卒興,遠近震駭,士女之奔迸於道塗者,若獸挺而禽竄。余窶人也,家不畜僕馬,只與兒曹步走。日中行五十里之遠,足傷脚疼,飢渴交逼,小兒至有啼泣者。況囊帑之粟不能支數日,日採山谿之毛和糠覈以充朝晡,其險艱之備嘗可知也。適有天力,小醜旋剿,而顧世家名族之蔓延作逆者,殆爲叁國之二。外亂雖戢,內虞方殷,重以民窮財匱,勢迫於土崩,是則周嫠靡暇於恤緯,雅人不遑於假寐者矣。嘗讀《兔爰》《北征》之詩及《傳信録》等,竊悲其人忠孝之盛,而或疑其過於憂傷。以余之遭今日者方之,殆亦有甚焉。蓋懸想與躬見,不翅不如也。乃於潛藏畏約之境,吞聲抆血之餘,輒取紙筆,略識避寇以來日間諸雜事,與夫往來諸言之及於討賊者,用月日編次之。始自三月十九日己巳,訖于四月庚戌之晦,題之曰《東避録》,又集所作近體五七言若干篇附於後。嗟夫,試以此録,忝之於周、唐、宋三子者之述作,則雖人有賢愚之分,事有大小之異,辭亦有美惡之殊者,然其感激憂憤之特出於一段忠孝之衷者,竊自

以未始不同云爾。(《悔窩集》卷四,《韓國文集叢刊續》第 65 册,頁 321)

金履萬

金履萬(1683—1758),字仲綏,號鶴皋、東厓,禮安人。肅宗三十九年(1713)文科及第,歷任兵曹正郎、瑞山郡守等職。著有《鶴皋集》。

《讀杜詩》:清晨一瓣香,敬讀少陵詩。天地有元聲,公也實得之。變化亮非一,或正而或奇。百辟儼冠佩,三軍森鼓旗。力掣橫海鯨,勢壓劈天鷞。或如瘦道士,深山獨採芝。又如美少娥,妝閣正勻脂。秋墳古鬼哭,長坂快騎馳。扶桑五色繭,清廟三代彝。何能入閫奧,未易窺藩籬。而我生最晚,嘐嘐空爾爲。(《鶴皋集》卷二,《韓國文集叢刊續》第 65 册,頁 54)

《讀東坡詩》:我讀東坡詩,如與東坡語。句句出奇氣,篇篇盡豪舉。博采百家英,巧織七襄杼。三才與萬象,筆端大鋪叙。但恨溺佛甚,一味説禪去。時雜傖父儜,或近書生腐。用事何太多,無乃點鬼簿。瑕瑜不相掩,終是大家數。奈何胡元瑞,排斥不少許。亦有袁中郎,謂可凌杜甫。毀譽邈天淵,均之吾不取。公眼在後人,文章鏡千古。(《鶴皋集》卷二,《韓國文集叢刊續》第 65 册,頁 56)

《聞酒禁》:古來詩酒不相離,李杜文章醉更奇。左海忽成無酒國,老夫從此減新詩。(《鶴皋集》卷四,《韓國文集叢刊續》第 65 册,頁 83)

《解憫八絶次杜韻》其五:老杜詞林百代師,心香一瓣更無疑。不識石公何所見,古今唯許雪堂詩。(《鶴皋集》卷四,《韓國文集叢刊續》第 65 册,頁 87)

《余近者衰態畢具,坐則尻痛,立則腰痛,行則脚痛,獨有臥稍便,而熱蒸難久臥。老杜詩曰"將衰骨盡痛",可謂曲盡老人之形容矣,遂感而次韻》:浮生能幾許,身老病還新。咫尺行難動,尋常臥自頻。不愁窮到骨,唯怕熱蒸人。最愛北窗下,清風吹葛巾。(《鶴皋集》卷五,《韓國文集叢刊續》第 65 册,頁 105)

《律範序》:夫詩莫盛於唐,而律詩又肇於唐。唐以前無論已,繇唐歷宋迄于皇明,作者何限,選者匪一,而詩匪作之艱,知之惟艱;匪知之艱,論之尤艱。昔鍾期云亡,伯子輟琴,而太玄翁必待後世子雲者,良以此也。藐余生乎百代之下,乃欲以謏見竂識,衡尺而取舍之,多見其不自量也。顧以諸家之選,頗病汗漫,難於領會,故就其中體格俱完,詞致併嫩,卓然爲萬世法程者,裒而稡之,命曰《律範》。噫,盛唐之詩,咸能神解天得,融然自化,非後世掇拾摹擬者所可幾及。而至於杜少陵,殆所謂金聲而玉振之者乎?中則稍降,晚乃隤然。嗟乎,周公制作之盛,亦不無末葉繁文之弊也。有宋諸賢,文辭非不博矣,理致非不深矣,才具非不贍矣,乃聲調色澤復然與唐詩不侔,具眼者當自辨之。降及胡元,自鄶無譏。皇明之盛,最稱王、李,而類多撫劍擊筑悲歌慷慨之風,或少冠冕佩玉揖遜雍容之態。譬之東京氣節,典午清談,蓋亦時尚之使然也。虞山晚出,力洗前轍,思還大雅,而究竟斷案,吾恐絳雲之遜于白雪也。兹編既成,或謂:"詩盡於此乎?"余曰:"否否。玄圃夜光,拔其尤而採之,不可謂棄者非玉也。雖然,即其所採,而孚尹之美,不暇他求,亦何必盡搜天下之玉哉。"譚者唯而退。(《鶴臯集》卷八,《韓國文集叢刊續》第 65 册,頁 160)

金鎮商

金鎮商(1684—1755),字汝翼、太白,號退漁,光山人。肅宗三十八年(1712)文科及第,歷任大司成、大司憲等職。有《退漁堂遺稿》。

《白露節,夜坐對月,詠老杜"露從今夜白,月是故鄉明"之句,不勝悽然,續成一絕曰"少陵詩上語,如道此間情",仍誦全篇,遂次其韻》:秋雲疏復行,秋水遠猶聲。獨立柴門內,愁看塞月明。鄉園書素斷,霜露鬢絲生。歲晚君民志,空隨赴點兵。(《退漁堂遺稿》卷一,《韓國文集叢刊續》第 66 册,頁 163)

任 適

任適(1685—1728),字道彥,號老隱,豐川人,權尚夏門人。曾任陽城縣監、咸興判官等職。著有《老隱集》。

《與耐庵兄壬辰》:暑甚,起居佳否?向嘗兩爲書以候,想并已關聽矣。拙詩果如何?無一佳語可自好者,尤不滿於高明之見可知之耳。近爲暑所困,日涔涔卧,時林風乍至,頭眼少得清爽,始能持子美近體詩玩味其一兩篇,愈味而愈有味,益知前日之見猶未窺其皮膜之外,可笑也已。乃爲詩三篇示舍弟,二篇呈高案,自以爲不大背於昔人之旨,試評之,果復如何?大抵詩之道多端,不可以一概論也,若求之於一字之巧,一句之奇,則乍見之,非不足以媚一時之眼;一再吟,破碎分裂,全無所應屬,而味索然盡矣。詩本於性情，可喜可怒可悲可樂，一發之詩，而不失其性情之正，然後乃佳爾。不然，蕩而爲浮華，刻而爲澀滯，甚至破碎分裂，全無所應屬。若然者，亦可與言詩乎哉？古之詩不然也，有起有結有承有照，或一氣説下而段各分明，或兩截分屬而語有脉絡。不滯於一隅，而意與神化；不屑於繩墨，而言與法會。胡叫亂唤，各臻妙理；操縱闔闢，倏若天造。淺見之若易，玩味而後有趣；驟閲之難解，細繹而後有要。咀嚼而味愈厚，游泳而意益長，詩之道如是而後盡矣。能如是者，自有詩以來，杜子美一人而已。前乎子美未有先，後乎子美未有繼，豈真無有乎哉？抑有矣，見不到耶？唐之諸子之作，非不粹然名家，然高苦婉贍，各造乎妙則有之。至於集詩人之全體而渾然天成，以余所見，惟子美已矣。自子美以後，學子美者亦多矣。山谷、後山得之爲質，簡齋得之爲文，餘子碌碌，僅能仿佛其典則而已。彼數子者，聰明穎達，足以知也；文理俊偉，足以作也。其所自期，豈欲偏於質與文而已哉？而乃其成也，亦惟止於質與文而已矣。昔人云“文章與世高下”，以數子之才，宜能之而不能焉者，豈亦局於時而有不能自由者耶？然則聰明不足以當數子之穎達，文理不足以當數子之俊偉，時又下數子數百有餘載，而乃欲低視數子，一蹴而到子美之閫域者，豈不誠妄人也哉？夫如是，則子美終不可學耶？捨子美，奚學而可哉？亦嘗見爲唐者矣，欲高者，失之駁；欲苦者，失之碎；欲婉者，失之弱而低；欲贍者，失之流而俗，皆未若學子美而不至，而猶不失爲典則之作矣。然則不爲詩已矣，爲詩必以子美爲歸。唐之諸子，至則至矣，自至而已，後之人慎不可妄學也。譬之猶儒、道，然道家者之言豈不至哉？然其言荒怪恍惚，使人不可學，學之又必至於流而爲害，儒教豈嘗如是哉？子美，詩之聖也，其道廣而大，人得其一端，猶足以名於詩。若孔子無不包矣，子游、子夏得其文學，冉有、季路得其政事，宰我、子貢得其言語，皆不能得孔子之大體。顔淵、閔子騫之於學行，雖不能集孔子之大體，而最得其正宗。陳、黄諸人之於子美，亦孔子之顔、閔爲耳。夫人之學也，當以聖人自期，詩何獨不然？爲詩而不以子美自期，豈惟不能學子美哉？雖欲爲陳、黄之奴隷，猶不可得矣。當陳、黄之作詩也，亦必欣欣然自喜，其意以爲：“雖子美在，必與我也。”詩人之習氣，固當如是矣。向所謂低視數子、欲一蹴而到子美之閫域者，亦或不妄焉。今欲匍匐於陳、黄門墻之外，而冀得一語之肖似者，又誠何如也？竊見執事爲詩數十年于兹，於詩亦幾至矣。意到而語奇，氣雄而質厚，於世亦豈多哉？駸駸乎逼古人而驅之矣。雖然，其始則受病於陳、黄也深，而其終則悟道於子美也不精。是故，語之至者，或近於子美，而有時乎爲陳、黄之所不爲者亦多矣，是豈執事所好哉？特察之不審、持之不堅，不自覺其油然而出矣，亦在乎深省而精煉之而已矣。新學少年，固不宜妄論長者之爲，非敢曰當仁不讓,亦所以先貢愚於高明,而欲得其別賜高論,以覺其所未覺耳。信手率易,意不到,言不精,何足以盡詩道之奧妙耶? 不宣。(《老隱集》卷二,《韓國文集叢刊續》第 66 冊,頁 374)

《簡齋詩抄序》: 自余居驪江,得適意之事三焉。時方積雪,江水凝冰,月夜開門,操琴三四弄,心和而境清,足以忘世自樂,此一也。明窗靜几,危坐讀太史公書,雄放奇崛,感慨歡欣,使人氣自增而聲自高,此二也。有時氣倦,倚几詠陳簡齋詩,或舒然以和,如春花方發而時雨日至;或激然以壯,如山風撼木而海濤掀天,不自覺其心與詩化,久而有味,此三也。然或有雪無月,或有月無雪,或無雪而無月,對雪月彈琴不可長得也。在家讀書之日少,而行邁役役之時多,太史公書亦有時乎不能讀矣。若詩則除疾病憂患,皆可咏而誦矣,然則余於簡齋詩將必有所得焉,遂抄其詩而手自書焉,律詩無所棄,其所去僅絕句四五耳。於此,亦見余酷愛其詩也。或曰:“簡齋,學杜者,君何不愛杜而愛簡齋也?”曰:“非不愛杜也,如學問然。曾子,學孔子者,而孔子無跡可尋,曾子有準則,學曾子則孔子之道可知也,簡齋之於杜亦如是也。且其詩於余性有合,故余特愛之。”(《老隱集》卷二,《韓國文集叢刊續》第 66 冊,頁 376)

沈 錥

沈錥(1685—1753),字和甫、彥和,號樗村、樗軒,青松人,鄭齊斗門人。曾任承政院承旨、世子侍講院贊善等職;英祖四年(1728),曾跟隨謝恩兼陳奏使行前往北京。有《樗村遺稿》。

《漫成》: 閒來無日不吟詩,精粗工拙等視之。却怪少陵稱性癖,只耽佳句欲何爲。(《樗村遺稿》卷十一,《韓國文集叢刊》第 207 冊,頁 170)

《吟詩自叙》其三: 心嫌杜老癖於詩,模寫雖工未足奇。却喜君能知此意,奚筒迭送兩無疑。(《樗村遺稿》卷十五,《韓國文集叢刊》第 207 冊,頁 232)

申 昉

申昉(1686—1736),字明遠,號屯庵,平山人,朴世采及金昌協門人。肅宗四十五年(1719)別試文科及第,歷任吏曹參判、弘文館提學等職。著有《屯庵集》。

《記崑山夜話》：昨日明天驥別去，今日洪道長來宿。山居涔寂中，連得故人從頌，甚是樂意事。遂籌燈夜話，自古今治亂興亡，以至士君子出處，言論文章風流，靡不舉以相質。道長忽慨然言曰：“吾生六十年，非大憂患疾病濱死者，未始一日廢書。所自經緯於胸中，自謂不淺鮮，恥以一詩人自居。而但生無位名，無一事施爲，而特詩乃自我出者，故多於詩發之，世遂將詩名見歸矣。百載之下，誰識洪道長爲有識人也？”因自舉其詩之有關、閩意者數十篇誦之，曰：“此雖寥寥，喜子之知吾有也，不諱也。”余曰：“道長無憂也，人直愁無其實耳，有其實則何患於人之不知？陶靖節、杜工部，亦皆古之詩人也。夫其寄意羲皇之上，偃仰東籬之下，酣吟冥適，不過平夷枯淡之士，而考亭乃推之於豪放之流。竄荊棘而拾橡栗，流落於岷峨劍閣之間，特一避亂之人，而坡翁稱其忠義之氣。何者？爲其《荊卿》《北征》之篇宣其所蘊耳。夫始以兩公之言，考二子之行，則豈不大相不類？而就其二詩者細究，其自然逌乎其中而見乎其言，有不可没者，然後知兩公之果爲獨見也。始知存諸其中，雖不見於當世，歷千百載必有能識之者，夫豈有有其實而終湮滅者哉？然則道長之數十篇亦已多矣，其無念彼後之有人知與不知也，益自厚其所積，直俟自今以往千餘歲可也。”道長聽吾言，類有自釋然者，聊筆之以視後之有心人。丁亥十月下澣，書于廣陵之崑山書室。（《屯庵集》卷五，《韓國文集叢刊續》第66冊，頁502）

任徵夏

任徵夏（1687—1730），字聖能，號西齋，豐川人，謚號忠憲。肅宗四十年（1714）文科及第，歷任禮曹佐郎、兵曹正郎等職。著有《西齋集》。

《自錦江向白馬江，馬上得韻，將以示士復李公喜之》：客馬滔滔錦水流，山花隨處入樵謳。誰家亭樹松篁老，舊國山河雁鵝愁。運去神龍猶受釣，時來老蜃或成樓。三冬讀罷杜工部，半是閒情半是憂。（《西齋集》卷一，《韓國文集叢刊續》第68冊，頁439）

李英輔

李英輔（1687—1747），字夢與，號東溪居士，延安人。曾任戶曹佐郎、宗簿寺主簿等職，有《東溪遺稿》。

《冬雨寄尚絅》：歲十一月冬之中，天宜行雪反雨濛。朝來怕凍乍有無，薄晚得意連長空。狂翻決渠嚙垣堵，亂入虛檐破堁戶。三更不寐聽淅瀝，冷暈燈花百憂聚。卯君破屋正蕭條，去秋無錢不蓋茅。細橡栖土拆如籬，短檐餘茅風盡飄。遙知今夜睡不得，屋漏床床雨腳列。跳珠立竹落未絕，急點翻沫挑琴瑟。四壁一間無處乾，縱有衾裯亦難設。沾衣污書不足恤，得無凌兢寒到骨。杜陵野老坐到明，強作新詩寫不平。欲看萬屋庇寒士，獨甘凍死豈人情。丈夫身世當及物，何乃其仁近墨翟。但令富貴處大廈，無忘人間怨沾濕。（《東溪遺稿》卷一，《韓國文集叢刊續》第 68 冊，頁 361）

柳宜健

柳宜健（1687—1760），字順兼，號花溪、靜默齋，瑞山人。著有《花溪集》。

《復疊前韻上府伯并序》（節錄）：永夜寒窗，病臥無寐，偶思杜工部《和嚴中丞》之詩，有曰"政簡移風速，詩清立意新"，其措辭親切，出於真情，若爲道今日事者，復疊前韻。因自傷身世坎坷，率口胡書，合得八絕，仰溷政軒。時量田量任，以儒生爲之，煥兒亦參其中，故下二絕及之。（詩略）（《花溪集》卷二，《韓國文集叢刊續》第 68 冊，頁 172）

《偶看杜詩，有"朝廷問府主，耕稼學山村"之句，不覺放卷而笑也。若老物者，丘壑中濱死一棄物，朝廷事非所敢問；時拜琴軒，不過問安而已。今年窘甚，仍廢束作，則耕稼亦不須學，與少陵心事迥絕，聊題一絕，仰溷》：廢田耕稼學何用，在野朝廷問不關。却愧山村無一事，幸逢賢府敢開顏。（《花溪集》卷二，《韓國文集叢刊續》第 68 冊，頁 181）

《虞氏所注杜律只取七言，尋常不滿於心，妄欲復取五言律以續之，粗有所編次。近得東山先生趙子常所編五言杜律，實獲我心，遂輟其事，因題二絕》其一：獨取七言遺五言，漢庭老吏失平反。何人能補長城壞，賴有東山三尺存。虞伯生嘗自比漢廷老吏，謂深於法律也。古人有"五言長城"之說，故云。　其二：每恨虞生注杜偏，欲收餘馥續前編。此事古人先我獲，自今停筆更忻然。（《花溪集》卷三，《韓國文集叢刊續》第 68 冊，頁 192）

南克寬

南克寬（1689—1714），字伯居，號謝施子，宜寧人。有《夢囈集》。

《幽憂無所事,漫披詩帙,雜題盡卷》其八：四傑初排婉媚體,逝將碧海掣鯨魚。射洪拾遺更恢廓,李杜高岑始躍如。(《夢囈集》乾,《韓國文集叢刊》第 209 冊,頁 293)

《狂伯贊》：東國有人焉,幼而病狂不瘳,十數歲卒以死。未病,無所好,顧好書。病久,問以天地日月不省也,取殘編逼其眼,未嘗不廓然而闢,渙然而合,頹然而忘,如河之決而江之出峽也,如冰之迎春而釋也,如儵魚之泳于淵而不自知其適也。未死數歲,謂古人之面可識,不徒識其心也;古人之言可行,不徒誦數也。天下可治,治吾心也,欲治天下而不本乎心者,皆狂也。聞者大笑以爲狂言也,作《狂伯贊》。贊曰：古之狂者,有酈食其、蓋寬饒、杜甫、韓愈,彼皆得狂之糟魄耳,猶烹于齊,到于漢,流離于蜀,擯于陽山于潮州,況攝其精而抱其液者哉。噫嘻! 維千萬年,吾其爲狂伯,而四子者,其侍吾側乎。(《夢囈集》乾,《韓國文集叢刊》第 209 冊,頁 298)

吴光運

吴光運(1689—1745),字永伯,號藥山,同福人,謚號忠章。肅宗四十五年(1719)文科及第,歷任弘文館提學、大司憲等職。著有《藥山漫稿》。

《詩指》：五言古尚樸高旨遠,故學漢魏未能則阮、左、鮑、謝,未能則陶、韋,未能而後杜、韓。七言古尚風華才長,故以李、杜爲宗,而輔以高、岑、王、李。五言絶,玄妙上於爽朗,故取右丞而配以青蓮。七言絶,飄逸長於婉柔,故標青蓮而次者少伯,以少陵爲禁戒。五言律主神境,故型範少陵,而興趣寄於王、孟。七言律重格調,故準之王、李、高、岑,而氣骨參之少陵。排律推少陵都料匠,然後雄渾壯麗,清淡閒遠,不失冠冕之象、烟霞之氣,而不落小家惡道矣。吾之基業門戶已定,則下此而中晚諸家,至宋元明作者,皆可取其長而採其精,以資吾材具筆路爾。然自錢、劉以上,置之鑪錘之內而取其全體;自元、白以下,置之鑪錘之外而審其取舍可也。蘇、黃、陳、陸相近者趣,而情聲色爲事實所揜,故流於陋。何、李、滄、㝎所肖者聲色,而情趣爲格律所牿,故入於贗。陋與贗,詩道不由也。西崑體飣餖合扇,故江西派矯以偏枯生拗,毀格傷雅,其失尤甚,皆可取者少,而可棄者多。又降而秦小石、張打油、劉折楊,俚夫鼓掌,莊士竊笑,一入此窠,不可復與言詩也。大抵詩有六物：格也、調也、情也、聲也、色也、趣也,六者闕其一,非詩也。格欲如明堂制度也,調欲如和鑾節奏也,情欲如天地氤氲、百卉含葩也,聲欲如大鍾弘亮、朱弦疏越也,色欲如瑞日卿雲、疏星朗月也,趣欲如永晝爐薰、鳥啼花落、抱琴引睇、聞雲倦鶴也。詩有六戒：俚俗也、噍急也、幽怪也、纖細也、多引事也、喜咏物也，六者犯其一，非詩也。俚俗，如婦女昵昵話產業，夸毗子津津談名利也。噍急，如街童握拳罵人，賤夫弩眼赴鬨也。幽怪，如古壘飛螢、陰崖舞魑也。纖細，如蛛絲虫窠、蚓鳴螗嘈也。多引事，如拈鬼簿、獺祭魚之類也。喜咏物，篇如老儒老妓、句如沙鳥點頭之類也。引事咏物，亦各體中不可無者，但不當以材料累神韻，小巧傷雅道爾。且世人多有認意爲情，認味爲趣者，非也。情虛而意實，情清而意濁，趣遠而味近，趣高而味俗，不可不辨也。(《藥山漫稿》卷十一，《韓國文集叢刊》第 210 冊，頁 517)

《經說》(節錄)：子曰"君子謀道不謀食"云云，此明其道不計其功，正其義不謀其利也。君子雖不計不謀，而功之於道，利之於義，自然如影之隨形。餕，似是"餧"字之誤，杜詩"回紇餧肉"之餧也，與吃同。力農者，不必計吃了大碗不托，而力農則吃在其中矣。修天爵者，不可思人爵，而修天爵則人爵自至矣。(《藥山漫稿》卷十二，《韓國文集叢刊》第 210 冊，頁 537)

《摭史俚唱跋》：詩與史道通爲一，史勸懲，詩亦勸懲。《詩》亡而《春秋》作，尚矣。後世之得其例者，有杜甫詩史，此作詩者之司南也。史有官，詩無官，無官而作史，非聖賢不可。若詩者，里巷婦孺皆可作，里謳巷謠皆可以史也。而況博聞倜儻之士，不能借蘭臺三寸之管，既鬱鬱無所用其才，俯仰今古，多事物是非相感發，遂乃遊戲於有韻之史，以抒其無聊，顧何不可。《摭史俚唱》者，隋城趙逸士之作也。逸士工詩文，尤長於歌行長篇，晚以詩史爲歸。摭實命題，類李西崖，而專用東事。噫，東之人耳食於中國久矣，兹編之創製東樂府爲尤奇。東有小人李苣者恒言曰："《東國通鑑》，誰讀之者？"小人之畏史如此。使小人無忌憚者，東人不習東事之過也。東史文章魯莽，令人厭看，今以好詩易之，賞鑑者必衆，如苣者庶將知懼矣。嗚呼！兹編也，其東國之要典乎？世不可與風雲月露虫魚物類之詠同視之也。(《藥山漫稿》卷十六，《韓國文集叢刊》第 211 冊，頁 77)

姜再恒

姜再恒(1689—1756)，字久之，號立齋、雷風居士，晉州人，尹拯門人，歷任義盈庫主簿、懷仁縣監等職，著有《立齋遺稿》。

《雜識》(節錄)：公議自是出於人心，秉彝之天，不可以威勢脅也，不可以久遠泯也。且如魏晉之間，不復以正統視蜀矣。然後主之入魏，便以爲安樂公，自與山陽公並，而不與歸命侯比矣。及後劉淵將叛，便追謚後主，而若杜工部則直以正統歸之。司馬公未之察焉，故有"後賢盍更張"之嘆也。（《立齋遺稿》卷十一，《韓國文集叢刊》第 210 册，頁 181）

姜 樸

姜樸（1690—1742），字子淳，號菊圃，晉州人。肅宗四十一年（1715）文科及第，歷任兵曹佐郎、咸從府使等職。著有《菊圃集》。

《次老杜詠懷古跡三首》其二：蜀帝臨崩憑玉几，永安蕭瑟是行宮。忠臣感激存亡際，時事艱難草創中。大寶終然歸老賊，英孫惟不忝阿翁。杜陵詩句堪流涕，思漢人情今古同。　右漢昭烈（《菊圃集》卷一，《韓國文集叢刊續》第 70 册，頁 10）

《世常以離騷遺梅、杜詩欠海棠爲病，余遂戲成二絕題梅龕面，爲二家雪冤，且慰梅兄之意》其一：爭爲梅家枉楚騷，屈平千古怨何如。江潭詞賦多零落，不是蘺蘭可壓渠。屈賦不應無梅，意失傳耳。　　其二：佳句驚人杜草堂，入詩花鳥與生光。當時向爾偏牽興，暇有閑情到海棠。杜詩及梅處最多，故云，亦取介甫之論耳。（《菊圃集》卷二，《韓國文集叢刊續》第 70 册，頁 36）

《書虞集杜律注後》：嘗見《老學庵筆記》曰："今人解杜詩，但尋出處，不知少陵之意初不如是。且如《岳陽樓》詩'昔聞洞庭水'一篇，豈可以出處求哉？縱使字字尋得出處，去少陵之意益遠矣。"此言可謂切中虞伯生之病。世或言虞注便覽，而以余見之，亡論尋得出處來多錯，即其用己意注解處，牽強穿鑿，瑣屑支離，愈釋而愈晦，愈詳而愈亂，徒見其勞且妄矣。而後生晚輩不甚究察，但喜其逐句分析，無所遺闕，而謂爲詳要，酷信篤守，則其爲詩學之害豈少哉？且不特伯生然也，詩家自古無善注，蓋詩人一時會境之語，寓感之詞，類難以跡求而形模，雖使作之者解之，恐或不能無憾，況從後妄道哉？余故曰：詩不必有注，有亦不必看。看詩者，但先去吾軰血氣芬華想，從净静暇豫地坐臥自在看。方其看時，心眼并到，但勿縛住，不止玩其辭，必尋其言外，不止尋其言外，必以吾身設爲作者，以求見其屬思時光景。然後合首尾楚音詠味，徐取前人批評，參己意究其得失，則闇然之間日有所進，將庶幾於古人之閫奧矣，又何用區區村秀才艱難注脚爲也？在兼隱齋中偶閱虞注，謾書之如此。（《菊圃集》卷十一，《韓國文集叢刊續》第 70 册，頁 224）

金信謙

金信謙(1693—1738),字尊甫,號檜巢,謚號文敬,安東人,金昌業之子。有《檜巢集》。

《室人》:入北時,到鐵嶺巔少憩。回望故國,關山無極。俯視登州,一氣慘憺。上下諸人,一時墮淚。甲兒忽索飯而啼,余摘山查以慰娛曰:"此行何如少陵入蜀?"室人曰:"杜老時,海內同難,東西南北惟意欲往,豈若今日之行哉?"斯言悲矣。不知何日能復逾此嶺歸故山,飲啄自在否? 寒風落木共蕭蕭,鐵嶺歸雲故國遥。實愧君生由我苦,劍門行色羨飄飄。(《檜巢集》卷二《百六哀吟》,《韓國文集叢刊續》第72冊,頁151)

《與士復書》(節錄):近從士安得見執事詩札,鬚眉意態森然在前,不恨其人之隔年千里,況其詩能自得師,一洗前日才高意偏之累,極用慰賀。然區區所賀,不爲其詩之善變,蓋將因此遂求成己之師也。詩而學杜,惟恐其一毫一髮不相似,則大於此急於此者可知。吾不知可爲執事師者在古爲誰,而執事胸中要必有祈嚮,苟移今日學杜之誠則何憂不至? 此所以賀也。執事若曰:"學其詩而不學其人,不可謂學詩。吾於老杜,人亦未嘗不學,豈可捨是求他?"竊恐不然。子美,忠義人也,詩固可學,忠義根於性,不可學而能也。然今執事之滿腹輪囷,無愧此老,學其詩固也。但語默行藏不得中節,則忠義反有以害人,此古今時義之不同也。苟不早師明哲,則終不能悟昨非而求今是,以存身晦跡而有待也。此別有可法之人,非學子美而可得者也。袁宏、范彩非所望於執事,上而柱下老史,中而子房,下而幼安,豈非其人歟? 誠於數子慕而好之,若詩之於杜,則所得爲如何哉? 愚恐至是,詩亦不期進而自進,不亦爲兩得乎? 此數人者,非平世之可師,而特此眷眷相勉,其時可哭,其情可悲。今春從叔父學《道德》半部,雖無所得,亦覺其意味不淺耳。《憫旱》詩令人擊節,繼之以胸瀇,但恐爲傍人覷得。自有先後,想亦神到否。既戒守口而又復如是,還可笑也。(下略)(《檜巢集》卷七,《韓國文集叢刊續》第72冊,頁221)

閔遇洙

閔遇洙(1694—1756),字士元,號貞庵、蟾村,驪興人,謚號文元,金昌協門人。曾任工曹參判、大司憲等職,著有《貞庵集》。

《與百瞻己未》:汝之獨做,似無所益。其依吾言,專看一副書否。常以一册子自隨,勿問早晚,勿揀閑忙,恒在手中,恒接目前,則久久必得力矣。汝之梳具至今在此,"一月不梳頭"乃杜工部自嘆流離之作。苟爲不然,必如嵇叔夜之任誕而後可也。盥櫛衣冠,自是一日不可廢者,豈可無端廢放乎?此後加意頻櫛爲可。(《貞庵集》卷三,《韓國文集叢刊》第215册,頁312)

《答金士修》:花卉録依到,即此往復,已屬閑境界,其人清福蓋可想也。然此亦豈有所甚難哉,惟吾輩自澳汨俗務也。黄四家不能自表見,因子美詩始傳於世。縱饒花卉滿院,何能恃此而傳也? 古人之只以三者爲不朽有以也,如是,則彼又將曰"身後名何如眼前酒也"耶? 好笑好笑。(《貞庵集》卷六,《韓國文集叢刊》第215册,頁389)

《雜識》(節録):答徐載叔愛之止病耳。詩人本色,以微婉深切爲主。如愛朱子而作詩者,太切則觸時諱而得罪,不切則又不見害朱子者之罪;必其言微婉深切,然後愛之者不至得罪,害之者其罪自見。放翁之詩所指者未知何事,而蓋諷刺時事而得詩之本色,故先生以爲有詩人風致。又曰"三嘆不能已",而以"蓋"字以下釋其所以如此之意,注所云"愛放翁者其詩無罪,害放翁者以其詩爲病",則何所與於詩人風致,與夫三嘆而不能已耶? 考農巖《劄目》,其論此條也,有曰:"按此段語意未甚分曉,恐時人頗有不悦放翁而毀其詩者,故先生以爲放翁詩如此之好,愛其詩者無罪過,而害之者適足自爲病耳。蓋甚言其詩之當愛而不當毀也。此意亦未大通,然以'自爲'一句觀之,只得如此説。若云自以其詩爲病,恐語勢不當爾也。"農巖固自以爲"亦未大通",而農説亦未見其必得本文之意。近觀澤堂《杜詩批解》,則於《春望》篇下,載司馬温公之説,曰:古人爲詩,貴於意在言外,使人思而得之,故言之者無罪,聞之者足以戒也。子美詩最得詩人之體,如《春望》詩所云"山河在",明無餘物矣;"草木深",明無人矣。花鳥平時可娱之物,而見之而泣,聞之而悲,則時可知矣,他皆類此。今以是説觀於此文之義,則恐是放翁之詩微婉,故愛其詩者不至於得罪,害其詩者亦自爲己病,而不敢顯言怒之也。如是看得,則其義似差長。(《貞庵集》卷十五,《韓國文集叢刊》第216册,頁98)

沈　潮

沈潮(1694—1756),字信夫,號静坐窩,青松人,權尚夏門人。著述有《静坐窩集》《喪禮箚記》等。

《紫陽書室記辛亥》(節録):有嶻然峙乎金陵郡西五里者曰紫陽,有蕭然開一茅茨於紫陽之下者,吾弟玄甫攸居也。玄甫告余曰:"願有以名吾室也。"余曰:"吾嘗聞徽州有山號紫陽,而朱吏部甚樂之,既來閩,猶以'紫陽書室'四字刻其印章,而晦翁亦繼厥志,以印章所刻扁其所居之廳事,故至于今稱晦翁曰紫陽夫子。今汝居紫陽之下,讀紫陽之書,則以紫陽名其書室,斯亦足矣乎。"玄甫請其説,余曰:(中略)天地之生萬物,聖人之應萬事者,此一字而已。人之患在不直,直則思過半矣,汝其擴而充之哉。況汝近讀《太極圖説》,頗有意義理徑絟,此亦好消息。蓋濂翁此圖,乃道理大頭腦處,百世聖學淵源,而朱先生注解亦毫分縷析,如指諸掌,不讀此解,不見朱子之蘊矣,汝其咀嚼而得其味哉。且汝酷好杜老句法,頗有不驚人不休底意思,汝能知杜老爲人乎?朱先生歷叙漢以來光明正大君子人,而於此老獨稱杜先生,於此可知非等閑騷人。汝且休只諷誦佳句,先理會光明正大者而學焉,則其於朱子之道亦庶幾不悖也。余亦願學朱子而未能者,故於紫陽二字感而言之。(《静坐窩集》卷十二,《韓國文集叢刊續》第73冊,頁310)

趙天經

趙天經(1695—1776),字君一,號易安堂,豐壤人,李萬敷門人。著有《易安堂集》。

《詩家雜説》: 杜詩詠孔明　杜詩句法簡整,用意深密,諸家注解鮮得其本旨。吾東諺解,雖能疏通其艱澀處,而亦有牽合背理之失。其解"指揮若定失蕭曹",則曰"指揮庶可一定,而遂失蕭、曹之人也"。其解"志決身殲軍務勞",則曰"其志已決,而其身遂殲於軍務之勞"。此皆諺解之誤也。羅大經曰:"言其指揮若定,則雖蕭、曹且不能當,況仲達乎?失猶無也,惜其指揮未定而死也。"此一句從羅氏之説,然後上不辱孔明之才,下不失子美之意。若從諺解,則孔明之賢,下同於蕭、曹之列;子美之見,亦似於陳壽之輩矣。夫孔明之自比管、樂,亦自謙之辭耳,故子美曰"伯仲之間見伊呂"。子美既比伊、呂,又比蕭、曹乎?若使孔明聞道,則乃是伊、呂之亞匹,豈但如蕭、曹而已?若如諺解之説,則是方希直所謂辱孔明者也。(《易安堂集》卷四,《韓國文集叢刊續》第74冊,頁64)

俞肅基

俞肅基(1696—1752),字子恭,號兼山,杞溪人,姜錫朋及金昌翕門人。

曾任工曹正郎、全州判官等職,著有《兼山集》。

《配爾窩記》:余友洪純甫,有別業於完山之龜浦,俯臨大野,映帶湖山,環以良田美疇,雜以名花嘉卉,菀然有《樂志論》風致。純甫嘗位於朝,光顯矣。而其罷官也,則未嘗不歸休於此,爲藏修遊息之所。宅後數十武有一大松,亭亭特立,龍鱗虬幹,其古千年,影干雲霄,根盤九地,望之若青幢翠蓋,宜於夏月避暑,是尤純甫之日夕所愛玩者也。嘗築臺而培植之,名曰“盤桓”,要余作記文,而余坐思淹,未就。及余之莅鷲城也,純甫自春州任所投紱賦歸,以書謂余曰:方營小窩於臺之上,是不可以無名也。竊感杜工部詠松詩“我生無根蒂,配爾亦茫茫”之句,欲反其意而扁以“配爾”,子其爲我記之,以償宿逋可乎?余應之曰:諾。子美生丁不辰,漂泊東西,一身無依止,則宜其起羨於樹木之有根蒂而自嘆不如也。今純甫樂育於太平之世,無流離竄徙之苦,又有好菀裘,根基深厚,脱去樊籠,安頓得所,優哉游哉,固將與是松而終老,則庶幾有以克配之也。子美之所不能,而純甫能之,則人言古今人不相及者,直影響語爾。雖然,余觀子美之平生,愛君憂國發於至誠,雖在顛躋蒼黃之際,而不忘葵藿向日之愊,炳然忠節,閲霜雪而靡改。然則子美之於松也,可謂配其德,而所不能配者特跡焉耳。余願純甫高卧新庵之上,益礪歲寒之操,毋徒配其跡之爲幸,而思所以配其德焉也,是爲記。(《兼山集》卷七,《韓國文集叢刊續》第 74 册,頁 315)

申　暻

申暻(1696—1766),字明允,號直庵,平山人,金榦及李喜朝門人。曾任侍講院書筵官、金城縣令等職,著有《直庵集》。

《答湖嶺儒林》(節録):有所之病,仍生不在之病。杜詩恰好取譬,“仰面貪看鳥”,是心在於鳥,故“回頭錯應人”,爲心不在人也。心既如此,則何以收束檢制而修其身乎?此所以既誠意,又正心;既正心,又修身。功之不可闕,序之不可亂,有如是夫。(《直庵集》卷九,《韓國文集叢刊》第 216 册,頁 279)

姜奎焕

姜奎焕(1697—1731),字長文,號貪需齋、無有子,晉州人,韓元震、權尚夏、李縡門人。著有《貪需齋集》。

《外篇》(節錄)：寒田安汝益丈言："太守趙宗甫論詩,推李、杜爲宗。"余謂："續《三百》正音者,惟濂、洛也。詩家亦有道統,李、杜何與焉?"後與金存甫論此,存甫亦謂李、杜詩宗。固哉,人之見也! 余爲詩曰："三百燦然吾道鳴,千年續響待朱程。君看甫白依俙處,只是清平與北征。"安丈其可謂知道乎? 其可與言詩也已。(《賁需齋集》卷十一《雜識》,《韓國文集叢刊續》第 75 冊,頁 383)

南有容

南有容(1698—1773),字德哉,號少華、雷淵,宜寧人,謚號文清,李縡門人。英祖十六年(1740)文科及第,歷任大司憲、刑曹判書等職。著有《雷淵集》。

《新編少陵古詩序》：余因杞溪俞守父得農巖所編《浣溪百選》者,蓋守父在公甥館時,爲之選而教之者也。公於子美詩用力素深,而當是選也,又諷讀滿十遍後加黜陟焉,故其擇尤精云。然獨恨專取五言,於七言闕如也,豈其好偏於五言歟? 將欲長弟續編而未暇也,輒不自揆,遂取全集七言詩沉潛究蹟,頗見其蘊奧,然後就加删述,得六十篇。又繕寫農巖所選,合爲二編。雖其取捨未悉當公意,藏之篋笥,私自誦習,奚不可也? 至訓解評批之事,諸家詳之,余無贅焉,惟大戾於本旨者輒以己意正之云耳。(《雷淵集》卷十一,《韓國文集叢刊》第 217 冊,頁 254)

俞彥述

俞彥述(1703—1773),字繼之,號松湖、西皋、知足堂,杞溪人,謚號靖憲,俞彥吉門人。英祖十二年(1736)謁聖文科及第,歷任兵曹參判、大司憲等職。英祖二十五年(1749),曾以冬至使書狀官出使清。著有《松湖集》。

《壬辰立春三首》其三：霜飛如雨九月時,天地爲之蕭瑟,草木爲之離披。杜子感興篇,潘岳悲秋詩,彼固有傷時之感不遇之悲,何關老子狂而癡。(《松湖集》卷三,《韓國文集叢刊續》第 78 冊, 頁 374)

宋明欽

宋明欽(1705—1768),字晦可,號櫟泉,恩津人,謚號文元,李縡門人。

著有《櫟泉集》。

《余於窮病愁寂之中，讀杜子同谷七歌，愛其豪宕沈鬱，而又感晦翁"不學道"之評。三復詠嘆，依韻述懷，寄士行求和》（節錄）：有客有客櫟泉子，學古頗不事口耳。生逢百罹老更窮，至今飄泊荒山裏。山氓力穡盡輸倉，今歲無麥多餓死。嗚呼一歌兮歌已哀，樂土胡不早歸來。（下略）（《櫟泉集》卷三，《韓國文集叢刊》第221冊，頁55）

徐錫麟

徐錫麟（1710—1765），字夢膺，號睡聲，利川人。英祖三年（1747）式年進士試及第，著有《睡聲集》。

《書杜詩總評後》：杜於詩爲聖，詩於世爲史，此天下之定論也。然則人以詩得名，詩不以人而得名也，此可謂讀其書知其人乎？如兩王、黃、蔡、秦、嚴、劉、虞之論，皆以老博士、窮措大待先生，評詩則善矣，知人則未也。竊觀先生之嘉言善行，昭載於自家詩集，但人未之察，不徒《北征》詩一篇識君臣之大體而已，其素所蓄積豈止於一個"忠"字，而若宮妾、閹豎之愛君而已哉？蓋先生家政以孝友爲先，而敦睦之行自孝友中流出來，觀其《示從孫杜濟》詩，有曰"所來爲宗族，亦不爲盤飧。小人利口實_{膳羞也}，薄俗難具論。勿受外嫌猜，同姓古所敦"云者，以小人利口實乾餱以懟，不能惇厚親親之恩，徒受外言以生嫌疑者爲戒也。若唐、杜、劉、韋之分，自夏泊唐，則懿親之爲塗人久矣，而先生視之若懿親，年少則待以族弟，年長則待以族丈，如寄詩云"唐十八弟"、"劉十弟"、"韋左丞丈"是也。如王砅_{音屬}先生曾老姑之玄孫_{外七寸姪}，於先生爲重表侄；盧十四，先生祖母之侄孫_{六寸}，而其親愛之情無間於同姓之弟侄也。又推其敦厚親親之誼以及於先祖儕友之子孫，蜀僧閭丘師，博士均之孫也，均與膳部公同爲學士，故先生不以緇徒輕賤之，爲其年老而兄事之_{寄詩云："我住錦官城，兄居祇樹園。"}又以前日祖考所存之司感念其祖，待沈員外東美禮如諸父_{詩云："司存何所比，膳部默凄傷。"又云："禮同諸父長，恩豈布衣忘。"}觀此一節，可以知先生之家政而移孝而爲忠，故當流離騷屑之際，周行萬里所得歌詩無非向君憂國之至誠也，此人所易知而泛以忠義許先生，實未知衆善之兼備也。若《詠懷》詩"窮年憂黎元，嘆息腸內熱"，《晝夢》詩"安得務農息戰鬥，普天無吏橫索錢"，《寄柏學士》詩"幾時高議排金門，長使蒼生有環堵"，《茅屋爲秋風所破歌》"安得廣廈千萬間，大庇天下寒士俱歡顏"等句，以見先生愛民之意出於仁親愛君之心，而"其心廣大，真得孟子之所存矣"《碧[一]溪詩話》有此語。若《題桃樹》詩"秋來暫饋貧人食，兒童莫信打慈鴉"，《呈吳郎》詩"堂前撲棗任西鄰，無食無兒一婦人"，《暫住白帝》詩"築場憐穴蟻，拾穗許村童"等句，尤可見先生恤貧窮、哀孤寡、仁民愛物之本意也。觀其《縛雞行》"家中厭雞食蟲蟻，不知雞賣還遭烹。蟲雞於人何厚薄，吾叱奴人解其縛"云者，蓋家人之意，即孟子見牛未見羊之意，而先生之意以爲愛蟲則害雞，愛雞則害蟲，利害得失，要在權其輕重而爲之，以雞重於蟲，故寧害蟲而存雞，均是物也，而尚有輕重之別，況斯民者萬彙之首，王者之天顧不重於禽獸耶，夫爲人君而率獸食人者皆不知輕重之別也。此孟子所謂請度於齊宣而齊宣之所不能度者也。先生之所能度，而明皇又不能度之，當天寶之初，梨園之象馬指不可勝屈，而啖棗脯飫菽菜者幾年矣，而使斯民少壯斃於鋒鏑，老弱填於邱壑，若明皇者，視斯民曾象馬之不若也。《兵車[二]行》一詩所以刺明皇之構怨於吐蕃也，《秋雨嘆》一詩所以嘆生民之陷溺於塗炭也，使先生作明皇之拾遺，率獸食人之言又發於先生之口矣。若《出塞》詩"殺人亦有限，列國自有疆。苟能制侵陵，豈在多殺傷"之句，即孟子所謂"不嗜殺人者能一之"言也。若"安得壯士挽天河，净洗甲兵長不用"，及"慎勿吞青海，無勞問越裳"，"願戒兵猶火[三]，恩加四海深"，"不眠憂戰伐，無力正乾坤"之句，其愁嘆憂戚，蓋以人主生民爲念，即孟子"以善言陳戰爲大罪，我戰必克爲民賊"之意也，宜乎碧溪之原其心而比孟子也。若潭州《詠懷》詩"未達善一身，得志行所爲"云者，亦孟子"窮則獨善其身，達則兼善天下"之意也。其經濟之志固已蘊於中而往往發於言者，如《述古》詩"舜舉十六相，身尊道何高。秦時任商鞅，法令如牛毛"云者是也。東坡云："此等句法自是稷、契輩人口中語也。"足可驗先生之每自比稷、契者非妄語也。若夫禄山之亂，雖陷賊中，而終不污身，亡走鳳翔者，即蘇武之歸漢也。房琯之罷，犯顏廷諍而不避抵罪，終始抗言者，即朱雲之折檻也。臧玠之亂，玠欲召公，而辭以風疾，竄身避亂者，即譙玄之爲盲也；不言扈從之功，而避賞遠屏者，即介子推緜山之隱也《壯遊》詩云"之推避賞從"，以自比也；知有敗傷之禍，而棄官長往者，即范少伯五湖之行也《壯遊》詩云："吾觀[四]鴟夷子，才格出尋常。"棄官，如作華州司空棄去。若讀其《鳳凰臺》詩"心以當竹實"、"血以當醴泉"、"再光中興業，一洗蒼生憂"之句，則知先生有諸葛亮鞠躬盡瘁興復漢室之志也。讀其《除草》詩"芟夷不可闕，疾惡信如讎"、"芒刺在我眼，焉能待高秋"之句，則知先生有范孟博擊貪污、澄清天下之志也。讀其《早發》詩"干請傷直性，薇蕨餓首陽"之句，則知先生有夷齊恥食周粟餓死首陽之節也。讀其《簡蘇徯》詩"丈夫蓋棺事[五]始定"之句，則可以知先生不以摧頹自廢、堅守素養、死而後已之意也。若《送路[六]使君》詩"衆僚宜潔白，萬役但平均"之句,爲百代牧民者之大典也。《戒魏司直》詩"明白山濤鑑,嫌疑陸賈裝"之句,爲萬世掌選者之大法也。若鄭虔、李白俱在罪籍,而九泉之約"便與先生應永訣,九重泉路盡交期"、三夜之夢"三夜頻夢君,情親見君意",乃窮交不忘之誼也。房琯、章彝並是知己,而《冬狩行》《悲陳陶》乃良史不諱之筆也。若一段褥鯨錦,固合寢處之所用,而以褐夫自處,而懼禍即捲以還客,足以戒卿相之僭輿服、小人之濫名分而嬰禍殃者矣。四十畝果園足營子孫之產業,而與風月等視,而無價直舉以與人,足以愧世人之競錐刀、昆弟之爭錢財而斁彝倫者矣。《義鶻行》"急難[七]心炯然,功成失所往"之語,足令人施人而勿念也。《樱拂子》"三歲清秋至,未敢闕緘縢"之句,足令人受施而勿忘也。噫,凡人之善有一於此亦可謂君子,而先生之兼此衆善者,蓋必有其本矣。竊觀《題衡山文宣王廟》詩有曰"衡山雖小邑,首倡恢[八]大義"、"何必三千徒,始壓戎馬氣",此言文德足以服遠,不必三千之徒乃可折暴而救亂也,非聖人之徒安能有此言? 蓋先生之所尊者孔子之道也,故其詩與《春秋》同一筆,蓋自天寶以後,王靈不振,胡狄迭亂,諸侯不庭,此詩史之所以繼《春秋》而作也。若《草堂即事》詩"荒村建子月",《戲贈友》詩"元年建巳月"等句,即春秋王正之義也。若"衆流歸海意,萬國奉君心"一句,即夫子尊王室之義也。"莫守鄴城下,斬鯨遼海波[九]"之句,即夫子攘夷狄之義也。若"西川有杜鵑,雲安有杜鵑"之句,即春秋華袞之褒,而所以褒之者,如嚴武鄭公按成都而有北拱之誠者也。"東川無杜鵑,涪萬無杜鵑"之句,即春秋鈇鉞之誅,而所以誅之者,如杜克充在梓州,而爲朝廷西顧之憂者也。嗚呼,《春秋》,游、夏之所不能贊,而先生述其旨而爲詩史,則謂先生不尊其道者可乎? 竊謂宗周之衰,尊孔子者孟子也;大唐之亂,尊孔子者獨先生也。其道同,故其心亦同,不然,何其言之似孟子也? 碧溪所謂"得孟子所存"者正以此也。且雖性豪嗜酒而律己甚嚴,以《贈章使君》詩"常恐性坦率,失身爲杯酒。近辭痛飲徒,折節萬夫後"之句,及誡魏佑詩"心事披寫間,氣酣達所爲"、"始兼逸邁興,終慎賓主儀"之句,及嘲覃山人詩"子知出處必須經"之句,觀之則可以知先生之聞道既高,以禮自守,未嘗失儀,以至斷飲折節、終不離於名教中樂地,而用舍行藏亦不外於經常之道,不若覃山人之顛倒失身矣。考其行讀其詩,而不知其人可乎? 朱夫子有言,凡其光明正大疏暢洞達磊磊落落無纖芥可疑者,必君子也。求之古人以驗其說,得先生於三代下五君子之列,則諸葛亮、杜甫、顏真卿、韓愈、范仲淹五人其光明正大之德實爲百世之宗師,宜其言與是德不朽矣。或曰老杜似司馬遷,夢弼言先生周行萬里觀覽謳謠發爲歌詩云者,亦比於子長之壯遊而爲文章耶? 噫,無是德則已,有是德而如先生者,雖生長杜曲老死杜曲,不出城南一步地,其爲詩也,可以鼓吹五經,彼吳越、齊趙、梁宋、秦隴、蜀荆之地,安能使先生爲詩聖耶? 噫,後之讀杜詩者,以其詩求其心,以其心觀其人,可以得先生矣。(《睡聲集》卷五,《韓國歷代文集叢書》第 2937 册,頁 365)

　　[一] 碧,原作"碧",據下文內容改。
　　[二] 車,原作"馬"。
　　[三] 火,原作"大",據《杜詩詳注》改。
　　[四] 觀,原作"看",據《杜詩詳注》改。
　　[五] 事,原作"死",據《杜詩詳注》改。
　　[六] 路,原作"潞",據《杜詩詳注》改。
　　[七] 難,原作"亂",據《杜詩詳注》改。
　　[八] 恢,原作"懷",據《杜詩詳注》改。
　　[九] 波,原作"濱",據《杜詩詳注》改。

李象靖

　　李象靖(1711—1781),字景文,號大山,韓山人,謚號文敬。英祖十一年(1735)文科及第,歷任禮曹佐郎、司憲府持平等職。著名性理學家,編著有《大山集》《四禮常變通考》《約中編》《退陶書節要》《朱子語節要》《延平答問續録》等。

　　《漏窩記庚辰》(節録):吾內兄安陵李公近中甫,僦居于聞韶縣之東郭,爲屋凡數間而被以茅,望之蓋蕭然,而每夏秋之交潦雨時至,則敗草腐椽壤漏而無乾處,處之猶晏如也。嘗自喟曰:"吾賦性疏漏而不周於世,老而不成一名。名姓漏於仕籍,天地之一漏氓也;而所居室又厄於漏,是天以漏餉我也,而安所逃焉?"遂以名其室曰"漏窩",屬象靖以爲之記。(中略)名漏於仕籍與屋之漏於雨,公既處之而安矣,則無事於朋友之勉戒。而惟引而進之,以治其疏漏之性,則有古人之言與事,顧公之自擇如何耳。杜工部因牀牀屋漏而思庇天下之寒士,志亦大矣。然"廣厦千萬間"之句亦近於詩人之滑稽,而不適於實用,又烏足尚哉? 國初有身居相位、持傘而避漏者,而其傳曰:"常以濟物爲心,好施與於人。"若是者,見於實用矣,而或未能本之於心,則亦未得爲至也。在《詩》之《抑》[一]曰:"相在爾室,尚不愧于屋漏。"蓋戒懼於睹聞之前,省慎於隱微之際,察理明而無滲漏之失,責已周而絶罅漏之隙,積而至於極,則中和位育之功固不外乎是焉,又豈與夫架漏而度時也者可同日語哉? 公之先君子蓋以是世守而講明焉,公固耳稔之矣。而今老矣,四方之志且倦,以是詒其孫子,俾有以嗣守前烈,其視於漏盡而夜行者不其遠歟? 而余以無能之辭,竊聖人單傳密付之旨,其不見譏以太漏泄天機也

歟？（《大山集》卷四十四，《韓國文集叢刊》第 227 冊，頁 350）

　　　　　[一] 抑，原作“懿”。

　　《晚對亭重修記》（節録）：亭在龜城之林皋上，故上舍宋公之所構，而白巖吴公之所錫名也。上舍公生訥翁之庭而游嘯皋朴先生之門，以文學行誼重於鄉，其置斯亭實在萬曆壬辰之後。方是時，干戈新定，瘡痍甫起，而乃玩心高明，優游自適於林壑之中，不以喪亂擾攘之故而害其蕭散幽静之趣，高風遠韻，猶可想像於數百載之後矣。名亭之意，吴公記之詳矣，然亦喜其草創於患難之餘而未暇及於玩樂之實。蓋杜子之爲是詩，亦只爲景物吟弄之資耳，未足以語於道。而至晦庵夫子引以名武夷之亭，退陶先生取而詠翠屏之趣，則寄意於仁智動静之樂，而與鳶飛魚躍、天雲光影周旋於俯仰顧眄之頃。上舍公之構是亭與吴公之所以名，意其有見於斯也與？（下略）（《大山集》卷四十四，《韓國文集叢刊》第 227 冊，頁 359）

任聖周

　　任聖周（1711—1788），字敬仲、仲思，號鹿門，豐川人，謚號文敬，李縡門人。朝鮮時代著名性理學家，著有《鹿門集》。

　　《贈李君文西序癸丑》：李君文西遺余詩兩篇，而要余以書曰“願爲我評之也”。余謹受而讀之，三復而玩之，蓋慕陶淵明、杜甫之作而善學焉者也。自夫《三百篇》之遠也，詩之道漸失其正，尚新奇者陷於尖斜，務華藻者流於纖靡，若其和平冲淡雄渾雅重，不失古詩人之意者，獨陶、杜二子而已耳，故世之爲詩者争慕效之。稍知操文墨治聲律者，莫不曰我爲陶也，曰我爲杜也。然而率皆徇其外，不究其内；模其辭，不探其意。是以其聲調句格之間，或不無似之者，而至於精微之奥則鮮有至者焉。今李君之學之也不然，不惟徇其外而能究其内，不惟模其辭而能探其意。不惟聲調句格之似，而往往造其精微而窺其閫奥，使讀而玩之者，惝然有西河夫子之疑焉。苟非慕之深、學之善，烏能與乎是哉？雖然，抑有可戒者，沿流之意猶勝，而窮源之功不足也。夫陶、杜之所以爲陶、杜，非自至也，亦必有所學焉。今欲學陶、杜也，當先學陶、杜之所學，然後眼目高功力到，而於陶、杜也不勞而至矣。不然而徒匍匐於陶、杜之脚下，而求其語之或近，則模擬雖至，纂組雖工，終不免見笑於大方也。陶、杜之所學者何也？六經、四子、左、莊、馬、騷，以至漢魏樂府，外及九流雜家奇書僻經之説皆是也。以李君之才，試先於此而深用力焉，而後出而爲詩，則根本既深，枝葉自茂，君雖不求似陶、杜，而將見陶、杜之似君也,君所就豈止如今日而已乎? 李君勉之哉。李君之遺余詩也,本欲求評,故酬之也不以詩而以文;其所以求評,欲聞其病也,故其文之也不專以頌而以規。(《鹿門集》卷二十,《韓國文集叢刊》第 228 冊,頁 423)

安鼎福

安鼎福(1712—1791),字百順,號順庵、橡軒、漢山病隱、虞夷子,廣州人,封廣成君,謚號文肅,李瀷門人。實學者,著述有《順庵集》《東史綱目》《星湖僿說類編》等。

《與邵南尹丈書乙亥》(節錄):讀書嘗觀大義,不求甚解,平日慕其人而亦慕其語,蓋與自己簡率之習相近而然也。後來轉覺其非,而每每爲初意所間,舊習難脫,況此死病中神精消散,亦何能著意看耶? 是以觀張子功衰之說,以此爲主,引他說而求合。(中略)葛絰之葛,是有皮者耶? 去皮者耶? 愚意則決是去皮者也。何以知其然也?《禮》無葛之鄉,代以穎,穎之潔白光潤不下於葛之去皮者,則葛是去皮者也。陶潛之“葛巾”,杜詩“十暑岷山葛”,皆指葛之去皮而成布而言,此亦可以旁證。古禮:既虞卒哭,爲七升之冠、六升之衰而用葛絰,其服固相稱矣。今人喪服至粗,而遽用葛絰,亦爲不稱。若用帶皮者,則其粗又過于苴麻,無變輕之意,尤爲不可矣。葛絰爲虞後變除,而《家禮》無虞變除,故丘氏引此以爲小祥之服。過虞而用葛則非古禮,既練而變葛,又非《家禮》也。(下略)(《順庵集》卷三,《韓國文集叢刊》第 229 冊,頁 387)

《書贈鄭君顯》(節錄):古人常雞鳴而起,詩云“夙興夜寐,無忝爾所生”,周公思兼三王,坐而待朝,可見矣。杜詩“居家常早起”,治家不早起,事務叢脞,治心而怠惰其身,使曉朝清明之氣爲睡魔所困,何哉?(《順庵集》卷六,《韓國文集叢刊》第 229 冊,頁 469)

任希聖

任希聖(1712—1783),字子時,號在澗、澗翁、靜修居士,豐川人。著述有《在澗集》《經書劄録》《國朝相臣列傳》等。

《與李督郵光鉉》(節錄):(上略)來詩累回讀過,至竟卷乃已,想皆是沿途信筆,無暇煉琢於字句間,瑕纇亦絕少,信乎其才之難也。必欲細論之,材具敏瞻,而格調稍欠典雅;情境溢發,而語意却少沉著。所長或有不掩所短之處,此自古人猶然,何獨於左右始爾,實亦責備之言然矣。若欲於百尺竿頭尋進一步,當取老杜大篇排律及兩陳諸作,朝夕吟諷深玩而力效之,應不無少益。觀今之略解吟詠者,開口必曰唐,至如有宋作家,舉皆薄而不爲。其實宋人藩籬,誰復有仿佛到得者耶? 似此浮浪習氣,切宜戒之,如何? (下略)(《在澗集》卷二,《韓國文集叢刊》第 230 册,頁 437)

李胤永

李胤永(1714—1759),字胤之,號澹華齋、丹陵山人等,韓山人,尹心衡門人,善繪畫。有《丹陵遺稿》。

《和杜詩》:除夜,又閱文山詩,見集杜諸什,意欣然慕之。偶記草堂守歲之篇,有"四十明朝是"之句,情境適然,欲以集句成篇,而記誦不廣,神思牽强,遂依韻和之。意到事會,續綴十餘篇。至人日之夕到龜潭,聞士行死,實有繼弦之悲,不復爲之。(詩略)(《丹陵遺稿》卷九,《韓國文集叢刊續》第82 册,頁 292)

李光靖

李光靖(1714—1789),字休文、景實,號小山,韓山人,李栽門人,李象靖之弟。著有《小山集》。

《答柳叔文》別紙(節録):"不知百歲通泉後",唐代公郭元振作尉通泉,薛稷少保又嘗會於通泉,杜工部《觀薛公書畫》篇末曰:"此行叠壯觀,郭薛俱才賢。不知千載後,誰復來通泉。"朱子與諸賢酬唱於武夷,有"百歲誰復來通泉"之句,傳景仁終日誦此句。見《大全》詩集 "杜老懲詩更詠詩",杜《江上值水》詩"爲人性癖耽佳句,語不驚人死不休。老去詩篇渾漫興,春來花鳥莫深愁",詩評以此爲懲詩。而"更詠詩"云云,更考。(《小山集》卷三,《韓國文集叢刊》第 232 册,頁 74)

金砥行

金砥行(1716—1774),字幼道,號密庵,安東人,尹鳳九門人。著有《密庵集》。

《講說問對壬午》(節錄):(上略)有有知覺而不靈者焉惟人萬物之靈,則禽獸爲不靈,有有知覺而靈者焉人也,有靈而宣聰明者焉聖人,有靈而不聰明者焉衆人,以此謂千萬多般則可。論一物,則陰異於陽,而不異於陰;金異於木,而不異於金;桃異於梅,而不異於桃;大黃異於附子,而不異於大黃;靈異於不靈,而不異於靈;虛靈不昧異於宣聰明,而不異於虛靈不昧矣,以此謂千萬多般則不可。通萬物而言則物各不同,而指一類而言則無不同矣;兼資質而言則各不同,而指形質而言則無不同矣。杜子美《櫻桃》詩曰"萬顆勻[一]圓訝許同",古人固訝一物之許同也。此其以形色而言,猶謂之許同,況人心之虛靈而有主宰者乎?心若通始終朱子曰:"心是通貫始終之物,仁是心體本來之妙。"而言,則固不可謂無不同,而但其本體則未嘗不同也。(下略)(《密庵集》卷九,《韓國文集叢刊續》第83冊,頁376)

[一]勻,原作"均",據《杜詩詳注》改。

徐命膺

徐命膺(1716—1787),字君受,號恬溪、保晚齋、澹翁,達城人,謚號文靖。英祖三十年(1754)增廣文科及第,歷任大提學、吏曹判書等職。英祖三十一年(1755)、四十五年(1769),兩次出使清朝。"北學派"倡導者,著述有《保晚齋集》《保晚齋叢書》《保晚齋剩簡》等。

《答鄭孝善述祚書》(節錄):前日拜復之後,禮當奉書,以道區區。而鍾與穩往來者絶少,頑鈍遲延,已及旬日。乃老兄不加之罪,又於穩城宰之行,辱賜書問,厚意藹然。至於稱道過情,擬非其倫,則命膺豈其人乎?殆老兄引而進之,使自得齒於是也,恨不同地追獄中之論道,豈惟老兄有是心乎?命膺之抱此嘆,已自逾嶺,特老兄發之先耳。行遣之日,天色已暮,蒼黃出城,凡百行李一不照撿,只報家兒裝送書籍數袟。比至謫居見之,則惟杜詩、八大家而已。每心閑無事,或詠或讀,未及終篇輒爲睡魔引去。蓋二書,即平居操觚者所致力,而非排遣憂患之書也。今承誨喻,觀變玩占,有得於亨貞悔吝之戒者甚多,且欲發其疑端以叩之於聾瞽,幸甚過望,不可言也。(下略)(《保晚齋集》卷六,《韓國文集叢刊》第233冊,頁177)

《詩史八箋序》:《詩史八箋》,子美詩八體之箋注也。以子美詩爲詩史,自唐已有此説。然其詩史之所以爲詩史,則尚未有定論。或曰:"子美博洽多聞,用事精切,其詩可爲山川草木魚鳥之史,故云詩史。"或曰:"子美忠君憂國之誠一發之於詩，無一句非規諷時事者，可以補唐史之闕，故云詩史。”余以爲二者皆具於詩史，然若謂之詩史之正義則未也。詩史之正義何在乎？凡詩文自有一段風韻流露於言外，類非口舌之所可形容。九方皋之相馬，以白爲黃，以瘦爲肥，自其不知者而驟聞之，未必不以爲大言相誑，然誠有不容掩之意象存焉。詩文亦然，淵明之詩，孔明之文，詩文而隱者也。太白之詩，子瞻之文，詩文而仙者也。退之之詩，退之之文，詩文而經者也。子美之詩，子長之文，詩文而史者也。是則不待九方皋之隻眼，但令初學之士反復熟讀，即其影響仿佛之間自有得其意象，故知詩史之所以爲詩史，乃在此而不在彼也。子美詩，世皆尊尚，雖以朱子大賢，亦爲之注解，及見其詩斥呼夫子名，以爲與盜蹠俱塵埃者，而嘆其無倫，遂不復注解。嗚呼，惜哉！雖然，余謂此特子美憤世之甚，不覺率口而發，與子長先黃老後六經以譏切當世者何以異乎？子長之事，先儒原其心而不爲子長病，則豈可以此爲子美千百年之累哉？其亦可恕也已。於是，余以義例授二孫有本、有榘，部分甲乙，類分八體。就朱子以後諸注家，舍短取長，芟蕪去冗，間附以新得，名曰《詩史八箋》。昔馬子才論子長文章曰：“子長南渡長淮，望洞庭，見巫山；北家龍門，使巴蜀，跨劍閣，盡天下大觀，故其文章變化出没，如萬象供四時而無窮，亦幾乎約而該矣。”吾取以爲子美詩史之斷焉。（《保晚齋集》卷七，《韓國文集叢刊》第 233 册，頁 206）

《題朔方風謠》：詩以古詩爲詩，律絶末也，觀於李謫仙戲贈杜陵詩可知也。我國前輩有能詩聲者，惟律絶是力，其於歌行長篇未之有聞，即樂府無論已。雖以翠軒之步武杜陵者，其爲歌行往往有俗韻。惟東溟庶幾焉，然樂府則又未也。余得洪漢師《朔方風謠》一卷而讀之，盡樂府歌行也。委曲可以發纖穠，鏗鏘可以協金石，才縱而氣不怒，局老而意不屈。噫，何其奇也！余嘗聞故老之言，谿谷每得東溟詩，如遇雷霆，神懾魄褫云，是必深知東溟之地步斤兩而然也。今顧無谿谷之隻眼，漢師之地步斤兩又孰能辨之？雖然，漢師勉之哉。良木在山，必有匠石者至焉，豈可曰世常無谿谷者乎？（《保晚齋集》卷九，《韓國文集叢刊》第 233 册，頁 242）

姜世晉

姜世晉（1717—1786），字嗣源，號警弦，晉州人，姜楔、姜楷門人。有《警弦齋集》。

《答李德懋》：頃者辱書，忽到於溯想中，適值客撓，且患寒感，無由操管

作字,以茲闕然久不報,深庸愧嘆。僕嘗與尊大人遊時,足下以童丱侍其側,
見足下器宇完好,額角豐滿,知非尋常凡骨,心內奇愛之,而猶未知其中所有
者之如何耳。及足下既冠,頗有聲於場屋間,僕始知足下不但形相美好,其
中充然亦好。自是僕之所期望於足下者蓋不淺鮮,而猶未知足下自期甚高,
不以科臼中人自居也。月前,僕又過尊大人,足下示僕以閒中吟詠諸作,其
句語清絕奇古,往往有漢唐人口氣,僕始知足下於詩道已得其六七分矣。今
此辱書,筆力滂沛,文氣橫逸,其所論文論詩,出入漢魏,低仰唐宋,以至皇明
諸子,評品備至。僕讀之未了,輒茫然而自失。以足下之才之高,亦嘗擩染
於家庭間,年纔勝冠,已能自拔於科臼中,直欲蹴到古人地位。苟業而不已,
漢之班、馬,唐之韓、柳,宋之歐、蘇,意之所向庶可並武。至於莊周,鬼神於
文章者也,其文恍惚變化,不可摸捉,固非後人所可學而及之,惟蘇長公略得
其神變。陶詩平澹高古,正如自家爲人,惟柳州得其骨髓,故《唐彙》中其詩
入於名家,與韋、孟諸君齊稱。朱先生嘗以爲,作詩須從陶、柳門庭中來乃
佳,僕亦嘗學之而未能焉。至如老杜,則詩格又雄健渾厚,一變綺麗之習,大
有風雅意思。足下誠能嗜好二家之詩,則於詩固已得其門路。然詩學有本
末先後之序,《三百篇》即詩家之祖宗也,學詩者須以風雅爲本。如河梁別詩
及《十九首》,如陳思王、惠連、靈運之詩,須先潛玩,然後繼之以岑、王、孟、韋
諸詩,則其於詩道庶可以不悖矣。僕之聞於先輩者如此,足下姑舍二家之
詩,須先下工於毛詩及漢魏諸詩,先立其基盤,此爲急務耳。僕亦於詩學嘗
志乎古,而學不得其術,凡所辛苦而廑有之者皆不適於用,是以白首坎坷,卒
無所成。雖於窮寂之中或有所得,亦未嘗出而示人,以要知於當世,殘篇漫
墨只以自娛而已。今足下一緘,如是鄭重,僕敢不傾倒困廩羅列而進也?然
僕既以自誤,不可以自誤者復誤足下,惟足下諒之而已。(《警弦齋集》卷
三,《韓國文集叢刊續》第 84 冊,頁 188)

李敏輔

李敏輔(1717—1799),字伯訥,號常窩、豐墅、會心窩,延安人,謚號貞
孝。英祖二十三年(1747)進士試合格,以蔭補入仕。歷任三陟府使、刑曹判
書等職,著有《豐墅集》。

《承旨金公行狀》(節錄):(上略)公素尚忠義,一念君民,誠愛惻怛,恒
言曰:"爲國家明白就一死,庶無忝我生。"愛讀杜少陵《古柏行》,深有感於
古君臣際會之難。每到山水佳處,輒引滿取醉,朗誦而罷,繼以忼慨,泣下沾

襟,聞者悲之。公爲古文直準秦漢,格雋體嚴,唐宋以下不規規也。尤工於詩,不爲零碎雕琢,發以清高弘遠之旨。平居不喜著述,故詩文成集者甚少,然此皆其所不屑也。(下略)(《豐墅集》卷十七,《韓國文集叢刊》第233册,頁27)

《判尹韓公謚狀》(節録):公少清羸善病,飲食起居攝養有道。酒户甚寬,平居未常引滿。所處一室不設帷帳,逐日盥漱,燕坐淵默,世間悲歡苦樂漠若不關於心。由是精力老益康旺,居不倚枕,行不扶杖。蕭然一床書,不廢玩樂。雖在沉疾之中,和杜詩爲課,見者感嘆。臨終整暇,處後事無所遺,亦可見所養之力也。(下略)《豐墅集》卷十八,《韓國文集叢刊》第233册,頁43)

《震溟集序》:昔蘇長公論詩,以爲蘇、李之天成,曹、劉之自得,蓋亦至矣。而至于李、杜,以英瑋絶世之姿凌跨百代,古今詩人盡廢。夫然則外李、杜以爲詩者,不足謂之詩也。然白也才特高,不可學而幾焉。而子美典重沈鬱,差易於取法,故後之能詩者必以杜爲宗師。蓋嘗極力模寫,或學其奇僻而止焉,擬[一]其蒼鹵而已焉。雖自以爲善學杜,而其神韻理趣益見其遠於實矣。譬如傳神者,點綴於口鼻毛髮之間求其逼真,而不知傳神之妙自在於口鼻毛髮之外也。國朝詩家亦多矣,盧蘇齋、崔簡易號爲善學杜者,然要可謂各得其一端,而未足謂全也。以余觀之,其能肖其格力而不偏於莽,襲其風味而不流於縟,默而注之,軼而超之,蔚然爲一代名家,而不愧爲真得少陵之神髓者,其惟震溟權公之詩乎?公天才素高,又加之以專一之功。專故一,一故工,及工之至焉,則變化見而氣機融矣。公不遇於時,落拓困窮,凡有得喪欣慽感憤不平者一於詩發之,故其出愈多而其語愈奇。其五七長篇尤遒健瓌麗,各有體裁。其最得意者,雖共編於少陵集中,讀者殆不辨其有異,公於此可謂盡其美而無遺憾矣。嗚呼,詩之爲道,不過爲詞人之一藝,而乃其至者,實有係於一代之聲明文物,故其名世之作固亦難矣。或幸有其人,則世之居其位者又不能推挽薦引,卒不免爲窮人之詩,此歐陽子之所惜於梅聖俞者也。當公之世,亦有一二先輩鉅公賞公之詩,如王文康之於聖俞,而公終於淪落,官不過一知縣,豈公之命歟?公雖不自屈以求合,而亦足爲聖世唏矣。公深於六經,其操履皆根據古義,問學通博,論議勁正,不可以惟一文章士目之,而公之平日事行皆見於詩。後之讀公之詩者當自得之,何待余言而發也?公殁後幾年,公之子裌,謂余少從遊也,問序於余。公諱攄,字仲約,安東人,文貞公忭之孫,震溟其自號也。(載權攄《震溟集》,《韓國文集叢刊續》第80册,頁429)

[一] 原文書眉有小注:"擬"上"或"字脱。

任敬周

任敬周(1718—1745),字直中,號青川,豐川人,任聖周之弟。有《青川子稿》。

《贈八弟興甫序》:興甫性泊然,無他好,唯學習古文詞。一日,遺余十數篇詩,且曰:願聞兄可否之論。余始展而讀之也,以爲意雅而語奇,氣雄而質厚,駸駸然逼古人而驅之矣。及夫一再吟也,其雅而奇、雄而厚者,破碎分裂,不能免乎近作者之門矣。雖有一字之佳、一句之奇足以媚一時之眼目,亦何能鳴於世、傳於後耶?大凡詩之道多端,不可以一概論也。其法有起焉,有結焉,有承焉,有照焉,凡四條。其調格有雄厚者、雅重者、精峭者、淡者、古者、婉而媚者、妙而奇者、樸質者、文華者、似流而非流者,而又有雕刻者、魯者、巧者、破碎而分裂者,凡十四[一]品。其情致則有可喜、可怒、可悲、可樂,而又有憂慽焉、困窮焉、忠憤焉、放而狂焉,凡八等。是以李白調取雄,而情取可喜且樂;子美調取雄厚,而情取忠憤憂慽。宗元得其精峭,岑參得其雄雅。淵明得其淡而古,而情取悲且狂。王勃、文房得其婉媚而奇妙者,而各造其至。東坡得其文質,山谷、后山得之於子美之質,簡齋得之於子美之文,而其魯者、巧者、破碎而分裂者無所取者焉。雖然,子美及唐之諸子亦何嘗不深其源,而只求之於聲調句格之間也?特源既深矣,其調格文章自好爾。嗚呼,古之爲詩者,以詩書百家爲本而出其末以爲詩,故其詩也,溫潤而和平,文理相貫相應而有脉絡,胡叫亂唤而各臻其妙,操縱闔闢而倏若天造。今之爲詩者曰:不讀詩書百家而詩可能也,一蹴而可以到子美之閫域也。或得一字之佳、一句之奇,則輒曰:子美吾之友也,唐之諸家吾之弟子也。殊不知其不能仿佛於子美之奴隸也。夫如是,故欲高者失之駁,欲苦者失之碎,欲婉者失之弱,而欲巧且贍者失之俗而流。噫,代益遠世益降,詩何其亡也。天之降才厚於前薄於後而然耶?抑天之降才無有異而人自舍古取近而然耶?甚矣,人之好俗也,不治其本,不深其源,惟雕刻華靡之欲學。今也興甫聰明穎達足以知矣,文理俊偉足以作矣,其所以自期者亦豈欲匍匐於雕刻華靡之習而已也?然其所作不能超卓乎雕刻華靡之習,而骨格不立、聲調淺俗者何也?特爲習聞俗人之説,樂其怪而自小也,亦曰:子美亦如是矣,唐之諸家亦如是矣。嗚呼,後之人雖有聰明穎達之才,其孰從而學之?然則如之何而可也?曰:在多讀博觀,亦在乎持子美近體深省精煉。如是,則其亦庶乎其可也,興甫留意哉。(《青川子稿》卷二,《韓國歷代文集叢書》第 3199 册,頁 277)。

[一] 四,原作"三"。

李獻慶

李獻慶(1719—1791),初名星慶,字夢瑞,號艮齋、白雲亭、玄圃,全州人。英祖十九年(1743)文科及第,歷任襄陽府使、大司諫等職。著有《艮齋集》。

《題杜子美王宰畫山水圖歌後》:十日畫一水,五日畫一石。杜甫此歌如王畫,亦非十日五日歌不得。平生學杜我却拙,句法仿佛何由識。語密須損豪士氣,筆放怕倒賢人則。長杠欲下紙先慳,千疑萬惑頻按抑。斂手徐起倚西風,口猶辛苦色慘黑。暮氣摧殘益不振,但見雲歸紅日夕。不如拓筆取杜讀,讀至千千萬復億。(《艮齋集》卷九,《韓國文集叢刊》第234冊,頁185)

《與李彝甫秉延書》:冬日可愛,此時啓居,伏惟珍衛。僕嘗謂天下事物,有正有奇,有常有變。而奇且變者,每生於大畜之餘,蓋正而常者之積而溢焉者耳。陰陽理氣之溢而爲天地之廣大,日月之昭明,風雨雷電之聲光。道德仁義之溢而爲禮樂之和整,刑賞之慶畏,車服采章之名物。財産之溢而後可以構五丈之樓,兵甲之溢而後可以征四方之夷。火溢而烈山澤,水溢而包陵陸。未有不積而能溢,不溢而能奇且變者也。文章亦然,莊周、馬遷之於文,李白、杜甫之於詩,皆積而後溢者也。是以莊周之《齊物論》,馬遷之《伯夷傳》,李白之《遠別離》、杜甫之夔州以後作,若是其奇且變也。後人不爲彼之積而後溢,而徒欲其奇且變焉則其可乎?毋寧先積於正而常者,以待其溢否耳。是以唐、宋以下至我朝明、宣之間,才高氣豪之士鬱鬱相望,如鷹騰而虎躍,亦皆俯首匍匐於衡尺繩墨之内,不敢爲叫呼奔踶之習。雖或傍出於偏霸之塗,往往鈎棘險澀,索隱行怪,猶能句順字安,自成文理,不甚詭於正而常者,未有絶筋脉、沒倫脊而爲胡説亂語者也。至於近世一二先輩之詩,爲才所役,馳騖高遠,不食膾炙而曰吾啖麟脯也,不服布帛而曰吾被鮫織也。所謂麟脯、鮫織,世何嘗有也,特幻而已。簧鼓一世,響答影趨,新奇之中又求新奇,謂天不高而索高於天之上,謂海不深而覓深於海之底。慌惚駭感,人莫窺測,然後方以爲好而舉世喧誦。顧其實則無味無理之一冗語,非真奇且變者也,非所謂積而能溢者也。凡詩之難工者,以其平穩暢達之中兼有調響色澤之難也。苟或不拘文理,但務人不可知,則取一卷韻考,捏合五字七字爲句足矣。是以近來小兒,或不能辦一紙簡札而能賦五言詩,老師宿儒至不敢議論。使其詩易曉,則孰不能卜其工拙;而以其不可曉,故亦不敢議。非但不敢議,先進之喜獎誘後生者,又復嗟賞而興勸之,轉相仿效,競相稱美,家少陵而户義山,舉一世而爲虛僞熒惑之習,其亦可哀已。今吾彝甫,與僕交之日久,猶未深熟其詩。前日携近所作詩一卷來示僕,僕以彝甫亦今人，故意其必爲今人語，驟看一過，不復深究，輒語之曰"子亦略效今語者也"，吾子笑而去。其後無事時再三吟玩，如閻立本畫，觀愈熟而妙益現。杜少陵之情境，韋蘇州之寡欲，崔顥之天機，陶潛之村野，無不兼該，而又以漢魏以來古詩樂府之清韵緩調雜作而錯陳之，如金石諧而笙簫間者，然後始悔前言之失而知彝甫晚也。所貴乎豪傑之士者，以其自知明而信道篤，不爲流俗所奪而已。或譽之爲喜，或毀之爲憂，隨人口語，撓而從之，將何所不至。韓愈之時，比之今時亦遠矣，猶且久困於時，累跲不屈而後終至於靡然隨以定。今吾子自視其才於古人雖或有不及，苟能自信而不疑，特立而不撓，安知無一二從我者出於其間哉？彝甫其勉之。彝甫之詩，吾愛其清真，而或病其枯淡而鮮澤也；吾愛其疏放，而或病其紀律之不嚴也。吾愛其超脫，而或病其綜核之不密也。若以岑嘉州之富貴、柳宗元之法令、白居易之事實參以有之，各取其長。贍濃秀麗，沈鬱含蓄，取才博而意無偏係，用事精而語皆的確，則其所成就必將有大國泱泱之盛，而不止如山澤之仙癯而已。吾子以爲如何？盛稿妄加雌黃，謹此奉還，而深喜吾子之能不落於今俗而力追古人，可期。以積而能溢，故輒敢備論之詩弊，而又勉吾子之篤信而不撓也，惟吾子恕其僭而採取之。不宣。(《艮齋集》卷十三，《韓國文集叢刊》第 234 冊，頁 266)

《答鄭司諫書》：頃惠寵牘，竟幅亹亹，無異對晤劇談。鐘後燈前，每一倚枕披玩，以瀉情戀。第恨詡人太過，貶己太薄，而恭然退沮之想，尤非所望於老兄。杜子美《同谷七歌》有風雅遺意，而朱夫子以嘆老嗟卑致惜於卒章。老兄何不以"老當益壯，窮且益堅"一語時自警省，而邊有此摧頹放倒之語耶？清心省事固善矣，但恐省事或流於廢事，故作一文字以寓交勉之意。而若非老兄，無以發吾之狂言也。數日呻感，閉户不出。中秋明月，初擬登樓賞玩，此計亦左。信乎窮者無事不窮，亦足浩嘆。惠示《受降樓望月》一律，仍於其夜和之，兹以付去矣。惟望康食自珍，不宣。(《艮齋集》卷十三，《韓國文集叢刊》第 234 冊，頁 276)

蔡濟恭

蔡濟恭(1720—1799)，字伯規，號樊巖、樊翁，平康人，謚號文肅。英祖十九年(1743)文科及第，歷任左議政、領議政等職。正祖二年(1778)，以謝恩兼陳奏使出使清。著有《樊巖集》。

《催科嘆》：畿甸玄冬十二月，荒歲催科民力竭。食時雖幸納時艱，北漢城餉最苦疾。今年米貴許以錢，君王恩浹窮民骨。管城之將立期日，所不如期棍且桎。吏卒散布閭里間，搜索東西恣隳突。村氓聞聲走爲策，竄伏前山三尺雪。吏喝愈橫搜愈急，雞犬瑣小焉足説。村中牛馬逢着牽，牽之不問誰家物。鞭策在前或在後，豪氣長歌踏迥術。老夫行飯里門前，是時微月山城出。試教兒輩暫問之，答云民走探其室。杜陵之老一布衣，默念失業猶惻怛。況我廊廟舊相君，見此自然腸內熱。何由風雨以時屢豐年，左飡右粥民以謐，吾家獨無甔石非所恤。（《樊巖集》卷十七，《韓國文集叢刊》第 235 册，頁 325）

《答李參判獻慶書》（節録）：（上略）弟常謂釋氏之草食終身，不忍害一個生物，雖非吾聖人大中至正之法，天覆地載，同被化育，則似此慈悲之論，亦足使衆生知感。自夫閱歷以來，竊觀今之人，若有毫髮利益於自己進取，則雖戕殺無故人性命，少無色於難而反以爲得計者滔滔皆是。然此輩知利而不知義者也，安知他日不有智力之勝於渠者，乃又戕殺渠以媒進取，如渠今日之爲？則出爾反爾，其禍無窮既也，不亦哀哉！今者煨蚓之法，雖曰大小不倫，戕物而益我，其心同也，吾不忍爲此也。善乎，杜工部詩曰“家中厭雞食蟲蟻，不知雞賣還遭烹”，此仁人君子之言也。微工部，吾誰與歸？神昏艱草，不宣。（《樊巖集》卷三十六，《韓國文集叢刊》第 236 册，頁 139）

《與丁提學法正書》（節録）：（上略）自台蒙被新命以來，細檢藝垣故事，夫館閣比之，則猶岳陽樓也。岳樓，天下之第一名勝，非驂鸞跨鶴之人，似不得一登其上。而岳樓所占之區，猶是人世上也。近而爲村，遠而爲里，環樓而居者將不知幾何。樵童牧豎之生於樓下，長於樓下，視岳樓有若己分中一物，逃暑者往焉，休身者往焉，渠不知其於己濫也，人亦不知奇且異也。及夫孟襄陽、杜工部御風一蹋，嘯傲於其上，則天下之人始知人與樓相稱，而邈然有不可躋攀之意。館閣亦然，群飛刺天，一蹴而到者，百年以來未知爲幾許人也，天之意豈忍既設而旋又埋没之，以爲識者之羞，則於是乎或間三四十年，或間數十年，使松谷、希庵、藥山三鉅公登其上，此孟襄陽、杜工部御風而蹋也。藥山之後，如我者遭逢幸會，亦嘗濫竽於此。此孟、杜過去之後，樵童牧豎依舊方羊，雖傾得廬山瀑，不可盡洗其羞恥。今乃得如台華國黼黻之手以爲之主，人孰不以孟、杜復至，飛一盞以賀岳陽江山耶？（《樊巖集》卷三十六，《韓國文集叢刊》第 236 册，頁 148）

《書李佐薰詩稿》：李生佐薰袖各體詩若干篇求教於余，余受而反復焉，只見其可畏而未見其可以受教於余也。生時年十五，權輿已如此，繼是而進進不已，其終何可量也。昔歐陽公一見蘇子瞻，便以爲老夫放出一頭地。顧余於歐陽無能爲執鞭,非敢援以况之,然生之求教之意,未必不如子瞻之於歐陽也。歐陽之所云云,吾亦將爲生言之也。生不可以不責備者,生之詩往往有染指於李昌谷者,蛇神牛鬼,古人已有譏之者。况文章關世道升降,生若有意於異日鳴國家之盛,安用朵頤於李唐衰末之音也? 爲詩而捨李、杜、王、孟,便是落草由徑生,不可不知也。勉之勉之,樊巖老夫書。(《樊巖集》卷五十六,《韓國文集叢刊》第 236 册,頁 547)

金鍾正

金鍾正(1722—1787),字伯剛,號雲溪,清風人,謚號清獻。英祖三十三年(1757)庭試文科及第,歷任大司成、吏曹判書等職。著述有《雲溪漫稿》《四禮輯要》《文獻輯略》等。

《臘月夜大風雪,以"窗外正風雪,擁爐開酒缸"爲韻賦詩》其七:朱門五侯家,獸炭暖金爐。美人朱顏酡,歌舞花氍毹。誰念咫尺地,凍骨橫道途。杜陵老布衣,破屋風雨呼。廣厦千萬間,猶思庇寒儒。安得起此人,共講憂民謨。(《雲溪漫稿》卷二,《韓國文集叢刊續》第 86 册,頁 48)

金漢祿

金漢祿(1722—1790),字汝綏,號寒澗,慶州人,韓元震門人。曾任世子翊衛司洗馬等職,著有《寒澗集》。

《奉和鰲台寄拙亭韻兼示鄙懷丁亥六月》:座下以杜陵翁之拙自況而名其亭,余亦未歸文峽而嘆其拙者也,覽斯記不能無感焉。噫,拙亦有許多般樣,杜陵之拙未見而思之者也,座下之拙未見而擬之者也,余之拙既見而未歸者也。然則杜陵之與座下未見則同,而思與擬孰優孰劣? 余之既見較之未見固優,而其未歸者,又不如擬之者之有所寓也。是則古人之拙反有甚於今人,而今人之拙亦可謂長短相補矣。抑又重自嘆焉,杜陵未見而思之,座下未見而擬之,未見則思之擬之,乃拙之常也。顧余則既見之矣,築已成焉,身無繫焉,胡爲而未歸也,此拙之變也。以是論之,則余之拙又有甚於杜陵,而座下之拙反不優於余耶? 然拙亦命也,固無足較絜於優劣常變之間,而以座下之未信乎命而自傷於拙,故姑言此以寬之。　　拙計人間可笑余,仙源卜築未云居。漁郎逐水無尋處,夜壑移舟已倏如。門外吠鳴迷漆蝶,檻前開

落付筌魚。也知身世渾由命,今古同傷又是虛。(《寒澗先生文集》卷一,《韓國歷代文集叢書》第744册,頁66)

丁範祖

丁範祖(1723—1801),字法正、法世,號海左,羅州人,謚號文憲。英祖三十九年(1763)增廣文科及第,歷任弘文館提學、刑曹判書等職。著有《海左集》。

《龍潭遺集序》:忠義之發,未始不以學問爲根柢。夫以山野匹士抗慨赴國難,視死如歸,非讀書講道理,有素能如此哉? 國朝壬辰之難,起義旅擊賊,實自嶺南倡。縉紳大夫如鶴峰金先生之卓烈亡論,其它韋布之士投袂起者相繼,佐成重恢之績。考其平日志業,皆有足以奮發其忠義也。任君象斗,以其先祖龍潭公事行及遺集二卷,屬不佞爲狀若序。蓋公壬辰倡義諸公之一人也,提烏合不教之卒,與巨寇抗蹢危死者數,而不少悔。轉戰數州,斬獲甚多,雖力屈不能大有成績,其精忠大義固已聳動一世之耳目,詎不韙歟? 雖然,觀公遺集所載學問淵源,則可驗忠義之發蓋有所夙講也。公嘗師事朴嘯皋、鄭寒崗二先生,又與同時諸儒賢商質問難。治心之要,則於衰集古訓恒誦篇可知;議禮之詳,則於冠婚喪祭往復諸書可知,其踐履思辨之實如此。性情之感而爲詩文諸作又古質冲雅,不掩其有德之言。積之躬而爲學問,施之事而爲忠義,體用源流之相須,有不可誣者也。昔杜子美當天寶之亂,傷君父之蒙塵,痛逆胡之猾夏,孤誠幽憤形諸賦詠之間,論者謂子美忠義之氣與秋色爭高,讀《北征》諸詩可驗其所存。後之君子讀公集而不知公之所存,其可乎哉? 遂述其語,爲龍潭集序。(《海左集》卷二十,《韓國文集叢刊》第239册,頁392)

《午山詩史序》:世稱杜甫詩爲得史體,然當甫時,唐室多故,授受失正,賢邪易置,諱親戒禍,其辭不得不微婉而弗章,回護而弗肆。故後之覽者求之言語之外,而僅得其一二。視後世史家,據前代是非奮筆直書,如三尺按法,猶少遜其嚴白,理勢然爾。午山盧公,蘇齋先生之聞孫也,富文識,不售於時,感慨伊鬱壹發之詩,而不肯爲雪月虫鳥役,著成一部歷代史。中夏則自殷周至皇明,東方則自赫居世迄高麗,帝王喆愚,臣子忠逆,道學詖正,華夷盛衰,歷歷如指掌。蓋事在往昔,義無諱忌,故其旨明,其言直,人獸天淵任其勘斷,權衡衮鉞出自胸臆。往往又能鈎潛摘微,發前人之未發,誠詩中之史魚也。自古文章號稱巨擘,而苟不托以事實,則鮮克傳世,況於韻語之小者乎？顧公詩所載，乃宇宙間萬世法戒，其不湮晦也無疑。公雖窮約没齒，可以無恨已。(《海左集》卷二十二，《韓國文集叢刊》第 239 册，頁 443)

《哀鄭士述_{弘祖辭并序}》(節錄)：丁範祖曰：文章本性靈，心術較然哉。齷齪則其文陋，儇憬則其文淺，恢疏跌宕則其文奇而逸，烏可誣也？烏可誣也？故曰：不識鄭士述詩，觀其人。士述白面脩顴明目身長，而左脚微蹇，善爲病鶴行。行市上，市童子大駭噪而觀，不爲動。迫之以俗務，憪然若無聞而視天。嘗過酒肆，美女子邀與狎，弗顧。家近義湖，湖故于勒僊所游也，潭壁樓榭，靈氣相涵，士述日游其中。嘗晝眠，起視，夕靄籠柳，大驚，謂天地新闢，河山改觀，疾歸，問："吾魂來否乎？"其脱疏異衆如此。好居僧舍，讀佛書；好採花，不滿袖不歸。試酒之動其神，大言曰："司馬子長作列傳，各肖其人；觀音佛度衆生，各化衆生身。吾詩亦然，欲漢魏斯漢魏已，欲六朝唐諸子斯六朝唐諸子已。"余最相善，稱廣中故論詩爲軒輊狀，輒抗屬不屈，諸公擊節以爲樂。嗚呼，奇甚矣哉！以故竊斷其詩曰：古體袞袞乎其出之易，而興寄冲遠也；近體湛思玄想，久之乃吐，而聲格高雅也。要之才出人上，神游物之表，而造語非今語也。又曰：易出也，故時厖；而厖，故弗褊迫也。久之吐也，故應俗時厄；而厄，故弗流率也，然乎否歟？李德冑直心公詩文高當世，權萬一甫公雄山南，嘗亟稱謂"希音，希音"。士述故多遊，申光洙聖淵、洪翰輔而憲、李秉延彝甫，余法正與焉。士述既疏而不諧時，隱約山澤四十八年竟歿，蓋凍餓成疾云。夫詩益乎？杜甫餓死，陳無己餓死。夫詩無益乎？二子時，顯者何限，而今獨知有二子，或者謂千載不及目前，謬矣。士述諱弘祖，尚書公諱世規玄孫也。詞曰：(中略)六朝既靡曼，三唐亦褊迫。卓犖杜陵老，製作實淵博。叢萃百家語，包括一代格。雄視天地間，氣焰誰敢敵。士述才絶倫，曠世傳神魄。老健爲其骨，蒼寒爲其色。蘇黄乃兒曹，陳陸堪僕役。　　右四解　　(《海左集》卷三十四，《韓國文集叢刊》第 240 册，頁 100)

《哀崔弘重辭》(節錄)：崔君弘重貌奇儁，有踔厲氣，爲詞律警絶驚人。(中略)君病時，夢遇杜子美夔蜀間賦詩，其聯曰"峽祠留帝女，山木掛王孫。漠漠黄雲過，霏霏白雨昏"，其語趣酷似子美。夫子美詩而窮者，豈天以所以窮子美者窮君耶？雖然，子美猶得官，年逾五十，而君布衣短折，豈天之嫉君甚於子美耶？胡爲其若是也？昔歐陽詹死，韓退之作辭以叙其事行，而詹之名遂顯，是足以慰詹與其父母也。若余則其言不及退之之重，而君之可哀甚於詹，其何以慰君與君之父母哉？徒舒吾悲而已。(下略)(《海左集》卷三十四，《韓國文集叢刊》第 240 册，頁 104)

《缶广洪公楓嶽録詩後跋》(節錄)：古人云："杜子美岳陽樓詩，與洞庭爭雄。"非知言也。子美胸中無洞庭，故筆下有洞庭。苟有爭心，先爲七百里巨瀾所動，便不成詩矣。東人楓嶽詩率患不振，無他，與楓嶽爭勝，而卒不能勝也。彼壓東海而磅礴也，擢萬峰而嶕崒也，疏萬瀑而泓净也，其氣勢烏可爭而勝哉？要當以不爭爲勝耳。（下略）（《海左集》卷三十七，《韓國文集叢刊》第 240 册，頁 157）

《洪公遺詩跋》（節録）：詩至博大難矣，然博大非所以盡精微。精微之發，詩之至也，故非若子美氏鉅細併畜、地負海涵之爲，而徒膚率流放，無當於性情之真，則雖多亦奚取哉？然詩造精微，要非嗜深機淺者之所能焉耳。（下略）（《海左集》卷三十七，《韓國文集叢刊》第 240 册，頁 158）

《詩説贈姜景任》：姜斯文景任，自沁都來，訪余于旅邸，出視其所作五言古風、五七言近體一卷，若請益者然，且曰："吾於文喜子長，詩喜子美。下此則無論也，何如？"余應之曰：子之詩古風尤好，贍而不流，古而不泥，固喜子美而爲之者矣。雖然，吾語子以詩道。木有根柢，水有源委，詩道亦然。弗探其根柢，弗溯其源委，而曰吾能詩云者，未見果其能詩也。子欲爲五言古風乎？自蘇、李、曹、劉至陶、謝。爲五七言近體乎？自開元、天寶至元和。以此爲根柢源委，而門路既正，法度既立，然後滋之以華澤，鬯之以風調，恢之以地步，殖之以骨力，而詩之能事畢矣。雖然，五言古風則必參以唐儲、韋諸作，以博其趣，然後瀜通今古，斟酌雅俗，而無膠滯之患矣。夫子美聖於詩者，子之喜之也固宜。然古人云"不讀萬卷書，不可以學杜"，夫以陳、黄諸人之材力專門學杜，而所得只皮膚而已，子美詩豈易以學哉？子歸而治詩，吾之矩度既立，然後徐取子美全集，細玩精思而有得焉，則容有近似者矣，是猶得之驪黄色相之内者爾。（《海左集》卷三十七，《韓國文集叢刊》第 240 册，頁 172）

金　熤

金熤（1723—1790），字光仲，號竹下、藥峴，延安人，謚號文貞。英祖三十九年（1763）增廣文科及第，歷任大司成、領議政等職。正祖八年（1784），以册禮陳奏使出使清。著有《竹下集》。

《辨東坡笑杜工部辨明八陣圖詩》：東坡言嘗夢見一人，云是杜子美，辨明其《八陣圖》詩"遺恨失吞吴"之意。死近四百年猶不忘詩，區區自明其意者，此真書生習氣。蓋凡古之詩文，後人之誤解者多矣。杜詩之失旨注釋者，亦豈但此一句而已？字句之訛誤，篇章之遺漏，亦不少矣。不爲之辨，而獨區區於此一句,丁寧夢辨於百千年後。夫諸葛武侯終始之計,在於和吳一事,是爲和吳然後魏可圖耳。昭烈之東伐,爲北征之失計,不能挽其行。昭烈崩後始遣使相成,乃舉兵北向,此誠武侯圖復中原之第一計也,見機度勢之宏訏處也,而若其一着之失,必爲終身之恨。杜工部有感於斯,作詩而發明其志,可謂武侯千載知心。後人之蒙識管見,妄自分解,埋其本旨,非但工部之詩意不明,併與武侯之本心而失之,工部於此豈能無憾於泉臺下哉?故其辛勤自明者非爲詩也,所以明其心也,非爲明其心也,所以明武侯之心也,志士襟期此可見矣,豈是騷人墨客自好詞章之習也?"悠然見南山"、"春草潤邊行",爲陶元亮、韋應物之第上佳句,而"見"訛爲"望","行"訛爲"生",二公曾不爲之辨也。若使《八陣圖》詩爲吟風詠月等閑詩句,則二子之所不爲,工部豈肯爲之耶?雖然,東坡曰"子美詩外有餘事",東坡亦可謂知子美者云。(《竹下集》卷二十,《韓國文集叢刊》第 240 冊,頁 590)

洪良浩

洪良浩(1724—1802),初名良漢,字漢師,號耳溪,豐山人,謚號文獻。英祖二十八年(1752)文科及第,歷任大提學、吏曹判書等職。正祖六年(1782)、十八年(1794),分別以冬至兼謝恩副使、冬至正使出使清朝。著有《耳溪集》,其外集卷八《群書發俳》多論中國文人及典籍;另參與《國朝寶鑑》《同文彙考》等的編纂。

《北征》(節錄):(上略)平生四方志,心目此可壯。太史遊梁楚,雄藻貫氣象。子美落川蜀,筆端欺化匠。坡仙浙西投,柳子嶺外放。文章得神助,成就皆君眈。而我異於是,駧乘兼官饗。才調愧昔賢,榮悴寧比況。(下略)(《耳溪集》卷五,《韓國文集叢刊》第 241 冊,頁 68)

《李翰林詩辨》:太白《望鸚鵡洲懷禰衡》詩曰:"魏帝營八極,蟻視一禰衡。黃祖斗筲人,殺之受惡名。"讀者皆謂魏帝視衡如蟻,雖以金三淵之博雅而深於詩者,猶不免眾人觀,乃盛讚此詩曰:"李白識見大不及子美,如使子美賦此,當曰'禰衡氣蓋世,蟻視一曹瞞'。"惜乎,其疏於觀詩,而淺之論人也。余則謂太白之意,蓋曰魏武經營八極,氣勢如彼壯矣,而能藐視之如螻蟻者,惟一禰衡耳。故雖受裸身之刑,撞鼓之辱,而昂然不少挫,肆口叱罵如犬豲然。其稱蟻視者,真是極言禰生蓋世之氣也。若謂魏武蟻視禰生,則黃祖乃殺一蟻者也,何謂斗筲人?何故受惡名乎?況其下句曰:"吳江賦鸚鵡,落筆超群英。鏘鏘振金石,句句欲飛鳴。鷙鶚啄孤鳳,千春傷我情。"既比之蟻，又比之鳳耶？蟻之死也，何傷之有？以此觀之，衡爲蟻耶？操爲蟻耶？是不難知也。噫，白也之雄才逸氣，傲睨一世，嘗使力士脫靴，貴妃奉硯，而竟不免於世禍，是亦正平之流也，故恒有曠世之感，望鸚洲而思其賦，懷古人而自況焉耳。讀其詩，不知其人，可乎？余非好辯者，將以直太白之枉，洗正平之辱，開後人之惑也。近閲清尚書沈德潛評詩人張篤慶《鸚鵡洲》詩“引蟻視曹操”，以蟻屬操，以視屬衡云。（《耳溪集》卷十七，《韓國文集叢刊》第 241 冊，頁 304）

金弼衡

金弼衡（1725—1800），字克夫，號菊窗，順天人。有《菊窗遺稿》。

《上清臺權先生》：院价還傳匙箸之節，一向未復貢慮，不敢釋，數日軒梓，得奉辟咡之教，自覺昏憒，恍然如大寐之醒，一出門外百病依舊，無異夢飽之人，覺而思之，自不干事，始知一曝無補於十寒也。同人齊會，不無講磨偲切之樂，而間有鬩争辨、鬩汨董，亦何能濯去舊見以來新意耶？偶閲明人詩集，有“何處連臺高士堂”，及杜甫“臺連太白樓”等句。嘗見胡胤嘉《遊録》云：“魯連射書處呼爲連臺，臺離城正可一箭地。其高相等，上築一堂，額爲高士堂。兗州嶽雲樓即杜少陵賦詩處，而樓圮，故人謂杜甫臺。太白樓相去百步，賀知章爲任城令，觴太白於樓中，因以爲名，樓有李賀影堂云云。”則二詩之意似指聊城及嶽雲樓，而諸友以爲不然，兹敢傳寫二詩全篇呈上，恭俟公案處決。然此等漫酬應亦似有妨於閒居静攝之中，旋切兢悚，明當就候告别。（《菊窗遺稿》卷二，《韓國歷代文集叢書》第 3321 冊，頁 157）

吴載純

吴載純（1727—1792），字文卿，號醇庵、愚不及齋，海州人，諡號文靖。英祖四十八年（1772）文科及第，歷任大提學、吏曹判書等職。正祖七年（1783），曾以問安副使出使瀋陽。正祖朝奎章閣臣之一，著述有《醇庵集》《周易會旨》《玩易隨言》等。

《讀唐人詩》：我愛唐人詩，讀至李杜別。啁哳衆籟間，仙樂奏清切。岡巒連崣屴，岱岳特高截。造化應爲慳，鍾育只兩傑。（《醇庵集》卷二，《韓國文集叢刊》第 242 冊，頁 420）

魏伯珪

　　魏伯珪(1727—1798),字子華,號存齋、桂巷,長興人,尹鳳九門人。著有《存齋集》《寰瀛誌》等。

　　《滕文公》(節錄):(上略)宋朝蘇、陸之學,合楊、墨、佛、老而假孔子以文之,其禍又有大於洪水者,當時名士賢公卿皆不免。二氏愚惑人心,如虫蝕烟煤,馴致金元之禍,獸蹄鳥迹充塞中原,苟非程、朱子,殆將天僵地崩乎?科舉之學盛,而詞章詩賦爲人間大家事業,天理人心昏塞浸絶。假如唐詩人自王、楊以下數百千人,若周公治之,並驅之海外,未爲失刑。若先聖删定,取以爲世戒,如鄭、衛風者,不過數十篇。其足以有辭者,只杜甫一人而已,可謂一亂之極矣。大抵孟子以後,縱橫家一亂而極於焚坑。漢祖[一]一治而雜刑名,馴致清談而極亂於五胡。唐宗一治而雜夷,馴致三綱斁絶而極亂於五季。大宋一治而爲王、蘇所亂,極於靖康。南宋不能治,而朱子如孟子之值戰國,徒垂空言,又有象山一派從而亂之。至於太學諸生,則作《決科截江網》《經書雲錦》等書,其亂極矣,宜乎鐵木入據三五古土也。大明重復夏統,雖可謂治矣,而雜夷陸沉。三百年内,小康之運猶愧漢唐。至于末葉,人心物論浮華無實,破碎凌遲。俗所謂清論,只歸於詩律聲韻,又是唐詩之罪人也,餘習流而益蕩。噫嘻,其將至於閉物消天而止耳歟?(《存齋集》卷九,《韓國文集叢刊》第 243 册,頁 193)

　　　[一] 漢祖,原作“漢祖宗”,宗疑爲衍字。

趙　璥

　　趙璥(1727—1787),初名玹,字景瑞,號荷栖,豐壤人,謚號忠定。英祖三十九年(1763)增廣文科及第,歷任大司憲、户曹判書等職。著有《荷栖集》。

　　《答黄江漢書》:華稿辱賜下示,且論以世無知音,寄意鄭重,何敢忘也。然執事以文章傾一世,世之人鮮或不誦執事之文。雖其不悦執事者,亦知其文之不可少也,而執事猶曰:“世無知音。”何也? 蓋執事之文,古文也,原於經而準於史,故能盡言其所欲言,而其度不違於古。若只以其度不違於古,而曰“此古文也”云爾,則其可乎哉? 宜執事之有所云也。然執事有大焉,執事忠於皇明者也,嘗以一言贊聖上躋毅宗於百世之祀,玹固已歆誦之矣。及玹之檢史石室也,執事又屬之文曰:“毅宗之實録,可以述也。”玹雖不敢聞命,而心未嘗不激感焉。既又讀執事所著《皇明詔敕跋尾》,與夫《皇明陪臣列傳》,凡累千萬言,無非所以愊念皇明者。雖序記書牘尋常之類,其及於皇明者亦十之八九焉。昔杜甫之爲詩也,不忘其君,故人謂之忠。然杜甫唐臣也,所忠者唐君也,其形於詩而不忘,固也。如執事者,生不及皇明之世,身不受皇明之澤,而又荒海屬國之臣也,猶之綣綣不忘如此,豈無見其文而知其忠者耶? 噫,文與世晦顯焉。今之中國,非古之中國,文安得不晦乎? 然執事之文,其所載者皇明也,終非久於晦者,其將進之中國,而爲天下之顯也有日矣,執事其俟之。(《荷栖集》卷六,《韓國文集叢刊》第 245 册,頁 334)

金道行

金道行(1728—1812),字中立,號雨皐、雨谷,義城人。著有《雨皐集》。

《答柳叔文》(節録):別紙《論溪集考證》:"當軒綠叢花,幽貞信乾坤"。杜子《刈稻》詩曰"無家問消息,作客信乾坤",注"無家可居,但信天地而行也"云云。"幽貞信乾坤",言風霜搖落之時,百卉皆萎,而綠叢花獨信天地而開發也。　　"玩月杜老坐無眠"。杜《江閣》詩:"薄雲巖際宿,孤月浪中翻","不眠憂戰伐,無力正乾坤"。又《舟月》詩:"更深不假[一]燭,月明自開船","皓首江湖客,鈎簾獨未眠"。　　《韓上舍永叔江墅十景》"滿林清吹自團欒"。誠如所示,杜詩曰"竹光團野色"。然則團欒似是檀欒之義,如何?　　"隆慶丁卯踏青日,杜老懲詩更詠詩"。杜詩曰"爲人性癖耽佳句,語不驚人死不休。老去詩篇渾謾興,春來花鳥莫深愁",或指此否? 他無可考。(《雨皐集》卷二,《韓國文集叢刊續》第 91 册,頁 157)

　　[一] 假,原作"暇",據《杜詩詳注》改。

李　燁

李燁(1729—1788),字時晦,號農隱,全義人。正祖元年(1777)文科及第,曾任典籍、康翎縣監等職。著有《農隱集》。

《與黃永叟論詩學》:余與永叟歷論古今詩家,永叟曰:凡詩之有議論,非詩之本色,何足尚乎? 余曰:議論非詩之本色,則子所謂本色者何也? 永叟曰:詩之本色在於聲色音律,而議論其末也。故吾於東國詩家必推崔、白二家爲首者,取其聲韻之雅亮也。余曰:固哉,永叟之爲詩也。凡天下之物,有文有質,質爲本而文爲末也。天下之事有名有實,實爲本而名爲末也。

詩之議論比之物之質而事之實也,詩之聲色比之物之文而事之名也,其本末先後之分不可亂也。而子輒倒置而易論之,何也?且崔、白兩家固可謂雅麗,而置諸東方詩家之首,愚未見其可也。相與數三卞論,永叟固守初見,不以爲然。後見《農巖[一]集》曰:"宋人之失,以故實議論爲主,此詩家大病也。"永叟之論本於此。按舜之命夔曰:詩言志。志者,心之所之也。先儒曰:詩出性情。心者,統性情者也。然則詩之本體都在於吾人一心上,運變人之遇事變,而宣泄其喜怒之情,觀人物而導達其是非之心發於吟詠、播於聲律者,詩也。而詩之命意立辭即所謂議論也。詩而無議論,則是無喜怒之情、是非之心,而不過一閑慢口氣也,何足謂之詩,而何所補於世教哉?夫人之心有正不正,而心之所感亦隨而異。心正,則有以得其性情之正,而其見於詠嘆者又皆精明純粹,而議論得其正;心一不正,則悖於性、鑿於情,觀其議論之發於吟詠者,又多乖戾偏駁而不得其正,則言詩者先從命意立辭處考論,然後觀其心之偏正,而知其詩之美惡矣。如世俗所謂聲律音調之工拙,乃其末節細務而有不足道矣。詩學之原始於大舜元首之歌,詩學之盛極於成周雅頌之什。觀夫唐虞之際,君臣之間交相勸戒指陳治道者,固嘗先有其意而後發於辭。若夫郊祀之章、燕樂之詩,多出於聖人之撰定,其贊頌先王規箴後辟之際,辭旨正大,章程準整,是乃聖人心地光明粹然,一出於正,故發於述作者,自然條理分明,光輝發越,初豈有意於聲律之學哉?至於列國之風,雖多輕浮流麗,而於其美刺抑揚之際,思深意婉,意在言外,聖人於此亦或取焉,下至屈、宋之騷,亦是變風之流也。章句顛倒,詞致疏鹵,而憤懣悲哀之意、忠君嫉惡之心錯見於芳詞麗句之間,則亦何嘗佰議論而求其音節乎?漢魏之作古氣猶存,河梁之詩,建安之體,質多文少,猶或不專尚乎音律之末,而自魏晉氏詞章取人之後,世之人徒尚乎葩藻之末,只有彭澤一源平淡古雅,志節可尚,其後浸浸乎六朝之綺麗,而議論衰矣。李唐之興,稍變其音節,如子昂《感遇》之詩,辭趣平淡,意思深遠,庶幾乎風人之旨趣,而李、杜氏作,才豪意遠,自能追拼乎絕軌間,多因詞見意,意常勝詞,詳其意致,不但馳騁於格律聲調之間而已也,況其杜陵之詩一出於忠愛激切之意,遇事感物,惓惓致意於興廢得失之分,先儒謂詩中之史,則雖謂之專尚乎議論可也。至於韓、柳氏,意到而詞見焉,質立而文施焉,議論猶可觀。郊、島以後專尚華靡,其聲清而哀,浮而數,議論亡而唐遂不振矣。宋有天下,蘇、黃二子號爲能詩,而多出於戲豫放浪無實之可尚,而猶能指切時政,以見己志,則亦不可謂全無意趣,而至於洛、建諸君子,倡明正學,法周誦孔,詩詞之作乃其末節,而試觀其發於吟詠者,又多涵泳性情陶鎔氣質,亦能形容其入德之次第,講道之本末,無一篇一章出於義理之外,而元明諸儒亦多法而效之,至崆峒、鳳洲,澁僻之體作,而議論衰矣。我東詩學自崔文昌北學之後稍稍振作,代不乏人,至於麗季李奎報之雅健,李穡之弘博,亦能以詞叙意,文質彬彬。及至國朝諸公,如畢齋、簡易之精深,石洲、五山之豪宕,猶能因詞遣意,先有思而後施於詩,則亦不可謂全無意趣也。其餘雖或有雕蟲鏤冰之作,而或氣不充體,意不勝才,僅比晚唐之音調,而猶不敢至,則亦非愚之所敢知也。由是觀之,論詩者必先觀其命意立詞,乃可以識其旨意之所在,而其人性情之偏正,心地之賢邪,自不能逃吾之鑑,而有以長吾詩之一格矣。苟或只取於聲病音調之間,遺其旨意之精粗,則終未免凋腸瑑神於浮華無實之場,而詩之本體微矣。是非所謂買櫝而還珠、逐鹿而不見泰山者耶?矧乎以議論爲詩之病,而專以聲色音律爲詩之本,以是而論詩,以是而學詩,則必出雅頌以朴野,斥李、杜以鄙俗,笑濂、洛以陳冗,欲於別處構成新格,可謂奇矣。畢竟成就不過六朝之綺麗、唐季之浮靡,而失其性情之本體矣。句雖工矣,詞雖麗矣,何異候蟲之鳴太空,而亦何益於心地安養之工、政教盛衰之機乎?(《農隱集》卷四,《韓國歷代文集叢書》第 1721 册,頁 297)

　　[一] 巖,原作"庵"。此指金昌協《農巖集》,原文爲:"宋人之詩,以故實議論爲主,此詩家大病也。"(《韓國文集叢刊》第 162 册,頁 375)

李森焕

　　李森焕(1729—1813),字子木,號少眉、木齋、木痴道人,驪州人,李瀷門人。有《少眉山房藏》。

　　《論古人詩文長短》:昔人云老蘇不工於詩,歐陽公不工於賦,曾子固短于韻語,黄魯直短於散語,東坡詞如詩,少游詩如詞。夫尺有所短,寸有所長,雖古所稱鴻儒鉅匠固不能集衆長而兼之,且就其所長而言,亦不可無訾。老杜近體,搜奇剔秘,窮極草木鳥獸虫魚之情態而少格調。大蘇之文,縱横辯洽,變化側出而欠典雅。婁江詩若文,贍博浩汗,若不可涯際而没意趣。文章之大成亦難哉!如歐、蘇之於詩,曾子固之於文,亦非其長,在不必論也。(《少眉山房藏》卷六,《韓國文集叢刊續》第 92 册,頁 123)

俞彦鎬

　　俞彦鎬(1730—1796),字士京,號則止軒,杞溪人,謚號忠文,尹鳳九門人。英祖三十七年(1761)文科及第,歷任吏曹判書、左議政等職。正祖十一年(1787)，以冬至正使出使清。著述有《燕石》《字義類彙》等。

《題馬選謄本後辛丑》：予幼時，妄以謂文當學馬，詩當學杜，乃用小冊子手寫少陵七言詩一通，以便誦習。仍以及馬史，而以其帙多也，就李陶庵選二十餘傳，先書《項羽紀》及伯夷、屈原、范、蔡等傳，顧無紙以繼之，遂止於此。時家貧無藏書，隨身者只二書耳。童心愛玩不釋，雖未能究悉其義，而能知功令之外，有所謂古文辭者，此爲之兆也。杜則佚不知所去，唯此《馬選》藏在弊筐塵垢中，發而視之，依然如見葱篠舊交也。噫，逆數其間居然三十有九年矣。今則架帙稍具，如《史記評林》《史漢一統》諸書皆爲所有，則是書也，奚啻全鼎之一臠？然而常置几上不去者，蓋亦歐陽公愛護韓文舊本之意云爾。(《燕石》冊三，《韓國文集叢刊》第 247 冊，頁 40)

《與汝成漢炅書壬子》(節錄)：(上略)前書六之之辨，豈無可復者，而其說甚長。直以南華所謂"予謂女夢亦夢也"爲斷，可乎？黃四娘滿蹊之花，賴有子美以發之，然徒爲後人之觀美耳。藉使復起四娘而問之，則"千朵萬朵"與"嬌鶯"、"戲蝶"之句，彼烏得以知之哉？苕溪之持比齊魯大臣，論其幸不幸，無亦太多事乎？(下略)(《燕石》冊五，《韓國文集叢刊》第 247 冊，頁 62)

洪大容

洪大容(1731—1783)，字德保，號湛軒、弘之，南陽人，金元行門人。英祖四十一年(1765)，隨冬至使團至北京，與中國文人及西洋傳教士等都有筆談記錄。英祖、正祖時期實學家，"北學派"代表人物之一，著有《湛軒書》。

《與秋庫書》(節錄)：(上略)東方之詩，新羅之崔孤雲，高麗之李白雲，號爲大家。而孤雲地步優於展拓，聲調短於蒼健；白雲造語偏喜新巧，韻趣終是淺薄，都不出偏邦圈套。本國以來，如朴挹翠、盧蘇齋，俗稱東方李、杜。雖然，挹翠韻格高爽而少沈渾之味，蘇齋體裁遒勁而無脫灑之氣。惟權石洲之煉達精確，深得乎少陵餘韻，蔚然爲中葉之正宗，而高爽不及挹翠，遒勁不及蘇齋，悠揚簡澹之風又不能不遜於國初諸人。此皆先輩定論。聞西林先生有詩學，可得題品耶？(《湛軒書》外集卷一，《韓國文集叢刊》第 248 冊，頁 114)

《幹净衕筆談》(節錄)：余曰："《律呂新書》朱子序文中有八陣圖云云，而未曾得見。"蘭公曰："陳壽譏武侯不知兵法，八陣圖何益於事。今人艷稱之，何也？"余曰："陳壽何足以知武侯哉？八陣則弟亦未知其何說也。"蘭公曰：“風雲鳥火之圖略見之。後有岳鄂王一跋，極言其神妙，弟視之茫然。細思之，武侯實未敢敵魏武一鋒。祭風之説，後人好事者爲之，實無此事。馬謖之敗由於武侯，似不得爲三代下第一人物，而人云亦云也。”力闇曰：“‘江流石不轉，遺恨失吞吴’，然則杜甫之智遂出老兄下耶？”蘭公曰：“杜詩何解？蜀之失，由於欲吞吴，捨國賊而思小忿，卒以敗事，豈非遺恨耶？”力闇曰：“所證者上有‘功蓋三分國，名成八陣圖’二句耳，轉彎之辨可笑。”蘭公曰：“捨此事別談如何？”力闇曰：“此是老兄好逞强辨。”（《湛軒書》外集卷二，《韓國文集叢刊》第 248 册，頁 143）

李種徽

李種徽（1731—1797），字德叔，號修山、南川子，全州人。曾任玉果縣監、公州判官等職，陽明學者，著有《修山集》。

《韻府詩彙後序》：士之有彙集，少數也。然巧者，多爲之名目，而精詳簡易，使見之者如入都國之肆，隨所求而無不得焉。拙者，名目既寡，而冗雜猥瑣，泮涣支離，如過三家之市，所見惟陶埴菽粟而已。是以巧者惟爲人所愛，而拙者恒爲人所厭。若《韻府詩彙》者，拙者之流也，然亦可以見嶺儒之敦厚朴陋，不以巧自待。而其卒也，亦未必不用於大矣。余嘗薄遊嶠南，行李未携詩卷，欲覽少陵詩，謀諸邑士。爲言近有咸陽板《韻考》，而中有杜律，甚可觀。余要與買來，筆拙而字刓，紙之頭及左右板隙，列以《詩經》、杜律、《西崖樂府》，叢雜冗瑣無可言。然業已求焉，遂笑而留之。其後科場禁挾册，新令甚嚴，然獨許持《韻考》一册。於是常目蠅頭之書，至欲剖腹而不可得。而吾獨手一卷，表而出之，邏卒孰視而不知其中藏四卷書。及其應製，往往收其效。當此之時，如金縉之《彙語》、祝穆之《事文》《經史集説》《類苑叢寶》之屬，皆束之高閣而無所用其巧，雖欲與此較其長短而不可得矣。余於是益嘆拙者之未始不爲用也。古人言“巧者常爲拙者用”，豈虚也哉？噫，自巧者之用於世而世久不知，拙者之用知之而亦不知其用之大。惟安於拙者，可以知其妙。余蓋拙者流也，觀於是而得安拙之方。卷始無名，爲之題曰《韻府詩彙》，且係以序，俾世之拙者有以勸焉。（《修山集》卷二，《韓國文集叢刊》第 247 册，頁 306）

《杜工部文賦集後序》：世以爲韓昌黎詩不如文，杜工部文不如詩，然韓詩盛行不減於文，而杜文竟不顯。余嘗疑之，及讀其三大禮賦與巴蜀安危諸表、皇甫淑妃碑文等，雄爽遒緊，沉著痛快，令人戰掉眩冒，口咭而舌舉，急與之角而不可入。然後知勁氣古色，肩班、揚而直上之，昌黎門戶亦由此權輿矣，余於是益嘆其讀之晚也。夫文章以氣爲主，秦漢以前其氣陽盛，上而爲堯、舜、禹之《典》《謨》，夏之《貢》，殷之《盤庚》，周之八《誥》四《誓》，孔子之《春秋》《論語》，曾子、子思、孟子之書。及其降也，猶不失爲左氏之傳，莊周、荀卿、列禦寇之言，太史遷、劉向父子、揚子雲、班固之文。魏晉以降，五胡入而其氣陰盛，於是乎士趨日委靡而文章日卑弱。唐以中國爲天子，而李白、杜甫、韓愈、柳宗元之徒起而振之。及宋之興而有歐、蘇之屬，元之入而其文益微。又稍振於皇明，而宋濂、王守仁、李夢陽、王世貞之文頗有力。近者，清儒之文浮游散渙，衰薾而卑賤，不可復振，益可見陰氣之盛也。杜氏之文，雖不居以作者，而其氣過於昌黎，且其三賦之作，當開元、天寶之盛，猶有中州沉厚博大之氣象，蓋自韓愈以前、班固以下一人而已。然士之於文，非尚氣而好古，孰知斯文之可貴，非心深而獨見，孰知吾言之不夸也哉。且我東方，近北而陰，其文大抵蔽於弱而失之蹈襲，欲矯以正之，其要未必不出於此。又自念昌黎之文如日月，廢二百年，得永叔而大見於世，若子美者所爲文少，特蔽于詩而終不顯，豈非數耶？然余集其若干首而揚挖之，要爲子弟勸，其自是而稍見，則不亦幸哉。雖然，余非永叔，其言不見信，余於是又自悲也。（《修山集》卷二，《韓國文集叢刊》第 247 冊，頁 308）

　　《杜子美封西岳賦跋》：士之欲留名於後世者，其情之所不能已也，自道德之士亦不能無心於此，而文士之自喜者常以爲先，其汲汲然不能自已，若飢渴之於飲食。其間往往有才高而識明者，雖或知其後先外內之分，而終莫能出其中，何者？士方貧窮好學，苦志文章，其夸心勝氣能有以致其業，至其功名之際，亦無以自勝其欲，以僥倖於千載之榮，蓋亦勢之所必至也。故道德之士見理既明，終於自勝，以不奪於客氣之來耳，故客氣不能勝其義理，而卑賤苟污之事無或至於其身，則名亦在其中矣，此成德之士所以自好者也。夫封禪之事，世儒相傳而不經見，其成功告天、賁飾太平之禮，後世侈君所共甘心而至願者。然究其終始，與古聖王謙受益、不自滿假之意大相徑庭，其不可信而不可行者，雖中智以下可以下矣。自司馬相如爲遺札以勸封禪，而文士以爲極榮，太史談至於臨歿執手，而悲盛事之不及見，何其惑哉？至於韓愈、杜甫，世所稱邃學明識之士也，然《潮州謝表》，至謂：“宜定樂章以告神明，東巡泰山，奏功皇天，具著顯庸，明示得意，使永永年代服我成烈。”甫之表亦請封華岳，曰：“維岳固陛下本命，以永嗣業；維岳授陛下元弼，克生司空。斯又不可寢已。”又曰：“今茲人安是已，今茲國富是已，況符瑞翕習，福應交至，何翠華之脉脉乎？”嗟夫，談與相如，彼固文士，其夸心勝氣欲與其主並垂浮名，容或然矣。而其流之弊，雖如韓、杜之賢，而媚辭婉語，不知自陷於容悦之科。蓋其義理之心不能勝其客氣，卑污苟賤而至於此也，兹豈非文士之過哉？開元年中，玄宗封泰山，後三十年而甫爲此表，其稱司空元弼，蓋亦非姚、宋、張九齡之徒，余不敢必言其人。而甫以正直自許，其志行素有可稱，然其欲汲汲於功名，則其心殆無所不至，何者？蓋其自喜其才之甚，而徼倖千載之名，以爲玑檢銀繩、玉牒金匱，士之不得與於其間猶無生也，夫是以忘耻冒辱以求之，甚於當世之功名，可謂惑之甚矣。嗚呼，古今文士固亦有輕死生而薄富貴者矣，至其自喜之過而不勝其夸心勝氣，則卑污苟賤至死而不悟。悲夫，吾于古人得司馬相如、太史談、韓退之、杜子美，此四文士者，感其好學而不明理，見譏於君子如此，故特書其事，以爲文士之戒。（《修山集》卷十，《韓國文集叢刊》第 247 册，頁 501）

成大中

　　成大中（1732—1809），字士執，號青城、醇齋、東湖，昌寧人。英祖三十二年（1756）庭試別試及第，歷任蔚珍縣令、興海郡守等職。英祖三十九年（1563），曾隨通信使趙曮前往日本。朝鮮朝著名庶孽文人，著有《青城集》，並與李書九一起編撰《尊周録》。

　　《與元子才書》（節録）：（上略）吾輩但能除却嘆老嗟卑憂飢怕貧之念，然後方可做究竟工夫。然陶淵明、杜子美之所不能免者，豈易言除却哉？惟消得閒氣，安得常分，以至安於義命，則貧賤衰老不足動我心矣。勿川以爲如何？士執又書。（《青城集》卷五，《韓國文集叢刊》第 248 册，頁 425）

朴胤源

　　朴胤源（1734—1799），字永叔，號近齋，潘南人，謚號文獻，金元行門人。著述有《近齋集》《近齋禮説》等。

　　《鶴山和杜詩序》：癸未冬，余自漢師歸，覲家大人于牙州。後旬日，平叔亦至。兄弟同處于書室，相與閉户讀書者累月，倦則徘徊於庭階之間，以望鶴橋山。牙州諸山，其妍秀明媚者，鶴橋爲最，而山在書室之北，雲霞蒼翠之景朝暮可觀也。余與平叔顧而樂之，興發輒爲歌詩，以抒其幽情。一日用杜甫韻，各賦三十首，其作也，韻出輒成，不暇修飾，故其爲辭易而近，擇而不精，然往往有偶得天機者。既成，仍不棄而録之，名曰《鶴山和杜詩》。其諸篇非專爲詠山而名之者,志其所居也。昔蘇子瞻和陶淵明詩,子由亦繼而和之,其事可謂奇矣。然子瞻嘗自言其詩不甚愧淵明,而若余之詩,視杜甫卓然如不可企及,豈其爲之不力耶？抑古人者終不可及也耶？此余與平叔之所當勉焉者也,遂書此以示平叔。(《近齋集》卷二十一,《韓國文集叢刊》第 250 冊,頁 406)

《錦江詩序》：錦江在公州牧三里所,其源出自俗離山,過沃、懷、文三邑,屢折爲諸津。至本州爲是江,其水清潔如濯錦,故名云。江之南崖有拱北樓,環青山,通遠野,宏麗爽塏。登其上,俯江流如几案焉。舟楫之往來,鷗鷺之沉浮,皆可觀也。余聞樓之勝,嘗欲一登而無因焉。歲戊子,家大人通判是州。明年,余隨而至,乃可以登遊,而適病未能也。一日,吾弟平叔自漢師至,請余爲北樓之遊。余病且已,遂携手而同登焉,會者亦數人。時天新雨,江水益高,於是欣然相顧,取酒以飲,又設琴鼓笙管之屬以爲娛。酒酣,各賦詩一首,日暮乃返。余登樓而言曰："美哉。是江之名與蜀江同也。蜀江,杜甫之所嘗遊,其上果有樓如此否？杜甫詩曰'花近高樓傷客心',蜀江之有樓可知也。江山樓臺,壹似乎古人之躅,而獨其詩不如,得無恨乎？"平叔曰："詩至勝境難爲工,益信古人之不可及也。"余曰："雖然,杜甫之登樓,在萬方多難之日,故其心悲。吾輩之登樓,在八方無虞之時,故其心樂。茲豈非幸歟？使杜甫有知,將羨吾輩於千載之下矣,又何恨乎詩之不如？"平叔曰："然。"余因録其詩而序之。遊之日,五月上旬也。(《近齋集》卷二十一,《韓國文集叢刊》第 250 冊,頁 407)

權尚熺

權尚熺(1734—1809),一名尚憙,號安軒,安東人。曾任掌樂院僉正、新昌縣監等職,有《安軒遺稿》。

《次杜子美詩》：杜子千年後,文章及海州。名高詩聖稱,身從酒仙游。世事悲巴蜀,生涯付白鷗。所嗟人已遠,唯有洞庭流。(《安軒遺稿》卷一,《韓國歷代文集叢書》第 597 冊,頁 166)

李萬運

李萬運(1736—1820),字德而、希元,號默軒,廣州人。正祖元年(1777)文科及第,歷任禮曹佐郎、司憲府持平等職,著有《默軒集》。

《答鄭士元心經發揮疑義問目》（節錄）：《語類》“纍垂”，似是衰老之意。杜詩“白頭苦低垂”之語，與此相類。（《默軒集》卷三，《韓國文集叢刊》第 251 冊，頁 261）

《答鄭士元朱詩疑義》（節錄）：《莊子·大宗師》“古之真人，張乎邴乎”，張乎，舒暢之貌；邴乎，似喜貌，杜詩“外物慕張邴”。（《默軒集》卷三，《韓國文集叢刊》第 251 冊，頁 262）

《答外孫李秀德甲戌》（節錄）：詞律雖非急務，伊川翁外，無不詩底先賢。留意正宗，無至狂怪，則何妨爲學耶？古調當以朱子《答鞏仲至書》爲準的，則不患古道之難尋矣。近體則李、杜盛唐軌轍可觀，不在多談耳。（《默軒集》卷四，《韓國文集叢刊》第 251 冊，頁 279）

《辨盜丘》：《朱子大全》索尊犍刻詩，有“高踪希盜丘”之句，蓋戲德慶丈之廋而引用狐父盜丘以押韻。按《列子·説符》篇：“狐父之盜曰丘，狐父，里名也。”狐父盜丘乃文字間恒用之語也。今觀某賢所筆剳疑，注釋“盜丘”二字，而乃引盜跖詬辱孔聖之語曰：“《莊子·盜跖》篇，盜跖謂孔子曰‘盜莫甚於子，天下何故不謂子爲盜丘，而謂我爲盜跖’云。”噫，昔朱子嘗欲注杜甫詩，以其有“孔丘盜跖俱塵埃”之句，謂其侮慢聖人，遂棄不注，其可自作詩而反用盜跖辱孔子之語乎？雖至愚絶悖之人，猶不敢直斥孔子之名而忍著“盜”字矣，而謂朱子爲之乎？此非但誣朱子，而實是辱孔子者也。其意至以朱子爲誦盜跖之言而斥孔聖以盜者，是豈成説乎？見《大全》卷之二三十六板。（《默軒集》卷五，《韓國文集叢刊》第 251 冊，頁 293）

《遺恨失吞吳辨》：杜子美《八陣圖》詩有“遺恨失吞吳”之句，世以爲此詩子美深恨蜀之不能吞吳也。蘇東坡曰：“吾夢見子美，子美曰：‘此詩之意，蓋謂蜀之失計在於吞吳，故有遺恨。’”云云。後人未詳其意，或疑東坡之説夢出於文士之好奇。愚嘗細繹其意，此非假托而乃真實語也。何以言之？孔明初見先主時，揣摩天下之形勢曰：“孫權據有江東，賢能爲之用，此可與爲援而難可圖也。惟當跨有荆、益，外結孫權，内修政理。天下有變，則將軍親率益州之軍出於秦川，命一上將率荆州之衆以向宛、洛，則百姓孰不簞食壺漿以迎王師乎。如此則中原可復，漢室可興矣。”此固孔明之草廬中定計也。惜乎！關、張輩不服諸葛之深謀遠略，而每以雄壯威猛之氣壓倒吳人，故自周瑜之時已忌關、張熊虎之才。而吕蒙亦謂孫權曰：“彼素驍雄，又居上流，常有并吞之意，不若先取荆州。”及孫權之爲其子請婚於關羽也，羽又罵其使而不許，故孫權遂從吕蒙之言，而羽乃不使蜀知，輕自獨發，但知曹仁之不能抗其前，而不料吕蒙之已議襲其後，則關羽毁敗乃其自取也。若使關羽用“將欲取之，必姑與之”之術，自持謙卑，示之㥄弱，韜鋒潛鋭，遵養時晦。

稍待一年,則曹瞞死去,丕、彰爭殺,於是乎乘彼之危亂,遣使東吳,申其盟好,要與并力北伐,以緩其襲後之凶計。而先主、孔明將全蜀之師直搗關中,關羽率荆州之衆鼓行出於許都、宛、洛之間,則漢家忠義之臣,中原豪傑之士,雲會響應,飆起殺賊,曹丕授首,一舉而天下定矣。魏寇既滅,則堂堂大漢威加海内,還于舊都,位號正當。彼區區孫權不過江東一逋盗耳,統領華夏之全力自北而南,又用荆、益之精鋭自西而東。水陸并進,傳檄吳會,諭以禍福,則雖有智者不能爲之謀矣。若不銜璧投降,則便是檻中之獸、網裏之禽,蕞爾江南,取之如反掌矣。如是,則諸葛初計正如執左契而合圭璧,見伊、呂而軼蕭、張矣,豈不快哉? 奈之何關羽既已失之於前,昭烈又復失之於後,荆州既没,而益州兵力盡喪於秭歸之蹉跌,蜀漢之勢無復餘地。諸葛開濟之初計至此大謬,其爲遺恨當如何哉? 雖曰天實爲之,實由人謀之不臧也。孔明雖有經緯天地之才,變化風雲之略,將安所施哉? 子美親見八陣遺跡,嘆賞諸葛之神機,深恨志業之未成而有此句語也。乃其精爽發見東坡之宵寐而説其詩意者,豈不信而有徵乎? 愚故曰: 以八陣之神變,終不得興復漢室者,專由於吞吳之失著。此豈獨諸葛之遺恨哉,抑亦爲千古志士之遺恨也。(《默軒集》卷六,《韓國文集叢刊》第 251 册,頁 323)

朴趾源

朴趾源(1737 1805),字美仲、仲美、美齋,號燕巖、烟湘、洌上外史,潘南人,謚號文度。正祖四年(1780),曾隨使團進入中國,遊歷盛京、北京、熱河等地,與中國士人交遊筆談,寫有《熱河日記》。實學家,"北學派"代表人物,著述有《燕巖集》,其中《放璚閣外傳》收入《閔翁傳》《兩班傳》等多篇漢文小説。

《還燕道中録》(節録): 李朱民,風流文雅士也,平生慕華如饑渴,而獨於觴政不喜古法。無論杯之大小、酒之清濁,到手輒倒,張口一灌,同人謂之覆酒,以爲雅謔。是行也,既定伴當,而有讒之云:"使酒難近。"余與之飲十年矣,面不潮楓,口不噀柿,益飲益莊,但其覆法少疵。朱民常抵賴曰:"杜子美亦覆酒耳,'呼兒且覆掌中杯',豈不是張口而偃臥,使兒童覆酒耶?"嘗大笑闋堂。萬里他鄉,忽思故人,未知朱民今辰此刻坐在何席,左手把杯,復能思此萬里遊客否?(《燕巖集》卷十三《熱河日記》,《韓國文集叢刊》第 252 册,頁 228)

《黃圖紀略》(節録): 洋畫 凡爲畫圖者,畫外而不能畫裏者,勢也。物有窿坎細大遠近之勢，而工畫者不過略用數筆於其間，山或無皴，水或無波，樹或無枝，是所謂寫意之法也。子美詩"堂上不合生楓樹，怪底江山起烟霧"，堂上非生樹之地，不合者，理外之事也。烟霧當起於江山，而若於障子，則訝之甚者也。今天主堂中牆壁藻井之間，所畫雲氣人物，有非心智思慮所可測度，亦非言語文字所可形容。吾目將視之，而有赫赫如電先奪吾目者，吾惡其將洞吾之胸臆也；吾耳將聽之，而有俯仰轉眄先屬吾耳者，吾慚其將貫吾之隱蔽也；吾口將言之，則彼亦將淵默而雷聲。逼而視之，筆墨粗疏，但其耳目口鼻之際，毛髮腠理之間，暈而界之，較其毫分，有若呼吸轉動。（下略）（《燕巖集》卷十五《熱河日記》，《韓國文集叢刊》第 252 冊，頁 311）

《農器》（節錄）：臣趾源曰：耬車之制雖出於後世，而蒔種之省力便好勝於瓠種，尤當教民用之也。我國全昧種法，耕時以三犁爲一畦，或以五犁爲一畦，即將種子掬而撒之。是故，或稠或疏，未能均鋪，苗生散亂，鋤之亦難，杜詩所云"禾生隴畝無東西"者，正謂此也。今見耬制，上有斗，下通于脚，脚有細孔，駕牛挽行於畝上，則種子自斗散下脚孔，故苗生行行如弦，無小斜曲。且兩甽之間亦無廣狹，齊整甚均，鋤之耨之，從又不難矣。但其制樣，非愚民所可創造，即令匠手先制一車以布農家，恐合其宜。（《燕巖集》卷十六《課農小抄》，《韓國文集叢刊》第 252 冊，頁 363）

《耕墾》（節錄）：臣謹按：字書："土已耕曰田。"耕之必有其法，故於是乎有畝畎之名。今人於畝畎字多不分曉，而蒔種之法亦從而無藝。蓋古者六尺爲步，步百爲畝，畝是田之度名。而一畝之田必挾兩畎，故兩畎之間因亦謂之畝。秦孝公始以二百四十步爲畝，而後世因之。程子曰："古之百畝，止當今之四十畝。今之百畝，當古之二百五十畝。"則度名之畝，又古今不一，而畎間之畝亦不必盡滿其度，故於是乎有"壟"之字以明其義。《詩》"南東其畝"，朱子釋之曰："壟，是也。"甽，《説文》"水小流也"；《釋名》曰："山下根之受霤處爲甽。甽，吮也，吮得山之肥潤也。"《漢·食貨志》："后稷始畎田，二耜爲耦，廣尺深尺曰畎。"盡古之種田者皆種於畎，杜詩所謂"禾生壟畝無東西"者，嘆其農之末失也。近世東俗，唯宿麥外，皆棄畎而用畝。（《燕巖集》卷十六《課農小抄》，《韓國文集叢刊》第 252 冊，頁 371）

《水利》（節錄）：連筒，以竹通水也。凡所居相離，水泉頗遠，不便汲用，乃取大竹内通其節，令本末相續，連延不斷，閣之平地，或架越澗谷引水而至。又能激而高起數尺，注之池沼及庖湢之間，如藥畦蔬圃亦可供用，杜詩所謂"連筒灌小園"。（《燕巖集》卷十七《課農小抄》，《韓國文集叢刊》第 252 冊，頁 381）

李養吾

李養吾(1737—1811),字用浩,號磻溪,鶴城人。有《磻溪集》。

《次杜夔府書懷》(節錄):(上略)平生詩上癖,工部卷中追。夔國人千里,花溪月一眉。無端吟石鏡,不復佩金龜。只有如杠筆,元非脫穎錐。迢迢都過了,物物善鳴之。或酌匏樽酒,時看紙局棋。一辭天上袞,九易蜀南絺。去國同王粲,知津異仲尼。窮途悲側足,亂世怕恣睢。斑髦經霜草,丹心向日葵。不理詩聖號,何羨葛洪尸。調高歌莫和,居僻語無誰。祗誦華封祝,吾東福履綏。(《磻溪集》卷二,《韓國歷代文集叢書》第 350 冊,頁 206)

李令翊

李令翊(1738—1780),字幼公,號信齋、飽客,全州人。著有《信齋集》。

《和陶飲酒二十首》其十一:少陵志蒼生,未爲全昧道。窮通累其心,戚戚以終老。陶公本夷曠,何謂恨枯槁。良由嘆不及,強欲引同好。渠豈小丈夫,其奈懷至寶。自銜薪見憐,傷哉獻賦表。(《信齋集》冊一,《韓國文集叢刊》第 252 冊,頁 425)

鄭宗魯

鄭宗魯(1738—1816),字士仰,號立齋、無適翁,晉州人,李象靖、崔興遠門人,歷任義禁府都事、司憲府持平等職,著有《立齋集》《群書衍語》《昭代名臣言行錄》等。

《成均生員負暄堂金公行狀》:公諱楷,字正則,姓金氏,其先安東人。(中略)公嘗注李、杜詩,以正舊訛,而李則未及卒業。筆法又遒媚,自成一體云。(《立齋集》文集卷四十六,《韓國文集叢刊》第 254 冊,頁 302)

《竹溪遺集序》:世常説古今人不相及,然若竹溪安都護公之於草堂杜拾遺,則其許身之高未始不與之相及,何古今之足論,而況不特如是而已者哉?蓋以聲名言之,草堂嘗落筆中書堂,使集賢學士聚觀如堵墻,又能抗言以救房太尉之孫,文彩風節震耀當世。公則黼黻之章終不得一鳴於時,低回郎署,犯顏無路,內懷忠言而莫由發。草堂其萬丈光焰照映千秋,而公則珠玉之唾盡佚於兵燹,今只有寂寥一卷詩,未爲鄉鄰之所知,此則草堂勝。若以家閥身世與事蹟言之,草堂之祖審言,不過能詩之人而已。公之先,有若文成公者,倡學於東方,至從祀聖廡,而其後又連四代爲卿相。草堂遭安史之亂,觀其避難時顛沛艱危之狀,可謂萬苦千辛。而公亦於龍蛇之變備嘗崎嶇,歷九死得一生。三子之罹鋒刃,比稺子之飢而卒尤絶慘。然草堂則生平拾橡栗以爲命,又阻雨水十日餓,爲瀼西令邀致而饋牛酒,一夕醉飽而卒。公則前後縮邑綬者非止一再,而末乃知達城大都護府,食二千石之禄而死於官。草堂一味奔竄,飄泊於西南天地之間,惟苟活是圖。而公則倡糾義旅,奮忠敵愾,百戰而氣愈勵,至無可奈何然後已焉,此則公勝。蓋其不同已如此,然乃其所相及,即二公之許身是已。是故草堂以稷、契自比,公則以皋、夔自比,以此觀之,公之於平日其欲“立登要路津,致君堯舜上,再使風俗淳”者,夫豈與草堂異乎? 不幸而俱生丁不辰。草堂則其一飯不忘君之意徒見於詩而已,公之過晉陽,其《憶首陽》二賦及《秋懷》詩、《寄憤》詞、《哀東方》詞、《感君恩序》《祭將士檄胡寇》等作,皆出於爲國家慷慨激烈之思,讀之令人不覺扼腕而竪髪。是其文雖少,其忠肝義膽視草堂有過而無不及。又其用治理效,得九重褒賞之恩,建前賢祠,寓多士崇報之誠者,俱堪有辭於來後。未知拾遺當年,亦有是事否乎? 肆鄉人追慕不已,自太學亦爲響應,尸祝之議峻發已久,顧以邦禁迄未之果,良足慨然。然公即文成公之裔也,生來不失家學之正,第觀其《進學在致知》《學而優則仕》《空中樓閣》《六十化》諸賦,亦可知其涯略矣,斯又豈草堂之所有哉? 然而草堂是有名於萬古者,故子朱子序王梅溪集,直與諸葛武侯、范文正公并舉以爲説,謂梅溪之可與數子等,則梅溪者又非天下之名人也乎? 吾故因公之以草堂自擬而序其集如右,以副其後孫羽龍之請,蓋亦以竹溪視梅溪云。(《立齋集》別集卷四,《韓國文集叢刊》第254 册,頁417)

李德懋

李德懋(1741—1793),字懋官,號青莊館、雅亭、炯庵等,全州人。曾任奎章閣檢書等職,與柳得恭、朴齊家、李書九並稱“四檢書官”,四人亦爲當時詩壇四大家。正祖二年(1778),曾隨使團進入北京,與中國文人廣爲交遊。著有《青莊館全書》。

《無題》:欲將學海淬文鋒,李杜指揮似轉蓬。物色雖饒今世用,辭華其奈古人同。未逢禪寺磨針媼,難厭騷壇建幟翁。颯爽精神唯一句,閒吟中散送飛鴻。(《青莊館全書》卷一《嬰處詩稿一》,《韓國文集叢刊》第257 册,頁14)

《飲中八仙圖序》:圖凡八幀,皆飲者也。第一,道人裝,眉聳而目光照地,頹然坐馬背,巾袂拂拂如風中峭帆。髽頭蠻奴左提壺,右攀鐙,仰面諦視,不勝憂恐。馬亦凌兢,爲之乍步。第二,豐下虬鬚,倚髹漆高車,睨視賈人車推紅麴而過,口吻津津,舉袖拭鬚。方領以下緋袍色滴滴研鮮,如新出於染。第三,閒居服,皤腹于思,退讓謙恪,無鬱悒失意之色。蕭然一高亭,罍罍罄卮雜錯羅列,兩手提爵耳,一吸而盡,滾滾汩汩,如聞其聲。第四,崇樓曲臺,碧樹蔭映,少年娟秀,被服都雅,績髮,膚雪白。目澄渟凝眺天,天寥廓絶纖翳,持一觴將進未進,神精朗出雲霞之外。第五,蒲庵安繡彌勒,相好端嚴,楊枝净瓶,數弓之地位置蕭閒,宰官具僧伽梨坐團焦。引滿跌宕,煩棱渥赭,了無煩惱想。第六,碧甃如削,綠波盈盈。大紅船橫入高柳陰,雲麾星罕,飛揚掩映,昭容、黃門催呼絡續。岸烏紗拖金龜,神彩煥發,據地膂騰,稽首而對。第七,肩破蕉衫,散髮蘸墨,瀋箕踞,傲兀于硯屏筆牀茗罏酒樽之間,恣肆放縱,奮迅之極,筆飛如羽,颼颼然欲鳴,觀者莫不愕眙。第八,裹頭披壞色袍,昂藏凭隱囊,置杯席上,拄紅拂于頤,軒眉瞪目,胡盧絶倒。四座之客,揎袖斂襟,犁然傾聽,不知膝之且前。畫者蓋演杜甫詩,八人名氏可按而知也。古人圖畫皆寓勸戒,奚取於飲者?雖然,陸探微有《沈曇慶醉像圖》,毛惠遠有《醉客圖》,戴逵有《七賢圖》,史道碩有《酒德頌圖》,張僧繇有《醉僧圖》,閻立本有《醉道士圖》,此皆沈湎流連,遺落時務,直一酒徒而止耳,可戒而不可勸。然則惟八人者,其可勸而不必戒歟?嗚呼,八人者,皆唐之賢公卿、名士大夫、草澤布衣,名行藝能灼然俱可觀。或遇焉而不終,或没齒而不遇,如之何不托之飲,以按其魁磊不平之氣也哉?故遇焉而業嗜飲者不足勸也,至若使之不遇焉,而業嗜飲者亦可戒也。惜乎,明皇之智不及于此。杜甫之世,飲者不止八人,獨於八人稱之曰仙,何哉?超然輕舉之謂仙,蓋譏衆人之儻儻而徒飲焉。作此圖者,其可與言杜甫之詩也歟?臣謹序。(《青莊館全書》卷二十《雅亭遺稿十二》,《韓國文集叢刊》第 257 冊,頁 281)

尹 愭

尹愭(1741—1826),字敬夫,號無名子,坡平人,李瀷門人。正祖十六年(1792)文科及第,歷任司憲府持平、戶曹參議等職。著有《無名子集》。

《膽老杜詩,病暑苦劇有吟》:爲膽子美詩,頗失午眠時。執熱仍成臥,蘇秋未有期。昔聞能已瘧,今見更迎醫。舊癖猶難忘,朝來且閱披。(《無名子集》詩稿冊二,《韓國文集叢刊》第 256 冊,頁 39)

《〈西清詩話〉云:劉克論子美"元日到人日,未有不陰時"之句曰:人知

其一，未知其二。少陵意謂天寶亂離，四方雲擾幅裂，人物歲歲俱灾，豈春秋
書王正月意邪？蓋東方朔占書，歲後八日，一日雞，二日犬，三日豕，四日羊，
五日牛，六日馬，七日人，八日穀。其日晴，主所生之物育，陰則灾也。余讀
之，有感於古人作詩與論詩之法不徒在於聲調格律之間，聊成一絕：詩後
春秋見聖心，少陵人日嘆恒陰。俗子紛紛論格律，直須劉克始知音。（《無名
子集》詩稿冊三，《韓國文集叢刊》第256冊，頁55）

《〈西清詩話〉云：有病瘧者，子美曰：吾詩可以療之，"子璋髑髏血模
糊，手提擲還崔大夫"，誦之果愈，此可謂鬼亦畏詩。然子美詩云"瘧癘三秋
孰可忍"，又云"三年猶瘧疾"，然則獨畏其詩，而不畏其人耶？抑好事者爲
之耶？余亦爲小鬼所困，詩以嗔之》：髑髏提擲血模糊，一誦雄辭瘧已無。
小鬼畏詩不畏杜，三秋却被苦邪廗。（《無名子集》詩稿冊三，《韓國文集叢
刊》第256冊，頁60）

《種菜有感，投鋤援筆君子小人消長之感》（節錄）：天地本無私，萬品皆包
容。問是孰主張，云胡偏不備。植物最無知，雨露所陶鎔。春風浩蕩後，若
有分吉凶。嘉生萎没没，粗刺苗茸茸。古來邪干正，賢良已不封。物理未足
怪，世事千萬重。所以杜陵老，比興傷心胸。野莧陷萬苴，馬齒掩葵葑。宗
生遂滋蔓，勢若凌大冬。君子微禄晚，小人妒而攻。園官負地主，英傑困凡
庸。遺詩先我獲，三復意憧憧。（下略）（《無名子集》詩稿冊四，《韓國文集
叢刊》第256冊，頁81）

《又贈七律》：磬濱年老謾栖遲，古貌古心世孰知。步盡千篇工部韻，閑
消一局夏黃棋。浮榮已謝塵羈外，晴賞都收遠眺時。衰境卜鄰堪慰意，洪厓
況又數追隨。磬濱，景遠自號。洪厓，指釋行。景遠近次杜律韻將盡之，故首聯及之。
（《無名子集》詩稿冊四，《韓國文集叢刊》第256冊，頁95）

《答人論文書》（節錄）：（上略）來教又言，人以爲僕之詩長於模寫而短
於色響。夫色響尚矣，固不可擬議於如僕者。而至於模寫，苟能依俙仿佛，
則亦詩之一道，又何可與論於不能詩者哉？噫！爲此言者，其果真知色響與
模寫之爲甚麼物事乎？夫詩莫尚於《三百篇》，而有逼真之模寫，自然之色
響。諷誦反復之間，足以感發懲創，則此之謂詩之正道宗脉，而要皆出於性
情、因於時世，故又不能無正變之别，夫子曰"詩可以觀"，豈不信哉？降至漢
魏，雖不敢望三代，而有蒼古、有艷雅，往往多比興深遠，望之而不可見，聽之
而不可窮者，此則《三百》後稍有古道者也。至于李唐，色響極盛，反有太露
之嫌。而山東杜曲高步千秋，李則天才飄逸，杜則元氣磅礴，人之以仙、聖稱
之者儘不溢矣。中晚以後尤尚模寫，而格調反下。宋則雖理勝，而色響則不
可比唐。明則雖大言不怍，嘔出心肝，而終有盛飾婢子異乎夫人之嘆，此則

世代使然也。今人氣力精神才局,其不及於古人遠矣,至於詩文何獨不然?世之人,强欲以膚淺之才、鹵莽之學一朝跨軼前古,非愚則妄也。且今之爲詩者,必就杜集中拾取爐礦零金以聯綴之,而故作老健古樸之態以迷籠之,遂自以爲"吾乃杜也",從而推詡之者亦曰"此杜也"。轉相高尚,互爲題評,吾未知今之世一何杜之多也。僕嘗聞人有負文名歷文任者,於衆會中語詩文之高下,談論風生,傍若無人,因指屏風之書杜律曰:"此亦可謂詩乎?必是明人所作也。"知者皆齒冷。世之論者皆此類也。蓋詩於百文中尤難工焉,苟非天才與篤工,則不可易而及也。嘗觀東人文集,文則概未有不成文理者,而至於詩則類皆不厭人心,若是乎詩之難也。僕姿既鈍滯,性又疏略,雖於科詩亦不能工。至於詞律,則又未嘗劌心鉥目,務得梁楚之聲,故雖或境與心會,思以事觸,偶爾成篇,而率皆隨意而占,據實而道。自以爲排遣諷詠之餘,粗有言外不盡底意,見之者未必礙眼,言之者足以無罪而已。烏可謂模寫,亦安敢望所謂色響哉? 人之以是責之者,殆無異於聽樵謳漁歌而謂不合於黃鍾大呂也。僕本未嘗求名,亦未嘗以此成癖,若干蕪拙之辭,聊以投諸塵篋,要令後承知乃父乃祖之以文爲業,且庶幾或得而因跡見志,由影想形,則勝似一幅寫真之依俙於七分。又或憑其規模而思所以體認,善其警飭而思所以遵守,則又遠過乎滿籝之遺。假令有昔之人無聞知之嘆,苟不至於大狂悖,亦應青氈儲之而不至於焚棄。其所以爲計者,不過如斯而已,在他人何足掛齒牙而費月朝哉? 是故於足下之所論列訂質者,並不敢强所不知一一仰答,而只於刺僕之語略有所云云,以致惡謝之意,足下其恕諒之。嗚呼! 詩義之亡,奠近日若。雖使能者出,自以爲得之,苟非名位尊而友黨盛者,天下後世孰以爲有無於其間哉? 然文章公物也,幸而有超世之才、磨杵之工,能如韓子起八代之衰,則雖舉世推之不加尊,舉世嗤之不加損。不然則雖適適然自得,未必不爲傍觀者所笑,所謂自有定價者也。足下又何必切切然悲之,恤恤焉憂之乎? 然觀足下之所以爲言者,則足下其有志於斯者也,足下其勉在我者,毋患在人者。(《無名子集》文稿冊五,《韓國文集叢刊》第 256 冊,頁 252)

《預作遺戒,付翼培》(節錄):我死之後,吾所著詩文經義與科文各稿,及内賜《孟子》《八子百選》《奎章全韻》等書,軍資監所得《健陵志狀》《分韻杜律》,太學所得《志慶錄》及大小科榜目、史局題名記,及吾所謄出杜詩等諸冊,及休紙冊謄抄者,及曆書日記,凡以冊爲名者,汝悉收取。而毋論所著所謄,凡吾手澤所及,若有他用及亡失,實與棄吾肢體以資烏鳶蠅蚋之食無異也。苟如是則是小不忍而忍於大也,踐吾前言,不亦可乎? (《無名子集》文稿冊十,《韓國文集叢刊》第 256 冊,頁 421)

柳範休

柳範休(1744—1823),字天瑞,號壺谷,全州人,李象靖門人。曾任高城郡守、安邊府使等職,著有《壺谷集》。

《上大人丙午》(節錄):(上略)諸兄諸弟及侄有何工夫,功令文字且權倚一邊,要令看讀緊切文字,相與講質。於棣牀膝下將來所講,著實踐履於彝倫日用之間,方是有用之學也。兒輩無病不廢課否?偶看杜少陵詩"恒飢穉子色淒涼"之句,深嘆詩人狀物之善,而各家兒少輩甚入於憐念中耳。(《壺谷集》卷七,《韓國文集叢刊續》第100冊,頁121)

李忠翊

李忠翊(1744—1816),字虞臣,號椒園、水觀居士,全州人。有《椒園遺稿》。

《題杜詩略說後》:余家藏書少,杜陵詩只有《纂注》一本,澤堂李公所補錄,頗警切,然時有未契。舊注,蔡、趙二家最詳核,而蔡傷繁曲,趙未該悉。余業之四十餘年,輒就紙頭手錄新見及考證遺漏。久之,旋省差誤,不住刊更,朱墨交錯,塗乙狼藉,尚不敢爲修整成書計。年前,鄭弟文謙屬兒子勉伯輯爲此卷,還以相示。余反覆數回,復有添改,名之爲《略說》,與文謙深藏,無輕傳示人,未保他日無可更添改也。然余今年七十有三矣,縱有添改,能得幾段也。此所裁別,皆依《纂注》李本爲說,非可孤行,覽者知之。丙子春忠翊書。(《椒園遺稿》冊二,《韓國文集叢刊》第255冊,頁554)

李元培

李元培(1745—1802),字汝達,號龜巖、漁湖,公州人,謚號文懿。著有《龜巖集》。

《詠小室》:廣厦千間思大庇,吾心寧異杜陵翁。翁優材力吾貧弱,獨庇庇人自不同。(《龜巖集》卷二,《韓國文集叢刊續》第101冊,頁20)

金載瓚

金載瓚(1746—1827),字國寶,號海石,延安人,謚號文忠。英祖五十年

(1774)文科及第,歷任吏曹判書、領議政等職。正祖二十三年(1799),以進賀兼謝恩正使出使清。著有《海石遺稿》,另編纂《親臨摛文院講義》。

《題琴湖相公續北征詩卷後》:詩與文判不相奪,雅、頌不可爲典、誥,《左》《國》不可爲風騷,是猶兵農雖相寓,其爲用未嘗一者也。詩以世遷,文逐運移,拗情之體勝,而建安以下文涉於詩,叙事之法作。而大曆以上詩近於文,如《月蝕》詩、《南山》篇,即有韻之文也,詩於是小變。而至少陵,創立壁壘,別設機軸,以《三百篇》興比之旨,兼二十代記述之手,綜錯闔捭,極其神化,鬱爲詩中之太史。方之漢魏正果,雖非最上,猶是大乘。而其流也漫,遂啓宋諸家用事之文,去詩道益遠矣。今見琴湖相公《續北征》詩,自春明銜命之初,至玉河弭節之後,寒燠陰晴,道涂鋪臺,起居笑談,車馬僕御之一路所管領,壹于詩發之。模寫入細,洪纖無遺,詩凡萬有餘言,而至反面之日篇止矣。此固鴻匠之巨筆,而在詩家爲極變之運也。下上千年,詩運三變:少陵之詩,詩以用文而一變;玉谿、昌黎之詩,近於文而二變;琴湖公之詩,純乎文而自成一家,又不得不三變。是蓋愈往愈變,而變到此極矣,變極而詩之道其將復明於今歟?雖然滿紙波瀾,浩浩乎不見其涯汜,操我蹄涔小筏却自有望洋之嘆也。(《海石遺稿》卷八,《韓國文集叢刊》第259册,頁463)

南景羲

南景羲(1748—1812),字仲殷,號癡庵、止淵居士,英陽人,李象靖門人。正祖元年(1777)文科及第,歷任禮曹佐郎、連原道察訪等職。著有《癡庵集》。

《東山詩集序》:東山老人癖於詩,著眼太高,不肯出唐人下,時人莫之許也,獨不佞妄嘗並論於三唐數君子之間。蓋唐莫高於李,莫盛於杜,莫奇於韓,而詩之道備矣。譬之於物,青蓮其軒轅氏之樂乎,金石絲竹匏土革木迭奏成章。少陵其武庫之甲兵乎,弓弩劍戟戈矛鎧仗旌旗鉦鼓之屬皆備。文公其層巒叠嶂之巉巖而奇崛者乎,《南山》詩適所以自道,而千形萬狀,不可窮已。若夫漠漠平蕪,嫩草如畫,千里一色,藹然同春,極目迢曠,不見人家,暖日輕風,游絲嫋嫋,吾知其爲東山之詩也。非和易淡泊之性,有得於天機之自然者,曷足以當此。不然,玄都千樹,盡是桃花;吳江兩岸,無非楓葉。半千羅漢,面面清臞;百八尼珠,個個圓明。不有見乎此,不足以知東山之詩也。余豈足以知詩,三復東山之詩,粗有一斑之窺。且惟詩至唐而極,唐至李、杜、韓而極,故舉其極者論列於卷首,奉副老人平日自許之意云爾。(《癡庵集》卷五,《韓國文集叢刊續》第 101 冊,頁 666)

柳得恭

柳得恭(1748—1807),字惠甫、惠風,號泠齋、泠庵、古芸堂等,文化人。曾任内閣檢書官,與李德懋、朴齊家、李書九並稱"四檢書官"。正祖十四年(1790)、純祖元年(1801),兩次隨使團進入北京,與中國文人廣泛交流。著述有《泠齋集》《古芸堂筆記》《四郡志》《渤海考》等。

《内閣校書李直學、南李二直閣、沈待教、三檢書同賦,次前韻三首》其二:艷句不數元好問,銅字新頒杜陸韻。春秋左氏義例嚴,緯書删盡斗樞運。昭代風雅洌水間,天府圖書箕野分。誰憐龍門老校書,一生但願封酒郡。滿林梅子弄鵝黃,半是嵐蒸半雨醖。東二樓中金碧山,畫師疑是李思訓。杜工部、陸放翁五七律分韻及《春秋左氏傳》,皆内閣新印。(《泠齋集》卷五,《韓國文集叢刊》第 260 冊,頁 87)

《次徐洗馬東郊別業韻二首》其二:宜將宋律琢磨光,文焰誰齊李杜長。東體程詩殊可怪,也非歌引又非行。(《泠齋集》卷五,《韓國文集叢刊》第 260 冊,頁 97)

《次楓閣詩扇韻,兼呈竹石尚書》:杜詩龍象也,有髓亦有皮。退之嚙其髓,坡翁淑退之。吾儕小匠師,偶拾殘繩規。公今來爭利,魯卿不拔葵。況又匿全豹,點斑誰能窺。桐伐嶧方彈,竹割嶰始吹。杳杳鵬底鳩,仰首怪南爲。詞林舊老在,喜其逢漢儀。我苦爲前糠,願公徐揚箕。便面續戲題,定論待來茲。(《泠齋集》卷五,《韓國文集叢刊》第 260 冊,頁 103)

《飲中八仙圖序應製》:六藝,畫不與焉;非不與也,寓乎六書之中。今夫畫人者,布置鬚髮,較量豐約者,象形是已。彈琴圍棋,望月看山者,指事是已。使人望而知其聖賢、仙佛、清濁、雅俗於象事之外者,會意是已。不達乎六書之義而能於畫者,蓋鮮矣。然而畫今人者,象其形而已,無所事乎事也。畫古人者,指其事而已,未必肖其形也。得其人於象事之外則無古今焉,故善畫者會其意而已。近世畫家,有爲《飲中八仙圖》,圖凡八幅,如其人之數焉。有戴軟角巾,騎而過旗亭,眼光迷離,據鞍搖搖然,可知其爲賀監知章也。有騎赭白馬繡鞍,騶徒甚盛,有車載麴而過之,其人微睨,可知其爲汝陽王璡也。有臥酒樓而睡,紫衣者飛馬絡繹于道,作招呼之狀,可知其爲李供奉白也。其餘五幅,按子美詩皆可知也。有疑之者曰:"誠有其事矣,其人之狀貌未必如此,則奈何?"此不知畫者之説也。假使同時之人畫八仙,無一毫不似而無其事,則今之覽之者雖善於賞鑑,不過曰"此唐人巾服,乃唐人也"而已,烏能知其爲某姓名人哉? 此所以畫古人者,指其事而已。雖然不得其人,於象事之外則便非其人,故曰善畫者會其意而已。飲者何限? 而子美獨許八人爲八仙,其風流意氣,千載之下可以想像,畫之工拙於是乎在,覽斯圖者自當知之。嗟乎,八仙又奚足道哉? 古之忠臣、孝子、義士、烈女,雖不知其狀貌之如何,而按其事而畫之,無不奕奕如生,真其人也,畫豈小藝云乎哉? 臣謹序。(《泠齋集》卷七,《韓國文集叢刊》第 260 册,頁 113)

徐瀅修

徐瀅修(1749—1824),字幼清、汝琳,號明皋、五如,達城人,徐命膺之子。正祖七年(1783)增廣文科及第,歷任大司諫、吏曹參判等職。正祖二十三年(1799),以進賀兼謝恩副使出使清。著有《明皋全集》。

《平涼子傳》(節錄):平涼子不知何許人,亦不知其姓名,而以其戴平涼笠,故稱平涼子云。我肅宗中年,判書尹公堦與相國趙公師錫、參判慶公某,俱弱冠,相友善。三人者約與讀書於長湍之華藏寺,使一力負餱糧,各袖一種書,聯翩緩步。行近高陽之碧蹄店,平涼子自何跟其後,問負者曰:"諸公子將何之?" 負者曰:"將之華藏寺讀書。" 平涼子曰:"吾亦之華藏近地。" 及抵碧蹄店少憩,趙公袖出《易》,謂二公曰:"程子《易傳》與朱子《本義》各有所主,當以何解爲正?" 二公未及答,平涼子傴僂座隅,忽轉身微笑曰:"久遊山寺,嘗聞宿儒之論《易》矣。《易》本爲占筮而作,則程傳特爲程易,苟求解《易》,其惟《本義》乎?" 諸公固異其人,至是益異之。(中略)慶公又袖出杜詩,以益試之曰:"'青燈死分翳,缺月殊未生'兩句義最難解,亦嘗聞宿儒之論此矣乎?" 平涼子愈益欣然曰:"果聞之矣。火之將滅也,必先折飛其火上所翳之燼,然後乃滅,故曰'死分翳'。兩句'死'與'殊'正相對,'殊'如《漢書》'水上軍殊死戰'之'殊'。'殊'即半死之義,而謂缺月之半死未生也。" 三公大異,特異之。既吃飯,與俱宿坡州店,縱論古今,貫穿經史,至晨雞喔喔猶不寐也。三公强問姓名,平涼子不答,仍請偕之華藏,則諾之。比明,三公攜平涼子歷宿尹公丙舍,將以翌日入山,睡起竟不知所之。至今三公家傳以爲異事云。(《明皋全集》卷十四,《韓國文集叢刊》第 261 册,頁 287)

朴齊家

朴齊家(1750—1805),字在先、修其、次修,號楚亭、貞蕤、葦航道人等,密陽人。曾任檢書官,與李德懋、柳得恭、李書九並稱"四檢書官";又曾四次隨使團進入北京,與中國文人較多交流。著述有《貞蕤閣集》《北學議》等。

《次白石》:投笏終須自劾迫,詩成一笑不開扉。東人豈識杜工部,宋律纔窺陳去非。高士傳中松桂宰,離騷卷裏芰荷衣。偏憐白石同求仲,藜杖鏗然曳夕暉。(《貞蕤閣集》四集,《韓國文集叢刊》第 261 册,頁 567)

《飲中八仙圖序御考》:古稱仙家者流,有仙仙輕舉、蟬蜕羽化之説,故凡物之清高妙麗、縹緲離奇、隱現變幻不可方物者,輒以仙稱之,如兵仙、詩仙之類是也。世所傳《飲中八仙圖》者,其名蓋出於有唐之世,而杜甫氏作歌詩,好事者仿其意而遂爲之圖焉。夫以天寶極盛之際,飲酒者何限,而八人者獨以仙稱,則雖其行藏本末大小不同,而要之必有清高妙麗、縹緲離奇,得酒中之趣,使人見之,飄然有遺世出塵之想者矣。方其流連乎竹溪之濱,傲兀於長安之市,談驚四座,筆摇五嶽,破去畦畛,消磨齷齪,小天地而外形骸,惟麴蘗之是耽,陶陶焉悠悠焉,不知老之將至。彼將自以爲世間之所謂富貴爵祿,果無足以易其樂,則雖謂之仙亦宜也。今觀此圖,人物之大僅如一指,而眊瞙酩酊,顛倒淋漓,呼觴把杯之狀縱横百出。以至樓臺、磵溪、草木、衣裳、冠履、牀几、筆墨、彝鼎之屬,黯然皆有酒氣。蹊徑之外,又自有一種天然不食烟火之意歷歷焉。捫之而拾其姓名,嗅之而得其性情,不獨其眉眼鬚髮、老少黔晳、長短肥瘦、坐卧行立、語默眠寤之不同而已也。世之畫者,往往以臨摹亂真,習與成俗,陳腐可笑,甚或嫌其相類,易置而更變之,八人之面目雖殊,神情則一人而止耳。夫鳥集于木,至相類也,徐而察之,態萬不同者,得乎天也。乃庸師者,欲以色色而分之,形形而異之,不出十鳥而巧窮矣。讀此畫者,持吾説而求之,其於真贋雅俗古今之鑒别必有脱然而神悟、泠然而解頤者矣。自兹以往,凡神鬼鳥獸、蟲魚花卉與夫山水雲烟、陰晴朝暮、四時變化之端倪,可以觸類而伸之,則筆墨之能事畢,而文章繪素之觀止矣,請書此以語世之深於畫者質焉。至若八人者之名姓爵里,並載《唐書》及杜集,兹不具列焉,臣謹序。(《貞蕤閣集》文集卷一,《韓國文集叢刊》第 261 册,頁 604)

《詩學論》:吾邦之詩,學宋金元明者爲上,學唐者次之,學杜者最下。所學彌高,其才彌下者何也?學杜者知有杜而已,其他則不觀而先侮之,故術益拙也。學唐之弊同,然而小勝焉者,以其杜之外,猶有王、孟、韋、柳數十家之姓字存乎胸中,故不期勝而自勝也。若夫學宋金元明者,其識又進乎此矣。又況博極群書，發之以性情之真者哉？由是觀之，文章之道在於開其心智、廣其耳目，不繫於所學之時代也。其於書也亦然，學晉人者最下，學唐宋以後帖者稍佳，直習今之中國之書者最勝。豈晉人唐宋之書，不及今之中國者耶？代遠則模刻失傳，生乎外國則品定未真，反不如中國今人之書之可信而易近，古書之法猶可自此而求也。夫不知揭本之真贋，六書金石之原委，與夫筆墨變化流動自然之體勢，而規規然自以爲晉人也、二王也，不幾近於盡廢天下之詩，而膠守少陵數十篇之句字，以自陷於固陋之科者耶？夫君子立言貴乎識時，使余而處中國則無所事於此論矣，在吾邦則不得不然者，非其說之遷也，抑勢之使然也。或曰：“杜詩晉筆，譬諸人則聖也，棄聖人而曰學於下聖人者耶？”曰：“有異焉，行與藝之分也。”雖然畫地而爲宮，曰“此孔子之居也”，終身閉目不出於斯，則亦見其廢而已矣。若夫文章，古今升降之概，風謠名物同異之得失，在精者自得之，殆難與人人説也。上之五年辛丑初冬，葦杭道人書于兼司直中。（《貞蕤閣集》文集卷一，《韓國文集叢刊》第261 冊，頁 611）

崔基大

崔基大（1750—1813），字汝弘，號思亭，興海人。有《思亭集》。

《書批點杜律後》：古人云：“無國子監不可看杜詩。”看猶之難，況評之云乎哉？余有家藏明人郭正域《批點杜律》一冊，其鑑不高下，而其藻甚精矣。余於詩格果昧然矣，自不敢衷其得失，然有時諷誦輒愛玩而不釋。李斯文賢甫見而奇之，亟欲謄覽，因請余始役。時適有事走洛，臨行似有恨意，余甚思然矣。後乃追思模出，一通首尾，經旬而訖焉，仿其舊點而青黃之。老拙無力，自不覺荒澀，然耄期之日能擔管批，自他人觀之，倘恕其年而忘其醜也耶？攬卷一笑，遂書此以歸之。（《思亭集》卷三，《韓國歷代文集叢書》第1738 冊，頁 364）

黃德吉

黃德吉（1750—1827），字耳吉、而修，號下盧、斗湖，昌原人，安鼎福門人。著有《下盧集》。

《答鄭希仁庚辰》（節錄）：操觚學爲文，江湖十年燈。儒冠竟誤身，雙鬢雪骭髻。　　先賢以爲文爲玩物，其將刊落枝葉，而至發儒冠誤身之嘆耶？抑或杜工部嘆老嗟卑之意耶？宜自省焉。　　白雲在虛空，捲舒無所苟。我心長處順，萬物更何有。　　靖節辭"雲無心而出岫"，遁世高節，翛然無迹也。少陵詩"雲在意俱遲"，大庇本意，體物無間也。五峰詩"山中出雲雨太虛"，道之體用純備，所以警晦庵一任捲舒之句也。此章過於曠虛，恐至散漫不收拾底境界，殆類乎希夷詩所云"逢人莫説人事，笑指白雲去來"這意思。至若處順幾乎道，然惟聖人順萬事而無情，固不可容易説到處。一層這地位蓋自直内方外上做將來，不然恐未免同流合污。（《下廬集》卷四，《韓國文集叢刊》第 260 册，頁 327）

《三先生詩序》：詩亡蓋千五百有餘年，降而漢，靡而六朝，變而唐。中間作者往往接武，華麗致于曹、謝而無實，高大極于李、杜而無用。後之説詩者，惟以格調氣音情色相上下之，甚者曰："非關書也，非關理也。"彼哉，彼哉，不可擬夫言詩也。有宋洛、閩諸君子出，斯文丕變，正聲復作，康節發之以平遠閒雅之趣，考亭彰之以純正剛大之氣，南軒和之以温厚高明之思，彬彬乎詩之大成矣。帝曰"言志"，子曰"思無邪"。志，心之之也；無邪，性情之正也。之其至焉，粹然一出於正者，三先生是已。學詩者省括於是，發軔於是，庸玉成於是，不離夫吾之日用天德物則，而斐然其成章，推而放諸百家而準，溯而達之《三百篇》而造其閫，庶乎其可也。（《下廬集》卷十，《韓國文集叢刊》第 260 册，頁 424）

夏時贊

夏時贊（1750—1828），字景襄，號悦庵，達城人，李宜朝、宋焕箕門人。著述有《悦庵集》《八禮節要》等。

《答禹衡仲載璿書乙酉》（節録）：弟頹齡敗症，幾入鬼門，進退尚未定，苦苦。老杜詩"肉黄皮皺命如線"者，工畫得此間真影也。蟄蟲皆振之諭，不勝浩慨。雖以天地之大化，其於枯荄病蒂何哉？（《悦庵集》卷三，《韓國文集叢刊續》第 102 册，頁 248）

李　祘

李祘（1752—1800），字亨運，號弘齋、弘於一人齋等，全州人。朝鮮第 22 代（1776—1800 在位）王，廟號正宗，陵號健陵，謚號文成武烈聖仁莊孝。

著有《弘齋全書》,主持編纂大量典籍,如《增補東國文獻備考》《國朝寶鑑》《文苑黼黻》《大典通編》《同文彙考》《詩觀》《二家全律》《杜陸千選》《杜陸分韻》等。

《批選杜陸詩吟示二直學》:唐宋文章几案間,縱橫青批好開顏。浣花溪畔多春興,分與紅塵醉夢聞。(《弘齋全書》卷七,《韓國文集叢刊》第 262 册,頁 118)

《二家全律引》:風雅變而楚人之騷作,詞賦降而柏梁之詩興。魏晉以還五言寖盛,有唐之世近體出,而及至趙宋遂爲詩家之上乘,謂之以律。律之云者,有二義焉,其一宮商徵羽之和也,其一制令典憲之嚴也。隔八而金石,用五而關匀,蓋亦難乎爲言哉。於唐得杜甫,於宋得陸游,然後發揚囊籥之妙,疏泄流峙之精,有如虞廷蹌蹌,皋夔按律,後來諸子無敢有軒輊者。秩然鳳簫之諧音也,凜然象魏之懸法也,淵乎盛哉!詩當以《三百篇》爲宗,而《三百篇》取其詩中之一二字以名篇,故古人有言曰:"有詩而後有題者,其詩本乎情;有題而後有詩者,其詩徇乎物。"若所謂杜、陸者,真有詩而後始有題者也。予之所取,在於此而不在於聲病工拙之間。葛洪不云乎?"古詩刺過失,故有益而貴;今詩純虛譽,故有損而賤。"若使《石壕》、"鐵衣"之句出於司馬氏之前,則其爲抱朴之所贊美居可知已。昔我宣陵盛際,命詞臣諺解杜詩,即此義也。如放翁之富瞻宏博遠出千古,而今之操觚弄墨者駸駸乎南朝之綺麗,芬芬乎西崑之脂韋,曾不窺放翁之樊蔽一步,而猶能厭然自命曰"放翁何可論",此豈非螢爝增輝於太陽,蹄涔助深於巨壑者乎?予所以拈出放翁於眾嘲群笑之中直配少陵,而悉取全稿載之,仍謂之二家者,蓋亦光武封卓茂之微意也,此意要與會予意者道之。(《弘齋全書》卷十,《韓國文集叢刊》第 262 册,頁 162)

《杜陸分韻引》:詩而取其律,律而分其韻,韻而知其法,以其律有淺深濃淡之別,韻有平澀硬順之異,法有縱衡高低之分也。故取其律而後可以見其全體也,分其韻而後可以探其實用也,知其法而後可以詳其真諦也。詩之以韻,蓋自有虞氏之《賡載》,而其所以押韻,即不過明、良、喜、起等字。降逮後世,如飛雁、落雁之格紛然雜出,而韻則一也。言人人殊,釋氏所謂"六窗一猴,這邊叫也應,那邊叫也應者"近之。九州雖廣,兆民雖眾,千載雖遠,其教既明、其政既成之後,所守者一道,所傳者一說。《杜陸分韻》之活印,蓋欲一之也。雖然,聞諸朱夫子曰:"讀書,乃學者第二事。"讀書猶然,況月露風花之什乎?修養家有"鉛汞龍虎是我身內物"之言,而朱子譬之於窮理格物之工,然則此編之作也,因其律而究其韻,究其韻而造其法,則亦未必不爲窮

格之一端云爾。(《弘齋全書》卷十,《韓國文集叢刊》第 262 冊,頁 162)

　　《題手編杜陸千選卷首》:夫詩本之二南,參之列國,正之於雅,和之於頌,爲勸懲黜陟之方,而必使其中也養不中,才也養不才。養之,所以教之也;教之,所以化之也。閎博敦厚長士氣,廉恥節禮淑人心,非仁勿居,非義勿踐,孝悌爲縵弁,忠信爲履綦,則莫不由於人主之本原也,故宫庭屋漏之邃,起居語默之微,思與元元同其福。而百年以來,士大夫翶翔館閣,以文章翰墨相娱,沿襲華靡,大樸日散,無復三古之音久矣。予聞善觀世者,不觀乎吏治,而觀乎人文,大抵壽原于樂,樂生於心,心樂則神怡,神怡則性定,性定則氣和,在天而爲慶雲景星,在地而爲紫草靈泉,在人而爲玉珮金章,在物而爲威鳳瑞麟,由是而合千萬世之理道,由是而演千萬世之語言,此所以敬選朱夫子詩,題其篇曰《雅誦》也。《詩》云“周王壽考,遐不作人”,予竊有所取義焉。夫子又嘗曰:“光明正大,疏暢洞達,磊磊落落,無纖芥之可疑者,於唐得工部杜先生。”夫子,亞聖也,於人物臧否一言重於九鼎,而其稱道杜工部乃如此者,豈非讀其詩而知其人也歟? 如陸務觀,與夫子同時,而夫子尚許之以和平粹美,有中原昇平氣象。則當今之時,等古之世,教其民而化其俗,捨杜、陸奚以哉?《蟋蟀》《縣蠻》,蟲鳥之吟也;蒼葭、白露,時物之變也。固無係於修己治人之工,而聖人表之以爲經者,以其節族音響之間,興動振作之效,自有不能已者,若以月露風花命杜、陸而少之,是誠不知詩者。於乎,跋履山川之間,從容憲度之中,忠君愛國之誠,油然涌發於《秋興》諸作,而不待夫子之筆,能帝蜀而寇魏,則杜子也。酹隆州之劍而嘆石帆之鏡,慨六飛之南渡,恨二轅之北狩,起聞江聲,頖洞傑然,有鐵衣東征之想,則陸子也。予時讀《春秋左氏傳》,起感於“山榛隰苓”之什,歷選《三百篇》以後能得《三百篇》之大旨者,惟杜、陸其庶幾乎? 戀昭六宫之政,琼璜琚瑀之訓,自家而國,聲施及遠,予固以《三百篇》爲歸,而取則於《雅誦》,潤色於杜、陸,則惟在人自得之之如何。孟子不云乎?“自得之,則居之安,資之深”,予於此亦云。遂選杜、陸近體千首,名之曰《杜陸千選》,即無論才與不才,讀此選者,雖不中不遠矣,兼欲觀有勸有懲,而措之於黜陟之政,此可與知者道也。(《弘齋全書》卷五十六,《韓國文集叢刊》第 263 冊,頁 372)

　　《詩觀五百六十卷寫本》(節錄):(上略)詩至于有唐而可謂大盛,上下三百年之間,作者名家磊落可數者蓋累百有餘。雖取玉於崑岡,多可抵鵲;而採珠於滄海,貴其探驪。今選四十三家,此其尤傑然可觀者也。齊晉迭霸,曹鄶可以無譏矣。或者曰:“選止於四十三家斯可也? 即此四十三家之作,安知無碔砆魚目之混於其間? 則四傑之零章瑣篇,審言、子昂之閒題漫韻,決知有大遜於劉庭芝之《白頭翁》、崔顥之《黃鶴樓》者。此以卞氏之畜而並留其璞,彼以匹夫之懷而仍棄其璧,得無不可乎?"予曰:誠有此言者。
然詩之以家數者,若家之有貧富也。貧者之豆羹,雖適甚味,安可與語於函
牛之亨,此所以家以選之則不得不甚少,而詩以取之則不能不甚廣,要以見
其宮室、田牧、車馬、器服之備且多也。太宗秀發,典麗一代,風雅之盛,帝實
啓之。玄宗初政,幾致貞觀之盛,詩亦諄諄肫懇,如漢帝之詔令。王勃命辭
贍縟,屬對精切。楊炯思如懸河,酌之不竭。盧照鄰之悲壯頓挫,駱賓王之
尤工五言,此其並驅方駕於子安、盈川也。陳子昂承徐、庾駢儷靡曼之餘,制
頹波而歸雅正。李嶠富於才思,文章爲一時之取法。沈佺期、宋之問約句準
篇,"如錦繡成文"、"比肩"之語,可見時人之推宗。杜審言其自語曰"吾文
章合得屈、宋作衙官",世譏矜誕,而即其自負則蓋如此。張説、蘇頲"燕許大
手筆",能鳴國家之盛。張九齡風度醖藉,人謂"仙鶴下人間",而詩亦如其
爲人。王維秀詞雅調,意新理愜,詩中有畫。孟浩然仵興而作,超然獨妙,氣
象清遠,采秀内映。李白上薄曹、劉,下陵沈、鮑,縱逸跌宕,若無法度,而從
容於法度之中,飄飄凌雲,信乎其爲謫仙人。杜甫渾浩汪茫,千彙萬狀,兼古
今而有之,又以忠君憂國傷時念亂爲本旨,讀其詩可以知其世,謂之詩史不
亦宜乎? 若其詞氣風調之光焰萬丈,具有古人之定論。賈至素推館閣之哲
匠,高適以氣質自高。岑參清切孤秀,多出佳境。李頎沉鬱抑揚,神情俱詣。
儲光羲淡而遠、幽而雅,洵爲王、孟流亞。王昌齡緒密而思清,錢起理致贍
遠。劉長卿"五言長城",幾呼宋玉爲老兵。常建通衢野徑,終歸大道。韋應
物閒淡簡遠,居然陶潛之遺韻。韓翃興致繁富,一篇一詠,人所共珍。盧綸
妙悟透徹。韓愈騁駕氣勢,汪洋大肆,如金鷗擘海、鐵驄跑垿。柳宗元下筆
創思與古爲侔,精裁密緻,燦若珠貝。劉禹錫鋒穎森然,若劍花星芒。張籍
長于樂府,忒多警隽。盧仝之險,李賀之詭,俱極詩家之變,取之者乃以備衆
體也。白居易叙情鋪事,直寫胸臆,委曲濃暢,可許以達觀曠韻。元稹平易
明白,與香山好對唱酬之手。杜牧清勵豪邁,詞輒可諷。溫庭筠艷麗清拔,
尤擅神敏。李商隱造意幽深,托情微婉。許渾偶對精妍,王建綴詞綺艷。唐
詩之璟觀,可無外於此。若郊、島之寒瘦,往往令人幽悄不樂。皮、陸之僻
俚,晚季風氣,如醇酒之醨,醨糟不足啜。若此者非不卓然,號之曰名家,而
去取之權衡自有深意,亦唯善觀者可自知之耳。共爲唐詩一百二十七卷,録
詩一萬六千四百五十首。宋詩蓋能變化於唐,而以其所自得者出之,所謂毛
皮盡落、精神獨存者是也。嘉、隆以還,哆口夸論者輒訾之以腐,是何異於談
龍肉而終日飯者哉? 但其全集傳者無幾,僅見於東萊《文鑑》、李子田《藝
圃》等集,所收不過十一於千百。而吳之振之《詩鈔》,曹庭棟之《詩存》,又
寥寥選家之一臠。今取有元集可考,而尤卓然著稱者十七人。王禹偁學李、

杜而未至焉者也，首排西崑之萎弱，倡以雄深之調，其功固偉矣。林逋平淡
邃美，趣向博遠，辭主靜正而不露刺譏。韓琦意思深長，有鍛煉所不及，吟弄
之間亦見其識度。蘇舜欽軒昂不羈，出於性情，超邁橫絶，別有機杼。歐陽
脩以氣格爲主，而不作排纂之句，一歸之于敷愉，略與其文相似。梅堯臣涵
演閒遠，氣完力餘，老而益勁。王安石得深婉不迫之趣，精嚴簡核，能步驟老
杜。邵堯夫玩心高明，窮詣理奧，有如繇象之辭，非深於《易》者不能讀。蘇
軾氣象洪闊，鋪叙宛轉，深得子美之法，而然用事太多，不免失之豐縟，即其
才學之所溢也。黃庭堅會萃百家句律之長，究極歷代體製之變，自成一家，
爲江西詩派之宗祖，但本領爲禪學，不能脱蘇門習氣，是爲沉肓之病。陳師
道法嚴而力勁，學贍而用變，非冥搜旁引莫窺其用心處。秦觀以聲韻勝，追
琢而泓渟，體格高古。陳與義體物寓興，清邃紆徐，高舉橫屬，上下陶、謝、
韋、柳之間。范成大縟而不釀，縮而不窘，清新俊偉，當推南渡之秀。陸游記
聞足以貫通，力量足以驅使，才思足以發越，氣魄足以陵暴，若游者，學杜甫
而能得其心者矣。又其忠愛之誠見乎辭者，真可謂每飯不忘，故其詩浩瀚融
貫，自有神合，此其所以爲大家也。孔夫子删詩三百，列於六經，夫子之文章
此之謂可得聞者。而朱夫子之中和條貫，渾涵萬有，金聲而玉振之者，即亦
後六經之《三百篇》也。此皆和順之英華，天縱之餘事，有不可以篇章聲格論
其興觀之旨也。楊萬里超悟自得，逼絶境思。宋詩之觀至此而亦稍備，共爲
一百九十八卷，録詩二萬七千六百四十七首。金元之詩概在所略，而如虞、
楊、范、揭，世所稱四大家者，要皆滕、薛之爭長，與之則不勝其繁。觀於二代
之交，獨取元好問一人，其詩奇崛而絶雕劖，工緻而謝綺麗，蔚爲兩壘之冠軍
而一變足矣。爲金詩十卷，録詩一千二百二十七首。明詩取十三人，如徐、
袁之尖新巧靡，鍾、譚之牛鬼蛇神，固所顯黜而痛排。若其長短互并，疵譽相
參，揭竿操矛而呼者不啻如堵。其進其麾，濫竽之可戒，先於遺珠之可惜，或
有醜齊而異遇者，固非偶爲抑揚，聊欲舉一而概十耳。劉基聲容華壯，如河
朔少年充悦忼健。高啓矩矱全唐，風骨秀穎，才具瞻足。宋濂嚴整要切，能
亞於其文。陳獻章殊有風韻沖淡，而兼能灑脱。李東陽如陂塘秋潦，渺瀰澹
沱，而澈見底裏，高步一時，爲何、李倡。王守仁博學通達，詩亦秀發，如披雲
對月，清輝自流。李夢陽才氣雄高，風骨遒利，麾白戰而擁赤幟，力追古法，
能成雄霸之功。何景明清藻秀潤，丰容雅澤，不作怒張之態。楊慎朗爽可
喜，穠婉有餘。李攀龍如蒼匜古壁、周鼎商彝，奇氣自不可掩。王世貞著作
繁富，才敏而氣俊，能使一世之人流汗走僵。吳國倫雅煉流逸，情景相副。
張居正華贍老煉，足稱詞館之能手。自是以往吾不欲觀，非直爲無詩而已
也。共爲明詩一百八十六卷，録詩二萬五千七百十七首。凡《詩觀》之録，詩

七萬七千二百十八首,而爲五百六十卷,誠壯觀也已。(《弘齋全書》卷一百八十《群書標記二》,《韓國文集叢刊》第 267 冊,頁 510)

任天常

任天常(1754—1822),字玄道,號窮悟,豐川人。正祖十九年(1795)文科及第,歷任兵曹佐郎、寧海府使等職。著有《窮悟集》。

《次杜工部秋興八首並小叙》(節錄):尹魯賢嘗見人詩集,輒笑言:"是必有《歸去來辭》《秋興八首》。"閱視果然,余亦絕倒。今秋,魯賢讀書湖亭,思魯賢因思其言,遂戲爲此詩,以博一笑。蓋亦不能免俗,聊復云爾者也。(詩略)(《窮悟集》卷一,《韓國文集叢刊續》第 103 冊,頁 219)

李書九

李書九(1754—1825),初名甲慶,字洛瑞,號惕齋、薑山、素玩亭、席帽山人,全州人,諡號文簡。英祖五十年(1774)文科及第,歷任司憲府持平、吏曹判書等職,與李德懋、朴齊家、柳得恭並稱"四檢書官"。著有《惕齋集》《薑山初集》。

《與成陰城海應書》:夏木千章,蟬聲益清,願言懷人,何日可忘。即兹早炎,静履珍相,近讀何書,所得想益富有,恨不能晨夕晤言,以慰此獨學無朋之嘆也。拙狀比來困暑喘喘,案上舊識只有一部《羲易》,倦即看《漢書》一二篇、杜詩三兩章,時或會心,輒發孤笑。自詫以爲晚年嗜好,皆是古人第一等文字,深悔其少壯失學,歧路荆榛,枉費多少歲月,然亦無如之何矣。且今神精消亡,旋得旋失,正如晦翁所謂"入而不能出"者,還庸自嘆。然開卷怡然,聊復自樂而已。秦延君説經支離數萬言,竟復何益耶? 此亦空疏者自解之語,計當開緘一粲也。(《惕齋集》卷八,《韓國文集叢刊》第 270 冊,頁 172)

金履陽

金履陽(1755—1845),初名履永,字命汝,號淵泉,安東人。正祖十九年(1795)文科及第,歷任弘文館提學、左參贊等職。有文集傳世。

《與從任箕範論詩文書》(節錄):《擬古詩十九首》蹈襲取材雖囿於魏

晉間,而典雅宏肆得其聲調者亦多,不易如此常言。《十九首》,前人以爲枚乘所作,而誦其詩論其世,殊未知乘之爲也。其詩乃志士傷世憤懣怨刺而作,指斥而難名,幽鬱而不舒,即風雅之極其變,一如凄風急雨之薄寒中體也,繁弦促調之掩抑徘徊也,應節吟諷,自不覺涕下霑襟。乘之時即西漢盛際,雖或有自已不遇之懷,容或至是哉?吾嘗落魄江漢間,每當秋牢騷輒讀此詩,已而泣,以酒自寬,歲以爲課,故頗得於音節之外,以爲必是東漢顧及輩所作,而托名於前人以自韜者。蓋五言之後於七言,七言之先於五言者何?合四三言一句,則即成七言,如《楚辭》之亂"湛湛江水上有楓,目極千里蕩春心"等句,引而長之,則與柏梁詩同,故從上。七言詩皆上棟下宇一句鎔成,未嘗有無句而渾爲一隻者,盛唐後此法遂漫,觀於王、楊、盧、駱、王、孟、韋、柳輩所作,可知其體裁之一變也。至於五言則或言昉自蘇、李河梁之詩,而謂之擬作者亦多。西漢之有五言終未見的確,而其著於漢史者,則李延年"北方佳人"之歌,《酷吏傳》"桓東少年"之作,與夫卓文君《白頭吟》,可知西漢之已有五言喇矣。然皆里諺樂府,未必有詠懷、公讌、寫景如魏晉以下爲也。我故曰《十九首》當爲詠懷古詩之鼻祖,而阮籍之八十首紹述之。公讌詩盛於建安七子,寫景賦物盛於江南六朝。至於合漢魏、匯三派,陶鎔組織各致其工者,未有如三謝,而康樂又其盛者。東人之爲詩者初不知詩家源流,各具體裁,各有聲調,動以李太白"綺麗不足珍"之語作爲炎炎話欛,初不用力於三謝門中。妄希癡企於《十九首》樂府諸作,模襲數篇,倦然少味,則遂無歸宿,茫然四顧。或乾没於近體,或自稱學陶學杜,以古詩自命,蓋二家未嘗不雍容法度,亦未有顯示纂組者,故名以學此者,只樂其漫句法而少檢束,何嘗得其影響哉?陶詩在六朝中最欠律墨,故古人謂之詩家之伯夷,則初不可許以正宗,而其詩如"弱湍馳文魴[一],閒谷矯鳴鷗"等句,依然是六朝間口氣。至於工部,則專學鮑、謝,觀於戒子詩云"熟精文選理",可知自家用力處,而入蜀諸作無不從這裏來者。平生許與無如李白,而曰"李侯有佳句,往往似陰鏗",鏗也,六朝之中乘,而亦許之不裕裕也,極口揚厲也。乃曰"清新庾開府,俊逸鮑參軍",其崇六朝而祖述之者爲何如也?雖以白也凌厲千古橫絕四海之氣,猶思玄暉於落雁之峰,慚康樂於桃李之園。李、杜之自言者如是明矣。東人名學李、杜,乃薄李、杜之所宗,學者多見其甚不知,而殆天所以廢東人而梏詩教也。吾嘗早覺於斯,紀行、公讌一準於三謝,詠懷、樂府遠宗乎漢魏。蓋兩派既分,體格自別,故雖以謝之工於組織,其於擬古諸作皆用古體而不變。今若漫不知區別,詠懷用組織,紀行法漢魏,則兩失之矣。(下略)(《金履陽文集》,《韓國歷代文集叢書》第3061册,頁185)

　　[一] 魴,原作"鯉",據逯欽立校注《陶淵明集》改。

李仁行

李仁行(1758—1833)，字公宅，號晚聞齋、日省、新野，真城人。曾任義禁府都事、世子翊衛司翊衛等職。著有《新野集》。

《願豐庵記》(節錄)：昔杜少陵，蕭然破屋，風雨不能除，身世可謂拙矣，嘗有詩曰"願得廣厦千萬間，大庇天下寒士"，正其所謂許身太愚者也。豈獨自謂愚，人之不笑其迂者蓋鮮矣。況於公之佺孫崇簡，幸而其名附驥於詩卷中耳，亦言其人之志行，乃曰"憂國願年豐"。即此一言，其質朴古人之風可見矣。夫得志需世者，未必能訏謀遠猷，而窮居隴畝者，往往懷嫠婦漆室之憂，則信乎人之志量大小不可以隱顯概之也。(下略)(《新野集》卷六，《韓國文集叢刊續》第104冊，頁532)

徐榮輔

徐榮輔(1759—1816)，字慶世，號竹石、竹石館、玉磬山人、藥山病史等，達城人，謚號文憲。正祖十三年(1789)文科及第，歷任兵曹判書、奎章閣提學等職。著有《竹石館遺集》，又與沈象奎共同編纂《萬機要覽》。

《及健李公續北征詩跋》：惟我春宮邸下受冊之歲，領中樞及健李公以正使赴燕請封典，竣事還，爲詩以紀行，名之曰《續北征詩》。其事則受命于役，其體則以事繫日，其文則一句五言。其不以文而以詩者，《皇華》《四牡》之意也。凡萬有餘言，大而山川、州縣、亭館、郵遞，人物邑居之盛衰，政治風俗之得失；小而從者名姓，厨傳怠恪；遠而古今沿革，細而草木鳥獸。至于道塗勞苦，家國音信，爲喜爲憂，一皆載之於篇。心所欲宣，筆無不從；文所難道，詩以能該。纚纚乎使人解頤，往往秀句錯出，修辭之精煉，直與騷人專門爭其工，甚盛哉！獨公命名之意，則讀者疑之，以爲公以昭代元老，銜命專對，輕裘結駟，驂御如雲，其行甚華也。徒以首路幽朔之故，而反自擬於子美之值難漂泊、憔悴困苦之作，意若有慕於子美而不及焉，何哉？榮輔聞而笑曰：公之慕子美，豈遇不遇之謂哉？古之爲詩者衆矣，獨推子美爲宗師者，豈不以一飯不忘君，忠愛藹然，有詩人之意歟？斯公之所以自托於子美者也。是故公立朝四十年，相兩朝，位元輔，身佩安危，而不自以爲慊。退處江湖，而炳炳孤忠如廊廟時。賢士大夫莫不願公享期頤，蓍龜于國也。由是觀之，公之意必曰："微子美，吾誰與歸？"此詩之所以名也歟？公家世有文章，自月沙文忠公，逮季氏展翁，凡五主文盟，同朝搢紳家莫之京也。顧公不喜以文自名,平居罕有述作,而劄疏奏讀著於世者明白剴切,皆可爲法。今見公詩之鉅麗,遂以爲公之至則未也。榮輔以公命爲跋,愧不能文,獨書公所以命詩之義以復于公,不知公以我言爲得之也否乎?(《竹石館遺集》册二,《韓國文集叢刊》第 269 册,頁 373)

成海應

成海應(1760—1839),字龍汝,號研經齋、蘭室,昌寧人,成大中之子。曾任奎章閣檢書官、陰城縣監等職。著有《研經齋全集》,編輯《尊周彙編》。

《家中古物贊》(節録):(上略)家有少陵詩集二部。其一鄉本,壬辰之倭亂,先祖觀察府君携之,避兵山谷中而得全。其唐本,仙源金文忠公之所點竄也。王考府君十三歲,以學有名,獨青府君以是贈之,記其辭於册面。敬讀之而贊曰:島夷之亂,毒遍邦域。先祖提挈,竄于荒谷。有一杜集,實維朝夕。慕其忠義,載誦載讀。批圈塗乙,爛然手澤。先祖按節,西民以活。星霜屢變,孰懷棠芳。獨兹舊物,妝池秩秩。于都于鄙,遷徙不一。若有扶持,得無遺失。維桑與梓,必恭敬止。矧伊書矣,或涴或毁。古色蒼然,感發于裏。殘膏剩馥,沾我子孫。勤斯護斯,維千百祀。我於文忠,實是彌甥。文忠赫赫,秉義維精。豈無他書,惟嗜少陵。手自點竄,朱文孔明。賢人之澤,實增光榮。王父髫齡,夙有令聞。龍門之詠,淵翁攸嘆。亦有賢母,課業以勤。維耽墳典,屏棄時文。家學克正,有淵有源。維獨青公,實有斯覛。工部之忠,文公所賞。王父之學,高祖是獎。詔我後人,克紹其光。吾家之書,不蓄老莊。(《研經齋全集》卷十五,《韓國文集叢刊》第 273 册,頁 365)

《題簡易集槐院草記後》:簡易常感朴公應福,重其丁酉封事,以爲“中興章疏第一”,銘其神道碑,謂“若己之有技,不啻若自其口出”。夫士有一技而爲人所知,必感嘆哀傷,如伯牙之廢琴,匠石之廢斤是已。夫一技之微尚然,況文章之爲美乎?以杜子美之骯髒,豈數數於小惠哉?然以“每於百寮上,猥誦佳句新”之句眷眷於韋左丞,有以見知己之難也。余讀《簡易集》至《槐院草記》,切劘事宜,指陳機要,當時之文章未有若是之精者也,最其論石尚書尤感人。當我朝被倭,宗社播遷之時,救焚拯溺,一時爲急。天朝諸臣以爲外夷自相攻擊,無庸動兵而救之。又其一種之議,以爲劃鴨綠以守,使遼東不被兵則足矣。獨尚書排衆議而出師,及本國六年困敝無以自支,則又以和議欲弭其禍,反以此得罪而死。我朝不能發一言以救之,尚書得無恨乎?今見簡易文,唯恐尚書之狼狽,其慮之深矣。當時諸臣果欲救之而勢不可耶？抑憎其主和而初不留心於救耶？此篇非徒文辭之美，其言外之旨唯可與知者道，知者豈易得哉？（《研經齋全集》卷十八，《韓國文集叢刊》第273冊，頁449）

《南村六老酬倡詩小序》（節録）：（上略）昔朱子跋杜子美同谷詩"仰視皇天白日速"之句，惜其不聞道而嘆老嗟卑。今六老之詩，皆寫其歡欣之情，發其紆餘之音，間以諧謔，絕無嘆老嗟卑之語，可謂之化國之人，而亦可由是而進於道矣。（《研經齋全集》續集冊十一，《韓國文集叢刊》第279冊，頁213）

《讀韓昌黎集》（節録）：《送董邵南序》。是時，燕、趙方稔惡怙亂。邵南，安貧行義者也，雖不得志，何爲游于兹邦也？夫燕自安史首亂，干戈倏擾，人豈甘於助逆乎？蓋其彝倫所發，誠不欲而迫於威耳。始雖感慨不平，久則化其惡，而遂糾結成俗。觀朱滔之方叛也，軍情大亂，不願舉兵而南可知也。昌黎之意，蓋欲燕、趙士之發其性，使悔罪改圖，復歸朝廷也。杜工部詩"繫書請問燕耆舊，今日何須十萬兵"，欲其辨逆順之分，不待兵革而徠服也，與此文意同。（《研經齋全集》續集冊十四，《韓國文集叢刊》第279冊，頁344）

南公轍

南公轍（1760—1840），字元平，號金陵、潁翁、歸恩堂等，宜寧人，諡號文獻。正祖十六年（1792）文科及第，歷任大提學、領議政等職。純祖七年（1807），以冬至正使出使清。著有《金陵集》。

《之罘山刻石墨本》：趙明誠《金石録》言秦篆遺文纔二十一字，其文與嶧山碑、泰山刻石二世詔語同，而字畫皆異，惟泰山爲真李斯篆爾。此遺者，或云："麻温故學士於登州海上得片木，有此文，豈杜甫所謂'棗木傳刻肥失真'者耶？"按《史記·本紀》，始皇二十九年登之罘山，凡兩碑，今皆磨滅，獨二世詔二十餘字僅存。後人鑿石，取置郡廨。《集古録》以爲非真，此論非是。蓋杜甫指嶧山碑，非此文明矣。古來辨之罘山刻石甚多，而趙是博雅名士，當以此爲信爾。（《金陵集》卷二十四《書畫跋尾》，《韓國文集叢刊》第272冊，頁469）

丁若鏞

丁若鏞（1762—1836），字美庸、頌甫，號茶山、俟庵、與猶堂等，羅州人，謚號文度,蔡濟恭門人。正祖十三年(1789)文科及第,歷任承政院同副承旨、兵曹參議等職。純祖元年(1801),因"辛酉教難"、"黃嗣永帛書"事件被流配,至1818年方被放還。實學思想之集大成者,著名文學家,著述豐富,有《與猶堂全書》。

《摛文院,同諸學士校杜詩_{李書九、金祖淳及李相璜、金履喬}》:風流文墨度清時,東壁星辰處處隨。內院正移芸閣會,聖人猶好草堂詩。耽看鶴舞時停筆,怕觸鶯飛不捲帷。爲報奎瀛諸學士,玉壺歃倒醉眠遲。_{時臣等坐奎章閣,李參判義駿等坐奎瀛府,臣等校杜詩,彼等校陸放翁詩。令各賭勝,先者有賞,後者有罰酒。}(《與猶堂全書》第一集詩文集卷三,《韓國文集叢刊》第281冊,頁55)

《比聞畏心學士起廢爲校理,蓋聖上親授特恩也,戲和其集中陵字韻,以識柏悅之喜》其七:步月直廬歸思仍,乍晴天宇漸^[一]新澄。魚梁水淺誰編箔,書室凉生合理燈。鍾鼓元知非養鳥,梳篦雖好不關僧。許身稷契終何賴,方信真愚杜少陵。(《與猶堂全書》第一集詩文集卷七,《韓國文集叢刊》第281冊,頁148)

[一] 漸,原作"斬"。

《爲草衣僧意洵贈言》(節錄):詩者,言志也。志本卑污,雖強作清高之言,不成理致;志本寡陋,雖強作曠達之言,不切事情。學詩而不稽其志,猶瀝清泉於糞壤,求奇芬於臭樗,畢世而不可得也。然則奈何?識天人性命之理,察人心道心之分。净其塵滓,發其清真,斯可矣。然則陶、杜諸公,皆用力由此否?曰:陶知神形相役之理,可勝言哉!杜天品本高,忠厚惻怛之仁,兼之以豪邁鷙悍之氣,凡流平生治心,其本源清澈,未易及杜也。下此諸公,亦皆有不可當之氣岸,不可摹之才思。得之天賦,又非學焉者所能跂也。(《與猶堂全書》第一集詩文集卷十七,《韓國文集叢刊》第281冊,頁381)

《又示二子家誡》(節錄):樊翁於詩,甚觀氣象。余每讀劉誠意詩,氣象多帶凄酸;少陵詩多繁華貴富語,卒有耒陽之窮,謂未必盡有符驗。近日余檢余箱中舊稿,風霜以前,翱翔乎金馬玉堂之間,而所作詩篇皆凄楚壹鬱。至長髫謫中詩,尤幽咽可悲。至康津以後之作,多曠達恢廓之語。意者菑害在前,既不得有此氣象;自兹以往,庶乎其無憂也耶?先輩之言不宜輕聽。然全要氣象華麗却不成詩,大抵要有精神氣脈。若散漫蕭索,無結束關鎖之妙者,窮達姑捨,年壽不長,此余屢^[一]試者也。詩三百篇,皆賢聖失意憂時之作,故詩要有感慨,然極須微婉,不可淺露。　　七言古詩格律最多,大較平入上去,必要錯雜押去,以平承平、以入承入者絕無也,東人尚不知此,若韻脚既平，則對眼必用仄聲，以平對平者無有也。又如《長安古意》，字字叶律，每四句各爲一章，如絶句然，茲所謂連環律法也。若通篇只用一韻者，無此律法。　　沈鬱頓挫、淵永閒遠、蒼勁奇崛此十二字，詩家宗旨。若夫縟麗濃妍，亦不可少也。（《與猶堂全書》第一集詩文集卷十八，《韓國文集叢刊》第281册，頁387）

［一］屢，原作"婁"。

《示二子家誡》：昔杜工部流離困窮，思念故舊，作《八哀》之詩，以叙其傷惻感慨之情。千載之下，讀之尚令人悽酸。而其中有名位隆顯，才藝超妙者，亦皆賴兹詩而不朽，其視載國史而鐫彝鼎反有愈焉。文詞之不可少如此，而工部可謂不偝故舊矣。余自流落以來，親交盡絶，人既棄遺如敝蹤，我情因亦疏澹，日遠日忘。唯風霜以前追隨游歡之跡歷歷在眼，穎穎在心，常欲摭其行，能記其言譚，以之想見其風采氣像之仿佛。顧詩思艱滯，唯胚膜在中。今年夏辟病茶山，筆墨蕭閒，於是割取絹本數幅，隨手劄録，遂無倫次。異日藻思開通，當據此爲詩，以仿工部[一]之作。雖其不朽非敢擬望，然感念故舊，自攄其幽壹之情，則賢愚無別也。適圉子在側，因以與之，俾歸遺其兄。（《與猶堂全書》第一集詩文集卷十八，《韓國文集叢刊》第281册，頁389）

［一］部，原作"務"。

《寄淵兒戊辰冬》（節録）：向來醒叟之詩見之矣，其論汝詩切切中病，汝當服膺。其所自作者雖佳，亦非吾所好也。後世詩律，當以杜工部爲孔子，蓋其詩之所以冠冕百家者，以得《三百篇》遺意也。《三百篇》者，皆忠臣、孝子、烈婦、良友惻怛忠厚之發。不愛君憂國非詩也，不傷時憤俗非詩也，非有美刺勸懲之義非詩也。故志不立、學不醇、不聞大道，不能有致君澤民之心者，不能作詩，汝其勉之。○杜詩用事無跡，看來如自作，細察皆有本有出處，所以爲聖。韓退之詩，字法皆有所本有出處，句語多其自作，所以爲大賢也。蘇子瞻詩，句句用事，而有痕有跡，瞥看不曉意味，必也左考右檢，採其根本，然後僅通其義，所以爲博士也。乃此蘇詩，以吾三父子之才，須終身專工方得刻鵠。人生此世可爲者多，何可爲此乎？然全不用事，吟風詠月，譚棋説酒，苟能押韻者，此三家村裏村夫子之詩也。此後所作，須以用事爲主。（《與猶堂全書》第一集詩文集卷二十一，《韓國文集叢刊》第281册，頁452）

《遺議五吳澄云二十五篇，凡傳記所引，收拾無遺，比張霸僞書遼絶矣，已見前》：若云傳記所引，收拾無遺，是可相容，則大不然矣。同一至理之言，若通看全文則大善。不然寧孤行一句，若其翻倒事實，冒之以僞者，大妨義理。如"爕夔齊栗，瞽亦允若”，固爲孝子孚感之至理。若以感化瞽瞍之法，又欲感化苗蠻，私議既定，歸告帝舜，舜亦嘉納，誕敷文德，則甚有害於倫與理矣。又如湯之伐桀，不過曰：“予畏上帝，不敢不正。”武王之伐紂也，臚陳罪惡，不少顧藉，而趨功攫利，至云“時弗可失”，乃以天視天聽等至言妙訓插之於此間，則假仁借義，似王如霸，其害於義何如也？讀此諸篇，以之爲嘉謨格訓，其於父子君臣之仁，尚可曰講之熟而思之慎乎？今人讀杜詩者，不記全文，寧孤吟一句，有誦朱竹垞集杜之詩，而奉之爲詩聖可乎？其寄興托意之妙，必皆乖戾而無當矣。（《與猶堂全書》第二集經集卷三十《梅氏書平四》，《韓國文集叢刊》第 283 册，頁 216）

《首從之別十六兄弟同犯，互相推諉，根由使氣，實因被蹴》（節錄）：總之，蹴字之義，誰其詳知乎？《説文》曰：“蹴，躡也。”趙岐注《孟子》云：“蹴，蹋也。”《孟子》云：“蹴爾而與之。”祖逖聞荒雞聲，蹴起劉琨。杜甫詩曰“燕蹴飛花”，又曰“高浪蹴天”，又曰“蹴踏寒山”，劉子翬詩曰“馬蹴浮埃”，詳此諸文，或似踐踏，或似足挑。（《與猶堂全書》第五集政法集卷三十四《欽欽新書卷五》，《韓國文集叢刊》第 286 册，頁 111）

趙秀三

趙秀三（1762—1849），初名景濰，字芝園、子翼，號秋齋、經畹，漢陽人。曾六次隨朝鮮使團遊覽中國，五次到達北京，一次前往瀋陽。著有《秋齋集》。

《允中讀杜詩書贈二首》其一：長晝高齋雨，焚香讀杜詩。古今皆自廢，天地有餘思。脱略千家説，規模百世師。誰能繼風雅，久矣嘆吾衰。　　其二：譬儒尊孔子，惟杜在於詩。蕩蕩無能道，洋洋不可思。少年當力學，吾輩愧爲師。敢曰秋齋作，宗風實未衰。（《秋齋集》卷一，《韓國文集叢刊》第 271 册，頁 366）

金祖淳

金祖淳（1765—1832），初名洛淳，字士源，號楓臯，安東人，封永安府院君，謚號忠文。正祖九年（1785）文科及第，歷任大提學、吏曹判書等職。正祖十六年（1792），以冬至兼謝恩使書狀官出使清。著有《楓臯集》。

《西清直中,述懷示同僚》其四:開元大曆際,李杜及孟王。出入三百篇,字字挾風霜。金石有遺響,日月可爭光。更有昌黎氏,雄辭闢荒唐。秋江注洙泗,烟波浩茫茫。大抵太宗業,幾與漢頡頏。(《楓皋集》卷一,《韓國文集叢刊》第289冊,頁16)

朴宗輿

朴宗輿(1766—1815),字元得,號冷泉,潘南人。曾任司瓷院僉正、瑞興府使等職,有《冷泉遺稿》。

《與子雲壽》(節錄):(上略)汝書以爲杜詩、李白兼讀云,是何言也?兩詩豈兼讀者耶? 即此可見汝離親之害也。姑讀杜詩五古諸篇好者,日讀數十篇。而待稍涼,讀《孟子》章下注,亦並讀如《詩傳》之大旨可也。(《冷泉遺稿》卷二,《韓國文集叢刊續》第109冊,頁376)

《廣廈千萬間上梁文》(節錄):里仁之所廬,存一心於澤物;使居有美宅,構萬架於庇民。秩秩斯干,渠渠廈屋。草堂主人杜老,棟梁才器,蓬蓽生涯。彤庭帛分,嘆寒女之自出;朱門肉臭,咏凍骨之可悲。賜一國寒,長懷齊老之至願;均九州被,每憶邊生之壯心。乃者八月之風鳴,忽有三重之茅捲,散如落葉,無由孤掌之拾來;持作爇薪,那禁十手之偷去。白髮過耳,受侮南村之群童;青袍露肩,叵耐西風之一陣。俄然黑雲之作雨,苦哉白屋之呼寒。亂溜如鈴,難着老夫之睡;冷衾似鐵,更憐嬌兒之啼。嗟其苦豈止於一身,而所思爰及於四海。因樹作屋,固知多士之受沾;以瓦爲衣,果有幾人之免漏。茅椽破綻,無非杜陵之貧;麻脚淋漓,總是布被之冷。遂思億兆民大庇,願得千萬間廣居。聽屋漏床床之聲,深念天下寒士之無數;建樓居翼翼之制,惟期眼前崇廈之有成。與人同憂,豈曰我躬之不閱;俾民奠宅,自甘吾廬之獨傷。惟斯世群生一一安巢,雖此身凍死萬萬無恨。待風雨於上棟下宇,俾免土處病而木處顛;定繩墨於萬戶千門,聿見翬斯飛而鳥斯革。一夫不獲,即伊尹推納之心;百堵俱興,是周民安集之道。顧其成雖難於一日,而厥構庶待於得時。半生經營,自許良工之心獨苦;一朝突兀,豈憂拙匠之指或傷。破屋數間,肯愁蝸牛之太窄;新亭百隊,將見燕雀之交飛。苟美苟完,何必綺窓而朱檻;爰居爰處,亦異瓮牖而繩樞。宏儒無鳩拙之嘆,庶民有鳧藻之悅。大廈不缺,庇赤子之絣繃;率土無寒,置蒼生於衽席。堂堂事業,海内視爲一家;恢恢規模,宅中足容萬姓。聊奮三寸之短管,載揚六偉之善歈。(下略)(《冷泉遺稿》卷四,《韓國文集叢刊續》第109冊,頁409)

《先考近齋先生府君言行録》(節録)：嘗曰：三淵論杜甫詩見識勝於李白，如"魏武氣蓋世，蟻視一禰衡"之句，使杜甫作之則必曰"禰衡氣蓋世，蟻視一曹瞞"。此恐是過許杜甫處。杜詩固多忠義所發，而實無真見識，如"孔某盜蹠俱塵埃"之句，豈可口中道出者哉？以此觀之，杜甫于禰、曹扶抑得正，未可必如淵翁所云。嘗以是語諸俞汝成，汝成以爲此是杜陵醉中走筆，未可知也。然吾意則雖醉中，事極駭然。朱子嘗注杜詩，至此遂輟筆，其尊聖戒後之意自可見矣。(《冷泉遺稿》卷五，《韓國文集叢刊續》第 109 册，頁 447)

沈象奎

沈象奎(1766—1838)，初名象輿，字穉教、可權，號斗室、彝下，青松人，謚號文肅。正祖十三年(1789)謁聖文科及第，歷任大提學、領議政等職。純祖七年(1807)、十三年(1813)，分别以冬至副使、年貢正使出使清。著有《斗室存稿》，又與徐榮輔共同編纂《萬機要覽》。

《杜蘇十韻》：每讀杜蘇作，二公吾所悲。忠誠形累詠，直節見單辭。動盪神靈秘，發揮天地奇。寧容嬉且笑，未或鄙而卑。咳唾珍千古，心肝照四垂。當年動貶謫，至老困流離。無死良云幸，其仇亦必知。拾遺巴蜀日，學士惠儋時。菜借參軍地，堂求録事貲。一生不自得，安用文章爲。(《斗室存稿》卷四，《韓國文集叢刊》第 290 册，頁 71)

金虎運

金虎運(1768—1811)，初名迪運，字穉吉，號雨澗，義城人。純祖九年(1809)增廣文科及第，著有《雨澗集》。

《書杜詩五言抄集後》：古人曰瑜不掩瑕，瑕不掩瑜，信哉。以杜草堂之聖於詩，而有瑜瑕之不掩也。余手寫少陵五言古詩一册，觀其體裁，沈鬱頓挫，精緻典雅，如趙市燕肆，雲綺霧縠層見叠出，照耀耳目。又如清廟明堂，瑚璉彝器，衣冠劍佩，雍雍肅肅，享百神朝諸侯，俯仰有儀，周旋中節。信乎！詩家之盟主也。然其締思頗苦，故艱棘組織之體常勝於沖澹蕭散之趣，譚者謂壯麗不如排律，渾莽不如七言，豈以杜之才而亦有所躓耶？(《雨澗集》卷三，《韓國歷代文集叢書》第 3306 册，頁 213)

李升培

李升培(1768—1834)，字大彦，號修溪，興陽人，鄭宗魯門人。著有《修溪集》。

《論詩》：謝朓[一]驚人問幾句，文從辭達便應休。一天文軌非由力，四海風詩謾費愁。山确何須勞鑿斧，江河快睹縱輕舟。少陵近慕陶翁手，看取天然是壯遊。（《修溪集》卷二，《韓國文集叢刊續》第 110 册，頁 574）

　　[一] 朓，原作“眺”。

《尹聖郊詩集序》：余閒居閱杜子《秋興》篇，門外有客臞顔星髮，若山澤閒逸。余揖而席，愀然相視良久，乃曰：“子非娥林尹聖郊乎？嗟乎，不可識矣。”記昔少日，遇聖郊于達城，聖郊方以能詩爲後進首，蒼眉玉貌，望如雪竹冰梅。凡江左右名能爲詞者，惟恐不得與聖郊相識。當是時也，朝廷以聲病取人，使聖郊進而一得於良有司，則庶幾從事奎苑，鼓吹六經，以鳴升平之盛不難矣。何乃尚作一布衣，栖屑於海山之間耶？以聖郊向時之明妙清麗，俯仰之間，顧隆齒豁，幾不能識面，則益嘆浮世流光之駛，而余亦衰老矣。郊之言曰：“吾已盡舍其舊所業，從遊先生大人，欲學周公孔子之道，既以會諸心而得之於身，又欲以傳於後也。”余即離席起敬曰：“如公可謂善變化矣。夫士平居以功名利達自期，而及其老而不得也，鮮不戚然自失。惟公以聖賢之道易其平日之所嗜好，真揚子所謂‘先病而後瘳’者也。”閱其歸橐，有詩數十帖，皆吾鄉諸名勝之所相贈酬者。余觀聖郊之詩，清平豐麗，泉涌不窮，未嘗有憂愁放曠之象，而怡然有自樂之意，非有所得於中者烏能如是乎？即以所接杜詩者論之，彼以倒峽之手流落劍南，不能黼黻盛唐之皇猷，但見滿紙秋聲，自寓不平之鳴，則其與吾子之所得，其淺深輕重果何如也？聖郊勉乎哉。吾將爲子欲賦《反秋興》以贈也。聖郊名東壄，自號弦窩。（《修溪集》卷六，《韓國文集叢刊續》第 110 册，頁 658）

李羲發

李羲發(1768—1850)，初名英發，字又文，號雲谷，永川人，謚號僖靖，鄭東弼門人。正祖十九年(1795)文科及第，歷任寧越府使、大司諫等職。著有《雲谷集》。

《杜陸千選跋承命製進》：我聖上己未冬，《雅誦》成，親製序以弁之，既又手選杜、陸千首。編既就，命諸臣跋。臣竊惟詩於天地間有自然之節奏，玉石之有鏗鏘也，草木之有精英也。鶴白而烏黔，棘鈎而松直，無非個自然之詩,而初無待於剪削以工,藻繪以爲飾也。漢唐以下,删詩之筆不作,而詩之道日下。續鳧斷雁,雕風鏤月,操觚登壇者無慮百數,而若論其洗滌哇俚,陶寫情性,粹然中規,浸淫風雅,則惟杜、陸之詩爲庶幾焉。臣嘗取二家之詩而讀之,工部以忠厚爲詩,雄健頓挫,抑揚磊落,如《山樞》《蟋蟀》,憂深慮遠,使人有忠君愛國憂時悶俗之思。放翁以憾憤爲詩,激昂跌蕩,忼慨瀏亮,如田僧超臨陣作《壯士歌》,使人有車馳馬驟、投石橫草之思。雖其托物比興,多發於蟲魚草木之類、山水杯酒之間,雖若無關於世教者,而其沖澹和厚底氣味,油然自發於忠肝義肚,均不失乎詩人性情之正則一也。讀是詩,庶可以廉頑而立懦,去葷血而消鄙吝,則我聖上之必表章二家,選而列之於删詩之後,以爲淑人心振大雅之本者,夫豈偶然哉?臣仍伏念《雅誦》之音,清廟之瑟也,彝鼎之器也;杜、陸之詩,管弦之音也,絺繡之文也。有經不可無緯,有《雅誦》不可無杜、陸,此又詩教之所以設。而聖教中取則於《雅誦》,潤色於杜、陸之調,誠千古詩藪之指南也。凡今日受而讀之者,因是選而溯《雅誦》之旨,因《雅誦》而復三百之舊,其像景雲,其氣太和,登我民於熙皞、築邦基於磐泰者,自此伊始。《詩》曰:“濟濟多士,生此王國。”[一]是詩也,臣方爲聖朝祝焉。臣拜手稽首謹跋。(《雲谷集》卷七,《韓國文集叢刊續》第111册,頁143)

　　[一] 濟濟多士,生此王國:《詩經·大雅·文王》原詩作“思皇多士,生此王國”,或“濟濟多士,文王以寧”。

姜彝夫

　　姜彝夫(1769—1801),字聖倫,號重庵,晉州人,李用休門人。純祖元年(1801),因“辛酉教難”牽連死於獄中。有《重庵稿》。

　　《代唐杜甫賀九重春色醉仙桃押春,癸丑泮製》:漢宫春入氣色新,千樹紅桃紅錦繢。淺紅深紅色不純,有如人面潑醲醇。萬年天子聖而神,伊祈矧多如春仁。禾麥屢登夷狄賓,太平近日皇風淳。蓬萊正殿聳嶙峋,四邊樹花成行均。梅棠杏桂紛羅陳,牧丹國色柳麴塵。不是繁華聖心珍,至象緣餹丁昌辰。自有元氣盪洪匀,俄道陽和溢八垠。苑裏花氣何氤氲,個中桃色絶夷倫。艷姿姹姹馥津津,密懸政似無幹身。忽憶帝殿星斗晨,三危使者來去頻。聖人壽考天與鄰,一結一開千萬巡。御氣連通開玉宸,天香拖惹引朝紳。却看山壽献封人,復有河清頌詞臣。氣像徵知大猷臻,植物輸入化陶甄。閃閃微映袞龍鱗,個個相繢陽烏輪。恰是卯酒初入唇,迷離醉態工模真。或如種秋葛天民，或如投轄杜陵遵。一雙海鶴色勝銀，和鳴夜夜枝間馴。化國物色長彬彬，桃熟千秋又萬春。(《重庵稿》冊一，《韓國文集叢刊續》第 111 冊，頁 429)

《何水部詩集序》：舜皋陶之歌，夫子之刪定，是皆其聲由音，渾渾不漓，要其歸則蓋有不可得已者。下及漢魏，鐃歌、童謠、樂府、饗祀、祈頌之辭，夷曠牢愁之作，亦克保有斯意。至李唐而專門於詩，大家繼起，始有聲律定格，對偶排比，語雖盡而足其句，意有餘而局於篇，於是體分近古而俱儼然繩尺矣。降而宋元皇明，流易夭冶雕鏤瑣碎，不能無疵瑕可指，是又三唐一變之誤也。其處于其間，由古入今者，六朝是已。是故六朝之詩，率穠華難掩而真態自露，有若主張乎氣數之所繫，機幹之所轉者然爾。論者以唐之詩配于宋之道，六朝其道之漢乎？余嘗觀西京諸儒者，其譚經説道往往失之於穿鑿傅會。然而去古未遠，傳聞有自，繼六國游説，秦燒之餘，能使在後之人知有六藝五經之教，則又西京諸儒者之倡也。是以其所爲文雅馴有典則，視諸聖經雖遠矣，視諸聖門弟子之編、國史之記雖降矣，又其自然混浩之氣，有非唐宋作家模擬蹈循者所可企及也。唐朝之詩，若李之需然無滯，杜之集衆美，王之精叠，韋之雅高，皆能追千古之逸調，成一家之體裁。詩家之所推重，宜與斯門之周、程、張、邵子、朱子比矣，夫六賢之在斯門，其功亦盛矣哉。自其一變而淫於異説，流於訓詁，已自程、朱諸門人間有不免，詩下於唐而有病，奚以異此哉？是以欲考古今道學之異，若如於西京是稽詩之六朝亦然。余讀何水曹詩，酷愛之，其色態麗縟，其音調希緩，其意趣則出入乎質厚絢餚之間。王輞川之詩如"明月松間照，清泉石上流"，千古詩人莫不斂袵敬贊者，以其天然圓活，非唐以後所可觀者，若在陶、謝則不過恒談而已，何水曹能有之。老杜之詩如"雲溪花淡淡，春郭水泠泠"，嫻逸秀麗，可諷可喜，而晚唐以來纖妍作態似有以啓之，何水曹時亦有之。蓋其無心乎結撰而能泃然邃古，矢口出言而聲韻自叶，有如姑射神人，皎若絶世獨立，綽約若處女，又如時花嬌發，色香俱美，莫非爛然天生之真趣。嗚呼，詩之爲教亦大矣，自古昔聖人已重之，末世則道廢而詩亦亡也。學詩之要，宜莫先乎觀乎世變。其變之之機在乎六朝作家，何水曹非六朝作家乎？余故曰：爲詩者絶不可不知何水曹詩。(《重庵稿》冊二，《韓國文集叢刊續》第 111 冊，頁 455)

《杜工部文集引》：余讀子美詩，見其紀蹟立論之際，行筆勁健，造語豪暢，往往有行文諸法，心竊以爲詩不可徒以雕繪鏗鏘爲工，漢晉以下能言之士未有能脱此套者。觀夫《三百篇》中雅頌諸什，其承接援證皆叠絶透切，辭旨俱達。子美蓋有深有得於此，故其爲辭也，未必曰章句曰比興，而動合乎古，其所云《三百篇》後一人者，未必不在是矣。韓昌黎之詩，或有譏其冗順質直,少韻語本相,是非昌黎,蓋文人故然爾,是其所以善學杜者也。余故曰:子美之詩,詩中之文耳。嗚呼,公文章之雄傑,可但以一詩人目之哉?顧公集諸刻,未見載公之文者,甚愧余聞見之不廣矣。偶閱長洲許自昌校集合刻李、杜全集,有公文集一卷,總若干首,余驚喜而卒業焉。縱橫奇倔,殊態畢呈;情思超逸,莫可拘縶;錯雜經傳,出入乎六朝邃古。惜乎,古今尚論之家,鮮有能稱之者,意者其有掩於一長乎? 以余所見,文自成一家言,非詩所可掩也。夫天下之事,豈有二致哉? 太史公之文固盛矣,如"天下熙熙,皆爲利來;天下穰穰,皆爲利往",叶韻天然,聲韻清婉,諷詠可喜。後之力於詞章者,亦不足及此。若王大令之畫烏犉,傳以爲藝苑之美談,是其類也。通博之士觸而伸之,將無所往而不通,其所謂才之所限者,特以中品之流而言耳。如公之文不必更求乎其奇,即其詩之雄健豪暢而有餘用矣。余乃表而著之,別錄爲一册,用俟後之博古君子,與公詩並刻而傳之。古之人有文與行之可傳於世者,雖隻句零字亦有所不遺焉者,即後人尚慕昔賢之意,況公文衆體俱至,辭賦贍縟而可玩,記述雋永而有味,章奏誄志循循規度中,只其文亦足以可傳者乎。公嘗有詩云:"斯文崔魏徒,許我似班楊。"公豈急於自詡妄引重於人言者? 不然,當時宗匠如崔、魏者,亦以玄經、漢史與其同也,是豈詩之謂哉? (《重庵稿》册二,《韓國文集叢刊續》第 111 册,頁 471)

申　緯

申緯(1769—1847),字漢叟,號警修堂、紫霞,平山人。正祖二十三年(1799)文科及第,歷任大司諫、户曹参判等職。純祖十二年(1812),以書狀官出使清,拜訪過翁方綱。著有《警修堂全稿》,多論詩律絕,論中國及朝鮮詩人詩作。

《臘十九,兒子命準拜坡有詩,秋史内翰甚激賞。余又和之,以示秋史》其一: 對商十二家詩轂,前削初唐後黜明。時余手選七律轂,始以杜文貞、白文公、李義山、蘇文忠、陸劍南、元遺山、虞文靖、錢虞山、王文簡、翁北平十家,質之於秋史,秋史曰:"虞山則濫矣,杜樊川、黃文節、朱竹垞皆不可闕。"余於詩道篤信秋史,故再以十三家釐正。君又官名稱内翰,低回七百卅年間。　　其二: 由蘇入杜拈花後,留下金針度指尖。義起詩家論俎豆,特豚當爲北平添。　　其三: 精心考覈儘堪驚,刊誤鸚衣與鵠翎。已自放翁難注矣,幾家傅會撿禽經。　　其四: 官燈特爲論詩紅,情味依然昨臘同。弭節年年耆學士,宫壺雨露玉堂風。余於昨年臘十九在省中有詩。　　其五: 毗陵文字付灰塵,花鳥江西板蕩春。肯僅長沙論閣本,金源大有學蘇人。　　其六:幾人學杜得真髓,貌襲區區劍鍔船。不必妝梳同結束,天然秀色逞媥妍。　　其七:溯杜至蘇沿至翁,各心性得一宗風。七言萬古留香瓣,纔屬詩家十二中。　　其八:宋白粉箋每黯魂,嵩緣萬里對堪論。試商填廓馮家刻,聚墨猶憑珠黍痕。其九:遙鍾促漏送年華,身老官清未足誇。惟是與君欣對直,閱人吾已似恒沙。下番翰林,例直於尚書省之堂后,故云對直。(《警修堂全稿》冊八,《韓國文集叢刊》第 291 冊,頁 173)

《次韻星伯論詩之什,三首之一》:詩誦關雎義可知,無然淫樂與傷悲。遞相創制垂千古,務去陳言此一時。不盡佳人出燕趙,那堪樣子揭嬙施。杜陵質厚原無訣,真性真情是我師。(《警修堂全稿》冊十二,《韓國文集叢刊》第 291 冊,頁 279)

《今年春間,蔣秋吟寄示論唐宋人詩絕句三十首全本,以此爲謝》:論詩寄到爲揩青,四傑沿洄迄四靈。兩宋墨新千古幟,三唐緯密六朝經。風騷並駕懷工部,神韻拈花憶阮亭。論詩絕句,昉自老杜,近至新城,故云。和者無人爭好處,恰如初本寫黃庭。借用陳伯璣許漁洋《秋柳》詩語。(《警修堂全稿》冊十三,《韓國文集叢刊》第 291 冊,頁 285)

《翠微副使歸示錢金粟學士林近體雜詩,有論詩絕句。又有題余懷人詩後二絕句,故各用其意,以俟冬使附寄金粟爲謝》其一:韓杜蘇黃一杜陵,玉環誰愛燕誰憎。廬山高與明妃引,只許人間李白能。　　其二:真北宋人贋杜陵,論功配食竟誰升。人蔘菜莫蕪菁笑,生噉多還動氣能。原詩"人蔘莫便輕唐突,多少蕪菁吐甲纏"之句。(《警修堂全稿》冊十四,《韓國文集叢刊》第 291 冊,頁 309)

《奉睿旨選全唐近體訖,恭題卷後應令作八首》其五:杜甫操持史例嚴,徐陵才調玉臺纖。聖人刪後垂柯則,桑濮無妨並二南。　　其六:神韻論唐恐未臻,罔聞實事詎知真。王韋韓杜難偏廢,共是開門合轍人。(《警修堂全稿》冊十五,《韓國文集叢刊》第 291 冊,頁 331)

《東人論詩絕句三十五首》其十五:膚淺爲詩東俗陋,蘇齋簡易寡同儔。現成脚跡徒遵奉,不復深從裏許求。盧蘇齋在宣廟初最爲傑然,其沈鬱老健,莽宕悲壯,深得老杜格力,人莫能及。崔簡易風格之雄豪,質致之深厚,亞於蘇齋,而鏤畫矯健或過之。其警絕處聲響栗然,如出金石,非後人所及也。　　其十六:學副真才一代論,容齋正覺入禪門。海東亦有江西派,老樹春陰挹翠軒。《惺叟詩話》:我朝詩當以李容齋爲第一,沉厚和平,淡雅純熟。五言古詩入杜出陳,高古簡重。南龍翼《壺谷詩話》:國初以來文體專尚東坡,而翠軒忽學山谷,儕流皆屈服。余見翠軒詩"春陰欲雨鳥相語,老樹無情風自哀"最是警策,而兼學黃、陳也。　　其二十三:論定波紋與繡針,爭如自負比高岑。雍門赤壁琴簫響,難道滄洲不賞音。壺谷言:李月沙詩如水紋平鋪,申象村詩如組繡五彩。柏谷問鄭東溟曰:"子詩於古可方何人?"東溟笑曰:"李、杜則不敢當,至於高、岑輩或可比肩。"車滄洲言:權石洲之"空山落木雨蕭蕭",李東岳之"江頭誰唱美人詞"俱是絕響。權之首句如雍門琴聲,忽然入耳,使人無不涕零。李之末句如赤壁[一]簫音,不絕如縷,猶含無限意思也。　　其三十四:天下幾人學杜甫,家家尸祝最東方。時從批解窺班得,先數功臣李澤堂。東人之學杜者不但不得其髓,并與皮貌而得之者鮮矣。澤堂《杜詩批解》或時有揩挂,然有裨於初學則多矣。余亦少日嘗問津於是書耳。(《警修堂全稿》冊十七,《韓國文集叢刊》第 291 冊,頁 370)

　　　　[一]壁,原作"辟"。

　　《杜陵躑躅一本,寄船而至,喜題二絕句》其一:奉乞桃栽一百根,杜陵故事句長存。租船躑躅來無恙,一百根中一樹分。　　其二:細思杜甫頻遷次,籠竹檀林何地栽。世業看花君有福,春風分自杜陵來。(《警修堂全稿》冊十八,《韓國文集叢刊》第 291 冊,頁 389)

　　《題復初齋集選本二首○此本余所選,而金秋史自蒲節覆校,至荷花生日者也》其一:十三弦隔響泉塵,詩夢依然叩筏津。執一不堪門戶立,虛衷要見性情真。雖聞蘇杜精微義,甘作漁洋著録人。流露諸經金石學,前無古昔後無鄰。　　其二:詩有別才是何説,罔聞實事詎真傳。孤高必自鈎深始,神韻徐迴蓄力全。學杜幾人由宋入,寶蘇如此例唐賢。豈曾拖帶誠齋味,再合商量蒲褐禪。王述庵《蒲褐山房詩話》謂覃溪出誠齋派。(《警修堂全稿》冊十八,《韓國文集叢刊》第 291 冊,頁 394)

　　《讀宋十家詩,各題一絕》:蘇長公:翁張開闔萬千態,氣魄昌黎後一人。七律當家超上乘,輞川禪悟少陵神。　　曾南豐:語盡意餘味頗長,難同諸子概論量。確然韓杜門墻在,杜與無香恨海棠。　　陸放翁:文章入蜀發揮雄,前有花溪後放翁。近體鑪錘能事畢,更難措手化新功。(《警修堂全稿》冊十八,《韓國文集叢刊》第 291 冊,頁 397)

　　《古香齋蔡君謨荔支帖有歐公跋,宋搨官庫足本也,題示藕老人》:君謨譜荔支,品第論頗精。不似漢唐人,見熟不見生。答遝與離支,夸言馬長卿。何況蒲陶比,魏文之謬評。荔支於牡丹,樂天恨未并。花果品各絕,賦予偏不平。歐公識卓然,至理分析明。是惟不兼美,故各得殊名。我思理固然,能盡物之情。飛燕玉環艷,肥瘦各至形。詩文或專門,造極宜孤征。杜甫曾子固,何害主偏盟。強欲兼花實,色味香奪傾。是帖歐陽跋,官庫本丁寧。宋搨政和璽,古香翻墨青。宋初第一書,未暇論典型。蘇、米未出之前,宋人推蔡書爲國朝第一。歐跋有所感,題作詩龕銘。(《警修堂全稿》冊十九,《韓國

文集叢刊》第 291 册,頁 413)

《海居三用前韻見貽,第二篇辭旨悽愴,不堪終讀,輒又和呈,以謝萬一,即四疊也》:斜封白絹枉清朝,贈我瓊枝又一條。蘇入杜陵耽律細,唐臨晉帖斂鋒驕。苔填甓縫吟蛩地,雲卷亭尖放鶴霄。多謝故人頻喚夢,不知詞客已魂銷。(《警修堂全稿》册十九,《韓國文集叢刊》第 291 册,頁 416)

《次韻篠齋與彞齋論詩七言長句》:正聲萬古何悠悠,二南已變詩柏舟。性於七情大一統,姚佚變熱朝諸侯。春秋謹嚴各異傳,公穀未肯侔左邱。義諦知在不貌襲,試看晉帖唐雙鈎。我初束髮去求道,風騷代降劈從頭。高棟品彙奉圭臬,揣唐不敢私劣優。塾師矢口曰李杜,不許學宋窺中州。是豈夢見真李杜,習熟傳命於置郵。駿骨轉在驪黃外,相馬天與吾雙眸。千秋在後心耿耿,五更窗紙風颼颼。是古非今視王道,纔說桓文五尺羞。何李主盟力模擬,儼然通國之奕秋。古器遂見贗鼎崎,丈室誰叩拈花酬。我思天機專一候,春鳥秋虫各自啾。不薄今人又師古,歸而求諸庶無尤。蓦然空山悟雨雪,芒乎萬象焉雕鎪。彞齋篠齋得句髓,睥睨一代無朋儔。難去答來互棒喝,談笑辟易千戈矛。篠齋樸學立門户,彞齋神力現成樓。六朝腹笥過半豹,三唐目力全無牛。緯也提攀才力薄,老眼怯對騰蛟虬。玉琴冷然未終曲,金翅擘天鯨海愁。陶韋蘇杜本不二,醂放精微何去留。重拈王官廿四品,勘破麞提禪老不。說是法已放筆笑,古瓦墨濺胡桃油。(《警修堂全稿》册十九,《韓國文集叢刊》第 291 册,頁 419)

《論詩,用坡公答孔武仲韻五首》其二:但恨古人不我識,我不見古非徒惜。聖與天子各氣像,四海至今稱甫白。兵不在多在我用,談笑辟易千矛戟。孫吳死法亂吾智,未一合戰先奪魄。(《警修堂全稿》册二十,《韓國文集叢刊》第 291 册,頁 437)

《次韻答問庵五首》其二:五字陶王韋,憑君又舉隅。青蓮不羈靮,老杜合馳驅。就此論圭臬,從何試步趨。惘然天馬跡,執策久臨衢。(《警修堂全稿》册二十,《韓國文集叢刊》第 291 册,頁 445)

《題秋興唱酬卷并序》:李海谷樞密紀淵寄示《秋興唱酬》卷,索余題評。卷中之海谷兄希谷冢宰止淵、趙石厓尚書萬永、雲石尚書寅永、羽堂侍郎秉鉉、權彞齋方伯敦仁、李石見明府復鉉,皆當世鴻儒哲匠,而亦皆余墨緣深結者。海上開函,鬚眉森列,離索中足以當把臂入林也。其詩皆用老杜《秋興八首》韻,互相贈答,準八而止,故曰《秋興唱酬》。是唱也,始自石厓,酬遍諸公,人各以一獲八,如連環,如旋宫。凡友于之樂,交好之篤,期勉之深,與夫出處所係,志業所在,一開卷而瞭然具在,是豈但一時興會之繁而止哉?緯既聞命批閱,系以一詩,竊自附於琴曲之將亂。　誰謂春秋訖獲麟,聖朝尚見正聲陳。鋪張一代風流盛，憑仗諸公製作新。借韻詩家垂格令，悲秋野老本天人。文章揚扢非吾事，慚汗酣歌拓戟身。（《警修堂全稿》册二十，《韓國文集叢刊》第 291 册，頁 446）

《論詩，爲錦舲、荷裳二子作》：學詩有本領，非可貌襲致。詩中須有人_{崑山吳修齡喬修論詩語}，詩外尚有事_{東坡論老杜語}。二言是極則，學者須猛記。詩人貴知學，尤貴知道義。坡公論少陵，是其推之至。青袍最困者，自許稷卨比。是以尚有事，關係詩不翅。因詩知其人，亦知時與地。所以須有我，不然皆屬僞。今人自忘我，區執唐宋異。是古而非今，妄欲高立幟。不能自作家，一生廊廡寄。故自風人始，博究作者秘。不必立門户，會心之是視。輔以學與道，役言而主意。主強而役弱，有令無不遂。隨吾性情感，融化一鑪錘。力量之所及，鯨魚或翡翠。鍛煉到極致，自泯古今二。盡得風流後，了不著一字。王官廿四品，此其尤精粹。錦舲與荷裳，樸學詩最嗜。向我每求益，誠好頗勤摯。錦舲靈慧性，荷裳質厚器。異日青藍譽，未易論第次。金針豈在多，二言拈以示。（《警修堂全稿》册二十一，《韓國文集叢刊》第 291 册，頁 464）

《南鄰鄭夢坡茂宰_{世翼}病中寄以梅花二詩，且乞寫墨竹，將爲揭梅龕也，次韻爲四首答之》其四：一樹江邊句子清，諸家讓與杜陵名。杏花香影承當得，終見評詩太不情。_{僕每舉老杜“江邊一樹垂垂發”，只七字，不甚刻畫，而活現梅花身分，洵古今絶唱也。至如君復“暗香疏影”之句，亦杏花，終見不堪承當耳。}（《警修堂全稿》册二十二，《韓國文集叢刊》第 291 册，頁 500）

《題虞注杜詩後二首并序》：《虞注杜律》，余自少日每疑其托名於伯生，持此論久矣。近見成滄浪集抄本所載，以爲：《虞注杜律》，嘉靖間太原守濟南黃臣與山西監察御史浮山穆相重刊此書，黃自爲跋，其略云：余讀《麓堂^[一]詩話》，西涯論虞注必非伯生之作。余遊都下，偶獲一本，名曰《杜工部律詩演義》，實與虞注不差，序稱：元季，京口進士張性伯行博學早亡，鄉人悼之，得此遺稿，因相與合力刊行。余得之喜甚，欲以其書告西涯，會其卒而未果，此書至今以虞注行。據此則此書之非伯生，古人已先我而疑之，況有黃跋之明證耶？張性，元人也，伯行與伯生音相近，而早亡。虞道園則元時之大家也，故遂以虞注見稱耶？　　托名虞集豈張意，黃跋明言惠後嘉。此注平生疑未決，我心先獲李西涯。　　道園學古窺深厚，杜注尤當熟揣摩。張亦此其初稿耳，恨無論定得年多。（《警修堂全稿》册二十三，《韓國文集叢刊》第 291 册，頁 508）

　　［一］堂，原作“臺”。

《次韻答蓮史》：由杜少陵入長公，是詩三昧聞覃翁。已衰玄草悲楊子，未餌丹砂愧葛洪。放眼頓寬秋水至,伊人宛在露葭中。開函縱慰終非面,對案揮毫恨莫同。(《警修堂全稿》册二十六,《韓國文集叢刊》第 291 册,頁 576)

《再題虞注杜律并序》:余在乙未得見《虞注杜律》濟南黄臣跋,即題二詩,確辨其非虞注,乃張性伯行之注,而伯行與伯生音相近也,故但知以訛傳爲虞伯生矣。今乃閱王阮亭《池北偶談》,益知其所未知。阮亭曰:"杜律乃張注,非虞注。張性,字伯成,江西金溪人,元進士,嘗著《尚書補傳》。獨足翁吳伯慶有挽詩云:'箋疏空令傳杜律,志銘誰與繼唐碑。'予在京師,曾得張注舊本。"止按此,則張性字伯成,又非伯行也。然則原非其字之音近於伯生而稱虞注也,又爲之一嘆。 箋疏無傳傳杜律,如何又借道園名。著書身後悠悠事,只好覃精苦一生。(《警修堂全稿》册二十七,《韓國文集叢刊》第 291 册,頁 605)

《爲義世使君走筆自題墨竹八絶句》其二:竹香罕人知,老杜能知之。膩香與春粉,又有昌谷詩。(《警修堂全稿》册二十八,《韓國文集叢刊》第 291 册,頁 611)

《余一生詩盟在由蘇入杜,而尹竹史既望無月之什與余詩韻不謀而同,可喜。其詩盟之又與我敦也,爲用原韻答之》:竹史詩盟敦我好,兩家無月一時愁。枉教李白停杯問,共負蘇仙既望秋。天上何曾風景異,雲中自在水晶流“一生相對水晶盤”,李玉溪句也。堪嗤稷卨耽佳句,語不驚人死不休。(《警修堂全稿》册二十八,《韓國文集叢刊》第 291 册,頁 613)

《題荷裳、菊人吟詩圖後》:由蘇入杜詩家境,得到荷裳與菊人。我自忘言幽興足,荷花佳節菊花辰。(《警修堂全稿》册二十九,《韓國文集叢刊》第 291 册,頁 643)

李學逵

李學逵(1770—1835),字惺叟、醒叟,號洛下生、文猗堂、因樹屋,平昌人。因辛酉獄事,謫居金海二十餘年。與丁若鏞、申緯交往密切,有《洛下生集》。

《答》:雨亦水也,而以其施行兩間,故不謂水而謂雨。風亦氣也,而以其鼓動萬物,故不謂氣而謂風。然則詩亦文也,而豈非以有興有比,有句有韻,可以永言,可以依聲,故不謂文而謂詩也乎?詩有詩法,文有文法,斷不可胡亂混用。不爾,曾子固何以無詩?杜子美詩序諸篇何以殆不可讀耶?今若曰詩即有興有比、有句有韻之文則可矣,正猶謂雨曰水從天降,謂風曰

氣出土囊，則於義固無傷也。(《洛下生集》册十《因樹屋集》，《韓國文集叢刊》第 290 册，頁 360)

《答》：足下謂覷得文章境界，常如隔一重紗者，真名言也。文章真有此境，纔涉一重，又隔一重，如剥蔥頭，愈剥愈在，此正自家自歉處，實亦自家大將進處。不爾，杜工部何以能晚年漸於詩律細，王元美何以有弔歸震川文一篇耶？文章直一小技耳，夫子大聖也，猶謂"假我數年，卒以學《易》，可以無大過"，此是夫子自歉處，實亦夫子做大聖人處，非如後世禪宗觀心面壁，自謂一朝頓悟者也。足下於此等境界，常欲透此一重則可，如欲終無此一重則非。惟吾道無此等境界，正是足下自畫而不將進也。且夫爲文章有如暖湯，暖過而向冷者湯也，冷過而向暖者湯也。但向冷者，愈往愈冷；向暖者，愈往愈暖，此又漸進漸退之别也。(《洛下生集》册十《因樹屋集》，《韓國文集叢刊》第 290 册，頁 361)

《答》：吾人何處得許多大好詩句，番番寫出來以壓倒時人耶？今人病處，大都必欲作大好詩句，開口以驚座，下筆以壓卷。膽量虚張，心力浪竭，所以今世以爲驚人者，愈巧愈野，愈狠愈醜，反不若平常率易之猶可著手醫治也。杜子美詩云"爲人性癖耽佳句，語不驚人死不休"，杜公此語，豈謂曾所製作每篇驚人，且又全篇驚人也乎？蓋謂時時而一句兩句足以驚人，看他下"佳句"，"句"字其意可知耳。淮陰聖於用兵，而一生用奇處，只背水之陣、木罌之渡一二事而止。羲之《蘭亭》一帖，醒後百千本皆不能及，則可知此般驚人伎倆人不易作，亦世不恒有也。且夫天之驚人者，大麓之雷，濰水之風；而地之驚人者，沈牛之峽，叱馭之坂也。人之驚人者，祝鮀之美，公輸之巧；而物之驚人者，獬廌之角，指佞之葉也。是皆求之千古而不一見之，求之四海而不一遇之。苟或日日而有之，處處而有之，則不惟人不以驚，今此世界内必無如許事理矣。作詩，亦此世界内一段事理，則何獨有理外之理也乎？僕嘗讀韓退之《石鼎聯句序》一篇，看他侯、劉二人殫心竭力，終不能一句得及軒轅彌明者，因他二人專欲作大好詩句，惟恐不能壓倒軒轅。而軒轅則平心舒氣，順口呵噓，自然優過二人也。第詩不可不求平常，而亦不可不時時用奇。以平常，故奇者愈見其奇；以見奇，故平常者雖多，多而不厭也。譬如風水家，見千里行龍一處結穴。以千里行龍，故知結穴之不易；一處結穴，故知行龍之却不孟浪。至如字句結構諸法，僕嘗著《廣詩則》一書，俱載唐、宋、元、明諸家著説。第恨不盡脱稿，不能寄去，俟來便更示奉報也。(《洛下生集》册十《因樹屋集》，《韓國文集叢刊》第 290 册，頁 362)

《王母詞序》：嘉慶壬申夏，萊府人於府東鸑巢臺下篁林中獲一死鳥。色紺去聲，青赤色，翠狀，類胡燕，尾有兩翹，長尺餘。遍示府中故老及博物者，無能辨識。府人金彝淳，語次扣余證之。余曰："王母鳥也。"按《墨莊漫錄》：宋宣和徽宗年號間，中官陳彦和言嘗掌禽苑，四方所貢珍禽不可殫舉。蜀中貢二鳥，狀如燕，色紺翠，尾甚多而長，飛則尾開，裊裊如兩旗，名曰王母。又杜子美《玄都壇歌》云："子規夜啼山竹裂，王母晝下雲旗翻。"杜公博物，所以舉似雲旗，蓋言其尾開如兩旗也。若言瑤池王母，則其於玄都之青石寒風殊甚無當矣。或曰："彼即産蜀中，騫越山川而止於左海之萊府，豈理喻者耶？"余曰："昔皐貫肅慎之砮，而集于陳氏之庭，夫子嘗辨之。禽鳥飛類，豈以程途疆域限之者耶？"問者乃首肯而去。於是乎作《王母詞》六章，請萊府諸君子和之，以廣余同好云。（《洛下生集》册十一《菜花居集》，《韓國文集叢刊》第 290 册，頁 401）

《聲韻説二》：用韻之法肇自六經，而要之秦漢以上之書，雖非歌詩，往往涉筆成韻，爲後世取式者。古之人嫺于聲律，精于吐咳，有不期然而然者矣。間嘗歷考古今用韻諸法，不止一端。按：古人有只二字成兩韻者，《子桑琴歌》："父邪母邪，天乎人乎。"父音甫，母音門補反，相叶成韻。天音梯因反，亦與人字相叶成韻。乎、邪四字則餘聲耳，此即一言詩也。亦有四字叶兩韻者，《老子》"知足不辱，知止不殆"，《韓非子》"名正物定，名奇物徙"，《史記》"甌窶滿溝，汚邪滿車"，然《易》之"潛龍勿用"實爲濫觴。而《詩》之"其虚其邪[一]"、"蝃蝀在東"、"鴛鴦在梁"亦又繼作，則此即二言詩也。亦有五字叶兩韻者，《前漢書》"燕燕尾涎涎"，燕、涎相叶；"木門倉琅根"，門、根相叶也。亦有七字叶兩韻者，《後漢書》"天下規矩房伯武，因師獲印周仲進"，嗣是題目，俊、顧、及、厨悉用是法。七字之中，又有從第二字起韻者，《列女傳》秋胡子謂妻"力田不如逢豐年，力桑不如見國卿"，於古僅見。自是而下，變而爲填詞、爲南北曲，則法益繁矣。亦有以虚字收句，而用韻俱在虚字前一字者。如《詩·鄘風》"素絲組之，良馬五之"，組、五相叶，之爲餘聲也。又"乃如之人也，懷昏姻也。大無信也，不知命也"，人、姻相叶，信、命亦相叶，也爲餘聲也。《虞書》"元首明哉，股肱良哉，庶事康哉"，明、良、康相叶，哉爲餘聲也。《左傳》"我有圃生之杞乎"，乎字；《國策》"松耶柏邪"，邪字。《招魂》之些字，《大招》之只字。它如兮字、思字、且字、止字、忌字、矣字之類，悉以虚字前一字相叶者也。亦有以兩虚字收句，而用韻仍在兩虚字上者，如《詩·齊風》"俟我於著乎而，充耳以素乎而"，著、素相叶，乎、而爲餘聲也。亦有用實字收句，而仍亦爲餘聲者，如《小雅》"坎坎鼓我，蹲蹲舞我"，俱以我字前一字相叶。《鄭風》"蘀兮蘀兮，風其吹女。叔兮伯兮，倡予和女"，亦以女字前一字相叶。大抵古人以句末字同者即爲餘聲也。乃明唐寅《嬌女賦》用只字收句，是學《大招》，而只字前一字俱不用韻。

又如《衝波傳》載河上之歌曰"鶬兮鴣兮，逆毛衰兮，一身九尾長兮"，兮字前一字亦不用韻。《漢書》韋玄成詩"赫赫顯爵，自我隊之。微微附庸，自我招之"，又"誰謂華高，企其齊而？誰謂德難，厲其庶而"，而字前一字亦俱不用韻。夫玄成父子兄弟以詩起家，而不精韻法如此，如子畏益無可論矣。亦有虛字前一字不與通篇叶韻者，起句如《邶風》"玼兮玼兮"，不叶展字；《鄭風》"撎兮撎兮"，不叶吹字；《論語》"鳳兮鳳兮"，不叶衰字。收句如《騶虞》之"吁嗟乎騶虞"，不叶葭、豝字；《麟趾》之"吁嗟麟兮"，不叶趾、子字；《褰裳》之"狂童之狂也且"，不叶溱、人字。此蓋古人只以單行作起收，不意乎叶韻者也。亦有隔句互叶兩韻者，如《詩·兔罝》，罝、夫相叶，丁、城亦相叶。《魚麗》，罶、酒相叶，鯊、多亦相叶。嗣後韓愈作《張徹墓銘》，上下迭叶平仄，亦用此法也。亦有隔二句用韻者，如王延壽《靈光殿頌》二十一句，只九句相叶也。亦有隔三句用韻者，如杜牧《阿房宮賦》"明星熒熒"八句，只鬟、蘭二字相叶。《搜神記·淮南操》十二句，只下、甫、女三字相叶也。亦有句句用韻者，其法始於漢武帝《柏梁詩》，後復有王昌齡《箜篌謠》、韓愈《陸渾山火》，但此法須用於不轉韻，若轉韻則爲失格矣。亦有句句用韻，而只中間一句不叶者，如王勃《秋夜長》"鶴關音信斷"一句是也。亦有隔句用韻，而只中間兩句連叶者，如杜子美《寄韓諫議注》"星宮之君醉瓊漿，羽[二]人稀少不在傍"是也。古樂府亦有從起句起韻者，如"孔雀東南飛，五里一徘徊"、"日出東南隅，照我秦氏樓"、"上山采蘼蕪，下山逢故夫"之類是也。亦有從第二句起韻者，如《十九首》"行行重行行，與君生別離"，諸葛亮《梁甫吟》"步出齊城門，遙望蕩陰里"，曹植《怨歌行》"明月照高樓，流光正徘徊"之類是也。亦有一篇之中叠押一字者，如古詩"晨風懷苦心，蟋蟀常局促"，又曰"音響一何悲，弦急知柱促"，一篇押二促字。王粲《從軍詩》"連舫逾萬艘，帶甲千萬人"，又曰"我有素餐責，誠愧伐檀人"，一篇押二人字。杜子美《園人送瓜》"浮沈亂水玉，愛惜如芝草"，又曰"園人非故侯，種此何草草"，一篇押二草字。《寄嚴賈二閣老》"討胡愁李廣，奉使待張騫"，又曰"如公盡雄俊，志必在騰騫"，一篇押二騫字。至《飲中八仙歌》，連押二船、二眠、二天、三前字。《杜鵑》詩，連押五鵑字，則益疏放不羈矣。亦有逐句轉韻，如李賀《九月》樂辭之類是也。亦有轉韻而必平仄相間，如杜子美《丹青引》之類是也。亦有轉韻而一不平仄相間，如李白《公無渡河》之類是也。亦有全篇泛入傍韻不便循常，如杜子美《戲呈元二十一曹長》一篇傍及五韻，韓愈《此日足可惜》一篇傍及六韻之類是也。亦有全篇謹守一韻，不憚行險，如韓愈《病中贈張十八》之類是也。亦有通篇假，如本押六麻而起，借五歌一韻，謂之孤雁入群；本押八庚而結，借九青一韻，謂之孤雁出群。又如第二第六句押一東,第四第八句押二冬,謂之進退格。諸如此類名目雖多,屬之遊戲。大抵晚唐及宋人之于詩韻,元人之于詞韻,明人之于曲韻,多不可用爲標準。而至于我東,尤不可爲訓,乃若古詩之混押上去,科賦之取似收音,是固同文之域所必無者。倘有潛心好古者,準此以推,博考古今歌詩,至於聲韻一道當不河漢予言矣。(《洛下生集》册十一《菜花居集》,《韓國文集叢刊》第 290册,頁 408)

〔一〕邪,原作“徐”,據程俊英《詩經注析》改。

〔二〕羽,原作“美”,據《杜詩詳注》改。

《答朴思浩》(節録):文以理勝,詩以韻勝,不易之法也。詩須如水中月、鏡中花覰之,故在捉之不定,内典所云“不即不離,不粘不脱”,曹洞宗所云“參活句”是也。至於議論序事,自别是一體,五古如元次山之《春陵行》,杜樊川之《李甘詩》,昌黎之《薦士》,少陵之《北征》是也;七古如白香山之《長恨歌》,盧玉川之《月蝕》詩是也。至若絶句,句本不多,語須清脱,論序之所以尤難也。唐宋以降,惟王仲初之《宫詞》,劉彦冲之《汴京紀事》等作,殊有風韻。其他如明人沈嘉則、李賓之、尤展成諸人《竹枝詞》,最爲得之。王士禎漁洋詩則曰“竹枝、柳枝自與絶句不同”,不但竹枝專詠風土,音節亦與絶句迥異也。(下略)(《洛下生集》册十四《文漪堂集》,《韓國文集叢刊》第 290 册,頁 464)

《金穉聞伽倻草序》:猷良使君金穉聞《伽倻紀行》詩四十八篇,篇各有小記冠之。凡山之一岡一阜一沼一磵,一拳之石,一拱之木,苟可以寄興寓賞者靡不載叙。使讀者若身歷四十八洞府,窮叫窱変揭嶭,超然有遺世獨往之志。是蓋穉聞致身方外,遊神物表,庶幾與海雲、定玄輩朝暮遷之,故其吟嘯若天籟,咳唾爲沆瀣,非他文墨可比擬也。古之述山行者,詩止於少陵之入成都,文止於子厚之居永州。彼或迫于飢寒,陷于遷謫,顛連偪側,發爲藻思,宜其一呻一唒直造天工。而若穉聞者,青綾下直,宣髦未凋,方且縮墨綬,擁訶騶,進止俯仰,雍容都雅,若所謂徇聲名事功利者,未必非此人。而乃其軍持不借,乘危涉險,却與一二襤夫衲子騈趾拍肩,恬不爲恥,非有自得于中,輕世而傲俗者,容有是邪?昔者穉聞先府君正言公,值予于京師城西之蘋婆軒,不以予爲不敏,托予爲忘年交,迨今二十餘年。正言公捐館舍,穉聞天機秀發,其所述作,綽有正言公遺風。予所以心折艷慕者,非直爲穉聞風流散朗騷雅可尚而已也。乃書以歸之穉聞,穉聞當亦有感於予言也。(《洛下生集》册十五《文漪堂集》,《韓國文集叢刊》第 290 册,頁 485)

《擊錢戲》:今之小兒擊錢,或曰即古之意錢,非也。《漢·梁冀傳》“能意錢之戲”,注：何承天《纂文》曰：“詭億,一曰射意,一曰射數。”杜子美夔州絶句“白晝攤錢高浪中”,黄生注：“意錢,即今之猜枚射覆之類。若攤錢則以錢攤撥於地,今謂之跌博。”曾季貍《艇齋詩話》：“攤錢,即攤賭也。”劉侗《帝京景物略》：“小兒以錢泥夾穿而乾之,剔錢,泥片片錢狀,字幕備具,曰泥錢。畫爲方城,兒置一泥錢城中曰卯,兒拈一泥錢遠擲之曰撇。出城則負,中則勝,不中而指杈相及亦勝;指不及而猶城中,則撇者爲卯。”詳其義,攤錢爲近之,其爲今之擊錢無疑矣。(《洛下生集》册二十《東事日知》,《韓國文集叢刊》第 290 册,頁 629)

權星耈

權星耈(1771—1814),字壽余,號蘀庵,生平事跡不詳。有《蘀庵文集》。

《書君實所録東國詩後》：觀詩亦難矣,《三百篇》之作有頌雅風之別,得賦比興之體,而治之隆替,俗之淳漓,人之善惡,燦然呈露,苟非達於天機者,其何以與此哉？自平王東遷之後,詩之作不復聞,而漢代河梁之詠爲五言之權輿。魏晉以來其體漸備,較諸風雅之旨,雖若淺俚,而猶有近古未散之氣矣。六朝以往,綺麗華靡,元氣蕭然,殆不可振。唐之諸君子激頹而起,雄偉如杜工部者,可謂得中興之運,而獨慨夫未入周孔之室,其見博洽而未純,其志嘐嘐而不掩。雖未及於清廟文王之盛,而其宏深鉅麗則有非諸子所及者矣。唐之中晚,變而又變,雕冰鏤花,其志雜,其辭繁,其氣萎靡者久矣。及宋之興,儒賢輩出,堯、舜、孔、孟之道明諸心,文、武、周、召之治在其目,發而爲詩,天然意到,即近體而傳雅音,吐素懷而多聲氣,蓋亦無事乎簡奧深遠,而其聲與辭典雅明潔,駸駸有跨唐越漢之妙,上下數千年,《三百篇》遺音宛然一見於此矣。濂、洛之後作者非一,而能入閫閾者凡幾家哉？惟我東方山川回互,風氣局促,迫隘也、浮淺也、巧誕也、華靡也者不一其病,故其發於聲形諸言者,往往不免有罅隙之出,而其或鍾秀而孕靈,得命世鳴國之才,方能蕩滌恢廓以宣其正音,則是豈可以世見而代求耶？竊惟文昌即我東之子美,陶山之門即海外之濂、洛,舉此兩端而推類焉,則餘可得矣。夫然後歸而玩古詩《三百》,有以究其志之所在,而觀其言之所由,返之於身而得之於心,見善而必爲,聞惡而必去,思欲與聖賢同歸,則詩不求工而自不覺其言之渾厚和平,庶幾得所從入矣。君實頗有志於此者,余玩訖書所感以相勉焉。(《蘀庵文集》卷一,《韓國歷代文集叢書》第 1274 册,頁 366)

朴允默

朴允默(1771—1849),初名趾默,字士執,號存齋,密陽人。曾任同知中樞府事等職,著有《存齋集》。

《贈西鄰,次唐詩韻》:誰教屈宋作衙官,詩道終難一字安。今世幾人徒飽暖,古來傑句出饑寒。枚生落手先譏拙,杜子抽腸可見丹。吟詠何妨消永日,百篇高興未曾闌。(《存齋集》卷二,《韓國文集叢刊》第 292 冊,頁 36)

《詠促織》:聲聲似促上機時,不覺西窗五夜遲。月落參橫何暫歇,庭空露滴獨先知。征人聽去堪垂泪,懶婦驚來欲理絲。子美千秋先我作,天真一語仰賢師。(《存齋集》卷五,《韓國文集叢刊》第 292 冊,頁 94)

《平薪錄序》(節錄):太史公周遊天下而自序之,故曰一部《史記》在名山大川,知者信焉。蘇子由之上韓太尉、馬子才之贈蓋邦式兩書,論者以爲自《太史公自序》中出來。苟欲學子長之文,先學其遊可也。歲乙未,余莅平薪鎮,壤地三面舊屬他郡,去甲寅始分籍。凡百施措,非鎮而邑也。公務之暇,歷覽登眺者有之。山川險夷,道里遠近,物產豐嗇,土俗醇漓,與夫時序之代謝,人事之悲歡,莫不入於長篇短律中。而況乎家國之夢想依依者,尤不可掩也。非曰能之,聊作消遣之資。凡若干言,手題其卷首曰《平薪錄》。錄之云云,記其事也。自李唐來,詩以名家者眾矣,而皆以杜子美爲宗,而謂之史也。今去子美千有餘年,讀其詩想其爲人,則顛沛流離於蜀荊之間,而感物言志也,曷嘗有一日忘其君者乎?蓋其述作力追《三百篇》,少無浮靡邪曲底意。朱夫子所謂與秋色爭光者,豈不信然?而後人之爲宗而謂之史也,不亦宜乎?余實宦遊,顛沛流離,元非可論,則凡有所得於前後者伊誰賜也,一則聖恩,二則聖恩,忠愛微忱,其與子美或相仿佛者存耶。(中略)平薪舊無誌,余始爲而序之。誌與錄詳略雖不同,其意則一也,抑亦爲史之類也歟?誌藏於官,錄在于家,庶或不害爲久遠之遺蹟,遂書之如此。(《存齋集》卷二十三,《韓國文集叢刊》第 292 冊,頁 452)

洪奭周

洪奭周(1774—1842),初名鎬基,字成伯,號淵泉,豐山人,謚號文簡。正祖十九年(1795)文科及第,歷任大提學、左議政等職。純祖三年(1803),以謝恩使書狀官出使清。著述有《淵泉集》《洪氏讀書錄》《鶴岡散筆》《續史略翼箋》等。

《度石門嶺記》:石門嶺在遼陽州東南三十餘里,兩崖削立,而車馬出其中,故名。癸亥之行,余過是而西,前臨大野,後顧叠嶂,戀舊馳新,悵惄交并,思欲以一語識之而不能得。忽憶蘇子瞻《出蜀》詩有云"北客初來試新險,蜀人從此送殘山",憮然曰"古之人已盡之矣",遂輟筆。後讀杜子美《鹿頭關》詩,曰:"連山西南斷,俯見千里豁。及兹險阻盡,始喜原野闊。"其豪健又非蘇詩比也。然子美生長關洛,習原野而厭險阻,其言固宜如此。子瞻蜀人,余東國人也,又安得與子美例哉?東國多山,凡人之生老起居,無一日不在山色中。今余之來,自都門至鴨水上,歷崇嶺峻阪者以數十計。渡江以西,逾嶺又十二奇峰,峭壁之羅列于遠近者,又不暇盡以心目應。及過是嶺,則俱邈焉不可復見矣。亦何怪其徘徊睠顧,惆悵而不能去也。壬辰之役,李提督如松、宋經略應昌,帥師至此嶺,望見朝鮮萬峰出没雲海間,指語將士曰:"此汝曹封侯地也。"今余陟嶺東望而不見鳳凰之山,況我邦乎?史氏之傳疑有溢辭。不然,則嶺傍之山有豁然可以望遠者歟?惜余行急,不及訪其詳,姑書以俟知者。(《淵泉集》卷十九,《韓國文集叢刊》第 293 册,頁 441)

《先考右副承旨贈領議政府君家狀》(節録):府君讀書既博,且從仲父新齋公學古文辭法度。然唯以教諸子,未嘗自見于世。獨喜爲詩,長篇短律頃刻累紙,紆餘閒暇,不見窘色。少絶愛王右丞,晚獨丌陶、杜二集,曰:"詩以真澹清遠爲宗,雄麗次之,自蘇、黄以下吾已不欲觀也。"見時爲詩文者厭棄平常語,以纖仄破碎爲工,輒掩目曰:"不祥之徵也。"(《淵泉集》卷三十五,《韓國文集叢刊》第 294 册,頁 100)

《家言下》(節録):(先妣)既老,常少睡而眼澀,又不能觀書。在枕上,每誦古人詩,以遣思慮。然所喜誦,唯陶、杜二詩,恒曰:"他人詩多綺艷,非婦人所宜觀也。"(《淵泉集》卷四十三,《韓國文集叢刊》第 294 册,頁 239)

洪敬謨

洪敬謨(1774—1851),初名明孫、祖榮,字敬修,號冠巖、耘石逸民,豐山人,謚號文貞。純祖九年(1809)文科及第,歷任大司成、吏曹參判等職。純祖三十年(1830)、三十四年(1834),分别以謝恩兼冬至副使、進賀兼謝恩正使出使清。著有《冠巖全書》。

《北塞戲墨諸帖》:

右第一帖,書唐宋古文諸篇。畫法自楷而漸入半行,字體始小而終至極細。小者如《黄庭》《樂毅論》,細者如《麻姑仙壇記》而尤小。真行相參,具法典嚴,絶不蹈淺俗柔媚之道,而温厚古質之態溢於紙面。

右第二帖,書韓、柳古文諸篇,俱是細楷,而或有一二篇行草者,紙不盈尺,字塵如黍。每片爲十四五行,一行爲五十餘字,字稍大者亦三四十字。而結構精緻,殆同連珠之形,間架通疏,不貼如髮之畫。自晉唐以來未有如此帖之字細者,倘非神精之出常,工力之透奧,詎能臻此哉?

右第三帖,書古辭賦諸篇。字中而漸小,畫楷而入行,圓活飛動,大有古意。

右第四帖,書小學題辭。李白五七言古詩諸篇,字小而楷,亦有中楷而兼之以半行者。小者出入于《黃庭》《東方贊》,中者仿像乎《聖教》《蘭亭序》,瀟灑典雅,體法森然。

右第五帖,書李白五七言古詩諸篇,字體筆意俱如四帖,而天然典嚴之中,兼盡飄騫活動之妙。

右第六帖,書李白古詩及古人書評。詩以中楷,評以行草,比前帖潤活超拔,漸入於佳。

右第七帖,書老杜五言近體詩諸篇。以中小半行,兼之以蜀,瘦勁流動,極其精穩,老杜詩“書貴瘦勁方通神”者是也。

右第八帖,書老杜五言詩及雜文數篇。體象結構與七帖同,而自出新意,不踐古人。

右第九帖,書老杜五七言詩諸篇。隨遇異法,變態不窮。雖半行亂草,皆用楷畫。而不至於率爾輕脆,以犯急作之戒。

右第十帖,書李白五言詩諸篇。弄腕之妙,漸益變化而亦不逾矩。

右第十一帖,或臨《淳化帖》,或書古詩雜文。大小隨異,行草俱備,淋漓秀麗,殆過於七八帖。

右第十二帖,書老杜七言近體詩。字大如掌,畫入於楷,而體象飄逸,神韻流動,範我驅馳,絕無詭遇之術。

右第十三帖,書老杜七言近體詩。筆意畫法與前帖同,此是一時揮灑者,而以紙幅之多分作兩帖也。

噫! 昔我府君每令小子學習諸帖,而小子不肖不敏,竟至於無所成。轉眄之頃,謦咳日遠,手澤尚新,容貌聲氣仿佛得之於筆翰之中,如古人而已。嗚呼! 小子於此爲之三復而流涕云。

(以上見《冠巖全書》冊二十六,《韓國文集叢刊續》第 114 冊,頁 111)

洪直弼

洪直弼(1776—1852),初名兢弼,字伯應,號梅山,南陽人,謚號文敬,朴胤源門人。著有《梅山集》。

《與金鏍辛巳人日》：《詩》課能與歲俱卒否？可能吟咏性情、涵暢道德之中，而歆動之會得興於《詩》之旨否？苟其然者，不直長一格價而已。後世儒者，徒知禰洛閩、祖孔孟，而不知《詩》《書》之爲孔、孟所宗。至於二《南》之不講，寥寥千百年幾乎束閣，甘心於墙面。以是口舌支離，無得乎性情之正，人僞滋而天機淺。多少群儒，闊略斯義，而惟三淵説得痛切，竊嘗信篤而願學者也。爲學之要，入德之方，固當以《詩》《書》爲宗，而杜少陵、韓昌黎之文章咸本之《詩》《書》，故識解最高，門路最真，一變則可以至道，爲作家之正宗。農巖亦云“自熟讀《詩》《書》，文章始精進”，爲功令者，亦舍是則不可以做舉業。《詩》《書》豈可以詞章求者，而凡係文字，不容不祖述，以其爲萬世章程也。君既誦《書》，又治《詩》，因以劇讀精思，輪流通念，作爲終身家計。至望至望。（《梅山集》卷二十一，《韓國文集叢刊》第 295 册，頁 510）

《雜録》（節録）：康節著《經世書》，題曰“堯夫呈”。堯夫作《無名公傳》，問于天地，天地不對。此便是把弄上天，而以天自處也。程子之譏以無禮不恭，即以此也。花潭贊其所著曰：“見到千聖不盡傳之地頭，勿令中失，可傳之後學，遍諸華夷，知東方有學者出。”自信太過，其言不讓，與康節同。兩賢皆由數而入道，故同一證情歟？蓋主理者順理而安行，故其辭遜；主數者任氣而自用，故其辭誇。陸象山天質粹美，嗜欲不行，歷選并世，鮮與倫比，而闊略問學，多欠見識，尚論人物全無準則，有曰：“李白、杜甫、陶淵明，皆有志於吾道。”陶、杜謂之近道則可矣，謂之志道則未也。至若李白，贊永王璘叛逆，可忍以志道許之乎？又記王介甫祠堂曰：“掃俗學之凡陋，振弊法之因循。道術必爲孔、孟，勳績必爲伊、周。”介甫之毀經亂道，執拗誤國，固不免萬世之罪人，可忍贊美以聖人乎？孔子曰“不知言，無以知人”，非子静之謂乎？司馬遷曰“伏羲至純厚，作《易》八卦”，“純厚”二字下得甚真。不純則雜糅，不厚則淺薄。薄且雜者，何所於妙契俯仰乎？終古聖神，多少制作，莫不本之純厚。（《梅山集》卷五十二，《韓國文集叢刊》第 296 册，頁 579）

柳致明

柳致明（1777—1861），字誠伯，號定齋，全州人。純祖五年（1805）文科及第，歷任承政院同副承旨、司諫院大司諫等職。著有《定齋集》《家禮輯解》《大山先生實紀》等。

《成均進士北亭李公》(節錄)：公諱宗周,字春伯,姓李氏。(中略)值歲饑饉,重以癘疫,野次江口,聞有顛仆者,令以糜粥饋之,稿席覆之,多所全活者。嘗曰：杜工部“廣厦千萬間”不免空言,但人己不須分明。耳目所及盡其憫恤之道,利澤雖不博,其意固大庇也。又言：積善餘慶,聖言非邀福,隨處盡吾誠心,行此善而遠恥辱保身名是也。又戒子弟曰：人之受福,如器之受物,惟器量大者方始享有多福。又曰：外面修飾,其中未必然。持心誠信,無矜夸浮薄者能成就耳。(《定齋集》卷三十二,《韓國文集叢刊》第 298 冊,頁 148)

宋持養

宋持養(1782—1860),字浩然,號朗山、守真等,礪山人。純祖二十五年(1825)謁聖文科及第。著有《朗山文稿》。

《題草堂步韻錄》：近體至於少陵,可謂能事畢矣,氣像渾涵,辭語正大,不局於法度之中,自得乎性情之正。方之諸家,研揣聲音,巧屬對偶,雕鏤以爲工,叱咤以爲豪者,大相遠矣。士生百世下苟志學詩,必先學杜,不失作家津筏。余閒居調疴,偶借虞文靖注解杜律,三復諷誦,有契於心,用其題依其韻各和一篇,盡卷乃已。夫和韻非古也,唐始有之,依韻而已,不以次。自元、白、皮、陸始用元韻一如其次,天下靡然從之,然未聞有和人全集。余干少陵好之篤,故誦其詩,和其韻,不覺紙窮卷終,若其字句牽強,旨義湊泊,難掩衆疵,思之靦顔。嗟夫,千載云邈,安得置身浣花溪草堂中,與少陵翁述作同遊。昭陽大荒落竹醉日朗山宋持養書於守真堂。　　詩家之宗工部,猶筆家之宗右軍也。然學書者未悟六體,先帶鄙俗氣,此不善學右軍之病也。反是,則陷於浮輕,春蚓縈紆、秋蛇盤結。學詩者未解三昧,先帶陳腐氣,此不善學工部之病也。反是,則入於新奇,土偶文繡、木客吟嘯。善學右軍者,當求之點畫之表;善學工部者,當求之法律之外。此可以神會不可以言傳,書以自警。是歲榴夏下浣守真翁又書。(《朗山文稿》,《韓國歷代文集叢書》第 3319 冊,頁 352)

鄭元容

鄭元容(1783—1873),字善之,號經山,東萊人,謚號文忠。純祖元年(1801)文科及第,歷任禮曹判書、左議政等職。純祖三十一年(1831),以冬至正使出使清,寫有《燕行錄》。著有《經山集》。

《楓皋太史追寄贐章七言長篇五十六韻,瑰字傑句,真仕宦之勝跡、傳世之希寶也,謹次其韻郵呈》(節錄):景星慶雲光日月,肇自虞工之歌曰。周雅商頌列國風,教人勸懲逾賞罰。歷代變體漸瀰漫,千派萬淙歸滄渤。不同文賦者之乎,作者着工難倉猝。河梁之五柏梁七,騷壇立幟嚴青鉞。建安卓犖永明麗,風操音韻無一闕。陳隋衆作等蟬噪,三唐盛鳴指津筏。浸浸二十四名法,詩教到此成始卒。譬如皇圖日闢拓,北統窮髮南蠻粵。耒耜鎛趙各垂制,蚩蚩衆氓紛菑畚。百穀盈場雲子白,沈宋操杵鮑謝帥。李杜舉筆酌天漿,玉饌綺需百怪惚。宋世蘇黃接光焰,金薤琳琅詎埋塲。蚍蜉撼樹古所笑,群愚妄論皆虞訥。誰辨瑤珠同荔枝,錯把蟹螯比蛣蟭。皇朝衆家競綺麗,颯颯大雅誰蹌蹶。我東群才屬休明,牧老以後芳不歇。初音淡遠中音盛,正始旁流總揚扢。大家并世能及見,不以生晚爲嘆咄。(下略)(《經山集》卷二,《韓國文集叢刊》第 300 册,頁 35)

《山下出泉齋上梁文》(節錄):伏以吾獨以遺安,自有田廬勤力,此真可居。子蓋取山泉養蒙,遠仿屏山琴齋,俾傳綠野文種。伏惟相公,箕裘乃其詩禮,廊廟不忘江湖。進則憂國奉公,而思利澤及人;退則耕田讀書,而念清白傳後。乞身於强健之日,魏公所以羨香山;勞心於憂患之中,永叔所以思潁水。睒漢南而卜築,實隱者之盤旋。楊少尹之某水某丘,童子釣遊之所;張靈璧之可隱可仕,市朝跬步之間。於是起所樂之新檐,三徑花竹;接歸隱之華檻,四壁圖書。厥有公綽家小齋,政爲高密兒授藝。必成令器,一不爲少百不爲多;請肄幼儀,八年教讓九年教數。乃堂前數畝之近,有泉出兩峰之間,灡灡循除而鳴,今夫一勺多也;混混盈科而進,推以四海放諸。逝者如斯,水哉奚取。若夫文饒開平泉而徒記護石之誠,子美卜浣溪而漫詠敲針之嬉,彼皆騷人寓情之辭,豈若君子養正之教。(下略)(《經山集》卷十一,《韓國文集叢刊》第 300 册,頁 246)

《上苙溪朴尚書宗薰書》(節錄):(上略)僕曰:詩之本,言也。言可已乎? 多何傷? 詩之所由出,情也。情可飾乎? 工奚求? 執事曰:言多則煩,曷若簡;情放則蕩,曷若修。僕無以應之,則曰:簡與修,皆有意而爲之者也,曷若僕之無所事於用意之爲高也哉? 醇熙厖樸,莫尚於堯、舜之世,而堯之民耕食鑿飲而樂,樂之則歌;虞之百工,見景星卿雲而和,和之則歌,是豈致意於工與妙而然哉? 情動於中而形於言。言之長短而有曲有節,則其言也歌,其歌也詩。非惟喜樂和悦爲然,凡憂愁、哀傷、離别、行役、怨恨、思慕、宴遊、佚欲、贊美、頌祝、感嘆之凡人情之所流動者,皆發而爲歌詩。故列國之風,皆村巷里閭之相與歌謠者。而邇之彝倫常行,遠之草木鳥獸,凡思之所發,言而爲詩。詩之爲句,有三四五六七言,固不待河梁、柏臺、韋孟、谷永、夏侯諶而各體已具矣。沈約、庾信之徒尚聲韻屬對,宋之問、沈佺期又加靡麗,約句準篇。蓋詩變爲律,近也,非古也。如李、杜之製作集成固不敢擬議,其餘諸子摘藻咀英,軼駕並驅,窮枯海之思,奮排冪之力,必欲高其韻如嶧桐泗磬,古其氣如商彝夏鼎,麗其色如彤蜺頹霞,妙其態如時女美花。飄逸如神鬃繡雲絳節御風,奔放如急潮風檣萬幕鐵騎,清絕如洞庭葉下湘江雁叫,悽恨如秋雨吟蛩綠閨怨婦,虛誕如藂祠鳴鈴仙島求藥,浮誇如于髡籠鵝優孟抵掌,甚至於閉門蒙被,嘔心擢腎,以一字之安、一韻之病視若淮陰之輕重、荊州之得失者,豈不癡且惑哉? 視詩之所由本,則亦豈不遠乎哉? 是以雖若孟、賈、韓、李之名家,不能免寒瘦巧艷之譏,若天性如蘇、李,自得如曹、劉,超然如陶、謝,淡泊如韋、柳,然後始可謂深得風騷之體。而此數子者,豈待工而後能之哉? 昔鞏仲至論古人詩平淡,朱紫陽非之,曰:"古人詩豈有意於平淡哉? 但對今之狂怪雕鎪則見其平,對今之肥膩酸苦則見其淡。"蓋先生之意,謂其古人本不置意於平險味淡,而發言自如此者也。僕常以是自解,而不致意於爲詩焉。則人又或疑之,曰:"詩不以意,則從何成聲韻?"此非曉僕意者也。僕所謂意,謂不可求工而反害真意也。詩出於意,豈有無意之詩? 然則杜子美之叙實事如史體者,白香山之如談農桑言言皆實者,豈皆廢之乎? 風騷則言語之外多可以觀其意者,緇衣弊改,羔裘素紽,只言其容飾衣服之美,而人君好賢、大夫節儉之意可以見矣。蘭露菊英,桂舟玉車,只言其餐飲乘御之華,而忠直潔身、憂讒畏譏之意可以見矣。此皆即諸事物,接乎耳目,隨思而言,而言自成文,有無盡有餘之意者也。僕之詩主於寫意,而不意於工不工,故每於司省郡縣、寺觀郵堠、亭臺山水、古今事蹟、行邁遊玩思懷之間,有發於意者未嘗不形之於詩。或就或半就而止,意止則詩亦止,不以詩害吾意而已,故亦不以執事之精焉華焉而退避三舍。出言無節,執事不見夫春風和而百鳥各鳴其音乎? 枋鷃泥燕,亦不因丹穴九皋之音而廢其鳴也。執事以爲如何? 此言可與相知者道,幸恕其愚而詳教之焉。不備。(《經山集》卷十二,《韓國文集叢刊》第300册,頁253)

成近默

成近默(1784—1852),字聖思,號果齋,昌寧人,謚號文敬。曾任高陽郡守、掌樂院正等職,著有《果齋集》。

《次杜詩破屋韻贈李仲及_{並小序}》：李友仲及所居僦屋，撤瓦以償價，土宇不苦以居者半年餘，乃六月二日大雨，全家傾覆，而於摧梁摮掘之中奉老無恙，幸也。余聞而驚往慰之，則仲及起破材如芰舍，手一卷册處其中，若無事者。念杜工部茅屋爲風雨所破，而有大庇之詩，今仲及不直屋破而已，而處之晏如，可敬也。未知何人能庇渠得其所乎？感嘆之極，遂用杜詩破屋韻以贈之，仍倡同志，醵錢得十數緡，以爲結構之資云。（詩略）（《果齋集》卷一，《韓國文集叢刊》第 299 册，頁 440）

金正喜

金正喜（1786—1856），字元春，號阮堂、秋史、禮堂、詩庵、老果等，慶州人，朴齊家門人。純祖九年（1809），隨冬至兼謝恩副使金魯敬進入北京，與阮元、翁方綱結交。朝鮮後期著名書畫家、金石家，著述有《阮堂全集》《阮堂尺牘》《覃揅齋詩稿》等。

《與申威堂（二）》（節錄）：（上略）詩道之漁洋、竹垞，門徑不誤。漁洋純以天行，如天衣無縫，如華嚴樓閣，一指彈開難以摸捉。竹垞人力精到，攀緣梯接，雖泰山頂上可進一步。須以竹垞爲主，參之以漁洋，色香聲味圓全無虧缺。至如牧齋，魄力持大，然終不免天魔外道，其最不可看，專從漁洋、竹垞下手爲妙。下此又有查初白，是兩家後門徑最不誤者也。由是三家進，以元遺山、虞道園，溯洄於東坡、山谷，爲入杜準則，可謂功成願滿，見佛無怍矣。外此旁通諸家，左右逢原，在其心力眼力並到處，如鏡鏡相照，印印相合，不爲魔境所誤也。覃集果難讀，經藝文章、金石書畫打成一團，非淺人所得易解。然細心讀過，線路脉絡燦然具見。特世人不以用心，外舐没味，不知諫果之回甘、蔗境之轉佳耳。以鄙見聞，乾隆以來諸名家項背相連，未有如錢擇石與覃溪者。蔣鉛山可得相將，而如袁隨園輩不足比擬矣，況其下此者乎？不佞曾從覃詩之人人易解者，仿摘句圖例拈録近百句，當一爲之奉覽也。（《阮堂全集》卷二，《韓國文集叢刊》第 301 册，頁 47）

《士説爲詩二十年，忽欲學元人詩，蓋其意元人多學唐故也。余遂書辨詩一篇，以明詩道之作》：唐宋皆偉人，各成一代詩。變出不得已，運會實迫之。格調苟沿襲，焉用雷同詞。宋人生唐後，開闢真難爲。一代只數人，餘子故多疵。敦厚旨則同，忠孝無改移。元明不能變，非僅氣力衰。能事有止境，極詣難角奇。奈何愚賤子，唐宋分藩籬。哆口崇唐音，羊質冒虎皮。習爲廓落語，死氣蒸伏屍。撐架陳氣象，桎梏立威儀。可憐餒敗物，欲代郊廟犧。使爲蘇黃僕,終日當鞭笞。七子^[一]推王李,不免貽笑嗤。況設土木形,浪擬神仙姿。李杜若生晚,亦自易矩規。寄言善學者,唐宋皆吾師。(《阮堂全集》卷九,《韓國文集叢刊》第 301 冊,頁 163)

[一] 子,原作"字"。

《七月六日,次杜七月六日苦炎熱韻。此詩本係古詩,僞本虞注杜律誤編,今正之》:雨天披雲曾無奈,熱處招風亦不能。雖未開幬進禮蚊,寧教拔劍怒微蠅。灑竹纖涼稍可喜,射窗斜陽苦相仍。知是君來當辟暑,神若秋水眸如冰。(《阮堂全集》卷九,《韓國文集叢刊》第 301 冊,頁 166)

梁進永

梁進永(1788—1860),字景遠,號晚義、晚義齋、梓園、鶴陰等,濟州人。著述有《晚義集》《經學志》等。

《紀行二十三首》其六:詩莫如唐獨出群,杜陵千載有聲薰。一生短褐身爲客,萬國愁眉志在君。渭水終南長結戀,貞觀武德輒攸云。北征忠義懸星日,不啻詞華艷見聞。右杜工部北征(《晚義集》卷五,《韓國文集叢刊續》第 119 冊,頁 347)

《書杜詩後》:古人有言曰:杜詩、韓文號不蹈襲,而無一字不來處。余以是考之,則杜詩幻髓於《文選》,韓文得力於《孟子》,而亦不見其摹擬之跡,況其他哉?釀米爲酒,見酒而不見米;採花成蜜,見蜜而不見花,此其所以爲杜詩、韓文也。文章之至於化境,豈易言哉?(《晚義集》卷十,《韓國文集叢刊續》第 119 冊,頁 422)

李是遠

李是遠(1789—1866),字子直,號沙磯,全州人,諡號忠貞。純祖十五年(1815)庭試文科狀元,歷任刑曹判書、大司憲等職。著有《沙磯集》,另編有《古今書鈔》《野史鈔》《定州都會科作》等。

《書東谿從弟文錫詩卷》(節錄):老杜警句,多在愛君憂國憶弟訓子;於朋友,尤繾綣於最窮之李白、鄭虔、王維。吾家文學名世,若其本之以實行,阨困而益勵,人未知也。文錫五十年山中布衣,睽離兄弟,隔絕親朋,終年撝撝於農圃,以自救其餓而不得也。跡其用心,非以餓爲大也,如是然後無求於外，而方始内重，故足跡罕出門。而禮樂文物自足於衡宇之下，婦敬馌，兒勤讀。其詩即擊壤、荷鉏，自歌其勞，而夷曠而無嗟怨，篤摯而有節概，深得吾家本色。若得一命如老杜之青袍，則其情見於忠愛當不止是也。荀卿有言："弟子勉學，天不忘也。"援筆志喜，且以勉之。（詩略）（《沙磯集》册一，《韓國文集叢刊》第 302 册，頁 38）

《寄題老雲屋》（節録）：（詩略）朴始卿東郭破屋，如雞栖蝸殼，非人所堪處。始卿安之，兒孫熙熙，禮樂文物自足於中，而華屋之念不存於方寸。然往往把酒臨風，茫然有高舉之意，蓋嘆其不能遂賞於邱樊也。一日貽書於余曰："'何時一茅屋，送老白雲邊'，老杜此句吾終身誦之，欲揭扁以寓志，子爲我書送'老雲屋'三字，且用原韻道其意可也。"昔劉南坦懸神樓于梁曲，狀似籃輿，僅可弓臥，文衡山爲寫圖。衡山又於所作法書使"停雲館"小印，或問館在處，曰"在法帖"。此二事頗與雲屋相類。然南坦貴人，衡山主吳中風雅三十年，所居長洲名天下。其樓館不過爲好事者詞詠資，非如始卿真無送老之屋也。嗟乎！始卿白首禄仕，志在淵明之三徑，而四年栖栖，其窮益甚，乃欲以區區紙墨，自附於工部之遺塵，以寄其雲栖之遐想，良亦悲矣。予素拙於書，季弟子罕能書大字，遂假手塗抹，和杜作二律，皆不得其旨。偶讀蘇穎濱《和陶詩引》，忽有所感，仿其意，附小跋於尾。（《沙磯集》册二，《韓國文集叢刊》第 302 册，頁 65）

《祭亡室文》（節録）：戊申三月八日壬申，淑夫人青松沈氏將歸窆穸。前七日乙亥朔，既陳朝饋，夫李是遠以文告哀于靈曰：（中略）君殁之前日，即除夕也。君命兒出置一壺酒於余旁，俄而，又暖送一杯酒曰："夫子平生不作自爲計，於飲食亦然，壺中酒必以饋人也。"厥翌元日之夜，君乃長逝。嗟呼！此一杯，其訣我於生前，不自爲之説，其亦恕我之深也。予嘗讀杜子美悲崔瓘之詩曰"恕己實在此"、"卒伍單衣裳"，三復流涕，不意得此原恕於配匹之際也。予不能恕君之寬緩，而常以苛責爲事，君宜有憾，而乃於奄奄垂盡之明其本心而送意於杯酒，誰知衿聲中有此長者。君雖不以爲憾，而予之悔恨，將終身不能已。（《沙磯集》册六，《韓國文集叢刊》第 302 册，頁 202）

《祭成尚書文》（節録）：（上略）未幾，公傾逝。逾年，余亦解龜歸磯上。經丌之牙籤如昔，而病益痼，目益昏，無以繙繹理會。只摩挲卷帙，以寓存殁之感。意欲綴拾九經字句，作哀誄一篇，而竟不果屬辭。在崧時，嘗再哭於繐帷，但以驢鳴烏淚而已。近因三霜奄道，九原愈邈，中夜無寐，撫枕太息，忽憶老杜詩曰"相知成白首，此別間黄泉"，深嘆先獲我心。然其爲誰人而作，茫然不記，呼燭檢視，乃《哭李尚書之芳》也。首句以"漳濱"、"蒿里"起之。中間行語，曰"風雨嗟何及，江湖涕泫然"，曰"奉使失張騫"，曰"史閣行人在”,曰“喉舌罷朝天”,篇終以秋色寫出獨立蒼茫之意,想像精魂於遥空斷雲之間,句句觸感。散樗衰朽之狀,宿草纏綿之慟,道盡後死者情懷。而楓林蘆花,秋水浩淼,即事流連,宛是楚些物色。少陵此詩,豈爲我宿構而有待於今日耶?況其官序歷試與公略仿佛,但欠南服持斧與北藩宣風耳。李公著名蕭、代間,事載舊史,文彩風流屢見於杜集,禮部終職。又公銘旌所書,誠亦異矣,遂録其説於紙,以爲漬絮之乘韋。而淺陋鄙俗,下筆屢益恨不能熟讀公之九經。然工部之詩本其得力,皆六藝之漱潤,則此篇句語之蒼然淵然者,是亦九經之支流餘波,可以藉手哭公,少答繾綣之厚眷。乃步其韻,以附於後。儻公不昧之靈莞爾賜鑒,如平生時乎?詩曰:“蒿里全歸日,漳濱病臥年。貌魁思鎮樸,胸闊欲行船。中道悲埋玉,同心泪涌泉。朱弦今斷矣,白首意茫然。染翰曾推賈,乘槎肯數騫。霜威南斧肅,春化北藩傳。鏡負金篦刮,籤留玉笈懸。青山澆酒遠,黃葉閉門偏。歷試空儲望,餘生斷問天。江楓秋色裹,灑涕暮雲邊。”(《沙磯集》册六,《韓國文集叢刊》第 302 册,頁 204)

李恒老

李恒老(1792—1868),初名光老,字而述,號華西,碧珍人,謐號文敬。朝鮮後期著名儒學者,著述有《華西集》《華西雅言》《宋元華東史合編綱目》《朱子大全劄疑輯補》等。

《答梁道汝柱石〇己未十二月二十七日》:竊聞大胤在檗讀宋子,四胤留此讀《孟子》。愚讀杜工部《遊何將軍山林》詩,嘗愛其“將軍不好武,諸子總能文”之句矣,孰謂於吾身親見之乎,是可控慶。然其中又有“銀甲彈箏用,金魚换酒來”之語矣。恐今日銀甲已穿,金魚已典,似無可以彈箏换酒之資,祇勞臨風馳仰也。(《華西集》卷五,《韓國文集叢刊》第 304 册,頁 136)

《溪上隨録一》(節録):“朱門酒肉臭,路有凍死骨”,此杜工部傷時語也。猶不知富貴家妻婦已自窮乏窘迫,無樂其生而漠然無覺。不推恩無以保妻子,推恩足以保天下,此知道之言也。(《華西集》卷十四,《韓國文集叢刊》第 304 册,頁 367)

《金平默録二》(節録):平默曰:文中子曰“安我所以安天下,存我所以厚蒼生”,晦翁斥之以“雜霸鎡基”。嘐嘐丈之主張一“我”字,與文中子不謀而同。先生曰:文中子猶重在天下蒼生,若嘐翁恐專是一“我”字。又曰:人心之屬義在先人,道心之屬仁在先己。人心上工夫莫善於讓,道心上工夫莫善於不讓。苟知當仁不讓於師,則知凡係道理外屬乎形氣,陪奉者皆所當讓,此須仔細體認。又曰:王通此言是倒説,不成道理。蓋天下安我得安,蒼生存我得存。因舉杜少陵詩曰"安得廣厦千萬間,大庇天下寒士俱歡顔,風雨不動安如山。嗚呼,何時眼前突兀見此屋,吾廬獨破受凍死亦足",此詩甚好。夫如是,故禹三過其門,聞啓呱呱而不入,手足胼胝,八年勞焦。志士仁人,能爲國家殺身,此非爲功名也,爲君也,爲民也,非爲君與民也,道理自合如此,若爲我者安肯如此?(下略)(《華西集》附録卷二《語録》,《韓國文集叢刊》第 305 册,頁 358)

趙斗淳

趙斗淳(1796—1870),字元七,號心庵,楊州人,謚號文獻。純祖二十七年(1827)文科及第,歷任大提學、領議政等職。憲宗元年(1835),曾以冬至副使出使清。著有《心庵遺稿》。

《酉山、東樊、小雲至》其四:悠悠宏道與文長,小品難爲李杜光。一巚安能容飣餖,五齊元自備壺觴。諸公健筆超凡臼,高士名編有異香。千五百年樊紹述,文從字順是單方。(《心庵遺稿》卷七,《韓國文集叢刊》第 307 册,頁 175)

姜獻奎

姜獻奎(1797—1860),字景仁、景受,號農廬、守素齋、涵一堂,晉州人。著有《農廬集》。

《書虞注杜律後》:杜氏爲詩,無一字無來歷,或引諸家雜書,或因所經地名,或用當時即事,故曰:"不讀萬卷書,不行萬里路,不可以解杜詩。"今按:"天棘"、"夢食"、"風香"等句,博覽者尚或知來歷,而至若所經地名、當時即事之外,若易解而實有指意者,杜氏既不自注,虞氏何以知之? 今觀所解,恐或有不然者,其何能以此盡作者之意耶? 放翁詩曰:"城上危樓畫角哀,沈園非復舊池臺。傷心池下春波綠,曾逐孤鴻照影來。"其題曰《沈園》[一]而已。誠齋詩曰:"飽喜飢嗔笑殺儂,鳳凰未必勝狙公。雖逃暮四朝三外,猶在桐花竹實中。"其題曰《無題》[二]而已。此二詩者,莫知其所以作。劉後村《詩話》曰:放翁幼婚某氏,頗倦于學,沈君督責之,竟至仳儷。某氏別適某官,放翁晚年遊沈園,感而賦之。誠齋累章乞休致不得,命再予祠,感而賦,以爲雖脱吏責,尚廩閑廩也。後村之於楊、陸相去不百年,得於長老之所誦説,尚可以無謬。而若虞氏之於杜詩,既無誦説之聞,而臆斷懸解,未必其無謬,則其爲原詩之累豈鮮乎哉?(《農廬集》卷七,《韓國文集叢刊續》第122冊,頁130)

　　[一]原詩爲《沈園》二首之一,詩云:"城上斜陽畫角哀,沈園非復舊池臺。傷心橋下春波緑,曾是驚鴻照影來。"

　　[二]原詩作《有嘆》,詩云:"飽喜飢嗔笑殺儂,鳳皇未可笑狙公。儘逃暮四朝三外,猶在桐花竹實中。"

金在洛

金在洛(1798—1860),生平事跡不詳。有《養蒙齋集》。

《三休堂詩序》:癸卯十月八日至三休堂,大老申公曰:"近有詩愁,待子久矣。"對曰:"何物詩愁?"曰:"吾老矣,無能於世,膠守几筵,不能謝賓息病,而有人叩户,則常數出門,坐問誰某,如是非一朝一夕之可已者。庸欲形容詩評,則精昏力疲,思或過半而止;有時勞攘下字,則稿語躁屈無倫。此老夫病廢中詩,疲癃疣者也,願借鍼灸之手爽拓胸襟,如何?"對曰:"青丘詩流不曰不美,然濂、洛風雅之體鮮有傳模者也,蓋其酬風答月,專尚浮華;移山轉水,但務虚影。風雅體制雖未得,而李、杜脚板尚不及也。"公曰:"濂、洛、李、杜自有界辨否?"對曰:"風雅之爲體,淡平沖和,該括體用;李、杜鎗韻,點聲轉換,全事富麗。尤翁曰'作詩可也,不作詩亦可也',惟是之謂也。今日作詩者,帶性命兼體用,然後斯得風雅之旨,庶幾哉?"公曰:"願有一言以證韻意。"遜辭未能,而聊寫蕪語以慰盛意,遍告于居是堂者。(《養蒙齋集》卷二,《韓國歷代文集叢書》第1639冊,頁93)

洪翰周

洪翰周(1798—1868),字憲卿,號海士、海翁、芸堂等,豐山人,洪奭周之弟,曾任義城縣監、尚州牧使等職。著有《海翁稿》《智水拈筆》等。

《評李貞欽詩後》:律詩體裁本自精嚴,使事必核,用韻必妥,對耦必精,字句必當,聲調必協。毋窘語,毋累字,毋癡辭。境景情事地占位置,不敢放過,不敢懈怠,故謂之律。律者,軍律、法律、樂律也,不亦難且慎乎? 古人至以爲七律古無完篇者此也。獨盛唐諸公氣力雄健,縱橫隨意,不逾法度,如老杜千秋逸才一人而已。此其可易言乎哉？後生末學入門之初，不可不知也。（《海翁稿》文稿卷五，《韓國文集叢刊》第 306 冊，頁 497）

申佐模

申佐模（1799—1877），字左人、左輔，號澹人，高靈人。憲宗元年（1835）文科及第，歷任成均館大司成、吏曹參判等職。哲宗六年（1855），以陳慰進香使書狀官出使清。著有《澹人集》。

《寄羽兒^{庚戌}》：關廟前涕泣，可見戀父之至情。如戀父，則勿吃冷飯硬菹萵苣等屬，勿貪吃酸杏真芿。多吃必霍亂泄痢，服藥勿間斷。受讀杜詩長篇，勿闕課。開硯後每日做古風，勿闕[一]作。勿走山間水涯碅谷傾側處，不特跌足可憂。盛暑易致飲喝，勿午眠，午眠必病痁。雖闕食甚飢，勿當食急吃。雖甚熱，勿當風露宿。霖雨漏濕，勿宿不烟之埃可也。如犯此數者，以致生病，則烏在其戀父之意也？吾雖老，飽更甘苦寒熱，在客可無慮也。餘不一。（《澹人集》卷十四，《韓國文集叢刊》第 309 冊，頁 504）

[一] 闕，原作“闗”。

趙秉悳

趙秉悳（1800—1870），字孺文，號肅齋、小學室主人，楊州人，謚號文敬。著有《肅齋集》。

《答朴寅和^{庚申十二月}》（節録）：諸葛武侯有儒者氣象者，以其所謂“鞠躬盡瘁，死而後已”，成敗利鈍非所逆睹，與董子正義明道之論同歸故也。爲漢報讎之心光明正大，如青天白日，所以見稱於朱子也。每誦杜子美詩“出師未捷身先死，長使英雄泪滿巾”之句，未嘗不於邑。來喻所引《小學》胡文定語，此亦愚所欽誦者，不必以多少雜説之出於《衍義》者輒議其大節也。朱子所説孔明事，見於《大全》《語類》者，類聚觀之，如何？（《肅齋集》卷十六，《韓國文集叢刊》第 311 冊，頁 325）

李尚迪

李尚迪（1803—1865），字惠吉、允進，號藕船，牛峰人，金正喜門人。純祖二十五年（1825）譯科合格，作爲漢譯官十二次出使清，與中國人廣泛交流、書信往還，著述有《恩誦堂集》《海鄰尺素》等，還參與了《通文館志》《同文彙考》《同文考略》等的編纂刊印。

《子梅詩草叙》：道光十七年丁酉之夏，王君子梅訪余於燕館，一面如舊相識，結文字交，過從倡酬者僅旬日而别。厥後余屢入都門，參商乖隔，遂不得復見。然雲天萬里，不我遐棄，雖遠游秦楚齊梁之間，而山郵海槎，音訊不絶。於是乎玉河聽蟬流傳圖畫，春明六客遍徵題詠。蓋其聲氣所感，惠好之篤，歷數十年如一日。顧余海隅畸踪，何以得此於子梅也。頃者，子梅自濟南寄示己亥以後詩草五編，囑爲删正，將續付於喝月樓舊刻，而兼索序文，書辭諄復。噫，中朝士大夫，與我東人投贈翰墨，不以外交視者，自唐至元明，若杜工部之於王思禮，高駢之於崔致遠，姚燧之於李齊賢，李侍中之於李崇仁，皆能延譽無窮。近代則紀曉嵐叙耳溪之集，陳仲魚刊貞蕤之稿，風義之盛由來尚矣。未聞有求其詩文之序於東人，而且以子梅平日師友之衆，《三都》一序，何患無皇甫謐其人也。爾乃辱教如是，此豈非捨荔薤而嗜羊棗，遺絺繡而取布帛者也耶？嗟夫，君今老且病矣，一官落拓，萬方多難，益不禁風雨雞鳴之思。將此數卷辭章，欲傳諸久遠，孰不悲其志而憐其才哉。至如清詞麗句，早已膾炙人口，江都符南樵嘗采入於《國朝正雅集》，有曰："子梅所交皆當世賢豪，故酬倡無虛日，詩亦揮灑自得，無斧鑿痕。"南樵既先得我心矣，復何贊言。同治元年冬十月，洌水李尚迪。（《恩誦堂集》續集卷二，《韓國文集叢刊》第 312 册，頁 245）

《題潁橋柳進士本正八仙臥遊圖》其二：名士名區入畫圖，八仙遊戲古今殊。如何老杜傳歌曲，只取當時一酒徒。（《恩誦堂集》續集卷六，《韓國文集叢刊》第 312 册，頁 282）

《讀史偶作》其一：聞道長安似奕棋，白頭憂國杜陵詩。賈生何事空流涕，猶是文皇有道時。（《恩誦堂集》續集卷八，《韓國文集叢刊》第 312 册，頁 294）

《四美園雜詠》其十八：作詩如用兵，有正而有奇。隨機應萬變，風雲入指麾。李杜即孫吳，千載我師之。（《恩誦堂集》續集卷八，《韓國文集叢刊》第 312 册，頁 299）

趙冕鎬

趙冕鎬（1803—1887），字藻卿，號玉垂、怡堂、菱溪居士等，林川人，金正喜門人。歷任恭陵參奉、掌樂院正等職,著有《玉垂集》。

《讀少陵詩》:兼旬怪雨乃胡然,忽去三更星斗天。幸不全壞未棄屋,也須無恙善農田。候朝駿馬翩將走,幾處遊人嬌自憐。買粟買柴快晴好,南鄰北里亦相懸。(《玉垂集》卷十九,《韓國文集叢刊續》第 125 册,頁 602)

李震相

李震相(1818—1886),字汝雷,號寒洲、汕嶠等,星山人。著述豐富,除文集《寒洲集》外,另有《理學綜要》《四禮輯要》《春秋集傳》《春秋翼傳》等。

《嘐古二十二絕》其十七:杜甫　蜀途漂梗隻身危,戀主丹忱一寓詩。詩中字字風霜氣,大義春秋子獨知。(《寒洲集》卷一,《韓國文集叢刊》第 317 册,頁 52)

《大庇洞山亭記》(節錄):昔杜子美欲得千萬間廣厦大庇天下寒士,而不能固瀼西一小屋以庇其身,此空言也。蘇子瞻作《大悲閣記》,張皇佛旨,以助其瀾,此戇言也。空言無補於實事,戇言無損於實體。而紫陽夫子於杜則許之以稷、契輩口中語,於蘇則斥之以妨道術敗風教,誠以君子之心以萬物爲一體,雖處窮阨之中而不忘經濟之念。彼佛氏者,直以謊誕之説誘人以禍福。其所謂慈悲六道適足以陷害衆生,爲吾儒者當如淫聲美色以絶之,何可肆爲異説,抱薪而赴火哉?(下略)(《寒洲集》卷二十九,《韓國文集叢刊》第 318 册,頁 105)

金平默

金平默(1819—1891),字稚章,號重庵、兼山,清風人,謚號文懿,洪直弼、李恒老門人。著述有《重庵集》《近思錄附注》等。

《答洪德哉秉稷○己卯十一月》(節錄):漳上一夜,相對兩衰翁;倏忽有年,邈如邃古矣,未知其間雪鬢添得幾莖。以我衰朽,竊想尊兄亦不甚相遠矣。而一切參商,握叙無期,則俯仰疇昔,只切喟然。賢咸左顧,寵翰出袖,奉讀珍荷,可當十朋之龜也。第向來職名,在窮鄉學究,有同鼯鼠衣冠,何足張大也,發書不覺一笑耳。即日陽道將復,伏惟仕候有相。廣文學士,唐天子文縐名官也,杜工部老子猶慇其官之獨冷而飯之不足。若在今日,見兄沉滯,則謂當如何耶? 語發,又不勝慨然。惟是賢咸頭角嶄然,爲之執手釀涕,如逢

泉下故人矣。(下略)(《重庵集》卷九,《韓國文集叢刊》第 319 冊,頁 197)

《答徐汝心庚午三月》:"古人論詩"止"況作文字"。竊謂在我者致力實地,道全德備,則雖若無若虛謙抑退讓,而不失爲千古第一人。千古之人,以是稱之無異辭,如顏淵之倫是已。不然,而徒以言語文字之皮殼張皇夸大,則是所謂虛而爲盈,約而爲泰者也。將見外面風采動盪一時,而裏面體段欿然餒乏矣。太史公自序云"自孔子至于今五百歲",杜少陵詩云"竊比稷與契",韓昌黎言"己之道,乃孟某揚雄所傳之道"。是其以千古第一人自待莫如三子者,然而千古之人,未有以史遷爲孔子,少陵爲稷契,而昌黎爲孟子,豈不亦可笑乎?《中庸》以"闇然日章"爲訓,以"的然日亡"爲戒者,其示人下學爲己,禁切客氣虛驕之意,深切著明,願更再思。(《重庵集》卷十一,《韓國文集叢刊》第 319 冊,頁 255)

《答吳德玄在默〇丁丑十一月》(節錄):(上略)士子許多敗闕,只從學失其序,無根本田地,做得膏肓病痛。改授此書,盛見及此,何幸如之。所示云云,不覺心惻淚落,孟子所謂"兄弟妻子離散",少陵所謂"山中妻子哭向天",除是木石然後可安,食安能下咽,寢安能着睡。但無可奈何處,姑且忍之。不須時起無益之惱,徒亂其心氣也。天下之事,天人分占一半,只得隨分理會人事,以俟天公處分而已,恐無他説也。(《重庵集》卷十八,《韓國文集叢刊》第 319 冊,頁 372)

《答李景五世在〇辛巳七月》(節錄):示即事,何可言?何可言?少陵詩"安危大臣在,何必淚長流",是泣鬼語也。但雖衆流靡靡之中,自家一身,便思屹立不倒,有如砥柱可也。何也?上帝所降之衷,父母所遺之體,終始可惜,不可污衊於獸魅之叢林也。蓋韃靼之世,只有仁山、白雲師生兀然獨立於天地之廣,而天下之人其爲韃靼僕役者,未有能撞而仆之。顧乃顒然瞻仰,若天上人,何也?終是秉彝之本心,有不泯者存故也。故愚嘗於《新史發明》提出此事,有曰:雖舉天下夷狄,而二公則中國也;舉天下禽獸,而二公則人類也。天下後世,定不易斯言也。然二公又豈能襲而取之於一日之間哉?由其平日純心於程、朱之學,而上溯乎周、孔、堯、舜,其於舜跖善利只爭毫髮處,不敢不隨處戒謹,積累工夫,以不墜精一相傳之心法。故臨利害遇事變,便能立脚不撓,磊落如彼矣。(下略)(《重庵集》卷十八,《韓國文集叢刊》第 319 冊,頁 375)

《答柳穉程庚辰十月》(節錄):(上略)第念先聖浮海居夷之想,非真決計而發耳,靖節《桃源記》意亦如此。設令真有桃源,未必離親戚棄墳墓而謝絶人間耳。君子於此,只當默會其意而悲之,不須過爲之驚疑也,如何如何?吊申文,亦非欲效尤而然,只爲與他所遭相魯衛,故感之深而哀之切耳。朱夫子言窮須是忍,忍之熟則自無戚戚之容,遭澤水之象而更無去處,則聖人只説得致命遂志,若舉此開喻,則謹當加勉矣。若深訶古人,歸之於不堪自家之飢寒而殘其父母之遺體,至以得罪名教畏壓不吊之類斷之,則無乃太重而未悉死者之意乎? 杜少陵苟延視息,目見穉卒號咷之慘,與殘其父母之遺體者,果何以寸而免於名教之罪乎? 申之決死,原其心,既不忍於斯濫而苟全,又不忍見天屬之死亡,可悲而不至可罪也。大抵在我者,物理既有未周,又不能設以身處其地而察之,則恐未足以通天下之志,悉古今之情也。龜峰論栗谷處庶母事,禮非不然,而栗谷終於不服者,亦爲此也。於此望更省念。(《重庵集》卷二十,《韓國文集叢刊》第 319 冊,頁 400)

《東葵集序》(節錄):語曰"愛其人,亦愛屋上烏",此皆人情之常,而天理之所不能無者也。是故,孔明之廟柏爲蜀人之愛惜,而發於子美虁州之詩,申於晦翁樓下之詠。微物尚如此,而況於人乎? 尤齋先生,於咸興二朱君愛慕而無數,亦此意也。誦其詩讀其書,而觀其當時之所遭,則其心真見其可悲也。余於丙子,抱朱、宋之書入宅于嘉陵之山,密邇我高皇帝神壇,又與一二同志,腏享磐川、滄海二王公於九義先生。於是,留守黃先生之不知孫某,賫其大父東葵公遺稿而來,托余删定而序之卷。蓋公以皇朝名家,賫淮橘之悲,抱泉根之恨。雖出身西班,黽勉禄仕,由由然與之偕於世俗之塵埃,而若其皓皓之白,根於民彝者,則幽鬱而莫之宣也。故凡於人倫之接應,時事之平陂,杯盤琴棋,風花雪月,亭榭流峙之間,所以感觸於耳目心智者,一皆泄之於詩。其詩不拘工拙,陶寫胸懷,而忼慨叱咤之意隱然自見於其中,讀此而不爲之流涕者,除是錢謙益、徐乾學一流人也。嗚呼! 二朱君特褊邦遐裔之人,姓字之偶同於故君者也,而尤翁猶且云爾。況公是留守之血孫,而忠義之世家乎? 是則詩文之出於公者,尤當愛而傳之,而工與不工初不足問也。(下略)(《重庵集》卷四十一,《韓國文集叢刊》第 320 冊,頁 140)

姜 瑋

姜瑋(1820—1884),初名性澔、文瑋、浩,字惟聖、仲武、堯章、韋玉,號古歡、古歡堂、秋琴、慈屺、聽秋閣等,晉州人,金正喜門人。高宗十年(1873),曾隨冬至使鄭健朝出使北京。高宗十七年(1880),以修信使金弘集書記出使日本,與駐日清公使何如璋、參贊黃遵憲相遇。著有《古歡堂收艸》。

《讀杜》:牛羊下來久,各已閉柴門杜句。久字各已字,豈不是俚言。詩家忌俚言,又忌使經語。游蜂轉蜜時,亦採糞壤去。此妙多不解,微杜吾誰

興。(《古歡堂收艸》卷四,《韓國文集叢刊》第 318 冊, 頁 400)

《奉次洪海士先生翰周喚睡亭五古》:自余學詩日,瓣香在山谷。上溯窮老杜,放流至懷麓。一朝盡捨之,去擊屠門築。猖狂而恣肆,騁意競歡逐。那知分毫間,明珠混魚目。得失不可憑,梟盧擲五木。歸歟晚發嘆,遠行在持獨。忽於逆旅間,邂逅老尊宿。衆體各造極,曠然心悦服。理裝向長田,願借樓下屋。(《古歡堂收艸》卷四,《韓國文集叢刊》第 318 冊, 頁 402)

朴致馥

朴致馥(1824—1894),字薰卿,號晚醒,密陽人,柳致明、許傳門人。著述有《晚醒集》《大東續樂府》等。

《自濡説》:余嘗讀杜工部“强移栖息一枝安”之詩,而知其胸中真有“廣厦千萬間,庇天下寒士”之大力量也。使工部不安於鷦栖,而榱題華屋之念戰於中,則皇暇有同胞廣濟、大庇天下之心哉？東坡詠蝸詩曰“腥涎不滿殼,聊以足自濡”,彼自詠蝸,無預人事,而自濡軒先生李公取以扁其室。噫,觀乎此而公之所蘊概可知已。夫知足則無求,無求則無欲,無欲則天理流行,應物無踦。經綸天下之大業,惟無欲者能之。摯尹之耕莘野,孔明之臥南陽,皆是物也。公之世已遠,夷考其才諝問學、風徽標舉,皆不可詳。而其素位不願外之實,達可行天下之驗,余於是扁也徵之矣。若使公得志立乎王朝,展布其所蘊,則膏潤滲漉於群黎,需澤旁流於率土,其所濡豈不大矣乎？嗚呼,其如命何哉,其如命何哉！朱夫子曰“老杜有胸中三代”,余亦曰“自濡”二字,實具雲行雨施,品物流形底體段。(《晚醒集》卷八,《韓國文集叢刊續》第 136 冊, 頁 519)

李浩祐

李浩祐(1826—1892),字致壽,號素山,順天人。著有《素山集》。

《杜老秋興八首並小序》(節錄):古之賦秋者多,宋玉悲也,潘郎興也,一悲一興更無餘蘊,而惟杜工部八首興何其多也,蓋傷時覽物之情多於二子,則其立意照管之興安得不多乎？余亦傷秋者也,自顧才調縱不及工部萬萬,其感興一也。然工部以興,而余以懷云耳。(詩略)(《素山集》卷二,《韓國歷代文集叢書》第 1707 冊, 頁 113)

金興洛

金興洛(1827—1899),字繼孟,號西山、病翁,義城人,柳致明門人。著有《西山集》。

《與李章彥綱在》:嶺外經春,一書未及達,而御者已西矣。失於偵探,既不能迎拜路左,則第有耿耿勞仰而已。伏惟千里撼頓之餘,體中節宣,莫無損害。允兄趨覲之行,亦無擾返定否?曠餘團圞,想有滿室慰洽者,追思絕徼愁思之苦,直一夢塲。信知赤村、夢寐之句,實工部善形容語耳。但撤令更嚴,遂及首善之地,吾輩儒冠將復何顏,恨不早從事於農畞之間耳。湖南諸行已歸,羣甫兄昨又迎握路間,但金、高二行尚寂,無乃楓嶽留人耶?可鬱也。(《西山集》續集卷一,《韓國文集叢刊》第 321 册,頁 495)

韓章錫

韓章錫(1832—1894),字稺綏、稺由,號眉山、經香、三觀子,清州人,謚號孝文,改謚文簡,俞莘煥門人。高宗八年(1872)文科及第,歷任大提學、吏曹判書等職。著有《眉山集》。

《讀昌黎三則》其一:禮曰:"樂之隆,非極音也。"文章不云乎?歐、蘇諸子非不粲然美矣,譬之八珍並列,衆樂促奏,可一啜而飫,一聞而厭也。獨韓昌黎雄深典雅,其初也淡然若相忘,蕭然若無聞,及其細嚼而審聽之,然後獨得深遠絕世之妙契高詣也。猶酌水以和五味,擊鼓以倡五聲,始知清廟朱瑟土簋大羹,不盡繁會之節,不施淳熬之和,而有出石之聲函鼎之味也。其曰"怪怪奇奇,不專一能,他人贊所不能道",其自況也洵乎稱情矣。學古文者,范鎔煅煉,其象千百,而莫不出於昌黎鑪韝中寸鐵,概乎不可以一體名也。杜工部之於詩亦然,錢、劉、張、王非不琅然可喜也,專一能者也。學詩者組織刺繡,其文千百,而莫不出於杜之機杼中一線。韓之文、杜之詩,天作之也,混雜諸家,而觀之獨有一段矯矯之氣間見層出,若張空拳捕脫兔,東西南北莫適所鄉也;若振金石以破蟲飛之薨薨也。是氣也,何氣也?禀乎正直剛大發而爲文辭也,非工以後能之也。文章焉可以廋人乎哉?(《眉山集》卷十,《韓國文集叢刊》第 322 册,頁 358)

黃在英

黃在英(1835—1885),字應護,號大溪,昌原人,柳致明門人。有《大溪遺稿》。

《書季祖怡齋公手抄杜律後》：我東蔡希庵年六十餘，手謄一册，令門子弟考之，錯誤不過數字，野史氏爲書其事。余惟希庵文章甚盛，猶暮年抄書勤勤不已，豈非天與之癖不與血氣俱衰故耶？余從祖怡齋公癖於詩，自唐宋諸大家，至當世體裁，無不泛濫而盡其法焉。今行年六十四，抄老杜律一卷，蓋反本就實之意也。卷末虛一幅紙，命在英記之。在英伏見字畫活動天成，細入神妙，非人人可依樣，亦非在英所敢污阿也。第未知詩格筆法，古今何如，而今世亦有野史氏否？雖無野史氏，一家子姓之愛惜寶重，又何待人之知不知耶？（《大溪遺稿》卷五，《韓國文集叢刊續》第 140 册，頁 719）

金允植

金允植（1835—1922），字洵卿，號雲養、蘇川，清風人。高宗十一年（1874）文科及第，歷任大提學、中樞院議長等職。高宗十八年（1881），以領選使入天津，與李鴻章商討《朝美修好通商條約》等。著有《雲養集》《天津談草》《陰晴史》《續陰晴史》等。

《雲泉集句序》：今之詩境，猶古之詩境，而古人之才勝於今人之才，此集句之所以作也。春秋時，列國君臣相與宴飲，不自賦詩，必稱古人之風雅以見志，集句其遺意也。余本拙於詩，自南遷以來，與紫泉老人往復酬唱殆數百首。山居四時之景，羈旅窮愁之懷，屢書而不一書，氣已竭矣，思已索矣，如江郎才盡，無復新語，因閣吟者久矣。一日偶閱唐人詩，興會所到，忽覺胸中有勃勃之氣，掇拾毫端，不啻若自其口出，遂爲集句三十截。悲壯瀏亮，不見縫綻，朗讀一回，洞快人意。顧視前日膚率之語，真霄壤之不侔矣。於是自以爲得意，錄送紫泉求和。紫泉集唐宋詩句以和之，非徒和其意，又從而次其韻，其締構之妙遠勝余作，若鳳樓之於草舍，噫，巧亦無窮矣哉！昔有宋文文山暨吾祖文貞公，皆有集杜詩，其所遇情事及地名物名靡不吻合，殆若杜工部爲二公而作者，然未聞有次韻和之者。集句次韻自紫泉始，豈不爲詩壘之故實乎？紫泉合兩詩裝成一册，題簽曰《雲泉集句》，屬余爲序。余惟殘膏剩馥，只可取快一時，不足示人。然集句已奇，而次韻又奇，紫泉耄期之年，精力不衰能如此，奇之又奇者也，是不可無傳，遂爲之序。（《雲養集》卷十，《韓國文集叢刊》第 328 册，頁 396）

《天氣山光樓記》：昔杜工部有詩云"四更山吐月，殘夜水明樓"，摹寫月出時虛明之景，意想逼真。其後蘇長公謫居儋耳，演此詩爲五首，以記嶺南氣候之異常,首首清絶。千載之下誦二公詩,恍然如身在其境,殆神造也。余族人石莊少有詩才,嘗賦詩于歸川天雲樓[一],有"天氣鴻將至,山光月欲來"之句,哲嗣徯卿甫因以"天氣山光"名其所居之樓,以寓慕先之志。戊子冬,訪余于沔川謫中,且徵樓記。余曰:歸川,吾鄉也;石莊,吾同窗故契也,天雲樓即吾與石莊三十年遊處之所也。吾雖離鄉歲久,尚能言其詩境。方秋冬之交,峽水初落,藍洲鴉溪之間灘聲如雨。向夕商飈乍動,四山秋籟與灘聲相應。霜氣滿天,黃雲亂飛,此鴻至之候也。于時景翳林薄,烟沉墟曲,群喧纔息,暝色戎戎。登樓四望,山川寥廓,惟有兩三漁火明滅沙上而已。俄而岫雲澹薄,峰樹髣髴,山根黝然而暗,半嶺以上晃然生白,荒乎亭亭,若窗之將曙,此月來之候也。爲此詩者,非江樓山庄身閑心靈人不能道也。蓋詩中未嘗及雁聲月色,而使人欲側耳而聽,拭目而看,是何妙耶? 如畫家渲染施於丹鉛之先,而一幅畫意已在眼中。然則杜、蘇二詩雖工,亦不出此詩範圍之外耳。噫! 不見石莊已八年矣,今誦其詩述其事,如將携手登樓,聽雁賞月,窅然不知身在靈塔荒寺之中。詩之感人如此,奚獨古人乎哉?(《雲養集》卷十,《韓國文集叢刊》第 328 冊,頁 415)

　　[一] 樓,原作"栖"。

許　薰

　　許薰(1836—1907),初字道文,字舜歌,號舫山,金海人,許傳門人。著有《舫山集》。

　　《與張穆夫走筆聯唱》其九:淒淒天氣已初冬,邂逅清遊與子逢。洞邃經窗來聽鹿,秋深劍鞘有吟龍。篋多墳典堪茹古,地少輪蹄好放慵。杜老模楷何處在,江西千載溯詩宗。(《舫山集》卷三,《韓國文集叢刊》第 327 冊,頁 483)

　　《辨杜子杜鵑詩》:按地志:西川,即成都也。東川,即潼川也。涪州,即重慶府也。萬州,即夔之屬縣也。雲安,即夔州也。俱在《禹貢》梁州之域,而壤土相近,則豈其西川所有之鵑,東川則無之,涪、萬所無之鵑,雲安則有之乎? 蓋甫此詩,有爲而作也。時上皇自蜀還都,而肅宗因李輔國之讒,遷之西内,悒悒而崩。甫不敢直言其事,遂借杜鵑以刺之,亦詩人忠憤之意也。其曰"西川有杜鵑,東川無杜鵑。涪萬無杜鵑,雲安有杜鵑"者,互言其有無,以譏肅宗廢子職,而上皇失父位,猶言有父而無子也,無父而有子也。其曰"我昔遊錦城,結廬錦水邊。有竹一頃餘,喬木上參天。杜宇暮春至,哀哀叫其間"者,指上皇入蜀時事也。其曰"生子百鳥巢,百鳥不敢嗔。仍爲餧其子,禮若奉至尊",指中興諸將奉肅宗即位於靈武也。其曰"鴻雁及羔羊,有禮太古前。行飛與跪乳,識序如知恩"者,重責肅宗之全失子道,曾不若微物之之[一]能知倫序而識恩愛也。其曰"身病不能拜,泪下如迸泉"者,自傷其流落異鄉,身又嬰病,不能返國趨謁上皇,而遽遭昇天之慟也。舊注云:"首四句,不知何義。"黃氏希吳引《樂府》"郭東亦有樵,郭西亦有樵"、"魚戲蓮葉東,魚戲蓮葉西"等句,謂甫正用此格,然其義則無所發明矣。王氏誼伯分指當時刺史,此又穿鑿可笑,故余遂釋其義如此,甫若有知,其肯余言乎?(《舫山集》卷十一,《韓國文集叢刊》第 327 册,頁 651)

　　[一]之,疑爲衍字。

都右龍

　　都右龍(1838—1906),字雲五,號一悔軒,星州人,著有《一悔軒集》。

　　《與客論詩》:夫士之爲詩也,猶匠之爲屋也。今有人營屋於斯,則必使工師謀度之矣。工師當是寄,必先審其材之大小長短方圓曲直,曰:此可以爲棟梁,此可以爲楹桷,此可以爲枓栱梲,此可以爲構櫨櫳。至其根臬店楔窯槐樗橢椽楣欄檻等材,預定胸中之間架,默運心上之籌策,乃敢左引右杖而中處曰:斧者斧,斤者斤,斫者斫。於是自斧而斤,自斤而刀鋸,自刀鋸而繩尺,自繩尺而鑢錫,自鑢錫而雕刻,曲盡其美,必使心目間無纖毫未盡,然後乃拓址列植礎豎柱上梁,使其方圓曲直大小長短毫髮不差,若合符節,窗戶墻壁枌鏝潤色等物一遵是規而畢舉焉。蓋其手眼高不伐其能,本質美華采自見,有如一錠良金出自風爐上不得加煉者也,此則一國之甲第也,天下之良工也。噫,物之不齊,物之情也,天下之屋惡能盡美,如是其爲屋者,或斧斫而不及斤斸,或斧斤而不及繩尺,或斧斤繩尺而不及鑢錫雕刻,或鑢錫雕刻而其規模之迂拙、制度之樸陋無可觀者。雖或有規模制度之可規,而其枌鏝潤色等有不得其中正之體、自然之華,是可謂屋之美、工之能乎?今之爲詩者,有以庸手營華屋者,以能手構陋屋者;或眼高手卑而有構得矮屋者,或志大言夸而有不成一間者;或才不逮而有毀人之屋者,或力不及而有羨人之屋者;或見他規模制度之具備壯麗而有切欲效得者,或全昧夾尺繩墨之法度面勢而有臆爲意度者,此所以詩家之有千門萬户而欲各自爲都料也。是以語法凡惡,韻致鄙俚,有貫休、亞栖之變,又有八股、西崑、近體、澀體之類,皆不得其正者也。噫,詩者,志之所之也,在心爲志,發言爲詩,必以聲律爲根基,物象爲棟梁,意格爲閫奥,影響爲屏幛。以屈、宋爲衞,元、白爲閣,李、杜爲家,主以漢魏之平淡,濂、閩之典雅,修妝而潤色之,則方可爲大方家,而能使諸子有升堂入室之漸矣,豈不壯哉?予直一詩家之拙構耳,欲因以廣其門户也。(《一悔軒集》卷四,《韓國歷代文集叢書》第1700册,頁300)

宋秉珣

宋秉珣(1839—1912),字東玉、九洪,號心石齋,恩津人。著有《心石齋集》。

《詠杜草堂詩》:忠義托詞高似秋,十年居蜀幸耶不。句能敵史垂無朽,當世應輕萬户侯。(《心石齋集》卷一,《韓國文集叢刊續》第143册,頁20)

李定稷

李定稷(1841—1910),字馨五,號石亭,著有《石亭集》。

《答王贊之_{師贊}》(節録):(上略)老兄之詩工於字句,而時時有篇章未檢之失,此弟之嘗欲爲老兄勉之者也。願老兄熟讀杜工部詩,得其分章成篇之法,則何遽不若古人哉?今人之不好杜詩者,專由於不得其篇章之妙,所見只在於字句之間故。甚則有痛詆之者,其亦不量力之甚矣。老杜用意深遠,取諸風騷,豈時月間可測其涯涘哉?老兄若曰“我桑榆已晚,何暇爲之乎”,則大不然。老老尚不及弟爲五春秋矣,倘五年之内用力真積,何患不得老杜意哉?(下略)(《石亭集》卷四,《韓國歷代文集叢書》第373册,頁202)

《詩學證解序》:天下之言詩宗李、杜,李、杜詩中之語人知之,人所不知二公之詩無有焉。推是也,二公之詩去人若不甚遠矣,然而人竟莫之及,此其故何哉?蓋亦不肯學其所學也。今之言者曰:李、杜之詩出諸天,非人之力之所能也。夫使人性之得於天,而詩便可以宗天下,二公可不讀書矣。李公嘗讀書未成,至欲棄去;又嘗擬古,以不滿意焚之。杜公其自道之詩曰:“讀書破萬卷。”其曉人也曰:“轉益多師是汝師。”然則二公皆由苦學而得之矣。惟其天性之過人,是以得之稍易;惟其苦學之過人,是以得之甚真。余斷以爲:二公之思之迥絶,其出于天者;筆之無不如志,即出於學也。人不肯力追其過人之學,輒志奪於過人之性。夫賦性豐嗇,固命之不同,爲學之疏密,豈亦天爲之邪?二公之詩誠不可及,蓋高矣,遠矣,而未始不自卑且邇焉。夫高遠者非言之所能喻,其卑且邇者則可得以指陳矣。字句章篇,詩之形也；詞氣義興，詩之神也。形神足，而詩備矣。神之足，由乎天；形之足，在於學。今之爲詩者不求之形，而遽求之神，見其足乎形者，疑其神之不寓，欲神矣而形不具焉。嗚呼，豈有形不具而神存者乎？余於是竊甚病之，此詩學之有解也，人之情非出自古者將不信焉，此解之必于證也。自初唐五七言律絕，至于晚唐，其詩足爲人矜式者，或節取之，或全舉之，分爲四部，曰字法，曰句法，曰章法，曰篇法，共若干言。凡此四者，皆詩之形之可指者也。神而叨之在乎人之天，余不能言也。有難之者曰：“子將述李、杜之學，奚及晚唐爲也？”余應之曰：“李公之詩期于騷，而自鮑、謝入；杜公之詩期于風雅，而不薄王、楊、盧、駱。夫知晚唐斯能學李、杜也。”或又曰：“奚遺夫古詩也？”曰：“非敢遺之，從俗尚焉已矣。雖然，由律絕而溯之古詩，亦可以知矣。”時癸卯九月下澣，書于白石山之好書室。（《石亭集》卷四，《韓國歷代文集叢書》第373 冊，頁 233）

《海鶴詩文集序》（節錄）：（上略）余既叙伯曾之文，復讀其詩，嘆曰：甚矣！人之才性之難周也。伯曾於文，古之人爾，非今之人也，余所心服者。而詩則不然，乃爲風氣所束乎？夫詩之五言始於蘇、李，而蘇、李未嘗以文聞；盛於建安，而建安諸子未足以文稱。下此而二陸、三謝、左、潘、顏、鮑之輩，皆長於詩賦，而不能爲古文。李白之五七言歌行，神解也；杜甫之七言律，集大成也。其於文也，李僅綴辭，杜復不成語。惟柳子厚其文與韓退之分庭，而詩復抗衡古人，退之則負雄閎險，形色外露。若宋人之詩，文也；元人之詩，詞也；清人之詩，禪家語也。子瞻之豪於文，而詩未必豪；于鱗之壯於詩，而文未必壯。詒上之詩，鏗鏘如也，而文乃厭厭不振。甚矣！文與詩之難兼也。歷千餘載而絕無僅有，余何能以詩復望於伯曾乎？（下略）（載李沂《海鶴集》，《韓國文集叢刊》第 347 冊，頁 5）

田　愚

田愚（1841—1922），初名慶倫，字千秋、子明，號艮齋、白山、秋潭等，潭陽人。著有《艮齋集》。

《体言》：杜子美詩云“艱危須藉濟時才”，《語類》：先生説：“某思至此，不覺感嘆。因言濟時才，分明是難得。”直卿問：“志與才，互相發否？”曰：“有才者未必有志，有志則自然有才。”或言有志者或未必有才，愚謂儒者能存得濟時之志，亦須留心於濟時之術。雖人之資稟不同，而亦須有進，未有志至而氣不至者。世俗認算數制度之類當得一件大事，然此等只是技藝，所謂濟時之才非指此也。　　“棄官若遂飄然計,不死揚州死劍南”,此放翁詩也。余改之云“辭官已遂飄然計,一死何須問朔南”,此意如何?杜工部云:“常恐死道路,永爲高人嗤。”一死等耳,道路寢室又何足較?余嘗戲謂“吾欲以壽製藏之行袋”,此劉伶使人荷鍤隨之之意也。及見坡公譏劉云“笑汝不能忘形骸”,更快人意爾。既而復記陶靖節云“裸葬何必惡,人當解意表”,此真得“志士不忘在溝壑”之意。每一諷詠,不覺爽然自失也。(《艮齋集》前編卷十二,《韓國文集叢刊》第 333 册,頁 15、37)

奇宇萬

奇宇萬(1846—1916),字會一,號松沙、學静居士,幸州人。朝鮮末期學者,著有《松沙集》。

《望北亭記》(節録):葵花猶知向日,人之能戀慕其君,蓋所謂彝性者,而全其所受者鮮矣。若瀟溪先生林公,殆其人歟?杜工部忠義稱秋色争高,而其詩曰“每倚北斗望京華”,《北征》詩全篇亦不過衍其餘意耳。然則“望北”二字,蓋公始終條理。入而事親,盡其孝養;出而事君,極其獻替。而知不得大有爲於斯世,則决退江湖,與世相忘。而若其長往不返,非公素志也。是以每春暄秋凉,花辰月夕,登屋後小山,不禁倚斗之戀。而又與二弟若鄉後生,酬唱講討,蓋以躬行之餘推之於人也。觀聽者名其地曰“望北臺”,爲此名者,其知公之心,而蓋許以今之杜工部也歟?子孫世守而不忍廢荒,則起亭於臺之傍。而顏用“望北”,蓋記實也。(下略)(《松沙集》卷十七,《韓國文集叢刊》第 345 册,頁 405)

《倚斗臺記》:杜工部《北征》詩秋色争高,蓋指其忠憤激昂。余謂“倚斗望華”之句實其基本,蓋草茅戀君,丹忱炳然,故身逢百罹,漂泊西南,猶懇懇憂愛,發爲風騷者然也。黄寢郎瓛,於舞山之頂倚斗爲臺,不知者以爲蹈襲工部詩中語,而猥受知遇,知寢郎宜莫余若。黄氏爲忠義名家,武愍尚矣,無以議爲。其他伏節死義爲數十君子,世風足徵。而寢郎赤猿一檄,其胚胎前烈者不可誣也。無國之日,一死報國,蓋其初心而庶或其祚宋有天,忍百死而自處以苟生,忠憤之作往往有《北征》遺韻。於是而知倚斗爲臺,實出於草茅戀君,雖無工部之句,而臺之爲倚斗已躍如矣。彼親臣世臣而販君賣國者,聞其風可以愧死,吾欲表而出之,以告夫昔日當朝而執國命者。(《松沙集》卷二十,《韓國文集叢刊》第 345 册,頁 478)

郭鍾錫

郭鍾錫（1846—1919），字鳴遠、淵吉，號俛宇、幼石，玄風人，李震相門人。著有《俛宇文集》。

《與朴晚醒》（節錄）：（上略）夫文者，貫道之器也，文與道顧豈二致哉？苟不貫道，文爲虛器，非道貳文，人之二之也。愚所謂名也者，豈苟欲是文與道之判作二物爲哉？固欲其滾做一團，合於大同，無縫罅界隙之間可容髮也。且上而九經四子，下而周、張、程、朱之書，其文與道固不可以曰一曰二於其間。至若莊、荀、班、馬、潘、陸、沈、宋、李、杜、蘇、黃，赫赫爲一代之冠冕，藉藉爲百世之膾炙者，果皆能理順辭達成文章，而其文果與道爲一者耶？程子曰：理與心一，而人不能會之爲一。愚亦曰：道與文一，而人不能會之爲一。當今之患，其不在是乎？彼爲庸瑣雕摘之工者固不足言，其以龍驤虎步顯揚於一時者，往往務爲驚人之論，而鮮有以日用事物會之於範圍之內者，此朱子所謂"詞章愈麗，議論愈高，而其德業事功之實愈無以逮乎古人者也"，曷不惜哉！（下略）（《俛宇文集》卷十四，《韓國文集叢刊》340 冊，頁 297）

《答鄭文顯丁酉》（節錄）：退陶濯纓潭詩。　　"玉橫"，是玉衡也。"落星"，謂朱子嘗泛落星湖，有"長點烟波弄明月"之詠。"百歲通泉"，通泉，地名，唐時薛稷爲通泉尉，郭元振亦游通泉。杜子美詩云："此行成壯觀，郭薛俱材賢。不知百歲後，誰復來通泉。"朱子泛落星湖，望見蘇後湖舊居在西郭門外，有感而作曰"百歲誰復來通泉"，退陶詩蓋因此。而濯纓潭，與禹祭酒先生舊居相近，故云。（《俛宇文集》卷五十八，《韓國文集叢刊》341 冊，頁 416）

鄭雲五

鄭雲五（1846—1920），生平事蹟不詳，有《碧栖遺稿》。

《悼殤以來，心緒靡定，課吟老杜五言韻，聊以遣懷三十一首○丁巳》（節錄）：青袍舊拾遺，白首亂離情。北望君恩重，南征世慮輕。親知寥落盡，詩句了平生。副手迂經濟，孤舟野渡橫。　　漂流風土異，形勝此江山。子規啼返蜀，吉了惡居蠻。夕陽夔府外，秋雨瞿塘間。錦城誰謂樂，不是早忘還。　　客夜難爲睡，暝雲掩不明。寒蘆孤雁影，敗柳凍鴉聲。境對無端興，詩緣太瘦生。故鄉千里隔，怊悵未歸情。　　年華何冉冉，巫峽已秋風。

憂國江湖遠,問家醉醒中。慧心觀世佛,活計信天翁。時亂憐多病,萍踪類轉蓬。　　花鳥嘲如解,霜毛兩髩稠。樽空元亮酒,賦就仲宣樓。雲物隨時變,干戈幾日休。胸懷疇與暢,朝暮曲江頭。　　右杜少陵漫興花鳥(《碧栖遺稿》卷上,《韓國歷代文集叢書》第 580 冊,頁 225)

金澤榮

金澤榮(1850—1927),字于霖,號滄江、韶濩堂主人,花開人。純宗二年(1908)逃亡至中國南通,與張謇等交往密切,後卒於中國。致力於整理、編纂朝鮮歷史及文學資料,著述有《韶濩堂集》《韓國歷代小史》《韓史綮》《麗韓文選》等。

《贈李司馬》:詩人古李杜,兩情如芝蘭。忘其極相異,結以極相歡。奈何後世士,就作優劣看。或抑藏九地,或抗升巀岏。問其所以然,目眯膈不寬。欲將風雅頌,强分屨與冠。李君年二十,青天乘鳳鸞。珠光驪海潤,劍氣牛躔寒。餘情轉橫激,寶瑟娛邯鄲。吐爲哀妍句,徐庚與作團。一朝把我詩,謂言不可刊。跋鼎詡周寶,弊衣驚漢官。余豈敢當此,子實非腐酸。硜硜去俗弊,浩浩趨遐觀。從兹千萬里,前道極洄盤。更聞君近業,新學嚼熊丸。爲是陽九會,同胞遭艱難。何日文武火,鼎裏收金丹。賈誼登前席,月支繫歸鞍。近繼文忠相君爲李公鴻章從孫,遠笑拿破崙。萬人傳詩賦,一字絹一端。(《韶濩堂集》詩集定本卷四,《韓國文集叢刊》第 347 冊,頁 196)

《贈嚴幾道復○三首》其三:杜陵律髓寸心知,跋浪鯨魚變態奇。可笑驪黃時輩眼,欲將文筆掩歌詩。(《韶濩堂集》詩集定本卷四,《韓國文集叢刊》第 347 冊,頁 197)

申箕善

申箕善(1851—1909),字言汝,號陽園、六陽、直齋,平山人,謚號文獻,任憲晦門人。高宗十四年(1877)文科及第,歷任法部大臣、元帥府事務局總裁等。著有《陽園遺集》。

《題韓氏先蹟錄後》:橘渡淮而爲枳,士大夫之流寓遠方,同爲編戶者似之,故每以爲喻。然余觀今之士大夫,依舊居輦轂安鄉井,而荒墜先訓,蕩壞家法,不齒縫掖,而降爲樵牧賈販者踵相接也,是則橘不渡淮而已爲蒿艾荊棘,雖欲爲枳其可得乎？余蒞咸藩,見洪原士人韓膺教及其子準錫,本以京華名閥,五六世前偶落北土,崔、盧、王、謝一朝與氓庶爲伍,而世無知者。然獨能以文學操行紹守先業,實未嘗下喬而入幽,所替者仕宦而已。則是橘雖渡淮,而初不爲枳,華實臭味依然故橘也,但人不以橘待之,故準錫常以爲恨。余解之曰："子不讀杜詩乎？'獨樹花發自分明',幽谷之花雖不被人賞,而其色香自在也。知不知在人,我何加損焉。且宜培根達支,收嘉實葆碩果,則天道循環,必有不食之報。長淮以北,亦可爲江陵洞庭矣,君無憂焉。"準錫袖其先蹟,要余一言,遂書此以歸之。(《陽園遺集》卷十一,《韓國文集叢刊》第 348 冊,頁 230)

李建昌

李建昌(1852—1898),字鳳朝、鳳藻,號明美堂、寧齋、澹寧齋、潔堂居士,全州人。高宗三年(1866)文科及第,曾任工曹參判、大司諫等職。高宗十一年(1874),曾以冬至使書狀官出使清。著有《明美堂集》《寧齋詩話》《黨議通略》等。

《紫霞詩鈔跋》：紫霞申侍郎詩共若干卷,余所删存爲若干卷。崧陽金于霖嘗謂余曰："《紫霞集》至今未刊,此士大夫之愧也。"然余則以爲紫霞於詩人中有厚幸,既已耆耋其年以富其籍,而身後之名逾重。閱四十年,京師及外鄉駬子小生類皆能言紫霞詩。以余所見,寫官之流傳者無慮百本,刊不刊不必言,豈皆能真知紫霞詩如于霖輩歟？無亦以其芳草桃花、鶯聲燕影之句,爲夫夫之所共悦,而遂以爲口實歟？然余觀自古詩人號爲大家者,未有不爲夫夫之所共悦,而其能有真知者知之,則又不可以夫夫之所共悦病大家也。若是,則紫霞詩亦吾邦近日之大家,非耶？紫霞之詩,其始蓋出於吾家參奉君,其後入中國,服事翁覃溪,始自命由蘇入杜,然去杜益遠矣。善乎,西林李處士之祭參奉君文曰："不屑爲鉅,矧以爲好。"此語於古詩人中惟五柳先生足以當之,雖子美未必能然,而以之施參奉君,則不見其有慚色,是則以人言耳,非但以詩也。余於紫霞特以詩論,蓋亦未離乎爲好,而優乎爲鉅者也。書余所見,將以示于霖,質其何如云。(《明美堂集》卷十二,《韓國文集叢刊》第 349 冊,頁 173)

黃 玹

黃玹(1855—1910),字雲卿,號梅泉,長水人。著有《梅泉集》。

《丁掾日宅寄七絶十四首，依其韻戲作論詩雜絶以謝》其五：持席開天赤幟斜，空尋轍跡幾人過。後來粗胆高廷禮，籠罩三唐置大家。少陵（《梅泉集》卷一，《韓國文集叢刊》第 348 册，頁 414）

《和小川論詩六絶》其五：千秋讀杜競尋源，新解滄浪與後村。問渠底癖耽佳句，語不驚人定不傳。來詩有“勸君莫作驚人語”之句。（《梅泉集》卷一，《韓國文集叢刊》第 348 册，頁 423）

《石亭見過弊居，贈古詩，次其韻，仍有唱酬》其二：少小爲詩學杜詩，偏門不肯慕王韋。戲餘筆墨嬌如語，老去鬚眉颯欲飛。石室黄精堪作飯，田家大布自裁衣。風流未遠松陵集，此事終須爛熳歸。（《梅泉集》卷二，《韓國文集叢刊》第 348 册，頁 435）

《韻“海内存知己，天涯若比鄰”十字，寄壽石亭老友》其三：建屋須定礎，樂水宜窮源。詩家有杜甫，萬古山斗尊。爭奈世無膽，不敢擬其藩。虎豹當我前，勇犯可使奔。彎弓志射隼，亭墇終短垣。卓彼燒餘録，親見審言孫。窮幽發新解，巧擷諸家言。痴人聞説夢，祇自添鈍根。頗訝黄陳輩，力竭粗皮存。君好杜甫七律，余常詰駁。（《梅泉集》卷三，《韓國文集叢刊》第 348 册，頁 458）

《讀國朝諸家詩》其一：歲晏光陵制作新，詞垣諸子各尋真。粗皮老骨槎枒甚，佔畢終爲學杜人。佔畢　　其十四：劃却芬華故莽蒼，粗頭亂服也成章。世人不辨淄澠味，總道三淵學草堂。三淵（《梅泉集》卷四，《韓國文集叢刊》第 348 册，頁 485）

《答李石亭書》：足下前後屢書，要僕共趨古作者之域，誼甚盛也。僕雖駑拙，不能有以仰副萬一，私心感鐫庸有既乎，然汔不能逐條仰答，一攄胸中之蘊，以各極其趣者，非敢自是己見，欲自外於爐鞴，誠以舌筆不相謀，無以罄達愚意耳。近拜二月中惠書，有若認僕以相競者，然命意措詞隱然寓慊懟之氣。僕若受而無辨，則抑恐足下遂謂僕傲慢自高，不欲上下其論也，其見罪也不亦綦重乎？是以不能不妄陳一二，足下其亦妄聽之。竊謂文章之學最與風氣相關，截然有古今之界，今取歷代所推傑然者而考之，李、杜自李、杜，謂漢魏則不可；韓、柳自韓、柳，謂遷、固則不可也。計李、杜、韓、柳之在當日，何嘗不取法于古，而止竟不過爲自家之詩若文，非天之降才爾殊也，風氣限之也，然此猶其小者耳。風雅之變而爲屈騷，而於正范則遠矣。誓誥之變而爲左氏，而於灝噩則淺矣。彼日星萬古者，猶此不出其所局之限，況後世戔戔者類乎？蓋世運推蕩，人文嬗變，生於其時者，各因其所賦之才而成一代之文，不必皆法古也。藉使有之，亦各不過因其才之所近而得其仿佛，必不强其所不能而剝皮搭影甘爲人奴已也。楊子雲曰：“斷木爲棊，梡革爲鞠，莫不有法，況於文乎？”由此觀之，文以法論蓋古矣，誰不謂然，但其徒法

爲不可恃耳。所貴乎法者,操其規矩而運以巧也。今舉規矩而號於衆曰:
此公輸之古法也。法則信矣,信其人之必公輸乎? 然則不失公輸之古者,不
在規矩而在於巧明矣。天下何嘗無規矩哉? 北宋多大家,而以有法勝者莫
如南豐,以無法勝者莫如東坡。然謂蘇非古文可乎? 謂南豐勝於東坡可乎?
蓋曾之才不逮蘇遠甚也。後之論者,於兩家取舍互不同。然今讀曾集未數
板,而夢然引睡者有之;至於蘇文則如入仙源洞天,猶恐其易竟,此何爲而然
也? 有明之文,若潛溪、遜志,至懷麓、陽明諸家,未嘗標榜法古,而各自名
家。遜志稱學蘇,而其視李獻吉之"詩必杜甫,文必左馬"者瞠乎後矣。然獻
吉一生叫號隳突,不過爲優孟之誚。乃今之所謂法古者,并無獻吉之才,而
但取古人之枯淡膚冗,已爲其人之所不屑者奉作真諦正見,栩然自命曰"吾
所學者大家也",不幾於累大家乎? 非徒不能爲大家而已,求其爲小家之成
而亦不可得。向使獻吉不杜甫,不左、馬,取法於近,縱其才而極焉,則何渠
出潛溪諸家之下哉? 然則法終可捨歟? 曰:胡可捨也? 惟不拘乎法,而求
以得其意,則其佳者自與法合,斯乃不法之法耳。古人文章,就其極高之作,
有雄渾者,有奇崛者,有爾雅者,有濃麗者,有瘦勁者,有古拙者,有纖巧者,
千彙萬狀,至不能究詰,而各自成家,寄在天壤。則仁者見之謂之仁,智者見
之謂之智,於是乎强名之曰法。然彼作者之始,何嘗計慮創何法,欲後人之
遵守乎? 雖然,法既成於人見,而其爲門者遂衆,不正則變,不陂則平,不巨
則細,出乎彼則入乎此。吾雖欲離法獨行,終不免爲法所目,然則雖求所以
解脱夫法者尚不可得,況甘爲所縛哉? 法韓文者,無如皇甫湜,而湜豈韓之
入室乎? 法杜詩者,無如黃魯直,而黃豈杜之傳鉢乎? 惟得其法外之意者,
斯爲善學,故歐陽永叔不害爲今之韓愈,陸放翁不失爲後之杜甫。歷選古
今,鏡其已然之跡,則其不可浮慕大家,株守舊法,不翅彰著矣。然所謂求其
意者,亦頗謬悠。意也者,是無形象無捉摸之物也,而乃曰"吾求某人之意",
誰復信之。惟其勿剿皮貌,挹其神髓,優游自足,容與可觀。言之有情,嚼之
有味,與古不倍者斯爲近之。一集之內,不必其篇篇如此;一篇之中,不必其
節節如此。興會所至,悟解忽詣,奮袖疾書,筆力濟之,即寂寥數行,真氣坌
涌,足以爲自得之古。即有不古,或得傳之稍久,則自我作古,亦與榮矣。僕
與足下,神交且半世,識面亦久矣。每見足下論世則必曰大家,談藝則必曰
古法,每一篇下筆,輒瞿然顧曰"於古有否",兢兢惴惴,不啻三尺之嚴。行之
數十年,所著至十數卷,其精勤懇篤,蓋古人有所不若。若僕者悢悢自行,性
又懶廢,中年收拾,不過爲數冊,可謂萬萬不逮。而使世之號賞鑒者均取以
閱之,至大集,必不過曰"此石亭也,非古也";至拙稿,亦不過曰"此梅泉也,
非古也"。鳧鶴長短,容有天禀之已判,而其不能古則一也。足下畢生矻矻

所得,有奢於僕者乎,徒自苦耳。且足下自料有古人之才否? 使人人而皆可大家也,則古人已先之矣。蓋古人不徒才高,兼有高識。才所不及,不必強學,故烏黔鷺白,天機自放。李、杜傳,高、岑、王、孟亦傳;歐、蘇傳,二劉、三孔亦傳。夫文章蘄乎傳則已,何必大家哉,況又不可學而致者哉? 今足下一則曰大家,二則曰古法。不知現在之爲李石亭,而搶頭頓足,必欲廣索千歲上下所不知何人之假面而力戴之,其亦可謂惑矣。僕嘗入松廣寺,上臨清閣,潭潭大廈也,歲久屋老,楹桷邪罅,岌然有欲倒之勢。不敢倚眺,踉蹌下梯,見隔溪有數間精廬,趨而入焉,乃西庵也。堂宇净楚,花藥紛如,磬殘香消,清景逼人,遂卸裝引枕,駒駒達曙。足下而遇此地,其將曰臨清閣乎? 抑西庵乎? 足下已迫稀年,如可傳也,已著者不患不足;如猶未也,奚復嘔心搯腎,役役于躋攀分寸之苦耶? 嘗聞善《易》者不言《易》,何不反而思之? 僕近有一得,吾東文苑,如谿、澤諸公尚矣。有時從僻巷人家見塵籠中亂稿,其著人蓋有不知何許者,而往往精絶可傳,有過於世俗所稱大家數者,輒灰心嘆嗟,以爲斯皆千秋自期者,而轉眼磨滅如此,況我乎? 遂退然自阻,不敢復有所謂述作者。殆幾多年,其或不免呶呶作村婆語,則不過留連光景,應酬請托而已。如此而足下乃勖以古學,勤勤不置,無亦不恤夫失言也耶? 或者大家之法,自應如此耶? 足下今老矣,一往强探力索,疲精敝神,恐有妨於頤養葆攝,故敢此覼縷道之。雖非古人之文,不可謂非古人之交道也,惟足下幸有以終教之。(《梅泉集》卷六,《韓國文集叢刊》第 348 册,頁 495)

《小川詩集序》:凡以學問稱者,貴乎師古而不貴乎泥古。神而明之之謂師,拘執不通之謂泥。均是古也,而古今得失之蹟瞭然矣。世之學詩者,剿聞唐人之爲詩之極盛也,開口稱非唐不學。或又悍然并不論唐,直曰吾所學者杜甫而已,於杜則又極推其七言律詩,以爲古今無兩。嗚乎,是可謂真知也哉? 漢魏之詩,古體而已,故即才有利鈍而體無工拙。至唐流派既衆,近體乃作,有所謂五七律絶之分。於是工於古而不工於近者有之,工於律而不工於絶者有之。就言乎杜,則古體上也,五律次也,七五絶又其次也。若七言律則往往橫屬恣肆,險崛粗拙,實有不可以爲常法者。歐陽公所不喜者,蓋當在此耳。使後之學者,先且從事乎其古體,沈浸咀嚼,以究其力量之廣闊,氣格之雄偉,求免爲旁門小家,則誰曰不可。何必株守其次乘,假意虛喝,欲售其武斷之私哉? 然則夫所謂律詩者何也? 律也。律者何也? 和聲者也。必其韻調圓圜,興象高華,可以諧金石而被管弦,不失爲雅音正軌者是已。則其在唐也,若高、岑、錢、劉諸什,概其尤也。今薄高、岑、錢、劉以爲不足爲,而甘心作黄、陳轅下駒,抑獨何哉? 小川老人攻詩且四十年,未嘗規規於唐,而其才性時與唐人近。其論唐則最服膺義山,謂其言精而旨遠,爲中晚諸子之所無。而其所自運則又自優遊倡嘆，依俙有得於元和、長慶之間。蓋隨意命詞，不求似乎一家，而神情所到，脫手天然。吾黨之士以近體稱工者或有矣，而可推以師古者，其在小川乎？余嘗試問曰："子於近體尊義山而不尊杜，其如法涼何？"小川笑曰："子見言言而杜者，有一近杜者乎？極其選，不出江湖末派，而乃曰非杜不學，我則無是也。尊義山者，亦豈欲必學哉？所見然耳。"嗟乎，誠通人之論也。得小川可以信余説乎？余讀其全稿，既又妄加批選，因錄其平日所相上下者以復之，以見夫謬見之不甚斥，而庶或被其引而進之也。(《梅泉集》卷七，《韓國文集叢刊》第 348 冊，頁 527)

曹兢燮

曹兢燮(1873—1933)，初名麟燮，初字魯見，字仲謹，號巖栖、深齋，昌寧人。著有《巖栖集》。

《金君晦汝見示文稿，頗有奇氣，書以却寄，三首》其一：金生文思已如虹，久病令吾喜氣融。可但杜詩驅癘癃，即知陳橄愈頭風。(《巖栖集》卷四，《韓國文集叢刊》第 350 冊，頁 41)

《李甘山詩選序》(節錄)：詩之爲術亦難矣，習於富艷者，使人醉飫而易厭；主於寒苦者，使人感傷而不平。古今詩人必推杜甫氏爲至者，以其才全而境通，掖垣之作而有憂思澹遠之致，破屋之吟而有磊落廣大之象，能無所不可而集詩家之大成也。未至於是，則不能不偏於才而局於境，故燕、許宜艷而不宜野，郊、島能苦而不能甘。然必論其等，則與其易厭也，寧不平，此《子虛》《長楊》之所以不得不遜於《離騷》《九辯》者歟？吾邦自羅、麗以來，以詩名者代不絕人，而至於贍敏富麗之作必以李文順爲首，其長篇大律數十百韻之頃刻而出之者，固足以驚當世而聾後人。然以其過於平熟，故識者頗或議之。近世有甘山子者，文順之後裔也。少有異才，平生以攻詩爲業，不肯俯仰於時勢，卒窮以死。有詩數百首傳于世，而以其出於精思痛削之餘，故類皆深苦簡短，無過五六韻以上者，然神解警語往往而見，雖其才與境不免於偏局，而較之文順則殆乎一變而至道矣。(下略)(《巖栖集》卷十八，《韓國文集叢刊》第 350 冊，頁 289)

《鶴陰書堂碑》(節錄)：賢者之所過，人必思之，而況於其居乎？井泉之所飲濯，樹木之所封植，猶不忍其湮傷而爲之識，況於其求志講學之林，精神風範之所在乎？余讀正學方子《成都草堂碑文》，爲之慨然興懷。方少陵之客於蜀也，蕭然一勞人。雖藉有勢者之力以成其居，而其所謂堂者，惟白茅數椽蔭於樗林籠竹之間;其所事者,不過看雲步月移松鉏菜,遠望而長吟;所與接者,老妻稚子之遊戲,朱老、阮生之往來而已。而乃千百年之後,王公大人爲之重恢而表章之,如方子者又爲之文,大書深刻,至以一代詩人命之以大儒君子之號,則其言雖近於夸,而亦其思之深,故欲其愈久而愈不忘也。(下略)(《巖栖集》卷二十六,《韓國文集叢刊》第 350 冊,頁 405)

金濟學

金濟學,生卒年不詳,生平事跡不詳,有《龜庵集》。金濟性《龜庵集序》寫於哲宗十年己未(1859),則金濟學約爲朝鮮純祖至哲宗時人。

《漫吟》:此翁非不愛吟詩,語不驚人故不爲。李杜韓蘇都拾去,江山風月更靡遺。懦夫堪笑能扛鼎,高手方稱弗著棋。安樂窩中太平老,臥看屏畫走藏兒。(《龜庵集》卷三,《韓國歷代文集叢書》第 3162 冊,頁 312)

《詩酒》:詩能遣寂酒排愁,老此人間一戲遊。子美以窮詞苑伯,劉伶何德醉鄉侯。江山活動花開日,天地雄鳴木落秋。葬我明堂知在是,騷壇左右列糟邱。(《龜庵集》卷三,《韓國歷代文集叢書》第 3162 冊,頁 315)

《和文卿秋詞韻》其三:杜老雄詞八詠秋,青楓玉露響夔州。到今風韻令人起,曠古文章捨汝疇。三峽樓臺皆即境,千間廈屋總時憂。江山到處生顏色,繭足行吟亦勝遊。(《龜庵集》卷五,《韓國歷代文集叢書》第 3162 冊,頁 427)

國家社科基金
GUOJIA SHEKE JIJIN HOUQI ZIZHU XIANGMU
後期資助項目

高麗朝鮮時代
杜甫評論資料彙編　下

A Compilation of Reviews of Du Fu's Poems
in Goryeo and Joseon Era

左 江 輯校

上海古籍出版社

二　詩　話　類

李仁老

李仁老,見評述類,其《破閑集》爲東國第一部詩話集,對研究高麗歷史及文學理論都有很高價值。

琢句之法,唯少陵獨盡其妙,如"日月籠中鳥,乾坤水上萍"、"十暑岷山葛,三霜楚户砧"之類是已。且人之才如器皿,方圓不可以該備,而天下奇觀異賞可以悦心目者甚夥。苟能才不逮意,則譬如駑蹄臨燕越,千里之途,鞭策雖勤不可以致遠。是以古之人雖有逸材,不敢妄下手,必加煉琢之工,然後足以垂光虹蜺,輝映千古。至若句鍛季煉,朝吟夜諷,撚鬚難安於一字,彌年只賦於三篇,手作敲推直犯京尹,吟成太瘦行過飯山,意盡西峰鍾撞半夜,如此不可縷舉。及至蘇、黄,則使事益精,逸氣横出,琢句之妙可以與少陵並駕。(《破閑集》卷上,《韓國詩話叢編》第 1 册,頁 49)

自雅缺風亡,詩人皆推杜子美爲獨步,豈唯立語精硬、刮盡天地菁華而已?雖在一飯,未嘗忘君,毅然忠義之節根於中而發於外,句句無非稷、契口中流出,讀之足以使懦夫有立志。"玲瓏其聲,其質玉乎",蓋是也。(《破閑集》卷中,《韓國詩話叢編》第 1 册,頁 51)

朴君公襲,居貧嗜酒,客至無以飲,求酒於靈通寺,僧用皤腹山樽盛以泉水,封繩甚牢固,送之。朴公初見喜曰:"此器可受二斗許。昔陳王斗酒十千宴於平樂,杜子美亦曰:'還須相就飲一斗,恰有三百青銅錢。'今吾二人不費一錢而得美酒,各飲一斗,則酣適之興不減於古人。"開視之,乃水也。恨眼目不長,落老胡計中,作詩寄之曰:"有客來相過,囊中欠一錢。分無廬岳酒,浪得惠山泉。似虎林中石,如蛇壁上弦。屠門猶大嚼,何況對樽前。"僧見詩,更以美酒酬之。(《破閑集》卷下,《韓國詩話叢編》第 1 册,頁 59)

世以科第取士尚矣,自漢魏而下,躈歷六朝,至唐宋最盛。本朝亦遵其法,三年一比,上下數千載,以文拾青紫者不可勝紀。然先多士而後大拜者甚鮮,蓋文章得於天性,而爵禄人之所有也。苟求之以道,則可謂易矣。然天地之於萬物也,使不得專其美,故角者去齒,翼則兩其足,名花無實,彩雲易散。至於人亦然,畀之以奇才茂藝,則革功名而不與,理則然矣。是以自孔、孟、荀、揚,以至韓、柳、李、杜,雖文章德譽足以聳動千古,而位不登於卿相矣。則能以龍頭之高選得躋台衡者,實古人所謂楊州駕鶴也,豈可以多得哉?(《破閑集》卷下,《韓國詩話叢編》第 1 册,頁 62)

崔　滋

　　崔滋(1188—1260),初名宗裕、安,字樹德,號東山叟,海州人,謐號文清。康宗元年(1212)文科及第,歷任中書平章事、判吏部事等職。有《補閑集》傳世,另批點《三韓詩龜鑑》。《補閑集》是對《破閑集》的補充,論述了較多《破閑集》中未提及的作家、作品,甚至包括浮屠、娼妓之作。

　　大同江是西都人送別之渡,江山形勝,天下絕景。鄭舍人知常送人云:“大同江水何時盡,別淚年年添作波。”當時以爲警策。然杜少陵云:“別淚遙添錦江水。”李太白云:“願結九江波,添成萬行淚。”皆出一模也。文順公於祖江送別云:“舟將人遠心隨去,海送潮來淚共流。”言淚雖同,意或小異。(《補閑集》卷上,《韓國詩話叢編》第1冊,頁87)

　　金蘭叢石亭,山人慧素作記,文烈公戲之曰:“此師欲作律詩耶?”星山公館有一使客留題十韻,辭繁意曲,郭東珣見之曰:“此記也,非詩也。”非特詩與文各異,於一詩文中亦各有體。古人云:“學詩者,對律句體子美,樂章體太白,古詩體韓、蘇。若文辭,則各體皆備於韓文,熟讀深思可得其體。”雖然,李、杜古詩不下韓、蘇,而所云如此者,欲使後進泛學諸家體耳。(《補閑集》卷上,《韓國詩話叢編》第1冊,頁89)

　　河直講千旦,誦白雲子吳廷碩遊八巓山詩:“水長山影遠,林茂鳥啼深。倦僕莫鞭馬,徐行得久吟。”因曰:“‘林茂鳥啼深’之句最爲絕唱。”予曰:“此詩遣意閑遠,連吟四句而後得嘉味,何獨一句爲絕?如‘林茂鳥啼深’之句,是剝杜子美‘隔竹鳥聲深’也。以‘林茂’之言比‘隔竹’之語,若涇渭然,清濁自分。”(《補閑集》卷上,《韓國詩話叢編》第1冊,頁89)

　　貞肅公以左承宣出爲東北面兵馬使,聞李祭酒公老代爲喉舌任,以詩寄之曰:“千里書廻一雁天,新承宣代舊承宣。不才見擯雖堪愧,猶向皇朝賀得賢。”《曉起》云:“玉帳燈殘入睡鄉,康安親捧赭袍光。門前曉角渾無賴,咽破雲霄夢一場。”大觀殿黼座後障《無逸圖》壞,上欲命公書之,試其筆蹟。公作詩書二簇以進曰:“輅重駕馳短,天高鶴戀長。舊衣幾經濯,猶帶御爐香。”又:“園花紅錦繡,宮柳碧絲綸。喉舌千般巧,春鶯却勝人。”或謂公有未忘權要之意,非也。公天資清婉,詩語似之,可謂表裏水澄,塵不能點者,豈爲權要所累耶?孔子三月無君,則皇皇如也;杜子美在寒窘中,句句不忘君臣之大節。況名爵如公者,雖在闥外,戀戀有愛君之心,固其宜也。(《補閑集》卷中,《韓國詩話叢編》第1冊,頁94)

　　及第金台臣和許彦國《虞美人草歌》,爲贊於文順公。時李史館允甫往謁公,公出示之。史館借其卷子來,予於史館家見其詩,即和進七首,史館傳示公。公許可，特裁長書，遣翰林河千旦賚書報云：“此詩韻強，凡作者頗艱於和。觀君之作，辭意絕妙，雖使李、杜作之無以復加也。”又投長篇，褒獎太過。及予謝進，倒屣出迎，固留開飲，盡出文稿示之，曰：“深愧相知之晚也。昔全履之能文，時人不識，我獨知之。今見君貌，不知有逸才，是真隱德人也。”後數年，公除國子祭酒，予爲學諭。一日，因公事坐廳事，曰：“日者宴庾諫議宅，走筆賦《水精杯》詞，人皆見和，君獨不和，何也？”予驚惶承命，即和成七首奉呈，公稱嘆不已，傳示於誥院曰：“此詩非今世人作也。”其寵勸後進如此。（《補閑集》卷中，《韓國詩話叢編》第1冊，頁95）

陳補闕澕評詩，以：“文順公《杜門》云‘初如蕩蕩懷春女，漸作寥寥結夏僧’，如牙齒間置蜜，漸而有味。李由之和耆老相國詩云‘睡倚乍容青玉案，醉扶聊遣絳紗裙’，如咀冰嚼雪，令人心地爽然無累。置蜜之辭未若咀冰之語。”僕於此評未服。彼咀冰之語，雖新進輩月煉日琢，則萬有一得。置蜜之辭，深得杜門之意，非老手固不可道。陳與由之及當時鳴詩輩共和耆老相國詩，“裙”韻最強，至於復用，皆有難色。而由之道此聯，陳即驚動，故有此語。陳補闕讀李春卿詩云：“啾啾多言費楮毫，三尺喙長只自勞。謫仙逸氣萬像外，一言足倒千詩豪。”及第吳芮公曰：“‘逸氣’一言可得聞乎？”陳曰：“蘇子瞻《品畫》云：‘摩詰得之於象外’、‘筆所未到氣已吞’，詩畫一也。杜子美詩雖五字中尚有氣吞象外，李春卿走筆長篇亦象外得之，是謂逸氣。謂一語者，欲其重也。夫世之嗜常惑凡者不可與言詩，況筆所未到之氣也。”（《補閑集》卷中，《韓國詩話叢編》第1冊，頁99）

八巖山絶頂上有危樓，權學士適爲嶺南觀察，題此樓云：“日月東西三面水，乾坤上下一峰樓。”後人讀作“乾坤之上下”，不知其句有味。杜子美《登樓》詩云：“二儀清濁還高下。”上下亦高下，當作“乾坤還上下”讀之，則其句妙矣。“日月東西”亦然。（《補閑集》卷中，《韓國詩話叢編》第1冊，頁101）

陳補闕初直玉堂時，孫翰林得之、李史館允甫、李同文百順、前翰林尹于一，六官才俊皆在席上。占韻令賦扇，陳即抽筆書之曰：“欲風犀楓扇，自冰火雲天。暑退蠅難近，秋回雁莫先。小荷翻掌上，團月墮襟前。雅稱麾軍將，曾隨畫水仙。紈新如剪雪，柄古尚含烟。安石仁風遠，羲之醉墨顚。畫昏餘彩女，恩薄怨凉蟬。把玩臨寒簟，楊州百萬錢。”一座以陳詩不佳，乃相約各自賦口吟，相切磨品第。孫翰林：“攜持寧暫歇，出入每相先。竪障歌唇外，橫抛醉膝前。汗青輪假月，沬碧貌真仙。”一座皆戲曰：“‘攜持’一聯，常而熟；‘汗青’、‘沬碧’，別而生。”李同文云：“品因飛燕重，畫自季龍先。繡幕搖翻浪，琅庖鼓颺烟。擺冷醒炎鼠，揚泠飫潔蟬。”尹云：“月圓今似古，詩對後連前。飄拂身無垢，凄凉意欲仙。畫宜留顧絕，書不要張顚。”座曰：

“‘擺冷’、‘揚泠’之句,辭意清新。尹之三句,圓熟有力。”李秘書云:“碧月談筵上,清風孝枕前。丹竈催龍火,青樓用麝烟。盤蠅隨影散,野馬觸風顛。畫好安蘆鴨,詞宜謝柳蟬。”韓留院云:“蝶舞橫霞外,魚跳細浪前。地還清暑殿,人即廣寒仙。蛾暮遮蘭焰,風朝護蕙烟。”座曰:“李詩‘蘆鴨’,豈宜圖於小扇? 三句皆用蟲鳥,唯‘碧月’一聯句法清勝。韓‘蝶’、‘魚’賦月傾扇失實,‘清暑’一聯直舉‘人’、‘地’,言事疏遠。”李東觀云:“風生紬史地,月動演綸天。制作羲軒下,炎涼象帝先。信疏松柏後,功小秕糠前。輕却攜長拂,涼於戲半仙。剪蕉疑鳳雨,揮羽掃狼烟。破熱肌如濯,揚泠手似顛。簸腰搖帶鳳,拂首側冠蟬。願借真清力,驅除俗臭錢。”座曰:“前三聯尤妙,以此詩爲第一。”尹曰:“此詩之意先深後淺,是爲倒格。”時文順公爲翰林,最後至,走筆云:“我欲洗煩熱,潛投井裏天。捉來雙手後,搖入六官前。已近高厨下,堪陳漢仗前。月圓奔底妾,風弱馭無仙。飛白書縈霧,空青畫點烟。驅蚊雷已靜,撲蝶雪將顛。發發供頭鶴,輕輕弄鬢蟬。蓬瀛爭賦詠,誰最號青錢。”一座嘆服,無復間言。文順公曰:“李東觀‘風生’、‘制作’、‘信疏’三聯,真老杜詩也,吾詩不及遠矣。”史館曰:“君井扇之喻尤妙,引‘高厨’、‘漢仗’言禁中扇又妙,吾詩安能抗?”(《補閑集》卷中,《韓國詩話叢編》第1冊,頁105)

　　李學士眉叟曰:“吾杜門讀黃、蘇兩集,然後語遒然、韻鏘然,得作詩三昧。”文順公曰:“吾不襲古人語,創出新意。”時人聞此言,以爲兩公所入不同,非也。其壺奧雖異,所入皆一門,何也? 學者讀經史百家,非得意傳道而止,將以習其語效其體,重於心熟於工。及賦詠之際,心與口相應,發言成章,故動無生澀之辭。其不襲古人而出自新警者,唯構意設文耳。兩公所云不同者,殆此而已。詩文以氣爲主,氣發於性,意憑於氣,言出於情,情即意也。而新奇之意,立語尤難,輒爲生澀。雖文順公遍閱經史百家,熏芳染彩,故其辭自然富艷,雖新意至微難狀處曲盡其言而皆精熟。嘗賦《明皇念奴》云:“帝意方專眷玉環,尚知嬌艷念奴顏。若均寵幸分人謗,老羯何名敢作難?”雖使古人幸出此新意,其立語殆不能至此工也。夫才勝其情,則雖無佳意,語猶圓熟;情勝其才,則辭語鄙靡,而不知有佳意;情與才兼得,而後其詩有可觀。文安公曰:“吳世才先生才識絕倫,嘗得《類篇》,覽之曰:‘爲學莫此爲急。’乃手寫畢頌。凡作者當先審字本,凡與經史百家所用,參會商酌,應筆即使,辭輒精強,能發難得巧語。辭若不精強,雖有逸情豪氣,無所發揚,而終爲拙澀之詩文也。”李史館允甫學識精博,詩文皆有根蒂,嘗笑後學使字屬辭曰:“洗盡場屋習氣,然後文章可教也。今之後輩下於彼時遠矣,例不事讀書,務速進取。習科舉易曉文,幸得第,猶未能勉益學業,唯以抽青媲白、立一對二、琢生斫冷以爲工耳。故見前人詩文雅正簡古,則以爲樸質難效;雄深奇險,則以爲詰屈難知;宏贍和裕,則以爲疏闊未工,都不容思。見今人詩文有集今古已陳之語之意,更爲結構其辭,至於生弱鄙俚,則皆以爲清婉,或以爲警苦。殊不知見詩文有偃塞不入我情者,謂是爲己所未到處。及反覆詳閱,至得其味而後已也。噫!時文大變至於俚,俚一變至於俳,不知其卒何若也。近世尚東坡,蓋愛其氣韻豪邁,意深言富,用事恢博,庶幾效得其體也。今之後進讀東坡集,非欲仿效以得其風骨,但欲證據以爲用事之具,剽竊不足道也,況敢學杜甫得其波耶?"文安公常言:"凡爲國朝制作引用古事,於文則六經、三史,詩則《文選》、李、杜、韓、柳,此外諸家文集不宜據引爲用。"又曰:"至妙之辭,久而得味;鄙近之作,一見即悦。學者看書,當熟讀之深思之,期至於得意。"文順公曰:"曩余初見歐陽公集,愛其富;再見得佳處;至於三,拱手嘆服。又見梅聖俞集,心竊輕之,未識古今所以號詩翁者也。及今見,外若萹弱,中含骨鯁,真詩中之精雋也。知梅詩然後可謂知詩者也。"又曰:"古人評詩之意,老而漸詳味,無不得於我心者。唯謝公‘池塘生春草’未識佳處。"公之所云猶若是,識者爲誰歟?今有臆論者曰:"此句出語天然發生,春意初茸,新綠之想依然五字之間也。"或曰:"春光漲暖,物像菁華,和裕之辭自然流出,是所取者也。"此意豈公不識處耶?必有賽不得之意與氣存乎其間,不然言之者過矣。李眉叟少年時作《送春詩》《孤石碧蘿亭詩記》,無不膾炙人口,以此名爲獨步。及爲翰林以後,見從前所作,甚鄙之。人有言者,輒慚惡,皆焚之,不編於家集中。文順公常謂人曰:"吾平生所作,隨歲而進。去年所作,今年視之可笑,年年類此。"凡公少年時走筆立書,略不構思,其語或有近於時體者,則人皆傳寫以頌之。至於老貴,閑吟徐詠,覃思造語之作,學者罕能悦其味。然則知詩之難,難復難矣。予自少年入侍春坊,至於今日,無一歲無官責,不暇事讀書,徒以膚淺之學冒昧承乏,官至學士,秉筆汗顏,何足知文章之勝劣,妄爲筆舌哉?但以及見老成人,得聞餘論,故粗記以所聞傳示後進云。(《補閑集》卷中,《韓國詩話叢編》第1册,頁106)

　　有一好事者,集聲律七字聯評之,第其上下。屬予曰:"彼雄深、奇妙、古雅、宏遠之句,必反覆詳閱,久而後得味,故學者不悦,如工部詩之類也。今所集若干聯,皆一見即悦之語,可以資補閑,君其録於後編。"觀其所評,皆不法古人,新以臆論之,尚有可取,列之于左。(下略)(《補閑集》卷下,《韓國詩話叢編》第1册,頁108)

　　古今警絶句不多,如草堂《江上》云:"功業頻看鏡,行藏獨倚樓。"《悶》云:"卷簾唯白水,隱几亦青山。"陳補闕云:"杜子美詩雖五字,氣吞象外。"

殆謂此等句也。然“白水”之聯用“唯”、“亦”二字爲妙。欲味其妙,當悶中咀嚼。崔壯元基静《四時詞》云:“侵雪還萱草,占霜有麥花。”白拈草堂語。吳先生世才《自叙》云:“丘壑孤忠赤,才名兩鬢華。”暗竊草堂格。皇祖初入金閣,奉使江南,留題曰:“雲霄茅下纔連茹,原隰蓬間忽斷根。”詩人以爲與杜子美“日月籠中鳥,乾坤水上萍”,其琢句精工相似。或云:“此等句格琢爲五字則絕妙,七言則未工。”眉叟《破閑》云:“古今琢句之法,唯杜少陵得之,如‘日月籠中’句,吟味果如啖蔗。”陳補闕云:“‘三年旅枕庭闈月,萬里征衣草樹風’,未若草堂‘三年笛裏關山月,萬國兵前草木風’語峭意深。”李史館允甫平生嗜杜詩,時時吟賞“干戈逆老儒”一句,曰:“此語天然遒緊,凡才固不得道。”宋翰林昌問:“工部‘九江春草外,三峽暮帆前’,辭易意滑,儻可及道?”史館笑曰:“其語意豁遠,固非汝曹所識。如‘古墻猶竹色,虛閣自松聲’,此工部尋常語體。古今幾人學杜體而莫能仿佛,唯雪堂‘欹枕落花餘幾片,閉門新竹自千竿’,其語格清緊,則同遣意,閑雅過之。蓋有‘欹枕’、‘閉門’之語耳。”史館嘗與李翰林文順公宿安和寺留詩,翰林曰:“廢興餘老木,今古獨寒流。”史館曰:“改‘獨’爲‘尚’,則草堂句也。”歸正寺壁題云:“晨鍾雲外濕,午梵日邊乾。”此奪工部“晨鍾雲外濕,勝地石堂烟”句也。於晨鍾言“濕”,可警;於梵言“乾”,疏矣,但對觸切耳。“石堂烟”句是“氣吞”之類也。《補閑》只載本朝詩,然言詩不及杜,如言儒不及夫子,故編末略及之。凡詩琢煉如工部,妙則妙矣。彼手生者,欲琢彌苦,而拙澀愈甚,虛雕肝腎而已。豈若各隨才局,吐出天然,無礲錯之痕? 今之事鍛煉者,皆師貞蕭公。李眉叟曰:“章句之法不外是,如使古人見之,安知不謂生拙也。”(《補閑集》卷下,《韓國詩話叢編》第 1 冊,頁 111)

李齊賢

李齊賢,見《評述類》介紹。其《櫟翁稗説》多論及中國及高麗朝詩人詩作。

杜少陵有“地偏江動蜀,天遠樹浮秦”之句,予曾游秦蜀,蜀地西高東卑,江水出岷山,經成都南,東走三峽,波光山影蕩搖上下。秦中千里,地平如掌,由長安城南以望,三面綠樹童童,其下野色接天,若浮在巨浸然。方知此句少陵爲秦蜀傳神,而妙處正在阿堵中也。“四更山吐月,殘夜水明樓。塵匣元開鏡,風簾自上鈎”,崔拙翁澀言:“人謂後二句皆言月,非也。‘塵匣元開鏡’,以言水明樓耳。如《夔府詠懷》詩‘峽束蒼江起,巖排古樹圓。拂雲埋楚氣,朝海蹴吳天’,拂雲言古樹,朝海言蒼江,亦詩家一格也。”《戲題韋偃畫松》詩未見有戲之之語,姑蘇朱德潤妙於丹青,謂予言:“凡畫松柏,作輪囷礧砢則差易,而昂霄聳壑之狀最爲難工,此詩後四句‘我有一匹好東絹,重之不減錦繡段。已令拂拭光凌亂,請君放筆爲直幹’,乃所以戲偃也。”(《櫟翁稗説》,《韓國詩話叢編》第1册,頁138)

歐陽永叔自矜曰:“吾之《廬山高》,今[一]人不能作,太白能之。吾之《明妃》後篇,太白不能作,子美能之;前篇子美不能作,我則能之。”此後之好事者,見《廬山高》音節類太白,《明妃後篇》類子美,故妄爲之説耳。蘇老泉《上歐公書》有云:“非孟子、韓子之文,乃歐陽子之文也。”雖詩亦然,使李、杜作歐公之詩,未必似之;歐公而作李、杜之詩,如優孟抵掌談笑,便可謂真孫叔敖也耶?(《櫟翁稗説》,《韓國詩話叢編》第1册,頁141)

[一]今,原作“令”。

吳大祝世才《諷毅廟微行》詩云:“胡乃日清明,黑雲低地橫。都人且莫近,龍向此中行。”《用人韻戲賦戟巖》云:“城北石巉巉,邦人號戟巖。迴撏乘鶴晉,高刺上天咸。揉柄電爲火,洗鋒霜是鹽。何當作兵器,亡楚却存凡。”《病目》云:“老與病相期,窮年一布衣。玄花多掩翳,紫石少光輝。怯照燈前字,羞看雪後暉。待看金榜罷,閉目學忘機。”李文順公奎報謂:“先生爲詩學韓、杜,然其詩不多見。”《金居士集》中載其一篇有曰:“大百圍材無用用,長三尺喙不言言。”亦老健可尚。(《櫟翁稗説》,《韓國詩話叢編》第1册,頁145)

徐居正

徐居正,見《評述類》介紹。其《東人詩話》是朝鮮十五世紀具代表性的詩話,影響深遠。

金員外克己《醉時歌》:“釣必連海上之六鰲,射必落日中之九烏。六鰲動兮魚龍震盪,九烏出兮草木焦枯。男兒要自立奇節,弱羽纖鱗安足誅。”語甚豪壯挺傑,其意本少陵“射人先射馬,擒賊先擒王”,其詞本涪翁“酌君以蒲城桑落之酒,泛君以湖纍秋菊之英”、“酒洗胸中之磊塊,菊制短世之頹齡”。雖用二家詞意,渾然無斧鑿痕,真竊狐白裘手。(《東人詩話》卷上,《韓國詩話叢編》第1册,頁409)

或問:“李文順三百韻詩,重押二‘施’字、二‘衹’字,有何所祖乎?”予曰:“杜甫《八仙歌》‘知章騎馬似乘船’,‘天子呼來不上船’,重押二‘船’

字。‘眼花落井水底眠’，‘長安市上酒家眠’，重押二‘眠’字。‘汝陽三斗始朝天’，‘舉觴白眼望青天’，重押二‘天’字[一]。‘皎如玉樹臨風前’，‘脱帽露頂王公前’，‘蘇晉長齋繡佛前’，三押‘前’字。又蘇子瞻送王公著詩‘忽憶釣臺歸洗耳’，又曰‘亦念人生行樂耳’，自注曰：‘二耳字[二]義不同，故得重押。’予謂一韻重押，蘇、杜尚然，非但蘇、杜，魏晉諸賢集中多有之，獨何怪於李乎？”(《東人詩話》卷上，《韓國詩話叢編》第1冊，頁414)

> ［一］重押二“天”字，原缺，據上下文補。
>
> ［二］字，原作“子”。

詩不蹈襲，古人所難。李文順平生自謂擺落陳腐，自出機杼，如犯古語，死且避之。然有句云："黃稻日肥雞鶩喜，碧梧秋老鳳凰愁"，用少陵"紅稻啄餘鸚鵡粒，碧梧栖老鳳凰枝"之句。又云"洞府徵歌調玉案，教坊選妓醉仙桃"，用太白"選妓隨雕輦，徵歌出洞房"之句。又云"春暖鳥聲碎，日斜人影長"，用唐人"風暖鳥聲碎，日高花影重"之句。以李高才尚如是，況不及李者乎？(《東人詩話》卷上，《韓國詩話叢編》第1冊，頁419)

古人稱杜甫非特聖於詩，詩皆出於憂國憂民、一飯不忘君之心。如避地鄜州達行在，間關崎嶇，其《哀王孫》《悲陳陶》等篇，可見其志之所存。大元至治中，高麗忠宣王被讒竄西蕃，益齋李文忠公萬里奔問，忠憤藹然。如"寸腸冰雪亂交加，一望燕山九起嗟。誰謂鱣鯨困螻蟻，叵憐蟣虱訴蝦蟆。才微杜漸顏宜赭，義重扶顛鬢已華。萬古金縢遺策在，未容群叔誤周家"，又"呫呫書空但坐愁，式微何處賦菟裘。十年艱險魚千里，萬古升沉貉一丘。白日西飛魂正斷，碧江東注淚先流。滿門珠履無雞狗，飽德如吾死合羞"等篇，其忠誠憤激，杜少陵不得專美於前矣。(《東人詩話》卷上，《韓國詩話叢編》第1冊，頁424)

古之評詩者曰："武侯廟柏纔十丈，杜云‘二千尺’，過於太高。"又云："‘霜皮溜雨四十圍，黛色參天二千尺’，是則高二千尺而徑七尺，過於太細。"老杜詩聖也，後之評者尚有之。金英憲之岱《洛山寺》："雲間絶磴七八里，天末遥岑千萬重。"其曰"千萬重"則然矣，絶磴指稱曰"七八里"，何耶？是殆失之於詞爾。(《東人詩話》卷上，《韓國詩話叢編》第1冊，頁426)

杜工部詩"身輕一鳥"下脱一字，陳舍人從易與數人各占一字，或云"疾"，或云"落"，或云"起"，或云"下"，莫能定。後得一本，乃"過"字也。東坡嘗作病鶴詩，有"三尺長脛閣瘦軀"之句。一日，"瘦"上闕一字，令任德章董下字，終不得穩字。徐出其稿，乃"閣"字也。詩中一字豈不難乎？鄭司諫《大同江》詩："雨歇長堤草色多，送君南浦動悲歌。大同江水何時盡，別淚年年添作波。"燕南洪載嘗寫此詩，曰"漲綠波"。益齋先生曰："‘作’、

'漲'二字皆未圓,當是'添緑波'耳。"以予謏見,此老好用拗體,又少陵《奉寄高常侍》詩有"天涯春色催遲暮,別泪遥添錦水波","添作波"之語大有本家風韻,又有來處,恨不得見本稿耳。(《東人詩話》卷上,《韓國詩話叢編》第1册,頁434)

宮殿朝謁之類,詩家多用富貴綺麗之語。如老杜《早朝大明宫》,岑參、賈至之徒和者非一,皆極艷麗,無爐頭寒乞之聲。牧隱《天壽節入朝大明殿》詩:"大闢明堂曉色寒,旌旗高拂玉闌干。雲開寶座聞天語,春滿金巵奉聖歡。六合一家堯日月,三呼萬歲漢衣冠。不知身世今安在,疑是青冥控紫鸞。"通亭姜淮伯亦赴南京,賦《早朝奉天殿》詩:"御溝楊柳正依依,月上觚棱玉漏遲。環佩丁當鵷鷺集,羽林磨戞虎賁馳。螭頭忽暗香烟動,鳳尾徐開彩仗移。稽首紅雲瞻肅穆,日光先照萬年枝。"蓋有得於賈、杜諸公餘賸矣。宣德年間,牧隱之孫李文烈公季甸赴燕京,朝罷出掖,主客郎中請賦早朝詩,文烈窘,書牧隱詩示之,主客大加稱賞。後通亭之孫姜文景公孟卿將赴燕京,文烈戲曰:"奈如華士試文何?"文景應聲曰:"吾家亦有《通亭集》。"滿座絶倒。(《東人詩話》卷上,《韓國詩話叢編》第1册,頁442)

文章所尚隨時不同,古今詩人推李、杜爲首,然宋初楊大年以杜爲"村夫子",酷愛李長吉[一]詩,時人效之。自歐、蘇、梅、黄一出,盡變其體,然學黄者尤多,西江宗派是已。高麗文士專尚蘇東坡,每及第榜出,則人曰:"三十三東坡出矣。"高元間,宋使求詩,學士權適贈詩曰:"蘇子文章海外聞,宋朝天子火其文。文章可使爲灰燼,千古芳名不可焚。"宋使嘆服。其尚東坡可知也已。(《東人詩話》卷上,《韓國詩話叢編》第1册,頁444)

[一]李長吉,當作"李商隱"或"李義山"。

古人詩不厭改。少陵,詩聖也,其曰"桃花細逐楊花落,黄鳥時兼白鳥飛",屢經删改。牧隱嘗與子麟齋種學登西州樓,有題云:"西林石堡入雲端,亭樹含風夏尚寒。"行至半途,種學曰:"大人詩中'尚'字,不如'亦'字之穩。"牧隱曰:"果是也。"促令返改之。"尚"、"亦"雖一意,殊不如"亦"字尤穩。(《東人詩話》卷上,《韓國詩話叢編》第1册,頁445)

洞庭、巴陵天下壯觀,騷人墨客題詠者多。如"水涵天影闊,山拔地形高","四顧疑無地,中流忽有山。鳥飛應畏墮,帆過却如閑",俱見稱於世。然不若孟襄陽"氣蒸雲夢澤,波撼岳陽城",又不若少陵"吴楚東南坼,乾坤日夜浮",未知此老胸中藏幾個雲夢歟?牧隱《吴中八景》一絶云:"一點君山夕照紅,闊吞吴楚勢無窮。長風吹上黄昏月,銀燭紗籠暗淡中。"其曠漠沖融之氣,雖不及老杜徑庭,豈足多讓於前數聯哉?(《東人詩話》卷上,《韓國詩話叢編》第1册,頁449)

予嘗與春坊諸學士論入聲通押是非。或曰："少陵，詩聖也，平生未嘗通押。如《早發射洪縣》詩，終篇用'諱'韻。"予曰："子於杜詩未熟。如《戲呈元十二》詩'末'字韻，傍用五韻；《南池》'谷'字韻，旁用四韻；《客堂》'蜀'字韻，旁用三韻。老杜何嘗不通押乎？至如昌黎，則傍出六七韻，乍離乍合，縱橫泛溢，如《此日足可惜》一篇是已。東坡贈陳季常詩韻旁用六韻。子何怪於通押乎？"或者乃屈。然歷觀古人入聲通押者，百中之一二，祇足見其才窘耳，夫已多乎哉？(《東人詩話》卷上，《韓國詩話叢編》第 1 冊，頁 456)

詩雖細事，然古人作詩必期傳後，故少陵有"老去新詩誰與傳"，又"清詩句句自堪傳"、"將詩不必萬人傳"之句。韓子蒼亦云："詩文當得文人印可，乃自不疑。"所以前輩汲汲於求知也。自魏晉唐宋以來，及我高麗文士尚然。近世文士有志者少，不留意於詩，況敢期於傳後哉！間或有志者以詩文求見正於先生長者，群聚而誹笑之。文章氣習日就卑陋，何足怪哉？(《東人詩話》卷上，《韓國詩話叢編》第 1 冊，頁 458)

金英憲之岱《題義城館樓》詩曰："聞韶公館後園深，中有危樓百餘尺。香風十里捲珠簾，明月一聲飛玉笛。烟輕柳影細相連，雨霽山光濃欲滴。龍荒折臂甲枝郎，仍按憑闌尤可怕。"爲一時膾炙。後十年，樓火於兵，板隨以亡。又後數十年，一按部入縣，索金詩甚急，邑人無如之何。時縣守吳君迪莊有一女，曾與張相國鎰子庭賀約爲婚媾，吳攜女之任，庭賀取他耦。吳女發狂亂語，忽詠出金詩，邑人錄呈按部，按部奇之。世相傳以爲鬼物亦愛詩，能護惜不失，復傳於世。予嘗以爲此説荒怪，無足信者。嘗觀杜詩注，有病瘧者誦少陵"子章髑髏血模糊，手提擲還崔大夫"之句，病頓痊。又《名臣言行錄》，王榮老之任觀州，渡江，七月風作不涉，人曰："江神極靈，舟中必有異物，當獻，得濟。"榮老只有黃麈尾，獻之，風如故。又以端硯獻之，風愈作。又獻宣包虎帳，皆不驗。夜臥念黃魯直草書扇子，乃韋蘇州"獨憐幽草澗邊生，上有黃鸝深樹鳴。春潮帶雨晚來急，野渡無人舟自橫"一絕句也，取獻之。香火未收，南風吹便帆飽，一瞥而濟。僧洪覺範曰："此必元祐遷客之鬼，不然何嗜詩之深耶？"然則詩能感鬼神，古人亦已言之，予何獨疑於金詩也哉？(《東人詩話》卷下，《韓國詩話叢編》第 1 冊，頁 471)

老杜詩："侍臣雙宋玉，戰策兩穰苴。"蓋用六五帝、四三王之語。金久炯送僧詩："道已雙支遁，詩能兩善權。"摹擬太過，真所謂屋上架屋也。牧隱詩"處身雙墨老，知命一彭殤"，以一對雙，亦奇，何害其用古意也？(《東人詩話》卷下，《韓國詩話叢編》第 1 冊，頁 485)

古人謂子美夔州以後詩尤好，蓋愈老愈奇也。評者謂牧隱晚年之作不如少時，僧竹澗曰："牧老少游中原，與文人才士頡頏爭雄，爲詩文一字一句法度森嚴，無愧於古之作者。晚年所作泛濫縱横，有不經意處，此老才高一世，傲睨東方謂無人，具眼者敢如是。”竹澗，緇流之傑然者也。(《東人詩話》卷下，《韓國詩話叢編》第 1 册，頁 492)

李侍中藏用詩：“萬事唯宜一笑休，蒼蒼在上豈容求？但知吾道如何耳，不用斜陽獨倚樓。”末句深遠有味。杜甫詩曰“行藏獨倚樓”，趙子昂詩曰“斜陽雖好自生愁”。(《東人詩話》卷下，《韓國詩話叢編》第 1 册，頁 495)

成　倪

成倪，見《評述類》介紹。其《慵齋叢話》内容龐雜，亦有關於詩人詩作者。本書所引《慵齋叢話》出自《大東野乘》本。

成廟學問淵博，文詞灝灝。命文士撰《東文選》《輿地要覽》《東國通鑑》。又命校書館無書不印，如《史記》《左傳》《四傳春秋》、前後《漢書》《晉書》《唐書》《宋史》《元史》《綱目通鑑》《東國通鑑》《大學衍義》《古文選》《文翰類選》《事文類聚》、歐、蘇文集、《書經講義》《天元發微》《朱子成書》《自警編》、杜詩、《王荆公集》《陳簡齋集》，此余之所記者。其餘所印諸書亦多。又聚徐剛中《四佳集》、金文良《拭疣集》、姜景醇《私淑齋集》、申泛翁《保閑齋集》，惟李胤保及我文安公詩文逸失未印，可恨也。(《慵齋叢話》卷二，《大東野乘》卷一，頁 577)

斯文柳休復與其從弟柳允謙亨叟精熟杜詩，一時無比，皆受業於泰齋先生。先生雖以文章著名，而緣父之罪禁錮終身，斯文亦不得赴試。世宗嘗命集賢殿諸儒撰注杜詩，而斯文亦以白衣往參，人皆榮之。其後皆通仕途，斯文登庚辰科，官至校理。亨叟與余同年進士而登壬午秋，官至右副承旨，亦以文學名。我仲氏真逸先生學杜斯文，日夜忘倦，讀至百遍，由是大悟，文理觸處皆通。我伯氏文安公常與仲氏論杜，而作詩多得杜體。余亦少時受杜於伯氏，拘於舉業，半途而廢，至今恨其不全也。(《慵齋叢話》卷七，《大東野乘》卷二，頁 628)

南先生季瑛生員、及第俱擢壯元，有文名於一時。然其學惟究性理之學，精於句讀訓解，專惡文辭。嘗讀杜詩曰：“此書虚而不實，幻而不要，不知意之所在。”遂廢不讀。(《慵齋叢話》卷十，《大東野乘》卷二，頁 662)

曹　伸

曹伸(1454—1528)，字叔奮，號適庵，昌寧人，梅溪曹偉庶弟。能詩善屬文，以譯官七次出使明，三次前往日本，並曾與安南國使臣酬唱，官至司譯院正。其《謏聞瑣録》中較多詩話内容，並言及使行之事。

僧義砧號月窗，泰齋所從學杜詩者，柳參議允謙傳于父。泰齋，世稱能通杜詩。成廟嘗令以諺文注解杜詩，間有迂曲處，此月窗之所傳也。泰齋《遊城西》律詩云"苦被風光惱客懷，杖藜徐步郡城西。柳垂一岸吟春鳥，花覆千家響午雞"云云，此學杜詩而剽竊其句者也。（《謏聞瑣録》卷二，《韓國詩話叢編》第 1 册，頁 620）

南孝温

南孝温（1454—1492），字伯恭，號秋江居士、杏雨，宜寧人，謐號文清，金宗直門人。因效忠端宗，不出仕世祖朝，與金時習、成聃壽、元昊、李孟專、趙旅並稱"生六臣"。著有《秋江集》，其中卷七收入《冷話》《師友名行録》，多論詩語，及介紹學杜之人。

積城之青鶴洞在紺岳山，洞口有一溪回互曲折。余嘗訪詩僧於雲溪寺，匹馬一囊，窮源討幽，方渡一溪十二，然後至其麓。後讀杜詩"山行一溪水，曲折方屢渡"，正與曩日所見無異。風檐展書，如對青鶴，然不知劉須溪何人也，以"一"字爲可笑，何耶？愚竊疑必下"一"字，然後於下句"屢渡"字尤有味也。（《秋江集》卷七《冷話》，《韓國文集叢刊》第 16 册，頁 128）

得天地之正氣者人，一人身之主宰者心。一人心之宣泄於外者言，一人言之最精且清者詩。心正者詩正，心邪者詩邪，商周之《頌》、桑間之《風》是也。然太古之時，四岳之氣完，人物之性全。樵行而歌吟者，爲《摽枝》《擊壤》之歌；守閨而詠言者，爲《漢廣》《摽梅》之詩。初不用功於詩，而詩自精全。自後，人心訛漓，風氣不完，《風》變而《騷》怨，《騷》變而五言支離，五言變而律詩拘束，漢而魏，晉而唐，浸不如古矣。雖以太白、宗元爲唐之詩伯，而所以爲四言詩，所以爲《平淮雅》者，猶未免時習，視古之稚人、婦人亦且不逮遠矣。是故，士君子莫不於詩下功焉，如杜詩"讀書破萬卷，下筆如有神"，歐陽子"從三上覓之"。而晚唐之士積功夫或至二三十年，始與風雅仿佛者間或有之，夫豈偶然哉？（《秋江集》卷七《冷話》，《韓國文集叢刊》第 16 册，頁 136）

鄭自勖有周、程、張、朱之見，窮通五經，獨不取攻詩之士，曰："詩，性情之發，何屑屑强下工夫爲？"其意雖不爲詩，德備而經通，則亦何爲病？總如此與腐儒之見無異。如古之十二律、八音、五聲，消融渣滓，動盪血脉，故聖賢人無不知之習之。然不可生知,故孔子從萇弘學之。詩功於人亦然,使人清其心,使人虛其懷,使人無邪心,使人養浩然,牢籠百態,瀰漫乎天地之間。不得如古人自然而詩,則必若勉思積功,然後庶幾乎萬一。是故邵子、周子亦未免於好詩,而朱文公晚年好讀杜詩、后山,而注楚騷,或與釋相酬唱,衡山之詩五日之内百餘篇。自勗以詩爲異端,則亦異端周、邵乎?晦庵乎?佔畢齋金先生曰:"詩陶冶性情。"吾從師説。(《秋江集》卷七《冷話》,《韓國文集叢刊》第16册,頁136)

洪裕孫,字餘慶,號篠叢,又號狂真子,南陽吏順致之子。家世清貧,僅裹身體,或不裙行。涉躐經史,放達不檢,不喜科舉,不爲免鄉計。辛丑年,南陽守蔡申甫以餘慶爲能文,放其役。即步歸嶺南,謁佔畢齋受杜詩。先生曰:"此子已見顏子所樂處。"學者皆宗之。入頭流山肄業。到京,諫先生:"不建白時事,何空取人爵禄爲也?且當今學者莫不惡佛老,而行己無一個免於佛老者。行圓而惡方者,老也;行獨而不恤者,佛也。"先生大惡之,自是每稱餘慶譎詐。餘慶亦自晦行,衣食於朱門而已。爲人,文如漆園,詩涉山谷,材挾孔明,行如曼倩。(《秋江集》卷七《師友名行録》,《韓國文集叢刊》第16册,頁139)

姜訢,字時可,晉州人,觀察使子平之末子。始從餘慶于密陽,受杜詩於佔畢齋。次從德優學詩,次從大猷攻小學,次從時叔、公緒讀詩於俞克己廬幕。(《秋江集》卷七《師友名行録》,《韓國文集叢刊》第16册,頁142)

權應仁

權應仁,明宗、宣祖時人,字士元,號松溪,安東人。曾師事退溪李滉、湖陰鄭士龍,善詩文,因爲庶孽不得重用。著有《松溪漫録》,多論詩人詩作。

嘉靖丙申,湖陰製《滕王閣》排律二十韻,魁庭試,階嘉善。全篇雄渾奇健,真傑作也。但使老杜"清江白石"、"竹色"、"松聲"之語,老杜之"清江白石傷心麗,嫩蕊穠花滿目斑"、"古墙猶竹色,虛閣自松聲"云者,詠滕王亭,非閣也。閣在洪州,亭在閬州。而公以亭之所詠系用於閣,謬矣。時保樂堂金政丞考試之,其果不知邪?知而不敢辨之耶?保樂,金相安老。(《松溪漫録》卷上,《韓國詩話叢編》第1册,頁744)

杜詩"自天題處濕,當暑著來清","自天"、"當暑"等字自經傳中來。詩中使經傳文字,古有其法。僕贈魚學官叔權曰:"詩壇我屈奔而殿,酒社君尊至則先。"此所謂學步邯鄲者也。至則先,它本作"酌則先"。(《松溪漫録》卷

上,《韓國詩話叢編》第 1 冊,頁 746)

湖陰相公之詩祖於江西派,擺落浮靡之習,故爲時所輕。適有盧蘇齋政丞,自謫所還朝,玉堂諸賢問當代之詩誰曰第一,曰:"湖陰也。"自此取重於世。湖詩之發揮,在於蘇齋之片言。信哉! 知音之難遇也。蘇齋相國之詩專學老杜,純正典雅,故與湖陰相得如此。然此公言也,豈以與己合而褒美也? 卢蘇齋,守慎,字寡悔,光川人。官領相,謚文簡。(《松溪漫録》卷下,《韓國詩話叢編》第 1 冊,頁 754)

沈守慶

沈守慶(1516—1599),字希安,號聽天堂,豐山人。明宗元年(1546)文科及第,歷任兵曹判書、左議政等職。著述有《聽天堂詩集》《遣閑雜録》等。《遣閑雜録》多記掌故,亦有論詩内容。

余少時,士子學習古詩者皆讀韓詩、東坡,其來古矣。近年士子以韓、蘇爲格卑,棄而不讀,乃取李、杜詩讀之,未知李、杜其可容易而學得耶? 非獨學,凡俗尚莫不厭舊而喜新,徇名而蔑實,人心之不于常,真可笑也。(《遣閑雜録》,《韓國詩話叢編》第 2 冊,頁 110)

尹根壽

尹根壽,見《評述類》介紹。其《月汀集》卷四收入《漫録》,多記使行掌故、兩國人事,亦論及兩國詩人詩作。

慕齋未释褐,已以知詩名。成判書磬叔熟觀杜詩,作四韻八首,自以爲得意作,可擬古人。語其胤世昌曰:"聞汝友金某能知詩,汝可令下人寫我詩,熏烟氣以作年久樣示金某,而問其爲何代詩。"夏山如其言,邀慕齋以問曰:"家君檢得此詩於舊冊籠中,固知是古人之作,而未知宋末之作耶? 抑元人作耶?"慕齋讀二遍曰:"此詩格卑,既非宋末,又非元詩,乃今時之作。"又問:"莫是崔孤雲、李牧隱之作耶?"曰:"崔、李格高,實非其作,固是今人之作。然在今人之作甚好,他人恐未能辦此。聞大監近讀杜詩,若精思鍛煉則可有此作,或是大監之作也。"判書自内聞之,開閣而出見慕齋曰:"不意汝之知詩一至於此。"遂相對設酌,穩話良久乃罷云。(《月汀集》卷四《漫録》,《韓國文集叢刊》第 47 冊,頁 387)

蘇齋手寫杜詩，不遺一首，細書作二卷，常諷誦。中年以後，又喜觀后山，曰：“此甚刻苦之詩。”自離珍島之後每觀后山，故詩體少異。於文曾讀柳文，又自云：曩嘗熟讀《禮記》大文。（《月汀集》卷四《漫録》，《韓國文集叢刊》第47冊，頁388）

杜詩：“蘇大侍御，静者也。”詩“龐公不浪出”云云注：唐《藝文志》有涣詩一卷，云：“涣少喜剽盗，善用白弩，巴蜀商人苦之，稱‘白跖’，以比莊蹻。後折節讀書，進士及第，湖南崔瓘辟從事。繼走交、廣，與哥舒晃反，伏誅。”然則非所謂静隱者也。（《月汀集》卷四《漫録》，《韓國文集叢刊》第47冊，頁390）

《宗武生日》詩：“熟精文選理。”注：《文選》，自兩漢以下，至魏、晉、宋、齊，文之精粹者萃而成編。子美大率宗法《文選》，咀嚼爲我語，故又用以訓其子云。及唐文弊，尚《文選》太過，李衛公德裕云“吾家不蓄《文選》”，此蓋有激而言也。（《月汀集》卷四《漫録》，《韓國文集叢刊》第47冊，頁390）

魚叔權

魚叔權，朝鮮中宗至宣祖時人，號也足堂，咸從人。庶孽出身，精通漢語，官至吏文學官，著有《故事撮要》《稗官雜記》，多記載赴明見聞，以及朝鮮人與中國使臣的酬唱之作。本書所引《稗官雜記》出自《大東野乘》本。

“不分”二字，中國方言也。分與噴同，不分即怒也，猶言未噴其怒而含蓄其怒也。老杜詩“不分桃花紅勝錦，生憎柳絮白於綿”，“生憎”即憎也，亦方言也。“不分”既方言，故以“生憎”對之。東坡詩“不分東君專節物”，亦此意也。成廟朝，諺解杜詩者，誤以“不分”之“分”，爲“分内”之“分”，遂使東人承誤而用之，竟不知“不分”之義。（《稗官雜記》卷一，《大東野乘》卷四，頁736）

老杜“遺恨失吞吴”之句，因東坡一夢，而知其以失於吞吴爲遺恨。“江湖多白鳥”之句，因使胥俗談而知白鳥之爲蚊。古今如此類者，何止一二？山谷《雜詩》云：“古風蕭索不言歸，貧賤交情富貴非。世祖本無天下量，子陵何慕釣魚磯。”史容注云：“子陵高亢，皆世祖之量有以容之也。若世祖有貧富交情之異，則嚴光豈慕此哉！”余竊以爲不然。子陵之於光武，非唯有布衣之契，實年尊德邵之人也。一朝貴爲天子，不能禮之以師友，而顧以職事相屈，故子陵嫌其本無天下之量，掉頭而去，非真慕釣魚者也，詩意如此。信如史之所云，當曰“若無天下量”，豈下“本無”字乎？具眼者必能辨之。

（《稗官雜記》卷二，《大東野乘》卷四，頁747）

古之賤婦，遇詩人而垂名不朽者，固多有之。黃四娘之於子美，柳妓之於義山，商婦之於樂天，國香之於魯直是也。豈非風流一奇事，而爲四婦之大幸也？近世有京妓上林春，以能琴擅一時，嘗爲申參判從濩所昵，申贈詩曰：“第五橋頭楊柳斜，晚來風日轉清和。緗簾十二人如玉，青鎖詞臣信馬過。”至嘉靖年間，妓已年過七十，倩李上佐畫其事，寫申公詩其上，仍乞詩於搢紳。鄭湖陰乃題一律，其小引曰：“琴妓上林春，年七十二，有其伎不衰，感傷舊事，輒放撥隕泪，故聲調多怨。每來乞詩，欲留名身後，憐其堅懇，爲書一律云。”其詩曰：“十三學得猗蘭操，法部叢中見藝成。遍接貴游連密席，又通宮籍奏新聲。嬌鶯過雨花間滑，細溜侵宵澗底鳴。才調終慚白司馬，豈能商婦壽佳名。”金慕齋題絕句曰：“容謝尚存傾國手，哀弦彈出夜深詞。聲聲似怨年華暮，奈爾浮生與老期。”諸公多和其韻，聯爲大軸。噫！妓之奇遇，殆不在黃四娘諸婦之後矣。（《稗官雜記》卷四，《大東野乘》卷四，頁768）

嘉靖庚子，余以監校官在校書館，南牧使應雲、洪僉正春年時爲本館別坐，欲印《杜律虞注》。余曰：“《虞注》有板本，故家有其書。余得《杜律趙注》及《杜注》於中國，《趙注》乃五言，而《杜注》七言也。盍印此兩本乎？”二公遂請於提調而印之。又請於湖陰鄭相公，抄排律若干篇。湖陰以草堂之注太繁，依趙杜注例，刪去其冗，而存其要切，且添入劉須溪批語。書未成，金慕齋爲提調，以爲草堂注不必刪也，令印以全注，覽者恨之。（《稗官雜記》卷四，《大東野乘》卷四，頁774）

李德弘

李德弘（1541—1596），字宏仲，號艮齋，永川人，退溪門人。歷任永春縣監、翊衛司右副率等職，著述有《艮齋集》。其續集卷四爲《古文前集質疑》，對部分杜詩進行注解評點。

《古文前集質疑》（節錄）：

《遊龍門》。招提，次於寺者謂之招提。梵言“招門提奢”，華言“四萬僧物”，後人傳寫之誤，以寺爲招提，省去“門”、“奢”二字。杜詩注所記如此，未詳何義，亦不須深求。

《夢李白》。平生魂：魂，指白之魂，蓋子美不知白之死生而夢見之，疑其已死，故云。楓青、塞黑：魂來，喜其來，故“楓林青”，言景色蕭爽也。魂去，傷其去，故“關塞黑”，言氣象愁慘也。羽翼：方在罪謫而忽然至此，故且喜且怪而問之。何以有羽翼,非謂被放赦也。自"告歸"止"恐墜失",指白。
"出門搔白首",子美自謂。

《夏日李公見訪》。充淹留:充,猶備也。淹留,謂客之留連也。蓋家貧
無物以奉客,惟水花之景可以備客之淹留,使之不去也,此"充"字最好。

《佳人》。轉燭:轉,猶移也。燭置東邊,東邊明;置西邊,西邊明。此明
則彼暗,彼明則此暗,世間禍福、盛衰、悲歡、通塞莫不如之,故取而比之。泉
清濁:比夫婿之情因所遇而變化無常。當舊人之時,其德良善;及新人之
時,其心淫僻,所以傷嘆也。

《上韋左相》。江河濁:江本不濁,而亦言濁者,因河濁而帶言之耳。傳
經:漢韋玄、韋賢成父子,相繼以經學顯,而今見素亦韋姓,故云。東方:
《書》云"畢公率東方諸侯",今朝會,領相爲東班之首。

《寄李白》。題注○按《唐書》李白本傳:安禄山反,白轉側匡廬間,永王
璘辟爲府佐。璘起兵,白逃還彭澤。璘敗當誅,郭子儀救免,詔長流夜郎,會
赦還潯陽,坐事下獄。時朱若思將兵三千赴河南,過潯陽釋囚,辟爲參謀。
未幾辭去,依當途令李陽冰。代宗以左拾遺召,而白已卒云。其本傳所載首
末如此,則坐繫潯陽獄,在流夜郎赦還之後。若此詩寄夜郎,則注不當引繫
獄事。若以詩中梁獄指潯陽獄,則此詩非寄夜郎也明矣。本注恐誤。獸錦
奪袍:繡錦,繡禽獸之錦也。以此錦所製之宮袍賜白,故云。

《投贈哥舒》。節制通:既兼其職,則宜通治其職事耳。日月、乾坤:此
極言哥舒之功,能使日月低於秦樹,乾坤繞於漢宮。"低"字有親媚之意,
"繞"字有擁護之意。策行、契合:軍師之征,謀策既行,則不可用戰伐,故云。
遺戰伐:君臣之際,心契既合,故凡所施爲,動輒昭融,無齟齬難入之患。

《贈韋左丞》。蹭蹬:王褒云"巨魚縱大壑",君臣之大行其道,猶魚之得
大水。今子美不遇時,故云"蹭蹬無縱鱗"。

《贈張秘書》。天葩:猶言天之華也。葩者,草木之華,而謂之天者,誇
美之言也。故無:本無也。

《楠木止嘆》。杜公平生憂國感時之意,不覺屢形於歌詠之間,故其言如
此。注直指爲嚴武之死,亦太拘促。

《哀江頭》。江水、江花:猶"感時花濺泪,恨別鳥驚心"之類,皆因人情
之甚悲,而借無心之物以極言之也。

《醉時歌》。襟期:衣襟當胸,故謂心志爲襟,襟期以趣操言。真吾師:
痛飲本非可師而云然者,皆憤世激發之辭。相如、子雲:相如污行於滌器,
子雲喪節於投閣,皆不足道。此但言當不遇,則雖奇傑之士不免於窮賤耳。

《徐卿二子歌》。相追隨:二子相繼而生,故云追隨。孔子、釋氏:謂徐

卿二子生有異質,如得古聖神之抱持而送來耳。然以釋氏并稱於孔子,則子美亦不免以佛爲聖之惑矣。

《戲題王宰畫》。"能事"止"促迫":人於能事,得於心而應於手。神全而守固,不爲外物所動,而後乃入於妙,況受人之欲速而相催促乎?不受人之促迫,所以能留真迹耳。

《戲作花卿歌》。"縣州"止"大夫":縣州以官言,子璋以名言,自不重疊。按杜詩注:崔光遠爲劍南節度使,時段子璋反,東川節度使李奂敗走投光遠。牙將花卿討子璋斬之,故此言花卿手提子璋之髑髏而與光遠也。還,猶"與"也。李侯重有此節度:言李奂既敗,則失節度矣。花卿討斬子璋,則奂復保有節度矣。絕世無:花卿既平亂,恃功暴掠,光遠不能禁。此云"絕世無",所以譏刺花卿也。

《李尊師障子歌》。陰崖承幹:松生崖上,是崖承其幹。

《戲韋偃松圖歌》。慘裂苔蘚皮:下"慘"字最好。白摧、黑入,言白處如龍虎,死而摧其朽骨;黑處如雷雨,垂而入於太陰。蓋古松有白黑奇怪之狀。

《古柏行》。路繞錦亭:元注:黃氏、趙氏皆謂此詩作於夔州。蓋武侯廟在成都,亦在夔州,兩廟皆有柏。此詩子美初至夔州,見武侯廟,遂追感成都所見而作,故云。錦亭在成都。誰能送:言此柏不辭剪伐爲用,而誰能取遣而用之乎?

《兵車行》。與裹頭:言去時年少,故里正爲之束髮充丁,而使之從征。長者雖有問:長者猶言長上。問:勞問也。

《洗兵馬行》。三年笛、萬國兵:上句言其悲,下句言其壯。東走憶鱸:言時平故無復如張翰之去者。南飛安巢:言民皆得所。曹操詩:"月明星稀,烏鵲南飛。繞樹三匝,無枝可依。"此反其意而云。鶴駕:代宗時爲太子。不得誇身强:承上文,言汝等成功,皆時來遇主所致,不得妄自誇矜,以爲吾身强勇之所就也。韓、彭惟不知此義,所以至於敗。

《入奏行》。戚聯豪貴耽:戚聯豪貴之人,例多不好文儒之業,今乃如此,侍御所以爲賢也。耽即耽也。

《驄馬行》。隅目:目之有方隅者。肉駿:杜詩蘇注:"余在岐下,見泰州進一馬駿,項下重胡側立,倒毛生肉端。"今按:蘇注每於文義難曉處輒撰出故事,或誣言以求合本義,其無忌憚如此,極可厭笑。肉駿之説亦近誣虛,然其義大概如是。"不與"止"先鳴":"不"字與上"豈"字相連爲義,言豈有如此良馬,而不與八駿俱先鳴者乎?

《偪側行》。偪側:如艱窘崎嶇之義。詩中所説無馬而難行,借驢而泥滑,欲徒步則官長怒,買酒欲銷愁則苦無錢,此偪側之事。"自從官馬送":

子美嘗爲拾遺騎官馬,所謂"奉引濫騎沙苑馬"是也。及罷拾遺則不復騎此馬,故"官馬送還官"云。請急會通籍:古之仕者皆置籍於闕下,以考出入,謂之通籍。請急:言以有急事,請於通籍之所而免朝也。

《今夕行》。五白成梟盧:骰子五者皆白則勝,故擲者呼而祝之。梟盧:必五白之一,而梟其勝名也。

《丹青引》。衛夫人:杜詩此注亦謂晉李夫人名衛,善書云,則李氏名衛,故仍謂之衛夫人耳。○右軍初學夫人書,夫人見其書,嘆曰:"此子咄咄逼人。"右軍遂以書名天下,故子美始以霸擬右軍云。初學衛夫人,即係之曰"但恨不能過王右軍"。意匠慘憺:意所構造,謂之意匠。慘憺:神妙變異之狀。

《韋諷畫馬圖引》。支遁:晉之神僧,與謝安等遊。

(以上見《艮齋集》續集卷四,《韓國文集叢刊》第 51 冊,頁 206—212)

郭　説

郭説(1548—1630),字夢得,號西浦、浦翁,清州人。宣祖二十二年(1589)增廣文科及第,歷任加平郡守、刑曹正郎等。著有《西浦集》,該書卷七《西浦日録》收入詩話若干條,内容多輯自中國詩話。

或問王荆公曰:"編四家詩,以子美爲第一,太白爲第四。豈白之才格詞致不逮子美耶?"荆公曰:"白之歌詩豪放飄逸,人固莫及,然其格至於此而已,不知變也。至於子美,則悲歡窮泰,發舒抑揚,疾徐縱横,無施不可,故其詩有平淡簡易者,有綺麗精確者。有嚴重威武,若三軍之師者;有奮迅馳驪,若泛駕之馬者;有淡泊閒静,若山谷隱士者;有風流醖籍,若貴介公子者。蓋其詩緒密而思深,視者苟不能臻其閫奥,未易識其妙處,夫豈淺近者所能窺哉?此子美之所以光掩前人,而後來無繼者也。元積以爲兼人所獨專,斯言信矣。"(《西浦集》卷七《西浦日録》,《韓國文集叢刊續》第 6 冊,頁 177)

歐陽公得杜詩文,多脱誤。《送蔡都尉》詩"身輕一鳥"其下脱一字,座客各用一字補之,或云疾,或云落,或云下,莫能定。後得善本,乃是"過"字,雖一字不能到。賈島敲推之辨,必待韓公而後定者,良有以也。(《西浦集》卷七《西浦日録》,《韓國文集叢刊續》第 6 冊,頁 178)

昔人文章,多以兄弟爲友于,日月爲居諸,黎民爲周餘,子孫爲詒厥,新昏爲燕爾,皆不成文理,杜子美、韓退之亦有此病。子美云"山鳥山花吾友于",又云"友于皆挺拔";退之亦云"豈云詒厥無基址",又云"爲爾惜居諸",豈非徇俗之過乎?東坡亦云"清廟幸同觀濟濟,豐年喜復接陳陳",又曰"買牛但自捐三尺,射鼠何勞挽六鈞”,此雖文章活法,而後人效顰至有不成文理者,如“歡均以寧,喜溢生此”者,殆所謂癡人前不説夢也。(《西浦集》卷七《西浦日録》,《韓國文集叢刊續》第 6 册,頁 178)

　　《東坡志林》:七言之偉麗者,杜子美云:“旌旗日暖龍蛇動,宮殿風微燕雀高。”“五更鼓角聲悲壯,三峽星河影動摇。”爾後寂寥無聞。至歐陽永叔云:“蒼波萬古流不盡,白鳥雙飛意自閒。”“萬馬不嘶聽號令,諸蕃無事樂耕耘。”可以并驅争先矣。余亦云:“令嚴鍾鼓三更月,夜宿貔貅萬竈烟。”又云:“露布朝馳玉關塞,捷書夜到甘泉宮。”亦庶幾焉爾。詩之偉麗者,雖以歐[一]、蘇之文章僅能執鞭於老杜,則後世豈易得哉? 余亦效顰云:“社櫟全身無用用,金人緘口不言言。”又云:“清風明月是公物,玉堂金馬屬何人。”又云:“秋風鼓角聲悲壯,寒月貔貅夜寂寥。”(《西浦集》卷七《西浦日録》,《韓國文集叢刊續》第 6 册,頁 178)

　　　　[一] 歐,原作“歌”。

　　杜子美《玉華宮》詩:“溪回松風長,蒼鼠竄古瓦。不知何王殿,幽構絶壁下。陰房鬼火青,壞道哀湍瀉。萬籟真笙竽,秋色正蕭灑。美人爲黄土,況乃粉黛假。當時侍金輿,古物獨石馬。憂來藉草坐,浩歌泪盈把。冉冉征途間,誰是長年者。”張文潛以爲此章《風雅》《鼓吹》未易及,平生極力模寫僅有一篇,不可同日語也。《離黄州》詩曰:“扁舟發孤城,揮手謝送者。山回地勢卷,天豁江面寫。中流望赤壁,石脚插水下。昏昏烟霧嶺,歷歷漁樵[一]舍。居夷實三載,鄰里通假借。别之豈無情,老泪爲一灑。篙工起烏舷,輕櫓健於馬。聊爲過江宿,寂寞樊山夜。”此其音饗節奏固似之云。(《西浦集》卷七《西浦日録》,《韓國文集叢刊續》第 6 册,頁 178)

　　　　[一] 樵,原作“憔”。

　　《東坡志林》:“杜子美詩曰:‘王侯與螻蟻,同盡隨邱墟。願聞第一義,回向心地初。’乃知子美詩外别有事在也。”可謂深入理窟。晉宋以來,詩人無此句也,其於道必有得也。庖丁以牛入,輪扁以輪入,子美蓋以詩入也。(《西浦集》卷七《西浦日録》,《韓國文集叢刊續》第 6 册,頁 187)

　　《葛常之詩話》云:詩人贊美同志詩篇之善,多比珠璣、璧玉、錦繡、花草之類,至杜子美則豈肯作此陳腐語耶? 如寄岑參詩云:“意愜關飛動,篇終接混茫。”贈盧琚詩曰:“藻翰惟牽率,湖山合動摇。”贈鄭[一]諫議詩云:“毫髮無遺恨,波瀾獨老成。”寄李白詩云:“筆落驚風雨,詩成泣鬼神。”贈高適詩云:“美名人不及,佳句法如何。”視餘子,其神芝之與腐菌哉!(《西浦集》卷七《西浦日録》,《韓國文集叢刊續》第 6 册,頁 188)

　　　　[一] 鄭,原作“陳”。

《韻語陽秋》曰：老杜寄身於兵戈騷屑之中，感時對物則悲傷係之，如"感時花濺淚"是也。多用一"自"字："步屧隨春風，村村自花柳"；"愁眼看霜露，寒城菊自花"；"故園花自發，春日鳥還飛"；"風月自清夜，江山非故園"；"古墻猶竹色，虛閣自松聲"。是人情對景自有悲喜，而物不能累於人也。（《西浦集》卷七《西浦日錄》，《韓國文集叢刊續》第 6 冊，頁 188）

唐人詠馬嵬之事尚矣，劉禹錫詩曰"官軍誅佞幸，天子捨妖姬"，白樂天詩曰"六軍不發無奈何，宛轉蛾眉馬前死"，此官軍背叛，逼迫明皇，不得已而誅貴妃也。豈特不曉文章體製，亦失事君之禮也。老杜則不然，《北征》詩曰"憶昔狼狽初，事與古先別。不聞夏殷衰，中自誅褒妲"，乃明皇鑒夏商之敗，畏天悔禍，賜妃子以死，無預於官軍也。余亦戲作一絶曰："每恨明皇計不長，致令胡羯譁猖狂。若將妃子賜阿犖，絶勝明[一]妃嫁虜王。"昔烏孫納和，白登解圍，皆用此計。雖是戲作，不可謂無理也。（《西浦集》卷七《西浦日錄》，《韓國文集叢刊續》第 6 冊，頁 188）

[一] 明，原作"朋"。

金 隆

金隆（1549—1594），字道盛，號勿巖，咸昌人，李滉、朴承任門人。曾任集慶殿參奉等職。著有《勿巖集》，卷四《古文真寶前集講錄》，注解、評點數首杜詩。

《古文真寶前集講錄》：

招提：次於寺者謂之招提。梵言"招門提奢"，華言"四萬僧物"。後人傳寫之誤，以寺爲招提，又省去"門"、"奢"二字。杜注所記如此，未詳何義，亦不須深求。

楓青、塞黑：魂來，喜其至，故云楓青，言景色蕭爽也。魂返，傷其去，故云塞黑，言氣像愁慘也。○有羽翼：方在罪謫而忽然至此，故且喜且怪而問之云。何以有羽翼，非謂見放也。

聽婦前致辭：言聽彼婦前就於吏，而致告之辭也。

轉燭：轉猶移也。燭置之在此則此明，移之在彼則彼明。在東邊東邊明，在西邊西邊明。此明則彼暗，彼明則此暗，東西南北皆然。世間萬事，禍福、盛衰、悲歡、通塞莫不如之，故取而比之。

泉清濁：蓋取泉之清濁，以比夫婿之情因所遇而變化無常也。

沙汰：釋云：江河의濁을沙汰。江本不濁而亦言濁者，因河濁而帶言

之耳。○傳經：漢韋玄、韋賢成父子相繼以經學顯，故云。

獸錦：繡禽獸之錦也。繡錦으로 호袍을奪호니新호도다。○遇我宿心親：我을遇호야。宿昔心으로親호놋다。

日月、乾坤："低"字有親媚之意，"繞"字有擁護之意，極言哥舒之功。○策行、契合：謀策既行，則可不用戰伐，故云遣戰伐。心契既合，則凡所施爲，動輒昭融，而無齟齬之患。

況懷辭：호믈며大臣이辭호욤을懷호욤이잇ᄃ녀。

同襟期：同志趣也。衣襟當胸，故心志爲襟。然襟量以大小言，襟期以趣操言，小有不同。○真吾師：痛飲本非可師，而云然者，皆憤世激發之辭耳。○相如、子云，相如污行於滌器，子雲喪節於投閣，皆不足道。此但言當不遇，則奇傑之士不免於窮賤耳。○儒術、何有：來説是本注所引崔祥之言，殊無理。此乃杜詩蘇注之説。余舊讀杜詩，見所謂蘇注多穿鑿杜撰，且其文字卑冗，絕不類東坡文字，而其引用之人姓名，率多撰造前世所無者，以是心竊疑其贗書。後見先儒諸説，已論蘇注非坡翁所撰，乃不知何人僞作此書，托坡以欺世云云。今據此注，本無崔祥、阮兢，亦本無此兩説。只是注者妄有此言此姓名以誣人，可謂無忌憚之甚。而注《古文真寶》者又取而傳之，亦可謂踵謬襲訛，而不審於援證矣。

相追隨：二子相繼而生，故云。

子璋、手提：綿州，以其官言；子璋，以其名言。自不重疊，語勢然也。按杜詩：崔光遠爲劍南節度使，及段子璋反，東川節度使李奐敗走投光遠，牙將花卿而討平之，斬子璋云云。此言花卿手提子璋之髑髏，擲而與之光遠也。還，猶投也。○李侯重有：李奐既敗，則失節度矣，花卿討斬子璋，則奐復保有節度，故云耳。○絕代無：光遠不能禁花卿之恃功暴掠，故以"絕代無"譏之。

延入：延，接引之義，與迎字不同。○悵望：謂我悵望此畫而歌紫芝曲，非謂四皓。

白摧、黑入：白ᄒ隱 ᄃ는骨이死ᄒ듯 ᄒ고，黑ᄒ隱 ᄃ는陰애入ᄒ야，雨이垂ᄒ듯ᄒ도다。蓋畫古松，有白黑奇怪之狀。

乘興遣：乘興ᄒ여 보내여洲趣을畫ᄒ다。遣，有去而爲之之意。○反思乃是：謂此畫之奇妙，反而思之。前夜風雨之急，乃是鬼神入於蒲城而有此奇變也。故今看障子，猶有元氣淋漓之濕，應是因真宰上訴，而天泣所致也。蓋障之所畫，必是奉先縣山川之景，故上云赤縣，此云蒲城云爾。畫妙而天泣，猶詩成而泣鬼也。

楊花、雪落：劉批云："楊花、青鳥兩語，極當時擁從如雲、衝拂開合、偉麗俊捷之盛,作者之意未必人人能識也。"今按:此言是也。蓋楊花時物,白蘋水草,故因所見之物以狀之耳。夢弼注引後魏太后所淫楊白花事,以爲刺楊氏。意雖近而未免有牽合之病也。

路繞錦亭:蓋武侯廟在成都,亦在夔州,兩廟皆有柏。時子美初至,見武侯廟,遂追憶成都而作,故云云。錦亭在成都。○誰能送:言此柏不辭翦伐爲用,而誰有能取遣而用之乎? 送,猶遣也。

與裹頭:里正,一里之長,言發去之時里正與之冠帶裹帽也。此補注説也。蓋無兵,故里正括鄉里年少者爲之加冠,而使之發去。與,猶爲也。

三年笛、萬國兵:上句言其悲,下句言其壯。○南飛安巢:言民皆得所,如鳥之各安其巢。○鶴駕通宵:以代宗爲太子時而言也。駕이通宵히輦을備ᄒ다。備,備而待之也。○不得誇身强:言汝等成功,皆時來遇主所致,不得妄自矜誇,以爲吾身强勇所就也。韓、彭不知此義,故至於敗。

斬木火井:火井,西極之地。斬木於火井之地,木盡故猿窮而呼也。

蹜鐵:蹜,疑與覆同,蹄如覆鐵之狀。

隅目:目之有方隅者。

傴側:傴側如艱窘崎嶇之義。○請急會通籍:古之仕者,皆置籍於闕門,以考其出入,謂之會通籍。請急,言以有急事,請於通籍之所而免朝也。如今朝官有故不入朝,則呈病狀以免朝也。○恰:猶合當之義,正須之類。

擊節:蓋擊器物以爲節,故謂擊節。

背立:正面畫不得,故就背面而描取之,所以見無窮之意。

呼五白、成梟盧:蓋骰子五者,皆白則勝,故擲者呼而祝之。梟盧,必五白之一,而梟其勝名也。

衛夫人:杜詩此注亦謂晉李夫人名衛,善書云。則李氏名衛,故仍謂之衛夫人。○意匠慘澹:意所構造謂之意匠;慘澹,神妙變異之狀。○一洗凡馬,萬古凡馬를一洗ᄒ야空ᄒ다。

使我、滅跡:言杖化龍去,不得其扶持之力,是使我滅跡於君山等處也。

右《小學》《前集》二書講錄與上《家禮》《太極圖》《通書》講錄,皆先生之親受師教,以詔後學者也。鶴沙金先生嘗跋三書講錄,而不及此二書,豈以其散在草稿,未盡經當日之所照管也歟? 夫以先生之精思窮研,而復承師門之旨訣,則其一注疏一訓詁,孰非後學之所尊信而講習者哉? 兹於遺文鋟梓之日並附于三書講錄下,俾後生蒙學得以蒙先生之遺教云。

(以上見《勿巖集》卷四,《韓國文集叢刊》第 38 冊,頁 535—541)

高尚顔

高尚顔（1553—1623），字思勿，號泰村、南石，開城人。宣祖九年（1576）文科及第，歷任司憲府監察、豐基郡守等職。著有《泰村集》，收入《效顰雜記》二卷，雜録時事掌故，兼及文人詩作。

《類合》一帙，乃眉巖先生述舊增新者也。以方言解字義，極其該備，而其中“獺”字、“柘”字之釋似未合當。何者？獺即祭魚之獺也，國俗謂之水獺，故因此又以貉爲山獺。中國則全不通用，又非相類之物，而以貉解獺。柘即染黄之木，杜詩所謂“著柘黄”是也。《詩》曰“其厤其柘”，古人論弓材曰“柘爲上，桑次之，竹爲下”，則柘與桑自是二物，而以厤釋柘，皆非本義也。是必昔人之謬解如此耳。（《泰村集》卷四《效顰雜記》上，《韓國文集叢刊》第 59 册，頁 255）

詩史曰：“家家養烏鬼，頓頓食黄魚。”烏鬼，即今之鸕鶿也；黄魚，即俗所謂黄魚也。烏鬼善捕魚，而黄魚乃遲鈍無力者也，捕之甚易，故養烏鬼以捕黄魚耳。曾聞天兵來自川蜀，用以捕魚者，以環閣其頸，以繩係於翼[一]。以繩係者，慮其逸也；以環閣者，欲其得魚而不能食也，計亦巧也。（《泰村集》卷五《效顰雜記》下，《韓國文集叢刊》第 59 册，頁 273）

[一] 以繩係於翼，原缺，據《韓國詩話叢編》第 2 册（頁 558）補。

車天輅

車天輅，見《評述類》介紹。《五山説林》爲小説筆記類作品，雜論中朝詩文，並記載趣聞軼事。

老杜《謁先主廟》：“錦江元過楚，劍閣復通秦。”注：“過楚通秦，則本可以混一，而今不能，蓋傷之也。”殊失作者之意。錦江自蜀過荆州始入海，此言荆州本爲先主之有，而見失於東吴也。秦惠王時，張儀始通蜀道。今蜀爲魏所吞，則是劍閣復通于秦也。（《五山説林》，《韓國詩話叢編》第 2 册，頁 230）

《惠儀寺園送辛員外》：“直到綿[一]州始分手，江頭樹裏共誰來。”一本“分手”作“分首”，是。崔豹《古今注》：“漢鄭弘於沈釀肆逢故人，明朝乃分首而去。”駱賓王序：“分首三秦。”（《五山説林》，《韓國詩話叢編》第 2 册，頁 230）

[一] 綿，原作“錦”，據《杜詩詳注》改。

《史記·信陵君傳》：“如以肉投餒虎。”班孟堅用此文而略之曰“如以肉餧虎”，此言以肉於餓虎也。按《説文》及韻書，餒、餧字音義同，杜草堂不解

《漢書》文義,乃於《洗兵馬行》"回紇餧肉蒲萄宮",蘇過《詠鼠鬚筆》"磔肉餧餓猫",皆以"餧"爲"饋"字之義,蓋子美誤也。(《五山説林》,《韓國詩話叢編》第 2 册,頁 236)

杜詩"枇杷樹樹香",説者以爲枇杷無香,誤也。余往日本也,於一古寺見一樹甚茂鬱,數丈以下葉大而圓,以上葉橢而稍小,狀如樗葉。十月花盛開,狀如梨花,香氣酷烈,不風而聞數畝。老僧謂之盧橘,冬結實,至五月而熟。唐詩"盧橘花開楓葉衰",相如《上林賦》"盧橘夏熟",信然。(《五山説林》,《韓國詩話叢編》第 2 册,頁 236)

三神山皆在海中,自燕昭王遣方士尋之,不得;秦始皇遣徐市載男女三千求不死藥,又不得,每以風引舟去爲解。伍被謂徐福至亶州,"得平原廣澤,止王不來",即今日本國也。杜詩有"方丈三韓外"之句,説者以爲三神山皆在我國,方丈即智異山,瀛洲即漢挐山,蓬萊即金剛山也。余以爲漢挐山聳出海中,在唐之世,聞日本國富士山高四百里,冬夏有雪,疑是瀛洲山。然《列子》:歸墟有五山,六鼇戴之。至龍伯國人釣鼇後,五山隨流上下,岱輿、圓嶠二山漂失其所,只有蓬萊、方丈、瀛洲三山始得根著。然則三山在東海大荒中,不在我國明矣。(《五山説林》,《韓國詩話叢編》第 2 册,頁 236)

尹相公春年,先君癸卯年同榜也,有詩鑒。見先君一律曰:"君應讀盛唐詩,必老杜也。"先君曰:"然。余方致力於杜。"其詩曰:"渡江緣草徑,乘醉宿江城。白月千峰照,春鵑獨夜鳴。水村歸夢罷,山郭旅魂驚。望帝春心托,孤臣再拜情。"其後讀《唐詩鼓吹》,作詩示之,尹公曰:"此有晚唐氣味,必《唐詩鼓吹》也。"先君又讀杜詩,尹公見所作詩曰:"此又有盛唐音律,必讀杜律也。"所言皆中,先君敬服。乃贈先君詩曰:"欲詣詩門試一聽,功夫著處自生靈。青天日月昭昭影,大地山河歷歷形。春氣和融陶萬物,波濤汹涌起滄溟。留名萬古非難事,舉世沈冥也獨醒。"春年,字彦久,坡平人,官史判。(《五山説林》,《韓國詩話叢編》第 2 册,頁 240)

杜詩《望嶽》:"安得仙人九節杖,挂到[一]玉女洗頭盆。"讀《杜詩愚得》,"挂到[二]"作"挂倒",其注意以玉女比楊妃,乃曰"安得仙人九節之杖,挂倒楊妃之洗頭盆也"云。不成文理,剡人單元陽可謂真愚也已。(《五山説林》,《韓國詩話叢編》第 2 册,頁 258)

[一][二] 到,原作"倒",根據此條之意,當作"到",《杜詩詳注》亦作"到"。

宋時有武人,舉杜詩問於人,曰:"杜曰'白也詩無敵',繼之曰'清新庾開府,俊逸鮑參軍',既曰'無敵',則何以但比庾、鮑也?"其人不能答。然則武人亦未可輕也。(《五山説林》,《韓國詩話叢編》第 2 册,頁 259)

老杜《杜鵑行》:"業工竄伏深樹裏,四月五月啼偏呼。"業工,注不釋。

余昔少時曾見一書,杜鵑雛曰"業工",今不記出自何書也。(《五山説林》,《韓國詩話叢編》第 2 册,頁 260)

杜樊川詩:"廣文昔日留攄散。"徐公居正注此而不爲之正,何也?杜詩"鄭公樗散鬢如絲",鄭虔曾爲廣文館學士,而牧之所贈詩者乃虔之子孫,故云"廣文樗散"。今"攄"字誤。(《五山説林》,《韓國詩話叢編》第 2 册,頁 260)

林苞者,吏文學官之雄也,以博學能文出乎其類。嘗授人杜詩,至"與奴白飯馬青芻",釋之曰:"白,猶白面、白徒之白也,謂與之徒飯而已。"弟子有一人戲之曰:"但與奴飯而不及鹽漿,則必飼馬但芻而不及粥太也。"苞怒之。聞者捧腹而笑。(《五山説林》,《韓國詩話叢編》第 2 册,頁 260)

鄭士信

鄭士信(1558—1619),字子孚,號梅窗、谷神子,清州人,具鳳齡門人。宣祖十五年(1582)明經科及第,歷任禮曹正郎、密陽府使等職。光海君二年(1610),曾以冬至副使出使北京,寫有《朝天録》。著有《梅窗集》,卷四《雜著》收入《古文真寶前後集註釋正誤》講論數首杜詩。

《古文真寶前後集注釋正誤隨見録之,不拘本集次序云》(節録):

余嘗與初學講讀前集五言詩,至於"清嘯聞月夕"、"商歌非吾事"等處,極知其注釋之無謂,遂不得已把筆正誤,而其他上下同録者,乃因是而波及者耳,非有意於著爲成説也。但文字上意義,一字不明則義理大謬者亦有之;一句一語之不明,而全篇意義或至於謬戾,烏可以文字上注釋之不關而忽之耶?同志之士勿以人廢言幸甚。萬曆甲辰七月既望梅窗谷神子序。

《佳人》詩注所引《簡兮》詩"刺不用賢"云者,詩序謬説然矣。而所謂"彼美人兮,西方之人兮",豈謂賢者有佳美之德哉?今觀前後集注,多引朱子之説,必是後朱子之世,向朱子之學者爲之注。而其違背《詩傳》本旨,牽合序説之謬而附會於是詩,何哉?況此題下云云之大旨,恐非杜子作詩之本意也。此蓋當時有一佳人,兄弟喪敗,不得於夫婿,而能以貞静自守者,故杜子因賦其事,以寓堅貞清苦、不易操守之趣。以《國風》比興言之,其"采柏"、"倚竹",固不無寄興於賢人君子之意而已。若如注説,直以佳人喻賢者,感傷關中亂後老成凋喪,所用皆新進少年云云,則句句言言皆涉於拘執附會,非作者之本意也。

《寄李白》詩"蘇武先還漢",注云"蘇武在匈奴十九年而還,白比武則先還"云云,以愚觀之,杜子用事寄興,吟咏反復,以蘇武而興李白心王室之意,以黄公而興李白不從永王璘之意而已。諷誦一遭，其意自現。以至“梁獄上書辰”之句，皆是杜子一樣好手段耳。非以白比武而較年之多少、還之先後也，注説太似拘滯。

《哀江頭》，注云“是年初復東京”，考杜子年譜及編年詩，此注誤甚。且“清渭東流劍閣深，去住彼此無消息”，注云：“住，謂居長安者兩處阻隔，不通消息。”此注含糊鶻突，不成説話。蓋“去”謂明皇西幸於彼也，“住”謂貴妃死住於此也，承上文“明眸皓齒”、“血污游魂”之語，上下通貫明白，有悽惋無限意。明皇斷腸之恨，只此數句説盡無餘。若如注説，居長安者兩處消息不通云，則無意味不親切，正似隔靴爬痒，覽者詳之。且末句“欲往城南忘南北”，注“欲往城南省家，忘南而走北也”，此注誤甚。按：至德二年，杜子家在鄜州，則城南省家之説未知何據也。杜子陷賊四月，脱去謁帝，拜左拾遺，久而詔許省家於鄜州。此詩作於至德二年春方陷賊中之時，則不知欲省何家於城南乎？城南設雖有家，胡塵充斥京邑，豈復有可省視也哉？末句之意，只言黄昏虜騎滿城，蒼黄失措，迷惑南北，不知所往之狀耳。若如注説，以“忘南北”三字釋爲“忘南而走北”，則其破碎穿鑿，不成文理甚矣。

《茅屋爲秋風所破歌》，此一篇注釋，愚以爲不足爲辨也，試舉一二。以禄山詭言誅國忠，爲風怒號之喻；以捲三重之茅，喻方陷之三郡，其説已甚怪誕。而又以飛洒江郊之茅，喻群臣之奔竄者。一般茅也，而或比於郡邑，或比於人臣，杜子比興之意不應顛錯膠曲若是之甚也。至以俄頃風定，喻巡遠之搗賊心腹，賊勢漸衰；以雲黑色，喻禮樂法度之不明。此等説話，殆類兒童之見矣。大抵此注，自首句“八月”陰中也，以至終篇，節節比喻，許多説話，不滿一哂。嘗觀《愚得》注中説：“此一篇平正穩貼，意趣自明。”覽者自當辨之。

《兵車行》“武皇開邊意未已，千村萬落生荆杞”，注云：“是時禄山叛，山東二百州皆陷賊，無復唐有，玄宗殊不悔悟云。”此注誤矣。注此一篇，而初以爲天寶十載募兵，國忠縱恣，行者嗟怨，而至此乃以爲禄山叛後事，前後自相乖戾，何耶？况玄宗於禄山叛後，曷嘗有點兵伺邊征戌之事乎？按杜子編年，此詩作於天寶六載，爲玄宗用兵吐蕃而作，托漢武以諷刺。

（以上見《梅窗集》卷四，《韓國文集叢刊續》第 10 册，頁 450—453）

柳夢寅

柳夢寅，見《評述類》介紹。其《於于野談》“學藝篇”多論中朝詩人詩作，因是“野談”，論詩文亦多趣聞軼事、戲謔之語。

萬曆丁酉、戊戌間,中原發舟師防倭,天將陳璘等到泊南海,鰲城府院君李公候焉。天將有一人,於篋中出寶藏,以錦楮十襲,次第開之,其中有一書乃杜子美手稿“倚江楠樹草堂前”者,古詩也。句句字字皆點竄無完語,只“東南颷風動地至”一句無點化處,其餘皆濃墨以改之,其字體頗拙。子美著心辛苦,緣詩致瘦可想。以詩中之聖,必構草筆削,不敢等閑作一語,況後之人下此且千百倍,而欲隨意揮灑者,雖快於一時,其於傳後也何如?(《於于野談》,《韓國詩話叢編》第2冊,頁506)

學官朴枝[一]華,號守庵,自少游名山,粲松絕粒。嘗與學者同栖山寺,浹一月常衣一布衣,夜則枕書而眠。十五夜左臥,十五夜右臥,衣無襞積如新熨。儒道釋三學者著工俱深,於禮書最精,博其文章,詩與文皆高絕。嘗製駙馬光川尉挽詞,詩人鄭之升稱引不已,曰“若人門地雖卑,於騷家地位最高”云。其詩曰:“天孫河鼓本東西,嬴得人間五福齊。湯餅當年曾食玉,簫臺此日惜乘鷺。諸郎秉禮廞儀舉,華寢連雲象設迷。家在沁園相望地,不堪春草又萋萋。”及年七十,嘗杜門居城市,坐一室,終日危坐,與友人鄭生偕。寇且至,鄭生挈室而去,守庵與之別曰:“吾老憊不得隨,他日尋我於此。”後日寇稍退,鄭生尋守庵不得見。溪上繫小紙於樹枝,書杜詩五言律一首,懷石自沈於樹下溪心而死矣。其詩曰:“京洛雲山外,音書靜不來。神交作賦客,力盡望鄉臺。衰疾江邊臥,親朋暮日回。白鷗元水宿,何事有餘哀。”觀此詩事事相符,真守庵自挽也。鄭得其屍,草斂而去,或疑其水解。道書曰:“屍解有五,金木水火土也。”(《於于野談》,《韓國詩話叢編》第2冊,頁508)

　　[一]枝,原作“之”。

萬曆壬辰之亂,余以質正官赴中原,還到平壤行在,聞第三兄夢熊死於亂。告辭尋母,到豐德奴介山江上農舍,見壁上第三兄題詩曰:“蓬底幾時聞吉語,介山烟幕免重來。”第二兄夢彪亦題杜詩于壁曰:“風色蕭蕭暮,江頭人不行。村春[一]雨外急,鄰火夜深明。胡羯何多亂,漁樵寄此生。中原有兄弟,萬里正含情。”兩兄皆前歲所題者,余覽之不覺失聲而哭。俄而,火莊浦防守潰,賊兵渡江,余蒼黃躍馬同潰卒而北。行數里,顧見農舍烟焰漲天,賊已火之矣。第三兄苦於秋獲,所以有此題,而終未聞吉而逝。悲夫!第二兄所題,先知國將有亂,憂余在中原未還也。雖古詩而與述懷無異,此與朴枝[二]華所題“京洛雲山外”之詩取比甚近。余常痛之,所以有此記也。(《於于野談》,《韓國詩話叢編》第2冊,頁509)

　　[一]春,原作“春”,據《杜詩詳注》改。
　　[二]枝,原作“之”。

蔡禎元,儒士也,好古文,雖不自工其文,論文有佳處,嘗曰:“司馬長卿

《長門賦》記一日之事,登蘭臺,下蘭臺,朝修薄具,夜夢君王,晝[一]陰夜明,極其愁思,畢昂既出,廷廷復明,皆一日之事,以'究年歲不能忘'結之,此其妙處也。"又論《舞鶴賦》,極道其清冽,言:"冰塞長河,雪滿群山,星翻漢回,曉月將落。寒極於冬,清極於曉,古人措意迥出,後世文字可想。"或問李、杜優劣,答曰:"李詩曰:'柳色黃金嫩,梨花白雪香。'杜曰:'紅入桃花嫩,青歸柳葉新。'賦花柳一也,而李自然,杜雕琢,優劣可立辨[二]。"又論簡齋詩:"'洞庭之東江水西',下宜其樓臺之勝,而以'檐旌不動夕陽遲'接之,語意似不續。既曰'登臨',又曰'徙倚',又曰'望遠'、'憑危',語勢相疊,此文章之甚卑者也。"(《於于野談》,《韓國詩話叢編》第2冊,頁517)

　　[一]晝,原作"畫"。
　　[二]辨,原作"辦"。

　　詩關風教,非直哦詠物色。古者木鐸者采之,而載之風雅。至唐時猶有此風,杜詩曰:"采詩倦跋涉,載筆尚可記。高歌激宇宙,凡百慎失墜。"注者曰:"公謂采詩之官倦於跋涉,而不采吾詩。吾之詩如史官載筆,尚可備史之失墜也。"然則唐之時猶有采詩之官也歟? 今者,閔相國夢龍斥詩人曰:"作詩者多諷時事,或成白眼,或致詩案之患,宜不學也。"非無才也,而終身不作一句詩。鄭尚書宗榮戒子孫不學詩。余以爲兩人雖善身謀,殊無古人《三百篇》遺義也。近世,奸臣金安老構新亭於東湖,扁曰"保樂堂",求申企齋光漢詩,企齋辭不獲,贈詩曰:"聞說華堂結構新,綠窗丹檻照湖濱。風光亦入陶甄手[一],月笛還宜錦繡人。進退有憂公保樂,行藏無意我全真。烟波點檢須閑熟,更與何人作上賓。"其詩多含譏諷。其曰"聞說"者,明其不自往見也。其曰"風光亦入陶甄手"者,明其朝家庶政及江山田土,皆入陶甄之手也。其曰"月笛還宜錦繡人"者,明其繁華之事不宜於風月,宜於富貴人也。其曰"進退有憂公保樂"者,明其古人進退皆有憂,安樂獨保其樂,不與民共之也。其曰"行藏無意我全真"者,明其無意進退於此時,自全其節也。其曰"更與何人作上賓"者,明其我不願作上賓於其堂,更有何人附勢者爲渠賓客乎? 此詩句句有深意,千載之下可以暴白君子之心也。安老亦深於文章,豈不知其意,然而終不害者,恐爲時賢口實,而不欲露其隱也。(《於于野談》,《韓國詩話叢編》第2冊,頁531)

　　[一]手,原作"寺",據申光漢《企齋集》別集卷五《保樂堂》(《韓國文集叢刊》第22冊,頁448)改。

李睟光

李睟光,見《評述類》介紹。其《芝峰類說》二十卷,內容龐雜,與詩文相關的内容集中在以下幾個部分：卷九文章部二：詩、詩法、詩評；卷十文章部三：御製詩、古樂府、古詩、唐詩；卷十一文章部四：唐詩；卷十二文章部五：唐詩、五代詩、宋詩、元詩、明詩；卷十三文章部六：東詩；卷十四：文章部七：旁流、閨秀、妓妾詩、歌詞、麗情、哀辭、唱和、對句、詩禍、詩讖、詩藝。其論詩尤推重唐詩。

唐人作詩取材於《文選》，故子美之詩多用《選》語，其曰“早從文選理”者是也。至於李白無敵之才、不群之思，宜自出機杼，似無藉於前作，而今見《古詩類苑》及《玉臺新詠》，其樂府題目率皆效之，意語亦多有相襲者。（《芝峰類説》卷九，《韓國詩話叢編》第 2 冊，頁 283）

楊愼[一]曰：“太白詩，仙翁劍客之語；少陵詩，雅士騷人之詞。比之文，太白則《史記》，少陵則《漢書》也。”此言可謂善喻矣。（《芝峰類説》卷九，《韓國詩話叢編》第 2 冊，頁 284）

[一]楊愼，原作“楊萬里”。此語出自楊愼《升庵詩話》卷十一“評李杜”。

詩句中語録，如老杜用“有底”、“遮莫”、“生憎”、“不忿”，李白用“耐可”、“阿那”、“似個”等字之類，至白樂天尤喜用之。即此求之，非但詩爲然，如《尚書》中誥文，用時俗之語，故今難强解處多，蓋誥體自如此。（《芝峰類説》卷九，《韓國詩話叢編》第 2 冊，頁 284）

朱子曰：“文字好用經語，亦一病。杜詩云‘致遠思恐泥’，東坡謂此詩不足爲法。”此可見評論之至公。而今人於古人之作不敢議其疵病，少有指點，則人輒詆以愚妄，何也？陳后山以“歐陽永叔不好杜詩，蘇子瞻不好馬《史》”，即此觀之，子瞻非特不好馬《史》，亦不好杜詩者也。（《芝峰類説》卷九，《韓國詩話叢編》第 2 冊，頁 284）

絶句者，一句一絶，如陶淵明“春水滿四澤”、杜子美“兩個黃鸝鳴翠柳”二詩是也。《南史》：“劉昶爲斷句詩。”蓋即絶句，以是爲題目耳。按《古詩類苑》，“春水滿四澤”非淵明詩，乃顧愷之之作云。（《芝峰類説》卷九，《韓國詩話叢編》第 2 冊，頁 286）

《七哀》詩起於曹子建、王仲宣，如言《五噫》《四愁》之類也。老杜《八哀》，則所哀者八人，王思禮、李光弼、蘇源明、李邕、汝陽王璡、鄭虔、張九齡、嚴武，蓋嘆舊懷賢而作也。（《芝峰類説》卷九，《韓國詩話叢編》第 2 冊，頁 286）

扇對格者，以第三句對第一句，以第四句對第二句也。如杜詩：“得罪台州去，時危棄碩儒。移官蓬閣後，穀貴歿潛夫。”李詩：“吾憐宛溪好，百尺照心明。可謝新安水，千尋見底清。”唐詩中此類甚多。（《芝峰類説》卷九，《韓國詩話叢編》第 2 冊，頁 286）

　　詩家所謂正格,乃第二字側入,如"天上秋期近"之類是也。所謂偏格,如"四更山吐月"之類是也。唐人多用正格,杜詩用偏格亦十無二三。然古人於詩蓋出於自然,非有心於偏正也。(《芝峰類説》卷九,《韓國詩話叢編》第 2 册,頁 286)

　　詩有假借格。如孟浩然詩"庖人具雞黍,稚子摘楊梅",以"雞"對"楊";杜子美詩"枸杞因吾有,雞栖奈爾何",以"枸"對"雞"。張子容詩"樽開柏葉酒,燈落九枝花",以"柏"對"九",佳矣,然庾肩吾詩"聊開柏葉酒,試奠五辛盤",蓋襲用此耳。(《芝峰類説》卷九,《韓國詩話叢編》第 2 册,頁 287)

　　杜《飲中八仙歌》,叠用"船"、"眠"、"天"字,三用"前"字。説者以爲:"此歌分八篇,人人各異,故叠韻無害,亦周詩分章意也。"此言然。(《芝峰類説》卷九,《韓國詩話叢編》第 2 册,頁 287)

　　王世貞曰:"七言排律創自老杜,然亦不得佳。蓋七字爲句,束以聲偶,氣力已盡矣。又衍之使長,調高則難續而傷篇,調卑則易冗而傷句。"信哉,斯言也!(《芝峰類説》卷九,《韓國詩話叢編》第 2 册,頁 287)

　　嚴滄浪曰:"五言絶句,衆唐人是一樣,少陵是一樣,韓退之是一樣。"余謂非特五言絶句,至於七言絶句、律詩、古詩,大抵然矣。(《芝峰類説》卷九,《韓國詩話叢編》第 2 册,頁 287)

　　古詩有七平七仄,"梨花梅花參差開",七平也;"有客有客字子美",七仄也。韓詩中亦有此體,蓋詩之變也。又有五平五仄,如李白"處世若大夢,胡爲勞其生"是也。詩家多有此體。(《芝峰類説》卷九,《韓國詩話叢編》第 2 册,頁 287)

　　羅大經曰:"詩用助語,如老杜云:'古人稱逝矣,吾道卜終焉。'山谷云:'且然聊爾耳,得也自知之。'韓子蒼云:'曲檻以南青嶂合,高堂其上白雲深。'皆渾然妥帖。"云云。余謂如此句法,後生效之恐有刻鵠之譏,夫已多乎道。(《芝峰類説》卷九,《韓國詩話叢編》第 2 册,頁 287)

　　羅大經曰:"杜陵有全篇用俗語者,不害爲超妙。如'一夜水高三尺强,數日不可更禁當。南市津頭有船賣,無錢即買繫籬傍','江上被花惱不徹,無處告訴欲顛狂','白頭老罷舞復歌,杖藜不寐誰能那[一]'是也。楊誠齋多效此體,痛快可喜。"云。余謂此格爲超妙,痛快則不可知也。(《芝峰類説》卷九,《韓國詩話叢編》第 2 册,頁 288)

　　　[一]那,原作"耶"。據羅大經《鶴林玉露》卷三改。

　　杜詩:"桃花細逐楊花落,黄鳥時兼白鳥飛。"楊慎以爲此句法不雅,而後人多效之。按梅聖俞詩"南隴鳥過北隴叫,高田水入低田流",蓋出於杜,而似村童俗語,恐不必效也。(《芝峰類説》卷九,《韓國詩話叢編》第 2 册,

頁 288）

詩用疊字，古人不以爲嫌，最忌意疊。如蘇子瞻律絶中疊使數字者多矣，至於杜、韓兩詩疊押韻字，此則不爲病，唯觀作句工拙如何。然語其精，則恐亦不免小疵耳。（《芝峰類説》卷九，《韓國詩話叢編》第 2 册，頁 288）

王世貞曰：“子瞻多用事，從老杜五言古詩、排律中來。魯直用拗句法，從老杜歌行中來。”信斯言也。宋以後詩概以老杜爲祖耳。（《芝峰類説》卷九，《韓國詩話叢編》第 2 册，頁 288）

五言排律始見於初唐，而杜子美爲一百韻，至高麗李相國奎報爲三百韻。七言排律始見於盛唐，而皇明張天使寧爲六十韻，至近世車五山天輅爲一百韻，可謂尤多矣。然中多累句，不足稱也。（《芝峰類説》卷九，《韓國詩話叢編》第 2 册，頁 289）

陰鏗詩“大江静猶浪”，杜詩曰“江流静猶涌”；鏗詩“薄雲岩際出，初月波中上”，杜云“薄雲岩際宿，殘月浪中翻”；鏗詩“中川聞棹謳”，杜云“中流聞棹謳”；鏗詩“花逐山下風”，杜云“雲逐度溪風”。老杜祖襲前作如此。（《芝峰類説》卷九，《韓國詩話叢編》第 2 册，頁 289）

莊周放言譏侮孔子，而後人多襲其語。如王績云“禮樂囚周旦，詩書縛孔丘”，李白云“鳳歌笑孔丘”，杜子美云“孔丘盜跖俱塵埃”，不幾於侮聖人乎？杜則又甚焉。（《芝峰類説》卷九，《韓國詩話叢編》第 2 册，頁 289）

孟浩然詩曰：“江清月近人。”杜子美云：“江月去人只數尺。”羅大經以爲浩然渾涵，子美精工。余謂子美此句大不及浩然。（《芝峰類説》卷九，《韓國詩話叢編》第 2 册，頁 290）

杜子美《送人迎養》詩曰：“青青竹笋迎船出，白白江魚入饌來。”楊用脩以爲：此句用孟宗、姜詩事。“青青”字自好，“白白”近俗。韋蘇州《送人省觀》詩云：“沃野收紅稻，長江釣白魚。”杜不如韋多矣。余謂用脩所見似是，但韋詩“紅稻”、“白魚”皆是泛説，則恐不如杜之用事襯切矣。（《芝峰類説》卷九，《韓國詩話叢編》第 2 册，頁 291）

杜詩：“紅入桃花嫩，青歸柳葉新。”李白：“寒雪梅中盡，春風柳上歸。”王荆公詩：“緑攪寒蕪出，紅爭暖樹歸。”此三詩皆用“歸”字，而古人以荆公詩爲妙甚，余謂不然。老杜巧而費力，荆公欲巧而尤穿鑿，李白爲近自然。（《芝峰類説》卷九，《韓國詩話叢編》第 2 册，頁 291）

《藝苑卮言》曰：“杜詩：‘淮王門有客，終不愧孫登。’頗無關涉，爲韻所强耳。”余謂世間一種人不解利病，概謂古作皆善，并其不好處好之，率以爲法，惑矣。此等疵病，今人指摘之，則必無信之者矣。（《芝峰類説》卷九，《韓國詩話叢編》第 2 册，頁 291）

杜詩云“江流天地外，山色有無中”，古人以爲絶唱。宋詩云“山從平地有，水到遠天無”，語意似巧而氣力欠健。又東人有《金剛山》一句云：“地勢北高山不盡，天容東闊海無窮。”人或稱佳，然乃是兒稚語，無足掛齒牙耳。（《芝峰類説》卷九，《韓國詩話叢編》第 2 册，頁 291）

杜詩曰：“南村群童欺我老無力，忍能對面爲盜賊。”其語近俗。頃歲，洪志誠博洽於書而不善屬文，嘗有詩云“明月皎皎臥盜賊”，世皆笑之，蓋學杜而誤者也。（《芝峰類説》卷九，《韓國詩話叢編》第 2 册，頁 291）

杜詩曰：“文章千古事，得失寸心知。”又曰：“同調嗟誰惜，論文笑自知。”此古今詞人所以重知己也。余於晚年益覺此句爲有味，每一唱三嘆，未嘗不以少陵爲異世知音也。（《芝峰類説》卷九，《韓國詩話叢編》第 2 册，頁 291）

李白之七言律、杜甫之絶句，古人言非其所長。至如孟浩然，盛唐之高手，而五言律絶外七言律不滿數首，亦不甚警絶，長篇則全無所傳。王昌齡之於七言絶句亦獨至者，各體不能皆好矣。（《芝峰類説》卷九，《韓國詩話叢編》第 2 册，頁 291）

王弇州曰：“十首以前，少陵較難入；百首以後，青蓮較易厭。”此則與杜而抑李也。又曰：“太白不成語者少，老杜不成語者多。”此則與李而抑杜也。又曰：“太白之七言律、子美之七言絶皆變體，不足多法。”此則兩抑之。然弇州於李、杜揚之者固多矣，今不盡録。（《芝峰類説》卷九，《韓國詩話叢編》第 2 册，頁 292）

杜甫《北征》詩、李白“天上白玉京”詩、韓愈《南山》詩，古今長篇中最爲傑作。而反復詳味，則李詩氣力不及《北征》，雄渾不及《南山》，乃知尺有所短耳。（《芝峰類説》卷九，《韓國詩話叢編》第 2 册，頁 292）

杜子美《岳陽樓》詩，古今絶唱。而“親朋無一字，老病有孤舟”，與上句不屬，且於岳陽樓不相稱。陳簡齋《岳陽樓》詩，人亦膾炙，但“簾旌不動夕陽遲”，語句似餒。且“登臨”、“徙倚”、“憑危”及“夕陽”、“欲暮”等語似叠。（《芝峰類説》卷九，《韓國詩話叢編》第 2 册，頁 292）

《早朝大明宮》詩，古人以岑參爲第一，王維爲第二，杜甫爲第三，賈至爲第四。余謂四詩俱絶佳，未易優劣。若言其微瑕，則岑參“鶯囀皇州春色闌”似餒，而連用“曙”、“曉”二字。且“花迎劍佩”一聯好矣，而“星初落”三字似不襯矣。王維詩叠使“衣”、“色”字，且“翠雲裘”、“冕旒”、“袞龍”等語似叠矣。杜甫詩“五夜漏聲催曉箭”，既曰“五夜”，則似不當言“曉”，且“旌旗日暖龍蛇動，宮殿風微燕雀高”，工則工矣，但於早朝似泛矣。賈至詩首句甚佳，而“劍佩聲隨玉墀步”一聯似鬆矣。大抵四詩結句皆用“鳳池”，所謂和也。杜作乃用“鳳毛”以結之,最妙。余僭論至此,不敢質言,故著六“似”字,以俟知者。(《芝峰類説》卷九,《韓國詩話叢編》第 2 冊,頁 292)

杜詩曰:“莫令鞭血地,再濕漢臣衣。”注:《漢書》云:“禁中非刑人鞭血之地。”“鞭血地”指禁中也。余謂以《漢書》“非鞭血之地”爲用事則似不成語,杜詩中如此强造處多矣。(《芝峰類説》卷九,《韓國詩話叢編》第 2 冊,頁 293)

古人謂李白爲仙才,李賀爲鬼才;又謂李白爲詩聖,杜子美爲詩史。胡宗愈言:“杜子美凡出處去就、悲歡憂樂一見於詩,讀之可以知其世,故謂之詩史。”余謂詩而爲史,亦詩之變也。(《芝峰類説》卷九,《韓國詩話叢編》第 2 冊,頁 293)

歐陽公言:“吾詩《廬山高》,今人莫能爲,惟李白能之。《明妃曲》後篇,太白不能爲,惟杜子美能之;至於前篇,則子美亦不能爲,惟吾能之。”云云。夫李白之《蜀道難》視《廬山高》懸絶,而樂府諸篇亦非他人所能及。而歐公自許如此,豈誠醉語耶?(《芝峰類説》卷九,《韓國詩話叢編》第 2 冊,頁 293)

或言《長恨歌》“六軍不發無奈何,宛轉蛾眉馬前死”,是則明皇迫於軍情,不得已而誅楊妃也,措語太露,不若《北征》詩:“憶昨狼狽初,事與古先別。不聞夏商衰,中自誅褒妲。”余謂此説然矣。但謂之《長恨歌》則記事,不得不如此。唯劉禹錫云:“官軍誅佞幸,天子捨妖姬。群吏伏門屏,貴人牽帝衣。低回轉美目,風日自無輝。”尤似太露,不及白詩猶爲渾全也。且杜詩既曰“褒妲”,則“夏商”改作“商周”是矣。(《芝峰類説》卷九,《韓國詩話叢編》第 2 冊,頁 293)

李商隱《華清宮》詩:“華清恩幸古無倫,猶恐蛾眉不勝人。未免被他褒女笑,祗教天子暫蒙塵。”審此詩意,則必如幽王之禍,然後爲快也。雖詩格尚新,而辭旨未穩,非唐世臣子所忍道者。杜詩云“朝廷雖無幽王禍,得不哀痛塵再蒙”,乃仁人君子之言也。(《芝峰類説》卷九,《韓國詩話叢編》第 2 冊,頁 295)

張戒云:“李義山、杜牧之大抵工律詩而不工古詩,七言猶工,五言微劣。”楊慎曰:唐詩人中,“李義山、杜牧之學杜甫”。余見世之學詩者多主樊川、義山,蓋以七言律且以學杜故也。(《芝峰類説》卷九,《韓國詩話叢編》第 2 冊,頁 296)

楊大年不喜杜詩,謂爲“村夫子”。此語雖非通論,亦必有所見耳。然大年不喜老杜而獨喜義山,何也?(《芝峰類説》卷九,《韓國詩話叢編》第 2 冊,頁 296)

前輩評王荆公詩曰：祖淵明而宗靈運，體子美而用太白。其曰“樵松煮澗水，既食取琴彈”，清淡也；“月映林塘淡，風涵笑語凉”，華妙也；“地留孤嶼小，天入五湖深”，高雅也；“勢合便疑包地盡，功成終欲放春回”，豪逸而從容也。法度森嚴，無一點可校云。余謂王詩在宋，最精巧有意味。如“已無船舫猶聞笛，遠有樓臺只見燈。山月入松金破碎，江風吹水雪崩騰”，語非不工，然氣格猶在晚唐下，比之陶、謝、李、杜則誠過矣。（《芝峰類説》卷九，《韓國詩話叢編》第 2 册，頁 297）

《朱子語類》曰：“近時人學山谷，又不學山谷好底，只學山谷不好處。”又曰：“魯直説杜子美夔州詩好，此不可曉。夔州却説得重疊煩絮。今人只見魯直説好，便都説好，矮人看場耳。”余謂此言政是俗學之弊也。（《芝峰類説》卷九，《韓國詩話叢編》第 2 册，頁 298）

陳后山喜用杜詩。杜云“昨夜月同行”，陳則曰“殷勤有月與同歸”；杜云“暗飛螢自照”，陳則曰“飛螢元失照”；杜云“文章千古事”，陳則曰“文章平日事”；杜云“乾坤一腐儒”，陳則曰“乾坤著腐儒”；杜云“寒花只暫香”，陳則曰“寒花只自香”。工拙可下。（《芝峰類説》卷九，《韓國詩話叢編》第 2 册，頁 298）

簡齋詩：“萬里來游還望遠，三年多難更憑危。”余常喜之。杜詩云：“萬里悲秋常作客，百年多病獨登臺。”乃知簡齋此句專出於杜，而杜尤佳矣。（《芝峰類説》卷九，《韓國詩話叢編》第 2 册，頁 298）

洪春卿《扶餘懷古》詩曰：“國破山河異昔時，獨留江月幾盈虧。落花岩畔花猶在，風雨當年不盡吹。”語意雖好，而“不盡”二字恐誤，以古詩“不盡長江衮衮來”、“野火燒不盡”等語細究之則可知。（《芝峰類説》卷九，《韓國詩話叢編》第 2 册，頁 300）

申企齋《竹西樓題詠》曰：“山外孤村少往還，雪晴江路細漫漫。田間烏啄空林樂，樓上人憑短檻看。銀界遠連滄海闊，玉峰高拱暮天寒。前溪一夜層冰閣，閑却漁翁舊釣竿。”世以爲絶唱。然上聯用唐詩：“花間馬嚼金銜去，樓上人垂玉箸看。”下聯用杜詩：“藍水遠從千澗落，玉山高並兩峰寒。”又首言江，中言[一]滄海，末言前溪，此等處似不全好。（《芝峰類説》卷九，《韓國詩話叢編》第 2 册，頁 300）

[一]《韓國詩話叢編》第 2 册此處錯頁。“中言”下接頁 327 至 328，再回至頁 303。

朴參判民獻《蟲石樓次韻》曰：“樓前過鶩平看背，水底游蝦細數鬚。”他押者皆不能及。公有名當世，於詩全學老杜。然觀其私稿中諸作殊不滿人意，信乎所見不如所聞。（《芝峰類説》卷九，《韓國詩話叢編》第 2 册，

頁 327）

李達,洪州人,副正李秀咸畜州妓所生者,其詩爲一時膾炙。《浿江詞次韻》曰:"蓮葉參差蓮子多,蓮花相間女郎歌。歸時約伴橫塘口,辛苦移舟逆上波。"橫塘,地名,恐於浿江不稱。結句蓋用杜詩"村船逆上溪"之語,而"波"字未穩。又《田家詞》曰:"田家少婦無夜食,雨中刈麥林中歸。生薪帶濕烟不起,入門兒子啼牽衣。"《寒食詞》曰:"白犬前行黃犬隨,野田草際冢纍纍。老翁祭罷田間道,日暮醉歸扶小兒。"逼唐可喜。(《芝峰類説》卷九,《韓國詩話叢編》第 2 册,頁 328)

梁簡文帝《雨》詩云:"漬花枝覺重,濕鳥羽飛遲。"杜詩"花重錦官城",又"冥冥鳥去遲",此也。梁聞人蒨詩云:"林有驚心鳥,園多奪目花。"杜詩"恨別鳥驚心",此也。(《芝峰類説》卷十,《韓國詩話叢編》第 2 册,頁 305)

古樂府《白紵歌》曰:"質似輕雲色似銀,製以爲袍餘作巾。"杜詩"光明白氈巾",樂天詩"青筇竹杖白紗巾"。按:管寧著白帽,山簡著白接羅[一],謝萬著白綸巾。《唐六典》:王子服有白紗帽,他如白帢、白幍之類,古人通服可知。(《芝峰類説》卷十,《韓國詩話叢編》第 2 册,頁 308)

[一] 羅,原作"㒤"。

按《古樂府》曰:"何時大刀頭,破鏡飛上天。"謂夫還期在月如破鏡時也,古詞"邊月破鏡飛"乃出於此。杜詩云"悠悠邊月破",注:月破,謂月將盡也。然韓詩云"新月憐半破",乃月未滿時也。樊川亦云"半破前峰月"。凡言月破,蓋謂半缺。或言破鏡,半月也,謂半月當還也。(《芝峰類説》卷十,《韓國詩話叢編》第 2 册,頁 308)

古詩:"障日錦屠蘇。"按:晉太康中,天下商農通著大障日,童謠曰"屠蘇障日覆兩耳",此也。杜詩"走置錦屠蘇",注"屋名",恐不是。蓋屠蘇有數義,與此義不同耳。(《芝峰類説》卷十,《韓國詩話叢編》第 2 册,頁 312)

古詩云:"三五明月滿,四五蟾兔闕。"杜詩曰:"闕月未生天。"按《禮運》曰:"月三五而盈,三五而闕。"注:"望而盈,晦而死也。"然則闕月晦時也。白樂天詩:"微月初三夜。"微月,乃指初月爾。(《芝峰類説》卷十,《韓國詩話叢編》第 2 册,頁 312)

《古詩類苑》載江總詩云:"心逐南雲逝,身隨北雁來。故鄉籬下菊,今日幾花開。"《堯山堂外紀》亦言"江總自長安歸楊州,九日賦"云。而《唐詩品彙》以此爲許敬宗詩,誤矣。又杜詩集中:"虢國夫人承主恩,平明騎馬入金門。却嫌脂粉污顏色,淡掃蛾眉朝至尊。"《唐詩品彙》以爲張祐作,此則似是。(《芝峰類説》卷十,《韓國詩話叢編》第 2 册,頁 313)

尹式詩曰:"愁髮含霜白,衰顏倚酒紅。"杜詩:"髮短何勞白,顏衰肯更紅。"鄭谷云:"衰鬢霜供白,愁顏酒借紅。"白樂天云:"鬢爲愁先白,顏因醉後赬。"陳后山云:"鬢短愁催白,顏衰酒借紅。"此詩語意相類,必有定其優劣者。我朝盧守慎詩"鬢爲憂時白,顏因嗜酒酡",乃全襲樂天。而按韻書:酡,醉顏也。酡字下得無意味。(《芝峰類説》卷十,《韓國詩話叢編》第 2 册, 頁 313)

王子安詩曰:"海内存知己,天涯若比鄰。"比,作去聲。而杜詩云"不教鵝鴨惱比鄰",後人因此多作平聲用,然按《周禮》"五家爲比",乃去聲。(《芝峰類説》卷十,《韓國詩話叢編》第 2 册, 頁 313)

劉希夷詩云:"池月憐歌扇,山雲學舞衣。"儲光羲云:"竹吹留歌扇,蓮香入舞衣。"李義山云:"鏤月爲歌扇,裁雲作舞衣。"又陰鏗詩云:"鶯啼歌扇後,花落舞衫前。"老杜云:"江清歌扇底,野曠舞衣前。"此等詩語,蓋皆相襲而互有優劣。(《芝峰類説》卷十,《韓國詩話叢編》第 2 册, 頁 316)

龍種有數義。陳子昂詩曰"龍種生南嶺,孤翠鬱亭亭",此指脩竹而言。杜詩曰"高帝子孫盡隆準,龍種自與常人殊",此指王孫而言。又《北史·吐谷渾》:青海中有小山,牝馬生駒,日行千里,號爲龍種。杜詩曰"始知神龍別有種",此也。(《芝峰類説》卷十,《韓國詩話叢編》第 2 册, 頁 316)

李白《蜀道難》,《唐詩解》以爲玄宗幸蜀,太白作此詩。首言蜀道之難,非天子所宜幸;末言蜀中險惡,非王者所宜居,蓋欲乘輿速返耳。余謂此言似得。按:李白《劍閣賦》曰"送佳人兮此去,復何時兮歸來。望夫君兮安極,我沈吟兮嘆息",亦此意也。本注所云爲子美在蜀而作者,恐非是。(《芝峰類説》卷十,《韓國詩話叢編》第 2 册, 頁 321)

李白詩曰:"白雁上林飛,空傳一書札。"按:《説郛》云:北方有白雁,秋深則來,謂之霜信,杜詩"故國霜前白雁來"是矣。蓋謂雁來而書信不傳也。(《芝峰類説》卷十,《韓國詩話叢編》第 2 册, 頁 322)

"天子呼來不上船"乃李白實事,所謂"龍舟移棹晚",此也。《古文大全》注以衣紐爲船,《冷齋夜話》亦云"襟紐是也",可笑。(《芝峰類説》卷十,《韓國詩話叢編》第 2 册, 頁 322)

岑參詩曰"逐虜西逾海,平胡北到天",又"走馬西來欲到天"。天,蓋指天山也。老杜《送人從軍》詩"陽關已近天",吕温《受降城碑序》曰"東極于海,西窮于天"是也。(《芝峰類説》卷十,《韓國詩話叢編》第 2 册, 頁 323)

老杜《別贊上人》詩曰:"楊枝晨在手。"東坡詞曰:"盆水青楊枝。"按:佛書"晨嚼齒木",注:楊枝,净齒也。又《隋書》云真臘國人"每朝澡洗,以楊枝净齒,讀誦經咒",今俗呼齒木爲楊枝,疑以此也。或謂術家以楊枝灑水云,恐不然。(《芝峰類説》卷十,《韓國詩話叢編》第 2 册, 頁 323)

杜詩：“燈前細雨簷花落。”按：徐穉《與陳蕃書》曰“簷花細雨，豈不願承一夕教”云云，蓋用此也。（《芝峰類說》卷十，《韓國詩話叢編》第 2 冊，頁 323）

杜詩“罘罳朝共落”，蓋指殿角網而言。段成式云：人多呼護雀網爲罘罳，誤矣。《漢文紀》：“未央東闕罘罳災。”簷角網不應獨災而不及殿宇。《古今注》：罘罳，屏也。合板爲之，亦集土爲之，每門闕殿舍皆有之，今之照墻也。（《芝峰類說》卷十一，《韓國詩話叢編》第 2 冊，頁 325）

杜詩“天闕象緯逼”，闕字或作“開”、作“關”，而王荆公改爲“閱”字，黃山谷極言其是。明楊用修以爲當作“窺”，未知孰是。（《芝峰類說》卷十一，《韓國詩話叢編》第 2 冊，頁 325）

杜詩曰“雨抛金鎖甲，苔臥綠沈槍”，謂以綠飾其柄也。《初學記》曰：人以綠沈柒竹管，遺王義之。《侯鯖錄》云：綠沈，竹名，又古弓名，以綠爲飾也。（《芝峰類說》卷十一，《韓國詩話叢編》第 2 冊，頁 325）

杜詩：“竹根稚子無人見。”按：《冷齋夜話》引唐人《食筍》詩曰“稚子脫錦棚”，韓子蒼以謂稚子筍名。或謂稚子指小兒，乃因所見而言，未知孰是。（《芝峰類說》卷十一，《韓國詩話叢編》第 2 冊，頁 325）

杜詩：“黃獨無苗山雪盛。”《冷齋夜話》云：“黃獨，芋魁小者耳，江南名曰土卵。”蓋即我國之所謂土卵也，今俗亦謂土蓮。（《芝峰類說》卷十一，《韓國詩話叢編》第 2 冊，頁 325）

杜詩：“霜皮溜雨四十圍。”沈存中云：四十圍，是七尺徑，無乃太細長乎？按：《說郛》曰：以人兩手大指頭指相合爲一圍，一圍是一小尺。如《泰山記》“泰山廟中柏皆二十餘圍”，是也。（《芝峰類說》卷十一，《韓國詩話叢編》第 2 冊，頁 325）

杜詩《紫宸退朝》曰“花覆千官淑景移”，又“退朝花底散，歸院柳邊迷”，因此後人遂謂唐朝殿前種花柳云。余按：杜甫爲拾遺時乃在鳳翔行在，所謂紫宸，即鳳翔行殿，非長安之宮闕。如《早朝大明宮》，亦鳳翔耳。（《芝峰類說》卷十一，《韓國詩話叢編》第 2 冊，頁 325）

杜詩曰：“知章騎馬似乘船。”按：晉阮咸醉，騎馬欹傾，人指而笑曰：“個老子騎馬，如乘船行波浪中。”下句：“眼花落井水底眠。”按：晉王祥醉憑肩輿，頭不舉，其親戚戲之曰：“子眼花在井底，身在水中，睡亦不醒耶？”蓋用此也。（《芝峰類說》卷十一，《韓國詩話叢編》第 2 冊，頁 325）

杜詩“江湖多白鳥，天地有蒼蠅”，以上句“冥冥欲避矰”觀之，白鳥乃指鷗鷺而言。注者以白鳥爲蚊蚋，恐不是。（《芝峰類說》卷十一，《韓國詩話叢編》第 2 冊，頁 325）

　　杜詩："戰連脣齒國,軍急羽毛書。"注:有急則插羽於檄,謂之羽檄。今加一"毛"字,則乃剩語。(《芝峰類説》卷十一,《韓國詩話叢編》第 2 冊,頁 325)

　　杜詩："暖老須燕玉。"按:《古樂府》"燕趙多佳人,美者顏如玉",是也。《白虎通》曰"七十臥,非人不暖。適四方,乘安車,與婦人俱",蓋用此意。注者以"寧王暖玉杯"爲證,非也。(《芝峰類説》卷十一,《韓國詩話叢編》第 2 冊,頁 325)

　　老杜《贈張翰林》詩曰:"天上張公子。"按:漢成帝常與張放微行,時謡曰"張公子,時相見"。蓋張均乃燕公張説之子,尚公主,故比之於張放,若他姓則不得稱公子耳。(《芝峰類説》卷十一,《韓國詩話叢編》第 2 冊,頁 326)

　　杜詩："碧梧栖老鳳凰枝。"李白詩："鳴鳳栖青梧。"按:韻書曰:青桐,似梧桐無子。白桐,花黄紫色,宜琴瑟。櫬桐,夏花,紅如火。刺桐,出泉州,花先葉後。《詩》注疏云"椅桐梓漆"之桐爲白桐,"梧桐生矣"之桐爲青桐。以此觀之,青桐,今俗所謂碧梧是也。(《芝峰類説》卷十一,《韓國詩話叢編》第 2 冊,頁 326)

　　杜詩"幾年春草歇",言春草衰歇而未歸也。又云"春草封歸恨",亦一意。蓋以《楚辭》"王孫遊兮不歸,春草生兮萋萋",故云。于濆詩"極目傷春草",樊川詩"芳草何年恨即休",皆出於此。(《芝峰類説》卷十一,《韓國詩話叢編》第 2 冊,頁 326)

　　老杜《金華山觀》詩曰:"上有蔚藍天。"注:蔚與鬱同,茂蔚之藍也。金華山有三十六洞天,蔚藍天乃洞天之名也。韓子蒼用其語云"水光山色盡蔚藍",似未妥。(《芝峰類説》卷十一,《韓國詩話叢編》第 2 冊,頁 326)

　　杜詩："畫圖省識春風面。"車復元嘗謂"省"猶"暫"也。余按:《醫書》有云"省能轉側",省當讀如減省之省。李紳除江西觀察使,奉詔不之任,詩曰"省抛雙斾辭榮寵"是也。(《芝峰類説》卷十一,《韓國詩話叢編》第 2 冊,頁 326)

　　杜詩曰:"子規夜啼山竹裂,王母晝下雲旗翻。"按《墨莊漫録》云:宣和間,蜀中貢一鳥,狀如燕,色紺翠,尾甚多而長,飛則尾開,裊裊如兩旗,名曰王母,子美所言乃此禽也。未知是否。(《芝峰類説》卷十一,《韓國詩話叢編》第 2 冊,頁 326)

　　杜詩："江蓮搖白羽,天棘蔓青絲。"天棘,注説多不的。今按單復注:天棘,天門冬也。蔓生,葉細如青絲。又《本草》,天門冬一名顛棘。又《山海經》,小陘之山有草如顛冬。顛冬,天門冬也。顛與天音相近,似或然矣。王元之詩："水芝臥玉腕,天棘舞金絲。"小説云：水芝即芙蕖,天棘蓋柳也。余意杜詩以"蔓青絲"之"蔓"字觀之,恐非柳也。王元之以柳爲天棘,何所據耶？（《芝峰類説》卷十一,《韓國詩話叢編》第 2 冊, 頁 326）

杜詩云："家家養烏鬼,頓頓食黃魚。"按：烏鬼,一曰鸕鷀,蜀人皆養之捕魚。一曰猪,一曰老烏,一曰烏蠻鬼。小説言,烏蠻,戰者死,多與人爲癘,故禳之。此詩當是言老烏神,或烏蠻鬼也。余聞車天輅言,往日本時見倭人畜鸕鷀以捕魚云,此可證也。（《芝峰類説》卷十一,《韓國詩話叢編》第 2 冊, 頁 326）

杜詩："早時金碗出人間。"注引茂陵玉碗事證之。余謂[一],此則玉碗,不當改作金碗。按：盧充入崔少府墓,與崔少女爲婚,崔氏與金碗,充詣市賣之。崔女姨曰"我妹女亡,贈以金碗著棺"云。疑用此也。（《芝峰類説》卷十一,《韓國詩話叢編》第 2 冊, 頁 326）

[一]《韓國詩話叢編》第 2 冊此處錯頁。"余謂"下接頁 301 至 302,再轉至頁 329。

杜詩："白夜月休弦。"按：佛書："望前曰白月,望後曰黑月。"蓋用此也。唐詩"月黑雁飛高,單于夜遁逃",其曰"月黑",亦以胡兵月虧則退故也。（《芝峰類説》卷十一,《韓國詩話叢編》第 2 冊, 頁 301）

杜詩："楊王盧駱當時體,輕薄爲文哂未休。爾曹身與名俱滅,不廢江河萬古流。"蓋言四子當時別作一體,輕薄爲文者哂之。然爾曹身名俱滅,而四子聲名不替,與江河同流於萬古云爾。今按楊慎詩曰"輕薄哂王楊,群兒謗李杜。光焰萬丈長,江河千古注",是也。（《芝峰類説》卷十一,《韓國詩話叢編》第 2 冊, 頁 301）

杜詩曰"長安城頭頭白烏,夜飛延秋門上呼。又向人家啄大屋,屋底達官走避胡",蓋實事也。壬辰倭變時,有怪鳥繞闕悲呼。不旬月,城闕空虛,亦異矣。（《芝峰類説》卷十一,《韓國詩話叢編》第 2 冊, 頁 301）

古人謂杜子美父名閑,故詩中不使"閑"字。今按：杜詩有云"娟娟戲蝶過閒幔",又"曾閃朱旗北斗間",考諸《韻府》,則閑,止也；閒,暇也,通作閑。二字義本不同云。（《芝峰類説》卷十一,《韓國詩話叢編》第 2 冊, 頁 301）

老杜《戲韋偃雙松圖歌》末云："我有一匹好東絹,重之不減錦繡段。已令拂拭光凌亂,請公放筆爲直幹。"按：韋偃工畫老松,蓋畫大松爲難,而非偃所長,故極其贊美而以此終之,所謂戲也。（《芝峰類説》卷十一,《韓國詩話叢編》第 2 冊, 頁 301）

杜詩"高枕遠江聲",蓋出於宋之問"高枕聽江流"之句,而釋之者以爲江聲高於枕也,蓋以上句"入簾殘月影"有此云云,未知如何。本注："入簾"

一作"捲簾"。(《芝峰類説》卷十一,《韓國詩話叢編》第 2 册,頁 301)

杜詩曰:"兔應疑鶴髮,蟾亦戀貂裘。"注:上句公自言其老,下句自言其貧。余意以其月白,故兔疑鶴髮;天寒,故蟾戀貂裘。結句云"斟酌嫦娥寡,天寒奈九秋",亦承上之意也。(《芝峰類説》卷十一,《韓國詩話叢編》第 2 册,頁 301)

杜詩"與奴白飯馬青芻",頃有學官林芑,號爲該博,而乃謂"白飯"即"徒飯",如"白丁"、"白身"之"白",其見曲矣。(《芝峰類説》卷十一,《韓國詩話叢編》第 2 册,頁 301)

杜詩"九重春色醉仙桃",蓋言桃花色紅如醉也。或以爲仙桃謂桃實則可,謂桃花則未穩云。(《芝峰類説》卷十一,《韓國詩話叢編》第 2 册,頁 301)

杜詩云:"軒墀曾寵鶴。"按:衛懿公好鶴,鶴有乘軒者,説者以爲"墀"字誤,改以"軒車"則善矣。余謂説者之見是矣,而車字亦未善。韓昌黎《詠孔雀》詩云"坐蒙恩顧重,畢命守階墀","墀"字似或可矣。(《芝峰類説》卷十一,《韓國詩話叢編》第 2 册,頁 301)

杜詩曰:"鄰人有美酒,稚子也能賒。"注:放翁以"也"字作"夜",最得杜[一]意云。余謂詩意以爲鄰家有酒,故稚子亦能賒來,此尤有味,作"夜"字未穩。(《芝峰類説》卷十一,《韓國詩話叢編》第 2 册,頁 301)

　　[一] 杜,原作"村"。

杜詩"生憎柳絮白於綿",又"糝徑楊花鋪白氈"。按:宋楊巖曰:柳花與柳絮不同。生於葉間,作鵝黄色者,花也;結實已熟,亂飛如綿者,絮也。然則古今詩人以絮爲花、以花爲絮者多矣。杜詩下句亦未免誤耳。(《芝峰類説》卷十一,《韓國詩話叢編》第 2 册,頁 302)

杜詩曰:"青楓葉赤天雨霜。"按:青楓,木名。今染家所用即是。(《芝峰類説》卷十一,《韓國詩話叢編》第 2 册,頁 302)

杜詩《杜鵑行》曰:"業工竄伏深樹裏。"車天輅嘗言杜鵑雛曰業工,出雜書云。而余意業工猶言能工,謂杜鵑善竄伏於深樹間也。(《芝峰類説》卷十一,《韓國詩話叢編》第 2 册,頁 302)

杜詩曰:"籬邊老却淵明菊,江上徒逢袁紹杯。"釋者以爲袁紹避暑爲河朔飲,此言盛暑爲客,秋盡未迴也。按:華察詩曰"袁紹風流今寂寞,何人江上更傳杯",亦屬夏節,故用此語。然袁紹事恐別有出處,非指河朔飲也。(《芝峰類説》卷十一,《韓國詩話叢編》第 2 册,頁 302)

杜詩:"蛟龍半缺落,猶得折黄金。"蓋折,當也,猶折價之折。(《芝峰類説》卷十一,《韓國詩話叢編》第 2 册,頁 302)

杜詩云:"夔州處女髮半華,四十五十無夫家。"注:峽民男爲商,女當門户,坐市擔負者皆是婦人。今我國之俗亦如此,蓋以多女故也。(《芝峰類説》卷十一,《韓國詩話叢編》第 2 册,頁 302)

杜詩"楊花雪落覆白蘋,青鳥飛去銜紅巾",注者曲爲下解。然余意"楊花雪落"云云,蓋即景説也。"青鳥飛去",乃宮使絡繹往來之意。而"紅巾",唐時凡賜物以紅羅包裹,故王建《宮詞》曰"旋拭紅巾入殿門",又曰"緶得紅羅手帕子",又曰"重結香羅四出花",是也。(《芝峰類説》卷十一,《韓國詩話叢編》第 2 册,頁 302)

杜詩:"第五橋東流恨水。"注:第五橋,長安城外送別之地。按:唐時,長安城中街名有第一、第二、第三、第四、第五。又《綱目》注:長安朱雀街東第五街等處有流水屈曲,謂之曲江云。申從濩詩所謂"第五橋",蓋借用杜耳。(《芝峰類説》卷十一,《韓國詩話叢編》第 2 册,頁 302)

杜詩曰:"空留玉帳術。"注云:兵書也。唐《藝文志》有《玉帳經》一卷。古賦曰"轉絳宫之玉帳",又曰"居貴神之玉帳"。宋張淏曰:玉帳乃兵家厭勝之方位,主將於其方置帳則堅不可犯。如正月建寅則爲玉帳,主將宜居。詳見《符應經》。李白詩"身居玉帳臨河魁"是也。(《芝峰類説》卷十一,《韓國詩話叢編》第 2 册,頁 302)

杜詩:"莫笑田家老瓦盆,自從盛酒長兒孫。傾銀注玉驚人眼,共醉終同臥竹根。"注者以爲瓦盆中吃飲,與傾銀玉之少年同醉臥於竹根之傍。《鶴林玉露》亦言如此。《酒譜》曰"醉倒終同臥竹根",蓋以竹根爲[一]杯。見《江淹集》云。余按:庾信詩"野爐燃樹葉,山杯捧竹根",此亦以竹根爲飲器,而但"臥"字未穩。竊意以古詩"銀杯同色試一傾"觀之,"傾銀注玉"皆謂酒色,而結句乃言醉倒,則與瓦盆同臥于竹根也。從《酒譜》作醉倒似是。王半山詩云"人與長瓶臥芳草"亦此意。(《芝峰類説》卷十一,《韓國詩話叢編》第 2 册,頁 302)

[一]《韓國詩話叢編》第 2 册此處錯頁,"爲"下轉至頁 329。

山谷詩"根須辰日斫,笋要上番成",番,平音。而王建《宮詞》"上番聲鍾始得歸",杜詩"會須上番看成竹",乃作仄聲用,未知孰是。按:宋葉夢得《玉澗雜書》曰:笋唯初出者盡成竹,次出者多爲蟻蟲所傷,十不得五六云。"上番"之義,蓋以此也。(《芝峰類説》卷十一,《韓國詩話叢編》第 2 册,頁 329)

杜詩:"山城乳酒下青雲。"楊慎曰:《孝經緯》云:"酒者,乳也。王者施天乳以哺人。"梁張率詩"似乳更堪珍"是也。(《芝峰類説》卷十一,《韓國詩話叢編》第 2 册,頁 329)

杜詩:"御氣雲樓敞,含風帳殿高。"注:御氣、含風,唐二殿名。然沈佺期《九日侍宴》詩曰："御氣向金方，憑高薦羽觴。"宋之問詩曰："御氣鵬霄近，升高鳳野開。"御氣，蓋是高爽之義，非必殿名也。含風若果殿名，則不當言帳殿矣。(《芝峰類説》卷十一，《韓國詩話叢編》第 2 册，頁 329)

杜詩："爲君沽酒滿眼酤。"注：滿前士卒皆勞之也。又《韻府群玉》曰："滿眼，酤酒器也。"余意此説恐未穩。按：蜀人以筒沽酒，筒上有穿繩眼，欲近其眼也。所謂"酒憶郫筒不用沽"，蓋是也。(《芝峰類説》卷十一，《韓國詩話叢編》第 2 册，頁 329)

杜詩《瘦馬行》曰："細看六印帶官字。"《韻府》云：飛字印、龍形印，印於馬之膊髀，凡六印也。以此觀之，國馬之用烙印，古矣。(《芝峰類説》卷十一，《韓國詩話叢編》第 2 册，頁 329)

《送孔巢父》詩云："深山大澤龍蛇遠。"按：《晉書》：陸喜曰：孫皓無道，若龍蛇其身，沉默其質，潛而勿用，則第一人也。詩語蓋出於此。龍蛇蓋謂蟄藏之義。(《芝峰類説》卷十一，《韓國詩話叢編》第 2 册，頁 329)

杜詩："光細弦欲上，影斜輪未安。微升古塞外，已隱暮雲端。"注者以爲首句喻肅宗位不正、德不充也。頷聯喻即位於靈武，爲張后、李輔國所蔽也。末句"庭前有白露，暗滿菊花團"，比成功之小也。余謂此詩不過形容初月而記其所見，注者好生牽合，過矣。(《芝峰類説》卷十一，《韓國詩話叢編》第 2 册，頁 329)

杜詩云："黄羊既不羶，蘆酒還多醉。"《綱目》注曰：北人謂獐爲黄羊。小説曰：塞上有黄羊，取其皮爲裘褥。又胡人造酒，以蘆管吸之，故云。余按：高適詩云"虜酒千鍾不醉人"，蓋虜酒不烈故也。蘆作虜，則尤似有味。(《芝峰類説》卷十一，《韓國詩話叢編》第 2 册，頁 329)

杜詩"震雷翻幕燕，驟雨落河魚"，蓋以震雷故幕上之燕驚而翻翅，驟雨故河魚隨之而落也，以目前所見記之而已。注者謂：幕燕，幕上爲燕形以係飾者；河魚，乃水面之塵所結成者。其見拙矣。尾句"相邀愧泥濘，騎馬到階除"，蓋以泥濘故，欲其直到階除而下馬也，不必引沈遞事矣。(《芝峰類説》卷十一，《韓國詩話叢編》第 2 册，頁 329)

杜詩云"羈栖愁裏見，二十四迴明"，又"四十明朝過，飛騰暮景斜"，此偶對不凡。又以"尋常"對"七十"，則尤妙。(《芝峰類説》卷十一，《韓國詩話叢編》第 2 册，頁 330)

杜陵《送王判官》詩云："黔陽信使應稀少，莫怪頻頻勸酒杯。"按《事文類聚》，蕭鳳使玉門關，弟肅勸酒頻頻，謂兄曰"醉中庶分袂不悲"，詩語出此。許丁卯詩云"日暮酒醒人已遠，滿天風雨下西樓"，説得最可喜。(《芝峰類説》卷十一，《韓國詩話叢編》第 2 册，頁 330)

杜詩曰:"匡牀竹火爐。"匡,安也,出《淮南子》。李白詩曰"匡坐至夜分",亦是。又曰"匡山讀書處",按《廬山記》:周時匡谷先生結廬於山,故號匡廬山,有梁昭明讀書處。(《芝峰類説》卷十一,《韓國詩話叢編》第 2 册,頁 330)

杜詩曰"墻頭過濁醪",王建《宮詞》曰"宮人手裏過茶湯"。過,猶遞送也。(《芝峰類説》卷十一,《韓國詩話叢編》第 2 册,頁 330)

杜詩曰"鄉里小兒項領成",王世貞文曰"爲兒童項領所窘"。按:《漢·吕强傳》云:"群邪項領。"注:項領,自恣也。詩語蓋出於此,而世貞用杜詩者也。(《芝峰類説》卷十一,《韓國詩話叢編》第 2 册,頁 330)

杜詩:"玉佩仍當歌。"按:《古樂府》"悲歌可以當泣,遠望可以當歸",乃知"當"字出於此。(《芝峰類説》卷十一,《韓國詩話叢編》第 2 册,頁 330)

杜詩"晨霞朝可餐",韓湘詩曰"凌晨咀絳霞"。按:平明爲朝霞,日中爲正陽,日入爲飛泉,夜中爲沆瀣,并天玄、地黄爲六氣,服之令人不飢。人有急難阻絶之處,如龜蛇服氣則不死。又曰"春食朝霞"、"夏食正陽"、"秋食飛泉"、"冬食沆瀣"。又五色流霞,謂日景也。項曼卿言"仙人以流霞一杯飲之",是也。(《芝峰類説》卷十一,《韓國詩話叢編》第 2 册,頁 330)

杜詩"扶桑西枝封斷石,弱水東影浮長流",蓋用駱賓王文"瀛海萬里,通波太液之池;鄧林千枝,交影甘泉之樹"。又皇明楊鎬文云"弱水萬里,通波太液之池;扶桑千枝,交影上林之樹",此則全襲駱文爾。(《芝峰類説》卷十一,《韓國詩話叢編》第 2 册,頁 330)

《北征》詩云"陰風西北來,慘慘隨回鶻","送兵五千人,驅馬一萬匹",是一胡二馬也。馬永卿曰:用兵之法,弓、馬必有副。《詩》云"交韔二弓",亦畏毁折也。聞今西虜人皆二馬,蓋自古然爾。(《芝峰類説》卷十一,《韓國詩話叢編》第 2 册,頁 330)

唐詩曰:"辟惡茱萸酒。"杜詩曰:"更把茱萸子細看。"按:昔桓景九日作絳囊,盛茱萸繫臂,登高以避厄,蓋茱萸至秋結實紅熟故也。近世李弘憲製《重九憶兩宮》詩云"茱萸花發昔年枝",乃妄發,而考官置諸上等,可笑。(《芝峰類説》卷十一,《韓國詩話叢編》第 2 册,頁 330)

韓昌黎《送南海節度》詩曰:"衙時龍户集,上日馬人來。"注:"龍户,採珠之户,南海謂之蜑户,猶陳、蔡間之牛户、馬户,江湘間之橘柚户也。"唐人以早晚庭參爲衙上日,注"朔日也"。杜詩"開筵上日思芳草"。《南蠻傳》曰:"馬援討尋邑蠻,以不能還者數十人留於象林南界,南蠻呼爲馬留人。"蓋用此也。(《芝峰類説》卷十一,《韓國詩話叢編》第 2 册,頁 334)

王建《宮詞》曰:"射生宮女宿紅妝,把得新弓各自張。"又曰:"旋獵一邊還引馬，歸來雉兔繞鞍垂。"又《御獵》詩曰："新教内人唯射鴨，長隨天子苑東遊。"觀此，則杜詩云"輦前才人帶弓箭，一箭正墜雙飛翼"，所謂才人，宮中女官名。(《芝峰類説》卷十一，《韓國詩話叢編》第 2 册，頁 338)

王建《温泉宮》詩曰："宮前内裏湯各别，每個白玉芙蓉開。"按：明皇在華清，安禄山獻玉龍、鳧雁、石蓮花，命陳於湯中，其蓮花石至今在云。又曰"武皇得仙王母去，山雞晝鳴宮中樹"，蓋以武皇比明皇，王母比貴妃也。大抵唐詩人多以明皇譬漢武，如杜詩"武皇開邊意未已"是也。(《芝峰類説》卷十一，《韓國詩話叢編》第 2 册，頁 339)

樂天詩"金斗熨波刀剪文"，温庭筠詩"緑波如熨割愁腸"，陸魯望詩"波平熨不如"。按《説文》：熨，持火申繒也。一曰火斗，杜詩"美人細意熨帖平"是也。(《芝峰類説》卷十一，《韓國詩話叢編》第 2 册，頁 341)

樊川詩云："天外鳳凰難得髓，無人解合續弦膠。"按《十洲記》：仙家煮鳳喙麟角，作續弦膠。杜詩曰"麟角鳳觜世莫識"是也。然則"髓"字恐非，或"觜"字之誤也。(《芝峰類説》卷十一，《韓國詩話叢編》第 2 册，頁 342)

唐詩："席上意錢來。"按：意錢，錢戲也，出《漢·梁冀傳》。俗謂攤錢，一曰射意。杜詩"白晝攤錢高浪中"是也。(《芝峰類説》卷十一，《韓國詩話叢編》第 2 册，頁 343)

盧蘇齋因送客，醉後作一詩未成，有蟬爲驟雨所驅墜於席前，公即續之曰："秋風乍起燕如客，晚雨暴過蟬若狂。"似有神助。杜詩云"秋燕已如客"，乃用此也。(《芝峰類説》卷十三，《韓國詩話叢編》第 2 册，頁 376)

劉希慶出於賤流，而疏雅好善，事母以至孝聞，自號市隱。其爲詩清絶，如"竹葉朝傾露，松梢夜掛星"、"石帶苔紋老，山含雨氣青"等句，爲人所稱。余嘗贈詩有曰"惟追唐李杜，不學宋陳黄。雪屋琴書冷，梅窗笑語香"，乃紀實也。(《芝峰類説》卷十四，《韓國詩話叢編》第 2 册，頁 388)

《堯山堂外紀》云：宋人選填辭曰《草堂詩餘》。草堂者，太白詩名。《草堂集》，見鄭樵《書目》。太白本蜀人，而草堂在蜀，懷故國之意也。曰詩餘者，詞爲詩之餘，而百代辭曲之祖也。按：杜甫亦號草堂，世皆知杜甫之爲草堂，而不知李白之爲草堂耳。(《芝峰類説》卷十四，《韓國詩話叢編》第 2 册，頁 391)

《杜詩集序》云："子美在當時名亞李白，又少白十餘歲，而生平知者亦鮮。至元和間，天下爭誦元、白，于子美覆加詆訾。及韓子有'光焰萬丈'、'何用謗傷'之語，元微之又極稱非李所及，于是子美之名燁燁與緯耀流輝，而業辭藝者宗之。"余謂子美之文章猶待後人而顯，况今世之士乎？(《芝峰類説》卷十四，《韓國詩話叢編》第 2 册，頁 402)

杜少陵於李翰林最相推許,如"李侯有佳句,往往似陰鏗"、"清新庾開府,俊逸鮑參軍"、"敏捷詩千首,飄零酒一杯"、"筆落驚風雨,詩成泣鬼神"、"千秋萬歲名,寂寞身後事"。李白於少陵則別無推許之語,其曰"只爲從前作詩苦"云者,又似嘲戲,何也?(《芝峰類説》卷十四,《韓國詩話叢編》第 2 冊,頁 402)

李翰林集爲詩九百七十餘篇,杜工部爲詩一千四百五篇,而古詩三百九十九,近體一千六首,可謂多矣。至宋蘇東坡詩文於諸集中最多,皇明王弇州集比東坡倍之。古今詩人,白樂天外,唯陸龜蒙、陸放翁所作最富,而不盡傳於世云。(《芝峰類説》卷十四,《韓國詩話叢編》第 2 冊,頁 402)

李白《蜀道難》詩稿舊藏松都佛雲寺佛腹,近年爲無賴子竊去。人有見其稿者,多所竄改。首句"吁咄哉",改以"噫吁嚱"云。白也聖於詩者,宜不思而得,而未免點竄,可見古人作詩不容易矣。金同知尚憲嘗爲靈光郡守,郡有武人家藏杜子美詩稿二紙,其一乃"負郭堂成蔭白茅"詩也,以濃墨點改處甚多,乃平時得之漂流唐人者也。杜詩有曰"新詩改罷自長吟",蓋是實事。按:李白《送張祖之序》首曰"吁咄哉",其言尤可信也。(《芝峰類説》卷十四,《韓國詩話叢編》第 2 冊,頁 402)

或曰:詩必專而後工,故爲工者多出於寒苦困阨之中,如唐之李翰林、杜工部、孟襄陽、東野、賈浪仙、盧玉川,乃寒苦者也。以近世言之,李容齋、金慕齋、申企齋、鄭湖陰、林石川、盧蘇齋,或久於竄謫,或久於閑退;白光勳、李達、車天輅皆出於寒苦,古今如此者難以悉舉。是則惟窮者能工,非詩之能使人窮也。且天於是人,若或相之,窮阨其身,增益其所不能。向使其窮不甚,必不如是之工也。韓愈之《送窮》,其亦疏矣。(《芝峰類説》卷十四,《韓國詩話叢編》第 2 冊,頁 404)

申　欽

申欽(1566—1628),字敬叔,號敬堂、百拙、南皋、玄軒、象山居士等,平山人,謚號文貞。宣祖十九年(1586)文科及第,歷任大提學、左議政等職。與李廷龜、李植、張維並稱朝鮮中期"文章四大家",著有《象村稿》,收入《晴窗軟談》三卷,論中朝文人及作品。

古之論者,以子美爲出於靈運,太白爲出於明遠。子美固有依形而立者。若太白,天仙也,如優曇鉢花變現於空中,特其資偶與明遠相類爾。

子美和李北海詩,甚似北海。

北海之雄出子美上。

《早朝》，王維、賈至、岑參皆絶唱，少陵詩爲最優。後來效而作者皆不及。

七言古詩，王勃之《秋夜長》《臨高臺》，盧照鄰之《長安古意》，駱賓王之《帝京篇》，李、杜之所未道。使太白爲之，足以優爲，子美恐輸一籌也。此等作，皆齊梁調也。

杜少陵"江上小堂巢翡翠，苑邊高冢臥麒麟"，山谷"富貴何曾潤髑髏，守錢奴與抱官囚"，恨不揭此語以警顛冥也。

杜子美《和嚴武軍城早秋》絶句，嚴詩勝，今並記之，以正於具眼。嚴詩曰："昨夜秋風入漢關，朔雲邊雪滿西山。更催飛將追驕虜，莫遣沙場匹馬還。"杜詩曰："秋風嫋嫋動高旌，玉帳分弓射虜營。已收滴博雲間戍，更奪蓬婆雪外城。"

（以上見《象村稿》卷五十《晴窗軟談》卷上，《韓國文集叢刊》第72冊，頁330—333）

《樹萱録》載隱君子元撰夜見吴王夫差，與唐諸詩人吟詠事。李翰林詩曰："芙蓉露冷紅壓枝，幽禽感秋花畔啼。玉人一去未回馬，梁間燕子三見歸。"張司業詩曰："緑頭鴨兒匝萍藻，採蓮女郎笑花老。"杜舍人詩曰："鼕鼕夜戰北窗風，霜葉沿階貼亂紅。"杜工部詩曰："紫領寬袍漉酒巾，江頭蕭散作閑人。"白少傅詩曰："不因霜葉辭林去，的當山翁未覺秋。"李賀詩曰："魚鱗甃空排嫩碧，露桂梢寒掛團璧。"句語皆警。（《象村稿》卷五十一《晴窗軟談》卷中，《韓國文集叢刊》第72冊，頁335）

杜詩，古人比之周公制作，誠的論也。後之學杜者，不善則陷於俗流於拙，甚則木强不可讀。韓文亦然。（《象村稿》卷五十一《晴窗軟談》卷中，《韓國文集叢刊》第72冊，頁338）

有韋布權韠者，字汝章，參議擘之子也。擘能文章，韠早得家庭之訓。弱冠而藝成，治少陵，所作甚清艷，後來作詩者推爲第一。以詩觸時諱，壬子受廷刑，竄北荒，出都門而卒，年四十三，遠近聞者莫不嗟悼。爲人亦清疏邁往，不拘小節。棄科業，放浪物外，詩酒自娱。遭壬辰倭警，流寓江華。摳衣者日造門，至有赢糧蹋屬千里而來從者。及其歿也，門人痛其非辜，多捐科舉與世相絶者。所著《石洲集》行于世，有一子。其門人沈惕云。（《象村稿》卷五十二《晴窗軟談》卷下，《韓國文集叢刊》第72冊，頁348）

梁慶遇

梁慶遇（1568—1629），字子漸，號霽湖、點易齋、蓼汀、泰巖，南原人，梁大樸之子,張經世門人。宣祖三十年(1597)別試文科及第,歷任海美縣監、長城縣監等,曾兩次以從事官參與接待明詔使。著有《霽湖集》,收入《詩話》一種,論詩"尊唐黜宋",注重詩律的平仄對偶。

詩多格律,有吳體,有虛實體,此尋常也。至如回鸞舞鳳格者,何耶?曰:"以我況彼,以彼況我之謂也。"如韓詩:"旗穿曉日雲霞雜,山倚秋空劍戟明。"以我之旗,況彼雲霞;以彼之山,況我劍戟者是也。有扇對格,或曰隔句對格,以下二句對上二句之謂也。少陵哭蘇、鄭詩曰"得罪台州去,時危棄碩儒。移官蓬島後,穀貴歿潛夫"是也。又唐人絕句曰"去年花下留連飲,暖日夭桃鶯亂啼。今日江邊容易別,淡烟衰草馬頻嘶"。又韓昌黎詩曰"去年秋露下,羈旅逐東征。今歲春光動,驅馳別上京",此類甚多。又有變律體,蓋二聯起頭,沓用側聲。如韋蘇州詩:"峽束蒼江路向東,東南山豁大河通。春水蒼茫遠天外,夕陽明滅亂流中。"此乃律詩之第一、第二韻也。又杜詩曰:"搖落深知宋玉悲,風流儒雅亦吾師。悵望千秋一灑淚,蕭條異代不同時。"此類甚多。又有一種變律,杜詩曰:"早泊雲物晦,逆風波浪慳。""雲"與"波"皆平聲,則不害"物"之爲仄聲。又曰:"生理飄蕩拙,有心遲暮違。"劉夢得詩曰:"髮短梳未足,枕涼閑且欹。"詩人喜用此律。七言亦有此體,商隱詩曰"卷簾飛燕還拂水,閉戶暗蟲猶打窗"是也。(《霽湖集》卷九《詩話》,《韓國文集叢刊》第73冊,頁493)

押韻至入聲則通押旁韻,只取音近者,即古詩也,杜、韓皆如是。平聲之東冬,若支微,若歌麻,若元文寒刪先,若庚青,若覃咸等韻,古詩則通押不妨。至如律詩,則進退格外,決不可混押,絕句亦如律詩。而但第一韻,或押旁韻亦不妨。俗人頗不能精辨,惜哉。古人於古詩通押旁韻,而或於長篇大作中不雜傍韻者亦有之。試舉韓文公一二詩論之,則《謝自然》一篇中通押真文寒刪先等韻;《此日足可惜》詩,通押陽庚青韻,而東冬江韻中若干字亦入於其中,縱橫無忌。至如《南山》詩及諸雙押長篇,無一字雜入他韻。蓋賦詩者或放心縱筆,不嫌錯雜;或專力於押韻,示人不窘。此古人之用手也。(《霽湖集》卷九《詩話》,《韓國文集叢刊》第73冊,頁493)

五言律詩有半律體,頷聯做句不用對偶,只頸聯作對做句是已。李白《聽胡人吹笛》律詩曰:"胡人吹玉笛,一半是秦聲。十月吳山曉,梅花落敬亭。愁聞出塞曲,淚滿逐臣纓。却望長安道,空懷戀主情。"老杜《百五日夜對月》詩曰:"無家對寒食,有淚如金波。斫却月中桂,清光應更多。仳儷放紅蕊,想像顰青娥。牛女謾愁思,秋期猶渡河。"詩人多用此法。至如長律之用此體者絕少,唯商隱《題白石蓮花》詩曰:"白石蓮花誰所共,六時長捧佛前燈。空庭苔蘚饒霜露，時夢西山老病僧。大海龍宮無限地，諸天雁塔幾多層。謾誇鶖子真羅漢，不會牛車是上乘。”此亦半律體也。（《霽湖集》卷九《詩話》，《韓國文集叢刊》第 73 冊，頁 493）

凡律詩以四韻爲一篇，演而爲排律，故排律押韻必偶而無奇，即六韻、八韻、十韻、二十韻者已。唐初諸詩中或有五韻排律，此必古[一]詩類也。如趙嘏[二]《昔昔鹽》，是乃古詩，而句句用對偶，一如排律。當時古詩亦有此體，而後來抄選之人置之排律中，似不深思矣。排律之體，至於老杜極精無雜。杜詩排律何限？無一首奇韻，可爲法矣。（《霽湖集》卷九《詩話》，《韓國文集叢刊》第 73 冊，頁 493）

　　[一] 古，原作“故”。據《韓國詩話叢編》第 2 冊《霽湖詩話》（頁 437）改。
　　[二] 趙嘏，原作“韓翃”。韓翃無《昔昔鹽》之作，趙嘏有《昔昔鹽》二十首，改之。

“空”字本平聲，而唐律詩中有“潭影空人心”之句，蓋潭水澄清，能使人心空虛如水之謂也。此“空”字處人心之上，故音高。如酒醒之醒，醒酒之醒，音有平仄之不同。酒醒之醒平聲，醒酒之醒仄聲，是乃常用之例。只杜詩“湍駛風醒酒，船行霧起堤”者，平聲用也。李昌符《旅遊》詩曰“酒醒鄉關遠，迢迢聽漏終”者，仄聲用，與常用之例反不同，然此絕無而僅有矣。○從字或作仄聲，蓋侍從、從臣之從也。世人疑其必於侍衛君上，用仄聲，從字頗不知尋常間亦用之，杜詩曰“華音發從伶”，又胡文恭《飛將》詩曰“曾從嫖姚立戰功”是也。（《霽湖集》卷九《詩話》，《韓國文集叢刊》第 73 冊，頁 494）

凡押韻，一字有二義，則叠押無妨。杜詩《園人送瓜》詩，既曰“愛惜如芝草”，終句又曰“種此何草草”。韓詩則縱筆大篇，叠押甚多，亦不擇字義同異，此則不可爲法。（《霽湖集》卷九《詩話》，《韓國文集叢刊》第 73 冊，頁 494）

凡七言古詩多散押諸韻今之所謂散韻也，其改韻之際，一聯上下句皆押一聲之韻，然後其下諸聯只押下句，每改韻每如是。五言古詩則雖改韻只押下句，間或一聯皆押，依七言體者亦有之。杜詩《送王評事》五言詩，自初句至“盛事垂不朽”，皆用“有”字韻。其下改韻“豪”字，曰：“鳳雛無凡毛，五色非汝曹。”此則“毛”與“曹”皆韻也，與七言同。以此論之，七言則必守定法，五言則不必爲例。（《霽湖集》卷九《詩話》，《韓國文集叢刊》第 73 冊，頁 494）

杜詩曰：“不分桃花紅勝錦。”“不分”之意，人多未曉。安於心者爲分，不分者猶言不安於心，即“嫌”字意也，以故杜詩與“生憎”爲對用。坡翁《春分後雪》長律頸聯曰：“不分東君專節物，故將新巧發陰機。”據此兩詩，可明其義矣。（《霽湖集》卷九《詩話》，《韓國文集叢刊》第 73 冊，頁 494）

杜詩曰:"沙頭宿鷺聯拳静。"唐人詩中用"聯拳"處甚多。聯拳者,群鷺離立之貌,非謂聯其拳也,以故杜詩與"撥剌"爲對。今之詩人或以"接翅"作對用,誤甚矣。(《霽湖集》卷九《詩話》,《韓國文集叢刊》第73冊,頁494)

詩人或未盡曉字音高低。壬辰之壬字,或作去聲用;文人行之行字,或作平聲用,是甚不知者也。至如膠字,則折膠、鳳膠及膠漆之膠,皆平聲也。若膠合之膠,蓋仄聲也。坡詩曰"童子愁冰酒,佳人苦膠杯"者是也。燈檠之檠字,則古詩有"燈檠昏魚目"之句,李義山詩"九枝燈檠夜珠圓"者,仄聲也;坡詩曰"夢斷酒醒山雨絶,笑看飢鼠上燈檠"者,平聲也,蓋通用矣。籠字,則杜詩曰"野人相贈滿筠籠",此平聲用也;退之詩曰"香隨翠籠擎初到",此仄聲用,皆櫻桃詩也。莽蒼之蒼,上聲也,古詩皆以上聲用。梅聖俞律詩曰"寒日悄清迥,群山分莽蒼",則蓋古人或作平聲用矣。(《霽湖集》卷九《詩話》,《韓國文集叢刊》第73冊,頁494)

杜詩《杜鵑行》曰"業工竄伏深樹裏",業工二字,世皆不識。車天輅五山曰"少年時閱書,見巴俗指杜鵑雛爲業工之語。而今忘其爲何書也"云云。余亦未曾見了,遍問博覽,人皆不能知,豈五山閱歷頗[一]多,容或誤見之耶?李東岳安訥曰:"唐本書冊中,有文字間一字叠下,如漠漠、蕭蕭之類,則厭於再書,或以小又字繼之,如我國人以兩點繼之者,剞劂氏誤以又作工,比比有之。業工必業業之誤傳也。杜鵑以蜀帝之魂,失國業業,潛身山藪中,呼號四五月之間者,不亦理通乎?"此言甚暢快矣。(《霽湖集》卷九《詩話》,《韓國文集叢刊》第73冊,頁494)

[一] 頗,原作"煩",據《韓國詩話叢編》第2冊《霽湖詩話》(頁442)改。

杜詩"四更山吐月,殘夜水明樓",古人以爲警句。東坡以"初更山吐月"、"二更山吐月"、"三更山吐月"、"四更山吐月"、"五更山吐月"爲首句,衍爲五詩,似支離。又杜詩《北征》詩曰:"或紅如丹砂,或黑如點漆。雨露之所濡,甘苦齊結實。"兩"或"字,令人詠賞有三嘆之音。而韓公《南山》詩,衍爲五十一"或"字,亦似支離。詩欲精妙,不要鬥富。(《霽湖集》卷九《詩話》,《韓國文集叢刊》第73冊,頁495)

杜陵之詩,其語意矜嚴,絶無香奩體。《麗人行》則出於諷詠時事,有《國風》之義。其餘或舉"佳人"字以文詩句而已,不如晚唐及宋人作纖巧留情之詞。李白詩蕩,故多言婦人,此古人所不敢也。韓公詩亦無閨情,但鎮州道上數首絶句而已。(《霽湖集》卷九《詩話》,《韓國文集叢刊》第73冊,頁495)

東坡《金山寺》曰:"是時江月初生魄,二更月落天深黑。"二更而落,則生明非生魄也,蓋率爾而誤矣。杜陵無此等失處。(《霽湖集》卷九《詩話》,《韓國文集叢刊》第73冊,頁495)

唐人爲詩以“餘”爲“殘”，每當用“餘”字，必代用“殘”。如《洗兵馬[一]》曰“祗殘鄴城不日得”者，其時賊所據城邑皆已復舊，只餘鄴城，而當不日可得矣。又如“猶殘數行泪”、“南紀殘銅柱”等語何限。（《霽湖集》卷九《詩話》，《韓國文集叢刊》第73冊，頁495）

[一] 洗兵馬，原作“洗兵車行”，《韓國詩話叢編》第2冊《霽湖詩話》（頁444）作“洗兵馬行”，據《杜詩詳注》改。

衣服稱身之“稱”字，仄聲也，即《詩》之“不稱其服”者是也，然以平聲用無妨。杜詩“細草稱偏坐，香醪懶再沽”，又曰“意内稱長短，終身荷聖情”，此皆平聲也。（《霽湖集》卷九《詩話》，《韓國文集叢刊》第73冊，頁495）

湖陰鄭公《杭州圖》詩頸聯曰：“湖舫客歸花嶼暝，蘇堤鶯擲柳陰濃。”近世傳誦。或曰：“鶯擲[一]之擲字，未知古有否也。‘鶯飛柳上擲金梭’者，是兒童聯句也，湖陰豈用此聯句中文字耶？”人多疑之。余閲《唐百家》，忘其名，有“林明露擲猿”之句。又杜詩《樹雞栅》詩曰：“織籠曹其内，令人不得擲。”蓋擲者，跳擲也，足以破其疑矣。（《霽湖集》卷九《詩話》，《韓國文集叢刊》第73冊，頁496）

[一] 擲，原缺，據《韓國詩話叢編》第2冊《霽湖詩話》（頁449）補。

壬辰之變，（朴守庵）避寇於抱川地，年已七十餘，登山竄伏林藪之間。一日，謂人曰：“我今年至，何用苟且偷生。”遂教家人浣洗衣服，定日將自決，旁人不敢止。其日也，衣潔服，從山下至深淵之側，徘徊於松樹之下。日暮往尋之，則入於淵中，端拱危坐，體不傾側。相與擁出之，權厝于淵上。其將入淵也，斫松樹白而書老杜一律，即“京洛雲山外，音書静不來”之詩也。八句俱仿佛當時情事，落句曰“白鷗元水宿，何事有餘哀”者，尤有所感，公所以書也。世之論者或以脩煉疑公，恐不然。見公《詠孤雲》詩，則可見深斥丹經之術。（《霽湖集》卷九《詩話》，《韓國文集叢刊》第73冊，頁500）

權教官韠，號石洲，成癖於詩，不事科業。其詩祖老杜、襲簡齋，語意至到，句法軟嫩，一時能詩人皆推以爲莫能及。近世詩人之得盛名者，石洲爲最矣。聞中朝人刊行東國詩，石洲長律數首與焉。（下略）（《霽湖集》卷九《詩話》，《韓國文集叢刊》第73冊，頁500）

金南窗玄成以善書鳴於世，自言學子昂，而亦不類趙體，楷字頗美。其詩瑯然可愛，《詠新月》詩一聯曰：“光斜恰照蜚三葉，輪缺纔容桂一枝。”人稱其工。東嶽次其韻曰：“鈎沉剩怯[一]潛蛟窟，弓掛偏驚睡鶴枝。”雖不及原韻，而押韻有先後之難易，東嶽之高才可見。老杜《對月》詩曰：“光射潛虯動，明翻宿鳥頻。”又王元之《中秋月》詩曰：“冷濕流螢草，光凝睡鶴枝。”蓋東嶽使此兩詩之語矣。（《霽湖集》卷九《詩話》，《韓國文集叢刊》第73冊，頁501）

［一］怯，原作“劫”，據李訒《東岳集》續集《和朴叔夜初月》其二（《韓國文集叢刊》第 78 冊，頁 548）改。

盧蘇齋五言律酷類杜法，一字一語皆從杜出。其“詩書禮學未，四十九年非”之句，世皆傳誦，實出於老杜《詠月》詩曰：“羈栖愁裏見，二十四回明。”可謂工於依樣矣。杜詩長律縱橫雄宕，不可學而能之，故蘇、黃、兩陳俱不敢仿其體，而蘇齋欲力追及之，難矣哉。康府尹復誠嘗從蘇齋學詩，蘇齋曰：“我與湖陰詩名相埒，世不能辨其優劣。僕之長律不及湖陰，湖陰短律不及於僕，各有長處耳。”（《霽湖集》卷九《詩話》，《韓國文集叢刊》第 73 冊，頁 501）

李東嶽學士訒詩格渾厚濃麗，實罕世之才，佳作不可勝記。其宰秋城之日，偕僕登俯仰亭賦詩，僕敢唐突先手，頷聯曰：“殘照欲沉平楚闊，太虛無閡衆峰高。”自以得隽語。東嶽次韻曰：“西望川原何處盡，南來形勝此亭高。”下句隱然與老杜“海右此亭古”語勢略似，可謂投以木果，報之瓊琚。顧天使時，以擯相月沙李爺幕下到龍灣，登統軍亭有詩曰：“六月龍灣積雨晴，清晨獨上統軍亭。茫茫大野浮天氣，曲曲長江裂地形。宇宙百年人似蟻，山河萬里國如萍。忽看白鶴西飛去，疑是遼陽舊姓丁。”此豈非大手也？（《霽湖集》卷九《詩話》，《韓國文集叢刊》第 73 冊，頁 502）

杜詩“塹北行椒却背村”，世多誤解“行椒”之“行”音杭者，非也。凡樹之沿途列立，望之如人之行者謂之行樹。張説之《入秦川路》詩曰“漢家行樹直新豐”，杜詩五律又曰“塞柳行疏翠”，言行其疏翠也。（《霽湖集》卷九《詩話》，《韓國文集叢刊》第 73 冊，頁 502）

老杜爲萬古詩祖，其造句法自有定式，學者勿爲放過。每於造句安字處尋索玩味，自有長進之益。試言其可記處，則喜用“自”字：“風月自清夜”、“舟人自楚歌”、“鷺浴自晴川”、“殊俗自人群”、“虛閣自松聲”、“君徒自漂泊”；又喜用“還”字：“侵凌雪色還萱草”、“可憐後主還祠廟”、“飄零還柏酒”、“卷簾還照客”、“雞鳴還曙色”；又喜用“日”字：“天時人事日相催”、“不堪人事日蕭條”、“歸朝日簪笏”、“江山日寂寥”、“川陸日悠哉”、“虛殿日塵埃”、“大樹日蕭蕭”；又喜用“更”字：“山擁更登危”、“岸斷更青山”、“樓高更女牆”、“晦日更添愁”；又喜用“浮”字：“天闊樹浮秦”、“乾坤日夜浮”、“赤壁浮春氣”；又喜用“亦”字：“他鄉亦鼓鼙”、“故里亦高桐”、“吾醉亦長歌”；又喜用“細”字：“桃花細逐楊花落”、“細動迎風燕”、“寒江流甚細”、“憂國只細傾”；又喜用“仍”字：“江月仍圓夜”、“堂構惜仍虧”、“淹泊仍愁虎”、“積年仍遠別”、“歲寒仍顧遇”、“射洪春酒寒仍綠”；又喜用“兼”字：“兼隨鄭[一]廣文”、“兼催宋玉悲”、“兼懷雪下船”、“兼疑夏禹功”、“露翻兼雨打”、“日兼春有暮”、“兼全寵辱身”、“聖朝兼盜賊”、“衣冠兼盜賊”、“脂膏兼飼犬”、“來往兼茅屋”、“黃鳥時兼白鳥飛”；又喜用“元”字及“元自”字：“西江元下蜀”、“雪樹元同色，江風亦自波”、“俱飛蛺蝶元相逐，并蒂芙蓉本自雙”。又以“向來”對“元自”用：“天河元自白，江浦向來澄”、“鬢毛元自白，淚點向來垂”、“鎖石藤梢元自落，倚天松骨見來枯”。此類不可殫記，學者詳之。（《霽湖集》卷九《詩話》，《韓國文集叢刊》第 73 冊，頁 503）

[一] 鄭，原缺，據《杜詩詳注》之《九日五首》補。

許　筠

　　許筠，見《評述類》介紹。許筠詩話有《鶴山樵談》《惺叟詩話》兩種，其中《惺叟詩話》收入其文集《惺所覆瓿稿》中。《鶴山樵談》多論及其仲兄許筬、姊許蘭雪軒事跡，以及同期詩人詩作；《惺叟詩話》則評價朝鮮初至宣祖朝的詩人詩作，努力構建朝鮮詩史。其論詩都以唐詩爲基准。

　　本朝詩學以蘇、黃爲主，雖景濂大儒亦墮其窠臼。其餘鳴于世者率啜其糟粕，以造腐牌坊語，讀之可厭，盛唐之意泯泯無聞。梅月堂詩清邁脫俗，然天才逸蕩，自去雕飾，或不經意率然而成者多，故間有駁雜處，終非正始之音。忘軒李胄之之詩沈著老蒼，仲氏以爲近於大曆、貞元，然自是蘇、杜中來，大體不純。沖庵則清壯奇麗，可謂作家，而生語叠語頗多。厥後無有起頹者。隆慶、萬曆間，崔嘉運、白彰卿、李益之輩，始攻開元之學。黽勉精華，欲逮古人，然骨格不完，綺靡太甚，置諸許、李間便覺傖夫面目，乃欲使之奪李白、摩詰位邪？雖然，由是學者知有唐風，則三人之功亦不可掩矣。梅月堂金時習，字悅卿，江陵人，處士，謐清簡。胄之，名胄，固城人，官正言。○仲氏，許荷谷筬，字美叔，陽川人，官典籍。金沖庵淨，字元沖，慶州人，官刑判，謐文簡。嘉運名慶昌，號孤竹，海州人，官府使。彰卿字光勳，號玉峰，海美人，官參奉。益之名達，號蓀谷，洪州雙梅詹之庶裔。○嘉運《題高峰郡郡山亭》詩曰：“古郡無城郭，山齋有樹林。蕭條人吏散，隔水搗寒砧。”彰卿《題畫》詩曰：“簿領催年鬢，溪山入畫圖。沙平舊岸是，月白釣船孤。”《題僧軸》曰：“智異雙溪勝，金剛萬瀑奇。名山身未到，每賦送僧詩。”益之《山寺》詩曰：“寺在白雲中，白雲僧不掃。客來門始開，萬壑松花老。”《回舟》詩曰：“病鷺下秋沙，晚蟬鳴江樹。回舟白蘋風，夢落西潭雨。”（《鶴山樵談》，《韓國詩話叢編》第 2 冊，頁 19）

　　仲氏論學文章：須要熟讀韓文，先立門户；次讀《左氏》，以致簡潔；次讀《戰國策》，以肆縱橫；次讀《莊子》，以究出没；《韓非》《吕覽》，以暢支流；《考工》《檀弓》，以約志氣；最要熟看太史公，以張其橫放傑出之態。爲詩則

先讀《唐音》,次讀李白,蘇、杜則取才而已。(《鶴山樵談》,《韓國詩話叢編》第 2 冊,頁 25)

江陵府遊觀處,鏡浦爲上,寒松次之,使華賞者相踵而無佳句警語傳播人口者,豈不以絕境描寫無窮者乎?使杜老與孟襄陽寓目,則“吳楚東南坼,乾坤日夜浮”、“氣蒸雲夢澤,波撼岳陽城”等句必在板上。東國人才不逮中原,亦可卜矣。(《鶴山樵談》,《韓國詩話叢編》第 2 冊,頁 31)

近日中朝人文學西京,詩祖老杜,故雖不能臻其閫閾,所謂刻鵠類鶩者也。本朝人文則三蘇,詩[一]學黃、陳,故卑野無取。工詩者崔、白、林、許皆早昇世,今只有一李益之,而積謗如山,其不愛才如此。(《鶴山樵談》,《韓國詩話叢編》第 2 冊,頁 32)

[一] 詩,原作“時”,據文意改。

我國詩當以李容齋爲第一,沉厚和平,澹雅純熟。其五言古詩入杜出陳,高古簡切,有非筆舌所可贊揚。吾平生所喜詠一絕:“平生交舊盡凋零,白髮相看影與形。正是高樓明月夜,笛聲凄斷不堪聽。”無限感慨,讀之愴然。(《惺所覆瓿稿》卷二十五《惺叟詩話》,《韓國文集叢刊》第 74 冊,頁 361)

我朝詩,至中廟朝大成。以容齋相倡始,而朴訥齋祥、申企齋光漢、金沖庵淨、鄭湖陰士龍,並生一世,炳烺鏗鏘,足稱千古也。我朝詩,至宣廟朝大備。盧蘇齋得杜法,而黃芝川代興。崔、白法唐,而李益之闡其流。吾亡兄歌行似太白,姊氏詩恰入盛唐。其後權汝章晚出,力追前賢,可與容齋相肩隨之,猗歟盛哉!(《惺所覆瓿稿》卷二十五《惺叟詩話》,《韓國文集叢刊》第 74 冊,頁 362)

李益之少時學杜詩於湖陰。一日,命取架上諸書看之,到《春亭集》擲之地,《梅溪集》則展看笑掩之,蓋輕之也。唯取《佔畢集》熟看不已,覘之,則悉自批抹,蓋好之而取材爲料也。嘗問平生得意句,則曰:“‘山木俱鳴風乍起,江聲忽厲月孤懸’,人以爲峭麗;‘峰頂星搖爭缺月,樹巔禽動竄深叢[一]’,亦巧思。而終不若‘雨氣壓霞山忽暝,川華受月夜猶明’,似有神助也。”(《惺所覆瓿稿》卷二十五《惺叟詩話》,《韓國文集叢刊》第 74 冊,頁 362)

[一] 叢,原作“蕞”,據鄭士龍《湖陰雜稿》卷四《楊根夜坐,即事示同事》(《韓國文集叢刊》第 25 冊,頁 133) 改。

先君送行詩帖,蘇相有“白玉堂盛久,黃金帶賜今”之句,人以爲佳。然朴守庵詩有“忽看卿月上,誰惜我衣華”之語,此乃警策。其《挽眉庵》詩“千秋滄海上,白日大名垂”,何必杜陵?(《惺所覆瓿稿》卷二十五《惺叟詩話》,《韓國文集叢刊》第 74 冊,頁 364)

朴守庵遊青鶴洞,作詩曰:“孤雲唐進士,初不學神仙。蠻觸三韓日,風塵四海天。英雄那可測,真訣本無傳。一入蓬山去,清芬八百年。”淵悍簡質,有思致,深得杜、陳之體。(《惺所覆瓿稿》卷二十五《惺叟詩話》,《韓國文集叢刊》第74冊,頁364)

金時讓

金時讓(1581—1643),初名時言,字子中,號荷潭,安東人,謚號忠翼。宣祖三十八年(1605)文科及第,歷任禮曹正郎、判中樞府事等職。著有《荷潭集》,另有《荷潭破寂錄》《涪溪紀聞》《紫海筆談》等,多紀趣聞軼事,亦論及文人及作品。

文章雖曰小技,亦關世道污隆。漢之文不及於先秦,唐之文不及於漢,宋之文不及於唐,亦其理宜也。國風、二《雅》類皆民間歌謠之詩,氣高辭渾,雖後世大手筆亦不能仿佛者,由氣運之盛衰故也。吾東方僻在一隅,雖曰文獻足徵,比之中華終有怪矣。故成慵齋極論東方文章之美,而終曰:“比之元人尚不及,何敢擬議於唐宋之域乎?”真格言也。今之爲文士之論,余甚惑焉,其言曰:“某之詩勝於李白,某之詩優於杜甫,某也四六可與王、楊並驅,非崔致遠之所可擬也。東方文章到今日方盛。”噫,其然歟? 余雖不知文章蹊徑,亦知斯言之無稽矣。近日號爲能文之士,類皆輕佻顛妄之人,自許太過,論議之無倫至此。嗚呼,天之將喪斯文邪?(《涪溪紀聞》卷下,《韓國詩話叢編》第2冊,頁276)

李　植

李植,見《評述類》介紹。其《澤堂集》別集卷十四收入《學詩準的》一文,以指導後學學詩的方法與門徑,杜詩是重要的學習對象。

李白古詩飄逸難學。杜詩變體,性情、詞意古今爲最。記行及“吏”、“別”等作,分明可愛者,不可不熟讀摹襲,以爲準的。其大篇如《八哀》等作,非學富才博不可學,亦非詩之正宗,姑舍之。

律詩非古也,而後世詩人專用是鳴世,而古詩晦矣。今當於平居述懷、叙事等作,以五言小篇發之,此則不待習作可效也。日用應酬則專用律詩,不可已也。然唐以下律詩百家浩汗,必須精選熟讀。又必多所習作,可以諧適音韻，名世擅場可期也。初唐則沈、宋之流若干篇可以抄覽，盛唐則王、孟。青蓮近於古詩，不可學也。高適、岑參、李頎、崔灝若干篇可觀。所當專精師法者，無過於杜爲先，熟讀吟諷，然其橫逸艱晦之作不可學，專取其精細高邁者以爲準的。然不參以唐律則自不免隳於宋格，須以韓、柳、韋、錢起、皇甫非一人、竇五竇之類、兩劉數百首參之長卿詩多抄，摹襲其聲色，方爲全美。

七言歌行最難學，才高學淺者，韋、柳、張籍、王建，如權石洲所學，庶可企及，然未易學也。李、杜歌行雄放馳騁，必須健筆博才可以追躡。然初學之士學之，易於韋、柳諸作，以其詞語平近故也。必不得已，姑學李、杜，參以蘇、黃諸作，以爲準的。

排律雖當以杜詩爲主，然甚無次第，不可學。學短篇絕妙者且不易學，須參以韓、柳律以爲準的。七言排律古無可法，須從俗酬酢，無過二十韻。

宋詩雖多大家，非學富不易學，非是正宗不必學。惟兩陳后山、簡齋律詩近於杜律者，時或參看。大明詩惟李崆峒夢陽善學杜詩，與杜詩參看。

近代學詩者，或以韓詩爲基，杜詩爲範，此五山、東岳所教也。石洲雖終學唐詩，初亦讀韓。崔孤竹末年才涸氣萎，亦讀韓詩。吾雖學淺，殊不欲讀韓。既被諸公勸誘，熟觀一遍，其律絕固唐格也，不妨與杜詩並看。大篇傑作，則乃揚、馬詞賦之換面也。與讀其詩，寧讀揚、馬之爲高也。惟晚學筆退者，抄讀百餘遍，則如敬字之補小學功，容可救急得力。若才學俱贍者，不必匍匐於下乘也。

余兒時無師友，先讀杜詩，次及黃、蘇、《瀛奎律髓》諸作，習作數千首，路脉已差。然後欲學《選》詩、《唐音》，而菁華已耗，不能學。又不敢捨杜陵而學唐，故持疑未決。四十以後，得胡元瑞《詩藪》，然後方知學詩不必專門。先學古詩、唐詩，歸宿於杜，乃是《三百篇》《楚辭》正脉，故始爲定論。而老不及學，惟以此訓語後進。大抵欲學詩者，不可不看《詩藪》也。

（以上見《澤堂集》別集卷十四《學詩準的》，《韓國文集叢刊》第 88 册，頁 517—518）

張　維

張維，見《評述類》介紹。其《谿谷集》中收入《谿谷漫筆》一種，雜論掌故軼事，兼論中朝文人及作品。

余少喜古文，不肯業詩。以詞賦應監試，生來不作一首程式詩。嘗讀昌黎詩及《文選》諸詩，時作五言古體而已。歲戊申年，纔逾冠，友人金而好死，以詩哭之。權石洲見之大稱賞，以爲未可量。癸丑窮愁以後，始讀杜、李二家及《唐音》，學爲歌行近體。初頗生澀，閱二三歲乃得蹊徑。自是涉獵唐宋諸家，下逮皇明數三大家。至辛酉、壬戌，有古律詩千餘篇，刪爲五百餘首，手寫之。自後十餘年，又得千首。圓暢則差勝，而煉琢之功或不如舊。然常持五戒：毋尖巧，毋滯澀，毋剽竊，毋模擬，毋使疑事僻語。時或應俗副急，贈行相挽，未免悔吝，旋即碎稿不留也。(《豁谷集》之《豁谷漫筆》卷一，《韓國文集叢刊》第 92 册，頁 592)

《分類杜詩》注中，有所謂"蘇曰"者，謂出於東坡也。其事多新奇，而絶不見於他書，余常疑之。今見朱子集中辨其妄，以爲："此乃閩中鄭昂[一]尚明僞爲之，所引事皆無根據。反用杜詩見句，增減爲文，而傳其前人名字，托爲其語，決非蘇公書也。"余乃釋然。世間僞書如此類者甚多，不有識者看破，何能辨其真贋哉？(《豁谷集》之《豁谷漫筆》卷二，《韓國文集叢刊》第 92 册，頁 596)

> [一] 昂，原作"昴"。

古人尚質，其稱號甚簡樸。幼名，冠字，五十以伯仲，周制也，自後漸就彌文。然衰周以來，如鬼谷子、東園公、角里先生、河上公之屬，乃是一時人相指稱耳，未必其自號也。陶弘景自稱華陽隱居，凡書疏來往，不用姓名。後人之以別號代名字，蓋昉於此。唐人重行第，雖官位穹顯，必兼稱第幾。若太白之青蓮、子美之杜陵，亦詩語中偶舉之，非其常所自稱也。唯王無功之東皋子、陸魯望之天隨子之類，頗同陶隱居。宋人始盛用號，南渡以後，無人無號。至於近代，則雖武弁、商客，下至厮役之賤，無不有號，其猥雜極矣。王元美同輩諸公，事事尚古，雖各有號，至於書牘詩章，例稱字而不用號，頗覺古雅。然它人用號自如也。我東別號之雜，近來尤甚，余甚厭之，嘗欲效元美諸人所爲，而牽帥俗例，尚爾因循。偶看陶華陽事，漫志之。(《豁谷集》之《豁谷漫筆》卷二，《韓國文集叢刊》第 92 册，頁 600)

鄭弘溟

鄭弘溟，見《評述類》介紹。其《畸翁漫筆》多論詩人及警句。

朴守庵枝華，出於寒微，能自讀書莊修，一時多所稱譽。壬辰倭變，避亂山谷間。一日，家人不知其處，跟至一泓下，見其衣屨蜕脱在水邊，得其浮屍而歸。衣帶間見有老杜一律，即"京洛雲山外，音書静不來"、"白鷗元水宿，何事有餘哀"全篇也，豈亦《懷沙》之遺意歟？枝華，字君實，旌善人，花潭門人，官學官，

深於禮學。壬辰之亂,赴水而死。(《畸翁漫筆》,《韓國詩話叢編》第 3 冊,頁 24)

青蓮、少陵、昌黎三大家,以其篇章浩漫,不合尋摘。其他名家諸作,其詞意涉於華艷,與余病中懷思不相侔擬,有同聾盲之於聲色,不能分別真境,故亡論美惡,悉置不收。蓋此録非欲示人,只以余久病亡憀時或寓目,湔滌煩愁,未必不敵清凉散一服耳[一]。癸未夏,畸翁書於清靖軒。(《畸翁漫筆》,《韓國詩話叢編》第 3 冊,頁 27)

　　　[一] 耳,原作“且”。

金得臣

金得臣(1604—1684),字子公,號柏谷、龜石山人,安東人。顯宗三年(1662)文科及第,歷任司憲府掌令、掌樂院正等職。著有《柏谷集》及詩話《終南叢志》。

儒生禹鐸工於詩,蘇齋盧守慎嘗在江亭與禹同坐,時漁村落照,真奇觀也。蘇齋欲賦詩,方沉吟,禹援筆先書一絶曰:“曳照檣烏背,收紅釣岸前。半江金柱影,斜入白鷗天。”蘇齋極稱善,曰:“雖贍如四佳,無此警語。”東園金貴榮適在坐,曰:“彼學生未聞有能詩聲,何其過許?”蘇齋曰:“君以名位論詩耶? 孟浩然之‘微雲淡河漢,疏雨滴梧桐’爲詩家上乘,彼浩然亦非學生乎?”金憮然有慚色。余謂俗人無具眼,又無具耳,唯以時之先後、人之貴賤輕重之。雖使李、杜再生,若沈下流,亦必有輕侮者,世道可慨也。(《終南叢志》,載洪萬宗《詩林叢話》冬卷,《韓國詩話叢編》第 5 冊,頁 378)

五言排律始見於初唐,而杜子美爲一百韻。麗朝李相國奎報爲三百韻,至我朝疏庵任叔英爲七百韻寄李東岳安訥,其詩廣博奇僻,真千載傑作也。雖以老杜大手,尚止百韻,後世詩人亦無如此大作,而疏庵始創之,可見其困凜之富也。東岳以一律答之,曰:“萬曆皇明己未秋,任公七百韻吾投。自從唐漢未曾覩,縱有杜韓那可酬? 奧理庖羲卦外括,秘文蒼頡字前搜。是年大旱燋山岳,定是天驚地亦愁。”此蓋欲以小敵大也。未知孫仲謀三萬兵可敵曹公八十萬否? (《終南叢志》,《韓國詩話叢編》第 5 冊,頁 384)

李芝峰睟光、東洲敏求父子,俱以詞翰名家稱,芝峰長於詩,東洲長於賦。東洲曰:“先人詩尚摩詰,余詩尚杜陵。”其意蓋亦自多,而評者以爲“造詣則子必不及於父”云。東洲“帆檣影動潮生後,島嶼形分水落初”,雖爲人傳頌,一句中以潮水生落爲對,未免疵病,不若乃翁“風捲潮聲喧島嶼,日斜

帆影上樓臺”之爲穩藉無瑕。(《終南叢志》,《韓國詩話叢編》第 5 册,頁 384)

余内舅睦參判諱長欽,號茶山,文才早成,且工書法,以詩冠司馬試,考官稱嘆曰:“工部之詩,右軍之筆。”其《道峰書院》詩曰:“春來病腳力猶微,步入千林到石扉。欹枕古樓鳴瀨轉,捲簾深院落花飛。天機滚滚催時序,世事茫茫足是非。聊與二三談往跡,清風起我詠而歸。”《仙夢臺》詩曰:“松檜陰陰水殿虛,一區籬落畫圖如。翛然覺罷仙臺夢,步出林庭月影疏。”《贈謝恩使先還》詩曰:“日落盧龍塞,天寒古北平。鄉心千萬疊,封寄漢陽城。”諸詩皆清麗有唐韻。(《終南叢志》,《韓國詩話叢編》第 5 册,頁 387)

東溟鄭君平《登凌漢山城》詩曰:“山勢峻嶒地勢孤,眼前空闊九州無。樓看赤日東臨海,城到青天北備胡。共賀使君兼大將,何勞一卒敵千夫。鯨鯢寂寞風濤穩,朱雀門開醉酒徒。”筆力壯健,人不可及。余嘗問於東溟君平曰:“子之詩於古可方何人?”君平笑曰:“李、杜則不敢當矣,至於高、岑輩或可比肩。”其《清心樓》詩一絶:“送客高樓秋夜闌,一雙白鷺在前灘。酒酣起望蒼蒼色,月落江清霜露寒。”韻格高絶清爽,若喚起太白。以余觀之,可出高、岑之上。(《終南叢志》,《韓國詩話叢編》第 5 册,頁 388)

知詩者,以詩取人;不知詩者,以名取詩。余少也名稱未著,雖有佳作,人不爲貴;及得詩聲,雖非警語,輒皆稱誦,良可笑也。余於丙子亂中,有“晝常聞野哭,夢亦避胡兵”之句,澤堂詠嘆,謂余曰:“君詩極有杜格,讀杜幾許耶? 有文章局量,須勉之。”時余方讀杜詩,若澤堂可謂有明鑒也。彼不知詩者,譽之不足喜也,毀之不足怒也。(《終南叢志》,《韓國詩話叢編》第 5 册,頁 399)

古今績學之士靡不以勤致之,我東文章鉅公多讀書者亦可歷數。世傳金乖崖閉門讀書不窺外,下堂見落葉始知秋天。成虛白晝讀夜誦,手不釋卷,如厠或至忘返。金馹孫讀韓文千遍,尹潔讀《孟子》千周,盧蘇齋讀《論語》、杜詩二千回,林白湖讀《中庸》八百遍。崔簡易讀《漢書》五千周,偏讀《項籍傳》至一萬回。車滄洲讀《周易》五百遍,李東岳讀杜詩數千周,柳於于讀《莊子》、柳文千回,東溟鄭君平讀馬史數千遍。余性魯鈍,所讀之工倍他人,若馬、漢、韓、柳皆抄讀至萬餘遍,而其中最喜《伯夷傳》,讀至一億一萬三千算,遂名小窩曰“億萬齋”,仍作一絶曰:“搜羅漢宋唐秦文,口沫讀過一萬番。最嗜伯夷奇怪體,飄飄逸氣欲凌雲。”去庚戌值歲早,八路凶歉,翌年大饑疫,都鄙積屍不知其數,人有謂余者曰“今年死者

與君讀書之數孰多”云,蓋戲余之多讀也。(《終南叢志》,《韓國詩話叢編》第 5 冊,頁 401)

朴長遠

朴長遠,見《評述類》介紹。其《久堂集》卷十九《劄録下》論及多首杜詩。

《劄録下○此編亦與上編同出於日録,而以係問學外閑漫識録,故別作下編》(節録):

偶閲杜詩,有“英雄見事若通神,聖哲爲心小一身”之句,似非詩人所可道語,其必有所見矣。辛卯

杜詩《折[一]檻行》注,容齋以爲“婁氏別無顯人有聲開元間”云,余以爲婁公似指師德也。首句以“房魏”、“秦王學士”等語起意,此爲可據。且“先皇”非必指開元皇帝而言也。姑記之,以俟知者。

杜詩《冬深》五律,“花葉隨天意”、“早霞隨類影”,兩“隨”字疊。“寒水各依痕”之句極妙,鮮有其比。

杜詩“百和香”之“和”字叶“高”,而佔詩“菊作百和香”之“和”字叶“低”。佔老必有見處,或高或低亦無妨耶?

余嘗讀杜詩“不見旻公三十年,封書寄與泪潺湲”之句,以爲杜與旻上人何許托契而至於寄泪也。余與彥師別今三十年矣,渠年年寄書問我。每見其書,輒覺杜翁之語非外飾也,爲之悵然久之,況在海隅窮處耶?渠方置身枯禪窟裏,而猶未能忘情於余,余亦烏得無情哉?渠之所住,則金剛外山榆岾南庵也,曾與李繡衣言及,則去秋遊山時見之矣,衰病頗甚於昔年云。

坡詩喜使“妍”字,此字豈喜使者耶?甚無響。杜詩“馨香粉署妍”差勝。

“商胡離別下楊州,憶上西陵古驛樓。爲問淮東米貴賤,老夫乘興欲東流。”[二]杜詩絶句中,惟此一首佳。

余昔守安陰,衙舍西偏有山皆竹,竹大如杠者不知其幾千竿。每當春夏之交,新笋迸出,使畦丁折來,則露翻雨打,錦紋相錯,可奇而愛,非惟食之爲美也。調芼色味,無所不可。適吾客金子公命駕過我,以爲莧腸藜口,得此何異侯鯖,食之數旬不厭,余以吾縣之竹幾盡於客饌爲戲矣。今來海上,連見鄰人饋以竹笋者,輒思吾友。其與“風月思玄度”者,同不同何如也,亦可笑耳。但此地則竹之大者頗貴,或者官竹所在稍遠,爲甍竪所斫去,不得爲上番而然耶?抑土風近東,本無大者而然耶?“上番”二字,見杜詩“無數春

筍滿林生”注。

杜詩《官池春雁》一首云“青春欲盡急還鄉，紫塞寧論尚有霜。翅在雲天終不遠，力微繒繳絕須防”，批云：“句意緊嚴，後山概得之，故節度森整。”此批極是，後山得此體。

杜詩“中軍待上客”一篇乃是別體，頗有李北海風格。

《後村詩話》：子美草堂詩“大官喜我來，遣騎問所須。城郭喜我來，賓客溢村墟”，其體蓋用《木蘭詩》，云“爺娘聞女來，出郭相扶將。阿妹聞姊來，當户理紅妝。小弟聞姊來，磨刀霍霍向豬羊”，此《木蘭詩》極好。且杜詩“大官喜我來”句上，有“舊犬喜我歸，低回入衣裾。鄰里喜我歸，沽酒攜葫蘆”兩句，“歸”、“來”二字變化作句，而善形容迎歸之喜，千載之下如在目前。

偶閱杜詩注：謝玄暉詩云“有情知望鄉，雖能鬢不變”，可謂佳句。

杜詩《佳人》一篇，可謂古今絕唱。“侍婢賣珠廻，牽蘿補茅屋”之句下注云：“似悲似訴，自言自誓，矜持慷慨，修潔端麗。畫所不能如，論所不能及。”又“天寒翠袖薄，日暮倚修竹”之句下注曰“字字矜到而不艱棘，畫不容盡”云。此批亦可謂善言此詩者。

鮑照詩云“昔如韝上鷹，今如檻中猿”，杜詩所云“昔如縱壑魚，今如喪家狗”、“昔如水上鷗，今如置中兔”等句法，是學鮑者也。

杜注云：“龐德公之言曰：‘鴻鵠巢於高林之上，暮而得所栖；黿鼉穴於深淵之下，夕而得所宿。夫趣舍行止亦人之巢穴也，且各得其栖而已。’”其言快活，千載之下能令人增感也。

杜詩“神交作賦客”，似指楊、馬，而注云班孟堅、張衡，無亦欠照勘耶？姑記之。

杜詩《爲農》短律下注，潘邠老云：七言詩第五字要響，如“返照入江翻石壁，歸雲擁樹失山村”，“翻”字、“失”字是響字。五言詩第三字要響，如“圓荷浮小葉，細麥落輕花”，“浮”字、“落”字是響字。所謂響者，致力處也。予竊以爲字字當活，活則字字自響。此詩話極有妙理，故表出以書之。

是日晚，避家主迎巫，與李萬户步到崔大演家，困於宿醒，掩户倚枕而睡。忽有陳遇亨三昆季及鄭塾投訪，而三陳携壺相看，遂與强飲。俄而李薰、鄭堅又至，衆人皆醉。崔吏繼而進酒，酒酣雜以調諧。李歌陳舞，亦可人意。李則年今六十七，而蒼顔白髮，老而不衰，歌聲不斷，聽之可異。又令勝一上人且歌且舞，雖狂何傷。余亦混於其間，不覺過飲。觥籌交錯，惟存少長之節，少有犯者則輒罰以浮白。其間刊除飣餖，不進女樂，所以戒太康也。夜分分散，扶醉而歸，仍念杜子美之狎於田翁野老，蘇長公之醒醉問諸黎，千載風流猶足以模畫,豈係夫人物之高下耶？茲事不可以不記。有詩曰:"村巫擊鼓散靈衣,暫避西家且掩扉。偶值鄰翁相對飲,小兒扶醉夜深歸。"

杜詩《北征》注。胡仔元任曰:"褒姒,周幽王后也。夏字疑誤,當作商周。"若曰"不聞商周衰",則音響不佳。乙未

杜注云:"晉羊球《登西樓賦》云:'畫棟浮細細之輕雲,朱栱濕濛濛之飛雨。'王逸少見之,愛羨竟日。"晉時文字爭效艷麗如此。丙申

觀元道州《舂陵行》及《賊退示官吏作》二首,其人必愷悌君子者矣。子美之褒美亦至。

昔與吾友論杜詩,七言古詩以《韓諫議》爲首,余則以《桃竹杖引》爲優。優劣未易論也。

杜詩《謁先主廟》長律最妙,且自負非常,蓋得意作也。

"已添無數鳥,爭浴故相喧",可謂善形容春水氣象。

鮑照《行路難》云:"愁思忽而至,跨馬出北門。舉頭四顧望,但見松柏荆棘鬱蹲蹲,中有一鳥名杜鵑,言是古時望帝魂。聲音哀苦鳴不息,羽毛憔悴似人髡。飛走樹間逐蟲蟻,豈憶往日天子尊。念此死生變化非常理,中心惻愴不能言。"與子美《杜鵑行》語意極相類。

杜子美《贈韋左丞》詩,上云"賦料楊雄敵,詩看子建親",下云"致君堯舜上,再使風俗淳",詩賦豈所以致君堯舜者,此誤矣。

（以上見《久堂集》卷十九,《韓國文集叢刊》第 121 册,頁 405—420）

　　　[一] 折,原作"絕",據《杜詩詳注》改。

　　　[二] "商胡"四句：出自杜甫《解悶十二首》之二,據《杜詩詳注》,詩云:"商胡離別下揚州,憶上西陵故驛樓。爲問淮南米貴賤,老夫乘興欲東遊(一作流)。"

尹 鑴

尹鑴(1617—1680),初名鍈,字希仲,號白湖、夏軒、冶父,南原人。歷任吏曹判書、左贊成等職。著有《白湖集》,收入《漫筆》一卷,多論歷史、制度,兼論文人、學術。

唐設詞科,蓋詞章小技,足以病人心術而蠹人精神。弓馬武藝,抑可以養得人筋力,發舒人志氣也。雖以李白之俊逸,杜甫之沉雅,韓愈之卓識,樂天之忧實,猶且終身汩[一]沒於雕蟲篆刻之間而不能自拔,尚何暇於治心修身,講究時務世事,以仰法聖賢,俯矯流俗,而身任天下之重也。風化之所趨,習尚之移人,有如此者。及至安、史、巢、溫之輩,胡雛逆竪,獷悍巨盜,遂

以毀裂冠冕,蹂躪神州,氣吞搢紳,兵纏紫微,馴致五代之亂。蓋天下無人之嘆,莫甚於斯時,而所謂國家之盛典,一何無救於亂亡也。宋祖起自行伍,所與取天下者趙、曹、潘、石之徒,固亦非摛文弄墨之流也。太宗益崇重科選,益榮以寵,而澶淵之役,博徒酤酒者遂毅然任天下之重,而殿前學士不能賦一詩退賊,爲高瓊之所斥,何也?王安石略窺斯弊,思欲規正,而不識弊源,以弊易弊,如以油濯膩,自發變秀才爲學究之嘆,亦何益於事哉?卒之堯、舜、禹、湯、文、武之所傳衣冠禮樂之區,一變爲氈裘腥血之場,若文文山所謂"厥角稽首三百州,正氣掃地山河羞"者,豈不哀哉?我大明高皇帝奮布衣,提三尺劍,其所與汛掃宇内鞭撻四夷者,亦非禮闈翰苑之所得也。龍驤虎奮,濟濟乎軼於三代,何其盛也。及天下既定,乃始稽古立法,設爲科制。兢兢乎視前代爲益嚴,而其哀然爲首選以遺後嗣者,乃反得黄、練、胡、楊,固滯敗事,僾詬無志節之類已,抑又何哉?嗚呼!物極則反,弊窮則變,觀往古以制來今,則天下得失之算可以策於是,而論建置之端矣。(《白湖集》卷二十四《雜著·漫筆上》,《韓國文集叢刊》第 123 册,頁 421)

　　[一]汩,原作"泪"。

南龍翼

　　南龍翼(1628—1692),字雲卿,號壺谷,宜寧人,謚號文憲。仁祖二十六年(1648)文科及第,歷任大提學、吏曹判書等職。孝宗六年(1655),曾以從事官出使日本;顯宗七年(1666),又以謝恩陳奏副使出使清,分别著有《扶桑録》《燕行録》。著述有《壺谷集》《壺谷漫筆》,另編有詩選《箕雅》《李氏聯珠集》。《壺谷詩話》爲《壺谷漫筆》的第三卷,論中朝詩人詩作。

　　余以《選》詩年代盛衰比諸唐詩。建安其初唐乎?陳思當配子昂,而王粲、徐幹、應[一]瑒、劉楨即四傑、沈、宋之流也。晉宋之交其盛唐乎?陶彭澤,少陵之敵;謝臨川靈運,謫仙之匹;而延之顏、惠連謝、明遠鮑照諸子,即王、孟、高、岑之班也。齊梁其中唐乎?謝宣城朓[二]可對韋蘇州,沈隱侯[三]約可埒劉隨州,而任新安昉、江光禄淹、柳吳興惲[四]、何水部遜,即劉、柳、元、白之儕也。陳隋其晚唐乎?江總持總,商隱之伍;楊越公素,樊川之列。而蕭慤之"芙蓉露下落",即許丁卯[五]之"湘潭雲盡暮山出"也;薛道衡之"空梁落燕泥",即趙渭南之"長笛一聲人倚樓"也。(《壺谷詩話》,《韓國詩話叢編》第 3 册,頁 286)

　　[一]應,原作"庭"。

[二] 朓,原作"眺"。

[三] 侯,原作"候"。

[四] 惲,原作"渾"。

[五] 丁卯,原作"下州"。許渾,住京口丁卯澗,以"丁卯"名其集,人稱"許丁卯"。

王右丞之五七言律、絶、古兼有所長,而五絶尤奇,李、杜之外當爲盛唐獨步。(《壺谷詩話》,《韓國詩話叢編》第3册,頁290)

李、杜優劣自古未定,元微之始尊杜,而韓昌黎兩尊之。自宋以後,無不尊杜,敖陶孫《詩評》以"杜爲周公制禮,不敢定議",此言是矣;而以李比"劉安雞犬",無乃太輕且虛歟? 或以杜贈李詩"重與細論文"之"細"字,謂之輕視而故下云。何其迂曲之甚歟? 楊誠齋"仙翁雅士"之論,《史記》《漢書》之比,其尊李太顯矣。紫陽以聖歸之於李,則微意亦可知。而至明弇州有兩尊之評,而少有右杜意。(《壺谷詩話》,《韓國詩話叢編》第3册,頁290)

弇州評李、杜曰:"五言古、七言歌行,太白以氣爲主,以自然爲宗,以俊逸高暢爲貴。子美以意爲主,以獨造爲宗,以奇拔沈雄爲貴。味之使人飄揚欲仙者,太白也;使人慷慨激烈噓欷欲絶者,子美也。五言律、七言歌行子美神矣,七言律聖矣。五七言絶太白神矣,七言歌行聖矣,五言次之。太白之七言律,子美之七言絶,皆變體,不足多法也。"此誠不易之定論,而余猶有未釋然者。李、杜之五言古,如《古風》《紀行》可以相埒,而如杜之《石濠吏》《潼關吏》《無家別》《新婚別》《遣懷》諸篇,李固不可敵。《北征》《赴奉先》二長篇,又勝於《憶舊游》《王屋山人》,則五言杜實優矣,而不論於神、聖之中。至若七言歌行,李之《遠別難》《蜀道難》《天姥吟》《憶秦娥》諸篇,杜亦無可對,豈有神、聖之别歟? (《壺谷詩話》,《韓國詩話叢編》第3册,頁291)

《早朝》四詩既有定評,以岑補闕爲冠者,以其模盡早朝景色故也,但起句則無出舍人右者。杜拾遺"龍蛇"一句可以盡吞三子,而自是日晚光景,殆非早朝語,誠不可曉。(《壺谷詩話》,《韓國詩話叢編》第3册,頁292)

唐詩各體中壓卷之作,古人各有所主。而以余之妄見論之:五言絶,則王右丞"人閒桂花落";七言絶,則王之渙"黄河遠上白雲間";五言律,則杜隰城"獨有遠遊人";七言律,則劉隨州"建牙吹角不聞喧"等作,似當爲全篇之完備警絶者。若求於李、杜,則五七絶當盡在李,五七律當盡在杜,此則不敢論。(《壺谷詩話》,《韓國詩話叢編》第3册,頁296)

余思學詩之法,李、杜絶高不可學,惟當多讀吟誦,慕其調響,思其氣力。五律則學王摩詰,七律則學劉長卿,五絶則學崔國輔,七絶則學李商隱,五言則學韋蘇州,七古則學岑嘉州。(《壺谷詩話》,《韓國詩話叢編》第3册,頁296)

宋承衰季之餘,楊大年首唱西崑體,其詩萎弱,雖無可觀,爾時猶有山林之秀、館閣之英。山林則魏仲先_野、林和靖_逋、潘逍遙_閬,而石曼卿最勝。館閣則宋景文_祁、陳文惠_{堯佐}、歐陽文忠_脩,而王歧公_珪爲優。至王半山_{安石}、梅都官_{聖俞}、蘇東坡_軾出,而詩道頗大。及至黃^[一]_庭堅、陳師道_{師道}詩格一變,南渡以後靡然從之,號稱學杜,而反不及於楚相之優孟,譬如草木芳華盡謝,葉成陰而子滿枝,所見索然矣。王弇州曰"宋無詩",此言誠過矣。若比於唐,則有同璧斌,學者當取其義而勿學調格可也。(《壺谷詩話》,《韓國詩話叢編》第 3 册,頁 297)

〔一〕庭,原作"廷"。

李空同_{夢陽}有大闢草萊之功,後來詩人皆以此爲宗,而其前高太史_啓、楊按察、林員外_鴻、袁海叟^[一]_凱、汪右丞_{廣洋}、浦長源^[二]_源、莊定山_㫤亦多警句矣。何大復_{景明}與空同齊名,欲以風調埒之,而氣力大不及焉。其後王浚川_{廷相}、邊華泉_貢、徐迪功_{禎卿}、王陽明_{守仁}、唐荆川^[三]_{順之}、楊升庵_慎諸公相繼而起,至李滄溟_{攀龍}、王弇州_{世貞}而大振焉,從而遊者如吳川樓_{國倫}^[四]、宗方城_臣、王麟州_{世懋}、徐龍灣_{中行}、梁蘭汀_{有譽}等亦皆高蹈。概論之,則空同、弇州如杜,大復、滄溟如李。論其集大成,則不可不歸於王;而若其才之卓越,則滄溟爲最,如"臥病山中生桂樹,懷人江上落梅花"、"樽前病起逢寒食,客裏花開別故人"等句,王亦不可及。此弇州所以景慕滄溟,雖受仲尼、丘明之譽,只目攝而不大忤,有若子美之仰太白也。川樓以下地醜德齊,而吳體最備,宗才最高。(《壺谷詩話》,《韓國詩話叢編》第 3 册,頁 300)

〔一〕叟,原作"潜"。
〔二〕源,原作"海"。
〔三〕川,原作"州"。
〔四〕倫,原作"綸"。

我朝之有權、李,如唐之李、杜,明之滄、弇。而李之慕權,又如子美之於太白,元美之於于鱗。少時作詩,不就正于權則不敢示人。及聞杜死,作詩一聯曰:"浩蕩神農藥,蕭條大禹謨。"又過城東殞命處有吟曰:"行過郭東花落處,故人詩骨至今悲。"可謂一字一泪。(《壺谷詩話》,《韓國詩話叢編》第 3 册,頁 320)

鄭畸庵_{弘溟}^[一]學杜崛強,而若比松江調響,則當爲嵇康父子。(《壺谷詩話》,《韓國詩話叢編》第 3 册,頁 322)

〔一〕溟,原作"涅"。

東溟晚出,莫有能抗之者。谿谷每云:"聞鄭詩來,則有如雷霆霹靂,令人自怕。"自寫其警句於壁上而觀之。孝廟潛邸時,亦以"天山月出海雲深"

之絶句附壁省覽。五律、七絶皆其所長，而至若歌行，則仿佛李、杜，我國前古所未有也。行文、儷文亦奇健可畏。（《壺谷詩話》，《韓國詩話叢編》第3册，頁323）

排律創於初唐，沈、宋、四傑諸人之作皆妙。至老杜至于百韻，則已患其多。夒州挽滄溟之作亦百韻，而不無疵病。麗朝李文順巨筆滔滔，而亦不過三百。任疏庵乃有七[一]百十六韻，此古今所無，而韻字多有韻書所無者，嘗欲自注其出處而未果云。奇則奇矣，然亦未必奇也。又以《觀漲》爲題，押强韻至七排百韻，而以一意三次之，尤奇。（《壺谷詩話》，《韓國詩話叢編》第3册，頁324）

> [一] 七，原作“一”。任叔英有《述懷寄呈江華李東嶽安訥使君七百十六韻》五言排律一首（《疏庵集》卷二，《韓國文集叢刊》第83册，頁409），據改。

金萬重

金萬重(1637—1692)，字重叔，號西浦，光山人，謚號文孝。顯宗六年(1665)文科及第，歷任大提學、禮曹判書等職，著有《西浦集》《西浦漫筆》，另有諺文小説《謝氏南征記》《九雲夢》等。

史稱杜子美“爲歌詩傷時撓弱，情不忘君，人憐其忠”云。而其詩如“關中小兒壞紀綱，張后不樂上爲忙”、“但恐誅求不改轍，聞道嬖孽能全生”之類，指斥先朝、當宁事無所忌諱，未聞當時論其罪、後人以爲非也。鄭文孚“六里青山天下笑，屠孫何事又懷王”[一]之句，無論彼自詠史，何預朝家事？設令真有譏諷意，亦與子美所云何異？癸亥初政，號稱中興，而廟堂舉措如此，丙子之厄何可諉以天數？（《西浦漫筆》，《韓國詩話叢編》第5册，頁503）

> [一] “屠孫何事又懷王”一句出自鄭文孚《農圃集》卷一《詠史》，詩云：“楚雖三户亦秦亡，未必南公説得當。一入武關民望絶，屠孫何事又懷王。”未見“六里青山天下笑”。

李、杜齊名，而唐以來文人之左右祖者，杜居七八。白樂天、元微[一]之、王介甫及江西一派並尊杜，歐陽永叔、朱晦庵、楊用脩右李，韓退之、蘇子瞻並尊者也。若明弘、嘉諸公，固亦並尊，而觀其旨意，率皆偏向少陵耳。詩道至少陵而大成，古今推而爲大家無異論，李固不得與也。然物到極盛便有衰意，邵子曰“看花須看未開時”，李如花之始開，杜如盡開，夒後則不無離披意。（《西浦漫筆》，《韓國詩話叢編》第5册，頁508）

> [一] 微，原作“徵”。

李白《蜀道難》，或以爲白之初入洛，以此見知於賀知章；或以爲杜甫之依嚴[一]武,白憂其見害而作。兩説具出於唐人,而其不同如此。竊謂白本蜀人,不能無端貶薄出土,比之豺虎,後説蓋近之矣。而今觀“劍閣峥嶸”以下,其憂深,其語切,忠憤隱痛之意噴薄於文字間,其爲明皇幸蜀而發無疑矣。以此觀之,尤覺朱文公不用《詩序》之高也。(《西浦漫筆》,《韓國詩話叢編》第 5 册,頁 509)

　　[一] 嚴,原作“巖”。

　　詩人於古人之詩所尚各不同,亦可見其才識。宋嚴滄浪以崔顥《黄鶴樓》爲唐律第一,明何大復以沈佺期“盧家少婦”爲第一,李滄溟以王昌齡“秦時明月”爲絶句第一,楊升庵以劉禹錫“春江一曲”爲第一,胡元瑞以王翰“蒲桃美酒”爲第一。國朝權汝章最喜許渾“勞歌一曲解行舟”之詩,李芝峰於唐人律詩歷詆王、杜、賈、岑之《大明宫》、孟浩然之《岳陽樓》,而以初唐“林間覓草纔生蕙,園裏尋花盡是梅”之詩爲第一。(《西浦漫筆》,《韓國詩話叢編》第 5 册,頁 511)

　　王介甫選四家詩,以杜爲首,次歐、韓,以李爲末,其怪拗如此。“祖宗不足法,人言不足恤”,皆從此推去者。(《西浦漫筆》,《韓國詩話叢編》第 5 册,頁 512)

　　有人詩尚王右丞,不喜老杜,王弇州曰:“公若熟讀杜詩,其中自有右丞。”弇州此言,不敢以爲然。文章如金石絲竹,其聲不能相兼,而各有所至,苟欲兼之,則亦未必成聲也。千石之鍾,萬石之簴,聲滿天地,衆樂皆廢,老杜之於詩是也。然泗濱、嶧陽之清遠幽脊,亦不可不還他所長。如右丞之“行到水窮處,坐看雲起時”、“漠漠水田飛白鷺,陰陰夏木囀黄鸝”,杜集何嘗有此語?(《西浦漫筆》,《韓國詩話叢編》第 5 册,頁 522)

　　謝康樂推陳思[一]以八斗,高廷禮尊子美爲大家者,良以盛唐以前此道休明,一切天魔外道未行於世,故只言其富,不稱其異,理固然矣。元和以還,蹊徑漸歧,雅俗兼陳,故元、白巨秩,世所謂“廣大教化主”,而篤論者終不加之於王、孟、韋、柳之上,豈不以材具雖大而聲調近俗故歟?今人論詩率以篇什富盛、酬應不窘爲貴,故車天輅、柳夢寅之徒得以稱雄,而崔、白寂寥之篇往往見輕於人。詩道本□如是,譬之一握珠璣,論其果腹誠不如囷廩陳粟,若過波斯會集,則握珠可預末席,廩粟安敢通名乎?(《西浦漫筆》,《韓國詩話叢編》第 5 册,頁 524)

　　[一] 思,原作“恩”。

　　南判書雲卿言:“子美之於太白,元美之於于鱗,容齋之於翠軒,東岳之於石洲,晚來成就,世多以爲過之,而觀其許與稱道之語,常若不可企及者然。此如場屋舉子,於其少時接長,終身敬畏,不敢以等夷視之。”此言良然。

俗以科儒群居做工謂之同接,猶古之詩社也。(《西浦漫筆》,《韓國詩話叢編》第5 册,頁527)

少陵"紈袴不餓死",宋人極稱之,而殊不見其好處。此與昌黎《光範書》相似,平日倒海拔山之氣不知向何處去,殆爲飢火所惱也。昌黎《送孟生》詩體製頗相近,而如"清宵静相對,髮白聆苦吟。採蘭起幽念,眇然望[一]東南"之語,覺勝之也。若孟之"古樹春無色,子規啼有血",其窮誠不可醫也。(《西浦漫筆》,《韓國詩話叢編》第5 册,頁528)

　　[一] 望,原作"坐"。

朱子謂:子美入蜀詩分明如畫,夔州以後横逆不可當。又曰:夔州詩鄭重煩絮,不如初年詩。魯直固自有所見,今人見魯直説好便却説好,如矮人看戲耳。又謂"退之墓誌有怪者",茅鹿門亦不喜昌黎金石文,蓋各有所見也。竊謂:自古文章大家只有四人,司馬遷、韓愈之文,屈平之賦,杜甫之詩是也。是皆具四時之氣焉,不然不足爲大家。《史記》之《酷吏》《平準》,昌黎之誌銘,《楚辭》之《九章》《天問》,子美之夔後,皆秋冬之霜雪,謂之不佳則固不可,謂之反勝於范、蔡、荆、聶、《五原》《序書》《離騷》《九歌》《出塞》《吏》《别》、入蜀諸詩者,吾不信也。(《西浦漫筆》,《韓國詩話叢編》第5 册,頁530)

石洲"繁華無跡有山河"詩,乃壬辰後景福宫所作,以"玉樹"、"銅駝"語近不祥,改其題爲《松都夢作》也。詩雖精麗,意致蕭索,比之少陵"江頭宫殿鎖千門,細柳新蒲爲誰緑"、"花萼夾城通御氣,芙蓉小苑入邊愁"等語,則豈不懸遠哉? 其《餞詔使》詩曰:"别語關心徒脉脉,離杯入手故遲遲。死前只是相思日,去後那堪獨歸時。"亦非不工矣,而頗似關西營妓與蕩子惜别語。紵衣縞帶之贈,安有此等氣象? 古人謂詩可以觀人窮達,信矣。(《西浦漫筆》,《韓國詩話叢編》第5 册,頁535)

李白洲少時,月沙使讀退之《南山》詩千遍,白洲甚苦之,强讀至八百遍,終不能準數而止。余謂《南山》詩固傑作,李、杜詩不無尤勝者,何獨於此而千讀乎? 想白洲負其才敏,不屑誦數,故月沙故以繁重汗漫之文折其飛揚輕鋭之氣,此亦黄石老人墮履意也。今之學詩者,或以多讀《南山》詩爲秘訣,然則一進履於老人者皆可爲帝王師耶? (《西浦漫筆》,《韓國詩話叢編》第5 册,頁537)

洪萬宗

洪萬宗(1643—1725),字宇海,號玄默子、夢軒、長洲,豐山人。著述豐富,有《海東異跡》《小華詩評》《旬五志》《詩評補遺》《東國歷代總目》《增補歷代總目》《詩話叢林》《東國樂譜》《蕣葉志諧》《東國地志略》等。

拗體者,律之變也。當平而仄,當仄而平,如"負鹽出井此溪女,打鼓發船何郡郎"、"湘潭雲盡暮山出,巴蜀雪消春水來"等句是也。鄭學士知常深得其妙,《題邊山來蘇寺》曰:"古徑寂寞縈松根,天近斗牛聊可捫。浮雲流水客到寺,紅葉蒼苔僧閉門。秋風微涼吹落日,山月漸白啼清猿。奇哉厖眉一衲老,長年不夢人間喧。"清健可愛。(《小華詩評》卷上,《韓國詩話叢編》第 3 冊,頁 429)

姜通亭淮伯、玩易齋碩德、仁齋希顏祖子孫三人皆以文章大鳴。噫,歷觀古往,讀書能文章者爲難;雖能文章,而成一家傳後世爲難;雖傳後世,能奕世趾美不墜其業爲尤難。求之於古,僅得蘇、杜二家,而我東方獨有通亭一家繼世箕裘,豈不韙哉?(下略)(《小華詩評》卷上,《韓國詩話叢編》第 3 冊,頁 450)

世謂中國地名皆入文字,詩便佳。如"九江春草外,三峽暮帆前"、"氣蒸雲夢澤,波撼岳陽城"等句,只加數字而能生色。我東方皆以方言成地名,不合於詩云。余以爲不然,李容齋《天磨錄》詩"細雨靈通寺,斜陽滿月臺",蘇齋《漢江》詩"春深楮子島,月出濟川亭",詩豈不佳?惟在爐錘之妙而已。(《小華詩評》卷上,《韓國詩話叢編》第 3 冊,頁 478)

詩家最忌剽竊,而古人亦多犯之。成獨谷"清宵見月思親淚,白日看雲憶弟心",用杜老"思家步月清宵立,憶弟看雲白日眠"之句;姜通亭《寄弟》詩"江山此日頭將白,骨肉何時眼更青",用黃山谷"江山千里俱頭白,骨肉十年終眼青"之句;挹翠軒"怒瀑自成空外響,愁雲欲結日邊陰",用歐陽公"雷喧空外響,雲結日邊陰"之句;李容齋"一身千里外,殘夢五更頭",用唐人顧況詩"一家千里外,百舌五更頭"之句;林石川"江月圓還缺,庭梅落又開",用缺之句;盧蘇齋《別弟》詩"同舟碧海何由得,並馬黃昏未擬回",用杜老"同舟昨日何由得,並馬今朝未擬回"之句;李芝峰《挽車五山》詩"詞林秀氣三春盡,學海長波一夕乾",用唐人詩"詞林枝葉三春盡,學海波濤一夕乾"之句。夫自出機杼,務去陳言,不果戛戛其難哉?(《小華詩評》卷下,《韓國詩話叢編》第 3 冊,頁 518)

霽湖梁慶遇曰:"李東岳宰秋城時,與僕登俯仰亭賦詩,僕敢唐突,先手頷聯云:'殘照欲沉平楚闊,太虛無閡衆峰高。'自以爲得雋語。東岳次曰:'西望川原何處盡,東來形勝此亭高。'下句隱然如老杜'海右此亭高',語勢略似。可謂'投以木瓜,報之瓊琚'云。"以余觀之,東岳詩雖似圓轉無欠,終

不如霽湖清新突兀，豈故作耶？（下略）（《小華詩評》卷下，《韓國詩話叢編》
第 3 冊，頁 532）

　　姜、王二詔使之來，北渚金相公爲遠接使，鄭東溟以白衣從事，至義州與
府尹李莞會飲統軍亭，適見毛都督軍兵過去，賦詩一律曰：“統軍亭前江作
池，統軍亭上角聲悲。使君五馬青絲絡，都督千夫赤羽旗。塞原兒童盡華
語，遼東山川非昔時。自是單于事遊獵，城頭夜火不須疑。”氣格遒健，仿佛
老杜，真所謂不二門中正法眼藏，非野狐小品可等論也。（《小華詩評》卷
下，《韓國詩話叢編》第 3 冊，頁 552）

　　玉川問曰：“弟於近日癖於詩律，吟哦唧啾，寢食俱忘。每欲得驚人佳
句，使吾兄讓頭。而始作之時，意在精緻；既成之後，每不入情。或有頭尾不
續者，或有得失相雜者。不然有句病字欠，觸處礙眼。無乃不能爛熟，而未
免生疏之致歟？”余曰：“否。凡人之詩窘自有淺深，畫定之後，不出器外。譬
如工匠之人，見人既成之器，自以爲能及。及其自爲，反不如之也，此亦不出
其手巧而已。且夫作詩，安得每作每篇盡美盡善也？此李、杜之所不能也。
李、杜固是詩家千載之祖宗，而今觀其詩，安得有篇篇什什句句字字皆可謂
珠玉耶？譬諸名山大川千里濔結，得其佳麗名勝之地者不滿幾處矣。”（《小
華詩評附錄》，《韓國詩話叢編》第 3 冊，頁 585）

　　簡易以鵝溪詩爲無骨，鵝溪以簡易詩爲拙，此蓋出於文人相輕。以余觀
之，俱未必然。豈可以鵝溪之富麗爲真無骨，簡易之遒健爲真拙耶？然以大家
高手，時或有疵累，此則李、杜之所不免，亦何害於兩公之文章也。今摘兩公詩
世稱警語者二聯，並論其瑜瑕。簡易《三日浦》詩：“三日清遊猶不再，十洲佳
處始知多。”意深而語滯。鵝溪《寒碧樓》詩：“紅樹白雲曾駐馬，亂峰殘雪又登
樓。”有韻而氣弱。（《詩評補遺》上編，《韓國詩話叢編》第 4 冊，頁 181）

　　西坰謂霽湖曰：“吾得一聯，‘古壇生碧草，新月掛黃昏’，可方古人否？”
霽湖曰：“杜律云：‘映階碧草自春色，隔葉黃鸝空好音。’公之詩意似出於此
矣。”西坰笑曰：“我知君意。”即改“生”、“掛”二字，曰：“古壇空碧草，新月
自黃昏。”霽湖笑而伏曰：“何敢。”蓋霽湖實欲改二字，而尊不敢顯言，舉杜
詩以諷之。二字之改，天然頓佳。（《詩評補遺》上編，《韓國詩話叢編》第 4
冊，頁 187）

　　有人謂石洲曰：“蓀谷詩高處止於晚唐，豈若子之逼杜？”石洲曰：“否。”
仍誦蓀谷《寒食》詩一聯曰：“‘梨花風雨百五日，病客江湖三十年’，語極超
絕，余何敢爭衡？”蓀谷之於石洲，其章僅伯仲間，而自謙如此，其視世之不自
量而安詫勝己者亦遠矣。（《詩評補遺》上編，《韓國詩話叢編》第 4 冊，
頁 197）

自古歌行長篇必有氣力，然後能之。如孟襄陽輩自是唐家高手，而至於歌行長篇無復佳者。近世東溟鄭老得杜之骨格，挾李之風神，詞氣跌宕，筆力逸橫，傑然爲東方大家，百代以下當無繼者。（下略）（《詩評補遺》下編，《韓國詩話叢編》第4冊，頁241）

詩固未易作，詩評亦未易也。玄翁、芝峰兩公皆深於詩家，而其所著古人詩評，間有未妥處。余表以録之，以俟騷壇公議。玄翁《晴窗軟談》曰："北海之雄，出子美上。"又曰："王勃之《秋夜長》、盧照鄰之《長安古意》，太白則優爲，子美恐輸一籌。"無乃其予奪太過耶？昔敖陶孫評論漢魏以下諸詩，至杜甫則曰："如周公制作，不可擬議。"《芝峰類説》曰"子美《岳陽樓》詩'親朋無一字，老病有孤舟'，與上句不屬，且於岳陽樓不相稱"云，是大不然。凡律格，有先景物而後實事者，有先實事而後景物者，豈必以景物徹頭徹尾也哉？蓋此詩子美避亂到此而作也，上一聯全言景物，下聯叙述其情，乃詩之體也。芝峰所謂"不屬"、"不相稱[一]"，何哉？唐子西云："余過岳陽樓，觀子美詩不過四十字耳，氣象宏放，殆與洞庭爭雄。"豈不信哉？（《詩評補遺》下編，《韓國詩話叢編》第4冊，頁287）

　　[一]稱，原作"親"。

世人有二病焉。前輩文章大家爲文不惜删改，少陵、六一爲文尤喜點竄，殆與初作不侔。如少陵"桃花細逐楊花落，黄鳥時兼白鳥飛"，有得其初稿，作"桃花欲共楊花語"，後乃更定如此。又得歐陽公《醉翁亭》初稿云"滁州四面有山"等語，累數十字，後以"環滁皆山也"五字改之。今之學力淺短者多有疵[一]累，而反以不改爲高，不知者又從而稱道之。此一病也。且自古詩人吟詠之間未曾容易，唐詩云"夜吟曉不休"，又云"兩句三年得"；或有手作敲推，或有閉門覓句。雖至小詩，必用意精深，況其長篇大作乎？今之菫通文理，而看古今人詩纔一兩過，便指點雌黄，曰某是某非者，豈非不量之甚乎？此又一病也。（《詩評補遺》下編，《韓國詩話叢編》第4冊，頁288）

　　[一]疵，原作"庀"。

我東人不解音律，自古不能作樂府歌詞。（中略）按《象村集》，其書芝峰《朝天録歌詞》曰："中國之所謂歌詞，即古樂府暨新聲被之管弦者俱是也。我國則發之藩音，協以文語，此雖與中國異，而若其情境咸載，宮商諧和，使人詠嘆淫佚，手舞足蹈，則其歸一也云。"信哉言乎！余取其長歌中表表盛行於世者，略加評語如左：（中略）《將進酒》，亦松江（鄭澈）所製，蓋仿太白、長吉"勸酒"之意，取杜工部"緦麻百夫行"、"君看束縛去"之語，詞旨通達，句語悽愴，若使孟嘗君聞之泪下，不但雍門琴也。（下略）（《旬五志》卷下，《韓國詩話叢編》第3冊，頁705—707）

金昌協

金昌協,見《評述類》介紹。其《農巖集》卷三十四《雜識·外篇》主論中朝文人及作品。

宋詩如山谷、后山,最爲一時所宗尚。然黃之橫拗生硬,陳之瘦勁嚴苦,既乖溫厚之旨,又乏逸宕之致。於唐固遠,而於杜亦不善學,空同所譏"不色香流動者"誠確論也。簡齋雖氣稍詘,而得少陵之音節;放翁雖格稍卑,而極詩人之風致。與其學山谷、后山,無寧取簡齋、放翁,以其去詩道猶近爾。(《農巖集》卷三十四《雜識·外篇》,《韓國文集叢刊》第 162 冊,頁 375)

盧蘇齋詩在宣廟初最爲傑然,其沈鬱老健,莽宕悲壯,深得老杜格力,後來學杜者莫能及。蓋其功力深至,得於憂患者爲多。余謂此老十九年在海中,只做得《夙興夜寐箴解》,而亦未甚受用。後日出來,氣節太半消沮,獨學得杜詩如此好耳。(《農巖集》卷三十四《雜識·外篇》,《韓國文集叢刊》第 162 冊,頁 378)

余又嘗謂杜甫文雖晦澀不通暢,其氣調亦自古勁可喜。如《公孫大娘劍舞序》,廑百餘言,而俯仰曲折,感慨跌宕,大類太史公,蓋其才近也。後見尤翁亦謂子美文殊好。尤翁於文章頗尚奇,故其言如此。(《農巖集》卷三十四《雜識·外篇》,《韓國文集叢刊》第 162 冊,頁 380)

鄭東溟出於晚季,能知有漢魏古詩樂府爲可法。歌行長篇步驟李杜,律絕近體模擬盛唐,不肯以晚唐、蘇、黃作家計,亦偉矣。然其才具氣力實不及挹翠諸公,又不曾細心讀書,深究詩道,沈潛自得,充拓變化,徒以一時意氣追逐前人影響。故其詩雖清新豪俊,無世俗齷齪庸腐之氣,然其精言妙思不足以窺古人之奧;橫騖旁驅,又未能極詩家之變。要其所就,未能超石洲、東岳而上之也。(《農巖集》卷三十四《雜識·外篇》,《韓國文集叢刊》第 162 冊,頁 382)

杜詩蘇注之贗,朱子既明言之,而《文獻通考》陳氏說,及皇明楊升庵、錢牧齋集亦有所論矣。注中所引古人事跡說話,全是杜撰,明者只一見便自了然,初不待考證而知其妄也。然後來爲類書者往往不察,或反引以爲故實,誠可笑也。余嘗與舍弟董觀《事文類聚》及他類書,所引故實有可疑者,輒認之曰:"此必杜詩蘇注語也。"就檢之,果然。蓋其語氣不難辨也。今見《芝峰類說》有云:"杜詩'家書抵萬金',按:梁王筠久在沙場,一日得家書,曰:'抵得萬金。'詩語全用此也。"又云:"'知章騎馬似乘船',按:晉阮咸醉,騎馬欹傾,人指而笑曰:'個老子,騎馬如乘船行波浪中。'蓋用此意。"又云:"李白詩'爲問如何太瘦生,總爲從前作詩苦',按:崔浩愛吟詠,一日病起,友人曰:'子非病,乃苦詩瘦。'蓋用此也。"竊詳此三語,似皆出"蘇注",當檢。但芝峰引此三語,皆有"按"字,豈別自有所考耶? 若只見于"蘇注",則不當自爲考證語如此也。(《農巖集》卷三十四《雜識·外篇》,《韓國文集叢刊》第162冊,頁392)

《類說》又云:"杜詩:'憶弟看雲白日眠。'按《雲麓漫抄》曰:'梁瑄不歸,弟璟每見東南白雲,即立望慘然。'詩意蓋用此也。"竊詳此語,亦似出"蘇注"。而今云《雲麓漫抄》,豈非《漫抄》者亦取諸"蘇注",而不察其爲妄耶? 其輾轉承訛,尤可笑也。後考杜集,此語果出"蘇注",而見"每望東南雲"下,《漫抄》蓋本此也。芝峰見其切於"憶弟看雲"句引之,而未知其本屬贋說也。(《農巖集》卷三十四《雜識·外篇》,《韓國文集叢刊》第162冊,頁393)

南鶴鳴

南鶴鳴(1654—1722),字子聞,號晦隱,宜寧人。著有《晦隱集》,卷五《雜說·詞翰》論文人之作。

李延陽兒時受杜詩於權石洲,石洲問何句最好。延陽答曰:"'右臂偏枯耳半聾'爲好矣。"石洲笑曰:"此兒將不能爲詩學矣。"(《晦隱集》第五《雜說·詞翰》,《韓國文集叢刊續》第51冊,頁372)

宋相琦

宋相琦(1657—1723),字玉汝,號玉吾齋,恩津人,謚號文貞,宋時烈、宋浚吉門人。肅宗十年(1684)文科及第,歷任大提學、吏曹判書等職。肅宗二十三年(1697),以奏請使書狀官出使清。著有《玉吾齋集》,另有《南遷日錄》,論及中朝文人及作品。

中秋無人,獨坐寓舍,月色甚佳,有感乎中。雖廢詩已久,情發爲言,自不能已,遂錄數首云:"凉天佳月即中秋,却羨坡翁在惠州。縱使今宵十分滿,更將何興倚江樓。""凉秋九月即中秋"乃坡翁在謫惠州時語。而夜登合江樓、逍遙堂等處,逮曉乃歸,仍有賦詩。今余登覽遊賞非所可論,故詩句有此云云。"誰回世界幻清都,仰視當空玉鏡孤。萬里陰晴同此夜,故園還似此間無?""頻傷八月古如今,夢老前秋共此心。海畔孤臣猶未死,九疑回望獨沾襟。"原注:去年秋夕在京臥病,感杜陵"頻傷八月末"之句,作一詩示夢相,故云云。"荒村節物亦相歡,老稚紛紛上墓還。何事南來未歸客,幾回霜落隔先山。"^{原注:}余於丁酉秋歸省三川先墓,今已六年,故云云。"風露三更月色多,玉樓消息問如何。丹忱耿耿終誰識,愁絕千秋水調歌。"(《南遷日錄》,《韓國詩話叢編》第6冊,頁54)

金柱臣

金柱臣(1661—1721),字厦卿,號壽谷、洗心齋,慶州人,封慶恩府院君,謚號孝簡,朴世堂門人。歷任司憲府監察、五衛都總管等職,著有《壽谷集》,其中《散言》二卷論及中朝詩文。

歐陽文忠公考諱觀,而按文忠年譜云:治平四年,除觀文殿學士,轉刑部尚書。又於熙寧四年,以觀文殿學士、太子少師致仕云。而《歸田錄》曰:近世學士,皆以殿名爲官稱。丁文簡公度,爲紫宸殿學士,既受命,遂稱曰"丁紫宸"。議者謂紫宸之號非人臣所可稱,遂更曰觀文。觀文是隋煬帝殿名,理宜避之,蓋當時不知也。然則歐公之除觀文,當時亦必曰"歐陽觀文",而年譜及文集未見有辭而不居之文,何耶? 抑當時辭避,而獨略於年譜耶?不然,此與李賀舉進士自異。且東坡代張文定公所撰滕甫墓誌以爲,以考諱高,辭高陽,乃除鄆州云。以此論之,雖退之復起,恐無以爲辯也。且范曄父名泰,則所撰《後漢書》中,如泰伯、郭泰之"泰",皆以"太"字改書。杜甫父名閑,則詩文中不使"閑"字;朱文公父名松,則平生著述諱"松"不使。然此則猶在禮文大備之後。漢人近古少文,而淮南王安,以其父名長,所著《鴻烈解》中,凡可使"長"字,輒下"修"字而避之。司馬遷以其父名談,《史記》改趙談爲趙譚。此禮乃自漢以來已爲不易之典,而歐公文集又不諱"觀"字,如簡牘中"伏惟觀察太尉尊候動止"云者,豈去"觀察"字則書儀欠缺而然耶?(中略)歐公學識,何獨略於此耶? 煬帝殿名理宜可避,而於其先諱,已有前人定訓者,冒犯不避,抑何義耶? 恨不得起師魯、聖俞於九原,而就質于永豐也。(《壽谷集》卷十《散言》上篇,《韓國文集叢刊》第176冊,頁289)

周愼齋世鵬所撰《舍人魚泳濬墓誌》曰:"曾參未嘗爲親割股,而孝莫與競;杜甫未嘗爲國殺身,而忠不可及。"辭理俱絕佳,令人醒眼,雖謂之發前人所未發可也。(《壽谷集》卷十一《散言》下篇,《韓國文集叢刊》第176冊,頁311)

狄仁傑爲魏州刺史,有惠政,民爲之立生祠。後其子景暉爲魏州司功參軍,貪暴,州人遂毀其像。韓昌黎子昶嘗爲集賢校理,史傳有"金根車",昶以爲誤,悉改爲"銀"。信乎! 杜甫詩曰"大賢之後竟陵遲"也。(《壽谷集》卷

十一《散言》下篇,《韓國文集叢刊》第 176 冊,頁 311)

近見章甫肄博士業者,喜點竄古文而補綴成章,掌試者或抹其一二句,則輒忿詈曰:"吾所引用出於《羲經》,而某官曾不讀《易》,故不識其好而快抹不疑。"又曰:"吾用事工部,而某官讀杜甫詩不慣,故勾抹如此。"聞者亦解頤助嘲。余獨以爲不然,何也? 若其引用之語與命題文義不符,則豈可以出於聖經而不抹耶? 且古文有如橘柚處,有如枳棘處,有可使者,有不可使者,豈可以出於古人而盡取無揀也?(下略)(《壽谷集》卷十一《散言》下篇,《韓國文集叢刊》第 176 冊,頁 313)

徐四佳居正、尹梧陰斗壽、申平城景禛,享年皆六十九。朴思庵淳六十七,柳西厓成龍六十六,鄭西川崑壽六十五,成牛溪渾六十四,李樗軒石亨、李晦齋彦迪、李白沙恒福、申象村欽皆六十三,金佔畢宗直、崔遲川鳴吉皆六十二,金東峰時習五十九。權陽村近、徐花潭敬德、鄭松江澈皆五十八,李容齋荇五十七,鄭圃隱夢周、金鶴峰誠一、黃秋浦慎皆五十六,鄭一蠹汝昌五十五,成昌山希顏、李漢陰德馨皆五十三,張谿谷維五十二,金寒暄宏弼、金西河麟厚皆五十一,李栗谷珥四十九,任疏庵叔英四十八,奇高峰大升四十六,南秋江孝溫三十九。右諸公其道學、文章、節義、事業所成就,可垂百世而不朽。此其受氣禀質,必與凡人異,而類多年壽不長。信乎! 杜甫詩曰"人生七十古來稀"也。(《壽谷集》卷十一《散言》下篇,《韓國文集叢刊》第 176 冊,頁 319)

李　瀷

李瀷,見《評述類》介紹。其《弘道遺稿》的《雜著》部份内容豐富,亦論中朝文人及作品,如詩體、詩格等等。

唐有王、楊、盧、駱、高、王、岑、孟、杜、陳、沈、元、李、杜、白、韓、韋數子而已,其餘無足可取也。

太白過也,杜、白、韓、韋不及也。

太白虛而蕩,子美刻而苦,香山巧而俗,昌黎鄙而野,蘇州狹而弱,靖節和而淡。靖節、工部、青蓮,最近於古。

太白淡逸而豪爽,大杜平順而宛轉,子美雄健而懇切。香山懇而切,昌黎質而愿,蘇州清而淡。

太白尚仙,故多飄逸清虛之氣。子美尚儒而尚俠,故多慷慨激仰之氣。香山、蘇州尚佛,故多空寂之氣。昌黎尚儒,故多端重之氣。

　　太白尚風而失風,流於虛放;子美尚雅而失雅,流於刻野。無他,不得於風雅之道而橫馳故也。若使如此之資,得聞大道,則亦庶幾矣。

　　子美五言詩,有合於變雅者有之,太白有合於變風者有之。心氣適中然後發於言者,無過不過而合於風雅。此兩人不知操心之術,故發於言者如此,惜哉!

　　(以上見《弘道遺稿》卷七《雜著·詩體》,《韓國文集叢刊續》第54冊,頁244)

　　後世文章之習,皆源於老子、莊、烈、馬、班、李、杜諸人及韓、柳輩是也。蘇子瞻專用莊周與兵、佛,其害尤甚。(《弘道遺稿》卷八《雜著·觀水》,《韓國文集叢刊續》第54冊,頁281)

　　杜子美識見頗正,其文章自謂效《尚書》與雅法,猶有莊、老之習,擇焉可也。(《弘道遺稿》卷八《雜著·非雕蟲文章家》,《韓國文集叢刊續》第54冊,頁282)

　　李、杜、唐詩皆得詩傳之一法,可謂美矣。各有病痛,後人不察,不可不論。

　　李白之病,在於虛疏放蕩,下字多過激無倫。

　　杜甫之病,在於隱澀野俗。下字之際,侮文自用,多苦心之態。

　　唐諸人之病,在於庸俗巧佞。

　　蓋李、杜及唐人,雖巧於辭華,皆未免鄭、衛,所以淫亂、媚悅、放蕩、粗俗。然李出於唐諸人之外,杜比李尤近正。

　　李長於篇法,且長於作句下字之法。杜長於懇切,不務豪蕩,然篇法句法下字法少下於李。

　　李白虛,故詩多風;杜甫實,故詩多變。雅意之所在異故也。

　　唐諸人篇句法,皆不及李、杜,而時有過處。

　　爲詩者如此,集長去短,自成一家,雅爲正雅,風爲正風,必無諸病而聖於詩矣。

　　陶靖節,比李、杜尤正。然志意過中,或近於節俠。下語或有質野,欠於彬彬。其中《閒情賦》似非此人所作,若是此人所作,必非末年。

　　(以上見《弘道遺稿》卷八《雜著·論古人詩格》,《韓國文集叢刊續》第54冊,頁301)

　　自顏、曾以下,氣質皆不及聖人,故必效則聖人,終身遵守,勉勉不改。雖其所行習熟,精彩動盪,猶未捨聖人之規。若未至於聖賢之境,而徑先自用,則未免浪妄誕粗俗粗悖之人。譬猶拙工悖其師之繩墨法度,而徑先自立,則師之美法未傳,而本質之醜拙、習俗之孤陋,不知不覺自然透露矣。此志小驕妄之致也,無益於實而徒自害矣。此流俗之人常患也,語曰"欲速不達",其此之謂歟? 非徒道德,文章亦然矣,朱子多短杜工部夔州後作,正坐是矣。蓋後世氣化涓漓,人之禀質多非聖人;又習熟污下,雖有向學者,不循師教,多安意自行。及其年老,筋力弛縱,精神衰耗,志意妄放驕恣,不守素學,而自以謂横説豎説,從心不逾,無可無不可,其不爲奔馳走作而流入粗俗虚浪者鮮矣。此老氏所謂無爲而無不爲,佛氏所謂大自在,吾觀古來英雄豪傑,末年事多無足觀矣。《書》曰"慎厥始,惟終",《詩》曰"慎終如始",其是之戒乎。(《弘道遺稿》卷十下《雜著·慎其終不怠》,《韓國文集叢刊續》第 54 册,頁 387)

任 璟

任璟(1667—?),字景玉,號玄湖,豐川人。肅宗二十五年(1699)增廣生員試合格,有《玄湖瑣談》,論朝鮮漢詩。

車五山才調極高,東溟對人輒誦其所作"華山北骨盤三角,漢水東心出五臺。無端歲月英雄過,有此江山宇宙來"之句,曰:"天下奇才。"栗谷先生嘗在江郊,五山適在座,栗谷呼韻,五山應口對曰:"風健牙檣千尺直,月明漁笛數聲圓。"栗谷擊節稱賞。金清陰亦稱"五山詩高處,雖老杜無以過之,如'餘寒冰結失江聲'之句,今人何嘗道得"云。(《玄湖瑣談》,載洪萬宗《詩話叢林》冬之卷,《韓國詩話叢編》第 5 册,頁 471)

李宜顯

李宜顯(1669—1745),字德哉,號陶谷、陶叟,龍仁人,謚號文簡,金昌協門人。肅宗二十年(1694)文科及第,歷任大提學、領議政等職。英祖八年(1732),以謝恩正使出使清。著有《陶谷集》,卷二十七、二十八《雜著》多論詩文之語。

以文章擬之八法:文之先秦兩京,詩之漢魏,鍾、王也;文之韓、歐,詩之李、杜、顏、柳也。八法必先以鍾、王立其筋骨,然後始成規模。不本于鍾、王,則雖或有姿媚,終不能掩其庸俗。詩文亦然,不以漢魏先秦爲法,則塵陋無可言,雖下筆滔滔,優於應俗,自識者觀之,亦難掩其傖父面目矣。(《陶谷集》卷二十七《雜著·雲陽漫録》,《韓國文集叢刊》第 181 册,頁 427)

詩以道性情。《詩經》三百篇,雖有正有變,大要不出"温柔敦厚"四字,此是千古論詩之標的也。屈原變而爲騷，深得《三百篇》遺音。西京、建安卓矣，無容議爲。下及陶、謝、江、鮑，又皆一時之傑然者。至唐益精煉，衆體克備，而杜陵集大成，此又詩家正脉然也。爲詩而侗此矩，則不可謂之詩矣。宋人雖自出機軸，亦各不失其性情，猶有真意之洋溢者。至於明人，浮慕《三百篇》、漢魏，鄙夷唐以下，而究其所成就，正如仲默所謂"古人影子"，不能自道出胸中事，吟咀數三，索然無意味。以余揆之，反不如宋也。譬之，則《三百篇》《楚辭》、漢魏以至盛唐李、杜諸公，其才雖有等差，而皆是玉也，玉亦有品之高下故也。宋則珉也，明則水晶、琉璃之屬也。(《陶谷集》卷二十七《雜著・雲陽漫録》，《韓國文集叢刊》第 181 册，頁 429)

余於陶、謝以後，劇喜鮑明遠。蓋宋齊以來，騀騀趨於靡麗，多姿而少骨，西京、建安之音節幾乎絶矣。而明遠之詩乃獨俊快矯健，骨氣高强，類非後來諸人所可幾及，是以李、杜亦極宗尚，朱夫子謂"李太白專學之"者得之。太白天仙之才雖出天授，而其奇逸之氣固自有所從來矣。(《陶谷集》卷二十七《雜著・雲陽漫録》，《韓國文集叢刊》第 181 册，頁 429)

宋詩門户甚繁，而黄、陳專學老杜，以蒼健爲主。其中簡齋語深而意平，不比魯直之峻嶒、無己之枯澀，可以學之無弊。余最喜之放翁，如唐之樂天、明之元美，真空門所謂"廣大教化主"，非學富不可能也。朱夫子於詩亦一意詮古，《選》體諸作俱佳。《齋居感興》以梓潼之高調發洙泗之妙旨，誠千古所未有。余竊愛好，常常吟誦焉。(《陶谷集》卷二十七《雜著・雲陽漫録》，《韓國文集叢刊》第 181 册，頁 429)

胡元瑞《詩藪》，原其主意專在媚悦弇州，其論漢唐不過虚爲此冒頭耳。然其評品古今聲調，亦多中窾，昧於詩學者不妨流覽以袪孤陋。至若推颺元美諸人躋之李、杜之列，直是可笑。錢牧齋罵辱雖過，亦其自取之也。(《陶谷集》卷二十七《雜著・雲陽漫録》，《韓國文集叢刊》第 181 册，頁 429)

退溪注釋朱子書，名曰《記疑》，此則書一類也。尤翁盡取《大全》釋之，名曰《劄疑》。未及卒功，托諸門人，使之續成，其出農巖者固善，而其他類不免疏漏舛誤之患。(中略)第九卷《天慶觀》詩"斷腸聲"，《劄疑》引杜詩《吹笛》注"阮咸語"，此正朱子所云鄭昻僞作，當删去。(中略)"與留丞相書眄睞"，《劄疑》引杜詩，而"眄睞以適意"即《古詩十九首》，此在杜詩之前，當引此而不必引杜詩也。(下略)(《陶谷集》卷二十七《雜著・雲陽漫録》，《韓國文集叢刊》第 181 册，頁 432)

"子弟寧可終歲不讀書，而不可一日近小人"，劉元城語也。"丈夫五十年，要須識行藏"，崔德符詩也。"射人先射馬，擒賊先擒王"、"四鄰未耜出，何必吾家操"，並杜甫詩也。"將此身心奉塵刹，是則名爲報佛恩"，佛經語也。"皓天不復,憂無疆也。千秋必反,古之常也。弟子勉學,天不忘也",荀子語也。"歸來兮逍遙,西江波浪何時平",黃山谷詞也。"野火燒不盡,春風吹又生",白樂天詩也。或是外家語,或是閒漫詩句,而朱子引以譬喻,各當其事理,間有與本人語意絕相反者,意在斷章取義也。(《陶谷集》卷二十八《雜著·陶峽叢說》,《韓國文集叢刊》第 181 册,頁 442)

唐文韓、柳外、李翱、孫樵、李翰、李觀、皇甫湜、元結、杜牧、元稹、白居易其尤也。又唐初則有王勃、駱賓王、楊炯、魏徵、陳子昂、蘇頲、張說、張九齡、狄仁傑、姚崇、崔融、徐彥伯、劉知幾、呂才、孔璋、韋瓘、林之松,而盛唐以後則有王績、王緒、王維、李邕、李白、杜甫、高適、張謂、李華、張巡、顏真卿、劉蛻、蕭定、梁肅、獨孤及、獨孤郁、獨孤霖、王士源、常衮、楊炎、權德輿、崔祐甫、陸贄、柳識、裴度、牛僧孺、李德裕、李紳、劉禹錫、段文昌、王藹、吳武陵、楊植、程晏、朱閱、盛均、高參、李渤、李甘、喬潭、舒元輿、賈餗、劉軻、范傳正、沈宅、陳黯、孫郃、陳越石、張彧、李綱、盧元輔、韋應符、陸希聲、馮用之、歐陽詹、歐陽秬、劉巖夫、柳伉、李商隱、皮日休、陸龜蒙、段成式、裴休、裴延翰、羅隱、司空圖。而帝王則太宗、德宗皆有文者也,咸有篇章可觀。而王、駱之駢儷,蘇、張之制册,宣公之奏議,又其獨出倫類者也。(《陶谷集》卷二十八《雜著·陶峽叢說》,《韓國文集叢刊》第 181 册,頁 448)

洪重寅

洪重寅(1677—1752),字亮卿,號花隱,豐山人。編有《東國詩話彙成》,内容多輯録前人詩話作品,按時間順序編排,後附僧類、閨秀等,體例周全。與他人詩話相同較多者不録。

(權漢功)到遼東崖頭,有詩云:"野闊民居樹,天低馬入雲。"其形容遼野無復餘蘊。牧隱云:"此詩遼野十字傳神,與杜工部'地偏江動蜀,天遠樹浮秦'語意絕相類。"牧隱遂用十字爲韻,因成十絕。(《東國詩話彙成》卷六,《韓國詩話叢編》第 6 册,頁 302)

公(金净)之五律深得杜工部體,其《謫中遣懷》詩曰:"海國恒陰翳,荒邨盡日風。知春花自發,入夜月臨空。鄉思千林外,殘生絕島中。蒼天應有定,何用哭途窮?"又曰:"少年師古訓,意拙謾多癡。道有名何用,官成殆亦隨。世事應前定,行身未早知。餘生倘有悔,來日庶能追。"其《晚望》詩曰:"秋陰起將暝,迢遞倚荊扉。虛莽夔魖悄,冥烟島嶼迷。眼穿孤鳥盡,思逐片雲依。一葦豈云遠，人遐自來歸。”又：“絕國無相問，孤身棘室圍。夢如關塞近，僅作弟兄依。憂病工侵鬢，風霜未授衣。思君若明月，天末寄遙輝。”其《效劉白張姚體》云：“謫居人事絕，却與懶相宜。書亂多無次，畦荒半不治。睡眠侵午足，枕席趁凉移。人散酒醒後，月明閑夜時。”其《山雨》詩曰：“蕭蕭山雨下芽庵，秋老荒城晚色酣。故國山川魂自往，不知身在海天南。”其《江南》詩曰：“江南殘夢晝厭厭，愁逐年芳日日添。雙燕來時春欲暮，杏花微雨下重簾。”（《東國詩話彙成》卷十二，《韓國詩話叢編》第 6 冊，頁 364）

宣祖書示東陽尉申翊聖曰：“詩如李杜渾閑事，文似歐蘇亦浪爲。獨愛明窗净几上，心齋長對聖賢書。”又曰：“人事每從忙裏擾，天心但覺静裏爲。上林臘月梅花發，誰道窮陰閉塞時。”（《東國詩話彙成》卷十四，《韓國詩話叢編》第 6 冊，頁 408）

申靖夏

申靖夏（1681—1716），字正甫，號恕庵，平山人，金昌協門人。肅宗三十一年（1705）增廣文科及第，歷任弘文館校理、獻納等職。著有《恕庵集》，卷十六爲《雜記》，包括《評史》《評詩文》《評書畫》，主要評論歷代人物，及詩文、書畫作品等。

詩話云：子美《羌村》詩“夜闌更秉燭，相對如夢寐”此句，人嘗過驪山，夢明皇稱美云。後人以爲，子美此詩有“世亂遭飄蕩，生還偶然遂”之語，則致世之亂者誰耶？明皇豈得不耻而猶誦其語乎？余以爲明皇因重色而致亂，固不可矣。然以護前而失名句，尤不可。書杜子美《羌村》詩（《恕庵集》卷十六《雜記·評詩文》，《韓國文集叢刊》第 197 冊，頁 476）

子美平生作詩不作無益語，故其詩多可採。如《石笋行》末句曰：“嗟爾石笋擅虛名，後來未識猶駿奔。安得壯士擲天外，使人不疑見本根。”此爲世人破妄也。柳子厚作《八駿圖説》，欲使天下有是圖者舉而焚之，亦此意也。書子美《石笋行》（《恕庵集》卷十六《雜記·評詩文》，《韓國文集叢刊》第 197 冊，頁 476）

老杜《八哀》詩曰：“日斜鵩鳥入，魂斷蒼梧帝。”世釋帝作舜，此爲非也。蒼梧帝，即蒼梧天也。嘗見放翁詩有“山聳帝青”之句。聳帝，謂聳天也，帝之爲天無疑。辨老杜“魂斷蒼梧帝”句（《恕庵集》卷十六《雜記·評詩文》，《韓國文集叢刊》第 197 冊，頁 476）

子美詩曰：“久客惜人情，如何拒鄰叟。”反觀居士曰：“子美幸而不有周公之位矣,其不能躬吐哺矣。何也？爲不久客,則可以拒人爾。"記子美詩(《恕庵集》卷十六《雜記·評詩文》,《韓國文集叢刊》第 197 冊,頁 476)

子美、青蓮各有能事,歷代題品亦不一。至於近世,愛杜者多於愛青蓮。然要當以杜爲今文,而以青蓮爲古文爾。評青蓮、子美詩(《恕庵集》卷十六《雜記·評詩文》,《韓國文集叢刊》第 197 冊,頁 476)

梅聖俞爲宋詩祖,自歐公盛推服,然其詩過苦寒,不可學。放翁亦以爲："置字如大禹之鑄鼎,煉句如后夔之作樂,成篇如周公之致太平。",此語唯老杜近之,聖俞恐不得當也。記放翁梅聖俞詩評(《恕庵集》卷十六《雜記·評詩文》,《韓國文集叢刊》第 197 冊,頁 477)

近看《放翁集序》,乃中州近歲人所爲也。有"胸中李、杜,紙上李、杜"之語,可謂善論詩者。近世學杜者,多用悲愁困窮之語,殆亦無病而呻吟者,僕亦少時不免此病爾。記放翁集序語(《恕庵集》卷十六《雜記·評詩文》,《韓國文集叢刊》第 197 冊,頁 478)

滄浪洪世泰少日爲唐,晚乃學杜,其格頗變。論者以爲學杜者不如學唐,而洪未之服也。有一詩人就問於農巖者,農巖笑答曰:"吾從衆。"得失之論遂定。滄浪詩學先後之異(《恕庵集》卷十六《雜記·評詩文》,《韓國文集叢刊》第 197 冊,頁 480)

世知杜子美之能詩,而不知其文亦自好。如《公孫大娘劍舞行序》已極頓挫,而又其《進三大禮賦表》極工煉有法度。如曰:"與麋鹿同群而處,浪跡於陛下豐草長林。"又曰:"臣之愚頑,靜無所取。以此知分,沉埋盛時。不敢依違,不敢激訴,以漁樵之樂自適而已。"其文視諸子,覺自別耳。杜子美能文(《恕庵集》卷十六《雜記·評詩文》,《韓國文集叢刊》第 197 冊,頁 481)

南克寬

南克寬(1689—1714),字伯居,號謝施子,宜寧人。著有《夢囈集》,坤卷《謝施子》收錄 192 則漫筆,多評論中國文人及朝鮮語言文字等。

讀書,不辨杜詩蘇注、《天寶遺事》之僞,謂五穀不分可也。(《夢囈集》坤《謝施子》,《韓國文集叢刊》第 209 冊,頁 319)

鮑明遠詩"爭先萬里道,各事百年身",杜陵"長爲萬里客,有愧百年身",實祖之而旨異,二詩各有意致,未易優劣。(《夢囈集》坤《謝施子》,《韓國文集叢刊》第 209 冊,頁 320)

徐文長五言古詩,效韓、杜變體,沈悍之才亦自稱之,七言纖靡不佳。石公古詩俱無可稱,七言絕句有徐氏聲調,律詩略等,大較不及者多。(《夢囈集》坤《謝施子》,《韓國文集叢刊》第 209 册,頁 321)

杜詩"晴天卷片雲",劉文房詩"客心暮千里",虞山以"卷"爲"養",竟陵以"暮"爲"慕",皆據訛本。仍爲好奇之念所使,所謂無無對也。不論兩字當否,只取元篇細觀,思過半矣。(《夢囈集》坤《謝施子》,《韓國文集叢刊》第 209 册,頁 323)

佚 名

李東彦,登蕭廟朝科,官至兩司北評事。爲人剛直,專昧茹吐,隨事刺論,毋諱君失,彈劾[一]不饒,滿朝畏忌。其爲暗行御史也,宮導掌橫加作弊之罪,峻杖嚴訊,移囚致斃。書啓論列,則"宮屬剥虐殘民、貽累聖德者,難一二言"云云,"殿下獨不見杜甫《哀王孫》之詩乎"?東彦幽禍,未必不由於此也。公獄中詩曰:"寵辱悠悠總一時,啖桃矯駕忍爲之。孤臣罪大生何益,聖主恩深死亦遲。素節豈因夷險變,丹心應有鬼神知。圓扉夜夜愁中夢,半入萱堂半玉墀。"(《左海裒談》,載任廉《晹葩談苑》絲卷,《韓國詩話叢編》第 11 册,頁 390)

[一] 劾,原作"刻"。

姜 樸

姜樸,見《評述類》介紹。其《菊圃集》卷十二《翰墨漫戲》多論文人及其詩文作品。

早朝詩優劣

唐人早朝詩,諸評皆右王、岑,殆成定論,而余見則賈舍人當爲第一。蓋賈則就早朝時賦得即事,故光景真切,開口便是,起語黯然如畫,此後更萬首亦不復近,結得又渾然,"朝朝"二字却又含蓄不盡。諸人則皆從後追和,故句語非不警工,而類不免安排強澀,終失情境。岑則三聯俱犯曉景,王則偏紀朝儀,便涉宮體,不但服色爲病。杜亦欠早朝意象,要之俱不可比肩於幼鄰。噫!以諸人一代名宗,而唱和之間尚不無主客勞逸之辨,況近代諸人專尚次韻,其苟且牽強,尤當何如也?書此以待具眼之論,兼以爲詩家漫率和次之戒。(《菊圃集》卷十二《翰墨漫戲》,《韓國文集叢刊續》第 70 册,頁 234)

子美詩至日一聯

杜子美《至日》詩"麒麟不動爐烟上,孔雀徐開扇影還","不動"、"徐開"四字,真個尤工點睛手,千萬古猶有生氣射人。且接下得"上"字、"還"字,尤見精神。又曰:無"不動"、"徐開"在上,則下"上"字、"還"字却凡;無"上"字、"還"字承下,則"不動"、"徐開"却又不神。此處細思之,令人欲舞。(《菊圃集》卷十二《翰墨漫戲》,《韓國文集叢刊續》第70冊,頁234)

韓 文 杜 詩

退之之文,子美之詩,譬如《鄉黨》一篇,雖其衣服飲食、常文疏節,皆可爲後世法。(《菊圃集》卷十二《翰墨漫戲》,《韓國文集叢刊續》第70冊,頁234)

金 漸

金漸(1695—?),字仲鴻,金海人,景宗元年(1721)增廣進士試合格。《西京詩話》評論對象僅限西京(今平壤)一地,是朝鮮詩話中唯一的地方性詩話。

李文簡公承召,英陵丁卯再擢科,皆第一,驟拔至禮判。凡朝廷大典多出其手,蔚然爲一代宗匠。或曰:"李即延安産也,而獨不自云家在平壤。及所賦《大同江》詩'欲向漁磯尋舊隱'者,不亦證乎?"如杜工部或隴或蜀,亦何常居之有?(《西京詩話》卷一,《韓國詩話叢編》第13冊,頁573)

世目文章爲小技,不知書畫之於技又其小者耳。然少陵獨云:"筆落驚風雨,詩成泣鬼神。"及若所謂"詩爲有聲畫,畫爲無聲詩"者,譬之人有四體,闕一不可。吾故擷而録之,供好事一大噱。(下略)(《西京詩話》卷一,《韓國詩話叢編》第13冊,頁592)

池松亭、金勉軒二君子有力,頗自位置,大抵皆一時射雕手。啓、禎之際,淑氣所會,田西亭、黃月渚、許箕山、金梨村諸公復起而振之。西亭源委六經,精當有法。月渚詩[一]法節簡,澹泊可喜。箕山出太史氏,兼取少陵,而志不帥氣,大言闊步。梨村出歐、蘇諸子,少窘氣力,而徹頭徹尾口無擇言。葛坡李退之以客卿入關,咄咄逼人而奪其位,被堅執銳,桓撻一世。復有密城三下,皆出六朝,而晚翠復益以四傑之繩墨,若直眉山有雪堂耳。同時羽翼,如金大勇、安四賢皆偏雄長者。若論其至,則肅寧其優乎?(《西京詩話》卷二,《韓國詩話叢編》第13冊,頁603)

[一]詩,原作"誦"。

諸公句語多與古人相犯。鄭知常"僧看疑有寺,鶴過恨無松",即李洞"鶴歸遥認刹,僧步不離雲"也。韓克昌"遠聲灘下石,寒色雪中村",即李頎"秋聲萬户竹,寒色五陵松"也。黄澄"汀樹月將落,漁村火獨明",即杜子美"野徑雲俱黑,江船火獨明"也。康儀鳳"地理藏真界,天文映少微",即許仲晦"地理南溟闊,天文北極高"也;"病覺相如渴,心慚子夏癯",即錢起"不識相如渴,徒吟子美詩"也。卞璵"甲觀千秋節,西風八月時",即杜牧之"歌吹千秋節,樓臺八月凉"也。田闢"雖窮何可哭,將老且宜吟",即杜子美"途窮那免哭,身老不禁愁"也;"莫以新知樂,能忘舊學温",即王摩詰"莫以今時寵,能忘舊日恩"也;"門開滄海闊,簾捲碧山長",即柳子厚"泉歸滄海近,樹入楚山長"也;"三千年變海,九萬里浮雲",即杜牧之"一千年際會,三萬里農桑"也;"金塔風烟古,雲橋水石秋",即釋靈澈"楚俗風烟古,汀洲水木凉"也。黄胤後"殷武調元日,周文養老年",即張説"漢武横汾日,周王宴鎬年"也。李進"柳摇春後絮,梅著臘前花",即虞世南"竹開霜後翠,梅動雪前香"也;"草緑愁平仲,花殘怨子規",即沈佺[一]期"芳草平仲緑,清夜子規啼"也;"寒鍾山北寺,遠火水西村",即岑參"近鍾清野寺,遠火點江村"也;"一年身作客,千里夢還家",即張謂"還家萬里夢,爲客五更愁"也;"萬事雙蓬鬢,孤踪一葛衣",即杜子美"身世雙蓬鬢,乾坤一草亭"也。曹興宗"烟雨空江暮,風霜落木秋",即杜審言"雨雪關山暗,風霜草木稀"也;"白雲閒自去,明月任誰家",即李白"白雲還自散,明月落誰家"也;"農桑村村急,漁歌處處閑",即杜子美"農夫村村醉,兒童處處歸"也。許瀍"故國青山在,繁華洰水流",即荆叔"漢國山河在,秦陵草樹深"也;"仙亭臨洰水,秋色落秦山",即王摩詰"荒城臨古渡,落日滿秋山"也。金汝旭"金闕開黄道,鑾輿下紫宸",即杜子美"閶闔開黄道,衣冠拜紫宸"也;"日落金方圓,天清玉塞空",即戴叔倫"天高吴塞闊,日落楚山空"也;"萬木秋風後,孤城落照間",即馬戴"萬木秋林後,孤山夕照餘"也;"相逢新白髮,共對舊青山",即于武陵"羞將新白髮,却到舊青山"也;許佖"閭井冰生石,宫池霜折荷",即皇甫曾"野水冰生岸,寒泉繞隔林"也。康侃"雨餘叢竹冷,霜近獨楓明",即朱慶餘"雨餘槐穗重,霜近藥苗衰"也。七言如鄭知常"風送客帆雲片片,露濕宫瓦玉鱗鱗",即"光摇碧瓦鱗鱗玉,影落茅檐寸寸金"也。趙浚"月明淮水霜初落,秋盡江都柳未凋",即岑參"花通劍佩星初落,柳拂旌旗露未乾"也。李承召"雙鳳遥瞻扶玉輦,九韶還訝上瑶臺",即王禹玉"雙鳳雨中扶輦下,六鰲海上駕山來"、金安國"萬里玉關傳露布,九霄金闕絢雲旗"也。田闢"千里旅遊秋欲暮,百年人世病常多",即杜子美"萬里悲秋常作客,百年多病獨登臺"也。李進"窗含列岫千重翠,門納長溪一面清",即杜子美"窗含西嶺千秋雪,門泊東吳萬里船"也;"氣作山河猶鎮國,身爲厲鬼欲殲夷",即趙元鎮"身騎箕尾歸天上,氣作山河壯本朝"也。許灌"北來榆塞猶聞鼓,南望桃源又關船",即杜子美"南渡桂水闕舟楫,北歸秦川多鼓聲"也。金汝旭"千里暮江秋色遠,萬家寒葉雨聲多",即趙孟頫"千里湖山秋色遠,萬家烟火夕陽多";鄭斗平"二儀昏黑天將雨,三伏炎蒸日欲曛",即杜子美"二儀清濁還高下,三伏炎蒸定有無"也。洪益重"登臨二水橫分地,嘯嗷千山欲暮秋",即陳去非"登臨吳蜀橫分地,徙倚湖山欲暮時"。皆極宏贍藻麗,不易上下。今以時代一概欲束高閣,亦稍冤矣。(《西京詩話》卷二,《韓國詩話叢編》第 13 册,頁 606)

　　[一] 佺,原作"全"。

　　截七爲五者,如:田闢"桃花紅勝錦,流水碧於藍",即杜子美"不分桃花紅勝錦,生憎柳絮白於綿";李進"白髮雖欺我,黃花不負秋",即陳無忌"九日清樽欺白髮,十年爲客負黃花"也;金汝旭"城闕黃雀裏,關河白髮前",即杜子美"時危兵甲黃塵[一]裏,日短江湖白髮前"也;金虎翼"三千銀世界,十二玉樓臺",即劉師道[二]"三千世界銀成色,十二樓臺玉作層"。(《西京詩話》卷二,《韓國詩話叢編》第 13 册,頁 609)

　　[一] 塵,原作"雀",據《杜詩詳注》改。
　　[二] 劉師道,原缺,據行文格式補。

　　補五爲七者,如:田闢"明月天涯蟲吊夜,青江山上葉飛時",即劉長卿"明月天涯夜,青山江上秋"也;洪益重"登臨落日心猶狂,駕御泠風骨欲仙",即杜子美"落日心猶壯,秋風病欲蘇"也。(《西京詩話》卷二,《韓國詩話叢編》第 13 册,頁 609)

　　箕子《洪範》本屬聖經,吾不敢容議矣。《麥秀歌》是千古懷古之祖,一遂爲五言。人知乙支公五言絶祖,而不知其權輿於《麥秀》也。詩至鄭司諫,唐風大備,姑足以言詩耳。第箕子語之自然,不假作也,乙支作而不工也。司諫極工矣,吾故曰:"司諫盛中之宗,衰中之鼻。此雖人力,亦是天地間陰陽剝復之妙。"鄭知常絶句,如"紫陌東風細雨過,輕塵不動柳絲斜。綠窗朱户笙歌咽,盡是梨園弟子家",又"雨歇長堤草色多,送君南浦動悲歌。大同江水何時盡,别淚年年添綠波",皆吾東傑作,而談者不無軒輊。大抵《西都》瀏亮宏麗,光景爛熳,可謂二十八字畫厨也。《南浦》覺有十分氣色,"别淚添波"雖亦本之老杜,不失爲千古情語之祖,而畢齋[一]《風雅》不收,私所未解。(《西京詩話》卷三,《韓國詩話叢編》第 13 册,頁 616)

　　[一] 齋,原作"齊"。

　　箕山一腔熱血隨感輒發,不獨於己分上見之。如《送都事》落句云:"無寧贈君一言行,手補西北春天缺。"余嘗謂此老詩有心法、有句法,不偏爲一

邊説。大抵以少陵心借青蓮口,毋論詩格,即其人極難得。(《西京詩話》卷
三,《韓國詩話叢編》第 13 册,頁 624)

吳達運

吳達運(1700—1748),字汝三,號海錦,同福人。英祖十六年(1740)增
廣文科及第,曾任注書等職。著有《海錦集》,卷五《漫筆》多論詩文。

詩以蘊藉含蓄爲基本,以平淡閑雅爲精彩,以生新渾厚爲體段,然後方
可合於《三百篇》之旨。而自香山體出後,雜以俚語,切近人情,驟看可喜,而
元無餘意之可咀嚼、比興之可諷諭,而猶其體本不失淡雅。至李白而後又有
奔放之體,杜子之後有雄渾之格,各自成一家,而亦不離道之甚遠。至於蘇、
黃,則合二家而裁製之,故雄渾奔放,混淪同駕,而但於含蓄閑雅之舊格已成別
姓之裔矣。(《海錦集》卷五《漫筆》,《韓國歷代文集叢書》第 459 册,頁 540)

詩,天機也,有自然之景趣,有自然之音響。當其唫哢雕鎪,琢出腎肝也,
雖巧奪天工,而非自然之景趣,則非詩也;雖得其景趣,而非自然之音響,則非
詩也。如杜詩諸作,下字排句有似兒童澀語者,試舉吟諷,天然自然、雄渾瀏亮之
聲自溢於牙頰,此其不可逮者也。今人之學杜詩者,但以巧鑿意致涉於工妙,則
曰"是杜體也";遲重其聲近於濁,則曰"是杜格也"。嗚呼,杜子其果是耶? 真所
謂偏周公者歟? (《海錦集》卷五《漫筆》,《韓國歷代文集叢書》第 459 册,頁 541)

國初所尚惟以蘇、黃爲主,而中變而學唐,末變而學杜,皆未及於學蘇、黃
之時也,何哉? 唐杜遠而風氣不相及,故學唐者,只學其嫩媚,而不得其骨;學
杜者,只學其巧重,而不得其清,反不如學蘇、黃者,風氣相近,而其格爲易學
也。且蘇、黃比唐杜爲下者,以其索言景致,絶無餘味;音韻太清,歉於淡雅,而
亦其風氣所囿,不得以强焉者也。今之嗤蘇、黃而尚唐杜者,真談龍肉而棄鱸
膾者歟? (《海錦集》卷五《漫筆》,《韓國歷代文集叢書》第 459 册,頁 542)

申景濬

申景濬(1712—1781),字舜民,號旅庵,高靈人。英祖三十年(1754)文
科及第,歷任掌樂院正、順天府使等職。著有《旅庵遺稿》,卷八《雜著》之
《詩中筆例》《詩作法總》等論作詩之法。

攻 原 之 例

論者必以李、杜并稱大家數。而余嘗斷之,以爲杜甫之憂愛君國、扶持

義理,可以爲經,可以爲史,可以爲有關於世教處,則李白固當遜其矯矯之牛耳矣。至於沖淡坦正,能近邃古之風味者,則惟李白有之,杜甫卒未免爲後世之體。此正范氏所謂"陳子昂、李太白、韋應物之詩猶正者多而變者少,杜子美、韓退之以來正變相半者也",亦疏齋所謂"清廟茅屋謂之古,朱門大廈謂之華屋則可,謂之古則不可;大羹玄酒謂之古,八珍謂之美味則可,謂之古則不可"者也。然而杜詩非徒卷首楊仲弘所得諸格之詳解,古來注箋亦多矣。若李詩難會與杜無殊,而所論甚鮮,故余於此書多引而言之。(《旅庵集》卷八《雜著二·詩中筆例》,《韓國文集叢刊》第 231 册,頁 113)

姜世晃

姜世晃(1713—1791),字光之,號豹庵、忝齋、山響齋等,晉州人。曾任南陽府使、禮曹判書等職,正祖八年(1784),曾以副使出使北京。以詩、書、畫三絶著稱,是朝鮮後期著名畫家、評論家,著有《豹庵稿》,卷五有《題評鶴林玉露》十二則。

桃錦柳綿解

杜陵此句,只是傷春惜別之語。今以謂巧言令色欲勝君子,故告侍御以分別邪正云者,豈近理乎? 不分,謂不勝忿也。末句"劍南[一]春色還無賴,觸忤愁人到酒邊",所謂春色者,指桃花、柳絮耳。詩意自明,何必曲解。(《豹庵稿》卷五《題評鶴林玉露十二則》,《韓國文集叢刊續》第 80 册,頁 394)

　　[一] 劍南,原作"錦江",據《杜詩詳注》改。

天棘夢青絲解

杜詩"天棘蔓青絲",初非夢字,字形相近而混也。今欲以夢字强解,至引佛書而亦不成説,不意《鶴林》之亦有此語。(《豹庵稿》卷五《題評鶴林玉露十二則》,《韓國文集叢刊續》第 80 册,頁 394)

杜陵孤雁、獨鶴句解

《孤雁》詩自是詠雁耳,至於獨鶴句,尤是漫詠,何關君子小人耶? (《豹庵稿》卷五《題評鶴林玉露十二則》,《韓國文集叢刊續》第 80 册,頁 394)

成　涉

成涉(1718—1788),字仲應,號僑窩,昌寧人。所著有《僑窩散録》數十卷,其《筆苑散語》多輯録他人詩話、筆記。

我國得杜法者惟蘇齋先生詩耳,其《孝陵》詩,杜之後不可多得,近世唯燕超齋詩仿佛唐人耳。《孝陵》詩曰:"墓表全心德,陵名百行源。衣裳圖不見,社稷欲無言。天慳逾年壽,人含萬古冤。春坊舊僚屬,惟有右司存。"(《筆苑散語》編上第一,《韓國詩話叢編》第 11 冊,頁 19)

稼亭、牧隱父子相繼中元朝制科,文章動天下,今二集盛行於世。牧隱之於稼亭,猶子美之於審言,子瞻、子由之於老泉,自有家法。評者曰:"牧隱之詩雄豪雅健,天分絕倫,非學可到;稼亭之詩精深平淡,優遊不迫,格律精嚴。"自有優劣,具眼者當卞之。(下略)(《筆苑散語》編上第一,《韓國詩話叢編》第 11 冊,頁 22)

世云:"濯纓長於行文,而詩非其所長;挹翠長於詩,而行文非其所長也。"此言非也。濯纓、挹翠於文於詩皆天才也,但所嗜文與詩之異耳。余嘗觀濯纓《觀水樓四韻》,其格調非常調,杜之後不可多得;觀挹翠《與南士華書求碑銘》,其書完然一行狀,而效班椽叙事體。要之,兩公之文與詩,亦不下於所長,使之享年,益盡心於詩文兩技,則濯纓不獨以文名世,而挹翠不獨以詩自鳴而已。濯纓《題三嘉縣觀水樓》詩曰:"一縷溪村生白烟,牛羊下括漫爭先。高樓樽酒東西客,十里桑麻南北阡。句乏有聲遊子拙,杯斝無事使君賢。倚欄更待黃昏後,觀水仍看月到天。"此與其文何如也?濯纓則三十五取禍,挹翠則二十七取禍,而世言挹翠其時半百,濯纓文字多用老病,或者二先生之年數止於此而已耶?(《筆苑散語》編上第一,《韓國詩話叢編》第 11 冊,頁 35)

皇明文章,惟宋金華最爲純正華富。方遜志,其弟子也,而亦歐、蘇之餘波也。繼此者如王陽明、唐荆川、王遵巖、歸震川之流,皆雅馴之體,辭理兼備,蔚爲中華文章正脉矣。忽於其間突出李攀龍者,創出別體,務爲鉤棘險僻人所不解者妝撰爲文,簡《左》《國》字句,班、馬模象緣飾之,無一言真實自得者。而其理致精神闔闢締構,昧昧焉無所知也。其爲詩只取子美、摩詰、李頎、岑參等諸作之最佳者數十句,依樣模寫,而衣被之以廓大之景,如中原、大陸、宇宙、乾坤、日月、風雲、千里、萬里、白雲、明月、大漠、滄海等字數十句以張其氣。自以爲文自西京、詩自天寶以下不足污吾筆。其徒推服者,又謂之上推虞姚、下薄漢唐,攀龍傲然自當,務爲誇大,乃作白雪樓於鮑山下,與王世貞、徐中行、宗子相、徐子興、余曰德、張佳胤結社,謂之七子,非此則莫登此樓也,操海內文章之柄者二十年,舉世趨風,狂怪之語、幽險之體遂至易天下。夫天下之大萬有餘里,文士之多爲幾萬人,而舉爲野狐精所迷,僵仆於鬼窟荆棘之塗,豈不哀哉?(下略)(《筆苑散語》編上第一,《韓國詩話叢編》第 11 冊,頁 47)

李 瀷

李瀷,見《評述類》介紹。其《星湖僿説》有"詩文門"三卷,雜論中朝詩文。

八 哀 解

姜主簿世貞云:"余曾學杜甫《八哀詩》於許滄海格,滄海學於李東岳安訥,蓋有所傳授口訣。"仍爲余道數條,頗發於注家之外。余又因而增益之,以爲後考。"甲外控鳴鏑",甲如帶甲之甲,謂兵陣也,言獨行控弦而無畏忌也。"甚",猶何也。"未甚",猶言未幾無何也。後世語録"甚"多作"何"義也。"非外藩",外藩也,反語也。"廉藺",武臣也,非《文苑》之所傳。然戰功非文臣所辦,故鄧景山以敗。如思禮者,雖不入於文傳,却與廉藺同績,嘆世之徒尚文而不付其人也。"愁寂",兵少也。"高視",氣驕也。"平生"、"零落"、"白羽扇"、"蛟龍匣",皆互文,言平生之白羽扇、蛟龍匣皆零落也,凡杜作多此例。"箱篋",用羊樂誇書事,言必有直筆,可以洗滌其饞謗也。"疲繭",勤勞也,言盡瘁者更無其人也。"開口"、"小心"云云者,言望實如此,將一開口而將相可取,然猶小心,而接人也如此。"逢人問公卿",言當時公卿執執羈靮而從於西,孰奉太子而留耶?繼云"萬乘出"在何地,寧不悲乎?出如"天王出居"之出。《曲禮》云:"天子不言出。""出"字極有力矣。"匡汲"、"衛霍"二句,謂亂既平,或有如匡、汲之寵辱者,如衛、霍之哀榮者,獨武安享禄位也。"京兆"、"尚書"以下四句,謂武宜在帝左右,補闕拾遺而出在外藩,若朝廷無人然也。"問俗終相并",言非耽漁釣漫興,蓋與諏訪謠俗之辰酉合、巳申合、午未合,各以相對者言也。不獨此,術家又有三合之說,古亦有據。屈原《天問》云:"陰陽三合,何本何化?"支以申子辰合、巳酉丑合、亥卯未合、寅午戌合,干以乾甲丁合、坤壬乙合、巽庚癸合、艮丙辛合。推六合之例,亦當有四合:壬癸合、辛甲合、庚乙合、丙丁合。余不能解陰陽家説果然否。(《星湖僿説》之《詩文門》,《韓國詩話叢編》第6册,頁661)

夫 家

杜詩:"彤庭所分帛,本自寒女出。鞭撻其夫家,聚斂貢城闕。"若謂其夫之家,則不成説。子美好用配語,以"城闕"爲對,謂"夫"與"家"也。《周禮》:"媒氏司男女之無夫家者而會之。"謂男之無家,女之無夫也。又載師之職"出夫家之征",鄭注云:"一夫百畝之賦,一家力役之征。"此謂租庸也。杜之意未知誰取,而其爲"夫"與"家",則不可改評。然其《負薪行》云:"夔州處女髮半華,四十五十無夫家。"此雖指"夫"與"家",而義又不侔,未知如何也,或者謂年老而無夫婦之樂耶?(《星湖僿説》之《詩文門》,《韓國詩話叢編》第6册,頁662)

洗兵馬四章

杜少陵《洗兵馬》篇,即頌功之作也。六韻必遞,至四遞而篇成,其體祖於李斯。按《始皇本紀》,其頌功之銘凡六,或兩句爲聯,或三句爲聯,莫不以六韻爲式。意者頌者必將被之管弦爲聲樂,則其節拍之宜,必有如是而後可者耳。其《梁父》及《之罘》《東觀》三頌皆兩遞韻,合十二聯。《琅邪頌》四遞韻,前十八韻同音,後十八韻凡三遞,合六六三十六聯,而每六聯以"皇帝"字起語,則便是六遞韻也。惟《碣石頌》前三聯九句,後六聯十八句,聯各二韻,則未有過六韻者也。凡起句必有"皇帝"字,而此獨不然,亦恐有闕,是何與他篇異例? 其《會稽頌》二十四聯同韻,亦爲六者四也。少陵此篇以詩例言之,凡四章,章十二句,斯足爲一代之雅樂、詩家之準則,顧無人看到此耳。(《星湖僿説》之《詩文門》,《韓國詩話叢編》第 6 册,頁 663)

醉碧桃

杜詩:"九重春色醉仙桃。"《虞注》以爲桃熟爛紅之喻。余考許渾《驪山》詩:"聞説先皇醉碧桃。"又《洛城》詩:"猶自吹笙醉碧桃。"章孝標《送金可紀還新羅》詩:"蟠桃花裏醉人參。"蓋"醉"指人言者也,仙味入口,薰香浹骨,便是醉意,何必酒然後方然耶? (《星湖僿説》之《詩文門》,《韓國詩話叢編》第 6 册,頁 666)

草堂詩聖

《唐志》以李白集爲《草堂集》,杜甫集爲《杜工部集》,今世却以杜集爲《草堂集》者,誤矣。朱子曰:"白詩從容於法度中,聖於詩者也。"今世但以杜甫爲詩聖者,不考矣。(《星湖僿説》之《詩文門》,《韓國詩話叢編》第 6 册,頁 666)

詩　史

事有善始而不能善終者,未見有不能始而能終者也。處置得宜而合於人心,則危可使安,亂可使治。一言一事之間,可以斡旋天下,而千智萬力方得以輸其功矣。此如千仞之上百鈞[一]之石,或運一指,容易轉動。至於墮下坑谷,其勢沛然,雖有倚閣支遮,而趫健之士方可以售其猛慹。向非一指之功,誰得以與有力哉? 知此者知天下之勢矣。論者以杜工部《北征》一篇爲詩史,不過以送兵驅馬爲據,猶未能覿其深奧。甫以唐之中興專由於殺揚妃,殺妃之功歸於陳玄禮。夫唐之亂本由於楊妃,則不殺此物無以慰天下之人心。當馬嵬之行,非玄禮其能辦此耶? 故獨舉此爲言曰:"微爾人盡非,于今國猶活。"如李、郭之偉烈,皆不得以與焉,豈非處置合機而人得以奏功耶? 甫可爲詩中史斷。(《星湖僿説》之《詩文門》,《韓國詩話叢編》第 6 册,頁 667)

[一] 鈞,原作"勻"。

業 工

杜甫《杜鵑行》云:"業工竄伏深樹裏。"今考《事文類聚》,以"業工"作"業業",蓋一字叠書者,只加兩點如"工"字樣,此所以傳訛也。"業業",即恐懼之義也。車天輅《五山說林》:"業工,杜鵑雛也。余少時曾見一書,今不記何書也。"(《星湖僿說》之《詩文門》,《韓國詩話叢編》第6冊,頁668)

芙 蓉 城 詩

近古有文士某,於詩學頗深,謂人曰:"東坡惟《芙蓉城》一篇可擬於唐人。"余初不曉其意,後見韓昌黎《華山女》一篇,始覺坡之此作即擬韓而爲之也,語意體裁恰與相類,彼必指此而云也。大概山谷之出於杜,人皆言之;東坡之出於韓,未能或知之。其詩隨意信口,橫豎皆成,這便是此套。但黎大而坡小,黎渾樸而坡伶俐,其斤斧之跡有未易窺者,學詩者所當考。(《星湖僿說》之《詩文門》,《韓國詩話叢編》第6冊,頁670)

蓬 萊 詩

楊蓬萊士彦,神仙中人也,其筆似之。人但知筆之出塵,而不知其詩之非世間語矣。(中略)《金水亭石刻》詩云:"綠綺琴,伯牙心。一鼓復一吟,鍾子是知音。泠泠虛籟起遙岑,江月涓涓江水深。"余昔遊此地,已閱數十有餘年,而夢想猶勞。杜子美云:"焉得思如陶謝手,令渠述作與同遊。"此一句更令人起遐想。(《星湖僿說》之《詩文門》,《韓國詩話叢編》第6冊,頁670)

以 杜 釋 杜

杜詩:"思家步月清宵立,憶弟看雲白日眠。"蓋清宵立、白日眠,謂夜不能寐而晝或惰睡也。思家、憶弟即互言也,憶弟獨不可以宵立,思家獨不可以日眠耶? 其意若曰:"思家憶弟之故,而或夜立,或晝眠也。"論詩必於其人究之,方見造意之如何。又如:"昨日玉魚蒙葬地,早時金碗出人間。"謂玉魚、金碗始蒙葬地,終出人間也。又如:"炙背可以獻天子,美芹由來知野人","平生白羽扇,零落蛟龍匣",此類甚多。讀者宜以杜釋杜。(《星湖僿說》之《詩文門》,《韓國詩話叢編》第6冊,頁671)

城 南

唐高適詩:"少婦城南欲斷腸。"杜甫詩:"城南思婦愁多夢。"皆以"城南"爲言。意者都邑之制,貴者處北,賤者處南,以貴戚之第爲北里。如盧照鄰詩"南陌北堂連北里"是也。彼征戍之徒,皆閭里賤隸,其家多在于南下之地,今以漢都驗之可得。(《星湖僿說》之《詩文門》,《韓國詩話叢編》第6冊,頁673)

詩　源

《大雅·蕩》之卒章曰：“顛沛之揭，枝葉未有害，本實先撥。”杜子美得之，爲《楠樹》一篇，其寓意深矣。《桑柔》云：“大風有隧，有空大谷。維此良人，作爲式穀。維彼不順，征以中垢。”言君子、小人行處異路也。韓退之得之云：“萬物都陽明，幽暗鬼所褱。”邵堯夫發揮之云：“幽暗巖崖生鬼魅，清平郊野見鸞鳳。”此皆詩家奪胎法，《三百篇》之爲大源，豈不信然？（《星湖僿説》之《詩文門》，《韓國詩話叢編》第 6 冊，頁 676）

回　文　集　句

自李唐來詩學極盛，宏士鉅匠誇多鬥靡，靡所不至。杜甫五言排律或至百韻，後之效者終無大過於是。至高麗李相國奎報，遂有三百韻律，盡押“支”韻也，七言則亦未有至於百韻者。至任疎庵叔英，有《觀漲》七言百韻，旋復更次者至三四篇。五言律則有七百韻，乃盡押“支、微、齊、佳”等韻而合成之，即無論語意之佳否，已是傑然大手筆矣。古之回文只有四韻律，至李相國有《詠雪》三十韻七言律，與李侍郎需反覆相次，各成數篇也。集句律詩自宋王介甫、石曼卿始，《楊升庵集》載“梁間燕語聞長嘆，樓上花枝笑獨眠”數句，以爲千古奇絶。王世貞有《集杜句》一篇，而只有“念我能書數字至，知君已是十年流”一句。其他平仄不諧，配偶多乖，不得爲完篇。（下略）（《星湖僿説》之《詩文門》，《韓國詩話叢編》第 6 冊，頁 676）

明　皇　求　仙

李太白《古風》第三篇甚譏秦皇之求仙，若有所刺於時者，然史傳無考。余觀杜工部《覆舟》二篇，有云：“丹砂同隕石，翠羽共沈舟。”又云：“竹宮時望拜，桂館或求仙。”注云：“此諷玄宗好神仙。黔陽郡秋貢丹砂等物，以供燒煉之用，而使者乃沈其舟也。”然則此詩與上篇俱是譏刺時君之失，可謂詩史。（《星湖僿説》之《詩文門》，《韓國詩話叢編》第 6 冊，頁 678）

歇　後

歇後體不始於鄭綮，如“朱鮪涉血友于”之類是也。杜詩“一重一掩吾肺腑，山鳥山花吾友于”，即用其體也。《衛青傳》：“青得以肺腑待罪行間。”《諸侯王傳》：“臣雖薄也，得蒙肺腑。”蓋以山巒爲親戚，花鳥爲兄弟。下二“山”字承“重”、“掩”説，相疊爲“重”，回抱爲“掩”也。偶讀《山谷集》，其《西江月》一詞云：“斷送一生惟有，破除萬事無過。遠山惟影蘸橫波，不飲旁人笑我。花病等閒瘦弱，春來没個遮闌。杯行到手莫留殘，不道月斜人散。”首二句即語意精切，全篇如酒謎，並記之。（《星湖僿説》之《詩文門》，《韓國詩話叢編》第 6 冊，頁 678）

飲　仙

李白喜言仙言酒，如屈原之荃蕙菌桂，即有托意者在耳。杜甫作《飲中八仙歌》，夫仙者養壽，而飲促命；仙者斷嗜，而飲傷饕。彼數人者，與仙何涉？李白稱仙以詩，非以酒也。蓋從其所好，不以世味經心者，惟仙是已。甫也憂國無裨，寧欲漠然相忘而不可得，故乃指飲者爲仙。古諺云：“嬉笑之怒過於裂眦，長歌之哀甚於慟哭。”杜甫有之。（《星湖僿説》之《詩文門》，《韓國詩話叢編》第 6 册，頁 679）

杜詩喜言馬

杜詩喜言馬，其意可知。物之遇時顯名，或入於天閑，或爲將相之用，騰驤蹙踏，舒氣展才，莫有馬若也。又或不與時會，而庸夫驅策，鹽車峻阪，瘦骨崚嶒，困死於路旁，孰知夫有躡雲高才、追風逸足哉？是以伯樂一顧，羸馬仰首長鳴。子美之心，良亦悲矣。（《星湖僿説》之《詩文門》，《韓國詩話叢編》第 6 册，頁 681）

子美寄韓諫議詩

錢牧齋集釋杜子美《寄韓諫議》詩，謂“以諫爲職，望其薦李鄴侯於朝者”，得之。又引《外傳》“泌居衡山羨門，安期降之，羽車幢節照耀山谷”證“玉京群帝”，則未然也。彼雖仙群，豈可以帝稱之耶？泌既立大功，避輔國之讒，乞遊衡岳而已。其麻姑送酒之類，不過畏惡群小托此爲言，豈真有所謂安期之徒相與從遊耶？“鴻飛冥冥日月白，青楓葉赤天雨霜”，謂其脱略世禍，無所縈累。雖有天霜凋物，無奈鴻飛何也。“玉京群帝”指五帝座，此下四句，謂輔國等群小居大臣之位，左右昏君，讒毀罔極，搖撼至於高蹈之地，以其擅弄主威，故指之爲帝也。“倒景”，指天上也，影動於彼，而意實在此也。“星宫”對“北斗”言，指南内也。南方朱鳥七宿，而星居最中，故微其文，稱南内之拘囚也。玄宗方在憂愁轖悒，麴蘖爲伴，理必有之。而親信高力士又被斥去，即“羽人稀少不在旁”也。因溯前而述泌之成績，爲其好仙，故以赤松爲比，其功不減張良之定關中也。運籌之帷幄尚在，而避讒遠逃，則神之所以慘傷也。然則國家成敗，已非與知者，故於腥腐則色難而不食，於楓香則甘焉，謂不肯與群小同歸，而飄然高舉也。然周南留滯如太史公者，古今所惜，而其絕世養性，則宜壽考無疆也。末乃言當此時，如此人，不宜任其自放，猶有望於諫議之薦達而置之玉堂也。如是看，方是上下無滯矣。後温韜發唐之諸陵，見明皇頭乃破兩半，以銅絲縫合，必是李輔國、張后之弒逆，而史家諱之也。子在同宫，寧有不知之理？肅宗之罪難掩矣。人謂明皇殺三子、納兒媳之陰報，後張爲輔國所殺，輔國亦被誅，莫非循環之致，惟此一段不暴於後世。（《星湖僿説》之《詩文門》，《韓國詩話叢編》第 6 册，頁 682）

壯 遊 詩

唐肅宗之將易樹也,杜甫蓋有諫止之力,故其《壯遊》篇"斯時伏青蒲,廷爭守御牀"云云,然官微事不著,人不得以睹記而知也,故曰"小臣議論絕"云云。雖流離困苦之極,亦自靖而不言其功,故以介之推自況。當時貪天之功,榮華與勳業並高者,甫實鄙而危之,故曰"歲暮有嚴霜"。惟李鄴侯既定儲位,脫然歸山,故以鴟夷子爲喻。甫之爲人,要非飾虛矜己者,其必有所以然而發矣。儲位既定之後,朝紳掠美市恩以爲己力者亦必有之。史氏未必皆書,後世無以考其得失,據甫此詩可見矣。(《星湖僿說》之《詩文門》,《韓國詩話叢編》第 6 冊,頁 684)

屈 原 歌 辭

屈原辭云:"嫋嫋兮秋風,洞庭波兮木葉下。"此千古悲壯感慨,騷人韻客慕效不得也。李白發之於詩云:"昨夜秋風閶闔來,洞庭木落騷人哀。"杜甫發之於律云:"無邊落木蕭蕭下,不盡長江滾滾來。"惟此二句爲近之。蓋高秋涼風,葉下波涌,皆淒斷世界,妝點不過數字,而令人魂銷。白則言風來木落,則水波包其內,風神動人;甫則只言江水滾滾,亦帶波浪意思在中,筋骨可敬。然終不若原之徹肝透膈,盡情而哀訴。此古今之異,人情之不同也。(《星湖僿說》之《詩文門》,《韓國詩話叢編》第 6 冊,頁 685)

用 拙 存 道

堯命舜曰:"允執厥中。"及舜之命禹,益之以三言,則其理愈明。詩家亦有此句法。杜甫云:"用拙存吾道。"蘇軾附益之云:"貧家淨掃地,貧女好梳頭。下士晚聞道,聊以拙自修。"此興體也,亦詩人感發之妙詮。一日,余諷詠有味,因效爲數句,直賦其事云:"真心易撟晦,世習多纏繞。安貧自無事,用拙存余道。"不害爲杜詩之注腳。(《星湖僿說》之《詩文門》,《韓國詩話叢編》第 6 冊,頁 687)

律 詩 路 程

律詩五言生於六朝,七言生於沈、宋。自此詩道大變,其文彩雕鏤莫有如中二聯,故必專心於此,而起尾二聯,則不免苟賠成篇而已。惟其盡力於抽配平仄之間,而旨趣則汩喪矣。余嘗謂太白不屑爲搖琢之苦,則不能雙對,固也。雖或有之,其"好鳥"、"飛花"之語,鄙劣無足觀。子美專於雙對,又往往致意於尾聯,則其於絕句宜優;優而亦絕不作,何也? 此局於技而然也。蓋詩本於《風》《雅》,皆四字爲句,字少則意或未暢,故變爲五字,五字猶欠少,變爲七字。今《風》詩中有此例,如"無感我帨兮"、"遭我乎猇之間兮"之類是也。然古詩上下脈絡或相照爲句,絕句尾聯或十字或十四字相照爲句,可以容其思議。惟雙對二聯,局促妝飾,餘地不恢,故但務色態,比如朱粉錯施,而氣血乷澀也。於是習於苦澀,舍置聲韻,坼襪補綻,扳枝拉葉,氣像蕭然矣。變四爲七,本爲寬展用意,而今人只就四字加一爲五,就五字加二爲七,則又每下矣。蓋《三百篇》後,先有古詩,次絶句,次雙對短律。今之爲律者,宜先習絶句,然後方及短律,此其路程。(《星湖僿說》之《詩文門》,《韓國詩話叢編》第 6 册,頁 693)

一　水　香

人謂杜詩句句有來歷,今觀未必盡然,只是釋者旁拖曲引以傅會之,往往可笑。如"立馬千山暮,回舟一水香",此不過載妓遊宴之作,故回舟而餘香滿水云爾。其他"佳人雪藕絲"及"玉袖凌風並",雪與玉皆指白色而言。雪何必以雪桃爲證?玉何必飾玉爲貴?又況袖非玉可飾耶?蓋暑月之服不嫌白色,時俗可驗。其意本淺,被後人鑿教深看。(《星湖僿說》之《詩文門》,《韓國詩話叢編》第 6 册,頁 697)

白　　眉

馬良,字季常,時謂"馬氏五常,白眉最良",以其眉有白毫也。字季,則非伯也。今人却以杜甫有"長兄白眉復天啓"之句,謂伯兄爲白眉,則誤矣。李白贈族弟詩"置酒送惠連,吾家稱白眉",又云"季父有英風,吾家稱白眉",得之矣。若杜甫之意,謂其特秀如馬氏之最良云爾,或云謔其第四也。(《星湖僿說》之《詩文門》,《韓國詩話叢編》第 6 册,頁 698)

星河動摇

杜詩云:"五更鼓角聲悲壯,三峽星河影動摇。"舊注以灾異釋星河之動摇,其義未明。杜又云:"三更風起寒浪涌,醉舞喧呼覺舡重。滿空星河光破碎,四座賓客色不動。"其意與此相類。風起浪涌,舟行蕩迅,仰見星河,光色破碎,三峽亦水勢陡寫,放舟投下,則星河之影安得不動摇乎?此必夜泛即事之作,故云爾。(《星湖僿說》之《詩文門》,《韓國詩話叢編》第 6 册,頁 700)

杜　韓　詩

《唐書·杜甫傳》末云:"韓愈於文章慎許可,至歌詩獨推曰'李杜文章在,光焰萬丈長'。"李奎報譏其體文之卑弱,以五字句攙入於史策,譏之亦似有理。然其所推有輕重,不引其詩,何由知其美之許大也?其不獲已處,古亦有例,如唐太宗"雪耻酬百王"及謝靈運"韓亡子房奮"之類是也。韓詩之美亦許大,而人或有不好之者,至杜牧之詩曰:"杜詩韓集愁來讀,似倩麻姑癢處搔。"此並與韓而深好之也。今據牧之而推韓,據退之而推杜,方知詩中有節節階級,或據己見而妄議其淺深,奚啻蚍蜉撼大樹也。(《星湖僿說》之《詩文門》,《韓國詩話叢編》第 6 册,頁 701)

盤渦獨樹

杜甫詩"盤渦鷺浴底心性,獨樹花發自分明",退溪先生解云:"爲己君子無所爲而然者,暗合於此意思,學者正當體驗。正其義不謀其利,明其道不計其功。若少有一毫爲之之心,則非學也。"夫君子聲入心通,耳聞目睹,莫非喻義之方,如此看自好也。乃若甫之意,則盤渦急流也,鷺浮泛自在出沒如意,非賦性之天得不然也。獨樹無類也,其花標出於衆木而光色益顯。上句如縱浪大化,馴習法教不知爲之者;下句如孤行自守,不同流俗而高揭物表者。甫之意又未及此,而語言既工,義亦可况,此可爲看詩之例。(《星湖僿說》之《詩文門》,《韓國詩話叢編》第6冊,頁701)

子美善寬

子美詩云:"入門聞號咷,幼子飢已卒。吾寧捨一哀,里巷猶嗚咽。所愧爲人父,無食致夭折。豈知秋禾登,貧窶有倉卒。"極言困苦,殆於不能堪也。又云:"生常免租稅,名不隸征伐。撫跡猶酸辛,平人固騷屑。"甫雖困苦如此,能免租稅,則異於失業之徒矣;不隸征伐,則異於遠戍之卒矣。然而撫跡猶有酸辛如此,况在平民有浚剝鋒刃之患,其騷屑固宜矣。凡人之情,每於憂患,必取上面勝己者來比,惟恨其不能得此,殊不知下面又有不及己者存也。古語云:"德業觀前面人,名位觀後面人。"如是存心,寧有不安分之理?又云:"冉冉自趨競,行行見羈束。無貴賤不悲,無富貧亦足。"亦可謂善自寬矣。(《星湖僿說》之《詩文門》,《韓國詩話叢編》第6冊,頁704)

鵁鶄冠

嚴武贈子美詩云:"莫倚善題鸚鵡賦,何須不著鵁鶄冠。"王世貞云:"鵁鶄是漢世武夫冠。"蓋武之詩輕文重武之言也。按《文獻通考》云:"漢侍中冠武弁大冠,亦曰惠文冠。"漢以馬上得天下,故法服亦多尚武,得冠武弁。鵁鶄是虎賁鶡冠之類也。《通考》又云:"鵁鶄似鳳凰,神鳥。"《說苑》云:"鵲食猬,猬食鵁鶄,鵁鶄食豹,豹食駮,駮食虎。"與《通考》同。然《說文》云:"鵁鶄,鷺也,雉屬也。"《左傳》:"丹鳥氏司閉。"杜注云:"鷩雉也。"師古云:"似雉而小,冠背毛黃,腹赤,項綠,尾紅。"《周禮》"孤服鷩冕",則蓋後世因此制冠而爲武夫之尊服,與古義不同也。其所謂大冠,即趙惠文王所造,故名惠文冠,一名武冠。《漢書·終軍傳》云"願受大冠長纓繫南越王"是也。(《星湖僿說》之《詩文門》,《韓國詩話叢編》第6冊,頁705)

遮莫

《藝苑雌黃》云:"遮莫,俚語,猶言儘教也。"今人又不知儘教爲何語。愚按,儘與盡同。盡字有訓"任"者,則儘教者任教也。岑參詩云:"別君只有相思夢,遮莫千山與萬山。"杜子美詩云:"久拚野鶴如雙鬢,遮莫鄰雞下五更。”李太白詩云：“遮莫枝根長百尺，不如當代多還往。遮莫姻親連帝城，不如當代自簪纓。”皆“任教”之義也。遮，入聲。（《星湖僿説》之《詩文門》，《韓國詩話叢編》第 6 册，頁 718）

東 海 碑

杜詩譴瘧鬼，韓文驅鱷魚，文章可以參造化矣。如近世許眉叟篆文，幾於鐘鼎之古矣。世自無真眼，亦安知其不至於神乎？公著《東海碑》，自書之，人有鬼祟者，以其一本置於旁，鬼不敢近。又推而置於門屏間，鬼亦止於門外，而未曾或過云。始知譴瘧驅鱷，實有是理也。（中略）此一篇時一諷誦，令人神思凛然。鬼有知覺，亦安敢不畏避耶？（《星湖僿説》之《詩文門》，《韓國詩話叢編》第 6 册，頁 718）

稱 聖 人 名

杜子美“孔丘”、“盗跖”之語，爲儒學之所斥。至韓退之，亦累稱聖人之名，亦涉不恭。彼杜不足言，退之大儒，其亦犯此耶？昔蘇子美之徒燕飲作傲歌，王直柔詩云：“欹側太極遣帝扶，周公孔子驅爲奴。”仁宗聞之怒，命捕捉，因韓公少解，遂除名爲民，永不叙復云。詳在《語類》。（《星湖僿説》之《詩文門》，《韓國詩話叢編》第 6 册，頁 720）

秋 興 詩

杜甫《秋興》詩，解者多牽强。余謂“他日”者，如“他日未嘗學問”之“他日”，謂前日也。“叢菊兩開”，則再經秋矣。對花隕泪，一如前日，則未還可知矣。“每依南斗”云者，南斗至秋後，則初昏在中天，夜半而後始西墜。甫日斜而東望，每至於夜半而後已，故曰“每依南斗望京華”也。其“瑤池”、“紫氣”，則錢謙益以甫詩“落日留王母”及天寶間玄元降形，爲明皇好仙之證，亦似有考。（《星湖僿説》之《詩文門》，《韓國詩話叢編》第 6 册，頁 720）

沉 雲 黑

古書之脱誤多矣，經傳猶然，況詩文之類耶？杜子美《秋興》詩一首述昆明池物色，而其一聯云：“波漂菰米沉雲黑，露冷蓮房墜粉紅。”“雲”恐是“灰”字之訛也。若作“雲”字，讀不成説。今以古詩證之。薛道衡《遊昆明池》詩：“魚潛疑刻石，沙暖似沉灰。”虞茂詩：“支機就鯨石，拂鏡沉池灰。”元行恭詩：“衣共秋風冷，心學古灰沉。”李百藥詩：“大鯨方遠擊，沉灰獨未然。”宋之問詩：“象演看浴景，燒劫辨沉灰。”此皆詠昆明而用“劫灰”事。灰本色黑，《西京賦》所謂“黑水玄阯”是也。意者“灰”字草樣與“雲”相類，故傳寫之錯而然耳。且蓮花出有紅，而蕊無紅；粉出於蕊，安有紅粉？温庭筠詩云“蕊粉染黄那得深”，可以見矣。（《星湖僿説》之《詩文門》，《韓國詩話叢編》第 6 册，頁 721）

李 杜 韓 詩

屈原之作《離騷》,其志潔,故其稱物也芳。蘭蕙、菌蓀、揭車、杜蘅之屬,爛然於齒頰之間,其芬馥便覺襲人,所以爲清迴孤絶,能瀉注胸臆之十怨九思也。後惟李白得其意,就萬彙間取其清明華彩馨香奇高,陶鑄爲詩料,一見可知爲胸裏水鏡、世外金骨也。苟非其物,雖原、白異材,亦何緣做此口氣乎?凡詩之能事,多在五字,試舉數聯。如“五峰轉月色,百里行松聲”,“川光净麥隴,日色明桑枝”,“琴清月當户,人寂風入室”,“清霜入晚鬢,白露生衣巾”,“雲山海上出,人物鏡中行”,“山將落日去,水與清空宜”,“獨立天地間,清風灑蘭雪”,“一爲滄波客,十見紅葉秋”,“山青滅遠樹,水綠無寒烟”,“塔影標海月,樓勢出江烟”,“寒蛩愛碧草,鳴鳳栖青梧”,“長留一片月,掛在東溪松”,“秋波落泗水,海色明徂徠”,“水春雲母碓,風掃石楠花”,“梧桐落金井,一葉飛銀牀”,不可盡録。比如玉壺明珠交輝几席,祥鸞瑞鳳騰翥軒階,復安容一點塵飛到門屏耶?其《禪房懷岑倫》一篇最多警切,每諷誦令人有凌空步虛意思耳。白之得於古人者可知耳。如阮公之“緑水揚洪波”,玄暉之“澄江静如練”,康樂之“雲霞收夕霏”,皆氣韻相發,鼓吹腸肺有如此者也。至於杜甫却是句句氣力,字字精神,如衝車拐馬,方隅鈎連,但欠參伍機變之術。若三大篇溶溶泮泮,無容議論。至《八哀詩》亦恐有累句問之,只是江漢之大腐胔不恤也。又如韓退之,筆力往往有冗卑下乘之語,然細詳之,非退之之不及,乃故爲此延綿氣脉,以待激昂奮發,比如山勢逶迤,峻必有低,過峽則陡巘,天秀自露。不然只劍脊鱔走,不與化工相肖也。如是看方得退之圈套。(《星湖僿説》之《詩文門》,《韓國詩話叢編》第 6 册,頁 727)

董 狐 厲 階

子美詩:“禍首燧人氏,厲階董狐筆。君看燈燭張,轉使飛蛾密。”此矯枉過直之論,而其實或有然者也。春秋二百四十二年之間,其大義無過於誅討亂逆,嚴密之極。有誅心無將之法,情跡未露,鈇鉞已加。董狐良史,固有明智透見,而不容邪私矣。後來往往有憑依古訓,暗售私弄,則不可爲懲惡,適所以長奸。此所謂逃網之方,即從密網之地,而布作奸之事,又憑發奸之術而行者也。“燭張”、“蛾至”,蓋有感而發乎?以周公之忠,有不利之謗,其免者特幸耳。噫!(《星湖僿説》之《詩文門》,《韓國詩話叢編》第 6 册,頁 728)

柴 戟 幨 帷

王勃《滕王閣序》用“柴戟”、“幨帷”字,柴戟出《前漢·匈奴傳》,兵欄也,有衣之戟曰柴戟,杜詩“身使門户多旌棨”是也。漢明帝三年,荆州刺史郭賀有殊政,賜以三公之服,敕行部去襜帷,使百姓見其容服,以章有德。注

云:"襜帷者,車之前帷也。"(《星湖僿説》之《詩文門》,《韓國詩話叢編》第 6
冊,頁 729)

大 冠 長 纓

《類函》引《漢書》云:"終軍上書,請受大冠長纓,以羈南越王而致之闕
下。"按《終軍傳》無"大冠"字,然《類函》亦不應誣辭,其必本有其語,史臣刪
節之也。雖只舉長纓,而大冠在其中,如杜詩"賜浴皆長纓"是也。全王勃
"請纓"之語則太簡矣,故後人錯看,謂以纓條繫致,甚錯。(《星湖僿説》之
《詩文門》,《韓國詩話叢編》第 6 冊,頁 731)

賤 士 醜

杜甫《樂遊園歌》云:"聖朝已知賤士醜,一物自荷皇天慈。"尋常未解,
偶閱東坡集,其《贈楊耆詩序》云:"女無美惡,富者妍;士無賢不肖,窮者
醜。"其言似是古語而引之者也。甫之意不過如此,蓋謂身既窮賤矣,已自知
其爲世所醜棄,然物物皆荷國恩,得有扶持而生全之也。且此二句,可爲千
古志士之掩抑。(《星湖僿説》之《詩文門》,《韓國詩話叢編》第 6 冊,
頁 734)

雲 霾 日 抱

杜甫詩:"峽坼雲霾龍虎臥,江清日抱黿鼉遊。"楊用修謂形容疑似之狀,
雲霾峽坼,山水蟠挐,有似龍虎之臥;日抱清江,灘石波蕩,有若黿鼉之遊,與
"江光隱見黿鼉窟,石勢參差烏鵲橋"同一句語。殆不然矣。余謂深山大澤
龍虎之所臥,水渚沙際黿鼉之所遊,此與歇後體相似,蓋謂雲霾山澤之間,日
抱沙水之際,非真有此物在也。甫詩又云:"一重一掩吾肺腑,山鳥山花吾友
于。"此以兄弟爲"友于",則"肺腑"者即親戚。《漢書·趙王傳》"臣得蒙肺
腑"是也。古人用字或多此例。如烏鵲橋、黿鼉窟,不過謂高者上干霄漢,下
者深映坎窨,豈有他意? 語非隱晦,而後人鑿教使深,異矣。(《星湖僿説》
之《詩文門》,《韓國詩話叢編》第 6 冊,頁 734)

錦 城 絲 管

"錦城絲管"一絶是杜甫作,高棅《品彙》以爲郭振所獻,未知誰是。蓋
譏明皇顛頓入蜀,猶不廢淫樂。謂之"日紛紛",則非一日也。非登高則必泛
舟,無虛日也。天子避兵入蜀於今始有,非世人之多聞者云爾。其諷切也,
深矣乎。(《星湖僿説》之《詩文門》,《韓國詩話叢編》第 6 冊,頁 736)

聯 句

人謂聯句古無此體,退之斬新開闢。或曰陶、謝有是矣,李、杜有是矣,
又推而上之,則漢柏梁臺詩是也。余謂《柏梁詩》未有聯句之名,至宋孝武
《華林都亭水曲聯句》效《柏梁》,梁武帝《清晨殿聯句》亦云"柏梁體",則後

人已指之謂聯句也。且退之所作詩令多端，或多或寡，隨得輒録，則優劣判矣，《會合聯句》是也，徹止於一聯，籍止於五聯。又或先占一句，他人屬對，則巧拙見矣，《城南聯句》是也，此實退之創始。(《星湖僿説》之《詩文門》，《韓國詩話叢編》第6冊，頁739)

天外鳳凰

杜詩云：“麟角鳳嘴世莫識，煎膠續弦奇自見。”蓋以此自況，此天下之所共知也。杜牧詩云：“杜詩韓集愁來讀，似倩麻姑癢處搔。天下鳳凰誰得髓？無人解合續弦膠。”下一聯別有所指，疑即是指李白也。牧之才思，最於白爲深悦，故先言杜、韓，欲以見夫白詩之許高也。麻姑癢搔亦天下之至快，不先設此，則何由知上面復有此一等地位耶？經中亦有此語，孔[一]子曰：“天下之大惡有五，竊盗不與焉。”孟子曰：“君子有三樂，而王天下不與存焉。”若不先竊盗，何由知其惡之許大也？不先王天下，何由知其樂之許大也？或一摺二摺假設以推明，此又作文之妙。杜牧之詩乃同一語脉。(《星湖僿説》之《詩文門》，《韓國詩話叢編》第6冊，頁741)

[一] 孔，原作“執”。

退之效李杜

韓退之一生慕效李、杜，然比諸李，風神不足；比諸杜，氣骨不足。李詩“回颷吹散五峰雪，往往飛花落洞庭”，韓則曰“衝風吹破落天外，飛雨白日灑洛陽”，效不得也。杜詩“悲臺蕭瑟石巃嵸，哀壑杈枒浩呼汹”，韓則曰“山狂谷很相吐吞，風怒不休何軒軒”，效不得也。宜乎其詩曰：“李杜文章在，光焰萬丈長。不知群兒愚，那用故謗傷。蚍蜉撼大樹，可笑不自量。”此實際也。王安石云：“韓勝於李。”歐陽修云：“韓勝於杜。”彼既不知韓矣，却能識李、杜乎？(《星湖僿説》之《詩文門》，《韓國詩話叢編》第6冊，頁742)

歐　詩

歐陽修作《廬山高》云：“廬山高哉！幾千仞兮。根盤幾百里，巉然屹立乎長江。長江西來走其下。是爲揚瀾左里兮，洪濤巨浪日夕相舂撞。”自謂得意，然此不離於造語之工，故爲此參差盤屈，令人讀之聱牙，比之不過俠邪矜驕者之爲也。試誦李白《鳴皋歌》一遍，神思灑然，此何待論量而知乎？杜甫則曰：“悲臺蕭瑟石巃嵸，哀壑杈枒浩呼汹。中有萬里之長江，回風陷日孤光動。”便使人瞋目欲怒，吞聲欲哭，毛髮颯爽，不知其所以然矣。渠何曾見其脚板者，而敢爲誚天之語耶？又作《和王介甫明妃曲》，欲凌跨李、杜，此作比之介甫又是每下，不得爲佳篇。渠本不自量，介甫亦以爲歐詩勝於李，何哉？試誦白之《昭君詞》，所謂羚羊掛角無痕，紅錦雖艷，比白則見醜爾。(《星湖僿説》之《詩文門》，《韓國詩話叢編》第6冊，頁742)

李 杜 所 祖

余嘗讀李白《鳴皋歌》、杜甫《角鷹歌》,爲千古絕唱,非後人之所及。二詩亦有所祖,試誦《招隱詞》一篇,更覺迥溢於言辭之外,白與甫却在廊廡之間。看詩須尋其源流,差其高下,意味益深。(《星湖僿説》之《詩文門》,《韓國詩話叢編》第6冊,頁745)

隔 句 對

余嘗論《葛覃》"黃鳥"數句,若專作賦義看,則也無味。此恐以鳥之于飛集木而喈鳴,興人之刈濩絺綌而無斁。喈喈,和鳴不休之貌,與服之無斁相似也。詩家有隔句對,亦此類也。如杜少陵《放船瞿塘》詩云:"喜近天皇寺,先披古畫圖。應經帝子渚,同泣舜蒼梧。"是也。(《星湖僿説》之《詩文門》,《韓國詩話叢編》第6冊,頁751)

舞 劍 器

杜甫《公孫大娘舞劍器歌》"來如雷霆收震怒,罷如江海凝清光",此只形容其人之神彩從容,謂其始氣像威武,其終精神凝遠也。"劍器,武舞之曲名,其舞用女妓雄妝,空手而舞,非用刀劍也。"《文獻通考》。劍器,恐指受劍之物,謂空手也。杜又云"妙舞此曲",可見。(《星湖僿説》之《詩文門》,《韓國詩話叢編》第6冊,頁753)

詩 家 增 光

青赤白黑,四方之正色;輝映眩目,詩家之增光。如李白諸作,必用金玉、花鳥、錦繡、雲雪等物妝點生態,故讀之爲之心明眼悦。其得《離騷》餘意者,惟白也。杜甫詩"江碧鳥逾白,山青花欲燃",以其紅白在青碧之間,故其光色益鮮,造語之妙也。又如斜陽亂鴉、青松白鶴、青山白練、青天綵虹、青草白鷺之類,皆兼二物言之。范成大詩"青山表出花顏色,綠水增添鷺羽儀",不出杜甫之意也。至東坡則曰:"春水蘆根看鶴立,夕陽楓葉見雅翻。"合六物而不露其色,尤見精琢,即暗謎之類也。(《星湖僿説》之《詩文門》,《韓國詩話叢編》第6冊,頁753)

洪良浩

洪良浩,見《評述類》介紹。其《耳溪集》外集卷八《群書發俳》多論中國文人及典籍。

《南山》詩首二句十字而九爲平聲,古詩雖不拘聲律,而韻語固不合如此。第三句曰"東西兩際海",關隴何嘗有海耶?雖極言其廣大,而終非記實

之言,未若老杜之史乎詩也。(《耳溪集》外集卷八《羣書發悱·讀韓子》,
《韓國文集叢刊》第 242 冊,頁 278)

余嘗謂西京之文,賈太傅實倡之,學術本三《禮》,文辯似管、韓,詞賦似
屈、宋。蓋識高於兩司馬,而才調亦不遜焉。韓子之《送東野序》,歷叙前代
以文章道術鳴者,於漢則只舉司馬遷、相如、楊雄,而不及賈生,何也? 豈以
得年少而未富於撰述歟? 文章高下,本不在多少也。於唐則舉陳子昂、蘇源
明、元結、李白、杜甫、李觀,而不及柳宗元、劉禹錫,豈謂文章不若數子也?
意者,薄其人而抑之歟? 又下及於孟郊、張籍、李翱,則劉與柳獨不屈乎? 此
所謂附驥而名益彰者也。(《耳溪集》外集卷八《羣書發悱·讀韓子》,《韓國
文集叢刊》第 242 冊,頁 279)

《歐陽詹哀辭後識》曰:"愈之爲古文,豈獨取其句讀不類於今者耶? 思
古人而不得見,學古道則欲兼通其辭。通其辭者,本志乎古道者也。"此韓子
爲古文之本旨也。然求通乎辭,將以達其理;不得於理,則空文而已矣。故
《易傳》曰"修辭立其誠",《禮記》曰"情欲信,辭欲巧"。蓋修辭者,將以立
乎誠;巧辭者,將以信乎情。言不修則無以合理,辭不巧則無以盡意,此古昔
聖賢立言所以明道,而有德者必有言也。自夫孟子没而道術弊,諸子者各以
其學筆之書而授其徒。及乎秦,滅典籍而殺儒生,士失師,人異學。治經術
者泥於訓箋,業文辭者專於詞章。文與道遂異門,而能言之士未必知道,尚
德之彦未必有文,此由道之不明、學之不傳也。孔子嘗曰:"弟子入則孝,出
則弟,行有餘力則以學文。"其教人則曰:"文行忠信,或先行而後文,或由文
而踐行,交相資也。"其選及門之賢,文學列於四科。由是觀之,聖人之教未
嘗不攻乎文,特有內外本末之分耳,惡可捨文而求道哉? 杜子美文士也,其
言曰:"文章一小技,於道未爲尊。"文章何嘗爲小技哉? 但比之道,則未可竸
尊也。然彼所謂文章,蓋見後世浮華無實之辭爾,是豈足稱文章哉? 若韓子
者,信乎通其辭矣,於理則猶有未達者焉,未若孟子之辭與道兩至也。韓子
若及孔門,則其在游、夏之間歟? 荀與楊未足多也。(《耳溪集》外集卷八
《羣書發悱·讀韓子》,《韓國文集叢刊》第 242 冊,頁 280)

余讀《孟東野誌》,見古人交道之重,與有唐士大夫風義之敦也。東野一
窮儒耳,殁無子,二弟皆在江南。韓子走位哭,召張籍,會哭如親戚。興元尹
購以幣來,商家事;樊宗師告葬期徵銘。棺斂葬祭,皆出朋友之手。又從而
私謚之,又有恤其家者。嗚呼,篤矣! 杜子美嘗爲詩稱開元之盛曰:"宮中聖
人奏雲門,天下朋友皆膠漆。"夫言治功之盛獨舉友道之篤,何也? 蓋朋友於
五倫非天屬也,最疏而輕。人於疏且輕而能篤,則重且親者可知也。孟子曰
"未有義而後其君者",寧有篤於朋友而不忠於君者乎? 韓、張諸公,可謂君

子其人而聞其風焉,庶使薄俗敦而禮教興矣。噫,觀乎友道,斯可以卜治化之盛衰。若杜子者,亦可謂識爲治之本矣。(《耳溪集》外集卷八《群書發悱·讀韓子》,《韓國文集叢刊》第 242 册,頁 285)

魏伯珪

魏伯珪(1727—1798),字子華,號存齋、桂巷,長興人。曾任玉果縣監等職,著有《存齋集》,卷十二至十五《雜著》論及文人及詩文作品。

《事物》(節録):士而不知道,文章亦不能盡美。古今文家惟退之文爲美,詩家惟子美詩爲美,蓋子美自是天姿近道故也。其餘詩文作者,雖一切無之可也。至如揚雄,文才豈非卓越者哉?其不善讀尤甚。夫《周易》《論語》,苟着念讀一百遍,豈是可擬之文哉?乃欲擬之,是不善讀故也。其所謂《太玄》尤無理,專以《易》爲葫蘆,以水墨模糊畫出,畫章畫句而獨不能畫字。蓋聖經只用平易,一字包含多少妙義者,理明于心,故吐辭便如此,非強意求索而用之也。雄則略窺理之有無,如霧中看花,欲下常字則恐人輕覷,極意摸索於曚曨影裏,不得不用艱澀字,嚇得傍人有如小兒迷藏,戰馬曳柴,其實乾枯單味,更無餘義,假如以罔、直、蒙、酋、冥擬乾、元、亨、利、貞而支離訓釋。然元亨利貞,便包春夏秋冬仁義禮智之義,旁通事物,觸處皆合,不待注釋而人皆可知。直蒙酋冥四字,是甚麼模樣,贊辭必立"測曰",以擬"象曰"。殊不知《易》之"象曰",是夫子注文王、周公之文,而編《易》者稱"象曰"以別經文也。文王、周公,豈故爲奇簡之辭略略説出,而又別爲"象曰"、"彖曰",方始盡説來也。雄若有妙意,何不平叙明白於贊辭,而必爲"測曰"然後方盡吐出,有如丏兒貳橐,別裹小米耶?《論語》之文,易而嚴,簡而密,言近如地,旨遠如天。苟非聖人言之、聖門記之,斷不可爲也。同是夫子之言,而散出他書者,純粹精深皆不如也,即《論語》可知矣。雄乃欲以《長揚》《羽獵》之餘料擬而爲之,由不善讀《論語》故也。且善讀者,取其義不擬其文。取義則活,擬文則死。雄之文全是死文,字字句句,抵掌孫叔,靦然無恥,斯其所以爲莽大夫歟?(《存齋集》卷十三《雜著·格物説》,《韓國文集叢刊》第 243 册,頁 286)

《建安七子》:古文之衰自七子始,其爲詩文輕虛浮薄,大體以悲哀爲主,華麗而無實,慫慂以蕩人,遂爲三國、五胡、五代之亂,文章之關於世運蓋如此矣。詩至唐而莫盛,然始終三百年,詩律都是歆艷富貴、悲怨貧賤、稱嘆俠少、風詠閨情而已。雖多而善,何有於世道哉?是以許多名詩者,無全人美材,其有德行又百之一,道不明之害果如是矣。文章家韓、杜之興,如道學之有程、朱,蓋退之主張聖道,子美忠愛君國,故發爲詩文,皆有實義,自超諸子。其餘人苟經先聖删定,非特三千取三百而已。夫文者,道之英華也,寫其事跡而爲文,道其情思而爲詩。彼文士輩,乃以文章爲別物,乃曰"吾文於道,近乎否乎",又曰"吾將以是求道",又曰"文者貫道之器也"。嗚呼,莊周所謂"其於道猶醯雞"者,其此輩之謂乎? 文章之衰,在西漢則枚乘父子及鄒陽輩始之,而盛於建安七子,則其爲世禍甚於洪水滔天矣。(《存齋集》卷十四《雜著·格物説》,《韓國文集叢刊》第 243 册,頁 304)

《詩人》:詩盛于唐,談者尚之,自《始音》至《遺響》累千萬篇,何處用之?《詩經·國風》,雖女子閭巷之言,皆可以觀、可以言,可鑒戒、可體行者,唐詩何嘗有是哉? 歆慕富貴,則口角流涎,五臟掀倒;怨惡貧賤,則痛心刻骨,寧欲溢死。離別則腸肺寸斷,訕刺則劍戟露刃;譏議俠少而其實艷之,諷詠山野而其實怨之。大體傷風敗俗,蕩心喪性之資也。二《南》尚矣,至於變《風》,其思人則曰"道之云遠,曷云能來",其比諷則曰"椒聊且,遠條且",其譏刺則曰"不績其麻,市也婆娑",言約而意至,優閒而淵永。唐人警句,何曾有此等氣象哉? 且詩人每言陶寫即景,玩弄時物,草木禽蟲,風雲月露,觸境吟弄,然《周南》曰"葛之覃兮,施于中谷,其葉萋萋。黃鳥於飛,集於灌木,其鳴喈喈",讀之令人心神和怡,精彩影暢,唐人何嘗夢到此哉? 且聖人曰"不爲《周南》《召南》,正墻面而立",必非欺我之言,今讀唐詩千篇,何以掇面墻哉? 是以唐詩名人,其近正可取十僅一二,其餘都是輕薄鄙夫也。杜子之外,李白高矣,而過歆富貴,流蕩不歸於正,托興於神仙過多,皆是無用,畢竟狼狽於脅迫上樓船,無足怪也。自唐以後,詩律爲儒士勝業,至於宋之蘇、黃,皆不免浮薄之空言,末至于大明季運,舉天下去詩則無以名士矣,其弊至於陸沉,理所固然也。今之人開口便吟詩,其氣象污陷輕褻,殆有不可言者,將奈何哉? (《存齋集》卷十五《雜著·格物説》,《韓國文集叢刊》第 243 册,頁 313)

李 熚

李熚(1729—1788),字時晦,號農隱,全義人。正祖元年(1777)文科及第,歷任典籍、康翎縣監等職,曾參修《國朝寶鑑》。著有《農隱集》,卷四《詩林瑣言》多論詩人詩作。

詩至盛唐,體格完厚,音調和暢,近於自然,前代尚論者必於此會歸。而厚者薄,和者醨,氣數之常也。且久則常,常則厭,亦人之情,故亦欲稍變其體,而爲中唐之切近;切近之弊歸於卑俚,矯之而爲晚唐之清新;清新之弊歸於瘦弱,而渾然之元氣不振矣。宋人欲矯其弊,蘇慕青蓮,黄學草堂,終未及於李之天然、杜之精微,只是流盪橫拗而已。洛、建諸君子一歸於陶鎔性情,而不暇致力於聲律組織之工,故專門者猶或少之。明人之攻宋詩議論故實是也。然其自爲詩,則雖欲一刀作氣追拚乎盛唐,而其音調風力遠不及於宋。由是觀之,詩格高下相關於古今氣數之漸降,而亦由當時所尚之變,欲矯救末流之弊,如三代忠質文之遞尚而漸變也,學詩者不可不察。(《農隱集》卷四《詩林瑣言》,《韓國歷代文集叢書》第 1721 冊,頁 307)

前輩言眼前景物,自古及今,凡經幾人道,今人要不蹈襲,故無一言可解者,蓋欲新而反不曉也。愚謂此言極有味,古人之心亦今人之心也,古之景物猶今之景物也,或有油然而發,不期而同者,或有境會意趣泠然相合,則此古人之先獲我心者也。或於句字之間暫同亦無害。李白、杜甫,詩之正宗,仍用古人已成之語甚多,而昔人未有非之者。今芝峰一一砭刺,自李、杜以下至宋明及東人詩,摘發抵訐不有餘力,甚者至以數字相同而語勢不類者亦謂之蹈襲,或字不相同而興趣相近者亦謂之剽竊,必言其某句出於某詩,某字出於某句,若以是要以自誇其該博則可矣,而不待古人忠厚之道也。(《農隱集》卷四《詩林瑣言》,《韓國歷代文集叢書》第 1721 冊,頁 309)

詩家剽竊爲大禁,犯之不祥,可以無犯則避之可也,此乃自勉於己者也。以此而譏切古人,未知其可也。杜子美《岳陽樓》詩乃古今絕唱也,芝峰以第二聯"親朋無一字,老病有孤舟"之句爲不屬上句,且於岳陽不相稱,芝峰詩眼如是偏局,可惜也。詩人旨趣,出没變化莫可摸捉,所以爲奇也。既登好江山,回顧己身世,此詩人之風味也。若如芝峰之言,一篇四句間一直説去,樓閣景物不雜他言,然後可爲承接,可爲完篇乎? 此乃舉子出題課試之法也。然科文亦有出没於題外之意,然後方爲活動可喜。況杜子此詩,乃登岳陽城詩也,尤不當以此爲病也。(《農隱集》卷四《詩林瑣言》,《韓國歷代文集叢書》第 1721 冊,頁 310)

芝峰曰:"歐陽公言:'吾《廬山高》,今人莫能爲,惟李白能之。《明妃曲》後篇李白不能爲,唯杜子美能之。至於前篇,子美不能爲,唯吾能之。'李白樂府諸篇非他人所能及,而歐公自許如此,豈誠醉語耶?"其言是也。然至於自道,則未免此病。甚矣! 人之明於責人而暗於自知也。芝峰歷舉東國詩人,皆摘瘢疵,如李荇、徐居正、金宗直、鄭士龍、盧守慎、崔岦諸公皆學蘇、黄,不足稱。李胄、俞好仁、申從濩、申光漢號近唐,而無深造之功。朴淳、崔慶昌、白光勳、李純仁、李達雖學唐,但止於絕句,而不能進盛唐。末乃曰:

"今世亦豈無一二用力於斯,而優入於始盛唐之域者乎?"此正所以自道也。然芝峰詩今載集中者,雖有警語可喜,較之國朝名家,得在伯仲之列蓋亦難矣。(《農隱集》卷四《詩林瑣言》,《韓國歷代文集叢書》第 1721 冊,頁 314)

杜草堂《早朝大明宮》詩"旌旗日暖龍蛇動",非早朝景也。余嘗疑之,芝峰亦言之,此所謂意思同也。(《農隱集》卷四《詩林瑣言》,《韓國歷代文集叢書》第 1721 冊,頁 315)

李頎《題盧五舊居》詩形容眼前景物,雖千後之人詠之,宛然如見其悲涼凄愴之色,深得悼亡之體。然一律四句,一直說去當時觸眼之物,而了無一語及於盧五平日心事,此詩人落手處也。比杜子"不貪夜識金銀氣"之詩,未免落在下風。此詩人不但致力於音藻,尤留心於意趣也。(《農隱集》卷四《詩林瑣言》,《韓國歷代文集叢書》第 1721 冊,頁 317)

《早朝大明宮》,四人詩皆是盛唐佳作,未易議到其優劣也,古人或言岑參爲第一,王維爲第二,杜甫爲第三,賈至爲第四。以愚見之,殆不然。賈舍人詩全篇完備,詞理俱到,當爲第一,其餘三詩互有長短矣。賈詩"銀燭朝天"、"春色蒼蒼"之句,已見早朝意思;初聯"千條"、"百囀"之句,吟詠景物極其爛熳;二聯"劍佩聲隨玉墀步,衣冠身惹御爐香",形容早朝之景分明如畫;末句又言侍臣蒙恩草綸之事。四句次序完轉,意格俱備,此所以爲妙也。芝峰以"劍佩聲隨玉墀步"之句爲鬆,何也?《易》曰:"飛鳥遺之音。"蓋飛鳥疾,故聲在於此,而鳥已遠去如遺也。今會朝尚朝故緩緩步進,劍佩之聲與步趨相應,無少參差,曲盡意境,豈不妙絕乎?王維詩"尚衣方進翠雲裘",《月令》"孟冬天子始裘"注:"《周禮》'季秋獻功裘',至冬月始服之。"賈、岑、杜諸作皆是春候,則王詩獨言冬服,似未免差失。杜甫初聯遽言"旌旗日暖",則非早朝景也。岑參之詩句語無病,但以全篇通論,終不如賈詩之渾成也,後之具眼者當自知之。(《農隱集》卷四《詩林瑣言》,《韓國歷代文集叢書》第 1721 冊,頁 318)

李種徽

李種徽,見《評述類》介紹。其《修山集》卷十四《漫筆》多論詩文內容。

圃隱先生節義如文文山,理學如朱晦庵,忠略如武鄉侯,文章如杜草堂。我東方文物之盛有如今日,亦莫非先生之所啓也。雖謂之"夫子之前未有夫子,夫子之後未有夫子"可也。(《修山集》卷十四《漫筆》,《韓國文集叢刊》第 247 冊,頁 591)

張子韶曰："朋友講習,固天下樂事。不幸獨學,則當尚友古人可也。故讀《論語》,如對孔門聖賢。讀《孟子》,如對孟子。讀杜子美詩、蘇文,則又凝神静慮,如目擊二公。如此用心,雖生千載之下,可以見千載之人矣。"此言甚好。(《修山集》卷十四《漫筆》,《韓國文集叢刊》第 247 册,頁 591)

尹 愭

尹愭,見《評述類》介紹。其《無名子集》中的《井上閒話》《峽裏聞話》等多論詩文内容。

王子安《益州夫子廟碑》,不立作《春秋》一節;杜子美《哀張九齡》詩,不言論禄山事,俱失畫意。齊威公伐楚,不問僭王之罪;晉廢賈后,不舉弑楊后之罪;李密數煬帝十罪,不及弑逆之惡;駱賓王檄武曌,不言淫亂之醜,皆欠聲討大目,使人不快。惟漢高數羽十罪最爲明快,但以"負約,王我於漢"爲第一罪,失輕重之序。又與第十"爲政不平,主約不信"意疊。蓋其初無學識,專欲報私怨,故於此首發,又斷斷不已,其餘皆假大義,以明其爲賊耳。(《無名子集》文稿册十一《井上閒話十一》,《韓國文集叢刊》第 256 册,頁 478)

古人有識才之眼,有憐才之心,有容才之量。故苟有其才,則有眼者識之,有心者憐之,有量者容之。是故左思賦三都,陸機曰:"有傖父欲賦三都,須其成,當覆酒瓮。"及賦出,遂輟筆。競相傳寫,洛陽紙貴。楊雄著《太玄》,或嘲以玄尚白,秖足覆瓿,獨桓譚以爲必傳。班固典校秘書,以著述爲業,或譏以無功,范曄謂"比良遷、董,兼麗卿、雲"。庾闡作《楊都賦》,人競寫之,都下紙爲貴。劉孝綽每作一篇,朝成暮遍,好事者咸誦之,流聞河朔,亭院柱壁,莫不題之。賀知章見李白詩,呼爲"謫仙",金龜换酒。謝尚聞袁宏《秋夜詠》詩聲,大相賞得。張翰聞賀循船中彈琴,就語同載而行。岑參每一篇絶筆,人人傳寫,雖戎狄蠻貊無不吟習。李益每一篇成,樂工爭以賂求之被弦歌供奉天子,其《征人》《早行》等篇,天下皆施之圖畫。王維愛孟浩然吟哦風度,繪畫以玩之。李洞慕賈島詩名,鑄像以師之。白居易爲詩,人爭傳之,雞林賈售其國相,率篇易一金。柳子厚得韓退之文,以薔薇露浣手然後讀之。白樂天推劉禹錫爲詩豪。蘇味道見宋璟《梅花賦》稱嘆,列於文人之首。顧況讀樂天《芳草》詩,嘆曰:"吾謂斯文遂絶,今得子矣。"以昌黎之文章,不但推李、杜萬丈光焰,其於孟東野、柳子厚、樊宗師、李翺、張籍之流稱許不已。以人君言之，漢武帝讀相如《子虛賦》曰：“朕不得與此人同時。”魏文帝募天下上孔融文章者，賞以金帛。宋太宗聞學士楊徽之名，選十聯書御屛間。徽宗見陳簡齋《墨梅》“皋”字韻詩，亟命召對，有見晚之嘆。如此之類不可勝記，皆有眼有心有量之致也。若夫以才被人傾軋者，亦其命也。潘岳才名冠世，爲衆所嫉，栖遲十年。令狐綯以張祜詩三百篇薦于朝，元稹曰：“雕蟲小巧，若獎拔太過，傷陛下風教。”穆宗頷之，寂寞而歸。玄宗曰：“嚴挺之安在？其才可用。”李林甫紿使稱疾，帝恨叱之。杜子美有“才見忌”之嘆，蘇子瞻遭坐詩案之禍。至若楊廣誅殺，以快其猜忌之心，又何責於憐才容才乎？又若唐文宗見李義甫“不借一枝栖”之詩，則曰“將全樹借汝”。玄宗聞孟浩然“不才明主棄”之句，則曰“卿自不求仕，朕未嘗棄卿”，命放歸南山。見薛令之“盤中苜蓿長闌干”之句，則曰“若嫌松桂寒，任逐桑榆暖”，乃謝病歸。其以詩自嘆則一也，而或遇或不遇，庸詎非命耶？今之世則無識才之眼，而只有抉摘字句之眼；無憐才之心，而只有猜克勝己之心，必欲凑會擠陷而後已，又安有容才之量乎？阮裕謂“非但能言人不可得，索解人亦不可得”，誠哉斯言。（《無名子集》文稿冊十三《峽裏閒話六十五》，《韓國文集叢刊》第 256 冊，頁 526）

李德懋

李德懋，見《評述類》介紹。其《青莊館全書》中有較多論及文人及詩文作品的内容。

偶讀《唐書》杜工部傳，文甚簡硬，“而”字、“也”字絕無僅有。歐陽文忠以“宵寐匪貞，札闥洪休”譏宋景文者，良有以也夫。（《青莊館全書》卷五《嬰處雜稿一·瑣雅》，《韓國文集叢刊》第 257 冊，頁 102）

韓退之集注家五百，蘇子瞻集注家九十六，囂囂汩汩，不勝其瑣，反有失於本旨者，亦季叔之事也。至東國《杜詩諺解》而其弊極矣。（《青莊館全書》卷五《嬰處雜稿一·瑣雅》，《韓國文集叢刊》第 257 冊，頁 102）

李于鱗之文，果倔崛而奇乎哉，然往往强作古人語，突露筋骨，終歸文章惡道。又諸篇皆一套，無新新變化各體層出之美。夫其詩則有氣而且色焉，種種悦心。五絶則非其長也，文則蓋不如李獻吉。獻吉詩極力學少陵處可憎殺，杜有《秋興八首》之律，李又以律仿其體，題曰《秋懷八首》。此等處終出古人脚底，使眼力長者侮之而且惜焉。（《青莊館全書》卷五《嬰處雜稿一·瑣雅》，《韓國文集叢刊》第 257 冊，頁 102）

　　孟浩,字浩然,襄陽人,隱鹿門山,與張九齡、王維爲忘形友。維私邀入內署,適明皇至,浩然匿牀[一]下。維以實對,帝命浩然出,誦所爲詩,至“不才明主棄”,帝曰:“卿不求仕,朕未嘗棄卿。”因放還。開元末,疽發背卒。浩然爲詩,造意極苦,洗削凡近。開元間得建安體者,推李、杜爲尤,介其間能不愧者,浩然也。有集三卷。(《青莊館全書》卷二十四《編書雜稿四·詩觀小傳》,《韓國文集叢刊》第 257 冊,頁 369)

　　　　[一] 牀,原作“狀”。

　　杜甫,字子美,號高齋,襄陽人,審言孫也。天寶初,應進士不第。後獻《三大禮賦》,明皇奇之,授兵曹參軍。肅宗即位,甫自賊中赴行在,拜左拾遺。坐救房琯,爲華州司功參軍,召補京兆功曹,道阻不赴。往依嚴武于成都,武奏爲工[一]部員外郎。武卒,之東蜀依高適;既至,適卒。扁舟下峽,寓耒陽縣。令饋牛炙,大醉而卒。與李白齊名,渾涵汪茫,千彙萬狀,兼古今而有之。善陳時事,律切精深,至千言不少衰,世號“詩史”,有集六十[二]卷。(《青莊館全書》卷二十四《編書雜稿四·詩觀小傳》,《韓國文集叢刊》第 257 冊,頁 370)

　　　　[一] 工,原作“功”。
　　　　[二] 六十,原作“十六”。

　　王禹偁,字元之,鉅野人。太平興國八年登進士第,至道元年爲翰林學士。坐謗訕,出知揚州,召還知制誥,出知蘄州卒。元之詩學李、杜,當時西崑之體方盛,而獨開有宋風氣,歐陽修得以接響。有《小畜集》六十二卷。(《青莊館全書》卷二十四《編書雜稿四·詩觀小傳》,《韓國文集叢刊》第 257 冊,頁 373)

　　王安石,字介甫,號半山,臨川人。擢進士甲科,歷官知制誥。神宗即位,召拜翰林學士,尋拜參知政事,變行新法。元豐三年,拜左僕射,封荊國公,卒,謚曰文。安石詩惟意所向,不務涵畜。後盡讀唐人詩集,始悟深婉不迫之趣。然其精嚴深刻,步驟老杜,論者謂其工緻有餘,悲壯不足,令人讀之筆拘而格退。有《臨川集》。(《青莊館全書》卷二十四《編書雜稿四·詩觀小傳》,《韓國文集叢刊》第 257 冊,頁 374)

　　蘇軾,字子瞻,一字仲和,號東坡居士,眉山人。嘉祐二年登進士第,熙寧二年判杭州。坐爲詩謗訕,謫黃州團練副使。哲宗立,累遷兵部尚書。紹聖初,貶瓊州別駕。徽宗立,提舉玉局觀,卒。軾詩氣像洪闊,鋪叙宛轉,杜甫以後一人而已。一時如黃庭堅、晁補之、秦觀、張耒、陳師道,以詩文雄鳴當世,皆資軾吹噓引進之功云。有《東坡集》九十二卷。(《青莊館全書》卷二十四《編書雜稿四·詩觀小傳》,《韓國文集叢刊》第 257 冊,頁 374)

　　陳師道，字履常，一字無己，號後山，彭城人。受業於曾鞏，以蘇軾、傅堯俞薦，爲除州教授，累遷秘書正字，卒。喜作詩，少不中意輒焚去。黃庭堅謂其詩深得老杜之法，今之詩人不能當也。任淵曰："法嚴而力勁，學贍而用變，涪翁以後殆難與敵也。"有《後山集》。(《青莊館全書》卷二十四《編書雜稿四·詩觀小傳》，《韓國文集叢刊》第 257 冊，頁 375)

　　高啓，字季迪，號青丘子，長洲人。洪武初，召修《元史》，授國史編修官，擢戶部侍郎，放還。魏觀守蘇州，修府治，啓作《上梁文》，坐死。其爲詩發端沉鬱，入趣幽遠，自古樂府、《文選》《玉臺》《金樓》諸體，下至李、杜、王、孟、高、岑、劉、白、韋、柳、韓、張，以及蘇、黃、范、陸、虞、揭，靡所不合，此之謂大家，明初詩人允宜首推。有《缶鳴集》十八卷。(《青莊館全書》卷二十四《編書雜稿四·詩觀小傳》，《韓國文集叢刊》第 257 冊，頁 377)

　　李夢陽，字天賜，又字獻吉，號空同子，慶陽人。弘治癸丑登進士第，以戶部員外郎彈張鶴齡，繫獄，旋釋。忤劉瑾，致仕。起爲江西提學，忤臺長，罷官。坐爲寧庶人撰書院記繫獄，尋釋，卒，諡曰景文。與何景明齊名，慨然復古，不師自唐以後詩。弘治中文教大起，學士輩出，力振古風，盡削凡調，一變而爲杜，則李、何爲之倡。陳子龍曰："志意高邁，才氣沉雄，有籠罩群後之懷，其源蓋出於秦風。"有《空同集》六十四卷。(《青莊館全書》卷二十四《編書雜稿四·詩觀小傳》，《韓國文集叢刊》第 257 冊，頁 377)

　　何景明，字仲默，號大復山人，信陽人。弘治壬戌登進士第，累遷陝西提學副使，卒。景明始與李夢陽創復古學，名成之後互相詆譏，文人相輕，自古而然。然夢陽方雅簡默，稍飾廉棱；景明恬澹温遜，不露才美。蓋夢陽之雄厚，景明之逸健，宜學者之尊爲宗匠。孫枝蔚曰："大復五言，句琢字煉，長歌滔滔洪遠。五律全法右丞，清和雅正。七律自少陵以外無所不擬，絶句秀峻莫比。"有《大復集》三十八卷。(《青莊館全書》卷二十四《編書雜稿四·詩觀小傳》，《韓國文集叢刊》第 257 冊，頁 377)

　　古昔有韻自六經始，而屈原《離騷》、揚雄《太玄》、焦贛《易林》，莫不有韻，漢儒皆能通曉。沈約拘以四聲，古韻失傳。唐人精通古韻者，惟杜甫、韓愈、白居易、柳宗元。至宋，吳棫作《韻補》，始有成書，朱子嘗取之，以繹[一]《毛詩》《離騷》。邵長蘅《韻略》，爲近世通行之書，而各韻之下，編吳氏《韻補》及楊慎《轉注古音》與長蘅所自補若干條。今約略抄附，俾藝苑墨客略識全鼎之一臠。至若按而行之，則顧炎武《音學五書》在耳，兹故簡而不詳。亦依潘恩《詩韻輯略》例，姑削注引，只著書名。且特揭翻切，不標諧字者，若因翻切，華音固可繹，而不敢以諺字勤定東音，慎重故也。（《青莊館全書》卷二十四《編書雜稿四·奎章全韻凡例》，《韓國文集叢刊》第 257 冊，頁 380）

　　［一］繹，原作"𢔌"。

　　古韻通轉，諸家聚訟。平聲之庚、青、蒸、侵皆可通真，而真與先不相通。入聲之陌、錫皆可通月，職、緝皆可通質，而質與月不相通。此則吳棫《韻補》例也。近世詩人吳偉業最喜邵長蘅《韻略》，證諸古樂府及杜、韓詩，又質詣李因篤、顧炎武，定以東、冬、江相通，真、文、元、寒、删、先相通，蕭、肴、豪相通，歌、麻相通，陽無通，庚、青、蒸相通，尤無通，侵、覃、鹽、咸相通。上去入視此爲例，蓋亦不易之論，今以次附于各韻之下。（《青莊館全書》卷二十四《編書雜稿四·奎章全韻凡例》，《韓國文集叢刊》第 257 冊，頁 380）

　　《李孝則》："秋風黃葉落紛紛，主紇山高半没雲。二十四橋鳴咽水，一年三度客中聞。"此詩宜平平耳，載於《明詩綜》。李孝則不甚有名，而因一詩流傳天下，亦幸人也。權應仁《松溪漫録》曰："安東有一措大，李孝則者。携魚無迹同逾鳥嶺，有一絶云云，魚閣筆。"權説止此。以魚君之才，見此閣筆，何也？挹翠軒朴誾詩，世推爲東方杜甫，而錢謙益《列朝詩》、朱彝尊《明詩綜》、藍芳威《朝鮮詩選》皆見漏，真李廣、雍齒幸不幸也。（《青莊館全書》卷三十二《清脾録一》，《韓國文集叢刊》第 258 冊，頁 5）

　　《松羔》：元遺山《種松》詩："百錢買松羔，植之我東墻。"羔爲羊子；松羔，稚松，奇甚。杜詩有"栗雛"，謂殼中之顆也。（《青莊館全書》卷三十二《清脾録一》，《韓國文集叢刊》第 258 冊，頁 6）

　　《稗川談藝》：余内弟朴宗山稗川，談藝精到，頗具慧眼。嘗評余論詩絶句"各夢無干共一牀，人非甫白代非唐。吾詩自信如吾面，依樣衣冠笑郭郎"曰："兄自論雖如此，而讀兄全集，何嘗一字非古？蓋悟得今猶古、古猶今之妙解。杜子美論詩云'不薄今人愛古人'，活活脱脱，詩家之要訣，藝苑之公案。兄詩庶幾得此。"余曰："不惟詩然也。如聖學經義，一切泥滯，則不爲子美之所笑幾希。"（《青莊館全書》卷三十二《清脾録一》，《韓國文集叢刊》第 258 冊，頁 12）

　　《殷堯藩》：偶見唐殷堯藩詩"文字飢難煮"，東坡"一字不堪煮"出於此。殷詩"野禽無語避茶烟"，魏野"烹茶鶴避烟"出於此。殷詩"浙東飛雨過江來"，東坡"天外黑風吹海立"之對全用此句。殷詩"打鼓泊舡何處客"，杜子美"打鼓發舡何郡郎"之句，已先於殷堯藩也。（《青莊館全書》卷三十三《清脾録二》，《韓國文集叢刊》第 258 冊，頁 25）

　　《觀復庵》（節録）：觀復庵金崇謙，字君山，清陰先生之玄孫，而農巖先生之子也。自初卓犖不群，言論英發，貨利聲色廓然不留情。間遊金剛天磨，登華山絕頂，有揮斥八極之意。雅慕古人大節，意欲經事綜物，爲有用學，而年僅十九而卒。有集行世，詩凡三百餘首。（中略）其叔父三淵先生序之曰：“其師法，高不逾少陵，而輔之以宋世黃、陳，暨我東之翠軒、蘇齋，而相頡頏。傑然不受法縛，而能自成法。肆意而往，邂逅與對屬平仄湊著焉，大抵得之容易而工若老煉。”農巖先生則評以爲“奇峻蒼老，不作近時熟軟語”。兩父之言可謂鐵論，而藻思則突過翠軒。（《青莊館全書》卷三十三《清脾録二》，《韓國文集叢刊》第 258 冊，頁 25）

　　《詩有慣用字》：韓昌黎詩多悲，凡三百六十首詩，哭泣者三百首。白香山詩多樂[一]，凡二千八百首詩，飲酒者九百首。周密《浩然齋雅談》曰：“杜詩喜用‘懸’字，皆絕奇。如‘江鳴夜雨懸’，‘侵籬澗水懸’，‘山猿樹樹懸’，‘空林暮景懸’，‘當空淚臉懸’，‘獼猴叠叠懸’，‘疏籬野蔓懸’，‘複道重樓錦繡懸’。”李冶《古今黈》曰：“司空表聖喜用‘韻’字。《春晚》云：‘憑高憐酒韻，引滿未能已。’《漫題》云：‘率怕人書謹，閑宜酒韻高。’《光啓四年春》云：‘小欄花韻午晴初。’《寄同遊》云：‘春添茶韻時過寺。’《紅茶花》云：‘豈憐高韻說紅茶。’《王官》云：‘風荷似醉和風舞，沙鳥無情伴客閑。是物此中皆有韻，更堪微雨半遮山。’”李所引止此。如李于鱗詩，用“風塵”迄可休矣。（《青莊館全書》卷三十三《清脾録二》，《韓國文集叢刊》第 258 冊，頁 30）

　　　　［一］樂，原作“藥”。

　　孔明自比管、樂，子美自許稷、契。孔明之才，雖稷、契猶可爲也，自比管、樂者，退然自謙，是有其實也。子美之才，雖管、樂不可爲也，自許稷、契者，詡然自誇，是無其實也。夫子美者，雖得時，不過諫議大夫材也。（《青莊館全書》卷四十八《耳目口心書一》，《韓國文集叢刊》第 258 冊，頁 376）

　　文章以善形容爲好。杜甫曰“鵝兒黃似酒”，東坡曰“酒如人面天然白”，趙孟堅《梅譜》詩曰“踢鬚正七萼則三，點眼名椒梢鼠尾”。（中略）《茶經》以“魚目涌泉連珠”爲煮水之節。推此以觀文章之善形容也。（《青莊館全書》卷四十九《耳目口心書二》，《韓國文集叢刊》第 258 冊，頁 389）

　　事有幸不幸，不惟李廣、雍齒之封侯與不封侯也。淵明之五子，皆豚犬耳，然至今其名不朽。杜甫之奴段，韓愈之奴星，若爲富貴無識之奴隸，則人孰能知之乎？以將帥而死於節義者，終古不知其幾人也。今中國人，家家奉關雲長神，刻像、畫像、鑄像、繡像、塑像，與佛教並埒，至我國亦立祠，豈非幸之甚者歟？曾先之《十九史略》，中國賤之，幾乎絕而不見，幸而流於東國,爲小兒先入之書。最有絕倒一事,倭國關白,世世有大司馬、大將軍、博陸侯之號,蓋取漢宣帝時,霍光稽首歸政,上謙讓不受,諸事皆先關白光,然後奏御,意關白跋扈,有廢立其王之事。假此以名之乎?於光幸耶?不幸耶?何不兼取霍字爲姓耶?然則尤幸耶?尤不幸耶?(《青莊館全書》卷四十九《耳目口心書二》,《韓國文集叢刊》第258冊,頁389)

詩雖小技,取意甚廣。《三百篇》,感發懲創尚矣。至唐律出而意思慘憺,如束濕薪,有古心者頗鬱鬱不樂。楊仲弘云:"凡作唐律,起處要平直,承處要舂容,轉處要變化,結處要淵永,上下要相聯,首尾要相應,最忌俗意、俗字、俗語、俗韻。用工二十年,始有所得。"噫,此商鞅法也,詩人不可措手足矣。人巧既極,天機顧安所活潑哉?忌四俗,真藥石。然二十年勞精,可憐其心,應如摶泥丸矣,未知楊仲弘詩果何如哉?似不及杜少陵。嗚呼!少陵不如是局蹐矣。(《青莊館全書》卷五十《耳目口心書三》,《韓國文集叢刊》第258冊,頁417)

《文人無恥》(節錄):(上略)陳子昂上《大周受命頌表》一篇,《大周受命頌》四章,其詞云:"乃命有司,正皇典,恢帝綱,建大周之統曆,革舊唐之遺號,在宥天下,咸與維新,賜皇帝姓曰武氏。"杜甫進《封西岳賦表》有云:"維岳授陛下元弼,克生司空。"謂楊國忠也。按《池北偶談》云:子美他日作《麗人行》云"慎莫近前丞相嗔",自爲矛盾。(下略)(《青莊館全書》卷五十四《盎葉記一》,《韓國文集叢刊》第258冊,頁486)

《杜甫》:杜甫壬子生,五十九卒,妻楊氏,在蜀,號高齋。陸務觀《東屯高齋記》:少陵先生晚游夔州,愛其山川,不忍去,三徙居,其號高齋,質於其詩,曰"次水門"者,白帝城之高齋也。曰"依藥餌"者,瀼西之高齋也。曰"見一川"者,東屯之高齋也。故其詩又曰:"高齋非一處。"予至夔東屯,有李氏居,已數世,上距少陵財三易主。大曆中故券猶在。而高齋負山帶谿,氣象良是。少陵,天下士也,早遇明皇、肅宗,官爵雖不尊顯,而見實深,蓋嘗慨然以稷、卨自許。其後孫翊世,死節於宋。費著撰《蜀杜氏族譜》云:杜翊世,以死節顯其世。祖甫來蜀依嚴武家。青城者,即宗武裔世孫準。皇祐五年進士,宰綿竹卒,子翊世,徙成都,紹聖元年進士,官朝議大夫、通判懷德軍,靖康年死節。官其後十人,五子愷、忱以賞得官,孫逸老、俊老,曾孫光祖、大臨,以忠義遺澤得官,今猶稱"忠義杜"。元時,贈甫謚文貞。(《青莊館全書》卷五十八《盎葉記五》,《韓國文集叢刊》第259冊,頁24)

《杜詩諺解》:成化十七年,成宗命弘文典翰柳允謙等廣摭杜詩諸注,逐節略疏,又以諺語譯其意旨,凡二十三卷,修撰曹梅溪偉序之。崇禎五年,吳天坡翻爲嶺南監司,再刻,而新豐君張谿谷維序之,以東方僻陋之言,解杜氏邃奧之詩,其名物音韻,牴牾不相入,固其勢也。然今距數百年,可徵方言之頓變,此則亦足爲文獻之一助也。(《青莊館全書》卷六十一《盎葉記八》,《韓國文集叢刊》第 259 冊,頁 85)

《詠蝶詩》:古人咏蝶詩,皆幽艷可誦,偶記若干句。錢起詩:"胡蝶晴憐池岸葉,黃鸝曉出柳園花。"梁簡文帝《首夏》詩:"竹樹俱蔥翠,花蝶兩飛翔。"董思恭《咏風》詩:"花蝶自飄舞,蘭蕙生光輝。"杜甫詩:"風蝶勤依槳,春鷗懶避船。"熊夢祥詩:"鐵珊瑚樹飛鬼蝶。"陸龜蒙詩:"雙蝶鬥飛高。"雍陶詩:"荒園數蝶懸蛛網,空空孤螢入燕巢。"白居易:"秋花紫蒙蒙,秋蝶黃茸茸。"李商隱詩:"秋蝶無端麗,寒花只暫香。"袁易詩:"鬖黃捎蝶驚還起,翠碧窺魚去復來。"盧綸詩:"壞欄留衆蝶。"孟郊詩:"逃蜂匿蝶踏花來。"蘇軾詩:"俜伶寒蝶抱孤花。"王建詩:"幽花含宿彩,早蝶寒弄趐。"李賀詩:"腰衱佩珠斷,灰蝶生陰松。"李商隱詩:"孤蝶小徘徊。"陸游詩:"漠漠寒花欺晚照,翩翩孤蝶弄秋光。"鄭谷詩:"烟籠宿蝶枝。"林寬《苦雨》詩:"葉底遲歸蝶,林間滯出鶯。"皮日休詩:"異蝶時似錦,幽禽忽如鈿。"文同詩:"雨後雙禽來占竹,秋深一蝶下尋花。"劉從益詩:"莊周枕上非真蝶,樂廣杯中即假蛇。"劉會孟詩:"無因化作千胡蝶,西蜀東吳款款飛。"高啓詩:"萱留倦蝶連池綠,樹帶殘鶯滿寺陰。"又:"知是鄰家花落盡,菜畦今日蝶來多。"(《青莊館全書》卷六十九《寒竹堂涉筆下》,《韓國文集叢刊》第 259 冊,頁 271)

具樹勳

具樹勳,生卒年不詳,朝鮮英祖時人。《二旬録》二卷雜論朝鮮漢詩及諧謔故事。

農巖有獨子名崇謙,年十餘,嘗騎驢率兒奴逢雪路中,入於路傍中門内,以石打驢足,主人怪問故,對曰:"雪裏蹇驢方雅,故欲使蹇之耳。"聞而大奇,仍細聞其爲農巖子。即日往見農巖,約婚而歸。主人即朴判書權也。文才日就,年未二十已成大儒。一日往遊把清樓,題曰:"歲暮高樓悲獨夜,時危百慮聽江聲。"詩老洪世泰方飯,聞而落匙曰:"農老文章有善繼之人矣。"未久夭折,年十九,人皆嗟惜。有遺集行於世,其中"老僧一笑蒼厓古,遊子無言流水長"、"野信崗將受落日,鴻心天已近殘年"等語,有少陵風韻。農巖之誄文,非李長吉、王子安之流,雖父子之間必不過譽。字君山,號觀復齋。(《二旬録》下,《韓國詩話叢編》第 6 冊,頁 650)

　　竹泉金公試鑑神異,嘗以大學士,一世文士無遺選取,獨李參議晚堅
屢舉不中,儕類稱冤。一日,李之侄寒泉李公與金公子侄語到科事,曰:
"大監試眼名於一世,而吾獨未之信也。吾三寸之文,決不下於近來科作,
而連爲見屈,以此吾未之信也。"未久,李果登柑製。人戲之曰:"三寸黃柑
猶子請",此得於杜律,而"子請"與"自青"音同故也,傳爲才談。其後魚
府院喪出,兩子俱幼,未能執禮。李校理毅中、李參議奎采同往,請吊喪。
家奴告以喪主二分年幼,不得受吊,諸客只哭於几筵。李校理曰:"昔年
'黃柑猶子請'今得其對。"即呼曰:"一雙白魚不受吊。"此亦杜詩,而"吊"
與"釣"音同故也,尤極奇妙。(《二旬録》下,《韓國詩話叢編》第 6 冊,
頁 651)

李　祘

　　李祘,見《評述類》介紹。其《弘齋全書》收入《日得録》,其中"文學"部
分多與文臣論詩文之語。

　　"蠶未成絲葉已無,鬢雲撩亂粉痕枯。宮中羅綺輕如布,争得王孫見此
圖",即趙雙硯《題蠶婦圖》詩也。予嘗愛吟,比之杜少陵"彤庭所分帛,本自
寒女出"之句矣。筵臣不知趙雙硯爲誰人,教曰:"皇明太祖時人,嘗爲中貴
題此詩。太祖幸中貴宅覽之,即召除職。性至廉,嘗知郡,持二硯而來,故謂
'趙雙硯'。"(《弘齋全書》卷一百六十三《日得録·文學三》,《韓國文集叢
刊》第 267 冊,頁 197)

　　唐之杜律,宋之陸律,即律家之大匠。況少陵稷、契之志,放翁春秋之
筆,千載之下,使人激昂,不可但以詩道言。故近使諸臣序此兩家全律,將印
行之。或以陸詩之太圓熟雌黃之,而予之所取,政在於圓熟。比之明清噍殺
之音,其優劣何如? 此亦矯俗習之一助也。(《弘齋全書》卷一百六十四《日
得録·文學四》,《韓國文集叢刊》第 267 冊,頁 215)

　　近體出而詩道一變,然杜陵之近體爲古今冠者,以其有雄渾處雄渾,澹
宕處澹宕,謹嚴處謹嚴而然也。遂分韻入印,以爲詩家之準。(《弘齋全書》
卷一百六十三《日得録·文學三》,《韓國文集叢刊》第 267 冊,頁 219)

　　杜甫詩理致事實俱備,一代之史也,烏可以一詩人少之哉? (《弘齋全
書》卷一百六十五《日得録·文學五》,《韓國文集叢刊》第 267 冊,頁 230)

　　詩必以李、杜齊名,千載之下,優劣尚無定論。而如欲學得杜,似有依
據,是知李不如杜也。(《弘齋全書》卷一百六十五《日得録·文學五》,《韓

國文集叢刊》第 267 冊, 頁 230)

　　子美之於詩衆美咸備, 神而化之, 何莫非灝灝大雅之諧音? 而若欲以聲韻爲歸, 諷誦是便, 則但取其格律之詩, 泃合於"聲依永, 律和聲"之義, 此《杜律分韻》之所以作也。(《弘齋全書》卷一百六十五《日得錄·文學五》, 《韓國文集叢刊》第 267 冊, 頁 237)

　　陸務觀不可但以詩人論, 其平生惓惓於恢復大計, 誓不與讎賊共載一天, 忠懇義概, 曠世之下猶令人感歎。而潦倒不遇, 既無以自攄其蘊, 則慷慨壹鬱之志, 卓犖倜儻之氣, 一發於吟諷。每飯不忘之義, 居然子美後一人。惟其有之, 是以似之。即論其篇章之富贍, 不惟當世之巨擘, 允爲歷代之冠軍。其詩曰"六十年來萬首詩", 今以全集觀之, 殆非夸語, 真可謂大家數也。(《弘齋全書》卷一百六十五《日得錄·文學五》, 《韓國文集叢刊》第 267 冊, 頁 237)

　　我東韻書之最先出者即《三韻通考》, 而取字狹少, 訓注疏略。又以四聲爲三韻, 名實已甚乖剌, 金濟謙、成孝基雖加增補, 亦不過稍廣舊文而已。崔世珍之《通解》, 朴性源之《通釋》, 其於音切頗致詳備, 而乃若字狹注略, 彙以三韻, 別置入聲, 有失"韻本四聲"之義一也。此蓋東人科詩不押入聲, 故仍剔此一韻於平上去之外, 冗贅無歸屬之科, 其紕繆無稽有如是。予嘗留意是正, 頃命故檢書官李德懋取諸家韻書, 博據廣證, 詮次成書, 即今新刊之《奎章全韻》。而以平上去入比類諧音, 增爲四格。編字次第一遵子母相生之法, 其文較增於《增補》, 其解特詳於諸家。又取吳氏《韻補》、楊氏《古韻》、邵氏《韻略》若干叶音, 按類鈔附, 寧略無濫, 蓋謹之也。至如通韻之辨, 有若聚訟, 而證之古樂府、杜、韓詩, 確有可據者以次附于各韻之下。此其指授義例之概略, 而意其爲書, 庶可以一雪俗本之陋, 間試取而詳閱, 往往不能無疵摘者。且其訓詁或涉詭僻, 類若鷔奇而夸異者多, 非予纂輯之本意。古人謂著書之難, 益覺儘然也。(《弘齋全書》卷一百六十五《日得錄·文學五》, 《韓國文集叢刊》第 267 冊, 頁 239)

　　教曰: 杜、陸之新印, 意在鼓舞振作於回漓反本。聲名之桴應, 深有望於今日詞垣諸臣。原任提學臣沈煥之戊午錄。(《弘齋全書》卷一百六十五《日得錄·文學五》, 《韓國文集叢刊》第 267 冊, 頁 242)

　　嘗命儒臣鈔輯朱詩注解, 有書"魏明帝"者, 教曰: "杜工部以詩人尚能帝蜀而寇魏, 今日尊攘之義雖蔑, 如何敢以'魏明帝'書之乎? 當書魏主叡以別之。且編夫子之詩, 輯其注解, 尤豈不謹守《綱目》之例乎? 諸臣似未及照檢, 而殊甚慨然。"仍命即改之。(《弘齋全書》卷一百六十五《日得錄·文學五》, 《韓國文集叢刊》第 267 冊, 頁 245)

成海應

成海應，見《評述類》介紹。其《研經齋全集》中的《識小類》《蘭室譚叢》等多論中朝文人及作品。

《閻爾梅》：閻爾梅，皇朝舉人也。李自成入京師，使僞將董學禮徇徐州。武愫迎降，爾梅大罵而裂其票，愫囚之。爾梅作詩曰："死國非輕死逆輕，鴻毛敢與泰山爭。楚衰未必無三户，夏復由來起一成。日月有時經晦蝕，乾坤何處不皇明。寵新豈是承天志，空□將身買賤名。"愫見而殺之。爾梅素以詩自許，人有談其詩者曰："雖杜甫無以過之。"爾梅怒曰："何物杜甫？輒以況我。"其標致如此。然觀其詩亦未有動人者，特以所秉之義卓絶今古，不必要好句也。（《研經齋全集》外集卷五十五《識小類·詩話》，《韓國文集叢刊》第 277 册，頁 492）

《羅海陽詩》：海陽羅公嘗絜家室入茂朱山中，自號朱溪，及還大興故居，改海陽，以其在西海上也。詩學少陵，得其遒勁。嘗與先君子出廣州盤溪，會嘐嘐齋金公葬，途中有詩曰："靡靡望舒頹，澹澹川光溢。聯騎復同舟，相顧稱足述。東西眺遠峰，瀅碧雲際出。野麥風初蔥，汀柳雨新櫛。離郭諒非遠，已覺性情逸。聞道山中僧，結夏起兹日。獨傷無解時，先生閉玄室。不昧好古志，遺風庶可質。"公所著詩多蓄余家，適誦此詩，不勝悠遠之趣，爲之書此。（《研經齋全集》外集卷五十五《識小類·詩話》，《韓國文集叢刊》第 277 册，頁 502）

《僞書》：古人多作僞書，東坡云："王氏元經、薛氏傳、關子明易傳、李衛公對問皆阮逸著，逸嘗以草示奉常公。"世傳《龍城記》，載六丁取易説事；《樹萱録》載杜少陵、李太白諸人賦詩事，詩體一律。而《龍城記》乃王銍所爲，《樹萱録》乃劉燾自撰也。至於書刻亦然，黄山谷嘗言："小字《樂毅論》實王著所書；李太白醉草，即葛叔忱戲其婦公者。"出宋何薳《春渚記聞》。（《研經齋全集》外集卷六十一《蘭室譚叢》，《韓國文集叢刊》第 278 册，頁 110）

丁若鏞

丁若鏞，見《評述類》介紹。其《與猶堂全書》中的《雅言覺非》《詩經講義》等多引用詩文考證字詞之義，亦是對詩文的注解。

金吾者，巡徼之司也。《漢書·百官公卿表》：中尉，秦官，掌徼循京師。

武帝太初元年,更名執金吾。_{師古云:金吾,鳥名,主辟不祥。}《後漢書·百官志》云:執金吾一人掌宮外之戒,月三繞行宮外。胡廣云:衛尉巡行宮中,則金吾徼于外,相爲表裏,擒奸討猾。又漢制金吾禁夜行,唯正月十五許金吾弛禁。故蘇味道詩云"金吾不禁夜,玉漏莫相催",杜甫詩云"醉歸應犯夜,可怕李金吾",其職司可知已。今邦人忽以義禁府爲金吾,莫知所由。嘗考《高麗史》,金吾衛亦名備巡衛,有巡軍獄,擒奸猾囚之。其後大臣朝士有罪,輒下巡軍獄治之,金吾遂爲王獄之名。我朝既置義禁府專掌獄事,不復知巡徼諸事,猶帶金吾之名,無謂也。(《與猶堂全書》第一集雜纂集卷二十四《雅言覺非》卷一,《韓國文集叢刊》第 281 册,頁 511)

東俗訓蒙:"車只有輪_{方言曰朴回},花只有尖_{方言曰不伊}。"何以文矣?(中略)蕊者,花之鬚也_{杜甫詩云"花蕊上蜂鬚"}。蕚者,花之跗也_{《韻府》注云:"花内曰蕊,花外曰蕚。"}英者,花之無實者也_{《爾雅》云}。葩者,花之含也_{張衡賦云:"百卉含葩。"}字各異義,今並訓之爲花尖,可乎?(《與猶堂全書》第一集雜纂集卷二十四《雅言覺非》卷二,《韓國文集叢刊》第 281 册,頁 520)

角者,軍中之吹器也。軍書稱:蚩尤率魑魅與黃帝戰,帝命吹角爲龍鳴禦之。杜甫詩云:"永夜角聲悲自語。"今螺角、木角_{軍書名之曰哱囉},聲音憂濁,無悲切如訴之音,故邦人每聞號笛,誤認爲角吟,想杜詩,嘆其善形,其實杜之所聽不是此聲。號笛者,瑣吶也。《紀效新書》:"吹瑣吶。"俗稱太平簫,非角類也。按《舊唐書·音樂志》云:"西戎有吹金者,銅角是也。長二尺,形如牛角貝蠡也。"司空曙詩云:"雙龍金角曉天悲。"杜之所聽,應亦金角,故悲切乃爾。我邦軍物,未有金角,無以識此聲也。_{喇叭雖亦吹金,非金角之類。}(《與猶堂全書》第一集雜纂集卷二十四《雅言覺非》卷二,《韓國文集叢刊》第 281 册,頁 520)

公然者,公共無愧者然也。行惡於衆睹之中者,謂之公然。杜甫詩曰"公然抱茅入竹去",意可知也。公肆詆誣,公行劫掠,皆此意。乃東語以無功而望賞者,爲公然望之;無價而索贈者,爲公然索之。非本旨也。(《與猶堂全書》第一集雜纂集卷二十四《雅言覺非》卷二,《韓國文集叢刊》第 281 册,頁 524)

范雎之雎,即雎鳩之雎。東人讀之爲"睢盱"之"睢"_{字從目}。然杜甫詩云"勢悷宗蕭相,材非一范雎",叶于魚韻。《古今韻府》,范雎皆在魚韻。嘉慶丙辰冬,余承命校《史記》,禀旨以正之。(《與猶堂全書》第一集雜纂集卷二十四《雅言覺非》卷三,《韓國文集叢刊》第 281 册,頁 525)

松笋酒者,吾東之名醞也,詩律用之。然松之嫩梢,不可曰笋。笋者,竹萌也。然非竹萌者,亦得名笋。蘇軾詩云"蘆笋初似竹",杜甫詩云"泥笋苞初獲",則蘆荻之萌稱笋矣。楊萬里《題寒緑軒》詩云"菊芽伏土糁青粟,杞笋榜根埋紫玉",則枸杞之萌稱笋矣。陸龜蒙詩云"雖然野岸花房凍,還得山家藥笋肥",則勺藥之萌稱笋矣。又《本草》,澤蘭之根名曰地笋。然皆以萌於土者爲笋,嫩梢新生者,不可曰笋。(《與猶堂全書》第一集雜纂集卷二十四《雅言覺非》卷三,《韓國文集叢刊》第 281 册,頁 526)

跰者,足皮起也。通作繭,亦作皶。又跰者,足骨也。乃東人疏劄表箋,以官爵之再踐舊跡謂之宿跰。遍考三倉,無此詁訓。唯杜甫《八哀詩》,哀蘇源明曰"晨趨閶闔内,足蹋夙昔跰",此亦足繭之意,而東人誤以爲足蹋舊跡,遂至沿襲如此耳。(《與猶堂全書》第一集雜纂集卷二十四《雅言覺非》卷三,《韓國文集叢刊》第 281 册,頁 527)

彈棋者,妝匳之雜戲也,其勢如蹴踘。今人詩句,圍棋亦稱彈棋,誤矣。按《太平廣記》云:漢成帝好蹴踘,群臣以勞體非尊者所宜,帝曰"可擇似而不勞者奏之",劉向奏彈棋以獻,上悦,賜青羔裘、紫絲履。其法似蹴踘可知。《後漢書》云:梁冀能挽滿、彈棋、格五亦戲名、六博、蹴踘、意錢之戲。《南史》云:孔琳之解音律,能彈棋。《典論》云:予于他戲少,所喜唯彈棋,略盡其妙。《世説》云:彈棋,魏宮内用裝匳戲也。《隋書》云:徐廣撰《彈棋譜》一卷。其爲別格之戲明矣。杜甫詩云"彈棋夜半燈花落",岑參詩云"縱酒兼彈棋",王維詩云"隱囊紗帽坐彈棋",皆是此戲。東人見二詩,誤以爲圍棋,沿襲如此。(《與猶堂全書》第一集雜纂集卷二十四《雅言覺非》卷三,《韓國文集叢刊》第 281 册,頁 528)

蒲鴿者,美瓜之名。杜詩云"傾筐蒲鴿青",即是也。今人或認爲鵓鴿之色青者,用之如白鴿、紫鴿,誤。(《與猶堂全書》第一集雜纂集卷二十四《雅言覺非》卷三,《韓國文集叢刊》第 281 册,頁 530)

賒者,貰也。《周禮·司市》之注云:無貨則賒貰而予之。謂不用錢而先取其物。東人以賒爲買,嘗見一詩集云"自取囊錢賒白酒",華人見之必難解矣。俗儒不知賒字方言稱外上。古詩云"可憐白鼻騧,相争入酒家。無錢但共飲,畫地作交賒",斯可知矣。杜甫詩云"鄰人有美酒,稺子也能賒",不錢而取酒,非稺子所能,故特云也能。黃庭堅詩云"深念煩鄉里,忍窮禁貸賒"。(《與猶堂全書》第一集雜纂集卷二十四《雅言覺非》卷三,《韓國文集叢刊》第 281 册,頁 531)

《周南·葛覃》(節錄):御問曰:黃鳥,黃鸝也。舊注作鶬黃,《字書》作鴶黃,《説文》作離黃,《東京賦》作麗黃。顧野王《玉篇》始出鸝字,注曰鸝是黃鳥也。黃鸝兼兩色,若單以鸝稱,不成黃鳥。故説者以《集傳》爲非,謂黃鸝非一字鳥,此説何如?麗有黑色之義,馬從麗則爲驪,《集傳》之單稱鸝,果似可疑。　　臣對曰：李白、杜甫、王維之詩皆稱黃鸝，無單言鸝者。王安石詩云“草長流翠碧，花遠没黃鸝”，翠碧亦鳥名，而以碧對鸝，亦以黃鸝爲兩色鳥也。然韋莊詩曰“樹密鬬雛鸝”，梅堯臣詩曰“喬林未囀鸝”。朱子之單稱鸝，蓋亦從俗而然也。（《與猶堂全書》第二集經集卷十七《詩經講義卷一》，《韓國文集叢刊》第 282 册，頁 386）

《鄘·定之方中》（節録）：“靈雨”注曰：靈，善也，善猶好也。靈雨即好雨，杜甫詩曰“好雨知時節”，靈之爲言有知時之意歟？　　臣對曰：按《説文》：靈從雨從䨩，䨩象其零形也。《豳風》之零雨，舊本亦作靈雨，而霝與靈本相通。《石鼓文》“霝雨奔楙”，亦作霝雨，可證。然霝若零意，則“靈雨既零”意叠，作知時之意看誠好矣。（《與猶堂全書》第二集經集卷十七《詩經講義卷一》，《韓國文集叢刊》第 282 册，頁 401）

《鄭·子衿》：御問曰：青青子衿，雖未見其必爲學校之詩，而亦未知其必爲淫奔之詩，未知如何。　　臣對曰：朱子《白鹿洞賦》曰：“衿黃卷以置郵，廣青衿之疑問。”既以青衿爲學子之服，則平日之論有可見者。按：晉懷帝下詔徵虞喜：“儒雅陵夷，每覽《子衿》之詩，未嘗不慨然。”杜甫詩曰：“訓諭青衿子，名慚白首郎。”可見古來不以爲淫詩也。（《與猶堂全書》第二集經集卷十七《詩經講義卷一》，《韓國文集叢刊》第 282 册，頁 407）

姜浚欽

姜浚欽（1768—1833），字百源，號三溟，晋州人。正祖十八年（1794）文科及第，歷任教理、正字等職。純祖五年（1805），曾以告訃使書狀官出使清。著有《三溟詩話》，重點介紹十七世紀後半期的詩人詩作。編者未能見到《三溟詩話》的抄本或影印本，以下數條轉引自韓國民族文學史研究所林熒澤等編譯《三溟詩話》（소명출판，2006 年）。

菊圃與清潭論詩，可作後生指南。菊圃曰：“詩道貴清曠，到此則幾化之矣，雄健非所論也，況曠字已包雄健者耶。苟到清曠地位，不雄健不足憂也。”清潭曰：“‘雄健’二字，‘清曠’二字之外膜也。自古詩人多被這雄健所欺，一生迷著，不能向上進一步，仍以夢死於百年中，此則宋明諸公學杜之過也。《三百篇》《十九首》尚矣，只就少陵一部言之，古人所謂佳句，何嘗不雄健中清曠也？蓋杜之全體雄健，即其佳處每在清曠。雄健本色，忽與清曠境界相值，天與神授，遂成絶唱。其本色雄健，未得境界清曠，則優者爲杜之平平處，劣者斯爲杜之極拙處，雖有優劣之異，概不出徒雄健未清曠者也。彼逾雄健一膜,則又到清曠層。雖老杜不可多得,況學杜者,其可易爲乎? 是故宋後學杜者,終不得杜之清曠,則不得不歸宿於杜之拙陋,而一生到不得古人佳處者,只由杜爲之嶺也。學杜者猶如此,況學學杜者如蘇、黃、陳、陸輩,尚何論哉? 如此,强謂之曰'得杜骨,得杜髓',以相煦濡,不但自欺,又欲誤人。人是活變靈物也,何能久而終不覺得乎? 謂余不信,試看《三百篇》,但見語極清而意極曠耳,有何雄健之可論乎? 諸《風》與《雅》,俱潔如球璧,而興寄極遠。獨《頌》體雖質樸弘大,猶簡當古奥,元無雄豪健踔之意。《十九首》則篇篇句句,一字一劃,無不絶清而絶曠。只世代稍降於周,故其太曠處,翮舉逸出橫不可制者,外面看之,微似雄健,微似豪踔。然此等處,正所謂鼠璞朱紫之分,非精心慧眼,未易下別其微眇也。"金華謂:"古文亡於昌黎。"余謂:"古詩亡於少陵。"諸君子且置陳、陸不論,先從少陵撤去安下,則歧路既異,門户自別,可以直紹《三百》《十九》之旨,而納納乾坤,又可優游自在,各隨天分,止於其止,又無向來拘束齷齪之態也。其必欲舍冠冕玉佩,而爲氈笠曼纓,長槍大刀,則請置此於度外。(《三溪詩話》第 50 則,頁 197)

李義師專心學杜,故其詩往往局澀,然其典則謹嚴,可以想見其人。如"山木霜飛豺祭獸,江湖水落蟹輸芒","曬書庭院秋休雨,收釣江湖夜有霜","待客不來花自墜,看雲欲盡鳥還高"。《善竹橋感懷》曰:"綱常光舊國,文學啓新朝。"《鄰族修楔》曰:"閭閻還揖讓,童稚話文章。"《檢穫》曰:"斗斛心猶細,楓林坐似閒。"《遣意》曰:"牛眠菰葉下,鸛步稻花中。"《新構》曰:"葍畲春事火,籬落晝生雲。"皆清警有法,不類束人口氣。(《三溪詩話》第 87 則,頁 320)

申承旨光洙,號石北,爲寧越府使,名其所著詩曰《聽鵑録》,自擬子美夔州以後作,其"百鳥烟中失,青山水底多"一聯頗膾炙。平康相聞之曰:"此令冬考必居下。"人問其故,曰:"此句虚而不實,是以知之。"其冬果考下。(《三溪詩話》第 99 則,頁 383)

羅傑、羅烈兄弟,力攻詩,深得老杜之趣,自成機軸,爲近世名家。羅烈《田家》詩曰:"野人重農節,早起開柴扉。清霧半峰出,晨星雙鵲飛。禾麻争或或,妻子共依依。乍動田中草,阜螽跳滿衣。"(《三溪詩話》第 113 則,頁 425)

姜彝夫

姜彝夫,見《評述類》介紹。其《重庵稿》册三的《讀古唐詩》專論唐代詩人詩作。

　　杜少陵之能鳳炳永世、虎雄前古者,余知之矣,以其不可以一能稱也。若使江文通其人拈杜之善以擬之,如《擬古》三十之爲,必且茫然視而無如何也,將在其紀行乎？述懷乎？咏物乎？懷古乎？吾不可得以名之矣。(《重庵稿》册三《讀古唐詩》,《韓國文集叢刊續》第 111 册,頁 520)

　　杜少陵取材却博,後之論杜者,不知探溯乎杜之所從出,乃汲汲然逐句而評騭之,曰"是開後之誰某"云爾,是皆見流而忘源,摸影而遺形之説也,烏足而知杜哉？(《重庵稿》册三《讀古唐詩》,《韓國文集叢刊續》第 111 册,頁 520)

　　七言絶句,有全法、截法之異。全法者,四句之自成一篇者是也。截法者,截長律而爲之,或截上半四句,或截下半四句,或截中間四句,或截起二句、結二句以成者是也。試論乎唐,太白多全法,子美多截法。初盛多截法,中晚多全法。余嘗妄以爲全法惟能天然圓活,則易有雕鏤切蹙之病,終不如截法之聲盡而思致有餘。(《重庵稿》册三《讀古唐詩》,《韓國文集叢刊續》第 111 册,頁 520)

　　子美"書貴瘦勁方通神"七字,儼然可以當諸家筆訣之紛紜支離,而蘇長公乃以爲"此論未公吾不憑",使世之塗抹墨豬之肉漢色飛眉舞,未必不藉於坡翁一語。豈此老大智眼,亦爲峋嶁贗鼎所欺誤也耶？余不得不爲子瞻深惜,直欲起九原而詰之。(《重庵稿》册三《讀古唐詩》,《韓國文集叢刊續》第 111 册,頁 521)

　　江文通《擬古》三十,大有功於詩家。使後學小子摘管伸楮,沾沾然以古之人自命,庶不徑占退步之地者,此文通之志也。試觀其擬法,不切切於形似,不規規於字句,然其一句一篇皆能脱出自家本相。蓋擬古而務得其神韵者也,此爲擬古家之好門徑。若必欲置之本集,而雖使慧眼者視之不能辨,是魔道也。昔楚優孟抵掌談笑,宛然孫叔敖也。此非一髮皆似,特在乎氣宇舉止之間矣。苟如叔敖同坐,豈有不辨哉？詩蓋一代有一代之典型,一人有一人之貌相,有志古學者,先須分辨乎此而知揉雜之爲可戒,然後始可與論於篇法。於其一篇之中而如學建安則舉體建安矣,如學六朝則舉體六朝矣。學王、孟、高、岑,學李、杜亦莫不然。雖至宮體而兩王,艷調而崔、韓,怪而西崑,鬼而長吉,苟其舉體渾成,足稱異色而俱悦於目,殊音而並可於耳,若雄首纖尾,左腴右癯,將成何物事？(《重庵稿》册三《讀古唐詩》,《韓國文集叢刊續》第 111 册,頁 522)

　　少陵諸體,畢竟當以五言律爲長,實有唐三百載之鎮也。惟王右丞短律有高古之妙活,雖其氣格之雄渾,形態之泡淘,不足以仿佛於杜,而句法篇法差可齊軌。其次孟襄陽亦大有篇法,高蜀州微尖削。(《重庵稿》册三《讀古

唐詩》,《韓國文集叢刊續》第 111 冊,頁 522)

王右丞"明月松間照,清泉石上流"、"雨中山果落,燈下草蟲鳴"、"屋上春鳩啼,村邊杏花白",皆天韵秀發,絕少雕研意。雖謂之賢於何、庾,亦未爲過語,然猶不若杜少陵上下俱作對語之五絕諸作之濃麗,讀之使人如入百花春林,艷柳游絲,草香禽語,俱可心醉。然此又猶不若吳均"山際見來烟,竹中窺落日"、"鳥向檐上飛,雲從窗裏出"之晏然,有人莫敢誰何之意。煉字之奇,猶屬第二義。若其造想寄景之妙,依然置我其中而林趣悠然矣。(《重庵稿》册三《讀古唐詩》,《韓國文集叢刊續》第 111 冊,頁 522)

長短律自唐始有之。試言乎七律,則初盛諸家,皆庶幾渾渾全氣矣。杜浣花無論古體近體,各自有聲氣貌相,不敢論列於時世升降之機。自劉長卿、李群玉輩始事聲律,日趨清切,至劉滄、許用晦而其道大備。苟其不失乎聲律,則句中對偶之無所警異,亦不暇恤。如以"六龍東去水滔滔",對"雙鳳北來山寂寂";如以"蕙心迢遞湘雲暮",對"蘭思縈迴楚水流"。律詩之出,聲律爲重,蓋愈降而愈整者也。若溫飛卿、李義山又別作一派,與五古之孟郊、七言之長吉,約略相似。宋人承乎唐後,直膚淺而已。唐之五古以平淡矯陳隋之輕艷,容有其勢。宋之七律以膚淺欲壓晚唐之清切,斷斷無是望矣。乃愚人不知此,竟以老死。悲夫。(《重庵稿》册三《讀古唐詩》,《韓國文集叢刊續》第 111 冊,頁 523)

洪奭周

洪奭周,見《評述類》介紹。其《鶴岡散筆》多記載文人軼事,亦有論詩文之語。

杜陵集中,有《放歌行贈張四兄》,其首句云"與兄行年較一歲,賢者是兄愚者弟"者是也。其詩爲在嘉州時所作。子美晚年詩,其年時居止歷歷皆可考也。子美自成都舟行至夔州路過嘉州,厪一再宿耳,安得有詩中所謂四時八節也?且其詩雖遒麗可喜,在唐人中近岑參、高適,置少陵集終不類也。岑嘗爲嘉州刺史,豈或其所作歟?閱《東坡詩集》,有山谷詩混入者,其《雜著》二篇,乃《伊川遺書》中語,并世誤收,蓋自古有是矣。然以伊川之言而入蘇氏之集,亦可謂不倫甚矣。(《鶴岡散筆》卷一,韓國國立中央圖書館藏筆寫本,頁 14b)

"萬柳濃陰鶯世界,一江疏雨鷺平生",不知爲何人作也,而自二十年前盛傳于世,以爲余作。余不工詩,不能爲此語,然亦不欲學此等語也。道德如程、朱,文章如杜、蘇,其爲人所假托以取重,固也。如余者,又何人哉?而世亦有僞余文者,不獨此一句而已,良可笑也。(《鶴岡散筆》卷一,頁 15a)

我東人才固不能擬中國,然風氣晚開,醇樸未離,學術無多岐之惑,文章無僞體之雜,庶幾所謂一道德同風俗者。近世高才之士始或以局守塗轍爲恥,稍稍慕中國之習,而其所步趨於中國者,不能以唐宋盛際爲準,譚經者唯尚考證,攻文者專取小品,視毛奇齡、胡渭尊於程、朱,而袁宏道、錢謙益奪韓、歐、李、杜之席,駸駸乎將不知所底止矣。今世之人能有志於談經攻文者固鮮矣,其稍拔乎流俗者,又率爲此習所引,此亦世道之深憂也。嘗以史官侍正廟于清燕,下教若曰:“鄉曲人入京華,舉止言語多可笑者,然不害其質案可尚。若嫻習時樣,與京華人無異,則非好消息。東人之必效中國,亦何以異是哉?”伊時恭聽,尚未免有所蓄疑,到今追惟,始知大聖人深遠之慮出尋常萬萬也。(《鶴岡散筆》卷二,頁 9a)

老子言“無以生爲者,是賢於貴生”也,是蓋爲世俗之厚自奉養者言也。然士君子致身事主,固當置死生於度外。而苟得其道,則身亦未嘗不安;區區較計於小利害禍福者,未必不反陷於機阱,此理甚明。顧人爲利害之念所蔽,而不能察耳。記余嘗與李相國性老語,時性老新拜相,余爲誦杜子美贈嚴武詩“公若登台輔,臨老莫愛身”之句,相國吟諷良久,曰:“旨哉!言乎。夫唯莫愛身而後始可以謀身。”余戲之曰:“公終未能忘謀身耶?”此語驟聞雖有弊,然細思之,亦未嘗不有理也。(《鶴岡散筆》卷二,頁 13b)

“依遲動車馬,惆悵出松蘿。忍別青山去,其如綠水何”,此王維詩也。寫境摹情,可謂曲摯矣。然其結句尚嫌太迫,不若杜少陵所謂“幽意忽不愜,歸期無奈何”也。余少時游清潭將歸,有詩曰:“駐馬山盡處,惆悵不能出。信馬水聲中,馬行一何疾。”句雖凡近,亦實際也。余少時酷嗜山水,游遇佳處輒忻然不能捨去。既去,尚戀戀不能忘者有日。近已廢遊賞久矣,偶一遇境,亦未嘗不逌然喜也。及去之,如辭逆旅,了不復有留連意,蓋亦氣衰而然也。(《鶴岡散筆》卷三,頁 54b)

或言詩不可一字無出處者,朱子曰:“‘關關雎鳩’出自何書?”又嘗言:“李太白詩若無法度,而從容於法度之中,可謂聖於詩矣。”又嘗書李白古詩“世道日交喪”一篇曰:“今人作詩,開口便説李、杜,何嘗夢見李、杜脚板耶?”又曰:“少陵自秦州入蜀詩分明如畫,至晚年所作多不佳,今人見黃魯直言子美晚年詩好,亦從而言好,所謂矮人觀場也。”又言:“陳無己論詩謂字字要響,及其自作却字字啞。”夫自古論詩而得其體要,亦未有如紫陽者也。(《鶴岡散筆》卷三,頁 57a)

白樂天論詩最得宗旨,其略曰:“人之文,六經首之,就六經言,《詩》又首之。何者？聖人感人心而天下和平。感人心者，莫先乎情，莫始乎言，莫切乎聲，莫深乎義。詩者，根情，苗言，華聲，實義。上自賢聖，下至愚騃，微及豚魚，幽及鬼神，未有聲入而不應、情交而不感者也。聖人知其然，因其言，經之以六義；緣其聲，緯之以五音。音有韻，義有類。韻協則言順，言順則聲易入。類舉則情見，情見則感易交。言者無罪，聞者作誡。洎周衰秦興，採詩官廢，上不以詩補察時政，下不以歌泄導人情。諂成之風動，救失之道缺。《國風》變爲騷辭，五言始於蘇、李，皆不遇者各繫其志，發而爲文，彷徨抑鬱，不暇及他，然去《詩》未遠，猶得風人之什二三焉。晉、宋以還，得者蓋寡。陵夷至於梁、陳間，率不過嘲風雪弄花草而已。噫！風雪花草之物，《三百篇》中豈捨之乎？顧所用何如耳。‘餘霞散成綺，澄江净如練’，‘歸花先委露，別葉乍辭風’之什，麗則麗矣，吾不知其所諷焉。唐興二百年，其間詩人不可勝數，詩之豪者，世稱李、杜[一]之作，才矣，奇矣，人不迨矣。索其風雅比興，十無一焉。杜詩最多，可傳者千餘首，盡工盡善，又過於李。然撮其《新安》《石壕》《潼關吏》《蘆子關》《花門》之章，‘朱門酒肉臭，路有凍死骨’之句，亦不過十三四。杜尚如此，況不迨杜者乎？”樂天之論詩如此，其所作如《秦中吟》及《新樂府》五十首，皆指切時事，有風人之遺旨，亦可謂不愧其言矣。然此皆其始仕年少時作，長慶以後則不復有是矣。豈創於江州之貶，而不敢復觸時忌耶？抑年老氣衰，自足其一身之適，而不暇念其它耶？（《鶴岡散筆》卷三，頁58a）

　　[一] 李杜，原作“杜李”，據白居易《與元九書》改。

　　風雅異體，賦興殊旨，宮羽鍾呂，各有其調。執一體而欲盡廢其餘，雖謂之不知文可也。溫柔敦厚而不迫，委婉含蓄而不露，固詩之所貴也。《相鼠》之詩曰：“人而無禮，胡不遄死。”亦可謂不迫乎？《巷伯》之詩曰：“取彼讒人，投畀豺虎。”亦可謂不露乎？如二詩者亦聖人之所取也。後世之論詩者，以唐人爲主，宗神韻而絀議論，尚空趣而鄙直致。《三百篇》尚矣，唐人之詩莫尚於杜，詠妓則曰：“使君自有婦，莫學野鴛鴦。”詠分帛則曰：“鞭撻其夫家，聚斂貢城闕。”觀獵則曰：“草中狐兔盡何益，天子不在咸陽宮。”觀打魚則曰：“吾徒何爲縱此樂，暴殄天物聖所哀。”若是者可謂之神韻乎？抑可不謂之直致乎？如此詩者，幸而出於杜耳。若出於宋以後者，嚴儀卿、胡元瑞之徒尚肯正目而視乎？（《鶴岡散筆》卷四，頁2b）

　　余嘗遊花潭，謁徐文康公祠，賦五言近體一篇，其起句曰：“何處無春色，花潭不可忘。”後三十年，見西坰柳太學士所作，其起句無一字相殊，文固有不期而闇合者如此。李嘉祐“水田”、“夏木”之句，亦未可病其剽襲也。然花潭之詩，乃人人意中語，不假繩削而成者，其闇合宜也。余在湖南，嘗得一句曰:"春物集遐想。"自怪其精煉高妙,非平日所能。及既久,乃覺其爲少陵詩,但改"春"作"時"耳。此固余嘗成誦者,雖久忘之,而尚著在胸中,不覺其遇境而自涌耳。(《鶴岡散筆》卷四,頁11a)

自詩之有律,而言志之功隱矣。幸而有古詩,猶可以不拘於後世之聲律。自近世王士禎、趙執信之説出,而古詩又將拘平仄,古人之高風遠韻,日益以不可聞矣。顧寧人言:"詩主性情,不主奇巧。"又曰:"詩以義爲主,苟其義之至當,而不可以他易,則雖無韻不害也。""一韻無字,則旁通他韻,又不得於他韻,則寧無韻。""以韻從我者,古人之詩也;以我從韻者,今人之詩也。"寧人之精於韻學,近古所未有也,而其言若此,視王士禎輩拘拘於五言、七言轉韻之法者,亦可謂卓爾不群矣。然寧人所謂"無韻不害"者,在古人則固多有之,自唐以後恐不然。即其所引杜甫《石壕吏》,"人"與"看"字自可通押,李白《天馬歌》"丘陵遠崔嵬",恐當移"遠"字於"崔嵬"之下,以叶上句"倒行逆施畏日晚"也。(《鶴岡散筆》卷四,頁18a)

《日知錄》論溫公《通鑑》不載屈原、杜甫,曰:"此書本以資治,何暇録及文人?"以此而論杜甫猶之可也,若屈原者,豈可以文人目之哉? 溫公此書專以資人君之鑑戒,人君之所鑑戒,孰有大於忠佞進退之際者哉? 此書於舉措得失之際,有一謀猷之善必録而存之;讒諂醜正之徒,有一言之邪亦必謹而志之,所以昭百世之勸誠也。張儀之逋誅,武關之誘會,屈原皆有所諫,而略之不書,並與上官靳尚讒愬之情而一切無概見焉,烏在其爲勸誡也? 又烏在其著治亂之原也? 且《通鑑》之不録文人,爲其浮華之無益於世也,若其言之有資於治道者,亦未嘗不取焉。如柳宗元之梓人、種樹者傳是也。屈子之視柳宗元,其賢否高下又何如也? 董生有言:"爲人君父而不知《春秋》者,前有讒而不見,後有賊而不知。"朱夫子於《離騷》《九章》亦云。嗚呼! 是又可以文人無實之言壹概而同斥之哉?《通鑑》之不載屈原,固溫公之一失也,無容曲爲之諱。而明季文士率尚浮華,亭林之言蓋亦有激而不得其平耳。(《鶴岡散筆》卷四,頁28a)

蘇子瞻言:"李太白、白樂天詩,多爲流俗所竄入。"余於杜子美及子瞻詩、柳子厚文,爲後人贋托者,亦已辨其一二矣。(下略)(《鶴岡散筆》卷四,頁30b)

韓文公父名仲卿,爲郡有惠政,李太白爲作其遺愛碑,今其文在太白集中。杜審言爲吉州司户,爲司馬固季重所構,繫獄中,又將潛謀殺之。審言子并年十三,懷刃刺季重於衆會中,與之俱死,而審言得免於禍,蘇許公頲爲并作墓誌,并即子美之叔父也。杜、韓二公以文章照曜千古,而其家有異行茂績可紀,若此者,人或多不能知,可惜也夫。(《鶴岡散筆》卷四,頁32b)

杜子美詩曰："軍州體不一,寬猛性所將。"此詩爲崔瓘作也。瓘,儒者也,有惠於民,而不能禦驕兵,以致臧玠之亂。子美之意蓋其能於治州,而不能於治軍,但任其性之所便,而不知其治體之各異也。故繼之曰："嗟彼苦節士,素於圓鑿方。"言其清苦之節宜於治民,而不合於御軍也。又曰："凋弊惜邦本,哀矜存事常。"此言得治州之體也。又曰："旌麾非其任,府庫實過防。"此言失御軍之體也。"軍州"二語,實識時務之格言也,且其文義語勢明白如此,而注解者無一人能闡其旨。朱夫子嘗欲爲杜詩注解,而惜其無暇,豈亦有感於此類也歟?(《鶴岡散筆》卷六,頁 11a)

杜子美《謁玄元皇帝廟》詩結句曰："谷神如不死,養拙更何鄉。"此蓋謂老子得長生久視之術,今若尚存而不死,則更於何處隱居而養拙也。何鄉,猶言何地也。文理既明白無疑,而辭尤悠遠有餘味。前後注杜者皆以"何鄉"爲"無何有之鄉",以"無何鄉"爲"何鄉",殆於不通文理矣。子美豈有是哉?(《鶴岡散筆》卷六,頁 11b)

天下之亂,鮮不由於盜賊;盜賊之起,鮮不由於民困;民生之困,鮮不由於在位者之奢侈。杜子美詩曰:"不過行儉德,盜賊本王臣。"旨哉言乎! 是豈可以區區詞章視哉?(《鶴岡散筆》卷六,頁 12a)

金正喜

金正喜,見《評述類》介紹。其《阮堂全集》卷八《雜識》多論詩人詩作。

古今詩法,至陶靖節爲一結穴,唐之王右丞、杜工部各爲一結穴。王如天衣無縫,如天女散花,曼多曼少,非世間凡卉所可比擬。杜如土石瓦磚,自地築起,五鳳樓材,稱劑其輕重以成之。一是神理,一是實境,仁者見之謂之仁,知者見之謂之知。百姓日用而不知,似若各一門戶。然禹、稷與顏,其揆一也,無用分別同異。能透得此關,然後可以言詩。如李義山、杜樊川,皆工部之嫡派。白香山又爲一結穴,不愧其"廣大教化"之目。宋之蘇、黃又爲一結穴。陸務觀七言近體,爲古今之能盡縠者。金之元裕之、元之虞伯生,又爲一結穴。虞則性情學問合爲一事。有明三百年,無一足稱。至王漁洋掃廓歷下、竟陵之頹風,又能爲一結穴,不得不推爲一代之正宗。朱竹垞如太華雙峰並起,又以甲乙,外此皆旁門散聖耳。(《阮堂全集》卷八《雜識》,《韓國文集叢刊》第 301 册,頁 147)

意想不到處,峰巒忽自開;山境隨處佳,誤到亦可喜。若了得此境,頭頭皆道,事事無礙。曾南豐詩如"流水寒更澹,虛窗深自明","一徑入松下,兩

峰橫馬前”，“壺觴對京口，笑語落揚州”，皆佳句，頗得陶、謝家法。徐仲車
《寄陳瑩中》詩雄快痛切，與《小雅·巷伯》同風，此正治心直養氣之功也，豈
怪放之謂哉？嘗示學者曰“爲文字無學纖麗，須是渾渾有古氣”，是自道者
耳。孟東野詩：“天地入胸臆，吁嗟生風雷。文章得是微，物象由我裁。”論
詩至此，胚胎造化矣。又如“南山塞天地，日月石上生。山中人自正，路險
心亦平”一本此有“天台山最高，動躡赤城霞”十字。“靈境物皆直，萬松無一
斜”等此句，頓覺心境空闊，萬緣退聽，豈可以寒儉目之也？凡詩道亦廣
大，無不具備，有雄渾，有纖濃，有高古，有清奇，各從其性靈以所近，不可
得以拘泥於一段。論詩者不論其人性情，以自己所習熟斷之以雄渾而非
纖濃，豈渾函萬象寸心千台之義也？是以有杜，有王、孟，有白，有韓，有義
山、樊川，又有長吉、盧仝。今特舉曾南豐、徐仲車，究竟以孟東野者，非爲
別尋一徑，頂上有眼者當鏡鏡相印也。悟堂李雅詩思甚妙，來問詩道，又以甘山
詩相示，書此復之。（《阮堂全集》卷八《雜識》，《韓國文集叢刊》第 301 冊，
頁 148）

　　庾子山詩對仗最工，乃六朝以後轉五古爲五律之始。其造句能新，使事
無跡，比何水部似又過之。武陵陳允倩謂“少陵不能青出於藍，直是一步一
趨”，則又太甚矣。名句如《步虛詞》云“漢帝看桃核，齊侯問棗化”，《山池》
云“荷風驚浴鳥，橋頭聚行魚”，《和宇文內史》云“樹宿含櫻鳥，花留釀蜜
蜂”，《軍行》云“塞迥翻榆葉，關寒落雁毛”，《法筵》云“佛影胡人記，經文漢
語翻”，《酬薛文學》云“羊腸連九阪，熊耳對雙峰”，《和人》云“早雷驚蟄戶，
流雪長河源”，《園庭》云“樵隱恒同路，人禽或對巢”，《清晨臨汎》云“猿嘯
風還急，雞鳴潮欲來”，《冬狩》云“驚雉逐鷹飛，騰猿看箭轉”，《和人》云“絡
緯無機織，流螢帶火寒”，《詠畫屏》云“石險松橫植，巖懸澗竪流。愛靜魚爭
樂，依人鳥入懷”，《夢入堂內》云“日光釵影動，窗影鏡花搖”。少陵所云“清
新”者，殆謂是也。（《阮堂全集》卷八《雜識》，《韓國文集叢刊》第 301 冊，
頁 148）

　　文章論定，古今所難。袁子才以阮亭詩爲才力薄，而不得不推爲一代正
宗，是終不得掩其所占地位而並奪之也。假使若自反，才力與正宗，俱難議
到耳。蔣心餘又以唐臨晉帖譬之，亦微詞。但今日若得唐摹一字，其寶重亦
不下真跡，豈可與宋元以後贋刻論哉？每盛名人皆忌之，此俱存深戒者。然
至其不能副其實，嵬然自傲者，盜思奪之。袁、蔣固當時隻眼，猶未免於盜之
招，況下此者耶？此所以少陵詩“文章千古事，得失寸心知”一語渾全貫穿古
今耳。偶閱論詩諸什，漫此放言，與圯友相視一笑，並使解說一通。（《阮堂
全集》卷八《雜識》，《韓國文集叢刊》第 301 冊，頁 148）

李圭景

李圭景(1788—?),字伯揆,號五洲、嘯雲居士、洌陽居士,完山人,李德懋之孫。著有《五洲衍文長箋散稿》及《詩家點燈》。《詩家點燈》大量引用各類典籍,評論中國及朝鮮詩人詩作。

杜 律 細

予嘗閱字書彙部,有《杜律細》一書列於字書之間,其標幟可異,然無由一見。而字學家既爲之,采入於音論,則似非杜撰。間從王漁洋《池北偶談》引《杜律細》一則,未嘗全鼎,亦可知味:蕪湖蕭尺木雲從,以畫擅名江左,嘗作《杜律細》一卷,以爲杜律無拗體,穿鑿可笑,而援引甚博,聊記一二條。"江草日日喚愁生",草音騷。《詩》"勞心慅慅",又"勞心草草",皆勞、騷之轉音也。"十年戎馬暗南國",暗音庵。《書》"高宗諒闇",鄭注作"梁庵",小室曰庵,閉戶曰闇,不明曰暗。"異域賓客老孤城",客音開,元曲[一]凡如"青雲客"、"讀書客",俱作平聲;孤音故,如姑作鼓、沽作估例。"一雙白魚不受釣",白音杯,《七命》"燕脾猩唇,髦殘象白。靈淵之龜,萊黃之駒"。叶魚音勇,《荀子·禮論》"絲罵縷翠",《禮記》作"魚",曰"魚躍拂池[二]",鱉亦音勇。受音收,傅玄詩"悠悠建平,皇澤未流。朝選於衆,乃子之授"。此亦詩人之所可知也。(《詩家點燈》卷一,《韓國詩話叢編》第 11 冊,頁 659)

[一]曲,原作"典"。

[二]池,原作"地"。

儒書證佛用杜詩

元雲嶠居士徐士英作《金剛經口義》,多以儒書證佛言。其言"一相無相分"四果之義,以杜詩證之。第一果云"不入色聲香味觸法",則是知欲境當避,此果之初生,如"山梨結小紅"之始也;第二果云"一往來",則是蹈欲境不再,此果之方碩,如"紅綻雨肥梅"之時也;第三果云"不來",則是棄欲境如遺,此果之已熟,如"四月熟黃梅"之際也;第四果云"離欲",則是去欲境已遠,此果之既收,如"掛壁移筐果"之日也。其義果了然。(《詩家點燈》卷一,《韓國詩話叢編》第 11 冊,頁 672)

謝 豹 業 工

(前略)又考諸書,杜鵑一名杜宇、望帝、子規、謝豹、巧婦、蜀魄,以一鳥而何名之多也?車五山《説林》以爲老杜《杜鵑行》"業工竄伏深樹裏,四月五月偏號呼[一]",注杜者不釋"業工"之爲何物,而五山少時見一書,杜鵑雛曰業工,今不記出自何書云。而梁慶遇《霽湖詩話》[二]:"杜詩'業工',五山雖以爲鵑雛,他無出處,不足信也。'業工'之'工'字,當是'業業'二字省作點，點訛爲‘工’。”仍令人不堪解。大抵杜詩多用重複字，如“納納”、“窄窄”、“桓桓”等字可知也云，然亦未可質也。或曰：“‘業’如‘業已’之‘業’，‘工’如‘工夫’之‘工’。”其說亦可考也。（《詩家點燈》卷一，《韓國詩話叢編》第 11 册，頁 699）

> ［一］偏號呼，原作“啼偏呼”，據杜甫《杜鵑行》改。

> ［二］霽湖詩話，原作“青溪詩話”。

詩不可觸時犯諱

（前略）又文人造辭，每多爽失，令人驚怪，爲代咋舌者。如《池北偶談》：杜甫《進封西岳賦表》有云：“維岳授陛下元弼，克生司空。”所謂元弼、司空，謂國忠也，可謂無耻。他日作《麗人行》，又云：“慎莫近前丞相嗔。”乃自爲矛盾。以工部之忠讜，而有此失耶？胡應麟《筆叢》：李太白《遠別離》云：“或言堯幽囚，舜野死”等語，人多不甚領會，實本劉知幾《史通》引用《瑣語》，事皆《紀年》《周書》中所不道者。此等處皆騷人一病，是豈入於章句間者乎？（《詩家點燈》卷一，《韓國詩話叢編》第 11 册，頁 711）

重城青鶴洞古跡

南秋江孝温《冷話》：積城之青鶴洞在紺岳山，洞口有一溪回互曲折。余嘗訪詩僧於雲溪寺，匹馬一囊，窮源討幽，方渡一溪十二，然後至其麓。後讀杜詩“山行一溪水，曲折方屢渡”，正與曩日所見無異。風檐展書，如對青鶴，然不知劉須溪何人也，以“一”字爲可笑耶？愚竊疑必下“一”字，然後於下句“屢渡”字尤有味也。蓋秋江未多峽行，故一溪十二渡爲異也。關東三陟府有五十川，一溪五十渡，峽川自來如是也。我王考青莊館公嘗爲積城宰，編《重城誌》，青鶴洞在縣西南五里雪馬嶺西，有上下短瀑，古松白石，幽邃可愛。兩瀑間大石上，吏民鳩材構小亭，夏日可以銷暑，戊申春改建四間，扁以“又醉翁亭”。雲溪寺在雪馬嶺北，今廢，此古跡也。又醉翁亭，王考所扁也。（《詩家點燈》卷一，《韓國詩話叢編》第 11 册，頁 712）

竹垞集杜

朱竹垞錫鬯《集杜》：“鰕菜忘歸范蠡船，斷腸分手各風烟。更有後會知何地，自斷此生休問天。縱酒欲謀良夜醉，將詩不必萬人傳。江山路遠羈離日，郭外誰家負郭田。”“寂寞書齋裏，幽偏得自怡。美花多映竹，小水細通池。丘壑曾忘返，招邀屢有期。論文或不愧，步屧過東籬。”“簡易高人意，村花不掃除。日長惟鳥雀，客至罷琴書。曬藥安垂老，鈔書聽小胥。由來意氣合，歲晚莫情疏。”使少陵復起，亦當爾爾。（《詩家點燈》卷二，《韓國詩話叢編》第 12 册，頁 28）

樂天布裘詩

世以香山爲風流宰相,看此《布裘》詩則有杜草堂"安是廣厦千萬間,大庇天下[一]寒士俱歡顏"之義,真宰相器也。其詩曰:"桂布白似雪,吳綿軟於雲。布重綿且厚,爲裘有餘温。""誰知嚴冬月,支體暖如春。中夕忽有念,撫裘起逡巡。大夫貴兼濟,豈獨善一身? 安得萬里裘,蓋裹周四垠。温暖皆如我,天下無寒人。"極佳且趣。(《詩家點燈》卷二,《韓國詩話叢編》第 12 册,頁 63)

[一]"天下"二字原缺,據杜甫《茅屋爲秋風所破歌》補。

詩 人 格 言

吳越姚佺辱庵《詩源》:唐人結句,主神韻多,故率弱,惟老杜不爾,如"醉把茱萸仔細看"之類,極爲深厚渾雄。梅聖俞嘗言:"詩家率意,而造語亦難。若意新語工,得前人所未道者,斯爲善也。必狀難寫之景如在目前,含不盡之意見於言外,然後爲至。"要"作者得於心,覽者會以意",然後語爲工,意爲新。孫豹人曰:"予秦人也,作必思秦無論已。"而白樂天《九江春望》詩:"爐烟豈思終南色,溢草寧復渭北春",蓋不忘蔡渡舊居也。而東坡《横翠閣》詩:"已見兩湖懷濯錦,更看橫翠憶峨眉",豈有不憶無情者哉? 禪宗論空門有三種語:"隨波逐浪",謂隨物應機,不主故常;"截斷衆流",謂超出言外;其三"函蓋乾坤",謂無間可俟。葉少藴云老杜詩亦具三種。凡人墮地一聲發響即哀,故哀聲最能感人。昔人云:"詩文之有騷賦,猶草木有竹,禽獸有魚,難以分屬。"元遺山《詩集序》:"老去漸於詩律細"、"新詩改罷自長吟"、"語不驚人死不休",杜少陵語也;"好句似仙堪換骨,陳言如賊莫經心",薛許昌語也;"看似尋常最奇崛,成如容易却艱難",半山翁語也;"詩律傷嚴近寡恩",唐子西語也。子西又言:吾於它文不至蹇澀,惟作詩極艱苦。悲吟累日,僅自成篇。初讀時未見可羞處,姑置之。後數日取讀,便覺瑕釁百出,輒復悲吟累日,反復改定,比之前作,稍有加焉。後數日復取讀,疵病復出。凡如此數四,乃敢示人,然終不能工。詩家聖處不離文字,不在文字,唐賢所謂"性情之外不知有文字"。《詩源》:朱合明詩:是物經思皆有味,古人到眼盡如生。清李沂《秋星閣詩話》:學詩有八字訣,曰"多讀、多講、多作、多改"而已。夫貴多讀者,非欲剿襲意調、偷用字句也,惟取觸我之性靈耳。子美云"新詩改罷自長吟",子美詩聖,猶以改而後工,下此可知矣。昔人謂:"作詩如食胡桃、宣栗,剥三層皮方有佳味。"清徐增《而庵詩話》:詩言志,古人善詩者皆不喜以故事填塞,若填塞則詞重而體不靈、氣不逸,必俗物也。本地風光用之不盡,或有古事赴於筆下,即用之不見痕跡,方是作者。(《詩家點燈》卷二,《韓國詩話叢編》第 12 册,頁 64)

畏 師 拜 犬

拜於禽獸者,杜工部之《拜杜鵑》,感懷而作也。(下略)(《詩家點燈》卷二,《韓國詩話叢編》第 12 冊,頁 76)

杜 詩 渾 漫 與

竹垞《書韻府群玉後》:"《杜工部集》有《漫與》五言絕句九首,又七言云:'老去詩篇渾漫與,春來花鳥莫深愁。''渾漫與'者,言即景口占,率意而作也。其後蘇子瞻、黃魯直、楊廷秀諸公皆襲用之,押入上聲'語'韻。姜堯章《蟋蟀詞》云:'幽詩漫與,笑籬落呼燈,世間兒女。'段復之詞云:'詩句一春渾漫與,紛紛紅紫俱塵土。'陰時夫輯《韻府群玉》亦采入'語'字韻中。蓋自元以前,無有讀作'漫興'者。迨楊廉夫作《漫興》七首,妄謂學杜者先得其情性,語言必自漫興始。而其弟子吳復從而傅會之,注云:'漫興者,老杜在浣花溪之所作也。蓋即眼前之景以爲漫成之辭,其言語似村而未始不俊,此杜體之最難學者。'自廉夫詩出,遂盡改杜集之舊,易'與'爲'興'矣。時夫《韻府》,學者每笑其舁陋,然猶識字。乃知勤于學者,雖兔園册子正未可廢爾。"若使今之人以"渾漫與"讀之,則必以爲不成文理,而"渾漫興"爲正,已成鐵案何?(《詩家點燈》卷三,《韓國詩話叢編》第 12 冊,頁 96)

禹 膳 堯 鍾 厝 匜 兔 園

庾肩吾詩:"千金登禹膳,萬壽獻堯鍾。"唐李乂詩:"水堂開禹膳,山閣獻堯鍾。"乃全用庾語。禹膳,蓋謂水族也。古詩:"幕帳雲厝匜。"寒山子詩:"厝匜萬重山。"按:"厝"一作"匼",滿也。審其詩語,似是"重匜"之意。杜詩"馬頭金匼匜",謂金絡頭也。又云周繞貌,下說似是。梁孝王園名兔園,王卒,景帝令民耕種,籍其租稅,以供祭祀。其簿册皆俚語,譏其鄉氣也。(《詩家點燈》卷三,《韓國詩話叢編》第 12 冊,頁 106)

屠 蘇 本 庵 名

《詩話》:昔有人居草庵中,每歲除夜遺藥一貼,令盛以囊,浸井中。至元朝取水置樽,名"屠蘇酒",合家飲之可以却疫。或問董勛:"屠蘇必自少者先飲,以次及老,此是何意?"曰:"少者得歲,老者失年。"故東坡有詩云:"但把窮愁博老健,不羨最後飲屠蘇。"楊慎《丹鉛總録》:杜工部《冷陶》詩曰:"願憑金騕褭,走置錦屠蘇。"屠蘇,庵名。《廣雅》:屠蘇,平屋也。孫思邈有屠蘇酒方,取庵名以名酒。又凡冠有屋者,曰屠蘇也。魏張楫《博雅》:屠、廜、廔、㢊,庵也,似以屋名也。(《詩家點燈》卷三,《韓國詩話叢編》第 12 冊,頁 115)

樂 府 誤 稱

樂府是官署之名,後人乃以樂府所采之詩即名之曰樂府,誤甚。《池北偶談》:"風雅之後有樂府,如唐詩之後有詞曲,聽聲之變有所必趨,情辭之遷有所必至,古樂之不可復久矣。後人之不能漢魏,猶漢魏之不能風雅,勢使然也。李于鱗曰:擬議以成其變化。噫! 擬議[一]將以變化也,不能變化,而擬議奚取焉?"右公文介公鑣《樂府自序》也。予嘗見一江南士人擬古樂府有"妃來呼豨知"之句,而蓋樂府"妃呼豨"皆聲而無字,今誤以"妃"爲女,"呼"爲喚,"豨"爲豕,湊泊成句,是何文理!《嘯虹筆記》:《稗史》論古樂府:"古人師手匠心,而又情真景切,其詞自佳。今人就題擬作,如畫者寫真,雖形色相肖,而生人之神氣安可得哉? 杜少陵不擬題而自作,如前後《出塞》《新婚別》《無家別》《新安吏》《玉華宮》,參之樂府,何啻伯仲? 明李西厓詠古諸作,近日尤展成《明史一百首》,俱是異觀。"諸賢辨樂府乃是中流砥柱。(《詩家點燈》卷三,《韓國詩話叢編》第 12 冊,頁 118)

[一] 議,原缺,據王士禎《池北偶談》卷十一"公文介論樂府"條補。

驟雨落魚詩

夏日驟雨,往往自空忽墜鮒鯽一二尾,其大不過數寸,活躍地上,或以爲神龍行雨,吸引江河溪澗水,故魚族偶然捲入,隨雨而落。杜工部《對雨書懷走邀許主簿》詩:"震雷翻幕燕,驟雨落河魚。"我東李公澤風堂植《杜詩批解》注之曰:"驟雨時,河魚緣水氣上騰,落於平陸。今或有之。"草堂之詩、澤堂之注,千古一人也。(《詩家點燈》卷三,《韓國詩話叢編》第 12 冊,頁 143)

夜飛蟬叩頭蟲

《妝樓記》:"杜甫每朋友至,引見妻子。韋侍御見而退,使其婦送夜飛蟬以助妝云。"未知夜飛蟬爲何物,或如眉藥,可助婦人之容飾否?《本草》有"夜火捕蟬"之語,則夜蟬或有可用處,故明火襲取也。如《霍小玉傳》"叩頭蟲",按《異苑》曰:"有小蟲,形色如大豆。咒令叩頭,又使吐血,皆如所教。然後請放,稽顙輒七十而有聲。"傅咸有《叩頭蟲賦》,此媚男藥也。《和漢三才圖會》:叩頭蟲,狀如吉丁蟲而小,純黑,頭下背上有折界,每點頭作聲。夜飛蟬如叩頭蟲之媚男,而韋侍御送于杜工部妻歟?(《詩家點燈》卷四,《韓國詩話叢編》第 12 冊,頁 159)

禁詩罪讀笞册

宋弁陽老人周密《齊東野語》:"政和中,大臣有不能詩者,因建言詩爲元祐學術,不可行。時李彥章爲中丞,爲望風旨,遂上章論淵明、李、杜而下皆貶之,因詆黃、張、晁、秦等詩爲科禁。何[一]清源至修入令式,諸士庶習詩賦者杖一百云。"此何異於焚書坑儒!(下略)(《詩家點燈》卷四,《韓國詩話叢編》第 12 冊,頁 169)

[一] 何,原作"河",據周密《齊東野語》卷十六"詩道否泰"條改。

日本釋鈍中詩

沈潤卿《吏隱録》：日本使者朝貢過吳，内有一僧往謁祝京兆希哲，不值。予與弟翰過之，索紙書字問之，僧亦書以對云：“予乃俄補一官之闕，祇有其名，貧凍沙門也，名左省，號鈍中。”又曰：“我國中無此官，惟禪僧學本國文字，故充使臣耳。”問謁君何爲，又書云：“仲春之初，雨雪連日，篷底僵卧。今日新晴，扣祝君書屋，幸遇君一笑，依稀十年之舊。杜少陵所謂‘能吏逢聯璧，華筵[一]值一金’者也，率賦中詩以呈云云。”後知其欲求希哲一文耳，詩曰：“二月天和乍雪晴，見君似見祝先生。醉中不覺虛檐滴，吟作燈前細雨聲。”（《詩家點燈》卷四，《韓國詩話叢編》第 12 册，頁 181）

[一] 筵，原缺，據杜甫《劉九法曹鄭瑕丘石門宴集》補。

李韓獎施差可羨

自古文人多鑽心鑽核，令人至今不快。惟李、杜好施獎詡，不覺欽誦。工部、青蓮俱是貧窮不遇，而豁達快活并如是，尤可尚也。李白《上裴長史書》：“曩昔東遊維揚，不逾一年而散金三十餘萬，有落魄公子，悉皆濟之。”韓愈與人交，有死即恤其[一]孤，爲畢婚嫁，孟郊、張籍之類是也。蓋爲碑版受潤筆以施之也。退之既好施，而又善推獎後輩。退之與皇甫湜爲一代龍門，牛僧孺攜所業往謁之，二公大加稱賞。俟其它適，訪之，大書其門曰：“韓愈、皇甫湜全訪。”翌日，遺闕以下咸往投刺，因此名振。李賀年七歲名動京師，退之、皇甫湜覽其文曰：“若是古人，吾曾不知。若是今人，豈有不知之理！”二公因詣其門，令賦《高軒過》。如此風度，何時可見？（《詩家點燈》卷五，《韓國詩話叢編》第 12 册，頁 293）

[一] 其，原作“其其”，衍，故删。

秋 興 必 八

《嘯虹筆記》：自杜工部《秋興》詩一時興會恰成八律，後人漫不論章法，每湊八首，輒謂摹杜。豈知詩寫性情，興盡即止，獨不可減而爲四、爲六、爲七，增而爲九、爲十乎？（《詩家點燈》卷六，《韓國詩話叢編》第 12 册，頁 331）

殘杯冷炙潛悲辛

杜工部以詩聖之姿，亦不免貧窮流移之境。文人厄會，自古然矣。此造物之見猜，時俗之媢嫉也，千古傷心莫此若也。工部《奉贈韋左丞丈》詩：“殘杯與冷炙，到處潛悲辛。”《顏氏家訓》：“古來名士多所愛好，惟不可令有稱譽，見役勳貴，處之下坐，以取殘杯冷炙之辱。”顧亭林亦記此於《日知録》。（《詩家點燈》卷六，《韓國詩話叢編》第 12 册，頁 360）

草堂詩亦有紕繆

顧炎武《日知録》：古人經史皆是寫本，久客四方，未必能攜，一時用事之誤自所不免，後人不必曲爲之諱。子美《寄岳州賈司馬六丈巴州嚴八使君》詩"弟子貧原憲，諸生老伏虔"，本用濟南伏生事，伏生名勝。後漢有服虔，非伏也。《示獠奴阿段》詩"曾驚陶侃胡奴異"，蓋謂士行有胡奴，可比阿段。胡奴，侃子範小字，非奴也。（《詩家點燈》卷六，《韓國詩話叢編》第 12 册，頁 361）

飲中八仙歌韻辨

《金玉詩話》：少陵《飲中八仙歌》分八篇，人人各異，本非重韻也。顧亭林《日知録》：古人不忌重韻，杜子美作《飲中八仙歌》用三"前"、二"船"、二"眠"、二"天"。《柏梁臺》詩三"之"、三"治"、二"哉"、二"時"、二"來"、二"材"已先之矣。"東川有杜鵑，西川無杜鵑，涪萬無杜鵑，雲安有杜鵑"，求其説而不得，則疑以爲題下注，不知古人未嘗忌重韻也。故有四韻成章，而惟用二字者，"胡爲乎株林？從夏南。匪適株林，從夏南"是也。有二韻成章而惟用一字者，"大人占之，維熊維羆，男子之祥。維虺維蛇，女子之祥"是也。有三韻成章而惟用一字者，"苟日新，日日新，又日新"是也。（《詩家點燈》卷六，《韓國詩話叢編》第 12 册，頁 361）

詩 法 本 無 題

《詩》三百篇之詩人，大率詩成，取其中字以名篇，漢魏各以篇首字爲題。唐人以詩取士，始有命題分韻之法，而詩學衰矣。《日知録》："子美詩多取篇中字名之，頗得古人之體。"《嘯虹筆記》："杜少陵不擬題而自作。亭林曰：'古人之詩，有詩而後有題，今人之詩，有題而後有詩。有詩而後有題者，其詩本乎情；有題而後有詩者，其詩徇乎物。'"《稗史》論古樂府："古人師手匠心，而又情真景切，其詞自佳；今人就題擬作，如畫者寫真，雖形色相肖，而生人之神氣安可得哉？"（《詩家點燈》卷六，《韓國詩話叢編》第 12 册，頁 362）

右軍少陵東坡諱

趙吉士《寄園寄所寄》：王右軍曾祖丘子諱覽，祖侍御史諱正，故右軍書《蘭亭記》"覽"字加"才"，它書"正"字皆作"政"字，以示諱也。宋張耒《明道雜志》：杜甫父名閑，而甫詩不諱閑，蓋詩本誤也。如《寒食》詩："田父邀皆去，鄰家閑不違。"王仲至家有古寫本杜詩，作"問不違"。又《諸將》詩云："見愁汗[一]馬西戎逼，曾閃朱旗北斗閑。"寫本作"殷"字，亦有理。又有"娟娟戲蝶過閑幔，片片驚鷗下急湍"，本作"開幔"，因開幔見蝶過也。惟《韓幹畫馬贊》有"御者[二]閑敏"，寫本無異説，維容是"開敏"，而《禮》"卒哭乃諱”,《馬贊》容是父在所爲也。東坡祖名“序”，故改“叙”，又改“引”。（《詩家點燈》卷六，《韓國詩話叢編》第 12 冊，頁 362）

[一] 汗，原作“江”，據杜甫《諸將五首》其二改。

[二] 者，原缺，據杜甫《畫馬贊》補。

古 人 綺 語

古人綺語：秦文如雲，漢文如石。韓雲如牛，魯雲如馬。優得助騷人之一博。皇明人遊嶧山，記太山之石方，嶧山之石園。趙德正云：“泰山如坐，嵩山如臥，華山如立。”屈大鈞《登華記》：“五岳如五經，華則《春秋》也，嚴而近乎殺，其形如古司寇。”《萍吟州序》：“聲出於心乎，心之司屬火，則其味苦，怨女勞夫，有一聲之逸，忽不知其何以動，遽可傳宫刻羽。詩莫名於李、杜，而李常遜杜者，李甘而杜苦也。”（中略）此是小品綺語也。（《詩家點燈》卷六，《韓國詩話叢編》第 12 冊，頁 369）

餧餕字義異同

《史記·信陵君傳》：“如以肉投餧虎。”班孟堅用此文而略之曰“如以肉餧虎”，此言以肉於餓虎也。按《説文》及《韻書》，餧、餕字音義同，杜草堂不解《漢書》文義，乃於《洗兵馬行》“回紇[一]餕肉蒲萄宫”，蘇過《詠鼠鬚筆》“磔肉餕餓猫”，皆以“餕”爲“饋”字之義，蓋子美誤也。此見車五山《説林》，大抵以“餧”、“餕”二字爲起疑者。《語》：“耕也，餧在其中；學也，禄在其中。”文勢終似未安。按：餕者，飼也，而與餧字相近，或者傳録之誤。古人亦有餧、餕通用之例。夫子之意謂學則必得禄，如耕則必得餧。餧、餕字義如此看，則何疑之有？（《詩家點燈》卷八，《韓國詩話叢編》第 12 冊，頁 517）

[一] 紇，原作“訖”。

中興與阿字解

杜詩注：杜詩“今朝漢社稷，新[一]數中興年”，注：“中，竹仲反。”按：《宋史筆斷》曰：“中興，謂中於理而復興也，猶曰‘應當興耳’。”《池北偶談》：宋人謂漢唐人多以“阿”字爲發語，如阿嬌、阿誰、阿家、阿房之類，則阿房之阿亦當作去聲。又山谷詩“語言不韻無阿堵”，阿字反作平聲。（《詩家點燈》卷八，《韓國詩話叢編》第 12 冊，頁 519）

[一] 新，原作“心”，據杜甫《喜達行在所三首》其三改。

子細零丁豹直瓜期

《天禄識餘》“子細”，《北史·源思禮傳》“爲政當舉大綱，何必太子細也”，杜詩“野橋分子細”，俗語如此。（下略）（《詩家點燈》卷八，《韓國詩話叢編》第 12 冊，頁 544）

詩鑒如神令人驚

古人觀詩藻鑒如神。以我東國朝人言,尹公春年與車滄海軾癸卯榜全年也,極有詩鑒。見滄海一律曰:"君應讀盛唐詩,必老杜也。"滄海曰:"然。予方致力於杜。"其詩曰:"渡江緣草徑,乘醉宿江城。白月千峰照,春鵑獨夜鳴。水邨歸夢罷,山郭旅魂驚。望帝春心托,孤臣再拜情。"其後讀《唐詩鼓吹》,作詩示之,曰:"此有晚唐氣味,必《唐詩鼓吹》也。"滄海又讀杜詩,尹公復見所作詩,曰:"此更有盛唐音律,必讀杜詩也。"其所論奇中,滄海敬服焉。乃作七律一篇以贈滄海曰:"欲詣詩門試一聽,功夫著處自生靈。青天日月昭昭影,大地山河歷歷形。春風和融陶萬物,波濤洶涌起滄溟。留名萬古非難事,舉世沈冥也獨醒。"愚之見詩者亦多,而終不得蹊徑,然尹公此詩已得其坦道,雖墻埴冥行,不失其古轍矣,安得無詩鑒耶? 今則唐響惟事時體,千人萬人如出一口,則雖明鑒亦難辨矣。(《詩家點燈》卷九,《韓國詩話叢編》第 12 冊,頁 577)

八陣詩文優劣

武侯八陣圖,從古文人紀文入詩者不爲不多,然俱未道及真境實狀,惟唐人所詠:"功蓋三分國,名成八陣圖。江流石不轉,遺恨失吞吳。"乃於廿字內逼盡無蘊。(下略)(《詩家點燈》卷九,《韓國詩話叢編》第 12 冊,頁 587)

賢人酒長者車

胡介與金夢蜚曰:"杜工部之于許主簿曰:'坐有賢人酒,門聽長者車。'旅堂斷虀畫粥,一味荒寒,獨所藏斗酒幾入聖位,能無關長者之裹乎? 午後襆被一縗,且過故人,仝操黃連樹下,今何如? 何如?"讀此者,詩思亦倏然而生矣。(《詩家點燈》卷九,《韓國詩話叢編》第 12 冊,頁 600)

少年莫便輕吟詠

高、岑、王、孟之詩,無一字不膾炙人口,然皆一往而盡,一丘一壑,耳目易盈。若少陵,則千巖萬壑,雲霞生焉,虎豹伏焉。陳繼儒嘗題杜詩後云:"兔脫如飛神鶻見,珠沉無底老龍知。少年莫便輕吟詠,五十方能讀杜詩。"亦道得一半。此張可度《與周減齋書》。(《詩家點燈》卷九,《韓國詩話叢編》第 12 冊,頁 600)

孤魂賜第白骨追奪

(前略)張萱與區叔永曰:"宋大觀初,蔡京欲盛行王安石新經,故詩賦之禁甚屬,時宰相何正獻公執中,遂以御史李彥章之疏追奪杜甫、李白二公官職,而力詆秦觀、黃庭堅輩,以戒天下之爲詩賦者。余每拊掌,此大曉事宰相,真四公益友也。居常嘆恨李、杜二公皆我輩面孔中人,止多拾遺、供奉官職耳,當其身,何不早自免去,成就一個詩人? 而身後始幸見奪,嗟,亦晚矣。"按：宋政[一]和中，大臣有不能詩者，建言："詩爲元祐學術，不可用。"時李彥章遂論陶潛、李、杜而下皆貶之，因歷詆黃、張、晁、秦等，請科禁。何清源遂修入定式，諸士庶習詩賦者杖一百。真千古笑柄也。(《詩家點燈》卷九，《韓國詩話叢編》第 12 冊，頁 607)

　　　[一] 政，原作"征"。

詩者其人之史

　　"詩者，其人之史也。詩以述遊，又其人一時之史也。吾至其地而交某人爲某詩，遊某山水爲某詩，以某事與某人唱和聚集爲某詩。且入其疆，而某風土之豐瘠，人民之苦樂，與其當事者之政治得失亦具見，於是又非特一人之史也。然而紀遊之詩，至今日而難言之矣。夫今世之遊者，不盡如吳季子之歷聘四國，必如齊之嬰、鄭之僑、衛之蘧史，而後定交也。然不能無交遊，則不能無酬接應對，因而有得已而姑爲，或不得已而強爲之詩者。相見以爲脩贄之贄，餽遺以佐筐篚之實，讌飲以償酒肉之債，於是而不識一丁者胸破萬卷矣，持籌鑽核者揮金如土矣，河麋微燻者烏衣王謝矣。其四境之監司守令，雖贓污狼藉，皆羊不入厩，粟不入裏矣。雖重賦民流，醉人爲瑞，皆陽城撫字，桑麻被野矣。雖有勢者奸如山不犯，皆強項之董宣、破柱之元禮矣。雖巧詆擊斷、渭水盡赤者，皆解綱泣罪民、自以爲不冤矣。若是者，皆以詩借交，而於當事之顯人爲甚。聞足下將遊清漳，足下故善詩而好交，遊其地選其人而與友焉，不然則寧無友；選其人選其事而爲詩焉，不然則寧無詩。慎無得已而姑爲、不得已而強爲之也。"按：其"史"字，則殆如子美之詩史、所南之心史也，始可謂之詩史之董狐也。此出於曾異撰《與陳昌箕書》中語也。(《詩家點燈》卷十，《韓國詩話叢編》第 12 冊，頁 646)

讀莊逐段解詩紕繆

　　錢陸燦與子非熊太白："讀《莊子》，不必據篇義立解，中間逐段讀之，自成一篇小文字。凡讀古人文字，切不可上下牽解。錯簡脫文，非可以今人心目補綴。即如'湯之問棘也是已'，此句上下不相接，竟投去之，不必如時人定欲貫串也。此讀書之法云。"此語絕妙。又與鄧生曰："《詩歸》，乃僕三十年前閱本，足下既欲閱之，留案頭可也。但竟[一]陵二公紕繆甚多。古詩如'口生垢，口戕口'，一字數'口'字，乃方空圈，缺文也。今誤作'口'字解，近見周櫟園先生辨之矣。《六憶詩》'憶食時'，是憶美人食時，故下文云'臨盤動顏色'。今解作食眠時憶美人，何啻天淵矣。劉瑗《左右新婚》詩'蛾眉參意畫'，俗本誤刻作'叄'字，評云：'三意畫，居然聰明人。'後學承訛，吳人至有賦《三意眉》詩者。老杜《公孫劍器行》'渾脫'者，劍器之名也。今以'渾脫瀏漓頓挫'六字連圈矣。要須得古詩、唐詩舊本校讎之，乃可讀也。"(《詩

家點燈》卷十,《韓國詩話叢編》第 12 冊,頁 648)

[一] 竟,原作"景"。

李杜情誼溢於辭表

自古文人相猜若美人相妒,甚至於必殺乃已。故宋之問殺薛道衡,奪 "空梁落燕泥"之句。杜審言聞人勝己,如萬箭攢心。至於少陵、青蓮,其平 生情誼深厚,令人可感。嚴儀卿嘗有辨曰:"少陵、太白獨厚於諸公,詩中凡 言太白十四處,至謂'世人皆欲殺,吾意獨憐才','醉眠秋共被,攜手日同 行','三夜頻夢君,情深見君意',其情好可想。《遯齋閑覽》謂二人名既相 逼不能無相忌,是以庸俗之見而度賢哲之心也,予故不得不辨。"羽公之見是 也。(《詩家點燈》卷十,《韓國詩話叢編》第 12 冊,頁 684)

選詩遺李杜諸人

宋襄邑許顗《彥周詩話》:"殷璠爲《河岳英靈集》不載杜甫詩,高仲武爲 《中興間氣集》不取李白詩,顧陶爲《唐詩類選》,如元、白、劉、柳、杜牧、李 賀、張祜、趙嘏皆不收。姚合作《極玄集》,亦不收杜甫、李白。彼必各有意 也。"按:彼數人之所選者,即何選耶? (《詩家點燈》卷十,《韓國詩話叢編》 第 12 冊,頁 690)

文人不遇千古恨

杜甫以詩聖詩史之才,竟不得意而死。然身後之名洋溢中外,足慰九 原。李白亦然,其平日落魄,或訴冤天子而不見答,或自薦宰相而未得遂。 從古才子之無命一至此哉,烏乎! 子美於天寶中,獻《太清宮》《饗廟》及《郊 祀賦》三篇於明光宮,帝奇之,使待制集賢院。命宰相試文章,拜冑參軍。上 賦頌,自言其"先臣恕、預以來,承儒守官十一世,審言以文章顯。臣賴緒業, 自七歲屬辭,且四十年,衣不蓋體,寄食於人。伏惟天子愛憐之,拔泥塗之久 辱,則臣之述作,雖不足鼓吹六經,隨時敏給,揚雄、枚皋可企及也。有臣如 此,陛下其忍棄之"云云。而竟官不過拾遺、員外郎,何其不遇之甚歟? 李白 《上韓朝宗荊州書》,便同毛遂之自薦,而以譖謫死夜郎,一何悲耶? 李、杜而 如是,而況不如草堂、長庚者乎? (《詩家點燈》續集,《韓國詩話叢編》第 12 冊,頁 726)

工部偏躁醉傲見忤

杜工部雖工於詩辭,疏於禮數,見忤嚴武,幾死狼狽,其不死亦天也。以 嚴母召武甚急,冠遺者三,而拾著之頃,甫已脫矣。大抵文人之恃己傲物,自 誤其身者比比有之,何其不量之甚乎! 工部客秦州,負薪採橡栗。嚴武節度 劍南,往依焉,表爲工部員外郎。武詣其家,甫見之,或不巾,武作詩曰:"莫 擬善題鸚鵡賦,何須不著鷫鸘冠。"甫酬云:"謝安不倦登臨興,阮籍焉知禮法疏。”性偏躁，醉登床上曰：“不謂嚴挺之有此兒。”武恚曰：“杜審言孫擬捋虎鬚。”武母恐害，以小舟送甫下峽，董得免焉。既以避亂孤踪依托嚴武，則何至不遜速死耶？（《詩家點燈》續集，《韓國詩話叢編》第 12 冊，頁 727）

善贊工部影

青蓮、草堂相視無間，故其酬贈之作無非出於心肝，讀之令人感慨。青蓮贈草堂詩：“飯顆山前逢杜甫，頂戴笠子日亭午。借問因何太瘦生，總爲從前作詩苦。”其詩卒然而發，蓋其句法如開門見山，又如洞庭張樂，劉安雞犬，遺響白雲，故自有不期然而然，此豈非杜甫畫像贊歟？到此地位，極難極難。（《詩家點燈》續集，《韓國詩話叢編》第 12 冊，頁 748）

生人招魂

按《韓詩》，鄭國之俗，三月上巳於溱、洧兩水上執蘭招魂，祓除不祥，此以生時招魂也。朱晦庵夫子謂：“後世招魂禮有不專爲死人者，如杜子美《彭衙行》云：‘暖湯濯我足，剪紙招我魂。’道路勞苦之餘，爲此禮以祓除慰安之，何嘗非自招乎？”晉安林雲銘西仲按《楚辭·招魂》解：“古人招魂之禮爲死者而行，嗣亦有施生人者。屈原以魂魄離散而招，尚在未死也。”（《詩家點燈》續集，《韓國詩話叢編》第 12 冊，頁 757）

南羲采

南羲采，朝鮮英祖時人，字文始，號龜磵主人，生平事跡不詳。《龜磵詩話》是高麗、朝鮮詩話中規模最宏大者，彙輯中國數百種典籍中的文化掌故，分門別類進行編排，多論中國詩人詩作，或與朝鮮漢詩進行比較，間附個人評論。

小大漏天　紅縷補穿

《山海經》：“戎州有二山，四時霖雨，故曰小漏天、大漏天。”《長慶集·多雨春空過》詩：“浸淫天似漏，沮洳地成瘡。”東坡詩：“百尺飛濤似漏天。”或曰是地名，在黎州，杜詩“鼓角漏天東”是也。或解杜詩“鼓角漏於天東”，未知是否。又潁濱詩：“安得紅絲補漏天。”按：《酉陽雜俎》：“江東俗，正月二十四日爲天穿，以紅縷係煎餅置屋上，謂之補天穿。”（《龜磵詩話》卷一，《韓國詩話叢編》第 7 冊，頁 39）

風洞一線天　金華蔚藍　仇池小有

武夷最高處有風洞，洞中清風常颼颼，故名。洞中有一線天，乃武夷最奇處，所謂“除是人間別有天”者也。但遊人每嫌其深遠，俱不能到，故曰

"自是遊人不上來"。當時諸公皆和之,方岳詩云:"笋輿更問星村路,去看溪南一線天。"顧應祥云:"更將清興消斜日,風洞重尋一線天。"張憲云:"摩挲老眼拿舟去,看盡蓬壺洞裏天。"楊士倧云:"莫道真遊來此止,更從此去覓壺天。"則其奇絕景概可想也。金華山有三十六洞天,蔚藍天其第一洞天,故老杜金華山詩云"上有蔚藍天",言天色如茂蔚之藍也。仇池有十二洞天,故杜詩"萬古仇池穴,潛通小有天"。今風洞一線天,亦蔚藍天、小有天之類也。大抵《武夷九曲》詩,只説得奇絕景,概初無學問次第意思,而注者穿鑿附會,節節牽合,恐非先生本意也。(《龜磵詩話》卷一,《韓國詩話叢編》第 7 冊,頁 40)

天　河

《爾雅》:"析木謂之天津,在箕斗間。"箕北斗南,天河所經,日月五星,於此往來,故謂之津。蓋水氣之在天爲雲,水象之在天爲漢。緯書云:"王者有道,天河其直如繩,故曰繩河。"亦曰絳津,儲光羲詩"閶闔疏雲漏絳津"是也。古人詠天河者,如"素練昭回光耿夜,碧流清淺冷涵秋"、"歷歷素榆沉玉葉,涓涓清月濕冰輪"、"高犯客槎牛斗近,暗通仙杖鵲橋浮"、"光浸月華千里夜,倒浮雲影一天秋"者多矣,都不如老杜詩"常時任顯晦,秋至最分明。縱被微雲掩,終能永夜清。含星動九閾,伴月落邊城。牛女年年渡,何曾風浪生",迴出諸作。(《龜磵詩話》卷一,《韓國詩話叢編》第 7 冊,頁 40)

乘　槎　辨

《世説》:"天河之源與海相通。""乘槎"之説,《圖經》及《博物志》皆以爲海客事。而詩家多作張騫事,用之如"秦人採藥空沉舫,漢使乘槎却入河"、"烟橫博望乘槎水,日上文王避雨陵"者多矣,皆承襲老杜"奉使虛隨八月槎"之句。而《張騫傳》無所概見,嘗謂老杜之誤用矣。及見宗懍《荆楚歲時記》載:"張騫使大夏,乘槎窮河源。經月至一處,有城郭、官府。有一女織,一丈夫牽牛飲河。問此是何處,答曰:'可歸問嚴君平。'"與海客犯牛事同,始知老杜詩有出處。但宗懍何所據而有是説耶? 且張騫與嚴君平世代相左,《歲時記》亦不可準信也。(《龜磵詩話》卷一,《韓國詩話叢編》第 7 冊,頁 41)

日

日,衆陽精也。《釋名》:"日,實也,大明盛實也。"《真誥》:"諸方山真人呼日爲圓、爲羅曜;外國呼爲濯羅曜,蓋靈曜之謂也。"或稱羲鞭,又稱羲輪,杜詩"羲和鞭白日",又"羲輪緩整驂"是也。或稱火烏,又稱金鴉,韓詩"火烏飛海底",又"金鴉既騰翥"是也。或稱銅鉦,又稱金量,坡詩"樹頭初日掛銅鉦",又"坐看暘谷浮金量"是也。或稱堯曦,李嶠詩"傾心比葵藿,朝夕奉堯曦"是也。或稱宋暄，潁濱[一]詩"寒窗上朝日，背負宋人暄"是也。(《龜磵詩話》卷一，《韓國詩話叢編》第 7 冊，頁 41)

[一] 濱，原作"瀕"。

形 容 初 月

杜草堂《初月》詩："光細弦欲上，影斜輪未安。微升古寒外，已隱暮雲端。"注者以首句喻肅宗位不正、德不充；頷[一]聯喻即位靈武，爲張后、李輔國所蔽；又以末句"庭前有白露，暗滿菊花團"比成功之小。余謂老杜詩中多有寓意處，而此詩則不過形容初月，記其所見，而注者好生牽合，過矣。如玉溪"夕陽無限好，只是近黃昏"之句，誠齋謂此喻唐祚之將衰亡，余則亦以爲不過吟暮景耳。又如"微陽下喬木，遠燒入秋山"，亦以即景看，何害也？(《龜磵詩話》卷一，《韓國詩話叢編》第 7 冊，頁 44)

[一] 頷，原作"頭"。

梅開月霽　夫人詩語

東坡在汝州，堂前梅大開，月色霽鮮，時則元祐二年正月也。王夫人曰："春月色勝秋月色，秋月令人悽愴，春月令人和悅。何如召趙德麟輩飲此花下？"公大喜曰："吾不知子能詩乎？此真詩家語。"遂召二歐飲，作《木蘭花》詞云："不似秋光，只與離人照斷腸。"後山云："老杜亦曰'秋月解傷神'。"余謂春月色令人和悅，誠如王夫人語，而但令憂愁者見之，春月亦解傷神，如高蟾《春》詩"明月斷魂清靄靄，平蕪歸思綠迢迢"，此時那得有一分和悅底意？且想到"月明花落又黃昏"之時，則春月亦令人悽愴，固不可以一概言也。(《龜磵詩話》卷一，《韓國詩話叢編》第 7 冊，頁 45)

少微黃　處士舉

杜草堂詩："寂寞江天雲霧裏，何人道有少微星。"少微星，一名處士星。《隋·天文志》："星明黃，則處士舉。"晉謝敷字慶緒，隱居若邪山。時月犯少微，人爲戴安道憂之。蓋安道隱居，名高於敷故也。俄而敷死，會稽人士嘲安道曰："吳中高士，求死不得。"張籍寄姚合詩曰："闕下今遺逸，誰占隱士星。"合棄官隱居，故有是言也。(《龜磵詩話》卷一，《韓國詩話叢編》第 7 冊，頁 47)

老人星見　耆卿媒進

《天文志》：老人星，常以秋分之朝見于丙，春分之夕没于丁，見則主治平壽昌。宋仁宗時，老人星見。柳耆卿托内侍以《醉蓬萊》詞進。仁宗閱首句"漸亭皋葉下"，"漸"字意不悅。至"宸遊鳳輦何處"，與真宗挽詞暗同，慘然不樂。至"太液波翻"，忿然曰："何不言'太液波澄'？"擲之地，因不用。王世貞云："耆卿詞無論觸諱，中間不能形容老人星，自是不佳。"余謂耆卿托內侍以媒進,宜仁宗之薄其爲人也,不惟其詞之不佳而已。按:《漢書》:"老人星,在南極狼比地。"杜詩"南極老人自有星"是也。狼比,狼星比近之地。而或有以狼北看之者,可笑。(《龜磵詩話》卷一,《韓國詩話叢編》第 7 冊,頁 48)

春榆莢　秋葶花　落河魚

榆莢雨,春雨也,古詩"三月榆莢雨"。黃梅雨,夏雨也,杜詩"思霑道喝黃梅雨"。葶花雨,秋雨也,古詩:"秋暑不肯退,那堪官路長。絲絲葶花雨,便作十分涼。"黃梅雨又有迎梅、熟梅之分。《風土記》:"江淮兩浙間,三月雨爲迎梅,五月雨爲熟梅。"杜詩"南京西浦道,四月熟黃梅。湛湛長江去,冥冥細雨來",柳子厚詩"梅實迎時雨,蒼茫值晚春。愁深楚猿夜,夢斷越雞晨。海霧連南極,江雲暗北津。素衣今化盡,非爲帝京塵",皆黃梅雨作也。又"殘滴凝蛛網,餘香和燕泥"、"未能醫苦辛,且得變微涼"、"霏霏與麥爭秋急,漠漠如塵弄日遲",皆熟梅時雨也。又甫里詩"夜來濯枝前",六月大雨名"濯枝"。余觀老杜"驟雨落河魚"之語,心常疑之。嘗於急雨中見一魚從瓦溝水落來,跳於庭除,取視之,似鮒非鮒,其長寸餘,蓋非溪澗小水族也,乃急霆時隨雨腳墮下者也,始信老杜之非虛語也。(《龜磵詩話》卷一,《韓國詩話叢編》第 7 冊,頁 53)

花重　鳥遲

梁簡文"雨"詩"漬花枝覺重,濕鳥羽飛遲",意好。而杜工部"雨"詩"花重錦官城",又云"冥冥鳥去遲",蓋出於梁,而"冥冥鳥去遲"似尤勝也。(《龜磵詩話》卷一,《韓國詩話叢編》第 7 冊,頁 54)

零 陵 石 燕

《湘州記》:"零陵石燕,遇風雨即飛,止還爲石。"故庾子山《雨晴》詩曰"燕噪還爲石,龍殘更是泥"是也。又杜詩"舞石還應將乳子",玉溪《武侯廟柏》詩"葉凋湘燕雨,枝折海鯤風","舞石"、"湘燕"亦皆指此也。(《龜磵詩話》卷一,《韓國詩話叢編》第 7 冊,頁 55)

龍雲玉葉　亭亭車蓋

駱賓王詩:"龍雲玉葉上,鶴夢瑞花新。"按《雲物論》:"越雲如龍,韓如布,趙如牛,楚如日,宋如車,魯如馬,衛如火,周如輪,秦如美人,魏如鼠,齊如絳衣,蜀如囷倉。"龍雲,如龍之雲也;玉葉,雲象也。唐詩曰"雨稀雲葉斷",又古詩"西北有浮雲,亭亭如車蓋",杜詩"天上浮雲如白衣,須臾改變成蒼狗",皆出於《雲物論》也。(《龜磵詩話》卷一,《韓國詩話叢編》第 7 冊,頁 55)

奉恕譏章惇

章子厚謫雷州,過小貴州南山寺,與僧奉恕倚檻看雲,曰:"夏雲多奇峰,真善比也。"奉恕曰:"相公曾見夏雲詩否? 詩曰:'如峰如火復如綿,飛過微陰落檻前。大地生靈乾欲死,不成霖雨謾遮天。'"蓋譏章也。始言"雲峰",蓋出於陶詞,而老杜亦曰"突兀奇峰火雲升"。其後詩人多賦詠之。(下略)(《龜磵詩話》卷一,《韓國詩話叢編》第 7 冊,頁 56)

黃冕仲詠雷　爲天號令

元豐四年,劍南譙門一柱忽爲迅雷所擊。黃冕仲占成四句云:"風雷昨夜破枯株,借問天工有意無。莫是神龍踪跡困,放開頭角入天衢。"次年對策,爲魁天下。尋常吟詠亦可以觀氣象也。杜草堂詩曰:"雷霆驅號令,星斗喚文章。"雷者,天之號令也,草木得之以甲坼,蟄蟲得之以啓發。動萬物者,莫疾於雷也。(下略)(《龜磵詩話》卷一,《韓國詩話叢編》第 7 冊,頁 58)

霓龍離鄉井

杜詩:"江虹明遠飲。"古有虹飲水之說。昔蒲坂人侯弘寔,年十餘,嘗寐檐下,天將雨,有虹自江飲水。俄貫弘寔口,其母見之,不敢驚。良久,虹入口不出。及覺,母問有夢否,曰:"適夢入江飲水,飽而歸。"母默喜其必貴。後有蜀僧詣門相之曰:"此霓龍也。但離去鄉井方顯榮。"弘寔後爲眉州刺史,遷黔府二鎮,皆近大江云。亦一異事也。(《龜磵詩話》卷一,《韓國詩話叢編》第 7 冊,頁 61)

青女[一]橫陣

杜詩:"飛霜任青女。"青女,霜神也。《淮南子》:"青女乃出,降以霜雪。"義山[二]詩"青女素娥俱耐冷,月中霜裏鬥嬋娟",又曰"素娥唯與月,青女不饒霜"。素娥,蓋指姮娥也。山谷詩"素娥攜青女,一笑粲萬瓦",又曰"月明青女夜橫陣,寒氣凌晨萬瓦明",語意蓋出於義山[三],而"粲萬瓦",即香山"元央瓦冷霜華重"之意也。(《龜磵詩話》卷一,《韓國詩話叢編》第 7 冊,頁 64)

[一] 青女,原作"青山",據此條内容應作"青女"。

[二][三] 義山,原作"梅村",誤,詩句出自李商隱《霜月》。

白雁傳信　九鐘自鳴

《古今詩話》"北方白雁,秋深乃來,謂之霜信",故杜詩曰"故國霜前白雁來"。《山海經》:"豐山有九鐘,霜降之夜自鳴。"古詩"豐鐘一夕動清商"是也。霜信之雁,即堯夫所謂"鳥獸得氣之先"者也;霜鳴之鐘,即永叔所謂"金鐵得氣而鳴"者也。(《龜磵詩話》卷一,《韓國詩話叢編》第 7 冊,頁 64)

層冰萬里 鼠毛百尺

《神異經》:"北方有層冰萬里,其厚百丈。"杜詩"安得赤脚踏層冰"是也。有鼠在冰下,食冰,其毛百尺,可爲布。余嘗有《仲夏憫農》詩,有"安得北方冰鼠布,共分南畝汗漿人"之句。《神異經》又云:"有磎鼠在冰下土中,其毛八尺,可以爲褥却寒。"(《龜礀詩話》卷一,《韓國詩話叢編》第 7 冊,頁 65)

鍾山評詩 少陵迢邁 白戰體 銀杯縞帶 白霓啓途

荆公與其兄天啓在鍾山對雪,舉唐人詠雪數百篇,要之,窮極變態無如退之。大抵唐詩尚巧,氣格不高,如"鳥向不香花裏宿,人從無影月中歸"。若狀一時佳處,如"江上晚來堪畫處,漁翁披得一簑歸"。道孤寂之狀,如"夜静唯聞折竹聲"。好用事,如義山"欲舞空隨曹植馬,有情應點謝莊衣",又云"已隨江令誇瓊樹,又入盧家妒玉堂"。至少陵則不然,曰"霏霏向日薄,脉脉去人遥",便覺迢出人意。唐人詠雪,如用"瓊瑶"、"鵝鶴"、"梅花"、"柳絮",重疊工巧,所以覺少陵迢邁也。本朝歐陽公雪詩多大篇,然皆屏去白事,故東坡效之,如"也知不作堅牢物,無奈能開頃刻花",又云"但覺衣衾如潑水,不知庭院已堆鹽",亦不作犯白事,如"白戰不許持寸鐵"一篇,雖無白語,坦然老健,直有少陵氣象云。(下略)(《龜礀詩話》卷一,《韓國詩話叢編》第 7 冊,頁 69)

管金門竹 灰河內葭 玄籥

《續漢書》:"立春,取宜陽金門竹爲管,河内葭草爲灰,以候陽氣。氣至,則灰飛琯通,應六律云。"即伶倫十二月箭之遺制也。故唐詩"玉琯灰初起,東風已發春",又少陵《小至詩》"吹葭六管動浮灰"。葭管,又謂之玄籥,故古詩"淑氣纔隨葭律變"、"玄籥飛灰出洞房"是也。(《龜礀詩話》卷二,《韓國詩話叢編》第 7 冊,頁 74)

春餅生菜 辛盤柑酒

《摭言》:"東晉李鄂,立春以蘆菔、芹芽爲菜盤相饋。"《四時寶鏡》:唐立春,薦春餅生菜,號春盤,取迎新之意,自齊人始。杜詩"盤出高門行白玉,菜傳纖手送青絲"。坡詩"漸覺東風料峭寒,青蒿黄韭簇春盤",又"蓼茸蒿笋試春盤"。誠齋《春盤》詩"餅如繭紙不可風,菜如縹茸劣可縫"。又《摭言》:"安定郡王立春作五辛盤,以黄柑釀,謂之洞庭春色。"坡詩:"辛盤得青韭,臘酒是黄柑。"(《龜礀詩話》卷二,《韓國詩話叢編》第 7 冊,頁 75)

獻椒花頌

《晉書》:劉臻妻陳氏元日獻《椒花頌》云:"璇穹周回,三陽肇建。""美哉靈葩,爰采爰獻。聖容皎之,永壽于萬。"唐詩"椒花方獻節,柳暗眼催春”,或以此詩“椒花”謂椒酒,非也,用《椒花頌》耳。又杜詩“守歲阿咸宅,椒盤已頌花”。(《龜磵詩話》卷二,《韓國詩話叢編》第 7 冊,頁 76)

劉克論杜詩

《西清詩話》:都人劉克窮該典籍,嘗與客論云:“杜詩‘元日到人日,未有不陰時’,人知其一,未知其二,四百年唯子美與克會耳。”起架書示客曰:“此東方朔占書也。歲後八日,一雞,二狗,三豕,四羊,五牛,六馬,七人,八穀。其日晴,主所生之物育,陰則灾。少陵意謂天寶之亂,四方雲擾輻裂,歲俱灾,豈《春秋》書春王正月意耶? 深得古人用心云。”余觀前輩人日詩,多言陰晴,如“花風纔一信,人日故多陰”、“小雨惜人日,春愁連上元”、“萬里春風轉律呂,一年人事辨陰晴”、“得年不畏此身老,占候要祈今日晴”,皆此意也。(《龜磵詩話》卷二,《韓國詩話叢編》第 7 冊,頁 78)

剪綵爲人　鏤金作勝

《歲時記》:“劉臻妻陳氏,人日剪綵爲人,或鏤金爲之,謂之人勝,取改舊從新之意。”杜詩“勝裏金花巧耐寒”。又唐制,人日宴大明宮,賜彩鏤人勝。應制詩“千官黼帳杯前壽,百福香奩勝裏人”,又“寶帳金屏人已貼,桃花學鳥勝初裁”。蓋鏤金貼屏始於荆,剪綵像人始於晉,故義山詩“鏤金作勝傳荆俗,剪綵爲人起晉風”。(《龜磵詩話》卷二,《韓國詩話叢編》第 7 冊,頁 79)

文王喻復　玉溪不及杜

玉溪《人日》詩:“文王喻復今朝是,子晉吹笙此日同。舜格有苗句太遠,周稱流火月難窮。鏤金作勝傳荆俗,剪綵爲人起晉風。獨想道衡詩思苦,離家恨得二年中。”此詩古今膾炙,而余謂第一句用七,語意好,爲人日著題;第二三四句連用七,重複殊甚,且無人日意。王臨川稱玉溪善學老杜,錢虞山亦曰“鼓吹少陵”,而子美詩安有如此律格乎? 子美《人日》詩則不然,曰:“此日此時人共得,一談一笑俗相看。樽前柏葉休隨酒,勝裏金花巧耐寒。佩劍衝星聊暫拔,匣琴流水自須彈。早春重引江湖興,直道無憂行路難。”以二詩比觀,益知杜不可學。且玉溪八句皆用事,尤爲疵病,以獺祭魚譏之者,信然。故余嘗於《人日》評義。(《龜磵詩話》卷二,《韓國詩話叢編》第 7 冊,頁 79)

上巳　元巳年芳　樂遊園亭

上巳,三月之上巳日也。月建辰,則巳爲除日,以除不祥也,故又曰“上除”,又曰“元巳”。(中略)《西京記》:“樂遊原,漢宣帝所立,唐太平公主置亭原上。每上巳及重陽,士女咸就祓禊賦詩。”故老杜有《樂遊園歌》。然上巳遊自魏以後但用三月三日,不復用巳,故唐詩“修禊已逢三月三”。(《龜

碅詩話》卷二,《韓國詩話叢編》第 7 冊,頁 84)

義山冷泉驛賦詩　周舉子推廟爲文

《水經》:"太原介林縣有介山,山下有冷泉驛、陰地關。"李義山寒食次冷泉驛,有詩曰:"歸途仍近節,旅宿倍思家。獨夜三更月,空庭一樹花。介山當驛秀,汾水繞關斜。自怯春寒苦,那堪禁火賒。"寒食日適當冷泉驛,則好是義山詩料。司馬彪《續漢書》:"介子推焚死,故寒食不忍舉火,至今有禁烟之説。"盧象所謂"子推言避世,山火遂焚身。四海同寒食,千秋爲一人"是也。太原一郡,舊俗禁烟一月,民多病死。周舉爲荊州刺史,到太原爲文吊子推廟言:"盛寒去火,殘損民命,非賢者意,今則三日而已。"宣示愚民,風俗頓革。老杜《清明》詩"朝來新火起新烟",又"家人鑽火用青楓",皆在寒食二日之後,則知禁烟止於三日也。(下略)(《龜碅詩話》卷二,《韓國詩話叢編》第 7 冊,頁 86)

端 午 賜 服

楊文公《談苑》:"國朝之制,文武官諸軍校在京者,端午賜衣服。"又《澠水燕談》:"朝官每歲端午賜時服。"杜草堂詩:"宮衣亦有名,端午被恩榮。細葛含風軟,香羅叠雪輕。自天題處濕,當暑著來清[一]。意内稱長短,終身荷聖情。"端午賜服,自唐已然。已上端午事實及節物,多出於宗元懍《歲時記》,歐公詩所謂"多因荊楚記遺風"是也。(《龜碅詩話》卷二,《韓國詩話叢編》第 7 冊,頁 95)

[一] 清,原作"輕",據杜甫《端午日賜衣》改。

伏日　磔狗四門　伏閉盡日

杜詩"三伏蒸炎定有無",伏者,何也? 金氣伏藏之日也。陰氣將起,迫於殘陽未得升,故伏藏。(下略)(《龜碅詩話》卷二,《韓國詩話叢編》第 7 冊,頁 95)

河 朔 避 暑

《曲略》云:"劉松北鎮,與袁紹夜酣。以盛夏三伏之際,盡日飲酒,以避一時之暑,故河朔有避暑之飲。"杜詩"江上徒逢袁紹杯",蓋謂是歟? 潘岳賦曰:"牧羊酷酪,以俟伏臘之費。"伏日飲燕,其俗古矣。(《龜碅詩話》卷二,《韓國詩話叢編》第 7 冊,頁 95)

天 漢 神 光

(前略)又《歲時記》曰:"嘗見道書云:'牽牛娶織女,取天帝錢二萬下禮,久不還,被驅,在營室。'《焦林大斗記》:"天河西有星煌煌,與參俱出,謂之牽牛。東有星微微,在氐之下,謂之織女。"織女,天女孫也。或云:"七夕見天漢中奕奕有正白氣,光耀五色,以此爲牛女相會之徵。"杜詩曰:"牽牛出河西,織女處其東。神光意難候,此事終朦朧。"梅聖俞詩"古來傳織女,七夕渡明河。神光誰見過,舊俗驗方訛"云云,則其說之訛訛明矣。(下略)(《龜礀詩話》卷二,《韓國詩話叢編》第7册,頁98)

詩用茱萸

《容齋隨筆》:劉夢得云:"詩中用茱萸事者凡三人,杜甫云'醉把茱萸仔細看',王維云'遍插茱萸少一人',朱放云'學他年少插茱萸'。三子所用,杜爲優。"予觀唐人用七言者又十餘家,漫録於後。王昌齡"茱萸插鬢花宜壽",戴叔倫"插鬢茱萸來未盡",盧綸"茱萸一朵映華簪",權德輿"酒泛茱萸晚易醺",白居易"舞鬟擺落茱萸房"、"茱萸色淺未經霜",楊衡"强插茱萸隨衆人",張諤"茱萸凡作幾年新",耿緯"髮希那堪插茱萸",劉商"郵筒不解獻茱萸",崔櫓"茱萸冷吹溪口香",周賀"茱萸城裏一尊前",比之杜句,俱不侔矣。(《龜礀詩話》卷二,《韓國詩話叢編》第7册,頁105)

棗栗爲糕　上插綵旗　不題糕字

《歲時記》:"寒食、重陽皆食糕,而重陽爲盛。蓋以秫爲蒸餅,團棗附之,加以栗,亦有用肉者。上插剪綵小旗,糝釘果實,如石榴、銀杏、松子肉之類。"《聞見録》云:"劉夢得九日食糕作詩,欲用糕字,以五經中無之,不用。宋子京以爲不然,九日作詩曰:'飆館輕霜拂曙袍,糗粢化飲門分曹。劉郎不敢題糕字,空負詩中一世豪。'遂爲古今絶唱。"龜礀子曰:五經所無字,詩人多用之。如"鵬"字始於南華子,而老杜用之曰"風翮九霄鵬"。又古無靴,趙武靈作胡服,始爲靴。"靴"字不見於經,而王建用之曰"玉墀花露曉侵靴",東坡用之曰"五更待漏靴滿霜"。此類甚多,宜乎夢得見嘲於子京也。古詩曰"荑囊傳舊俗,棗栗食新糕",則古人亦用"糕"字矣。糗粢,《周官·籩人職》曰:"羞籩之實[一],糗餌粉粢。"注:米屑蒸之以棗。《方言》:"餌謂之糕,亦謂之粢。"然則棗糕已自周時有之矣。(《龜礀詩話》卷二,《韓國詩話叢編》第7册,頁105)

[一] 實,原缺,語義不明,據《周禮·天官·籩人》補。

龍山落帽　笑孫盛嘲

桓溫九日遊龍山,參僚畢集。時孟嘉爲溫參軍,有風至,吹落嘉帽,嘉不之覺。溫敕左右勿言,良久,嘉如厠,溫令孫盛作文嘲嘉,置嘉坐處。嘉還見,即答之,其文甚美。後山云:"孟嘉落帽,前世以爲勝絶。杜子美《九日》詩'羞將短髮還吹帽,笑請旁人爲正冠',其文雅曠達,不减昔人。故謂詩非力學可致,正須胸中度世爾。"《三山語録》云:"九日多用落帽事,獨東坡《南柯子》詞云'破帽多情却戀頭',乃反之,尤爲奇特。"杜詩"不眠瞻白兔,百過落烏紗",故東坡《以閏九月題披雲樓》詩云:"九日再逢堪一笑,終朝百過更深憂",謂短髮不堪落帽也。余謂昌黎"霜風破佳菊,嘉節迫吹帽"亦好。（《龜磵詩話》卷二,《韓國詩話叢編》第 7 冊,頁 106）

凍 斷 烏 足

管幼安家居貧甚,又久雪,陰霾不開,謂友人曰:"吾恐凍斷三足烏脚,寧不足憂。"杜《苦寒行》曰:"三足之烏足恐斷,羲和迭送將安歸。"又韓《苦寒行》曰:"日月雖云尊,不能活烏蟾。羲和送日出,悒怏頻^[一]窺覘。"杜甫用管語,韓用杜語。（《龜磵詩話》卷二,《韓國詩話叢編》第 7 冊,頁 109）

[一]頻,原作"煩",據韓愈《苦寒》改。

口 脂 面 藥

杜草堂《臘日》詩:"口脂面藥隨恩澤,翠管銀罌下九霄。"按唐制,臘日宣賜口脂面藥。翠管銀罌,似是所盛之器也。宋人詩"緬想盛唐諸閣老,口脂面藥被恩榮",又"詩筆謾揮青鏤管,口脂尤吹碧牙筒"。（《龜磵詩話》卷二,《韓國詩話叢編》第 7 冊,頁 112）

櫪 馬 林 鴉

老杜《杜位宅守歲》詩曰:"守歲阿咸宅,椒盤已頌花。盍簪喧櫪馬,列炬散林鴉。"蓋杜位公之從侄也,故曰阿咸。東坡詩:"欲喚阿咸來守歲,林鴉櫪馬鬥喧嘩。"（《龜磵詩話》卷二,《韓國詩話叢編》第 7 冊,頁 114）

柏 酒 辛 盤

庾肩吾《除夕》詩:"聊傾柏葉酒,試奠五辛盤。"柏葉酒,是元日之用,故已自除夕飲傾,如椒花頌是元日事,老杜用之除夕。而五辛盤是立春時物,而用之除夜,何也？或除夕立春,故用之歟？辛取新意,故除舊迎新之際,試奠此盤也歟？（《龜磵詩話》卷二,《韓國詩話叢編》第 7 冊,頁 115）

崐崘爲中岳 仇池福地 九十九泉

（上略）又《洞庭玄中記》:"崑崘上通九天,下通九州,萬靈所都。欲知其道,從仇池百頃西南出三十二里有二山,一名天竺,一名仇池。仇池,其山四絕懸崖,上方仙宮八十頃,有石鹽池,北有九子白魚池。天竺宮者十二福地之頭,桂陽宮者十二福地之心,王屋山者十二福地之足。"云云。杜詩曰:"萬古仇池穴,潛通小有天。神魚人不見,福地語真傳。近接西南境,長懷十九泉。何時一茅屋,送老白雲邊。"然則仇池是崑崘福地,而按《唐志》:"成州同谷縣有仇池。漢氏人所居,方百頃,四面斗絕,形如覆壺。"又《秦州紀》"仇池山本名嶓山,壁立千仞,自然樓櫓"云,諸説不一。按:仇池有九十九泉,而曰十九泉者乃古人省文。如廬陵有二十四灘,而東坡用之曰"十八灘頭一葉舟"。蓋崑崘爲海上五岳之中岳,而留氣分脉爲中州之五岳云。（《龜磵詩話》卷三,《韓國詩話叢編》第 7 冊,頁 123）

大小天門　仙人石閭　龍口泉　三宮空洞天

（上略）《聞見録》："《泰山紀行》云：山下有藥灶,地多鬼箭、天麻、玄參之類。又經天門十八盤,蚩尤秀聳,石上方柱窠甚多。又經龍口泉大石,有罅如龍,哆其口,水自中出。北眺青齊,諸山可指數,信天下之偉觀也。"故杜《望岳》詩曰："岱宗夫如何[一],齊魯青未了。""會當凌絶頂,一覽衆山小。"（下略）（《龜磵詩話》卷三,《韓國詩話叢編》第 7 册,頁 124）

> [一] 如何,原作"何如",據杜甫《望岳》改。

玉女洗盆　石上馬跡　車箱箭括

（前略）有芙蓉、明星、玉女三峰,芙蓉以蓮花得名。明星、玉女居此山,服玉漿,白日昇天,因得名。祠前有五石臼,號玉女洗頭盆,故杜詩"安得仙人九節杖,拄到玉女洗頭盆"。祠内有玉女馬,夜聞嘶嗽之聲。谷中有石龕,名藏馬龕,東北澗石上馬跡尚存。又有蒼龍嶺、黑龍潭、日月崖及仙掌石月之勝。又有車箱谷、箭括峰。《圖經》："車箱谷,深不可測。禱雨者必投石其中,若有鳥飛出,則即雨。箭括峰上有穴,纔見天,扳緣自穴中而上,有至絶頂者云。"杜詩"車箱八谷無歸路,箭括通天有一門"是也。《道經》所謂"太極總仙洞天"即此山也。（《龜磵詩話》卷三,《韓國詩話叢編》第 7 册,頁 125）

杜草堂遊岳祠　韓昌黎禱衡雲　朱文公撫世故

杜草堂《望衡岳》詩曰："欻吸領地靈,鴻洞半炎方。巡守何寂寥,有虞今則亡。洎[一]吾隘世網,行邁越瀟湘。渴日絶壁出,漾舟清光旁。""歸來覬命駕,沐浴休玉堂。三嘆問府主,曷以贊我皇。牲璧忍衰俗,神其思降祥[二]。"按杜草堂大曆中出瞿塘,溯沅湘以登衡山,因客耒陽,遊岳祠,則此詩乃其時所作也。韓昌黎《謁衡岳廟》詩曰：（詩略）。又朱文公《登祝融峰》詩曰（詩略）。則文公之遭世故,亦與韓、杜二子相伯仲。吁,可悲也。（《龜磵詩話》卷三,《韓國詩話叢編》第 7 册,頁 130）

> [一] 洎,原作"汩",據杜甫《望岳》"欻吸領地靈"一首改。
>
> [二] 降祥,原作"洋洋",據杜甫《望岳》"欻吸領地靈"一首改。

雁蕩山　芙蓉峰　徑行峽　宴坐峰　溫臺落手

雁宕,在溫州清樂縣,天下奇秀云,然自古圖經未嘗有言者。（中略）《筆談》："余觀雁宕諸峰皆險拔嶮怪,上聳千尺,穹崖巨谷,不類他山,皆包在諸谷中,自嶺外望之都無所見,至谷中則森然干霄。原其理,當是谷中大水衝激沙土盡去,惟巨石巋然挺立耳,如大小龍湫水簾之類,皆是水鑿之穴云。"其詭奇可知。東坡詩："此生的有尋山分,已覺溫台落手中。"此題《雁宕圖》也。天台在台州,雁宕在溫州,故曰溫台。"落吾手"蓋自老杜"不意青草湖,扁[一]舟落吾手"出來也。（《龜磵詩話》卷三,《韓國詩話叢編》第 7 册,頁 136）

[一]扁,原作"遍",據杜甫《將適吳楚,留別章使君留後兼幕府諸公得柳字》改。

蛾眉山 去天一握 石刻城郭

《圖經》:"蛾眉,兩山相對,如蛾眉形,故名。"然則字從蟲,不當從山也。《長慶集》:"蛾眉山下少人行。"《志林》云:"蛾眉山在嘉陵,與幸蜀路全不交涉云。"東坡即是生長眉山,則巴蜀地形必不生疏,似是香山之誤。古人於此等處亦失點檢也。楊升庵以爲當作"劍門山下少人行",亦未知如何。王仁裕《題淮陰廟》詩曰:"孤雲不掩興亡策,兩角曾懸去住心。"按孤雲、兩角即所謂"去天一握"者也。蕭相追信至此,淮陰廟在山下。杜草堂《劍閣》詩曰:"惟天有設險,劍閣天下壯。連山抱西南,石角皆北向。兩崖崇墉倚,刻畫城郭狀。"觀此詩,劍門石郭之奇壯可想。蓋蜀之諸山,蛾眉最秀,故李詩"蛾眉邈難匹",又曰"彩錯疑畫出"。(《龜磵詩話》卷三,《韓國詩話叢編》第7冊,頁141)

千年清 九里潤 宋元嘉 唐至德

(前略)沈約《宋書》:"元嘉中,河、濟俱清,時以爲美瑞。鮑照爲《河清頌》曰'沔彼四瀆,媚此兩川。澄源崑岳,鏡流蔥山。泉室凝澱,水府清涓'云云,其辭甚工。世祖以照爲中書舍人。"杜草堂詩"詞人解撰河清頌",雖引明遠事,而蓋亦記實也。至德二年七月,黃河三十里清如井水,四日而變,蓋亦收復兩京之祥也。又《後漢·郭伋傳》:"河潤九里。"此亦漢光明致治之祥也歟?(《龜磵詩話》卷四,《韓國詩話叢編》第7冊,頁162)

石黛碧玉 望喜樓

吳道子有《嘉陵江水圖》,《圖經》:"源出秦州嘉陵,故名。"杜子美《閬水歌》曰:"嘉陵江色何所似,石黛碧玉相依因。正憐日破浪花出,更復春從沙際歸。"又曰:"閬州城南天下稀。"則江在閬州南,而其景稀有也。江上有望喜樓,樓下有望喜驛,言望江水可喜也。李義山於望喜驛別嘉陵江水,有詩曰:"嘉陵江水此東流,望喜樓中憶閬州。若到閬州還赴海,閬州應更有高樓。"又曰:"千里嘉陵江水色,含烟帶月碧於藍。今朝相送東流後,猶自驅車更向南。"其惜別之意可掬。(《龜磵詩話》卷四,《韓國詩話叢編》第7冊,頁164)

流水屈曲 花竹環周 彩雲寧 秦宜春 漢樂遊

長安朱雀街東第五橋等處,流水屈曲,謂之曲江。杜詩"第五橋東流恨水"是也。送別處,故曰恨水。長安城街有第一、第二至第五之名。《劇談錄》云:"曲江,開元中疏鑿,南有紫雲樓、芙蓉苑,西有杏園、慈恩寺,花竹環周,烟水明媚,遊賞盛於中和、上巳之節。太和九年,濬曲江。上每誦杜詩'曲江宮殿鎖千門'之句,思復升平故事,乃構彩雲亭,賜群臣宴。"余謂人君自非文王之德,而耽樂乎臺池鳥獸,則適足以致寇召禍。曲江疏於開元,而

漁陽之兵至;潛於太和,而甘露之變作。故梅村《曲江》詩有"老憂王室泣銅
駝"之句。爲人君者可不監茲？按:曲江,秦時爲宜春苑,漢時爲樂遊原。
宣帝立廟曲江北,名曰樂廟。唐彥謙詩"樂遊無廟有年華,十里宜春下苑花"
是也。(《龜磵詩話》卷四,《韓國詩話叢編》第 7 册,頁 164)

羿屠巴蛇　軒皇鑿湖

《寰宇記》:"巴陵郡有象湖,巴蛇吞象曝骨於此,因名之。羿屠巴蛇於
洞庭,其骨若陵,因又名巴陵山。"李詩曰:"修蛇橫洞庭,吞象臨江島。積骨
成巴陵,遺言聞楚老。"巴陵又有青草湖,周圍數百里,日月出沒其中,以南有
青草山,故名。老杜《宿青草湖》詩:"洞庭猶在目,青草續爲名。"又《過洞
庭》詩曰:"鮫室圍青草,龍堆擁白沙。"青草,蓋謂青草湖也。按洞庭湖,《荆
州記》:"軒帝遊蜀,見水多之,下流江淮皆溢。乃鑿一湖注水,今洞庭是
也。"(《龜磵詩話》卷四,《韓國詩話叢編》第 7 册,頁 165)

灩澦如象如馬

風濤之險,莫險於灩澦。《寰宇記》:"白帝城西,瞿塘峽口,蜀江之心有
孤石,冬出水二十餘丈,夏水漲則没,名灩澦堆。"杜詩"灩澦既没孤根深,西
來水多愁太陰",至曰"沽客胡商泪滿襟",則其危險可知。故諺曰:"灩澦大
如象,瞿塘不可上;灩澦大如馬,瞿塘不可下。"古人於風濤之險多備嘗之而
詠於詩,"春風洞庭浪,出没驚孤舟",韓昌黎也;"畏途隨長江,渡口下絕
岸",杜草堂也。東坡《舟行惶恐灘》詩曰"七千里外二毛人,十八灘頭一葉
身",至曰"地名惶恐泣孤臣"。以三子高人一等者,猶驚畏,且泣之不已,則
況他人乎？(下略)(《龜磵詩話》卷四,《韓國詩話叢編》第 7 册,頁 168)

米石投月　耒陽漂水　李杜溺水辨

(上略)又《摭遺》:"杜甫客耒陽,一日游江上,舟中飲醉,是夕江水暴
漲,子美爲驚湍漂泛,其屍不知落於何處。元宗思子美,詔求之。聶令乃積
空土於江上,曰:'子美爲白酒牛炙脹飫而死。'"韓退之《題子美廟》詩曰:
"今春偶客耒陽路,凄惨去尋江上墓。""招手借問牧牛兒,牧兒指我祠堂
處。""一堆空土烟蕪裏,空使詩人悲嘆起。怨聲千古寄西風,寒骨一夜沉秋
水。當時處處多白酒,牛炙如今家家有。飲酒食肉今如此,何故常人無飽
死？""捉月走入千尺波,忠諫便沉汨羅底。固知天意有所存,三賢所歸同一
水。"云云。退之此詩亦信《摭遺》之説。按:元御史集《杜工部墓誌》云:
"甫扁舟下荆楚,竟以寓卒,旅殯岳陽。其後祔遷偃師,唐史氏乃承小説'牛
炙白酒,大醉,一夕卒'之語,信哉,史氏之誣也。"蓋退之襲史氏之謬,史氏承
小説之訛,其承訛襲謬有如是矣。李、杜溺死之説,俱出於野乘之誤,故辨之
如是。(《龜磵詩話》卷四,《韓國詩話叢編》第 7 册,頁 168)

涇渭河濟 清濁不齊

水之清濁不齊,水性然也。杜詩曰:"濁河終不污清濟。"濟、河之一清一濁,性本然也。(下略)(《龜磵詩話》卷四,《韓國詩話叢編》第 7 冊,頁 171)

百 花 滿 潭

《成都記》:"浣花溪在府西南,杜子美至成都,劍南節度裴冕爲卜西郭,作草堂以居之。一名百花潭。"故公詩有曰:"浣花溪水水西頭,主人爲卜林塘幽。"又曰:"萬里橋西一草堂,百花潭水即滄浪。"按吳中復《冀國夫人任氏碑記》:"夫人微時,有一僧墜污渠中,爲濯其衣,百花滿潭,因名浣花,又曰百花。"(《龜磵詩話》卷四,《韓國詩話叢編》第 7 冊,頁 173)

評 溪 流 詩

潛庵《溪流》詩曰:"寒碧潺潺透海涯,直如羅帶曲如蛇。風生波破龍鱗細,沙淺堤分燕尾斜。夜雨吞聲歸別浦,曉雲飛影傍閒花。漁郎舟楫生涯好,茅屋孤村有幾家。"羅帶,語出韓詩"水作青羅帶";如蛇,語出唐詩"一溪流水走青蛇";燕尾,語出杜詩"溪流燕尾分";歸別浦,語出坡詩"澗響雷奔歸別浦";傍閒花,語出唐詩"溪虛雲傍花",皆有出處。但次聯全用唐詩,唐詩曰:"波蹙龍鱗瘦,堤分燕尾斜。"古人亦不免盜襲。如岑嘉州《溪流》詩:"溪水碧於草,潺潺花底流。沙平堪濯足,石淺不勝舟。洗藥朝與暮,釣魚春復秋。興來從所適,還欲向滄洲。"無盜襲,可佳。(《龜磵詩話》卷四,《韓國詩話叢編》第 7 冊,頁 173)

鄭國前 白公後 白水陂 捍湖捍海 岑杜遊渼陂

(上略)又陂之大者有渼陂,杜草堂《渼陂行》云"岑參兄弟皆好奇,攜我遠來遊渼陂。天地黤慘忽異色,波濤萬頃堆琉璃。鼉鱉散亂棹歌發,弦管啁啾空翠來。沉竿續蔓深莫測,菱葉荷花静如拭。宛在中流渤潏清,下歸無極終南黑。半陂已南純浸山,動影窈窕沖融間。船舷冥戞雲際寺,水面月出藍田關"云,則其景物之好亦可想也。(《龜磵詩話》卷四,《韓國詩話叢編》第 7 冊,頁 184)

織女 石鯨

漢使求通身毒國,爲昆明所捍,國有滇池三百里。元狩二年,穿昆明,以象填池,習水戰,戈船數百艘。作二石人象牛女,又刻石爲鯨魚,每雷雨,魚常鳴吼,鬐尾皆動。杜詩"織女機絲虛夜月,石鯨鱗甲動秋風"是也。池周回四十里,池莫大於昆明。杜子美《南池》詩曰:"安知有蒼池,萬頃浸坤軸。"則南池之大亦不下於昆明矣。(《龜磵詩話》卷四,《韓國詩話叢編》第 7 冊,頁 185)

八福田一　犬牙魚鱗　雁行虹影

《朱弁記》:"橋之名,始於商,著於周書。佛以慈悲利物爲心,故橋梁居八福田之一。犬牙相函,魚鱗密次,又如雁齒。"故古詩:"雁行橫月浦,虹影臥江流。"橋前二柱曰華表,故杜詩:"天寒白鶴歸華表,日落青龍見水中。"此詠皁江竹橋也。橋柱下橫木入沙中者,謂之蹲鷗。楚人謂橋爲圯舟,梁謂浮橋,獨木橋謂略約。沈約詩"野約通幽徑"是也。又曰榷,史云"榷酒沽",又云"榷利而國用足"。(《龜碯詩話》卷四,《韓國詩話叢編》第 7 冊,頁 188)

馬卿題柱　袁樞登第　孔明送吳使　玄宗思一行

成都望鄉臺東南一里,有昇仙橋。司馬相如西去,題其柱:"大丈夫不乘高車駟馬,不復過此。"後果乘傳過此橋,蜀人榮之。杜詩"顧我老非題柱客",坡詩"誰復題柱繼長卿"。(下略)(《龜碯詩話》卷四,《韓國詩話叢編》第 7 冊,頁 188)

上　都　帝　居

玉溪詩曰:"軍烽照上都。"唐以西京爲上都,即秦中也。秦中之地,周人居之以興忠厚之化,秦人居之以興富强之業,漢唐居之以啓久長之基。杜草堂所謂"秦中自古帝王州"是也。蓋其風氣融結,水土深厚,其民又重厚質直,非山東諸國所及也。故孟湖詩曰:"襟帶山河地,京師帝者居。"欲爲定都之計者不可不居于此。(《龜碯詩話》卷四,《韓國詩話叢編》第 7 冊,頁 190)

始於鯀禹　女墻雉堞　城象二斗

城,盛也,盛受國都也。(中略)長安城,謂之斗城。漢元帝初,築長安城,城南爲南斗形,北爲北斗形,故曰"斗城"。施肩吾詩曰"帝城象斗魁"是也。明儒論杜詩"夔府孤城落日斜,每依北斗望京華",以北斗爲夔城,其説似迂,豈可以長安城之象北斗,移用北斗字於夔城耶? 子美詩意蓋謂依憑北斗望京華,言長安在北斗下耳。一本作南斗,言在南望北也,亦誤也。(《龜碯詩話》卷四,《韓國詩話叢編》第 7 冊,頁 190)

怨雨恨風　錯教人恨　開亦是風

唐人賦落花者,大抵皆是怨雨恨風。(中略)杜草堂云:"濕久飛遲半欲高,縈沙惹草細如毛。蜜蜂蝴蝶生情性,偷眼蜻蜓避伯勞。"亦無怨雨恨風底意,而語極高妙。(《龜碯詩話》卷五,《韓國詩話叢編》第 7 冊,頁 201)

爲訪逋仙　世外佳人

梅之種不一。《西京雜記》:漢初修上林苑,群臣各獻名果,梅有侯梅、朱梅、紫花梅、紫蒂梅、胭脂梅、同心梅、麗友梅,凡七種。又江梅在江邊者,鄭谷詩:"江梅且緩飛,前輩有歌詞。"野梅在野外者,宋人詩:"野梅寒月可中庭。"官梅,種之官閣者,杜詩:"東閣官梅動詩興。"(下略)(《龜碯詩話》

卷五,《韓國詩話叢編》第 7 冊,頁 201)

何遜思梅　再任揚州　梅有遭不遭

梅之爲花,清絕孤特,冠卓群芳,而漢魏間詩人絕無賞詠之者。至梁,何遜在揚州法曹時,見州廨有一樹梅,吟詠其下,詩曰:"兔園標物序,驚時最是梅。銜霜當路發,映雪凝寒開。枝橫却月觀,花繞凌風臺。朝灑長門泣,夕驅臨邛杯。應知早飄落,故逐上春來。"後在洛思梅,請再任。到府,花方盛開,彷徨終日。自是,梅爲詩人所賞詠,如杜草堂者詠之曰:"東閣官梅動詩興,還如何遜在揚州。"然則梅之未遭,未有甚於漢魏,而獨於何遜有知遇之感也。故楊誠齋序洮湖梅詩曰:"楚人騷人,飲芳食菲,佩馨服葩,遠取杜若、江蘺,而近捨梅,抑亦梅之未遭歟? 南北諸子,何遜、陰鏗、蘇子卿,詩人風流至此極矣。梅於是始一日以花聞天下云。"花之遭不遭,亦有時也歟! (《龜磵詩話》卷五,《韓國詩話叢編》第 7 冊,頁 202)

羅浮美人　月落參橫

梅詩有曰:"徹寒籬落一枝開,記得羅浮夢裏來。"按《龍城録》:開皇中,趙師雄遷羅浮。一日,日暮天寒,見松林間酒肆傍舍,見一美人淡妝素服出迎。時殘雪未消,月色微明,師雄與語,語極清麗,因共飲。一綠衣童子笑歌戲舞。師雄因醉寐,但覺風寒相襲。少焉,東方已白,起視大梅花樹上有翠羽刺嘈,月落參橫,怊悵而已。容齋云:"梅花詩多用參橫字,蓋出於《龍城録》。"然此實妄書。"東方已白,月落參橫"者,非也。以冬半視之,黃昏參已見,至丁夜則已西没矣,安得將朝而橫? 秦少游詩"月落參橫畫角哀,暗香浮盡令人老",承此誤也。唯東坡云:"羅浮山下梅花村,玉雪爲骨冰爲魂。紛紛初疑月掛樹,耿耿獨與參橫昏。"乃爲精當也。又老杜有"城擁朝來客,天橫醉後參"之句,以全篇考之,蓋初秋作也。(《龜磵詩話》卷五,《韓國詩話叢編》第 7 冊,頁 202)

白羽青錢　柄柄田田

荷,芙蕖也,其莖茄,其葉荷,其花菡萏,其實蓮,其根藕,其中菂,菂中薏又曰朱華,曹植詩"朱華冒綠池"。其色紅膩,子美詩"紅膩小湖蓮"。其形如白羽,子美詩"江蓮搖白羽"。其葉如青錢,子美詩"點溪荷葉疊青錢"。其香柄柄,鄭谷詩"倚檻風斜柄柄香"。其枝葉田田,永叔詩"波間露下葉田田",又有曰"萬枝和月影田田"。(下略)(《龜磵詩話》卷五,《韓國詩話叢編》第 7 冊,頁 212)

蜀鄉芳春　子美閣筆

《海棠記》以西蜀海棠爲天下第一。(中略)杜工部嘗避地蜀中,未嘗有一詩說著海棠,以其母名海棠故也。故鄭谷詩:"濃淡芳春滿蜀鄉,半隨風雨斷鶯腸。浣花溪上堪惆悵,子美無心爲發揚。"吳中復曰:"子美詩才猶閣筆,至今寂寞錦城中。"劉彥沖曰:"詩老無心爲題拂,至今惆悵似含情。"楊廷秀曰:"豈是少陵無句者,少陵未見欲如何。"梅聖俞曰:"當時杜子美,吟遍獨相忘。"石曼卿曰:"杜甫句何略,薛能詩未工。"又王介甫《梅花詩》:"少陵爲爾牽詩興,可是無心賦海棠。"諸公海棠詩皆以杜子美爲第一詩料,而鄭谷最佳,劉公全用谷語。又《侯鯖錄》:"王立之云:老杜家諱閑,而有'翩翩戲蝶閑過幔',又有'泛愛憐霜髩,留歡卜夜閑'。余謂皆當以閒爲正,臨文恐有自不諱也。迁叟李國老云:余讀《新唐書》,方知甫父名閑,檢杜詩,果無閑字,唯蜀本舊杜詩二十卷内《寒食》詩曰'鄰家閑不違',王琪本作'問不違'。又云'曾閃朱旗北斗閑',後見趙仁約,説薛問家本作'北斗殷'。由是言之,杜不用'閑'字明矣。"既不用閑字,則況賦海棠乎?(《龜磵詩話》卷五,《韓國詩話叢編》第 7 冊,頁 219)

號一丈紅　傾日衛足

葵花之種不一,有黄葵,如木槿、檀心;有紅葵,俗號一丈紅;花小者名錦葵。(中略)杜詩曰"葵藿傾太陽",按曹子建表曰:"葵藿之傾葉太陽,雖不回光,然向之者,誠也。"《韻海》云:"葵葉向日,不令照根,所謂葵衛足也。"然則向日者,乃葵葉也,非花也。司馬温公詩曰"唯有葵花向日傾",何也?(《龜磵詩話》卷五,《韓國詩話叢編》第 7 冊,頁 231)

王孫草　西塘夢　南浦別

杜詩"幾年春草歇",言春草衰歇而未歸也,蓋以《楚辭》"王孫遊兮不歸,春草生兮萋萋",故云。于濆云"極目傷春草",樊川云"芳草何年恨即休",皆此意。(下略)(《龜磵詩話》卷五,《韓國詩話叢編》第 7 冊,頁 235)

深林獨秀　琴操自托　貞人擇禄　龔管之正

《家語》:"芝蘭生於深林,不以無人而不芳。"蓋以譬士君子修道,不爲莫己知而改節。故古人蘭詩曰:"自古深林知獨秀,爲誰紉佩待新霜。"又杜詩曰"猗蘭奕葉光",《猗蘭》,琴操也。孔子見隱谷中,見蘭獨秀,嘆曰:"蘭當爲王者香,今乃獨茂,與衆草爲伍。"援琴鼓之曰"蘭之猗猗,揚揚其香。不採而佩,於蘭何傷",蓋自傷不遇,托辭於蘭也。古詩"終日伴凡草,有時聞獨香",深得尼父之意也。(下略)(《龜磵詩話》卷五,《韓國詩話叢編》第 7 冊,頁 237)

緑闖　楊花所化　鴨茵

萍,荓也,無根浮水而生。《淮南子》:"萍樹根於水,木樹根於土。"而陸龜蒙詩:"曉來風約半池萍,重叠侵沙緑闖成。不用臨池重相笑,最無根蒂是浮名。"則無根而浮行水上者也,故杜詩"乾坤水上萍"。大者曰蘋,杜詩"風

起青蘋末"是也。(下略)(《龜碉詩話》卷五,《韓國詩話叢編》第 7 册,頁 241)

偃蓋使者　牽一白犬　龍形芝

杜詩"偃蓋反走蛟龍形",按《抱朴子》曰:"大谷倒生之松,天陵偃蓋之松,松之奇者也。"蓋松之偃亞如翠蓋者,謂之偃蓋。白傅詩:"偃亞長松樹,侵臨小石溪。翠蓋烟籠密,花幢雪壓低。"此真偃蓋松也。(下略)(《龜碉詩話》卷六,《韓國詩話叢編》第 7 册,頁 247)

武　侯　廟　柏

老杜《古柏行》曰:"孔明廟前有老柏,柯如青銅根如石。霜皮溜雨四十圍,黛色參天二千尺。"又曰:"大厦如傾要梁棟,萬牛回首[一]邱山重。"蓋比孔明爲漢室棟梁,楷得將顛大厦也。末云"志士幽人莫怨嗟,古來材大難爲用",蓋老杜自嘆之辭耳。又《病柏》詩曰"偃蹇龍虎姿,生當風雲會。豈知千歲根,中路顔色壞",亦有所感寓者耳。按孔明廟柏,相傳蜀世所植,人多採收以爲藥,其味甘香於常柏云。(《龜碉詩話》卷六,《韓國詩話叢編》第 7 册,頁 249)

[一] 回首,原作"首回"。

柏下凌霄　慰邦人思

《燕譚》:巴東縣寇萊公手植雙柏,至今民比甘棠。後巴東大火,柏與公祠俱焚。莆陽鄭贛爲令,悼公手植,不忍剪伐,種凌霄於下,使附幹而上,以著遺德,且慰邦人之思云。此政老杜《古柏行》所謂"樹木猶爲人愛惜"者也。(下略)(《龜碉詩話》卷六,《韓國詩話叢編》第 7 册,頁 249)

花鋪白氈　天棘青絲

杜詩曰"生憎柳絮白於綿",又曰"糁徑楊花鋪白氈",宋楊岩曰:"柳花與柳絮不同。生於葉間作鵝黄色者,花也;結實已熟,亂飛如綿者,絮也。"然則古今詩人以花爲絮、以絮爲花者多矣,杜下句亦未免有誤矣。然而《本草》云柳花一名絮,楊岩花絮不同之説,未知何所據耶? 又杜詩"江蓮摇白羽,天棘蔓青絲",注"天棘,柳也"。王元之詩"水芝臥玉腕,天棘舞青絲",蓋用杜語。而元之亦曰:"水芝,芙蓉也;天棘,柳也。"按:單復注:"天棘,天門冬也。蔓生,葉細如青絲。"又《本草》:天門冬,一名顛棘。又《山海經》:小經之山有草如顛冬。顛冬,天門冬也。顛、天音相近,似或然矣。又以蔓青絲之蔓字觀之,恐非柳也。元之何所據而曰柳耶?(《龜碉詩話》卷六,《韓國詩話叢編》第 7 册,頁 257)

彭澤五柳　武昌官柳

杜詩曰:"大夫曾取柳,先生曾得名。"大夫,謂柳下惠也;先生,謂五柳先生也。《晉書》:"淵明爲彭澤令,門前種五柳。"故唐詩曰:"昔聞彭澤門前柳,今見河陽縣裏花。"又崔峒贈李明府詩曰:"訟堂寂寂對烟霞,五柳門前聚晚鴉。"以此二詩觀之,五柳乃彭澤所種也。然先生自贊曰:"宅邊有五柳,故自號。"則五柳乃栗里所種明矣。余謂淵明愛柳,嘗於所居宅種五柳,及爲彭澤,亦種五柳於衙門前也。李白詩"門垂碧柳似陶潛",以栗里所種言之也。夏桂州詩"江城莫種淵明柳",以彭衙所種言之也。又淵明嘗於彭衙手植花卉,故唐人寄韋蘇州詩曰"陶潛縣裏看花發,庾亮樓中對月明"是也。或曰:"杜詩云'官柳著行新',又云'市橋官柳細',官柳之説,蓋自陶彭澤始乎?"余曰:雖非彭澤始,而亦陶氏家事也。淵明祖侃鎮武昌,性纖密好問,類趙廣漢。嘗課諸營種柳,都尉夏施盜官柳植之私庭。後侃過之,駐車問曰:"此是武昌西柳,何因來此?"施惶恐謝罪。唐詩"武昌官柳一行疏"是也。(《龜硐詩話》卷六,《韓國詩話叢編》第 7 册,頁 258)

化爲道人　取作式盤

(上略)又《桂林志》:"五嶺多楓,歲生瘤癭,謂之楓人。越巫取之作神術,若取之不以法,則能飛去。"義山《桂林》詩曰"神護青楓岸",蓋謂是也。青楓,即染家所用,杜詩亦曰"青楓葉赤天雨霜"。又李長吉詩"楓香晚花靜",其花亦可愛。(下略)(《龜硐詩話》卷六,《韓國詩話叢編》第 7 册,頁 260)

臘　月　辰　日

種竹用臘月,故杜工部云:"東林竹影薄,臘月更須栽。"又用辰日,故黄山谷云:"竹須辰日斫,笋看上番成。"月非臘月,日非辰日,種多不活。葉夢得《玉澗雜書》:"笋惟初出者盡成竹,次出者多爲蟲蟻所傷。"上番之義,其以是歟? 番,平音。而杜詩"會須上番看成竹",乃作仄聲用。又王建宮詞"上番聲鐘始得歸",亦以仄聲用,未知孰是。(《龜硐詩話》卷六,《韓國詩話叢編》第 7 册,頁 261)

竹　根　稚　子

杜詩"竹根稚子無人見",按《冷齋夜話》引唐人食笋曰"稚子脱錦繃",韓子蒼以爲稚子笋名;或謂稚子指小兒,乃因所見而言。未知孰是。(《龜硐詩話》卷六,《韓國詩話叢編》第 7 册,頁 261)

紫岩綿竹　子雲作頌

醫書云:"篁竹、淡竹爲上,苦竹次之。"此以藥用而言。篁竹,即俗所謂王竹。淡竹即綿竹,苦竹即烏竹。烏竹苦味,故曰苦竹。杜詩"味苦夏蟲避"。按《竹譜》亦有紫苦竹、黄苦竹,則非獨烏竹爲苦竹也。綿竹出綿竹縣紫岩山者爲上,揚雄作《綿竹頌》,成帝謂"似相如之文",拜黄門侍郎。義山詩"幾時綿竹頌,擬薦子虚名"。(《龜硐詩話》卷六,《韓國詩話叢編》第 7

冊,頁262)

扶老　方兄

（上略）又,桃枝竹出廣州及倭國,老杜"秋風桃竹杖"即是也。(《龜磵詩話》卷六,《韓國詩話叢編》第7冊,頁262)

崖蜜綴珠

杜詩云:"崖蜜亦易求。"山谷詩:"崖蜜累累盛綴珠。"按《本草》注:"鬼谷子曰:崖蜜即今櫻桃。"櫻桃益脾氣,令人好顏色,美志氣,益精,多食令人腸熱。故王維《賜百官櫻桃》詩曰:"飽食不須愁內熱,太官還有蔗漿寒。"(《龜磵詩話》卷六,《韓國詩話叢編》第7冊,頁268)

月下瑛盤

簡齋詩:"四月江南黃鳥肥,櫻桃滿市燦朝輝。赤瑛盤裏雖殊遇,何似筠籠相發揮。"按《藝文類聚》:"漢明帝宴群臣,太官進朱櫻,以赤瑛盤賜群臣,月下視之,盤與櫻桃同色,皆笑云是空盤。"筠籠,杜詩:"西蜀櫻桃也自紅,野人相贈滿筠籠。"簡齋詩意,蓋言瑛盤雖侈,猶不如野人筠籠之相贈也。(《龜磵詩話》卷六,《韓國詩話叢編》第7冊,頁269)

燕秦千樹　諸暨如拳　栗治脚病

栗,五方皆有,而唯燕秦千樹與千户侯等。故詩有曰:"曾聞千樹抵千户,愛此霜包熟晚秋。"又杜詩曰"穰多栗過拳"。按《地志》:諸暨産如拳之栗[一]。(下略)(《龜磵詩話》卷六,《韓國詩話叢編》第7冊,頁275)

[一]之栗,原作"栗之"。

錦里園　玄猿窟

杜詩"錦里先生烏角巾,園收芋栗未全貧",栗可救饑。老杜在秦州拾橡栗資生,故詩曰"歲拾橡栗隨狙公",宋有狙公賦芋,芋,小栗也。又韋蘇州詩曰"拾栗玄猿窟",則古人之拾栗資生者多矣。(《龜磵詩話》卷六,《韓國詩話叢編》第7冊,頁275)

蓬萊殿橘　上元傳柑

唐太宗於蓬萊殿九月九日賜群臣橘。老杜《病橘》詩曰:"昔聞蓬萊殿,羅列洞庭香。"又明皇時江陵進柑橘,命種於蓬萊殿,結實一百五十顆,與江南蜀道所進無異。宰臣賀曰:"雨露所均,混天區而齊被;草木有性,憑地氣而潛通。"(下略)(《龜磵詩話》卷六,《韓國詩話叢編》第7冊,頁276)

辨太沖賦　幽株旁挺　荔支奴

左思《蜀都賦》"旁挺龍目,側生荔芰",故曲江《荔支賦》曰:"彼前志之或妄,何側生之見疵。"老杜亦云:"側生野岸及江浦,不熟[二]丹宮滿玉壺。雲壑布衣駘背死蓋言唐羌,勞人害馬翠眉須。"龍眼唯閩及越有之,非蜀所産也。故山谷詩注以爲："太沖自言十年作賦,三都所有,皆責土物之貢。至於言龍目,亦不知其失也。又'生'本是厓人字也,誤轉爲生云。"(下略)(《龜碉詩話》卷六,《韓國詩話叢編》第 7 冊,頁 282)

[一] 熟,原作"熱",據杜甫《解悶十二首》其十二改。

屈到嗜　屈原製　明珠論斗　鴻頭刺刺

杜詩"水果剝菱芡",按孫楚《論屈建文》曰："加籩之實,菱芡存焉。楚多陂塘,菱所生。父自嗜之,而抑宰祝。既毀就養無方之禮,又失奉死如生之義。奪乎素欲,建何忍焉?"(中略)又《楚辭》,屈原"製芰荷以爲衣",芰即菱也。誠齋《食菱》詩曰："一生子木非知己,千載靈均是主盟。"淮漢以南,凶年以菱以蔬。龔遂守渤海,秋冬勸民益畜菱芡。芡,雞頭也。山谷詩"明珠論斗煮雞頭"是也。(下略)(《龜碉詩話》卷六,《韓國詩話叢編》第 7 冊,頁 283)

金碗凍　金盤冷

蔗,即相如《子虛賦》所云"諸蔗"也。叢生,身似竹葉,如蘆,八九月去皮,斷而食之,脆甘。交趾所生者,圍數寸,長尺餘。古人食蔗者取汁爲漿,蔗漿始見於宋玉《招魂》,而杜詩曰"蔗漿歸厨金碗凍",坡詩曰"蔗漿酪粉金盤冷"。(下略)(《龜碉詩話》卷六,《韓國詩話叢編》第 7 冊,頁 284)

瓜

瓜,《本草》曰水芝。(中略)老杜稱以蒲鴿,其詩曰"傾筐蒲鴿青"。退之稱以文貝,其詩曰"瓜畦爛文貝"。本出西域,故曰西瓜。(下略)(《龜碉詩話》卷六,《韓國詩話叢編》第 7 冊,頁 285)

枇杷名同音器

杜詩"枇杷樹樹香",梅聖俞詩"五月枇杷實,青青尚味酸"。按周祇《枇杷賦》序曰："名同音器,質異真松。四序之采,素華冬馥。余植之庭圃。"(《龜碉詩話》卷六,《韓國詩話叢編》第 7 冊,頁 287)

槎 頭 縮 項

鯿,似鱸而大,出漢中者肥美,故襄陽禁捕,遂以槎斷水,因謂之槎頭縮項鯿。張敬兒爲刺史,齊高帝取此魚,敬兒作六櫓船置魚而進,書曰："奉槎頭縮項鯿一千八百頭。"孟浩然《峴潭》詩云："試垂竹竿釣,果得縮項鯿。"杜詩《解悶》云："復憶襄陽孟浩然,清詩句句盡堪傳。即今耆舊無新語,謾釣槎頭縮項鯿。"東坡詩"一鈎歸釣縮頭[一]鯿",變項作頭用,未知穩否?(《龜碉詩話》卷七,《韓國詩話叢編》第 7 冊,頁 299)

[一] 頭,原作"項",此句出自蘇軾《監洞霄宮俞康直郎中所居四詠·退圃》,據此條文意,亦應作"頭"。

螢

螢是腐草及爛竹根所化。杜詩："幸因腐草化，敢近太陽飛。未足臨書卷，時能點客衣。"宋祁[一]詩曰："腐化何微眇，孤光只自來。單飛一金躍，群散數星流。"（下略）（《龜磵詩話》卷七，《韓國詩話叢編》第 7 冊，頁 315）

[一] 祁，原作"祈"。

蜻 蜓 點 水

杜詩："點水蜻蜓款款飛。"蜻蜓，一名"蜻蛉"。（中略）《本草會編》："蜻蛉貼水飛時，以尾蘸水中，其點水者，乃生子也。"未知是否。（《龜磵詩話》卷七，《韓國詩話叢編》第 7 冊，頁 321）

連金泥 鳳嘴爲杯

杜詩："鳳嘴麟角人誰識。"按《十洲記》："鳳麟洲在西海中，四面有弱水繞之，鴻毛不可越。其上多鳳麟，數萬爲群。上仙之家以鳳嘴麟角合煎爲膠，能屬弓劍斷弦，名爲屬弦膠，又名連金泥。"（下略）（《龜磵詩話》卷八，《韓國詩話叢編》第 7 冊，頁 328）

朱 鳳 求 曹

杜詩《朱鳳行》曰："君不見瀟湘之上衡山高，山顛朱鳳聲嗷嗷。側身長顧求其曹，翅垂口噤心甚勞。下憫百鳥在網羅，黃雀最小猶難逃。願分竹實及螻蟻，盡使鴟梟相怒號。"老杜此詩諷寓者深切矣。按：《説文》："五方神鳥，東曰發明，南曰焦明，西曰鷫鸘，北曰幽昌，中央曰鳳皇。"《禽經》曰："東發明全身青，南焦明全身赤，西鷫鸘全身白；北幽昌亦曰退居，全身黑；中央鳳皇，亦名玉雀，全身黃。"老杜所謂朱鳳即焦明也。（《龜磵詩話》卷八，《韓國詩話叢編》第 7 冊，頁 329）

軒 墀 物

杜詩"軒墀曾寵鶴"，説者引"衛鶴乘軒"之説，以爲"墀"字誤，改以"軒車"則好矣。余謂一"軒"字足矣，何必復著"車"字。昌黎《孔雀詩》曰："坐蒙恩顧重，畢命守階墀。"以"守階墀"之"墀"字看之，何誤之有？又劉貢父《戲題歐公廳前白鶴》詩曰："明公真愛鶴，相鶴選仙骨。遂令千里姿，爲君軒墀物。"（《龜磵詩話》卷八，《韓國詩話叢編》第 7 冊，頁 332）

作 赤 霄 行

嚴武欲殺杜子美及章彝，集吏於門。武出，冠掛于簾者三，左右白其母奔救，甫得免，獨殺彝。甫遂作《赤霄行》以叙其事曰："孔雀未知牛有角，渴飲寒泉逢觝觸。赤霄玄圃須往來，翠尾金花不辭辱。江中淘河嚇飛燕，銜泥却落羞華屋。皇孫猶曾蓮勺困，衛莊見貶傷其足。老翁慎莫怪少年，葛亮貴和書有篇。丈夫垂名動萬年，記憶細故非高賢。"其托物寓諷之意深且切矣。

(《龜磵詩話》卷八,《韓國詩話叢編》第 7 册, 頁 334)

翡翠賈害

杜詩"翡翠鳴衣桁",按《説文》:"翡,赤雀;翠,青雀。生南中。"故陳子昂詩曰"翠羽生南海",昌黎《南海》詩亦曰"户多收翠羽"。(下略)(《龜磵詩話》卷八,《韓國詩話叢編》第 7 册, 頁 334)

鸜鵒效語

杜詩曰:"有鳥名鸜鵒","肉味不足登鼎俎,胡爲見羈虞羅中?"按: 鸜鵒似鵙而有幘,《考工記》所謂"不逾濟"者也。一名寒皋,斷舌可使言語。(下略)(《龜磵詩話》卷八,《韓國詩話叢編》第 7 册, 頁 338)

雉尾扇

《尚書大傳》: 高宗祭祀湯,有雉升鼎耳而雊。祖己曰:"雉,野鳥也,今升鼎,遠方將有來朝者乎?"《古今注》: 因雊雉之徵,章服多用翟。天子金根車插以翟毛,皇后法駕亦用翟毛。蓋杜詩"雲移[一]雉尾開宫扇","雉尾扇"亦出於此也。(下略)(《龜磵詩話》卷八,《韓國詩話叢編》第 7 册, 頁 340)

[一] 移,原作"繞",據杜甫《秋興八首》其五改。

業工竄伏

老杜《杜鵑行》曰"業工竄伏深樹裏",其意難解。車天輅嘗言:"業工,杜鵑雛也。出雜書云。"或曰: 業工猶言能工,謂杜鵑善竄伏於深樹間也。未知是否。(《龜磵詩話》卷八,《韓國詩話叢編》第 7 册, 頁 343)

評杜鵑詩

杜子美有《杜鵑行》二篇,苕溪漁隱以爲明皇幸蜀而還,肅宗用李輔國謀,遷之西内,悒悒而崩,此詩感是而作。東坡云:"南都王誼伯謂: 子美詩'西川有杜鵑,東川無杜鵑。涪南無杜鵑,雲安有杜鵑'蓋是題下注,斷自'我昔遊錦城'爲首句。誼伯誤矣。是篇句處凡五杜鵑,豈可以文害辭、辭害義耶? 原子美之詩類有所感而作,亦六義之比興、《離騷》之法歟? 按《博物志》: 杜鵑生子,寄之他巢,百鳥爲飼之。江東所謂'杜宇曾爲蜀帝王,化禽飛去舊城荒'是也。且禽鳥之微,猶知有尊,故子美詩云'重是古帝魂',又云'禮若奉至尊'。子美蓋譏當時刺史有不禽鳥若也。自明皇以後,天步多棘,刺史能造次不忘君者,可得以考也。嚴武在蜀,雖横斂刻薄,而實資中原,是'西川有杜鵑'耳。其不虔王命,負固以自抗,擅軍旅,絶貢賦,如杜克遜在梓州爲朝廷西顧憂,是'東川無杜鵑'耳。至於涪南、雲安刺史,微不可考。凡其尊君者爲有,懷貳者爲無也,不在夫杜鵑真有無。誼伯以爲來東川聞杜鵑聲煩而急,乃始疑子美跋䨓紙上語。又云'子美不應叠用韻',子美自我作古,叠用韻無害於詩。僕所見如此。誼伯博學强辨,殆必有以折之也。"

云云。誼伯論固誤矣,坡論亦與漁隱異,故兩存之,以俟説詩君子而折衷之。(《龜磵詩話》卷八,《韓國詩話叢編》第 7 册,頁 343)

頭 白 烏

(上略)又杜詩:"長安城頭頭白烏,夜飛延秋門上呼。又向人家啄大屋,屋底達官走避胡。"按《三國典略》:侯景篡位,令飾朱雀門。其日,有白頭烏萬數集門樓。童謡曰:"白頭烏,拂朱雀,還興吴。"杜蓋用其事,以禄山比侯景也。噫!火烏流屋,周以興;白烏啄屋,唐以亂。烏之告灾祥,良亦異矣。(《龜磵詩話》卷八,《韓國詩話叢編》第 7 册,頁 345)

用 巢 幕 事

《左·襄二十九年》:季札如晉,聞孫林甫擊鐘聲,曰:"異哉!夫子獲罪於君,懼有不足,而有何樂?夫子之在此,猶燕之巢於幕上也。"夫幕非燕巢之所,言其至危也。(中略)後人詠燕多使巢幕,似乎無謂。謝宣遠《九日從宋公集戲馬臺》詩:"巢幕無留燕,遵渚有歸鴻。"杜子美《對雨書懷》詩:"震雷翻幕燕,驟雨落河魚。"(《龜磵詩話》卷八,《韓國詩話叢編》第 7 册,頁 350)

天 成 五 德

張鄰松詩曰:"羽族天成五德名,仁文武勇信分明。"按《韓詩外傳》:田饒事魯哀公而不見察,告公曰:"臣將去君,黄鵠舉矣。"公曰:"何謂也?"曰:"君不見夫雞乎?頭戴冠,文也;足搏距,武也;敵在前敢鬥,勇也;見食相呼,仁也;守夜不失時,信也。雞雖有五德,君日瀹而食之,何也?以其所從來近也。夫鵠一舉千里,止君園池,啄君黍梁,無此五德,而君猶貴之,以其所從來遠也。"杜詩"紀德名標五,初[一]鳴度必三",亦用此也。(《龜磵詩話》卷八,《韓國詩話叢編》第 7 册,頁 354)

[一] 初,原作"效",據杜甫《雞》改。

雞 蟲 得 失

杜子美《縛雞行》曰:"小奴縛雞向市賣,雞被縛急相喧争。家中厭雞食蟲蟻,不知雞賣還遭烹。蟲雞於人何厚薄,吾叱奴人[一]解其縛。雞蟲得失無了時,注目寒江倚山閣[二]。"此詩自是一段好議論,結句尤妙,非他人所能企及也。(《龜磵詩話》卷八,《韓國詩話叢編》第 7 册,頁 355)

[一] 人,原作"兒",據《杜詩詳注》改。

[二] 注目寒江倚山閣,原作"注目寒汀倚江閣",據《杜詩詳注》改。

官雞輸稻　鬥雞賜錦　神雞童

玄宗在蒲邸時,樂民間清明節鬥雞戲。及即位,置雞坊,索長安雄雞金尾、鐵距、高冠者數千養之。選六軍小兒五百馴飼之。杜詩"官雞輸稻粱"蓋謂是也。於是民間尤甚,諸王公外戚公主家,傾帑破産以償雞直。時楊國忠以鬥雞供奉進,故杜詩曰:"鬥雞初賜錦,舞馬既登床。"(下略)(《龜磵詩話》卷八,《韓國詩話叢編》第 7 冊,頁 356)

讒 人 在 側

山谷云:"余讀《周書·月令》'反舌無聲,讒人在側',乃解老杜'過時如發口,君側有讒人'之句也。"余謂反舌之巧有似讒人,故古人百舌詩有曰:"是非顛倒誰能辨,真僞渾淆人屢憎。寄語山翁須挾彈,勿容饒舌上林鳴。"亦憎讒之意也。(《龜磵詩話》卷八,《韓國詩話叢編》第 7 冊,頁 358)

北 方 霜 信

雁,陽鳥,亦曰朱鳥。《法言》曰:"能來能往者,朱鳥之謂歟?"《格物論》:"北方有白雁,似雁而小,秋深則來,謂之霜信。"杜詩"故國霜前白雁來"是也。(下略)(《龜磵詩話》卷八,《韓國詩話叢編》第 7 冊,頁 358)

尋 邪 逐 害

鸂鶒,水鳥也。毛有五彩,尾如船柂,雌雄必相對浮沉,故杜詩曰:"一雙鸂鶒對沉浮。"性食短狐,故古賦云:"鸂鶒尋邪逐害。"沈休文詩"沙工畏鸂鶒"亦謂是也。又其宿若有敕令者,故字從敕。(《龜磵詩話》卷八,《韓國詩話叢編》第 7 冊,頁 361)

海 鷗 知 風　玉 雪 無 垢

鷗,水鳥,色白,數百爲群。《倉頡解》注:"一名水鴞。"《埤雅》云:"信鳥。"《南越志》云:"鷗在漲海中,隨潮上下。常以三月風至乃還洲嶼。頗知風雲,若群飛至岸,必風。"古詩"海鷗知天風"是也。又杜詩:"雪暗還須落,風生一任飄。"蓋水禽之幽閒净潔者也。(下略)(《龜磵詩話》卷八,《韓國詩話叢編》第 7 冊,頁 362)

烏 鬼 捕 魚

鸕鶿,《埤雅》云:"似鴞而黑,没于深水,取魚而食。魚入喉則爛,其熱如湯,其骨可治鯁及噎吐。而生子多者七八,少者五六,相連而出,若絲緒焉。水鳥而巢于高木之上,蜀人謂之烏鬼,皆養此鳥,繩係其頸,使之捕魚。"杜工部詩:"家家養烏鬼,頓頓食黃魚。"烏鬼,一曰烏蠻鬼。《小説》云:"烏蠻[一]戰者多死爲癘,故禳之。工部此詩言禳烏蠻[二]鬼。"此説恐非。又《隋書》"倭國以小環掛鸕鶿項,令入水捕魚以充食"云,此可證也。(《龜磵詩話》卷八,《韓國詩話叢編》第 7 冊,頁 367)

[一][二] 蠻,原作"蠻"。

王 母 使 者　畫 下 雲 旗

《雜俎》:"齊郡函山有鳥,青足素翼,赤黄嘴,名王母使者。漢武帝登此

山,得玉函,長五寸。帝下山,玉函忽化爲白鳥飛去。世傳山上有王母藥函,
常令鳥守之。"《墨莊漫録》云:"宣化間,蜀中貢一鳥,狀如燕,色紺翠,尾甚
多而長。飛則尾開,裛裛如兩旗。"子美詩曰:"子規夜啼山[一]竹裂,王母晝
下雲旗翻。"此非指西王母,乃指此鳥也。余按:穆天子會王母於瑤池,雲旗
簇擁,自天而下。且子美此詩乃《玄都壇寄元逸人》作也。壇在南山子午谷,
漢武所築也。登是壇而思漢武邀王母之事,有是語也。豈可以鳥尾如旗指
王母爲鳥耶?且以下句視之,曰"知君此計成長往,芝草琅玕日應長",《漢
武内傳》:王母曰"太上之藥,有廣庭芝草、碧海琅玕"云云,則詩意指西王母
無疑,墨莊之説似迂矣。(《龜碉詩話》卷八,《韓國詩話叢編》第 7 册,
頁 367)

[一] 山,原作"春",據杜甫《玄都壇歌寄元逸人》改。

猿　　猴

猿,禺屬。猿大猴小,或黃或黑,通臂,輕身,故善緣。不踐土石,超遥萬
木之間。故《文選》曰:"寒猿擁條吟。"杜詩曰:"高蘿垂猿飲。"(下略)(《龜
碉詩話》卷九,《韓國詩話叢編》第 7 册,頁 381)

少陵覓　柳州憎

猴,即狙也。一名王孫,柳柳州有《憎王孫》文;一名胡孫,杜草堂有《從
人覓小胡孫》詩。故山谷詠猴詩曰:"真宜少陵覓,未解柳州憎。婢喜常儲
果,奴顛屢掣繩。"(《龜碉詩話》卷九,《韓國詩話叢編》第 7 册,頁 383)

獺祭魚圓布

獺,水狗也。一名獱,居水食魚,亦能休于大木上,謂之木獺,杜詩曰:
"沙喧獺祭魚。"按《周書》:"雨水之日,獺祭魚。"豺獺之祭,皆四面陳之。獺
圓布,豺方布。獺將魚羅列于前,取黃頰魚一枚,以爪按其頭作聲,如人有巫
祝,故呼黃頰魚爲魚師。獺祭畢,食諸魚,放魚師於水。劉夢得有《獺吟》曰:
"有獺得嘉魚,自謂天見憐。先祭不敢食,捧鱗望清玄。人立寒沙上,心專脰
肩肩。"噫!人之不知報本者,曾獺之不若也。(《龜碉詩話》卷九,《韓國詩
話叢編》第 7 册,頁 386)

三　花　無　花

岑嘉州《赤驃歌》曰:"平明剪出三鬃高。"《韻府》云:"唐人尚剪馬鬃,三
鬃者曰三花,五鬃者曰五花。"李白詩所謂"五花馬"是也。愚謂三花五花,
皆是以毛色言之也。杜詩曰:"五花散作雲滿身。"又曰:"個個五花紋。"則
三鬃五鬃之説恐非是。(下略)(《龜碉詩話》卷九,《韓國詩話叢編》第 7 册,
頁 388)

六 印 官 字

我國國馬皆用火印印之。古人《老馬詩》曰：“脊瘡蹄蹇瘦闌干，火印年深字已漫。”又杜工部《瘦馬行》曰：“細看六印帶官字。”《韻府》云：“以飛字印、龍字印印於馬之膊髀，凡六印。”以此觀之，國馬之用烙印古矣。(《龜磵詩話》卷九，《韓國詩話叢編》第 7 冊，頁 389)

詩文叙馬　拳毛騧　師子花

《容齋隨軍》云：(中略)老杜《觀曹將軍畫馬圖》云：“昔日太宗拳毛騧_{太宗六馬，一拳毛騧，二什伐赤，三白蹄烏，四特勒驃，五颯露紫，六青雕，皆有贊，}近時郭家師子花。今之新圖有二馬，復令識者久嘆嗟。其餘七匹亦殊絶，迥若寒空動烟雪。霜蹄蹴踏長楸間，馬官厮養森成列。可憐九馬爭神駿，顧視清高氣深穩。”其語視東坡似若不及，至於“斯須九重真龍出，一洗萬古凡馬空”，不妨獨步也。杜又有《畫馬贊》，有“韓幹畫馬，毫端有神。驊騮老大，騕褭清新”、“四蹄雷電，一日天池。瞻彼駿骨，實惟龍媒”之句。坡《九馬贊》言：“薛紹彭家藏《曹將軍九馬圖》，杜子美所作詩者也。”其詞云：“牧者萬歲，繪者惟霸。甫惟作頌，偉哉九馬。”讀此詩文數篇，真能使人方寸超然，意象橫出，可謂妙絶動宮商矣。(《龜磵詩話》卷九，《韓國詩話叢編》第 7 冊，頁 390)

犬 吠 主 人

犬，微物也，猶能識主，故杜詩曰：“舊犬喜我歸，低頭入衣裾。”真善形容也。(下略)(《龜磵詩話》卷九，《韓國詩話叢編》第 7 冊，頁 400)

犬 吠 雲 中

杜詩“仙家犬吠白雲間”，蓋用淮南王事也。淮南王藥成後舉家昇仙，雞犬舐鼎，亦隨而上，雞鳴天上，犬吠雲中。故詩亦有曰：“尤記當年舐藥鼎，飄然飛出白雲鄉。”杜光庭有犬可行萬里，名之“吠雲”，亦以是稱之也。(《龜磵詩話》卷九，《韓國詩話叢編》第 7 冊，頁 400)

鼠

(上略)貂皮可爲裘，杜詩“暖客貂鼠裘”是也。貂，古貂字。(下略)(《龜磵詩話》卷九，《韓國詩話叢編》第 7 冊，頁 405)

感 夢 而 生

東坡《賀子由生第四孫斗老》詩曰：“舉家傳好夢。”自古偉人之生必有夢驗，徐陵之母夢五色雲化爲鳳，集左肩，已而陵生。寶誌摩其頂曰：“天上石麒麟也。”故杜《徐卿二子歌》曰：“孔子釋氏親抱送，盡是天上麒麟兒。”張公九齡之母夢九鶴自天而下飛集於庭，而公生焉，故杜《八哀詩》曰“仙鶴下人間”。張説母夢玉燕投懷，遂生説，故有“玉燕投懷符吉夢”之句。李白母夢長庚而生白，故有“豈是長庚夢到遲”之句。其他感夢而生者甚衆，是知偉人之生，必

有符驗之先兆者也。(《龜磵詩話》卷十,《韓國詩話叢編》第 7 冊,頁 413)

淵明感行路　子美嘆薄俗

天子賜姓命氏,諸侯命族。族者,氏之別名也;姓者,所以統系百世使不相別也。氏者,別子孫之所出。故史《世本》言姓則在上,言氏則在下也。(中略)陶淵明有《贈長沙公詩序》云:"余於長沙公爲族祖,同出大司馬,昭穆既遠,已爲路人。"故其詩曰:"同源分流,人易世疏。感彼行路,眷焉躊躇。"蓋深傷之也。杜子美訪從孫濟而不免於防猜,故其詩云:"所來爲宗族,亦不爲盤飧。小人利口實,薄俗難具論。勿受外嫌猜,同姓古所敦。"觀長沙公及濟,則尊祖敦宗之義掃地矣。(《龜磵詩話》卷十,《韓國詩話叢編》第 7 冊,頁 423)

名　本　字　末

古者,名以正體,字以表德。名,字之本;字,名之末也。本故尊,末故卑。名者,己之所以承尊,尊者之所以命己;字則己之所以接卑,卑者之所以稱己也。君之於臣、先生之與其門人,名之可也。至於同官之僚黨,同門之於朋友,可以稱其字,而不可斥其名。然而唐人尚不諱名,如杜甫詩云"白也詩無敵",李白詩云"飯顆山頭逢杜甫"。(下略)(《龜磵詩話》卷十,《韓國詩話叢編》第 7 冊,頁 424)

杜　甫　諱　閑

《侯鯖録》:迂叟李國老云:"余讀《新唐書》,方知杜甫父名閑,檢閱杜詩,果無'閑'字,惟蜀本舊杜詩二十卷內,其《寒食》詩云'鄰家閑不違',後見王琪[一]本作'鄰家問[二]不違'。"又云:"曾閃朱旗北斗閑",後見趙仁約説薛問家本作"北斗殷"。由是言之,知杜甫之不用"閑"字明矣。余觀杜詩集中不無"閑"字,如"翩翩戲蝶閑過幔",又"泛愛憐霜髯,留歡半夜閑",或疑傳者之謬,而王立之以爲當以"閑"爲正,臨文恐有自不諱也。王説似然,然而杜甫母名海棠,故甫未嘗詠海棠,有"子美詩才猶閣筆,至今怊悵錦城中"之句。然則甫豈以臨文不諱而用"閑"字耶?且太史公名談,故《史記》不用"談"字,皆以"同"字改之,如趙談爲趙同,李談爲李同。范曄父名楚今,故《後漢書》不用"今"字,悉改"今"字爲"兹"字。則古人臨文亦諱。甫不應用"閑"字而用之,何也?余謂"閑"、"閒"二字不同,"閑"是防閑之閑,"閒"是閒暇之閒。杜甫父名是防閑之"閑"字,杜詩所用"閒"字乃閒暇之"閒"字也。然則"閑過幔"之"閑"字,皆當從月而不從木也。(《龜磵詩話》卷十,《韓國詩話叢編》第 7 冊,頁 427)

[一] 琪,原作"祺",據《侯鯖録》卷七改。
[二] 問,原作"回",據《侯鯖録》卷七改。

淵 明 責 子

陶淵明《責子》詩："雖有五男兒,總不好紙筆。阿舒年二八,懶惰故無匹。阿宣行志學,而不愛文術。雍端年十三,不識六與七。通子垂九齡,但覓梨與栗。"雍、端年皆十三,則蓋二子雙生也。按淵明《與子疏》曰"汝等雖非同生"云云,知五男非一母也。又曰:"汝輩家貧,每役薪水之勞。"《韻府》:"梁王秀嘆元亮孫作里司,辟爲西曹。"蓋里司如今里正。淵明子孫之不振,豈以貧窶失學故也歟? 山谷云:"觀淵明責子詩,想見其爲人慈祥戲謔。俗人便謂淵明諸子皆不肖,愁嘆見於詩耳。"又杜子美詩:"陶潛避俗翁,未必能達道。觀其著詩篇,頗亦恨枯槁。達生豈是足,默識蓋不早。生子賢與愚,何其掛懷抱。"夫子美困頓於山川,蓋爲不知者詬病,以爲拙於生事,又往往譏議宗文、宗武失學,故聊解嘲耳。其詩名曰《遣興》,可解也。俗人便謂譏病淵明,所謂痴人前不得説夢也。(《龜磵詩話》卷十,《韓國詩話叢編》第 7 册,頁 431)

有 譽 兒 癖

(上略)又杜工部《遣興》詩云:"驥子好男兒,前年學語時。問人知客姓,誦得老夫詩。"按:驥子即宗武也。宗武名驥,故云。《又示宗武》詩曰:"覓句新知律,攤書解滿床。""十五男兒志,三千弟子行。"(下略)(《龜磵詩話》卷十,《韓國詩話叢編》第 7 册,頁 432)

潘 輿 送 喜

杜子美《賀陽城郡王衛伯玉大夫人恩加鄧國大夫人》詩曰:"衛幕銜恩重,潘輿送喜頻。"按:潘岳《閑居賦》曰:"大夫人在堂,有羸老疾,何能違膝下,而屑屑從斗筲之役乎? 於是築室種木,灌園鬻蔬,供朝夕之膳;牧羊酤酪,俟伏臘之資。凛秋暑退,熙春寒往,微雨新晴,六合清朗。大夫人乃御板輿,升輕軒。或宴于林,或禊于汜。昆季斑白,兒童稚齒,稱萬壽而獻觴。或一懼而一喜,頓足起舞,抗音高歌"云云。潘輿,蓋用此也。噫! 人生歡樂孰加於此? 余嘗於此賦有感也。(《龜磵詩話》卷十,《韓國詩話叢編》第 7 册,頁 436)

竹 笋 江 魚

杜工部送人榮養詩曰:"青青竹笋迎船出,白白江魚入饌來。"楊用修以爲:此句用孟宗、姜詩事,而"青青"字自好,"白白"字近俗。韋蘇州《送人省觀》詩曰:"沃野收紅稻,長江釣白魚。"杜不如韋多矣。余謂杜此句雖用孟宗、姜詩事,而其意致則亦從狄梁公"美味調羹呈玉笋,佳餚入饌膾冰鱗"句中出來,豈用修未及見梁公此句耶?(《龜磵詩話》卷十,《韓國詩話叢編》第 7 册,頁 438)

與竹林齊

東坡《和劉原父》詩曰："君家自與竹林齊。"按《晉書》：阮咸任達不拘，與叔籍爲竹林遊。坡詩語蓋謂原父叔侄並賢也。又杜詩曰："嗣宗諸子侄，早覺仲容賢。"仲容，咸字也，時人呼仲容爲小阮，故稱侄曰"小阮"。李嘉祐《送王牧往吉州謁王使君叔》詩云："使君憐小阮，應念倚門愁。"今人猶稱人叔侄曰阮長、阿咸。坡《與子由詩》云"欲喚阿咸來守歲，林烏櫪馬鬥喧嘩"，蓋用杜《杜位宅守歲》詩"守歲阿咸家"語，而位乃公從弟，不應用叔侄事，"咸"當作"戎"。《南史》：齊王惠遠，小字阿戎，王晏從弟，而清介有知鑒，晏嘗呼爲阿戎。然則稱杜位爲阿戎宜矣。蓋因板本之誤而作阿咸也歟？（《龜磵詩話》卷十，《韓國詩話叢編》第 7 册，頁 442）

耳孫鼻祖

杜詩："後來添出雲孫比。"雲孫，仍孫之子也。《爾雅》："玄孫之子爲來孫，來孫之子爲晜孫，晜孫之子爲仍孫，仍孫之子爲雲孫。雲之爲言輕遠如浮雲也。"仍，《漢書》作耳。耳孫，言其去高曾益遠，但耳聞之也。始祖謂之鼻祖者，揚子雲《方言》："獸之初生謂之鼻，人之初生謂之首，梁益間謂鼻爲祖。"（《龜磵詩話》卷十，《韓國詩話叢編》第 7 册，頁 445）

女婿乘龍

黃憲爲司徒，與李元禮俱娶太尉桓玄女，人謂桓元叔兩女俱乘龍也。故杜工部詩云："門闌多喜色，女婿近乘龍。"宋景文公云："承家男得鳳，擇婿女乘龍。"皆謂此也。《楚國先賢傳》作孫嵩與元禮俱爲元叔婿，有兩女乘龍之語。（《龜磵詩話》卷十，《韓國詩話叢編》第 7 册，頁 446）

詩詠馬嵬　體有優劣

魏泰之曰："唐人詠馬嵬事，世稱劉、白。劉云'官軍誅佞幸，天子捨妖姬'，白云'六軍不發無奈何，宛轉蛾眉馬前死'，此乃歌祿山，而天子不得已誅貴妃也，非特不曉文體，蓋失事君之體也。老杜則不然，《北征》詩曰：'不聞夏殷衰，中自誅褒妲。'乃明皇鑒夏殷而畏天悔禍，賜妃子死，官軍何預焉？坡云：'《北征》詩識君臣大體，忠義之氣與秋色爭高，可貴也。'"余謂義山《華清宮》詩曰"未免被他[一]褒女笑，只教天子暫蒙塵"，蓋言褒姒能滅周，而玄宗不久便歸，是貴妃之傾城猶在褒姒下也。語雖不及於杜，而比劉白似勝。（《龜磵詩話》卷十，《韓國詩話叢編》第 7 册，頁 466）

　　[一] 他，原作"化"，據李商隱《華清宮》改。

子勉感國香子　野感兜娘

（上略）又張子野於吳興見小妓兜娘，賞其佳色。後十年再見於京口，絕非當時容態，感而作詩曰："當時自倚青春力，不信東風解誤人。"噫！國香無舊容,子勉悲感;兜娘非故態,子野惜嘆,豈惟女色然哉!"少壯能幾時,鬢髮各已蒼",老杜所嘆;"男兒不再壯,百歲如風狂",昌黎所悲。余亦有所感於斯云。(《龜磵詩話》卷十,《韓國詩話叢編》第 7 冊,頁 480)

燕玉暖老

杜詩"暖老須燕玉",按《古樂府》"燕趙多佳人,美者顏如玉",燕玉蓋謂美人也。《曲禮》曰:"八十非人不暖。"《白虎通》曰:"七十臥非人不暖,適四方,乘安車[一],與婦人俱。"杜語蓋用此,而注者以寧王暖玉杯爲證,恐非是。(下略)(《龜磵詩話》卷十,《韓國詩話叢編》第 7 冊,頁 485)

[一] 車,原缺,據《白虎通義》補。

作貧交行　端復名譽

少陵下第留京師,依舊友而爲所捐棄,作《貧交行》曰:"翻手作雲覆手雨,紛紛輕薄何須數。君不見管鮑貧時交,此道今人棄如土。"噫! 交道衰薄,人情難測。反掌之間,變態多端,此《谷風》詩所以作也。時蘇端與薛復皆能詩友善,豪傑多從之遊,少陵於端、復筵作詩曰"文章有神交有道,端復得之名譽早。愛客滿堂皆豪傑,開筵上日思芳草"云云。少陵於此尤不能無憾,誦前詩而嘆舊友也。(《龜磵詩話》卷十一,《韓國詩話叢編》第 7 冊,頁 494)

夜雨剪韭　墻頭過醪

郭林宗見友人來訪,夜冒雨剪韭作湯餅,洛人效之。杜工部詩云:"夜雨剪春韭,新炊間黃粱。"又杜《謝李公見訪》詩曰:"遠林暑氣薄,公子過我遊。""傍舍頗淳朴,所願亦易求。隔屋喚西家,借問有酒否? 墻頭過濁醪,展席俯長流。"夜雨剪韭,墻頭過醪,俱堪爲貧家待賓友風味。(《龜磵詩話》卷十一,《韓國詩話叢編》第 7 冊,頁 494)

君　臣

天不能獨運,必有五行四時之吏宣其氣;君不能獨理,必有三公六卿之臣輔其政,故杜詩曰:"君臣當共濟,賢聖亦同時。"夫以堯、舜之聖,無虁、龍之佐,而徒有驩、苗,則難做亭午之至治矣。(下略)(《龜磵詩話》卷十一,《韓國詩話叢編》第 7 冊,頁 501)

懷賢盈夢

(上略)方太公之不遇也,特一朝歌之廢屠也,誰知後日爲王佐之才乎? 故子美云:"鳳嘴麟角人誰識?"(下略)(《龜磵詩話》卷十一,《韓國詩話叢編》第 7 冊,頁 501)

燕毅漢亮　灑落契合

杜詩曰:"灑落君臣契。"戰國之世君臣契合者,獨燕昭王、樂毅也。方昭王之訪士於郭隗也,隗以爲"先從隗始",觀隗所對之言,不過一游說士也。

然而王以黃金爲臺,擁篲而師事之,樊川詩"郭隗黃金峻,虞卿白璧鮮"。毅感不世之遇,輸誠效力,得以成其功。故李詩曰:"劇辛樂毅感恩分,輸肝割膽效英才。"當時六王君臣,孰有能如是者乎? 雖然契合之昭融,猶不若蜀漢君臣。孔明雖嘗自比於樂毅,此特自謙之辭也。子美云"伯仲之間見伊呂",孔明之正大出處安排韜略,俱不下伊、呂。且其學術有非三代下人,以《出師》一表觀之,與《伊訓》《說命》相爲表裏,則子美之言非溢美也,豈樂毅之所可比倫者乎? 昭烈之於孔明,其禮聘恩遇,亦不下於湯文,如魚有水,如鴻遇風,觀其灑落之契,非燕君臣所可跂及也。昭烈末,命其曰:"嗣子不可輔,卿當自取之。"其言有唐、虞禪賢之意。君臣之際,其情義相孚,可以想像於千載下矣。(《龜磵詩話》卷十一,《韓國詩話叢編》第 7 冊,頁 502)

射雀屏間　牽絲幔前

竇儀,唐高祖竇皇后之父也,嘗謂妻曰:"此女有奇相,何可妄與人。"畫二孔雀於屏間,請婚者射二矢,陰約中目則得之。高祖最後射,各中一目,遂歸之,故杜詩云:"屏間金孔雀,褥隱繡芙蓉。"(下略)(《龜磵詩話》卷十一,《韓國詩話叢編》第 7 冊,頁 521)

金粟龍盤

《唐舊紀》:明皇朝拜五陵,至灞陵,見金粟山岡有龍盤鳳翥之勢,復近先塋,謂侍臣曰:"吾萬歲後,宜葬此地,得奉先陵。"云云。故杜子美《曹將軍畫馬圖引》曰:"金粟堆前松柏裏,龍媒去盡鳥呼風。"橋陵,睿宗寢也。子美有《橋陵三十韻》詩,有曰:"先帝昔晏駕,茲山朝百靈。崇岡擁象設,沃野開天庭。""高岳前崒嵂,洪河左瀅瀠。金城蓄峻趾,沙苑交回汀。"以此詩所記者觀之,金粟之信美,可以想認。(《龜磵詩話》卷十一,《韓國詩話叢編》第 7 冊,頁 530)

泪　如　河　傾

杜草堂詩:"猶有泪成河,經天復東注。"梅聖俞詩曰:"獨護慈母喪,泪如河水流。"皆用顧長康語也。《世說》:"長康哭桓溫詩曰:'山崩溟海竭,魚鳥將何依?'人問長康哭宣武之狀如何,曰:'鼻如廣莫風,眼如懸河決。聲如震雷破山,泪如傾河注海。'"云云。愷之以文章、書、畫,時稱爲"三絕",而依倚桓溫,如魚鳥之依山海,及其卒,又復痛之如是,則其爲人無足取者。楊誠齋所謂"才黠而人痴"者,其以是也。(《龜磵詩話》卷十一,《韓國詩話叢編》第 7 冊,頁 532)

居喪無禮　生孝死孝

《曲禮》曰:"居喪之禮,有疾則飲酒食肉,疾止復初。"古人居喪,無敢公然飲酒食肉者。晉阮籍居母憂,飲酒食肉無異平日,或彈棋。何曾面質於文帝坐曰：“卿敗俗之人，不可長也。”因言於帝曰：“宜擯四夷，無污染華夏。”馬希聲葬其父之日，食雞臛。潘起譏之曰：“昔阮籍居喪食河豚，何代無賢？”籍之居喪荒湛如是，而三年在疚，毀瘠骨立，則其天性非不孝也。但負才放誕，不拘禮節，政老杜所謂“阮籍元來禮法疏”者也。（下略）（《龜磵詩話》卷十一，《韓國詩話叢編》第 7 冊，頁 535）

豺 獺 報 本

杜詩曰“沙喧獺祭魚”，劉禹錫有《有獺吟》。夫豺獺之祭獸、祭魚，能知報本也，故前輩詩有曰：“豺獺猶存報本誠。”人而不知報本，誠豺獺之不若，而葛伯如矣。（下略）（《龜磵詩話》卷十一，《韓國詩話叢編》第 7 冊，頁 544）

志 氣 各 異

“長劍倚天外，彎弓掛扶桑”，宋玉也；“但願乘長風，打破萬里浪”，宗愨也；“振衣千仞崗，濯足萬里流”，左太沖也；“安得覆八溟，爲君洗乾坤”，杜子美也。其志業之見於言詞者皆不局束，而氣像亦各有不俟者矣。至若陳平之宰社，司馬卿之題橋，終軍之棄儒，班超之投筆，陳蕃之“安事一室”，馬遂之“渠老一儒”，或志於富貴，或志於功名，而其氣像亦各不同，而後來事業皆不草草。有志者事竟成也。（《龜磵詩話》卷十二，《韓國詩話叢編》第 7 冊，頁 552）

恨魯陽死　枯榮如箭

（上略）杜子美《少年行》曰：“馬上誰家白面郎，臨階下馬坐人床。不通姓字麁豪甚，指點銀瓶索酒嘗。”是何等驕矜也。雖然，“唯恨魯陽死，無人駐白日”、“少年安得長少年”、“枯榮遞傳急如箭”，則曩時之氣焰也、行樂也、驕矜也，皆安在哉？（《龜磵詩話》卷十二，《韓國詩話叢編》第 7 冊，頁 553）

巢 父 知 幾

孔巢父，字弱翁，少力學，隱徂徠山，與李白、韓準、裴政、張叔明、陶沔日沉飲，號“竹溪六逸”。永王璘稱兵江淮，辟署幕府，不應。及璘敗，知名當世，謝病歸遊江東。少陵詩以餞行曰：“巢父掉頭不肯住，東將入海隨烟霧。詩卷長留天地間，釣竿欲拂珊瑚樹。深山大澤龍蛇遠，春寒野陰風景暮。蓬萊織女回龍車，指點虛無引歸路。”云云。蓋以山澤龍蛇比禄山之煽亂，春野風景比朝之衰蕭，以美其遠害而引歸也。孔巢父亦當時知幾之君子乎？（《龜磵詩話》卷十二，《韓國詩話叢編》第 7 冊，頁 569）

廉 清

《釋名》：“廉，斂也，自檢斂也。清，青也，去濁遠穢，色如青也。”古人言廉清必以冰壺比之，杜詩曰：“冰壺玉鑒懸清秋。”又曰：“炯如一段清冰出萬壑,置在[一]迎風寒露之玉壺。"冰壺者,潔之至也。君子對之,不忘乎清,夫洞澈無瑕,澄空見底,當官明白者有類乎是,故內懷冰清,外涵玉潤,此君子冰壺之德也。(下略)(《龜磵詩話》卷十二,《韓國詩話叢編》第 7 册,頁 577)

[一] 在,原作"之",據杜甫《入奏行贈西山檢察使竇侍御》改。

淵明草屋　子美菜盤

以淵明"方宅十畝餘,草堂八九間"比連雲大厦、凉臺燠室,則太湫隘樸陋矣。以子美"嘉蔬繞屋青,自足媚盤飧"比炰鳳烹龍、漿酒藿肉,則太蕭瑟淡泊矣。然而彼以其奢,吾以吾儉,彼以其侈,吾以吾約,誰知夫吾之儉且吉而安於奢,彼之侈爲灾而危於約乎? 故御孫曰:儉,德之共也;奢,惡[一]之大也。儉則寡欲,謹身節用,遠罪豐家;奢則多欲,貪求妄取,速禍敗家。故曰"德之共、惡之大"也,可不監戒也哉?(《龜磵詩話》卷十二,《韓國詩話叢編》第 7 册,頁 582)

[一] 惡,原缺,據上下文意補。

剛 腸 疾 惡

杜詩云"疾惡懷剛腸",蓋用嵇中散語也,《與山濤書》曰:"剛腸疾惡,輕肆直言,遇事便發,此其不可者二也。"(下略)(《龜磵詩話》卷十二,《韓國詩話叢編》第 7 册,頁 585)

愚 有 等 級

愚者,智之對也。(中略)然則愚非惡德也,故名溪者有之,名齋者有之,皆以愚自處者。子美曰:"敢論才見忌,實有醉如愚。"此以愚自晦者。東坡曰:"但願生子愚且魯,無才無德到公卿。"此以愚期望者也。愚之有等級如是,而非惡德也。(《龜磵詩話》卷十二,《韓國詩話叢編》第 7 册,頁 585)

李 杜 侮 聖

李白詩曰:"我本楚狂人,鳳歌笑孔丘。五岳尋仙不辭遠,一生好入名山遊。"(中略)白自托遺逸,作歌笑孔子,其不免於侮聖之罪。而杜甫又有甚焉,其曰"孔丘盜跖俱塵埃"者,是何等狂悖口業也。東坡曰"仲尼憂世接輿狂,臧穀雖殊竟亡羊",亦非尊聖者口業也。大抵文人口習類多如是。(《龜磵詩話》卷十三,《韓國詩話叢編》第 7 册,頁 599)

二儀清濁　一身乾坤

少陵詩云:"二儀清濁還高下。"夫氣之輕清者是陽,上浮爲天;重濁者是陰,而下凝爲地,故曰"清濁高下"也。(下略)(《龜磵詩話》卷十三,《韓國詩話叢編》第 7 册,頁 608)

法言贊莽　玄經仿易

揚子雲著《法言》十三篇,其言議稍醇,體製簡古,董江都後第一文字也。然子雲初作《法言》,蜀富人齎錢十萬,請載名書中,子雲以爲欄羊欄豕,吾何以知之? 及至《孝至篇》末,盛稱莽功德比伊、周,又作《美新論》《逐貧賦》,蓋怵於威勢,貪於禄利故也。故老杜詩曰:"子雲識字終投閣。"余則以爲:"投閣揚子雲,不識義理字。"子雲又作《太玄》,仿《周易》,或嘲子雲以玄尚白,而子雲解之[一],號曰《解嘲》。老杜《堂成》詩曰:"旁人錯比揚雄宅,懶惰無心作解嘲。"老杜此句,蓋有曾西"何曾比余是"之意也。(《龜磵詩話》卷十三,《韓國詩話叢編》第 7 册,頁 626)

　　[一] 子雲解之,原作"子解雲之"。

宋玉儒雅　雲雨堪疑

老杜詩曰:"搖落深知宋玉悲,風流儒雅亦吾師。"宋玉文章出於屈原,非後世文人之所可跂及,故老杜以師表稱之。而後贈鄭虔詩有曰"先生有才過屈宋",雖是推詡之言,而豈不過乎? 又,杜審言自以爲"吾之文可使屈、宋作衙官",亦是審言自許之太過。然《神女賦》一篇,觀其序,事甚荒誕,故老杜詩又曰:"雲雨荒臺豈夢思,舟人指點到今疑。"唐人詩又云:"一自高唐賦成後,楚天雲雨盡堪疑。"(《龜磵詩話》卷十三,《韓國詩話叢編》第 7 册,頁 627)

文思敏遲　相如類俳　賈誼入室

枚乘、相如文章並稱於一時,子雲以爲:"軍旅之際,戎馬之間,飛書馳檄用枚乘;廟堂之下,朝廷之中,高文大册用相如。"以枚乘敏疾、相如淹遲也。然而《雪賦》曰"相如末至,居客之右",則相如似勝於枚乘。杜詩曰"白頭授簡焉能賦,愧似相如爲大夫",子美亦自以爲不如相如矣。雖然,相如製作諸篇皆勸百諷一,如終日奏桑濮靡曼之音,曲終而奏雅,終不免於吕與叔"文到相如反類俳"之譏也。揚子曰:"如孔氏之門用賦,則賈誼升堂,相如入室,如不用何?"蓋謂辭人之賦淫,無用於世也。(《龜磵詩話》卷十三,《韓國詩話叢編》第 7 册,頁 627)

庾信蕭瑟　古宅文藻

庾子山與其父肩吾並以文詞鳴,爲當時述作之冠冕。父子並居[一]文任,出入甲觀,榮名動一時。及遭喪亂,爲梁使周,周人愛其文詞,因留而不遣,所謂"傷心庾開府,老作北朝臣"者也。雖位望通顯,而常有鄉關之思,遂作《哀江南》。老杜詩:"庾信平生最蕭瑟,暮年詩賦動江關","蕭瑟"二字,用本文"壯士一去,寒風蕭瑟"之語,而"最"字甚有氣力。余觀此賦,雖是大篇文字,而似不甚構思而作。獨"荆山鵲飛而玉碎,隨岸蛇生而珠死"一句,非倉卒筆舌間所得,語意清新,宛有神助,此所謂"清新庾開府"者耶? 杜詩又曰:"庾信羅含俱有宅,春來秋去屬誰家? 短墙若在從殘草,喬木如存可假花。"此詩子美至江陵,有卜築意,問故老,有二先賢之宅。而今已年深,知屬何人? 短墙猶在,雖殘草亦任其荒蕪;喬木猶存,雖無花又可求假。信曾誅茅宋玉之宅,子美又誅茅庾信之宅,即所謂"江山古宅空文藻"者,而安得無"蕭條異代不同時"之嘆也? (《龜磵詩話》卷十三,《韓國詩話叢編》第 7 册,頁 628)

[一] 並居,原作"居並"。

著論潜夫　以譏當世

老杜《寄嚴鄭公》詩曰"幾回書札待潜夫",潜夫,公自稱也。《後漢·王符傳》:"安定俗鄙庶孽,而符無外家,爲鄉人所賤。乃隱居著書,以譏當世,不欲章顯其名,號曰《潜夫論》。"故魯直《嘲小德》詩曰:"解著潜夫論,不妨無外家。"小德,魯直之庶子也。(《龜磵詩話》卷十三,《韓國詩話叢編》第 7 册,頁 629)

二陸二秦　朗月懸空

陸機天才秀[一]逸,詞藻宏麗,自弱冠善綴文,老杜《醉歌行》"陸機二十作文賦"是也。吳亡,退居舊里,閉户勤學。論孫權所以得、皓所以失。又述祖父功德,作《辨亡論》。又作《豪士賦》刺齊王冏。葛洪曰:"機文如玄圃之積玉,無非夜光;如五河[二]之吐流,泉源如一。"與弟雲號二陸,如龍駒鳳雛。機、雲文章,迥映如朗月之懸光,廻舒如衆岩之積秀。張文潜贈秦少游、少章詩曰:"二陸聯雙璧,秋空朗月懸。"蓋以秦觀[三]、秦覯比二陸也。(《龜磵詩話》卷十三,《韓國詩話叢編》第 7 册,頁 630)

[一] 秀,原作"透",據《晉書·陸機傳》改。
[二] 河,原作"回",據《晉書·陸機傳》改。
[三] 秦觀,原作"秦覯",據上文"秦少游"改。

老聃權詐　河翁傳授

老子出關,爲關令尹喜論著《道德》五千餘言,而因名其地爲"受經臺"。令尹祖述老子,亦著《内外傳》。岑嘉州詩曰:"關門令尹誰能識,河上仙翁去不回。"河上翁,按漢文時結草庵於河上,讀《老子》。文帝駕詣,責以不屈,翁即躍在空中,帝乃稽首禮謝。翁於是授《道德經章句》二卷,曰"吾注是經千七百年,凡傳四人"云。老杜《玄元皇帝廟》詩曰:"身退卑周室,經傳拱漢皇。"蓋謂河上公傳是經,使文帝成垂拱之治也。余以爲老杜此言過矣。老子之學以謙退自卑、尚玄守虛爲宗旨,而其中又雜以權詐。其曰:"將欲取之,必姑與之。"夫予奪翕張,理固有之,老氏之言非也。予之之意,乃在乎取之;張之之意,乃在乎翕之。後世兵家皆用此術,此之謂權詐也。申、韓因之爲刑名,蘇、張因之爲縱橫,皆其參流之爲弊者,而秦之愚黔首有自來矣。故余嘗題《道德》曰:"所道不根辭有枝,豫兮冬涉去何之。守玄牝處門稱妙,知白雄時谷自卑。指禮謂疣還欲去,棄仁如屨乃無爲。看他骨子烏頭毒,猶幸文皇但得皮。"未知復起老杜,來見余詩,以爲如何也。[一]

[一] 此條題目及内容據蔡美花、趙季主編《韓國詩話全編校注》(人民文學出版社,2012年,頁7427)補。

詩 用 語 助

盧思遜論詩曰:"不同文賦易,爲著者之乎",詩而著者、之、乎,不幾於文賦乎? 羅大經曰:"詩用語助,如老杜云'古人稱逝矣,吾道卜終焉',山谷云'且然聊爾耳,得也自知之',韓子蒼[一]云'曲檻以南青嶂合,高堂其上白雲深',皆渾然帖妥。"云云。余謂似此句法作詩者不必效之。(下略)(《龜磵詩話》卷十四,《韓國詩話叢編》第7冊,頁633)

[一] 蒼,原作"倉",據羅大經《鶴林玉露》卷二"詩用助語"改。

詩 用 經 語

古人詩多用如經語,如歐公之"朋自遠方來",山谷之"才難不其然"之類,而朱子曰:"文字好用經語亦一病。"杜詩云:"致遠思恐泥。"東坡謂此詩不足爲法,此可見評論之至公。而今人於古人之作,不敢議其疵病,少有指點,則人輒詆以愚妄,何也? 陳後山以爲"歐公不喜杜詩,東坡不喜馬史",即此觀之,坡非獨不喜馬史,亦不好杜詩也。(《龜磵詩話》卷十四,《韓國詩話叢編》第7冊,頁633)

氣 吞 曹 劉

元稹作老杜《墓銘》,序曰:"言奪蘇、李,氣吞曹、劉。"老杜嘗自許以"目短曹劉墻",故微之有此語也。然而曹、劉爲當時文章之冠冕,述作之模楷,昌黎云:"建安能者七,卓犖變風操。"曹、劉首居七能之列,則微之此語無或過乎? 山谷又稱二蘇文章曰:"聖功典學形歌頌,更覺曹劉不足吞。"此所謂一節深於一節也,曹、劉能無冤乎?(《龜磵詩話》卷十四,《韓國詩話叢編》第7冊,頁635)

豆隴雲誥　芳國麟篆　膽似天　劫墓賊

杜少陵十餘歲,夢人令採文於康水,覺而問人,此水在二十里外。乃往求之,見峨冠童子,告曰:"汝本文星典史天使,謫下爲唐世文章,雲誥已降,可於豆隴下求之。"依其言果得一石,金字曰:"詩王本在陳芳國,九夜捫之麟篆熟,聲振扶桑享天福。"後佩入蔥市,歸而飛火入室。有聲曰:"邂逅穢吾,令汝文而不貴。"自是文思大進。夔峽道中有少陵詩一首,以天字爲韻,榜之梁間。後有一監司過之和其韻,大書其側,有人嘲之云:"想君吟詠揮毫日,四顧無人膽似天。"過者無不笑之。廖凝好滑稽,裴説曾經少陵墓,有詩以示凝,其末句曰:"擬鑿孤墳破,重教大雅生。"凝覽而笑曰:"吾謂足下詩人,乃是劫墓賊耳。"(《龜礀詩話》卷十四,《韓國詩話叢編》第7册,頁644)

稷契輩人　孟子所存　不著鵁冠　擬捋虎鬚

《志林》云:子美自比稷、契,人未必許也。然其詩曰:"舜舉十六相,身尊道何高。秦時用商鞅,法令如牛毛。"此自是稷、契輩人口中語也。《碧溪詩話》云:"《孟子》七篇論君與民者居半,余觀少陵'窮年憂黎元'等語,其仁心廣大,異夫求穴之螻蟻,其得孟子之所存矣。"東坡問畢仲游曰:"少陵何如人?"答云:"似司馬遷,但能名其詩耳。"余謂少陵似孟子者,蓋原其心耳。余謂詩出性情,觀少陵"生逢堯舜君,不忍便永訣"、"雖乏諫諍姿,恐君有遺失"、"故鄉門巷荆棘底,中原君臣豺虎邊。安得務農息戰鬥,普天無吏橫索錢"等語,其嘆世傷時、愛君憂民之意行於詞章,自比稷、契,豈虚語哉?然以見忤嚴武事論之,少陵性氣似褊躁亢傲。少陵之往依嚴武也,武薦爲參謀。武至其家,或不巾而見之。武贈詩曰:"莫擬善題鸚鵡賦,何須不著鵁鶒冠。"少陵酬云:"謝安不倦登臨興,阮籍焉知禮法疏。"醉登床上曰:"不謂嚴挺之乃有此兒。"武恚曰:"杜審言孫擬捋虎鬚。"武母恐害,以小舟載送下峽。身爲僚佐,語觸忌諱,其不死幸耳。然武卒後,少陵不嫌舊怨,作"公來雪山重,公去雪山輕"之詩以哀之。其他如"政憶往時嚴僕射"、"安危須仗[一]出群才"等語,皆追想而悲惜之,蓋追悔前日自己之失,慨無今時濟難之人。少陵蓋亦忠厚惻怛人也。(《龜礀詩話》卷十四,《韓國詩話叢編》第7册,頁644)

　　[一] 仗,原作"杖",據杜甫《諸將五首》其五改。

北征南山　身輕飛鳥　未補脱字

《詩眼》云:"孫莘老嘗謂老杜《北征》勝於退之《南山》,王十朋謂《南山》勝《北征》,終不相服。時山谷尚少,乃曰:'若論工巧,則《北征》不及《南山》;若書一代之事,與《國風》《雅》《頌》相爲表裏,則《北征》不可無,而《南山》雖不作不害也。'二公之論遂定云。"歐陽公《詩話》云:"陳從易舍人初得杜草堂詩集,文多脱誤,送《蔡都尉詩》云'身輕一鳥',其下脱一字。公與數客補之,或云'疾[一]',或云'落',或云'起',或云'下'。後得善本,乃是'身輕一鳥過'。"坡詩"如觀老杜飛鳥句,脱字欲補知無緣",下一字處,亦足觀文章閫域之深淺矣。(《龜礀詩話》卷十四,《韓國詩話叢編》第7册,頁645)

　　[一] 疾,原作"集",據歐陽修《六一詩話》改。

李杜相嘲　陳秦不同

李太白一斗百篇,援筆立成。杜子美改罷長吟,一字不苟。蓋亦互相譏嘲,李贈杜云:"借問緣何太瘦生,只爲從前作詩苦。"杜贈李云:"何時一樽酒,重與細論文。"作詩苦"之"苦"字,譏其困雕琢也。"細論文"之"細"字,譏其欠縝密也。蓋文章要在理意深長,辭語明粹,足以傳世覺後,豈但誇多鬥速於一時也。山谷云:"閉門覓句陳無己,對客揮毫秦少游。"世謂無己每有詩興,擁衾臥床,敲吟累日,乃能成章。少游則杯觴流行,篇吟錯出,略不經意。然少游特景物留連之詞,而無己則意簡辭粹,欲追踵騷雅,正自不可同年而語也。(《龜磵詩話》卷十四,《韓國詩話叢編》第 7 冊,頁 645)

詩論天寶事

玉溪《華清宮》詩:"華清恩幸古無倫,猶恐蛾眉不勝人。未免被他褒女笑,祗教天子暫蒙塵。"審此詩意,必如幽王之禍然後爲快也。詩格雖新,旨意未穩,非唐臣子所忍言道者。杜云:"朝廷雖無幽王禍,得不哀痛塵再蒙。"乃仁人君子之言也。且以白、劉二詩比觀於杜,優劣自判。白云:"六軍不發無奈何,宛轉蛾眉馬前死。"劉云:"官軍誅佞幸,天子捨妖姬。"其措語太露,杜則不然,曰"不聞夏殷衰,中自誅褒妲",辭意渾厚,《北征》與秋色者此也。但既曰"褒妲",何不曰"殷周"耶?(《龜磵詩話》卷十四,《韓國詩話叢編》第 7 冊,頁 657)

元之賦榴花　暗合杜詩

王元之以神童名,太宗召試,擢右拾遺,賜緋及文犀帶,寵之。(中略)元之本學白香山詩,在商州賦一絕云:"兩株桃杏映籬斜,妝點商州副使家。何事春風容不得,和鶯吹折數枝花。"其子嘉祐云:"老杜嘗有'恰似春風相欺得,夜來吹折數枝花',語頗相似,請更之。"元之忻然曰:"吾詩精詣,遂暗合子美耶?"乃更爲詩曰:"本與樂天爲後進,敢期杜甫是前身。"卒不易。(《龜磵詩話》卷十四,《韓國詩話叢編》第 7 冊,頁 658)

多用文選

唐人作詩,多取材於《文選》,故老杜詩多用選語,其曰"熟精[一]文選理"是也。且老杜多用陰鏗詩,鏗曰"大江静猶浪",杜云"江流静猶涌";鏗曰"薄雲岩際出,初月波中生",杜云"薄雲岩際宿,殘月浪中翻";鏗曰"中川聞棹謳",杜云"中流聞棹謳";鏗曰"花逐山下風",杜云"雲逐度溪風"。以老杜詩才,猶且祖襲前作如此,況下於老杜者乎?且李白五古多全用《文選》句處,或自然暗合而然耶?(《龜磵詩話》卷十四,《韓國詩話叢編》第 7 冊,頁 668)

[一] 熟精,原作"早從",據杜甫《宗武生日》改。

雜　　體

詩家有所謂正格、偏格、十字格、假借格、扇對格,其格不一。正格乃第二字仄入,如"天上秋期近"之類是也。偏格如"四更山吐月"之類是也。唐人多用正格,杜詩用偏格十無二三。十字格,五言律於對聯中,以十字作一意,如唐詩"我家瀼水曲,遙隔楚雲端。聊因送歸客,更此望鄉關"是也。扇對格,出於白金針,以第三句對第一句,以第四句對第二句,如杜詩:"得罪台州去,時危棄碩儒。移官蓬閣後,穀貴没潛夫。"李詩:"吾憐宛溪好,百尺照心明。可謝新安水,千尋見底清。"唐詩此類甚多。假借格,如孟浩然詩"庖人俱雞黍,稚子摘楊梅",以"雞"對"楊"。杜子美詩"枸杞因吾有,雞栖奈爾何",以"枸"對"雞"。張子容詩"樽開柏葉酒,燈落九枝花",以"柏"對"九",佳矣。然庾肩吾詩"聊聞柏葉酒,試奠五辛盤",蓋襲用此耳,詩格如此類者多矣。(《龜磵詩話》卷十四,《韓國詩話叢編》第 7 册,頁 670)

可八百年　書亦有神

王世貞曰:"畫力可五百年,書力可八百年,惟文章更萬古而長新。"故杜詩曰:"文章千古事。"書畫之傳後,不如文章之久,而亦一儒者也。杜詩又云"詩成如有神",非獨詩有神,書畫亦有神。顧愷之之痴而聖於畫,張旭之顛而聖於草書,二子之能於聖神也。《莊子》曰"用志不分,乃凝於神"是也。(《龜磵詩話》卷十四,《韓國詩話叢編》第 7 册,頁 673)

李篆程隸　張芝草聖　上比崔杜　浮提金壺

(上略)其後漢有張芝,芝字伯英,號"草聖",杜詩"張旭三杯草聖傳"是也。嘗臨池作書,池水盡墨,家中衣帛必先書後染,山谷詩"家人罵笑寧有道,染污黄素敗粉壁",蓋謂是也。(下略)(《龜磵詩話》卷十四,《韓國詩話叢編》第 7 册,頁 675)

索靖薑尾　鍾繇鵝戲

《法書苑》云:"張芝書,胡昭得骨,韋誕得筋,索靖得肉。"靖以草書絶代,名曰銀鈎薑尾,少陵詩"蛟龍動篋蟠銀鈎",山谷詩"並得新詩薑尾書",皆謂草書而本於此也。靖初入學,人稱燉煌玉童。(下略)(《龜磵詩話》卷十四,《韓國詩話叢編》第 7 册,頁 675)

兩子雲筆

古人善書者有兩子雲,一則漢谷子雲也,一則梁蕭子雲也。谷子雲筆札,時人皆愛玩而寶弄之。蕭子雲尺牘流播海外,百濟使願求名跡。杜草堂《寄裴道州虬》詩曰:"道州書札適復至,紙長要自三過讀。盈把那須滄海珠,入懷本倚崑山玉。撥棄潭州百斛酒,蕪没瀟岸千株菊。"謂裴虬書札珍玩,不暇飲酒而泛菊也。谷子雲之筆札,蕭子雲之尺牘,亦爲盈把之滄海珠、入懷之崑山玉,而人皆愛玩名跡,不暇飲潭州之百斛酒而泛瀟岸之千株菊耶? 梁武謂子雲曰:"蔡邕飛而不白,羲之白而不飛。白飛之間,在卿斟酌云。"則梁子雲筆勝於漢子雲筆也。(《龜磵詩話》卷十四,《韓國詩話叢編》

第 7 册,頁 677)

擔夫争路　大娘舞劍

張長史旭嘗言:"吾聞公主擔夫争路,得運筆之法;見公孫大娘舞劍,得其神。"每飲酒,揮筆大叫,以頭搵水墨中,天下呼爲"張顛"。既醒,自以爲神不可復得,老杜詩"張旭三杯草聖傳,脱帽露頂王公前,揮毫落[一]紙如雲烟"者,記實也。(下略)(《龜磵詩話》卷十四,《韓國詩話叢編》第 7 册,頁 678)

[一]落,原作"該",據杜甫《飲中八仙歌》改。

柿 葉 隸 書

唐玄宗見鄭虔書與畫、詩,稱爲"三絶",時人號虔爲廣文。玄宗乃置廣文館,以虔爲博士。虔嘗於慈恩寺貯柿葉數屋,日取隸書。放翁《學書》詩曰"九月十九柿葉紅,閉門學書人笑翁",則放翁亦於柿葉隸字耳。按《唐史》:虔以禄山反,陷賊中,僞授虔水部郎中,因稱風疾,求攝市令,潛以密章達靈武。賊平,與王維等並囚宣陽里,卒免死,貶台州司户。老杜送之曰:"鄭公樗散鬢如絲,酒後常稱老畫師。"詩意蓋謂其才不合於用,且老矣,不過能飲能畫而已。又杜《醉時歌》曰:"先生有道出羲皇,先生有才過屈宋。德尊一代常轗軻,名垂萬古知何用?"言雖才名而無用。而又曰:"相如逸才親滌器,子雲識字終投閣。"以子雲投閣言之,顯有譏諷之意。(《龜磵詩話》卷十四,《韓國詩話叢編》第 7 册,頁 679)

陽冰玉箸　郇公雲體

李陽冰得李斯體法,謂之玉箸體。東坡詩:"長短肥瘦各有態,玉環飛燕誰敢憎。"蓋謂陽冰書法也。陽冰凡與人尺牘,人皆爲帖而寶玩之。又韋陟使侍妾掌五彩箋,裁答隨意,署其名,自謂陟字如五彩雲。時人慕之,號郇公五雲體。玉溪詩"五雲章色破巴箋"、老杜詩"巴箋染翰光"是也。(《龜磵詩話》卷十四,《韓國詩話叢編》第 7 册,頁 680)

畫 馬 畫 骨

東坡、山谷皆有韓幹《畫馬》詩,按張彦遠《名畫記》:"幹工畫,尤工鞍馬。初事曹霸,後自獨擅。王右丞一見其畫,推詡之。"老杜《丹青引贈曹霸》云:"弟子韓幹早入室,亦能畫馬窮殊相。幹惟[一]畫肉不畫骨,忍使驊騮氣凋喪[二]。"以此詩看之,幹之畫骨不及於霸。(下略)(《龜磵詩話》卷十四,《韓國詩話叢編》第 7 册,頁 684)

[一]惟,原作"馬",據《杜詩詳注》改。
[二]喪,原作"傷",據《杜詩詳注》改。

韋 偃 畫 松

老杜《戲韋偃雙松圖歌》末云:"我有一匹好東絹,重之不减錦繡段。已

令拂拭光凌亂,請公放筆爲直幹。"按:偃工畫老松,蓋畫大松爲難,而非偃
所長,故極其讚美而以此終之,所謂戲耳。(《龜碉詩話》卷十四,《韓國詩話
叢編》第 7 册,頁 684)

科　目

設科取人之法,自漢對策而始,人才遂不興矣。在昔唐、虞之時,天子日
咨四岳,明揚仄陋,故賢良進用。誠如昌黎詩所謂"聖皇索遺逸,髦士日登
造",而老杜詩所謂"舜舉十六相,身尊道何高"者也。(下略)(《龜碉詩話》
卷十五,《韓國詩話叢編》第 8 册,頁 21)

郎官權輕　改用禮部

杜詩云:"忤下考工第。"按:唐制以考功員外郎主試。李昂主秀俊科,
曰:"如有請托,必黜之。"已而,昂外舅薦李權於昂,昂怒,召權庭數之,又斥
章句之疵。權曰:"鄙文不臧,已聞命矣。執事詩云'耳臨清渭洗,心向白雲
閑',今天子春秋鼎盛,不揖遜於下,而洗耳,何哉?"昂訴於執政,朝廷以郎官
權輕,自是改用禮部侍郎。(《龜碉詩話》卷十五,《韓國詩話叢編》第 8 册,
頁 24)

龍 門 燒 尾

唐制,初登第者必展歡宴,謂之"燒尾宴",蓋魚躍龍門,欲上九級,曝腮
點額,乃化爲龍,雷火燒其尾,唐詩"禹門峻拔登三浪"是也。按《山海經》:
"邛水有魚名鮔鱛,每歲二三月,溯河而馳,躍上龍門爲龍。"杜詩"隨水到龍
門"是也。《聞見録》云:"虎化爲人,惟尾不化,須得燒去乃化。"(《龜碉詩
話》卷十五,《韓國詩話叢編》第 8 册,頁 35)

含 雞 舌 香

杜甫《終明府水樓》詩曰:"翛然欲下陰山雪,不去非無漢署香。"按:漢
制,尚書郎四人口含雞舌香奏事。甫前爲嚴武所表,除尚書員外郎,言自可
隨朝含香奏事。然不去者,愛此水樓之涼也。(《龜碉詩話》卷十五,《韓國
詩話叢編》第 8 册,頁 52)

青 瑣 夕 郎

《漢書》故事云:黃門郎日暮入對青瑣門,故謂之夕郎。杜詩:"侍臣緩
步歸青瑣,退食從容出每遲。"甫時爲工部員外郎,故云青瑣。省門爲連瑣文
而青塗之也,杜詩又"幾回青瑣點朝班"。(《龜碉詩話》卷十五,《韓國詩話
叢編》第 8 册,頁 52)

白 首 下 僚

杜詩曰"白首尚爲郎",又曰"名慚白首郎",皆引用馮唐、顏駟[一]事也。
馮唐、顏駟,以史傳考之,皆可用之才,而況遇文景之世,至老白首而尚在郎

署,即韓昌黎所謂"不哀之,亦命也"者耶?（下略）（《龜磵詩話》卷十五,
《韓國詩話叢編》第 8 冊,頁 52)

[一]馴,原作"馳"。

用 黃 白 麻

洪咨夔《學士院》詩曰:"樓頭禁鼓試初摜,催草江淮督使麻。"《翰林志》
云:唐故事,唐中書用黃白二麻爲綸命輕重之辨。其後翰林專掌内命,選用
益重,中書得獨用黃麻,其白麻皆在北院。按杜詩《贈張四學士》曰"紫誥仍
兼縮,黃麻似六經",温庭筠詩"白麻紅燭夜,清漏紫薇天",則唐翰林蓋並用
黃白麻草制也。又《海録碎事》云:"李德裕用菱汁作紙,浸紅點書詔。"（《龜
磵詩話》卷十五,《韓國詩話叢編》第 8 冊,頁 54)

稱爲諫坡 亦曰諫垣

（上略）《漢官儀》"凡章表皆封其言",即後世所謂封事也,故老杜《宿左
省》詩曰:"明朝有封事,數問夜如何。"密事則用皂囊。（下略）（《龜磵詩
話》卷十五,《韓國詩話叢編》第 8 冊,頁 58)

青蒲白馬 鷺車豸冠

《史丹傳》:"元帝寢疾,丹直入臥内,頓首,伏青蒲流涕,言切直。"杜詩:
"于時伏青蒲。"（下略）（《龜磵詩話》卷十五,《韓國詩話叢編》第 8 冊,
頁 58)

史 直 汲 戇

衛有史魚之直,而鄰國絶其覬覦;漢有汲黯之戇,而淮南寢其叛謀。政
所謂"虎豹在山,藜藿爲之不採"也。故劉夢得詩曰:"朝廷有道容鯁直。"杜
少陵詩曰:"今日朝廷須汲黯。"光武時,申屠剛嘗慕汲黯、史魚之爲人。帝嘗
欲出遊,諫不聽,遂以頭軔乘輿輪,帝遂止。若剛者,可謂名不虛得矣。余嘗
觀史有詩云:"宰相有樽歸綠野,朝廷無劍借朱雲。"蓋恨衰世之君以言爲諱
而發也。（《龜磵詩話》卷十五,《韓國詩話叢編》第 8 冊,頁 58)

獻 納 清 要

今之獻納,自唐已有此官。垂拱初,置四匭,列朝堂。東青匭名延恩,南
丹名招諫,西素名申冤,北玄名通玄。以諫議大夫補闕拾遺一人充使,每日
有所投書,至暮則進。玄宗改爲獻納,使受言封匭,蓋清要職也。老杜《贈獻
納起居田舍人澄》詩曰:"獻納司存雨露邊,地分清切任才賢。舍人退食收封
事,宮女開函近御筵。"蓋澄以起居舍人兼獻納,故以受言言之也。又曰:"晴
窗點檢白雲編。"白雲編者,乃山野之士草茅之言也,亦皆點檢而使收之,言
獻納之職也。末曰:"揚雄更有河東賦,唯待吹噓送上天。"杜自言:"我又有
所賦欲上,專望獻納使之陳進。"蓋推獎之也。又《贈陳三補闕》詩云:"獻納

開東觀,君王問長卿。皂雕寒始急,天馬老能行。"然則獻納之職,關係甚重,而今則徒有官名而已。(《龜磵詩話》卷十五,《韓國詩話叢編》第 8 冊,頁 59)

月 請 諫 紙

白樂天《與元積書》曰:"身是諫官,月請諫紙。"詩曰:"月慚諫紙二百張。"注:唐肅宗制,兩省官十月一上封。山谷《挽范蜀公鎮》詩曰:"書林身老大,諫紙字欹斜。"字欹斜,蓋用老杜詩"墨淡字欹傾"。又元積詩:"榮班聯錦繡,諫紙賜箋藤。"(《龜磵詩話》卷十五,《韓國詩話叢編》第 8 冊,頁 60)

焚 草 書 稀

老杜《出左掖》詩曰:"避人焚諫草,騎馬欲雞栖。"蓋杜爲左拾遺時也。岑嘉州《寄左省杜拾遺》曰:"聖朝無闕事,自覺諫書稀。"余謂以唐堯盛世,而猶置諫鼓,使開言路,豈開元、天寶之間朝無闕事耶?嘉州之言過矣。老杜《宿左省》詩曰:"明朝有封事,數問夜如何?"如杜拾遺者,可謂不負所職矣。(《龜磵詩話》卷十五,《韓國詩話叢編》第 8 冊,頁 60)

蜀 漢 正 統

司馬溫公撰《資治通鑒》,以正統與魏,以接乎司馬氏,蓋因襲陳壽之誤也。朱子於《綱目》特以正統與蜀漢,以正其失。老杜《懷古》一篇,可以見尊昭烈之義,其詩"蜀主窺吳幸三峽,崩年亦在永安宮。翠華想像空山裏,玉殿虛無野寺中"云云。《春秋》法例,天子所寓曰幸,天子之殂曰崩,天子乘輿之蓋曰翠華,其尊昭烈爲正統,若《春秋》之法,而首稱蜀主,特因舊號耳。下篇又曰:"運移漢祚終難復。"其言漢祚,則子美之帝蜀亦可見矣。世謂老杜詩以爲詩史者,良以是也。陳壽撰《三國誌》,凡六十五篇,時人稱其善叙事,有良史才,吾未知其信然。(《龜磵詩話》卷十五,《韓國詩話叢編》第 8 冊,頁 65)

鐵 面 冰 心

趙忭爲侍御史,清白鯁直,彈劾不避權豪,號爲"鐵面御史"。又杜莘老爲御史,性清直,極言無隱。及罷去,朝士祖道都門,以詩文稱述者百餘人,都人傳以爲美談。雖府寺賤隸,誦說骨鯁敢言之臣,必曰"杜殿院"云。老杜《入奏行》云"竇侍御,驥之子,鳳之雛,年未三十忠義俱,骨鯁絶代無。炯如一段清冰出萬壑,置在迎風寒露之玉壺"云云。持憲入臺者,苟能清直,方可稱職。(《龜磵詩話》卷十五,《韓國詩話叢編》第 8 冊,頁 70)

妒 桃 憎 柳

杜《送路六侍御入朝》詩曰:"不分桃花紅勝錦,生憎柳絮白於綿。"注者以爲所以妒桃憎柳者,爲其春色無賴,偶近別筵云云。而古人以"初學詩屬對者"之語貶之。余謂杜嘗有詩云"嫉惡懷剛腸",此句蓋嫉惡之語也。桃花紅勝錦,而妖妍徒取媚耳;柳絮白於綿,而輕薄無實用耳。於"不分"、"生憎"字,可知其惡紫亂朱之意也。路六既爲侍御入朝,則當卞別而使無名實之相混耳。(《龜礀詩話》卷十五,《韓國詩話叢編》第 8 冊,頁 70)

玷 銅 龍 門

春坊,東宮官也,即儲局寮寀也。《文選》所謂"升寀儲闈"者也。唐褚亮詩曰:"薄官奉儲明。"太子宮有甲觀,子山賦曰"文詞高於甲觀",杜詩曰"甲觀摛文藻"。門曰銅龍,《文選》詩曰:"屬叩金馬署,又玷銅龍門。"又曰銅龍樓,李白《酬閻正字》詩曰:"閻公漢庭舊,沉鬱富才力。價重銅龍樓,聲高重門側。"(《龜礀詩話》卷十六,《韓國詩話叢編》第 8 冊,頁 71)

改 鶴 禁 衛

常袞制曰:"輔相東禁。"東禁,東闈也。又曰鶴禁,垂拱中,改左右監門率爲鶴禁衛,蓋取子晉騎鶴之義,故杜詩曰:"鶴駕通宵鳳輦備[一]。"又曰鶴籥,許敬宗册曰:"翊弦誦於青闈,飄長纓於鶴籥。"(《龜礀詩話》卷十六,《韓國詩話叢編》第 8 冊,頁 71)

[一]備,原作"回",據杜甫《洗兵馬》改。

去 天 尺 五

杜《贈韋七贊善》詩曰:"鄉里衣冠不乏賢,杜陵韋曲未央前。爾家最近魁三象,時論同歸尺五天。"韋七,必韋見素之後,公與韋皆京兆人。杜陵、韋曲,並在長安。韋、杜二族鄉中俚語曰:"城南韋杜,去天尺五。"韋氏多宰相,故曰"最近魁三象",而"去天尺五"之謠,則二家所同也。又韋爲贊善,密邇東朝,故有是語耳。按《唐志》,東宮官有左右贊善,掌傳令、諷過失、贊禮儀,與左右賓客同侍胄延。(《龜礀詩話》卷十六,《韓國詩話叢編》第 8 冊,頁 71)

北斗喉舌　南垣左轄

李固疏曰:"陛下有尚書,如天之有北斗。北斗爲天喉舌,尚書爲陛下喉舌。"顏真卿詩曰"尚書北斗尊",杜少陵詩"尚書踐台斗",皆用此也。後漢虞詡上疏薦左雄曰:"雄有王臣蹇蹇之節,宜擢任喉舌之官,必有弼正之益。"蓋尚書總領縉紳。故杜詩又曰:"北斗司喉舌,東方領搢紳。"柳宗元表曰:"天上尊北斗中樞,陛下有南垣左轄。"江總表曰:"漢置五曹,今分六尚。近比喉舌,遠喻斗樞。"則自隋始分爲六部尚書也。(《龜礀詩話》卷十六,《韓國詩話叢編》第 8 冊,頁 73)

金掌卿月　赤管王命

尚書即古六卿之職也。《書》曰:"卿士惟月。"故老杜《送馬大卿赴闕》

詩云：“卿月昇金掌，玉春度玉墀。”《南史》：周捨問劉杳：“六卿官著紫荷囊，傳云挈囊，竟何所出？”答云：“《張安世傳》云：‘囊簪筆，事武帝數十年。’注云‘囊，橐也。近臣簪筆以待顧問’云云。”故杜詩曰：“赤管隨王命。”袁子正書曰“尚書佩契刀囊，執板，加簪筆”云云。（《龜磵詩話》卷十六，《韓國詩話叢編》第 8 册，頁 73）

我 識 履 聲

前漢鄭崇，字子游，爲尚書僕射，數諫諍，上納用之。每曳革履，上笑曰：“我識鄭尚書履聲。”杜詩曰“持衡留藻鑑，聽履上星辰”，蓋用此也。（下略）（《龜磵詩話》卷十六，《韓國詩話叢編》第 8 册，頁 73）

氣 杳 秋 天

朱穆爲尚書，讜言正直。黃琬爲尚書，方毅廉貞。魏朗，字小英，爲尚書，蹇諤禁省，不屈豪右。荀緄，字伯條，爲尚書，秉機平直，正道而行，内外公卿莫不敬憚。此四人，皆老杜詩所謂“尚書氣與秋天杳”者也。（《龜磵詩話》卷十六，《韓國詩話叢編》第 8 册，頁 74）

影 組 文 昌

尚書，即文昌八座也。《魏志》：衛盧久居斯位，不忝厥職。蔡謨疏曰：“文昌八座之任，非賢莫居。”按杜詩“起居八座大夫人”，注云：“唐以六[一]尚書、左右僕射，合爲八座。”應璩詩：“持衡居八座，影組入文昌。”（《龜磵詩話》卷十六，《韓國詩話叢編》第 8 册，頁 74）

[一] 六，原作“文”。

選　　曹

吏部，周之天子卿也。（中略）則選部之稱職，自古難矣。杜詩曰：“持衡留藻鑑，聽履上星辰。”如衡之平，如鑑之明，方可以大耐其職。（《龜磵詩話》卷十六，《韓國詩話叢編》第 8 册，頁 74）

南 宮 眉 目

吏部員外郎掌選院，謂之“南曹”，在銓曹之南故也。劉禹錫撰《韋陟神道碑》曰：“陟，字商衡，爲吏部員外，是曹在南宮爲眉目，在選士爲司命。公執直筆閱簿書，紛挐盤錯，一瞬而剖。”杜詩：“南宮吾故人，白馬金盤陀。雄筆映千古，見賢心靡他。”注：“南宮爲禮部。”非也。按《天官書》：“南宮朱鳥，權、衡；太微，三光[一]之庭。將、相、執法，郎位、衆星。”（《龜磵詩話》卷十六，《韓國詩話叢編》第 8 册，頁 76）

[一] 光，原作“公”，據《史記·天官書》改。

守　　宰

周制，四百里爲縣，縣正各掌其鄉之政令。春秋時，千里百縣，縣有四郡,郡小縣大,上大夫受縣,下大夫受郡。縣邑之長,魯、衞謂之宰,如孔子爲中都宰之類。故杜甫詩曰:"連城爲寶重,茂宰得才新。"李白詩曰:"天子思茂宰,天枝得英才。"(下略)(《龜礀詩話》卷十六,《韓國詩話叢編》第 8 册,頁 76)

雌黃塗閣　何遜梅　宓子琴

吳郡太守所居之堂,春申君之子假君之殿也,因數火塗以雌黃,故郡齋謂之黃堂。錢惟演《送王滁州》詩曰:"畫鳳仙楹遠,塗雌郡閣間。"亦曰梅閣,始於何遜,故老杜詩曰:"東閣官梅動詩興,還如何遜在揚州。"亦曰琴堂,始於宓賤,故老杜詩曰:"宓子彈琴宰邑日,爲政風流今在兹。"李白詩曰:"退食無外事,琴堂向山開。"(《龜礀詩話》卷十六,《韓國詩話叢編》第 8 册,頁 77)

五 馬 之 貴

杜詩:"使君騎紫馬,捧擁從西來。"注:謝靈運出守永嘉,人曰:"紫馬者,太守也。"(下略)(《龜礀詩話》卷十六,《韓國詩話叢編》第 8 册,頁 77)

良 二 千 石

漢制,郡守秩二千石,故曰:"與我共此者,其惟良二千石乎?"老杜《寄裴施州》詩曰:"廊廟之具裴施州,宿昔一逢無此流。金鐘大鏞在東序,冰壺玉衡懸清秋。堯有四岳明至理,漢二千石真分憂。"(下略)(《龜礀詩話》卷十六,《韓國詩話叢編》第 8 册,頁 78)

王 喬 化 鳧

王喬爲葉令,每月朔望來朝。帝怪其不見車騎,令太史伺之。臨至,有雙鳧從南飛來,舉羅張之,但得雙舄。詔尚方視之,乃所賜尚書屬履也。老杜《贈終明府》詩:"看君宜著王喬履,直賜還疑出尚方。"東坡《送程六表弟》詩:"竹使尤持刺史節,尚方行賜尚書舄。"(《龜礀詩話》卷十六,《韓國詩話叢編》第 8 册,頁 80)

魯 恭 馴 雉

少陵《送趙明府之縣》詩曰:"山雉迎舟楫,江花報邑人。"山雉,蓋暗用魯恭馴雉事也。恭爲中牟令,蝝不入縣。河南尹袁安使肥親往廉之,恭隨行阡陌。在桑中有雉過,旁有兒童。親曰:"何不捕?"曰:"雉方雛。"親乃瞿然起曰:"所以來者,察君之政跡。今蟲不犯境,一異也;化及鳥獸,二異也;童子有仁心,三異也。"還以白安,安因上書言,帝異之。李白《贈當塗宰李陽冰》詩曰:"惠澤及飛走,農夫盡歸耕。"政魯中牟之謂也。(《龜礀詩話》卷十六,《韓國詩話叢編》第 8 册,頁 81)

比金莖露　賜潁川金

杜少陵《贈李勉》詩曰:"清高金莖露,正直朱緯弦。昔在堯四岳,今之黄潁川。"黄潁川,黄霸也。霸爲潁川,甚有聲績。帝賜璽書褒美,因賜金四十斤,故唐明皇《賜崔日用往潞州》詩曰:"會書丞相筆,先賜潁川金。"按《唐書》:李勉爲開封尉,昇平日久,見汴州水陸所湊,邑居厖雜,號爲難治。勉與聯尉盧成軌並有擒奸摘伏之名。(《龜磵詩話》卷十六,《韓國詩話叢編》第 8 册,頁 83)

浚儀畫形　元淑齋馬

杜詩:"今日潘懷縣,同時陸浚儀。"陸浚儀,陸士龍也。士龍仕晉,爲浚儀令,有異政。去官,民思之,畫形配食。潘安仁有《懷縣作》,故曰"潘懷縣"。(下略)(《龜磵詩話》卷十六,《韓國詩話叢編》第 8 册,頁 85)

詩　美　道　州

元結爲道州刺史。初,西京蠻掠居人數萬而去,遺户裁四千。結爲民營田,免徭役,流亡歸者萬餘户。老杜作詩美之曰:"粲粲元道州,前聖典後生。觀乎春陵行,欻覽俊哲情。復見賊退篇,結也實國楨。""道州哀黎庶,詞氣浩縱横。兩章對秋月,一字偕華星。"[一](《龜磵詩話》卷十六,《韓國詩話叢編》第 8 册,頁 91)

[一] 據《杜詩詳注》,《同元使君春陵行》此數句原文如下:"粲粲元道州,前聖畏後生。觀乎春陵作,欻見俊哲情。復覽賊退篇,結也實國楨。賈誼昔流慟,匡衡嘗引經。道州憂—作哀黎庶,詞氣浩縱横。兩章對秋月,一字偕華星。"

持節不失　乘槎窮河

張騫使月氏,匈[一]奴留之十餘載,持漢節不失,後封博望君。《世説》:天河之源與海相通,乘槎之説,《圖經》及《博物志》皆以爲海客事。李白詩曰"君平既棄世,世亦棄君平。寂寞綴道論,空簾閉幽情。誰知天漢上,白日懸高名。海客去已久,誰人測沉冥"云云。而後之詩家多作張騫事用之,如"漢使乘槎空入河"、"烟横博望乘槎水"者,承襲老杜"奉使虚隨八月槎"之句。而《張騫傳》無所概見,故嘗謂老杜誤用,及見宗懍《荆楚記》載張騫使大夏,乘槎窮河源,有歸問嚴君平之説,與海客犯牛事同,始知老杜詩之有出處,但宗懍何所據而有是説耶? 張騫與君平,世代相左,《荆楚記》亦不可準信也。(《龜磵詩話》卷十六,《韓國詩話叢編》第 8 册,頁 94)

[一] 匈,原作"凶"。

萬乘餞行　投醪辭第　築三受降

(上略)張仁願於朔方築三受降城,三壘相距各四百里,其北皆大磧,置烽火千八百所,自是突厥不敢逾山牧,封韓國公。故杜詩云:"韓公本意築三城,擬絶天驕拔漢旌。"(《龜磵詩話》卷十六,《韓國詩話叢編》第 8 册,頁 101)

銷 甲 事 農

老杜《諸將》詩曰：“洛陽宮殿化爲烽，休道秦關百二重。滄海未全歸禹貢，薊門何處覓堯封。朝廷袞職誰爭補，天下軍儲不自供。稍喜臨邊王相國，肯銷金甲事春農。”此詩責諸將擁兵冗食，不能屯田以紓國用也。王相國謂王縉也，由侍中拜河南副元帥，又爲盧龍節度，息兵屯種，銷兵爲農器，此老杜所以稍以爲喜者也。（《龜磵詩話》卷十六，《韓國詩話叢編》第 8 冊，頁 101）

將帥玩惕　駕御失宜

自古夷狄盜賊之所以滋蔓者，皆將帥之臣玩寇以自安，養寇以遺患也。故老杜在王室播遷之時，每每深責將帥，如云“將帥蒙恩澤，干戈有歲年。至今勞聖主，何以報皇天”，“登壇名絶假，報主爾何遲”，“天地日流血，朝廷誰請纓”，“獨使至尊憂社稷，諸君何以答昇平”，皆是也。然而將帥之不用命，實由於朝廷駕御之無法。（中略）自唐以來，將帥守邊，僅免侵軼。及至歲終，論功行賞，屢遷不一。還不知使其能掃清關河，哭單于於陰山，又將何以賞之？老杜詩曰：“今日翔獜馬，先宜駕鼓車。無勞問河北，諸將覺榮華。”言雖翔獜之馬，亦必先駕鼓車，由賤而後可以致貴。今諸將驟登貴顯，如馬之宜駕鼓車而遽駕玉輅，安於榮華，志得意滿，無復驅攘之心。河北叛亂，決難討除，無勞問也。又云：“雜虜橫戈數，功臣甲第高。”亦此意也。（《龜磵詩話》卷十六，《韓國詩話叢編》第 8 冊，頁 102）

總戎金貂　曲端威望　啼哭郎君

許渾詩曰：“柳營爭識金貂貴。”《漢·輿服志》曰：“侍中冠武弁大冠，加金璫，附蟬爲文，貂尾爲飾，謂之惠文冠。”故杜詩亦曰：“總戎皆插侍中貂。”總兵于外者帶內任而插貂，如王導以侍中假黃鉞出討之類。（下略）（《龜磵詩話》卷十六，《韓國詩話叢編》第 8 冊，頁 102）

絳 宮 玉 帳

杜詩：“空留玉帳術。”注云：“兵書也。”《唐·藝文志》有《玉帳經》一卷。古賦曰“轉絳宮之玉帳”，又曰“居鬼神之玉帳”，乃兵家壓勝方位，主將於其方置帳，則堅不可犯。故李白詩“身居玉帳臨河魁”是也。（《龜磵詩話》卷十六，《韓國詩話叢編》第 8 冊，頁 103）

鳥散雲飛　子荆韜鈐

老杜《寄嚴鄭公[一]武》詩曰：“共説總戎雲鳥陣，不妨遊子芰荷衣。”按：雲鳥陣，太公《六韜》：“以車騎分爲雲鳥之陣。”所謂雲飛而鳥散，變化無窮者也。此詩言嚴公之軍容儘能安蜀，則我服隱者之衣可以安身而無妨矣。《八哀詩》曰：“記室得何遜，韜鈐延子荆。”公必明於兵法，而又曰“聯翩收二

京”,則不但安蜀而已也。(《龜磵詩話》卷十六,《韓國詩話叢編》第 8 冊,頁 103)

　　[一]公,原作“谷”。

八　陣　爲　圖

　　《地理志》:“魚腹浦有諸葛武侯八陣舊墟,六十四堆石至今猶在,雖巨浸捲去,而碨磊之堆終不變易。”杜詩“名成八陣圖,江流石不轉”者,以是也。八陣,黄帝與力牧始制,而武侯得其遺法,畫以爲圖云。(《龜磵詩話》卷十六,《韓國詩話叢編》第 8 冊,頁 103)

曉達兵家　開魚振鳥　南鵝[一]北鸛

　　老杜《哀王思禮》詩曰:“飽聞春秋癖,曉達兵家流。”按:《春秋》有所謂魚麗陣者,陣勢如魚之貫也。又有曰:“左右翼陣勢如鳥之翼也。”唐人詩所謂“龍鱗水上開魚貫,馬首山前振鳥翼”是也。又有曰“願爲鸛,願爲鵝”者,陣如鵝鸛之飛掣而名之也。唐人詩“南鵝北鸛相摩蕩”是也。蓋春秋時以攻戰爲事,故多有曉達兵家者,而杜預之癖《春秋》者,亦以是也。思禮亦有《春秋》癖,故能曉達兵陣之事。其詩又曰:“貫穿百萬衆,出入由咫尺。馬鞍懸將首,甲外控鳴鏑。飛兔不近駕,鷙鳥恣遠擊。”不曉習戰陣而能如是乎?(《龜磵詩話》卷十六,《韓國詩話叢編》第 8 冊,頁 104)

　　[一]鵝,原作“鴉”,據此條內容改。

鈎　陳　玄　武

　　又《魏將軍歌》曰:“魏侯骨聳精爽緊,華岳峰尖見秋準。欃槍熒惑不敢動,翠蕤雲旓相蕩摩。星纏寶校金盤陀,夜騎天駟渡天河。”[一]“酒闌插劍肝膽露,鈎陳蒼蒼玄武暮。”鈎陳、玄武,陣勢之排鋪也。魏將軍,亦善於戰陣而曉達兵家者也。(《龜磵詩話》卷十六,《韓國詩話叢編》第 8 冊,頁 104)

　　[一]杜甫《魏將軍歌》此數句原文如下:“魏侯骨聳精爽緊,華岳峰尖見秋隼。星躔寶校金盤陀,夜騎天駟超天河。欃槍熒惑不敢動,翠蕤雲旓相蕩摩。”

三　臺　三　階

　　《晉·天文志》:“三臺六星,兩兩而居,起文昌,列抵太微。一曰天柱,三公之位也。在人曰三公,在天曰三臺,主開德宣符也。”又曰:“三臺六星,西近文昌二星曰上台,爲司命;次二星曰中臺,爲司中;東二星曰下臺,爲司禄。所以昭德塞違也。”故李詩曰“明君越軒羲,天老坐三臺”,杜詩曰“五雲多處是三臺”,又山谷詩曰“元輝極上臺”,蓋謂太師也。(下略)(《龜磵詩話》卷十六,《韓國詩話叢編》第 8 冊,頁 105)

稷　契　自　比

　　杜少陵詩曰:“許身一何愚,竊比稷與契。”少陵以稷、契自比,人未必許也。然其詩曰：“舜舉十六相，身遵道何高？秦時用商鞅，法令如牛毛。”此自是稷、契輩人口中語也。杜牧詩曰：“平生五色線，願補舜衣裳。”此詩人强爲之談也。（《龜磵詩話》卷十六，《韓國詩話叢編》第 8 册，頁 107）

鶴整霜毛　鷹莫相猜

張子壽，母夢九鶴而生于韶州之曲江。杜《八[一]哀詩》“相國生南紀，金璞無留礦。仙鶴下人間，獨立霜毛整”是也。（下略）（《龜磵詩話》卷十六，《韓國詩話叢編》第 8 册，頁 110）

　　　[一]八，原缺，補。

伊吕自期　鴻飛冥

張文獻公十三歲以書干王方慶，方慶嘆曰：“是必致遠也。”擢進士，取《道侔伊吕》策對第一，觀其策，以伊、吕自期者也。（中略）杜草堂哀公詩有曰：“歸老守故林。”見幾色舉，翛然自適於故林之下，與所謂“老鳳池邊蹲不去”者異矣。豈林甫之弋所能中傷者哉？然正邪消長，鶩梁鶴林，良可悲嘆也。（《龜磵詩話》卷十六，《韓國詩話叢編》第 8 册，頁 113）

幽栖别業　小逍遥公

《舊唐書》：韋嗣立以中書門下三品致仕，嘗於驪山營别業退老。中宗幸焉，封爲逍遥公，名其居爲清虛原、幽栖谷。唐人詩“驪山别業號幽栖”是也。又《北史》：韋敻，字敬遠，尚志夷簡，澹於榮利。所居繁帶林泉，娱玩琴書。周文帝敕有司日給河東酒一升，號曰逍遥公。《世係表》以敻之後爲逍遥公房，嗣立之後爲小逍遥公房以别之。老杜《送韋少府匡贊》詩“逍遥公後世多賢”是也。（《龜磵詩話》卷十六，《韓國詩話叢編》第 8 册，頁 120）

官六百石　頭顧可知

《兩龔傳》云：琅琊邴漢兄子曼容，養志自修，爲官不肯過六百石，輒引去。故杜詩曰：“師友琅琊邴曼容。”又坡詩曰：“吾今官已六百石，慚愧當年邴曼容。”余謂坡無勇退之志者也。（下略）（《龜磵詩話》卷十六，《韓國詩話叢編》第 8 册，頁 121）

王喬鳧舄　盧耽鶴履

李白詩：“天落白玉棺，王喬辭葉縣。”漢顯宗時，喬爲葉令，一日，天下玉棺於堂前，吏人排推不得，喬曰：“天帝召我耶！”乃沐浴寢其中，蓋便立覆。其夕懸車，牛背汗流喘喘之而人無知者，葬於城東，自成墳。在葉時，每月朔望詣京朝，臨至，必有雙鳧從南來，於是候鳧至羅之，得一舄，乃所賜尚書履也。故老杜《贈終明府》詩曰：“看君宜著王喬履，直賜還疑出尚方。”（下略）（《龜磵詩話》卷十七，《韓國詩話叢編》第 8 册，頁 137）

咀 霞 氣 吸

少陵詩"晨霞朝可餐",若雲詩"凌晨咀絳霞"。按食氣法:"平明爲朝霞,日中爲正陽,日入爲飛泉,夜中爲沆瀣,並天地玄黄爲六氣,服之令人不饑。人有急難阻絶處,如龜蛇服氣則不死。"又曰:"春食朝霞,夏食正陽,秋食飛泉,冬食沆瀣,此太上仙人吸氣不死之法也。"又,五色流霞謂日景也,項曼斯言"仙人以流霞一杯飲之"是也。又杜詩:"往與惠詢輩,中年滄洲期。咽嗽元和津,所思烟霞微。"元和津,一元和氣也。惠詢,惠遠、許詢也。(《龜磵詩話》卷十七,《韓國詩話叢編》第 8 册,頁 141)

物皆有神　奉行天道

天之神曰"玉皇大帝",坡詩曰:"一朵紅雲捧玉皇。"玉皇之居,黄金爲城,白玉爲京,杜詩曰:"玉京群帝集北斗,或騎騏驎翳鳳皇。"群帝即五方之神五帝,而朝上帝集北斗也。(下略)(《龜磵詩話》卷十七,《韓國詩話叢編》第 8 册,頁 157)

陰 房 鬼 火

杜詩:"陰房鬼火青。"按《淮南子》:"人血爲燐。"許慎注:"兵死之血爲燐。燐,鬼火之名。"施肩吾《夜行》詩:"夜行無月時,古路多荒榛。山鬼遥把火,自照不照人。"(《龜磵詩話》卷十七,《韓國詩話叢編》第 8 册,頁 161)

海 山 使 者

陶侃家僮千餘人,嘗得胡奴,不喜言笑,常默坐。侃一日出郊,奴執鞭而隨,有一胡僧見而驚,禮云:"此海山使者也。"侃異之。至夜,失奴所在。杜少陵《示獠奴阿段》詩云:"曾驚陶侃胡奴異,怪爾常穿虎豹群。"蓋胡奴能於夜深入山取水,不畏虎豹,如陶奴之異也。(《龜磵詩話》卷十七,《韓國詩話叢編》第 8 册,頁 162)

巋上人心若死灰　鳩摩什但取蓮花

杜詩:"身猶縛禪寂。"按《傳燈録》,誌公歌曰"律師持律自縛"云云,故山谷詩曰:"有身猶縛律,無夢到行雲。"(下略)(《龜磵詩話》卷十八,《韓國詩話叢編》第 8 册,頁 171)

雲光瀅澈　天花散墜　飛錫先鶴

法雲母吳氏初生雲時,忽有雲氣滿室,光色瀅澈,因名法雲,出家之後更不易。梁武敬重之,與誌公相埒。誌公亦重之,加號爲大林法師。雲方講,有天花散墜,舉衆咸見,嘆異之曰"昔維摩詰室,有天女見大弟子及諸菩薩説法,即以天花散之。花至菩薩即皆墜落,至大弟子便著不墜"云云。李詩"天花散入維摩室",杜詩"天女散天花",坡詩"法師説法臨泗水,無數天花隨麈尾"。(下略)(《龜磵詩話》卷十八,《韓國詩話叢編》第 8 册,頁 173)

楊枝在手　雨熟瓜芋

老杜《贈贊公》詩曰："楊枝晨在手,豆子雨已熟。"言贊公道方深妙,楊枝揮灑,便能致雨,以熟豆田也。僧伽大師手執楊枝,混于緇流,佛圖澄楊枝灑水,咒甦死人,則楊枝乃釋氏咒符之物也。贊公即贊上人也,杜集多寄贈詩。山谷因僧景來訪,寄詩法王寺智航道人曰："山中雨熟瓜芋田,喚取小僧休乞錢。"詩意蓋謂:如贊公之雨熟瓜芋,不必遣化也。(《龜磵詩話》卷十八,《韓國詩話叢編》第 8 冊,頁 178)

火　耕　水　耨

漢武詔火耕水耨,應劭曰："燒草,下水種稻,益生,因悉芟去。復下水,草死,獨稻長,所謂[一]火耕水耨也。"杜詩"水耕先浸草,春火更燒山",蓋謂是也。《爾雅》曰："田一歲曰菑,二歲曰新,三歲曰畬,皆燒火爲田也。"故杜詩又曰:"畬田貴火聲燦爐。"(《龜磵詩話》卷十九,《韓國詩話叢編》第 8 冊,頁 192)

> [一] 謂,原缺,補。

橘　洲　膏　腴

《西都賦》曰:"提封五萬,疆場綺紛。溝塍刻鏤,原隰龍鱗。決渠降雨,荷鍤成雲。五穀垂穎,桑麻敷芬。"言西都地廣土肥也。故鄭毅夫詩:"千里汧渭野,沃壤天下無。"杜詩云:"橘洲田土仍膏腴。"按《地志》:"橘洲在長沙縣,其地膏腴,甲於天下。"故杜又有"傍此烟霞茅可誅"之語也。然則橘洲之土沃可居,猶勝於汧渭之間耶?(《龜磵詩話》卷十九,《韓國詩話叢編》第 8 冊,頁 192)

天隨作賦罪蠶　龍鸞葩卉　官涎益饞

少陵詩曰:"彤庭所分帛,本自寒女出。"又曰:"鞭撻其夫家,聚斂貢城闕。"香山詩曰:"典桑納官稅,剥我身上帛。"文與可詩曰:"當須了租賦,豈暇恤襦袴?"甚矣,絲稅之病民也,此天隨子所以作《蠶賦》而傷嘆者也。(下略)(《龜磵詩話》卷十九,《韓國詩話叢編》第 8 冊,頁 199)

周　獵　呂　尚

文王卜獵得非熊非羆之兆,而得呂尚,故杜詩曰:"熊羆獲呂尚。"聖人以禮爲羅,以道爲網,張天下以爲籠,因江海以爲罟,尚何亡魚失鳥之有乎?故唐人詩有曰:"莫道中原無獬鳳,自是皇家結網疏。"(《龜磵詩話》卷十九,《韓國詩話叢編》第 8 冊,頁 200)

梅村射魚　昌黎叉魚

(上略)昌黎《叉魚》詩曰"叉魚春岸闊,此興在中宵。大炬燃如晝,長船縛似橋","刃下那能脱,波間或自跳。中鱗憐錦碎,當目訝珠銷","如棠名既誤[一]，釣渭日徒消”云云。又，即今所謂斫箭也，擲之中魚而取之者也。杜甫《打魚詩》：“能者操舟疾若風，撐突波濤挺叉入”是也。（《龜磵詩話》卷十九，《韓國詩話叢編》第 8 冊，頁 208）

[一] 既誤，原缺，據韓愈《叉魚招張功曹》補。

美酒無曲巷　唐酒斗十千

古語曰：“美酒無曲巷。”言酒之美者，雖在深僻之地，人必就沽也。故山谷詩曰：“從來美酒無深巷。”蓋言人有可沽之寶，則何患不爲人所知也。若犬猛酒酸，雖在通都大邑之中，人誰買之？宋真宗問唐酒價幾何，左右未有能對。丁謂進曰：“唐酒每斗三百，杜詩云：‘速來相就飲一斗，恰有三百青銅錢。’”真宗大喜。按王維詩“新豐美酒斗十千”，崔國輔詩“興酣一斗酒，恰用十千錢”，何不舉此二詩曰一斗十千，而只舉杜詩也？或未及見此詩耶？酒既美矣，雖在深巷，可售十千之直，非特酒然也，物皆然；非特物然也，人亦然。（《龜磵詩話》卷十九，《韓國詩話叢編》第 8 冊，頁 211）

金　銀　山

《南史》：林邑國有山，赤色赤氣，其中生金。金夜則出飛，狀如螢火。《神異經》：西南有銀山，長五十餘里，高百餘丈，不雜土石，不生草木，夜有氣隱隱。正如[一]杜詩曰：“不貪夜識金銀氣。”不貪者，清明在躬，志氣如神，故能識寶氣，貪者反是。（《龜磵詩話》卷二十，《韓國詩話叢編》第 8 冊，頁 218）

[一] 如，原作“白”。

金　車　銀　瓮

《齊書》：王者至孝則金車出，王者有感德，則金人遊於後池。沈東陽詩：“金車符聖孝。”《瑞應圖》：“王者宴不及醉，刑罰中人不爲非，則銀瓮出。”殷湯時有此瑞。又《封禪書》：“殷得金德，銀自山溢。”杜少陵詩：“更道諸山得銀瓮。”（《龜磵詩話》卷二十，《韓國詩話叢編》第 8 冊，頁 218）

飧　玉　藍　田

杜少陵詩：“未試囊中飧玉法，明朝且入藍田山。”飧玉，蓋道家延年之方。漢武帝承仙掌露和玉屑服之，即此法也。（下略）（《龜磵詩話》卷二十，《韓國詩話叢編》第 8 冊，頁 225）

太　上　靈　藥

《本草》：“琅玕有五色。青者入藥，生海底，枝似珊瑚，窈如蟲蛀，擊之作金石聲。”《漢武內傳》：西王母曰：“太上之藥，廣庭芝草，碧海琅玕。”杜《寄元逸人》詩：“知君此計誠長往，芝草琅玕日應長。”則琅玕是道家之靈藥也。《荀子》注：“崑崙山有琅玕柱。”《列子》：“珠琅之樹叢生。”韻書：“美石矣。”王弇州文曰：“生有禮地之珪，色青碧如竹色，然則非石也。”李白詩“鳳饑不啄粟，所食惟琅玕”，又“别久華容晚，琅玕不能飯”，此皆指竹實而言也。然江淹詩“朝食琅玕實”，劉禹錫詩“傅粉琅玕節”，則蓋以竹爲琅玕也。以琅玕色如竹，故謂竹爲琅玕耶？（《龜磵詩話》卷二十，《韓國詩話叢編》第8册，頁226）

丹邱獻瓮

《拾遺記》：“高辛時，丹邱國上瑪瑙瓮，以盛甘露。至堯時猶存，謂之寶，以頒群臣。至舜時露漸減，遷瓮于衡山。”古詩：“此日淳風還太古，好將寶瓮秘丹邱。”按：丹邱千年一燒，聖人之瑞也。其野多鬼，血化爲丹石，即瑪瑙也。不可斫消，雕琢乃可爲器。老杜詩“冰漿碗碧瑪瑙寒”。《玄中記》：“瑪瑙，出月支、大秦諸國。”（《龜磵詩話》卷二十，《韓國詩話叢編》第8册，頁227）

映錦江花　軍吏砰盤

章孝標詩曰：“樽前映發錦江花。”此詠瑪瑙盤也。按《醉目編》：“瑪瑙多出南番西番，非石非玉，其中有人物鳥獸形者最貴。有錦江花者謂之錦江瑪瑙，價貴。有紫紅花、兔面花者，皆價低。”裴行儉有瑪瑙盤，廣二尺，軍吏趨跌，盤碎，惶恐叩頭，行儉曰：“非故也，何至失色？”杜詩曰：“内府殷紅瑪瑙盤。”既曰殷紅，則亦珍品也。（《龜磵詩話》卷二十，《韓國詩話叢編》第8册，頁228）

白越　波祗香荃　波斯水羊

《白帖》：“羲皇造布。”《漢書》：“馬后賜諸王白越三十端。”注：“越，布也。”選文曰：“葛越布於朔土。”注：“葛越，草布也。”古人用葛爲布，《詩·葛覃》篇是也。又《漢書》“荃葛”注：“即今葛布。”杜詩“細葛含風軟”是也。今我國山民亦作葛巾，甚精好。（下略）（《龜磵詩話》卷二十，《韓國詩話叢編》第8册，頁230）

白氎花　吉貝草

少陵詩：“光明白氎巾。”東坡《紙帳》詩：“潔似僧巾白氎布[一]。”按：白氎，高昌國有草，曰白氎纈，其花爲布。又《孔帖》：“吉貝草名纈，其花可爲布。粗曰貝，精曰氎。”（《龜磵詩話》卷二十，《韓國詩話叢編》第8册，頁231）

［一］布，原作“巾”，據蘇軾《紙賬》改。

織女怨

杜詩：“彤庭所分帛，本自寒女出。鞭撻其夫家，聚斂供城闕。”寒女織作之苦，縣官租税之急，文笑笑《織女怨》一篇備盡，其詞曰：“擲梭兩肘倦，踏

茶雙足繭。三日不住織,一匹縑可剪。"又"當須了租賦,豈暇恤襦袴? 里胥
踞門限,叫罵納稅晚"云云。形容鋪叙,足以諷世。觀此詩,宜仁者之戰栗
也。(《龜磵詩話》卷二十,《韓國詩話叢編》第 8 冊,頁 231)

書羊欣裙　畫鵝溪絹

(上略)古人書畫多用絹揮灑。文笑笑《遺東坡》詩曰:"待將一段鵝溪
絹,掃取寒梢萬丈長。"坡答曰:"爲愛鵝溪白繭光,掃殘雞距紫毫芒。"按: 鵝
溪出絹甚佳,老杜《戲韋偃雙松圖歌》曰:"我有一匹好東絹,重之不減錦繡
段。已今拂拭光凌亂,請公放筆爲直幹。"東絹即生鵝溪者也。(《龜磵詩
話》卷二十,《韓國詩話叢編》第 8 冊,頁 231)

至孝得絹　秋雲羅帕

(上略)賈知微遇增城夫人杜蘭若,以秋雲羅帕裹丹五十粒與之,曰:
"此羅是織女練玉繭織成,遇雷雨時密藏之。"後大雷雨,失帕所在。此政少
陵所謂"織女機絲虛夜月"者也。唐人詩"春羅玉字邀上元",春羅亦秋雲羅
之類也。(《龜磵詩話》卷二十,《韓國詩話叢編》第 8 冊,頁 232)

翠色真紅　間色流黃

(上略)古詩曰:"中婦織流黃。"又曰:"愁思流黃機。"《説郛》曰:"流
黃,黃之間色,古今詩家喜使之。"又唐詩曰:"更教明月照流黃。"按: 此流黃
竹席名。噫! 皎皎素絲如冰如雪,得藍則青,得丹則赤,得蘗則黃,得泥則
黑。紅而有翠色,黃而有間色。此墨子所悲,而老杜亦有"已悲素質隨時染"
之嘆也。(《龜磵詩話》卷二十,《韓國詩話叢編》第 8 冊,頁 234)

萬草千花　茱萸蒲桃

《釋名》:"錦,金也,作用工重,其價如金。"故制字從帛從金。繡,修也,
文修修然也。《類函》曰:"充邦國之幣,具見《周官》;禁商賈之衣,亦聞漢
詔。"則其工重可知。《鄴中記》:錦有大登高、小登高、大明光、小明光、大博
山、小博山、大茱萸、小茱萸、大交龍、小交龍、蒲桃錦、桃核錦、鳳皇朱雀錦。
工巧百數,不可名言。政杜詩所謂:"象床玉手亂殷紅,萬草千花動凝碧。"又
曰"天吳及紫鳳,顛倒在短褐"者也。(《龜磵詩話》卷二十,《韓國詩話叢編》
第 8 冊,頁 234)

濯李冰江　織文君機

《潛夫論》:"攻玉以石,治金以鹽,浣布以灰,濯錦以魚。"蓋以洗魚水濯
錦,垢污易去。又李冰開二渠入成都,謂之外江、內江。蜀人以此水濯錦。
古人錦詩:"春水濯來雲雁活,夜機挑處雨燈寒。"蓋使卓文君事。文君工於
織錦,故詩又曰:"文君手裏曉霞生。"《丹陽記》:"歷代尚未有錦,而成都獨
稱妙。"故三國時吳、魏皆資於蜀,蜀之多錦,文君使之也。城曰錦城,"錦城

佳麗地"是也;宮曰錦宮,"錦宮何寂寞"是也;里曰錦里,"錦里先生烏角巾"是也。(《龜磵詩話》卷二十,《韓國詩話叢編》第8冊,頁234)

佳人纏頭　屠蘇障日

(上略)又古詩:"障日錦屠蘇。"按:晉太康中,天下農商通著大障日。童謠曰:"屠蘇障日覆兩耳。"杜詩曰:"走置錦屠蘇。"注云"屋名",恐非是,蓋屠蘇有數義,與此不同耳。(《龜磵詩話》卷二十,《韓國詩話叢編》第8冊,頁235)

白粲紅鮮　任昉桃花　大軫紫米

杜草堂《稻畦》詩:"秋菰成黑米,精鑿儲白粲。""精鑿"出《左傳》:"粢食不鑿儲。"謂治米使白也。杜《收稻》詩:"紅鮮終日有,玉粒未吾慳。"又:"玉粒足晨炊,紅鮮任霞散。""紅鮮"注:飯紅潤之色也。杜詩"飯抄雲子白",又"嘗稻雪翻匙",則皆米之白粲者。而紅鮮者未知以何米爲飯,而如是紅潤耶?按:任昉爲新安太守,爲政清,卒於官,唯有桃花米二十斛。又《杜陽編》:"元和八年,大軫國貢紫米,有類於苣藤。炊之,一升得飯一斗,色甚紅澤,食之令人顏色不老,髭髮鬢黑,久則後夭而死云。"米亦有色紅者耳。(《龜磵詩話》卷二十,《韓國詩話叢編》第8冊,頁238)

浙東長腰　荊南通腸

浙東米,天下稱之,即米之長腰者也。故劉原父詩"獨有長腰産浙東",又杜《解悶》詩:"爲問浙東米貴賤,老夫乘興欲東遊。"荊南孫儒之亂,斗米四十千,持金寶換易,纔得一合一撮,謂之通腸米。言饑人得此,惟煎炊之,可以稍通腸胃。陳去非《乞米僧》詩"監河升水可通腸"。又東坡有"撑腸米"。(《龜磵詩話》卷二十,《韓國詩話叢編》第8冊,頁239)

五土殊宜

(上略)元次山《大靈祠》詩曰:"木孫爲桷兮木母樑。"又曰:"薦水蕓兮飼霜秈。"秈者,仙。《本草》:秈,早稻也。霜言其色也。杜詩"嘗稻雪翻匙",霜秈,即雪翻匙之稻也。《廣志》:蟬鳴稻,以七月熟,名蟬鳴。石湖詩:"稻熟趁蟬鳴。"(《龜磵詩話》卷二十,《韓國詩話叢編》第8冊,頁240)

五里聞香

誠齋《觀稼》詩"井字行都整,花香遠已憩",此謂稻花香聞也。杜詩"香稻三秋末"、"稻熟天風香"、"香稻啄餘鸚鵡粒",皆非稻著花時,而直以稻之香言之。魏文帝曰:"新成粳稻,上風炊之,五里聞香。"(《龜磵詩話》卷二十,《韓國詩話叢編》第8冊,頁241)

麥熟休師　蘆菔火宮

老杜詩:"崆峒小麥熟,且願休王師。"按:漢桓帝時有童謠曰:"小麥青青大麥枯,誰當獲者婦與姑,丈夫何在西擊胡。"老杜詩語蓋出於此。又《大麥行》"大麥乾枯小麥黄,問誰腰鐮胡與羌",句法全用童謡。(下略)(《龜磵詩話》卷二十,《韓國詩話叢編》第 8 册,頁 241)

鄒雁食秕　唐馬竭粟

《新書》:鄒穆公有令:"食鳧雁者必以秕,無敢以粟。"於是倉無秕,而求易於民,二石粟得一石秕。吏請曰:"令求秕甚費,以粟食之。"公曰:"夫百姓飼牛而耕,曝背而耘,勤而不敢惰者,豈爲鳥獸哉?粟米,人上食也,奈何其以養鳥?"噫!使太馬而食人食者,皆穆公之罪人也。杜詩曰:"國馬竭粟豆,官雞輸稻粱。"以人上食養馬養雞,而未有一人以《新書》進於世主者,所以致天寶之亂者也。(《龜磵詩話》卷二十,《韓國詩話叢編》第 8 册,頁 243)

龔遂薤葱　諸葛蔓菁

《月令》:"仲秋,命有司趣民務蓄菜。"菜是民産之緊要者,故龔遂守渤海,勸民令口種一樹榆、百本薤、五十本葱、一畦韭。武侯治蜀,勸民種菜,所止令軍士皆種蔓菁,蜀人呼爲"諸葛菜"。皆旨蓄御冬之義也。杜詩:"畦蔬繞茅屋,自是媚盤飧。"坡詩:"秋來霜露滿東園,蘆菔生兒芥有孫。我與何曾同一飽,不知何若食雞豚?"嘉蔬之媚飧,有勝於雞豚者也。(下略)(《龜磵詩話》卷二十,《韓國詩話叢編》第 8 册,頁 244)

夜雨剪韭　翠髮還生

韭,一名"豐本",又曰"翠髮"。劉彥沖《園蔬》詩:"一畦春雨足,翠髮剪還生。"郭林宗有友人冒雨夜至,林宗剪韭作炊食之。杜詩"夜雨剪春韭"使此也。杜詩又曰:"自鋤稀菜甲,小摘爲情親。"亦林宗之謂也。(《龜磵詩話》卷二十,《韓國詩話叢編》第 8 册,頁 245)

錦 里 芋 園

杜詩:"錦里先生烏角巾,園收芋栗未全貧。"芋,一名土芝,一名芋渠,一名芋魁。蜀漢多芋,民以爲資。(下略)(《龜磵詩話》卷二十,《韓國詩話叢編》第 8 册,頁 247)

賜冕彰德　改名平天

《輿服志》:袞冕一品服,鷩冕二品服,毳冕三品服,絺冕四品服,玄冕五品服,平冕六品以下服。秦除六冕制,漢明永平六年復古制袞冕,時郭賀爲荊州刺,帝賜三公服,黼黻冕旒,去襜露冕,使民見此服,以彰其德。至宋更名曰"平天冕",天子郊廟服之。上自天子下至六品,皆服冕。杜詩"萬國衣冠拜冕旒",指天子服也。"青春復隨冠冕入",指一品以下服也。(《龜磵詩話》卷二十一,《韓國詩話叢編》第 8 册,頁 251)

少陵鶡冠　山谷鷺巾

《輿服志》:虎賁冠插鶡尾。鶡,鷙鳥中最勁,每所攖撮,應爪摧碎。其尾上黨所貢。又鶡冠子,不知姓名,隱居幽山,以鶡尾爲冠,著書名《鶡冠子》。杜詩"隱几蕭條戴鶡冠",子美之戴鶡冠,取隱居之服也。山谷詩"爛醉從歌白鷺巾",鷺巾,本唐制也,執憲伺察者之服,如鷺車之義,而山谷取以爲山野之服也。(《龜磵詩話》卷二十一,《韓國詩話叢編》第 8 冊,頁 252)

巾　帽　多　白

古樂府《白紵歌》曰:"質似輕雲色似銀,製以爲袍餘作巾。"古人巾帽多尚白,如杜詩"光明白氈巾",樂天詩"青邛竹杖白紗巾"。(下略)(《龜磵詩話》卷二十一,《韓國詩話叢編》第 8 冊,頁 254)

叔子角巾　幼安皂帽

羊叔子《與從弟護書》曰:"年已衰朽,既定邊事,當角巾東路,還歸鄉里。"角巾,以烏角飾巾。杜詩"錦里先生烏角巾"是也。管幼安避地遼東三十餘年,累徵不就,家貧,坐一藜床,著皂帽布裙[一]而已。杜詩"皂帽應兼似管寧",此杜自況也。噫!羊公之角巾,歸第能知止者也;管公之皂帽,居家能樂志者也,皆拔出流俗,卓爾不群者矣。(《龜磵詩話》卷二十一,《韓國詩話叢編》第 8 冊,頁 255)

[一]裙,原作"君"。

孟　萬　年　帽

"孟嘉落帽"事,詩家多使之,而獨老杜《九日》詩:"羞將短髮還吹帽,笑倩傍人爲正冠。"其文雅曠達,不減前人。(下略)(《龜磵詩話》卷二十一,《韓國詩話叢編》第 8 冊,頁 255)

遂　焚　銀　魚

梁張褒,天監中,不供學士職,御史劾之,褒曰:"碧山不負吾。"遂焚章長嘯而去。老杜《題柏學士屋壁》曰"碧山學士焚銀魚",碧山學士蓋用張褒事,以比柏學士之棄官退居。而銀魚,帶飾也,魚所以明貴賤者,二品以上飾魚以金,五品以上飾魚以銀。(《龜磵詩話》卷二十一,《韓國詩話叢編》第 8 冊,頁 256)

木屐起晉　服靴始趙

(上略)韋履謂之靴,靴本胡服,趙武靈王始服之。李嶷《鄰居》詩:"傳履朝尋藥。"老杜《早朝》詩:"待漏靴滿霜。"(《龜磵詩話》卷二十一,《韓國詩話叢編》第 8 冊,頁 258)

履　穿　行　雪

老杜《哀鄭虔》詩:"履穿四明雪。"謂虔爲台州司户,遊四明賞雪,如東郭先生之履穿無下,而行雪中也。又東漢王遵業,性恬素,常著穿角履,行泥雪中,好事者毁新履而學之。(《龜磵詩話》卷二十一,《韓國詩話叢編》第 8 冊,頁 258)

給 扶 鳴 履

山谷詩:"殿上給扶鳴漢履。"按:給扶,退之作《韓弘碑》曰:"進見上殿,拜跪給扶。"謂當時元老也。漢履,蕭何劍履上殿。而曰鳴,則是用鄭崇履也。崇,哀帝時數諫争,每見曳革履,上笑曰:"我識鄭尚書履聲。"故杜詩亦曰:"聽履上星辰。"又《哀嚴武》:"尚書無履聲。"(《龜磵詩話》卷二十一,《韓國詩話叢編》第 8 冊,頁 259)

王喬鳧舄　盧耽鶴履　鮑靚雙燕　足下生雲

王喬爲葉令,每朔望詣闕,臨至,必有雙鳧南來,候鳧至網之,乃一舄,所賜尚書履也。故老杜《贈終明府》詩曰:"看君宜著王喬履,真[一]賜還疑出尚方。"(下略)(《龜磵詩話》卷二十一,《韓國詩話叢編》第 8 冊,頁 259)

[一]真,原作"直",據杜甫《七月一日題終明府水樓》其一改。

衣故當補　柳下並衣　郭外解衣

漢竇玄妻《艶歌》曰:"衣不厭新,人不厭故。"山谷詩曰:"人故義當親,衣故義當補。"反其意用之,尤有味。少陵下第留京,依故友,爲所捐棄,作《貧交行》曰:"君不見管鮑貧時交,此道今人棄如土。"少陵之故人可謂"衣故不補"者也。(下略)(《龜磵詩話》卷二十一,《韓國詩話叢編》第 8 冊,頁 262)

管寧布裙　江革弊絮　垢衣生蘚

(上略)又蘇源明少孤,家貧無兼衣,衣不得浣,忍饑讀書。老杜《哀源明》詩曰:"讀書東岳中,十載考墳典。夜字照熱薪,垢衣生碧蘚。"蓋記實也。衣至垢蘚,其無兼衣可知。字照薪火,其所勤業可想。貧寒切骨,人不堪憂,而猶自勤篤如是,古人心力不可及也。(《龜磵詩話》卷二十一,《韓國詩話叢編》第 8 冊,頁 263)

端午進衣　裁縫雲霧

唐朝端午日進衣,故杜詩曰:"裁縫雲霧成御衣,拜跪題封賀端午。"曰"裁縫雲霧",似是文縠白紵之類。古樂府《白紵歌》曰:"質似輕雲色似銀,製以爲袍餘作巾。"樊川詩曰:"裁雲作舞衣。"亦謂白紵也。(下略)(《龜磵詩話》卷二十一,《韓國詩話叢編》第 8 冊,頁 263)

春 服 服 袷

杜詩:"御袷侵寒氣。"又曰:"地偏初衣袷。"袷,衣之無絮者,即夾衣,故字亦"裌"。山谷詩:"輕輕白裌衣。"朱子《曾點》詩:"春服初成麗景遲。"曾點春服想是袷衣。《禮》“視不上於袷”，又《深衣》“曲袷以應方”。此“袷”字，乃衣領交會繞項者，故名“擁咽”。字同而音義皆不同。(《龜磵詩話》卷二十一，《韓國詩話叢編》第 8 冊，頁 264)

製芰荷衣

《楚辭》：“製芰荷而爲衣，集芙蓉而爲裳。”此靈均托言己媬節之芳潔而被放也。劉夢得詩曰：“楚江多白露，冷透芰荷衣。”此謫居而作也。老杜《赴成都草堂寄嚴鄭公》詩：“共說總戎雲鳥陣，不妨遊子芰荷衣。”杜非被謫而曰荷衣，何哉？詩意蓋曰：嚴公軍容儘能安蜀，則我當製芰荷爲隱居之服，安身而居草堂無妨矣。韋蘇州詩：“但當返衡泌，掇荷製秋衣。”杜亦此意也。(《龜磵詩話》卷二十一，《韓國詩話叢編》第 8 冊，頁 264)

裘

《白虎通》：裘，所以助温也。禽獸衆多，獨以狐羔。狐取首邱不忘本，羔取跪乳順遜也。然而杜詩曰：“暖客貂鼠裘。”樊川詩：“舟子襲熊裘。”王無功詩：“鶡冠鹿裘者誰子？”裘非特狐羔，而特以狐羔爲優品也。(《龜磵詩話》卷二十一，《韓國詩話叢編》第 8 冊，頁 264)

禹膳堯鍾　醍醐發性

(上略)醍醐，《本草》云：“乳成酪，酪成酥，酥成醍醐，酪之精液。”好酥一石生三四升醍醐。佛經云：“聞正法與醍醐之味同。”又云：“醇酪養人性，令人無妒心。”杜詩“醍醐長發性”是也。(《龜磵詩話》卷二十一，《韓國詩話叢編》第 8 冊，頁 269)

枕藉禁臠　合爲侯鯖

晉元帝始鎮建業，每得一豚以爲珍膳。項上一臠尤美，輒以薦帝，群下未敢嘗食，呼爲禁臠肉。杜《哀蘇源明》詩：“前後百卷文，枕藉皆禁臠。”言文有味，貴重之也。蓋切肉謂之臠。古語：“嘗肉一臠，知全鼎之味。”(下略)(《龜磵詩話》卷二十一，《韓國詩話叢編》第 8 冊，頁 269)

鮮鯽銀絲　無聲飛雪

江南人善作膾，名郎官膾。又廣陵法曹宋龜造縷子膾，膾細如縷，故名。杜詩：“鮮鯽銀絲膾。”又《閿鄉姜少府設膾歌》曰：“饔人受魚鮫人手，洗魚磨刀魚眼紅。無聲細下飛碎雪，有骨已剁觜春葱。落砧何曾白紙濕，放箸未覺金盤空。”皆言其膾手之神妙，細如絲縷也。(下略)(《龜磵詩話》卷二十一，《韓國詩話叢編》第 8 冊，頁 270)

雕胡飯　青精飯

杜詩：“我有雕胡飯。”雕服，即菱草中生菌，如瓜形，可食，故謂之。濃霜凋時採，故謂之“雕”，仍訛“雕胡”，《笐子》書曰“雁膳”，雁所食，故名。又杜詩:“波漂菰米沉雲黑。”菰米,即雕胡也。又杜詩:“豈無青精飯,使我顏色好。”按:青精,一名南天燭,又曰黑飯草,以其可染黑飯也。道家謂之青精飯,故《仙經》云:“食青燭之精,命不復隕。”鄭畋詩“團明青飩飯”,亦是也。(《龜碢詩話》卷二十一,《韓國詩話叢編》第 8 冊,頁 270)

崖蜜易求　任昉不采蜜嶺

成州出崖蜜,蜂於崖石上所釀也。杜詩“崖蜜亦易求”在成州作,故云。又“崖蜜松花熟”。(下略)(《龜碢詩話》卷二十一,《韓國詩話叢編》第 8 冊,頁 273)

製　七　寶　羹

杜詩:“勸客駝蹄羹。”按:陳思王製駝蹄爲羹,一甌千金,號七寶羹,則駝蹄羹極其珍羞。而子美時,權貴之家視駝蹄羹如貧家之藜羹,此子美所以嘆其侈靡也。杜詩又曰:“紫駝之峰出翠釜。”峰駝,脊上肉起如峰者,亦珍味也。(《龜碢詩話》卷二十一,《韓國詩話叢編》第 8 冊,頁 275)

子美錦帶　東坡玉糝

《異物志》:荆湖間有錦帶,春末花紅,白苗嫩脆,爲羹香美,故杜詩曰:“香聞錦帶羹。”(下略)(《龜碢詩話》卷二十一,《韓國詩話叢編》第 8 冊,頁 275)

以　春　名　酒

春酒,《醫方》云“美酒”。按昌黎《雜説》曰:“《詩》‘爲此春酒’,後人因爲酒名云。”如老杜詩“聞道雲安麴米春”,東坡詩“煩君留醉洞庭春”之類是也。(下略)(《龜碢詩話》卷二十一,《韓國詩話叢編》第 8 冊,頁 276)

洞庭春色　釣詩鈎　掃愁帚

宋安定郡王以黄柑釀酒,名曰“洞庭春色”,蓋取老杜《贈韋七贊善》詩有“洞庭春色悲公子”之語,故借用也。(下略)(《龜碢詩話》卷二十一,《韓國詩話叢編》第 8 冊,頁 277)

蘆酒多醉　松醪賒取

少陵詩:“黄羊既不膻,蘆酒還多醉。”按《小説》:“胡人造酒,以蘆管吸之,故曰蘆酒。”或曰,高適詩“虜酒千鍾不醉人”,蓋虜酒不烈故也。蘆作虜,則尤似有味。(下略)(《龜碢詩話》卷二十一,《韓國詩話叢編》第 8 冊,頁 278)

郫人竹筒　鄭公荷葉

杜詩:“酒憶野筒不用沽。”按《華陽風俗録》:“郫人刳竹之大者,傾春釀於筒,閉以藕絲,包以蕉葉,信宿香達林外。山濤治蜀之郫城,用筇管釀酴醿,浹旬方開[一],香聞百步,蜀人傳其法云。”坡詩:“所恨蜀山君不見,他年攜手醉郫筒。"又魏鄭公愨三伏率賓僚避暑,取荷葉盛酒,輪囷如象鼻,吸之清香。古詩"酒入碧筒通象鼻",亦伏遊詩也。(《龜磵詩話》卷二十一,《韓國詩話叢編》第 8 冊,頁 278)

　　[一] 開,原作"聞"。

詩 得 酒 趣

　　(上略)又鮑明遠《行樂篇》:"春風太多情,村村花柳好。"杜子美用之曰:"步屧隨春風,村村自花柳。"東坡又用之曰:"臥聞百舌呼春風,起尋花柳村村同。"觀三詩,坡不如杜,杜不如鮑,此是宋不及唐、唐不及漢魏處也。(《龜磵詩話》卷二十一,《韓國詩話叢編》第 8 冊,頁 284)

阮咸騎馬如船　王祥眼花在井　麴部尚書　石䂫泛渠　甘露經

　　杜子美《飲中八仙歌》曰:"知章騎馬似乘船,眼花落井水底眠。"按:阮咸醉,騎馬欹傾,人笑曰:"個老子騎馬,如乘船行波浪中。"又王祥醉,憑肩輿,頭不舉,其親戲之曰:"子眼花在井底,身在水中,睡尚不醒耶?"用此二事以摹寫知章醉貌。下句"汝陽三斗始朝天,道逢麴車口流涎",按《本傳》:璡于上前醉,不能下殿,使人掖出之。璡曰:"臣以三斗壯膽,不覺至此。"解詩者以此解汝陽三斗之義,其説似穿鑿。詩意蓋謂汝陽飲三斗酒入朝時,道逢麴車,猶且戀酒流涎,言其業嗜之甚也。璡善於釀酒,家有酒法曰《甘露經》,四方風俗,諸家材料,莫不備具。取雲夢石䂫泛春渠以置酒,作金銀龜魚浮沉其中爲酌酒具。自稱釀王兼麴部尚書,其癖於酒如此云。(《龜磵詩話》卷二十一,《韓國詩話叢編》第 8 冊,頁 284)

避賢樂聖　八仙逃酒

　　李適之,唐宗室,宰相也,喜賓客,飲酒至斗餘不亂。《八仙歌》"左相日興[一]費萬錢,飲如長鯨吸百川"是也。天寶元年代牛仙客爲左相,時譽甚美。林甫忌之,排誣罷免。朝廷人雖知無罪,謁問亦稀。適之意憤,日飲醇醪,有詩曰:"避賢初罷相[二],樂聖且銜杯。爲問門前客,今朝幾個來?"《八仙歌》"銜杯樂聖稱避賢",蓋摘用其本詩句語也。適之與李白、賀知章之徒,皆任其性真,逞其才俊,托于酒,稱八仙。設令此八人當聖明世,未必爲元凱之倫,而亦皆可用才也。而適之忤權奸被斥,李白觸力士被放,知章以輔儲嗣見疏,餘五人亦皆厭世濁逃酒,故少陵詠之,亦有廢中權之義也。(《龜磵詩話》卷二十一,《韓國詩話叢編》第 8 冊,頁 284)

　　[一] 興,原作"與",據杜甫《飲中八仙歌》改。
　　[二] 相,原缺,據杜甫《飲中八仙歌》補。

同臥竹根　滿眼酤

　　杜詩曰:"莫笑田家老瓦盆,自從盛酒長子孫。傾銀注玉驚人眼,共醉終同臥竹根。"注者以爲瓦盆中吃飲,與傾銀玉之少年同醉臥於竹根之傍。《鶴林玉露》亦解如此,曰:"瓦盆盛酒與傾銀壺注玉杯者同一醉也,何嘗分別之有? 由是推之,蹇驢布韀與金鞍駿馬同一遊也,松床筦席與繡帷玉枕同一寢,知此時貧富貴賤可以一視矣云。"而《酒譜》曰:"'醉倒終同臥竹根',蓋以竹根爲杯,見《江淹集》云。"按:庾信詩"野爐燃樹葉,山杯捧竹根",此亦以竹根爲杯名,而但"臥"字未穩。以古詩"銀杯同色試一傾"觀之,"傾銀注玉"皆酒也,而結句乃言醉倒,則與瓦盆同臥于竹根也。從《酒譜》作"醉倒",似是。半山詩"人與長瓶臥芳草",亦此意也。又杜詩曰:"爲君沽酒滿眼酤。"注以爲滿前士卒皆勞之也,《韻府群玉》以"滿眼酤"爲酒器名。或曰:注與《韻府》説皆非也。蜀人以筒沽酒,筒上有穿繩眼,欲滿其眼也,所謂"酒憶郫筒不用沽"是也。未知何説爲是。(《龜礀詩話》卷二十一,《韓國詩話叢編》第 8 册,頁 289)

荷葉蕉葉　梨花椰子

後村詩:"荷杯泛水香。"荷葉杯,自李宗閔始。宗閔暑月臨池,以荷葉爲杯。有竹葉杯,少陵詩"山杯竹葉春"是也。(下略)(《龜礀詩話》卷二十一,《韓國詩話叢編》第 8 册,頁 291)

顧渚園品　甫里家風

甫里先生陸龜蒙嗜茶,置小園於顧渚山下,歲入茶品第一,放翁詩"候火親烹顧渚茶"是也。放翁詩多用茶,(中略)昔許渾多用"濕"字,杜甫多用"愁"字,故詩有"許渾千首濕,杜甫一生愁"之語。放翁可謂"千首茗,一生茶"也。甫里嗜茶,放翁亦嗜茶,如是真所謂"松陵甫里舊家風也"。(《龜礀詩話》卷二十一,《韓國詩話叢編》第 8 册,頁 294)

漢署雞舌　徐儈鷹嘴

香有雞舌、鷹嘴之名。雞舌,按《漢書》:尚書郎四人,口含雞舌奏事,蓋辟口臭也。東坡《贈刁景純》詩:"蟾枝不獨同攀桂,雞舌還應共賜香。"又杜詩:"不去非無漢署香。"皆謂是也。(下略)(《龜礀詩話》卷二十一,《韓國詩話叢編》第 8 册,頁 295)

三月芳氣　百和參軍

《續博物志》:月支使者獻神香,曰:"香能起夭殘之死疾。"後元元年,長安大疫,死者太半。帝分香燒之,死未三日者皆活,芳氣三月不歇,名返魂香。杜詩:"花氣渾如百和香。"注:"武帝時,月氏進百和香。"百和香疑即此香。(下略)(《龜礀詩話》卷二十一,《韓國詩話叢編》第 8 册,頁 296)

以 香 比 人

薛能詩:"楓脂與棗膏,品題金閨籍。"楓脂,即楓香。杜詩"色難腥腐餐

楓香”是也。（下略）（《龜磵詩話》卷二十一,《韓國詩話叢編》第 8 冊,
頁 297）

火添香獸　燈照睡鴨

放翁詩:“自燒熟火添香獸,旋把寒泉注硯蟾。”香獸,或以爲香有龍腦、
麝臍等名品,故曰香。或以爲香爐,有塗金爲狻猊、麒麟、鳧雁之狀,空其中
以燃香,使烟自口出,以爲玩好者,香獸蓋謂此也。未知何説爲是。山谷詩:
“睡鴨照華燈。”睡鴨,爐像睡鴨者。玉溪詩又:“睡鴨香爐圍夕薰。”杜詩:
“麒麟不動爐烟上。”此御爐也。（《龜磵詩話》卷二十一,《韓國詩話叢編》第
8 冊,頁 297）

竹　根　火　爐

杜詩:“匡床竹火爐。”匡,安也,出《淮南子》。李詩“匡坐至夜分”亦此
意也。竹火爐,似以竹根爲之,放翁詩:“夜深灰撥竹根爐。”（《龜磵詩話》卷
二十一,《韓國詩話叢編》第 8 冊,頁 297）

見落葉作　畫飛鶂狀　蜻蜓　鳧鷖

（上略）又古人指舟爲鶂,故杜詩曰:“朱紱即當隨彩鶂。”又曰:“遠下荆
門去鶂催。”按《淮南子》:“龍舟鶂首。”高誘注曰:“畫鶂像於船首,以禦水
患。”小舟謂之蜻蜓,參寥詩:“欲立蜻蜓不自由。”又李白詩:“小舟若鳧鷖,
大舟若鯨鯢。”安國詩蓋用此。吳曰艑,晉曰舶,寶月詩“舸艬大艑頭”[一],少
陵詩“湖海舶千艘”是也。（《龜磵詩話》卷二十二,《韓國詩話叢編》第 8 冊,
頁 299）

［一］寶月《估客樂》此句爲“大艑珂峨頭”。

昆　明　戈　船

放翁詩:“時平更喜戈船静,閒看城邊帶雨潮。”戈船始於漢武,漢武作昆
明池以習水戰,中有戈船百艘,上建樓櫓戈矛,四角垂幡,昭灼涯涘。即杜詩
所謂“昆明池水漢時功,武帝旌旗在眼中”者也。（《龜磵詩話》卷二十二,
《韓國詩話叢編》第 8 冊,頁 299）

長年三老　白晝攤錢

杜甫詩:“長年三老遥憐汝,捩柂開頭捷有神。”長年三老,川中呼舟師之
名。放翁《入蜀記》載:見舟人焚香祈神云:“告長年三老,莫令錯呼錯喚。”
問何謂長年三老,云:“梢工是也。”長讀如長幼之長。乃知老杜“長年三老
長歌裏,白晝攤錢高浪中”之語,蓋如此。因謂:“何謂攤錢?”云:“博也。”
按: 梁冀能意錢之戲,注曰:“即攤錢也。”則攤錢之爲博,信矣。《古今詩話》
謂:“川陜以篙手爲三長老,蓋推一行之長尊者言之。”（《龜磵詩話》卷二十
二,《韓國詩話叢編》第 8 冊,頁 299）

號 下 水 船

《摭言》云：朱梁時，姚洎爲學士。一日，梁祖問及裴延裕，曰："頗知其人敏。"洎曰："向在翰林，號下水船。"梁祖曰："卿便是上水船。"洎甚慚。山谷《觀東坡出遊》詩曰："金狨繫馬曉鶯邊，不比春江上水船。"蓋謂東坡藻思捷敏也。老杜詩曰"百丈誰家上瀨船"，此以即景言之。百丈，巴人接竹爲纜以牽逆流之船，號百丈。（《龜磵詩話》卷二十二，《韓國詩話叢編》第 8 冊，頁 300）

水仙三舟　霄漢喬松

開元中，陶峴宅昆山，好遊江湖，爲三舟，一自載，二賓客，三酒饌。與孟彦深、孟雲卿、布衣焦遂，人置僕妾女樂一部奏清商曲，人謂之"水仙"。孟彦深，按《元次山集》有《招孟武昌》詩曰："武昌不仕進，武昌人不厭。退溪正可遊，梧湖任來泛。"又曰："燒梨爲温酒，煮鱖爲作瀋。愛客亦愛樽，思君共杯飲。"孟武昌即彦深也。常與次山舟遊梧湖，故云。孟雲卿，即杜《解悶[一]》詩所謂"孟子論文更不疑"者也；焦遂，即《飲中八仙歌》所謂"五斗方卓然，高談雄辨動四筵"者也，皆一代文酒風流豪也。峴以彭澤後孫，亦工詩，如"鴉翻楓葉夕陽動，鷺立蘆花秋水明"之句，爲人傳誦。昔，李膺、郭泰同舟濟河，河上士女望之，以爲如喬松之在霄漢。故杜詩曰："佳人拾翠春相問，仙侶同舟晚更移。"今陶峴風流亦不愧於李、郭矣。（《龜磵詩話》卷二十二，《韓國詩話叢編》第 8 冊，頁 301）

[一] 悶，原作"惆"。

虛 舟 不 覆

白香山詩曰"未聞風浪覆虛舟"，人能虛心容物，外患無由至矣。莊子曰："方舟而濟於河，有虛船來觸舟。雖有褊心之人，不怒。人能虛己以遊世，其孰能害之？"此善喻也。少陵《題張氏隱居》詩曰："乘興杳然迷出處，對君疑是泛虛舟。"蓋張隱居遠害，不爲名利所縮。若虛舟初無所繫，往來自由者，故少陵稱之也。（《龜磵詩話》卷二十二，《韓國詩話叢編》第 8 冊，頁 302）

車　蓋

（上略）漢制，天子車金根，蘇頲詩："雲護金根駕六龍。"皇后星軒，宋之問詩："九嬪侍星軒。"太子銅車，陸機詩："撫劍遵銅車。"又曰青蓋車，又曰鳳輦，杜詩："鶴駕通宵鳳輦備[一]。"（《龜磵詩話》卷二十二，《韓國詩話叢編》第 8 冊，頁 302）

[一] 備，原作"回"，據杜甫《洗兵馬》改。

青熒芙蓉　赤堇出錫　鮫龍捧爐　湛盧入楚

劍,檢也,所以防檢非常,故郭元振詩曰:"幸得周防君子身。"《筦子》曰:"昔葛盧之山發而出金,蚩尤制爲劍鎧。"此劍之始也。李白詩曰:"寶劍雙鮫龍,雪花照芙蓉。"杜《哀蘇源明》詩曰:"青熒芙蓉劍,犀兕豈獨剸。"芙蓉劍,按《吳越春秋》:允常聘歐冶子作劍,一純鈎,二湛盧,三豪曹,四魚腸,五巨闕。秦客薛燭善相劍,王取三四五劍示之。薛曰:"非寶。"取純鈎示之,薛矍然曰:"赤堇之山破而出錫,若耶之溪涸而出銅,鮫龍捧爐,太一下觀,造爲此劍,沉沉如芙蓉始生於湖。"(下略)(《龜磵詩話》卷二十二,《韓國詩話叢編》第 8 册,頁 305)

舜作五明　殷宗雉尾　王母孔雀

謝玄暉詩:"輕扇動凉颷。"杜子美詩:"輕箑頻相向。"按《方言》:"自關以東謂之箑,自關以西謂之扇。"扇之名,未知起於何時,而《古今注》:"舜受堯禪,廣開視聽,作五明扇。"漢公卿大夫皆用,魏晉非乘輿不得用。杜詩:"雲移雉尾開宮扇。"雉尾扇自殷始,高宗有雊雉之祥,服章多用翟羽。周制:王后、夫人車服俱有翣,緝雉羽爲之,以障風塵。翣,亦扇屬,武王所作。杜詩又曰:"孔雀徐開扇影還。"注:"以孔雀毛爲扇。"《内傳》:"西王母手執孔雀扇",故李頎《王母歌》曰:"霓裳照耀麒麟車,羽蓋淋漓孔雀扇。"漢趙飛燕[一]爲皇后,上遺賜雲母扇、五明扇、七華扇、翟羽扇、孔雀扇。(《龜磵詩話》卷二十二,《韓國詩話叢編》第 8 册,頁 313)

[一] 燕,原缺。

羽扇賦見志　椶拂詩托意

諸葛武侯嘗持白羽扇指麾三軍,又顧榮伐陳敏,以白羽扇指麾。老杜《哀李光弼》詩:"平生白羽扇,零落鮫龍匣。"詩意蓋謂李司徒之指麾三軍,用武侯之白羽扇也。又杜《椶拂子》詩:"椶拂且薄陋,豈知身效能。不堪代白羽,有足除蒼蠅。"按《唐書》:明皇以李林甫代張九齡相,九齡恐爲林甫所危,因進《白羽扇賦》以見其志云:"肅肅鳥羽,穆如清風。縱秋氣之移奪,終感恩於篋中。"白羽爲物,可以驅除蠅蚊,爲世所用。九齡自喻也。今椶拂,其質薄陋,雖不堪代白羽,猶足以驅除蒼蠅,此則老杜自況。而末云:"物微世競棄,義在誰肯徵。三歲清秋至,未敢闕緘縢。"蓋謂椶拂雖微物,猶有意義,而世人不肯徵信其義,競棄置之,不見用於清秋,而不敢怠於緘藏,冀其他時之服用。其取比亦深矣。(《龜磵詩話》卷二十二,《韓國詩話叢編》第 8 册,頁 313)

緑玉樹　蒼藤竹

李白詩"手持緑玉杖",蓋以緑玉樹枝爲杖。《淮南子》曰"崑崙山有碧玉樹"是也,故李詩又曰:"東窗緑玉樹,定長四五枝。"杜詩曰:"安得仙人九節杖,拄到玉女洗頭盆。"按《劉根别傳》:"漢武登少室,見一女子以九節竹杖仰指。"又《神仙傳》:"王烈曾受赤城老人九節蒼藤竹,拄杖行地,馬不能追。"(《龜磵詩話》卷二十二,《韓國詩話叢編》第 8 册,頁 316)

葛陂爲龍　　桃竹生石

老杜《桃竹杖引贈章留後》詩曰:"杖兮杖兮,爾之生也甚正直,慎勿見水踊躍學變化爲龍。"此蓋使費長房投杖葛陂化龍事也,詩意則指留後也。蓋當時將帥,雖平日號爲忠義者,晚節得兵權,處便地,則叛亂無常,故以此諷留後也。留後即章彝,時爲梓州刺史,故詩曰:"梓潼使君開一束,憐我老病贈兩莖。"按:桃竹出巴渝水石間,故詩曰:"江心蟠石生桃竹,蒼波噴浸尺度足。斬根削皮如紫玉,江妃水仙惜不得。"蓋謂竹根爲水所浸,常盈尺度而爲人所取,水仙惜之不得也。東坡跋此詩云:"桃竹,葉如棕,身如竹,密節而實中,犀理瘦骨,蓋天成拄杖也。"嶺外人多種此而不知其爲桃竹,流傳四方,視其端有眼者,蓋自東坡出也。(《龜磵詩話》卷二十二,《韓國詩話叢編》第 8 册,頁 317)

北 海 讀 書

少陵詩"拂試烏皮几",几案,屬人所憑倚也,故杜詩又曰"憑几看魚樂",又曰"隱几亦無心",用南郭子綦事。又曰"馮几坐看書",此孔融事。融在北海,爲袁譚所攻,流矢雨集,矛戟内集,融讀書安坐。(《龜磵詩話》卷二十二,《韓國詩話叢編》第 8 册,頁 318)

胡 床 出 處

杜詩曰:"匡床竹火爐。"匡,安也。李詩"匡坐至夜分",亦此義也。今之交床,制本自虜來,名胡床。(下略)(《龜磵詩話》卷二十二,《韓國詩話叢編》第 8 册,頁 319)

玉 案 銀 床

李詩"傳觴青玉案",青玉案,似是玉盞臺。而平子《四愁詩》"何以報之青玉案",此書案也。《選》詩曰"白玉爲君床",古人以玉飾床案者有之。《晉·樂[一]志》載淮南王詩曰"後園鑿井銀作床,金瓶素綆汲寒漿",杜詩"露井凍銀床",事始見于此。又許彦周言:"嘉祐中,河濱人網得一石,刻詩曰:'雨滴空階曉,無心換夕香。井梧花落盡,一半在銀床。'"(《龜磵詩話》卷二十二,《韓國詩話叢編》第 8 册,頁 319)

[一] 樂,原作"輿"。

簟 　 席

杜詩:"留客夏簟清琅玕。"簟,竹席也,宋魏間謂之笙,《三都賦》"桃笙

象簟"是也。或謂之篷曲,自關以東謂之倚佯,以西謂之行唐。謝玄暉詩"珍
簟夏含霜",又杜詩曰"恩分夏簟冰",簟,取其凉也。(下略)(《龜碉詩話》
卷二十二,《韓國詩話叢編》第 8 冊,頁 319)

纈眼龜甲　翡翠孔雀

李長吉詩:"龜甲風屏醉眼纈。"《述異記》:"龜甲,香名,即桂香之善
者。"《洞冥記》:"漢武起神明臺,臺上有金床象席龜甲屏風。"李商隱詩"蠟
照半籠金翡翠",金翡翠,屏也。劉遵詩亦曰"金屏障翡翠",又杜詩"屏開金
孔雀",金孔雀、金翡翠,皆以畫言也,如唐高祖屏間所射孔雀也。(《龜碉詩
話》卷二十二,《韓國詩話叢編》第 8 冊,頁 322)

燈花得財

樊噲問陸賈曰:"自古人君受命於天,云有瑞應,豈有是乎?"曰:"目瞤
得酒食,燈花得錢。則乾鵲噪,行人至;蜘蛛集,百事喜。小既有徵,大亦宜
然。"杜詩"燈花何太喜",梅聖俞《燈花》詩"從教占有驗",語皆使此。(下
略)(《龜碉詩話》卷二十二,《韓國詩話叢編》第 8 冊,頁 325)

一　錢　守　囊

阮孚持一皂囊遊會稽,客問:"囊中何物?"曰:"但有一錢守囊,恐其羞
澀。"唐人詩"留得一錢看"直使此事。而羅隱詩"一錢猶不許,還恐皂囊
羞",反用語奇。大抵詩之使事,反用爲好,如老杜用"落帽事"是也。(《龜
碉詩話》卷二十二,《韓國詩話叢編》第 8 冊,頁 328)

向毫吹毛　鐵絲銀刃

杜詩"戈鋋開雪色,弓矢向秋毫",弓矢所向,雖秋毫之微末而必中,言善
射也。一本"向"作"尚",無意也。下又云"鋒先衣染血,騎突劍吹毛",吹
毛,言其利也,古有吹毛之劍。又杜《久雨期王將軍》詩:"憶爾腰下鐵絲箭,
射殺林中雪色鹿。異獸如飛星宿落,應弦不礙蒼山高。"言箭勁射中,應弦而
落也。鐵絲,阮瑀詩"箭抽鐵絲剛,刀插銀刃白"。(《龜碉詩話》卷二十二,
《韓國詩話叢編》第 8 冊,頁 340)

杯 中 弩 影

《風俗通》:汲令應郴以夏至日請主簿杜宣飲,北壁上有懸赤弩照杯中,
宣惡之,得疾。郴知之,延宣於舊處設酒,其見如初。郴指謂曰:"弩也。"宣
疾遂差。庾信《坐病窮愁》詩"留蛇常疾首,映弩屢驚心",杜詩"疑惑尊中
弩",亦以久病言。(《龜碉詩話》卷二十二,《韓國詩話叢編》第 8 冊,
頁 340)

三箭定天山　青海無傳箭

薛仁貴爲鐵勒行軍總管,將行賜宴。帝曰:"古者善射者穿七札,卿試以

五甲射之。”一發洞貫。九姓衆十餘萬,令驍騎來挑戰。仁貴發三矢輒殺三人,虜氣慴,皆降。軍中歌曰:“將軍三箭定天山,壯士長歌入漢關。”杜《贈哥舒開府》詩“青海無傳箭,天山早掛弓”,時翰築城青海,吐蕃不敢近。傳箭,胡人起兵則傳箭爲號,或曰守城之法,更夜傳箭以警睡者。或曰青海中軍夜傳箭以守。蓋無傳箭,謂無警也;掛弓,言休兵也。杜蓋以翰比仁貴也。(《龜礀詩話》卷二十二,《韓國詩話叢編》第 8 册,頁 341)

飛 髇 玉 弝

李白詩:“弓彎滿月不虛發,雙鶬迸落連飛髇。”髇,鏑也,鏑之爲言敵也,可以禦敵。杜詩“甲外控鳴鏑”。髇與嚆通。《莊子》“櫟跖嚆矢”,注:“嚆矢,行劫者先聲也。”王維《出塞行》:“玉弝角弓珠勒馬,漢家將賜霍嫖姚。”玉弝,以玉飾弣也。(《龜礀詩話》卷二十二,《韓國詩話叢編》第 8 册,頁 341)

氈帶雙鞬 虎紋金靫

古詩“氈帶佩雙鞬”,鞬,弓衣。李白《北風行》:“別時提劍救邊去,遺此虎紋金鞞靫。中有一雙白羽箭,蜘蛛結網生塵埃。箭空在,人今戰死不復回。”靫,箭室。鞞與鈚通,矢鏃也。杜詩“長鈚及狡兒”。(《龜礀詩話》卷二十二,《韓國詩話叢編》第 8 册,頁 342)

耻鳴吾君 甲聞丹極

王維《老將行》曰“耻令越甲鳴吾君”,用《説苑》齊雍門秋之事。杜《虎牙行》云:“犬戎鎖甲聞丹極。”時吐蕃陷京師,故云丹極,帝居也。言甲有聲聞於丹極也。當是時,“甲鳴吾君”之耻極矣,故曰“臣甫憤所切”。(《龜礀詩話》卷二十二,《韓國詩話叢編》第 8 册,頁 342)

花袍白袍 墨雲都 緑沈甲

曹翰詩:“庭前昨夜秋風起,羞睹團花舊戰袍。”團花袍,以紅錦飾鑷子,故曰花袍。杜詩:“帳殿羅玄冕,轅門照白袍。”按,梁陳慶之所統兵,悉著白袍,所向披靡,言官軍勇鋭也。又杜《久雨期王將軍》詩“未使吳兵著白袍”,按:侯景令東吳兵盡著白袍爲營陣。白袍所用各異,《唐六典》:“甲制十三:有曰白布,曰皂絹者。”白袍即白布甲也。楊行密有鋭士五千,衣以黑繒甲,號黑雲都。隋張淵有功,文帝賜緑沈甲,則鑷甲色製不一其規也。(《龜礀詩話》卷二十二,《韓國詩話叢編》第 8 册,頁 342)

銷 甲 事 農

杜《諸將》詩:“稍喜臨邊王相國,肯銷金甲事春農。”謂王縉也。時縉節度盧龍,休兵屯田,故云。《家語》:“顔淵言志,以爲願得聖王輔相之,使鑄劍戟以爲農器。”蓋嘆戰國之交争而發也。老杜當天寶、至德之際,乾坤瘡痿,甲兵不休。故其《蠶穀行》曰:"天下郡國向萬城,無有一城無^[一]甲兵。焉得鑄甲作農器,一寸荒田牛得耕。牛盡耕^[二],蠶亦成。不勞烈士淚滂沱,男穀女絲行復歌。"又曰:"凶兵鑄農器。"又曰:"鋒鏑供鋤犁。"其傷時惻怛之語,無非"净洗甲兵長不用"之意,則其於王相國之銷甲事農,安得不稍以慰懷,喜發於吟吻乎? 若老杜者,可謂"憂天下之憂,樂天下之樂"者也。(《龜磵詩話》卷二十二,《韓國詩話叢編》第 8 冊,頁 343)

　　[一] 無,原作"不",據杜甫《蠶穀行》改。

　　[二] 牛盡耕,原作"牛盡耕田"。

苔 臥 綠 沈

　　杜詩"興王未息戈",戈,平頭也。又單枝曰戈,雙枝曰戟。《周禮》有雍狐之戟,屈廬之矛。二丈曰矛,丈八曰稍。唐詩"鐵騎突出刀槍鳴",槍,長戟也。杜詩"雨施金鑡甲,苔臥綠沈槍",綠沈,戟名,如綠沈甲、綠沈弓之名也。(《龜磵詩話》卷二十二,《韓國詩話叢編》第 8 冊,頁 343)

魯 陽 揮 日

　　王翰詩"壯士揮戈回白日",按:魯陽公與韓遘戰方酣,日暮,公援戈而揮之,日爲之反三舍。杜詩"難分太倉粟,競棄魯陽戈",言軍官敗北也。又"虞公戰,日暮以劍駐日"。(《龜磵詩話》卷二十二,《韓國詩話叢編》第 8 冊,頁 343)

門 列 棨 戟

　　杜《魏將軍歌》:"五年起家列霜戟",按崔豹注:"棨戟,前驅之器也,以木爲之,王公以下通用。"《隋書》:三品以上,門列棨戟。唐制,勛至上柱國,門立戟。魏將軍起家五年,勳至柱國,門列霜戟,則可謂立談之間列侯貴者也。棨形如戟,有幡,執以傳信。杜詩又曰:"身使門戶多旌棨。"(《龜磵詩話》卷二十二,《韓國詩話叢編》第 8 冊,頁 343)

哥 舒 半 段

　　《玄宗實錄》:哥舒翰爲河西衙前將,時吐蕃大入寇邊,翰持半段槍當其鋒擊之。杜詩"身輕一鳥過,槍急萬人呼",此蓋持翰而言,謂翰輕健如飛鳥,用槍之急,使萬人爲驚呼也。翰以半段槍獨當吐蕃銳鋒,一鳥輕迅,萬人驚呼,雖趙子龍梨花槍法無以加之。(《龜磵詩話》卷二十二,《韓國詩話叢編》第 8 冊,頁 344)

昆 明 戈 船

　　放翁詩"時平更喜安戈船静",戈船之名始於漢武。《西京雜記》:武帝作昆明池,池中有樓船、戈船,樓船上建樓櫓,戈船上建戈戟,四角悉垂幡旄麾蓋,照灼涯涘。即老杜所謂"昆明池水漢時功^[一],武帝旌旗在眼中"者也。

(《龜磵詩話》卷二十二,《韓國詩話叢編》第 8 冊,頁 344)

> [一] 功,原缺,據杜甫《秋興八首》補。

九 旗 九 章

《釋名》:"旐,精也,言有精光也。旗,期也,言與衆期於下也。"杜詩"旐旗日暖龍蛇動",李詩"揚兵習戰張虎旗",坡詩"隼[一]旗前導熊軒出"。按《周官》:"司常掌九旗,日月爲常,交龍爲旂,通帛爲旃,雜帛爲物,熊虎爲旗,鳥隼[二]爲旟,龜蛇爲旐,全羽爲旞,析羽爲旌。"(下略)(《龜磵詩話》卷二十二,《韓國詩話叢編》第 8 冊,頁 344)

> [一][二] 隼,原作"準"。

名 蚩 尤 旗

《列子》:黄帝與炎帝戰,以雕、鶡、鷹、鳶爲旗幟,蓋旌旗之始也。又黄帝出軍次立牙之日,吉氣來應,旌旗指敵,是謂堂堂之陣,正正之期,此大勝之兆也。帝殺蚩尤於涿鹿,後冢上常有赤氣出,如一匹絳帛,民以爲蚩尤旗。杜《詠懷》詩:"蚩尤塞寒空,蹴踏厓谷滑。"蚩尤,蓋指乘輿前導之旗,蹴踏厓谷言其多也。或曰:"蚩尤,星名。"(《龜磵詩話》卷二十二,《韓國詩話叢編》第 8 冊,頁 345)

翠 蕤 雲 旓

杜《魏將軍歌》:"攙槍熒惑不敢動,翠蕤雲旓相蕩摩。"翠蕤,旗名。按《文選》:"啓翠華之葳蕤。"旓,旗旒。雲旓,旓垂如雲也。下云"鈎陳蒼蒼玄武暮",注"玄武,闕名"云。而詩意似謂北方玄武之旗也。舊本以"武"字爲韻,云"風玄武",極無意義。以鈎陳則蒼蒼,以玄武則暮,如此方是景致,與韻致俱好。(《龜磵詩話》卷二十二,《韓國詩話叢編》第 8 冊,頁 345)

舉旗爲風　精彩皆變

張文潛《磨厓碑》詩曰:"玉環妃血無人掃,漁陽馬厭長安草。潼關戰骨高於山,萬里君王蜀中老。金戈鐵馬從西來,郭公凛凛英雄才。舉旗爲風偃爲雨,洒掃九廟無塵埃。"郭令公舉旗爲風,偃旗爲雨,灑掃九廟之塵埃,則其嵬勛偉績,有光太常。然郭公在軍,全尚寬仁。李司徒濟之以威,代郭公節度,以夜半至軍壁,墨旗旌,精彩皆變。又臨戰執大旗而令軍士曰:"望吾旗麾,若緩可觀便宜,若三麾至地,諸軍畢入,死生以之,退者斬。"其紀律之嚴如此,而功亦不下於郭公。故《八哀》稱之曰:"人安若泰山,薊北斷右肋。"又曰:"擁兵鎮河汴,千里初妥帖。"郭、李用兵仿佛漢家之程、李也。杜《虎牙行》曰"金錯旐竿滿雲直",言旐旗之多也。金錯,張平子詩曰"美人贈我金錯刀"。按《續漢書》曰:"佩刀,諸侯王黄金錯環。"《前漢·食貨志》曰:"新室鑄刀,以黄金錯其文,刀直五千。"杜詩又曰"熒熒金錯刀",此言刀飾。

又曰"金錯囊垂鑿",此專言錢也。蓋古人於器物以黃金錯之,皆謂之金錯,則"金錯旌竿"亦此義也。(《龜碉詩話》卷二十二,《韓國詩話叢編》第 8 冊,頁 345)

公堂揚旗　駃騠流星

嚴鄭公守成都時,置酒公堂,觀騎士試新旗幟,時少陵參謀軍事在幕中,因作《觀揚旗》詩曰"江雨颯長夏,府中有餘清。初筵閱軍裝,羅列照廣庭。庭空六馬入,駃騠揚旗旌。廻廻偃飛蓋,熠熠送流星。來纏風颷急,去掣山岳傾。虹蜺就掌握,舒捲隨人輕"云云。極言揚旗去來疾速之狀,令人如見。按《羽[一]獵賦》"曳彗星之飛旗","送流星"蓋出此。(《龜碉詩話》卷二十二,《韓國詩話叢編》第 8 冊,頁 346)

[一] 羽,原作"較",據揚雄《羽獵賦》改。

旗塵不翻　改爲朱旗

杜《柏中丞》詩"金甲雪猶凍,朱旗塵不翻",謂靈旗所指烟塵遂息也。中丞即柏貞節,與弟茂林討崔旰之亂,平之。又《柏中丞宴將士》詩:"漢朝頻選將,應拜霍嫖姚。"以中丞比嫖姚。朱旗,天寶九載七月,諸衛隊仗所用緋色旗並改爲赤,諸節度亦准此,故杜詩又曰:"曾閃朱旗北斗間。"[一]又曰:"火旗還錦纜。"火旗,朱旗也。龍旗象大火諸侯所建,鳥旗像鶉火州里所建。(《龜碉詩話》卷二十二,《韓國詩話叢編》第 8 冊,頁 346)

[一] 曾閃朱旗北斗間,原作"朱旗曾閃北斗間",據杜甫《諸將五首》其一改。

伏羲歸天　鄭衛音作　孝孫論廟樂　明皇溺夷音

(上略)唐張文收、祖孝孫討論郊廟之樂,於是大備。迄於開元、天寶間,君臣相與爲淫樂,如樂天詩"緩歌慢舞凝絲竹,盡日君王看不足",老杜詩"暖客貂鼠裘,悲管逐清瑟"者是也。明皇尤溺於夷音,薰然成俗。(下略)(《龜碉詩話》卷二十三,《韓國詩話叢編》第 8 冊,頁 356)

周郎顧　宮不召商　角與徵戾　金石諧婉　知唐復國

杜詩曰:"音知燥濕弦。"周公瑾少精音樂,雖三爵後,音有闕誤必知之而顧。故時人語曰:"曲有誤,周郎顧。"所謂"欲得周郎顧,時時誤拂弦"者,此也。高宗[一]時,章懷太子作《寶慶曲》,閱於太清觀,李嗣真謂道人劉概曰:"宮不召商,君臣乖也;角與徵戾,父子疑也。死聲多且哀,若國家無事,太子任其咎。"俄而太子廢。又神龍元年,太廟樂作,樂府裴知古密語萬年令元行沖曰:"金石諧婉,將有大慶。"是月中宗復位,復國爲唐。《樂記》曰:"凡音之起,由人心生。"又曰:"審樂以知政,信矣。"嗣真、知古皆能精於音樂,知弦濕燥,賢於公瑾者也。(《龜碉詩話》卷二十三,《韓國詩話叢編》第 8 冊,頁 357)

[一] 宗,原作"帝"。

趙師辨吳蜀聲　龜年辨秦楚聲　席上唱紅豆　落花時逢君

李龜年善琴歌,自云得之趙師。(中略)龜年在梨園,與馬仙期、賀懷智,皆同知音律。龜年特承顧遇,於東都大起第宅。後流落江南,每遇良辰,琴歌數闋,座中莫不掩泣。(中略)老杜於江南逢龜年,贈詩曰:"岐王宅裏尋常見,崔九堂前幾度聞。正是江南好風景,落花時節又逢君。"(《龜磵詩話》卷二十三,《韓國詩話叢編》第 8 冊,頁 362)

知 燥 濕 弦

趙王遣使之楚,方鼓瑟送之,誡曰:"必如吾言。"使者曰:"王之鼓瑟,未嘗悲若此也。"王曰:"宮商固方調矣。"使者曰:"調則何不書其柱耶?"王曰:"天有燥濕,弦有緩急,宮商移徙不可知,是以不書。"使者曰:"明君之使人也,任之以事,不制以辭。遭吉則賀之,凶則吊之。今楚趙相距千有餘里,吉凶不可預知,猶柱之不可書。"杜詩"音知燥濕弦",蓋用此。(《龜磵詩話》卷二十三,《韓國詩話叢編》第 8 冊,頁 367)

素女悲　湘靈鼓

公孫卿爲武帝言:"天帝令素女鼓五十弦瑟,帝悲不自禁,乃破瑟爲二十五弦,于是帝召歌兒作二十五弦瑟,乃箜篌。"唐詩"二十五弦彈夜月"是也。杜甫《酬高蜀州》云:"鼓瑟至今悲帝子。"注:"湘妃,堯之女,故曰帝子。"傳言"湘靈鼓瑟",錢起詩"曲終人不見,江上數峰青",詠湘瑟語也。(《龜磵詩話》卷二十三,《韓國詩話叢編》第 8 冊,頁 367)

長 城 弦 鞉

方干詩:"琵巴弦促千般調。"《樂錄》:琵巴出於弦鞉,杜摯以爲秦人苦長城役,弦鞉而鼓歌之。《釋名》云:"推手前曰琵,引手却曰琶,因以爲名。本胡中馬上所鼓也。"杜詩"千歲琵琶[一]作胡語,分明怨恨曲中論",雖用昭君事,而胡語自是琵琶[二]解題。(下略)(《龜磵詩話》卷二十三,《韓國詩話叢編》第 8 冊,頁 367)

[一][二] 琵琶,原簡寫成"比巴",改。

秦聲趙曲　鴻驚雁背　銀甲不卸　碧樹一蟬

杜詩"佳人當窗弄白日,弦將手語彈鳴箏",箏,五弦,築身。(中略)《樂志》"彈箏用銀甲代指",故杜詩曰"銀甲彈箏用",玉溪詩曰"十三學彈箏,銀甲未曾卸",樂天詩曰"甲鳴銀玓瓅,柱觸玉玲瓏",蓋銀甲,繫爪之類。按《藝林》:代山女妓以鹿角琢爲爪以彈箏,曰繫爪,或以骨爲之,曰骨爪。又唐有乾箏,夢得詩曰"滿座無言聽乾箏,秋山碧樹一蟬鳴",以竹軋之,故名。(《龜磵詩話》卷二十三,《韓國詩話叢編》第 8 冊,頁 371)

玉 管 象 鳳

《集仙錄》：舜在位，王母使獻白玉環及益地圖，舜遂廣九州爲十二牧。杜詩"不知何國致白環"蓋用此。王母復獻白玉之管，以和八風。故章帝時，零陵文學奚景于營道縣舜祠下得白玉管十三簧，象鳳之身。（下略）（《龜磵詩話》卷二十三，《韓國詩話叢編》第8冊，頁373）

吹 阿 韠 回　折 柳 落 梅

唐詩："橫吹繞長林。"橫吹，笛也。李白詩："羌笛橫吹阿韠回曲名，向月樓中吹落梅。"《樂錄》：橫吹，胡樂也。張騫自西域傳法于張安，得《摩訶兜勒》一曲，李延年因之，更造新聲二十八解，以爲武樂。如《隴頭吟》《關山月》《折楊柳》《落梅花》等名，皆橫吹曲也。故古人笛詩多用此曲，如李白詩"羌笛梅花引，吳溪隴水清"，戎昱詩"風起塞雲斷，夜深關月開。平明獨恓悵，飛盡一庭梅"，杜甫詩"三年笛裏關山月"，又"故園楊柳今搖落，何得愁中却盡生"是也。（《龜磵詩話》卷二十三，《韓國詩話叢編》第8冊，頁376）

柯 亭 椽 竹　青 溪 三 弄

（上略）晉桓伊得中郎柯亭笛，常自吹之。王徽之泊舟青溪側，素不相識，有過客稱伊小字曰："此桓野王也。"徽之便令人謂曰："試爲我奏。"伊時貴顯，素聞徽之名，便下車，踞胡床作三調，弄畢，便卜車夫，不交一言。伊爲南征將軍而好笛，撰《折楊柳》尤妙，後人不能盡其指訣。故老杜《吹笛》詩："胡騎中宵堪北走，武陵一曲想南征。"繼有"楊柳搖落"之語。武陵曲，即《武溪深》也。馬援征武溪時所製曲也，援門客爰寄生善吹笛，援每令吹之，和《武溪深》曲。（《龜磵詩話》卷二十三，《韓國詩話叢編》第8冊，頁376）

張 騫 傳 法　沈 祝 家 聲

杜詩："哀筑曉猶咽。"《漢鹵簿》云"騎執篍"，篍即筑也。晉先[一]蠶《儀注》："車駕住吹小篍，發吹大篍。"杜詩又曰："胡笳樓上發，哀怨不堪聽。"笳，本胡人卷笳蘆葉吹之，故曰胡笳。張博望自西域傳其法，李延年因其曲更造新聲，有《出塞》《入塞》等十曲。唐詩"臥吹蘆管莎草綠"，亦笳也。或云："笳，伯陽所製，大胡笳名沈家聲，小胡笳名祝家聲。"（《龜磵詩話》卷二十三，《韓國詩話叢編》第8冊，頁379）

[一]先，原脱，補。

胡 騎 解 圍

《晉書》：劉疇曾避亂塢壁，賈胡數百欲害之，疇無懼色，援笳吹之，爲出塞之聲，動其遊客之思，於是群胡皆倚泣而去。政老杜所謂"數泪墮哀笳"者也。又，劉越石爲胡騎所圍，城中窘迫無計，越石乘月登樓清嘯，胡聞之，皆淒然長嘆。入夜吹奏胡笳，胡皆流涕懷土，向曉又吹，胡騎並棄圍走。杜詩

"胡騎中宵堪北走",蓋借用於笛也。(《龜磵詩話》卷二十三,《韓國詩話叢編》第 8 册,頁 380)

堯立諫鼓　周垂戒鞉

堯立敢諫之鼓,武王有戒慎之鞉。擊鼓而來諫,摇鞉而戒失。唐詩"垂鞉聽規諫"是也。又,禹以五音聽政,懸鐘鼓磬鐸鞉,以待四方之士,爲號曰:"教寡人以道者擊鼓,喻以義者擊鐘,告以事者振鐸,告以憂者擊磬,有獄訟者摇鞉。"古聖王求言之方無所不備,故其興也勃然焉。後世則諫鼓不鳴,戒鞉無聲,豈老杜所謂"聖朝無闕事,自覺諫書稀"者耶?(《龜磵詩話》卷二十三,《韓國詩話叢編》第 8 册,頁 381)

呼鼕鼓

杜詩曰"村鼓時時急",又曰"剽奪驚梐鼓",皆警盗也。馬周上言:"令金吾每街懸鼓夜擊,止其行李,以備竊盗。"時人遂呼爲"鼕鼕鼓"。裴修戲爲詩曰:"遮莫鼕鼕鼓,復傾滿滿杯。金吾若相問,報道玉山頽。"(《龜磵詩話》卷二十三,《韓國詩話叢編》第 8 册,頁 382)

霜鐘自鳴

杜詩:"金吼霜鐘徹。"按,喬覃《霜鐘賦序》云:南陽豐山有九鐘,霜降則鳴。覃叩遇達奚公,擢甲科。然則南陽即公隱居之舊地,爲此賦以廣知音焉。(下略)(《龜磵詩話》卷二十三,《韓國詩話叢編》第 8 册,頁 383)

薛童篳篥　名壓關李　三公賦詩

杜詩:"夜聞觱篥滄江上,衰年側耳情所向。"觱篥,蓋管聲樂也。(下略)(《龜磵詩話》卷二十三,《韓國詩話叢編》第 8 册,頁 386)

江城帶月　郊餞夏雲

老杜《聽楊氏歌》詩曰:"佳人絶代歌,獨立發皓齒。江城帶素月,況乃清夜起。"清夜、江城、素月、流輝,恰好是聽歌時景物。末云"吾聞昔秦青,傾側天下耳",以楊氏比秦青也。《列子》:"薛譚學謳於青,未窮青技,辭歸。青餞於郊,乃撫節悲歌,聲振林木,響遏行雲。譚乃謝,求反,不敢言歸。"(《龜磵詩話》卷二十三,《韓國詩話叢編》第 8 册,頁 387)

五噫傷時

梁鴻東出關,過京師,作《五噫之歌》,蓋傷時也,故杜詩曰"傷時歌五噫",李詩曰"五噫出西京"。蕭宗聞而求之,乃變姓爲安期,名耀,字侯光,與妻德曜適吳,依皋伯通,故李詩又曰"梁鴻入會稽"。(《龜磵詩話》卷二十三,《韓國詩話叢編》第 8 册,頁 388)

秦女卷衣　舞衣歌扇

温飛卿《舞衣曲》云:"不逐秦王卷象床,滿樓明月梨花白。"秦王卷象床,解者以爲難解。按:《樂府解題》有《秦女卷衣曲》,言卷衣以贈所歡也。吳筠歌曰:"咸陽春草芳,秦女卷衣裳。"李白有《秦女卷衣曲》云:"天子居未央,妾侍卷衣尚。顧無紫宮寵,敢拂黃金床。"然則飛卿《舞衣曲》蓋取《秦女卷衣》之意,而言舞衣不隨秦王而卷於象床也。古人多以舞衣對歌扇用之,如劉希夷云"池月憐歌扇,山雲學舞衣",儲光羲云"竹吹留歌扇,蓮香入舞衣",李義山云"鏤月成歌扇,裁雲作舞衣",陰鏗云"鶯啼歌扇後,花落舞衫前",杜甫云"江清歌扇底,野曠舞衣前",此等語,蓋皆相襲而互有優劣。(《龜磵詩話》卷二十三,《韓國詩話叢編》第 8 冊,頁 405)

屈 原 舊 基

《歸州圖經》云:"州北有屈平古宅,方七頃,累石爲屋基。"杜《最能行》記歸州土俗而曰:"若道土無英俊才,何能山有屈原宅。"山即秭歸山也,有女嬃廟,每於風凄月白之際,隱隱有砧聲云。王昭君亦歸州秭歸人也。《圖經》又云:"秭歸有王嬙村,村中凡生女必灸其面。"白樂天詩"不效往者戒,恐貽來者冤。至今村女面,燒灼成瘢痕"是也。杜《負薪行》曰:"若道巫山女粗醜[一],何得此有昭君村?"蓋歸州峽與荊門通,故杜《懷古》又曰:"群山萬壑赴荊門,生長明妃尚有村。"(《龜磵詩話》卷二十四,《韓國詩話叢編》第 8 冊,頁 409)

[一] 粗醜,原作"醜粗",據《杜詩詳注》改。

玉 堂

玉堂,前漢殿名,而後號翰林爲玉堂,杜詩"安得置之貢玉堂"是也。仙人所居亦曰玉堂,《宮詞》"二十八宿朝玉堂",韓詩"玉堂神仙見我笑"是也。又唐詩曰"白玉堂前一樹梅",與古樂府"白玉爲君堂"者同義,與上所稱者異矣。(《龜磵詩話》卷二十四,《韓國詩話叢編》第 8 冊,頁 417)

南 宮 太 微

杜詩:"南宮吾故人,白馬金盤陀。雄談映千古,見賢心靡他。"注以南宮爲禮部,似誤。劉禹錫撰《韋陟神道碑》曰:"公爲吏部員外,是曹在南宮爲眉目,在選士爲司命,公執直筆,一瞬剖紛拏。"按南宮,漢建尚書百官府,名曰"南宮",《天官書》:"南宮朱鳥,權、衡。太微,三光[一]之庭。"蓋取其象爲府名。(《龜磵詩話》卷二十四,《韓國詩話叢編》第 8 冊,頁 417)

[一] 光,原作"公",據《史記·天官書》改。

開館招賢　置驛迎客

張喬詩"平章日開欽賢館",蓋用公孫弘事也。(中略)張詩"欽賢館",一本作"招賢館"。招賢館在南鄭,高祖入蜀,使滕公主館以招賢,韓信入蜀時至此館,問招賢者爲誰。老杜詩"鄭莊賓客地",又曰"經過憶鄭驛",用鄭當時事也。當時以任俠自喜,爲太子舍人,五日一洗沐,置驛長安諸郊,以致賓客。(《龜碉詩話》卷二十四,《韓國詩話叢編》第 8 册,頁 418)

杜甫山館　張蠙[一]山驛　皇華美婦

杜少陵《宿山館》詩:"南國晝多霧,北風天正寒。路危行木杪,身遠宿雲端。山鬼吹燈滅,厨人語夜闌。雞鳴問前館,世亂敢求安。"張蠙[二]《宿山驛》詩:"驛在千峰裏,寒宵獨此身。古墳時見火,荒壁悄無鄰。月白翻驚鳥,雲閒欲就人。秪應明日[三]鬢,更與老相親。"二詩空館破驛,記得荒凉景物。昔廣州押衙崔慶成抵皇華驛宿,夜見美婦人,曰:"今日見君必有疑,俟君回轅,别圖後會。"擲書云:"川中狗,百姓眼。馬撲兒,御厨飯。"丁晉公解之曰"獨眠孤館"四字云云。少陵之"山鬼吹燈滅",張蠙[四]之"古墳時有火",即是獨眠孤館時幽怪録也。(《龜碉詩話》卷二十四,《韓國詩話叢編》第 8 册,頁 419)

[一][二][四] 蠙,原作"濱"。

[三] 日,原作"月",據張蠙《宿山驛》改。

洞 庭 争 雄

老杜《岳陽樓》詩"吴楚東南坼,乾坤日夜浮",坼、浮二字下得有力氣,壓百代爲五言雄渾之絶。唐子西云:"過岳陽樓,觀子美詩不過四十字,氣像閎放,涵蓄深遠,殆與洞庭争雄,所謂富哉言乎。太白、退之輩率爲大篇,極其筆力,終不逮也。"《西清詩話》:"洞庭天下壯觀,自古墨客題詠者衆,如'水涵天影闊,山拔地形高',又'四顧疑無地,中流忽有山。鳥飛應畏墮,帆遠却如閒',皆見稱於世。然又未若孟浩然詩云'氣蒸雲澤夢,波撼岳陽城',讀之則洞庭空闊無際、氣像雄張,曠然如在目前。至於讀子美此詩,則又氣像不然,大與諸子迥别,不知少陵胸中吞幾雲夢也。"後村云:"杜五言感時傷事,如'親朋無一字,老病有孤舟',八句中著此一聯,安得不獨步乎? 若全集千四百篇無此等句爲氣骨,篇篇都做'圓荷浮小葉,細麥落輕花'道了,則似近人詩矣。"宋滕宗諒左官守巴陵,重建岳陽樓,增舊制,極雄偉,范文正爲之記,時慶曆五年也。余謂岳樓題詠,少陵後無人,政所謂"此詩題後更無詩"者也,獨希文記筆力極其閎肆,其曰"上下天光,一碧萬頃"、"長烟一空,皓月千里"等語,直與少陵"吴楚乾坤"之句争雄,其曰"去國懷鄉,感極而悲"、"先天下憂,後天下樂"等語與少陵"親朋老病,憑軒涕泗"之意同一憂感也。前輩以爲范老胸襟與洞庭同其廣大者,誠非過語也。(《龜碉詩話》卷二十四,《韓國詩話叢編》第 8 册,頁 430)

改 爲 麟 閣

麒麟閣,蕭何造,宣帝圖畫功臣,李白所謂"丹青畫像麒麟臺"者也。老

杜《送崔侍御常正字》詩:"烏臺俯麟閣,長夏白頭吟。"烏臺美崔侍御,麟閣
美常正字。麟閣,正字所居也。唐天授初,改秘書省爲麟閣,則杜詩所稱,非
畫功之閣也。石渠閣,亦蕭何所建,下礱爲渠以導水,若今御溝,因以名閣,
藏入關時所得圖籍,李嶠詩"石渠圖籍故"是也。至成帝時,又於此藏秘書。
(《龜磵詩話》卷二十四,《韓國詩話叢編》第 8 册,頁 432)

太乙燃藜　揚子投閣

　　古詩:"太乙之精如我顧,青藜願借一宵燃。"按:劉向校書天禄閣,夜閣
獨坐誦書,有黄衣老人植青藜杖,杖端燃火,與向説開闢以前。向因受《洪
範》五行之文,至曙而去,曰:"我太乙之精,天帝聞卯金之子有博學人,下而
觀之。"乃出竹牒天文地理之書,悉以授之。朱復之《讀書無油歌》:"起來摩
挲真人圖,還有青藜老杖照我無。""真人圖",即所謂竹牒書也。又揚雄校
書天禄閣上,使者收雄,雄從閣上自投,幾死。故杜詩曰:"子雲識字終投
閣。"又曰:"揚子淹投閣。"按天禄,獸名,因獸立閣。(《龜磵詩話》卷二十四,
《韓國詩話叢編》第 8 册,頁 433)

疊字名亭

　　(上略)又道州有粲粲亭,宋時建,取老杜《舂陵行》"粲粲元[一]道州"之
意。又有欣欣亭,取白傅《道州民歌》"老者幼者何欣欣"之意。又有蕭蕭
亭,取老杜《餞裴道州》詩"蕭蕭秩初筵"之意。又有振振亭,取柳州《文廟
碑》"振振薛公"之意。古人以疊字名亭者蓋多矣。(《龜磵詩話》卷二十四,
《韓國詩話叢編》第 8 册,頁 435)

　　[一]元,原作"袁",據杜甫《同元使君舂陵行》改。

贊皇望闕

　　(上略)又開封府西門有望京樓,取子美"每依北斗望京華"之意。令狐
綯有詩記之。(《龜磵詩話》卷二十四,《韓國詩話叢編》第 8 册,頁 435)

麻城萬松　不忘角弓

　　麻城令張毅植萬松于道周,以庇行人,名亭曰"萬松"。去來十年,松之
存者十不三四。東坡傷來者不嗣其意,作詩曰:"縣令若同倉庾氏,亭松應長
子孫枝。爲問幾株能合抱,殷勤記取角弓詩。"按《左傳》,晉使韓宣子來聘,
公享之,韓子賦《角弓》。既享燕于季氏,有嘉樹,韓子譽之。武子曰:"宿敢
不封植此樹,以無忘《角弓》之詩。"遂賦《甘棠》。老杜懷李白詩"更尋嘉樹
傳,不忘角弓詩",亦用此也。(《龜磵詩話》卷二十四,《韓國詩話叢編》第 8
册,頁 437)

臺

　　杜詩"忘歸步月臺"。臺,持也,言築土堅高能自勝持也。土高曰臺,有木曰

樹。武元衡詩曰"池臺惟月明"，言池中之樹也。（下略）（《龜磵詩話》卷二十四，《韓國詩話叢編》第 8 册，頁 440）

章華中天　三休至上　吳築始蘇　漢罷露臺

（上略）杜詩："東下姑蘇臺，已具浮海航。"臺，夫差所築也。夫差既得西施，爲築此臺高三百丈，遊宴其上。伍子胥諫曰："臣恐姑蘇臺不久爲麋鹿之遊。"不聽。噫！吳、楚君皆疲民力，耗國財，爲章華、姑蘇，極其侈大，國隨而墟。向使二君納伍氏父子之諫，而如漢文帝罷露臺之役，則豈有敗亡之禍也？可爲后辟之殷鑑矣。（《龜磵詩話》卷二十四，《韓國詩話叢編》第 8 册，頁 441）

梁孝吹台　少陵氣酣

老杜《遣懷》詩："昔我遊宋中，惟梁孝王都。""憶與高李輩，論交入酒壚。兩公壯藻思[一]，得我色敷腴。氣酣登吹臺，懷古視平蕪。"按：吹臺，孝王歌吹臺也。《杜甫傳》："甫與李白、高適過汴州，酒酣，同登吹臺，慷慨懷古，人莫能測。"蓋謂此也。《西清詩話》云："唐史稱甫與高適、李白同登吹臺，慨然莫測。質之少陵《昔遊》詩'昔者與高李，既登單父臺窋子琴台'，則知非吹臺。三人皆詞宗，果登吹台，豈無傑唱雄詞著于後世耶？"杜田云："予謂蔡氏蓋未嘗熟讀杜詩爾。《遣懷》不云[二]乎？'氣酣登吹臺，懷古視平蕪'，此非甫與高、李同登吹臺耶？"按《西京雜記》："孝王作曜華之宮，築兔園。園中有百靈山，山有膚寸石、落猿巖、栖龍岫。又有雁池，池間有鶴州鳧渚，宮觀連亘數十里，奇果異樹瑰禽怪獸畢儲，王與宮人賓客弋釣其中。"此梁園之所由始也。李白《梁園吟》曰："梁王宮闕今安在，枚馬老歸不相待。舞影歌聲散綠池，空餘汴水東流海。"（《龜磵詩話》卷二十四，《韓國詩話叢編》第 8 册，頁 442）

[一] 藻思，原作"詞藻"，據杜甫《遣懷》改。

[二] 云，原作"平"。

江　陵　一　柱

《博物志》：江陵有臺甚大，而惟一柱，衆梁皆拱此柱，名"一柱臺"，亦曰"一柱觀"。《十道志》："一柱觀在荊州羅含村。"劉孝綽《寄劉之遴》詩曰："經過一柱觀，出宿三休臺。"又杜詩："九江日落醒何處，一柱觀頭眠幾回。"此詩蓋思崔滌作也。崔以吏部謫荊州，而必嗜酒，故曰："苦憶[一]荊州醉司馬，謫官樽酒定常開。"又如"一柱臺之勝地，幾度醉眠其上"云云。又《酬嚴六侍御》詩："船過一柱觀，留眼共登臨。"則一柱臺之多瓌觀可知。（《龜磵詩話》卷二十四，《韓國詩話叢編》第 8 册，頁 443）

[一] 憶，原作"懷"，據杜甫《所思》改。

三 徙 擇 鄰

李詩:"卜居乃此地,井井爲比鄰。"按《周禮》,大司徒之職,令五家爲比,使之相保,遂人之職,五家爲鄰,五鄰爲里,五里爲酇,五酇爲鄙,五鄙爲縣,五縣爲遂。此比鄰之義也。晏子曰:"君子居必擇鄰,可以禦患也。"此孟母所以三徙卜鄰,使孟子卒成大儒者也,故杜詩曰:"芬芳孟母鄰。"(《龜磵詩話》卷二十四,《韓國詩話叢編》第 8 冊,頁 450)

濁 醪 過 墻

陶侃少貧,有友過侃,侃無以致誠,其鄰人謂曰:"子門有長者軒車,何不延之論當世事?"侃曰:"貧不能備禮餌。"鄰人密於墻頭送以濁醪隻雞,遂成終日之歡。老杜《客至》詩:"傍舍頗淳厚,所願亦易求。隔屋喚西家,借問有酒否。墻頭過濁醪,展席俯長流。"詩語有自來矣。(《龜磵詩話》卷二十四,《韓國詩話叢編》第 8 冊,頁 450)

南 北 芳 鄰

少陵《南鄰》詩曰:"錦里先生烏角巾,園收芋栗未全貧。白沙翠竹江村路,相送柴門月色新。"又《過南鄰朱山人水亭》詩曰:"相近竹參差,相過人不知。幽花欹滿樹,小水細通池。歸客村非遠,殘樽席更移。看君多道氣,從此數追隨。"又《北鄰》詩曰:"明府豈辭滿,藏身方告勞。青錢買野竹,白幘岸江皋。愛酒晉山簡,能詩何水曹。時來訪老疾,步屧到蓬蒿。"凡人卜居者,卜鄰爲難。而今觀少陵所稱道,南鄰則乃隱遁道義之士也,北鄰則休退觴詠之人也。南鄰、北鄰俱可謂芳鄰,若少陵者真有卜居之樂矣。(《龜磵詩話》卷二十四,《韓國詩話叢編》第 8 冊,頁 451)

養真衡茅 門多車轍

陶詩"養真衡茅下",衡,衡門也。詩曰:"衡門之下,可以栖遲。"杜詩"詔許歸蓬蓽",蓬蓽,蓽門也。《禮》曰:"蓽門圭竇。"注:"蓽門,柴門也。"又陳平家貧,負郭窮巷,以席爲門,然門外多長者車轍,故杜詩曰:"門多長者車。"(《龜磵詩話》卷二十四,《韓國詩話叢編》第 8 冊,頁 453)

玄牝門 青牛關

陳子昂詩:"玄虛老氏門。"按:老子《道德經》曰:"玄之又玄,衆妙之門。"又曰:"谷神不死,是謂玄牝之門。"即所謂玄虛門也。《關中記》曰:老子之度關,令尹喜先敕門吏曰:"若有老公乘青牛薄板車者,勿聽過關。"其日,果見老公乘青牛車來,門吏入白之。喜曰:"公今來矣,我見聖人。"即帶印綬出迎,執弟子禮。老子授《道德經》。關門有授經臺,《列仙傳》及《寰宇記》皆以爲尹喜爲關令,而岑參詩曰:"關門令尹誰能識,河上仙翁去不回。"則以令尹爲官名。未知何説爲是。喜善天文,登樓望紫氣,知老子出關,杜詩“東來紫氣滿涵關”是也。或曰：“老子所出關即蜀之大散關，非函谷關。”亦未知孰是。(《龜磵詩話》卷二十四,《韓國詩話叢編》第 8 册, 頁 454)

何守西關　寇護北門

《易》曰：“重門擊柝,以待暴客。蓋取諸《豫》。”《周禮》司門、司關之職所以設也。高祖使蕭何守關,何謹守管鑰,杜詩曰：“關中既留蕭相國。”寇準在澶淵守北門鎖鑰,劉貢父詩曰：“北門仗元老,魚鑰穩深更。”若蕭、寇者,大耐守門關之職,而侯嬴之爲門監,梅福之爲門卒,有蘊抱而未展,故曰“嬴乃夷門抱關者”、“乃知梅福徒爲耳”。(《龜磵詩話》卷二十四,《韓國詩話叢編》第 8 册, 頁 454)

終軍棄繻　郭丹持節

蔡邕《月令》：“關在境,所以察出禦入。”景帝四年復置諸關,用傳出入,師古曰：“古者或棨刻木合符,或用繒帛。”蓋傳信也,兩行書繒帛,分持其一出入,合之乃得過。終軍初從濟南入關,吏與軍繻。軍問何爲,吏曰：“當以合符。”軍曰：“大丈夫西遊,終不復傳還。”棄繻。後軍爲謁者使,建節出關,關吏識之曰：“前棄繻生也。”老杜《終明府》詩曰：“終軍棄繻英妙時。”蓋終明府,軍之遺裔,故繼以云：“承家節操尚不泯。”言棄繻之風猶在也。(下略)(《龜磵詩話》卷二十四,《韓國詩話叢編》第 8 册, 頁 455)

評劍門詩　義氣凛

杜詩：“劍門不可越。”劍門,劍閣之門也,自蜀出漢中者皆由是,故以門名。杜又有《劍門》詩曰：“惟天有設險,劍門天下壯。連山抱西南,石角皆北向。兩崖崇墉倚,刻畫城郭狀。一夫怒臨關,百萬未可傍。珠玉走中原,岷峨氣悽愴。”“吾將罪真宰,意欲鏟疊嶂。恐此復偶然,臨風默惆悵。”則其險絕可想。《碧溪詩話》云：“老杜劍門詩‘意欲鏟疊嶂’與李白‘槌碎黃鶴樓’、‘剗却君山好’語亦何殊？然《劍門》詩意在削平僭亂,尊崇王室,凛凛有義氣,‘槌碎’、‘剗却’之語但一味豪放了。”故昔人論文字以意爲主。(《龜磵詩話》卷二十四,《韓國詩話叢編》第 8 册, 頁 455)

過　百　牢　關

老杜《夔州絕句》云：“中巴之東巴東山,江水開闢流其間。白帝高爲三峽鎮,夔州險過百牢關。”按《十道志》：百牢關在梁州,極爲險絕,故云“中巴”。按《水經》：劉璋分蜀爲中巴、巴西、巴東,謂之三巴。又大散關在蜀,劍南詩“秋晴大散關”。(《龜磵詩話》卷二十四,《韓國詩話叢編》第 8 册, 頁 455)

宮　殿

杜詩“宮殿風微燕雀高”,《釋名》：“宮,穹也。屋見於垣上,穹崇然也。”

《蒼頡篇》：“殿，大堂也。”商周以前其名不載。按《史記》：“秦始皇始作前殿。”杜詩：“紫禁烟花春正耐。”蔡邕云：“宮門有禁，非侍御之臣不能妄入。”孝元皇后父名禁，故避之，謂省中。師古曰：“省，察也，言入此中者當視察不可妄也。”杜詩“掖垣竹埤梧十尋”，掖，乃省中左右掖門也。服虔曰：“掖門，正門之傍小門，如人臂掖也。”（下略）（《龜磵詩話》卷二十四，《韓國詩話叢編》第 8 冊，頁 456）

丹地青瑣　白間畫錢

陳後山《寄蘇侍讀》詩曰“遥知丹地對黃卷”，賈黃中《禁林宴會》詩曰“丹地深嚴隔世塵”。丹地，以丹淹泥塗殿上地也。老杜《贈田舍人》詩曰“曉漏追趨青瑣闥”，《秋興》詩曰“幾回青瑣點朝班”，青瑣，省門也，刻爲瑣文而青塗也。羅鄴詩“晨光照白間”，間，窗也，以白塗之，畫以列錢，故曰“皎皎白間，離離列錢。晨光内照，流景外娗”。（《龜磵詩話》卷二十四，《韓國詩話叢編》第 8 冊，頁 456）

婕妤長信　飛燕長秋

（上略）《容齋隨筆》云：“晉宋以後，謂朝廷禁省爲臺。”杜詩所謂“諸公袞袞登臺省”是也。（《龜磵詩話》卷二十四，《韓國詩話叢編》第 8 冊，頁 458）

紫宸花柳　被宸楓槐

老杜《紫宸退朝》詩曰“花覆千官淑景移”，又“退朝花底散，歸院柳邊迷”，因此後人遂謂唐宮殿種花柳云。按：老杜爲拾遺時乃在鳳翔行在所，所謂紫宸即鳳翔行殿，非長安宮闕，如《早朝大明宮》亦鳳翔耳。《何晏集》“楓槐被宸”注：“宸，帝居屋宇也。”言植此木於宸中，此漢武故事也。然則唐宮殿植花柳，亦如漢宮闕之植槐楓也歟？按：紫宸，漢之前殿、周之路寝皆謂之紫宸殿，蓋天子所以饗萬國朝諸侯也。（《龜磵詩話》卷二十四，《韓國詩話叢編》第 8 冊，頁 460）

九成避暑　魏鄭公作銘　杜工部諷詩

《唐志》：鳳翔府麟游縣有九成宮，山有九重，故名九成。本隋文帝仁壽宮，楊素營建，規模鴻侈。貞觀二年修之以避暑，因更名。宮有醴泉出，命魏徵作《九成宮醴泉銘》。永徽二年改曰“萬年宮”，乾封二年復名。老杜作此宮詩，語意深有規諷之體，其曰“蒼山入百里，崖斷如杵臼”，記地形如畫也。其曰“層宮憑風迥，岌嶪土囊口”，言高敞清凉可避暑也。其曰“立神扶棟梁，鑿翠開户牖。其陽産靈芝，其陰宿牛斗”，言制度雄偉，瑞産芝而高拄斗也。其曰“紛披長松倒，揭孽怪石走。哀猿啼一聲，客泪迸林藪”，模寫景物轉入悲惋。而繼之曰“荒哉隋家[一]帝，製此今頹朽。向使國不亡，焉爲巨唐有”，其意蓋曰隋文勞民築宮，爲唐所有，即晏子“不有廢也，君何以興”之意。而時玄宗與貴妃游幸無度，一朝禄山變起，遂巡幸蜀之不暇，此亦安足保乎？又曰“雖無新增修，尚置官居守。巡非瑶水遠，跡是雕墙後”，言玄宗時雖不增修，猶置官守，不無糜費也。其去長安亦邇，特比周穆王之瑶池則爲不遠也，然峻宇雕墙，五子所戒，乃可襲其跡乎？末云“我來屬時危，仰望嗟嘆久。天王狩太白，駐馬更回首”，亦《黍離》詩彷徨不忍去之意也，而“天王狩太白”與《春秋》“狩于河陽”之義有異云爾。一篇鋪叙，深得風人體也。（《龜磵詩話》卷二十四，《韓國詩話叢編》第 8 册，頁 461）

[一] 家，原作“煬”，據杜甫《九成宮》改。

子美玉華[一]宮篇　文潛離黄州詩

貞觀二十一年，建玉華宮於防州宜君縣鳳皇谷。當時以爲清凉勝於九成宮，符堅墓在宮前，有溪曰“醽醁”，蓋取溪色如酒色之碧。至德二載，杜工部往鄜時，作《玉華宮》詩曰：“溪回松風長，蒼鼠竄古瓦。不知何王殿，遺構絕壁下。陰房鬼火青，壞道哀湍瀉。萬籟真笙竽，秋色正蕭灑。美人爲黄土，況乃粉黛假。當時侍金輿，故物獨石馬。憂來藉草坐，浩歌泪盈把。冉冉征途間，誰是長年者。”起結凄黯，讀者殆難爲情。而九成隋所建，唐以之爲戒，故云“荒哉隋家帝”。玉華，唐所創建，不敢指斥，故云“不知何王殿”。太宗創業主也，貞觀習治世也，而勞人費財營建，廢時逸豫於離宮，故詩人諱之曰“不知何王殿”，其意深矣。《容齋隨筆》曰：張文潛暮年在宛邱，何大圭方弱冠，往謁之。凡三日，見其吟哦老杜《玉華宮》詩不絕口。大圭問其故，曰：“此章乃風雅鼓吹，未易爲子言。”大圭曰：“先生所賦，何必減此？”曰：“平生極力模寫，僅有一篇稍似之，然未可同日語也。”遂誦其《離黄州》詩，偶同此韻，曰：“扁舟發孤城，揮手謝送者。山回地勢卷，天豁江面瀉。中流望赤壁，石脚插水下。昏昏烟霧嶺，歷歷漁樵舍。居夷實三載，鄰里通假借。别之豈無情，老泪爲一灑。篙工起鳴鼓，輕櫓健於馬。聊爲過江宿，寂寂樊山夜。”此其音響節族固似之矣，讀之可默諭也。（《龜磵詩話》卷二十四，《韓國詩話叢編》第 8 册，頁 462）

[一] 華，原作“管”。

早　朝　大　明

《會要》云：貞觀八年作永安宮，九年改名大明宮，龍翔二年又改名蓬萊宮。杜詩：“雲近蓬萊常五色，雪殘鵁鶄亦多時。”咸亨二年，改蓬萊爲含元殿，復名爲大明宮。《大明宮早朝》詩賈至首唱，王維、岑參、杜甫皆和之。賈曰：“銀燭朝天紫陌長，紫禁春色曉蒼蒼。千條弱柳垂青璅，百囀流鶯繞建章。劍佩聲隨玉墀步，衣冠身惹御爐香。共沐恩波鳳池裏，朝朝染翰侍君王。"王曰:"絳幘雞人報曉籌,尚衣方進翠雲裘。九天閶闔開宮殿,萬國衣冠拜冕旒。日色纔臨仙掌動,香烟欲傍袞龍浮。朝罷須裁五色詔,佩聲歸到鳳池頭。"岑曰:"雞鳴紫陌曙光寒,鶯囀皇州春色闌。金闕曉鍾開萬戶,玉階仙仗擁千官。花迎劍佩星初落,柳拂旌旗露未乾。獨有鳳皇池上客,陽春一曲和皆難。"杜曰:"五夜漏聲催曉箭,九重春色醉仙桃。旌旗日暖龍蛇動,宮殿風微燕雀高。朝罷香烟攜滿袖,詩成珠玉在揮毫。欲知世掌絲綸美,池上于今有鳳毛。"至,曾之子也,父子繼爲舍人,玄宗褒以繼美,故云。四詩皆佳絶,而岑"花迎柳拂"一聯尤嘉。《志林》云:七言之偉麗者,子美云"旌旗日暖龍蛇動,宮殿風微燕雀高","五更鼓角聲悲壯,三峽星河影動搖",爾後寂寞無聞。直至歐陽永叔云"蒼波萬古流不盡,白鳥雙飛意自閒","萬馬不嘶聽號令,諸番無事樂耕耘",可以並驅爭先矣。小生亦云:"令嚴鍾鼓三更月,野宿貔貅萬竈烟。"又云:"露布朝馳玉關塞,捷書夜到甘泉宮。"亦庶幾焉爾。龜碉子曰:今以坡所稱比觀,歐、蘇皆不及杜遠甚,而曰"並驅爭先"、"亦庶幾焉"者,豈不過乎?(《龜碉詩話》卷二十四,《韓國詩話叢編》第 8 册,頁 462)

御 氣 含 風

杜詩:"御氣雲樓敞,含風帳殿高。"注:"御氣、含風,唐二殿名。"然沈佺期《九日侍宴》詩"御氣向金方,憑高薦羽觴",宋之問詩曰"御氣鵬霄近,升高鳳野開",蓋是高爽之意,非必殿名也。若果殿名,則不當言"雲樓"、"帳殿"矣。(《龜碉詩話》卷二十四,《韓國詩話叢編》第 8 册,頁 464)

甘 泉 御 宿

甘泉苑在長安城西,漢武所置。緣山谷行至雲陽三百八十里,西入右扶風,周回五百四十里,苑中起宮殿臺閣百餘所,有鳷鵲觀、御宿苑,杜詩:"雪殘鳷鵲亦多時,昆吾御宿自逶迤。"昆吾,亦苑名也。(《龜碉詩話》卷二十四,《韓國詩話叢編》第 8 册,頁 466)

樂遊颯爽　芙蓉波浪

開元中,玄宗築夾城,自大明宮至曲江芙蓉苑。杜甫與賀蘭楊長史醉遊芙蓉夾城,歷觀古跡,作《樂遊園歌》曰:"樂遊古園崒颯爽,烟綿碧草萋萋長。公子華筵勢最高,秦川對酒平如掌。""青春波浪芙蓉苑,白日雷霆夾城仗。閶闔晴開詄蕩蕩,曲江翠幕排銀榜。"云云。按《西京雜記》:漢宣帝立樂游園,唐長安中,太平[一]公主於原上置亭遊賞,其地四望寬豁,每上巳、重陽,士女於此祓除登高,車馬填塞。杜注云:"芙蓉苑,魏文帝所開,苑有池種蓮,故曰青春波浪也。"《秋興》詩曰:"花萼夾城通御氣,芙蓉小苑入邊愁。"注者以爲花萼樓、芙蓉苑本天子遊幸之地,而今乃有邊愁入於其間,以記吐蕃陷京師也。余謂花蕚樓舊通御氣，芙蓉苑今入邊愁也。以芙蓉苑入於邊愁中解之，文理乃順。御氣，與"御氣雲樓敞"同義，注説以爲御風，恐非是，蓋謂禁禦佳氣也。（《龜磵詩話》卷二十四，《韓國詩話叢編》第 8 册，頁 466）

〔一〕平，原作"半"。

沙苑攻駒

老杜《橋陵》詩："沙苑交回汀。"按《寰宇記》，沙苑一名沙阜，在馮翊縣南白水縣，以其水白，故名之以白沙。周匝爲墻，因以攻駒。故老杜又有《沙苑行》，其詩曰："君不見左輔白沙如白水，繚以周墙百餘里。""苑中騋牝三千匹，豐草青青寒不死。""王有虎臣司苑門，入門天廄皆雲屯。"如，至也，自沙苑至白水也。虎臣，謂監牧之官也，天寶十三載，監牧而作也歟？（《龜磵詩話》卷二十四，《韓國詩話叢編》第 8 册，頁 467）

鄉 里

杜詩曰："坐深鄉黨敬。"《釋名》："鄉，向也。"衆所向而百家之内也，有鄉師、鄉老之官，各掌其鄉之政，飲射賓興之禮是也。（下略）（《龜磵詩話》卷二十四，《韓國詩話叢編》第 8 册，頁 467）

晉嬰二竪　和論六氣

杜詩："沉沉二竪嬰。"按《左傳》：晉侯疾，求醫於秦，秦伯使醫緩爲之。未至，公夢疾爲二竪子曰："彼良醫也，懼傷我。"其一曰："居肓之上，膏之下，若我何？"醫至曰："疾不可爲。在肓之上，膏之下，攻之不可，達之不及。"公曰："良醫也。"禮而遣之。二竪嬰，政杜審言所謂"甚爲造物小兒相苦"者也。（下略）（《龜磵詩話》卷二十五，《韓國詩話叢編》第 8 册，頁 471）

藥纂西極　薈蕞技癢

老杜《哀鄭虔》詩曰"神農方闕漏"，又曰"藥纂西極名"，又曰"貫穿無遺恨，薈蕞何技癢"，自注云："虔長於醫技、地理、物産、兵流，又著《薈蕞》諸書，又撰《胡本草》七卷。"詩意蓋言《神農本草》之所不載，虔能補闕而善辨其藥也。高元之《茶甘録》云："子美哀鄭廣文詩'薈蕞何技癢'，蓋薈，草多貌。蕞，小也。虔自謂著書雖多，皆碎小之事也。後人傳寫誤爲會粹，謂會集粹美，失之遠矣。"唐史氏亦謂：虔集當世事，著書數十卷，目爲《會粹》，亦承襲之誤也。（《龜磵詩話》卷二十五，《韓國詩話叢編》第 8 册，頁 474）

胡麻蒸晒　青精不飢

劉阮入天台採藥，有二女以胡麻飯饋之。胡麻即今黑脂麻也，又名巨勝子，以八穀中大勝故也。陶隱居云："胡麻九蒸九曝，熬搗充餌。"注："胡麻，烏者爲良。"杜詩"胡麻蒸續晒"是也。《夢溪筆談》云："張騫始自大宛得油麻種，謂之胡麻，今謂之芝麻。"《醫方斷續》云："不饑藥有胡麻、白脂麻。白脂麻,俗所謂真荏也。”杜詩又曰:“豈無青精飯,使我顏色好。”青精,亦不饑之良藥也。(《龜磵詩話》卷二十五,《韓國詩話叢編》第 8 冊,頁 476)

相如痟渴　少陵病肺

司馬相如善著書,而常有痟渴病,故玉溪詩:“侍臣最有相如渴,不賜金莖露一杯。”老杜嘗有此病,故其詩有曰:“茂陵著書痟渴長,多病馬卿無日起。”又曰:“明光起草人所羨,肺病幾時朝日邊。”按:少陵嘗獻三策於玄宗,如相如之遇武帝,而臥病峽中,亦如相如之臥茂陵。不知何時得朝日邊,如漢王商之借明光殿而起草作制誥,爲人所慕羨耶? 其曰“百年多病獨登臺”、“多病所須惟藥物”、“惟將遲暮供多病”,則少陵蓋多病者。而又曰“衰年病肺惟高枕”,則肺疾尤甚矣。(《龜磵詩話》卷二十五,《韓國詩話叢編》第 8 冊,頁 481)

避瘧俗久　頑不受痁

瘧疾避之他所,此時俗不經之甚。而按高力士避瘧功臣閣下,又杜詩“徒然潛隙地,有覡屢鮮妝”,又玉溪詩曰“鬼瘧朝朝避,春寒夜夜添”,避瘧之俗,其來已久。(《龜磵詩話》卷二十五,《韓國詩話叢編》第 8 冊,頁 483)

杜 詩 療 瘧

杜少陵嘗以《花卿》詩及《姜公畫鷹歌》示鄭廣文,廣文曰:“足下此詩,可以療疾。”他日鄭妻病瘧,杜曰:“爾但言‘子璋髑髏血模糊,手提擲還崔大夫’,不差,即云‘觀者徒驚帖壁飛,畫師不是無心學’。未間,更有‘昔日太宗拳毛騧,近時郭家獅子花’。如又不差,雖和、扁不能爲矣。”一說有病瘧者,少陵曰:“吾詩可以療之。”病者曰:“云何?”曰:“夜闌更秉燭,相對如夢寐。”其人誦之,猶故也。杜曰:“更誦吾詩‘子璋髑髏’之句。”其人誦之,果愈。《漁隱叢話》云:世傳杜詩能除瘧,此未必然。蓋其辭意典雅,誦之者脱然不覺沉疴之去體也。而好事者乃曰廣文妻病瘧,杜令取“落月滿屋梁,猶疑照顏色”誦之不已,又令取“虬鬚似太宗,色映塞外春”誦之不已,又令取“子璋髑髏”一聯誦,則無不已矣。此殊可笑。借使瘧有鬼,若知杜詩之佳是賢鬼也,豈復屑屑求食嘔泄之間哉? 觀子美有詩云“三年猶瘧疾,一鬼不銷亡。隔日搜脂髓,增寒抱雪霜”云云,則是疾也,杜陵正自不免。杜詩療瘧之句,其傳不一,而要之皆志怪者説也。(《龜磵詩話》卷二十五,《韓國詩話叢編》第 8 冊,頁 483)

王吉射烏　漢賓落雁　后羿落烏　紀昌貫虱

杜詩“弓矢向秋毫”,言弓矢所向,雖秋毫之微末必中之,言善射也。如王吉之祝壽射烏,朱漢賓之隨矢落雁,皆射之向秋毫者也。(下略)(《龜磵詩話》卷二十五,《韓國詩話叢編》第 8 冊,頁 492)

齊晉投壺　郭舍人激矢

投壺,蓋古禮也。(中略)武帝時,郭舍人以竹爲矢,能激矢還,一矢百反,謂之驍,善於投壺者也,故杜詩曰:"投壺郭舍人。"(下略)(《龜磵詩話》卷二十五,《韓國詩話叢編》第 8 册,頁 493)

彈棋爲戲

(上略)又魏文帝善彈棋,能用手巾角。時一書生,又能低頭以所冠葛巾撒棋。杜詩"席謙不見近彈棋",謙,吳人,善彈棋。(《龜磵詩話》卷二十五,《韓國詩話叢編》第 8 册,頁 501)

黃帝蹴鞠

杜詩"落花春院静,蹴鞠戲閒情",蹴鞠,即球戲也。(下略)(《龜磵詩話》卷二十五,《韓國詩話叢編》第 8 册,頁 505)

賈昌鬥雞

唐明皇在蒲邸時,樂民間清明節鬥雞戲。及即位,置雞坊,索長安雄雞金尾、鐵距、高冠者千數養之。選六軍小兒五百馴飼之,杜詩"官雞輸稻粱"是也。於是民間以鬥雞成風,諸王外戚公主家,傾帑破産以償雞直。(下略)(《龜磵詩話》卷二十五,《韓國詩話叢編》第 8 册,頁 507)

兒呼郎罷　妻怨藁砧

貢禹,字少翁,以明經潔行著聞郡國,而妻子糠豆不贍,藜羹不糝。韓退之爲國子博士,而年豐而妻啼饑,冬暖而兒呼寒。故唐詩曰:"兒餒呼郎罷,妻寒怨藁砧。"杜詩曰:"恒饑妻子色凄凉。"皆逼真語也。(《龜磵詩話》卷二十六,《韓國詩話叢編》第 8 册,頁 512)

孟郊杜甫　俱未聞道

蘇子由云:"唐人工於爲詩,而陋於聞道。"孟東野嘗有詩云:"食薺腸亦苦,强歌聲無歡。出門即有礙,誰謂天地寬。有礙非遐方,長安大道傍。小人智慮險,平地本太行。"云云。郊,耿介之士,雖天地之大,無以容其身,起居有戚戚之憂,是以卒窮至死。又朱文公跋老杜《同谷歌》曰:"老杜此歌豪宕奇崛,詩流少及之者。但至其末章'男兒生不成名身已老,十年饑走荒山道。山中儒生舊相識,但話宿昔傷懷抱。嗚呼七歌兮悄終曲,仰視皇天白日速',嘆老嗟卑,則志亦陋矣。人可以不聞道哉!"蓋少陵、東野俱以出世之才,拔俗之標,落托不遇,過於憂愁,終於窮約,故詩有曰"杜甫一生愁",又曰"有窮者孟郊",而同歸於未聞道之科,惜哉。(《龜磵詩話》卷二十六,《韓國詩話叢編》第 8 册,頁 521)

北叟塞馬　宋人祥犢

《老子》曰:"禍兮福所倚,福兮禍所伏,孰知其極?"頗知其倚伏者,其北叟乎？北叟有馬，無故亡入胡，人弔之，曰："安知非福乎？"後其馬將胡駿馬而歸，人賀之，曰："安知非禍乎？"其子騎，墮，折臂。人弔之，曰："安知非福乎？"後胡兵大至，丁壯者戰死，唯子以跛故，得父子相保。禍與福相因倚而生如是，故杜詩曰："勸君休嗟恨，未必不爲福。"（下略）（《龜磵詩話》卷二十六，《韓國詩話叢編》第 8 冊，頁 524）

陰 報 不 誣

《史記》云："一年種之以穀，十年樹之以木，百年來之以德。"種德之力最爲久遠。王翁孺曰："活千人，其子孫必封。吾所活者萬人，後世其興乎？"其後王氏果昌大。于公曰："我治獄，未曾有所冤，子孫必有興者。"至子定國爲丞相。杜詩曰："重榮萃德門。"韓詩曰："餘慶及兒孫。"良謂是矣。（下略）（《龜磵詩話》卷二十六，《韓國詩話叢編》第 8 冊，頁 530）

頻 頻 勸 杯

蕭鳳使玉門關，弟肅勸酒頻頻，謂兄曰："醉中庶分袂不悲。"杜《送王判官》詩："黔陽信使應稀少，莫怪頻頻勸酒杯。"（《龜磵詩話》卷二十六，《韓國詩話叢編》第 8 冊，頁 540）

有 河 東 賦

老杜《贈獻納起居田舍人澄》詩曰："獻納司存雨露邊，地分清切任才賢。舍人退食收封事，宮女開函近御筵。曉漏追趨青瑣闥，晴窗點檢白雲篇。揚雄更有河東賦，惟待吹噓送上天。"獻納是納言之職，而薦進人才。《白雲篇》乃山野草茅之言，點檢而進之於朝。末句自比於揚雄，而望其吹噓之力也。（《龜磵詩話》卷二十六，《韓國詩話叢編》第 8 冊，頁 541）

用 爲 王 師

蕭嵩爲左拾遺，嘗與布衣張鎬爲友，館而禮之。表薦曰："如鎬者，用之則爲王者師；不用，幽谷一叟耳。"元宗擢鎬拾遺，不數年出將入相。杜詩："關中既留蕭丞相，幕下復用張子房。"子房爲帝者師，故以子房比鎬。繼而曰："張公一生江海客，身長九尺鬚眉蒼。微起適遇風雲會，扶顛始知籌策良。"觀此，尤可見蕭嵩之不虛薦也。（《龜磵詩話》卷二十六，《韓國詩話叢編》第 8 冊，頁 541）

河 清 致 平

（上略）沈約《宋書》："元嘉中，河濟俱清，時以爲美瑞。鮑照[一]爲《河清頌》曰'沔彼四瀆，媚此兩川。澄源崑岳，鏡流葱山。泉室凝澱，水府清涓'云云。其辭甚工，世祖以照[二]爲中書舍人。"杜詩"詞人解撰河清頌"，雖引明遠事，而亦記實也。至德二年七月，黃河三十里清如井水，四日而變，蓋亦收復兩京之祥也。又《後漢·郭汲[三]傳》："河潤九里。"此亦漢光明致

治之兆也歟?（《龜磵詩話》卷二十七,《韓國詩話叢編》第 8 册,頁 550)

　　[一][二]照,原作"昭"。

　　[三]汲,原作"伋"。

五　雲　六　龍

　　宮詞曰:"太平天子朝元日,五色雲中駕六龍。"五色雲,即老杜所謂"雲近蓬萊常五色"者也。六龍,《易》曰:"時乘六龍,以御于天。"又:六龍,日車也。東山詩曰:"上有六龍回日之高標。"(《龜磵詩話》卷二十七,《韓國詩話叢編》第 8 册,頁 551)

堯　有　四　岳

　　天不能獨運,有五行之佐、四時之吏而宣其氣;君不能獨治,有三公之職、六卿之官而宣其化。故少陵詩曰:"堯有四岳明至理,漢二千石真分憂。"四海至廣也,萬機至繁也。堯雖聖,其仁如天,其知如神,而無四岳之輔,焉得以明至理而致時雍也? 王褒《聖主得賢臣頌》曰:"龍興而致雲,虎嘯而風冽。蟋蟀俟秋而吟,蜉蝣出而陰。"此言際會感應之機也。故少陵詩又曰:"乘運集夔龍。"天降時雨、山川出雲,其機理然也。(《龜磵詩話》卷二十七,《韓國詩話叢編》第 8 册,頁 552)

舉　十　六　相

　　(上略)舜若無此十六族,豈得成恭己之治哉? 故杜詩曰:"舜舉十六相,身尊道何高。"王儉詩曰:"稷契匡虞夏,伊呂翊商周。"儉自少便有臺輔之志,作詩云。(《龜磵詩話》卷二十七,《韓國詩話叢編》第 8 册,頁 552)

二　十　五　老

　　《説苑》:介子推行年十五而相楚,仲尼聞之,使人往視之。還曰:"廊下有二十五俊士,堂上有二十五老人。"仲尼曰:"合二十五人之智,智於湯、武;並二十五人之力,力於彭祖。以治天下,其固免矣乎?"李草堂《贈潘侍郎》詩曰:"雖無二十五老者,且有一翁錢少陽。"少陽,即潘所禮待高士也。以一少陽之耆德,尚可以佐潘而贊治謨,況賢於少陽者二十五人乎? 按:此介子推非晉文公時介子推也。晉介子推一曰介之推,少陵所謂"之推避賞從"是也。(《龜磵詩話》卷二十七,《韓國詩話叢編》第 8 册,頁 553)

洗兵馬行　平淮西碑

　　少陵作《洗兵馬行》以贊肅宗光恢之功,而極言當時得人之盛。如"衹殘鄴城不日得,獨任朔方無限功",又"成王功大心轉小,郭相謀深古來少。司徒清鑑懸明鏡,尚書氣與秋天杳[一]",又"關中既留蕭丞相,幕下復用張子房"。向無此股肱之力,肅宗何得以弘濟? 故曰"二三豪傑爲時出,整頓乾坤濟時了"。昔宣王復文、武境土,而時則有方、召、仲、山之佐;光武恢高文基業,而時則有寇、鄧、耿、賈之輔,俱得以再興。故曰:"今周後漢喜再昌。"韓昌黎《平淮西碑》亦此意,而以裴度爲元勳。(下略)(《龜磵詩話》卷二十七,《韓國詩話叢編》第 8 冊,頁 554)

[一]杳,原作"香",據杜甫《洗兵馬》改。

鴻 雁 美 宣

杜詩曰:"鴻雁美周宣。"宣王承厲王之烈,萬民離散,而能勞徠還定安集之,流民喜於免憂,作《鴻雁》詩;又懼於遭旱,則《雲漢》作;勤於爲政,則《庭燎》作。宣王可謂懿主矣。及其晚年,不藉千畝。虢文公諫曰:"民之大事在農,上帝粢盛於是乎出。今王匱神之祀,困民之財,將何以求福乎?"王不聽。宣王可謂兩截人也。何文定《送知黃州》詩曰:"萬竃貔貅須宿飽,九州鴻雁要安居。"此亦以流民而言。(《龜磵詩話》卷二十七,《韓國詩話叢編》第 8 冊,頁 555)

岳 牧 分 憂

少陵《贈裴施州》詩曰:"堯有四岳明至理。"樓鑰《送盧洺州》詩曰:"頒瑞虞廷分九牧。"九牧、四岳,唐虞所以設官而分民憂也。漢宣帝曰:"與我共此者,其惟良二千石乎?"漢二千石,即虞廷九牧之職也。故又曰:"漢二千石真分憂。"分憂之職,厥惟大矣。(《龜磵詩話》卷二十七,《韓國詩話叢編》第 8 冊,頁 555)

蒼生察眉　治國良規

杜詩"蒼生可察眉",民之憂樂,不可以不察也。(下略)(《龜磵詩話》卷二十七,《韓國詩話叢編》第 8 冊,頁 556)

崛 起 成 旅

少陵詩曰:"聖哲體仁恕,宇縣復小康。"小康,仲康之孫,相之子。相立二十八年,爲羿浞所弒,夏統中絕者四十年矣。相后曰緡,生少康。(中略)少康崛起成旅之中,光復神禹之績,爲萬古中興之冠云。(《龜磵詩話》卷二十七,《韓國詩話叢編》第 8 冊,頁 562)

石 鼓 記 功

周厲王無道,國人叛之,出奔彘。子宣王靖立,修文、武業。復會東都,有《車攻》《吉日》之詩;命秦仲征西戎,有《無衣》詩;吉甫征獫狁,有《六月》詩;方叔征蠻荆,有《采芑》詩;召虎征淮夷,有《江漢》詩;王自將伐淮北,有《常武》詩;勞來流民,有《鴻雁》詩。王嘗晏起,姜后脫簪待罪,自是勤政,有《庭燎》詩。遂復文、武境土,周道復興。老杜《李潮八分小篆歌》曰:"陳倉石鼓又已訛,大小二篆生八分。"石鼓記功之文,即史籀之大篆也。(下略)(《龜磵詩話》卷二十七,《韓國詩話叢編》第 8 冊,頁 562)

推心置腹　五銖當復　能扶九鼎

杜詩:"周漢獲再興,宣光果明哲。"光武值漢家十世之厄,膺嘉禾九穗之瑞,崛起舂陵,奮威昆陽,芟刈群雄,克復舊物。(下略)(《龜磵詩話》卷二十七,《韓國詩話叢編》第 8 册,頁 562)

狄張取日　歐陽迷公　少陵詩史

(上略)少陵《寄狄明府博濟》詩曰:"梁公曾孫我姨弟,不見十年官濟濟。""汝門請從曾翁説,太后當朝多巧計。狄公執政在末年,濁河中不污清濟。國嗣初將付諸武,公獨廷爭守丹陛。禁中册決詔房陵,前朝長老皆流涕。太宗社稷一朝正,漢官威儀重昭洗。"云云。狄公取日之功,武氏亂紀之罪,並一筆句斷,少陵真可謂詩史矣。(《龜磵詩話》卷二十七,《韓國詩話叢編》第 8 册,頁 564)

畏水中龍　作爾汝歌　平平白鳩

吳主皓淫虐無度,遣使祭石印山下妖祠,使者得丹書獻之。皓曰:"太平之主,非朕誰也?"時謠曰:"阿童銜刀游渡江,不畏岸上獸,但畏水中龍。"後王濬先定秣陵。阿童,濬小字也。既降,晉武帝謂曰:"聞南人好作《爾汝歌》,能爲否?"皓方飲,因舉觴勸帝曰:"昔與汝爲鄰,今與汝爲臣。勸汝一杯酒,令汝壽萬春。"帝悔之。杜詩"忘形到爾汝",即《爾汝歌》也。初,吳人患皓之虐,思歸晉,而作《白鳩詞》曰:"平平白鳩,懷我君惠,栖君金堂。"晉,金德故也。(《龜磵詩話》卷二十七,《韓國詩話叢編》第 8 册,頁 567)

不見一纏頭　月光分曲　歌于蔦于　各玄宗

玄宗好羯鼓,常自擊,謂八姨曰:"不見一纏頭。"八姨獻三百萬。坡詩:"破費八姨三百萬,大唐天子要纏頭。"好鬥雞戲,置雞坊,即杜詩所謂"官雞輸稻粱"也。(下略)(《龜磵詩話》卷二十七,《韓國詩話叢編》第 8 册,頁 568)

蚩 尤 作 亂

炎帝之孫榆罔,德衰政亂。蚩尤亦炎帝之裔兄弟八十人,獸身人語,不食五穀,啖沙吞石,作五虐刑以害黎庶。榆罔不能制。黄帝戰於涿野,蚩尤作大霧,彌滿百里,三日不止,軍人皆惑。帝令風后法斗械作指南車,擒於絕轡之野。畫其形於旗以壓邪魔,名蚩尤旗。後冢上常有赤氣出,如一匹絳帛,民以爲蚩尤旗。杜詩"蚩尤塞寒空,蹶踏崖谷滑",蓋指乘輿前導之旗也。(《龜磵詩話》卷二十七,《韓國詩話叢編》第 8 册,頁 574)

大 小 麥 謠

桓帝時,涼州諸羌俱反,中國益發兵,麥事委棄。先是,有謠曰:"小麥青青大麥枯,誰當獲者婦與姑,丈夫何在西擊胡。吏買馬,君具車,請爲諸君鼓囉胡。"買馬、具車,言調發及有秩者也;鼓囉胡,言不敢公言私咽語也。老杜《大麥行》曰"大麥乾枯小麥黃,婦女行泣夫走藏。東至集[一]壁西梁洋,問誰腰鐮胡與羌",亦此意,而但小大麥爲羌胡所刈,則甚矣。(《龜磵詩話》卷二十七,《韓國詩話叢編》第 8 冊,頁 576)

[一] 集,原作"準",據杜甫《大麥行》改。

青絲白馬　誌公賦詩　兀尾狗子

杜《青絲行》曰:"青絲白馬誰家子,粗豪且逐風塵起。"此蓋指禄山,而引用侯景事。大同中,謠曰:"青絲白馬壽陽來。"後景破丹陽,乘白馬,以青絲爲羈勒。(下略)(《龜磵詩話》卷二十七,《韓國詩話叢編》第 8 冊,頁 579)

山南烏窠　蕃馬屏風

杜詩:"長安城頭頭白烏,夜飛延秋門上呼。又向人家啄大屋,屋底達官走避胡。"先是,民謠曰:"山南烏鵲窠,山北金駱駝。鐮柯不鑿孔,斧子不施柯。"山南,唐也;烏鵲窠,人居寡也;山北,胡也;金駱駝者,虜獲而重載也。唐人好畫吐蕃馬於屏風,詞云"細草平沙,蕃馬小屏風"是也,率有禄山、吐蕃之禍。(《龜磵詩話》卷二十七,《韓國詩話叢編》第 8 冊,頁 581)

大盜在傍　鸐鴒寓意

開元、天寶之間,四海無虞,中國強盛,閭閻相望,桑麻翳野,政少陵所謂"憶昔開元全盛日,小邑猶藏萬家室。稻米流脂粟米白,公私倉廩俱豐實"者也。明皇恃其升平,殫耳目之玩,窮聲妓之妙,不知大盜在傍,已有窺覦之心。卒使"犬戎直來坐御床,百官跣足隨天王。洛陽宮殿燒焚盡,宗廟新除狐兔穴",豈不悲哉!《冬狩行》曰:"有鳥名鸐鴒,力不能高飛逐走蓬,肉味不足登鼎俎,胡爲見羈虞羅中。"按《春秋傳》:魯文成之時,童謠曰:"鸐之鴒之,公出辱之。鸐鴒之羽,公在外野。往饋之馬,鸐鴒跦跦。公在乾侯,徵褰與襦。鸐鴒之巢,遠哉搖搖。禍父喪勞,宋父以驕。鸐鴒鸐鴒,往歌來哭。"至昭公禍時,鸐鴒來巢,公出奔,定公宋立。少陵詩語蓋因冬狩而詠鸐鴒以寓意,謂明皇去邠而蕭宗立也。(《龜磵詩話》卷二十七,《韓國詩話叢編》第 8 冊,頁 581)

黃 頭 奚 兒

杜《悲青阪》詩:"黃頭奚兒日向西,數騎彎弓敢馳突。"按:晉時,王恭在京口,謠曰:"黃頭小兒欲作賊,阿公在城指縛得。"又云:"黃頭小人欲作亂,賴得金刀作蕃捍。"黃字,上恭字頭也;小人,恭字下也。後爲劉牢之所敗。黃頭奚兒蓋使此,而指禄山輩也。(《龜磵詩話》卷二十七,《韓國詩話叢編》第 8 冊,頁 582)

直書陳陶敗　建議請分鎮

《唐書》：房琯請自將兵復兩京，帝許之。琯專爲迂闊，以戎務悉委書生李楫、劉秩，謂人曰："賊曳落河胡言壯士雖多，安能敵我？"後與禄山戰於陳陶，大敗。老杜《悲陳陶》即紀事也。其詩曰："孟冬十郡良家子，血作陳陶澤中水。野曠天晴無戰聲，四萬義軍同日死。"言不交兵而敗，此蓋譏之也。琯以喪師罷相，出爲邠州刺史。杜作《瘦馬行》曰："去歲奔波逐餘寇，驊騮不慣不得將。"言琯不習戰也。"天寒遠放雁爲伴，日暮不收烏啄瘡。"此言朝廷不收，而賀蘭進明又進讒而中傷之也。此又惜之也。戰敗則譏之，斥出則惜之，此杜之所以爲詩史也。《後村詩話》："子美與琯善，其去諫省也，坐救琯。後爲哀挽曰：'孔明多故事，安石竟崇班。'投贈哥舒翰詩，亦盛稱許。然《陳陶斜》《潼關》二詩，直筆不少恕，或疑與素論相反。余謂翰之敗，非子美之所能逆知。琯雖敗，猶爲名相。至於陳陶、潼關之敗，直筆不恕者，詩史也。何相反之有？"此論甚確。又《蔡寬夫詩話》："玄宗入蜀，琯建議請諸王分鎮天下。進明以此讒之肅宗，琯坐是卒廢不用，世多憫之。余讀司空圖《房太尉漢中》詩云：'物望傾心久，凶渠破膽頻。'注謂：禄山初見分鎮詔，拊膺嘆曰：'吾不得天下矣，非琯無能畫此計者。'蓋以乘輿雖播遷，諸子分統天下兵柄，則人心有所繫矣，未可以强弱爭也。今唐史乃不載此言。圖博學多聞，嘗位朝廷且修史，其言必有自來矣。琯雖不見用，當時建言，有關於利害，豈可廢哉？惜乎，史臣不能爲一白之。"云云。蓋琯雖有陳陶之蹶，而亦不無經濟之策。且翰之守潼關也，王思禮充元帥馬軍都將，嘗密語翰，表誅楊國忠。又請以三千騎劫之，翰不聽，遂至於敗。思禮奔行在，肅宗責其不堅守，引至纛下，將斬之。會琯自蜀奉册而至，諫上，以爲可收後效，遂見赦。後思禮收東京，戰數有功，則琯亦可謂知人矣。故杜《哀思禮》詩並及琯事曰："讜議果冰釋。"噫！房太尉亦當世人物也。（《龜磵詩話》卷二十七，《韓國詩話叢編》第8册，頁582）

評　羌　村　詩

老杜《羌村》詩曰："峥嵘赤雲西，日脚下平地。柴門鳥雀噪，歸客千里至。妻子怪我在，驚定還拭泪。世亂遭飄蕩，生還偶然遂。鄰人滿墙頭，感嘆亦欷歔。夜闌更秉燭，相對如夢寐。"蓋杜於至德二載至鄜州時作也。日暮時歸客抵家，鳥雀際晚歸巢，相呼求其侣，況我不求其妻子乎？且中原大亂，"豺狼塞路人斷絶，烽火照夜屍縱橫"，以此時得無死歸家，妻子安得不怪我生在乎？夜闌相對，如夢寐中事。讀此詩，千載之泪尚在，人目《詩三百》不多見也。誠齋所謂《羌村》詩真有一倡三嘆之聲者，信然。結句尤爲逼切，如有神助。《幕府燕閒録》云："盛父肅夢朝上帝，見殿上一仙官執扇有題云

'夜闌更秉燭，相對如夢寐'，意其爲天人詩，識之。既悟，以語客，乃老杜詩也。"《三山老人語録》云："《羌村》詩末句，一小説謂有人過驪山，夢明皇稱美此句云。然其詩又曰：'世亂遭飄蕩，生還偶然遂。'致世亂者誰耶？明皇得不慚乎？而猶誦其語美之，可謂無恥矣。此小説之所以無稽也。"（《龜磵詩話》卷二十七，《韓國詩話叢編》第 8 册，頁 583）

洪翰周

洪翰周，見《評述類》介紹。其《智水拈筆》内容豐富，亦論及文人及作品。

文章，儒者之末事也。詩，又文章之末事也。故古人謂以雕蟲小技，其事不過評花課鳥、繰紅刻青而已。雖使名篇傑句爲時傳誦，亦何補於治教也？是以濂、洛之門無一人工詩，非不能，但不事此耳。至朱子則工詩，其五言古體直逼陶、謝，胡邦衡至以詩人薦於朝。後朱子每以作詩悔恨，然逮至晚年詩逾精逾多，詩果何損於朱子乎哉？我東諸賢動法朱子，故退、栗、尤庵亦皆賦詩，如使考亭無詩一如程叔子，東賢亦必不作一句閒言語矣。退、栗兩先生詩皆清新不減於本來詩人，尤翁詩尤多，其首尾吟百餘首，仿《擊壤集》，而雖不及康節，尤翁詩諸篇皆俊逸豪爽，無一陋俗意，詩亦一大家也。風雅比興雖在六經之列，漢魏以後詩家，陶、謝頗有風人之義。六朝則靡麗而已，淫哇而已。至唐李、杜始振而大之，然長於詩而已，其文則不可讀。且昌黎公因文而悟道，爲萬古古文之宗匠。如李、杜詩人，何足謂文章，亦何足掛齒牙？而其贈張文昌詩曰："李杜文章在，光焰萬丈長。不知群兒愚，那用故謗傷。蚍蜉撼大樹，可笑不自量。伊我生其後，舉頸遥相望。夜夢多見之，畫思反微茫。徒觀斧鑿痕，不矚治水航。想當施手時，巨刃磨天揚。垠崖劃崩豁，乾坤擺雷硠。惟此兩夫子，家居率荒凉。帝欲長吟哦，故遣起且僵。翦翎送籠中，使看百鳥翔。平生千萬篇，金薤垂琳琅。仙官敕六丁，雷電下取將。流落人間者，泰山一毫芒。我願生兩翅，捕逐出八荒。精神忽交通，百怪入我腸。刺手拔鯨牙，舉瓢酌天漿。騰身跨汗漫，不著織女襄。顧語地上友，經營無太忙。乞君飛霞佩，與我高頡頏。"又《石鼓歌》曰："少陵無人謫仙死，才薄争奈石鼓何。"蓋極口歆艷也。韓公且然，如張籍之燒杜詩吞之，無足怪也。宋敖陶孫評古今詩，其末乃曰："獨杜工部如周公制作，後世莫能擬議。"詩至李、杜，豈可以末事少之？其詩當與左、馬、韓、歐之文不朽無可疑。韓公宜其如此，而至於東野、浪仙，則直一詩人。然韓公之推許甚至，有曰："孟郊死葬北邙山，日月星辰頓覺閒。天恐文章中斷絕，更教賈島在人間。"何其太過也？古之君子，每於同志友往往如此。歐公之於蘇子美、梅聖俞亦然。雖以朱子之大賢在南軒不能無私好，故《張魏公行狀》多至一卷，而其曰"勳存王室，澤在生民"，又謂奧知鄰於生稟，以比之伊霍孔明。然魏公殺曲端逐李綱，又與趙鼎不相能，又有符離之敗，王師覆沒。百世之下，何以逃其罪也？（《智水拈筆》卷二，韓國國立中央圖書館藏筆寫本，第一册頁38a）

古人作詩，皆有感然後爲之，未嘗有無所寓意而汗漫言語，故詩不多篇，亦不多句矣。《三百篇》惟《桑柔》《抑》《節南山》《正月》，其章最多。其外句雖或多，章無過十。自漢以降至陳隋，無百句之篇。但古詩《爲焦仲卿妻作》多至一百七十餘句，只此一詩而已。大篇巨章自唐始盛，杜之《北征》《詠懷》《壯遊》《八哀》諸篇，及昌黎之《南山》《此日足可惜》等諸作，與元、白二公五七言古體歌行，多宏篇鉅什，前無古人。是則文人之才，而工夸張鬥靡之辭，非風人之旨也。漢人之《古詩十九首》[一]，深得《三百篇》遺意，後世莫能及。而其後晉阮嗣宗有《詠懷》八十二首，又其後則遞相祖述，唐陳子昂之《感遇》三十六首，李太白之《古風》五十九首，韓文公之《秋懷》十一首，皆其遺法。而朱子亦嘗取之作《感興》二十首，風調雖各不同，其古意則一也。惟杜工部格律獨造，兼長各體，如《同谷縣七歌》，雖與漢魏相遠，逸宕悲壯，難以一概句斷也。我朝任疏庵叔英，以七百韻詩贈東岳，李公但以七律一首答之。疏庵才雖贍富，韻至七百，豈能無衍語纍句？恐非能事也。蓋唐以後排律古詩至百韻者，古亦多見也。（《智水拈筆》卷三，第二册頁5a）

　　［一］古詩十九首，原作"古詩十九首九首"，"九首"二字衍，删。

古無次韻，雖同席賦詩，未必有同韻，故賈至《大明宮早朝》雖皆七律，王右丞、岑嘉州、杜工部韻各不同，高達夫、岑嘉州、杜工部同賦慈恩塔亦如是。及至元、白、皮、陸，始有和韻之法，至今從之，以多爲勝，至有一韻十數和者，此賦韻非賦詩也。以之論工拙，以之評優劣，以之較敏鈍，然而其法似難而實易。我之胸中無詩則久矣，又何論風人之義也？假使詩不適意，必當曰牽韻，亦或曰險韻而窘意，此不過胸中無詩人藏拙之妙方也。六經之文如化工肖物，其爲文非但不期文而自文，亦多不期韻而自韻。雖《易》《禮》《尚書》本非韻語，往往如風行水上，渙而爲文。且六國秦漢之世，街謠巷諺，不過是兒童婦女之所言，而無不協韻。以此觀之，文之有韻，亦天地間自然之音也。（《智水拈筆》卷三，第二册頁6a）

歐陽公每言：文章止於潤身，政事可以及物。故對人好談政事，人或謂公政事不足故爲此言。又韓魏公爲相，人或言短於文詞，公笑曰："歐陽永叔

在翰林，天下文章孰大於是人？"皆嘆公雅量。杜子美亦曰"文章一小技"，
程叔子以詩謂閒言語，古之君子皆藐視文人。温公作《通鑑》，非經世實用，
未嘗以一文附載，故如杜甫諸人名字初不入錄。倘非王叔文每誦子美"出師
未捷身先死，長使英雄淚滿襟"之句，則子美姓名無可考見於《通鑑》矣。蓋
《通鑑》專爲資治，故無暇及文詞也，不亦嚴乎？《冊府元龜》載：唐文宗手除
丁居晦御史中丞，謂宰相曰："居晦得此官，朕嘗以時諺'杜甫李白輩爲四
絶'問居晦，對曰：'此非君上要知之事。'以此記得居晦。今所以擢爲中
丞。"雖唐世中主亦能薄於文士。（中略）文者，載道之器，孔子曰："文不在
兹乎？"此雖非後世詞章之文，其遊戲翰墨亦自不能無閒言語。雖在天地造
化，如世間無益之禽蟲花草不能盡絶者，理也。且金珠玳珀，皆自然之寶，其
可以無益而一切屏去乎？但儒者不當專治無益之文詞也。（《智水拈筆》卷
三，第二冊頁9b）

　　顧亭林有言曰："凡看人文集，詩多於文，詩亦七言多於五言，律絶多於
古詩，則不足觀。"其言誠然矣，然往往不盡然。李、杜文章千古，而皆有詩無
文，誰敢少之？香山《長慶集》詩居十九，亦不可以詩勝薄之也。杜司勳、劉
賓客其文皆足爲韓、柳之亞匹，可與李翱、孫樵上下，而詩爲中唐絶調，故但
目以詩人。樊紹述詩不甚名，而文亦怪澀無可觀。宋之放翁亦詩居十九，未
聞後人以不文論放翁也。且陶淵明、謝靈運、謝玄暉皆詩多於文，豈以此而
不可謂文章耶？難以一概斷之也。（《智水拈筆》卷四，第二冊頁51a）

　　古之文人爲人碑版，非厚幣不作，此非貪其財也，重其事而惜其文故也。
唐之李北海邕，以名家子，善屬文，又工書，而多作人碑版文字。杜詩有"干
謁滿其門，碑版照四裔"之句是耳。邕每一篇出，輦金如山，故自古以文聚貨
者，無如北海也。（下略）（《智水拈筆》卷五，第三冊頁3a）

　　六朝五季之世，朝得暮失，恩澤不能滲漉於臣民，故亦無爲國盡節之臣。
如馮道之遞事十姓，其靦然無恥，亦古今一人，無足與論。而如南宋之謝靈
運，明季之錢謙益，進退無當矣。（中略）唐之王維以給事中，當禄山陷京，未
免僞署。至會禄山凝碧池之宴，獨自賦詩曰："萬户傷心生野烟，百官何日更
朝天。秋槐葉落空宮裏，凝碧池頭奏管弦。"後賊平下獄，或以詩聞於行在，
又弟縉以刑部侍郎願納官贖兄，肅宗特宥，仍授太子中允。其時文人，終愛
其才，後世亦以王、孟並稱。杜子美詩有"高人王右丞"之句，世安有仕賊之
高人乎？然良勝於康樂、牧齋之反爲高談而無恥也。（《智水拈筆》卷五，第
三冊頁16a）

　　宣廟壬午、癸未間有御製《感懷》一律，都下盛傳，詩曰："孤抱難攄獨倚
樓，由中百感不姓愁。月明古殿香烟盡，風冷疏林夜雪留。身似相如多抱

病,心如宋玉苦悲秋。淒涼南内無人問,雲外鐘聲只自悠。"栗谷以此詩氣像悽楚,規諫甚切。退而語人曰:"人君固不必吟詠小詩,且詩意窮苦悲辛,終當有西顧之憂。"後十年,當龍蛇之變,乘輿西狩,悉如先生所言矣。古人或以詩讖爲戒,而白傅少時嘗有詩曰:"少年已多病,此身豈堪老?"詩雖不祥,白公竟行樂富貴,官禮部尚書,壽七十五卒,所謂詩讖亦不人人盡然。但氣像則自當和平,不當爲無病呻吟也。宋晏元獻公爲詩好富貴語,每以子美好窮愁語非之,故其作如"梨花院落溶溶月,柳絮池塘淡淡風"是也。然老杜一生窮愁,故詩亦窮愁。若富貴,則亦必不然,皆隨所遇而然也。(下略)(《智水拈筆》卷六,第三册頁39b)

秋史嘗論杜詩古近體,當以七絕爲第一。清儒毛奇齡謂:"以《三百篇》後爲詩者,只有四家,而梁太宗簡文帝當推第一。"秋史之言亦此類,是皆崖異之乖論,不可從也。(《智水拈筆》卷八,第四册頁40b)

秋史近年暫居蓉山江上,嘗扁其亭曰"七十二鷗亭",見者怪問曰:"何謂其七十二鷗也?"秋史笑曰:"古人謂事物之多數皆稱七十二,故管仲答齊桓公封禪之問,以'云云亭亭七十二處'爲辭,魏武帝疑冢亦云七十二,漢高祖左股黑子亦云七十二,是皆言其多數,非真七十二也。今吾居江上多白鷗,故吾亦以七十二鷗名亭,何足怪也。"秋史之言甚辨。然余平生江行亦多,而漢上未嘗見一鷗,獨於壬子春海山行始見白鷗於通川高城海邊,其鳴聲碟碟然可怪。蓋古人詠詩不過取名於水禽耶? 我東則無江鷗,惟中國則江必有鷗耶?未可知也。然老杜詩"舍南舍北皆春水,但見群鷗日日來",豈中國則無論江海川溪,有水則有鷗而然耶?(《智水拈筆》卷八,第四册頁41a)

有詩人之詩,有大家之詩,如唐之王、韋,風格雖高,不過詩人也。至杜、韓,然後其才雄其學博,始可稱大家。宋之蘇子美、梅聖俞,雖不及唐之王、韋,皆以詩自命,亦以詩窮且老者,宜皆曰詩人之詩。至蘇、陸然後亦可稱大家也。近日,申紫霞緯、南雨村尚教,皆才氣坌涌,詩人之絕調也,而正所謂詩人之詩也。惟余再從兄淵泉公然後可稱大家,比之本朝諸家,可以上接蘇齋,而但雄放遒健不及耳。(《智水拈筆》卷八,第四册61a)

李遇駿

李遇駿(1801—1867),初名有駿,字敬文,號夢遊子,全州人。憲宗十四年(1848),曾隨使團至北京,著有《夢遊燕行録》。其著述另有《夢遊野談》《夢遊散稿》《蓬史》等。《夢遊野談》卷三爲《古今詩話》,雜論中朝詩人詩作。

詩莫盛於唐,而唐亦有初晚之殊。初唐作者如王勃、盧照鄰之徒,雖是善鳴,蓋多浮靡卑軟,六朝綺麗之習猶有存者。至如晚唐李商隱、溫庭筠之輩,音韻清夐,句語妍媚,全無半點鄙野,可謂絶唱。然而總不若盛唐李、杜之雄健典重,直有萬丈虹焰,故以李、杜爲詩家之正宗。太白詩絶句蓋多,而律則廑有;少陵詩四韻盛傳,而絶則甚罕。亦各有所長而然,則是詩之難可知矣。自唐以降,文體隨時變易,濂、洛之詩長於沖憺,元明之詩近於輕淺,季世音響,日就卑下而已。近世東國人士,雖不能明一藝通一經,而皆耽於詩律,連篇累牘。就觀其體格,不古不偶,似奇非巧,成一別樣調法,抑以此鳴國家一時之盛耶? 余雖能隨俗成句,而至論古人調格,實昧然矣。凡律家之法,必曰"起承轉落",起句實難,而聯句稍易,結句尤難。因次而論之曰:"起句或如衡岳雲開,祝融突起;或如平明趙壁,赤幟忽建。上聯或如延津風雨,兩龍交臥;或如伯牙鼓琴,山水交音。次聯或如紅女織錦,五采成章;或如大匠構厦,衆材相稱。結句或如簫韶始撤,鳳凰猶舞;或如陰山夜雪,獵騎初收。"願俟知者而一質焉。(《古今詩話》,《韓國詩話叢編》第17冊,頁315)

唐李青蓮、杜草堂、韓昌黎三人,俱爲玉京學士,侍立於香案前。玉皇教曰:"爾輩俱有詩名,平日所作必有最得意處,各書以奏。"青蓮書對曰:"荒城虛照碧山月,古木盡入蒼梧雲。"玉皇曰:"此句豪而健,真仙翁劍客之語也,可謂名不虛得。"草堂書進曰:"三年笛裏關山月,萬國兵前草木風。"玉皇曰:"此句婉而切,乃忠臣志士之言也,可謂名實相副。"昌黎沉吟而對曰:"廣川先生洛陽里,破屋三間而已矣。"玉皇笑曰:"爾之才長於文辭,至於吟詠,非其所長。"昌黎更書以進曰:"春風洞庭浪,出没驚孤舟。"玉皇曰:"此則善矣,庶可與李、杜高名。"遂宣香醞。既出,青蓮謂昌黎曰:"君所謂'破屋三間而已矣'者,只合於序記之文也,以詩爲名者,焉有如此句法乎?"昌黎默然良久曰:"是則然矣,君之《上韓荆州書》有曰'生不願封萬户侯,但愿一識韓荆州',此乃古詩之體也,以書劄爲名,而安有若此文體乎?"青蓮無以應。草堂曰:"人各有所長,使我而學君固不能,使君而學我亦不能,各從其所好而已,何必强辨?"遂相與大笑而罷。此蓋俗談里巷之語,而家有初學童蒙,好聽奇諺,因書于兹,以爲納牖之一助。(《古今詩話》,《韓國詩話叢編》第17冊,頁317)

古人於樓臺題詠甚多,如崔顥《黃鶴樓》詩、李白《鳳凰臺》詩、王子安《滕王閣》吟、杜子美《岳陽樓》作,其文與景可謂相稱,當爲第一。(下略)(《古今詩話》,《韓國詩話叢編》第17冊,頁330)

詩可學而能耶? 杜工部稱爲詩聖,而猶云"詩到夔州益工",是若可學而能也。江淹夢神人授五色筆,而藻思日長,則此非可學而能者也。蓋詩固有天才,而學而至於妙境,神韻自然流動,則若有造物相之者然,是以或稱有詩魔。(下略)(《古今詩話》,《韓國詩話叢編》第17冊,頁339)

李裕元

　　李裕元(1814—1888),初字六喜,字景春,號橘山、墨農,慶州人,謚號忠文。憲宗七年(1841)文科及第,歷任左議政、領議政等職。憲宗十一年(1845)、高宗十二年(1875),分別以謝恩兼冬至使書狀官、王世子册封奏請正使出使清。著有《嘉梧稿略》,其中收入《玉磬觚賸記》,雜論經學、詩文、書法。

　　一二言詩,孔穎達曰:詩以申志,一字則言蹇而意不會,故《詩》之見句,少不減二,即"祈父"、"肇禋[一]"之類也。三言,《金玉詩話》謂起於高貴鄉公,然漢郊祀歌之"練時日"、"太乙貺"、"天馬徠"等章,已創其體。四言起於《舜典》喜起之歌,五言斷以《古詩十九首》及蘇、李贈答爲始,《十九首》或稱枚乘所作。六言,任昉云"始於谷永",然劉勰云六言、七言雜出詩騷。又漢孔融所著詩、頌、碑文、六言、策文、表、檄,其曰六言者,蓋即六言詩也。七言,《金玉詩話》云起於柏梁。八言,《漢書·東方朔傳》有八言七言上下篇。九言,摯虞以《泂酌篇》爲九言,而《懷麓堂詩話》又謂起於高貴鄉公。十言十一言,李白、杜甫詩皆有之。五七律雖創於初唐沈、宋諸人,然六朝已開其端。五言絶句,唐初變六朝《子夜》體也。七言絶句,中唐漸甚,然梁簡文"夜望單雁"一首已是七絶云。三五七言,起於李白"秋風清,秋月明。落葉聚還散,寒鴉栖復驚。相思相見知何日,此日此時難爲情",此其濫觴也。長短詩,如"山有榛,隰有苓"一章,真絶調也,至漢而益多,如《安世房中歌》之類。六句律詩,李白《送羽林陶將軍》,有六句律,便成一首。拗體七律,杜少陵集最多,如"鄭縣亭子澗之濱"、"獨立縹緲之飛樓"之類。律詩不屬對,唐人律詩有第三四句有不屬對者,如李白《牛渚西江夜》、崔灝《黄鶴樓》詩之類。律詩兼用兩韻,如東坡《題南康寺重湖軒》詩曰"八月渡重湖,蕭條萬象疏。秋風片帆急,暮靄一山孤。許國心猶在,康時術已虛。岷峨千萬里,投老得歸無"之類。廻文詩,世皆以爲始於蘇蕙。然劉勰謂道原爲始,道原不知何時人。叠字詩,如"河水洋洋"、"北流活活"等句。連用六叠,此爲創體。聯句自退之斬新開闢,禁體始於歐陽公。東國但製其體而不識其源者多,故博考録之。(《嘉梧稿略》册十四《玉磬觚賸記》,《韓國文集叢刊》第315册,頁552)

　　[一]禋,原作"禮"。

趙子昂嘗言："唐人之書自歐陽率更始作間架,尚筋骨。至顏、柳而嚴緊勁悍,一變永和風韻。惟李北海不失晉人之軌,當爲書家正宗。"按《娑羅樹碑》遒逸疏宕,極有大令之風,始信子昂之論爲不易,而吳興書門路之正蓋有所自矣。杜工部《哀北海》詩云"風流散金石,追琢山岳銳",其文章筆翰見重於當世如此。東人筆得北海法者惟洪耳溪,華士戴衢亨之言也。洪公書遍在八路名勝,成都降仙樓題"海東第一樓觀"六字,最豪健也。(《嘉梧稿略》冊十四《玉磬觚賸記》,《韓國文集叢刊》第 315 冊,頁 558)

都右龍

都右龍,見《評述類》介紹。其《一悔軒集》卷四《詩格》主論作詩技法及詩歌用字等。

不忌叠字,如《鸚鵡洲》詩三"洲"字,《黃鶴樓》詩二"人"字,少陵詩"爲人性僻""語不驚人"一句之二"人"字,岑參詩"春色闌陽春一曲"兩"春"字,皆是也。字叠而語不相叠,則必皆用之。

青蓮詩"晉代衣冠成古邱"之"成"字,少陵詩"巫峽泠泠非世情"之"非"字,皆自然叶律,不必強高者也。

絕句之上下同廉者多,如"渭城朝雨浥輕塵"之詩,上下句同廉者謂之陽關廉。以四律言之,如王維《與裴迪》詩,李白《題東溪公幽居》詩,四句全用此廉。以結句言之,如賈至《呈兩省僚友》詩,王維和呈之詩,及杜子美《白帝城最高樓》之詩,皆用之。其餘次聯三聯之用此廉者多,只看其意格之如何,不必拘一律。

爲詩不必拘對偶之不精,如李白詩"漢陽樹"、"鸚鵡洲",杜陵詩"鄰雞野哭"、"物色生態"、"瑤池王母"、"紫氣函關"、"誰家數去"、"晚節漸於"之句可見矣。

(以上見《一悔軒集》卷四《詩格》,《韓國歷代文集叢書》第 1700 冊,頁 297—298)

朴文鎬

朴文鎬(1846—1918),字景模,號壺山、楓山,寧海人。著有《四書注詳說》《性學集成》《南明史正綱》《壺山集》《楓山記聞錄》等。《壺山詩文評》是收錄文集及《楓山記聞錄》中論詩文條目而成。

客有論杜詩者曰:"'風急天高'之作,首句用力太鷙,故至其末氣盡而漸。"先生曰:"杜乃詩之聖,豈有聖者而不能完其事哉?夫此詩以每句之音響色澤觀之,或有如子之言者。若以其全篇之結構氣格察之,首末皆作對語,以維持上下,雖盛水而不漏,有如'城尖徑仄'之作,至其末,句勢似難繼,而只以'者'一字上應'之'字,以相維持,然後篇得完。聖者之所爲,衆人固不識也。故以詩而疑杜,以文而疑韓,以學而疑朱,均之爲不知量而已!"(《壺山詩文評》,《韓國詩話叢編》第 13 冊,頁 346)

金澤榮

金澤榮,見《評述類》介紹。其《韶濩堂集》卷八、卷九《雜言》,內容多論及中朝兩國詩人及作品。

凡文字,心竅材力俱宏大,然後方能包涵衆體。詩之李杜、文之韓蘇是也。近世惟歸熙甫、王貽上二人爲差強人意者乎?(《韶濩堂集》文集定本卷八《雜言三》,《韓國文集叢刊》第 347 冊,頁 319)

李五峰《龍灣》詩"天心錯莫臨江水,廟算淒凉對夕暉"兩句,橫絕古今,雖李、杜亦當斂衽。又韓人《曉行》詩"霜如雨下雁何去,月在天涯雞不休",當與李詩爭雄,而惜不知其誰所作也。(《韶濩堂集》文集定本卷八《雜言六》,《韓國文集叢刊》第 347 冊,頁 323)

晦庵詩"睡起悄無人,風驚滿窗綠",直逼韋、柳。"短髮無多休落帽,長風不斷且吹衣",句法絕妙,似老杜。(《韶濩堂集》文集定本卷八《雜言六》,《韓國文集叢刊》第 347 冊,頁 323)

古詩須善用平仄調用之粘法,然後聲調方諧。如老杜詩"弟佌何傷淚如雨",若作"弟佌何傷淚似雨"則不可。"看射猛虎終殘年",若作"看射猛虎送殘年"則不可。又如上四字平可,而下四字平不可。內七字仄或可,而外七字仄不可。其妙唯在於外句之多用平聲,此其大略也。將老杜、東坡古詩詳看,則可以知矣。然古詩短篇之粘法,不可不致精如上說。至歌行大篇奔放滂沛,一氣呵成者,則有時乎不爲粘法所縛耳。(《韶濩堂集》文集定本卷八《雜言九》,《韓國文集叢刊》第 347 冊,頁 325)

韓文公之推許李、杜詩至甚者,以其神化之空靈也。若氣力,則韓豈後李、杜哉?(《韶濩堂集》文集定本卷八《雜言九》,《韓國文集叢刊》第 347 冊,頁 326)

李建昌

李建昌,見《評述類》介紹。其《寧齋詩話》多論中朝詩歌。

古今浿上詩至多,而尚無一篇以盡者,如金狀元黄元"長城一面溶溶水,大野東頭點點山"一聯,世以爲境盡才盡不復續者,然顧其著實太過,殊無活趣。按《岳陽樓》詩,杜少陵"吴楚東南坼,乾坤日夜浮"二句,其妙"吴楚"句屬實,"乾坤"句屬虚。又孟浩然"氣蒸雲夢澤,波撼岳陽城"二句,全實中却有全虚,故能臻至極之境,讀之令人深遠。黄元詩豈仿佛乎此耶? 唯鄭留守"大同江水何時盡,別泪年年添緑波"一絶,是艷體之佳者。金三淵《浮碧樓》詩:"雪岳幽栖客,關河又薄遊。隨身有清月,卜夜在高樓。劍舞魚龍静,杯行星漢流。雞鳴相顧起,留興木蘭舟。"此單就一時之遊,而又俊朗可誦矣。(《寧齋詩話》,《韓國詩話叢編》第 13 册,頁 328)

安往居

安往居(1858—1929),原名宅重,字之亭,廣州人。曾任法官養成所教官,師範大學教官、校長等。於一九一一年發起辛亥吟社,是韓國漢詩復興之重要人物,編有《洌上閨藻》等。《東詩叢話》雜論中韓日詩歌,以韓國詩歌爲主。

有一儒生遊金剛山,至日出巖,有詩刻石,因剟笞記誦。詩曰:"天地陰陰月落東,波濤萬頃忽翻紅。蜿蜿百怪皆含火,擎出金盤赤道中。""月落東"言月落之東方。時有一宰相有詩鑒,問儒生曰:"子遊金剛作詩幾何?"儒以日出詩誦對之。宰相沈吟良久曰:"此非子之能爲,讀得《書傳》、杜詩、《莊子》皆萬遍,然後可以吐得如此口氣。顧今世更無其人,而若崔岦[一]者庶幾矣。"驗之,乃崔岦[一]詩也。(下略)(《東詩叢話》卷一,《韓國詩話叢編》第 13 册,頁 423)

> [一][二]岦,原作"笠"。崔岦《簡易文集》卷八《十七朝》一詩云:"玉宇迢迢落月東,滄波萬頃忽翻紅。蜿蜿百怪皆御火,送出金輪赤道中。"

華人陸工部之妻葉氏善詞賦,聞姑婦之才,意欲爭能,往訪焉,請共賦。婦使小婢拈韻,拈得"鬚"字,婦責曰:"閨房題詠,何用'鬚'字?"婢更拈"鬚"字,三人不覺失笑,仍以"鬚"字詠之。姑唱曰:"蒲葉嫩藏金鴨翅,芥花黄染蜜蜂鬚。蒼苔滿地無人到,雨過春山没骨圖。"葉氏唱曰:"蕉葉風輕彈緑尾,桃花日暖嫩紅鬚。世間自有閑姑婦,掃罷丹青[一]看弈圖。"婦唱曰:"小婢提籠桃葉去,灌花樊圃任長鬚奴也。日長簾幕渾無事,細寫嘉陵山水圖。"壁上有《嘉陵山水圖》,乃婦之所寫也。姑倡[二]曰:"杜子困窮依幕府,嚴公嘲罵捋其鬚。不如買艇江村去,閑看老妻畫紙圖。"葉氏之夫陸工部有文學,屈於下僚,如杜甫之依嚴武,杜甫謂嚴武曰:"不意嚴挺之有此子。"武大怒曰:"審言之孫[三],敢捋虎鬚。"仍欲殺之,武之母買小舟送杜甫歸鄉。杜詩有"老妻畫紙爲棋局"之句,葉氏又善棋,故篇內及之。(《東詩叢話》卷一,《韓國詩話叢編》第 13 册,頁 427)

> [一] 青,原作"輕"。
> [二] 倡,原作"娼"。
> [三] 孫,原作"子"。

我東名賢之詩文,皆於古文古詩偏有得力處。如金濯纓駉孫多讀退之文,尹潔好《孟子》,蘇齋好《論語》、杜詩,林白湖好《中庸》,崔簡易嗜《漢書》,讀《項籍傳》一萬遍,車滄洲好《周易》,李東岳好杜詩,鄭東溟好馬史。(下略)(《東詩叢話》卷一,《韓國詩話叢編》第 13 册,頁 431)

鄭東溟字君平,登凌漢山城有詩曰:"山勢峻嶒地勢孤,眼前空闊九州無。樓看赤日東臨海,城到青天北備胡。共賀使君兼大將,何勞一卒敵千夫。鯨鯢寂寞風濤静,朱雀門開醉酒徒。"一時稱爲健作。或問東溟曰:"子之詩於古可方何人?"對曰:"李、杜不可及,而高、岑則不讓肩隨。"海翁常言:"東溟吐語徒自怗怗,恐高、岑起詞必不如此,且不用'兼大將'三字。"(《東詩叢話》卷一,《韓國詩話叢編》第 13 册,頁 432)

海翁曰:"諸家腔氣不無一時得處,若就篇論句,就句論字,鮮無指摘處。若偑老之詩,動輒洪亮,聽者不覺噤口。《題神勒寺》詩:'上方鍾[一]動驪龍舞,萬竅風生鐵鳳翔。'其遒傑足撼李、杜之壘壁。"(《東詩叢話》卷一,《韓國詩話叢編》第 13 册,頁 433)

> [一] "方鍾"二字原缺,據金宗直《佔畢齋集》卷十二《夜泊報恩寺下,贈住持牛師。寺舊名神勒,或云覽寺。睿宗朝改創,極宏麗,賜今額》補。

今人詩變異於古人,當被識者之論,然自風雅以後,元無不變之理。若善變而自成一家,則陸可以擬杜。每讀近人支那之袁隨園,名枚,詩可擬蘇、黃之一派也。如《秋日山行》詩:"滿帽黃花逢醉士,一肩紅葉識歸樵。"此有無限趣諦。(《東詩叢話》卷一,《韓國詩話叢編》第 13 册,頁 433)

李東藩晚用詩:"星河影滿空山裏,鸛雀聲高古木邊。"説者以爲"星河"句,襲來杜詩"三峽星河",然"星河"豈是杜甫一家物? 東藩《守歲》詩:"病懷妻守紅燈坐,晚況孫齊白髮生。"(《東詩叢話》卷一,《韓國詩話叢編》第 13 册,頁 433)

李白江《呈金清陰》詩:"東土即今誰魯連? 中原從古憶廉頗。"外聯截

取老杜鱗甲而亦自勁健。篇內起聯"握節西來愧漢槎,不堪垂泪渡遼河",此
爲完全起法。(《東詩叢話》卷二,《韓國詩話叢編》第 13 冊,頁 441)

(李白江)又次杜甫《秋興》詩:"月峽波濤終古險,陽臺雲雨至今愁。臥
龍樓壁空沙磧,躍馬興亡問海鷗。"首尾聯缺之。(《東詩叢話》卷二,《韓國
詩話叢編》第 13 冊,頁 441)

尹霜浦暾[一],月汀之子也。早有詩名,未及三十而夭。擬杜甫《秋興》
詩:"黃菊花前愛國泪,玄猿聲裏憶鄉心。寒衣未授常爲客,應有家人詠稿
枕。"上二聯缺之。又:"清秋河漢望中斜,歲晚滄江隔翠華。四海兵塵雙短
鬢,百年身世一浮槎。殘宵夢逐朝天珮,絕塞愁聽向月笳。"下一聯缺之。恨
不假之以年,惜哉。(《東詩叢話》卷二,《韓國詩話叢編》第 13 冊,頁 441)

　　[一]暾,原作"暾"。

金南窗詠新月:"光斜憐照賞三葉,輪缺纔容桂一枝。"東岳和之曰:"鈎
沈剩怯潛蛟窟,弓掛偏驚睡鶴枝。"時評以爲後詩不及原唱,恐是失評。前詩
巧窄,後詩稍有田地。唐人詩極其纖處必極其致,如老杜詠月"光射潛蛟動,
明翻宿鳥嘶",又"入河蟾不沒,搗藥兔長生",又宋人王禹偁[一]詠月詩"冷
濕流螢草,光凝老鶴枝"。(《東詩叢話》卷二,《韓國詩話叢編》第 13 冊,
頁 444)

　　[一]偁,原作"稱"。

(柳惠風)《蟋蟀》詩:"廊陰颯曳履,苔[一]色映摳[二]衣。到處聞相似,遠
稠還近稀。"《蟋蟀》詩凡四首,此其優處。而前人評曰"摹寫入[三]細,得工
部詠物之旨"云,愁[四]恐評詞過當。(《東詩叢話》卷二,《韓國詩話叢編》第
13 冊,頁 448)

　　[一]苔,原作"笞",據柳得恭《泠齋集》卷一《蟋蟀》改。
　　[二]摳,原作"樞",據柳得恭《泠齋集》卷一《蟋蟀》改。
　　[三]入,原作"人"。
　　[四]愁,似爲衍字。

《舟中賦蜻蜓》:"蜻蜓復蜻蜓,飛來錦水潯。滄江映碧眼,晴日纈金翎。
態逼群魚逝,情同片鷺停。客心無住著,應逐爾亭亭。"第五"態"字恐不如
"影"字。海翁常言:"詩家當與'態'字割席。古今詩選,未有用'態'字而得
佳句者。以杜工部之'高剛用物色,生態能幾時'之句,種種獲嘲於後輩,可
不誡哉?"(《東詩叢話》卷二,《韓國詩話叢編》第 13 冊,頁 448)

(柳惠風)又:"望望烟光暮,山寒一笛拈。倦雞斜晚陽,昏雀仰飛檐。"
下二聯缺之。第三四洽得老杜真髓。(《東詩叢話》卷二,《韓國詩話叢編》
第 13 冊,頁 449)

（朴楚亭）次杜氏《秋興》詩：“書劍脩脩未返林，秋回雁字示昭森。魚梁曲折通禾徑，牛屋荒凉接樹陰。海上諸山如是暮，田間九日若爲心。農家口急身猶緩，百户春聲數户砧。”結聯頗有佳致，然病在甚分明處。大抵今人種種擬少陵之《秋興》者，懵然不識自家之研媸者也，何能效得一顰一笑也？（《東詩叢話》卷二，《韓國詩話叢編》第 13 册，頁 453）

金冲庵《寒碧樓》詩樓在清風郡：“盤僻山川壯，乾坤兹地幽。風生萬古穴，江撼五更樓。”三四足與老杜争雄。《海翁詩話》（《東詩叢話》卷三，《韓國詩話叢編》第 13 册，頁 462）

盧蘇齋詩可壓當時諸輩，以其雄壯近古也。如《八月十六夜》：“八月潮聲大，三更桂影虚。驚栖無處魃，失木[一]有奔貐。萬事秋風落，孤懷白髮疏。瞻望非行役，生死在須臾。”篇内略正訛本，恐又有訛處。海翁常言：“此可見蘇翁雄處。第四不欲讓老杜一步，而但‘魃’字離‘貐’字做不得。”又《別友》詩：“莽蕩乾坤大，蕭條性命微。詩書禮樂末，四十九年非。菊露憑烏几，松風掩竹扉。此詩文伯至，三宿乃言歸。”文伯，友人名也。（《東詩叢話》卷三，《韓國詩話叢編》第 13 册，頁 463）

[一] 木，原缺，據盧守慎《穌齋集》卷五《十六夜，感嘆成詩》補。

任疏庵叔英爲七百韻以寄李東岳，真今古傑作也，雖老杜尚止百韻，而七百韻疏庵始創之，可見其困凛矣。東岳和之曰：“萬曆皇明己未秋，任公七百韻吾投。自從漢唐未曾睹，縱有杜韓那可酬。奥理庖羲卦外括，秘文倉頡字前搜。是歲大旱焦山岳，正是天驚地亦愁[一]。”東岳此詩蓋欲以小敵大，然恐寡不敵衆明矣。（《東詩叢話》卷三，《韓國詩話叢編》第 13 册，頁 464）

[一] 愁，原作“悲”，據李安訥《東岳集》卷十二《任博士茂叔以五言排律六百韻述懷見寄，戲書以謝》改。

睦茶山長欽擢司馬魁榜，考官嘆曰：“工部之詩，右軍之筆。”其擢魁詩未之見，而在燕京贈先還燕使詩曰：“日落盧龍塞，天寒右北平。鄉愁千萬叠，寄與漢陽城。”嘗閲朝鮮及日本文人詩集，多於中華地方得傑句者，蓋中華之山水、樓觀、州郡之名，已得律中音響故也。（《東詩叢話》卷三，《韓國詩話叢編》第 13 册，頁 465）

申斗柄遊江陵月精寺，寺後有茅庵，有一僧獨居。僧名道穎，年近百歲，顔光如少年，自言能知五百里内人家吉凶。斗柄問其家安否及有事，僧歷言之。斗柄歸家驗之，果驗矣。僧贈申詩曰：“天地籠中日月忙，古今[一]人物盡亡羊。西方必有金仙子，使爾乘桴入帝鄉[二]。”結聯未解其義，然蓋畢事也。杜子美詩有“日月籠中鳥，乾坤水上萍”。（《東詩叢話》卷三，《韓國詩話叢編》第 13 册，頁 469）

　　[一]今,原缺,據詩意補。

　　[二]鄉,原作"京",此爲韻字,不當爲"京",改之。

　　(高霽峰)又:"立馬沙頭別意遲,生憎楊柳最長枝。佳人緣薄多新態,蕩子情深問後期。桃李落來寒食雨,鷓鴣飛去夕陽詩。草芳南浦春波綠,欲采蘋花有所思。"海翁有云:"霽峰詩思脫臼格,而就此篇論之,第二是絶句起詞,不是四律起詞,殊可疑也。第五與第六不可配耦。"又云:"'態'字元係詩家禁字,自古詩家未有用'態'字而得句者也。如杜老之巨手,猶尚取嘲於'物色生態能幾時'之句也。"(《東詩叢話》卷三,《韓國詩話叢編》第13冊,頁475)

　　鄭礎詩:"匹馬十年西復東,維楊今日又秋風。山如畫圖白雲外,路入招提紅樹中。"海翁常言:"像物得形者是畫圖,然'畫圖'二字便屬詩家累文。自古詞[一]家未有用畫圖而得句者,以杜工部之清越,詠明妃詩'畫圖省識春風面'句較諸'環佩空歸月夜魂',則便是無鹽配子都。"(《東詩叢話》卷三,《韓國詩話叢編》第13冊,頁476)

　　[一]詞,原作"祠"。

　　東詩之二百年以來,音調之古雅雖不及二百年以前先輩,然其才調何嘗不若晚明、中清也。元來明清諸輩已判難侔唐人,而又不肯蹈襲宋人,全尚姿致改換門户。每專尚姿致者,多用語錄文字,甚者如稗家艷文,其弊流染朝鮮,鮮人又甚一層,其恒用圈套之字,列之於左。(中略)右等語類不可縷述,自古人或有用處。然晚唐以後,至宋元[一]明清,轉相昉起者,務尚姿致而然也。然以此成章,不得近《詩經》門户,是以清初聖嘆編《詩選》,以杜詩不入《詩選》,而另成一什者,以其詩家正經,不可併列於諸子也。細閱杜詩,曷有這等瑣瑣語類也。(《東詩叢話》卷四,《韓國詩話叢編》第13冊,頁487)

　　[一]宋元,原作"元宋"。

　　又閱吳夢令詩,有"金鶴山中杜宇啼"之句,一唱頻嘆。傍人問道:"此句有甚佳處?"答曰:"余不知金鶴山在何處,這山準備了'杜宇啼'三字起名也。"按明人詩話,吟人數十取唐人詩集,故缺幾字而改填之,如杜詩"花重錦官[一]城"缺其"錦官[二]城"三字,隨意填之,名終不若"錦官[三]城"。又張志和詩:"青草湖邊月正圓,巴陵漁父棹歌連。"改填"青草"、"巴陵"字,終不若原[四]字。又李青蓮詩:"日落長沙秋色遠",改填"長沙"二字,終不若"長沙"。蓋地名之關於詩律如此。(《東詩叢話》卷四,《韓國詩話叢編》第13冊,頁497)

　　[一][二][三]官,原作"館"。

　　[四]原,原作"厚"。

按《香祖筆記》[一]：全椒人吳國對論漁洋詩，以爲少陵云“一洗萬古[二]凡馬空”，東坡云“筆所未到氣已吞”，才人須具此胸次，落筆自爾不凡。惟阮亭可以語此。（《東詩叢話續》，《韓國詩話叢編》第 13 册，頁 508）

　　[一]香祖筆記，原作“祖香筆記”。

　　[二]古，原作“馬”，據杜甫《丹青引贈曹將軍霸》改。

曹祭酒禾謂王漁洋曰：“杜、李、韓、蘇四家歌行，千古絶調，然語句時有利鈍。先生長句乃句句用意，無瑕可攻，擬之前人殆無不及。”漁洋曰：“此其所以不及前人也。四公之詩，如萬斛泉源不擇地而出，行乎其所不得不行，止乎其所不得不止。余詩如鑒湖一曲，放翁、遺山已下或庶幾耳。”（《東詩叢話續》，《韓國詩話叢編》第 13 册，頁 508）

説者以爲曹禾此論恐涉過揚，置漁洋於杜、李之間，而又許以無瑕可攻，則豈非反有逾於利鈍者乎？余解之曰：“曹論非以漁洋諸作論也，特以歌行論。又非以歌行盡皆如是也，必有指定而發也。”按清人雜録，康熙初，王漁洋在京師與人唱和，有歌行等作。有評之曰：阮亭詩別有西川織錦匠，他人不得效之。又葉訒庵謂曰：“兄歌行，他人不能到，只是熟得《史記》《漢書》。”（《東詩叢話續》，《韓國詩話叢編》第 13 册，頁 508）

阮亭贈葉訒庵長篇：“夏雨忽芊眠，流雲度高閣。簾幕數禽鳴，綠陰一花落。相思武原子，遠寄羊城作。文酒昔歡娛，別離今寂寞。年時易晼晚，壯歲[一]風驚擇。何當一尊酒，共對成斟酌。”芊眠，一作吁眠，遠視未明貌。武原、羊城皆地名，恐所思人在是也。蘇武古詩：“我有一尊酒，欲以贈遠人。願子留斟酌，叙此平生親。”結語引取此詩。然既用尊酒，又用斟酌，倒是歷歷。在老杜則“何時一尊酒，重與細論文”爲好。（《東詩叢話續》，《韓國詩話叢編》第 13 册，頁 515）

　　[一]歲，原作“成”，據王士禎《雨中懷彭羡門，因示葉訒庵》改。

明清人以王阮亭長歌推爲近古，而殊不知《竹枝詞》《懷古》等絶冲艷無比也。如《驪山懷古》八絶，尤屬清曠雅博。（中略）其六：“鳳凰原下鹿槽旁，虢國夫人有賜莊。無數青山學眉黛，當年誰入合歡堂。”鹿槽，泉石。虢國夫人有寵於明皇，合歡堂所費爲二千萬。出《明皇雜録》虢國夫人不施妝粉，自衒其美，故第三及之。杜甫詩所謂“却嫌脂粉洗顔色，澹掃蛾眉朝至尊”者是也。洗[一]字，俗版作污，又鄭陽門詩：“八姨新起合歡堂，翔鴻賓燕無中窺。”（《東詩叢話續》，《韓國詩話叢編》第 13 册，頁 515）

　　[一]洗，原作“浣”，據上下文意改。

阮亭《馬嵬懷古》詩：“何處長生殿裏秋，無情清渭日東流。香魂不及黃幡綽，猶占驪山土一邱。”馬嵬在興平縣，楊太眞縊死於此。長生殿，即溫泉宫齋殿也。七月七夕,玄宗在長生殿與貴妃誓以世世爲夫婦。白樂天詩"七月七日長生殿,夜半無人私語時",杜子美詩"清渭無情極[一],愁時獨向東"。黄幡綽,開[二]元時優人,恐黄之冢在驪山地耳。(《東詩叢話續》,《韓國詩話叢編》第 13 册,頁 517)

[一] 極,原脱,據杜甫《秦州雜詩二十首》其三補。

[二] 開,原作"幽"。

其二:"巴山夜雨却歸秦,金粟堆邊草不春。一種傾城好顔色,茂陵終傍李夫人。"[一]金粟堆,玄宗陵所在,杜子美詩"君不見金粟堆前松柏裏,龍媒盡去鳥呼風",龍媒,香也。傾城,見李延年史。延年之妹李夫人死,葬茂陵傍。(《東詩叢話續》,《韓國詩話叢編》第 13 册,頁 517)

[一] "金粟堆邊草不春,一種傾城好顔色,茂陵終傍李夫人"三句原缺,據王士禎《馬嵬懷古》補。

阮亭作《飛龍[一]務》:"此地臨汧[二]渭,秦嬴有舊封。飛龍[三]何日去,凡馬至今空。落落驊騮氣,蕭蕭苜蓿叢。黄雲秋草裏,悵望古城東。"飛龍務在興平縣,良馬所産也,秦之祖非子飛龍養馬汧[四]渭之間。杜甫詩"斯須九重真龍出,一洗萬古凡馬空",古詩"胡馬苜蓿肥"。(《東詩叢話續》,《韓國詩話叢編》第 13 册,頁 517)

[一][三] 飛龍,原作"龍飛",據王士禎《飛龍務》改。

[二][四] 汧,原作"洴",據王士禎《飛龍務》改。

(阮亭)《題煎茶坪》詩:"大壑沉雲霧,冥冥萬仞梯。孤峰分瀧漢,兩水劃東西。遥直金牛峽,旁臨白馬氐。當年議設險,不用一丸泥。"煎茶坪在寶雞縣,漢高祖引兵從故道出,駐馬煎茶於此。白馬氐在白馬江岸。老杜詩入夔州益工者,實非虚語。西蜀之境,不但景物助長詩格,其山川、江峽、郡縣之名,多得韻致,不讓於江南。又不但不讓於江南也,其異史神跡爲天下第一。按: 阮亭詩傑邁之句,多從湘湖及蜀途驛程記中出來。(《東詩叢話續》,《韓國詩話叢編》第 13 册,頁 518)

阮亭《草凉樓》詩,尤得新鍘:"西下嘉陵水,瀰瀰緑滿灘。緣崖紅叱撥,縈棧曲欄干。九折行人少,千峰落日寒。不知投宿處,樵響隔雲端。"草凉樓在鳳縣東北,唐明皇駐蹕于草凉驛者,即是也。明皇時,大宛進各色叱撥馬。九折板,其板九折,欲上者至七日乃越。讀第三,可見阮[一]亭作詩以神傳神。又讀第五六,可見出神。王摩詰詩"大漠[二]孤烟直,長河落日圓"之句,評者以爲老杜之所不及,然若論即景用情,"千峰落日寒"之句,何嘗讓摩詰語句勢。結句"樵響"之"樵"字,亦有遥遥來歷。(《東詩叢話續》,《韓國詩話叢編》第 13 册,頁 518)

〔一〕阮，原作"玩"。

〔二〕大漠，原作"翠壘"，據王維《使至塞上》改。

（阮亭）《雨中度柴關嶺》："棧中新漲未歸槽，百丈柴關水怒號。鳥語不聞深箐[一]黑，馬蹄直上亂雲高。天垂洞壑蛟龍蟄，秋老牙鬚虎豹豪。誰識熏香東[二]省客，戎衣斜壓赫連刀。"棧與槽，皆橋上橋下板也。時阮亭以福建吏典試蜀中，故自言東省客。赫連刀，刀名，夏王赫連勃勃所造，陸游詩"寶刀佩穩壓戎衣"。第五六雖涉雄渾，在老杜輩必不以"牙鬚"作對。洞，壑也。洞壑認用蛟龍之洞壑，然恐疏豁。（《東詩叢話續》，《韓國詩話叢編》第 13 册，頁 518）

〔一〕箐，原作"箸"，據王士禎《雨度柴關嶺》改。

〔二〕東，原脱，據王士禎《雨度柴關嶺》補。

（阮亭）《題虛谷庵》："三寸黃柑水浸渠，一林紅桂映棕櫚。鈎簾恰對中梁色，正好高眠讀道書。"庵在蜀中，杜甫詩"園柑長成時，三寸如黃金"，又"三寸黃柑猶自青"。棕櫚出[一]西川，後移種於江南，今處處有之。（《東詩叢話續》，《韓國詩話叢編》第 13 册，頁 519）

〔一〕出，原脱，據《本草綱目》補。

（阮亭）《寧羌路中》詩："威遲辭北闕，浩蕩賦西征。天險金牛峽，悲歌狂虎行。岷峨連雨氣，沔漢走江聲。三户遺民少，蕭條見廢城。"余嘗以此詩爲阮亭入蜀之五言長城耳。寧羌州在亂山中，本無城郭，至洪武時始置衛。顏延之詩"行路正威遲"，威遲，猶逶遲也，杜子美詩"威遲哀壑底"。潘岳有《西征賦》，杜甫《秦州雜詩》"浩蕩及關[一]愁"，陸放翁詩"南征浩蕩信乾坤"。三户，即楚界也。（《東詩叢話續》，《韓國詩話叢編》第 13 册，頁 520）

〔一〕關，原脱，據杜甫《秦州雜詩二十首》其一補。

（阮亭）《龍山驛值雨》詩："閬州城邊雲氣浮，龍山驛裏雨聲愁。遠遊不唾[一]青城地，絶域空悲白雁秋。巴嶺稀聞人北去，渝江長是水南流。蕭條孤館荆榛夕，更指千峰入漢州。"《智度論》"入寺當歌唄贊嘆，不唾僧地"，杜甫詩"自爲青城客，不唾青城地"。渝水在閬中。（《東詩叢話續》，《韓國詩話叢編》第 13 册，頁 521）

〔一〕唾，原作"睡"，據王士禎《龍山驛雨》改。

（阮亭）《潼川懷少陵》詩："返景下東津，扁舟涪水濱。女墙崩積雨，郡郭入荒榛。山夕烟花少，江流戰伐頻。飄零思弟妹，嗟爾杜陵人。"凡得詩者，不但因景低昂，亦因其坐地而有低昂矣。座上有詩家本領者，吟者必苦索，乃其通例也。今阮亭《懷杜少陵》一詩，亦可謂因懷低昂也。全篇藻勢近於少陵五言，殊可異也。潼川，郡名，子美寓巴[一]蜀最久於此，此郡之山水得子美名著者多。東津在郪縣,即涪江之涪流也。杜詩所謂"去年登高郪縣北,今日重[二]在涪江濱"者是也。女墙,城上小垣,言其卑小,比之城堞,如女子之於丈夫也。杜子美詩"弟妹蕭條各何在"。按:此詩酷近杜詩者,"江流戰伐頻"一句也,使杜老見之必首肯之耳。(《東詩叢話續》,《韓國詩話叢編》第 13 冊,頁 521)

    [一] 巴,原作"八"。

    [二] 重,原作"獨",據杜甫《九日》改。

又《天柱峰》詩,句句勁力,抑得地所使歟? 天柱峰在中江縣,盤折而上二十餘里,路峻泥滑。杜詩"連山西南斷,俯[一]見千里豁",此杜甫出山詩也。(下略)(《東詩叢話續》,《韓國詩話叢編》第 13 冊,頁 522)

    [一] 俯,原作"始",據杜甫《鹿頭山》改。

河謙鎮

河謙鎮(1870—1946),字叔亨,號晦峰,晉陽人,生平事跡不詳。《東詩話》主論東國詩人詩作,大略按時代先後編排,起於新羅末,迄於作者同時代,多一己之得。

退陶詩曰:"陶公止酒還思酒,杜老懲詩更詠詩。"蓋古之人,自謂不要作詩,而其所不作乃其所以爲詩者多矣,不獨杜爲然也。陳學士澕詩曰:"作詩亦是妨真興,閑看東風掃落花。"晦齋先生詩曰:"年來漸省經營力,長對青山不賦詩。"鄭虛庵詩曰:"孤筇遊宇宙,閑鬧並休詩。"(《東詩話》卷一,《韓國詩話叢編》第 14 冊,頁 658)

我東中古詩,稱"湖蘇芝",鄭湖陰、盧蘇齋、黃芝川也。三家中,蘇齋專力學杜爲最,農岩謂"此老十九年在海中,獨學得杜詩如此好耳"。海中者,珍島也。蘇齋謫珍島時有詩曰:"天地之東國以南,沃州城下數間庵。有難赦罪難醫病,爲不忠臣不孝男。客日三千四百幸,生年乙亥丙辰慚。汝盧守慎如無死,報得君恩底事堪。"愚嘗疑此亦爲學杜而得者乎? 杜詩何曾有此句法? 惟"曲檻清風度,長空素月懸"、"雲沙目斷無人問,倚遍津樓入九橫"似之耳。(《東詩話》卷二,《韓國詩話叢編》第 14 冊,頁 663)

朴漢永

朴漢永(1870—1948),十九歲入山,法名鼎鎬、映湖,華嚴宗系僧人。善詩文,著有《石林隨筆》《石林草》各一卷。《石林隨筆》由二十一篇論述文構成,每篇都有序號與題目,其中九篇爲詩話。

十八、天籟叶人籟詩道方圓

天籟、人籟,雖見《莊子》,今轉其語,而用義稍異。天籟者,示其神韻,純以天行,如天花不著,如水中月、鏡中像者是也。人籟者,示其精工,致以人力,如登泰山,步步躋頂,一覽衆山小者是也。蘇潁[一]濱與人書云:"文不可以學而能,氣可以養而致。孟子曰'我善養吾浩然之氣',今觀其文章,寬厚宏博,充乎天地之間,稱其氣之小大。太史公行天下,周覽四海名山大川,與燕趙間豪俊交游,故其文竦蕩,頗有奇氣。此二子者,豈嘗執筆爲如此之文哉?其氣充乎其中而溢乎其貌,動乎其言而見乎其文,而不自知也。"是可以證天籟之神韻也。袁隨園贈人詩曰:"倚馬休夸速藻佳,相如終竟壓鄒枚。物須見少方爲貴,詩到能遲轉是才。清角聲高非易奏,優曇花好不輕開。須知極樂神仙境,修煉多從苦處來。"是可以證人籟之精工也。然從古詩人之禀性殊別,或顯神韻以飄逸,或顯精工以深妙。及其婆羅蜜,猶如汀蘭籬菊各自馨香。以若唐宋而抽觀,李青蓮、蘇東坡以天行勝,杜少陵、黃山谷以人力勝。其若功成願滿,孰非毗盧遮那?然詩道之入門用功也,立命之地,夫定亦如空中毛道,故褊於神韻而未成,則流乎空疏與膚廓,而未嘗鼎臠。山東王阮亭非不名家,學之者易墜空疏之坑而已。褊於精工而未成,則流乎輕俗與纖巧,而未超上乘。江南袁簡齋非不名家,學之者易罹綺靡之網而已。是以不落左不落右,蹈大方之詩規,豈不唱天籟叶人籟,然後詩道方圓之要訣乎?不寧唯是,詩道之衰微亦如禪宗之虛僞,效嚬而假衣冠者攬近殊多。故《續詩品》有曰:"抱杜尊韓,權門托足。苦守陶、韋,貧賤者驕人。"豈非的中詩家之流弊歟?朝鮮近代詩家,有開城朴天游集唐詩句,詩至若數卷;以"韻府書簏"稱名之朴竹尊,畢生學杜之趙秋齋等,豈非博古之名家,實窺其所作詩品,則盛唐之假衣冠,杜草堂之隙宇人而已。是以朴貞蕤有云:"近日所謂學杜者,詩之下品。學唐者,詩之次上。兼學唐宋元明者,詩之上品。"但就寡聞與博通者而言之,有理耳。(下略)(《石林隨筆》,《韓國詩話叢編》第13冊,頁312)

[一]潁,原作"穎"。

佚　名

《青邱韻鈢》,撰者不詳。取高麗及朝鮮人所著詩歌,正篇仿《詩經》體例,其後附詩體、詩格,多先舉詩篇,再作評析,是朝鮮詩話中較具原創性的一種。

《詠天》西河,見上:"形圓至大且窮玄,浩浩空空繞地邊。覆幬中間容萬物,杞人何事憂頹顛。"賦也。(中略)子美詩聖,騷壇元戎,猶且"杞人無事憂天傾"云,以厚之淺淺之孩齓、駿駿之提識,猶云"何事憂頹顛"云者,比諸詩聖,器異霄壤,才非古今而今古也。(《青邱韻鈌》,《韓國詩話叢編》第15冊,頁43)

《大雅》征鴻之什,十一首:雅者,博也。博而言志,玩愒樂志,嘯詠暢志,探賾得志。時有否泰,運有消長。或因人而譏爭,或因事而諷正,故《大雅》之諷也。諷得於典謨,則堯、舜、禹、湯、皋陶之言也;得於書籍,則顔、曾、思、孟、程、朱之言也;得於史乘,則名教綱紀謹嚴之言也。故將淳厚如三代,清遠如漢晉,密雅如唐宋,故韓杜騷壇、屈宋衙官,忠憤則激昂青雲,褒貶則不渝金玉。然則雅之詩,大矣,遠矣哉!(《青邱韻鈌》,《韓國詩話叢編》第15冊,頁55)

《歸鄉》東巖李瀯,光州人,浩之兄:"南路迢迢鳥外分,長安西指日邊雲。朝來記得中宵夢,半是慈顔半聖君。"賦也。(中略)時居大邱,歸覲有此詩。"鳥外分"者,鳥嶺之路分也。"長安西指"者,如子美詩"蜀江猶似瞻華嶽","中宵夢",寤寐不忘君親也。上覽其詩曰:"身而在外而心在君,夢寐而不忘君父,移孝於忠。賢哉,瀯也!"(《青邱韻鈌》,《韓國詩話叢編》第15冊,頁88)

《東七陵》兩懼崔淑精[一],和順人:"笙鶴朝天去不還,城西十里即緱山。烟霞暗鎖松杉路,雲霧深藏虎豹關。此日蘋蘩明可薦,當年弓劍杳難攀。傷心杜宇聲聲苦,泪灑春風點點班。"興也。山原相錯,龍虎蟠結,原原封陵四顧相望,陵官寢郎朝暮相尋,題詠甚多,未有如此詩也。"笙鶴",子晉、弄玉。"去不還",昇遐也。"緱山",即仙人所居也。"松杉",杜詩"巢水鶴"之意。"虎豹",羊虎石也。"蘋蘩",侯王之祭。"弓劍",黃帝龍飛昇湖而遺之也。"杜宇",蜀魂。"點點班",指杜鵑花也。(《青邱韻鈌》,《韓國詩話叢編》第15冊,頁89)

[一]精,原作"靖"。

《答札》業桂鄭之升,溫陽人,斗卿之父:"謹承書問慰難承,保拙無非下念仍。細柳營中初識面,生陽館裏更挑燈。孤雲落日同相憶,斗酒長篇愧不能。餘祝萬安懷縷縷,伏惟尊照鄭之升。"賦也。其詞言成詩,才氣盪溢。"謹承",簡套也。"保拙"、"下念",簡例也。"細柳",慕華館大廳,嘗爲上巳會。"生陽館",中和客舍也。西遊共爲立春會。杜甫[一]詩曰:"渭北春天樹,江東日暮雲",亦"孤雲落日"懷想之意也。一斗詩百篇,亦謫僊詩也。
"萬安"至"尊照"皆結札例也。文酒風流,叶於歌詞,麗坊至今相傳,爲青樓
第一。(《青邱韻缺》,《韓國詩話叢編》第 15 册,頁 119)

　　[一]杜甫,原作"李白"。"渭北春天樹,江東日暮雲"一句出自杜甫《春日憶
李白》。

曹兢燮

　　曹兢燮,見《評述類》介紹。其《巖栖集》卷三十六、三十七《雜識》多論
經書及詩文之語。

　　朱子於《王梅溪文集序》,論君子之心如青天白日,而以諸葛武侯、杜工
部、顔魯公、韓文公、范文正五人爲言。非謂古今人物止此也,取有關於王公
者言耳。然王公嘗注東坡詩集,而此不及之,何耶? 蘇公雄文直節,震耀當
世,豈顔、杜諸人之所可及? 而心術之病終不可掩,如"野花啼鳥"之句,當時
雖極分疏,而終不能無疑其浮躁淺薄,要是劉、柳、元、白一流人,宜朱子之不
錄於數君子之間也。(《巖栖集》卷三十七《雜識下》,《韓國文集叢刊》第
350 册,頁 544)

　　杜詩所以爲詩之至者,不但以辭致之雄麗也。其情性氣象,發於倫理,
忠愛惻怛,溢於言外,非漢魏以來詞人所及。如《哀王孫》《贈四兄》、"三
吏"、"三別"、《傷春》《有感》《憶昔》篇等,使人諷誦,感慨不歇。與《詩》之
《東山》《破斧》《常棣》《蓼莪》等,並絶今古,有補名教大矣。其他短章隻
句,可以興觀群怨者不可殫舉。後之爲詩者,只緣無此個胸懷,不能感發人,
雖連篇累牘,璀璨如雲錦,何益於事? 予常愛鄭畋馬嵬坡云:"玄宗回馬楊妃
死,雲雨雖亡日月新。同是兩朝天子事,景陽宫井又何人。"王龜齡《湘江讌
十二宰》云:"九重天子愛民深,令尹宜勞惻隱心。今日黄堂一杯酒,使君端
爲庶民斟。"汪大有題《王導像》云:"秦淮浪白蔣山青,西望神州草木腥。江
左夷吾甘半壁,只緣無淚灑新亭。"于忠肅《詠石灰》云:"千椎萬鑿出深山,
烈火叢中煉幾還。粉骨碎身都不顧,只留清白在人間。"邵國賢《乞終養不
許》云:"乞歸未許奈親何,帝里風光夢一過。三月春寒青草短,五湖天遠白
雲多。客囊衣在縫猶密,驛騎書來字欲磨。聖主恩深臣分淺,百年心事兩蹉
跎。"未論工拙如何,讀其詩可以想見其爲人。彼輕薄險詖之輩,雖費盡心
力,年鍛月煉,何能夢到此境耶? 我東自羅麗名詩者多矣,而此等語未易見。
如益齋:"窮通有命悲親老,緩急非才愧主明。才微杜漸顔宜赭,責重扶顛髮

已華。"圃隱："腹裏有書還誤國，囊中無藥可延年。眼爲感時垂泣易，身因許國遠遊頻。"諸作近之。我朝柳眉岩夫人隨謫鍾城云："行行遂至磨天嶺，東海無涯鏡面平。萬里婦人何事到，三從義重一身輕。"金清陰丙子後詩云："南阡北陌夜三更，望月西風獨自行。天地無情人盡睡，百年懷抱爲誰傾。"任疏庵反正後直宿云："戮盡群凶正大倫，周邦雖舊命維新。一千再睹黄河澈，四七重逢白水真。賈傅召還宣室夜，蘇卿歸謁茂陵春。齋房忽罷依俙夢，蜀魄聲中泣老臣。"此數詩可以見性情之正，能感動人心，而辭語亦警絕。（《巖栖集》卷三十七《雜識下》，《韓國文集叢刊》第 350 册，頁 545）

王元美、胡元瑞皆以"風急天高"、"昆明池水"、"老去悲秋"數篇，爲杜七律之冠。予獨愛"花近高樓"一篇，每諷誦不已。蓋此詩因時起興，因物起情，第一聯極其悲憤，次聯極其雄健，第三聯極其忠愛，結聯極其感慨。子美一生心事略具於此，而詞氣之豪壯與之相稱，豈區區模寫一時景象之可比哉？（《巖栖集》卷三十七《雜識下》，《韓國文集叢刊》第 350 册，頁 546）

嚴滄浪謂"詩有別才不關書，詩有別趣不關理"，胡元瑞亟稱之，以爲詩家傳心之要，與虞書精一十六言同功。然此自其偏至者言耳，若夫集大成如少陵者不可以此概之。"古潭鱣發發，春草鹿呦呦"，"牛羊下來夕，馬鳴風蕭蕭"，"自天題處濕，當暑着來清"，"丹青不知老將至，富貴於我如浮雲"，無非經傳成語。"舜舉十六相，身尊道何高"，"不聞夏殷衰，中自誅褒妲"，"聖人筐篚恩，本欲邦國活"，"不過行儉德，盜賊本王臣"，"草中狐兔盡何益，天子不在咸陽宮"，"丈夫垂名動萬年，記憶細故非高賢"，無非理到之言。是豈劌心鉥目雕風繪月者所及哉？（《巖栖集》卷三十七《雜識下》，《韓國文集叢刊》第 350 册，頁 546）

附録　朝鮮李植《纂注杜詩澤風堂批解》評語輯録

　　按：李植，見《評述類》介紹。朝鮮時代關於杜詩的注解、批點可分爲官方與私家兩類，官方注杜的代表成就爲《纂注分類杜詩》與《分類杜詩諺解》，私家注杜的成果相對較多，約有十數種，但流傳較廣、影響較大的只有李植《纂注杜詩澤風堂批解》一種。《杜詩批解》是李植近二十年心血所在，他從四十六歲開始批解杜詩，至五十七歲（仁祖十八年，1640）作《杜詩批解跋》時，僅止於律詩，尚未及古詩和排律。此後至他去世的七八年間，他一直致力於此，最終批解完整部杜詩。英祖十五年（1739），其曾孫李箕鎮將《杜詩批解》付梓刊行。此書對後人學杜、注杜都産生了深遠影響，申緯（1769—1847）云：“時從《批解》窺斑得，先數功臣李澤堂。”李忠翊（1744—1816）《題杜詩略説後》云：“余家藏書少，杜陵詩只有《纂注》一本，澤堂李公所補録，頗警切。……此所裁別，皆依《纂注》李本爲説，非可孤行。”

　　《杜詩批解》二十六卷，前有《新唐書·杜工部本傳》以及包括王琪、王安石、黄庭堅、蔡夢弼、嚴羽、劉辰翁、虞集等人評論的《杜詩總評》，其次爲目録與正文；後有朱熹《章國華杜詩集注跋》、宋時烈《杜詩點注跋》、澤堂《杜詩批解跋》及李箕鎮按語。正文體例先抄録杜詩，再於每句下以小字抄引各家注，下附澤堂自注或批語，共2 200多條。這些注釋、批語内容豐富，有對杜詩用字、句法、結構的分析，亦有對杜甫情感經歷的解讀，還有些考訂史實、考證杜詩原文，或指正前人注杜的不足與謬誤，與中國諸家注有著不同的視野與角度，並帶有明顯的啓蒙性質，客觀上起到了教育子弟後學的作用。因此有必要將李植批語輯録於此，以見東國之人研讀杜詩的獨特魅力。

　　《纂注杜詩澤風堂批解》見黄永武編《杜詩叢刊》（大通書局，1974年），據英祖十五年（1739）年印本影印。此評語輯録原分三期刊載於《中國詩學》第五、六、七輯（人民文學出版社，1997年、1999年、2002年）。

卷　　一

《望嶽》

"蕩胸生層雲。"澤堂曰：雲生則快胸，鳥入則眦決。若謂登高快胸，則非望嶽詩也。晦庵《嶽詩》似誤用"蕩胸"二字。

《與李十二白同尋范十隱居》

"向來吟橘頌，誰欲討蓴羹？"澤堂曰：自吟《橘頌》，恨少討問蓴羹者，皆思江海之情也。

《題張氏隱居二首》

"不貪夜識金銀氣，遠害朝看麋鹿遊。"澤堂曰：不貪故識寶氣，遠害者無害物心也，故得麋鹿相親也。

"乘興杳然迷出處。"澤堂曰：乘興而來，不知出山之處，如桃源漁父也。

"濟潭鱣發發，春草鹿呦呦。"澤堂曰：經語入詩，何嘗不工。

"杜酒偏勞勸，張梨不外求。"澤堂曰："張梨"、"杜酒"，對舉賓主姓字，善謔之辭。

《贈李白》

"秋來相顧尚飄蓬。"澤堂曰：相顧猶相見。

"飛揚跋扈爲誰雄？"澤堂曰：言白意氣自負，飲酒豪橫，有若跋扈者。此戲語耳。

《登兗州城樓》

"孤嶂秦碑在，荒城魯殿餘。從來多古意，臨眺獨躊躇。"澤堂曰："秦碑"、"魯殿"皆古跡，故爲之躊躇。

《對雨書懷走邀許主簿》

"東嶽雲峰起。"澤堂曰：雲峰，如峰之雲也。

"驟雨落河魚。"澤堂曰：驟雨時，河魚緣水氣上騰，落於平陸，今皆有之。

《巳上人茅齋》

"江蓮搖白羽，天棘蔓青絲。"澤堂曰：以扇比葉，以絲比蔓。

《畫鷹》

"縧鏇光堪摘。"澤堂曰：逼真如此。

"軒楹勢可呼。"澤堂曰：坐鷹軒楹，可近以呼。

《臨邑舍弟書至苦雨黃河泛溢堤防之患簿領所憂因寄此詩用寬其意》

"舍弟卑栖邑，防川領簿曹。"澤堂曰："栖卑邑"與"領簿曹"作扇，恐古本錯書。

"倚賴天涯釣。"澤堂曰：釣當作想。

《冬日有懷李白》

"不忘角弓詩。"澤堂曰：言曾與白相從賦詩，如宣武之賦詩。

"裋褐風霜入。"澤堂曰：裋當作短，此句則與"還丹"爲對，不可不稱短。

《龍門》

"龍門橫野斷，驛樹出城來。"澤堂曰：行近則樹出，此道途之景也。

"相閱征途上，生涯盡幾回。"澤堂曰：謂人與山相閱於途上，到幾番來往生涯盡乎？ 甚苦辭。

《春日憶李白》

"渭北春天樹，江東日暮雲。"澤堂曰：以其貼情靠境，遂開後人熟套。

《李監宅二首》

"女婿近乘龍。"澤堂曰：李之女婿，近於昔之乘龍者。

《過宋員外之問舊莊》

"枉道衹從入，吟詩許更過。"澤堂曰：題有"過"字，乃枉過。既不憚枉入，又許更過而吟詩，皆珍重思慕之意。批與注皆失之。

《鄭駙馬宅宴洞中》

"誤疑茅堂過江麓，已入風磴霾雲端。"澤堂曰：二句一意。

《陪李北海宴歷下亭》

"貴賤俱物役，從公難重過。"澤堂曰：詞傲而意傷。

《同李太守登歷下古城員外新亭》

"得兼梁甫吟。"澤堂曰：宴非爲己設，而時主人許參，得兼爲梁甫之吟。蓋爲不稱意之詞。

《登歷下古城員外孫新亭亭對鵲湖時李之芳自尚書郎出齊州製此亭》（李邕）

"曾冰延樂方。"澤堂曰：據紙上文句而加注解，只得如此，然"層冰"、"樂方"必有故事。北海學極博，不可考矣。

"高興泊煩促，永懷清典常。"澤堂曰：高興可止煩促，長懷欲清典常。

"含弘知四大。"澤堂曰：狀臨眺之雄。

澤堂曰：李北海邃學奇文，詩非所長，故倔强疏鹵如此。唐時李習之、樊宗師詩亦類此。今皇明學士詩律多如此。人以爲高妙，而至不可解。豈其然乎！ 豈其然乎！

《行次昭陵》

"往者災猶降，蒼生喘未蘇。"澤堂曰：魏徵勸帝行仁義，帝從之。貞觀初歲，旱，關中大饑，上勤而撫之，未嘗嗟怨，其後果致豐富，至斗米三四錢。上有"惜不令封德彝見之"之語。此詩所謂"蒼生喘未蘇"等語，正指此事。

若謂指隋亂，則與首句架叠。其曰"灾猶降"者亦大欵矣，注說非是。

《飲中八仙歌》

"左相日興費萬錢。"澤堂曰：日興，日用也。

《贈特進汝陽王二十韻》

"自多親棣蕚，誰敢問山陵？"澤堂曰：山陵似指宗社，言宗藩親厚，誰敢議社稷宗廟乎？如問鼎之問。

"已忝歸曹植。"澤堂曰：曹植魏王子，故況之。

"淮王問有客，終不愧孫登。"澤堂曰：登亦仙徒，雜淮南引之不妨。

《贈比部蕭郎中十兄》

"沉埋日月奔。"澤堂曰：即日月籠鳥、乾坤水萍之意。

"致君時已晚，懷古意空存。"澤堂曰：竊比稷契之餘恨。

《今夕行》

"更長燭明不可孤。"澤堂曰：專爲博劇而作。

《奉寄河南韋尹丈人》

"有客傳河尹。"澤堂曰：詩云"河尹天明坐莫辭"，唐人固有此語矣。

"疏放憶途窮。"澤堂曰：以下皆窮途疏放之狀。

"霜雪滿飛蓬。"澤堂曰：頭白之比。

"牢落乾坤大，周流道術空。謬慚知薊子，真怯笑揚雄。"澤堂曰：乾坤如是其大，而此身周流，道術成空，河尹謬以仙客知我，所以恐人笑我如揚子也。

"盤錯神明懼。"澤堂曰：懼，使人畏懼也。

"謳歌德義豐。"澤堂曰：復言河尹爲民人所畏愛，自比隱遁之士，無人與之接話，蓋有感於河尹之問己也。

《贈韋左丞丈濟》

"相門韋氏在，經術漢臣須。"澤堂曰：一事對排法。須，猶用也。

"甲子混泥塗。"澤堂曰：混成句法。

"飢鷹待一呼。"澤堂曰：待一呼可厭。

《奉贈韋左丞丈二十二韻》

"致君堯舜上，再使風俗淳。"澤堂曰：竊比稷、契之意。

"行歌非隱淪。"澤堂曰：如買臣行歌，非隱淪之徒，直貧賤故耳。

《冬日洛城北謁玄元皇帝廟》

"碧瓦初寒外。"澤堂曰：碧瓦鮮映於寒色之外，"外"字取迥遠之義。

"世家遺舊史，道德付今王。"澤堂曰：老子世家不傳，則其爲唐室之祖不可詳，只以《道德》傳諸今王，故享尊禮如此。此句似不滿於唐之祖老子矣。

　　“吳生遠擅場。”澤堂曰：遠擅場，言前後人皆不及也。

　　“翠柏深留景，紅梨迥得霜。”澤堂曰：深、迥字緊工。

　　“身退卑周室，經傳拱漢皇。”澤堂曰：身退而周室卑，不得經濟一時也。批意未必然。

　　“谷神如不死，養拙更何鄉。”澤堂曰：言老子之神如不泯昧，更從何方化身養拙耶？何鄉宜平，釋謂“無何有”，似非。

《贈翰林張四學士垍》

　　“恩與荔枝青。”澤堂曰：以生荔枝與之，故謂之青。

　　“無復隨高鳳。”澤堂曰：劉批似謬。

《重經昭陵》

　　“翼亮貞文德。”澤堂曰：貞，正也，正其文德也。

卷　　二

《故武衛將軍挽詞三首》

　　“王者今無戰，書生已勒銘。封侯意疏闊，編簡爲誰青。”澤堂曰：言盜賊已平，更無戰伐，至於書生勒銘燕山，則後來者更無可立功勳也。

　　“銛鋒行愜順。”澤堂曰：用矢用槍皆便捷能中，是謂愜順，注非。

　　“神速至今稱。”澤堂曰：“至今”二字便是死簿。

　　“天意颯風飆。”澤堂曰：天意悽愴，爲生風飆。

　　“部曲精仍鋭，匈奴氣不驕。無由睹雄略，大樹日蕭蕭。”澤堂曰：言將軍死矣，而其部曲則猶仍前日精鋭，匈奴尚未敢凌侮。此有制之兵餘威之及也。但其雄略則不可傳而死，所以大樹日覺凋疏云爾。此四句一意宛轉，妙甚。破的之論，有味之語。

《兵車行》

　　“或從十五北防河。”澤堂曰：防河，防戍於河上，如言“防河赴滄海，奉詔發金微”是也。注云築堤備河決，則非也。備河決乃中國之役也，非兵役也，此云北防河乃朔方西河等地也。

　　“長者雖有問，役夫敢伸恨。”澤堂曰：此問字，既上句“道傍過者問行人”之問也。其間若爲征夫之自言者，“且如”以下又別説。

　　“且如今年冬，未休關西卒。”澤堂曰：山東如彼，關西又如此，見天下騷然，無處不徵兵也。

"生女猶得嫁比鄰,生男埋没隨白草。"澤堂曰:兩句總結。

《同諸公登慈恩寺塔》

"自非曠士懷,登兹翻百憂。"澤堂曰:一篇主意。

"涇渭不可求。"澤堂曰:此以下句句有意,然詞甚婉順,如李白《送客灞陵亭》詩"古道連綿走西京,紫闕落日浮雲生",亦此句格。當明皇、貴妃之末,故其詞如此。

"君看隨陽雁,各有稻粱謀。"澤堂曰:末句自喻,欲避害遠適。注説此一句非。

《投簡成華兩縣諸子》

"饑臥動即向一旬,弊裘何啻聯百結。"澤堂曰:寒乞語太迫。

《杜位宅守歲》

"盍簪喧櫪馬,列炬散林鴉。"澤堂曰:《易》義今釋合聚,此以"列炬"作對,當釋以合集簪纓也。

《玄都壇歌七言六韻寄元逸人》

"子規夜啼山竹裂,王母晝下雲旗翻。"澤堂曰:子規,帝魂,與王母對,正均敵,以爲鳥王母者謬。

《樂遊園歌》

"公子華筵勢最高。"澤堂曰:勢,坐地之勢也。

"曲江翠幕排銀榜。"澤堂曰:列幕爲遊宴之次,皆掛銀榜以表之,如韓國、虢國之號是也。以其聯絡衆多,故言"排"字。

"緣雲清切歌聲上。"澤堂曰:以上三句記所見之繁麗。

"却憶年年人醉時,只今未醉已先悲。"澤堂曰:此與花相似、人不同者同意,所以未醉而先悲者,以白髮未抛、賤士無歸也。前景後情,語意一串。而蔡氏以上三句爲追述昔年事,又以"碧草萋萋"爲黍離之悲。果然,則華筵歡賞豈黍離中所宜耶?杜注蔡氏最競爽,而紕剌如此,他可概矣。

"聖朝已知賤士醜。"澤堂曰:豈獻賦不遇時耶?

"此身飲罷無歸處,獨立蒼茫自詠詩。"澤堂曰:貧賤孤羈之極,自述其實,本非深至之語。此乃天寶末,明皇遊宴之盛,杜氏寒賤之極,有此作,故述事則繁侈,而叙情則坎壈也。若肅宗之世,則杜已爲近侍,語意猶寬,又無翠幕、銀榜豐大之景矣。

《敬贈鄭諫議十韻》

"律中鬼神驚。"澤堂曰:中字似仄,中鬼神之所驚也。

《送韋書記赴安西》

"書記赴三捷。"澤堂曰:赴官於三捷之地。

《奉贈太常張卿垍二十韻》

“氣得神仙迥。”澤堂曰：接上句。孟浩然贈張詩亦有“神仙餘氣色”之句，豈張以道術得名一時耶？

“歸馬散霜蹄。”澤堂曰：只“散霜蹄”三字，便是富貴豪縱之態。

“弼諧方一展，班序更何躋。”澤堂曰：張卿方展弼諧班序，又高不可攀躋云爾。

“顧深慚鍛煉。”澤堂曰：顧遇之深。

《奉贈鮮于京兆二十韻》

“始見張京兆，宜居漢近臣。”澤堂曰：一事兩句。

“有儒愁餓死。”澤堂曰：丹青之地、雨露之辰，有此愁餓之士，可念。

《白絲行》

“繰絲須長不須白。”澤堂曰：白則染色即變，只要長而已。

“越羅蜀錦金粟尺。”澤堂曰：爲羅錦方得以尺量裁，非久爲白者，不須求多白也。

“象床玉手亂殷紅。”澤堂曰：錦上添花之時，玉手縱橫可觀。

“萬草千花動凝碧。”澤堂曰：白之變色至於此。

“已悲素質隨時染。”澤堂曰：應首句。

“春天衣著爲君舞，蛺蝶飛來黃鸝語。”澤堂曰：蝶鸎見舞衣，疑其爲花草也。

“隨風照日宜輕舉。”澤堂曰：與舞袖相宜輕舉。

“香汗清塵污顏色。”澤堂曰：雖清塵香汗，不免染污錦色。

“開新合故置何許。”澤堂曰：“合”字疑作“舍”字，今作藏閉解亦是。

“君不見才士汲引難，恐懼棄捐忍羈旅。”澤堂曰：自白絲爲錦，自錦爲舞衣，有許多嫵媚，又爲塵汗所染，置之何處，人情易變，何異於此。此才士之所以難於進也。

《投贈哥舒開府二十韻》

“交親氣概中。”澤堂曰：賓主相際接處。

“軍事留孫楚。”澤堂曰：杜見高適輩被辟於哥舒，遷擢宦達，意望並收己入幕，故有下句。

《送高三十五書記十五韻》

“崆峒小麥熟，且願休王師。請公問主將，焉用窮荒爲。”澤堂曰：四句極相貫有味，此等起接如以合綰引鰲，識者當自知之。

“饑鷹未飽肉，側翅隨人飛。高生跨鞍馬，有似并州兒。”澤堂曰：哥舒貪功黷武，五月興師深入，此其幕府非君子之所宜處。惟如鷹之饑者未免側翅隨之,如高生是也。其曰"有似并州兒"亦非美其武勇意,以非幽并人則安得騎哥舒軍馬乎?造語雄深,托寓諷切,欲使哥舒不愜,高生內省,宜乎後人之妄揣而苟訾也。

"答云一書記。"澤堂曰:抑揚備至。

"男兒功名遂,亦在老大時。"澤堂曰:此十一句皆用一意反覆,語特斟酌。

"常恨結歡淺。"澤堂曰:以下方暢親愛之情。

《奉留贈集賢院崔國輔、于休烈二學士》

"青雲猶契闊,陵厲不飛翻。"澤堂曰:青雲與陵厲不成對,似當作"青冥猶契闊"。

"陵厲不飛翻。"澤堂曰:言雖陵厲而身不得奮飛也。

"儒術誠難記,家聲庶已存。"澤堂曰:雖不得進取仕宦,獻賦動人主,抑有以振起文獻家聲,此爲幸耳。

《陪鄭廣文遊何將軍山林十首》

"濠梁同見招。"澤堂曰:國朝嘉靖間詩□此。

"香芹碧澗羹。"澤堂曰:羹色如澗。

"異花開絕域。"澤堂曰:花是月支之產,今在於此,自花而看,則絕域也。

"山林跡未賒。"澤堂曰:賒,深也。

"銀甲彈箏用,金魚換酒來。"澤堂曰:此銀甲乃將軍用以破矢者,今用爲箏指甲;金魚乃將軍朝服佩用,今用之沽酒。此皆偃武就閑之實事,與"綠沉"、"金鎖"之句同致。若謂銀甲只是箏人恒用指甲,則何等死句耶?

"只疑淳樸處,自有一山川。"澤堂曰:此與"翻疑垞樓底"同疑。越中疑淳樸,便是園林在郊圻,非遠僻之意也。

"棘樹寒雲色。"澤堂曰:譬。

"茵陳春藕香。"澤堂曰:譬。

"解水乞吳兒。"澤堂曰:乞,猶許也。

"江湖興頗隨。"澤堂曰:刺船解水,即江湖興想處。

"聽詩靜夜分。"澤堂曰:別意特景。

"出門流水住。"澤堂曰:言不隨我而住留也。

"自笑燈前舞,誰憐醉後歌。"澤堂曰:窮途一歡會,借人暫時耳。舞則可笑,其顚歌也有意,此極矜持慷慨處。妙意專在"自笑"、"誰憐"四字上,熟諷可見。

《上韋左相二十韻》

"韋賢初相漢,范叔已歸秦。"澤堂曰:引事不切,非指湊也。

《麗人行》

"就中雲幕椒房親。"澤堂曰：已上泛指麗人，以下剔出貴戚奢縱之狀，本意在此。

"水精之盤行素鱗。"澤堂曰：行，謂以盤盛膾，次第進之也。

《重過何氏五首》

"問訊東橋竹，將軍有報書。"澤堂曰：問竹平安，將軍報之，此亦优塞處、奇崛處。竹乃使將軍重。

"重來休沐地。"澤堂曰：將軍休沐之所也。

"山雨樽仍在，沙沉榻未移。"澤堂曰：此再過之意。

"犬迎曾宿客，鴉護落巢兒。"澤堂曰：此句輕重不等，蔡批近是。

"步屜過東籬。"澤堂曰：全篇皆重過意。

"蜻蜓立釣絲。"澤堂曰：目前景物無不拾。

"到此應嘗宿，相留可判年。"澤堂曰：若見主人淹留，可以判斷一年住此也。

"蹉跎暮容色，悵望好林泉。"澤堂曰：暮容蹉跌，林泉只悵望而已。悵望乃企羡之意。

"何日霑微禄，歸山買薄田。"澤堂曰：以微禄買田，可知唐時賦禄之厚也。

卷　　三

《渼陂行》

"絲管啁啾空翠來。"澤堂曰：絲管悲壯，雲氣自來。

"宛在中流渤澥清。"澤堂曰：似渤澥之清。

"少壯幾時奈老何，向來哀樂何其多。"澤堂曰：哀樂之多，今人易老。

《渼陂西南台》

"蒹葭離披去。"澤堂曰：爲風吹去也。

"外物慕張邴。"澤堂曰：遺外事物。

《白水明府舅宅喜雨得過字》

"精禱既不昧，歡娛將謂何。"澤堂曰：既得神驗，則此歡樂謂當何如。喜之之辭。

《秋雨嘆三首》

"農夫田父無消息。"澤堂曰：無消息，不得作業，如無事也。

《苦雨奉寄隴西公兼呈王徵士》

　　"願騰六尺駒,背若孤征鴻。"澤堂曰:馬背如鴻。

《承沈八丈東美除膳部員外阻雨未遂馳賀奉寄此詩》

　　"儒門舊史長。"澤堂曰:舊史有長處。

《崔駙馬山亭宴集》

　　"泆流何處入? 亂石閉門高。"澤堂曰:石閉門矣,水從何來? 此亦直説。

《九日寄岑參》

　　"君子强逶迤,小人困馳驟。"澤堂曰:以位言。

　　"恐與川浸溜。"澤堂曰:與,爲也。恐爲川所浸而成溜也。

《嘆庭前甘菊花》

　　"籬邊野外多衆芳,采擷細瑣升中堂。"澤堂曰:衆芳在野,細瑣者升堂,自是直説。趙注太拘。

《示從孫濟》

　　"堂前自生竹,堂後自生萱。"澤堂曰:自生便是荒字意。

　　"萱草秋已死,竹枝霜不蕃。"澤堂曰:貧家不能裁植,所以有自生之物,亦不免凋悴,極言荒寂之狀,親戚存亡之感亦在中矣。○此(蔡)注亦巧,然未必杜本意。

　　"阿翁懶惰久,覺兒行步奔。"澤堂曰:以吾衰懶,故覺兒輩行步以太奔趨也。

《奉同郭給事湯東靈湫作》

　　"復歸虛無底,化作長黃虬。"澤堂曰:指禄山入朝歸鎮事,奇而隱。

　　"浩歌綠水曲,清絶聽者愁。"澤堂曰:末句微露題旨,悲慨之意現於言外。

《橋陵詩三十韻因呈縣内諸官》

　　"崇岡擁象設。"澤堂曰:象設即羊虎之屬。

　　"神凝推道經。"澤堂曰:唐宗老氏,故云。

　　"朝儀限霄漢,客思回林坰。"澤堂曰:儀隔霄漢,思歸林坰。

　　"諸生舊短褐,旅泛一浮萍。"澤堂曰:若以泛萍爲對,作短褐亦是。

《病後過王倚飲贈歌》

　　"且遇王生慰疇昔。"澤堂曰:承上起下,只看且字。

　　"多病沈年苦無健。"澤堂曰:沈,淹也。

　　"頭白眼暗坐有胝。"澤堂曰:久坐故成胝也。

　　"爲我力致美肴膳。遣人向市賒香粳。喚婦出房親自饌。"澤堂曰:舊評此句甚好。蓋三句一意,力貧意勤,物薄情重,正如是耳。

“長安冬葅酸且緑,金城土酥净如練。”澤堂曰:葅酸則黄爛,而此緑而酸爲佳味;土酥必敗,而如練亦佳。

“密沽斗酒諧終宴。”澤堂曰:諧,遂也。

“故人情味晚誰似。”澤堂曰:情味是結句字。

“老馬爲駒總不虚,當時得意況深眷。”澤堂曰:老馬爲駒之説真不虚,既醉飽得意,又荷深眷,非有愧於食人者。

“但使殘年飽吃飯,只願無事長相見。”澤堂曰:亦見王生無他可取,其不輕許人又如此。○淮陰城下意。

《沙苑行》

“雖未成龍亦有神。”澤堂曰:别事寓感。

《送蔡希魯都尉還隴右因寄高三十五書記》

“材緣挑戰須。”澤堂曰:材必爲挑戰之用。

“雲幕隨開府。”澤堂曰:此與“赤壁浮春暮”同句法。

“春城赴上都。”澤堂曰:言蔡子入朝,非指哥舒。

“駝背錦模糊。”澤堂曰:錦模糊疑是帕之别名。

“歸飛西海隅。”澤堂曰:既入朝,畢事還歸。

《贈田九判官梁丘》

“京兆田郎早見招。”澤堂曰:姓料。

“麾下賴君才並入,獨能無意向漁樵。”澤堂曰:亦倚崆峒之意。

《陪李金吾花下飲》

“見輕吹鳥毳。”澤堂曰:見其輕而吹之。

“香醪懶再沽。”澤堂曰:不欲主人再沽也。

《醉歌行》

“總角草書又神速。”澤堂曰:奇健稱意,俗問相沿,故遂爲賤語。

“吞聲躑躅涕泣零。”澤堂曰:杜歌行多横竪説來,此作是直下鋪叙。韓退之長篇亦是直叙,但有篇而無句。此作句句奇麗,所以後人不及。

《夜聽許十誦詩愛而有作》

“四座皆辟易。”澤堂曰:辟易字太猛。

“精微穿溟涬,飛動摧霹靂。”澤堂曰:二句亦自道,飛動尤自喜語。

“風騷共推激。”澤堂曰:風人騷人共爲推激。

“翠駮誰剪剔。”澤堂曰:翠駮天才,不得剪剔,皆美許之語。

《與鄠縣源大少府宴渼陂得寒字》

“空愁避酒難。”澤堂曰:船中避酒尤妙。

《九日曲江》

“季秋時欲半。”澤堂曰：季秋之半非九日，況又鈍語。

《自京赴奉先縣詠懷五百字》

澤堂曰：天寶十四年十月，明皇幸驪山。十一月，禄山反書聞。是時朝野皆知禄山反，故有避亂者。此時反書尚未聞外也。

“老大意轉拙。”澤堂曰：意拙二字是通篇眼目，愚字、濩落字、契闊字皆從拙字來。又以一進一退爲起伏，憂世者進取之意，江海者是退遁之志。

“許身一何愚。”澤堂曰：進也，揚也。

“居然成濩落。”澤堂曰：退也，抑也。

“蓋棺事則已。”澤堂曰：進也，揚也。

“此志常覬豁。”澤堂曰：幸其通達也。

“窮年憂黎元，嘆息腸内熱。”澤堂曰：只爲憂民内熱，非爲不得於上而然，此便是稷、契自任底意。

“非無江海志。”澤堂曰：退。

“瀟灑送日月。”澤堂曰：抑而又揚。

“生逢堯舜君。”澤堂曰：進。

“當今廊廟具。”澤堂曰：退也，抑也。

“葵藿傾太陽。”澤堂曰：進也，揚也。

“顧惟螻蟻輩。”澤堂曰：退也，抑也。

“以兹悟生理。”澤堂曰：退。

“終愧巢與由。”澤堂曰：進。

“終愧巢與由，未能易其節。”澤堂曰：揚而又抑。

“沉飲聊自遣。”澤堂曰：退中有進意。

“放歌頗愁絶。”澤堂曰：進退出處皆不適志，只得飲酒放歌以紓悲愁，此詠懷之所以作也。以下進底意。

“天衢陰峥嶸。”澤堂曰：陰字自有意。

“霜嚴衣帶斷，指直不得結。”澤堂曰：苦寒如此，便是凍死骨，假氣可哀。

“況聞内金盤，盡在衛霍室。”澤堂曰：一節深一節。

“官渡又改轍。”澤堂曰：又有水灾，可憂也。

“老妻既異縣。”澤堂曰：既字是追叙法。

“豈知秋未登。”澤堂曰：是年秋霖害稼，故云“秋未登”也。“秋禾登”是怎句樣？退之文詎所當引，解杜詩常失之曲。

“貧窶有倉卒。”澤堂曰：詩意既以爲人父致夭折，傷刺入骨，而又自解云不謂秋未登,而不及來,故倉卒致匱也。

　　澤堂曰:起句以下十韻或抑或揚,欲忘世而終不能忘,故有過驪山之感,以及水患、家累、租税、戍卒,種種皆有。結之曰"憂端齊終南",以繳"窮年憂黎元"之句,牢騷心曲,千古如見。

卷　　四

《奉先劉少府新畫山水障歌》

　　"聞君掃却赤縣圖。"澤堂曰:句句著畫意,此甚難,與嚴中丞圖意同。

　　"乘興遣畫滄州趣。"澤堂曰:遣,使也。

　　"筆跡遠過楊契丹。"澤堂曰:拗句法。

《天育驃騎歌》

　　澤堂曰:驃,馬色。天育是馬名,如飛霞驃之類。

　　"年多物化空形影,嗚呼健步無由騁。"澤堂曰:轉換慷慨,方是實語。

　　"如今豈無騕褭與驊騮,時無王良伯樂死即休。"澤堂曰:只得尾二句。

《驄馬行》

　　"豈有四蹄疾於鳥,不與八駿俱先鳴。"澤堂曰:"豈但祁岳與鄭虔,筆跡遠過楊契丹"之句同此筆力。

　　"雲霧晦冥方降精。"澤堂曰:方當作房。

《官定後戲贈》

　　"耽酒須微禄,狂歌托聖朝。"澤堂曰:狂歌近罪,幸以托於聖朝故也。

《白水縣崔少府十九翁高齋三十韻》

　　"曠野懷咫尺。"澤堂曰:懷,抱也。

　　"始知賢主人,贈此遣愁寂。"澤堂曰:以美景贈我也。

　　"鳥呼藏其身,有似懼彈射。"澤堂曰:處世之難如此。

　　"烟氛藹崷崒。"澤堂曰:氛,妖氣也。

　　"崑崙崆峒顛,回首如不隔。"澤堂曰:兵氣慘澹如塞外也。

　　"玉觴淡無味,胡羯豈强敵。"澤堂曰:至尊肝食,胡不足平。

　　"人生半哀樂,天地有順逆。"澤堂曰:一篇警策,縮結上句。言眼前哀樂相半,不必言開元、天寶如何也。注説大概是。

　　"慨彼萬國夫,休明備征狄。"澤堂曰:休明之時以備征狄,可慨也。

　　"三嘆酒食傍,何由似平昔。"澤堂曰:欲告罷此宴,則又以死生迫前不得辭酒食也。

《三川觀水漲二十韻》

"交洛赴洪河,及關豈信宿。"澤堂曰：交於洛赴於河,及關曾不信宿也。

《贈高式顏》

"空知賣酒壚。"澤堂曰：知字可玩。

《彭衙行》

澤堂曰：禄山反,初,公先移妻子於奉先,其年十月,往省而歸。明年陷賊,又明年脱走行在,其年秋,又恩許歸省。此作乃述其初與妻子往鄜時事。《述懷》作於十月往省時,《北征》作於行在恩許時。其次序按詩自分明,而注者顛倒謬繞,可厭。○此兩年間,其妻子又移避于鄜,甫往來其間,遂被擄,被擄時事未詳也。此詩似指移鄜時事也。

"參差谷鳥吟,不見遊子還。"澤堂曰：鄜州在北,後肅宗移蹕向西北住凉州等處,故子美妻子又移避入秦州。○羨鳥之得所,而嘆吾人之飄轉不得歸也。

"反側聲愈嗔。"澤堂曰：反側字,形容小兒轉輾之狀。

"早行石上水,暮宿天邊烟。"澤堂曰：石上水寒,不宜早涉;天邊烟,言所指宿次迥遠,極一時羈旅牢落之意。山谷云"借問夕何宿,天邊數峰橫",意出於此。

"別來歲月周,胡羯仍構患。"澤堂曰：此是追賦之詩,是鳳翔未歸省時作。

《得舍弟消息二首》之二

"生理何顏面,憂端且歲時。兩京三十口,雖在命如絲。"澤堂曰：雖生而無顏面,歲時亦自憂愁,皆三十口飢寒而然也。

《哀王孫》

"又向人家啄木屋,屋底達官走避胡。"澤堂曰：此二句當時實有此異,非以鳥不祥而借喻。注說非是。

"腰下寶玦青珊瑚。"澤堂曰：寶玦、珊瑚皆王孫衣佩之飾,所以能卜爲王孫者此。

"聖德北服南單于。"澤堂曰：本史明皇戒太子曰：西北諸胡,吾撫之甚厚,汝必得其力。且欲傳位。此句蓋傳聞之説也。此詩作於禄山初陷西都時,以爲八月即位後作,則與詩之意境頓異,恐注者失之。

"五陵佳氣無時無。"澤堂曰：五陵亦泛指諸陵,借漢而言。言收復有期,五陵佳氣不衰,王孫可以善保俟時也。

《遣興》

"世亂憐渠小,家貧仰母慈。"澤堂曰：屢經此患,真千載如見。

《曲江三章章五句》

澤堂曰：按二説皆欠據，詳味詩意，乃甫布衣時作。讀者若並與《秋雨嘆》《和薛華醉歌》《樂遊園歌》《簡成華二子》等作而參其語意，則知爲布衣時無疑，但未知的在何年也。

“白石素沙亦相蕩，哀鴻獨叫求其曹。”澤堂曰：《哀江頭》詩言：“江頭宫殿鎖千門。”還京後曲江諸作，皆極形容宫殿花柳繁麗之狀，則曲江風物不爲禄山所焚爇可知，况哀鴻獨叫、沙石相蕩？菱荷枯折乃歲暮江間之景，何以知爲黍離之詠耶？蔡注牽合可笑。

《對雪》

“瓢棄樽無緑，爐存火似紅。”澤堂曰：此紅緑字須實者，如錦綺之類。

《憶幼子》

“憶渠愁只睡。”澤堂曰：愁憂無聊，只得昏睡，極言愁寂之狀。

《一百五日夜對月》

“仳離放紅蕊。”澤堂曰：別後花開也。

《送孔巢父謝病歸遊江東兼呈李白》

澤堂曰：永王出鎮，在天寶亂初蒼黄西幸之際，巢父此時自京歸江東，則其詩似不如此。此詩乃巢父亂前自歸江東也。

“幾歲寄我空中書。”澤堂曰：空中書，亦托意於仙也。

《大雲寺贊公房四首》

“夜深殿突兀。”澤堂曰：殿角之高，雖夜黑可見。

“隱遁佳期後。”澤堂曰：後於佳期也。

《喜晴》

“蕭蕭春增華。”澤堂曰：著“蕭蕭”二字，便見亂離蕭索，雖春亦可悲。

“甘澤不猶愈。”澤堂曰：蕭何曰：“雖王漢中之惡，不猶愈於死乎？”“不猶愈”三字出此。

“力難及黍稷，得種菜與麻。”澤堂曰：喪亂情景，如睹泪痕。

《鄭駙馬池臺喜遇鄭廣文同飲》

澤堂曰：此是收京後詩，如“握節回”豈方被拘詩語？其起句乃亂後相逢，多少悲喜之語。子美以冬末之東都，至春而歸，正此時作無疑。

“燃臍郿塢敗。”澤堂曰：禄山爲李猪兒所殺，以刀決腹，燃臍語是貼題。

“丹心一寸灰。”澤堂曰：灰字未曉。

“別離經死地。”澤堂曰：“經死地”三字尤是非被陷時作。

“留連春夜舞，泪落强徘徊。”澤堂曰：此歌舞豈陷賊時所爲耶？以《哀江頭》一篇考之尤可明。

《喜達行在所三首》

　　"無人遂却回。"澤堂曰：遂，進意。

　　"愁思胡笳夕。"澤堂曰：愁思於胡笳也。

　　"喜心翻倒極。"澤堂曰：翻倒猶傾倒。

《述懷》

　　"今夏草木長。"澤堂曰：草木長則易以匿竄故也。

　　"脫身得西走。"澤堂曰：王弇州以《新唐書》爲贗古書，此注果然。鄜州去鳳翔遠，禄山兵未嘗至，其間有何賊兵，而乃微服奔行乎？杜在京陷賊中，以官微故不爲賊詗，得潛隱得脱，本末甚明。若先爲賊得，則不死必污，豈復爲子美耶？作史者泛看杜詩，不考前後，掇取爲傳，故其失如此。

　　"摧頹蒼松根，地冷骨未朽。"澤堂曰：所可必者蒼松不朽耳，暗以喻己。

《得家書》

　　"眷言終荷鋤。"澤堂曰：言，語助；眷眷，欲歸田也。

《送長孫九侍御赴武威判官》

　　"西極柱亦傾，如何正穹昊。"澤堂曰：北方已多難，西極又傾，何以正得穹昊耶？

《送樊二十三侍御赴漢中判官》

　　"却跨沙溟裔。"澤堂曰：沙溟似指流沙西海，是時西戎助兵，若跨有之。

　　"恨無匡復資，聊欲從此逝。"澤堂曰：唐有堯之遺風，可以法後漢之中興，恨我非匡復之才，第欲長往而已。

《送從弟亞赴河西判官》

　　"盛夏鷹隼擊。"澤堂曰：托比。

　　"帝曰大布衣。"澤堂曰：大布衣即美大之辭，猶云此乃大秀才。

　　"適遠非歷試。"澤堂曰：急於用人，非姑試之。

　　"蘆酒多還醉。"澤堂曰：多則還醉。

　　"龍吟回其頭。"澤堂曰：不平之鳴。

卷　　五

《送韋十六評事充同谷防禦判官》

　　"龍怒拔老湫。"澤堂曰：古來無人之地，今有鼓角旌旗，所以鳥驚而龍怒也。

《奉送郭中丞兼大僕卿充隴右節度使三十韻》

　　"詔發西山將。"澤堂曰：西山疑作山西。

“古來於異域,鎮静示專征。”澤堂曰:言西虜止可和輯,惟中原之亂當早平定也。

“燕薊奔封豕,周秦觸駭鯨。”澤堂曰:自“燕薊”以下追叙禍亂之慘,以激英乂忠憤。

“毁廟天飛雨。”澤堂曰:天亦爲之動。

“幾時回節鉞。”澤堂曰:回,以自隴還向長安而言。

“圭竇三千士。”澤堂曰:此句方以自喻。

“甘似魯諸生。”澤堂曰:圭竇之士值雲梯之興,不能以説客成功,甘爲魯諸生弦誦而已。

“漸衰那此别,忍泪獨含情。”澤堂曰:年紀漸衰,寧忍爲此别耶?

“安邊仍扈從,莫作後功名。”澤堂曰:勉其捍衛,休做後於人之功名。

《送楊六判官使西蕃》

“兵甲望長安。”澤堂曰:望長安,如《漢書》“望長安而泣”,蓋吐蕃欲討賊復京城,兵甲長向長安也。

“子雲清自守,今日起爲官。”澤堂曰:“子雲”、“今日”假對。

“垂泪方投筆。”澤堂曰:泪當作老。

“夷歌捧玉盤。”澤堂曰:似是夷俗,捧盤而進,仍唱歌,然不可考矣。

《哭長孫侍御》

“唯餘舊臺柏,蕭瑟九原中。”澤堂曰:臺中有柏,墓地亦樹松柏,故云。

《留别賈嚴二閣老兩院補闕得聞字》

“一秋常苦雨。”澤堂曰:以雨爲苦。

《晚行口號》

“遠愧梁江摠,還家尚黑頭。”澤堂曰:子美陷賊不污,而名位不大振,自以有愧於江摠,隱然自多。

《獨酌成詩》

“醉裏從爲客。”澤堂曰:任他爲客之苦。

《徒步歸行》

“論交何必先同調。”澤堂曰:調猶聲氣。

《玉華宫》

“美人爲黄土,况乃粉黛假。”澤堂曰:肥肉爲土,况其粉黛假飾乎!

“當時侍金輿。”澤堂曰:承上句,侍金輿亦指美人。

“冉冉征途間,誰是長年者。”澤堂曰:冉冉,猶苒冉也。言冉冉過去之人,誰是長年者耶?

《九成宮》

“哀猿啼一聲，客泪迸林藪。”澤堂曰：轉入悲惋。

“向使國不亡，焉爲巨唐有？”澤堂曰：比之“隋氏留宮室，焚燒何太頻”，語意深矣。

《羌村三首》

“夜闌更秉燭，相對如夢寐。”澤堂曰：“更”字平聲無理，言夜深更爲秉燭，相對如夢也。

“苦辭酒味薄，黍地無人耕。”澤堂曰：不得釀黍爲酒也。

《北征》

“蒼茫問家室。”澤堂曰：遼闊之意。

“拜辭詣闕下拜一作奉。”澤堂曰：奉字非。

“怵惕久未出。”澤堂曰：言當拜辭時，欲有所達而未敢，欲出而未忍，故有怵惕之心。

“邠郊入地底。”澤堂曰：邠地低平，故云。

“青雲動高興，幽事亦可悅。”澤堂曰：“亦可悅”三字，可知非可悅之時。

“緬思桃源內。”澤堂曰：因景興懷，轉入實境。

“坡陀望鄜畤。”澤堂曰：有五畤四秦一漢，其高接天。

“寒月照白骨。”澤堂曰：時禄山未犯關右，邠、鄜之間所經見乃古戰場也。因經戰地，思潼關之敗，悼半秦之民也。

“況我墮胡塵，及歸盡華髮。”澤堂曰：節節鈎貫，承上起下，妙甚。

“平生所嬌兒。”澤堂曰：嬌是愛悅之意，或云“驕”字之誤。

“天吳及紫鳳。”澤堂曰：以敗錦補破褐，極言舊饒今貧之狀。

“顛倒在短褐。”澤堂曰：短褐、裋褐之辨多矣，但有合用裋褐處，有合用短褐處，杜云“裋褐風霜入，還丹日月遲”，山谷《被褐懷珠玉》詩“櫝藏心有待，褐短義難降”之類是也。今人纔見短字，便改以裋，自以爲秘考，可笑。

“學母無不爲，曉妝隨手抹。移時施朱鉛，狼籍畫眉闊。”澤堂曰：言學母，則母亦梳妝可知。不言母而言女者，母妝常也。移時施朱而不免畫闊，皆癡拙可憐之態。

“問事競挽鬚，誰能即嗔喝。”澤堂曰：問而滯答，故挽鬚作鬧。

“至尊尚蒙塵。”澤堂曰：承接在“尚”字。

“陰風西北來，慘澹隨回鶻。”澤堂曰：作回紇是。

“其王願助順，其俗喜馳突。”澤堂曰：選法。

“禍轉亡胡歲，勢成擒胡月。”澤堂曰：樂府古詞語法，長篇中間出不妨。

“事與古先別。”澤堂曰：千古正眼當時覷及。

“同惡隨蕩析。”澤堂曰：析疑作折讀。

“不聞夏殷衰，中自誅褒妲。”澤堂曰：褒疑作妹。周字不應重出兩句中。

“園陵固有神，掃灑數不缺。”澤堂曰：數即禮數之數，杜文有“掃灑之數弗闕”之語，此甚明。

《月》

“干戈知滿地，休照國西營。”澤堂曰：知其滿地，故不欲月照地而增人悲也。

《喜聞官軍已臨賊境二十韻》

“五原空壁壘。”澤堂曰：兩注皆不的，畢竟賊壘空者近是。

“此輩感恩至，羸俘何足操。”澤堂曰：猶“西京不足拔”。

《收京三首》

“須爲下殿走。”澤堂曰：既曰“仙仗離丹極”，則下殿走當屬賊走意，批意亦然。

“不可好樓居。”澤堂曰：舊説好樓爲美好樓臺，亦通。

“生意甘衰白。”澤堂曰：既再生，故甘從衰白。

“羽翼懷商老，文思憶帝堯。”澤堂曰：懷與憶皆主肅宗言，便是詔書中求賢稽古意。

“叨逢罪己日。”澤堂曰：思古之輔相傳授，而猶有望於罪己之仁也。

“歸及薦櫻桃。”澤堂曰：叔孫通請惠帝薦櫻桃于原廟，事見本傳。

《潼關吏》

“借問潼關吏，修關還備胡。”澤堂曰：潼關吏言今始修關而備胡，是時胡已入關，大掠而東。只一著“還”字，便見亡羊補牢可笑也。○下桃林戰案。

“爲我指山隅。”澤堂曰：自指山以下至末句，皆吏之言也。

“請囑防關將，慎勿學哥舒。”澤堂曰：自修關以下，皆吏答辭。吏仍請甫囑關將慎勿蹈舊轍，語婉而諷。若作甫自言看，則反没意致。○《石壕吏》亦此法。

《留花門》

“雜種抵京室，花門既須留。”澤堂曰：以胡故不可不留也。

《塞蘆子》

“誰敢叫帝閽，胡行速如鬼。”澤堂曰：當塞此關以防兩寇，而胡行速而上言無路，已不及矣。

《送鄭十八虔貶台州司户傷其臨老陷賊之故闕爲面辭情見于詩》

“蒼惶已就長途往，邂逅無端出餞遲。”澤堂曰：初無邂逅之便，遽聞蒼黃之往。

《瘦馬行》

澤堂曰：此詩如《鸚鵡賦》，句句譬喻而終不露題。○看此，則凡云譬喻真妄立見。

"毛暗蕭條連雪霜。"澤堂曰：形容亦切刻。

"驊騮不慣不得將。"澤堂曰：此則實有是事，却以比房，亦奇。

"委棄非汝能周防。"澤堂曰：分釋吁慨。

《畫鶻行》

"寧爲衆禽沒。"澤堂曰：沒字可觀。

《臘日》

"侵陵雪色還萱草，漏泄春光有柳條。"澤堂曰：漏泄、侵陵，已聞江西祖業矣。

《宣政殿退朝晚出左掖》

"宮草微微承委佩，爐烟細細駐遊絲。"澤堂曰：宮草長故承佩，爐烟細故能與遊絲住留也。

"雪殘鳷鵲亦多時。"澤堂曰：殘，餘也。當春而宮瓦尚有殘雪，經時不消，亦一奇景也。

《紫宸殿退朝口號》

"香飄合殿春風轉。"澤堂曰：合與重複同意。

"會送夔龍集鳳池。"澤堂曰：言拾遺班行次第將入中書，集於鳳池，如夔龍之遭帝舜也。

《晚出左掖》

"晝刻傳呼淺。"澤堂曰：淺，聲近也，呼聲自內而漸近於外也。

"春旗簇仗齊。"澤堂曰：旗非軍容即儀仗，故云。

《題省中院壁》

"披垣竹埤梧十尋，洞門對雪常陰陰。"澤堂曰：垣竹埤梧，深門之內，當時陰雪之景已佳矣，又入花鳥春深之景，次第好矣。注說亦通，但"對雷"字欠清亮，如是釋却不妨。

《送翰林張司馬南海勒碑》

"冠冕通南極。"澤堂曰：越人文身，故以通冠冕爲異。

《曲江陪鄭八丈南史飲》

"雀啄江頭黃柳花。"澤堂曰：黃作楊。

《曲江二首》之二

"人生七十古來稀。"澤堂曰：七十者稀本古語，未知出何書，遂爲名言。

“穿花蛺蝶深深見,點水蜻蜓款款飛。”澤堂曰：花蝶異色,故深深可見；蜻蜓恐溺,故款款多勞。此下字之妙。

《曲江對酒》

“縱飲久判人共棄(夢弼曰：判,協,普官切。《字正》作抃棄也)。”澤堂曰：抃,任他也。

卷　六

《晦日尋崔戢李封》

澤堂曰：乾元元年,公在朝,不應徒步訪人,此正作《偪仄行》時也。是篇恐是天寶十五載禄山已陷東京時作,大抵與下篇意相近,非亂後還京時作。

“出門無所待。”澤堂曰：有待則爲煩,自覺徒步爲適。

“當歌欲一放。”澤堂曰：接上“黃屋憂”句。

“濁醪有妙理。”澤堂曰：接上“熟醉”句。

《送率府程録事還鄉》

“庶羞以賙給。”澤堂曰：以此爲愧。

《題李尊師松樹障子歌》

“老夫清晨梳白頭,玄都道士來相訪。”澤堂曰：此作狀物命意,末復自悲,中有名言勝似《雙松圖歌》,不知歐陽公何以不喜也。必傳者謬。

“已知仙客意相親,更覺良工心獨苦。”澤堂曰：仙客指尊師。言李尊師自愛松樹,故持此障,且知良工用意亦勤也。“意相親”者,意與松相親也。

“悵望聊歌紫芝曲。”澤堂曰：悵望,羨嘆也。

《奉陪鄭駙馬韋曲二首》

“韋曲花無賴,家家惱殺人。”澤堂曰：起句豪宕,春遊得意處。

“渌樽須盡日,白髮好禁春。”澤堂曰：若能飲醉,則雖白髮可以耐過春色云。

“美花多映竹,好鳥不歸山。”澤堂曰：鳥亦愛此園林不歸深山,此最切景。未必如注者之言。

《奉答岑參補闕見贈》

“故人得佳句,獨贈白頭翁。”澤堂曰：賞音之地,知不忘舊也。

《寄左省杜拾遺》(岑參)

“青雲羨鳥飛。”澤堂曰：羨其閒遠,非望升騰。

《奉贈王中允維》

　　"中允聲名久,如今契闊深。"澤堂曰:以如許聲名逢此喪亂。

　　"共傳收庾信。"澤堂曰:庾信被拘於宇文,故比之爲禄山所拘也。

《送許八拾遺歸江寧覲省甫昔時嘗客遊此縣於許生處乞瓦棺寺維摩圖樣志諸篇末》

　　"慈顔赴北堂。"澤堂曰:赴北堂之慈顔,此句法多有之。

《因許八奉寄江寧旻上人》

　　"棋局動隨尋澗竹,袈裟憶上泛湖船。"澤堂曰:二句即舊來好事。

　　"聞君話我爲官在,頭白昏昏只醉眠。"澤堂曰:君指許八。言旻公若聞許八話我官樣,則不過白頭昏醉耳。

《憶弟二首》

　　"憶昨狂催走,無時病去憂。即今千種恨,惟共水東流。"澤堂曰:言弟少時健壯行走,吾嘗以有疾爲憂,豈知死生隔闊,種種愁恨無可奈何,視如東流水乎?向日孩童健走,父兄惟疾之憂,今豈可追乎?走,如"健如黃犢走復來"之"走"字。

　　"且喜河南定,不問鄴城圍。"澤堂曰:東都收復亦幸,鄴圍尚緩。悲苦之辭。

《得舍弟消息》

　　"亂後誰歸得,他鄉勝故鄉。直爲心厄苦,久念與存亡。"澤堂曰:汝避兵他鄉,自勝故鄉。而直緣吾心思困厄辛苦,故久以存亡疑汝也。皆經亂悲惱之詞。

《送李校書二十六韻》

　　"南登吟白華,已見楚山碧。"澤堂曰:白華補詩眷戀庭闈,心不遑安,吟此詩以思親也。

　　"顧我蓬屋姿,謬通金閨籍。"澤堂曰:時甫在諫省,有不得意,語多微激。

《偪側行》

　　"偪側何偪側,我居巷南子巷北。"澤堂曰:權汝章解偪側云"巷北巷南相逼而居",姑從之。相近也。

　　"已令請急會通籍。"澤堂曰:告急於通籍之所,以驗今日不入也。

　　"焉能終日心拳拳。"澤堂曰:拳拳,思念不弛之意。

《題鄭十八著作丈》

　　"酒酣懶舞誰相拽。"澤堂曰:拽,以手相牽引之意。

　　"可念此公懷直道,也霑新國用輕刑。"澤堂曰:也字發意,言直道在所不容而猶霑輕刑。

　　"方朔虛傳是歲星。"澤堂曰：寓頌美於悲傷之中，亦甚貼題。

　　"窮巷悄然車馬絕，案頭乾死讀書螢。"澤堂曰：極寂寥荒寒之意。

《得舍弟消息》

　　"風吹紫荊樹，色與春庭暮。花落辭故枝，風回反無處。"澤堂曰：但亂離分散衰老不相見之意，而分析注解似巧而拙。

　　"骨肉恩書重，漂泊難相遇。"澤堂曰：恩書字新，猶情書云。

　　"猶有淚成河，經天復東注。"澤堂曰：河，天河，故云經天。

《贈畢四曜》

　　"論文笑自知。"澤堂曰：相與論文，則各見其自知之明，亦喜其相知之辭。

《義鶻行》

　　"斗上捩孤影。"澤堂曰：斗上猶斗起也。

　　"死亦垂千年。"澤堂曰：垂千年猶言千年不復朝也。

《李鄠縣丈人胡馬行》

　　"側身注目長風生。"澤堂曰：所可相者，其精神也。

《端午日賜衣》

　　"自天題處濕，當暑著來清。"澤堂曰："自天"、"當暑"皆經書中語，點入詩句便覺新。

《早秋苦熱堆案相仍》

　　"對食暫飧還不能。"澤堂曰：一句三意法。

《崔氏東山草堂》

　　澤堂曰：亂前作。

《寄高三十五詹事》

　　"時來知宦達，歲晚莫情疏。"澤堂曰：遇時宦達則然矣，無奈以歲晚而情疏耶？何其不相問之久耶？

《遣興五首》

　　"府中羅舊尹。"澤堂曰：恐是人名，或言羅列舊尹也。當更考。

　　"送者各有死，不須羨其強。君看束縛去，亦得歸山岡。"澤堂曰：彼送葬者終必得死歸山，不必附勢護送如彼之盛也。

《遣興三首》

　　"欲出畏虎狼。"澤堂曰：虎狼指群盜。

《貽阮隱居》

　　"足明箕潁客。"澤堂曰：明，知也。

《至日遣興奉寄北省舊閣老兩院故人二首》

"有時顛倒著衣裳。"澤堂曰：顛倒衣裳應前"趨走傷心"之句。

"麒麟不動爐烟上。"澤堂曰：烟出於爐而爐形不動。

"孔雀徐開扇影還。"澤堂曰：影先於扇，而扇畫故徐，此最工雕琢。

"玉几由來天北極，朱衣只在殿中間。"澤堂曰："由來"、"只在"乃指的分明，想像之語。

"愁對寒雲雪滿山。"洙曰：《詩説隽永》云：王性之嘗見唐人寫本杜詩"愁對寒雲雪滿山"，"雪滿山"乃"白滿山"也。澤堂曰："白"字必不是，恐他字。

《冬末以事之東都湖城東遇孟雲卿復歸劉顥宅宿宴飲散因爲醉歌》

"疾風吹塵暗河縣，行子隔手不相見。"澤堂曰：以手隔塵故不得相見。〇此是收京後事，乃眼前即景，非李、郭戰塵也。

"縈窗素月垂文練。"澤堂曰：縈字極巧。

"天開地裂長安陌。"澤堂曰：地裂天開乃晉之災異。上句言寇陷，下句言收復也。

《閿鄉姜七少府設鱠戲贈長歌》

"饔人受魚鮫人手，洗魚磨刀魚眼紅。"澤堂曰：水邊得魚，且洗且割，乃鮮新之狀。

"有骨已剁觜春葱。"澤堂曰：觜，裂開之義。雖有骨，如葱白破開。

"偏勸腹腴愧年少。"澤堂曰：有愧於年少之尊己也。

"軟炊香飯緣老翁飯—作粳。"澤堂曰：粳宜老翁。

"落碪何曾白紙濕。"澤堂曰：碪，肉俎。

"於我見子真顏色。"澤堂曰："在於甫也"之意同。

"不恨我衰子貴時，悵望且爲今相憶。"澤堂曰：《詩話》：上有戀別之情而難言，下有相干之意而不言。此妙處。

《戲贈閿鄉秦少府短歌》

"多才依舊能潦倒。"澤堂曰：以秦之才依舊潦倒，所以使人欠歡悰也。能、耐同。

《路逢襄陽少府入城戲呈楊四員外綰》

"當爲厲青冥。"澤堂曰：青冥喻山之高深也。

《洗兵馬》

"獨任朔方無限功。"澤堂曰："朔方"以軍言，不然則下句"郭相"重出矣。

"萬國兵前草木風。"澤堂曰：草木風只是兵氣。

"紫禁正耐烟花繞。"澤堂曰：耐，猶堪字也。

"雞鳴問寢龍樓曉。"澤堂曰：肅宗易服迎明皇，翌朝始行，皇帝鹵簿問安。

“汝等豈知蒙帝力，時來不得誇身强。”澤堂曰：諷其濫賞，圭角不露。

《不歸》

“數金憐俊邁。”澤堂曰：數金欠考。

“面上三年土，春風草又生。”澤堂曰：三年土一本作“五色土”。此言從弟骨在空城三年，埋淺土中，今又草生。此不忍讀之句也。後人釋之云：“甫奔走道路，面上有塵土。”此極無謂。

《獨立》

“草露亦多濕，蛛絲仍未收。”澤堂曰：“亦”、“仍”二字承上二物而言。

《所思》

“世已疏儒素，人猶乞酒錢。”澤堂曰：“素”與“錢”借字對。

《不見》

“世人皆欲殺，吾意獨憐才。”澤堂曰：深悲極憤，千古名言。

《新安吏》

“中男絶短小。”澤堂曰：絶，甚也。

“白水暮東流，青山猶哭聲。”澤堂曰：水流不歸，比征人之長往；青山哭聲，直賦其事。

“天地終無情。”澤堂曰：《詩評》或疑此句太切，傷雅道。余考《三百篇》至淳古，如“每食不飽，靡有孑遺”，何嘗不迫切耶？

《石壕吏》

“夜久語聲絶，如聞泣幽咽。”澤堂曰：吏與嫗去，而翁仍來室中吞聲涕泣也。

“天明登前途，獨與老翁別。”澤堂曰：中鋪老婦致辭詳盡，末云“如聞泣幽咽”，則老翁潛來不敢哭也。“天明登前途”者，子美自謂也，與“暮投”句相副。老婦已去，故獨與老翁別也。妙處全在此二結句，而今解皆以爲嫗與翁別，則“獨”字無據。

《新婚別》

“兔絲附蓬麻，引蔓故不長。”澤堂曰：樂府本色。

“生女有所歸，雞狗亦得將。”澤堂曰：送女歸夫家，雖雞犬亦得將也。若謂雞犬亦配偶相將，則與百鳥雙翔叠，更考。

“勿爲新婚念，努力事戎行。”澤堂曰：發乎情止乎禮義。

“久致羅襦裳。”澤堂曰：久致，言積年作苦致此襦裳也。

《垂老別》

“投杖出門去，同行爲辛酸。”澤堂曰：《新安吏》《新婚別》諸篇極叙悲苦之情,此篇却作老人自語,骯髒憤慨,故爲壯語,旁人視之轉令酸咽,如新息曳踵觀兵,左右哀其壯,莫不爲之流涕。

"老妻臥路啼,歲暮衣裳單。孰知是死別,且復傷其寒。此去必不歸,還聞勸加餐。"澤堂曰:老妻衣單,征夫憂其寒;征夫又聞老妻之勸飧,雖知不可復見之死別,而夫婦相念之情自不能已。此意人孰知者?

"勢異鄴城下,縱死時猶寬。"澤堂曰:此亦怨語,姑以自寬。

"憶昔少壯日,遲回竟長嘆。萬國盡征戍,烽火被岡巒。積屍草木腥,流血川原丹。何鄉爲樂土,安敢尚盤桓?"澤堂曰:言少壯時志大,每嘆遲回於一處矣。而今四方大亂無可往矣,亦安能盤桓乎?盤桓即遲回之意。

"棄絕蓬室居,塌然摧肺肝。"澤堂曰:分別古今可觀,然不可向癡人道也。

《無家別》

"日瘦氣慘凄。"澤堂曰:日色薄謂之瘦。山谷云:"雲黃覺日瘦。"

"生我不得力。"澤堂曰:此必別者自謂云云。實有其事,非姑托以爲言者,即風謠採獻之意。

"人生無家別,何以爲烝藜。"澤堂曰:人無家可別,何以謂民乎?

卷　　七

《昔遊》

"昔謁華蓋君,綠袍崑玉脚。"澤堂曰:華蓋君,蓋當時有此道術士號爲"華蓋君"者,甫往見之則已死,故但見其弟子,欲更訪董煉師,皆是一時事。此篇當與《憶昔行》參看。趙注極分明。

"王喬下天壇。"澤堂曰:王喬之下雖是寓言,上文既以不得良覿爲恨,不當復言王喬下壇,華蓋之非王喬亦明矣。

"東蒙赴舊隱,尚憶同志樂。"澤堂曰:元逸人亦不在世,所以有"尚憶"二字。

"伏事董先生,於今獨蕭索。"澤堂曰:董生獨存也。言蕭索者,亦徒友零散之意。

"杖藜望清秋。"澤堂曰:望,待也。

"有興入廬霍。"澤堂曰:董先生所在故。

《有懷台州鄭十八司戶》

"呼號旁孤城。"澤堂曰:言鬼物嘯呼傍城。

"夫子嵇阮流,更被時俗惡。"澤堂曰:才名見誤且不悦,又以疏狂被時嫌猜。

《遣興五首》

"又如壟底松,用舍在所尋。"澤堂曰:上句既引龍鶴爲比,故言又以擧松也。

"陶潛避俗翁,未必能達道。"澤堂曰:類知道之言。

"有子賢與愚,何其掛懷抱。"澤堂曰:陶潛詩多怨辭,不但《責子詩》爲然,此特擧其一耳。杜流落貧病而自負豪氣,欲以陶詩枯槁語爲戒,非爲貶陶而作也。黄公於此不免曲解。○宗武亦能文,所謂"熟精文選理"非泛語也,小説有宗武與人小簡,有評己作,語甚奇。

"爽氣不可致。"澤堂曰:言吴之爽氣不可復見。

"江海日凄凉。"澤堂曰:江海便如無人。

《遣興二首》

"頓轡海徒涌,神人身更長。"澤堂曰:此乃繫馬之神人更長於馬,雖頓轡,而無奈神人何也?

"性命苟不存,英雄徒自强。"澤堂曰:若性命不自由,則雖欲自强奈何?

"不雜蹄齧間,逍遥有能事。"澤堂曰:不必譬子儀,大意則是逍遥自得之意。此句指良馬言,雖不蹄齧,而自善走也。

《秦州雜詩二十首》

"浩蕩及關愁。"澤堂曰:怯近邊塞,愁及關城,皆應"悲生事"一句。

"心折此淹留。"澤堂曰:"心折"字結"悲"字。

"月明垂葉露,雲逐度溪風。"批:可言雲逐風,不可言風逐雲。詩本不須如此評,以諭兒輩。澤堂曰:批中二字誤換。

"降虜兼千帳,居人有萬家。"澤堂曰:言降胡雜處關内,記風土之異也。

"年少臨洮子,西來亦自誇。"澤堂曰:"亦自誇"三字可見其俗,不但戎夷年少,亦以夷習相誇,且此是結句法。

"抱葉寒蟬静,歸山獨鳥遲。"澤堂曰:皆鼓角之辭。

"萬方聲一概,吾道竟何之。"澤堂曰:結意極大,非以小故動心者。

"浮雲連陣没。"澤堂曰:浮雲指馬。

"防河赴滄海,奉詔發金微。"澤堂曰:河海皆山東地。言防河赴海之軍皆起於金微。金微,西塞,其遠可知。

"林疏鳥獸稀。"澤堂曰:禽獸亦不自,遂人可悲。

"那堪往來戍,恨解鄴城圍。"澤堂曰:往來戍,所以赴防也。解,散兵也。九節度之兵圍相州,既而潰而歸,此猶解圍也。此後東胡再逞,至於徵發隴右以戍關東。所恨者,恨其當時不遂陷相州,而遽解歸也。

"無風雲出塞,不夜月臨關。"澤堂曰:無風而雲常出塞,以山高故也。不夜之月,初月也,初月見於西方,此城在隴西極高處,故月臨其關門也。注皆失之。

"章牛去幾許?"澤堂曰:言此路去牛渚幾許耶?

"稠叠多幽事,喧呼閱使星。"澤堂曰:雖多幽事,以其輶傳,故時閱使客。若野人有此亭,則何異於郊坰耶?

"羌童看渭水,使客向河源。"澤堂曰:看渭水,恐其水溢也。

"所居秋草静,正閉小蓬門。"澤堂曰:極邊陣牢落之狀。

"薊門誰自北,漢將獨征西。"澤堂曰:北,指安、史所在也。

"秋花危石底,晚景臥鐘邊。俯仰悲身世,溪風爲颯然。"澤堂曰:此廢寺也。日晚而無僧打鐘也。因見古跡,故自悲身世也。

"瘦地翻宜粟。"澤堂曰:地雖瘦,種粟則宜也。所謂粟性本宜於瘦地,非泛言百穀也。乃"稻米流脂粟米白"之"粟"也。

"神魚人不見,福地語真傳。"澤堂曰:朱子以杜詩多誤,分明此等處也。

"長懷十九泉。"批:九十九泉,此名十九,隨意仿佛記其一二。澤堂曰:九十泉爲是,批説豈其然耶?

"何時一茅屋,送老白雲邊。"澤堂曰:清迥曠絶。

"休鑷鬢毛斑。"澤堂曰:鬢毛鑷之之役當休罷也。

"落日邀雙鳥,晴天卷片雲。"澤堂曰:落日只有雙鳥之入,晴天只見片雲之卷,其高絶可知。

"野人吟險絶。"澤堂曰:以險絶爲勝境,入於吟詠云。

"水竹會平分。"澤堂曰:水竹之勝會於平分處。

"採藥吾將老,童兒未遣聞。"澤堂曰:謝安曰:"恐兒輩覺之,損我歡趣。"此用謝傅語。

"唐堯真自聖。"澤堂曰:大意托擊壤之詞。"自聖"字似有指。○引事有諷。

"鷦鷯在一枝。"澤堂曰:自足之意。

《東樓》

"樓角淩風迥,城陰帶水昏。"澤堂曰:塞城樓閣寥落之象。

"傳聲看驛使,送節向河源。"澤堂曰:驛使,送節使,而有傳聲也。

《山寺》

"亂水通人過,懸崖置屋牢。"澤堂曰:水亂流而能通人過濟,崖懸能置屋牢固,皆言險中有勝處也。若謂亂流而渡,懸崖而屋,則"過"字、"置"字疊義而少味也。

《從人覓小胡孫許寄》

“舉家聞若欸。”澤堂曰：欸非指胡孫，言人聞胡孫之狀，歡喜若欸也。

“初調見馬鞭。”澤堂曰：胡孫能調馬，此見今人家所畜者亦然。詩言已備習馬之鞭而待之也。見馬言胡孫，當見馬並鞭也。

《蕃劍》

澤堂曰：八句一意。

《寓目》

澤堂曰：三句皆寓目，無非可傷，故有末句。

“關雲常帶雨，塞水不成河。”澤堂曰：常陰而不必雨，地險故水不成瀆。皆邊塞荒凉之景。

“自傷遲暮眼，喪亂飽經過。”澤堂曰：蒲萄、苜蓿、羌女、胡兒皆令人傷目。

《即事》

“秋思抛雲髻，腰支膡寶衣。”澤堂曰：唐人詠婦人語不憚褻，近多如此。

《歸燕》

“春色豈相訪，眾雛還識機。”澤堂曰：明年春色當見相訪，眾雛雖不知故事，自識往來之機也。

《促織》

“故妻難及晨。”澤堂曰：不堪徹夜也。

《蒹葭》

“體弱春苗早。”澤堂曰：草木柔弱者先抽萌芽也。

“江湖後搖落。”澤堂曰：後搖落猶言後凋。

“亦恐歲蹉跎。”澤堂曰：江湖雖後凋，而恐歲寒不免蹉跎也。

《苦竹》

澤堂曰：先貶刺而後自守，亦以自喻。

“青冥亦自守。”澤堂曰：青冥即竹色。

《日暮》

“城頭烏尾訛。”澤堂曰：《詩》云“或寢或訛”。

“將軍別上馬。”澤堂曰：別，特別也。

《夕烽》

“千門立馬看。”澤堂曰：時有西羌之警，故宮門立馬以待平安烽火也。○結句亦有故國之思。

《秋笛》

“他日傷心極，征人白骨歸。”澤堂曰：謂以征人之死傷心已極，故聞此笛血沾衣也。

"相逢恐恨過。"澤堂曰：逢吹笛者。

"不見秋雲動,悲風稍稍飛。"澤堂曰：秋雲不動,亦"凝雲頹不流"之意。

《搗衣》

"亦知戍不返。"澤堂曰：起句自杜調。

《遣興》

"天遠暮江遲。"澤堂曰：遲,逶迤之狀。

《夢李白二首》

"故人入我夢,明我長相憶。"澤堂曰：明,知也。

"水深波浪闊,無使蛟龍得。"澤堂曰：蓋傳聞捉月之事,疑其生死而作,故語尤悲苦。若明知已死,則詩立意又不如此。

"江湖多風波,舟楫恐失墜。出門搔白首,若負平生志。"澤堂曰：江湖二句,告歸之辭;出門二句,別去之狀。

"千秋萬歲名,寂寞身後事。"澤堂曰：王元美云：實境語,於實際讀之自別。余自庚申以後,每讀劉司空"豈意百煉剛,化爲繞指柔",未嘗不流涕。又讀子美"千秋萬歲名,寂寞身後事"之句,輒黯然低徊久之。

《遣興三首》

"安得廉頗將頗一作恥。"澤堂曰：廉頗將如哥舒將之例,廉恥字本非詩語,謂廉恥將亦不妥,東坡嘗襲此語,不可循也。

"春苗九月交,顏色同日老。"澤堂曰：已上比也。

"但訝鹿皮翁。"澤堂曰：言若鹿皮翁則本無心進取,不容以早晚勉之,隱然自高。

《秦州見敕目薛三璩授司議郎畢四曜除監察與二子有故遠喜遷官兼述索居三十韻》

"二子陞同日,諸生困一經。"澤堂曰：二子自諸生陞擢,其同輩尚困一經,可知寵異之重。注説非是。

"俱議哭秦庭。"澤堂曰：言甫救房琯見囚,歸省妻子時,則與二子議哭秦庭也。

"囚梁亦固扃。"澤堂曰：囚梁乃指坐房琯下獄事,注失之。

"帝力收三統。"澤堂曰：此以下言恢復之盛。

"漲水望雲亭。"澤堂曰："漲"字如此注,當是"灑"字誤。

"宮臣仍點染。"澤堂曰：宮臣點染,指鄭虔等受罪者而言。

"不嫁惜娉婷。"澤堂曰：言己無瑕累而不得見用也。

"掘劍知埋獄,提刀見發硎。侏儒應共飽,漁父忌偏醒。"澤堂曰：宮臣、柱史指鄭虔、王維輩,《八哀詩》多此意,本注大繆。此詩賓主不明,然多自叙語。"掘劍"一句指二子,"侏儒"一句是對舉説。

"侏儒應共飽,漁父忌偏醒。"澤堂曰:"飽"屬二子,"醒"屬自謂也。

"忠臣辭憤激,烈士涕飄零。上將盈邊鄙,元勳溢鼎銘。"澤堂曰:異代同弊。

《寄彭州高三十五使君適虢州岑二十七長史參三十韻》

"意愜關飛動,篇終接混茫。"澤堂曰:凡詩文詞意相合則自然流動飛騰,然必須終篇用意入妙,如造化渾融乃爲盡美。此古今詩道指的心印。

"似爾官仍貴,前賢命可傷。"澤堂曰:爾似前賢而官則更貴,惟前賢之可傷。

"詩好幾時見,書成無使將。"澤堂曰:"詩好"指高、岑,"書成"自謂。

"男兒行處是。"澤堂曰:"行處是"猶言我道不過如此。

"客子鬪身強。"澤堂曰:且鬪尊前見在身。

"無錢居帝里,盡室在邊疆。"澤堂曰:仕于京則無財供朝夕,在邊上則又逼盗賊,此去就狼狽處也。

"肉瘦怯豺狼。"澤堂曰:皆用姜公戲語。

《寄李十二白二十韻》

"龍舟移棹晚。"澤堂曰:"晚"字乃待白同載之意。

"乘槎與問津。"澤堂曰:與,爲也,爲上聲。

《寄岳州賈司馬六丈巴州嚴八使君兩閣老五十韻》

"謫官兩悠然。"澤堂曰:"兩悠然"言相去悠遠。

"陰散陳倉北,晴熏太白巔。"澤堂曰:"倉"、"白"假對。

"佳氣拂周旋。"澤堂曰:氣拂於周旋之地。

"貔虎閑金甲。"澤堂曰:閑,習也。

"寒重繡被眠。"澤堂曰:以寒故重掩繡被而眠也。

"書枉滿懷箋。"澤堂曰:書來滿懷,言其多也。

"鍛翮再聯翩。"澤堂曰:賈、嚴二人皆再貶謫。

"禁掖朋從改。"澤堂曰:二人黜,故言"朋從改"。蓋房琯得罪,想多坐累遷貶者也。

"弟子貧原憲,諸生老伏虔。"澤堂曰:一云弟子以原憲爲貧,諸生以伏虔爲老,皆嫌侮之也。

"師資謙未達,鄉党敬何先。"澤堂曰:承上句,言己如伏生,雖老不堪爲師資,至於鄉黨之敬亦何以先我乎?二句皆喻二公不在此,自不敢爲人所推也。

　　"賈筆論孤憤,嚴君賦幾篇? 定知深意苦,莫使衆人傳。"澤堂曰:四句一意。

　　"安排求傲吏。"澤堂曰:求如莊子之安排。

　　"比興展歸田。"澤堂曰:比興者,詩也。只以詩展歸田之思也。

　　"蒼蒼理又玄。"澤堂曰:愈往愈甚。

《寄張十二山人彪三十韻》

　　"此物在風塵。"澤堂曰:此物指巾展也。

　　"寧聞倚門夕。"澤堂曰:不久於外。

　　"驅馳喪我真。"澤堂曰:實境語。

　　"索居猶寂寞,相遇益愁辛。"澤堂曰:自叙。

　　"存想青龍秘。"澤堂曰:復屬張。

卷　　八

《後出塞五首》

　　"誓開玄冥北,持以奉吾君。"澤堂曰:玄冥之北得之,安以此報君? 君臣交失,若譽之而實刺之也。

《佐還山后寄三首》

　　"老人他日愛,正想滑流匙。"澤堂曰:所愛者滑流匙也,不但色香。

　　"甚聞霜薤白。"澤堂曰:甚聞,猶最聞也。

《廢畦》

　　"生意春如昨,悲君白玉盤。"澤堂曰:雖見廢委,憶登玉盤如昨,則可悲也。

《除架》

　　"寒事今牢落,人生亦有初。"澤堂曰:沉著。

《西枝村尋置草堂地夜宿贊公土室二首》

　　"出郭眄細岑。披榛得微路。溪行一流水。"澤堂曰:"細"字、"一"字何嘗無義?

　　"惆悵老大藤,沉吟屈蟠樹。"澤堂曰:即所見而喻己,非"惆悵"、"沉吟"字意不出也。

　　"數奇謫關塞,道廣存箕潁。"澤堂曰:身謫關塞之遠,内存箕潁之風。

　　"復接塵事屏。"澤堂曰:得接塵事屏處。

《寄贊上人》

　　"未便陰崖秋。"澤堂曰:不以陰崖爲便也。

《太平寺泉眼》

“細蕩林影趣。”澤堂曰：趣，向也，猶路徑云。

《病馬》

“歲晚病傷心。”澤堂曰：病入心肝，非謂悲傷。

《送人從軍》

“好武寧論命，封侯不計年。”澤堂曰：自好武略，命不足道也，若封侯又不在老少。

《送遠》

“別離已昨日，因見古人情。”澤堂曰：別日已過，別意猶甚，因覺古人亦全此情。

《兩當縣吳十侍御江上宅》

“亦知故鄉樂，未敢思宿昔。”澤堂曰：如言，復恐初從亂離說也。

“相看受狼狽，至死難塞責。”澤堂曰：視而不救，所以自責。

《赤谷》

“亂石無改轍，我車已載脂。”澤堂曰：言無避險處，亦不可回車，語婉而意苦。

“永爲高人嗤。”澤堂曰：亦自高識。

《鐵堂峽》

“水寒長冰橫，我馬骨正折。”澤堂曰：水寒冰橫，馬已折骨，儘苦相。

“生涯抵弧矢，盜賊殊未滅。”澤堂曰：生涯猶言人生分限。人生分限逢抵弧矢，將不得老死也。

《鹽井》

“鹵中草木白，青者官鹽烟。”澤堂曰：“青”字對“白”以言。

“煮鹽烟在川。”澤堂曰：煮官鹽必於川中，與私煮不同。

“汲井歲搰搰。”澤堂曰：汲井乃熬井鹽也。

“君子慎止足。”澤堂曰：此以位言。

《寒峽》

“積阻霾天寒。”澤堂曰：以積阻之故，天寒而不能開朗，反與蒙霾。

“溯沿增波瀾。”澤堂曰：溯沿則水自增波。

“野人尋烟語，行子旁水餐。”澤堂曰：謂野人自尋烟火，相與語甚適，而獨行人當此苦寒，旁水而餐爲可苦也。

《法鏡寺》

“身危適他州，勉强終勞苦。”澤堂曰：本爲身危遠適，宜勉强終其勞苦也。

"冥冥子規叫。"澤堂曰："冥冥"字貼,得出山回望之景。東坡《孤山》詩云"出山回望雲木合,惟見野鶻盤浮圖",意亦幻此,而語特奇。

《青陽峽》

"磴西五里石。"澤堂曰:其大可五里,非石名也。

《龍門鎮》

"石門雲雷隘。"澤堂曰:雲雷亦隘於此門,甚言其狹也。

《積草嶺》

"連峰積長陰,白日遞隱見。"澤堂曰:遇峰則日隱,峰間則日現,行峽嶺間光景正如是矣。

"卜居尚百里,休駕投諸彦。"澤堂曰:"飄零仍百里"之百里,亦指縣城耶? 若謂去縣百里,則下句似不接百里,當從劉批,言當投諸彦於彼縣。

"茅茨眼中見。"澤堂曰:不了語,亦收結。

《泥功山》

"不畏道路永,反將泪没同。白馬爲鐵驪,小兒成老翁。哀猿透却墜,死鹿力所窮。"澤堂曰:泥濘泪没,不知道途之遠。"同"字指白馬、小兒、猿、鹿等而言。注恐非,非言同泪没於版築,蓋恐與人同没於此也。

"寄語北來人,後來莫忽忽。"澤堂曰:結語婉而傷苦,無此句則殆不成篇。

《鳳凰臺》

"舉意八極周。"澤堂曰:軒舉之意周流八極。

《乾元中寓居同谷縣作歌七首》

"黃精無苗山雪盛。"澤堂曰:杜《感懷》詩言"采藥山北谷",又曰"用心霜雪間,不必條蔓綠",此詩一時作。

"林猿爲我啼清晝。"蘇曰:舊作"竹林",後人改爲"林猿",今本皆因之。澤堂曰:此句豈容剩一字耶?"竹"字衍無疑。

"白狐跳梁黃狐立。"澤堂曰:即事寓意,蓋寓群小得志。

《萬丈潭》

"造幽無人境。"澤堂曰:造詣幽僻於無人之境。

"閉藏修鱗蟄。"澤堂曰:復言龍結末。

《發同谷縣》

"臨歧別數子,握手泪再滴。"澤堂曰:寫得款至,此宋格之始。

《木皮嶺》

"季冬攜童稚。"澤堂曰:季冬非遠行之時,童稚非遠行可攜,皆苦語。

"遠岫争輔佐,千巖自崩奔。"澤堂曰:遠岫環拱如輔佐,千巖自嶺分迸而下如崩奔然。

《白沙渡》

“畏途隨長江。”澤堂曰：紀行諸作，起頭造意説景皆創新詣極，篇篇各殊，如韓碑，人人體各不同，是其觸景起興處。

《水會渡》

“山行有常程，中夜尚未安。”澤堂曰：山間無鋪店，必夜行方趁程期也。

“大江動我前。”澤堂曰：動字好。

“汹若溟渤寬。”澤堂曰：夜黑不可測，有若溟渤也。

“遠遊令人瘦，衰疾慚加餐。”澤堂曰：衰疾之人不宜素餐，而以遠之故勉强加餐，兹不能釋慚也。

《飛仙閣》

“棧雲闌干峻。”澤堂曰：“棧雲”言高入雲；“闌干”，高下參差之形。

“歇鞍在地底。”澤堂曰：此地底即“邠郊入地底”之“地底”也。彼謂陷於賊者安據耶？

“嘆息謂妻子，我何隨汝曹？”澤堂曰：篇篇結得懇至忠厚。

《龍門閣》

“百年不敢料，一墜那得取！”澤堂曰：百年人生不可自料，一墜之後誰能救出。

《石櫃閣》

“清暉回群鷗，暝色帶遠客。”澤堂曰：鷗色白，故其回翔時落暉清映；遠客行忙，故帶暝色而猶往也。

《桔柏渡》

“青冥寒江渡。”澤堂曰：青冥指水深青黑之狀，李白“青冥浩蕩不見底”同此。

“急流鴇鷊散。”澤堂曰：湍急，故鴇鷊驚散也。

“絶岸黿鼉驕。”澤堂曰：岸絶，故黿鼉不畏人而驕横也。

《劍門》

“兩崖崇墉倚。”澤堂曰：如墉之倚山。

“三皇五帝前，雞犬莫相放。後王尚柔遠，職貢道已喪。”澤堂曰：非謂蜀之雞犬不與中國相通也。老子所謂“至治之世，鄰國相望，雞狗之聲相聞，民至老死不相往來者”正此意。言上古之人雞犬且不相放，況柔遠人、通遠道乎？

《鹿頭山》

“遊子出京華。”澤堂曰：此追本重言之。

"斯人亦何幸。"澤堂曰：人當作"民"，避太宗諱也。

《成都府》

"層城填華屋，季冬樹木蒼。"澤堂曰：下得"填"字、"蒼"字，便見成都邑屋園林盛麗之狀。

《恨別》

"思家步月清宵立，憶弟看雲白日眠。"澤堂曰：思家心切，或步或立而不能寐。憶弟愁苦，看雲無聊之極反成晝眠，如前篇"憶渠愁只睡"云爾。

"聞道河陽近乘勝，司徒急爲破幽燕。"澤堂曰：此望之之辭。

卷　　九

《酬高使君》

"三車肯載書。"澤堂曰：言彼三車不可載我俗書也。

《卜居》

"東行萬里堪乘興，須向山陰上小舟。"澤堂曰：公在蜀每欲適吳楚故，因見蜀江東流而有此句。山陰乘興，子猷事也。

《狂夫》

"百花潭水即滄浪。"澤堂曰：言百花潭似漁父滄浪也。

"欲填溝壑唯疏放，自笑狂夫老更狂。"澤堂曰：己分填壑，無所顧藉也。

《蜀相》

澤堂曰：題云《蜀相》，似缺一廟字。

《石笋行》

"惜哉俗態好蒙蔽，亦如小臣媚至尊。"澤堂曰：不見本根，故人多謬訛說來，如近臣蒙蔽至尊也。

《絕句漫興九首》

"眼見客愁愁不醒。"澤堂曰：所見皆可愁。

"無賴春色到江亭。即遣花開深造次。便覺鶯語太丁寧。"澤堂曰：春色到亭，便是鶯、花。

"手種桃李非無主，野老墻低還是家。"澤堂曰："手種桃李"乃鄰人，但以墻低故，能通見如我家也。

"腸斷春江欲盡頭，杖藜徐步立芳洲。顚狂柳絮隨風去，輕薄桃花逐水流。"澤堂曰：花絮便是斷腸處。

"笋根稚子無人見，沙上鳧雛傍母眠。"澤堂曰：如批說則作"稚子"

爲是。

“不放香醪如蜜甜。”澤堂曰：酒不可離也，嗜酒如蜜也。

《題新津北橋樓得郊字》

“開筵近鳥巢。”澤堂曰：言高也。

“厨烟覺遠庖。”澤堂曰：谷詩之祖。

《雲山》

“衰疾江邊臥，親朋日暮回。”澤堂曰：日暮客歸正愁悶之時。以思鄉之處、思鄉之時解此五、六妙。

《杜鵑行》

“業工竄伏深樹裏。”澤堂曰：“業工”當作“業業”，點句之誤也。東岳考有注。

“萬事反覆何所無，豈憶當殿群臣趨。”澤堂曰：山谷詩亦有此意。

《江漲》

“漁人縈小楫。”澤堂曰：縈，回旋刺水之狀。

“容易拔船頭拔一作挄。”澤堂曰：水漲則輕舟易運，似“挄”爲是。

《題壁上韋偃畫馬歌》

“時危安得真致此，與人同生亦同死。”澤堂曰：畫，俳伎也。俳人狀人，賢、智、愚、不肖意態曲盡，見者無不絶倒。至其真則不然，何哉？蓋愛其才之巧也。詩人愛畫亦如此，况山水、禽魚、名駿、異物，並其真而可賞愛者乎？况因此諷諭人世或自叙述有可鑒戒者乎？洪字之評抑膚末矣。

《戲韋偃爲雙松圖歌》

“兩株慘裂苔蘚皮。”澤堂曰：慘猶蹙也，人氣慘則蹙面。

“屈鐵交錯回高枝。”澤堂曰：松上喬枝回曲，有似屈鈎。

“松根胡僧憩寂寞。”澤堂曰：李伯時用此句作《憩寂圖》，見《黄山谷集》。

“請君放筆爲直幹。”澤堂曰：戲意在此。

《赴青城縣出成都寄陶王二少尹》

“客情投異縣，詩態憶吾曹。”澤堂曰：在異縣故思東郭西山，以詩態思二尹而有歸興也。

“文章差底病，回首興滔滔。”澤堂曰：以文章差得何病，而回望形勝，興且滔滔耶？批與注似兩失之。

《野望因過常少仙》

“野橋齊度馬。”澤堂曰：橋曠可度兩馬云爾。注似非。

《出郭》

“江城今夜客，還與舊烏啼。”澤堂曰：置王、岑之列，何嘗不瑩澈玲瓏？

但自覺與王、岑別,便是大家數。

《泛溪》

"落景下高堂,進舟泛回溪。誰謂築居小,未盡喬木西。"澤堂曰:自堂下進舟,不得盡窮橋木之西而歸,可知所卜之廣遠也。

"蕭條欲何適,出處庶可齊。"澤堂曰:在嚴公幕意象如此,他作可考。

《贈蜀僧閭丘師兄》

"妙絕與誰論。"澤堂曰:贊譽不苟。

"豫章夾日月。"澤堂曰:"夾日月"以比爲武后所寵愛也。

"夜闌接軟語,落月如金盆。"澤堂曰:簡齋詩:"扶鞍不得上,新月水中生",須溪以爲近之。

《北鄰》

"明府豈辭滿。"澤堂曰:不待官滿而便告老也。

《南鄰》

"秋水纔深四五尺,野航恰受兩三人。"澤堂曰:由淺入妙,造化同流。

《奉簡高三十五使君》

"披豁對吾真。"澤堂曰:"向我有真意"此等語俗,故易學得,所以左杜者多,不可不慎耳!

《西郊》

"西郊向草堂。"澤堂曰:出郊而回望,草堂殊勝。

《和裴迪登蜀州東亭送客逢早梅相憶見寄》

"此時對雪遙相憶,送客逢春可自由。"澤堂曰:對雪即對梅也。送客逢春無不自適,以楊州好興致故也。

"江邊一樹垂垂發。"澤堂曰:"垂垂發"猶言垂垂老也。此詩首言裴迪登亭送客見梅相憶,然彼尚詩興可以自適。若折來使我見之,則當撩亂鄉愁也。但所居江邊梅樹垂欲發花,此正催我白髮,不免於傷愁也。

"朝夕催人自白頭。"澤堂曰:此一篇直叙而盡備風韻,自然可易曉也。若謂此江邊梅花形狀垂垂而開,則不待裴折寄而已傷心也,安得謂催人白頭耶?且"垂垂"字非所以狀梅之全體,若謂是倒開梅,則又晦而未著,首尾皆無據也。

《蕭八明府寔處覓桃栽》

"河陽縣裏雖無數。"澤堂曰:指蕭明府所居。

"濯錦江邊未滿園。"澤堂曰:杜自言。

《早起》

"童僕來城市,瓶中得酒還。"澤堂曰:童僕來城市所得,豈侈也哉?

《漫成二首》

"只作披衣慣,常從漉酒生。"澤堂曰:疏於服飾,故披衣則慣熟;漉用葛巾,則任其粗淬。"生"對"慣"字,乃不熟之意。

"讀書難字過。"澤堂曰:難猶詰難,如難經、難義之類。如注説亦同此義。

"知余懶是真。"澤堂曰:貪看物而語應人,書泛過而酒滿酌,正是疏懶節目。"懶"真是通篇意。

《客至》

"肯與鄰翁相對飲,隔籬呼取盡餘杯。"澤堂曰:視"墙頭過濁醪"更款曲有情。

《江畔獨步尋花七絶句》

"詩酒尚堪驅使在,未須料理白頭人。"澤堂曰:不必計校白頭,而不爲詩酒也。

"留連戲蝶時時舞,自在嬌鶯恰恰啼。"澤堂曰:花蹊與蝶戲、鶯嬌便帖四娘家語。

《春夜喜雨》

"當春乃發生。"澤堂曰:發生萬物。

"花重錦官城。"澤堂曰:錦城尤帖花重意。

《遣意二首》

"檐影微微落,津流脉脉斜。"澤堂曰:明炯之貌。

"雲掩初弦月。"澤堂曰:綽有風韻。

"鄰人有美酒,稚子也能賒。"澤堂曰:"也"字勝,所謂"童子適市,莫之或欺"也。

《寒食》

"地偏相識盡,雞犬亦忘歸。"澤堂曰:地偏小故人盡相識,雖雞犬亦不知爲他家。此承上句"要去"、"不違"之意而言。

《石鏡》

"獨有傷心石,埋輪月宇間。"澤堂曰:譬姮娥奔月,以喻冢塋也。

《少年行二首》

"巢燕養雛渾去盡,江花結子已無多。"澤堂曰:燕以養雛故去,花以結子故稀。

"黄衫年少來宜數,不見堂前東逝波。"澤堂曰:燕去、花落與水流同,少年黄衫不可保,宜數來飲暢。

《戲作花卿歌》

"用如快鶻風火生。"澤堂曰:用則如鶻如風火。

《高楠》

"落景陰猶合。"澤堂曰：落日斜照故樹陰不得遮障，此樹蟠鬱如蓋，故雖落景而陰猶合也。

《惡樹》

"雞栖奈汝何？"澤堂曰：雞栖豈宜於陰地耶？趙注似是而無所考矣。

《戲爲六絕》

"不覺前賢畏後生。"澤堂曰：前賢以後生有具眼，故畏之也。今舉不識文指然嗤點，何足畏哉？

"爾曹身與名俱滅。"澤堂曰：爾曹指輕薄子。

"龍文虎脊皆君馭，歷塊過都見爾曹。"澤堂曰：見其足之不逮也。

"才力應難跨數公。"澤堂曰：自言。

"不薄今人愛古人。"澤堂曰：不薄而已，愛則深好之也。

"未及前賢更勿疑，遞相祖述復先誰。別裁僞體親風雅，轉益多師是汝師。"澤堂曰：不師古而師今，所以不及前賢。

卷 十

《送韓十四江東省覲》

"故鄉猶恐未同歸。"澤堂曰：庶幾全生同歸故國。

《逢唐興劉主簿弟》

"劍外官人冷，關中驛騎疏。"澤堂曰：言蜀中冷落不可居。

"輕舟下吳會，主簿意何如。"澤堂曰：欲與之偕往吳楚。

《敬簡王明府》

"神仙才有數，流落意無窮。"澤堂曰：二句賓主相喻。

《重簡王明府》

"君聽鴻雁響，恐致稻粱難。"澤堂曰：乞米。

《聞斛斯六官未歸》

澤堂曰：六，想是落魄求丐者。

"老罷休無賴，歸來省醉眠。"澤堂曰：休復倡狂無賴，且可歸來減省醉眠。

《徐卿二子歌》

"丈夫生兒有如此二雛者。"澤堂曰：鳳雛則可，單言"雛"太慢。

《贈花卿》

澤堂曰：花卿疑妓名，如蕭娘之類。

《百憂集行》

“老妻睹我顔色同。”澤堂曰：自外來者疑在家者有所得，而四壁依舊空匱；在家者疑外來者有所得，而睹其憂色不減，此極無聊之意。但意雖如此，寫得如見尤難。

《石犀行》

“缺訛只與長江逝。”澤堂曰：石片隨水而往。

《江漲》

“輕帆好去便。”澤堂曰：便，直捷也。

“吾道付滄洲。”澤堂曰：以輕帆行便甚好，將以吾道付於滄洲之遠。此因觀漲，起遠想之興也。

《朝雨》

“草堂樽酒在，幸得過清朝。”澤堂曰：古之逸人今不可及，幸以草堂尊酒過了清時。

《病柏》

“浩蕩難倚賴。”澤堂曰：大意如此，謂的確則未有據。

《病橘》

“吾愁罪有司。”澤堂曰：恐有司者以闕貢得罪。

《枯椶》

“蜀門多椶櫚。”澤堂曰：枯椶比而橘椶賦也。賦者强似比。

“傷時苦軍乏，一物官盡取。”澤堂曰：物猶如此，人何以堪？

“側見寒蓬走。”澤堂曰：俗傳秋蓬隨風轉走，則禽獸疑其爲獵騎，驚走，有墮崖澗而死者。此所謂“側見寒蓬走”者，非謂望蓬欲投，似是爲轉蓬所逐之狀也。

《所思》

“故憑錦水將雙泪。”澤堂曰：將，送也。

《草堂即事》

“荒村建子月，獨樹老夫家。”澤堂曰：“子”、“夫”借字對。

“蜀酒禁愁得。”澤堂曰：禁，勝也。

《徐九少尹見過》

“賞静憐雲竹，忘歸步月臺。”澤堂曰：雲竹是静處，忘歸故步臺見月也。

《范二員外邈吳十侍御郁特枉駕闕展待聊寄此作》

“野外貧家遠，村中好客稀。”澤堂曰：貧家在野外，遠朋不來。村中本無勝客，所以望二人之重來也。

《王十七侍御掄許攜酒至草堂奉寄此詩便請邀高三十五使君同到》

“江鸛巧當幽徑浴，鄰雞還過短墻來。”澤堂曰：徑幽故鸛浴，墻短故雞過。

《王竟攜酒高亦同過共用寒字》

“頭白恐風寒。”澤堂曰：頭白，譏其稱老也。

《奉寄別馬巴州》

“知君未愛春湖色，興在驪駒白玉珂。”澤堂曰：諷其不相訪於江湖而第欲陸走京師也。

《陪李七司馬皂江上觀造竹橋即日成往來之人免冬寒入水聊題短作簡李公》

“知君才是濟川功。”澤堂曰：引事叙情。

“合歡却笑千年事。”澤堂曰：合歡即宴會。

《奉待嚴大夫》

“常怪褊裨終日待，不知旌節隔年回。”澤堂曰：嚴公去蜀後，其舊裨望其復來，意常怪之，今果來云。

“遠下荊門去鷁催。”澤堂曰：妝句法。

《江頭五詠·丁香》

“亂結枝猶墊。”澤堂曰：結實多，故枝自低墊也。

“晚墮蘭麝中，休懷粉身念。”澤堂曰：幸得參於衆賢，則不容以粉身爲患。

《江頭五咏·麗春》

“多漫枝條剩。”澤堂曰：以剩枝故致多。

“如何貴此重，却怕有人知。”澤堂曰：不爲人知正所以爲貴。

《江頭五咏·梔子》

“與道氣傷和。”澤堂曰：與，猶參也。參諸道則亦損傷和氣也。

“無情移得汝，貴在映江波。”澤堂曰：與之無情而移種江頭者，貴在色映江波也。

《江頭五咏·花鴨》

“羽毛知獨立，黑白太分明。”澤堂曰：字字有意。

“休牽衆眼驚。”澤堂曰：牽，惹也。

《三絶句》

“斬新花蕊未能飛。”澤堂曰：花新開未應即飛。

“門外鸕鷀久不來，沙頭忽見眼相猜，自今已後知人意，一日須來一百回。”澤堂曰：俗情以數來相見爲信義，如溪鳥久不來亦令人相猜，况於人乎？此公久客，經事傷嘆之意。注意皆是。

《畏人》

“早花隨處發，春鳥異方啼。”澤堂曰：隨方異音。

“畏人成小築。”澤堂曰：畏人，“不必道寇正，畏雜賓俗徒”，又有“門庭畏客頻”之句。

《落日》

“濁醪誰造汝，一酌散千憂。”澤堂曰：汝，公自□也。誰以濁醪造汝，一酌散愁耶？

《獨酌》

“薄劣慚真隱，幽偏得自怡。”澤堂曰：莊重閑遠性情，甚是。

《廣州段功曹到得楊五長史書功曹却歸聊寄此詩》

“楊僕將樓船。”澤堂曰：姓料。

《送段功曹歸廣州》

“峽雲籠樹小。”澤堂曰：雲本泱漭，以籠樹故小也。

《魏十四侍御就弊廬相別》

“入幕旌旗動。”澤堂曰：動，動色也。

“歸軒錦繡香。”澤堂曰：香，御香。下篇宮衣著更香，御史衣繡，故云。

《贈別何邕》

“五陵花滿眼，傳語故鄉春。”澤堂曰：故園在目，此意可相報知也。

《贈別鄭煉赴襄陽》

“爲於耆舊内，試覓姓龐人。”澤堂曰：世亂，思潔己之士，欲往從之也。

《嚴中丞枉駕見過》

“何人道有少微星。”澤堂曰：人不知有己，而嚴公獨來訪，何耶？此是謝意。

《奉酬嚴公寄題野亭之作》

“幽栖真釣錦江魚。”澤堂曰：真釣言自狎漁釣，非假説爲詩而已。

“阮籍焉知禮法疏。”澤堂曰：不自知其失禮。

“枉沐旌麾出城府。”澤堂曰：沐，猶蒙也。

《遭田父泥飲美嚴中丞》

“仍嗔問升斗。”澤堂曰：問斗升者，較酒量之淺深也。

《弊廬遣興奉寄嚴公》

澤堂曰：字字句句皆鈎致嚴公之詞，而終無自請之語，此辭令之妙。先言水竹佳境，次言風花好景，次言詩酒之樂，皆望嚴公之肯來。又言己之思嚴詞源，嚴之有公暇可訪己，情態曲盡。又謂己曾在朝廷爲舊班，今依節制有賓禮云爾，則嚴之訪枉不爲辱可知，而謙中寓諷，云恐貴人嫌我寒陋而不來也。

《舟前小鵝兒》

“鵝兒黃似酒。”澤堂曰：名言。

“引頸嗔船逼。”澤堂曰：善描。

《官池春雁二首》

“更恐歸飛隔暮雲。”澤堂曰：不可專貪稻粱離失行序也。

《奉和嚴中丞西城晚眺十韻》

“直詞才不世，雄略動如神。”澤堂曰：接上句。

“地平江動蜀，天闊樹浮秦。”澤堂曰：平處見江之動，闊處有樹之浮。

“帝念深分閫。”澤堂曰：念深於分閫，則任之重。

“軍須遠算緡。”澤堂曰：言軍須及於遠方，時之艱也。

“花羅封蛺蝶，瑞錦送麒麟。”澤堂曰：封羅送錦則供奉之能，二句皆歸美嚴公。

“觀圖憶古人。”澤堂曰：二注皆不襯貼意，謂武觀古人圖像，以增想慕也。

《短歌行贈王郎司直》

“王郎酒酣拔劍斫地歌莫哀。”澤堂曰：注意大概是。且“莫哀”二字未曉。

《入奏行贈西山檢察使竇侍御》

“政用疏通全典則，戚聯豪貴耽文儒。”澤堂曰：疏通者多越典法，豪貴者不喜文事，竇公備矣，所以見其難。

“運糧繩橋將士喜，斬木火井窮猿呼。八州刺史思一戰，三城守邊却可圖。”澤堂曰：四句乃入奏中事。

“彩服日向庭闈趨。”澤堂曰：侍御親在于京。

《中丞嚴公雨中垂寄見憶一絕奉答二絕》

“江邊老病雖無力，強擬晴天理釣絲。”澤堂曰：言己不可往之意。

“拄杖穿花聽馬嘶。”澤堂曰：欲嚴來見己也。

《江上值水如海勢聊短述》

“春來花鳥莫深愁。”澤堂曰：雙鳥原此。

澤堂曰：此篇乃二意一串，主意則玩景得意仍短述，故自言平日苦耽好句，今則遇興即述，非復雕刻物狀以困花鳥也。只是新添水檻，故見水勢如海不得不作，且願得詩思如陶、謝者共賦此景也，意若謙損，實自豪誇。

《戲贈友二首》

“駑駘漫染泥，何不避雨色。”澤堂曰：言何不避雨而輕出落馬乎？

《水檻遣興二首》

“城中十萬戶，此地兩三家。”澤堂曰：言其居靜僻。

《屏跡二首》

“用拙存吾道，幽居近物情。桑麻深雨露，燕雀半生成。”澤堂曰：人物皆欲自安之意。

　　"村鼓時時急。"澤堂曰：村鼓非戰鼓，乃是眼前景，如楓林社日鼓之類耶？若謂亂離，則上下句不應，更考。

　　"竹光團野色。"澤堂曰：團，聚也，合也。

　　"一月不梳頭。"澤堂曰：結句承第六句，皆懶學任貧之意。

《絶句四首》

　　"堂西長笋別開門。"澤堂曰：別開門，恐出入踐踏傷笋。

　　"欲作魚梁雲覆湍。"澤堂曰：作梁如雲覆湍。

　　"兩個黃鸝鳴翠柳，一行白鷺上青天。"澤堂曰：至此則太放蕩，離本色矣。

卷　十　一

《大麥行》

　　"大麥乾枯小麥黃，婦女行泣夫走藏。"澤堂曰：古詞。

《嚴公仲夏枉駕草堂兼攜酒饌得寒字》

　　"非關使者徵求急，自識將軍禮數寬。"澤堂曰：不以使者求索隱逸而及於己也，乃將軍寬大有此枉問也。

　　澤堂曰：此詩非變律。苕溪必指他作，如吳體等篇而云也。

《即事》

　　"笑時花近眼，舞罷錦纏頭。"澤堂曰：聯句法。

《大雨》

　　"執熱乃沸鼎，纖絺成緼袍。"澤堂曰：熱極則雨。

　　"陰色靜壟畝，勸耕自官曹。四鄰出耒耜，何必吾家操。"澤堂曰：天與之澤，官勸其耕，四鄰借耜，此貧縈之喜。

《溪漲》

　　"兹晨已半落，歸路跰步疏。"澤堂曰：水落泥深，行人跰步相避，故踏跡稀闊也。

　　澤堂曰：杜五言古詩既非真古，除《北征》《紀行》《出塞》等數十首外，語疏鹵無奇警，如此篇開朗者亦少。

《奉送嚴公入朝十韻》

　　"與時安反側，自昔有經綸。"澤堂曰：與，爲也。言爲國家弭禍亂者惟嚴公，自昔有經濟之業。

　　"南圖回羽翮，北極捧星辰。"澤堂曰：鵬方南圖而却回羽翮，比嚴自西南入朝。

"漏鼓還思晝,宮鶯罷囀春。"澤堂曰:見嚴公之入朝却思宮禁晝漏,此正宮鶯啼罷時。

"閣道通丹地,江潭隱白蘋。"澤堂曰:通,指嚴武;隱,公自言。

《送嚴侍郎到縣州同登杜使君江樓宴得心字》

"重船依淺瀨。"澤堂曰:船重故閣於淺灘。

"城擁朝來客,天橫醉後參。"澤堂曰:送者以城擁,言其衆也。自朝至參橫,言其攀餞之久也。此忠厚之意。

"不勞朱户閉,自待白河沉。"澤堂曰:不管閉門,自待夜深。

《奉濟驛重送嚴公四韻》

"青山空復情。"澤堂曰:山亦徒有情,即人可知。

"列郡謳歌惜,三朝出入榮。"澤堂曰:此等語亦易效襲。

《送梓州李使君之任》

"籍甚黄丞相,能名自潁川。"澤堂曰:引古況今。

"不作臨歧恨,唯聽舉最先。"澤堂曰:寬爲別語,勉其治行。

"山驛醒心泉。"澤堂曰:指梓州清凉也。

《苦戰行》

"別時孤雲今不飛,時獨看雲泪橫臆。"澤堂曰:別時所見孤雲今亦不見,故欲看雲而泪橫臆也。

《觀打魚歌》

澤堂曰:句句相貫,此行篇法。

《又觀打魚》

"設網提綱萬魚急。"澤堂曰:打魚狀。

《越王樓歌》

"君王舊跡今人賞,轉見千秋萬古情。"澤堂曰:只是見得君王當日登覽之情,覺千載非遥云。

《宗武生日》

"小子何時見。"澤堂曰:見字如舉字,此是問語,言"何時見",此子乃此日生也。全篇皆是訓戒之辭,末又有生日開筵之語,非宗武不侍側,相憶而作明矣。下篇《又示宗武》皆一日作。

"凋瘵筵初秩,欹斜坐不成。"澤堂曰:凋瘵,世亂也;欹斜,坐瘁也。

"涓滴就徐傾。"澤堂曰:以武生日自飲酒而作。

《客夜》

"入簾殘月影。"澤堂曰:殘月,落月也。

"入簾殘月影,高枕遠江聲。"澤堂曰:殘月斜故入簾可見,江聲遠故高枕方聽。此老杜句中眼法。

"老妻書數紙,應悉未歸情。"澤堂曰:此是曉起初得書作,適作家書説盡辛苦契活(闊)之狀。數紙,言多也。仍想抵彼,可知其情也。

《客亭》

"秋窗猶曙色。"澤堂曰:秋夜長,故曙色久在窗間也。

《戲題寄上漢中王三首》

"已知嗟不起,未許醉相留。"澤堂曰:言王雖嗟惜甫之不見用,必不以酒相留也。一云:言病不能起居,知王嗟惜而不以醉相留也。

"净掃雁池頭。"澤堂曰:雁池,譬也。

《贈韋贊善別》

"往還二十載。"澤堂曰:往還言交際。

《九日登梓州城》

"朝廷醉眼中。"澤堂曰:以醉眼視朝廷猶可以忘憂,與"形骸痛飲中"同意。

《九日奉寄嚴大夫》

"不眠持漢節。"澤堂曰:嚴公自有使蜀節鉞,歸朝時故在也。

"九日應愁思,經時冒險艱。不眠持漢節,何路出巴山。"澤堂曰:凡四句並指嚴公。

《題玄武禪師屋壁》

"似得廬山路,真隨惠遠遊。"澤堂曰:似得、真隨,便是畫意。

《玩月呈漢中王》

"浮客轉危坐。"澤堂曰:轉危坐,言不寢也。

"關山同一照。"澤堂曰:照字是。

《相從行贈嚴二別駕》

"紫衣將炙緋衣走。"澤堂曰:此時章服已濫,所謂"衣青紫執賤役者"耶? 雖爲子美傾倒,不應使紫緋服勞。

"一軀交態同悠悠。"澤堂曰:以一人身見交態,朝夕有更變也。

《嚴氏溪放歌》

"費心姑息是一役,肥肉大酒徒相要。"澤堂曰:費心相待不以誠禮,有同一勞役,所見者肥肉大酒相惱而已。此皆言己見待之賤,非指士卒怨叛。一云:諸將方驕,不得不費心力爲禮貌,特如一役,酒肉之飫亦徒然也。

"嗚呼古人已糞土,獨覺志士甘漁樵。"澤堂曰:古之禮賢下士者已爲土壤,只覺志士沉淪,不見諸侯之爲得也。

“況我飄轉無定所,終日慽慽忍羈旅。”澤堂曰:《白絲行》意如此,必一時作。

“秋宿霜溪素月高,喜得與子長夜語。”澤堂曰:比之落月、金盆,不奇而穩,情景淒絕。

“知子松根長茯苓。”澤堂曰:反前“肥肉大酒”意。

澤堂曰:詩大意:阻兵不得歸中原,邊將驕侮又不可依,欲與嚴氏俱隱丘壑。首尾甚明。

《述古三首》

“赤驥頓長纓。”澤堂曰:頓,委也。

“念子忍朝饑。”澤堂曰:子指鳳。

“可以物理推。”澤堂曰:物指驥鳳。

“賢人識定分,進退固其宜。”澤堂曰:進退務合於宜也。

“邪贏無乃勞。”澤堂曰:邪贏指商賈。

“漢光得天下,祚永固有開。豈惟高祖聖,功自蕭曹來。”澤堂曰:四句一串説,而主意却在蕭曹,隱然諷蕭、代無臣也。此句法乃“豈有四蹄疾於鳥,不與八駿俱先鳴”、“豈但祈岳與鄭虔,筆跡遠過楊契丹”之例,便是從下倒説。

《野望》

“獨鶴不知何事舞。”澤堂曰:有何樂事舞耶?

“目極傷神誰爲攜。”澤堂曰:無可與飲酒。太史公曰:誰爲攜之?

《冬到金華山觀因得故拾遺陳公學堂》

“悲風爲我起,激烈傷雄材。”澤堂曰:風爲我助悲,比人。

《陳拾遺故宅》

“有才繼騷雅,哲匠不比肩。”澤堂曰:騷雅,有[有]德者之言,哲匠是能文之士。

《謁文公上房》

“石門日色異。”澤堂曰:石門日色獨異者,上人所住故也。

“久遭詩酒污,何事忝簪裾。”澤堂曰:詩、酒、簪、組,俱妨禪學,此最高識見,唐時諸子皆不及也。

“願聞第一義,回向心地初。”澤堂曰:以此句法入濂、洛,辭旨即如秋月寒水之篇,何嘗不高妙?而世人獨以佛諦仙跡爲詩料,是不特低看儒術,且侮仙佛矣。

“無生有汲引,茲理儻吹噓。”澤堂曰:無生法中亦有汲引,如人之相薦拔。願以茲理蒙上人之吹噓也。

《早發射洪縣南途中作》

“空慰所尚懷，終非曩遊集。”澤堂曰：不必京師遊集，如《壯遊》所叙吴、楚、齊、趙之遊皆是。

《過郭代公故宅》

“高詠寶劍篇，神交付冥漠。”澤堂曰：《感遇》《寶劍》《陝郊》皆杜所尚，亦見其一時膾炙。

《觀薛稷少保書畫壁》

“蛟龍岌相纏。”澤堂曰：岌，高峻也。

“又揮西方變，發地扶屋橡。”澤堂曰：揮即畫字意。

《通泉縣署屋壁後薛少保畫鶴》

“赤霄有真骨，恥飲洿池津。”澤堂曰：寓意深遠。

《陪王侍御同登東山最高頂宴姚通泉晚攜酒泛江》

“人生歡會豈有極，無使霜露霑人衣。”澤堂曰：寓諷隱然。

《建都十二韻》

“建都分魏闕，下詔闢荆門。”澤堂曰：典重壯麗。

“恐失東人望，其如西極存。”澤堂曰：建都荆門是幸東南之策，其如西極尚存，何忍棄之？〇泛言建五都議以備巡幸耳。若東人見巡幸，則西極人失望，奈如之何？注非。

“時危當雪恥，計大豈輕論。”澤堂曰：當志圖刷恥，建都大計豈合輕論？

“雖倚三階正，終愁萬國翻。”澤堂曰：建都不過爲避奔計，如是天下愈大亂矣。以上極言廟議之非，沉著感憤，句句有意。以下自恨己不得聞朝議也。

“霜埋翠竹根。”澤堂曰：注意是。

“願枉長安日，光輝照北原。”澤堂曰：結以大意，一篇眼目在此。

《遠遊》

“失喜問京華。”澤堂曰：誤問故言失喜也。

《聞軍官收河南河北》

“漫卷詩書喜欲狂。”澤堂曰：讀書而聞喜，不覺漫卷書葉而忘其讀，真如狂矣。

《春日梓州登樓二首》

“江水流城郭，春風入鼓鼙。”澤堂曰：江水流帶城郭，春風助發鼓響，此是不相關處相關之意，如“池塘生春草”，只爲池塘不合生春草故爾，若曰“原上生春草”，便是死句。

“戰場今始定，移柳更能存。”澤堂曰：庾信《哀江南賦》“釣臺移柳，非玉關之可望”,此句本此意。

《花底》

　　“忽疑行暮雨,何事入朝霞。”澤堂曰:暮雨仙姿,朝霞赤色。

《春日戲題惱郝使君兄》

　　“再騁肌膚如素練。”澤堂曰:騁猶逞也,言誇逞其美也。

　　“舞處重看花滿面,樽前還有錦纏頭。”澤堂曰:絕無唐人穠艷態,可知胸次正大。

《鄆城西原送李判官兄武判官弟赴成都府》

　　“野花隨處發,官柳著行新。”澤堂曰:著行,言行處逢著,與“隨處”爲對,非“行列”之“行”。著,所觸也。

《題鄆原郭三十二明府茆屋壁》

　　“頻驚適小國,一擬問高天。”澤堂曰:小國,巴子、夔子之類。

　　“逢人問幾賢。”澤堂曰:問字叠,一字必誤。

卷　十　二

《涪城縣香積寺官閣》

　　“背日丹楓萬木稠。”澤堂曰:丹楓必青楓,以非時故也。或言丹乃木色。

《送竇九歸成都》

　　“我有浣花竹,題詩須一行。”澤堂曰:托見草堂。

《送路六侍御入朝》

　　“不分桃花紅勝錦。”澤堂曰:不分猶不期也。

　　“劍南春色還無賴,觸忤愁人到酒邊。”澤堂曰:春色本佳景,而愁人自愁。酒邊非愁所,以愁人見花柳亦自愁,反似春色無賴却令人愁也。還字是眼。

《上兜率寺》

　　“真如會法堂。”澤堂曰:理會佛法之堂也。

　　“江山有巴蜀。”澤堂曰:言全有巴蜀之江山,狀其觀眺之廣遠也。

　　“何顒好不忘。”澤堂曰:何作周。

《望兜率寺》

　　“不復知天大,空餘見佛尊。”澤堂曰:不登臨故不知天之大,但望見佛尊現在也。

　　“時應清盥罷,隨喜給孤園。”澤堂曰:末句不得上寺,只合清齋,發歡喜給孤之園也。

《送何侍御歸朝》

　　"山花相映發，水鳥自孤飛。"澤堂曰：此山花、水鳥兩句以興諸侯會餞之宴席、羈旅送別之孤懷。

《數陪李梓州泛江有女樂在諸舫戲爲艷曲二首》

　　"上客回空騎。"澤堂曰：回，遣也。

　　"金壺隱浪偏。"澤堂曰：偏猶攲也。

　　"青霄近笛床。"澤堂曰：坐床吹笛如據胡床三弄之意。

　　"翠眉縈度曲。"澤堂曰：縈，裊娜之意。度曲時顰眉作態之意。

《惠義寺送王少尹赴成都》

　　"欄干上處遠，結構坐來重。"澤堂曰：言層架也。來字亦虛言，坐、處如是。

　　"騎馬行春徑，衣冠起暮鍾。"澤堂曰：聽鍾始起去，言惜別遲徊。騎馬、沖泥皆是此意。

《送韋郎司直歸成都》

　　"天下兵戈滿，江邊歲月長。"澤堂曰：避兵於此，故致多歲月。

《絶句》

　　"江邊踏青罷，回首見旌旗。風起春城暮，高樓鼓角悲。"澤堂曰：方踏青而見旌旗、聞鼓角，皆非樂事。

《短歌行送邛州録事歸合州因寄蘇使君》

　　"前者途中一相見，人事經年記君面。"澤堂曰：以一見之分加以人事經年而尚記其面，以其人重也。

　　"後生相勸何寂寥，君有長才不貧賤。"澤堂曰：後生相勸爲善者何其寂寥耶？以此知君之才不長屈也。

《惠義寺園送辛員外二首》

　　"萬里相逢貪握手，高才仰望足離筵。"澤堂曰：得接高才，此筵足矣。

《巴西驛亭觀江漲呈竇十五使君》

　　"宿雨南江漲，波濤亂遠峰。"澤堂曰：波濤照水共爲凌亂。

　　"萬井逼春容。"澤堂曰：萬井，人居也，皆迫於水患，故云。

《又呈竇使君二首》

　　"關心小剡縣，傍眼見楊（揚）州。"澤堂曰：恐剡縣之小，覺楊州之近，皆水漲意。

《行次鹽亭縣聊題四韻奉簡嚴遂州蓬州二使君諮議諸昆季》

　　"長歌意無極，好爲老夫聽。"澤堂曰：親愛之無已。

《倚杖》

“山縣早休市,江橋春聚船。”澤堂曰:早字、春字乃下眼處,非閑漫也。

“狎鷗輕白浪狎一作野。”澤堂曰:狎,近人之稱,野字非。

“物色兼生意,凄凉憶去年。”澤堂曰:物色皆佳,凄凉自甚。

《陪王漢州留杜綿州泛房公西湖》

“舊相恩追後,春池賞不稀。闕庭分未到,舟楫有光輝。”澤堂曰:恩追死後,追封也。房公去後,游賞此池者亦不稀。吾輩雖未在朝,共此泛舟亦有光輝也。

“闕庭分未到。”澤堂曰:自分不入朝。

《得房公池鵝》

“鳳凰池上應回首。”澤堂曰:指房。

“爲報籠隨王右軍。”澤堂曰:自喻。

《答楊梓州》

“悶到房公池水頭。”澤堂曰:愁悶中到此也。

“却向青溪不相見,回船應載阿戎遊。”澤堂曰:房湖當屬楊公地界,但不見楊與楊之子遊也。以文義推之當如此。

《寄題江邊草堂》

“臥痾遺所便。”澤堂曰:消遣於便静之地。

“蛟龍無定窟,黄鵠摩蒼天。”澤堂曰:自此以下言己流離多難,有愧古人,恐失幽貞之節。且念四小松易見蒙翳,應爲鄰里所憐,皆以喻己保節之艱苦,語特悲惋。

《陪章留後侍御宴南樓得風字》

“絶域長夏晚,兹樓清宴同。”澤堂曰:起句上四字仄,下四字平。參差相對是一體,他同。

“寇盜狂歌外,形骸痛飲中。”澤堂曰:狂歌托興,且置寇盜於度外。

“出號江城黑。”澤堂曰:號即今軍號,如曹孟德以“雞肋”爲軍號是也。注謂夜出號令者非。

《臺上得凉字》

“留門月復光。”澤堂曰:留門不閉也。

“雲霄遺暑濕,山谷進風凉。”澤堂曰:遺、進二字太重,此黄、陳之先導也。

“老去一杯足,誰憐屢舞長。”澤堂曰:易醉而屢舞,老態可念。

《陪章留後惠義寺餞嘉州崔都督赴州》

“前驅入寶地,祖帳飄金繩。”澤堂曰:設帳於寺中,以寶地、金繩言。

　　“羈旅惜宴會。”澤堂曰：惜宴會之非久。

《章留後新亭會送諸君》

　　“絶葷終不改。”澤堂曰：豈坐有齊（齋）素者耶？

　　“已隨（墮）現（峴）山泪，因題零雨詩。”澤堂曰：結意似屬留後。

《章梓州橘亭餞成都竇少尹得凉字》

　　“主人送客何所作。”澤堂曰：作猶做也。

　　“衰老應爲難離別。”澤堂曰：五字似去聲。

《戲作寄上漢中王二首》

　　“謝安舟楫風還起。”澤堂曰：以王攜妓故比之謝安，豈掌珠之自出耶？

　　“杳杳東山攜妓去，泠泠修竹待王歸。”澤堂曰：雙關引格，注是。

《楤拂子》

　　“亦用顧昞稱。”澤堂曰：以顧昞故稱。

《送元二適江左》

　　“晉室丹陽尹，公孫白帝城。經過自愛惜，取次莫論兵。”澤堂曰：丹陽、白帝皆形勝之地，其擁兵掌節者未可信，戒輕與之接也。

《送陵州路使君之任》

　　“王室比多難，高官皆武臣。幽燕通使者，岳牧用詞人。”澤堂曰：多難之際舉用武臣，自通使幽燕始用文人爲岳牧，此紀事也。

　　“衆僚宜潔白，萬役但平均。”澤堂曰：慎簡廉吏，平均衆役，此十字名言道盡治體。○亂世，重役所不能免，但在平均而已。

《客舊館》

　　“風幔何時卷，寒砧昨夜聲。”澤堂曰：風幔舊垂而今卷，寒砧則如舊聞。昨非一日之昨，猶言往日。

　　“無由出江漢，愁緒日冥冥。”澤堂曰：回徨於舊館，即無由出江漢向京洛也。

《九日》

　　“苦遭白髮不相放。”澤堂曰：不相放猶言不相饒也。

《薄暮》

　　“人生不再好，鬢髮白成絲。”澤堂曰：嘆老嗟卑，令人氣死。

《閬州奉送二十四舅使自京赴任青城》

　　“青城漫污雜，吾舅意凄然。”澤堂曰：青城故仙跡，今塵土污雜，所以不免凄然。

《南池》

　　“高田失西成，此物頗豐熟。”澤堂曰：常時不甚稔必歲歉；高田失秋之時,此池水所種乃反豐熟也,指上句。

　　"不應空陂上,縹緲親酒食。"澤堂曰:杜詩樸直近理類如此,比之黃、陳更勝。

　　"淫祀自古昔,非唯一川瀆。"澤堂曰:又一意。

《與嚴二歸奉禮別》

　　"出涕同斜日。"澤堂曰:泪落如日落。

　　"諸將歸應盡,題書報旅人。"澤堂曰:待叛將畢降而後以書相報。

《贈裴南部聞袁判官自來欲有按問》

　　"人皆知飲水,公輩不偷金。"澤堂曰:裴南部蓋以贓被按,故極稱其廉。

　　"即出黃沙在,應須白髮侵。"澤堂曰:雖即出獄免罪,當不免憂愁加老衰耳。

《對雨》

　　"莽莽天涯雨,江邊獨立時。"澤堂曰:憂思之時。

　　"恐失漢旌旗。"澤堂曰:失疑濕。

《王命》

　　"蒼茫舊築壇。"澤堂曰:命將之事不復如舊,故云蒼茫。

《西山三首》

　　"辯士安邊策,元戎決勝威。"澤堂曰:和戰並用。

《遣憂》

　　"紛紛乘白馬。"澤堂曰:反者之多。

　　"隋氏留宮室,焚燒何太頻。"澤堂曰:語亦有諷。

《早花》

　　"臘月巴江曲,山花已自開。盈盈當雪杏,艷艷待香梅。"澤堂曰:此早花開,當杏花又待梅香。

《送李卿曄》

　　"晉山雖自棄。"澤堂曰:晉山恐指介山而言,公常以之推自比,以此讀之似有情。○蓋如之推避賞從之意,真是送人赴行在詩。

《舍弟占歸草堂檢校聊示此詩》

　　"鵝鴨宜長數,柴荊莫浪開。東林竹影薄,臘月更須栽。"澤堂曰:下四句是檢校次第。

《桃竹杖引贈章留後》

　　"慎勿見水踴躍學變化爲龍。"澤堂曰:意指使君,蓋當時將帥雖素號忠義者,晚節得兵柄便地叛亂僭竊不常故耳。

　　"風塵鴻洞兮豺虎咬人。"澤堂曰:諷刺有韻。

《冬狩行》

“有鳥名鸜鵒，力不能高飛逐走蓬，肉味不足登鼎俎。”澤堂曰：意似有指。

《山寺》

“前佛不復辨，百身一莓苔。”澤堂曰：前佛、百身皆釋典語。

“歲晏風破肉，荒林寒可回。”澤堂曰：寒極當回，正思道之時也。

“思量入道苦，自哂同嬰孩。”澤堂曰：亦自爲己。

《將適吴楚留别章使君留後兼幕府諸公得柳字韻》

“健兒簸紅旗，此樂幾難朽。”澤堂曰：《選》詩句法。

“日車隱崑崙，鳥雀噪户牖。”澤堂曰：此句却有指，注又失之。

“有使即寄書，無使長回首。”澤堂曰：有使、無使乃是對舉語，此是掉尾豪横處，豈容兩“使”字二意於一句中？蔡注大曲。

《收京》

“復道收京邑。”澤堂曰：謂之復道，則知淪陷非止今也。

“兼聞殺犬戎。”澤堂曰：只一“殺”字又可知其不多殺也。

卷　十　三

《有感五首》

“雲臺舊拓邊。”澤堂曰：雲臺或輪臺，恐是。

“大君先息戰，歸馬華山陽。”澤堂曰：肅宗厭兵姑息，遂失河朔，藩鎮之禍自此始。末句乃譏之也。

“日聞紅粟腐，寒待翠華春。莫取金湯故，長令宇宙新。不過行儉德，盗賊本王臣。”澤堂曰：無取金湯之固而長令宇宙新者，不過行其儉德而已。今者舟車貢賦輸於京師，但聞紅粟之腐，只待翠華和氣之及下，則國之奢侈民之饑寒可知也。

“胡滅人還亂，兵殘將自疑。”澤堂曰：强藩之始。

《寄賀蘭二銛》

“勿云俱異域，飲啄幾回同。”澤堂曰：今雖異域相望，前者相從同患不可相忘也。

《閬水歌》

“閬中勝事可腸斷，閬州城南天下稀。”澤堂曰：此是信美非吾土之感也，而特古雅好句法。且起句鋪叙，似拖引徐緩，不結之以此，則不成篇法矣。

《送司馬入京》

"群盜至今日,先朝忝從臣。嘆君能戀主,久客羨歸秦。"澤堂曰:言以世亂不得歸朝,尚以忝先朝從臣不忍竄身遠去,所以羨司馬之歸秦也。

"黃閣長司諫,丹墀有故人。向來論社稷,爲話涕霑巾。"澤堂曰:言司馬若登黃閣長司諫靜,則是丹墀有吾故人。庶幾向來共爲憂國之志有所伸之處,蓋欲勉其盡言,而自不盡言也。

《泛江》

"亂離還奏樂,飄泊且聽歌。"澤堂曰:樂中有憂,憂中有樂。

"故國流清渭,如今花正多。"澤堂曰:想見如此。

《江亭送眉州辛別駕昇之得燕字》

"別離傷老大,意緒日荒蕪。"澤堂曰:景物甚勝,別離自傷。

《陪王使君晦日泛江就黃家亭子二首》

"日晚烟花亂,風生錦繡香。"澤堂曰:十字一意。

《傷春五首》

"蒙塵清露急。"澤堂曰:清露疑誤字,如注説作"清路"解則不妨文義。

"敢料安危體,猶多老大臣。"澤堂曰:以國體則安危未可知,所幸者猶有老成在也。

《釋悶》

"江邊老翁錯料事,眼暗不見風塵清。"澤堂曰:舊説甫言年老錯料時勢,又以眼暗之故不見風塵之清也,此言近巧。當言老翁錯料時勢,至於年老眼暗而不見四海清明也。

《江亭王閬州筵餞蕭遂州》

"老畏歌聲短,愁從舞袖長。"澤堂曰:歌聲短促則悲,舞袖逶迤則緩。

《滕王亭子》

"人到于今歌出牧。"澤堂曰:思詠滕王之出牧也。

《玉臺觀》

"更有紅顏生羽翰,便應黃髮老漁樵。"澤堂曰:言此仙境也。下不失難老也。

《玉臺觀》

"綵雲蕭史駐,文字魯恭留。"澤堂曰:"綵"與"文"字假對。

"乾坤到十洲。"澤堂曰:此道觀之乾坤可以直到仙洲。

《渡江》

"舟楫欹斜疾,魚龍偃臥高。"澤堂曰:魚龍高浮,則風濤勢壯可知。

“渚花張素錦,汀草亂青袍。”澤堂曰:“惡紫亂朱”之亂。

“戲問垂綸客,悠悠見汝曹。”澤堂曰:悠悠,閑適意。行役之中但見釣客爲閑暇。

《暮寒》

“林鶯遂不歌。”澤堂曰:鶯以寒故不鳴,或言有殺氣則不至,當更考之。

“忽思高宴會,朱袖拂雲和。”澤堂曰:不聞鶯而但聞戍鼓,所以思升平宴會也。

《憶昔二首》

“長驅東胡胡走藏。”澤堂曰:樂府語。

“張后不樂上爲忙。”澤堂曰:上指肅宗。言張后怒,則肅宗爲之遑遑。此語雖褻而有理,注說非是。

“至今今上猶撥亂。”澤堂曰:言今以別上句,稱上者是先皇。

“爲留猛士守未央,致使岐雍防西羌。犬戎直來坐御床,百官跣足隨天王。”澤堂曰:舊說以留猛士守未央故致岐雍防羌不勝,此語似巧而不然。原意猛士守內,岐雍防羌非不盡,而犬戎直來而不知也。譏之之辭也。

“願見北地傅介子,老儒不用尚書郎。”澤堂曰:只從兒婦口中亂說,結之以此,老成悲壯,真如司馬宣王用兵也。

“宗廟新除狐兔穴。”澤堂曰:除,修治也。

“傷心不忍問耆舊,復恐初從亂離說。”澤堂曰:此與“反畏消息來”同指,而語更悲愴。

《奉寄章十侍御》

“湘西不得歸關羽,河內猶宜借寇恂。”澤堂曰:二句皆欲章之且爲軍民留此也,獨所引關羽事不稱。

《將赴荊南寄別李劍州弟》

“但見文翁能化俗,焉知李廣未封侯。”澤堂曰:姓李故引之耳,似非文翁扇語。

“路經灔澦雙蓬鬢,天入滄浪一釣舟。”澤堂曰:老身犯險、孤行遞遠,俱可悲也。

《雙燕》

“應同避燥濕。”澤堂曰:同乎人情也。

“今秋天地在,吾亦離殊方。”澤堂曰:“天地在”三字似緩而怨,世界不改則或歸故國也。

《百舌》

“重重秖報春。”澤堂曰:報春之語只自重疊。

“整翮豈多身。”澤堂曰：言整翮自好，不是多身。多猶自大也。○豈多身或疑其變化也。

《自閬州領妻子却赴蜀山行三首》

“物役水虛照。”澤堂曰：行人過水邊無暇賞玩水色，虛照而已。

“長林偃風色，回復意猶迷復一作首。”澤堂曰：此回復字當作回首。言林爲風所偃，回首望之意猶迷悶，況遠遊之心乎？

“僕夫穿竹語，稚子入雲呼。轉石驚魑魅，抨弓落狖鼯。真供一笑樂。”澤堂曰：淩越險阻不能驟驅，或有穿竹晤語者，或有入雲呼喚者，或抨弓，或轉石，皆供一時欣笑也。

“似欲慰窮途。”澤堂曰：真足以娛樂，而以在窮途故，若以此寬慰非實然也，故曰“似欲”。

《別房太尉墓》

“近淚無乾土。”澤堂曰：近於淚則土不乾。

“低空有斷雲。”澤堂曰：雲氣亦愁恨不散。

《將赴成都草堂途中有作先寄嚴鄭公五首》

“魚知丙穴由來美。”澤堂曰：知丙穴魚之本美。此知非魚知之，乃子美自知。

“酒憶郫筒不用酤。”澤堂曰：憶郫筒酒，今不用酤。趙注近之。

“雪山斥候無兵馬。”澤堂曰：言武之來當見兵馬休息也。

“休怪兒童延俗客，不教鵝鴨惱比鄰。”澤堂曰：不禁兒童延見俗客，且防鵝鴨惱亂比鄰，皆是愛憐成都鄉俗之意。

“竹寒沙碧浣花溪。”澤堂曰：碧非沙色，恐作“白”。

“竹寒沙碧浣花溪，橘刺藤梢咫尺迷。過客徑須愁出入，居人不自解東西。”澤堂曰：以橘藤故也，非指蓬蒿也。

“常苦沙崩損藥欄，也從江檻落風湍。”澤堂曰：常時所苦崩損藥欄，今從江檻落於風湍而不復顧見。

“新松恨不高千尺，惡竹應須斬萬竿。”澤堂曰：第二句預排復歸草堂料理松竹事。

“錦官城西生事微，烏皮几在還思歸。”澤堂曰：生事甚微，而別爲烏皮几在而思歸，便是謔語。

“共說總戎雲鳥陣，不妨遊子芰荷衣。”澤堂曰：雖爲總戎，賓客不妨著芰荷衣，又見傲兀之態。謂之欲參軍謀者大謬。

《歸來》

“客裏有所過，歸來知路難。”澤堂曰：有事而往不覺路險，歸來始知之也。

《草堂》

“風雨聞號呼,鬼妾與鬼馬。”澤堂曰:鬼哭如號呼也。

“於時見疣贅。”澤堂曰:公詩有“倚著如秦贅”之句,意同此。

《四松》

“所插小藩籬,本亦有堤防。終然振撥損,得愧千葉黄。”澤堂曰:籬撥、葉黄,可愧。

“及兹慰凄凉。”澤堂曰:兹指松。

《絶句六首》

“竹高鳴翡翠,沙僻舞鵁鶄。”澤堂曰:絶句體本如是,唐賢絶句雖極妙絶,終非本格法。

“幽栖身懶動,客至欲如何。”澤堂曰:此身懶出,客有何意以來。

“急雨捎溪足。”澤堂曰:捎字,雨漲嚙削崖垠之謂。

“鳥栖知故道,帆過宿誰家。”澤堂曰:非對成對。

《題桃樹》

“小徑升堂舊不斜,五株桃樹亦從遮。”澤堂曰:以愛物之心移之於時難之感也。

“簾户每宜通乳燕。”澤堂曰:燕先集於樹遂入簾户,此眼前實景,拈出特的。

“兒童莫信打慈鴉。”澤堂曰:信,任意也。

“寡妻群盜非今日。”澤堂曰:“受諫無今日”同此法。

“寡妻群盜非今日,天下車書正一家。”澤堂曰:若無寡妻群盜則天下自一家,無容更議混。○不虞地之不廣,患民之難保也。民生困窮,不爲盜則爲寡,果無此患,則天下已自混一也。

《登樓》

“錦江春色來天地。”澤堂曰:“來天地”猶言春色來自天地也。“錦江春”即天地一氣,此不易之序也。

“玉壘浮雲變古今。”澤堂曰:玉壘雲自多變幻,以喻朝廷不改而盜賊數起也。末則暗結此意。

“花近高樓傷客心,萬方多難此登臨。錦江春色來天地,玉壘浮雲變古今。北極朝廷終不改,西山寇盜莫相侵。可憐後主還祠廟,日暮聊爲梁甫吟。”澤堂曰:花近高樓可以悦目,今反傷心者,以萬方多難故爾。“春色”一句接“花近”意,“浮雲”一句接“多難”意,“北極朝廷”接“來天地”,“西山寇盜”接“變古今”,此是一篇語脉妙處,末句無限感慨又申傷心之意。

"可憐後主還祠廟,日暮聊爲梁甫吟。"澤堂曰:言以劉禪之庸主久保蜀地,後世至祠廟,此用諸葛之功也。今雖多難,若用賢爲治,則時君豈是後主譬也? 所以吟梁甫而恨己不見用也。

《過南鄰朱山人水亭》

"小水細通池。"澤堂曰:一作"曲水細通池"。

《過故斛斯校書莊二首》

"竟無宣室召,徒有茂陵求。"澤堂曰:雅語恨意。

"空餘繐帷在,浙浙野風秋。"澤堂曰:此尤可慟。

《寄邛州崔録事》

澤堂曰:柬寄之作,直致平説而自有紆餘曲折,別是一體,它作同。

《寄司馬山人十二韻》

"望雲悲轗軻,畢景羨沖融。"澤堂曰:望仙雲而悲身世坎軻,畢短景而羨仙氣沖融。

"相哀骨可換,亦遣馭清風。"澤堂曰:亂世形役非所之矣,不但願換骨延年,且欲馭風遠逝不蹈禍患也。

《贈王二十四侍御契四十韻》

"敗亡非赤壁。"澤堂曰:言其碌碌奔邅但偷生避地,非如豪傑之士爭霸見敗也。三注皆失。

"偶然存蔗芋。"澤堂曰:存者必有來歷,如交道之比。

"女長裁褐穩,男大卷書勻。"澤堂曰:所卷之書相同,與"裁褐"爲對。

"休作畫麒麟。"澤堂曰:作字甚好,無之而爲有之狀可想。

《別唐十五誡因寄禮部侍郎賈》

"相視髮皓白,況難駐羲和。"澤堂曰:此句似重複説。

"多虎信所過。"澤堂曰:多虎則任其經過,甚之之辭。

"白馬金盤陀。"澤堂曰:杜《魏將軍歌》"星纏寶校金盤陀"與此"盤陀"同,疑馬韉之類。

卷 十 四

《長吟》

"江飛競渡日,草見踏青心。"澤堂曰:競渡則覺日忙如飛,於草見踏青人之心,語勢如復見天地之心。

"真爲爛熳深。"澤堂曰:爛熳猶言闌珊也。非獨興深疏懶如此。

“賦詩新句穩,不覺自長吟。”澤堂曰:句穩、長吟便是寡和獨喜之意,非如簡齋“一一入吾詩”之類,此乃深識詩趣。

《韋諷録事宅觀曹將軍畫馬圖引》

“盤賜將軍拜舞歸,輕紈細綺相追飛。”澤堂曰:盤疑“頒”字,“輕紈細綺”加賜物也。

“其餘七匹亦殊絶,迥若寒空動烟雪。”澤堂曰:良馬不但骨法入相要須取其神逸之姿,所謂若滅若没者最難見,如老杜“迥立生風”、“寒空烟雪”、“清高深穩”等句皆以神不以形也。

《送韋諷上閬州録事參軍》

“必若救瘡痍,先應去蟊賊。”澤堂曰:名言。

“揮泪臨大江,高天意凄惻。”澤堂曰:悲慨動天,天亦凄惻。

“行行樹佳政,慰我深相憶。”澤堂曰:“深”誠粗語,直致輸寫若無難者,至末結二句尤屬宛轉,思致凄然,此其不可及處。

《丹青引贈曹將軍霸》

“富貴於我如浮雲。”澤堂曰:用聖語不覺,凡近此可爲法。

“英姿颯爽來酣戰。”澤堂曰:自戰而來。

“斯須九重真龍出,一洗萬古凡馬空。”澤堂曰:山谷亟稱此句,以爲“句法如此,今誰工”,蓋詩法所自。

“至尊含笑催賜金,圉人太僕皆惆悵。”澤堂曰:釋之太深。

“途窮反遭俗眼白。”澤堂曰:阮籍以白眼視俗人,今俗人當爲曹白眼所視,而反遭其猜,爲最窮困也。

《寄李十四員外布十二韻》

“正是炎天闊,那堪野館疏。”澤堂曰:炎日長而館次疏,不得少憩就蔭也。

“直作移巾几,秋帆發弊廬。”澤堂曰:正當移巾几之時,則舟行已發荆門矣。

《寄董卿嘉榮十韻》

“海内久戎服,京師今晏朝。”澤堂曰:時亂如此,百僚不恪,至於晏朝。譏諷之辭。

《青絲》

“不聞漢主放妃嬪,近静潼關掃蜂蟻。”澤堂曰:内修外攘之意。

《楊(揚)旗》

“材歸俯身盡,妙取略地平。”澤堂曰:揚旗之法,俯身略地最難。

“三州陷犬戎,但見西嶺青。”澤堂曰:西嶺下縣邑多陷没,但遠見嶺色而已。

《立秋日雨院中有作》

　　“已費清晨謁，那成長者謀。”澤堂曰：似有不滿佐幕之意。

《院中晚晴懷西郭茅舍》

　　“葉心朱實堪時落。”澤堂曰：可堪落時落也。

　　“階面青苔先自生。”澤堂曰：風清故果落，雨過故苔生，當接上句看。

　　“復有樓臺銜暮景，不勞鍾鼓報新晴。”澤堂曰：夕陽照樓可占晴景，鍾鼓非報晴也。晴則金革饗發，唐詩云：“鼓響已知晴”。

《到村》

　　“秋沙先少泥。”澤堂曰：秋沙本净，多雨不嫌生泥也。○先，去聲。

　　“蛟龍引子過，荷芰逐花低。”澤堂曰：龍過荷倒皆溪漲後景。

　　“稻粱須就列，榛草即相迷。”澤堂曰：爲禄而從事，不免榛草迷徑也。

《村雨》

　　“挈帶看朱紱，開箱睹黑裘。”澤堂曰：雖爲雨故撿視，亦眷戀雞筋，自傷之辭。此句料理行藏，似淺而有深意。

　　“世情只益睡。”澤堂曰：與“憶渠愁只睡”同意。

　　“松菊新霑洗，茅齋慰遠遊。”澤堂曰：可慰者特此。

《遣悶奉呈嚴公二十韻》

　　“黄卷真如律。”澤堂曰：律即如律令之律，不能釋手也。

　　“束縛酬知己，蹉跎效小忠。”澤堂曰：亦不自得展之意。

　　“周防期稍稍，大簡遂忽忽。”澤堂曰：稍稍學周防，而以大簡之性遂入忽忽中，亦不得意。

《送舍弟穎赴齊州三首》

　　“短衣防戰地。”澤堂曰：短衣戰服爲在戰地有所防備也。

　　“莫作俱流落，長瞻碣石鴻。”澤堂曰：莫爲流落，長見碣石鴻歸也。

《嚴鄭公階下新松得霑字》

　　“弱質豈自負，移根方爾瞻。細聲聞玉帳，疏翠近珠簾。”澤堂曰：渠非自可，至於移根近於簾帳，然後乃得人瞻望也。此乃杜自喻依嚴公也。

《嚴鄭公宅同詠竹得香字》

　　“風吹細細香。”澤堂曰：凡物皆有聲、色、臭、味，不必芝蕙。但潔而可嗅者皆泛稱香，如此等是也。

《奉觀嚴鄭公廳事岷山沱江畫圖十韻得忘字》

　　“拂黛石蘿長。”澤堂曰：拂拭之黛。

　　“暗谷非關雨，丹楓不爲霜。”澤堂曰：七句字字著畫意，此難於他作者。

"秋成玄圃外,景物洞庭傍。"澤堂曰:玄圃、洞庭非岷沱之景而似之,亦畫意也。

"從來謝太傅,丘壑道難忘。"澤堂曰:末句方指中丞。

《晚秋陪嚴鄭公摩訶池泛舟得溪字》

"高城秋自落,雜樹晚相迷。"澤堂曰:城上草蕪,逢秋爭禿。

《陪鄭公秋晚北池臨眺》

"杯酒霑津吏,衣裳與釣翁。"澤堂曰:此一句必即事述之。

"何補參軍乏。"澤堂曰:何益於參佐承乏耶?

《初冬》

"干戈未偃息,出處遂何心。"澤堂曰:出處之間以何心遂之,以干戈故恐出處俱乖。此悲痛之辭。

《至後》

"青袍白馬有何意。"澤堂曰:青袍白馬指盜賊縱橫中原也。

"梅花欲開不自覺。"澤堂曰:人自不覺。

《觀李固請司馬弟山水圖三首》

"貪看絶島孤。"澤堂曰:以仙故貪看島也。

"高浪垂翻屋。"澤堂曰:垂,幾也。

"紅浸珊瑚短。"澤堂曰:紅漸入也。

"浮查並坐得,仙老暫相將。"澤堂曰:亦皆畫意,同前十韻法。

《哭台州鄭司户蘇少監》

"存亡不重見,喪亂獨前途。"澤堂曰:二人不可再遇,前途喪亂我獨見之。

"羈遊萬里闊。"澤堂曰:自喻。

"白日中原上。"澤堂曰:蘇歿于長安。

"清秋大海隅。"澤堂曰:鄭歿於海上。

"夜臺當北斗。"澤堂曰:指蘇。

"泉路指東吳。"澤堂曰:指鄭。

"得罪台州去。"澤堂曰:鄭。

"移官蓬閣後。"澤堂曰:蘇。

"流慟嗟何及。"澤堂曰:悼蘇。

"銜冤有是夫。"澤堂曰:悼鄭。

"道消詩發興。"澤堂曰:以下追叙平生。

"嵇阮逸相須。"澤堂曰:嵇、阮二人以逸氣相待。

"勝決風塵際,功安造化爐。"澤堂曰:勝決二句乃期待之詞,或謂登廟堂、決勝立功皆偶然耳。

　　“從容詢舊學，慘澹閟陰符。”澤堂曰：言昔嘗詢學於二公，今已閟陰符矣。

　　“飄零迷哭處，天地日榛蕪。”澤堂曰：干戈日加梗塞，更無吊哭之處。

《去矣行》

　　“未試囊中湌玉法，明朝且入藍田山。”澤堂曰：試，唐板作“識”。

《正月三日歸溪上有作簡院內諸公》

　　“藥許鄰人劚，書從稚子擎。”澤堂曰：景物如許，不早歸見，藥則鄰人劚之，書則稚子擎之，以此身在幕府故也。

《營屋》

　　“我有陰江竹。”澤堂曰：陰與蔭通。

　　“陰通積水內，高入浮雲端。”澤堂曰：陰氣則通於積水，而其高入於雲端。

　　“草茅雖薙葺，衰疾方少寬。”澤堂曰：雖字恐作“須”爲的。

《奉寄高常侍》

　　“總戎楚蜀應全未。”澤堂曰：總戎楚蜀猶未爲功名之盛，言其飛騰不止於此也。

《春日江村五首》

　　“乾坤萬里眼，時序百年心。”澤堂曰：遠遊之目，衰年之恨。

　　“過懶從衣結。”澤堂曰：過，甚也。

　　“群盜哀王粲，中年召賈生。”澤堂曰：並自喻。

《春遠》

　　澤堂曰：遠亦深晚之意。

《暮登四安寺鍾樓寄裴十迪》

　　“知君苦思緣詩瘦，太向交遊萬事慵。”澤堂曰：末句有招致之意。

《絕句三首》

　　“都將百年興，一望九江城。”澤堂曰：遠意雄暢。

　　“移船先主廟，洗藥浣花溪。”澤堂曰：閑事有致。

　　“謾道春來好，狂風太放顛。吹花隨水去，翻却釣魚船。”澤堂曰：即事率題，奇拔。

《楠木爲風雨所拔嘆》

　　“滄波老樹性所愛，浦上童童一青蓋。”澤堂曰：性本愛著滄波老樹，而此楠適在浦上，所以愛惜也。

　　“虎倒龍顛萎榛棘。”澤堂曰：意必有指，謂之比嚴則未可知。

《喜雨》

“巴人困軍須,慟哭厚土熱。”澤堂曰:困於軍需,又哭旱災。

《宿青溪驛奉懷張員外十五兄之緒》

“月明遊子静,畏虎不得語。”澤堂曰:此實景語,非奸賊在傍偵伺是畏。

“中夜懷友朋,乾坤此深阻。”澤堂曰:乾坤之内此地最深,中夜思之尤杳然。

“浩蕩前後間,佳期付荆楚。”澤堂曰:流離前後不得相見,只相遇荆楚是佳期也。

《狂歌行贈四兄》

“男啼女哭莫我知,身上須繒腹中實。”澤堂曰:言衣食自饒,不知我曹男女飢寒之故也。

“嘉州酒重花繞樓。”澤堂曰:“酒重”字甚新,言味厚也。

“啾啾唧唧何爲人?”澤堂曰:彼營營啾唧者何人哉?

《喜雨》

“林花潤色分。”澤堂曰:“亭午未全分”注,趙注以“一半未分”解之,則此“分”字同解,言花得雨而色分别也。

《渝州候嚴六侍御不到先下峽》

“留眼共登臨。”澤堂曰:經過雖有先後,登臨賞覽則共之也。

《撥悶》

澤堂曰:題意甚稱。

“下峽銷愁定幾巡。”澤堂曰:當得幾番消愁耶?

“已辦青錢防雇直。”澤堂曰:防,準備也。

《宴忠州使君侄宅》

“昔曾如意舞,牽率强爲看。”澤堂曰:舊則自爲醉舞,今則牽率坐看他人之舞,衰甚也。

《禹廟》

“早知乘四載。”澤堂曰:曾知禹功如此矣,以見祠廟荒凉之可悲也。

《哭嚴僕射歸櫬》

“天長驃騎營。”澤堂曰:歸櫬之後,蜀都遥遠,但天長而已。

《放船》

“已泊城樓底,何曾夜色闌。”澤堂曰:水急行疾不待夜泊。

《旅夜書懷》

“名豈文章著,官應老病休。”澤堂曰:名則豈以文章而顯乎?官則以老病而合休也。

卷 十 五

《茅屋爲秋風所破歌》

“嬌兒惡臥踏裏裂。”澤堂曰：惡臥言蹴踏不穩也。

《雲安九日鄭十八攜酒陪諸公宴》

“地偏初衣袷，山擁更登危。”澤堂曰：地偏而不及造衣，九月方袷服，山擁爲嫌，更登險峻，皆不平之意。

《雨》

“不可無雷霆，間作鼓增氣。”澤堂曰：《易》曰“鼓之以雷霆，潤之以風雨”，言雷霆亦增人物之生氣也。

“仿佛見滯穗。”澤堂曰：如見秋稼。

《長江二首》

“歸心異波浪，何事即飛翻。”澤堂曰：恨不如波浪之飛翻也。

“衆流歸海意。”澤堂曰：同上意。

“未辭添霧雨，接上遇衣襟遇當作過。”澤堂曰：水氣已過衣上，不辭霧雨沾濕者以此也。

《奉漢中王手札》

“峽險通舟過，江長注海奔。”澤堂曰：通舟僅過之意。

“朝傍紫微垣。”澤堂曰：朝會當傍紫微。

“犬馬誠爲戀，狐狸不足論。”澤堂曰：必有指。

《石硯》

“聯坳各盡墨，多水遞隱見。”澤堂曰：兩坳水互隱見注墨，此是別製，不知如何。

《三韻三篇》

澤堂曰：唐中葉多權要，杜公骯髒常不遇，此作不知何時爲何人作也，必欲牽合以實之則謬。

《諸將五首》

“漢朝陵墓對南山，胡虜千秋尚入關。”澤堂曰：園陵有神，胡虜再入乃將帥之罪也。

“昨日玉魚蒙葬地，早時金碗出人間。”澤堂曰：早時、昨日言封陵不久而見掘。

“見愁汗馬西戎逼，曾閃朱旗北斗閑。”澤堂曰：西戎方逼，厭見汗馬，仍憶昔日都城軍容之盛也。○閃作殷爲宜，如《後漢書》“朱旗絳天”，言能使北斗色殷也。閑字沒意義，過幔之“閑”字亦非，一本作“過閑幔”，正與“下急湍"作對,意境亦的。"閑"字乃詩家恒用,不應全集只見二字,舊説稱避諱者良是。

"多少材官守涇渭。"澤堂曰:守渭軍亦多。

"龍起猶聞晉水清。"澤堂曰:肅宗即位,黄河清三十里。晉陽乃唐業所自起也。

"諸君何以答升平。"澤堂曰:致升平以報答也。

"殊錫曾爲大司馬,總戎皆插侍中貂。"澤堂曰:字對。

"錦江春色逐人來,巫峽清秋萬壑哀。"澤堂曰:人指嚴武,武來時春色亦好,武卒而巫峽清秋尤覺哀愴,此即雪山輕重之義。注非。

"軍令分明數舉杯。"澤堂曰:軍令分明不妨舉杯之頻數。

《承聞故房相公靈櫬自閬州啓殯歸葬東都有作二首》

"一德興王后,孤魂久客間。"澤堂曰:後非後裔之後也,言房公以一德輔佐中興之後,貶謫遠方以卒,兹爲久客孤魂也。

"江漢忽同流。"澤堂曰:逝者如斯云爾,非指所經也。

《別常徵君》

"故人憂見及。"澤堂曰:見常君憂及於我。

"此別泪相忘。"澤堂曰:不自知泪下,非無泪也。

《近聞》

"似聞贊普更求親,舅甥和好應難棄。"澤堂曰:諷詞。

《遣憤》

"莫令鞭血地,再濕漢臣衣。"澤堂曰:鞭血地恐別有所指,若謂是禁中則粗惡矣。或云收京後,葉護爭廣平見禮鞭殺從臣,指此事似是。

《鄭典設自施州歸》

"翩翩入鳥道,庶脱蹉跌厄。"澤堂曰:注意似是。蓋施州路險,此詩以冒險爲主,而言忽及車馬,似因此起喻。

《寄裴施州》

"幾度寄書白鹽北,苦寒贈我青羔裘。"澤堂曰:此杜句法,結句亦然,無此二句則便是昌黎體也。

"將老已失子孫憂,後來況接才華盛。"澤堂曰:得裘暖老,子孫不憂,況接才華於書札中乎? 此句乃總結上句寄書贈裘兩意。

《荆南兵馬使太常卿趙公大食刀歌》

"玄冬示我胡國刀。"澤堂曰:玄冬字重。

"鐫錯碧罌鸊鵜膏。"澤堂曰:碧罌所盛膏也。

"芮公回首顔色勞。"澤堂曰:以趙公賢豪故芮爲之回首。

“攬環結佩相終始。”澤堂曰：以劍誓心。

“得君亂絲與君理。”澤堂曰：高勃海令諸兒各理亂絲以觀之，佯抽刀斷之，曰：“亂者當斬。”黄山谷詩云：“理君亂絲須孟勞。”皆用高語。孟勞，劍名也。

“用之不高亦不庳，不似長劍須天倚。”澤堂曰：直斬其腰領不高不卑，非如長劍倚天爲大而已。

《王兵馬使二角鷹》

“回風陷日孤光動。”澤堂曰：日光入江、風來蕩搖之狀。

“二鷹猛腦緤徐墜。”澤堂曰：猛腦昂聳而足且未動，故云“緤徐墜”。徐，緩弛之貌，此鷙鳥將舉之時也。

“將軍勇銳與之敵。”澤堂曰：以禽比人。

“敢決豈不與之齊。”澤堂曰：以人比禽。

《奉賀陽城郡王大夫人恩命加鄧國大夫人》

“芬芳孟母鄰。”澤堂曰：《滕王閣序》“接孟氏之芳鄰”，芳字疑有所據。

“委曲承顔體。”澤堂曰：孝。

“騫飛報主身。”澤堂曰：忠。

《冬深》

“花葉隨天意。江溪共石根。早霞隨類影。”澤堂曰：因氣凋落，花葉已盡，江與溪只見石根也；霞光得寒氣而淡泊著，如光影之薄，言難捉定也。○隨字不應對叠，恐“須”字之轉。

“易下楊朱泪，難招楚客魂。”澤堂曰：困於道路同楊朱下泣；楚地無可觀，難以招魂。

《將曉二首》

“軍吏回官燭。”澤堂曰：軍吏持官燭回去也。

“落月去清波。”澤堂曰：去字言相去不遠，如“齊師違穀七里，非背而去之”之謂也。“去”字最善形容落月下江之狀。“宮雲去殿低”之“去”字同此。

《十二月一日三首》

“新亭舉目風景切。”澤堂曰：切猶“傷心切骨”之切，風景切於心目。

“新亭舉目風景切，茂陵著書消渴長。”澤堂曰：二句皆自譬。

“春花不愁不爛熳，楚客唯聽棹相將。”澤堂曰：豈無好花，楚客但聽歸棹而欲相隨而去也。

“即看燕子入山扉，豈有黄鶯歷翠微。”澤堂曰：“即看”猶行且見之，“豈有”猶豈不有也。三、四蒙上句，皆將然之辭。

“春來準擬開懷久，老去親知見面稀。”澤堂曰：準擬、親知皆假對。

《立春》

“巫峽寒江那對眼，杜陵遠客不勝悲。”澤堂曰：言巫峽江水何以在眼中耶？如舉目有江河之異。

《懷錦水居止二首》

“天險終難立，柴門豈重過。”澤堂曰：賊必不得立於天險，豈復有經過柴門之便耶？

“遠逗錦江波。”澤堂曰：逗，迎而止之之意，李賀詩“石破天驚逗秋雨”。

《老病》

“藥殘他日裏。”澤堂曰：殘，餘也；他日，前日也。

“合分雙賜筆，猶作一飄蓬。”澤堂曰：非“偶”則“一”字不襯。

《雨》

“輕箑煩相向，纖絺恐自疑。”澤堂曰：春雨太早，扇絺似非其時。又恐巫山行雨兼催秋悲也，皆言春雨凄凉之意。

《子規》

“蕭蕭夜色凄。”澤堂曰：能令夜色凄凉也。

《水閣朝霽奉簡嚴雲安》

“丸藥流鶯囀。”澤堂曰：鶯囀日清正宜丸藥。

“晚交嚴明府，知此數相見。”澤堂曰：以上歷叙水閣勝狀，蓋欲嚴君更來相訪。

《往在》

“鏡奩換粉黛，翠羽猶葱朧。”澤堂曰：鏡奩則遞換粉黛，事亡如事存；翠羽則猶不改舊而每爲胡狄所污，爲可痛也。

“罘罳行角弓。”澤堂曰：“罘罳”字從網，文疑護雀者是，但唐文宗甘露之變決殿后，罘罳入宮則不但榱桷有之。

“安得自西極。”澤堂曰：以下至“開愁容”皆祝望期待之辭。

“歸號故松柏。”澤堂曰：號，泣也。

《客居》

“峽開四千里，水合數百源。”澤堂曰：質俚。

《客堂》

“舊疾廿載來，衰年得無足。”澤堂曰：衰年只得舊疾，此亦足矣。

“上公有記者，累奏資薄禄。”澤堂曰：公雖爲尚書郎，不能入朝。

《贈鄭十八賁》

“遭亂意不歸。”澤堂曰：“意”字生，恐“竟”字之誤。

《別蔡十四著作》

“積水駕三峽，浮龍倚長津。”澤堂曰：舟也。

“揚舲洪濤間，仗子濟物身。”澤堂曰：暗使婁師德事。

《寄韋有夏郎中》

“早作取平塗。”澤堂曰：作猶爲也。

“爲僚記腐儒。”澤堂曰：甫亦省郎，故稱爲僚。

《杜鵑行》

“搶佯攛掞雌隨雄。”澤堂曰：“佯”疑與“攘”同，跳竄之狀。

澤堂曰：上篇言群鳥尊崇哺食，此又云云，皆有隱意。豈上篇比幸蜀，中篇比興廢，下篇比南內耶？所謂“蜀人聞之皆起立”極有語意。三篇決非詠物等閑之作也。其謂南內事者近之。

卷　十　六

《八哀詩并序》

澤堂曰：八詩一時作無疑。

澤堂曰：贈職者稱“贈”，謂之“贈”則故可知也。無贈者稱“故”，今時亦然，何誤之有？

《八哀詩·贈司空王公思禮》

“貫穿百萬衆，出入由咫尺。”澤堂曰：穿過敵衆，其間咫尺而能由之而行。

“蕭蕭自有適。”澤堂曰：蕭敬而自適，無拘束之義。

“元帥見手格。”澤堂曰：爲賊手格而被俘。

“肅宗登寶位，塞望勢敦迫。”澤堂曰：強解。

“際會清河公。”澤堂曰：際會猶會遇。

“天子拜跪畢，讜議果冰釋。”澤堂曰：琯以思禮失律非其罪，救解得釋。

《八哀詩·故司徒李光弼》

“異王册崇勳，小敵信所怯。”澤堂曰：諸侯位重不敢輕與小寇搦戰，所以怯也。

“内省未入朝。”澤堂曰：内省咎愆，未得入朝。

《八哀詩·贈左僕射鄭國公嚴公武》

“飛傳自河隴，逢人問公卿。不知萬乘出，雪涕風悲鳴。”澤堂曰：時武適乘傳自河隴來，聞天子蒙塵，逢人訊問，繼之涕泣也。注多失次。

“匡汲俄寵辱。”澤堂曰：甫曾以汲直比武，此句突起順接，得叙事體。批以爲不倫，何耶？

“匡汲俄寵辱，衛霍竟哀榮。”澤堂曰：此十字道盡武平生哀榮，是生死語，非如注意。

“四登會府地。”澤堂曰：此下再叙所歷。

“豈無成都酒，憂國只細傾。”澤堂曰：悲婉有體。

“時觀錦水釣，問俗終相並。”澤堂曰：無非事者。

“以兹報主願，庶或裨世程。”澤堂曰：猶言世道。

《八哀詩·贈太子太師汝陽王璡》

“色映塞外春。”澤堂曰：和雅之色照映于遠也。

“上又回翠麟。”澤堂曰：“公又大獻捷”同此法。

“水有在藻鱗。”澤堂曰：舉魚而概獸。

“好學尚貞烈，義形必霱巾。”澤堂曰：王好學而尚節義，見古人貞烈必義形於色也。

“何以慰我悲，泛舟俱遠津。”澤堂曰：見漢中庶慰吾悲，又俱在遠津不得相見。

《八哀詩·贈秘書監江夏李公邕》

“森然起凡例。”澤堂曰：起，創造也。

“浩劫浮雲衞。”澤堂曰：級謂之劫，必有所自。

“跋涉曾不泥。”澤堂曰：泥，滯也。

“終悲洛陽獄，事近小臣斃。”澤堂曰：讒訴之狀。

“易力何深嚌。”澤堂曰：一釋自己力易適人，豈爲人深嚌？一釋此人易爲力，豈不能制之而爲此深嚌之計耶？謂之張易之力者，亦不至太無理。

“論文到崔蘇。”澤堂曰：此以下至“曠懷歸氛翳”皆與邕論當代之文者。

“近伏盈州雄，未甘特進麗。是非張相國，相拒一危脆。爭名古豈然，鍵捷欵不閟。”澤堂曰：深伏盈州之雄偉，未許特進之綺麗。又與之論張相國之文，相與扼持。一，不勝也。蓋邕與説同時爭名，故聽人言不入，如關鍵之不合也。

“例及吾家詩。”澤堂曰：每論甫祖父之詩，則無復拘礙，坦懷許之也。

“哀贈竟蕭條。”澤堂曰：蕭條言不甚崇貴也。

《八哀詩·故秘書少監武功蘇公源明》

“制可題未乾。”澤堂曰：今以判下文字，謂之“教可”亦此類也。

“乙科已大闡。”澤堂曰：闡，開也，揭示也。

“文章日自負，槖吏亦累踐。晨趨閶闔内，足踏宿昔趼。”澤堂曰：自槖吏趨走供仕，足已胝趼，皆淹滯勞碌之狀。

“虞庭悲所遣。”澤堂曰：虞庭爲遣悲處。

“垂之俟來者，正始貞勸勉。”澤堂曰：言其立言玄妙，非衆人所及也。注説不近。

“不要懸黃金，胡爲投乳贊。”澤堂曰：意與“反爲後輩褻”相串言。源明本不要貴顯，而憎嫉者何忍投之死地耶？意當時有妒才而欲害之者矣。

“滎陽復冥寞。”澤堂曰：言鄭則必舉蘇，言蘇則必舉鄭，豈文學出處相符耶？

“始泰則終蹇。”澤堂曰：始泰者，肅宗初恢復，源明亦升擢也；終蹇者，長安大飢，源明以飢疫死。所謂“移官蓬閣後，穀貴歿潛夫”是也。

《八哀詩·故著作郎貶台州司户滎陽鄭公虔》

“子雲窺未遍，方朔諧太枉。”澤堂曰：言虔之所學。九流之學乃揚雄之所未窺，比之方朔，其恢諧似枉。枉，不直也，虔則有東方之博而無是也。

“點染無滌蕩。”澤堂曰：此言虔不免點染，而未蒙蕩滌大恩也，其袞鉞亦不苟。

“不見杏壇丈。”澤堂曰：函丈之丈耶？

“秋色餘魍魎。”澤堂曰：秋色猶留魍魎荒寒之鄉。

“詞場竟疏闊，平昔濫推獎。”澤堂曰：謙言己詞業自疏，濫被鄭之推獎云。

《八哀詩·故右僕射相國公張九齡》

“退食吟大庭，何心記榛梗。”澤堂曰：張公風度、文學一世所推仰，識禄山事自是朝廷奏判中一節，當時必不以此藉甚，故他人詩文亦少及之，只史記傳之耳。記述之難蓋如此，不獨杜公失之。

“右地惡多幸。”澤堂曰：以右丞相罷，故謂之右地也。以免禍爲幸，以自便爲惡也。

“詩罷地有餘，篇終語清省。”澤堂曰：善形容。

“波濤良史筆。”澤堂曰：如金鑒錄便是。

“波濤良史筆，蕪絶大庾嶺。向時禮數隔，制作難上請。再讀徐孺碑，猶思理烟艇。”澤堂曰：此注似近之矣。但“良史”一句乃叙張公終身之語，若無此句則似爲生人而作。以文勢推之，則張公歸老遽卒，良史之文從此蕪絶，亦非謂泯滅不傳，但不復制作則便是蕪絶也。下句云向以禮數之隔不得請公之制作，今欲再讀徐碑思理烟艇，此又非謂往吊張曲江也，杜少時南遊嘗讀此碑，故再欲見之也。

《移居夔州郭》

“春知催柳別。”澤堂曰：春催柳色與人作別。

"江與放船清。"澤堂曰：與，爲也。江爲放船更清。

"山光見鳥情。"澤堂曰：於山光見鳥之欣悦之情。

"禹功饒斷石，且就土微平。"澤堂曰：禹饒留斷石，故欲就平土也。

《船下夔州郭宿雨濕不得上岸別王十二判官》

"勝地石堂烟。"澤堂曰：烟或作"偏"，恐是。

"柔櫓輕鷗外。"澤堂曰：柔櫓，輕艣也。

《上白帝城》

"城峻隨天壁。"澤堂曰：天壁猶言天塹，非指壁星也。"束得平崗出天壁"亦爲白帝城作。

"老去聞悲角，人扶報夕陽。"澤堂曰：老聞悲角與扶病立時又報夕陽，皆蕭索悲凉之意。

"躍馬意何長。"澤堂曰：結以躍馬亦自愧摧頹之意。

《謁先主廟》

"力侔分社稷，志屈偃經綸。"澤堂曰：智力相侔，故鼎足之形成。

"復漢留長策。"澤堂曰：留長策即不得自施留付後人之意。

"霸氣西南歇。"澤堂曰：漢高起於西南，後主亡於西南，殆運數之終乎？

"閭閻兒女换，歌舞歲時新。"澤堂曰：曰换曰新，便别古今。

"孰與關張並孰一作勢。"澤堂曰：若勢則易解矣，但韻不響。

"孰與關張並，功臨耿鄧親。"澤堂曰：言非諸葛則誰與關張並乎？其功固與耿、鄧近故也。

"應天才不小。"澤堂曰：言劉、葛之出實應天運，非小材也。批誠曲解。

"遲暮堪帷幄，飄零且釣緡。"澤堂曰：帷幄子房，釣緡太公，故是武侯輩行。

《武侯廟》

"遺廟丹青落，空山草木長。猶聞辭後主，不復臥南陽。"澤堂曰：無恨出處之感，不止傷其已死。

《贈崔三評事公輔》

"官聯辭冗長，行路洗欹危。"澤堂曰：評事本冗官，今有元戎辟命則可辭冗官矣。且自今脱免世俗撓攘之欹危。

"分軍應供給，百姓日支離。"澤堂曰：困惱之狀。

"公才或守雌。"澤堂曰：不得見用，甘守賤卑。

"復進出矛戟，昭然開鼎彝。"澤堂曰：復進取可以出戟於門，列鼎於家，爲大臣矣。

《曉望白帝城鹽山》

"紅遠結飛樓。"澤堂曰：樓之丹艧照耀也。

"日出清江望。"澤堂曰：日出而江望清明。江望如"楚望"、"樓望"。

《陪諸公上白帝城樓宴越公堂之上》

"落構垂雲雨,荒階蔓草茅。"澤堂曰：摧落之構,雲雨垂下;荒蕪之階,草茅蔓延也。

"英靈如過隙,宴衎願投膠。"澤堂曰：英靈亦易逝,可悲,且宜宴飲消遣。下句亦此意。

《白帝城最高樓》

"扶桑西枝封斷石,弱水東影隨長流。"澤堂曰：斷石、長流即峽景。謂與扶桑、弱水相接者,言樓之高可遠吞也。

"杖藜嘆世者誰子,泣血迸空回白頭。"澤堂曰："迸空"二字最奇,以其樓高故泪亦迸落於空中也。

《上白帝城二首》

"英雄餘事業。"澤堂曰：城是公孫事業之餘也。

"不是煩形勝,深慚畏損神。"澤堂曰：公詩云"形勝終難立",蓋形便之地多兵禍之虞也。

"後人將酒肉。"澤堂曰：不獨舟人祠之以一時,英雄而受民俗酒肉,亦辱矣。

"林花落又開。"澤堂曰：林花非一種,或落或開。

"騎馬入青苔。"澤堂曰："嗔余踏破青苔色"本此耶?

《古柏行》

"君臣已與時際會,樹木猶爲人愛惜。"澤堂曰：劉説極是,當換看。

"未辭翦伐誰能送。"澤堂曰：送於構厦之地。

卷　十　七

《負薪行》

"野花山葉銀釵並。"澤堂曰：以野花山葉並比於銀釵而爲首飾也。

《最能行》

"撇漩捎濆無險阻。"澤堂曰：撇之於漩洑之中,捎之於涯渚之間,左右刺船之狀。

"朝發白帝暮江陵,頃來目擊信有徵。"澤堂曰：此蓋古語,而今驗果然。

"歸州長年與最能。"澤堂曰：此中只有長年最能也。

"此鄉之人氣量窄,誤競南風疏北客。"澤堂曰：此鄉誤誇競南風疏其北人,此亦僻俗。

《遣悶戲呈路十九曹長》

"白鷺群飛太劇乾。"澤堂曰:鷺不畏濕,以乾爲戲。

《覽柏中丞兼子姪數人除官制詞因述父子兄弟四美載歌絲綸》

澤堂曰:絲綸即官制詞也。

"蜀中寇亦甚,柏氏功彌存。"澤堂曰:以僻邦而寇亂更甚,所以柏氏功名每立也。

"同心注師律。"澤堂曰:注心於師律也。

"絲綸實具載。"澤堂曰:已上所叙皆絲綸所載。

"聖主國多盗,賢臣官則尊。方當節鉞用,必絶褫浸根。"澤堂曰:以聖朝而多盗賊,宜有賢臣立功致位。然不可頻有此難,如柏公方當大用,必救殄亂萌,毋令多盗也。

"吾病日回首,雲臺誰再論。"澤堂曰:此公之所祝望,而雲臺誰當再論功者,有望柏氏特起者深矣。

《遣懷》

"黄金傾有無。"澤堂曰:傾黄金於朋友有無之間,言侈費也。

"百萬攻一城,獻捷不云輸。"澤堂曰:明皇時事如此,如雲南喪師不以聞是也。

"組練棄如泥,尺土負百夫。"澤堂曰:微文寓刺,與太史公《平準》等書相類。

"臨飧吐更食,常恐違撫孤。"澤堂曰:至情率語。

《王十五前閣會》

澤堂曰:一直説下如村老常談,此是大家格力。盧蘇齋一生做此,大開東國莽鹵之習,不容不戒。

《暮春》

"挾子翻飛還一叢。"澤堂曰:此注可怪。叢,水草叢茂處也。挾子翻飛又不過一叢,以喻己蜀峽遷次也。

《寄常徵君》

"萬事糾紛猶絶粒。"澤堂曰:唐時隱士皆服食求仙,李泌之類是也。

"一官羈絆實藏身。"澤堂曰:此言在塵務中猶學辟穀,官雖絆留而視爲藏跡之地,如大隱金門也。

"開州入夏知涼冷,不似雲安毒熱新。"澤堂曰:意常君得官在開州。

《園官送菜》

"畦丁負籠至,感動百慮端。"澤堂曰:注脚皆是,要之欠句眼。

《課伐木》

　　"青冥曾巓後。"澤堂曰：青冥，林木色。

《引水》

　　"斗水何直百憂寬。"澤堂曰：以斗水寬百憂，可知其窘悶也。

《信行遠修水筒》

　　"浮瓜供老病，裂餅常所愛。於斯答恭謹，足以殊殿最。"澤堂曰：瓜、餅
乃自好吃，而今以此二味酬其勤，足以明其殿最也。

　　"足以殊殿最。"澤堂曰：殊，辨明也。

　　"詎要方士符，何假將軍蓋。"澤堂曰：今人雖博學，往往不曉古人使事
者，由其所引書不行於世也，此"將軍蓋"必有所考，今亡矣。且"方士符"亦
未必是蘇耽事也。

《催宗文樹雞柵》

　　"避熱時來歸，問兒所爲跡。織籠曹其内，令人不得擲。"澤堂曰：乃催
敕之辭。

　　"應宜各長幼。"澤堂曰：接上句。

　　"倚賴窮歲晏，撥煩去冰釋。"澤堂曰：冬夜聞雞最醒耳，故言去之如
冰釋。

《示獠奴阿段》

　　"郡人入夜爭餘瀝，稚子尋源獨不聞。"澤堂曰：稚子遠尋水源，郡人不
得聞而爭取。

　　"病渴三更回白首，傳聲一注濕青雲。"澤堂曰：叙事中清邃奇拔。

《貽華陽柳少府》

　　"文章一小技，於道未爲尊。"澤堂曰：批語可發一笑。

　　"起予幸斑白。"澤堂曰：幸猶寵榮之也。

《覽物》

　　"舟中得病移衾枕。"澤堂曰：舟中得病緣風土惡也。

　　"幾時回首一長歌。"澤堂曰：言回首舊鄉，長歌思歸者今幾度耶？
注迂。

《憶鄭南玭》

　　"萬里蒼茫水，龍蛇只自深。"澤堂曰：末句自喻深遁如龍蛇，無由復到
舊遊地也。

《火》

　　"羅落沸百泓，根源皆萬古。"澤堂曰：泓之源皆萬古，今弗熱則火勢
可見。

“河棹騰烟柱棹一作淡。”澤堂曰：烟柱，烟氣直上如柱也。河棹未詳，疑“淡”字是。

“不見石與土。”澤堂曰：不字亦無解。

“爾寧要謗讟。”澤堂曰：遇旱焚山或有損害，當不免謗説。

“薄關長吏憂，甚昧至精主。”澤堂曰：薄關亦未的解，意謂薄少也。言此事少關於長吏憂旱之心，然昧於至精之理，徒事於末也。

“更深氣如縷。”澤堂曰：氣如縷，甫自謂。

《熱三首》

“被喝味空頻。”澤堂曰：飲食不知味。

《七月一日題終明府水樓二首》

“翛然欲下陰山雪，不去非無漢署香。”澤堂曰：愛此地清涼，故無往於漢署也。

“宓子彈琴邑宰日，終軍棄繻英妙時。承家節操尚不泯，爲政風流今在兹。”澤堂曰：上句接終軍，下句接宓子。

《七月三日亭午已後較熱退晚加小凉穩睡有詩因論壯年樂事戲呈元二十一曹長》

澤堂曰：蘇韻旁出太甚，杜或有之，乃通押，非雜押。韓詩自有法，或用古韻、用今韻之別耳。茗溪及評亦未大是。

《牽牛織女》

澤堂曰：此篇語多疏鹵，非得意者，而所論義理甚正，非他作所及。

“方圓苟齟齬，丈夫多英雄。”澤堂曰：此是倒説句，言丈夫固多英雄，若如方枘圓鑿則誠齟齬不合矣，況女子而可以希合如意耶？

《毒熱寄簡崔評事十六弟》

“開襟仰内弟，執熱露白頭。束帶負芒刺，接居成阻修。”澤堂曰：内弟指崔弟。言開懷思仰而不得見，方露頭而坐，不堪束帶就見，雖接居反如阻修也。

“短章達我心，理爲識者籌。”澤堂曰：此理當爲識者所籌度也。

《雨三首》

“佳客適萬里，沉思情延仁。”澤堂曰：此佳客適其時有相別者，故對雨興思耳。謂杜自喻者非。

“久陰蛟螭出，寇盜復幾許。”澤堂曰：天陰而蛟螭出，亦如世昏而盜賊多也。

“空山中宵陰，微冷先枕席。”澤堂曰：善描雨意。

“萬象萋已碧。”澤堂曰：萋，始盛貌。

"南防草鎮慘。"澤堂曰：慘,蕭索之意。

"群盜下避山。"澤堂曰：此所以有草鎮之慘。

《種萵苣》

"雨聲先已風。"澤堂曰：狀驟雨亦妙。

"因知邪干正,掩抑至沒齒。"澤堂曰：非實歷不知此句用深悲。

《晚晴》

"江虹明遠飲。"澤堂曰：遠飲亦明。

"峽雨落餘飛。"澤堂曰：雨晴而餘點猶飛。

《宿江邊閣》

"瞑色延山徑。"澤堂曰：延,因緣留著之狀。

"高齋次水門。"澤堂曰：次,當也。

《白鹽山》

"清秋萬估船。"澤堂曰：估字平音,疑賈字誤。

《灩澦堆》

"天意存傾覆,神功接混茫。"澤堂曰：舟行不謹則敗,此天意覆其傾也。神功即禹功,禹之功如造化混茫者相接,共爲生民之利云爾。坡賦之意則不及於禹也。

"干戈連解纜。"澤堂曰：以干戈故連行舟楫於此。

《瞿塘懷古》

"削成當白帝,空曲隱陽臺。"澤堂曰：高處齊白帝,曲處隱陽臺。

"疏鑿功雖美,陶鈞力大哉。"澤堂曰：畢竟禹之功不及於造化。

《黃草》

"莫愁劍閣終堪據。"澤堂曰：劍閣常爲奸雄所據,故憂之矣,今者松川已被圍,劍閣不可據也。

《陪柏中丞觀宴將士二首》

"無私齊綺饌,久坐密金章。"澤堂曰：上下皆綺饌,故云無私;坐久,故雖金章之貴却與親密。

"百戲後歌鐎。"澤堂曰：鐎歌疑饒歌之類。

《奉漢中王手札報衛侍御蕭尊師亡》

"一哀侵疾病,相識自兒童。"澤堂曰：一番哀悼遽侵我疾病,蓋以此二人自少時相識,情分舊故也。

《覽鏡呈柏中丞》

"膽銷豺虎窟,淚入犬羊天。"澤堂曰："豺虎窟"、"犬羊天"皆指關中陷於虜。"淚入"、"膽消"言畏懼思戀之意。

《聽楊氏歌》

“佳人絕代歌，獨立發皓齒。”澤堂曰：突兀無敵。

“響下青虛裏。”澤堂曰：歌之妙者如不自唇吻自空中來，此老於百技皆透妙處。

“江城帶素月。”澤堂曰：此倒句。

“玉杯久寂寞，金管迷宮徵。”澤堂曰：此注是。

卷　十　八

《秋日夔府詠懷奉寄鄭監李賓客一百韻》

“筋力妻孥問，菁華歲月遷。”澤堂曰：妻孥亦知筋力之衰而問之，歲月遷則菁華可知。

“登臨多物色。”澤堂曰：接上生下之句。

“陶冶賴詩篇。”澤堂曰：覽物賦詩如下句云云，正以慰亂離衰謝之懷也。

“峽束滄江起。”澤堂曰：束與起字形容峽勢甚的。

“拂雲霾楚氣。”澤堂曰：指古木。

“朝海蹴吳天。”澤堂曰：指滄江拂雲，朝海似是演上句義。吳楚非峽之界分而云然者，江勢之遠，峽形樹木之高也。

“喚起搔頭急。”澤堂曰：承上生下之句，以下自叙。

“扶行幾屐穿。”澤堂曰：扶行必非物名，則“喚起”不可如韓釋也。

“藥餌虛狼藉，秋風灑静便。”澤堂曰：即景。

“高宴諸侯禮，佳人上客前。”澤堂曰：平叙中著此語記即事，便是奇正相生法，不如此則與韓、白同調矣。

“吊影夔州僻，回腸杜曲煎。即今龍厩水，莫帶犬戎膻。”澤堂曰：聞法部舊曲而思杜曲，因思杜曲而思龍厩水染污戎膻，遂及肅、代中興事業，承接脉妙，其妙。

“莫帶犬戎膻。”澤堂曰：莫，疑辭。

“耿賈扶王室，蕭曹拱御筵。”澤堂曰：略舉中興輔佐。

“奴僕何知禮，恩榮錯與權。”澤堂曰：肅宗恢復後，禄山餘党尚在，必須征討底定而人心思息兵休民，代宗姑息，遂以賊將田、李之徒爲節度使，遂成藩鎮之權。此五六點綴，大概具見矣。

“胡星一彗字，黔首遂拘攣。”澤堂曰：此言代宗致吐蕃之亂，非指禄山。

詩本大曆初所作,不應倒錯禄山事於此。

"業成陳始王。"澤堂曰:此皆敘代宗經營中興事業,而遂以及鄭、李留滯之恨,非追敘肅宗也。

"側聽中興主,長吟不世賢。"澤堂曰:既有中興之主,宜得不世之賢。側聽者,疑信之辭;長吟者,鬱抑之意也。承上接下,沉著有意。

"音徽一柱數,道里下牢千。"澤堂曰:方入二子。

"置驛常如此,登龍蓋有焉。"澤堂曰:自喻獲交於二子。

"每欲孤飛去。"澤堂曰:引上生下。

"徒爲百慮牽。"澤堂曰:下皆自叙。

"富貴空回首。"澤堂曰:富貴不過回首望之,言非己有。

"囊空把釵釧,米盡拆花鈿。"澤堂曰:"補綻過膝"、"顛倒紫鳳"同此句格。

"敕厨唯一味,求飽或三鱣。"澤堂曰:或得腥味,皆兒輩自漁獵得之。

"兒去看魚笱。"澤堂曰:此極寒苦之意。

"雲臺終日畫,青簡爲誰編。"澤堂曰:國事如此,其艱危而雲臺録功不已,不知何以垂之竹帛耶?

"行路難何有,招尋興已專。"澤堂曰:復以交際言之。

"身許雙峰寺。"澤堂曰:子美欲往吳楚,故思托雙林也。

"安石名高晉,昭王客赴燕。"澤堂曰:自喻。

"爐峰生轉盻。"澤堂曰:生轉盻如言如在目中也。

"金篦空刮眼,鏡象未離銓。"澤堂曰:言入道之難也。

《存歿口號二首》

"玉局他年無限笑。"澤堂曰:對局笑語是前事也。

"天下何曾有山水,人間不解重驊騮。"澤堂曰:兩意一句貫説。

《送十五弟侍御使蜀》

"歸朝多便道,搏擊望秋天。"澤堂曰:速往任職。

《送李功曹之荆州充鄭侍御判官重贈》

澤堂曰:子美欲往荆州而生涯已晚,水國又秋,今使行雖光彩未免楚客之愁也。宋玉《招魂賦》"湛湛江水,上有楓林,目極千里傷春心",《楚辭》言楓始見於此。

《別崔潩因寄薛璩孟雲卿》

"夙夜聽憂主,飛騰急濟時。荆州遇薛孟,爲報欲論詩。"澤堂曰:疑湖南帥非正人,戒其久與處而有所染污,但聽其憂主之言,急其濟時之策而已。

《巫峽弊廬奉贈侍御四舅別之灃朗》

"傳語桃源客,人今出處同。"澤堂曰:亂世山林未必免於崎嶇,雖仕于城市亦無華腴,其寒苦不減山林也。

《壯遊》

"往者十四五,出遊翰墨場。斯文崔魏徒,以我似班楊。七齡思即壯,開口詠鳳皇。九齡書大字,有作成一囊。"澤堂曰:概言十四五已成文章,交遊朋友。而至舉七齡、九齡,則是倒叙前事。

"性豪業嗜酒,嫉惡懷剛腸。"澤堂曰:二句杜所自負者。

"王謝風流遠,闔廬丘墓荒。"澤堂曰:以下歷叙吳楚之遊。

"每趨吳太伯。"澤堂曰:謁廟也。

"歸帆拂天姥,中歲貢舊鄉。"澤堂曰:歸京師。

"放蕩齊趙間。"澤堂曰:以下歷叙山東之遊。

"快意八九年,西歸到咸陽。"澤堂曰:復歸京師。

"天子廢食召。"澤堂曰:得意語。

"群公會軒裳。"澤堂曰:得意失意之間。

"斑鬢兀稱觴。"澤堂曰:失意語。

"杜曲晚耆舊。"澤堂曰:耆舊而晚,則有逝者矣,此語甚悲。

"坐深鄉黨敬,日覺死生忙。"澤堂曰:坐而深鄉黨之尊敬,日覺死生之催也。

"朱門任傾奪,赤族迭罹殃。"澤堂曰:以下時事。

"禹功亦命子,涿鹿親戎行。"澤堂曰:肅宗未嘗親戎行,且以"亦"字觀之,則此"子"字指代宗明矣。

"上感九廟焚。"澤堂曰:唐立九廟是實事,非引譬也。

"小臣議論絶。"澤堂曰:見廢後事。

"之推避賞從,漁父濯滄浪。榮華敵勳業,歲暮有嚴霜。吾觀鴟夷子,才格出尋常。群凶逆未定,側佇英俊翔。"澤堂曰:此因上句避賞而言榮華勳業足以相當,但歲暮有敗傷之禍不得保其榮華,是以漁父有滄浪之濯,須如范蠡,既以國霸復能全身,乃爲出衆才格也。當今群凶未定,英俊當如范蠡出以濟世,未可先自遠避也。蓋代宗朝功臣多中宦寺之讒,故杜危之而有此句。"翔"字非遠去之義,乃望其出而翺翔也。

《白帝》

"白帝城中雲出門。"澤堂曰:言城高也。

"戎馬不如歸馬逸。"澤堂曰:"歸馬華山"之歸馬。

"哀哀寡婦誅求盡。"澤堂曰:盡,甚也。

《雨》

“萬木雲深隱,連山雨未開。”澤堂曰：峽中景。

“水鳥過仍回。”澤堂曰：乍過却回,以避雨勢。

“樵舟豈伐枚。”澤堂曰：言雨濕不得伐木也。

《雨晴》

“天路看殊俗。”澤堂曰：天路猶言仕路,言天路止於殊俗也。

“故國愁眉外,長歌欲損神。”澤堂曰：故國已在望外,欲長歌自遣則又欲損神,所謂甚於痛哭者。

《洞房》

“洞房環珮冷,玉殿起秋風。”澤堂曰：玄宗昇遐後想舊宮如此。

《宿昔》

“花驕迎雜樹。”澤堂曰：雜樹非惡木也,亦是外國異種,如葡、橘之屬。花開相向似相迎也。

《歷歷》

“臥病數秋天。”澤堂曰：數,計也。

《驪山》

“鼎湖龍去遠,銀海雁飛深。”澤堂曰：遊幸已絶而陵寢崇設。

“萬歲蓬萊日,長懸舊羽林。”澤堂曰：唯有蓬萊日懸於舊時羽林而已。

《偶題》

“後賢兼舊例。”澤堂曰：舊例總騷漢六朝而言。

“車輪徒已斫,堂構惜仍虧。謾作潛夫論,虛傳幼婦碑。”澤堂曰：子美以膳部之孫克承堂構,但不得好兒以傳其妙術,而閉門著論則世莫能知。碑雖傳,後未必如蔡女之能守也。

“虛傳幼婦碑。”澤堂曰：曹碑八字本曹操於蔡琰家見之,即中郎所傳也。

“緣情慰漂蕩,抱疾屢遷移。”澤堂曰：自抱疾遷移以下十句極言流離困蟄、嘆時懷舊、感憤無聊之意,所以緣情述事發之於詩聊以自慰,後不必傳,句不必佳也,此一篇大旨。

“南海殘銅柱,東風避月支。”澤堂曰：銅柱摧殘,南蠻梗矣;東風不競,月支强矣。

《送田四弟將軍歸夔州柏中丞命起居江陵節度陽城郡王衛公幕》

“起地發寒塘。”澤堂曰：起地猶云啓行處。發,水盛也,記所見。

《解悶十二首》

“溪女得錢留白魚。”澤堂曰：留而與人也。

“沈范早知何水部,曹劉不待薛郎中。”澤堂曰：別體句法。

卷　十　九

《哭王彭州》

"鸞鳳夾吹簫。"澤堂曰：此云鸞鳳必有彭之事實，如下又云"夫人先即世"可見也。豈彭妻或貴人公主家，或杜之親戚耶？

"叨陪幕府要。"澤堂曰：要，邀致接宴也。

"前籌多自假。"澤堂曰：假當作暇。

"隱几接終朝。"澤堂曰：交際未久也。

"之官方玉折，寄葬與萍漂。曠望渥洼道，霏微河漢橋。"澤堂曰：以在官逝歿，故不免寄葬，不得與夫人合葬，故有河漢之句。

《覆舟二首》

"丹砂同隕石，翠羽共沉舟。"澤堂曰：引事作句轉巧。

"龍居悶積流。"澤堂曰：悶，閉塞之意。此藥物積流於龍宮爲可悶。

"竹宮時望拜，桂館或求仙。"澤堂曰：微寓求仙致物之譏。

《峽口二首》

"開闢當天險。"澤堂曰：承上句，言此地自開闢而當天設之險也。

"防隅一水關。"澤堂曰：防隅猶關防，且一水關，其險可知。

《西閣二首》

"層軒俯江壁，要路亦高深。"澤堂曰：要路猶言要衝，杜屢用。

"消中得自由。"澤堂曰：以病閑。

"詩盡人間興。"澤堂曰：詩文須有一種好意見，雖花草妝綴、戲嘲閑漫，亦必有一般新意方可稱作者。杜詩用力皆在此，後之人不能加工者，以其好意已盡故也。

《社日二首》

"陳平亦分肉，太史竟論功。"澤堂曰：言陳平雖非正人，亦能分肉甚均，故太史公論載其佐漢之功。仍嘆己年老位卑而朝廷不念己功，使之流落也。

《江月》

"玉露團清影。"澤堂曰：露之清與月影團聚。如"竹光團野色"之"團"字也。

"燭滅翠眉顰。"澤堂曰：滅燭對月，正是顰蛾處。

《孤雁》

"望盡似猶見，哀多如更聞。"澤堂曰：十分精到。

《遣愁》

"養拙蓬爲户，茫茫何所開。"澤堂曰：茫茫，作客遼逖之意，言雖開户而靡所往也。

"漸惜容顏老，無由弟妹來。兵戈與人事，回首一悲哀。"澤堂曰：老別兄弟，此人之可傷者。

《夔府書懷四十韻》

"萍流仍汲引，樗散尚恩慈。"澤堂曰：言扈從肅宗，而得拜拾遺，此萍流而見汲引也。寓泊夔峽而尚爲省郎，是樗散而荷恩慈也。

"宗臣切受遺。"澤堂曰：親切受遺。

"田父嗟膠漆，行人避蒺藜。"澤堂曰：膠漆、蒺藜，皆言道途危險、盜賊連結也。

"總戎存大體。"澤堂曰：藩鎮之禍始此。

"降將飾卑詞。"澤堂曰：形容鋪叙嚴重有體。

"堯封舊俗疑。"澤堂曰：舜受堯命封十二山川，所謂堯封如"薊門何處覓堯封"是也。言民俗疑其封疆不下彼此久矣。

"不必陪玄圃，超然待具茨。"澤堂曰：不必陪侍朝列，但望具茨問道，如下句所言也。

"講殿闢書帷。"澤堂曰：書帷未必用故事，只如"經幄"、"經帷"便是。

"天憂獨在玆。"澤堂曰：言天子憂，不得如上句所云。

"答效莫支持。"澤堂曰：莫猶不得也。

"雲夢欲難追。"澤堂曰：欲追而不得也，或疑"欲"即"恐"字之誤。

"高枕虛眠晝，哀歌欲和誰。南宮載勳業，凡百慎交綏。"澤堂曰：此篇以己出處用捨間雜時事而言之，傷時危亂而不能救也。語雖相雜，意實相貫，讀者宜詳考。○言我則無事矣，凡百有功之人既畫像於雲臺，當慎於與敵交綏。如《壯遊》詩末句"側佇英俊翔"之意。

《十六夜玩月》

"關山隨地闊。"澤堂曰：點綴境界人事，不言月而月在其中，亦一變體。

《送覃二判官》

"餞爾白頭日，永懷丹鳳城。"澤堂曰：當老作別，送人戀闕。

《江上》

"勳業頻看鏡，行藏獨倚樓。時危思報主，衰謝不能休。"澤堂曰：勳名之事但臨鏡嘆老，行藏之道只倚樓望鄉，皆極無奈何之辭也，唯忠義之心不以老而懈。此下句正發五、六之奧意。

《戲寄崔評事表侄蘇五表弟韋大少府諸侄》

"隱豹深愁雨。"澤堂曰：言雨潦相阻如此。

"高樓憶疏豁，秋興坐氤氳。"澤堂曰：憶坐高樓疏豁而不可得，坐送秋興而已。

《西閣雨望》

“樓雨霑雲幔，山寒著水城。”澤堂曰：“山寒著水城”貼第二句，“樓雨”一句貼第三雨景，末句全。

“菊蕊凄疏開放。”澤堂曰：菊花稀疏開放，而雨從而沾濕，凄凉。

“松林駐遠情。”澤堂曰：松林有蒼遠之意，而雨又爲之淹住也。

《晚晴吳郎見過北舍》

“圃畦新雨潤，愧子廢鋤來。”澤堂曰：真鄰里相遺之詩。

“欲栖群鳥亂，未去小童催。”澤堂曰：鳥尋巢而亂，童畏暮而催。

《九日諸人集于林》

“九日明朝是。”澤堂曰：“明”字疑作“今”字爲是，編年此篇上有“明日重陽酒，相迎自醱醅”之句。

“賢客幸知歸。”澤堂曰：賢客指諸人，知歸言依歸來會於我家也。

《夜》

“南菊再逢人臥病，北書不至雁無情。”澤堂曰：倔强語。

《秋日寄題鄭監湖上亭三首》

“碧草違春意。”澤堂曰：奇。

“磨滅餘篇翰。”澤堂曰：接上句。○古人已磨滅，只有賦詠之篇如《大堤曲》之類。

“平生一釣舟。”澤堂曰：起下句。

“高唐寒浪減，仿佛識昭丘。”澤堂曰：駕此扁舟欲往訪古跡，故如見昭丘也。

“自須開行徑，誰道避雲蘿。”澤堂曰：蘿恐作羅，以喻世網，言自欲開竹，非但爲避世也。

“揮金應物理。”澤堂曰：物理當然。

“拖玉豈吾身。”澤堂曰：非身所安。

“賦詩分氣象，佳句莫頻頻。”澤堂曰：佳句恐分氣象，不必頻投也。

《秋興八首》

“奉使虛隨八月查。”澤堂曰：杜爲嚴武使佐，其所辟工部郎，猶不改以奉使自稱。言虛隨者，蓋不能上天故。

“請看石上藤蘿月，已映洲前蘆荻花。”澤堂曰：藤蘿夏景，蘆荻秋景，言時物變易也。

“信宿漁人還泛泛，清秋燕子故飛飛。”澤堂曰：漁人信宿泛江，故云“還泛泛”；燕子逢秋將去，故云“故飛飛”。故者，勉强之意。

“匡衡抗疏功名薄，劉向傳經心事違。同學少年多不賤，五陵衣馬自輕肥。”澤堂曰：進而抗疏則乖於功名，退又不能著書明志。同學之輩不階文學自富貴，此則不能效襲，其意深矣。

“魚龍寂寞秋江冷。”澤堂曰：秋興在是。

“西望瑤池降王母，東萊（來）紫氣滿函關。”澤堂曰：上句言天寶遊宴之盛，下句言肅宗收復之美，皆蓬萊宮闕所見光景也。

“雲移雉尾開宮扇，日繞龍鱗識聖顏。”澤堂曰：此句言以拾遺侍從時所見也。鱗字可訝，豈指袞龍耶？

“花萼夾城通御氣，芙蓉小苑入邊愁。”澤堂曰：舊通御氣，今入邊愁也，謂芙蓉苑入於邊愁中，文理乃通。“御氣雲樓敞”同此意，“御風”非是。

“珠簾繡柱圍黃鶴。”澤堂曰：用漢時黃鵠下太掖池事，池園之盛也。

“波漂菰米沈雲黑。”澤堂曰：禾稼如雲也。

“香稻啄餘鸚鵡粒，碧梧栖老鳳凰枝。”澤堂曰：若云“碧梧枝”、“紅稻粒”則便是小兒對，故互換作句，此是倒插法也。

“佳人拾翠春相問。”澤堂曰：問，遺也。

《寄柏學士林居》

“赤葉楓林百舌鳴，黃泥野岸天雞舞。”澤堂曰：百舌、天雞之得失亦可感。

《詠懷古跡五首》

“羯胡事主終無賴。”澤堂曰：引侯景指祿山。

“詞客哀時且未還。”澤堂曰：引庾信而自喻。

“悵望千秋一灑淚，蕭條異代不同時。”澤堂曰：空峒輩效此。

“畫圖省識春風面，環珮空歸月夜魂。”澤堂曰：若如注說，“省”乃減少之意，但文義頗澀。若云以今所傳畫圖而察識其面，則意亦通也。

“玉殿虛無野寺中。”澤堂曰：虛無，空虛也。

“三分割據紆籌策。”澤堂曰：紆，綢繆之意。

“志決身殲軍務勞。”澤堂曰：鞠躬死已，乃志決也。

《殿中楊監見示張旭草書圖》

“溟漲與筆力。”澤堂曰：與，助也。

《楊監又出畫鷹十二扇》

“近時馮紹正，能畫鷙鳥樣。”澤堂曰：畫史多賴詩人傳後，杜詩詠畫或旁及他畫人名，如“畢宏已老韋偃少”。要之不沒其能名，未必鶻突浪說。

《送殿中楊監赴蜀見相公》

“風物長年悲。”澤堂曰：長年猶老人。

"況子已高位,爲郡得固辭。"澤堂曰:位高則得辭免如意。如今三品以上得入辭狀。

"難拒供給費,慎哀漁奪私。干戈未甚息,紀綱正所持。"澤堂曰:四句皆爲楊君贈語,欲使達之蜀公。

《孟冬》

"方冬變所爲。"澤堂曰:變所爲指下句所云。

"巫岫寒都薄,烏蠻瘴遠隨。終然減灘瀨,暫喜息蛟螭。"澤堂曰:瘴氣遠侵,冬不甚寒,猶減灘險、息蛟螭也。

《悶》

"瘴癘浮三蜀,風雲暗百蠻。卷簾唯白水,隱几亦青山。猿捷長難見,鷗輕故不還。"澤堂曰:夔峽實境。

"無錢從滯客,有鏡巧催顔。"澤堂曰:無錢遠行,一任留滯。

《雷》

"天地劃爭回。"澤堂曰:天地劃然爭回也。

《朝二首》

"霜空萬嶺含。"澤堂曰:山骨瘦聳,霜天無滓,有似相含。

"雲木曉相參。"澤堂曰:參猶參拜也。

"病身終不動,搖落任江潭。"澤堂曰:無復世念,一任衰落。

《南極》

"歲月蛇常見。"澤堂曰:歲月言無時不然。

"近身皆鳥道,殊俗自人群。"澤堂曰:鳥獸之中猶托人群,此深悲之辭。

《晚》

"人見幽居僻,吾知養拙尊。"澤堂曰:"人見"二字似泛也。蓋甚言世情視賤僻而忽之,故下"尊"字有力。

《月圓》

"未缺空山静。"澤堂曰:月明則覺空山愈静。

"故園松桂發。"澤堂曰:發,葉發也。

《不寐》

"氣衰甘少寐,心弱恨容愁。"澤堂曰:氣衰故少睡,又以心氣弱不能排百憂,所以不寐。

《鷗》

"無他亦自饒。"澤堂曰:無他猶無恙。

"却思翻玉羽,隨意點春苗。"澤堂曰:所思不出田畝。

"雪暗還須落一作浴。"澤堂曰:浴字是。

“幾群滄海上。”澤堂曰：鷗在浦未免汩没，宜遠去江海，此有譬意。

《猿》

“慣習元從衆。”澤堂曰：慣於學習，凡事皆效衆人所爲也。猿之性如此。

《黄魚》

“筒箭相沿久，風雷肯爲神。泥沙卷涎沫，回首怪龍鱗。”澤堂曰：以筒餌沿習爲臘已久，風雷亦不肯爲汝作神氣，至於泥沙沾浥涎沫，可怪者以龍鱗而有此患也。

《白小》

“生成猶拾卵，盡取義何如？”澤堂曰：雖細小之物亦係生成之類，猶如拾卵，而盡取之爲可異。

《麂》

“永與清溪別。”澤堂曰：以麂見食於人致意於時，雖八句各一意，不害爲一篇總一意也。

“蒙將玉饌俱。”澤堂曰：蒙得人以玉饌俱進也，怨之之辭。

“亂世輕全物，微聲及禍樞。”澤堂曰：全物猶生物也，此注大概是。

《鸚鵡》

“鸚鵡含愁思，聰明憶別離。”澤堂曰：思與其骨肉離別。

“空殘宿舊枝。”澤堂曰：殘，餘也。

《雞》

“問俗人情似，充庖爾輩堪。”澤堂曰：指雞、人情相似，而雞鳴失次只可充庖也。

“氣交亭育際，巫峽漏司南。”澤堂曰：陰陽之氣交於亭育萬物之間，况巫峽在漏司之南，雞雖失鳴可以知時。

澤堂曰：此詩必有所諷而作，未詳何謂。

《昔遊》

“桑柘葉如雨，飛藿共徘徊。”澤堂曰：記時景。

“隔河憶長眺。”澤堂曰：憶其登臺望其軍容。

“不及少年日，無復故人杯。”澤堂曰：高、李已卒。

“呂尚封國邑，傳説已鹽梅。”澤堂曰：言時賢之登用，亦有不滿意。

《寄杜位》

“封書兩行泪，霑灑裹新詩。”澤堂曰：封書之泪並灑新詩。

《送鮮于萬州遷巴州》

“祖帳維舟數，寒江觸石喧。”澤堂曰：江行遇送者聯次，故數爲停舟。

寒江之喧雖紀即景,示寓迎送之意。

《西閣三度期大昌嚴明府同宿不到》

"金吼霜鐘徹,花摧蠟炬銷。"澤堂曰:燭盡鐘鳴,乃終夜相待之意。

"匣琴虛夜夜","雙影謾飄鷂"。澤堂曰:"虛"字、"謾"字皆狀空寂之意。

《西閣曝日》

"凛冽倦玄冬,負喧嗜飛閣。"澤堂曰:倦猶厭苦也,嗜字新,即快炙美芹之意也。

"太陽信深仁,衰氣歘有托。欹傾煩注眼,容易收病脚。"澤堂曰:已上狀曝日甚詳盡。

"流離木杪猿,翩遷山顛鶴。"澤堂曰:物亦得燠而喜。

"朋知苦聚散,哀樂日已作。即事會賦詩,人生忽如昨。"澤堂曰:哀樂之事前日已作,但即事賦詩自遣耳,人生茫然如昨也。

"古來遭喪亂,賢聖盡蕭索。胡爲將暮年,憂世心力弱。"澤堂曰:方詠曝日而忽及朋知,以下數意結之,以此似没干接。蓋嘆人生之蕭索,憂時世之喪亂,正野人曝日時意象也。

《小至》

"教兒且覆掌中杯。"澤堂曰:覆,倒也。

卷　二　十

《玉腕騮》

"局蹐顧長楸。"澤堂曰:蹐疑脊字。

"舉鞭如有問。"澤堂曰:舉鞭問葛强,何似并州兒。

《見王監兵馬使説近山有白黑二鷹羅者久取竟未能得王以爲毛骨有異它鷹恐臘後春生騫飛避暖勁翮思秋之甚眇不可見請余賦詩二首》

"一生自獵知無敵,百中争能耻下韝。"澤堂曰:當常飛獵,耻落人臂上也。

《奉送蜀州柏二別駕將中丞命赴江陵起居衛尚書太夫人因示從弟行軍司馬位》

"起居八座太夫人。"澤堂曰:此用俗語入律之始,可一不可再,今則濫觴滔天矣。

"楚宮臘送荆門水。白帝云偷碧海春。與報惠連詩不惜。"澤堂曰:楚宮、白帝,杜所寓;荆門、碧海,別駕所如往從弟所居。言兩地風氣相接,可以詩相酬也。

《閣夜》

"野哭千家聞戰伐,夷歌幾處起漁樵。"澤堂曰:華夷相混久矣,戰哭之外又聞夷歌,皆可悲也。

"臥龍躍馬終黄土,人事音書謾寂寥。"澤堂曰:音書如《出師表》之類。

《瀼西寒望》

"興遠一蕭疏。"澤堂曰:興寄遐遯,即景一向蕭條。

《送王十六判官》

"客下荆南盡,君今復入舟。"澤堂曰:是時蜀中亂,人士多避適,故云。

"鳴櫓少沙頭。"澤堂曰:蘇齋《詔使詩》有"華旌少漢城"之句,少字出此。

"瀟湘共海浮。"澤堂曰:《詩》云"江漢浮浮"。

《不離西閣二首》

"江柳非時發,江花冷色頻。"澤堂曰:屢見也。

"地偏應有瘴。"澤堂曰:應,當也。

"失學從愚子,無家住老身。"澤堂曰:一任愚子之失學,而所病者無家住身也。

"西閣從人別,人今亦古亭。"澤堂曰:承上句。西閣則不管別人,人自不能離舊館也。

"滄海先迎日,銀河倒列星。"澤堂曰:狀閣之高迴。

"吁駭始初經。"澤堂曰:與"恐懼從此數"同語意。

《謁真諦寺禪師》

"晴雪落長松。"澤堂曰:非自天落松,乃自松落耳。

《赤甲》

"荆州鄭薛寄書近,蜀客郪岑非我鄰。"澤堂曰:言蜀遠而楚近也。

《入宅三首》

"半頂梳頭白。"澤堂曰:髮短故垂而半於頂也。

"過眉拄杖班。"澤堂曰:老人腰曲,杖過於眉。

"相看多使者,一一問函關。"澤堂曰:使雖多而必問函關,忠愛之至也。

"旅食豈才名。"澤堂曰:"名豈文章著"之義同此。

《江南有懷鄭典設》

"亂波分披已打岸,弱雲狼藉不禁風。"澤堂曰:峽中景。

"寵光蕙葉與多碧,點注桃花舒小紅。"澤堂曰:寵光、點注乃文史俚語,却用之爲奇句,此江西之濫觴也。

《崔評事弟許相迎不到應慮老夫見泥雨怯出必愆佳期走筆戲簡》

　　"實少銀鞍傍險行。"澤堂曰：無鞍馬自不能往也。

《畫夢》

　　"故鄉門巷荆棘底，中原君臣豺虎邊。"澤堂曰：晝夢忽及時事，蓋亦瘝寐不忘君之意也。

《熟食日示宗文宗武》

　　"汝曹催我老，回首泪縱橫。"澤堂曰：兒如長則親年加老，若催之也。

《晴二首》

　　"日氣射江深。"澤堂曰：日暖故光深。

　　"驅馳魏闕心。"澤堂曰：馳心魏闕也。

《暮春題瀼西新賃草屋五首》

　　"此郊千樹橘，不見比封君。"澤堂曰：言雖有橘，不得殖貨比之封君也。

　　"哀歌時自短，醉舞爲誰醒。"澤堂曰：有哀傷無復拘撿。

　　"他日委泥沙。"澤堂曰：他日，異日也。

　　"事主非無禄，浮生即有涯。"澤堂曰：非無事主之禄，由人生本有涯分，故不欲妄求也。

　　"不息豺狼鬥，空慚鴛鷺行。"澤堂曰：主辱臣死之意。

　　"風逆羽毛傷。"澤堂曰："風逆羽毛傷"言害人者多也。

《喜觀即到復題短篇二首》

　　"江閣嫌津柳，風帆數驛亭。"澤堂曰：苦待之意。

　　"愁絕始星星。"澤堂曰：星星即惺惺之意，絕而復甦也。

《寄薛三郎中璩》

　　"吐藥攬衣巾。"澤堂曰：吐藥一句竟癡。

《即事》

　　"燕子銜泥濕不妨。"澤堂曰：燕子當作紫燕。

　　"飛閣卷簾圖畫裏，虛無只少對瀟湘。"澤堂曰：飛閣捲簾乃是虛無之景。

《懷灞上遊》

　　澤堂曰：灞上乃長安遊衍餞客之處也。

　　"離別人誰在。"澤堂曰：前詩云"送客東陵道，遨遊宿南山"即此詩意，言當時所離別之人今亦幾人在世耶？深悲之詞。

　　"眼前今古意，江漢一歸舟。"澤堂曰：如舟之隨水不可復返是主意。是時公方在江漢歸舟，故因賦起興。

《月》

　　"當空泪臉懸。"澤堂曰：當空下上爲是。

《晚登瀼上堂》

　　“春氣晚更生，江流静猶涌。四序嬰我懷，群盗久相踵。”澤堂曰：承上句，言春氣既使人感懷，況群盗如此乎？

　　“天子渴垂拱。”澤堂曰：天子垂拱而如渴。

　　“所思注東北，深峽轉修聳。”澤堂曰：峽聳東北不得望所思也。

　　“凄其望吕葛，不復夢周孔。”澤堂曰：望吕、葛而傷其不及，周、孔又不復夢。

　　“楚星南天黑，蜀月西霧重。”澤堂曰：天黑、霧重皆氛翳之象。

　　“迫此懼將恐。”澤堂曰：懼將恐是一義，斷截用之未工。

《李潮八分小篆歌》

　　“開元以來數八分，潮也奄有二子成三人。”澤堂曰：好句法。

《醉爲馬墜諸公攜酒相看》

　　“散蹄迸落瞿塘石。”澤堂曰：且迸且落乃馬走蹄樣。

　　“不虞一蹶終損傷，人生快意多所辱。”澤堂曰：言不料馬力有餘，噴玉而馳，致此顛蹶。

　　“語盡還成開口笑，提攜別掃清谿曲。”澤堂曰：情境自在。

《堅子至》

　　“梅杏半傳黄。”澤堂曰：傳猶傳染也。

《歸》

　　澤堂曰：題以歸字，疑以事入官府而歸也。

　　“束帶還騎馬，東西却渡船。”澤堂曰：自東而西則當以船渡溪也，“却”字可知去時不用船渡也。

　　“虚白高人静，喧卑俗累牽。”澤堂曰：當如高人虚静，而時不免俗累之牽也。

　　“他鄉閲遲暮，不敢廢詩篇。”澤堂曰：歲暮遠客，自動詩思。

《上後園山腳》

　　“勿謂地無疆，劣於山有陰。”澤堂曰：地雖無疆不及山之有陰，以言夔峽之多山也。

　　“倚薄浩至今。”澤堂曰：倚薄，山重叠貌。“突兀猶趁人”亦此意。

《諸葛廟》

　　“并吞更出師。”澤堂曰：既吞并分鼎而更出師伐魏。

　　“欻憶吟梁父，躬耕起未遲。”澤堂曰：亮之應三聘年甚少，甫自傷年老而不遇也。

《舍弟觀歸藍田迎新婦送示二首》

　　“鞍馬信清秋。”澤堂曰：信，順也。

澤堂曰：此促弟早來語也。以白露爲限而作衣裳，以清秋爲信而出鞍馬，則我自此開八月之舟相會江陵也。

《返照》

"返照入江翻石壁。"澤堂曰：水先得日倒射壁面，故下"翻"字。

"衰年病肺唯高枕，絶塞愁時早閉門。"澤堂曰：肺氣宜降須高枕，愁時厭鬧宜閉門。

《灔澦》

"西來水多愁太陰。"澤堂曰：太陰之靈亦爲之愁慘。

"江天漠漠鳥雙去，風雨時時龍一吟。"澤堂曰：江峽間將雨，龍鳴未必非真景。

"舟人漁子歌回首。"澤堂曰：舟人漁子僅行涯岸，且歌且回首，亦畏之也。

《季夏送鄉弟韶陪黄門從叔朝謁》

澤堂曰：鄉字未曉。

"名家莫出杜陵人。"澤堂曰：莫同無字。

"捨舟策馬論兵地。"澤堂曰：韶以開江使從黄門入朝，故有"捨舟策馬"之句。

"莫度清秋吟蟋蟀，早聞黄閣畫麒麟。"澤堂曰：詩爲送弟韶而作，五、六及末結皆勸勉弟韶之辭也。是時杜鴻漸已爲元勳大臣，豈待他勸勉方畫麟閣耶？注説甚謬。○王褒頌蟋蟀俟秋吟，言得時當奮。詩言戒其失時，且不聞相公以黄閣畫麒麟耶？

《夔州歌十絶句》

"羣雄競起向前朝，王者無外見今朝。"澤堂曰：兩朝字，義不同故也。

"比訝漁陽結怨恨，元聽舜日舊簫韶。"澤堂曰：言今叛逆之人本聽舜時簫韶者。

"楓林橘樹丹青合，複道重樓錦繡懸。"澤堂曰：如畫。

"背飛鶴子遺瓊蕊。"澤堂曰：此正"竹根雉子"之證。

"東屯稻畦一百頃，北有澗水通青苗。"澤堂曰：此專詠東屯。

"閬風玄圃與蓬壺，中有高堂天下無。借問夔州壓何處，峽門江腹擁城隅。"澤堂曰："閬風玄圃"固如被矣，此州以"峽門江腹"爲衛，亦可比方也。

《又上後園山脚》

"朱崖著毫髮。"澤堂曰：著毫髮，言危不容髮也。

"瘴毒猿鳥落。"澤堂曰：如飛鳶墜水中，中毒霧也。

《更題》

"同舍晨趨侍，胡爲淹此留。"澤堂曰：公已爲尚書郎，但病不得入朝耳。

《峽隘》

"水有遠湖樹,人今何處船。青山各在眼各一作若,却望峽中天。"澤堂曰:江陵水闊,遠湖樹可以望見。"有"字如"江山有巴蜀"之"有"字。又其水陸都會、舟楫所聚,不知今有何處船也。"青山若在眼"亦指江陵,以上七句皆是想像江陵山川風土形勝之詞,結之以"却望峽中天",則恨其不得往也,以《峽隘》爲題,所以末句爲主意。

《秋行官張望督促東渚耗稻向畢清晨遣女奴阿稽豎子阿段往問》

"勤墾免亂常。"澤堂曰:亂常即如惡莠之亂苗云爾。

"並驅動莫當。"澤堂曰:動莫當,言耕無堅土也。

"有生固蔓延,静一資堤防。"澤堂曰:蔓延指蒲稗之屬。静一,鋤除之也。

"感此亂世忙。"澤堂曰:忙,迫也。

卷 二 十 一

《阻雨不得歸瀼西甘林》

"三伏適已過。"澤堂曰:杜五言長篇除《北征》《詠懷》數篇外,無甚精妙,如此篇最莽鹵。

"篙工初一棄,恐泥勞寸心。"澤堂曰:初欲不用篙工,恐滯泥而勞心。

"草堂亂玄圃,不隔崑崙岑。"澤堂曰:草堂與玄圃相亂,又似不隔崑崙岑。

"園甘長成時。"澤堂曰:特拈此物説。

"虛徐五株態,側塞煩胸襟。"澤堂曰:思其甘林之態如塞胸襟也,以下至末句皆想像之景。

"條流數翠實。"澤堂曰:條流猶分別也。

《柴門》

"峽門自此始。"澤堂曰:峽中實狀。

"萬物附本性。"澤堂曰:附,依也。

《甘林》

"經過倦俗態,在野無所違。"澤堂曰:城市俗態令人厭倦,惟在野無所違,此是得之天機者。

"試問甘藜藿,未肯羨輕肥。"澤堂曰:自問自答。

"盡添軍旅用,迫此公家威。"澤堂曰:幽怡曠遠之趣、忠義感憤之情千載如見。

《暇日小園散病將種秋菜督勒耕牛兼書觸目》

　　"不愛入州府，畏人嫌我真。"澤堂曰：城市人便點，見野人真率便相嫌譏，此公所畏也。

　　"三步六號叫，志屈悲哀頻。"澤堂曰：即事，雖似賦，亦以自喻。

《月》

　　"若無青嶂月，愁殺白頭人。"澤堂曰：句法。

　　"故園當北斗，直想照西秦。"澤堂曰：占斗柄知此月照西秦也。

《見螢火》

　　"忽驚屋裏琴書冷。"澤堂曰：見螢則覺有秋意，下冷字甚新。

　　"復亂簷前星宿稀。"澤堂曰：點綴星宿稀闊之處也。

　　"却繞井欄添個個。"澤堂曰：井欄非一柱，故下"個個"字。

《寄劉峽州白(伯)華使君四十韻》

　　"遠山朝白帝，深水謁夷陵。"澤堂曰：白起再戰而燒夷陵。陵者，楚之先君陵。朝、謁二字貼帝、陵二字，此琢句之工處。

　　"西南喜得朋。"澤堂曰：喻使君。

　　"哀猿更起坐。"澤堂曰：更，迭也。

　　"落雁失飛騰。"澤堂曰：聞落雁之聲，自失飛騰之思。

　　"學並盧王敏，書偕褚薛能。老兄真不墜，小子獨無承。"澤堂曰：盧、王、褚、薛皆唐初詞翰之秀，而劉、杜二祖並驅著名，今後孫惟伯華不忝祖業，甫則自謙不承也。

　　"掞翅服蒼鷹。"澤堂曰：服，深服也。

　　"雕刻初誰料。"澤堂曰：誰能窺揣其妙。

　　"神融躍飛動，戰勝洗侵凌。"澤堂曰：神思融會欲躍飛動之勢，此言文章造化之妙。"戰勝洗侵陵"乃借用子貢語，以況文章純熟無復牽礙之狀，陸機《文賦》"仰逼俯侵"云者所謂侵陵也。然此子美形容劉作而實以自喻，如他作"毫髮無遺恨，波瀾獨老成。意愜關飛動，篇終接混茫"之句，及韓詩"至寶不雕琢，神功謝鋤耘。橫空盤硬語，妥帖力排奡"之句，皆以自喻。

　　"妙取筌蹄棄，高宜百萬層。"澤堂曰：以上極美劉詩之妙。

　　"白頭遺恨在。"澤堂曰：以下自叙。

　　"潘生驂閣遠。"澤堂曰：自喻。

　　"黃霸璽書增。"澤堂曰：已上二句並叙賓主。

　　"憑久烏皮綻，簪稀白帽棱。"澤堂曰：几以久憑而綻，簪以稀插以棱。棱，言不刌也。

　　"筋力交雕喪，飄零免戰兢。"澤堂曰：幸免傷肥膚於飄零之中。

"煉骨調情性,張兵撓棘矜。"澤堂曰：道家比喻語。

《十七夜對月》

"秋月仍圓夜。"澤堂曰：十七夜雖未滿輪亦可謂圓,故曰"仍圓"。

"茅齋依橘柚,清切露華新。"澤堂曰：引橘柚又新。

《白露》

"圃開連石樹,船渡入江溪。"澤堂曰：開圃則在於連石之樹,下渡船則由於入江之溪曲,此是峽中實景。

"回鞭急鳥栖。"澤堂曰：以趁鳥栖時爲急。

《孟氏》

"負米力葵外（カ一作夕）。"澤堂曰：力葵,疑夕畦治園供菜之外,復負米於遠。

"讀書秋樹根。"澤堂曰：讀書樹根亦是園中之景。

"卜鄰慚近舍,訓子覺先門。"澤堂曰：所以慚於卜鄰者,以訓子知其爲先輩之門庭。

《驅竪子摘蒼耳》

"爛熳任遠適。"澤堂曰：爛熳,不齊之貌,"衆雛爛熳睡"是也。

"飽食復何心,荒哉膏粱客。"澤堂曰：太迫切。

《同元使君舂陵行》

"吾人詩家秀,博采世上名。"澤堂曰：杜公集大成於詩家,古今詩人皆有評品,無不語及者。此句亦可驗太白所詠皆豪俠、神仙、女色而已,故集中未嘗論人文章,同時如杜如孟皆以其人而重之,未曾贊嘆其詩,此李、杜意向之別也。

"用爾爲丹青。"澤堂曰：古語云"公卿神化之丹青",杜他詩云"交合丹青地",此言何不爲公卿云？

《舂陵行》(元結)

"惡以禍福移。"澤堂曰：惡烏同。

《寄狄明府博濟》

"今者兄弟一百人,幾人卓絶秉周禮。"澤堂曰：此非貶辭。

"在汝更用文章爲,長兄白眉復天啓。"澤堂曰：不但秉禮,復有文章。

"早歸來,黃污人衣眼易眯。"澤堂曰：恐是黃塵污人。

《寄韓諫議注》

"玉京群帝集北斗。"澤堂曰；寓言托意,至"星宮之君"一句全伏題意,以"周南留滯"一句全露題意,收結一篇。

"芙蓉旌旗烟霧樂。"澤堂曰：狀鈞天之縹緲,非謂在烟中奏伎。

　　“羽人稀少不在傍。”澤堂曰：羽人不在旁，大概喻朝無正人。至“韓張良”始入韓注見斥事。

　　“恐是漢代韓張良。”澤堂曰：韓是姓料。

　　“帷幄未改神慘傷。”澤堂曰：韓、彭菹醢，良所以内傷。

　　“美人胡爲隔秋水，焉得置之貢玉堂。”澤堂曰：諸注皆的，批以爲不可解者，似未喻畫意。

《寄岑嘉州》

　　“泊船秋夜經春草。”澤堂曰：時之久。

　　“伏枕青楓限玉除。”澤堂曰：地之遠。

《魏將軍歌》

　　“吾爲子起歌都護。”澤堂曰：丁都護名旿，劉宋時壯士。

　　“鈎陳蒼蒼玄武暮。”澤堂曰：暮字亦當夜宿衛之意。

《秋峽》

　　“衣裳垂素髮，門巷落丹楓。”澤堂曰：素髮而冠帶，不稱；門巷楓林，非故鄉也。

　　“常怪商山老，兼存翊贊功。”澤堂曰：以隱兼現所以爲怪，用以自比，不以老而自棄之意。

《日暮》

　　“頭白燈明裏，何須花燭繁。”澤堂曰：燈有花燭則明，明則惡其照白髮也。

《月》

　　“塵匣元開鏡，風簾自上鈎。兔應疑鶴髮，蟾亦戀貂裘。”澤堂曰：月似鏡而我亦開匣，似鈎而我亦上簾。兔疑我髮白，蟾憐我貂裘，此皆上下對待之辭，所以斟酌姮娥孤寡之恨不異於人也。

《曉望》

　　“地坼江帆隱。”澤堂曰：地坼乃指岸崩斗斷處，以高截故帆行而隱也。

　　“天清木葉聞。”澤堂曰：非不可解底語也。天清衆籟俱息，唯木葉聲可聞耳。

《别李秘書始興寺所居》

　　“安爲動主理信然。”澤堂曰：四字疑釋典語。

　　“老身古寺風泠泠。”澤堂曰：悟解之語。

《九月一日過孟十二倉曹十四主簿兄弟》

　　“力稀經樹歇。”澤堂曰：稀，欲盡之意。

《過客相尋》

　　“掛壁移筐果，呼兒問煮魚。”澤堂曰：問叠，疑“間”字，移筐果於客坐間以煮魚。

《孟倉曹步趾領酒醬二物滿器見遺老夫》

　　"楚岸通秋屐。"澤堂曰：謝來訪。

　　"胡床面夕畦。"澤堂曰：迎客處。

　　"藉糟分汁滓，甕醬落提攜。"澤堂曰：只是俚語，看"分"、"落"字是眼。

　　"飯糲添香味。"澤堂曰：飯雖粗糲，得此醬更添香味。

《課小豎鉏斫舍北果林枝蔓荒穢净訖移床三首》

　　"病枕依茅棟，荒鉏净果林。"澤堂曰：治荒之鉏謂之荒鉏，正與病枕相對。

　　"背堂資僻遠。"澤堂曰：果林背堂，所以資其僻遠也。

　　"山雉防求敵，江猿應獨吟。"澤堂曰：防其鬥而應其吟，亦荒僻之意。

　　"泄雲高不去。"澤堂曰：與采菊南山之句同趣。

《中夜》

　　"故國風雲氣。"澤堂曰：尚有中興之望。

　　"高堂戰伐塵。"澤堂曰：高堂指故國第宅皆入戰場。

《復愁十二首》

　　"昔歸相識少，早已戰場多。"澤堂曰：悲切到骨。

　　"一自風塵起，猶嗟行路難。"澤堂曰：戰器雖好，無奈風塵阻塞也。

　　"閭閻聽小子，談笑覓封侯。"澤堂曰：養寇自資，徒取功名。

　　"今日翔麟馬，先宜駕鼓車。無勞問河北，將軍角榮華。"澤堂曰：用人材如用駿馬，不制伏則當驕恣，如河北叛將不須說，目前諸將亦争榮華也。

　　"任轉江淮粟，休添苑囿兵。由來貔虎士，不滿鳳凰城。"澤堂曰：苑囿兵是中官魚朝恩輩，自將不可增添以重其勢。自古貔虎之徒不得充滿皇城，此軍容不入國之意也。

　　"巫山猶錦樹，南國且黄鸝。"澤堂曰：氣候不齊。

　　"病減詩仍拙，吟多意有餘。"澤堂曰：久病之中不覺詩拙，既瘳乃知之，所以吟多不能盡所欲言之意也。

　　"莫看江總老，猶被賞時魚。"澤堂曰：公詩前有"遠愧梁江總，還家尚黑頭"之語，豈以陷賊守節自喻，以不似江總失身歸鄉耶？彼亡國賤俘何足比較。

《九日五首》

　　"竹葉於人既無分。"澤堂曰：竹葉名酒，故非分所得。

　　"野樹欹還倚，秋砧醒却聞。"澤堂曰：欹、醒並屬人，欹如"行步欹危"。"醒却聞"三字亦妙，蓋常時厭聞，得醉眠暫息，纔覺即入耳，此是旅懷耿耿、轉仄難安之狀。

　　"爲客裁烏帽，從兒具緑樽。佳辰對群盗，愁絕更堪論。"澤堂曰：爲客尚裁烏帽，兒亦爲置緑酒，但對群盗爲可愁絕耳。

“萬里悲秋常作客,百年多病獨登臺。艱難苦恨繁霜鬢,潦倒新停濁酒杯。”澤堂曰:“胡元瑞以此詩爲唐七言之冠,大抵五六乃李、王之祖。”

《季秋江村》

“素琴將暇日。”澤堂曰:“將,送也。”

《季秋蘇五弟纓江樓夜宴崔十三評事韋少府侄三首》

“百過落烏紗。”澤堂曰: 猶百度也。

《憑孟倉曹將書覓土婁舊莊》

“茫茫遲暮心。”澤堂曰: 歲晚而不見故鄉。

《耳聾》

“生年鶡冠子。”澤堂曰: 生年猶平生也,言平生類鶡冠子也。

“眼復幾時暗,耳從前月聾。”澤堂曰: 言耳已聾矣,眼亦幾多時保不暗乎?

“猿鳴秋泪缺,雀噪晚愁空。”澤堂曰: 戲語亦爽。

《小園》

“春深買爲花。”澤堂曰: 春深非耕種之時,只爲有花買之。

“瀼岸雨頹沙。”澤堂曰: 夏。

“問俗營寒事。”澤堂曰: 冬。

“將詩待物華。”澤堂曰: 買園在春深,而夏、秋、冬之景則以詩待之,此懸料之語。

《奉酬薛十二丈判官見贈》

“志在麒麟閣,無心雲母屏。”澤堂曰: 雲母屏只是閨寢所張,如“兩重雲母空烘影”是也。言薛志在功業,初無心於閨闥也,承上起下之辭。

“襄王薄行跡,莫學冷如丁。”澤堂曰: 詳味詩意,薛以武力志功名者,故終始勉之,其間插得寡女、神女兩段者,必薛新娶。杜亦似有巫山之夢,特閨閣語褻,不欲彰説,仿佛言之,故“休卜渭與涇”者,正謂不必談此是非,歸重功名可也云爾。

“丈人但安坐,休辨渭與涇。”澤堂曰: 此一句乃結語,但不曉題意,未詳何謂。

卷 二 十 二

《送李八秘書赴杜相公幕》

“石出倒聽楓葉下,櫓搖背指菊花開。”澤堂曰: 水落石出,楓葉下墮有聲,自船上俯而聽之,櫓搖行急却背見岸菊。

《贈李八秘書別三十韻》

"六龍瞻漢闕，萬騎略姚墟。"澤堂曰：六龍還向漢闕，萬馬即略姚墟，皆回鑾收復之事。

"騏驎滯玉除。"澤堂曰：滯字惜其不登廊廟。

"軍急羽毛書。"澤堂曰：毛字似贅。

"乾没費倉儲。"澤堂曰：轉輸之際有得有失，自至消耗謂之乾没。

"此行非不濟，良友昔相於。"澤堂曰：當考。

"倚薄似樵漁。"澤堂曰：倚薄，不自立之意，言汩没於衆人中。

"乞米煩佳客。"澤堂曰：佳客本合雅論，而不免乞米，以貧故也。

"鈔詩聽小胥。"澤堂曰："小胥自是昧識，却許鈔詩，無偶故也。"

"莫話青溪髮，蕭蕭白映梳。"澤堂曰：因校書之行，思見故國，且請校書歸朝勿言我已老也。

《奉送韋中丞之晉赴湖南》

"寵渥徵黄漸。"澤堂曰：言爲刺史乃被徵入相之漸。

"湖南安背水，峽内憶行春。"澤堂曰：自夔峽爲湖南觀察使。

"還將徐孺榻，處處待高人。"澤堂曰：當如黄霸入相爲民所依也。

《聞惠子過東溪》

"崖蜜松花熟。"澤堂曰：崖蜂以松花爲蜜。

"山杯竹葉春。"澤堂曰：山人以竹葉爲酒。

《自瀼西荊扉且移居東屯茅屋四首》

"子能渠細石。"澤堂曰：子指馮。

"解纜不知年。"澤堂曰：言解舟下峽未卜其期。

《又呈吴郎》

"堂前撲棗任西鄰，無食無兒一婦人。不爲困窮寧有此，秖緣恐懼轉須親。"澤堂曰：寡婦不可近，只緣其零丁危懼，暫須親厚也。

"即防遠客雖多事防一作知。"澤堂曰：知字是。

"即防遠客雖多事，使插疏籬却甚真。"澤堂曰：虞注因吴郎遠客而恐其見阻不來，撲棗雖爲多事，不必如此，而吴郎使插疏籬以別嫌疑，則其意甚真，亦非托辭也。

"已訴徵求貧到骨，正思戎馬泪盈巾。"澤堂曰：前日訴於我也。○此婦前日已嘗告訴不免猶有官府徵求，貧已極矣。我因其意正思天下兵戈，若此婦之窮困者衆，爲之墮泪。

《覃山人隱居》

"南極老人自有星，北山移文誰勒銘。"澤堂曰：美隱士如老人星，當在南山,恨無北山移文之客也。勒銘兼取燕山勒銘之義,蓋欲以移文鑱石也。

　　“子知出處必須經。”澤堂曰:經,正也。出處當以經常之道。

　　“高車駟馬帶傾覆。”澤堂曰:帶傾覆之禍也。

　　澤堂曰:此與《寄常徵君》詩同一語法,而注杜者以此爲徵君已死哀悼之作,蓋誤看“哀塋”二字,而不知五、六句“予”、“子”之爲相與之辭也。

《柏學士茅屋》

　　“碧山學士焚銀魚。”澤堂曰:銀魚帶也。

　　“白馬却走身巖居。”澤堂曰:以身栖巖也。

　　“晴雲滿户團傾蓋,秋水浮階溜決渠。”澤堂曰:團如傾蓋,溜似決渠。

《東屯月夜》

　　“月掛客愁村。”澤堂曰:東坡詩“不用長愁掛月村”語本此。

　　“喬木澄稀影,輕雲倚細痕。”澤堂曰:影與痕皆指月。

《東屯北崦》

　　“步壑風吹面,看松露滴身。”澤堂曰:句語硬重。

《夜二首》

　　“白夜月休弦。”澤堂曰:休弦則更減缺也,下言月細可知。

　　“燈花半委眠。”澤堂曰:委,落也。委於眠時也。

　　“蠻歌犯星起,重覺在天邊。”澤堂曰:暗用項羽驚聞楚歌之意。

　　“暗樹依巖落,明河繞塞微。”澤堂曰:暗樹落葉不可見,以巖故知之;河本明白而繞塞,故微也。

　　“斗斜人更望,月細鵲休飛。”澤堂曰:斗斜則夜深之景,人尚不寐,月細林黑故鵲不飛也。

《茅堂檢校收稻二首》

　　“喜無多屋宇,幸不礙雲山。”澤堂曰:中聯乃無村眺望賖之意。

　　“無勞映渠碗,自有色如銀。”澤堂曰:飯自白色,不必待玉碗相映。

《秋野五首》

　　“繫舟蠻井絡。”澤堂曰:如“乘槎上斗牛”之意,喻飄泊之極遠。

　　“禮樂攻吾短,山林引興長。”澤堂曰:以在世不合受禮法攻砭,非慵懶所宜,故欲托興山林也。

　　“潛鱗輸駭浪,歸翼會高風。”澤堂曰:輸,入;會,遇。

　　“飛霜任青女,賜被隔南宫。”澤堂曰:霜冷則任之矣,所可恨無賜被以禦寒也。

　　“年衰鴛鷺群。”澤堂曰:鴛鷺群猶言鷗鷺群。

　　“徑隱千重石,帆留一片雲。”澤堂曰:徑隱於石,帆視若雲,皆深阻之狀。

《傷秋》

　　"殷椌曉夜稀。"澤堂曰：稀，凋疏也。

《雨》

　　"俄頃恐違迸。"澤堂曰：俄頃猶造次也。

《秋清》

　　"藥餌憎加減，門庭悶掃除。"澤堂曰：藥則加減，亦可憎；門庭以不得掃除爲悶。

　　"杖藜還客拜。"澤堂曰：還，疑"迎"字之誤。

《瞿塘兩崖》

　　"三峽傳何處。"澤堂曰：傳，遞傳，言至於峽口也。

　　"猱玃鬚髯古，蛟龍窟宅尊。"澤堂曰：亦喻盜賊。

　　"羲和冬馭近，愁畏日車翻。"澤堂曰：日短則抵西南而回馭，恐羲車遇險翻覆，此亦憂世之心。

《暝》

　　"收書動玉琴。"澤堂曰：琴書雜亂，收書而誤動琴弦，此亦暝時景。

　　"半扉開燭影，欲掩見清砧。"澤堂曰：燭影出於開扉，乃見清砧，故欲掩而不掩也，方掩時見砧杵動也。

《雲》

　　"收穫辭霜渚。"澤堂曰：其稼如雲，獲了便辭。

《晨雨》

　　澤堂曰：句句皆細雨。

《天池》

　　"直對巫山出，兼疑夏禹功。"澤堂曰：巫山既是禹所鑿，則此池亦疑夏禹之功。

　　"聞道奔雷黑，初看浴日紅。"澤堂曰：水廣如日出其中，《西征賦》"乃有昆明池乎其中，朝似暘谷，夕類虞淵"。

　　"誅勞任薄躬勞一作茅。"澤堂曰：必是茅字之誤，聲近而字同樣。

《即事》

　　"一雙白魚不受釣，三寸黃甘猶自青。"澤堂曰：白魚避釣，黃甘猶青，此草亭孤寂之狀也。

《獨坐二首》

　　"暖老須燕玉。"澤堂曰：當從暖玉杯爲是，以酒對食亦的，若爲美婦人則大褻，又非所當言。

　　"峽雲常照夜，江日會兼風。"澤堂曰：峽天常雲陰，若會晴日則必有風，此記實景也。

「應門試小童。」澤堂曰：小童初試應門傳謁，其無五尺丁狀可知。

「亦知行不逮，苦恨耳多聾。」澤堂曰：行步之不逮人則已知之，最苦者聾，真老態也。

《雨四首》

「紫崖奔處黑，白鳥去邊明。」澤堂曰：紫崖奔逗處添得雨氣更黑，白鳥在雨中纔得去邊明白而已。

「寒江舊落聲。」澤堂曰：前雨時聲也。

「江雨舊無時。」澤堂曰：自舊而然也。

「山寒春兕叫，江晚白鷗飢。」澤堂曰：譬意。

「繁憂不自整，終日灑如絲。」澤堂曰：心緒亂不自整，而雨亦終日如亂絲也。

《反照》

「反照開巫峽。」澤堂曰：巫峽陰森處，常時日光不入，惟斜照能開明之，山谷中多此景。

「既夕應傳呼。」澤堂曰：應，答也。

《大曆二年九月三十日》

「花禁冷葉紅。」澤堂曰：禁，堪也。

「年年小搖落，不與故園同。」澤堂曰：瘴暖霜薄故草色如嵐，花勝紅葉所以不似故園也。

《十月一日》

澤堂曰：題以《十月一日》，此必楚蜀間以是日爲令節也。

「有瘴非全歇，爲冬亦不難。」澤堂曰：有瘴故不至於寒沍，所以爲冬不難。

「蒸裹如千室。」澤堂曰：如，同也。千室同然也。

《戲作俳諧體遣悶二首》

「只有不關渠。」澤堂曰：只有此不關渠一句也。

「粔籹作人情。」澤堂曰：以粔籹作人情是異俗也。

「是非何處定。」澤堂曰：是非不可闊見，只言風俗是非也。

「高枕笑平生。」澤堂曰：所謂「我行何到此，物理直難齊」者，可付一笑。

《從驛次草堂復至東屯二首》

「牧童斯在眼，田父實爲鄰。」澤堂曰：無他交友，只牧童、耕友爲鄰也，語深而寓怨。

《柳司馬至》

「有客歸三峽，相過問兩京。函關猶出將，渭水更屯兵。設備邯鄲道，和親邏些城。"澤堂曰：三句即使客所傳説。

《自平》

"自平宮中呂太一。"澤堂曰：然則太一畢竟是宮官，史書"廣州市舶使呂太一反"，既曰市舶使不應更以太一官號爲稱，又凡書反者皆以名不以官，此當是名太一。

"才如伏波不得驕。"澤堂曰：將帥如伏波，蠻種不得驕橫。

《久雨期王將軍不至》

"走平亂世相催促，一豁明主正鬱陶。"澤堂曰：平亂世之催促，豁明主之鬱陶。

《虎牙行》

"峰巒窈窕溪谷黑。"澤堂曰：窈窕，幽深之貌。

"犬戎鎖甲聞丹極。"澤堂曰：甲有聲聞於丹極。

《寫懷二首》

"勞生共乾坤，何處異風俗。"澤堂曰：天下人物皆以勞勤度一世，何處得不勞生之處而居之耶？

"全命甘留滯。"澤堂曰：留滯故得全，非爲苦也。

"用心霜雪間，不必條蔓綠。"澤堂曰：霜雪之間尋得藥苗最難，能用心則不待條蔓綠而可采也。

"世亂如蟣虱。"澤堂曰：易於死亡也。

"轉使飛蛾密。"澤堂曰：密，親近也。

"終契如往還—作終然契真如，得匪合仙術。"澤堂曰：若識真如往還之理，得非合於仙術耶？ ○更考，則一作似有理趣，亦可解釋。

《觀公孫大娘弟子舞劍器行》

"來如雷霆收震怒，罷如江海凝清光。"澤堂曰：神語。

"妙舞此曲神揚揚。"澤堂曰：神揚是舞妙處。

"女樂餘姿映寒日。"澤堂曰："映寒日"極草草語，如"羈使空斜影，使者隨秋色"等語，非杜不能，他人亦學不得。

《有嘆》

"老馬望關山。"澤堂曰："老馬望關山"猶是壯心。

《寒雨朝行視園樹》

"丹橘黄甘此地無。"澤堂曰：以稀爲貴，非謂園樹欠此。

"清霜殺氣得憂虞。"澤堂曰：接上句。

"衰顔動覓藜床坐。"澤堂曰：以物狀之衰落自況老病。

"緩步仍須竹杖扶。"澤堂曰：竹杖豈獨長房事？杜注繁雜多此類。

"散騎未知雲閣處，啼猿僻在楚山隅。"澤堂曰：工部不得入朝有同散騎，衹得如孤猿在僻峽而已。

《舍弟觀赴藍田取妻子到江陵喜寄三首》

"青春不假報黃牛。"澤堂曰：黃牛神祠，言不待青春藉靈黃牛，而即當安流順下云耳。報即"報祀"之報也。一説不待弟之報春於峽中，而吾已下峽也。

"巡檐索共梅花笑，冷蕊疏枝半不禁。"澤堂曰：要與梅花共笑，而不堪冷蕊寂寞也。

《送高司直尋封閬州》

"丹雀銜書來，暮栖何鄉樹。驊騮事天子，辛苦在道路。"澤堂曰：丹雀以銜書故栖泊無所，驊騮以事君故道路多苦，喻見用之爲病也。

"時見文章士。"澤堂曰：指高。

"良會苦短促，溪行水奔注。"澤堂曰：以會合之易促，興溪水之奔注。

"西謁巴中侯，艱險如跬步。"澤堂曰：爲求謁賢侯，視蜀道險艱如跬步之易也。

"初聞伐松柏，猶臥天一柱。"澤堂曰：此句似次律當之。

"我病書不成，成字讀亦誤。"澤堂曰：言不作書，但付司直口具也。

《錦樹行》

"青草萋萋盡枯死，天驥跛足隨牦牛。"澤堂曰：向人乞米而作此語自遣，太不平帖。

《白帝城樓》

"白谷會深遊。"澤堂曰：會猶可也。

《夜宿西閣曉呈元二十一曹長》

"城暗更籌急，樓高雨雪微。"澤堂曰：樓勢高迥，雨雪不侵，故曰微。

"遠帶玉繩稀。"澤堂曰：玉繩非名，乃指星躔之狀。

"寒江流甚細，有意待人歸。"澤堂曰：不肯急流，似有意於待人。

卷 二 十 三

《寄從孫崇簡》

"莫令斬斷青雲梯。"澤堂曰：青雲梯即登山梯磴。勿令斬斷，以致丁寧候訪之意。

《奉送卿二翁統節度鎮軍還江陵》

"蕭條別浦清。"澤堂曰：別浦如別路離亭之語。

《白帝樓》

"漠漠虛無裏,連連睥睨侵。"澤堂曰:狀高城繚繞隱映之態無以易此。

"樓光去日遠,峽影入江深。"澤堂曰:城在高絕,下臨陡削,故城樓光影落地極遠於日,峽影則又深浸江心,此兩句兩景一意。

"臘破思端綺。"澤堂曰:欲造春衣非欲禦冬。

《夜歸》

"庭前把燭嗔兩炬嗔一作喚。"澤堂曰:喚字是。

"白頭老罷舞復歌,杖藜不睡誰能那。"澤堂曰:不睡不可奈,所以舞復歌也。

《前苦寒行二首》

"虎豹哀號又堪記。"澤堂曰:漢時所紀今亦可續。

"玄冥祝融氣或交,手持白羽未敢釋。"澤堂曰:善謔。

《晚晴》

"高唐暮冬雪壯哉,舊瘴無復似塵埃。"澤堂曰:瘴氣遇雪則消。

"六龍寒急光徘徊。"澤堂曰:寫出寒苦意態。

"照我衰顏忽落地。"澤堂曰:既照顏復照地,皆言短日寒影徘徊不定之狀,以興下句飄零委絕之感。

"未怪及時少年子,揚眉結義黃金臺。汨乎吾生何飄零,支離委絕同死灰。"澤堂曰:他人富貴不足怪,何其獨使我貧賤此極耶? 極怨之辭。

《元日示宗武》

"汝啼吾手戰,吾笑汝身長。"澤堂曰:言吾病而汝爲之悲云爾,非兒啼也。

《又示宗武》

"假日從時飲。"澤堂曰:此開筵接飲之意,上篇同。

《大歲日》

"病多猶是客,謀拙竟何人。"澤堂曰:病多而猶作客可,若謀拙如是,畢竟作何等人。

"散地逾高枕。"澤堂曰:在散地不事干謁,猶高臥也。

《喜聞盜賊蕃寇總退口號五首》

"北極轉愁龍虎氣愁一作深。"澤堂曰:深字恐是。

《續得觀書迎就當陽居止正月中旬定出三峽》

"飛鳴還接翅,行序密銜蘆。"澤堂曰:藏頭引事,故避冗長。

《人日兩篇》

"樽前柏葉休隨酒。"澤堂曰:休,美也。言柏葉泛酒而休美也。

“佩劍衝星聊暫拔,匣琴流水自須彈。”澤堂曰:劍雖無所用,聊以自拔以泄衝斗之氣;琴雖無知音,不妨自彈以寓流水之意也。

“早春重引江湖興,直道無憂行路難。”澤堂曰:亦謔語。言江湖路直,不比人間行路也。

《江梅》

澤堂曰:此是“江邊一樹垂垂發”者耶?“客愁”二字貼。

“梅蕊臘前破,梅花年後多。”澤堂曰:此記實。

“江風亦自波。”澤堂曰:江風作波,亦言似梅。

“故園不可見。”澤堂曰:亦有梅意。

《庭草》

“舊低收葉舉,新掩捲牙重。”澤堂曰:枯葉低而新者舉,外葉捲而內芽已萌。

“看花隨節序,不敢強爲容。”澤堂曰:雖隨節看花,而不敢強爲春容也。

《將別巫峽贈南卿兄瀼西果園四十畝》

“雜蕊紅相對,他時錦不如。”澤堂曰:十字一意,言前日花之盛開如此。

“托贈卿家有,因歌野興疏。”澤堂曰:已與其園而賦詠其景物,乃反以其所有贈之也。不自有而與人,自嘆疏於對興也。

《送大理封主簿五郎親事不合却赴通州主簿前閬州賢子余與主簿平章鄭氏女子垂欲納采鄭氏伯父京書至女子已許他族親事遂停》

“玉潤終孤立。”澤堂曰:指封。

“珠明得暗藏。”澤堂曰:指鄭女。

“恨別滿江鄉。”澤堂曰:恨別應作別恨。

《大曆三年春白帝城放船出瞿塘峽久居夔府將適江陵漂泊有詩凡四十二韻》

“曲留明怨惜,夢盡失歡娛。”澤堂曰:兩句通叙法。

“風雷纏地脉,冰雪曜天衢。”澤堂曰:風雷水聲,冰雪波色。

“惡灘寧變色,高臥負微軀。”澤堂曰:惡灘已熟,豈變色乎?高臥於舟有愧千金之軀也。

“死地脱斯須。”澤堂曰:自“擺闔”以下至此,乃冒險下峽之狀。

“乾坤霾漲海。”澤堂曰:如乾坤之霾於海氣。

“鷗鳥牽絲颭,驪龍濯錦紆。”澤堂曰:絲,遊絲之屬,如“燕外晴絲卷”是也。錦,水色也,若云羽如絲、鱗如錦,則何異小兒聯句?又灑(驪)龍乃寓景非目見,安得狀其鱗耶?

“環洲納曉晡。”澤堂曰:環洲自一區而自有朝晡,如“陰陽割昏曉”是也。

“津亭北望孤。”澤堂曰:以上歷叙山川,至此停泊登覽,此以下叙情事。

“勞心依憩息，朗詠劃昭蘇。”澤堂曰：勞心幸依憩息，朗詠而開昭蘇之境也。

“意遣樂還笑，衰迷賢與愚。”澤堂曰：悲喜則以意消遣，賢愚則衰耗而不識也。此因景起興之界限也，注者失之。

“飄蕭將素髮。”澤堂曰：將，攜也。

“丘壑曾忘返，文章敢自誣。”澤堂曰：早有栖遁之志，文章亦所自負。

“此生遭聖代，誰分哭窮途。”澤堂曰：不謂遭此聖代而反遭窮途之哭。分，限量也，如“不分桃花紅勝錦”。

“臥疾淹爲客，蒙恩早厠儒。”澤堂曰：雖今日淹臥而曾厠朝列，諫諍見黜也。

“樸直乞江湖。”澤堂曰：以爲樸直而乞與江湖，故迫於險遠，如此婉辭以致怨也。

“浮名尋已已。”澤堂曰：用接輿語。

“灔澦險相迫，滄浪深可逾。浮名尋已已，懶計却區區。”澤堂曰：灔澦、滄浪雖是舟行即景，不列於惡灘之次，而叙於“乞江湖”之下，蓋以灔澦比世路，滄浪起騷興，幹運甚妙。又“浮名已已”貼灔澦，“懶計區區”貼滄浪，言將避世而自潔也。

“喜近天皇寺，先披古畫圖。應經帝子渚，同泣舜蒼梧。”澤堂曰：隔句作對法，亦承上接下，蓋傷今思古之意。

“應經帝子渚，同泣舜蒼梧。”澤堂曰：思古聖而不見，與二妃同泣也。

“朝士兼戎服，君王按湛盧。”澤堂曰：以下叙亂世。

“鶖首麗泥塗。”澤堂曰：麗，陷也。

“甲卒身雖貴，書生道固殊。出塵皆野鶴，歷塊匪轅駒。”澤堂曰：言非常之才不合小用，甲卒之貴不足方也。

“五雲高太甲。”澤堂曰：從星爲名，然必有古據。

“六月曠摶扶。”澤堂曰：《益州夫子廟碑》“華蓋西臨，藏五雲於太甲”，自張燕公已不了此句義，然其語意必是聖賢隱遁之象也，此句在伊、呂難降之後則其意益明。

“山林托疲苶，未必免崎嶇。”澤堂曰：設令遐遁，干戈亦及于山林，所謂“多壘滿山谷，桃源無處求”者是也，此結深悲極苦。

《巫山縣汾州唐十八使君弟宴別兼諸公攜酒樂相送率題小詩留于屋壁》

“接宴身兼杖，聽歌淚滿衣。”澤堂曰：老境別意正是。

《春夜峽州田侍御長史津亭留宴得筵字》

“始知雲雨峽，忽盡下牢邊。”澤堂曰：末句惜別，常時則不省江山盡處，今因送客發船而始知之者,以別意重故也。

《敬寄族弟唐十八使君》

"在今最磊落,巧僞莫敢親。"澤堂曰:言盛族顯姓,人不敢僞冒也。

"歸朝局病肺。"澤堂曰:局,拘也。

《泊松滋江亭》

"一柱全應近,高唐莫再經。"澤堂曰:得出險阻爲幸,不可再過。

《行次古城店泛江作不揆鄙拙奉呈江陵幕府諸公》

"風蝶勤依槳。"澤堂曰:勤字巧。

"春鷗懶避船。"澤堂曰:承接不襯,似以蝶鷗喻己之飄泊也。

"王門高德業,幕府盛材賢。行色兼多病,蒼茫泛愛前。"澤堂曰:王門、幕府皆泛愛於己,不憐其病衰,其寓諷深矣。蒼茫言其無依據也,諺云蒼茫,然在諸公泛愛之前。

《江南逢李龜年》

"岐王宅裏尋常見,崔九堂前幾度聞。"澤堂曰:二絶皆小詩法。

"正是江南好風景,落花時節又逢君。"澤堂曰:須批極玄解語,作小詩最難處在此。

《南征》

"偷生長避地,適遠更霑襟。"澤堂曰:爲偷生避地可愧,況適遠,尤可悲乎。

《地隅》

"行路日荒蕪。"澤堂曰:荒蕪,凄凉抑塞之意。

《奉送蘇州李二十五長史丈之任》

"一毛生鳳穴,三尺獻龍泉。"澤堂曰:喻久廢見用。

"赤壁浮春暮,姑蘇落海邊。"澤堂曰:浮,水行;落,流泊之意。

《暮春江陵送馬大卿公恩命追赴闕下》

"玉府標孤映。"澤堂曰:玉府猶言群玉府,指侍從班也。

"激揚音韻徹。"澤堂曰:音,言文辭之美。

"孫吳亦異時。"澤堂曰:非如孫、吳不相講而然。

"北宸徵事業。"澤堂曰:徵,告課也。

"南紀赴恩私。"澤堂曰:自南紀赴北也。

《蠶穀行》

"天下郡國向萬城。"澤堂曰:向猶幾至也。

《宇文晁尚書之甥崔彧司業之孫尚書之子重泛鄭監前湖》

"不但習池歸酩酊,君看鄭谷去羶腥。"澤堂曰:泛鄭監前湖勝似習池。

衾緣,逶迤遠去之狀。

《夏日楊長寧宅送崔侍御常正字入京探韻得深字》

"烏臺俯麟閣,長夏白頭吟。"澤堂曰:二人還朝省,而自不忘舊。

《夏夜李尚書筵送宇文石首赴縣聯句》

澤堂曰:宇文疑即前篇所謂名晃者,或疑即前篇崔或,看"重泛"字可見,但前題有錯文。

《多病執熱奉懷李之芳尚書》

"衰年正苦病侵陵,首夏何須氣鬱蒸。"澤堂曰:人雖衰病,以時氣則乃不當熱而熱也。

《水宿遣興奉呈群公》

"歸路非關北。"澤堂曰:關字非關塞之關。

"童稚頻書札,盤飧詎糝藜。我行向到此,物理直難齊。"澤堂曰:童稚頻送書札,盤飧詎至糝藜乎? 惟自怪此身流落如此也。

"嶷嶷瑚璉器,陰陰桃李蹊。"澤堂曰:以下頌美諸公干謁相救。

"肩輿羽翮低。"澤堂曰:肩輿干人,未免低摧也。

"自傷甘賤役,誰溷強幽栖。"澤堂曰:幽栖則人孰憐愍,故須是自往干求,此所以甘於賤役也。

"勳庸思樹立,語默可端倪。"澤堂曰:貴人志在功名,不可承順於語默之間,此皆諷語。

"登橋柱必題。"澤堂曰:王孫報漂母之心。

"丹心老未折,時訪武陵溪。"澤堂曰:武陵溪當指馬援征南之處,言老當益壯,功名不在晚也。"訪"字雖不穩,語意則然。

《江陵望幸》

澤堂曰:此注却是。自天寶末至子美歿,胡狄迭亂河朔,腥膻者迄二十餘年未已,而注杜詩者言盜賊必曰祿山,言播遷必曰明皇在蜀,言流落必曰甫在成都,至於天寶以前傷時之作亦以爲亂離後作,曲爲援比,其孤陋可笑皆此類。

"地利西通蜀,天文北照秦。"澤堂曰:狀其四方都會之勝。

"未枉周王駕,終期漢武巡。"澤堂曰:雖未即巡狩而終覬其或臨幸。

"甲兵分聖旨,居守付宗臣。"澤堂曰:建都置守,大段施措如此。宗臣指伯玉,此非傍說西京事,注却橫錯。

"早發雲臺仗,恩波起涸鱗。"澤堂曰:子美家累身病,加以途梗,不得歸朝,常以爲恨,至是雖知建都之非宜,而猶以天子巡幸得見朝儀爲幸,忠義之發耳。

《遣悶》

　　"端憂問彼蒼。"澤堂曰：端猶正也。

《江陵節度陽城郡王新樓成王請嚴侍御判官賦七字句同作》

　　"江漢風流萬古情。"澤堂曰："轉見千秋萬古情"同此句法。

《江邊星月二首》

　　"餘光憶更漏憶一作隱。"澤堂曰：更考。

　　"歷歷竟誰種，悠悠何處圓。客愁殊未已，他夕始相鮮。"澤堂曰：言客愁見星月亦未已，星月自於他夕相鮮而已。白榆注是，他日還鄉方作好顏色，與月相鮮也。

《秋日荊南述懷三十韻》

　　"身世白駒催。"澤堂曰：此一句承接遠近，甚妙。

　　"九鑽巴噀火，三蟄楚祠雷。"澤堂曰：巴噀、楚祠窘而不躓，轉奇。

　　"望帝傳應實，昭王問不回。"澤堂曰：但言楚、蜀故事而拜杜鵑，憂君父之意隱然可識。

　　"琴烏曲怨憤，庭鶴舞摧頹。"澤堂曰：琴烏之怨、庭鶴之摧皆自喻文章傷怨之意。

　　"秋水漫湘竹，陰風過嶺梅。"澤堂曰：漫，沾湆也。一意與"滿"同。此句亦承上句，言歲寒孤獨之意。

　　"結舌防讒柄，探腸有禍胎。"澤堂曰：欲吞嘿以避讒構，而由有疾惡剛腸，禍胎正在此。此是自省自悲之辭。

　　"得喪初難識，榮枯劃易該。"澤堂曰：得喪，榮枯之始；榮枯，得喪之終。始若難識，終易該也。

　　"不必伊周地，皆登屈宋才。"澤堂曰：當時濫進者如此，不必伊、周之地望與屈、宋之才器也。上下隻似一句格，亦互見兩意，非以伊、周倫於屈、宋也。

　　"晉史坼中台。"澤堂曰：不必指房琯。

　　"霸業尋常體，宗臣忌諱災。"澤堂曰：戎狄和親乃霸業常體，宗臣忌諱乃是災也。是時代宗猜忌功臣，將相多不保全，故總言時事也。

　　"願聞鋒鏑鑄。"澤堂曰：鑄即銷字義。

　　"磐石圭多剪，凶門轂少推。"澤堂曰：勳封太濫，委任則未。

　　"垂旒資穆穆，祝網但恢恢。"澤堂曰：垂旒則須資穆穆，祝網則但欲恢恢，此皆猜忌多殺戮之諷也。

　　"赤雀翻然至，黃龍不假媒。"澤堂曰：以喻當世登庸之人。

　　"賢非夢傅野，隱類鑿顏壞。"澤堂曰：登庸者非賢，亦有隱遁不可致者。

卷 二 十 四

《江漢》

　　“永夜月同孤,落日心猶壯。”澤堂曰：月孤與落日相侵,不知何以失檢。

《遠遊》

　　“江闊浮高棟棟一作束。”澤堂曰：水岸豈有樓閣耶？

　　“雁矯銜蘆内。”澤堂曰：内字特下。

　　“猿啼失木間。”澤堂曰：感物自況。

《折檻行》

　　“千載少似朱雲人,至今折檻空嶙峋。婁公不語宋公語,尚憶先皇容直臣。”澤堂曰：下一尚字可知不及朱雲也。

《秋日荆南送石首薛明府辭滿告別奉寄薛尚書頌德叙懷斐然之作三十韻》

　　澤堂曰：薛明府乃尚書之弟。

　　“荆門留美化。”澤堂曰：有遺愛。

　　“聞道和親入,垂名報國餘。”澤堂曰：此指尚書。

　　“連枝不日並,八座幾時除。”澤堂曰：或言薛尚書已八座,明府今連枝矣。仝見亦以尚書並命亦通。

　　“風塵相澒洞,天地一丘墟。”澤堂曰：叙喪亂語,亦自宏麗。

　　“公時呵獬豸。”澤堂曰：入題。

　　“材非一范雎。”澤堂曰：雖屬自注,范雎似不著題。

　　“荒蕪已荷鋤。”澤堂曰：蒙其拂拭。

　　“白髮甘凋喪,青雲亦卷舒。經綸功不朽,跋涉體何如。應誃耽湖橘,常餐占野蔬。”澤堂曰：非惟自甘衰賤,如尚書在青雲亦時卷舒,如使吐蕃非得已。“應誃”以下言尚書怪我遁荒也。

　　“休煩獨起予。”澤堂曰：起予非爲詩也。冀尚書爲國立忠,不獨令我獨爲公興起也。

《哭李尚書之芳》

　　“修文將管輅。”澤堂曰：將,攜去之義也。言修文館將去管輅。

《獨坐》

　　“滄溟服衰謝。”澤堂曰：服與“服膺”之服同意,猶著也。

《哭李常侍嶧二首》

　　“短日行梅嶺。”澤堂曰：嶺高而日行短,歸櫬之苦如此。

　　“寒山落桂林。”澤堂曰：桂林正搖落。

　　“次第尋書札,呼兒檢贈詩。”澤堂曰：次第與書札對,呼兒與檢詩對,是句法。

《宴王使君宅題二首》

"不才甘朽質,高臥豈泥蟠。"澤堂曰:謙退如此。

《舟中出江陵南浦奉寄鄭少尹審》

"鳴螿隨泛梗,別燕起秋菰。"澤堂曰:以螿、燕興己漂泊。

"寂寥相呴沫,浩蕩報恩珠。"澤堂曰:上句少食恩之地,下句無報恩之人。

"南征問懸榻,東逝想乘桴。"澤堂曰:如無待士之禮,欲學從師之行。

"濫竊商歌聽,時憂卞泣誅。"澤堂曰:幸得聽我商歌之知己,而猶憂卞氏之泣刖也。

《移居公安山館》

澤堂曰:題以山館,必在高處。

"路危行木杪,身遠宿雲端。"澤堂曰:終日行險途,宿處又高絶。

"山鬼吹燈滅,厨人語夜闌。雞鳴問前館,世亂敢求安。"澤堂曰:山鬼吹燈之時厨人尚相語,雞鳴又發,其無晨夜之閑可悲也。

《公安送韋二少府匡贊》

"古往今來皆涕泪,斷腸分手各風烟。"澤堂曰:時危如此餘生苦短,此古今可涕泪處,又況分手之際耶?

《贈虞十五司馬》

"凄凉憐筆勢,浩蕩問辭源。"澤堂曰:虞司馬雖流落凄凉,其筆勢有祖法則可憐。甫之時去秘監已遠而猶可浩蕩想望,問其詞源於後孫也。

"交態知浮俗,儒流不異門。"澤堂曰:因流俗利交,知儒流相同也。

《公安縣懷古》

"灑落君臣契,飛騰戰伐名。"澤堂曰:總言。

《呀鶻行》

"緊腦雄姿迷所向。"澤堂曰:猛緊之腦。

"强神迷復皂雕前。"澤堂曰:以其神强故敢亢皂雕而不知止也。

《北風》

"吾慕漢初老,時清猶茹芝。"澤堂曰:猶字可愧,當時不好遁矣。

《憶昔行》

"弟子誰依白茅屋,廬老獨啓青銅鎖。"澤堂曰:"弟子四五人,入來泪俱落"即同此二句意,而蔡獨異釋,何耶?

"金節羽衣飄婀娜。"澤堂曰:想望仙遊之狀。

"至今夢想仍猶左。"澤堂曰:如在左旁也。

《留別公安大易沙門》

“隱居欲就廬山遠,麗藻初逢休上人。數問舟航留製作,長開篋笥擬心神。”澤堂曰:訪問舟居又留所作於篋中,故時時開展以憑心神也。自“麗藻”至“心神”只一意。

“先踏爐峰置蘭若,徐飛錫杖出風塵。”澤堂曰:結欲就廬山之句。

《曉發公安數月憩息此縣》

“北城擊柝復欲罷,東方明星亦不遲。”澤堂曰:日月易邁,作旅如昨。

“鄰雞野哭如昨日。”澤堂曰:野哭即“野哭千家聞戰伐”之野哭,東坡有“行歌野哭兩堪悲”之句。

《歲晏行》

“楚人重魚不重鳥,汝休枉殺南飛鴻。”澤堂曰:射鳥不可賣而充食,此亦憐之之辭。

《發劉郎浦》

“白頭厭伴漁人宿,黃帽青鞋歸去來。”澤堂曰:漂泊水行所以厭伴漁人,非謂江湖不及山林也。

《幽人》

“洪濤隱語笑,鼓枻蓬萊池。”澤堂曰:此想像幽人方外之遊。

“知名未足稱,局促商山芝。”澤堂曰:以時事之艱難不得遂商山之計,雖或知名,何足稱也?

《泊岳陽城下》

“山城僅百層。”澤堂曰:僅與近字同義,如韓文“家累僅三十口”之僅,非不足之意。

“留滯才難盡。”澤堂曰:自負不淺。

《纜船苦風戲題四韻奉簡鄭十三判官泛》

“漲沙霾草樹。舞雪渡江湖。吹帽時時落。”澤堂曰:漲字、舞字、吹字皆主朔風而言。

《登岳陽樓》

“吳楚東南坼。”澤堂曰:自岳陽視吳楚,東南最開豁,故下“坼”字。

“親朋無一字,老病有孤舟。戎馬關山北,憑軒涕泗流。”澤堂曰:形勝如許而流離喪亂,祇足延望流涕,此用意連串處。

《奉送魏六丈佑少府之交廣》

“賢豪贊經綸,功成空名垂。”澤堂曰:典則中有感慨。

“虛思黃金貴,自笑青雲期。”澤堂曰:黃金用盡,青雲契闊,此語無賓主言。

“獨屈州縣卑。”澤堂曰：“獨屈州縣卑”非自道，必指魏言。

“始兼逸邁興，終慎賓主儀。”澤堂曰：自“出入朱門家”以下九句極言豪貴從遊之樂，終戒之以慎儀，此無己、太康之意也。

澤堂曰：極言遠遊賓主之樂，末復自傷世亂相離，意欲魏佑到彼，而勿以流湎失身於非人也。

《冬晚送長孫漸舍人歸州》

澤堂曰：詩中述漸留連久不歸之意，而題曰《歸州》，則可知其當歸而尚滯也。

“參卿休坐幄，蕩子不歸鄉。”澤堂曰：二句言長孫倦遊不歸，非甫自謂。

“南客瀟湘外。”澤堂曰：南客總言彼、己，亦非甫自單稱也。

“衰年傾蓋晚。”澤堂曰：此句方言甫初識長孫而又將別也。

“匣裏雌雄劍，吹毛任選將。”澤堂曰：任其擇利刃持去也。

《陪裴使君登岳陽樓》

“湖闊兼雲霧，樓孤屬晚晴。”澤堂曰：雲霧增其闊，晴光增其孤，此用意妙處。

《送重表侄王砅評事使南海》

“自陳剪髻鬟，鬻市充杯酒。”澤堂曰：叙得亦不凡。

“秦王時在坐，真氣驚户牖。”澤堂曰：應“虯髯”句。

“五色非爾曹。”澤堂曰：舊説“言五色豈非爾曹乎”，亦是。此爾曹乃“爾曹身與名俱滅”、“歷塊過都見爾曹”之爾曹，言他人之曹也，不然不可解矣。

《過南嶽入洞庭湖》

“洪波忽爭道，岸轉異江湖。鄂渚分雲樹，衡山引舳艫。”澤堂曰：江即大江，湖即洞庭，只轉岸之間耳。

“翠牙穿裛漿，碧節吐寒蒲。”澤堂曰：牙在下，故曰穿；節在上，故曰吐。

“壤童犁雨雪，漁屋架泥塗。”澤堂曰：壤童即圬户之類，出處未詳，豈俗稱耶？

“悠悠回赤壁，浩浩略蒼梧。”澤堂曰：環回赤壁，略過蒼梧。

“悠悠回赤壁，浩浩略蒼梧。帝子留遺恨，曹公屈壯圖。”澤堂曰：四句兩意。

“聖朝光御極，殘孽駐艱虞。”澤堂曰：因聖妃之恨、英雄之屈，以興時事艱危之感也。

“才淑隨厮養，名賢隱鍛爐。邵平元入漢，張翰後歸吳。莫怪啼痕數，危檣逐夜烏。”澤堂曰：以世亂故才賢隱没，公自喻。以邵平之隱於漢，張翰之歸於吳,然猶不免啼泣者,以漂泊未已故也。

“莫怪啼痕數,危檣逐夜烏。”澤堂曰:危檣夜行,雖欲不啼泣,得乎?

《宿青草湖》

“宿槳依農事,郵籤報水程。”澤堂曰:農即農家,郵即驛次。槳依農事,驛報水程,皆異事實景,故特記之。

《宿白沙驛》

“驛邊沙舊白,湖外草新青。”澤堂曰:白沙驛、青草湖皆地名,因此點綴。

“孤槎自客星。”澤堂曰:言此孤舟自是星客也,亦有物各和樂、己獨孤孑之意。

《上水遣懷》

“我衰太平時,身病戎馬後。”澤堂曰:此下至“舉動見老醜”,述遭亂奔走之懷。

“低顏下色地,故人知善誘。後生血氣豪,舉動見老醜。”澤堂曰;故舊誘以低顏下色,而後生氣豪嘲我爲老醜也。

“蹉跎陶唐人,鞭撻日月久。”澤堂曰:蹉跎,歲月倏忽之狀,言堯舜之世易盡也。

“鬱没二悲魂。”澤堂曰:悲疑妃字。

“嶢峯清湘石。”澤堂曰:“嶢峯”以下至“罕有”,言刺船之妙,因以演義也。

“蒼蒼衆色晚。”澤堂曰:以下叙日暮危險之狀。

“庶與達者論,吞聲混瑕垢。”澤堂曰:不可與衆人道,只吞聲而不知人瑕垢也。

《湘夫人祠》

“蟲書玉佩蘚,燕舞翠帷塵。”澤堂曰:蘚被於佩而蟲又飾之,塵擁於帷燕又舞弄也。

“晚泊登汀樹。”澤堂曰:登字不襯於樹,當考舊説。汀樹,水邊林樾也。

“微馨借渚蘋。”澤堂曰:唐人女郎祠“渚蘋行客薦”,此句亦有此意。

《遣遇》

“朱崖雲日高。”澤堂曰:朱崖如丹崖、赤壁。

“舟子廢寢食,飄風爭所操。”澤堂曰:風爭舟子所操,言其危也。

《解憂》

“得失瞬息間,致遠宜恐泥。”澤堂曰:頃刻間尚有得失,宜恐致遠而滯也。

“兹理庶可廣,拳拳期勿替。”澤堂曰:前賢亦以安危爲慮,宜廣推兹理以濟危險也。

《宿鑿石浦》

"青燈死分翳。"澤堂曰：死時半翳半明即謂分也。

"窮途多俊異。"澤堂曰：不能徇俗，故俊異之士多見窮途。

卷 二 十 五

《次空靈岸》

"青春猶無私，白日亦偏照。"澤堂曰：略有語意。

《宿花石戌》

"茫茫天造間，理亂豈恒數。"澤堂曰：因春熱氣候，便思治亂無定數。

"山東殘逆氣。"澤堂曰：逆氣殘也。殘，餘也，言未艾也。

《早發》

"煩促瘴豈侵，頹倚睡未醒。"澤堂曰：昏睡乃中瘴之候。

"薇蕨餓首陽。"澤堂曰：以下結起句意。

《次晚洲》

"秀色固異狀。"澤堂曰：知名之不虛，以有異狀。

《登白馬潭》

澤堂曰：登字疑誤。

"水主春纜没。"澤堂曰：江行曉景最佳處。

"宿鳥行猶去，花叢笑不來。"澤堂曰：批意亦晦。吾舟行故視宿鳥如去鳥，花叢似來而不來，故不覺自笑。此舟行之景。

"莫道新知要，南征且未回。"澤堂曰：新知雖相要，我將南征不能久也。

《歸雁》

"是物關兵氣，何時免客愁。"澤堂曰：鳥得氣先，今異於舊，當有兵氣，以此又動客愁。

"年年霜露隔，不過五湖秋。"澤堂曰：以霜露故不過五湖，此常事也，今則不然。

《野望》

"雲山兼五嶺。"澤堂曰：兼，兼有之也。

"風壤帶三苗。"澤堂曰：風壤，風土也，尚有三苗之風。

《入喬口》

"樹蜜早蜂亂。"澤堂曰：作"密"無疑。杜多誤字，皆由注者曲説。

"江泥輕燕斜。"澤堂曰：水淺而生泥,與"密"不妨相對。

《銅官渚守風》

"早泊雲物晦,逆行波浪慳。"澤堂曰：早泊而雲日已晦,逆行而風浪又阻,皆苦意。

《北風》

"初宵鼓大爐。"澤堂曰：言風生如橐籥也。

"爽攜卑濕地。"澤堂曰：攜其卑濕之氣也,與"攜異"之攜同。

"滌除貪破浪,愁絕付摧枯。執熱沈沈在,凌寒往往須。且知寬疾肺,不敢恨危塗。"澤堂曰：破浪非可貪,以滌除故喜之。摧枯雖合愁絕,今且任之者,蓋方執熱,不可不往往須寒以滌之也。且肺疾得少蘇,風浪之危不敢恨也。此三句一串反覆說。

《詠懷二首》

"悵望蒼梧暮。"澤堂曰：悵望蒼梧乃愁慕聖人也。

"逆行少吉日,時節空復度。"澤堂曰：上江吉日少,故虛過時節。

"萬古一死生,胡爲足名數。"澤堂曰：不過一死生而何其名數之猥多耶?

"焉得所歷住。"澤堂曰：安能從所歷而住留耶?

《望嶽》

"欻吸領地靈,鴻洞半炎方。"澤堂曰：雖無風致,典重有法。

"牲璧忍衰俗,神其思降祥。"澤堂曰：牲璧豐薄任此衰俗,但爲我皇可降福祐。

《清明二首》

"胡童結束還難有,楚女腰肢亦可憐。"澤堂曰：胡童結束乃北方風俗,楚女乃南中所見。"還難有"言不見也。

"寂寂繫舟雙下泪,悠悠伏枕左書空。"澤堂曰：以"雙"對"左",實而更奇。

《客從》

"珠中有隱字。"澤堂曰：隱字猶隱語也。

"開視化爲血,哀今徵斂無。"澤堂曰：語特奇古,故不可解。

《發潭州》

"賈傅才未有。"澤堂曰：言今則亡矣。

《雙楓浦》

"浪足浮紗帽,皮須截錦苔。江邊地有主,暫借上天回。"澤堂曰：覽雙楓之摧朽,自覺衰謝不合棟梁,真如朽楓只合截錦苔、浮紗帽,乘而上天却回也。

《酬郭十五判官》

"藥裹關心詩總廢,花枝照眼句還成。"澤堂曰：兩句一意。

《衡州送李大夫七丈勉赴廣州》

"日月籠中鳥，乾坤水上萍。"澤堂曰：日月之久而爲籠鳥，乾坤之大而比水萍，羈縶之苦、漂泊之遠可知。

"王孫丈人行，垂老見飄零。"澤堂曰："王孫是丈人行，而見我老而飄零，寧不悲慨耶?"

《回棹》

"凍雨裹沉綿。"澤堂曰：沾濕於沉綿之際。

"几杖將衰齒。"澤堂曰：將，扶也。

《湘江宴餞裴二端公赴道州》

"盛名富事業，無取愧高賢。"澤堂曰：自謙。

"氣蘇君子前。"澤堂曰：言見裴令，衰氣得甦。

"交遊颯向盡，宿昔浩茫然。"澤堂曰：宿昔之餘，不覺零落茫然。

《奉送王信州崟北歸》

"壤歌唯海甸，畫角自山樓。"澤堂曰：年豐盜息之狀，只一"自"字可知畫角不用於戰耳。

"白髮寐常早。"澤堂曰：下句演上句，白髮早寐乃安逸之意。

"遣騎覓扁舟。"澤堂曰：非甫使人覓崟，崟自使人。注意失之。

"徐榻不知倦，潁川何以酬。"澤堂曰：徐榻以下三句意，望信州相呴沫而不見報，今其去矣，高義安在。此語深警。

《哭韋大夫之晉》

"士人叨禮數。"澤堂曰：自喻。

"馮招疾病纏。"澤堂曰：杜方欲以工部員外入朝而以病不得行，茲詩所謂"入朝病見妨"是也。

"鵩鳥長沙諱。"澤堂曰：言甫少時叨蒙韋大夫禮數，及大夫尊貴而有徒，有貢公之喜而不得再接音容。及甫見招以郎官，則又疾病不得入朝，與大夫相接無期。不謂南來倉卒可駭如此，而與甫共思故國而已。此以上公自言與韋大夫前後聚散差池事也。蓋韋左遷節鎮南方始與公相遇，未久而卒故也。賦鵩一句方指韋死，非公自謂。

"漢道中興盛。"澤堂曰：漢道以下追美韋大夫。

"沖融標世業。"澤堂曰：清通之才，標見世業。

"綺樓關樹頂，飛旐泛堂前。帟幕疑風燕，笳簫急暮蟬。興殘虛白室，跡斷孝廉舡。"澤堂曰：言大夫所居城府如此，而素旐已出。素幕、挽歌如對風物，而只爲大夫已逝，故公則興盡而跡斷也。

"童孺交遊盡。"澤堂曰：結起句。

"名器重雙全。"澤堂曰：言韋公有雙全之美。

《江閣臥病走筆寄呈崔盧兩侍御》

"長夏想爲情。"澤堂曰：以想爲情，言思飲食也。

《潭州送韋員外迢牧韶州》

"白首多年疾，秋天昨夜凉。洞庭無過雁，書疏莫相忘。"澤堂曰：老病遇寒宜有暖熱之資，但洞庭以南無過雁，則恐忘其書疏相問也，此有相干之意而不盡言。

《千秋節有感二首》

"金吾萬國回。"澤堂曰：萬國朝於聖節，金吾受外國之朝禮也。

"御氣雲樓敞。"澤堂曰：御字當作馭字看。

"聖主他年貴。"澤堂曰：知皇帝貴之貴字。

"邊心此日勞。"澤堂曰：語凡而意諷。

《蘇大侍御訪江浦賦八韻記異》

"今晨清鏡中，勝食齋房芝。"澤堂曰：兩句一意。

"風破寒江遲。"澤堂曰：遲，長也。

《可嘆》

"丈夫正色動引經。"澤堂曰：丈夫即女之夫。

"太守得之更不疑，人生反覆看亦醜。"澤堂曰：未嘗有論說計策，而太守待之不疑，視其妻厭貧而去之者不侔耳。

《奉贈盧五丈參謀琚》

"恭惟同自出，妙選異高標。"澤堂曰：外姓則同出，而妙選則人物自異，企羨之詞。

"爭米駐船遥。"澤堂曰：以軍民爭米，欲遠來支給。

"鄰好艱難薄。"澤堂曰："鄰好"一句皆用《左傳》救災恤鄰語，言凶歲不得鄰州之糶。

"寒水不成潮。"澤堂曰：言五丈不能相濟無以得潤，如寒水不潮，亦以寫即景。

"素髮乾垂領。"澤堂曰：以下自叙乾不潤之貌。

"説詩能累夜，醉酒或連朝。藻翰惟牽率，湖山合動搖。時清非造次，興盡却蕭條。"澤堂曰：既自悲復自誇，言雖貧困衰病，至於飲酒賦詩當令湖山動搖，但以時清非造次可望，令人興盡生悲。

"流年疲蟋蟀，體物幸鶺鴒。"澤堂曰：疲於聽秋蟲，幸自比微禽。

"辜負滄洲願，誰云晚見招。"澤堂曰：不得尋仙遠去，不以晚招爲榮。

《惜別行送劉僕射判官》

“襄陽幕府天下異。”澤堂曰：此畜馬之地，判官所往也。

“梁公富貴於身疏。”澤堂曰：此求馬之將，判官之帥也。

“劉侯奉使光推擇。”澤堂曰：方入題。

“强梳白髮提胡盧，手兼菊花路傍摘。”澤堂曰：以提壺手兼採菊花於路傍也。

“當杯對客忍涕淚，不覺老夫神内傷。”澤堂曰：不知我心悲。○通篇只以吏語敷述，末端忽出冷語，便覺一篇生色。

《重送劉十弟判官》

“經過辨豐劍。”澤堂曰：爾自識我。

“意氣逐吳鈎。”澤堂曰：吾自思汝。

“垂翅徒衰老。”澤堂曰：自喻。

“先鞭不滯留。”澤堂曰：指劉。

“本枝淩歲晚，高義豁窮愁。”澤堂曰：劉爲先派本支不凋而蔑淩此歲晚，又以義氣交我可以豁愁。

《湖南送敬十四君適廣陵》

“氣纏霜匣滿，冰置玉壺多。”澤堂曰：冤極故滿，清映故多。

“遭亂實漂泊。”澤堂曰：自悲。

“濟時曾琢磨。”澤堂曰：指敬使君。

“秋晚岳增翠。”澤堂曰：秋晚而增翠，指松柏。

《暮秋枉裴道州手札率爾遣興寄遞呈蘇涣侍御》

“他日更僕語不淺，明公論兵氣益振。”澤堂曰：兩句乃叙前日相遇論兵宴飲之事。注非。

“後來傑出雲孫比。”澤堂曰：比，似也。

“茅齋定王城郭門。藥物楚老漁商市。市北肩輿每連袂。”澤堂曰：三句皆叙涣。

“無數將軍西第成。”澤堂曰：無數猶言不足數。

《奉贈李八丈判官》

“冗長吾敢取。”澤堂曰：故無取乎冗長。

卷　二　十　六

《別張十三建封湖南觀察使韋之晉辟參謀》

“眼中萬少年，用意盡崎嶇。”澤堂曰：眼空萬夫，心歷衆險，皆言其倜儻之氣,經濟之才。

"乃吾故人子,童丱聯居諸。揮手灑衰泪,仰看八尺軀。"澤堂曰:曾見童丱,今見八尺軀,頎然長矣。

"范雲堪結友,嵇紹自不孤。"澤堂曰:不籍山公。

"湖落回鯨魚湖一作潮。"澤堂曰:如魚之得順歸之潮。

"君臣各有分,管葛本時須。"澤堂曰:管、葛本大才當用,但亦君臣各有命分,非人力所爲。

"高義在雲臺。"澤堂曰:義疑作議。

"嘶鳴望天衢。"澤堂曰:建封感慨時事,欲一鳴於天衢也。

"羽人掃碧海,功業竟何如。"澤堂曰:建封卒爲名臣,想少壯時已自驚人,此詩摸寫氣概略盡。

《送盧十四弟侍御護韋尚書靈櫬歸上都二十四韻》

"門闌誰送歸。"澤堂曰:入題。

"長路更執紼,此心猶倒衣。"澤堂曰:長路執紼已勞苦矣,然其心猶恐不及,欲倒衣裳以從之。

"感恩義不少,懷舊禮無違。"澤堂曰:已上極言盧侍御護尚書歸葬乃禮義俱至。

"墓待龍驤詔,臺迎獬豸威。"澤堂曰:侍御還朝則臺中當迎迓其威風。

"深衷見士則。"澤堂曰:以下言御史入臺論列之事。

"往年朝謁斷,他日掃除非。"澤堂曰:侍御未朝謁之時已失平戎之策。

"儉約前王體,風流後代希。對揚期特達,衰朽再芳菲。"澤堂曰:今但上下夙夜交修,不必添加將帥,若動詢國老,雖如白登之圍不足爲慮,此御狄之策。且民生瘡痍,亂逆自恣,若刺規諫諍以光君德,則人君之儉德光于前代,風流爲後世所希,此安民之方也。此兩策若對揚於天子,進被榮達,則如我衰朽亦同受其芳澤也。此結上生下語。

"山中疾採薇。"澤堂曰:病苦於採薇。

"撥杯要忽罷。"澤堂曰:愁疾之中有此別離。

"清霜洞庭葉,故就別時飛。"澤堂曰:一氣直叙,如昌黎大篇,末結清刻料峭如晚唐諸作,豈無所不宜耶?抑已啓中晚門户者耶?

《風疾舟中伏枕書懷呈湖南親友三十六韻》

"軒轅休製律,虞舜罷彈琴。"澤堂曰:起句突兀。

"尚錯雄鳴管。"澤堂曰:承接得好。

"鬱鬱冬炎瘴。濛濛雨滯淫。鼓迎方祭鬼。"澤堂曰:言方俗之異,氣候之殊。

"彈落似鶡禽。"澤堂曰：綴景接情。

"吾安藜不糝，女貴玉爲琛。"澤堂曰：吾則安貧，汝則自珍。

"久放白頭吟。"澤堂曰：放吟也。凡白頭吟非爲閨闥，則乃士人歲暮不相負者也。

"持危覓鄧林。"澤堂曰：支持危險欲覓大澤也。

"却假蘇張舌。"澤堂曰：以諸友見知，故得以關說也。

"納流迷浩汗，峻址得欹崟。"澤堂曰：言諸公採納論說得納流增址也。

"披顏爭倩倩，逸足競駸駸。"澤堂曰：披顏則非心悅也，逸足漸遠不暇顧後人也。

"朗鑒存愚直，皇天實照臨。"澤堂曰：言己遇知，非倩笑媚悅而然，以愚直而已，此皇（天）所鑒也。

"公孫仍恃險。"澤堂曰：此下時事。

"畏人千里井。"澤堂曰：極言遠旅嘗險之意。

"葛洪尸定解，許靖力難任。家事丹砂訣，無成涕作霖。"澤堂曰：當此危亂之時，洪之尸解不可得也，只如許靖避世亦不可得，所以丹砂不成而令人出涕也。

《舟中夜雪有懷盧十四侍御弟》

"暗度南樓月，寒深北渚雲。"澤堂曰：月暗雲深皆以雪故。

《對雪》

"隨風且間葉。"澤堂曰：間字，投間以入之意。

"銀壺酒易賒。"澤堂曰：錢已盡矣，酒可賒乎？

"無人竭浮蟻。"澤堂曰：傾竭以飲也。

《暮冬送蘇四郎徯兵曹適桂州》

"余病長年悲。"澤堂曰：長年猶老年。

"爲入蒼梧廟，看雲哭九疑。"澤堂曰：蓋悼當時之不古也。

《追酬故高蜀州人日見寄》

"鄠杜秋天失雕鶚。"澤堂曰：高以散騎常侍卒于長安。

"昭州詞翰與招魂。"澤堂曰：可與昭州詞共招也。

《人日寄杜二拾遺》（蜀州刺史高適）

"身在南蕃無所預。"澤堂曰：蜀在西南，謂南蕃亦宜然。此適自謂爲藩臣而無預時事，空憂思云。

《奉贈蕭二十使君》

"食恩慚鹵莽，鏤骨抱酸辛。"澤堂曰：子美自恨不及。

"不達長卿病，從來原憲貧。"澤堂曰：不達猶不識，言彼雖不識吾病，知我本來貧,當有以濟之。

《奉送二十三舅録事之攝郴州》

"氣春江上別,泪血渭陽情。"澤堂曰:春回於別時,泪血於渭陽。

"從役何蠻貊,居官志在行。"澤堂曰:何爲從役於蠻貊也,志在行忠信。

《送魏二十四司直充嶺南掌選崔郎中判官兼寄韋韶州》

"明白山濤鑒,嫌疑陸賈裝。"澤堂曰:嶺外選注恐有嫌謗,故以此戒之。

"故人湖外少,春日嶺南長。"澤堂曰:嶺南近日故似長。○故人稀少,宜寥寂難遣。

"憑報韶州牧,新詩昨寄將。"澤堂曰:有寄韋公詩。

《送趙十七明府之縣》

"連城爲寶重。"澤堂曰:姓料。

"山雉迎舟楫,江花報邑人。"澤堂曰:如此注解亦罕見。

"臥病却愁春。"澤堂曰:却字有味。

《同豆盧峰貽主客李員外賢子棐知字韻》

"聰明達所爲。"澤堂曰:聰明之才達於所爲之事。

《歸雁二首》

"雙雙瞻客上。"澤堂曰:見客而飛上也。

"繫書無浪語,愁寂故山薇。"澤堂曰:繫書元爲浪語不得傳信,使故山之薇愁寂而已。

"却過清渭影,高起洞庭群。"澤堂曰:來時過渭水,去時過洞庭。

《小寒食舟中作》

"娟娟戲蝶過閑幔。"澤堂曰:閑一本作"開"字,爲是。"過閑幔"不成語,且杜子美不用"閑"字,又"過閑"、"閑過"皆無文理,惟舟中開幔見蝶飛過乃實景真語。

《燕子來舟中作》

"穿花落水益霑巾。"澤堂曰:"益霑巾"三字結得八句,却怪拗。

《清明》

"著處繁華矜是日。"澤堂曰:起句突兀,便見隨俗暫遊非真樂也。

"此都好遊湘西寺,諸將亦自軍中至。"澤堂曰:句句沉著,細味虛字可見。

"馬援征行在眼前。"澤堂曰:如見古人。

"古時喪亂皆可知,人世悲歡暫相遣。"澤堂曰:古今一致,喪亂之際不可徒悲,不可極歡,要在暫相消遣也。於繁華歡賞中忽出此句,極是苦語,良是有心事者。

“況乃今朝更被除。”澤堂曰：被除乃禳灾之節，不合與人遊行。

《贈韋七贊善》

“北走關山開雨雪，南遊花柳塞雲烟。”澤堂曰：言韋遍行南北。

“洞庭春色悲公子，蝦菜忘歸范蠡舡。”澤堂曰：春色可傷，以蝦菜故忘歸，如季鷹之蒓。

《風雨看舟前落花戲爲新句》

澤堂曰：既曰戲作，則意必有指，疑有王趙紅顏之喻。

“吹花困懶旁舟楫。”澤堂曰：極形容落花之態。

“赤憎輕薄遮人懷。”澤堂曰：輕薄指落花，杜固謂“輕薄桃花逐水流”也。〇言時有吹花輕薄入懷袖而慎重而不相接，此魯男子之意，戲云者即此句。

“珍重分明不來折折一作接。”澤堂曰：折字非韻脚，且接義爲是。

“蜜蜂蝴蝶生情性，偷眼蜻蜓避百勞。”澤堂曰：蜻蜓却勝蝴蝶也。〇解意大概似是，惟“赤憎”一句不可曉，解得亦疏。

《岳麓山道林二寺行》

“五月寒風冷佛骨，六時天樂朝香爐。”澤堂曰：絶地近天之意。

《奉酬寇十侍御錫見寄四韻復寄寇》

“詩憶傷心處，春深把臂前。”澤堂曰：傷心之地見其寄詩，未把臂前春已深矣。

“南瞻按百粤，黃帽待君偏。”澤堂曰：南望寇之按粤，則樓船之卒聞其惠聲特待其來也。〇謂之帽偏欹，何其猥耶？

《入衡州》

“老將一失律。”澤堂曰：不必指哥舒、張守珪，不斬禄山本失律。

“恕己獨在此。”澤堂曰：恕己猶言自恃其長，即府庫過防之事。

“多憂增内傷。”澤堂曰：恐其乏財，多憂成病。

“元惡迷是似。”澤堂曰：迷亂其是似也。

“明徵天莽茫。”澤堂曰：明徵之天亦茫昧也。

“暮年慚激昂。”澤堂曰：暮年無復世念，而不免激昂，斯爲愧耳。

“悠悠委薄俗，鬱鬱回剛腸。”澤堂曰：《許彦周詩話》以爲每讀此句爲之流涕，如主父偃之樂毅書云。

“勇鋭白起强。”澤堂曰：强，勝也。

“凱歌懸否臧。”澤堂曰：與否臧相懸也。

《舟中苦熱遣懷奉呈陽中丞通簡臺省諸公》

“平生方寸心，反當帳下難。”澤堂曰：方寸兩句指崔瓘，非甫自喻。

"入舟雖苦熱,垢膩可溉灌。"澤堂曰:亦有譬意。

"北拱載霄漢。"澤堂曰:載作戴似是。

"謀畫焉得算。"澤堂曰:於焉得算也。

"此流須卒斬,神器資强幹。"澤堂曰:李是宗戚,故云强幹也。

《江閣對雨有懷行營裴二端公》

"野流行地日,江入度山雲。"澤堂曰:日流于地,雲入于江,皆因雨氣而然。

"層閣憑雷殷,長空面水文。"澤堂曰:俯聽隱雷,對見波紋。

《題衡山縣文宣王廟新學堂呈陸宰》

"高歌激宇宙,凡百慎失墜。"澤堂曰:爲此歌詩以激動世間,凡百君子宜慎文教之失墜也,注恐鑿。

《朱鳳行》

"君不見瀟湘之山衡山高,山巓朱鳳聲嗷嗷。"澤堂曰:詳味詩意,似是高位英賢遭群盜小人之梗之比也,抑不知指何人,諸注皆牽合。

《聶耒陽以僕阻水書致酒肉療飢荒江詩得代懷興盡本韻至縣呈聶令陸路去方田驛四十里舟行一日時屬江漲泊于方田》

"澧卒用矜少。"澤堂曰:用之貴少,此可矜,如"此輩少爲貴"也。

《長沙送李十一銜》

"久存膠漆應難並。"澤堂曰:無如吾一人之膠漆云耳。

"一辱泥塗遂晚收。"澤堂曰:賓主俱可言此。

《過洞庭湖》

澤堂曰:劉意不能無疑。

後　記

　　當寫下序言的最後一個字時，我忍不住長長地嘆了口氣，《高麗朝鮮時代杜甫評論資料彙編》終於告一段落了，在交稿期限之前我還有點時間回顧一下完成這一項目的歷程。

　　《高麗朝鮮時代杜甫評論資料彙編》是國家社科基金後期資助項目，我總覺得此項目是一次意外，而非一場預謀。2015年我看到同事申請的後期資助項目中似有古籍整理的內容，於是第一次認真研究了一下項目指南。讀碩期間我曾整理李植的《纂注杜詩澤風堂批解》，並以此完成了碩士論文，之後我一直很關注高麗朝鮮漢籍中的杜甫及杜詩評論資料。雖然資料不是全部，但我比較缺乏自信，感覺祇有窮盡資料纔有說話的立場與底氣，所以不知不覺間收集到的相關資料已達近兩百萬字。2016年春天由張師伯偉教授推薦，我與上海古籍出版社聯繫，他們同意接受這一課題，經由出版社申請後期資助。

　　接著就是填表，並要將收集的資料先打磨成書稿，時間到了4月底5月初，忽然接到家母病重住院的消息，我立刻背著電腦飛往揚州，一邊看護病重的老母親，一邊在病床前的櫃子上敲擊書稿。那時是有些崩潰的，差點放棄。所幸自己堅持了下來，家母平安出院，現在仍然健康，買菜做飯，料理家務，忙個不停，每天走路步數在一萬二以上。我自己也順利趕上了申請期限，運氣也不錯，最終拿到了項目。在此要特別感謝導師的介紹，也要感謝上海古籍出版社願意推薦當時還不成熟的書稿。

　　拿下項目後就要努力完成項目，作爲一本資料彙編，我要做的是三件事：一是如何保留有價值的資料。在已經收集的近兩百萬文字中，排除次杜、集杜、擬杜之作，大約還有一百多萬字，首先要確定選擇的標准，圍繞“評論”二字，所有資料必須與評論杜甫及杜詩相關，如祇是提及杜甫、以杜甫作比、引用杜詩、化用杜詩者則不在保留之列。其次，相關評論也有很多相似或相近的內容，則要根據時間先後、重要與否再進行一次篩選。最後，收入彙編的資料，要能呈現高麗朝鮮文壇杜甫及杜詩評論的脉絡與變化，更好地體現杜甫在東國乃至整個東亞詩壇的地位。

二是要盡可能不遺漏重要資料。對於資料彙編而言,有遺漏大概是一種必然,但必須盡我所能降低這樣的概率。《韓國歷代文集叢書》後出的一千册我還沒有翻閱,總要過一遍纔能放心。於是有幾個假期我都要集中安排時間去南京大學域外漢籍研究所查資料,感謝導師的大力支持,也感謝師弟師妹們的無私幫助。翻書之餘,我也賞過遍地楓葉黄,嗅過滿園桂花香,逗過各色流浪猫,嘗過咖啡與甜點,做學生的感覺在那一段時光裏得以延續。坐在研究所的我也送走了幾届師弟師妹,讓我恍惚覺得自己從未遠離。

三是要盡可能保證資料彙編的準確性。如果我不能提供一個最精湛的資料彙編文本,至少我要保證裏面的内容準確無誤,所以必須一個字一個字地核對原文,希望不要出錯。校對需要借助韓國的古典數據庫,可惜在這最緊要的時刻,我完全無法登録網站,爲此多方求援,想了各種辦法,死了很多腦細胞。做域外漢籍實在困難重重,頗不容易。

2019 年 7 月至 2020 年 11 月的近一年半間,爲了辦理結項、簽訂出版合同等手續,我先是焦急地等待,然後是一次次地打電話、填表格、跑部門,困惑、焦慮甚至常感憤怒,却又無可奈何。等到塵埃落定之時,我已身心俱疲,但這畢竟是我多年的心血,我不能辜負我自己,唯有打足精神走完這最後一程,與這數年的相伴好好告别。2021 年 3 月,我想我應該早點著手將書中的每一條條目再核對一遍,結果老父親病重,這一次老天不再眷顧我,我親愛的老父親還是在 5 月離開了這個世界。這本書的起點與終點聯繫著我雙親的生命歷程,這大概也是天意。

當此刻開始校稿時,我已經快步入知天命的年紀。我應該禮貌地發表一下"逝者如斯"的感慨,或者正常地表達一下"青春不再"的哀傷,但我既没有感慨也没有哀傷。回顧過去的四十九年,我没有什麽"悔不當初"的遺憾,也没有"如果怎樣就怎樣"的不甘。一切都是最好的安排,每天都是最好的時光,這讓我對未來也充滿期待。

這本書看似一次意外,却有其必然,如果没有前面近兩百萬字的資料積累,也就不會有這個項目,學術上哪有什麽偶然呢?有朋友説我"運氣很好,一生平順",此言不假。但人生過了大半,怎麽可能不經歷波折呢?不過是我明白,袛要不病不殘,身心健康,人生就没有過不去的坎。没有人的人生袛是一個個偶然的疊加,所有的偶然背後都有成爲必然的理由。我很高興自己活成了别人眼中一生平順的人,我也希望自己的後半生依然一直平順!

　　我的一生平順,離不開父母家人的支持,離不開導師的幫助,離不開友人的寬解。此書得以出版,離不開上海古籍出版社的接納,也離不開劉賽、龍偉業等編輯自始至終的關照。謝謝你們!

左　江

2020 年 12 月初稿

2021 年 8 月定稿於三一齋

圖書在版編目(CIP)數據

高麗朝鮮時代杜甫評論資料彙編 / 左江輯校. —
上海：上海古籍出版社，2021.12
ISBN 978-7-5732-0146-1

Ⅰ.①高… Ⅱ.①左… Ⅲ.①杜詩—詩歌研究—研究
資料—彙編②杜甫(712-770)—人物研究—研究資料—
彙編 Ⅳ.①I207.227.42②K825.6

中國版本圖書館 CIP 數據核字(2021)第 247131 號

高麗朝鮮時代杜甫評論資料彙編

（全二冊）

左 江 輯校

上海古籍出版社出版發行

（上海市閔行區號景路 159 弄 1-5 號 A 座 5F 郵政編碼 201101）

（1）網址：www.guji.com.cn

（2）E-mail：guji1@guji.com.cn

（3）易文網網址：www.ewen.co

啓東市人民印刷有限公司印刷

開本 787×1092 1/16 印張 46.75 插頁 4 字數 814,000

2021 年 12 月第 1 版 2021 年 12 月第 1 次印刷

ISBN 978-7-5732-0146-1

K·3087 定價：198.00 元

如有質量問題,請與承印公司聯繫